Schattentänzerin
von Robin Liu

ISBN-13: 978-1535121712
ISBN-10: 1535121718

Copyright © 2015-2017, Robin Liu

Titelbild-Gestaltung: Robin Liu
Titel-Schriftart: Jellyka Delicious Cake von Jellyka Nerevan

Das Werk einschließlich aller Inhalte ist urheberrechtlich geschützt. Alle Rechte vorbehalten.

Nachdruck oder Reproduktion (auch auszugsweise) in irgendeiner Form (Druck, Fotokopie oder anderes Verfahren) sowie die Einspeicherung, Verarbeitung, Vervielfältigung und Verbreitung mit Hilfe elektronischer Systeme jeglicher Art, gesamt oder auszugsweise, ist ohne ausdrückliche schriftliche Genehmigung des Autors untersagt.

Inhaltsverzeichnis

Die Welt	5
Kapitel 1: Dunkles Erbe	6
Kapitel 2: Bitteres Schweigen	22
Kapitel 3: Erwachen	36
Kapitel 4: Roter Sand	45
Kapitel 5: Feuer	59
Kapitel 6: Vergessener Stolz	73
Kapitel 7: Fremde Welten	84
Kapitel 8: Schattenspiele	100
Kapitel 9: Geflüsterte Lügen	114
Kapitel 10: Wagnis	125
Kapitel 11: Tanzende Schleier	137
Kapitel 12: Erkenntnis	152
Kapitel 13: Teure Freiheit	167
Kapitel 14: Hoffnung	184
Interludium: Lange Schatten	202
Kapitel 15: Sturmbote	214
Kapitel 16: Spiegelbild	233
Kapitel 17: Perspektiven	253
Kapitel 18: Gespielte Rollen	269
Kapitel 19: Masken	285
Kapitel 20: Schattentanz	299
Kapitel 21: Verhängnisvolle Treue	312
Kapitel 22: Abenddämmerung	327
Kapitel 23: Lektionen	349
Kapitel 24: Verlockungen	366
Interludium: Wegscheide	388
Kapitel 25: Tausend Gesichter	401
Kapitel 26: Einsame Schwärze	418
Kapitel 27: Graue Medizin	440
Kapitel 28: Wertvolles Gut	454
Kapitel 29: Eiserne Allianz	476
Kapitel 30: Vorboten	499
Kapitel 31: Schwingenschlag	526
Kapitel 32: Angebote	546
Kapitel 33: Doppeltes Spiel	565
Kapitel 34: Schwarze Asche	591

Kapitel 35: Erwartung 612
Kapitel 36: Zorn 635
Kapitel 37: Letztes Licht 661
Kapitel 38: Versprechen 684
Epilog: Erloschene Glut 707

Die Welt

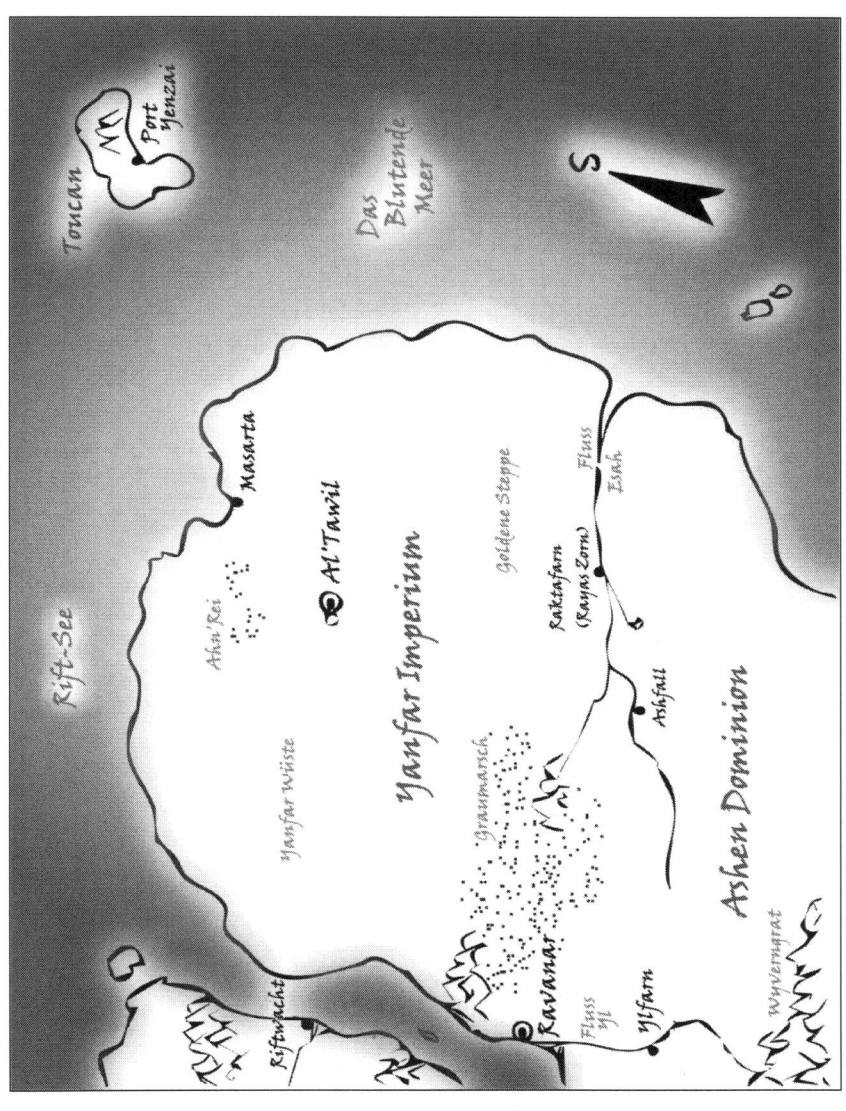

1

Dunkles Erbe

Asara Nalki'ir bemühte sich erfolglos, ihren Gesichtsausdruck von jeglicher Emotion zu befreien. Die um den Tisch sitzenden Frauen und Männer, die lautstark über diverseste Staatsaffären berieten, machten es ihr allerdings nicht leicht, neutral oder gar interessiert zu wirken. Ihre Gegenüber – allesamt Berater, Generäle, Gildenanführer oder hochrangige Mitglieder des Adels – bombardierten sie nun schon seit Stunden mit banalen Anliegen und unterschwelligen Vorwürfen. Trotz, oder gerade wegen ihres Standes, blieb Asara allerdings nichts anderes übrig, als die Tiraden mit guter Miene über sich ergehen zu lassen. Denn selbst die *Kisaki*, die oberste Herrscherin des gesamten Yanfar Imperiums, musste achtgeben, sich die Reichen und Mächtigen des Landes nicht zum Feind zu machen. Leider gelang ihr dieses diplomatische Kunststück bisher nur bedingt. Der Tag versprach einmal mehr ein langer zu werden. Asara seufzte tonlos und ließ ihren Blick schweifen.

Staub tanzte träge in den Sonnenstrahlen, die den prunkvollen Versammlungsraum in freundliches Licht tauchten. Die großen Fenster und weiten Türen ließen das Zimmer fast wie eine zeremonielle Halle wirken. Säulen aus weißem Marmor wuchsen wie versteinerte Bäume aus dem Boden und streckten sich nach den Mosaiken, die die Decke des Raumes schmückten. Schwarze Einschlüsse zierten die steinernen Wände wie erstarrte Schlieren von in Wasser gelöster Tinte. Gemälde ehemaliger Monarchen und enorme Wandteppiche in verschiedensten Rot- und Goldtönen dominierten die Wände des großen Zimmers. Eine warme Brise strich durch die bunten Gewänder der Anwesenden, die um die ebenhölzerne Tafel versammelt saßen. Die gedrückte Stimmung im Raum hatte mit dem lauen Wetter draußen wenig gemein.

„*Kisaki* Nalki'ir."

Die großväterliche Stimme des Ministers für Innere Angelegenheiten und Reichsfrieden riss Asara aus ihren Gedanken. Der kräftig gebaute Mann in seinen scharlachroten Amtsroben aus schwerem Samt beugte sich betont langsam vor und schob einen Stapel Dokumente in Asaras Richtung. Dabei zwirbelte er schmunzelnd seinen ergrauenden Bart.

„Es gibt einige wichtige Angelegenheiten, die eure Aufmerksamkeit erfordern." Der Ton des Ministers hatte Ähnlichkeiten mit dem eines Lehrers, der seiner beschränktesten Studentin die Bedeutung von Sonnenlicht zu erklären versuchte.

Asara warf einen abschätzenden Blick auf die Papiere. Dabei richtete sie in aller Ruhe die weiten Ärmel ihres seidenen Kleides. Es war immens beruhigend, den glatten, schwarzen Stoff zwischen ihren Fingern zu spüren. Die kleine Geste gab ihr auch die willkommene Zeit, sich eine angemessen desinteressiert klingende Antwort zurechtzulegen. Asara wusste nämlich nur zu gut, welches leidige Thema der Minister einmal mehr zur Sprache bringen würde.

Asara verschränkte schließlich die Arme und bedachte den Mann mit einem langen, kalten Blick.

„Eine Ausweitung der Sklavereigesetze steht außer Frage, Minister Harun." Ihr Tonfall fiel um einiges schroffer aus, als geplant. Die Miene des Adeligen verfinsterte sich. Auch einige der anderen Gäste wirkten sichtlich irritiert. Unbeirrt dessen setzte Asara fort.

„Wenn es nach mir ginge, würde ich die Leibeigenschaft vollständig abschaffen", schnaubte sie. „Der Adel nimmt sich jetzt schon zu viele Freiheiten, wenn es um das Wohl der Bürger geht. Von der Behandlung von Kriegsgefangenen und Einwanderern will ich gar nicht sprechen." Asara legte ihre Hand auf den Papierstapel und schob ihn missbilligend beiseite. „Unser Umgang mit Mittellosen und Fremden ist nicht weniger als eine Schande."

Mehrere der Anwesenden sogen hörbar die Luft ein. Der Schatzmeister runzelte gar die Stirn und beäugte mit vielsagender Miene seine Bücher. Zahlreiche Adelige bedachten die *Kisaki* mit finsteren Blicken. Eine der hohen Damen ging sogar so weit, sich von ihrer mitgebrachten Leibsklavin demonstrativ einen neuen Kelch Wein einschenken zu lassen. Das leise Klimpern der metallenen Fesseln, die die Fußgelenke der sonnengebräunten Yanfari-Dienerin zusammenketteten, unterbrach die aufgeladene Stille.

Minister Harun seufzte und deutete auf den Stapel Unterlagen, den Asara beiseitegeschoben hatte.

„Als eure Mutter – möge ihr Lächeln die Himmel stets erhellen – die Sklaverei zu einer akzeptierten und erwünschten Praktik erklärte, gab es einige Zweifel. Doch die *Kisaki* Raya hat uns alle überzeugt. Zehn Jahre später hat sich die Reichskasse erholt, es gibt kaum noch Bettler auf den Straßen und die Kriminalität hat drastisch abgenommen. Jede besitzlose Person hat heute die freie Wahl, ihre Dienste an einen Herrn oder eine Herrin zu verkaufen. Dieses Schicksal ist dem Verhungern definitiv vorzuziehen, findet ihr nicht?"

Asaras Hände ballten sich zu Fäusten. Wer war dieser Mann, der sich erlaubte, ihr mit süffisantem Grinsen Vorträge zu halten? Selbst die jüngste *Kisaki* in der Geschichte des Yanfar Imperiums hatte *Respekt* verdient. Für einen Moment war sie versucht, den Minister kurzerhand des Raumes zu verweisen. Leider stand es nicht dafür, den Zorn seines einflussreichen Hauses einzig für die eigene Genugtuung auf sich zu ziehen. So wenig Asara mit den Beschlüssen ihrer vor wenigen Monaten verstorbenen Mutter auch einverstanden war – Rayas Lektionen bezüglich des Machtgefüges in der imperialen Hauptstadt nahm sich die junge Herrscherin stets zu Herzen. Auf dem politischen Parkett verziehen die Yanfari keine Fehler; zu ungebrochen war die Macht des alten Geldes.

Asara mussten die Wogen glätten, bevor ihre unpopuläre Einstellung zum Thema Sklaverei weiteren Schaden anrichten konnte.

„Ich bestreite nicht die finanziellen Vorteile der aktuellen Regelung", gab sie widerwillig zu. „Auch ist die freiwillige Knechtschaft nicht das Thema dieser Debatte. Allerdings..." Sie hob eines der Papiere vom Stapel und warf einen Blick auf die in feiner Feder verfassten Zeilen. „Allerdings zweifle ich an eurer Definition von ‚freiwillig'." Sie erwiderte Haruns arroganten Blick ohne zu blinzeln. „Auch vernehme ich die Berichte von Überfällen auf Dörfer jenseits der Grenze zum Ashen-Königreich mit großer...Skepsis."

Asara legte besondere Betonung auf dieses letzte Wort. Zu ihrer unerwarteten Freude zuckte der Mann leicht zusammen und senkte seinen Kopf. Die *Kisaki* verkniff sich ein Lächeln. Die harte Schule ihrer Mutter hatte ihr zumindest einen kleinen Sieg erkauft. Dennoch machte sie sich keine Illusionen: Rayas respekteinflößende Präsenz würde ihre junge Tochter wohl noch lange nicht besitzen.

Es war der General der imperialen Garde, der schließlich auf Asaras schlecht versteckte Anschuldigung reagierte. Der Soldat in seinen späten Fünfzigern räusperte sich und hob sich bedächtig aus seinem Stuhl. Die Statur und Gewandung des Mannes waren jene eines Kriegers: Sein hartes Gesicht wurde von einer prominenten Narbe geziert, die von seiner Stirn bis zum Schlüsselbein führte. Über seiner prunkvollen Rüstung trug der General die weiße Schärpe seines Amtes.

„Die Grenzscharmützel dienen nicht dem Sklavenfang, Hoheit", betonte er mit rauer Stimme. „Auch wenn es schon seit Jahren keine offenen Schlachten mehr gibt: Wir befinden uns immer noch im Krieg mit dem Ashen-Dominion. Wenn wir zulassen, dass das Ashvolk seine Stellungen an der Grenze befestigt, werden wir bald eine böse Überraschung erleben. Unsere unberechenbaren Nachbarn haben keinerlei Interesse an einem anhaltenden Frieden."

Mehrere der Adeligen nickten zustimmend. Asara kniff die Augen zusammen und blickte tonlos seufzend in die Runde. Nein, hier würde sie keine Unterstützung finden. Der Adel, die Armee und auch die Kaufleute machten keinen Hehl daraus, dass sie Asara für eine schwache Nachfolgerin ihrer Mutter hielten. Egal welches umstrittene Thema sie aufbrachte – irgendjemand fand eine passende Ausrede, um ihre Bedenken als nichtig abzutun. Im Endeffekt änderte sich gar nichts. Ashvolk-Gefangene und die eigene Unterschicht wurden trotz Asaras andauernder Bemühungen weiterhin versklavt oder unterdrückt. Die Reichen wurden jeden Tag reicher und die Armen gerieten immer tiefer in den Strudel der Knechtschaft.

Bevor Asara etwas entgegnen konnte, mischte sich der Minister wieder ins Gespräch. Sein wulstiger Finger lag auf dem säuberlich gestapelten Dokument.

„Wir wollen lediglich vorschlagen, die Grenze für die Höchstanzahl von Sklaven pro geadeltem Haushalt von fünfzig auf einhundert zu erhöhen", sagte Harun mit beschwichtigender Stimme. „Eine minimale Änderung, die sehr zum Erhalt des inneren Friedens beitragen würde. Ungenutzte Arbeitskraft für das Wohl des Reiches einzusetzen ist in euren Augen doch sicherlich keine Sünde, nicht wahr, werte *Kisaki*?"

Asara schloss für einen Moment die Augen. Sie hatte die Debatte verloren, bevor sie begonnen hatte. Die Leibeigenen waren zum unfreiwilligen Rückgrat des Landes geworden und die größten der Adelshäuser vermehrten ihr Geld hauptsächlich durch den lukrativen Sklavenhandel. Niemand würde dieses Privileg freiwillig aufgeben oder sich anderweitig einschränken lassen.

Ärger ob ihrer eigenen Machtlosigkeit brannte wie Feuer in Asaras Brust.

„Die Versklavung von verarmten Yanfari oder ‚zufällig aufgegriffenem' Ashvolk ist *falsch*", zischte sie. Entsetzte Blicke folgten ihr, als sie sich von ihrem Stuhl erhob und um den Tisch herum an das Fenster trat. Asara verletzte mit ihrem Verhalten dutzende Regeln der Etikette – und sie wusste es. Dennoch setzte sie ungebremst fort.

„Was gibt uns das Recht, jemandem grundlos die Freiheit zu rauben?" Asara wandte sich um und deutete auf die junge Frau, die immer noch den Weinkrug der adeligen Dame umklammert hielt, die sich zuvor hatte bedienen lassen.

„Warum ist dieses Mädchen in eurem Dienst?" fragte sie die Edelfrau. „Lasst mich raten: Ihre Eltern schuldeten euch Geld und ihr habt die Tochter als Ersatzzahlung verlangt. Ein Leben in Sklaverei für ein paar geschuldete Dinar. Habe ich Recht?"

Als keine Antwort kam, wandte sich die *Kisaki* wieder ab und ließ ihren Blick über den Palasthof schweifen, dessen weiße Fliesen die Spätmittagssonne reflektierten. Die goldenen Reliefs an den Säulen des zentralen Pavillons glitzerten wie Edelsteine im hellen Licht. Ein Regenbogen schillerte über dem marmornen Springbrunnen, der die Mitte des prunkvollen Innenhofes dominierte. Yanfari in farbenfrohen Gewändern entspannten sich im Schatten von Palmen. Überall waren Diener und Sklaven zu sehen, die im Eilschritt ihren Pflichten nachgingen.

„Ehrenwerte *Kisaki*", sprach Minister Harun mit langsamer Stimme. „Euer Palast beschäftigt hunderte Sklaven. Eure eigene Dienstmagd ist eine Ashvolk-Gefangene." Sein Tonfall wurde offen selbstgefällig. „Wir alle hier wissen eure... Ideen zu schätzen, Hoheit. Aber dies ist nicht die Zeit für jugendliche Ideale." Asara sah ihn scharf an, doch Harun setzte unbeirrt fort. „Unser Land kann ohne die zusätzliche Arbeitskraft nicht überleben, geschweige denn einen Krieg gewinnen."

Der General nickte knapp. Minister Harun deutete auf die Dokumente, die immer noch vor Asara auf dem Tisch lagen. Sein Ton wurde versöhnlicher.

„Euer Siegel wird den Fortbestand des Yanfar Imperiums sichern. Der Schatzmeister wird euch die Notwendigkeit der Gesetzesänderung gerne bestätigen. Gewährt euren loyalen Häusern diese kleine Bitte. Der Dank all eurer Untertanen wird euch gewiss sein."

Die Drohung in seinen Worten war nicht zu überhören. Lehnte Asara ab, würde sie sich zahlreiche neue Feinde in den eigenen Reihen machen. Ihre Mutter hatte den Yanfari an diesem Tisch ihre Macht verliehen – wie konnte ihre unerfahrene Tochter da erwarten, sie ihnen so mir nichts dir nichts wieder nehmen zu können?

Asara senkte zähneknirschend ihren Kopf. Ihr Blick fiel auf den Siegelring an ihrem Finger. Das Wappen des Hauses Nalki'ir – eine Sandviper, die sich um ein verziertes Schwert windete – blinkte ihr ungerührt entgegen.

Es war so viel einfacher, dem Druck nachzugeben. Ihre Zustimmung würde ihr Harun und seine Schergen eine Weile lang vom Leib halten. Die Adeligen würden sich wieder ihren internen Streitereien widmen und Asaras kleinere Änderungen tolerieren. Alles, was sie tun musste, war ihr Siegel auf das Papier zu pressen.

Nein.

Die *Kisaki* schlug mit der flachen Hand auf den Tisch und richtete sich wieder auf. Alle Blicke waren auf sie gerichtet. Es war still geworden im Raum.

„Euer Vorschlag, Harun, würde den Großteil der einfachen Bevölkerung zu potentiellen Leibeigenen machen. Denkt nicht, dass ich das nicht sehe." Ihr stechender Blick wanderte von Gesicht zu Gesicht.

„Eure Gilden kontrollieren die Preise. Arm ist der, der sich euren Wucher nicht mehr leisten kann. Ihr *erschafft* eure eigenen zukünftigen Sklaven!"

Kopfschütteln und empörtes Raunen. Asara ließ sich davon nicht beirren. Es war Zeit, den Aasgeiern zu zeigen, wer das Reich wirklich regierte.

„Ich habe folgendes Dekret zu verkünden:", setzte sie fort. „Mit dem heutigen Tag wird die Zahl der erlaubten Sklaven pro Haus halbiert. Fünfundzwanzig statt fünfzig. Das gilt auch für den Palast. Alle zusätzlichen Arbeitskräfte müssen mit mindestens zwei Dinar pro Woche entlohnt werden."

Der Schatzmeister stöhnte auf. Minister Harun seufzte.

„Ich bitte euch, diese voreilige Entscheidung zu überdenken, Hoheit."

Asara ignorierte den Mann.

„Schreiber", sagte sie im Befehlston, „habt ihr meinen Beschluss dokumentiert?"

Ein hagerer Mittdreißiger am Ende der Tafel nickte. Die *Kisaki* nahm einen Tiegel roten Wachses zur Hand und ließ sich das Dokument reichen. Ohne zu zögern setzte sie das imperiale Siegel unter die säuberlich verfassten Zeilen. Danach verließ die junge Herrscherin des Yanfar-Reiches wortlos den Raum.

„Das war nicht klug, Asara."

Die Angesprochene unterbrach für einen Moment ihr unruhiges Auf- und-ab-Gehen und warf ihrer Dienstmagd Lanys einen frustrierten Blick zu. Mit zweiundzwanzig Jahren war die junge Ashvolk-Frau in Asaras Alter. Wie die *Kisaki* trug Lanys ihr langes Haar offen. Schlank und wohlgeformt, hatte die kecke Dienerin sichtlich kein Problem damit, ihre Reize offen zur Schau zu stellen. Ihr knapper Rock aus roter Seide überließ ebenso wenig der Fantasie, wie ihre tief ausgeschnittene Bluse. Die freizügige Gewandung hätte nicht unterschiedlicher sein können zu Asaras langem, streng zugeknöpftem Kleid. Auch die körperlichen Ähnlichkeiten der beiden endeten an dieser Stelle. Als reinblütige Yanfari hatte die Haut der *Kisaki* einen fast goldenen Teint. Ein mit kleinen Diamanten besetztes Netz aus Silbergarn zierte ihr glattes schwarzes Haar. Ihre Augen hatten die blaugrüne Farbe des Sees, der die fruchtbare Oase von Yanfars Hauptstadt beherrschte.

Lanys unterschied sich von Asara wie die Nacht vom Tag. Ihre dunklere Haut hatte einen leicht graublauen Einschlag und ihr ungeschmücktes Haar war weiß wie der nächtliche Mond. Ihre stets wachsamen, dunkelroten Augen verliehen Lanys etwas nahezu Anderweltliches.

Trotz ihres unheimlichen Erscheinens gehörte die Magd zu den offensten, aber wohl auch frechsten Persönlichkeiten, die Asara je kennengelernt hatte. Im Moment machte es sich Lanys auf Asaras Himmelbett gemütlich und beobachtete die *Kisaki* mit halbgeschlossenen Augen. Für ihre Herrin wirkte sie in Augenblicken wie diesem wie eine Raubkatze, die abschätzend ihre ahnungslose Beute musterte.

Zwischen den beiden jungen Frauen gab es wenig Platz für Etikette. Lanys sagte, was ihr in den Sinn kam und Asara wusste ihre Direktheit zu schätzen. Für einen Außenstehenden musste es wirken, als ob die Ashin und die Yanfari gute Freundinnen oder zumindest Gleichgestellte waren. Die Wahrheit sah jedoch ganz anders aus: Lanys war Asaras Leibeigene – ihre Sklavin. Und so sehr sich die *Kisaki* auch dagegen sträubte, die Existenz des schmalen, stählernen Bandes um den Hals ihrer Gefährtin ließ sich nicht verleugnen.

„Ich weiß, dass es nicht klug war", seufzte Asara. „Harun wird alles daransetzen, den Beschluss zu kippen."

„Das ist nicht das größte Problem", entgegnete Lanys. Beiläufig strich sie sich eine silbern-weiße Strähne aus dem Gesicht. „Du hast dir heute einige mächtige Feinde gemacht, Asa. Das war keine gute Idee. Du solltest das Dekret und deinen gesamten Kurs zu diesem leidigen Thema wirklich überdenken."

Die junge Kaiserin stöhnte leise auf und sank neben Lanys auf das riesige Bett. Sie streifte ihre Pantoffeln ab und öffnete den Kragen ihres beengenden Kleides. Wortlos ließ sie ihren Blick durch den Raum schweifen, der einst ihrer gefürchteten Mutter gehört hatte.

Asaras Gemächer waren die mit Abstand prunkvollsten Räumlichkeiten des gesamten Palastes. Schmale Säulen flankierten die Wände aus weißem Marmor und formten dutzende Nischen, die von Schränken, Gemälden oder Skulpturen ausgefüllt wurden. Mit rotgoldenen Mustern verzierte Teppiche bedeckten nahezu den gesamten Boden. Sitzkissen belegten die Ecke nahe einer gläsernen Flügeltüre, die sich auf einen breiten Balkon öffnete. Der ungetrübte Blick auf die Paläste und Gärten Al'Tawils war atemberaubend. Asara genoss oft und gerne die lauen Abende im Schatten des Sonnendachs, das den begrünten Vorbau überspannte. Ein kleiner Tisch in Nachbarschaft des Diwans trug die Reste eines nachmittäglichen Imbisses. Honigkuchen und kandierte Datteln lagen verstreut auf der von Intarsien verzierten Holzfläche. Lanys hatte allem Anschein nach auch Gebrauch von der daneben aufgebauten Wasserpfeife gemacht. Ein halb gefüllter Tabakbeutel ruhte auf einem der weichen Kissen. Der süße Duft von Vanille und Apfel lag in der Luft.

Asaras Blick kehrte zu ihrer Magd zurück.

„Ich habe mir geschworen, Mutters Sklaverei-Politik vollständig rückgängig zu machen", sagte sie entschlossen. „Ich habe es *dir* versprochen, Lanys."

Die junge Ashen-Frau knuffte Asara in die Seite.

„Was hilft mir meine Freiheit, wenn du pünktlich zu meiner Begnadigung einen Dolch in den Rücken gerammt bekommst?"

Die Dienerin verzog brummend das Gesicht, ehe sie mit sanfterer Stimme fortfuhr. „Ich – und viele andere Sklaven – wissen wirklich zu schätzen, was du jeden Tag für uns tust. Aber du kannst die Yanfari nicht über Nacht ändern."

„Ich bin die *Kisaki*!" entgegnete Asara trotzig. „Wer vermag es zu tun, wenn nicht ich?"

Lanys lachte auf.

„Manchmal bist du wie ein kleines Kind." Die Sklavin setzte sich auf und streckte sich. „Du musst es so sehen: Den Leibeigenen hier geht es immer noch wesentlich besser als den meisten Sklaven in meiner Heimat. Wir haben relativ viel Freiheit, bekommen ausreichend zu essen und werden überwiegend gut behandelt. Im Ashen-Reich wäre ich nichts weiter als ein seelenloses Lustspielzeug für die Oberschicht."

Asara warf ihrer Freundin einen bedauernden Blick zu.

„So schlimm?"

Lanys nickte.

„Al'Tawil ist ein Paradies im Vergleich zu Ravanar. Und das spiegelt sich auch in der Behandlung der Sklaven wieder." Die Magd fuhr mit den Fingern über ihren seidenen Rock und grinste. „Du kleidest mich besser, als die meisten Ashen-Adeligen ihre Ehefrauen."

Asara rollte mit den Augen und stand auf.

„Ich sehe schon: Mein Idealismus ist auch bei dir fehl am Platz."

Lanys kletterte aus dem Bett und legte einen Arm um die frustrierte *Kisaki*. Ihr Lächeln war warm.

„Ich liebe deinen Idealismus und auch deine Sturheit, Asara. Aber ich möchte nicht, dass dir dein Kreuzzug eines Tages den Kopf kostet. Ihr Yanfari mögt sonnengeküsste Haut haben, aber eure Methoden sind nicht immer so... liebreizend."

Asara schloss Lanys in eine unvermittelte Umarmung.

„Versprich mir, stets meine Freundin zu bleiben", wisperte sie. Die Sklavin gab ihrer Herrin einen Kuss auf die Wange.

„Komme was wolle", erwiderte sie leise.

Die beiden verharrten für eine lange Minute in der Umarmung, ehe sich Asara sanft löste.

„Nach all der Politik brauche ich dringend ein Bad", stellte sie fest. „Haruns Gestank ist ansteckend."

Lanys schmunzelte und bedeutete der *Kisaki*, sich umzudrehen. Mit geschickten Fingern entfernte sie Asaras enge Korsage und öffnete die verbleibenden Knöpfe ihres wallenden Kleides. Mit dem Lösen der letzten Schleife glitt der samtweiche Stoff seufzend zu Boden. Bedeckt von lediglich einem knappen Höschen stand die junge Herrin vor ihrer vielsagend lächelnden Sklavin.

Asara verspürte keine Scham. Die beiden Freundinnen teilten diese und auch intimere Momente schon seit langem. Asara hatte kein Bad mehr alleine eingenommen, seitdem Kaiserin Raya ihr das Ashen-Mädchen zum Geschenk gemacht hatte. Und doch war jede Gelegenheit des privaten Beisammenseins etwas Besonderes für die junge Yanfari. Sie schenkte ihrer Magd ein unschuldiges Grinsen.

Lanys streifte provokant langsam ihren kurzen Rock ab.

„Das Wasser ist schon eingelassen, Hoheit", schnurrte sie und deutete auf die vergoldete Verbindungstür zum Baderaum. „Einem Abend der Entspannung steht nichts mehr im Wege."

Asara errötete leicht und entledigte sich klopfenden Herzens ihres Höschens. Lanys' berühmte Entspannungstechniken waren das beste Beispiel für die beeindruckende Fingerfertigkeit der Ashen-Sklavin. Kam dann noch ihre Zunge mit ins Spiel, so wurde Asara regelmäßig zu einem stöhnenden Spielball der Lust.

„Du hast keine Ahnung, wie sehr ich mich den ganzen Tag auf diesen Moment gefreut habe", murmelte Asara. „All diese Debatten..." Lanys legte einen Finger auf ihre Lippen.

„Sch." Die Sklavin nahm die *Kisaki* an der Hand und zog sie sanft aber bestimmt in den dampfverhangenen Nebenraum.

Das weiß gefliese Badezimmer wurde von einem hüfttiefen Steinbecken dominiert. Duftender Seifenschaum und frische Rosenblätter bedeckten die Wasseroberfläche. Am Wannenrand und auch auf dem in der Wand eingelassenen Waschtisch brannten unzählige Kerzen.

Lanys lächelte. „Vergiss deine Sorgen für heute, Asa. Entspanne dich. Lass mich diesen Abend unvergesslich machen."

Asara schloss die Augen und zwang sich dazu, ihre finstern Gedanken an Harun und die anderen Halsabschneider zu verdrängen. Ein wohliger Schauer lief ihr über den Rücken, als sie Lanys' sanfte Berührung in ihrem Nacken spürte. Die Finger der Sklavin glitten über ihre Haut wie ein Atemhauch, der ihren Rücken entlang nach unten blies. Vom Nacken die Wirbelsäule hinab, über Hüfte zu Gesäß und weiter ihre

Beine entlang tanzten Lanys' geschickte Finger. Als ihre Wohltäterin begann, auch die Innenseiten ihrer Schenkel zu liebkosen, hielt Asara die Luft an. Doch die Berührungen stoppten stets knapp vor ihrer Lustspalte und setzten Momente später an ihrem Bauchnabel fort. Die junge Herrin stöhnte leise auf, als Lanys ihre Brüste erreichte. Mit geschickten Fingern begann die Sklavin, Asaras Nippel zu umspielen. Jeder sanften Berührung folgte die prompte Provokation mit Lanys' nicht minder geübter Zunge.

Asara erwischte sich dabei, wie sie ihre eigenen zitternden Finger langsam zwischen ihre Beine schob. Bevor sie jedoch zur ersten lustbringenden Berührung ansetzen konnte, umfasste Lanys ihr Handgelenk mit einem erstaunlich festen Griff.

„Kein Mogeln, Gebieterin", wisperte sie amüsiert. „Wir haben alle Zeit der Welt."

Asara öffnete die Augen und setzte zum Protest an, wurde jedoch jäh unterbrochen. Mit einem lauten Knall flog die Tür auf und drei Männer stürmten in den Raum. Das Licht der Kerzen am Rande der großen Wanne spiegelte sich in den Klingen ihrer blanken Schwerter. Die *Kisaki* hatte keine Zeit zu reagieren. Kräftige Hände rangen sie zu Boden und zogen ihre Arme hinter ihren Rücken. Sie sah noch, wie Lanys zu einer Nagelschere griff und sie einem der Angreifer mit einer blitzschnellen Bewegung ins Bein rammte. Der Aufschrei ging im allgemeinen Tumult unter. Porzellan splitterte, als die widerspenstige Sklavin brutal zu Boden geschleudert wurde. Asara trat um sich, traf aber lediglich das Bein ihres Schminktisches. Der darauf aufgestellte Spiegel kippte um und zerschmetterte laut klirrend am Boden.

Raues Seil wurde um Asaras Handgelenke geschlungen und fest verknotet. Auch ihre Beine wurden mit geübter Effizienz gefesselt. Der tretenden und beißenden Lanys erging es nicht besser: Zusätzlich zu ihren Händen und Füßen wurden auch ihre Oberarme verschnürt. Die Sklavin keuchte auf, als das schwarze Seil ihre Ellenbogen bis zur Berührung zusammenzog.

„Das solltest du gewöhnt sein, kaiserliche Hure", zischte einer der maskierten Angreifer und vollendete die Fesselung mit einem dreifachen Knoten. Ein zweiter Mann baute sich breitbeinig vor den sich auf dem Boden windenden Gefangenen auf.

„Ein Mucks von euch und wir schneiden euch die Kehlen durch", grollte er. Daraufhin signalisierte er seinen Mitstreitern und alle drei – einer davon leise fluchend und deutlich humpelnd – zogen sich aus dem Raum zurück. Die beiden Gefesselten blieben wehrlos auf dem kalten Fliesenboden zurück.

Asaras Gedanken überschlugen sich. Wer waren diese Männer und warum drangen sie bewaffnet in ihre Quartiere ein, nur um sie dann einfach zurückzulassen? Und warum hatte niemand auf den Tumult reagiert? Wo blieb die imperiale Garde?

Unter enormer Anstrengung gelang es der *Kisaki*, sich aufzurichten. Mit jeder Bewegung schnitten die Seile schmerzhaft in ihre nackte Haut. Asara biss die Zähne zusammen und robbte auf den Knien zu Lanys. Die auf der Seite liegende Sklavin lächelte matt und leckte über ihre aufgeplatzte Lippe.

„Das hatte ich nicht gemeint mit einem ‚unvergesslichen Abend'", stöhnte sie leise und zerrte prüfend an den unnachgiebigen Seilen. Asara erwischte sich dabei, wie sie den schlanken Körper ihrer wilden Freundin bewunderte. Die strickte Ellenbogenfesselung betonte die drallen Brüste der Ashen-Sklavin weit mehr, als es jedes noch so aufreizende Kleid jemals vermocht hätte.

Asara schüttelte den Kopf und verdrängte den unangebrachten Gedanken. Sie konnte sich im Moment keine Ablenkung leisten. Es galt, sich aus dieser misslichen Lage zu befreien, bevor die bewaffneten Männer zurückkamen.

„Hast du die Schere noch?" flüsterte Asara. Lanys schüttelte den Kopf. Ihre Stimme war gedämpft, als sie antwortete.

„Einer der Krieger hat sie mitgenommen."

Asara fluchte leise und tastete nach den gefesselten Händen ihrer Freundin. Sie fand deren eng verschnürte Gelenke. Wie auch der ihre, bot Lanys' Strick keinerlei Bewegungsspielraum. Die Knoten selbst waren zu fest, um sie mit ungeschickten Fingern zu lösen.

„Gib dir keine Mühe", murmelte Lanys. „Das ist Ashen-Seil. Ohne Messer bekommen wir das nicht auf."

Asara sah die Sklavin überrascht an.

„Ashen...?"

Lanys nickte.

„Das war ein Überfallstrupp aus Ravanar. Diese Männer kommen aus meiner Heimat, Asara. Ich konnte einen Blick unter eine der Masken erhaschen, als sie mich zu Boden gerungen haben."

Die *Kisaki* schüttelte vehement den Kopf.

„Das ist unmöglich!" hauchte sie. „Ashvolk in meinem Palast? Wie kommen die hierher?"

Lanys presste die Lippen zusammen. Asara beantwortete ihre eigene Frage.

„Harun", knurrte sie. „Er muss sie eingelassen haben. Verdammter Verräter!"

Asara starrte auf die Seile, die ihre Fußgelenke und Knie so effektiv zusammenhielten. Was bedeutete dieser Überfall wirklich? Hatte Harun tatsächlich eine Allianz mit dem Feind geschlossen? Der Gedanke war absurd. Asara zermarterte sich das Gehirn, doch eine zufriedenstellende Antwort wollte nicht kommen. Die Ashvolk-Krieger mussten sich schon vor langer Zeit in Al'Tawil versteckt haben. Es war schwer vorstellbar, dass sie die umwallte Hauptstadt des verfeindeten Reiches erst kurzfristig und gänzlich ohne Hilfe infiltriert hatten. War dieser Überfallstrupp ein letztes Mittel des Adels gegen Asara und ihre unpopulären Maßnahmen? Warum aber sandte Harun nicht einfach einen einheimischen Assassinen? Es war ein offenes Geheimnis, dass die Reichen und Mächtigen immer wieder Attentäter anheuerten, um das politische Schicksal von Konkurrenten zu beeinflussen. Raya selbst hatte von der finsteren Praktik mehr als nur einmal Gebrauch gemacht.

Lanys' Worte unterbrachen Asaras angestrengte Überlegungen.

„Hilf mir auf", drängte die Sklavin. In ihrem Gesichtsausdruck sah die *Kisaki* eine neue Entschlossenheit. Asara nickte und keilte ihre Füße wie einen Hebel zwischen Schminktisch und Wand. Mit dem Einsatz ihres ganzen Körpers schaffte sie es tatsächlich, ihre Freundin in eine aufrechte Position zu schieben. Schweiß benetzte Asaras Haut, als sie danach wieder gegen den Beckenrand sank. Die wenigen Bewegungen hatten ihr vollständig den Atem geraubt. Die *Kisaki* spürte ihren rasenden Herzschlag bis in ihre gefesselten Handgelenke.

„Es gibt etwas, dass ich dir erzählen muss", sagte Lanys leise. Ihre Augen funkelten matt im Kerzenlicht. „Bitte hör mich bis zu Ende an."

Asara blickte ihre Freundin fragend an. Lanys senkte den Kopf.

„Ich bin nicht die, für die du mich hältst."

Es fiel Lanys sichtlich schwer, weiterzusprechen. Mit jedem Wort wurde ihre Stimme gedämpfter. „Ich bin keine Gefangene aus den Grenzlanden, Asara. Kaiserin Raya hat mich nicht zufällig bei einem Händler erstanden und nach Hause mitgenommen. Diese Geschichte war nur Tarnung." Lanys schloss für einen Moment die Augen. „Ich bin vor all den Jahren nach Al'Tawil entsandt worden, um mich im Palast der *Kisaki* einzuschleichen. Und um das Vertrauen von Rayas Tochter zu gewinnen."

Dumpfe Kälte breitete sich in Asaras Magengegend aus. Es fiel ihr schwer, Sinn aus Lanys' bedeutungsschweren Worten zu gewinnen. Jeder unvermittelte Satz schnitt tiefer ein als die Seile, die Asaras Glieder so gnadenlos umfassten.

„Was meinst du damit?" fragte die *Kisaki* tonlos. Lanys lehnte ihren Kopf gegen die Wand. Sie wirkte müde.

„Ich bin seit Kindesalter Mitglied der ‚Tausend Gesichter', Asara. Wir… sie… sind Infiltratoren, Attentäter, Spione. Ich wurde als Sklavin in Al'Tawil eingeschleust, um dich eines Tages zu ersetzen."

Asara schloss die Augen. Sie weigerte sich, ihrer einzigen Freundin weiter zuzuhören. Nichts von alledem ergab Sinn. Die bewaffneten Angreifer inmitten des Palasts, Lanys' reuevolle Worte – beides fühlte sich mit einem Male surreal und weit entfernt an. Der ganze Tag war zu einem Alptraum geworden, aus dem es dringend zu erwachen galt.

Asara ergab sich der Schwärze. All dies war nicht echt. *Konnte* nicht echt sein. Lanys' befremdliches Geständnis war nur Einbildung. Wenn Asara wieder die Augen öffnete, würde sie in ihrem Bett liegen und sich zufrieden an Lanys' warmen Körper schmiegen. Die letzten Bilder des bösen Traumes würden vergehen, sobald die ersten Sonnenstrahlen durch das Fenster fielen.

Doch die Wahrheit kannte kein Mitleid. Die betrübte Stimme ihrer Freundin und die Schmerzen in ihren Gliedern holten die junge *Kisaki* gnadenlos in die Wirklichkeit zurück.

„Ich beherrsche eine einzige magische Disziplin, Asara. Ich kann, Kooperation vorausgesetzt, die Gestalt einer anderen Person annehmen. *Deiner* Person."

Die *Kisaki* schüttelte verweigernd den Kopf.

Magie? Attentäter?

„Ich glaube dir kein Wort", murmelte sie. „Hör auf."

Lanys ließ sich nicht beirren.

„Warum, denkst du, sind wir uns in Statur und Größe so ähnlich? Das ist kein Zufall, Asara! Ich wurde für diese eine Aufgabe auserwählt! Jahrelang vorbereitet! Ich sollte dein Vertrauen erschleichen und dich eines Tages überzeugen, doch ein mystisches Experiment mit mir zu wagen. Zum Spaß natürlich – das Ganze nicht mehr als ein kleiner magischer Streich zweier Freundinnen." Lanys pausierte für einen Moment. „Sobald ich den Tausch vollzogen hätte, sollte ich dich... töten und für immer deinen Platz einnehmen."

Asara schlug die Augen auf. Fassungslos starrte sie ihr Gegenüber an. Tränen hatten begonnen, ihre Wangen herabzulaufen.

„Warum erzählst du mir das?" fragte sie tonlos. „Wenn das alles stimmt, warum hast du dann deine Mission nicht schon längst erfüllt?"

Lanys Gesichtsausdruck wurde traurig.

„Wie kannst du das fragen, Asara", wisperte sie. „Ich konnte einfach nicht tun, was von mir verlangt wurde! Du warst so...anders als die Yanfari, von denen mir immer erzählt worden war. Ich habe mich in dich verliebt, Asa! Ich wollte mit den Machenschaften des Ashvolks nichts mehr zu tun haben! Ich war *Dein* geworden – und wollte es für alle Zeit bleiben!"

Asara wünschte sich nichts mehr, als ihrer Freundin glauben. Doch der bittere Nachgeschmack der unerwarteten Offenbarung krampfte ihr das Herz zusammen. Die Jahre ihrer Jugend waren von einer Lüge dominiert worden. Nichts war echt gewesen. Die unschuldige Sklavin, mit der Asara unzählige Stunden verbracht hatte, war in Realität eine gelernte Attentäterin.

Die Welt hatte der jungen Kaiserin von einem Moment zum nächsten den Boden unter den Füßen entrissen. Schwindel attackierte Asaras Sinne. Sie versuchte sich am Beckenrand abzustützen, doch nichts konnte die aufkeimende Übelkeit verbannen.

„Warum erzählst du mir das?" wiederholte sie leise. „Warum jetzt?"

Lanys senkte den Kopf.

„Wenn diese Krieger wirklich von Harun geschickt worden sind... dann werden sie dich töten und mich als Trophäe in die Heimat zurückbringen."

Asara erstarrte ob der Finalität der Aussage. Es lag kein Zweifel in den Worten der Sklavin – nur eiskalter Fakt.

„Töten...?"

Ihre Freundin nickte. Lanys' Stimme wurde eindringlicher.

„Du bist den Mächtigen im Weg, Asara. Und was ist eine bessere Ausrede für eine neue Offensive gegen das verhasste Ashvolk, als ein Attentat auf die *Kisaki*? Du hast selbst gesagt, dass es dem Adel nach Kampf dürstet."

Plötzlich verstand Asara, was Lanys zu sagen versuchte – und warum sie ihr dieses schreckliche Geheimnis wirklich gebeichtet hatte.

„Du willst den Zauber wirken", flüsterte die *Kisaki*. „Du willst mit mir Platz tauschen."

Die Ashen-Sklavin lächelte matt.

„Ich habe dich verraten, Asara. Lass mich wenigstens dein Leben retten. Bitte."

Asara schüttelte den Kopf. Die Tränen hatten wieder zu fließen begonnen.

„Niemals", schluchzte sie. „Niemals..."

Lanys legte ihren Kopf auf die Schulter ihrer Herrin.

„Du solltest mich hassen", sagte sie leise. „Ich habe dich über Jahre hinweg belogen."

Asara schüttelte wortlos den Kopf. Von draußen waren schwere Schritte zu vernehmen, die sich schnell näherten. Lanys stupste die *Kisaki* mit der Nase an. „Ein letzter Kuss, Hoheit? Gewähre mir zumindest diesen einen Wunsch."

Asara blickte auf.

„Ich hasse dich nicht", flüsterte sie. „Und ich bereue keinen Augenblick, den wir zusammen verbracht haben."

Es stimmte. Auch in diesem Moment des Schocks und der Enttäuschung konnte sich Asara nicht dazu zwingen, ihre Gefährtin zu verdammen. Täuschung oder nicht – die letzten Jahre waren *echt* gewesen. So echt wie Asaras Gefühle für ihre freche Wegbegleiterin.

Lanys beugte sich vor, bis sich ihre Lippen beinahe berührten.

„Deine Vergebung ist das schönste Geschenk, das du mir machen konntest. Danke, Asara."

Der Kuss der Sklavin war der innigste, den die junge Kaiserin je gespürt hatte. Auch ihre eigene Zunge war wie von einem Zauber belegt – so geschickt umspielte sie jene ihrer leise stöhnenden Freundin. Gierig kostete Asara jeden Millimeter von Lanys' feuchten Lippen und sog ihren süßen Geschmack in sich auf. Sie schmiegte sich eng an ihre Geliebte. Bebend genoss sie die sanfte Berührung von Lanys' samtweicher Haut auf ihren entblößten Nippeln. Asaras Finger tasteten nach den gefesselten Händen ihrer Freundin. Sie fanden deren seilumschlungene Gelenke. In einer letzten Geste der Vereinigung verschmolzen ihre Finger wie auch ihre ganzen Körper. Der heiße Kuss würde zu einer Flut von Küssen. Aus einem kurzen, innigen Moment wurde die Illusion einer glückseligen Ewigkeit.

Asara merkte nicht, wie sich die Türe öffnete und mehrere Männer den Baderaum betraten. Erst als sie jemand an den Haaren packte und nach hinten zog, kehrte sie widerwillig in die Realität zurück.

Minister Harun stand über ihr und rümpfte die Nase.

„Die *Kisaki* und eine Ashvolk-Hure. Wie passend."

Die maskierten Männer zerrten Asara auf die Beine.

„Nehmt sie mit und tut mit ihr was ihr wollt", befahl Harun. „Euer Volk hat sicherlich Verwendung für eine Verräterin wie sie. Und die Kaiserin…" Ein humorloses Lächeln breitete sich auf seinem Gesicht aus. Er zwirbelte genüsslich seinen Bart. „Tötet sie."

Asaras panischer Blick fiel auf ihre Freundin. Im nächsten Moment erstarrte sie. Ihr gegenüber befand sich nicht mehr die dunkelhäutige Gestalt von Lanys. Asara starrte in ihr eigenes, sonnengeküsstes Antlitz. Auf ihren eigenen, nackten Körper. Sprachlos senkte sie ihren Kopf und blickte an sich selbst herab. Schneeweißes Haar fiel ihr ins Gesicht, als sie sich zitternd vorbeugte. Die Haut ihres Körpers war nicht mehr hell und golden, sondern finster und gräulich.

Lanys hat den Zauber gewirkt.

Die Sklavin hatte gelogen. Asaras Zustimmung war keine Voraussetzung für den Erfolg der Illusion.

„Nein…" wisperte sie, als einer der Ashen-Krieger seinen Dolch zog und einen Schritt auf Lanys… nein, Asara, zutrat.

„Ihr hättet tun sollen, was der Rat von euch verlangt hat", schmunzelte Harun. Sein herablassender Blick lag auf der falschen *Kisaki*.

„Nein! Sie ist nicht…!" rief Asara und riss sich los. Zu spät realisierte sie, dass ihre Fußgelenke nach wie vor gefesselt waren. Sie verlor das Gleichgewicht und stürzte zu Boden. Schmerz explodierte in ihrer Schulter, als sie ungebremst auf den Fliesen aufschlug. Der Minister lachte auf.

„Schafft die Hure hier hinaus und beendet es. Der Rest eurer Bezahlung wartet im Innenhof auf euch." Damit drehte sich Harun auf dem Absatz um und schritt aus dem Raum.

Vergeblich versuchte Asara, sich wieder aufzurappeln. Sie musste tatenlos zusehen, wie der Ashen-Krieger Lanys an der Schulter packte und ungerührt seinen Dolch hob. Die Zeit schien sich zu verlangsamen. Die Blicke der beiden Freundinnen trafen sich. Lanys lächelte sie an. Trotz der magischen Maske, die ihre Züge überlagerte, war es ihr echtes Lächeln. Ehrlich und bedauernd.

„Lebe", hauchte Lanys. „Lebe und sei stark."

Der Dolch durchstieß ihre Haut und sank bis ans Heft in ihre Brust. Die Sklavin öffnete ihren Mund, doch ein Aufschrei des Schmerzes blieb aus. Ihr Lächeln erstarb. Das Feuer in ihren Augen erlosch. Der Krieger ließ ihren Körper los und Asaras Geliebte sank leblos zu Boden.

Asara heulte auf. Alles in ihr krampfte sich zusammen. Sie rang nach Luft und schluchzte. All ihre Kraft war schlagartig aus ihren Gliedern gewichen. Sie konnte nichts tun, um sich gegen die groben Hände zu wehren, die sie unsanft aufhoben. Ihr Blick war starr auf Lanys gerichtet, unter deren Körper sich eine dunkle Blutlache zu bilden begann.

Leere breitete sich in Asaras Geist aus. Lanys war tot. Ihretwegen.

Sie sah langsam zu dem Bewaffneten auf, der ihre wehrlose Form wie eine erstarrte Puppe in seinen Händen hielt.

‚Bringe es zu Ende', wollte sie rufen, doch ihre Stimme versagte. Der Mann erwiderte ihren Blick mit kalten, roten Augen.

Im nächsten Moment traf Asara ein Schlag im Genick und ihre zusammenbrechende Welt wurde von willkommener Schwärze verschlungen.

2

Bitteres Schweigen

Entfernte Stimmen drangen an Asaras Ohr. Sie schienen zu argumentieren. Asara scheiterte daran, Details aus den Worten hinauszuhören. Es wirkte fast so, als ob sich ein dicker Schleier zwischen ihr und den Sprechern befand. Langsam, ganz langsam, kehrte die Welt zu ihr zurück. Die fernen Worte verstummten.

Die *Kisaki* öffnete die Augen. Es war dunkel. Langsam hob sie ihren Kopf. Im nächsten Moment bereute sie die Bewegung: Dumpfer Schmerz explodierte in ihrem Nacken. Sie versuchte ihre Hände an die pochende Stelle zu führen, doch irgendetwas hinderte sie daran.

Asaras Handgelenke waren mit dünnem Seil hinter ihrem Rücken gefesselt. Sie spürte kalten Steinboden auf ihrer nackten Haut und schmeckte altes Leder auf ihrer Zunge. Ein Ball aus dem übelriechenden Material war zwischen ihre Lippen gezwungen und mit einer Art Riemen hinter ihrem Kopf befestigt worden. Der strenge Knebel machte es schwer, einen tiefen Atemzug zu tun. Speichel tropfte aus Asaras Mundwinkel und es gab nichts, was sie dagegen tun konnte.

Die Erinnerung an die Ereignisse im Palast kehrte schlagartig zurück. Asara war von Ashen-Kriegern entführt worden und... Lanys war tot. Lanys, die ungeahnte Magie verwendet hatte, um Asaras Aussehen anzunehmen und die Angreifer zu täuschen. Das Bild des tödlichen Dolches und des bedauernden Blickes ihrer Freundin tauchte vor Asaras geistigem Auge auf. Lanys war tot. Sie hatte sich geopfert, damit Asara leben konnte.

Die Gefangene schluchzte und ließ ihren Kopf sinken. All die Tränen dieser Welt konnten den Verlust nicht erträglicher machen. Dennoch weinte sie um Lanys – weinte, bis die letzte Träne versiegt war und jede Kraft ihren gebeutelten Körper verlassen hatte.

~◊~

Asara lag reglos in der Dunkelheit des fremden steinernen Raumes, als die Tür abrupt aufgestoßen wurde. Der Schein einer flackernden

Öllampe erhellte ihr Gefängnis. Asaras Augen tränten ob der ungewohnten Grelle. Nach einem langen Moment begann ihre Umgebung schließlich Formen anzunehmen.

Der Raum war kleiner als erwartet und mutete an wie eine unterirdische Vorratskammer. Getrocknetes Fleisch hing von Haken an der Decke und diverses Dörrobst füllte tönerne Schalen, die in den Nischen der gemauerten Kaverne standen.

Ein Paar behaarter Füße in Sandalen kam direkt vor Asara zu stehen. Sie hob ihren schmerzenden Kopf und blinzelte in das Licht. Der Mann, der die Lampe trug, war kein Ashen-Krieger. Er war Yanfari mittleren Alters, dessen Hände von Schwielen übersät waren. Ungewaschenes Haar umrahmte sein kantiges Gesicht. Der Blick des Mannes war finster, als er die Gefesselte musterte.

„Ich wurde von deinem Meister angeheuert, dich aus der Stadt zu schaffen", brummte der Yanfari. „Er ist wohl der Meinung, dass du hier keine Zukunft hast." Schnaubend überprüfte er die Seile, die Asaras Hand- und Fußgelenke umschlungen.

„Wundert mich nicht, nachdem was deine Landsleute getan haben." Die Stimme des Mannes wurde kälter. „Die *Kisaki* – möge sie in Frieden ruhen – in ihren eigenen Gemächern zu ermorden…" Er schüttelte den Kopf. „Verflucht sei das Ashvolk."

Asaras Augen weiteten sich und sie blickte an sich herab. Es begrüßten sie der Anblick von grauer Haut und einer Strähne matten, weißen Haares, das über ihre blessierte Schulter hing. Lanys' mystischer Zauber wirkte nach wie vor. Haruns Plan war allem Anschein nach aufgegangen: Er hatte Asaras vermeintlichen Tod dem Ashvolk in die Schuhe geschoben und verfolgte in diesem Moment zweifelsohne seine Agenda des Konflikts. Niemand im Yanfar-Imperium würde ihm widersprechen, wenn es darum ging, Vergeltung an den Mördern der Kaiserin zu üben.

„Du musst viel wert sein", sinnierte der Mann. „Warum sonst würde dein Meister darauf bestehen, dich heute noch aus der Stadt zu schmuggeln?"

Zufrieden, dass Asaras Fesseln noch fest saßen, richtete er sich wieder auf. Er stellte die Öllampe in einer der Mauernischen ab und bedachte seine Gefangene mit einem feindseligen Blick.

„Wir werden euer dämonenanbetendes Volk von Halsabschneidern im Kampf besiegen", grollte er. „Minister Harun wird dafür sorgen. Er wird nicht ruhen, bis der letzte Ashe tot ist oder in Ketten liegt."

Der Yanfari zog Asara an den Haaren in eine aufrechte Position. Die Gefangene stöhnte auf und versuchte sich loszureißen. Die Pranke des Mannes fasste sie am Hals und drückte sie gegen die Wand.

„Du wirst bald Gesellschaft haben, Hure. Du und die Deinigen werden demnächst schon ihre Beine spreizen, wann auch immer wir Yanfari es euch befehlen."

Sein gieriger Blick wanderte Asaras nackten Körper nach unten.

„Du hast Glück, dass dein Meister Wert auf deine Unversehrtheit legt", sagte der Mann und schenkte ihr ein kaltes Lächeln. Im nächsten Moment hob er Asara vom Boden auf und schlang sie über seine Schulter wie einen Sack Getreide. Asara sog scharf die Luft ein und schluckte mit Mühe den Speichel, der sich hinter dem Knebel angesammelt hatte. Ihr Haar fiel über ihr Gesicht und verschleierte ihre Sicht.

„Ich werde dich wie verlangt bei der Karawane vor den Stadttoren abliefern", schnaufte ihr Wärter. „Ab dann bist du das Problem deines Meisters."

Asaras Gedanken überschlugen sich. Wer war dieser ominöse ‚Meister', der sie in Besitz nehmen sollte? Hatten die Ashen-Mörder sie an einen Sklavenhändler verkauft? Der Gedanke trieb der *Kisaki* kalten Schweiß auf die Stirn. Sie musste entkommen, bevor der Yanfari sie an den Stadttoren ablieferte und die offene Wüste jede Aussicht auf Flucht zunichtemachte. Asaras einzige Chance war es, so schnell wie möglich in den Palast zurückkehren und Haruns Verrat ans Licht zu bringen. Der General der Garde würde ihren Worten glauben. Sie mochte zwar das Gesicht einer Ashen-Sklavin tragen, aber ihr Wissen und ihre Worte waren immer noch jene einer Herrscherin.

„Halte still." Ihr Wärter verstärkte den Griff um Asaras Taille und machte sich brummend auf den Weg. Er duckte sich aus der Vorratskammer und stapfte eine schmale Treppe nach oben. Das Haus war klein und vermisste sichtlich die gewissenhafte Hand einer Frau. Staub und Sand hatten sich in jeder Ritze des Bodens festgesetzt. Spinnweben zierten die Wände des nach Schweiß und billigem Tabak riechenden Sandsteinbaus. Der Yanfari trug seine Gefangene vorbei an einer Schlafnische aus altem Stroh und weiter in einen kleinen Geschäftsbereich, in dem abgenutzte Teppiche feilgeboten wurden. In der Mitte des Raumes blieb der Mann unschlüssig stehen.

„Euer Volk ist kein großer Anhänger der Sonne und ihres grellen Lichts, habe ich gehört." Er warf einen schadenfrohen Blick auf ein zerschlissenes Kleid, das auf der Theke des Verkaufsraumes bereitlag. Nach einem Moment setzte er Asara am Boden ab und machte sich an ihren Fußfesseln zu schaffen. Doch anstatt die Stricke zu entfernen, vergrößerte er nur den Spielraum zwischen ihren Gelenken.

„Ich habe nicht vor, dich die ganze Zeit zu tragen", informierte er seine Gefangene. „Auch habe ich mir das mit dem Kleid anders überlegt." Gierig betrachtete er Asaras entblößte Brüste. „Du wirst mir nackt durch die Straßen folgen wie die Hure, die du zweifelsohne bist. Und jetzt steh auf."

Asara schloss für einen Moment die Augen. Auch wenn ihre Hautfarbe aktuell nicht ihre eigene war – ihr Körper war es nach wie vor. Der Gedanke, vor hunderten Menschen unbekleidet durch die Straßen geführt zu werden, ließ ihr die Röte ins Gesicht steigen. Der Mann bemerkte ihren Gesichtsausdruck und lachte auf.

„Die Hure ist schüchtern", bellte er amüsiert. Er zog Asara auf die Beine und gab ihr einen schmerzhaften Klaps auf das Hinterteil. Dann öffnete er die Türe seines winzigen Geschäfts und schob die entmachtete *Kisaki* auf die Straße.

Asara stolperte nach draußen. Der Schein der kräftigen Morgensonne begrüßte sie. Vor ihr schlängelte sich ein schmaler Weg zwischen dicht gedrängten Lehmbauten hindurch und verlor sich im Gewirr der Gassen und Stände. Die sandige Straße war von zahllosen Füßen und Hufen zu einer rauen Masse verdichtet worden. Risse zogen sich wie Spinnweben durch den hartgebackenen Boden. Asaras nackte Füße wurden von glühender Hitze willkommen geheißen.

Jeder Gedanke an Flucht und Vergeltung war schlagartig vergessen. Nichts in ihrem bisherigen Leben hätte Asara auf die Demütigung vorbereiten können, die ihr in diesem Augenblick zuteilwurde. Dutzende Augenpaare fielen auf die gefangene *Kisaki*. Passanten, Arbeiter und Händler folgten ihren stolpernden Schritten mit stechender Intensität. Asaras Wärter gab ihr einen leichten Stoß.

„Bewegung."

Die Stricke um ihre Fußgelenke erlaubten ihr, zumindest kleine Schritte zu tun. Weglaufen stand jedoch außer Frage. Gefesselt und geknebelt wie sie war, würde sie keine zwanzig Schritt weit kommen, bevor sie eingeholt wurde oder komplett außer Atem war. Auch konnte sie sich von den Yanfari keine Sympathie erwarten. Dies merkte sie schnell an den feindseligen Blicken, die ihr von den vorbeigehenden Stadtbewohnern zugeworfen wurden. Das Ashvolk war der Feind – und Asara gehörte zu ihm.

„Warte einen Moment", brummte ihr Wärter und fasste sie an der Schulter. In seiner freien Hand hielt er etwas, das wie ein ledernes Band aussah. „Du hast etwas vergessen."

Er lachte humorlos und schlang den Lederriemen fest um Asaras Hals. Mit einer in ihrem Nacken zu liegend kommenden Schnalle verschloss er das beschlagene Band. Ein metallener O-Ring zierte dessen Vorderseite. An diesem befestigte der Mann ein kurzes Seil.

„Eine Leine für die Ashen-Prinzessin", murmelte er zufrieden und zog testweise an dem Strick. Asara stolperte einen Schritt nach vorne. Der

Riemen lag eng an ihrer Haut und erinnerte an ein paar kräftige Hände, die sich gnadenlos um ihre Kehle schlossen. Ihre Atmung beschleunigte sich und sie kämpfte gegen die aufkeimende Panik. Schweißperlen bildeten sich auf ihrer Stirn und sie sank gegen die Wand. Doch der Mann zeigte keinerlei Mitgefühl. Er schloss die Tür hinter sich und ging los, ohne Asara weiter zu beachten. An ihrer kurzen Leine zerrte er seine keuchende Gefangene hinter sich her. Asara blieb nichts anderes übrig, als ihm mit schnellen, trippelnden Schritten zu folgen.

Ein Funken verzweifelter Entschlossenheit schaffte es schließlich, die drückende Angst in den Hintergrund zu drängen. Sie war noch am Leben. Nur das zählte. Es dauerte jedoch nicht lange, bis sie die Schmach ihrer Situation erneut einholte. Mit hochrotem Gesicht passierte Asara Marktstände und Wohnhäuser. Sie spürte die gierigen Blicke, die ihr auf Schritt und Tritt folgten. Die Männer musterten sie wie ein Stück begehrenswerter Ware, während viele Frauen offen ihre Missbilligung zeigten. Asara war das Bild einer hochkarätigen Lustsklavin: Ihr nackter Körper war jung, wohlgeformt und zeigte keine Spuren harter physischer Arbeit. Das stramme pinke Fleisch ihrer offen präsentierten Lustspalte zog die Aufmerksamkeit vieler Passanten auf sich. Es fiel Asara nicht schwer sich vorzustellen, was mit ihr passieren würde, wenn ihr Wärter sie hier und jetzt zurückließ. So eilte sie dem Yanfari hinterher und mied jeden Blickkontakt mit ihren ehemaligen Untertanen.

Trotz ihres gesenkten Hauptes erkannte Asara einige der weißgetünchten Gebäude wieder. Sie befand sich in der Unterstadt von Al'Tawil, nicht unweit des großen Bazars. Der Geruch von gebratenem Fleisch gemischt mit dem Gestank von gegerbtem Leder und getrocknetem Kot stieg ihr in die Nase. Simpel gekleidete Yanfari passierten sie links und rechts. Hohlwangige Kinder saßen in den schmalen Gassen oder standen in kleinen Gruppen beisammen. Zwei ältere Frauen klopften den Staub aus einem an einer schlaffen Wäscheleine hängenden Teppich während ein ausgemergelter Hund um ihre Füße schlich. Ratten wühlten sich durch Berge gärenden Abfalls.

Vom bunten Prunk des Palastbezirks war hier nichts zu sehen. Die meisten Menschen gingen mit grimmigen Gesichtern ihren täglichen Geschäften nach. Es befanden sich nur wenige Sklaven unter dem einfachen Volk – die wenigsten Yanfari von niedriger Geburt konnten sich Leibeigene leisten. Die Menschen hier waren *frei* – und dennoch hatte die gesamte Atmosphäre etwas resignierend Nüchternes an sich. Unterhaltungen wurden nicht durch Gelächter unterbrochen und auch das lautstarke Feilschen an den Ständen klang halbherzig. Düstere Stimmung lag wie eine Wolke über der Stadt.

Ein Zug an ihrer Leine zwang Asara, ihre Schritte wieder zu beschleunigen. Der hartgebackene Sand brannte auf ihren nackten Fußsohlen. Schweiß tropfte von ihrer Stirn und ihr Mund fühlte sich ausgetrocknet an. Selbst der Speichel, der zuvor noch an ihrem Knebel vorbeigesickert war, war versiegt. War es die Haut des sonnenscheuen Ashvolks, die sie die Hitze so gnadenlos spüren ließ? Oder war es die Scham und das fehlende Gewand, das jeden Sonnenstrahl wie die Berührung einer Flamme erscheinen ließ?

Asaras Peiniger blieb unvermittelt stehen. Die gefesselte *Kisaki* konnte sich gerade noch rechtzeitig einbremsen, bevor sie mit ihm zusammenstieß. Eine Menschentraube hatte sich auf der Straße vor ihr gebildet. Aus den verhaltenen Gesprächen hörte Asara heraus, dass eine Versammlung auf dem Platz des großen Bazars einberufen worden war. Der Name des vermeintlichen Sprechers ließ sie erstarren.

„Minister Harun adressiert das Volk", murmelte eine Frau mit einem dattelgefüllten Korb. Ein junger Mann stellte sich auf ein leeres Fass am Rande der Straße und verschaffte sich einen Überblick.

„Der gesamte Adel ist versammelt", berichtete er stirnrunzelnd. „Der General, der Hohe Rat... alle sind sie hier."

Eine Hand packte Asara am Oberarm.

„Wir nehmen eine Abkürzung", grollte ihr Wärter und schob sie in eine Seitengasse. Zwei Abbiegungen später hallte ein lauter Gong durch die Straßen von Al'Tawil. Es wurde ruhig – als ob die Stadt kollektiv den Atem anhielt. Selbst Asaras Wärter verlangsamte seine Schritte und erklomm kurzerhand das Flachdach eines alten Teehauses. Die Gefangene mühte sich noch mit der ersten Stufe ab, als der Mann sie kurzerhand an der Hüfte packte und zu sich nach oben zog. Asara sank im Halbschatten des höheren Nachbarhauses auf die Knie und keuchte in ihren Knebel. Ihre gefesselten Hände schmerzten und das enge Halsband scheuerte an ihrer Haut. Für einen Moment spürte sie erneut die aufwallende Panik ob ihrer ausweglosen Situation. Sie konnte nicht sprechen, nicht laufen und wurde wie ein Hund an der Leine geführt. Sie konnte sich nicht einmal an der Nase kratzen oder den getrockneten Speichel wegwischen, der an ihrer Wange und ihren Brüsten klebte. Einige wenige Seile und Riemen hatten sie zur machtlosen Sklavin eines Fremden degradiert. Ihr Intimbereich wurde für alle sichtbar zur Schau gestellt. Nicht in ihren düstersten Träumen hätte sich die *Kisaki* ausgemalt, einmal derart erniedrigt zu werden.

Mit der Scham und der Angst kehrte auch das geistige Bild ihrer Freundin zurück. Minister Harun, der nur unweit von ihr entfernt das Rednerpodest erklomm, war für Lanys' Tod und Asaras Misere verantwortlich. Asaras Trauer verwandelte sich zusehends in Wut. Sie würde sich befreien und dem Verräter den ihr zugefügten Schmerz tausendfach zurückzahlen.

Ein weiter Gong hallte durch die Unterstadt. Harun, den sie von ihrer Position aus als kleine, scharlachrot gekleidete Figur erkennen konnte, hob beide Hände. Seine ruhige Stimme trug erstaunlich weit.

„Volk des stolzen Yanfar-Imperiums!" dröhnte er. „Die *Kisaki* ist tot. Ein Trupp feiger Ashvolk-Attentäter ist in der Nacht in den Palast eingedrungen und hat sie brutal ermordet. Das gesamte Reich trauert um die junge Kaiserin."

Er senkte demütig seinen Kopf. Asaras Hände ballten sich zu Fäusten. Wären die Seile nicht gewesen, so wäre sie sofort aufgesprungen, um den Schakal eigenhändig zu erwürgen.

„Die imperiale Garde hat die Eindringlinge im Palasthof gestellt und erschlagen. Niemand ist entkommen. Doch…" Er streckte eine Faust gen Himmel. „Doch diese Freveltat fordert mehr als nur das Blut der hinterhältigen Mörder. Sie fordert *Vergeltung*."

Ein wütendes Raunen ging durch die versammelte Menge. Yanfari hoben ihre Hände und senkten ihre Köpfe als Zeichen der Trauer. Asaras Name lag auf den Lippen der Menschen. Die Tränen, die von vielen geweint wurden, waren echt.

Asaras Herz krampfte sich zusammen. Dieses Volk – ihr Volk – trauerte um die vermeintlich tote Herrscherin. Trotz des politischen Gegenwinds hatte sie es während der wenigen Monate ihrer Regentschaft tatsächlich geschafft, den Menschen etwas Gutes zu tun. Die Yanfari liebten sie, so wie auch Lanys sie geliebt hatte. Doch Harun würde all dies mit seinen nächsten Worten zerstören. Er würde das tun, was ein Dolch alleine nie geschafft hätte – er würde alles, wofür Asara stets gestanden hatte, mit Füßen treten.

„Bitte, lasst mich sprechen", flehte Asara den Mann an, der das Ende ihrer Leine in Händen hielt. Doch der Knebel verschlang ihre Worte und heraus kamen lediglich unverständliche Laute. Asaras Wärter schenkte ihr einen mitleidigen Blick und wandte sich wieder dem Schauspiel auf dem Marktplatz zu.

„Gemäß den Wünschen der *Kisaki* – möge sie auf uns herablächeln – übernehme ich den vorläufigen Vorsitz im Hohen Rat", verkündete Harun. „Mein erster Akt wird es sein, unsere Krieger an die Grenze zum Ashen-Dominion zu entsenden und alle Wachposten entlang dieser zu zerstören. Danach wird die imperiale Garde den Fluss Esah überqueren und in das Ashen-Kernland eindringen. Wir werden nicht ruhen, bis Ravanar in Schutt und Asche liegt!"

Überall auf den Straßen brach Jubel aus. Asara sank gegen die Balustrade des Flachdaches und senkte ihren Kopf. Tränen der Resignation liefen ihre Wangen herab. Doch Harun war noch nicht fertig.

„Der kommende Krieg kann nur durch die Einheit aller Yanfari getragen werden", betonte er eindringlich. „Getreu den Wünschen der Kaiserin wird ab heute jedem anerkannten Haus gestattet, Sklaven in unbegrenzter Zahl zu halten. Zugleich besteht nun für alle Verschuldeten die Möglichkeit, zwischen Leibeigenschaft und Armeedienst zu wählen. Ashvolk-Gefangene und -Sklaven werden entsprechend ihres Beitrags zum Wohle des Reiches entweder zur Arbeit in die Eisenminen entsandt…oder hingerichtet."

Verhaltener Jubel war zu hören. Erst langsam schien es den Menschen zu dämmern, was diese Verlautbarung tatsächlich bedeutete. Als Harun fortsetzte und das Einheben einer Kriegssteuer verkündete, wurden die Gesichter grimmig. Für lange Minuten erwartete Asara, lauten Protest zu hören. Das Volk würde sich zweifelsohne auflehnen und den verlogenen Minister von seinem Podest zerren. Doch der kollektive Aufschrei blieb aus. Je länger Harun sprach, desto geringer wurde ihre Hoffnung auf den Funken einer Revolution. Die Trauer und die Resignation der Yanfari waren stärker als die ungeliebten Dekrete des Adels.

Sie haben ihre untergeordnete Stellung in der Gesellschaft akzeptiert.

Der Gedanke kam ungebeten. Doch Asara wusste, dass es die bittere Wahrheit war. Akzeptanz und Ergebung waren stärker als Gerechtigkeitssinn und Stolz. Die einfachen Yanfari hatten nicht die Kraft, sich gegen ihre Führer aufzulehnen. Ihr Volk war gewohnt zu tun, was von ihm verlangt wurde. Die einzige Person, die sich jemals gegen das alte Geld aufgelehnt hatte, war sie selbst gewesen.

Und seht, was es mir eingebracht hat, dachte sie bitter. Wären nicht die Schmerzen in Armen und Kiefer gewesen, hätte Asara wohl laut aufgelacht. Gelacht und geweint, geschrien und geschluchzt. Doch stattdessen fühlte sie sich leer. Sie war machtlos – so machtlos, wie sie es noch nie zuvor gewesen war. Sie registrierte kaum, wie der Mann sie aufhob und über seine Schulter warf. Erst als sie wenig später wieder auf der Straße abgesetzt wurde, hob sie müde ihren Blick.

Sie befand sich nahe dem Stadttor. Preiswerte Tavernen und Teehäuser begrüßten Reisende und Händler. Handwerker arbeiteten im Schutz überdachter Vorbauten oder priesen an simplen Verkaufsständen ihre Waren an. Das Dröhnen der Schmiedehämmer hallte durch die Gassen. Eine Gruppe mit Speeren bewaffneter Soldaten patrouillierte in der Mittagshitze. Ihr Anführer warf Asara einen misstrauischen Blick zu, verlangsamte aber nicht seine Schritte. Asaras Wärter umklammerte ihre

Leine nahe am Halsband und sah sich suchend um. Bevor sie seinem Blick folgen konnte, traf Asara etwas Nasses am Rücken. Verdutzt drehte sie sich um.

„Stirb, Ashvolk!" schrie ein junges Mädchen und spuckte erneut. Der Speichel traf Asara am Bein. Ein sie begleitender Junge griff nach einem Haufen Kameldung und schleuderte ihr die stinkende Masse an die Schulter. Mit geweiteten Augen wich die Gefangene zurück. Weitere Rufe ertönten. Ein faustgroßer Stein verfehlte ihren Kopf um nur wenige Zentimeter. Asara zuckte zusammen und zog verängstigt ihren Kopf ein. Der Hass der Menschen brannte heißer als die unbarmherzige Sonne.

„Zeit zu gehen", grollte der Yanfari und gab ihrer Leine einen scharfen Ruck. Zum ersten Mal folgte sie ihm willentlich. Hasserfüllte Schreie und Wurfgeschoße folgten Asara bis zum Stadttor und fast den ganzen Weg zum Karawanendorf vor den Mauern Al'Tawils. Erst hier draußen, am Rande der lebensspendenden Oase, verklangen die Rufe schließlich. Atemlos und wieder alleine mit ihrem Wärter, sah sich Asara um.

Dutzende weiße Zelte bevölkerten den harten Sand vor der Stadt, wo reisende Händler ihr Lager aufgeschlagen hatten. Einige wenige Sträucher und vereinzelte Palmen unterbrachen die weite Fläche. Es roch nach Kamelen und exotischen Gewürzen. Sklaven be- und entluden die stoischen Tiere während andere Arbeiter Vorräte transportierten oder am nahen Brunnen Wasserschläuche füllten.

Zielsicher führte sie ihr Bewacher an eines der abgelegenen Zelte. Er blieb davor stehen und wandte sich an seine Gefangene.

„Wir sind hier", sagte er und überprüfte erneut ihre Fesseln. Zufrieden, dass sich diese nicht gelockert hatten, nickte er zum Zelteingang.

„Wenn ich du wäre, würde ich mich benehmen. Diese Wüstennomaden verstehen keinen Spaß." Er lächelte grausam. „Zumindest stecken sie ihre Schwänze gerne in Ashvolk-Huren."

Damit bückte er sich in das Zelt und zog die leicht zitternde Asara hinter sich her.

Im Inneren war es nahezu dunkel. Lediglich eine einzelne Lampe erhellte die karge Einrichtung. Asara roch den süßlichen Tabak einer Wasserpfeife. Zwei Männer saßen auf einem abgewetzten Teppich und unterhielten sich leise. Beide trugen weite, schwarze Beduinengewänder und hatten sich den dazugehörigen Überwurf trotz der Hitze eng um den Kopf geschlungen. Die Männer blickten auf und musterten die nackte Sklavin wie ein Stück Ware.

Sklavin. Das ist es, was ich jetzt wohl bin.

Es war ein hohler Gedanke, frei von jeglicher Emotion. Ihr namenloser Peiniger zog kurz an ihrer Leine und Asara sank gehorsam auf die Knie. Es würde ihr nichts Gutes tun, die eindeutige Aufforderung zu ignorieren.

Einer der Nomaden griff unter seinen Umhang und zog einen Beutel hervor. Kommentarlos warf er diesen dem Yanfari zu, der die Münzen mit breitem Grinsen auffing und sich verbeugend zurückzog. Asara blieb auf dem Teppich kniend zurück. Eine Minute verstrich, ohne dass ein Wort gesprochen wurde. Dann wandte sich der schmälere der beiden Männer an den anderen.

„Ich verstehe nicht, warum du das Risiko eingegangen bist, Raif", sagte er leise. Der Angesprochene zuckte mit den Schultern.

„Es ist Teil unserer Mission", entgegnete er und erhob sich langsam. Seine Bewegungen muteten an wie die eines Raubtiers – geschmeidig und präzise. Der andere schüttelte den Kopf und lehnte sich zurück.

„Unsere Mission?" lachte er humorlos. „Unsere Mission war ein Reinfall und endete in einem Hinterhalt. Wir haben fünf Männer verloren, Raif. Fünf."

Der Mann, den der Schmächtigere ‚Raif' genannt hatte, kam vor Asara zu stehen. Er schob seine Hand unter ihr Kinn und hob es an. Ihre Blicke trafen sich. Zu Asaras Entsetzen glänzten die Augen des Mannes in einem rötlichen Ton.

„Ich habe meine Gründe", murmelte er. „Und ich würde dir raten, diese nicht zu hinterfragen."

Der andere verstand die Warnung und verstummte.

„Die *Kisaki* ist tot", setzte Raif fort. „Verrat hin oder her: Unsere Mission war ein Erfolg." Er ging vor Asara in die Hocke und fuhr mit dem Daumen über ihren Ballknebel.

„Die getreue Leibsklavin der Kaiserin ist die perfekte Trophäe. Ein einst stolzes Ashen-Mädchen, das sich unsterblich in ihre Herrin verliebt hat."

Eine Träne lief Asaras Wange hinab und sie senkte ihren Kopf. Raif wischte das Nass mit dem Handballen ab. Seine Berührung war erstaunlich sanft.

„Du wirst tun, was ich sage, nicht wahr?" fragte er die Gefangene. „Zeige Gehorsam, und du wirst den Kuss meiner Gerte nur selten zu spüren bekommen. Vielleicht werde ich untertags sogar den Knebel entfernen und dich weniger streng fesseln. Dafür wirst du mir stets gehorchen und alle Fragen über die Yanfari beantworten, die ich dir stellen werde. Hast du verstanden?"

Asara nickte nach kurzem Zögern. Obwohl sich ein Teil von ihr um jeden Preis widersetzen wollte, verstand sie ihre missliche Lage nur zu gut. Ihr Stolz hatte in jenem Moment seine Existenzberechtigung verloren, in dem sie nackt auf die Straße gestoßen worden war. Im Augenblick blieb ihr nichts anderes übrig, als ihre neue Position zu akzeptieren. Sie würde sich irgendwie das Vertrauen dieser Männer erschleichen und sich dann im richtigen Moment befreien. Bis dahin würde sie die folgsame, aber ungebrochene Sklavin mimen. Irgendetwas sagte ihr, dass das Ashvolk diese Art von Stärke zu schätzen wusste.

Asara hob ihren Blick und kniete sich aufrecht vor den Beduinen mit der so angenehm tiefen Stimme. Ihre gefesselten Hände kamen in ihrem Hohlkreuz zu liegen. Sie war sich bewusst, wie verdreckt und heruntergekommen sie war. Trotzdem würde sie sich vor Raif und seinem Untergebenen nicht verängstigt zeigen. Es war kein Stolz, der sie dazu veranlasste – es war ein Funke ihrer alten Sturheit. In ihrem letzten Atemzug hatte Lanys sie angefleht, stark zu sein. Zu *überleben*. Trotz aller Verzweiflung und Angst hatte Asara beschlossen, diesen finalen Wunsch ihrer Freundin zu erfüllen. So kniete sie vor dem dunkel gekleideten Mann auf dem Boden und akzeptierte zum ersten Mal die unnachgiebigen Seile, die neben dem ledernen Knebel ihre einzigen Kleidungsstücke darstellten. In ihrem Kopf wurde beides zu ihrer Rüstung – und sie trug diese mit erhobenem Haupt.

„Sie hat Feuer", sagte Raif leise. Der andere schnaubte nur. Der Anführer ignorierte seinen Begleiter und begann, seinen Kopfüberwurf langsam zu entfernen. Unter dem Stoff kam nachtgraue Haut zum Vorschein. Obwohl Asara innerlich damit gerechnet hatte, beschleunigte der Anblick des Ashen-Kriegers dennoch ihren Herzschlag. Mit großen Augen starrte sie in sein wie aus Marmor gemeißeltes Gesicht. Seine Züge waren streng und forschend. Der einzige Makel in seinem perfekten Gesicht war die leicht gekrümmte Nase, die fast so wirkte, als ob sie wiederholt gebrochen und gerichtet worden war. Sein langes Haar war schwarz – ungewöhnlich für das Ashvolk – und wurde von einem dünnen Riemen zu einem simplen Zopf zusammenführt.

„Missverstehe meine Güte niemals als Schwäche, Sklavin", sagte Raif mit fester Stimme. „Ich bin kein vergebender Meister."

Damit griff er zu seinem Gürtelmesser und beugte sich zu Asara hinab. Mit einer schnellen Bewegung durchschnitt er ihre Handfesseln. Die *Kisaki* stöhnte leise auf, als das Blut wieder zurück in ihre Glieder floss. Sie rieb ihre schmerzenden Gelenke und tastete nach dem Verschluss ihres Knebels. Doch Raif schüttelte den Kopf und Asara hielt inne.

„Der Knebel bleibt. Du hast dir das Recht zu sprechen noch nicht verdient." Der Ashen-Anführer griff in seinen Beutel und zog ein Tuch hervor.

„Geh dich waschen. Der Brunnen ist in der Mitte des Lagers." Asara nahm den rauen Stoff dankbar entgegen. Raif sah sie warnend an.

„Wenn du versuchst davonzulaufen, wirst du es bereuen", sagte er. „Auch wirst du deine Fußfesseln und den Knebel nicht anrühren. Verstanden?"

Erneut nickte Asara und erneut meinte sie es ehrlich. Irgendetwas sagte ihr, dass sie der Mann sehr genau beobachten würde. Jetzt schon einen Ausbruchsversuch zu wagen, würde ihr nichts Gutes tun. So verließ sie mit dem Tuch bewaffnet das Zelt und eilte zum Brunnen, vor dem sich eine Schlange aus Arbeitern und Sklaven gebildet hatte. Niemand schien Asara zu beachten. Geduldig wartete sie, bis sie an die Reihe kam.

Ein leises Stöhnen entkam ihren Lippen, als sie das kühle Nass über ihr Gesicht träufelte. Jeder Wassertropfen, der ihren Knebel passierte, wurde gierig aufgesogen. Nachdem sie ihren schlimmsten Durst gestillt hatte, wusch sie den Schmutz ab, der ihre Haut und ihr Haar verklebte.

Gestärkt und erfrischt wandte sie sich zum Gehen. Plötzlich packte sie jemand an der Schulter und wirbelte sie herum. Es war einer der Wasserträger, der hinter ihr in der Schlange gestanden hatte. Ein schmales Halsband aus Metall identifizierte ihn als Sklaven eines der großen Handelshäuser. Er war hager von Statur und hatte kurzgeschorenes, blondes Haar.

„Was macht eine eitle Ashvolk-Hure an unserem Brunnen?" zischte er. Der Mann hielt kurz inne, als er ihren Knebel sah. Ein gieriger Ausdruck breitete sich auf seinem Gesicht aus, als er Asaras nackten Körper musterte. Im nächsten Moment stieß er die *Kisaki* wortlos zu Boden und presste sie mit seinem gesamten Körpergewicht in den Sand. Seine Knie fixierten schmerzhaft ihre Hände. Panisch versuchte Asara sich loszureißen – doch ohne Erfolg. Sie schrie in ihren Knebel, doch auch dieser Laut wurde von dem Lederball zu einem simplen Stöhnen gedämpft. Der Sklave verpasste ihr eine schallende Ohrfeige und fingerte ungeschickt am Hüftband seiner Hose. Asaras Geist war wie leergefegt. Ohne nachzudenken rammte sie ihm die freigewordene Hand in den Bauch. Der Schlag war nicht allzu kräftig, brachte den Angreifer aber sichtlich aus dem Konzept. Asara riss sich los, rappelte sich auf, und lief. Die knappen Fußfesseln verwandelten ihre Flucht jedoch schon nach wenigen Metern in ein ungeschicktes Stolpern. Eine Hand packte sie am Handgelenk und sie ging erneut zu Boden. Heißer Atem blies in ihren Nacken.

„Das wirst du bereuen, Hure", zischte der Sklave. Ohne Vorwarnung teilten seine schwieligen Finger Asaras Lustspalte. Im nächsten Moment spürte sie, wie sein geschwollener Phallus brutal in sie eindrang. Sie schrie auf – vor Schmerz und vor Scham – und trat wild um sich. Doch der kräftigere Mann drückte ihr Gesicht in den Staub und nahm sie gnadenlos von hinten. Ohne Finesse oder Zurückhaltung stieß er immer und immer wieder in ihre trockene Liebesöffnung. Als Asara bereits fürchtete, sie müsse bersten, ließ er plötzlich von ihr ab. Die Feuchtigkeit seines Samens blieb aus. Schluchzend und mit pochendem Unterleib kroch Asara davon und blieb wenige Meter weiter schwer atmend liegen. Jemand röchelte hinter ihr. Zitternd drehte sie sich um.

Raif, erneut maskiert, stand mit blutiger Klinge über dem zuckenden Körper des Sklaven. Der Ashen-Krieger hatte sein Kurzschwert von hinten in das Herz des Mannes gestoßen, der nun im Sand nach Luft schnappte. Es war still geworden im Lager, als sich die Yanfari nach der Ursache des plötzlichen Tumults umsahen. Während die versuchte Vergewaltigung kaum beachtet worden war, schien der Tod des Wasserträgers sehr wohl registriert worden zu sein. Raif trat an Asara heran und hob sie mühelos vom Boden auf.

„Komm", sagte er ruhig. „Es wird Zeit, aufzubrechen."

Der Ashen-Krieger entfernte ihre Fußfesseln und trug sie zurück in das Zelt wo er ihr half, sich Streifen weißen Stoffes um Unterleib und Brüste zu wickeln. Die improvisierte Bekleidung war das schönste Geschenk, dass Asara jemals erhalten hatte. Dankbar adjustierte sie ihre neue Gewandung. Raifs Begleiter hatte in der Zwischenzeit zwei Kamele gesattelt und wartete vor dem Zelt. Wortlos hob er die zitternde Asara auf eines der Reittiere und fesselte ihre Fußgelenke an die Steigbügel. Ihre Hände band er vor ihrem Körper an die Zügel. Die Leine des Halsbandes schlang er wie einen Harnisch um Asaras Torso.

Raif schwang sich hinter ihr in den Sattel und legte eine Hand um ihre Hüfte. Mit der anderen öffnete er die Schnalle ihres Knebels. Der angesammelte Speichel lief aus ihrem Mund, als der Krieger den verhassten Lederball endlich entfernte. Schnell wischte sie die Flüssigkeit mit dem Handrücken ab und leckte über ihre gesprungenen Lippen. Gierig sog Asara die warme Wüstenluft ein.

„Danke", hauchte sie. Ihre Stimme klang in ihren Ohren fremdartig und rau. Raif nickte nur. Das Kamel setzte sich in Bewegung. Für lange Minuten ritten sie schweigend hintereinander.

„Du nimmst die Kräuter?" fragte Raif unvermittelt. Es dauerte einen Moment bis Asara verstand, worauf er ansprach. Der fremde Sklave war in sie eingedrungen – und der Ashen-Krieger wollte wissen, ob die Tat ungewollte Konsequenzen haben würde.

Die *Kisaki* nickte. Für die Frauen von Haus Nalki'ir war Verhütung bis zum 25. Geburtstag selbstverständlich. Raya war stets sichergegangen, dass ihre Tochter die jährliche Tortur pünktlich absolvierte. Die Kaiserin hatte sich sogar persönlich um sie gekümmert, während Asara im

Fieberdelirium darniederlag. Es war die einzige Zeit gewesen, in der die junge˙ Thronfolgerin ihre Mutter mehrere Tage am Stück zu sehen bekommen hatte.

Asara verdrängte die unerwünschte Erinnerung wie auch die Gedanken an das, was in dem Lager beinahe passiert wäre. Sie schloss die Augen und konzentrierte sich stattdessen auf das Schwanken des dahinschreitenden Tieres. Sie war am Beginn einer Reise ins Unbekannte. Ihr Beschützer war ausgerechnet einer der Männer, die für ihre Entführung und Lanys' Tod verantwortlich waren. Sie war alleine unter Feinden. Mit jeder Minute die verstrich, rückte ihre Heimat – und damit alles Vertraute – weiter in die Ferne. Der vergangene Tag hatte ihr alles genommen – alles bis auf ihr nacktes Leben.

Asara öffnete die Augen und blickte für lange Zeit auf ihre zierlichen Handgelenke, die von dünnem Ashen-Seil zusammengehalten wurden. Es war ein Anblick, an den sie sich wohl gewöhnen musste. Asara Nalki'ir war nicht mehr die *Kisaki* des Yanfar-Imperiums.

Mit dem heutigen Tag war sie nichts weiter als eine Sklavin.

3

Erwachen

Asara warf einen wehmütigen Blick über ihre Schulter. Die goldenen Sanddünen der Yanfar-Wüste erstreckten sich soweit das Auge reichte. Al'Tawil und die fruchtbare Oase, die die Stadt mit Nahrung und Wasser versorgte, waren bereits vor Stunden in der Entfernung verschwunden. Zurück blieben der ewige Sand und das geisterhafte Flirren der heißen Mittagssonne.

Entgegen ihrer Erwartungen führte die Reise nicht nach Norden und damit näher an das Gebiet des Ashen-Dominions. Raif und sein Begleiter hielten direkt nach Südosten. Die einzige größere Stadt in dieser Richtung war Masarta, eine Hafenmetropole an der südlichen Spitze des imperialen Festlandes. Doch zwischen Al'Tawil und der fernen Küstenstadt lagen zwei Wochen des Ritts durch die unnachgiebige Hitze. Die wenigen Oasen an der Strecke waren klein und wurden meist von einer gut bewaffneten Yanfari-Garrison bewacht. Asara bezweifelte, dass die beiden Ashen-Krieger es riskieren würden, dort ihr Lager aufzuschlagen. So blieb nur die Wildnis. Die ehemalige *Kisaki* war sich nicht sicher, wovor sie sich mehr fürchtete: den brennenden Sonnenstrahlen unter Tags oder den eiskalten Nächten.

Asara wischte sich über die Stirn und zog die Kapuze ihres zerschlissenen Beduinengewandes tiefer in ihr Gesicht. Raif hatte ihr die knappe Robe kommentarlos überlassen, als die kleine Gruppe das Becken von Al'Tawil hinter sich gelassen hatte. Wären die Seile um Hand- und Fußgelenke nicht gewesen, so hätte man Asara für eine normale, wenn auch etwas heruntergekommene Mitreisende halten können.

Stunden vergingen, ohne dass ein Wort gesprochen wurde. Die beiden Ashen-Krieger machten keine Pausen und tranken kaum. Es dauerte nicht lange, bis Asaras Mund wieder ausgetrocknet war. Dennoch wagte sie es nicht, ihren ‚Besitzer' um den Wasserschlauch zu bitten. So wenig sie die Kultur der Ashen auch verstand, eines war ich doch klar: Jedes Zeichen von Schwäche würde die Missgunst ihrer Wärter auf sie ziehen. Es war besser, die Hitzequalen schweigend zu ertragen.

Die Sonne sank schließlich unter den Horizont. Doch auch mit der Dämmerung machten die beiden Krieger keine Anstalten anzuhalten und ein Lager aufzuschlagen. Monoton schaukelnd stapften die Kamele weiter gen Südosten. Mit dem aufgehenden Mond glitzerten bald die ersten Sterne über der nächtlichen Wüste. Die Temperaturen begannen rasant zu fallen. Wo Asara zuvor noch geschwitzt hatte, begann sie nun zu zittern. Je länger die nächtliche Reise dauerte, desto mehr überkam sie die zunehmende Erschöpfung. Schließlich konnte sie kaum noch die Augen offenhalten. Zum ersten Mal seit Reisebeginn war sie dankbar, dass die rauen Stricke sie fest im Sattel hielten.

„Wir schlagen hier unser Lager auf", unterbrach Raif unvermittelt die Stille. Asara blinzelte benommen und sah sich im hellen Mondlicht um. Die Kamele waren in einer wenige Meter durchmessenden Mulde zu stehen gekommen. Felsen lugten unter dem Sand hervor und boten ein Mindestmaß an Deckung vor Wind und suchenden Blicken. Raifs Begleiter stieg wortlos ab und machte sich daran, das simple Zelt aufzubauen. Der Anführer glitt ebenfalls aus dem Sattel und löste Asaras Fesseln. Mit zitternden Knien stieg die entthronte *Kisaki* ab und streckte ihre schmerzenden Gliedmaßen. Zu ihrer Verwunderung hatten die strengen Seile keine wunden Stellen an ihrer Haut hinterlassen. Lediglich schwache Striemen an den Gelenken zeugten von den langen Stunden der Fesselung.

Raif sah seinem Kameraden gelassen bei der Arbeit zu. Nach einer Weile zog er ein Stück Trockenfleisch aus seiner Satteltasche und begann langsam daran zu kauen. Asara hatte jedoch nur Augen für den Wasserschlauch. Der Ashen-Krieger folgte ihrem Blick. Schnell senkte sie den Kopf. Raif trat zurück an das Kamel und entnahm das Behältnis mit dem kühlen Nass.

„Trink."

Schnell griff Asara nach dem angebotenen Schlauch und nahm einige gierige Schlucke. Dabei spürte sie den forschenden Blick des Kriegers ungebrochen auf sich ruhen. Der andere Mann hatte das Zelt mittlerweile aufgestellt und stapfte, bewaffnet mit Schwert und Dolch, in die Dunkelheit. Obwohl er Raifs Blick vermied, stand ihm seine Meinung ins Gesicht geschrieben: In seinen Augen war jeder Tropfen Wasser an Asara ein verschwendeter.

Als sie getrunken hatte, deutete der Mann an den Rand der Mulde.

„Geh und erleichtere dich. In der Nacht wirst du keine Gelegenheit mehr dazu bekommen."

Mit rotem Gesicht leistete Asara Folge. Schnell merkte sie, dass Raif nicht vorhatte, sie bei der Vollführung ihrer Notdurft aus den Augen zu lassen. Die neuerliche Schmach gesellte sich zu den Erniedrigungen des letzten Tages und zeichnete ein ernüchterndes Bild. Ihr Körper war nicht mehr der ihre. Wie ein Tier kauerte sie vor dem Ashvolk-Mann, der sie sichtlich unbeeindruckt beobachtete. Als die letzten Tropfen versiegt waren und sie mit gesenktem Kopf zum Zelt zurückkehrte, warteten bereits einige Seile auf sie.

„Bitte nicht", flüsterte Asara. Die Vorstellung, ihre gerade gewonnene Freiheit wieder einzubüßen, erfüllte sie mit Grauen. Warum musste sie die Nacht in Fesseln verbringen? Wohin sollte sie denn fliehen? Rundherum befand sich lediglich Wüste. Alleine und ohne Proviant würde sie keine zwei Tage überleben.

Der Ashen-Krieger zeigte sich unbeeindruckt.

„Knie nieder", befahl er. Als Asara nicht sofort Folge leistete, zog er eine dünne Reitgerte aus seiner Satteltasche. Ehe die *Kisaki* wusste, wie ihr geschah, traf sie das harte Leder mit voller Wucht am Hinterteil. Der Schmerz kam einen Moment später. Sie schrie auf und sank zitternd auf die Knie. Ein weiterer Schlag traf sie am Rücken. Beide Stellen begannen zu pochen und ein Gefühl der brennenden Hitze breitete sich um die wunde Haut aus. Tränen stiegen ihr ins Gesicht.

„Hände hinter den Rücken", orderte Raif. Diesmal zögerte Asara nicht. Der schmerzhafte Biss der Gerte blieb aus. Mit geübten Bewegungen band der Krieger ihre Handgelenke zusammen. Ein weiteres Seil schlang er oberhalb ihrer Ellenbogen um ihre Arme und zog es langsam, aber unaufhaltsam fester. Asaras Arme wurden eng hinter ihrem Rücken zusammengezwungen. Ihre Muskeln protestieren gegen die ungewohnte Position und sie biss sich auf die Lippen, um nicht laut aufzustöhnen. Es blieben nur noch wenige Zentimeter zwischen ihren Ellenbogen, als ihr Wärter das Seil zwischen Asaras Armen kreuzte und fest verknotete. Mit nach hinten gezwungenen Schultern kniete die Gefangene am Boden und atmete schwer.

Der Krieger beugte sich zu ihr herab. Seine Stimme war leise.

„Du wirst dich daran gewöhnen müssen, Asara Nalki'ir."

Die *Kisaki* erstarrte und blickte zu ihm auf. Der Krieger verschränkte die Arme.

„Ich weiß, wer du wirklich bist", sagte er ruhig. „Im Palast habe ich die Ashen-Sklavin an Händen und Ellenbogen gefesselt, bevor ich den Raum verlassen hatte. Als ich zurückkam, waren ihre Seile an den Armen der *Kisaki*. Wie auch ihr Sklavenhalsband." Er hakte seinen Zeigefinger in den Ring von Asaras ledernem Halsriemen.

„Ich weiß nicht, welche Art von Magie ihr gewirkt habt", setzte er fort. „Und es spielt auch keine Rolle für mich. Meine Arbeit ist getan – egal welches Gesicht meine Gefangene trägt." Raif zog Asara näher an sich heran. „Führe dir eines stets vor Augen, junge Hoheit: Das Schicksal einer Ashen-Sklavin ist dem Tod vorzuziehen."

Asara begann zu zittern. Der Mann kannte ihre wahre Identität. In seinem Gesicht war keinerlei Zweifel zu lesen.

„Warum..." flüsterte sie. „Warum bin ich hier? Wenn du weißt, wer ich bin, warum habt ihr mich noch nicht...?" Das Bild von Lanys und dem tödlichen Dolchstoß kehrte ungewollt zu ihr zurück. Die Klinge war für sie bestimmt gewesen. Warum hatte Raif die Verwechslung nicht aufgeklärt und seine Mission ein für alle Mal beendet?

„Eine Ashen-Frau hat sich aus freien Stücken für dich geopfert", erwiderte er leise. „So wenig ich auch von euch Yanfari halte – sie war offenbar der Meinung, dass dein Leben einen Wert hat. Einen größeren als ihr eigenes. Diese Entscheidung respektiere ich."

Er zog weitere Seile aus der Satteltasche und begann, Asaras Arme fest an ihren Oberkörper zu fesseln. Dazu schlang er den Strick oberhalb und unterhalb ihrer Brüste um ihren Torso und verband ihn zusätzlich mit dem Ring ihres Halsbandes. Als er fertig war, trug Asara einen Harnisch aus Seil, der ihr jegliche Bewegungsfreiheit nahm. Ihre Arme waren förmlich mit ihrem Rücken verschmolzen.

„Was... wirst du jetzt tun?" fragte Asara leise. „Mit mir?"

Raif hob ihr Kinn an und blickte ihr lange in die Augen.

„Meine Mission ist erfüllt", sagte er. „Die *Kisaki* ist tot. Ihre Sklavin – das bist du – wird nach Ravanar gebracht, wo sie all ihr Wissen über die Yanfari preisgeben wird. Dadurch entscheidet sich auch ihr weiteres Schicksal."

Er verstummte und ließ seine Worte einsinken. Asara holte zitternd Luft. Die Seile waren wie die unbarmherzige Umarmung eines groben Liebhabers. Die Worte waren jedoch noch wesentlich erdrückender. Sie würde als ahnungslose Fremde in die Hauptstadt des Feindes gebracht werden, wo sie die perfekte Ashen-Sklavin mimen musste. Es war auch nicht unwahrscheinlich, dass die ominöse Gilde, die Lanys erwähnt hatte, ihre Entsandte verhören würde. Die Assassinen der ‚Tausend Gesichter' waren sicherlich erpicht darauf herauszufinden, warum ihr langjähriger Plan gescheitert war. Die schattige Vergangenheit von Asaras ermordeter Freundin war nun die ihre – und sie wusste fast nichts über sie.

Raif kniete sich neben Asara und fesselte mit wenigen Handgriffen ihre bereits überkreuzten Fußgelenke.

„Der Körper und der Geist einer Yanfari-Adeligen könnten in Ravanar nicht überleben", setzte er fort. Seine Worte resonierten mit Asaras eigenen Gedankengängen. „Das Ashvolk behandelt seine Sklaven nicht wie Familienmitglieder."

Raif stieß Asara unsanft in den Sand und drehte sie auf den Bauch. Mit einem weiteren Seil knüpfte er ihre Fußgelenke an ihre Handfesseln und zog den Riemen fest, bis sich Hände und Füße berührten. Asaras Körper wurde gespannt wie eine Harfensaite. Lediglich ihr Bauch und ihre Brüste lagen noch auf dem Boden auf. Sie stöhnte und biss die Zähne zusammen. Die Fesselung war kompromisslos und unnachgiebig. Es war Asara nicht möglich, ihre Hände mehr als einen Zentimeter nach rechts oder links zu bewegen. Jeder Versuch, ihre Beine auszustrecken, presste ihre Arme fester an ihren Rücken.

Trotz des dumpfen Schmerzes, der sich in ihren Schultern und ihrem Rücken breitmachte, verlor die Gefangene nicht das Gefühl in ihren gefesselten Gliedern. Raifs Handarbeit war grob, aber nicht gänzlich rücksichtslos. Vermutlich konnte sie Stunden in dieser Position verharren, ohne bleibende Schäden davonzutragen.

Raif richtete sich auf und schubste Asara mit dem Fuß auf die Seite. Die Gefangene blickte in das harte Gesicht ihres Meisters und öffnete ihre Lippen zu einem tonlosen Stöhnen.

„Ich werde dir helfen, deine kommenden Prüfungen zu bestehen", sagte er nüchtern. „Nicht mehr und nicht weniger." Er musterte Asaras überspannten Körper mit hochgezogener Augenbraue und setzte fort.

„Meine Schule wird keine leichte sein. Ich werde dich fesseln, wie jedes Ashvolk-Haus eine auszubildende Sklavin fesseln würde. Du wirst wahre Erniedrigung kennenlernen. Du wirst auch regelmäßig meine Gerte spüren. Dein Körper wird mein sein – wann auch immer es mir danach gelüstet."

Asara starrte ihn wortlos an. Neben Schmerz und Demütigung versprachen seine Worte auch noch etwas anderes, Mysteriöses. Was dies jedoch war, konnte die gefesselte *Kisaki* nicht in Gedanken fassen.

„Wenn wir in Ravanar ankommen, wird dir eine einfache Ellenbogenfesselung keine Tränen mehr ins Gesicht treiben. Du wirst gelernt haben, einen Knebel wie ein Kleidungsstück zu tragen. Und du wirst wissen, wie du einen Mann zu befriedigen hast."

Er zog den Knebel aus der Satteltasche und presste ihn gegen Asaras Lippen. Gehorsam öffnete sie ihren Mund, um den schwarzen Lederball zu empfangen.

„Das ist mein Versprechen an dich, Sklavin. Wenn dein Wille stark genug ist, wirst du meine Welt überstehen und in ihr vielleicht sogar aufblühen."

Raif schob den Ball in ihren Mund und zog die Schnalle hinter ihrem Kopf fest. Dann richtete er sich auf und betrachtete sein Werk. Asara atmete schwer und versuchte sich zur Ruhe zu zwingen. Doch das war leichter gedacht als getan. Mit dem Knebel, der ihr so effektiv ihre Stimme nahm, war sie zu einem wehrlosen Lustobjekt geworden. Die Fesselung an allen Vieren drückte ihr Becken nach vorne und sorgte dafür, dass sich ihre Beine leicht öffneten. Ihre zurückgezogenen Schultern betonten ihre Brüste, die, wie ihr Intimbereich, nur von einem schmalen Stück Stoff bedeckt wurden.

„Miha weiß nichts von deiner wahren Identität", sagte Raif nach einer langen Pause. Asara verstand, dass er seinen Begleiter meinte. „Und das sollte auch so bleiben. Wenn er jemals erfährt, wer du wirklich bist, wird er dich töten – oder schlimmer. Er würde gar versuchen, dich an den Hochkönig selbst zu verkaufen."

Asaras Herz begann schneller zu schlagen. *König Ra'tharion D'Axor II., unbestrittener Herrscher des Ashen Dominions.* Die *Kisaki* hatte viele Schauergeschichten über den Mann gehört. Als jüngstes Oberhaupt seines Reiches hatte er seinen eigenen Vater erschlagen, um die Krone für sich beanspruchen. In den Geschichten der Yanfari gab es keinen brutaleren oder machtgierigeren Ashen als ihn.

„Dieses Thema ist für mich nun gestorben", informierte Raif seine Gefangene. „Asara ist tot. Du bist ab dem heutigen Tag eine Ashen-Sklavin in Ausbildung und ich bin dein Meister. Vergiss das nie." Sein strenger Blick wanderte einmal mehr über Asaras aufgebahrten Körper. Seine Mundwinkel zuckten leicht nach oben.

„Ich sehe, du wirst dich gut einfügen", sagte er mit tiefer Stimme. „Dein Körper verrät dich bereits." Er beugte sich zu ihr hinab. Asara folgte seinem Blick, soweit es die Fesseln zuließen.

Ihre Nippel waren unter dem dünnen Stoff ihres improvisierten Gewandes deutlich zu erkennen. Erst jetzt wurde ihr schlagartig bewusst, wie empfindlich ihre Knospen geworden waren. Zugleich begann sich ein Gefühl der wohligen Wärme zwischen Asaras Beinen auszubreiten. Beschämt und entsetzt schloss sie die Augen.

Unmöglich... Das kann nicht passieren...

„Du siehst", sagte Raif leise, „Schmerz und Erniedrigung sind eine mächtige Waffe. Zusammen mit deiner Wehrlosigkeit ergibt sich eine potente Mischung, die selbst die Sinne einer mächtigen Gebieterin überwältigen kann. Spürst du es?"

Der Krieger rollte Asara wieder auf den Bauch und fuhr mit den Händen unter ihre Hüfte. Dabei berührte er den Stoffstreifen, der so dürftig ihre Lustspalte verdeckte. Asara erzitterte. Doch Raif war noch nicht fertig. Sanft zog er an dem behelfsmäßigen Höschen, bis es straff über ihre Perle spannte. Die gefesselte *Kisaki* stöhnte auf. Doch diesmal war es kein Schmerz, der durch ihren Körper zuckte. Die Pein war von etwas anderem in den Hintergrund gedrängt worden: Verlangen. Asara spürte die Feuchte zwischen ihren Beinen. Sie war sich des wohligen

Ziehens nur zu bewusst, dass ihre Brüste spannte und ihre Nippel weiter anwachsen ließ. Die Umarmung der Seile hatte das bewirkt, was sonst nur Lanys' geschickte Finger zu tun vermocht hatten.

Als Raif sie vom Boden aufhob, fühlte sie sich einen Moment lang wie von Wolken getragen. Trotz der nächtlichen Kälte wallte das Gefühl der lustvollen Hitze weiter in ihr auf und durchströmte Bauch und Glieder.

„Dein Körper ergibt sich der Lust", sagte der Ashen-Krieger nüchtern. „Die Unterwürfigkeit, die wohl immer schon Teil deines Wesens war, kommt zum Vorschein."

Asara hörte die Worte, doch deren Bedeutung ging im Chaos der Gefühle unter. Sie verspürte den Wunsch zu schreien, doch der ausfüllende Knebel erinnerte sie sogleich an ihre Ohnmacht. Sie wollte sich losreißen, doch Raifs kräftige Hände und die festen Seile hinderten sie auch daran. Sie wollte sich dort berühren, wo die Hitze ihren Ausgangspunkt nahm, doch auch das verhinderten die Fesseln effektiv.

„Dein Geheimnis ist keines mehr", sagte der Krieger mit einem kalten Lächeln. „Auch nicht vor dir selbst."

Raif schob die offene Plane beiseite und trat mit der gefesselten Asara in den Armen in das Innere des simplen Zelts.

„Dein inniger Wunsch nach Beherrschung wird dir gut dienen, Sklavin." Er setzte sie auf seiner ausgebreiteten Decke ab und rollte sie auf die Seite. Mit dem Daumen presste er den Knebel tiefer in Asaras Mund. Seine andere Hand strich eine weiße Strähne aus ihrem glühenden Gesicht.

„Mache dir diese Lektion zu eigen, Sklavin. Akzeptiere, dass du ab sofort nicht mehr als ein willenloses Spielzeug bist." Er legte seine Hand auf ihre linke Brust. Ein Teil von Asara wollte fliehen und verleugnen, was gerade mit ihr geschah. Sie wollte abstreiten, dass das unbändige Verlangen echt und nicht bloß ein magischer Trick war, der ihr ihren Willen raubte. Doch der andere, größere Teil ihres Selbst wünschte sich nichts sehnlicher herbei, als Raifs Finger an ihren Nippeln und zwischen ihren Beinen zu spüren. Sie würde auch nichts dagegen tun können, wenn er sie auf den Rücken stieß und tief in sie eindrang. Die Seile verhinderten jede Gegenwehr. Asara war dem Mann ausgeliefert. Die Erkenntnis sandte eine weitere Woge der Hitze durch ihren Körper. Flehend blickte sie zu ihrem Wärter auf – zu ihrem Wärter und Meister. Raif schmunzelte.

„Du wirst die Nacht in Fesseln verbringen. Es wird keine Möglichkeit für dich geben, deine Lust zu befriedigen. Wenn du zu laut stöhnst oder mich anderweit wachhältst, wirst du die Gerte zu spüren bekommen."

Damit breitete er eine Decke über Asaras Unterkörper und ließ sich auf seiner eigenen Bettstatt nieder. Irgendwo von draußen hörte die

Gefangene die Schritte des wiederkehrenden Untergebenen. Raif hakte seine Finger unter Asaras Halsband und zog sie an sich heran.

„Präge dir dieses Gefühl ein und mache es zu einem Teil deiner selbst", flüsterte er. „Denn ich werde nicht weniger von dir verlangen, als Perfektion. Du wirst die perfekte Sklavin sein, Asara. Nein…Lanys."

Er ließ sie in dem Moment los, als Miha das Zelt betrat. Der breitgebaute Ashen-Krieger sah Raif fragend an, als er Asaras streng gefesselten Körper erblickte.

„Es wird Zeit, die imperiale Hure wieder an die Heimat zu gewöhnen", beantwortete Raif die unausgesprochene Frage. „Sie wird den ganzen Weg nach Ravanar in engster Fesselung verbringen."

Miha nickte und schenkte ihr einen kalten Blick.

„Gefällt mir", murmelte er. „Unsere persönliche Kaisersklavin. Ich hoffe ihre Zunge ist geübt und ihre Spalte eng." Der Mann lachte auf. Zu Asaras Entsetzen provozierten seine Worte keine Ermahnung von Raif. Der Vorgesetzte musterte lediglich ein letztes Mal ihren obszön präsentieren Körper, ehe er sich abwandte.

Asara schloss klopfenden Herzens ihre Augen und versuchte, eine bequemere Lage zu finden. Schnell musste sie einsehen, dass sie sich ohne Hilfe nicht einmal auf den Bauch drehen konnte. Jede kleinste Anspannung ihrer Muskeln zog die Fesseln kurzfristig enger um ihre Glieder. Der dumpfe Schmerz, der jede Bewegung begleitete, erneuerte die Gänsehaut ihrer verbotenen Erregung. Um nicht zu stöhnen, biss sie fest auf den ledernen Ballknebel.

Während sie sich wehrlos am Boden windete, driftete die Unterhaltung der Männer langsam ab. Es dauerte nicht lange, bis Asaras Geist es ihnen gleichtat und in ein wohliges Delirium entglitt. Die Spirale aus Schmerz, Lust, Demütigung, Machtlosigkeit und Angst zog sie in die tiefsten Tiefen ihres Unterbewusstseins. Leise stöhnend testete sie ihre Fesseln, ohne sich der bewussten Handlung im Klaren zu sein. Ein mächtiger Gedanke begleitete sie dabei stets auf ihrer Reise der Einsicht: Entkommen war unmöglich. Raif hatte alle Macht über ihren schweißnassen Körper. Die Erkenntnis fühlte sich furchteinflößend und erregend zugleich an.

Asara entglitt schließlich in einen unruhigen Schlaf. In ihren Träumen war es eine in hautenges Leder gekleidete Lanys, die mit einer langen Peitsche in der Hand über ihr stand.

‚Du bist mein', hauchte die Ashen-Sklavin mit einem provokanten Lächeln auf den Lippen und strich mit der Gerte über Asaras nackte Haut. ‚Du bist jetzt *meine* Sklavin.'

Doch als das Instrument schmerzhaft auf Asaras Haut niederfuhr, verwandelte sich das Gesicht ihrer Freundin in das von Raif. Die Muskeln des Ashen-Kriegers spielten unter seiner Rüstung und sein Blick ließ keine Zweifel offen, wer die Kontrolle innehatte.

‚Du bist mein, Sklavin', sagte er mit dunkler Stimme. ‚Für alle Ewigkeit.'

Asara stöhnte lautstark in ihren Knebel. Der bittersüße Schmerz trug sie schließlich vollends in den traumlosen Schlaf.

4

Roter Sand

Der feurige Biss der Gerte riss Asara unvermittelt aus ihrem unruhigen Schlaf. Schmerz zuckte durch Oberschenkel und Gesäß und brannte sich in ihre Haut wie ein flammendes Mal. Asara bäumte sich auf und schrie – nur um sogleich an ihre missliche Lage erinnert zu werden. Sie war nach wie vor gefesselt und geknebelt. Der Schmerzenslaut wurde von dem ledernen Ball zwischen ihren Lippen in ein lautes Stöhnen verwandelt und ihre instinktiven Fluchtversuche wurden von straffen Seilen gestoppt. Ihre Arme waren an Handgelenken und Ellenbogen zusammengebunden. Um ihren Torso geschlungene Stricke zwangen ihre Arme eng an ihren Rücken und betonten ihre Brüste auf obszöne Weise. Lediglich die Fesselung ihrer Beine und der damit einhergehende *Hogtie* waren entfernt worden. Anstatt der Seile hielten zwei kräftige Hände ihre Fußgelenke in Schach.

Keuchend starrte Asara in das Gesicht ihres Peinigers. Raif musterte sie mit strengem Gesicht. Der Ashen-Krieger trug eine knappe Tunika und hatte sein schwarzes Haar zu einem simplen Pferdeschwanz zusammengefasst. Das enganliegende Untergewand verdeckte nicht viel mehr als seinen breiten Torso und seinen schlanken Unterkörper. Raifs Brustmuskeln spannten den schwarzen Stoff und betonten die rohe Kraft seines trainierten Körpers. Auch ohne Rüstung und Waffen war der Krieger das Bild eines kampfbereiten Raubtiers.

Asara erwiderte seinen Blick ohne zu blinzeln. Trotz ihrer auf dem Rücken liegenden Position und seiner gestrigen Worte war eine *Kisaki* kein willenloses Spielzeug. Sie würde ihm schnell klarmachen, dass ihr Stolz nicht mit etwas Schmach und ein paar Peitschenhieben gebrochen werden konnte. Trotzig schluckte sie den Speichel, der sich über die Nachtstunden hinter dem Knebel angesammelt hatte und zwang die stets lauernde Panik ob ihrer Wehrlosigkeit in den Hintergrund. Nach einer langen Minute des Schweigens ließ Raif ihre Fußgelenke los und nahm langsam die Gerte zur Hand, die er neben sich abgelegt hatte. In Erwartung eines weiteren brennenden Hiebs spannte Asara ihren Körper an. Doch der neuerliche Schmerz blieb aus. Stattdessen begann der

Krieger, das harte Leder des schlanken Instruments sanft über ihre nackte Haut zu streichen. Er begann an ihrer Wange, wo der Riemen den Knebel zwischen ihren Lippen hielt und setzte nach einer kurzen Pause unterhalb ihres Halsbandes fort. Gänsehaut folgte, wo die nahezu zärtliche Berührung voranging: Raif strich über ihre Schultern und den Teil ihrer Brüste, der nicht von dem knappen Stoffstreifen verdeckt wurde. Das lederne Instrument umrundete ihre empfindlichen Hügel und liebkoste ihren Bauch. Die Berührung der Peitsche, die Asara bisher nur als Werkzeug des Schmerzes kennengelernt hatte, fühlte sich an wie der Kuss einer weichen Feder. Ein wohliger Schauer wärmte den Körper der gefesselten Yanfari. Sie schloss die Augen. Geschickt führte Raif die Gerte an ihrer Lustspalte vorbei und ließ sie weiter über die Innenseite ihres rechten Oberschenkels gleiten. Seine Hand legte sich auf ihr linkes Bein und er drückte es behutsam nach außen.

„Gespreizte Beine sind ein Zeichen des Ergebens", sagte er mit ruhiger Stimme. Das neckende Leder berührte den Stoff von Asaras Höschen und wanderte langsam wieder nach oben. Diesmal schob Raif die Gerte auch unter den dünnen Stoff, der ihre Brüste verdeckte. Asara sog die Luft ein, als die Spitze des Instruments gegen einen verräterisch steifen Nippel stieß. Die entthronte *Kisaki* wusste, dass sie sich gegen den Ashen-Krieger, wie auch ihren eigenen Körper zur Wehr setzen sollte. Sie war keine Sklavin und schon gar kein sich auf Befehl windendes Lustobjekt. Doch all ihre gefassten Pläne und Vorsätze wurden zu Sand und entglitten ihr in dem Moment, als ihr Körper auf die zärtlichen Berührungen zu reagieren begann. Zurück blieb einmal mehr die Frage, wie ein paar Seile und der liebliche Schmerz sie so sehr in den Bann ziehen konnten.

„Du bist stark", sagte Raif. Seine Gerte umspielte abwechselnd ihre beiden Nippel. Die Mischung aus sanfter Berührung und hartem Leder provozierte ein leises Aufstöhnen.

„Aber deine Stärke hat einen Feind." Er legte seine Hand um ihren Hals. Asaras Augen weiteten sich, als er leicht zuzudrücken begann.

„Die meisten Menschen sehnen sich insgeheim nach Unterwerfung, nach Momenten der Ergebung", setzte leise er fort. Seine tiefe Stimme entsandte schwache Vibrationen durch ihren angespannten Körper. „Je mächtiger und stärker die Person, desto mehr lechzt sie nach diesem verbotenen Augenblick der Schwäche. Du warst Herrscherin über unzählige Tausend. Dein Wort allein bedeutete den Unterschied zwischen Leben und Tod."

Raif zog den Stoff des Büstenhalters unter Asaras Seilharnisch hervor und entblößte ihre Brüste. Hitze stieg Asara ins Gesicht. Doch es gab nichts, was sie gegen die Berührungen tun konnte. Sie war machtlos.

„Du hast jegliche Kontrolle verloren. Deine Worte, so sie überhaupt zu verstehen sind, haben kein Gewicht mehr. Nicht einmal dein Körper gehorcht dir mehr." Raif ließ von ihrem Hals ab und legte die Gerte beiseite.

„Spreize deine Beine, Sklavin", befahl er. Seine harte Stimme ließ keinen Zweifel offen, was passieren würde, wenn sie sich wiedersetzte. Eine einzelne Träne kullerte Asaras Wange hinab, als sie langsam ihre Schenkel öffnete.

„Mehr."

Der Stoff ihres knappen Höschens glitt zwischen ihre Schamlippen, als sie ihre Beine weiter spreizte. Mit einer erstaunlich sanften Bewegung entfernte Raif das improvisierte Kleidungsstück und entblößte Asaras Lustspalte vollends.

„Du bist wunderschön", nickte Raif. „Und damit meine ich nicht nur deinen Körper oder die Illusion von aschfarbener Haut."

Raif schob eine Hand unter Asaras durchgestrecktes Kreuz und hob ihren Körper leicht an. Die *Kisaki* seufzte leise, als die Last ihres eigenen Gewichts von ihren gefesselten Armen abfiel. Sie blickte in Raifs tiefe rote Augen. Die emporhebende Bewegung hatte das Gesicht des Kriegers nahe an ihr eigenes geführt. Sie spürte seinen warmen Atem auf ihrer nackten Haut.

„Ich werde dich fragen, Asara Nalki'ir", flüsterte der Ashen-Krieger. „Dieses eine Mal."

Asara verstand. Der Mann, der zwischen ihren gespreizten Beinen kniete und sich jederzeit nehmen konnte, wonach es ihm gelüstete, fragte sie um Erlaubnis. Es war eine kleine Geste des Zugestehens gegenüber einer wehrlosen Sklavin, die gefesselt und geknebelt auf dem Rücken lag – doch es war eine Geste, die *Bedeutung* hatte. Vielleicht war es das letzte Mal, dass sie jemand nach ihrem Einverständnis fragte und damit auch die letzte Gelegenheit, vehement ‚nein' zu sagen. Möglicherweise war es aber auch nur eine Prüfung. Chaotische Gedanken kamen und gingen. Ihre Lust gewann die Oberhand.

Asara nickte. Die Andeutung eines Lächelns legte sich über Raifs Züge. Er schlang einen kräftigen Arm um die Gefangene und zog sie näher an sich heran. Seine freie Hand strich sanft über ihren Bauch und umspielte ihren Nabel. Asara stöhnte auf, als er begann, zärtlich ihre Liebesperle zu massieren. Einer seiner Finger drang dabei immer wieder neckisch in ihre feuchte Spalte ein. Ein warmer Schauer lief Asara über den Rücken und sie presste ihren Unterkörper gegen die provozierende Hand ihres Meisters. Langsam setzte er sie wieder ab, ohne dabei seine geschickten Bewegungen zu stoppen. Immer tiefer und tiefer glitten seine

Finger in ihre Öffnung. Asara zitterte, als er einen der magischen Punkte stimulierte, den Lanys ihr vor langer Zeit so ausführlich vorgestellt hatte.

„Ah..."

Mit einer kräftigen Bewegung riss sich der Krieger die Tunika vom Leib und entblößte einen vernarbten Oberkörper. Momente später entledigte er sich auch seines knappen Unterwamses. Ein steifer, gierig zitternder Phallus begrüßte Asara. Bestimmt zog Raif seine Gefangene wieder an sich heran und beugte sich vor, um sie zu küssen. Die *Kisaki* spürte, wie seine Zunge den Knebel tiefer in ihren Mund presste. Seine Lippen berührten die ihren. Obwohl es lediglich der Ball aus Leder war, den er mit seiner Zunge liebkoste, war der Kuss von elektrisierender Intensität. Asara schloss ihre Lippen soweit sie konnte um den Knebel – ihre ungebremste Fantasie verwandelte den Ball in Raifs suchende Zunge und heiße Lippen. Sie schmiegte sich enger an den Krieger. Seine Hände glitten gierig über jeden Zentimeter ihrer Haut. Ihre Nippel pressten hart gegen seinen stählernen Oberkörper. Asara spürte die geschwollene Eichel seines Glieds an ihrer Liebesöffnung. Willig rieb sie ihre feuchten, pulsierenden Schamlippen an seiner Männlichkeit und presste ihren Körper langsam dem erigierten Phallus entgegen.

Raif drang in sie ein. Laut stöhnend empfing sie ihn. Ihr Körper begann wie von selbst seiner jeden Bewegung zu folgen. Schob er sein Glied tief in ihre Spalte, so drückte sie ihren Unterkörper näher an den seinen. Waren es kreisförmige Bewegungen, mit denen er sie stimulierte, bewegte sie ihre Hüften im Gegentakt. Wallende Hitze hatte sich in ihrem gesamten Körper ausgebreitet. Mit jedem kräftiger werdenden Stoß spannte Asara ihre Muskeln an und zog damit unfreiwillig an ihren strengen Fesseln. Leichter Schmerz durchströmte ihre Glieder an den Stellen, wo die Seile sie so erbarmungslos umschlungen. Je schneller und intensiver die Stimulation wurde, desto rücksichtsloser zerrte sie an den Fesseln und desto süßer wurde der dumpfe Schmerz. Speichel floss an ihrem Knebel vorbei, als sie stöhnend ihren Mund aufriss. Zitternd sank Asara mit ihrem gesamten Gewicht auf Raifs Glied und nahm das pulsierende Stück des Mannes so tief in sich auf, wie sie konnte.

Raifs freie Hand liebkoste abwechselnd ihre Nippel, ihren Nacken und ihren Anus. Asara stöhnte wiederholt auf, als seine Berührungen und sein Glied immer härter wurden. Durch ihren Kopf schossen Bilder ihrer eigenen lustvollen Versklavung. Asara in Ketten und auf allen Vieren. Eine erniedrigte Asara, die mit weit gespreizten Beinen vor einer Gruppe Ashvolk-Adeliger stand. Asara, die immer wieder hart von Raif genommen wurde.

Der Orgasmus begann als lieblich-heiße Verkrampfung in ihrem Bauch. Ihre Schamlippen zogen sich um Raifs Glied zusammen. Jeder Stoß wurde von einem überwältigenden Gefühl der glühenden Wonne begleitet. Die Welt wurde zu einem reißenden Strom und Asara tauchte tief in ihn ein. Die Explosion kam einen Moment später. Asara bäumte sich in ihren Fesseln auf und schrie in ihren Knebel, als der Orgasmus sie vollends durchströmte. Eine Woge nach der anderen beutelte ihren glühenden Körper.

Raif zog sein Glied ruckartig aus ihrer Spalte und keuchte mit tiefer Stimme. Heißer Samen spritzte hervor und landete auf ihrem Bauch, Brüsten und Gesicht. Am ganzen Körper zitternd sank Asara zu Boden. Sie reagierte kaum, als Raif die Seile um ihren Oberkörper löste und ihre Ellenbogen befreite. Die Fesseln um ihre Handgelenke beließ er an Ort und Stelle. Raif, selbst laut atmend, entfernte schließlich auch Asaras Knebel.

Die immer noch leicht bebende *Kisaki* blickte ihren Meister an. Mit der Zunge leckte sie seinen Samen von ihren Lippen und lächelte. Trotz ihrer Gefangenschaft fühlte sie sich in diesem Moment sicher und geborgen. Hier und jetzt akzeptierte sie ihre neue Position ohne jeglichen Zweifel. Auch wenn der Hass, die Angst und die Gedanken an Flucht zweifelsohne zurückkehren würden, genoss sie das unbeschreibliche Gefühl, dass ihren Körper immer noch durchströmte.

Raifs zufriedener Blick erfüllte sie mit Stolz. Asara holte tief Luft und schloss die Augen. Die ersten Strahlen der Sonne fielen durch den Zelteingang. Von draußen war das leise Murren von Raifs Mitstreiter Miha zu hören, der wohl gerade von seiner Morgenpatrouille zurückkehrte. Asara hörte, wie Raif seine Rüstung anlegte und öffnete verstohlen die Augen, um ihm dabei zuzusehen. Seine Handgriffe waren präzise und schnell – in einer knappen Minute hatte er seine Lederrüstung festgezurrt und seinen Schwertgurt umgehängt. Der Ashen-Krieger bemerkte Asaras Blicke und nickte auf den Stoff ihrer knappen Unterwäsche.

„Zieh dich an."

Die gefangene *Kisaki* hob ihre gefesselten Arme und zerrte demonstrativ an dem Seil.

„Ich würde, wenn ich es könnte", entgegnete sie mit heiserer Stimme. Die langen Stunden mit dem Knebel zwischen ihren Lippen hatten ihren Mund ausgetrocknet.

Anstatt sie zu befreien kniete sich Raif vor sie und schlang das erste Stoffband eng um ihre Brüste. Danach richtete er sich wieder auf, nahm sie am Oberarm und zog sie wenig zärtlich auf die Beine. Einige Handgriffe später hatte er mit dem verbleibenden Stoff auch ihren Unterleib verdeckt. Als er fertig war, kam sein Arm um Asaras Hüfte zu liegen. Langsam strich er über ihren Rücken. Gänsehaut folgte seiner sanften Berührung. Die Sklavin blickte ihren Meister erwartungsvoll an. Sein Blick war nachdenklich.

Nach einem langen Moment ließ Raif sie los und kramte eine hölzerne Schale aus seiner Tasche. Diese platzierte er auf dem Boden und füllte sie mit Wasser aus seinem Schlauch.

„Trink", befahl er. „Es wird ein langer, heißer Tag."

Das Hochgefühl in Asaras Körper begann langsam abzuflauen. Plötzlich war der Gedanke, vor diesem Mann auf dem Boden zu knien, nicht mehr ganz so reizvoll. Der Krieger bemerkte offenbar ihren trotzigen Gesichtsausdruck.

„Wenn du nicht den ganzen Tag geknebelt und mit wundem Hinterteil verbringen willst, wirst du mir gehorchen. Sofort."

Asara beäugte das verlockende Nass und seufzte leise. Dann sank sie vor der Schale auf die Knie. Um zu trinken musste sie ihren Kopf förmlich in das Gefäß stecken. Sie kam auch nicht umher, dabei ihr Hinterteil und ihre gefesselten Hände zu präsentieren. Jede dieser Bewegungen war eine bittere Erinnerung an ihren neuen Status als leibeigene Sklavin.

Asara bückte sich hinab und begann, das Wasser mit der Zunge aufzulecken. Die Erniedrigung ließ sie erzittern. Sie war verlockt, einfach aufzustehen und die Schale umzustoßen, doch der Durst und der Respekt vor des Kriegers Gerte obsiegten.

„Beine spreizen", befahl Raif, der hinter ihr zu stehen gekommen war. „Hast du nichts gelernt? Du hast dich zu jeder Zeit zu präsentieren."

Asara leistete zähneknirschend Folge und kniete sich breitbeiniger vor die Schale. Der Stoffstreifen ihres Höschens half in dieser Position nicht viel dabei, ihre beschmutzte Lustspalte zu verdecken.

„Die Hure scheint sich an ihre neue…Stellung gewöhnt zu haben", ertönte Mihas Stimme vom Zelteingang. Asara errötete. Sie war dankbar, dass ihr langes Haar den Großteil ihres Gesichts verdeckte.

Eine Hand fuhr unsanft zwischen ihre Beine. Miha pfiff und Asara zuckte zusammen.

„Ist die Hure feucht, oder kommt mir das nur so vor?" fragte der jüngere Krieger. Die kniende *Kisaki* spannte ihre Muskeln an. Wenn dieser Mann nicht sofort seine Hand entfernte, würde sie ihm die Kehle durchbeißen. Das Privileg, sie zu berühren, hatte nur…nur Raif. Die plötzliche Erkenntnis war beklemmend wie aufregend. Hatten diese zwei Tage in Gefangenschaft wirklich dazu geführt, dass sie den Ashen-Anführer als ihren Meister ansah? Oder war ihr Gehorsam tatsächlich nur ein Schauspiel, das von ihrem Überlebenswillen diktiert wurde?

Die Hand ließ von ihr ab.

„Bereite die Kamele vor, Miha", orderte Raif mit kühler Stimme. Der Krieger brummte und stapfte davon. Raif legte eine Hand auf Asaras Schulter.

„Steh auf, Sklavin", sagte er zu Asara. „Du wirst wieder mit mir reiten."

Die ehemalige *Kisaki* richtete sich ungeschickt auf. Es würde wohl noch eine gute Weile dauern, bis sie sich an die hinter ihrem Rücken gefesselten Hände gewöhnen würde.

‚Gewöhnen'. Ein gefährliches Wort. Asara presste ihre Lippen zusammen und blickte ihren Wärter, Peiniger und Meister finster an. Doch Raif hatte keine Augen für ihren Trotz. Mit schnellen Bewegungen band er ein kurzes Seil an den Ring ihres Halsbandes und führte sie nach draußen.

Die Sonne befand sich erst knapp über dem Horizont, hatte aber bereits einiges an Kraft gewonnen. Bald glitzerte neuer Schweiß auf Asaras Haut. Raif hob sie ohne Vorwarnung vom Boden auf und setzte sie in den Sattel. Ihre Leine band er an eine der Sattelschlaufen.

„Es ist ein langer Weg nach Ravanar", sagte er schlicht. „Deine Widerspenstigkeit wird die Reise nicht überstehen."

Asara warf ihm von ihrer erhöhten Position einen herausfordernden Blick zu.

Wir werden sehen.

~◊~

Die Sonne hatte ihre abendliche Reise zum Horizont beinahe vollendet, als Raif sein Kamel zügelte.

„Miha. Dort."

Ohne weitere Erklärung deutete er nach Süden. Asaras Blick folgte seiner ausgestreckten Hand. Es dauerte einen Moment, bis sie erkannte, was der Ashen-Krieger erspäht hatte: Eine von mindestens zwei Reittieren hinterlassene Spur unterbrach den windgeglätteten Sand einer nahen Düne. Die Fährte verlief schnurstracks über den Kamm des Sandhügels und verschwand dahinter. Asara runzelte die Stirn. Sie kannte keine größeren Siedlungen in dieser Gegend und die Spur selbst führte weder in Richtung Masarta noch zurück nach Al'Tawil. Wer auch immer so weit abseits der Handelsroute unterwegs war, hatte ein anderes Ziel im Sinn.

Miha nickte und glitt aus dem Sattel. Mit schnellen Schritten entfernte er sich in Richtung der Fährte. Raif und Asara blieben zurück. Es dauerte lange Minuten, bis er die Düne erklommen hatte. Oben angekommen sank er zu Boden und legte die letzten Meter bis zum Kamm robbend zurück.

„Gibt es hier Dörfer?" fragte Raif, der beständig seinen Blick schweifen ließ. Asara schüttelte den Kopf.

„Ich glaube nicht. Wir sind irgendwo am Rande der Tausend Becken. Alles, was es hier gibt, sind Treibsand und Steinkatzen."

Raif nickte nur. Wortlos wartete der Ashen-Krieger auf die Rückkehr seines Kumpans. Die Dünen warfen bereits lange Schatten, als Miha wieder zu ihnen stieß.

„Drei Reiter", berichtete er und nahm einen tiefen Schluck aus seinem Wasserschlauch. „Etwa eine Meile jenseits der Düne befindet sich eine kleine Oase. Die Spur führt dorthin."

Asara runzelte verwundert die Stirn. Hatte sie sich bei der Bestimmung ihrer aktuellen Position verschätzt?

„Die Oase", fragte sie, „Welche Form hat die Wasserstelle? Wie genau ist sie beschaffen?"

Miha warf ihr einen missbilligenden Blick zu.

„Warum ist die Hure nicht geknebelt?" schnappte er. Raif verschränkte die Arme.

„Beantworte ihre Frage", entgegnete er knapp. Sein Untergebener brummte ungehalten, kam der Aufforderung aber nach.

„Vier kleine Becken mit etwas Gestrüpp an den Ufern. Ein großer Stein spendet Schatten am westlichen Rand der Oase."

„Das ist Letzte Rast!" platze Asara heraus. „Wir…"

Wir sind näher an der Handelsstraße, als ich gedacht hatte.

Wo es Karawanen gab, gab es auch loyale Yanfari oder imperiale Soldaten. Schaffte sie es irgendwie, diese auf ihre Seite zu ziehen, hatte sie vielleicht eine reale Chance, ihren Entführern zu entkommen. Hoffnung blühte in ihr auf wie eine Wüstenrose, die sich der aufgehenden Morgensonne entgegenstreckte.

„,Wir' - was?" fragte Raif und sah Asara forschend an. „Sprich es aus." Die *Kisaki* nickte eifrig in Richtung der Fährte.

„Wir sollten an der Oase haltmachen", sagte sie. „Letzte Rast ist die, nun, letzte Wasserstelle für eine lange Zeit." Bevor die beiden Männer etwas entgegnen konnte, hakte sie nach. „Die Reiter sind vermutlich simple Reisende. Ich kann sie sicher davon überzeugen, die Oase mit uns zu teilen."

Raifs Gesichtsausdruck war unlesbar. Miha machte hingegen seiner Meinung Luft.

„Gibt die Hure jetzt schon die Befehle?" zischte er seinen Kommandanten an. „Wenn du sie nicht zum Schweigen bringst, werde ich es tun."

Der ältere Krieger ignorierte seinen Untergebenen.

„Du willst mit den Fremden sprechen?" fragte er Asara. „Alleine? Warum glaubst du, dass sie dich anhören werden?"

Denke schnell, Asara.

„Ich kenne die Yanfari", entgegnete sie. „Ich habe jahrelang unter ihnen gelebt. Lasst mich mit ihnen sprechen. Bitte. Worte sind besser als ein Blutbad."

Mihas Gesichtsausdruck nach zu urteilen, hatte sie zumindest den jüngeren Ashen-Krieger richtig eingeschätzt. Er hatte nicht vor, die Oase mit jemandem zu teilen.

„Hör dir diese Yanfari-Liebhaberin an", bellte er. „Sie hat Mitleid mit dem Feind! Raif…" Er wendete sich an seinen Kommandanten. „Lass uns dort hinunterreiten und den Sand mit dem Blut dieser Weichlinge tränken. Ein paar Händler sind keine Herausforderung! Und wenn es doch Soldaten sind: umso besser!"

Raif stieg wortlos ab und hob Asara aus dem Sattel. Mit wenigen Handgriffen löste er das Seil um ihre Handgelenke und entfernte die Leine, die an ihrem ledernen Halsband befestigt war. Das Gefühl der Freiheit war unbeschreiblich. Asara hatte endlich wieder volle Kontrolle über ihre Gliedmaßen. Raif legte eine Hand auf ihre Schulter.

„Du wirst mit diesen Leuten sprechen und sie davon überzeugen, die Wasserstelle mit uns zu teilen." Sein Griff wurde fester. „Doch solltest planen, uns zu verraten…" Er trat einen Schritt näher. Asara spürte seinen Atem in ihrem Gesicht. „…dann werde ich diese drei Yanfari eigenhändig erschlagen und du wirst meine Peitsche spüren, bis der Schmerz dich in die Ohnmacht treibt. Hast du verstanden?"

Raif legte seine Hand an das zusammengerollte Instrument an seinem Gürtel. Im Gegensatz zu seiner schmalen Reitgerte hinterließ die Peitsche keinerlei Zweifel ob ihres ureigenen Zwecks. Sie war ein Werkzeug der Marter – nicht mehr und nicht weniger.

Ein kalter Schauer lief Asara über den Rücken. Sie zweifelte keinen Moment daran, dass der Ashen-Krieger seine Drohung wahrmachen würde. Dennoch änderte das nichts an ihrem Vorhaben. Bot sich eine Gelegenheit zur Flucht, so würde sie sie ohne zu zögern ergreifen.

„Ich habe verstanden", flüsterte sie und senkte ihren Blick. Raif ließ ihre Schulter los.

„Dann geh."

Diesen Befehl ließ sie sich nicht zweimal geben. Asara wandte sich um und eilte los. Klopfenden Herzens erklomm sie die Düne. Die Oase war ein dunkler Schatten in der Entfernung. Es war ihr nicht möglich, all die Details auszumachen, die Miha zuvor beschrieben hatte. Der über den Wasserlöchern thronende Stein war jedoch ein eindeutig erkennbares Merkmal. Die Oase war in der Tat jene, die Asara genannt hatte. Letzte

Rast war ein schattenspendendes Kleinod mit klarem Wasser und saftigen Büschen. Sie war auch einer der abgelegensten Außenposten der imperialen Garde. Patrouillen stoppten und campierten regelmäßig an den Ufern der vier kleinen Seen. Mit etwas Glück waren diese drei Reiter keine unbewaffneten Händler, sondern kampfbereite Krieger.

Asaras Schritte führten sie über die große sandige Weite immer näher an die Oase heran. Bald konnte sie Details der Vegetation ausmachen und erspähte das erste Kamel. Der Schatten einer Bewegung nahe einem Dornengestrüpp ließ sie innehalten. Sie war noch etwa hundert Schritt von der ersten Wasserlache entfernt. Das hohe Borstengras an den Ausläufern der Oase wiegte sich träge in der abendlichen Brise. Nichts geschah. Von den Reisenden, die Miha zuvor erspäht hatte, fehlte jede Spur.

Zögerlich setzte sich Asara wieder in Bewegung. Sie hatte die ersten vertrockneten Grasbüschel bereits erreicht, als sich das Gestrüpp zu ihrer Linken unvermittelt teilte. Ein Mann von etwa 40 Sommern trat hervor. Seine etwas zu helle Haut und der geflochtene Kinnbart identifizierten ihn als Yanfari-Mischblut. Sein Gesicht war hart und wettergegerbt und sein dunkles Haar war an den Schläfen ergraut. In seiner Hand hielt der Mann einen schmucklosen Krummsäbel. Beschlagene Lederrüstung und verstärkte Gamaschen schützten seinen drahtigen Körper. Ein Umhang war um seine breiten Schultern geschlungen. Der dunkle Stoff trug das Zeichen der imperialen Späher.

„Halt!" befahl er. Asara blieb stehen und hob die Arme. Ihr Puls hatte zu rasen begonnen. Die Männer waren tatsächlich Yanfari-Soldaten.

„Ich bin unbewaffnet", sagte sie und lüftete ihr Beduinendress. Erst jetzt bemerkte sie den Bogenschützen, der im Schatten des großen Steins kniete. Sein schussbereiter Pfeil zeigte auf Asaras Brust.

„Ashvolk", murmelte der Soldat, als Asaras Haut unter dem schwarzen Gewand zum Vorschein kam. Ein dritter Mann, etwas jünger als der erste, trat aus seiner Deckung hervor und zog sein Schwert. Die Gesichter der Yanfari waren finster.

„Bitte, hört mich an!", flehte Asara. Sie wusste, dass sie nicht viel Zeit hatte, die Soldaten irgendwie zu beschwichtigen. „Ich bin Gefangene von zwei Ashen-Kriegern, die mich aus dem Palast in Al'Tawil entführt haben! Mein Name ist Lanys und ich war die Dienstmagd der *Kisaki* Asara – möge ihr Geist in Frieden ruhen. Bitte helft mir! Diese Männer wollen mich dazu zwingen, imperiale Geheimnisse preiszugeben!"

Die drei Späher wechselten verwunderte Blicke. Der Bogenschütze senkte langsam seine Waffe. Es war nur ein kleiner Sieg, aber er gab Asara Hoffnung.

„Die *Kisaki*...ist tot?" fragte ihr Gegenüber entgeistert. „Ist das deine Vorstellung eines Scherzes, Mädchen?"

Asara erstarrte. Diese Männer wussten noch nicht, was sich in der Hautstadt zugetragen hatte – und wie konnten sie auch? Die Patrouille war vermutlich schon wochenlang unterwegs. Asaras Herz schlug bis in ihren Hals, als sie fortsetzte. Die nächsten Worte würden alles entscheiden.

„Asara ist tot!" schluchzte sie. Es war nicht schwer, den Schmerz ob Lanys' Tod in ihre Worte und Mimik fließen zu lassen. „Diese...Bestien haben sie vor meinen Augen erstochen!" Sie sank auf die Knie und ließ ihren Tränen freien Lauf. „Die Herrin hat mich immer so gut behandelt! Sie wollte stets den Frieden zwischen unseren Völkern! Bitte..." Asaras Stimme brach. „Bitte helft mir. Rächt meine Gebieterin. Bitte..."

Es war der Bogenschütze, der als erstes wieder das Wort ergriff.

„Ich erkenne sie wieder", sagte er leise. „Das Ashen-Mädchen. Sie war an Asaras Seite während der Thronfolge-Zeremonie. Ich glaube sie ist tatsächlich die, die sie behauptet zu sein: Asara Nalki'irs Sklavin."

Der Anführer senkte sein Schwert.

„Bist du dir sicher?" fragte er. Der Bogenschütze nickte. „Ich glaube auch nicht, dass sie freiwillig aus der Hauptstadt geflohen ist. Sieh dir die Seilabdrücke an ihren Handgelenken an. Sie war vor kurzem noch gefesselt."

„Die *Kisaki*... tot?" wiederholte der ältere Soldat. „Ich kann es nicht glauben. Wie konnten die Attentäter bis in den Palast vordringen? Wie konnte das passieren?" Er schüttelte fassungslos den Kopf.

Asara blickte flehend zum dienstältesten der Soldaten auf.

„Bitte, es bleibt nur wenig Zeit. Diese Ashen-Krieger sind gefährlich! Sie sind mir sicherlich schon knapp auf den Fersen. Ihr müsst euch für den Kampf rüsten!"

Ein grimmiges Lächeln breitete sich auf dem Gesicht des Veteranen aus.

„Keine Sorge, Mädchen. Wir sind keine Rekruten. Wenn deine Geschichte wahr ist..."

„Ich spreche die Wahrheit", wisperte Asara und wischte sich über das tränennasse Gesicht. Der Soldat nickte und bot ihr seine Hand an.

„...dann werden wir diese Mörder zur Strecke bringen", vollendete er seinen Satz. „Für die Kaiserin. Für das Reich."

Asara ergriff seine Hand und lächelte matt.

„Danke", flüsterte sie. „Danke, danke, danke!"

Ihr Alptraum würde endlich ein Ende finden. Der erste Schritt zurück an die Spitze ihres Imperiums war gesetzt. Entschlossenheit verdrängte den Rest von Asaras Unsicherheit und sie hob ihren Kopf. Diese drei

Soldaten waren ihre ersten Verbündeten. Sobald sie einen Weg gefunden hatte, Lanys' Masken-Zauber zu brechen, würde sie weitere Unterstützung gegen Harun und die anderen Verräter rekrutieren. Sie würde den Minister stoppen, bevor der erkaltete Konflikt gegen das Ashvolk zu einem blutigen Krieg aufflammen konnte.

Der Anführer des Trupps deutete in Richtung der größten Wasserstelle.

„Bleib bei den Kamelen", sagte er. „Dort bist du in Sicherheit."

Asara machte einen Schritt auf die Lache zu.

Im nächsten Augenblick zerriss ein Schmerzensschrei die abendliche Idylle. Der bisher schweigsame dritte Soldat hatte den Mund weit aufgerissen und starrte mit grotesk verzerrtem Gesicht ins Leere. Einen Moment später sank er leblos zu Boden. Ein schwarzer Dolch ragte aus seinem Rücken. Im selben Augenblick brüllte der Bogenschütze eine Warnung. Eine dunkel gekleidete Gestalt schnellte hinter dem Felsen hervor und stieß ihren Dolch in die Hüfte des jungen Yanfari. Der Soldat stolperte einen Schritt zurück und ließ seinen Bogen fallen. Bevor er jedoch sein Kurzschwert ziehen konnte, durchbohrte ein weiterer Stoß seinen Hals. Gurgelnd ging er zu Boden.

All dies war innerhalb eines einzigen Wimpernschlages passiert. Der verbleibende Soldat fuhr herum und wehrte im letzten Augenblick einen Schwerthieb ab, der auf seine Hüfte gezielt gewesen war. Asara stand wie angewurzelt am Rande der Oase. Erst das dritte Aufeinanderprallen der Klingen riss sie aus ihrer Starre. Der Angreifer, der den älteren Soldaten mit jedem Hieb weiter in Richtung des Seeufers zurückdrängte, war kein anderer als Raif. Der Ashen-Krieger hatte seinen Schleierschal eng um seinen Kopf geschlungen. Lediglich seine roten Augen blitzen unter dem Gewand hervor. Jede seiner fließenden Bewegungen war präzise und kraftvoll. Der Späher konnte dem tödlichen Tanz wenig entgegensetzen. Für jeden gerade noch parierten Schlag musste er einen Schnitt an Arm oder Torso einstecken. Bald sickerte Blut an mehreren Stellen durch seine zusehends zerschlissene Rüstung.

Panisch sah sich Asara um. Der andere Schatten war verschwunden. Miha pirschte sich in diesem Moment zweifelsohne an den letzten Überlebenden an, um ihm von hinten den Gnadenstoß zu verpassen. Die *Kisaki* ballte die Fäuste. Ihre neugewonnene Hoffnung lag in ihren letzten Zügen.

Nein.

Asara stolperte an die Stelle, wo das erste Opfer zu Boden gegangen war. Mit zitternden Händen tastete sie nach der Waffe des Soldaten. Zu spät spürte sie die drohende Präsenz in ihrem Rücken.

„Großer Fehler, Hure", zischte Miha. „Dafür wirst du bluten."

Der Ashen-Krieger war nicht wie erwartet seinem Kommandanten zu Hilfe geeilt – er hatte sich an Asara angepirscht. Die Hand der *Kisaki* schloss sich um den Dolch des Gefallenen. Eine kräftige Pranke packte sie im nächsten Moment an den Haaren.

„Raif wird dir diesmal nicht helfen können", lachte der Krieger leise. Der Lärm klingender Schwerter hallte nach wie vor durch das Halbdunkel. Der Yanfari-Veteran kämpfte verbissen um sein Leben. Mihas Mund kam näher an Asaras Ohr.

„Wenn ich mit dir fertig bin–"

Mit einer ruckartigen Bewegung fuhr Asara herum und stieß den Dolch bis ans Heft in die Brust des Ashen. Es spielte keine Rolle, dass sie sich dabei ein Büschel Haare ausriss. Auch den Schnitt am Arm, den Mihas Dolch ihr wegen ihres plötzlichen Manövers zufügte, ignorierte die verzweifelte *Kisaki*. Alles, was zählte, war dieser eine Stoß.

Heißes Blut quoll über ihre Finger. Der Krieger stolperte mehrere Schritte zurück. Die Bewegung riss die Klinge wieder aus seinem Körper. Der Mann starrte Asara entgeistert an. Plötzlich wirkte er sehr viel jünger und sehr viel verletzlicher als noch zuvor.

„Du verdammte..." Er sank zitternd auf die Knie und presste seine Hand gegen seine blutende Brust. Asara hatte sein Herz verfehlt. Dennoch schien es ihm sichtlich schwer zu fallen, Luft zu holen. Seine Flüche wurden undeutlicher und sein Blick begann sich zu trüben.

Asara starrte ihr Opfer wortlos an. Es war nicht das erste Mal, dass sie so unmittelbar mit Gewalt konfrontiert war. Ihre Mutter Raya war stets darauf bedacht gewesen, ihre Tochter mit der Bedeutung von Schmerz und Tod vertraut zu machen. Exekutionen und Auspeitschungen von Untertanen hatten zum Alltag der aufwachsenden Prinzessin gehört. Doch nichts hatte sie auf diesen Moment vorbereitet – niemals zuvor hatte sie den tödlichen Stoß selbst geführt.

Der blutige Dolch entglitt Asaras tauben Fingern. Miha lag zitternd und röchelnd zu ihren Füßen. Ein winziger Teil von ihr realisierte, dass der Kampf im Hintergrund zu einem Ende gekommen war. Raif – oder der namenlose Veteran – hauchte im roten Sand sein Leben aus. Asara drehte sich langsam um, als sich ihr die schweren Schritte des Überlebenden näherten.

„Du hast deinen Meister verraten." Raifs Stimme war emotionslos. Ein blutiger Schnitt zierte die Brust des Kriegers. Dunkle Flüssigkeit tropfte von seinem Schwert auf den trockenen Wüstenboden. Asara hob ihren Kopf und starrte in die kalten Augen des Ashen-Mannes, der sich selbst ihr ‚Meister' nannte.

„Ich bin keine Sklavin", wisperte sie. „Und ich werde niemals eine sein."

Raif starrte sie einen Moment lang wortlos an. Im nächsten Augenblick schnellte sein Arm nach vorn und packte sie am Handgelenk. Eine schmerzhafte Drehung und einen Ausfallsschritt später hatte er sie zu Boden gerungen und presste ihr Gesicht in den Sand.

„Bete, dass Miha überlebt", zischte er. Schmerz explodierte in ihrem Hinterkopf. Einmal mehr wurde Asaras Welt von Dunkelheit verschlungen.

5

Feuer

Asara stöhnte lautstark in ihren Knebel und zerrte kraftlos an den Seilen, die sie an Ort und Stelle hielten. Raifs Peitsche fand erneut ihren gestreckten Körper. Und erneut. Das geflochtene Leder traf sie an ihrem ungeschützten Gesäß und hinterließ eine weitere rote Strieme. Wie auch die Tage zuvor, durchstieß die bittersüße Folter niemals ihre Haut. Doch selbst ohne blutige Schwielen waren die Schmerzen der Auspeitschung die feurigste Qual, die Asara jemals gespürt hatte. Jeder Tag brachte neue Pein an ungeahnt empfindlichen Stellen. Das von Raif so gnadenlos geführte Instrument traf sie wiederholt an Innenschenkeln, Fußsohlen, Brüsten oder Rücken. Heute, zehn lange Tage nach dem verheerenden Kampf gegen die Yanfari-Patrouille, waren es vor allem Asaras Hinterteil und ihr Intimbereich, die den Kuss des Leders zu spüren bekamen.

Zisch. Die Peitsche fand erneut ihren wehrlosen Körper. Die *Kisaki* keuchte auf.

Miha war noch am Leben. Der Krieger krallte sich an seine Existenz wie eine hungrige Steinkatze an ihre Beute. Asara konnte nur erahnen, wie die tägliche Strafe ausfallen würde, wäre der jüngere Mann an der von ihr verursachten Wunde gestorben. Raifs kalte Worte hatten da keine Zweifel offengelassen.

Geflochtenes Leder zischte einmal mehr durch die Luft und traf ihre ungeschützten Oberschenkel. Asara zuckte zusammen und stöhnte.

Die vergangene Woche war in ihrem Kopf zu einem gnadenlosen Potpourri aus Feuer und Schmerz verschmolzen. Strafende Peitschenhiebe lösten tagein tagaus die brennende Sonne ab. Nie gab es einen längeren Moment der Linderung oder Erholung. Der heutige Abend war keine Ausnahme.

Zisch. Eine weitere feurige Woge wallte durch Asaras Körper. Der mundfüllende Knebel dämpfte ihre stöhnenden Wehlaute. Die Welt der Gefangenen schrumpfte immer weiter zusammen. Bald war es nur noch das Gefühl der Seile um ihre Glieder und das des ledernen Balls zwischen ihren Lippen, welches sie bewusst und anhaltend wahrnahm. Dazu kam das sanfte Knarren des Baumes, an den sie ausgestreckt gebunden war.

Der Baum. Ein stures Zeichen des Lebens inmitten eines toten Landes. Der Baum war alles, was sie nach so langer Bestrafung noch auf den Beinen hielt. Sie spürte seine raue Rinde auf ihrer Haut und roch das Harz, das aus den Wunden des alten Gehölzes siegte.

Er erduldet. Im Gegensatz zu Asara ertrug er seine Verletzungen mit stoischer Gleichgültigkeit.

Ein weiterer Peitschenhieb beutelte die Gefangene. Ihre schweißgetränkte Haut küsste erneut das knorrige Holz. Dieses simple Gefühl war es schließlich, dass sie trotz der nicht enden wollenden Schmerzen aus ihrer Benommenheit befreite. Asaras Welt gewann langsam wieder an Schärfe. Zugleich kehrte kehrten auch die verdrängten Erinnerungen an die letzten Stunden zurück – sowie das Wissen um ihre aktuelle missliche Lage.

Raif hatte Nachtlager am Rande eines ausgetrockneten Flussbetts aufgeschlagen. Jenseits des windgeschützten Talbeckens befand sich die steinerne Wüste von Ahn'rai, einem weitläufigen Brachland zwischen den Tausend Becken und der südlichen Küste von Masarta. Wasser oder Schatten suchte man hier vergebens. Die verdorrte Akazie war neben einem kleinen Dornengestrüpp das einzige Zeichen von Vegetation.

Asaras Handgelenke waren über ihrem Kopf an einen abstehenden Ast jenes alten Baumes gefesselt. Ihre Fußgelenke wiederum waren an Stöcke gebunden, die der Ashen-Krieger in etwa einem Meter Abstand zueinander in den Boden gerammt hatte. Die straffe Fesselung zwang die *Kisaki*, mit weit gespreizten Beinen auf den Zehenspitzen zu balancieren. Gaben ihre Muskeln auch nur ein klein wenig nach, übertrug sich ihr gesamtes Gewicht sofort auf ihre Handgelenke – eine überaus schmerzhafte Erfahrung, wie Asara bereits herausgefunden hatte. Zusätzlich berührten ihre Brustwarzen immer wieder das raue Holz des einsamen Marterpfahls. So wurden jede Bewegung und jeder Befreiungsversuch zu einem Kampf gegen die konstante Pein.

Die Peitsche durchschnitt zischend die Luft und traf Asara bloße Millimeter abseits ihrer brennenden Lustspalte. Die hauchdünne Spitze des Folterinstruments schnalzte gegen ihren entblößten Intimbereich und folgte ihrer Körperkontur bis an ihren Liebesmund. Schmerz durchzuckte die geschwollene Perle und Asara stöhnte erneut in den Ballknebel.

So sehr ihre Haut auch brannte und ihre Arme schmerzten – das verbotene Gefühl der Lust war stets präsent. Ein dunkler Teil ihrer selbst hatte in den letzten Tagen eine fast unersättliche Sehnsucht nach Bestrafung entwickelt. Es war eine feurige Gratwanderung zwischen Qual und Begierde, auf die Raif sie jeden Abend entsandte. Stets war Asara gefesselt und geknebelt und stets wusste der Krieger genau, wo ihre Grenzen lagen. Nach einer besonders harten Strafe am ersten Tag hatte sie nie wieder das Bewusstsein verloren. Raif behielt stets die Kontrolle. Dieser Kontrolle hatte es Asara aber auch zu verdanken, dass noch etwas anderes gänzlich ausgeblieben war: *Erlösung*. Raif hatte sie seit dem Scharmützel mit den Yanfari nicht mehr angerührt. Seine Distanz war in gewisser Weise der teuflischste Teil ihrer täglichen Folter – denn die Auspeitschungen und Demütigungen trieben Asara immer wieder knapp an die Schwelle der Erfüllung. Doch Raif ließ stets von ihr ab, sobald sich der wonnige Orgasmus aufzubauen begann. Zehn Tage verbrachte Asara nun schon am Rande der Klimax. Wäre der omnipräsente Knebel nicht gewesen, hätte sie Raif schon mehrmals um Erlösung angefleht.

Die Peitsche traf sie am Ansatz ihrer Pobacken und schlängelte sich mit einem lauten Knall um ihren linken Oberschenkel. Asara schrie auf und versuchte vergeblich den Speichel zurückzuhalten, der am Lederball vorbei aus ihrem Mundwinkel sickerte. Sie schloss ihre Lippen so fest sie konnte um den harten Eindringling und schluckte.

Es waren diese kleinen Bemühungen, die als Anker für ihren strapazierten Geist dienten. Sie wusste natürlich, dass ihr langsam verblassender Stolz unbeachtet blieb und ihr Kampf um die Kontrolle ihres Körpers wenig an ihrer demütigenden Lage änderte. Doch es war der Gedanke der zählte – nicht das Resultat. Es war besser zu kämpfen, als teilnahmslos geifernd in den Seilen zu hängen.

Raif trat unvermittelt an sie heran und packte sie an den Haaren.

„Verliere sie nicht...oder du wirst die Nacht an diesen Baum gefesselt verbringen."

Verlieren? Was sollte sie nicht verlieren? Ihre stumme Frage wurde im nächsten Moment beantwortet. Raifs Finger teilten unvermittelt ihre verräterisch feuchte Lustspalte und etwas Hartes, Raues drang in sie ein. Asaras Augen weiteten sich und sie blickte an sich herab.

Es war der wulstige Griff der Peitsche, den Raif langsam in ihre Intimöffnung schob. Das schwarze Leder penetrierte Asara wie ein geschwollener Phallus. Es rieb gegen die Innenseiten ihrer Liebeshöhle und füllte sie gänzlich aus. Die gefangene *Kisaki* stöhnte laut auf und streckte ihrem Peiniger ungewollt ihr Hinterteil entgegen. Ihre Schenkel zitterten und ihr angespannter Körper drohte nachzugeben. Sie wusste, dass sie nicht mehr lange auf den Zehenspitzen ausharren konnte. Mit jeder windenden Bewegung zog sich das Seil fester um ihre Handgelenke. Schließlich war ihr Körper bis zum Zerreißen gespannt.

„Disziplin und Kontrolle", sagte Raif mit kalter Stimme. „Es mangelt dir an beidem."

Er trat näher an Asara heran. Sie spürte seine Körperwärme auf ihrer Haut und seinen Atem in ihrem Nacken. Die Hand des Kriegers legte sich auf ihre Hüfte. Es war das erste Mal seit ihrem Verrat, dass Raif sie derart zärtlich berührte. Asara realisierte erst jetzt, wie sehr ihr seine Nähe gefehlt hatte. Der Ashen-Mann zeigte kaum Emotionen und peitschte sie jeden Tag gnadenlos aus – und dennoch verspürte sie ein inniges Verlangen nach ihm. War es die unterwürfige Sklavin in ihr, die hier flüsterte? Die gestürzte Herrscherin, die die strengen Fesseln und den feurigen Schmerz heimlich genoss? Oder steckte mehr dahinter als rein körperliches Verlangen?

Wie auch die Tage zuvor verblasste der Gedankengang nach wenigen Momenten wieder. Das Hier und Jetzt obsiegte. Asara schloss die Augen und schmiegte sich an ihren Meister, soweit die Seile es zuließen. Seine Finger fanden ihren feuchten Liebesmund und er begann, die hervorstehende Perle sanft zu massieren. Mit der anderen Hand bewegte er langsam den Griff der Peitsche. Gänsehaut lief über Asaras Rücken und ihre missliche Lage war von einem zum nächsten Moment vergessen.

„Du wirst nicht kommen, ehe ich es dir befehle", sagte Raif ruhig. „Und du wirst die Peitsche weiter zwischen deinen Beinen halten, sobald ich sie loslasse. Hast du einen Orgasmus oder verlierst du das lederne Glied, wirst du die Nacht auf Zehenspitzen und mit gespreizten Beinen verbringen. Und morgen, wenn wir in Masarta ankommen, wirst du dich auf allen Vieren durch die Straßen bewegen. Ich werde dich an der Leine führen wie ein ungezogenes Haustier. Du wirst geknebelt sein. Deine Beine werde ich wie die eines Pferdes fesseln und die Peitsche-" Er stieß den falschen Phallus tiefer in ihre Lustspalte, „Die Peitsche wird der Schwanz sein, der obszön aus deinem Gesäß ragt. Du wirst das Bild der rechtlosen Sklavin sein – erniedrigt vor den Augen all deiner früheren Untertanen."

Der Orgasmus explodierte ohne Vorwarnung. Sturmbö um Sturmbö beutelte Asaras Körper und sie schrie und stöhnte in den Knebel. Ihre Beine gaben nach und sie nahm das Glied ungewollt tiefer in sich auf. Raif bewegte seine Hand im Rhythmus ihrer zitternden Stöße. Das Folterinstrument drang vollends in sie ein. Kompromisslos fand es all die magischen Stellen, die zum Quell des brennenden Ergusses geworden waren. Die Peitsche nahm sie, wie Raif es am Anfang ihrer Reise getan hatte. Anfangs noch sanft, wurde die Stimulation bald immer härter.

Im Hinterkopf war sich Asara bewusst, was ihre Willensschwäche – ihr Versagen – wirklich bedeutete. Sie, die wehrlose aber willige Sklavin, wurde von einem Stück Leder genommen – und genoss es. Gleichzeitig wusste sie, dass Raif seine Drohung wahrmachen würde. Der bloße Gedanke, von ihrem Meister auf allen Vieren und vor den Augen hunderter Yanfari durch die Stadt geführt zu werden, wandelte sich zu einem weiteren, brennend heißen Orgasmus.

Die Welt entglitt Asara und sie ließ sich von den Wogen mitreißen. Nichts spielte mehr eine Rolle – nicht die kommende Pein und auch nicht die baldige, ultimative Demütigung. Ihr Körper hatte gesiegt und sie kostete jeden glückseligen Moment aus. Jeder Schauer und jede weitere Berührung verlängerten ihre Reise hoch in den Wolken der Lust. Sie ergab sich – vollständig und ohne Zögern.

Asara wusste nicht, wie viel Zeit tatsächlich verstrichen war, als Raif sie schließlich losschnitt. Kraftlos sank sie zu Boden. Der Krieger entfernte ihren Knebel und befreite ihre Beine. Lediglich die Handgelenke beließ er gefesselt.

„Diese eine Nacht in Freiheit sei dir vergönnt, Sklavin", sagte er. Seine Arme legten sich um sie und er half ihr in das nahe Zelt. Zitternd ließ sich Asara auf die Bettstatt sinken. Raif strich ihr eine Strähne weißen Haares aus dem Gesicht. „Du wirst deine Kraft morgen brauchen", ergänzte er. „Denn diesen Teil der Strafe erlasse ich dir nicht. Die Leine wartet."

Damit schob er sich zu ihr unter die Decke und legte eine Hand auf ihre Schulter. Sie spürte seinen erigierten Phallus auf ihrer Haut, als er sich an sie schmiegte.

„Du hast keine Disziplin", sagte er leise. „Dein Körper ist der größte Verräter von allen." War das Amüsement in seiner Stimme?

Mit tastenden Fingern überprüfte Raif die Fesseln um Asaras Handgelenke. Zufrieden, dass der Strick fest und der Knoten außer Reichweite ihrer Zähne war, begann er sich zu entspannen.

Asara war jedoch zu ruhelos und aufgedreht, um den Tag so abrupt enden zu lassen. Trotz der langsam einsetzenden Erschöpfung sprudelte ihr Körper immer noch vor Energie.

„Ich will *deine* Sklavin sein", flüsterte sie. „Nicht das Spielzeug irgendwelcher Ashen-Adeliger." Ihre eigenen Worte überraschten und schreckten sie. Doch Asara wusste, dass sie weit mehr Wahrheit enthielten, als ihr lieb war.

„Du hast mich bestraft, weil ich dich verraten habe", setzte sie leise fort. „Ich hasse dich nicht dafür – auch wenn du mich für meine Tat verabscheust."

Sie warf einen Seitenblick auf Miha, der in eine Decke gehüllt am Rande des Zeltes einen unruhigen Schlaf schlief. Der jüngere Krieger wurde seit Tagen von Wundfieber gebeutelt und hatte das Bewusstsein seit letzter Nacht nicht mehr wiedererlangt. Für Asara war sein verhältnismäßig blasser Körper eine stetige Erinnerung daran, dass sie einen fatalen Fehler begangen hatte – einen Fehler, für den sie bis zum heutigen Tag gebüßt hatte. Jetzt, in diesem Moment, spürte sie jedoch keine Reue mehr. Nach langer Durststrecke hatte sie ihr Peiniger endlich wieder in die Arme geschlossen. Die schmerzenden Spuren der Peitschenküsse waren zu einem Film der wohligen Wärme verblasst. Sie spürte in diesem Moment auch keinen Hass von dem Mann, der sie so innig von hinten umarmte.

„Ich verabscheue dich nicht, Asara", entgegnete Raif nach einer Weile. „Im Gegenteil. Miha hat einen Befehl missachtet, als er sich an dir vergreifen wollte. Er, der trainierte Krieger, wurde dafür niedergestreckt. Von einer *Sklavin*. Diese seine Schande ist niemals zu tilgen. Sein Fall ist dein Verdienst – dein Abzeichen der Stärke. Nein, Asara. Ich hasse dich nicht. Ich respektiere dich dafür. Die milde Strafe spiegelt das wieder."

Mild?

Asara musste sich eingestehen, dass sie das Ashvolk nach wie vor nicht vollends durchschaute. Diese dunkelhäutigen Dämonen des Nordens waren ihr immer noch ein Rätsel – und das obwohl sie mehr Zeit in ihrer Gegenwart verbracht hatte, als die meisten anderen Yanfari.

„Was wird mit mir geschehen?" fragte die *Kisaki* nach einer längeren Pause. „In Ravanar?"

Raif nahm einen tieferen Atemzug.

„Die Gilde der Tausend Gesichter wird dich befragen. Wenn du Glück hast, werden sie deine Tarnung nicht durchschauen. So oder so – Lanys hat versagt und du wirst die Konsequenzen dafür tragen müssen. Schließlich solltest ‚du' Asara ersetzen und so zur mächtigsten Waffe werden, die das Ashen-Dominion je gegen das Imperium aufgebracht hat. Anstelle dessen ist die Kaiserin tot und der Krieg flammt wieder auf. Das ist Versagen auf ganzer Linie." Asara konnte Raifs Stimme deutlich anhören, wie wenig er von Fehlschlägen dieser Art hielt. „Versagen ist die größte Schmach für einen Ashen", erklärte der Krieger. „Du wirst vermutlich eingesperrt oder als Sklavin verkauft. Mit etwas Glück endest du bei einem gütigen Meister. Hast du Pech, wirst du Lustsklavin im Kerker des Hochkönigs."

Asara schloss für einen Moment die Augen.

„Kannst du mich nicht…behalten?" fragte sie. „Ich werde dich auch nie wieder verraten."

„Natürlich würdest du das", lachte Raif. Es war das erste Mal, dass Asara ihn offen lachen hörte. „Deine Unterwürfigkeit ist immer noch zur Hälfte ein Schauspiel."

Die *Kisaki* presste die Lippen zusammen. Dieser einfache Krieger konnte sie besser lesen, als ihr lieb war. Mit dem Abflauen der Orgasmen war auch ihre Sturheit wieder zurückgekehrt. Wie schon zuvor entpuppte sich ihr Wunsch nach Wehrlosigkeit und Versklavung als flüchtig.

Mit ernsterer Stimme setzte Raif fort. „Ich habe eine Mission, die ich zu erfüllen gedenke: Dich in Ravanar abzuliefern." Sein Tonfall wurde härter, entschlossener. „Ich muss es tun. Ich habe keine andere Wahl."

Er ließ sie los und wandte sich ab. Asara spürte, wie er wieder auf Distanz ging. Seine nächsten Worte waren frei von jeglicher Emotion.

„Morgen werden wir in Masarta ankommen. Es wartet dort ein Schiff auf uns. Der Kapitän wird mir die Verantwortung für dich abnehmen. Du wirst den Rest der Reise in Ketten verbringen. Wenn du dir meine Lektionen zu Herzen genommen hast, wirst du heil in Ravanar ankommen. Mehr kann ich dir nicht versprechen."

Asaras Herz begann schneller zu schlagen.

„Du wirst nicht mitkommen?" fragte sie. Der Gedanke, alleine in das Land des Feindes gebracht zu werden, erfüllte sie mit Grauen. Raif war zwar kein Alliierter – aber er war ein bekanntes Gesicht. Ein Fixpunkt, ohne den sie wahrlich verlassen war. Sie wusste, dass ihr der stoische Krieger niemals etwas antun würde. Vom Rest des Ashvolks konnte sie dies nicht behaupten.

„Meine Mission ist nach deiner Auslieferung noch nicht zu Ende", sagte Raif. „Meine Reise geht weiter. So wie auch deine."

Stille kehrte ein. Asara spürte, dass das Gespräch für ihn beendet war. Sie wusste besser, als ihn weiter mit Fragen zu bombardieren. Ihr Kiefer würde es ihr danken, wenn sie diese Nacht nicht geknebelt verbringen musste.

Asaras Gedanken kreisten um das kommende Unbekannte. Es dauerte lange Zeit, bis die Müdigkeit schließlich obsiegte und sie in einen unruhigen Schlaf fiel.

In ihren Träumen war es das hasserfüllte Gesicht von Miha, das in der Dunkelheit über ihr schwebte. Das Phantasma des Ashen-Kriegers hielt eine Peitsche aus stählernen Kettengliedern in der Hand. Asaras Arme und Beine waren mit schweren Schellen an im Boden eingelassenen Metallringen befestigt. Ihre Glieder wurden dadurch brutal gespreizt und die Ketten pressten sie erbarmungslos gegen den kalten Steinuntergrund des Verlieses.

‚Ich warte am Ende deiner Reise auf dich, Sklavin', höhnte Miha mit ungewohnt tiefer Stimme. ‚Du wirst mein sein – und ich werde meine Rache in vollen Zügen auskosten.'

Seine Peitsche fand ihre entblößte Haut. Asara schrie auf. Zum ersten Mal wurde der brennende Schmerz nicht von heimlicher Lust begleitet.

~◊~

Asara erwachte schweißgebadet zu den ersten Strahlen der aufgehenden Sonne. Trotz Stunden des Schlafes fühlte sie sich erschöpfter als noch am Abend zuvor. Die verblassende Erinnerung an eine Nacht der Albträume mischte sich zu einem drückenden Gefühl der Nervosität. Heute, nach zwölf langen Tagen der beschwerlichen Reise durch die Yanfar-Wüste, würde sie die Hafenstadt Masarta erreichen.

Masarta war die südlichste Metropole des Imperiums und damit so etwas wie das Tor zum Rest der Welt. Die Stadt lag in einer malerischen Bucht, die sich in die raue Rift-See öffnete. Der schmale Meeresabschnitt folgte der Küste nach Norden und Osten bis an das entfernte Ravanar – und damit tief in das Ashen-Gebiet. Nur wenige Händler wagten die gefährliche Reise, die dank unberechenbarer Strömungen und Dominion-Piraten jederzeit ein jähes Ende finden konnte.

Setzte man hingegen Segel gen Westen, so erreichte man Toucan, ein kleines Inselparadies, das sich vor Jahren vom Yanfar-Reich loszulösen versucht hatte. Heute war es die Heimat von Kriegsfürsten, Sträflingen und Gesetzlosen, die in den Resten der einst stolzen Pfahlbauten von Port Yenzai hausten. *Kisaki* Raya hatte im toucanischen Krieg offen gezeigt, wie wenig sie von Separatisten und Rebellen hielt.

Für Asara stand außer Zweifel, wohin die Reise gehen würde. Nicht Palmen und Sandstrände warteten auf die gefangene Herrscherin, sondern schwarzer Fels und dampfender Morast. Die Hauptstadt des Ashen-Dominions hatte den Ruf eines trostlosen und finsteren Ortes. Während sich die weißen Türme von Al'Tawil stolz gen Himmel streckten, wuchs Ravanar nach unten in den Stein. Für Asara gab es kaum eine schlimmere Vorstellung, als für immer vom Sonnenlicht abgeschnitten zu sein. Würde sie bis an ihr Lebensende in einem dunklen Kerker dahinsiechen? Welches Schicksal erwartete sie in der Hauptstadt des Feindes?

Asara warf einen Blick auf den noch schlafenden Raif. Der Krieger hatte sich abgewandt und zeigte ihr seinen breiten Rücken. Asaras Augen fielen auf seinen Dolch, dessen Scheide an seinem abgelegten Schwertgurt befestigt war. Die Klinge war nur einen knappen Meter von ihr entfernt.

„Denke nicht einmal daran, Hure." Die Stimme war heiser und nahezu tonlos. Es war nicht Raif, der gesprochen hatte. Asaras Blick fiel auf die bleiche Gestalt Mihas. Der jüngere Krieger hatte die Augen geöffnet und starrte sie hasserfüllt an.

„Du hättest mich töten sollen", krächzte er. Die *Kisaki* setzte sich langsam auf. Sie beäugte einmal mehr den Dolch.

„Ich kann mein Versäumnis noch korrigieren", zischte sie. Obwohl ihr Herz rasend zu klopfen begonnen hatte, war ihre Stimme fest. Sie hatte nicht damit gerechnet, dass Miha wieder erwachen würde. Die

Wunde, die sie ihm zugefügt hatte, hätte sein Ende sein müssen. Doch der Ashen-Mann lebte. Leise hustend und mit zitternden Händen tastete er nach seinem Schwert. Seine Bewegungen waren ungelenk aber bei weitem nicht so tollpatschig, wie Asara es sich wünschen würde.

„Du bist tot", grollte Miha. „Ich werde dich wie einen Fisch aufschlitzen. Diesmal wird Raif dir nicht helfen können."

Er biss die Zähne zusammen und rappelte sich langsam auf. Asara schlüpfte aus der Schlafrolle und zog Raifs Dolch mit einer schnellen Bewegung aus dessen Gürtel. Ohne zu zögern begann sie, ihre Handfesseln zu durchtrennen. Sie würde sich nicht kampflos ergeben.

„Das ist genug." Raifs harte Stimme ließ sowohl Asara als auch Miha erstarren. Erst jetzt merkte die *Kisaki*, dass die Augen des älteren Kriegers geöffnet waren. Raif setzte sich auf und warf seinem fiebergebeutelten Untergebenen einen fast mitleidigen Blick zu.

„Weg mit dem Schwert, du Narr. Sei froh, dass du noch lebst. In deinem Zustand würde sie *dich* aufschlitzen, nicht umgekehrt."

„Die Schande-", begann Miha, doch Raif unterbrach ihn.

„Du wirst mit der Schande leben müssen, Miha'kar D'Axor. Wenn du aufhörst, dich wie ein Kind zu benehmen, werde ich deine Niederlage gegen die Sklavin vielleicht sogar für mich behalten. Und jetzt weg mit dem Schwert."

D'Axor?

Miha ließ die Schultern hängen und sank wieder zu Boden. Sich aufzurichten hatte ihm sichtlich enorme Mühe bereitet und nahezu all seine Reserven gekostet.

Raif wandte sich an Asara, die sich vollends von ihren Fesseln befreit hatte. Der Dolch in ihrer Hand zeigte immer noch auf den verwundeten Krieger.

„Sklavin", bellte Raif. Sie zuckte zusammen. „Lass das Messer fallen und nimm Haltung ein." Seine Worte ließen keinen Raum für Interpretation. Für einen Moment spielte Asara dennoch mit dem Gedanken, ihr Glück im Kampf zu versuchen. Ein schneller Stoß und auch Raif würde sich blutend am Boden winden. Ihre Freiheit war in diesem Moment so greifbar wie schon lange nicht mehr.

Nein.

Sie wusste, dass sie gegen den erfahrenen Krieger keine Chance hatte. Er war stärker, schneller und wesentlich geschickter als sie. Dazu kam, dass Asara nicht denselben Hass gegen den stoischen Ashen verspürte, wie damals gegen Miha. Sie *konnte* ihn nicht töten, selbst wenn sie ihn hier und jetzt besiegte.

Mit einem leisen Fluch schleuderte sie die Klinge zu Boden und sank auf die Knie. Gehorsam überkreuzte sie ihre Handgelenke hinter ihrem

Rücken und öffnete ihre Beine in einer Geste des Ergebens. Es war die erniedrigende Position einer Sklavin, die sich folgsam ihrem Meister präsentierte.

Raif nickte zufrieden und zog ein Bündel vertrauter Seile aus seinem Beutel. Mit wenigen Bewegungen hatte er ihre Hände gefesselt und eine Leine an ihrem Halsband befestigt.

„Wir werden in wenigen Stunden Masarta erreichen", sagte er, als er sein Werk vollendet hatte. „Du weißt, was dich dort erwartet."

Die *Kisaki* senkte ihren Blick. Sie tat es jedoch weniger aus Respekt, sondern eher um zu verbergen, wie aufgeregt sie der Gedanke stimmte. Ein kleiner Teil ihrer selbst konnte es nicht erwarten, diese ultimative Erniedrigung zu erfahren. Raifs Worte vom Vorabend waren mehr als eine Drohung – sie waren ein Versprechen. Beinahe schaffte es ihre Erregung, die düsteren Gedanken an das wartende Schiff in den Hintergrund zu drängen.

„Es wird Zeit", sagte Raif und bückte sich nach seinem Dolch. „Lassen wir diesen unwirtlichen Ort endlich hinter uns."

~◊~

Die Sonne stand hoch am Himmel, als Raif Asara aus dem Sattel hob. Die Luft roch nach Salz und trug die Kühle des Ozeans an die schweißgebadete Gefangene heran. Die Gruppe hatte die Wüste endlich hinter sich gelassen. Steinernes Ödland war in den letzten Stunden zusehends einer kargen Hügellandschaft gewichen. Rötliche Erde und braunes Gras wechselten sich mit stacheligem Buschwerk und niedrigen Weiden ab. Immer wieder unterbrachen eingezäunte Höfe die ansonsten verlassen wirkende Landschaft. Große Herden zäher Dickhornschafe grasten an schlammigen Wasserstellen. Vom kräftigen Wind getriebene Wolken glitten über den blauen Himmel und warfen willkommenen Schatten auf die Reisenden.

Der ausgetretene Weg vor Asara schlängelte sich hinab bis an die Stadttore von Masarta. Schmale weiße Türme im klassischen Yanfari-Stil ragten aus den Anbauten großer, goldgedeckter Kuppelhallen. Inmitten des Prunks kämpften niedrige Sandsteinbehausungen mit westlichen Ziegelbauten um einen Platz an der Sonne. Viele der größeren Anwesen am Stadtrand umschlossen begrünte Innenhöfe, in denen private Wasserbecken glitzerten. Bunte Planen überspannten Verandas und zierten Dachterrassen. Fenster aus milchigem Glas waren keine Seltenheit.

Vor den Toren der Stadt kampierten Karawanen und verluden ihr wertvolles Gut. Jenseits der Metropole, in den schimmernden Wassern der blaugrünen Bucht, ankerten die majestätischen Schiffe der einheimischen Gilden und Händler aus Übersee. Die Form der Rümpfe und der Stil der Besegelung waren von Schiff zu Schiff unterschiedlich. Fahnen diversester Nationen wehten an den hohen Masten.

Masarta war in der Tat das Tor zur Welt. Das fest verwurzelte Misstrauen der Yanfari gegenüber Fremden hatte in dieser lebendigen Hafenstadt wenig Platz. Imperiale *Karwan* handelten mit braungebrannten Toucani, Seevolk feilschte mit den großgewachsenen Hünen der Eru und selbst die sonst so verhassten Ashen waren zahlreich vertreten. ‚Gold baut Brücken und lässt alte Feindschaften ruhen'. Das Sprichwort hatte nirgends so viel Bedeutung wie hier in Masarta.

„Genieße den Anblick, solange du noch kannst." Mihas heisere Stimme war höhnisch. „Alles, was von deiner langjährigen ‚Heimat' bleiben wird, ist eine Erinnerung."

Der junge Krieger lag auf einer Decke, die zwischen zwei zugeschnittenen Ästen gespannt war. Der improvisierte Sandschlitten war über Seile mit dem Sattel seines Kamels verbunden. Trotz Mihas wenig rühmlicher Position beäugte er Asara mit offener Arroganz. „Zumindest muss deine Meisterin den Untergang ihres Reiches nicht mehr erleben", lachte er.

Im nächsten Moment wurde er von einem Hustenanfall gebeutelt. Die *Kisaki* ballte die hinter ihrem Rücken gefesselten Hände zu Fäusten und wandte sich von ihm ab.

„Wie wollt ihr eigentlich in die Stadt gelangen?" fragte sie nach kurzer Pause. „Masarta mag Ashvolk tolerieren, aber mittellose Reisende werden nicht gerade geschätzt."

Raif löste Asaras Handfesseln und bedeutete ihr, sich hinzuknien. Sie leistete widerspruchslos Folge. Die Zeit für Gegenwehr würde kommen. Masarta war eine Stadt der Gelegenheiten – eine Stadt, deren Dynamik sie weit besser verstand, als ihre Wärter. So hoffte sie zumindest.

„Wir haben alles, um als Händler eingelassen zu werden", erwiderte Raif mit zufriedenem Blick. Seine Augen wanderten Asaras Körper entlang und er nickte. Die *Kisaki* verstand. Trotz der mittäglichen Hitze lief ihr ein kalter Schauer über den Rücken.

„Mich", murmelte sie. „Ich bin eure Ware."

Raif nickte. „Wir haben eine hübsche junge Sklavin und das nötige Geld, sie am Gildenhaus zu registrieren. Die Torwache wird uns dankend einlassen."

Asara verzog das Gesicht. Der Krieger hatte Recht. Ein paar Münzen in die richtigen Hände und die Masarti vergaßen Rasse und Hautfarbe. Gold baute nicht nur Brücken, es machte auch blind.

„Leg deine Kleidung ab", befahl Raif.

Asara warf ihm einen giftigen Blick zu. Sie hatte jedoch keine andere Wahl, als die Stroffstreifen abzulegen, die ihre intimen Bereiche so notdürftig verdeckten. Nackt kniete sie schließlich vor ihrem Wärter und Meister. Das lederne Halsband war ihr letztes Kleidungsstück.

„Wickle den Stoff um deine Knie und Hände." Sie tat wie geheißen. Als sie fertig war, fesselte Raif einmal mehr ihre Arme und Beine. Dabei ließ er gerade genug Spielraum zwischen ihren Gliedern, sodass sie auf allen Vieren traben konnte. Laufen stand jedoch außer Frage.

Der Krieger holte den Knebel hervor und presste ihn gegen Asaras Lippen. Sie öffnete widerwillig ihren Mund und empfing den ledernen Ball. Als Raif den Riemen hinter ihrem Kopf festgezurrt hatte, griff er nach seiner Peitsche.

„Wie schon gesagt: Diesen Teil der Strafe erlasse ich dir nicht."

Damit ging er hinter der auf Händen und Knien posierenden Asara in die Hocke.

„Oberkörper in den Sand und Gesäß nach oben", befahl er. Es war die Stellung einer sich streckenden Katze, die Asara halb unwillig und halb erwartungsvoll einnahm. Sie hatte sich diesen Moment den ganzen Tag lang ausgemalt. Die erniedrigende Haltung erfüllte all ihre Ängste wie auch heimlichen Erwartungen. Nichts hatte sie jedoch auf das Gefühl vorbeireitet das kam, als Raif den Griff der Peitsche gegen ihren Anus presste und langsam einzuführen begann. Das Leder war gerillt, um besseren Halt für die Hände zu bieten. Jede Erhebung und jeder Zentimeter fühlten sich an, als ob Asara in der Mitte gespalten werden würde. Sie schrie auf und versuchte zurückzuweichen.

„Entspanne dich", sagte Raif. „Lass los und akzeptiere deine Strafe."

Asara versuchte unter Tränen, der Anweisung nachzukommen. Der Schmerz ließ etwas nach, als sie ihre Muskeln zur Entspannung zwang. Tiefer und immer tiefer drang der Peitschengriff in sie ein. Er drückte an Stellen gegen sie, von denen sie bislang nicht einmal etwas geahnt hatte. Das Instrument füllte sie gänzlich aus. Sie stöhnte in den Knebel und öffnete ihre Beine in der Hoffnung, den Druck dadurch etwas zu reduzieren. Panik, Schmerz und Lust traten einmal mehr in bittersüßen Konflikt. Asaras dunkles Selbst genoss das sie ausfüllende Gefühl und die brennende Scham ob ihrer erniedrigenden Behandlung. Lediglich der heimliche Wunsch, Raif möge das Instrument doch lieber in ihre feuchte Lustspalte schieben, war stärker als die Schmach, von hinten penetriert zu werden.

Asara keuchte und zitterte als die letzte Noppe des Griffs in ihrem Anus verschwunden war. Raif ließ ihr jedoch keine Zeit, sich zu sammeln. Er nahm die Leine vom Boden auf und gab dem Riemen einen festen Ruck. Das enge Lederband um Asaras Hals ließ ihr keine andere Wahl, als ihm auf allen Vieren zu folgen. Wollte sie genug Luft bekommen und von dem Krieger nicht einfach nachgeschliffen werden, musste sie tun, was er von ihr verlangte.

An kurzer Leine und immer noch schwer atmend trottete sie hinter ihm her. Ihr lederner Schwanz stieß dabei mit jedem Schritt gegen ihr geweitetes Innere – die drückende Stimulation des Griffs trieb ihr die Hitze ins Gesicht und die Feuchte zwischen die Beine. Die Seile um Arm- und Fußgelenke erinnerten sie mit jedem Meter daran, dass sie sich nur mit kleinen Schritten fortbewegen konnte. Sie atmete stoßweiße in den Knebel und unterdrückte mit Mühe die lauernde Panik.

Raif hatte sie in ein gefangenes Biest verwandelt. Ein Haustier, das keine Berechtigung hatte, Würde zu besitzen oder Stolz zu verspüren. Asara schluckte den sich hinter ihrem Knebel ansammelnden Speichel und ergab sich keuchend ihrem Schicksal.

Die Strecke bis zum Tor zog sich zu einer kleinen Ewigkeit. Asara war bald dankbar für den Stoff um Hände und Knie. Die Straße war steinig und rau und hätte ihre ungeschützten Glieder wohl schnell aufgeschürft. Ihr von Wochen der beschwerlichen Reise schmutzig-strähniges Haar schwankte mit jedem Schritt und verdeckte dabei immer wieder ihre Sicht. Sie war dankbar für diesen Schleier des Schutzes, der die Blicke der Menschen vor ihr versteckte.

Gespräche anderer Reisenden drangen an ihr Ohr, als sich der kleine Trupp schließlich dem Tor näherte. Das Klappern von Hufen und die Rufe der Händler mischten sich bald hinzu. Asara war zurück in der Zivilisation. Sie hob ihren Kopf und ließ ihr Haar zurückgleiten. Schnell bereute sie ihre Neugierde. Sie befand sich am Rande einer Menschenschlange unmittelbar vor dem hölzernen Haupttor. Dutzende gierige und auch viele verwunderte Blicke lagen auf ihrem nackten Körper. Eine Yanfari-Frau musterte sie mitleidig und schüttelte leicht den Kopf. Ein Eru in simpler Fellrüstung machte keinen Hehl daraus, offen ihre strammen Brüste zu beäugen. Ein anderer wiederum hatte nur Augen für ihre entblößte Lustspalte. Asara spürte die aufwallende Hitze zwischen ihren Beinen. Ihre Schmach war komplett. Zitternd und mit rotem Gesicht ließ sie ihr Haar wieder vor ihr Gesicht fallen.

Raif zog an der Leine und zwang sie, ihre Schritte zu beschleunigen. Das Tor lag nur noch wenige Meter vor ihr. Rund um sie herum sah Asara bald nichts weiter als Beine, Hufe und Wagenräder. Immer wieder fühlte sie flüchtige Berührungen auf ihrer Haut. Viele nutzten die Unübersichtlichkeit der Menge, um sie unbemerkt von ihrem Meister an Rücken oder Gesäß anzufassen. Einmal fand ein suchender Finger sogar ihre pulsierende Spalte. Stöhnend wich sie zurück und schmiegte sich ungewollt an Raifs Bein. Der Krieger legte eine Hand auf ihren Kopf und tätschelte sie wie einen folgsamen Hund. Zu Asaras Entsetzen erfüllte sie die Geste mit *Dankbarkeit*. Sie setzte sich vorsichtig auf die Hinterbeine und blickte zu ihrem Peiniger auf. Hass und Lust kämpften in ihrem geplagten Geist. Der Ashen-Krieger war ihr Meister. Von ihm gelobt zu werden, war die höchste Erfüllung. Lediglich eine leise Stimme in ihrem Hinterkopf protestierte gegen diesen verräterischen Gedanken.

Die gelangweilte Stimme einer Wache riss sie unvermittelt aus ihrer Welt der Demütigung.

„Welches Geschäft bringt euch nach Masarta?" frage der Yanfari. Raif zog demonstrativ an Asaras Leine.

„Sklavenhandel."

Die Wache musterte Asara mit schlecht verborgener Begierde.

„Ein feines Stück Fleisch", sagte er. „Doch es wird euch die Gebühr nicht ersparen…"

Wortlos griff Reif in seinen Beutel und zog eine Handvoll Münzen hervor. Der Wachmann nahm das Gold gierig entgegen und ließ es in seinem eigenen Geldbeutel verschwinden. Mit dem Stiefel trat er leicht gegen Asaras Hinterteil. Die plötzliche Stimulation des Lederschwanzes ließ die *Kisaki* aufstöhnen.

„Bringt eure Ware zum Markt", brummte er. „Und dann schert euch zum Teufel."

Raif warf ihm einen langen Blick zu. Die Wache schien unter diesem förmlich zu schrumpfen.

„Habt Dank, guter Mann", erwiderte der Ashen-Krieger. Seine betont freundliche Stimme klang in Asaras Ohren weit bedrohlicher als jeder Kampfesruf.

Raif passierte die Wache und zog Asara mit sich. Geknebelt und auf allen Vieren betrat die ehemalige Herrscherin die Küstenstadt von Masarta.

6

Vergessener Stolz

Schritt folgte Schritt. Gasse folgte Gasse. Asara hatte jegliches Gefühl für Entfernung und Zeit verloren. Ihr gesamtes Wesen wurde durch die wenigen Konstanten definiert, die ihr geblieben waren: Der dumpfe Schmerz ihrer belasteten Hände und Knie, die brennenden Muskeln ihres strapazierten Rückens, das sich durch die Leine stets unter Zug befindende Halsband, der speichelbenetzte Ball aus Leder zwischen ihren Lippen und der unbeschreibliche Druck der Peitsche, deren Griff tief in ihrem Hinterteil steckte. Dazu kamen die Blicke der Menschen, die sie zu jeder Sekunde auf sich spürte. Auf beklemmende Art waren die ihr folgenden Augenpaare das Schlimmste an ihrer erniedrigenden Situation. Es fühlte sich an, als ob die Welt Asara jegliches Besitzrecht an ihrem eigenen, schmerzenden Körper aberkannt hatte. Die obszön präsentierte Sklavin, die auf allen Vieren durch die Seitenstraßen von Masarta geführt wurde, war zu Allgemeingut geworden. Jeder durfte starren und lechzen und selbst die gelegentliche Berührung ihres schweißüberströmten Körpers wurde von ihrem Meister toleriert. Im Kontrast zu ihrer aktuellen Situation verblasste ihre anfängliche Reise durch Al'Tawil zu einem bösen Traum.

Asara senkte ihren Blick bis selbst die Beine der Passanten hinter einem Schleier weißen Haares verschwanden. Alles, was sie fortan sah, waren ihre eigenen Arme. Dunkles Seil spannte sich mit jedem Schritt straff zwischen ihren Gelenken und erinnerte sie daran, dass selbst diese simple Bewegung durch strenge Fesseln eingeschränkt wurde. Trotz alledem verspürte Asara kaum Panik. Denn sie hatte das einzig mögliche getan, um die Verzweiflung und Ohnmacht zurückzudrängen: Sie hatte ihre Rolle einmal mehr akzeptiert. Die rechtlose Sklavin konnte all das verkraften, woran die *Kisaki* zerbrochen wäre. Tief in ihrem Inneren verspürte sie sogar so etwas wie den Wunsch, von ihrem Meister endgültig und unwiederbringlich als Eigentum gebrandmarkt zu werden. Mehr noch: Entweiht zu werden, hier in aller Öffentlichkeit, um diesen gesichtslosen Menschen zu zeigen, dass sie nur *ihm* gehörte.

„Die Hure ist schon wieder feucht." Mihas raue Stimme riss sie jäh aus ihrer Welt der Unterwerfung. Raif blieb stehen. Asara hob ihren Kopf und blickte zum Besitzer der so verhassten Stimme zurück. Der jüngere Ashen-Krieger hielt einen langen Gehstock umklammert und hinkte hinter seinem Vorgesetzten her. Das Kamel hatte wohl an den Toren zurückbleiben müssen. Mit sichtlicher Mühe hielt sich der Verwundete auf den Beinen. Trotzdem bedachte er die Gefangene mit einem kalten Blick.

„Keine Sorge", zischte er, „ich werde dich in Ravanar besuchen kommen. Halte dich schön feucht für mich. Dein Stöhnen wird deine Schreie vielleicht sogar übertönen."

Mihas tonloses Lachen hinterließ keine Zweifel, wie er sich dieses Zusammentreffen vorstellte. Asara starrte den Krieger hasserfüllt an. Es war der eisige Blick der *Kisaki*, und nicht der rechtlosen Sklavin, der ihn unvermittelt erstarren ließ. Seine Augen weiteten sich unmerklich.

‚Du bist *nichts*', sagte ihr Blick. ‚Egal wie tief ich falle, du wirst stets unter mir sein.'

Miha war nicht ihr Meister – sie würde sich ihm nie unterwerfen. Der Funken ihres Widerstandes war noch nicht vollends erloschen.

Zu ihrer großen Genugtuung stolperte der Krieger einen halben Schritt zurück. Asara kniete vor dem Mann im Sand, gefesselt und geknebelt, und dennoch verspürte er sichtlich so etwas wie Respekt. Zu frisch war wohl die Erinnerung an den Dolch, den sie tief in sein Fleisch gestoßen hatte. Es war nur ein kurzer Augenblick, in dem Mihas Maske bröckelte, aber die *Kisaki* kostete ihn voll aus.

Ihre Freude war jedoch nur von kurzer Dauer. Raif riss unvermittelt an ihrer Leine. Die Bewegung kam so plötzlich, dass Asara seitlich zu Boden stürzte. Das Halsband schnürte ihr für einen Moment die Kehle zu. Panisch blickte sie zu ihrem Meister auf.

„Zeigt man so seine Unterwürfigkeit, Sklavin?" grollte er. Asara verstand nicht. Was war passiert? Woher kam Raifs Zorn?

„Einem Meister gegenüber wird stets Gehorsam gezeigt", bellte er. „Du hast deine Augen immer gesenkt zu halten." Er warf einen Seitenblick auf Miha, ehe er fortsetzte. „Jeder freie Mann ist von höherem Rang als du. Du bist *nichts*. Eine Sklavin. Ein Stück Fleisch, das nach Belieben am Markt gehandelt wird."

Seine Worte trafen Asara wie ein Schlag ins Gesicht. Und sie verstand. Selbst ein finsterer Blick in Richtung ihres Peinigers war ein Zeichen des Trotzes. Aber Miha…Miha war nicht ihr Meister. Raif würde sie doch nicht seinetwegen schelten? Er selbst konnte den jüngeren Mann nicht ausstehen!

Es war, als ob Raif ihre Verwirrung an ihren Zügen ablesen konnte.

„Miha'kar ist ein Krieger der höchsten Kaste", sagte er mit fester Stimme. „Wenn er mit dir spricht, hast du deinen Blick zu senken und deinen Körper zu präsentieren. Hast du das verstanden, Sklavin?"

Asara nickte stumm. So sehr sie auch widersprechen wollte, der Knebel ließ ihr keine andere Wahl, als Raifs Worte unangefochten zu akzeptieren. Mehr noch als der lederne Ball war es aber sein Tonfall, der ihr jeglichen Wind aus den Segeln nahm. Sie musste nicht *verstehen*, warum er ihr plötzlich befahl, Miha mehr Respekt entgegenzubringen. Sie musste nur *gehorchen*.

„Dein Trotz ist keine Stärke, Sklavin", fuhr Raif lauter fort. „Es wird Zeit für eine letzte Lektion."

Einige Passanten waren stehengeblieben. Erst jetzt bemerkte Asara, dass die kleine Gasse weit bevölkerter war, als zuerst angenommen. Der Weg zwischen den Sandsteinbauten war schmal, aber stark frequentiert. Wenige Meter entfernt, befand sich der Eingang zu einem gut besuchten Teehaus. Verwunderte und nicht wenige neugierige Blicke folgten der Szene mit der knienden Ashen-Sklavin und ihren zwei Herren. Sie war zum Zentrum der Aufmerksamkeit geworden; ihr nackter Körper zum Objekt der Begierde für dutzende Männer. Raifs Stimme trug weit. Er wollte alle Masarti wissen lassen, wie sehr Asara ihm ausgeliefert war. Seine Hand schloss sich fester um ihre Leine.

„Erleichtere dich."

Sie blickte verdutzt auf. Raif stellte einen bestiefelten Fuß auf ihr Gesäß. Der Druck auf den Peitschengriff verstärkte sich. Asara stöhnte auf und versuchte zurückzuweichen, doch der Krieger ließ es nicht zu. Zu unnachgiebig war sein Griff um die lederne Leine.

„Ich habe dir einen Befehl gegeben", grollte er. „Erleichtere dich. Hier und jetzt. Ich weiß, dass du den Drang dazu verspürst."

Er hatte Recht. Die Stimulation durch die Peitsche sowie das Wasser, das Raif ihr knapp vor der Ankunft in Masarta eingeflößt hatte, drückten schon seit geraumer Zeit auf ihre Blase. Es wurde ihr erst jetzt bewusst, wie sehr. Doch was er verlangte…

Röte schoss Asara ins Gesicht und sie senkte ihren Blick. Leises Gelächter tönte aus Richtung der offenen Front des Teehauses. Die meisten Passanten hatten innegehalten, um das Schauspiel besser verfolgen zu können.

‚Ich kann nicht', wollte sie flehen, doch ihre Worte wurden zu undeutlichem Murmeln verzerrt. ‚Bitte verlange das nicht von mir!'

Alles, nur nicht das…

Doch Raif kannte keine Gnade. Sehr zu Mihas offenkundiger Belustigung begann er, Asaras ledernen Schwanz mit dem Fuß zu stimulieren. Der Peitschengriff presste stärker und stärker gegen ihr

Inneres. Die Muskeln in ihrem Hinterteil versuchten, das Instrument abzustoßen, doch es gelang ihr nicht. Zu tief steckte der Griff in ihrem Anus und zu stark war der Druck von Raifs bittersüßer Folter.

Der Krieger beugte sich zu ihr herab.

„Lerne diese Lektion, Sklavin, oder du wirst in Ravanar untergehen. Dein Körper ist nicht mehr dein."

Asara nahm seine Stimme kaum wahr. Zu viele Blicke ruhten auf ihr – zu groß war die perverse Genugtuung der Zuseher. Grausame Witze drangen an ihr Ohr. Gelächter folgte jedem Stöhnen. Diese Menschen wollten sehen, wie sie die ultimative Erniedrigung erfuhr. Sie wollten ihre totgeglaubte *Kisaki* auf allen Vieren sehen, versklavt, sabbernd und sich beschmutzend. Masarta – vielleicht sogar das gesamte Yanfar-Imperium – kannte kein Mitleid mit der gestürzten Monarchin. Wie konnten diese Menschen einfach nur zusehen? Wieso konnten sie nicht *sehen*, wer sie wirklich war?

Asara biss auf ihren Knebel und zog an ihren Fesseln. Trotz all ihrer heimlichen Gelüste und dem innigen Wunsch nach Kapitulation konnte sie nicht tun, was ihr Meister von ihr verlangte. Der letzte Rest ihres Stolzes wehrte sich mit aller Kraft sich gegen diese finale, ultimative Demütigung. Die *Kisaki* presste ihre Oberschenkel und Knie fest zusammen. Doch anstatt den Druck zu reduzieren, drängte der Peitschengriff mehr und mehr gegen ihre volle Blase. War das Instrument mit geöffneten Beinen schon nahezu unerträglich, so drohte es sie nun förmlich zu sprengen.

„Spreize deine Beine und lass los." Raifs Stimme war hart und seine Worte kompromisslos. Als Asara nicht sofort reagierte, schob der den Ansatz ihres ‚Schwanzes' erneut tiefer in ihre geweitete Öffnung. „Sofort."

Asara bewegte sich nicht. Im nächsten Moment schnalzte Raifs flache Hand auf ihr Gesäß herab. Der kräftige Hieb hallte durch die Gasse wie der Knall einer Peitsche. Die Gefangene zuckte zusammen und schrie auf. Heißer Schmerz erblühte, wo Raif sie so zielsicher getroffen hatte. Ehe sich Asara von der Überraschung erholen konnte, traf sie ein weiterer Schlag auf der anderen Pobacke. Und ein weiterer. Näher und immer näher an Lustspalte und Anus regneten des Kriegers Hiebe auf Asaras wunde Rückseite. Jedes Zusammenzucken erhöhte den Druck in ihrem Inneren und ließ sie lautstark nach Luft schnappen.

„Öffne..." Raifs flache Hand traf ihre bebenden Schenkel. „Deine..." Die lodernden Flammen der Lust wärmten ihre geschwollenen Schamlippen. „Beine!"

Der Peitschengriff füllte sie vollends aus. Wie ein begieriger Liebhaber drang der gerippte Phallus in die tiefsten Tiefen ihrer Spalte ein. Asara öffnete ihren Mund zu einem stillen Schrei. Der ohnehin schon unerträgliche Druck wurde immer stärker. Die Gefangene spürte die angesammelte Flüssigkeit, die sich ihren Weg nach draußen zu bahnen suchte. Sie vermischte sich mit der Feuchtigkeit ihrer pulsierenden Lustspalte. Ihr Körper wurde von einem Zittern gebeutelt. Ein heißer Schauer lief Asara den Rücken hinab und sie stöhnte auf.

Bitte nicht!

Sie flehte, sie bettelte und sie zerrte an der unnachgiebigen Leine. Doch nichts half. Der Druck wurde unerträglich und der Hohn ihrer Peiniger zu einer alleserstickenden Flut.

Sie ließ los.

Warme Flüssigkeit begann ihr Bein herabzulaufen. Die Welt schrumpfte zusammen. Asaras Hände pressten gegen den Boden. Ihre schmutzigen Finger bohrten sich wie Krallen in den feuchten Untergrund. Das Seil zwischen ihren Handgelenken war zum Zerreißen gespannt. Ihre Zunge presste gegen den Knebel, der ihren Mund so komplett ausfüllte. Ihr Gesäß rieb gegen Raifs Stiefel, der immer noch die Peitsche in ihrem Anus stimulierte. Und ihr eigener Urin rann ihr Bein herab und verdunkelte den Sand der Straße.

Die *Kisaki* kniete in ihrem eigenen Siff, ihren eigenen Flüssigkeiten. Tränen der Schmach befeuchteten ihre Wange und warmer Speichel tropfte aus ihrem Mundwinkel. Die Hitze zwischen ihren Beinen war zu einer wohligen Erinnerung verblasst. Zu groß war die Beschämung, die sie auf Befehl ihres Meisters ertragen musste.

Sie realisierte erst lange Momente später, dass jemand einen Finger in ihre Lustspalte geschoben hatte. Immer noch tropfte die übelriechende Flüssigkeit aus ihr hervor und tränkte den hartgebackenen Boden. Sie stöhnte auf, als der Eindringling Druck gegen den Peitschengriff auszuüben begannen, der sie von hinten so unnachgiebig verengte. Ehe sie sich versah, bewegte sich ihr Körper im Rhythmus des geschickt stimulierenden Fingers.

„Diese Sklavin ist die größte Hure, die ich je gesehen habe." Mihas Stimme klang weit entfernt. Der Zug an Asaras Halsband wurde stärker. Sie schnappte nach Luft, die nicht kommen wollte. Der Finger – oder waren es mehrere? – drangen tief in sie ein. Sie fuhren über die gerippte Haut ihrer feuchten Höhle und massierten Stellen, für die sie keine Namen kannte. Die Luft wurde knapp. Halsband und Knebel drohten sie zu ersticken. Doch anstatt panischer Hilferufe drang nur ihr eigenes Stöhnen an ihr Ohr. Ihr Unterkörper warf sich den Fingern und dem Druck der Peitsche förmlich entgegen.

Nimm mich. Nimm mich hart!

Der Orgasmus kam wie eine Sturmflut – unerwartet und gnadenlos. Liebessäfte gemischt mit Urin quollen aus ihr hervor, als sich die Muskeln in ihrer Spalte fest um die Finger schlossen, die sie so geschickt penetrierten. Die Luft war zurückgekehrt. Sie warf ihren Kopf in den Nacken und stöhnte und schrie und rief. Sie badete in den unlesbaren Blicken der Menschen, die jeden Moment ihrer Schande wie gebannt verfolgten. Zugleich wünschte wie sich den Kuss einer Peitsche, den so wunderbar ausfüllenden Phallus ihres Meisters zwischen ihren Beinen und die strengsten Fesseln herbei, die ihren Körper zu züchtigen vermochten. In diesem Moment *wollte* sie das Lustobjekt sein, zu dem Raif sie erziehen versuchte. Die unermüdlichen Finger spreizten ihre bereits geweitete Öffnung und massierten ihre Perle. Ein weiterer Orgasmus beutelte sie, und ein weiterer, ehe sie kraftlos zu Boden sank. Schweiß und Schmutz bedeckten jeden Zentimeter ihrer empfindlichen Haut.

„Ich sehe du hast verstanden." Raifs Stimme kam aus der Finsternis, die sie zu übermannen drohte.

„Vergiss diese Lektion nicht, Sklavin. Vergiss sie niemals."

Damit zerrte er Asaras keuchende Gestalt wieder auf die Knie. Alles drehte sich. Es fiel ihr schwer, einen klaren Gedanken zu fassen.

Schritt. Noch ein Schritt. Ihr Körper bewegte sich wie von selbst.

Mit bebenden Gliedern und beobachtet von dutzenden Augenpaaren folgte sie ihrem Meister aus der Seitengasse und hinaus auf eine sonnendurchflutete Promenade.

~◊~

Asaras Glieder fühlten sich schwer und träge an. Ihre Erschöpfung war zu einem erdrückenden Gewicht geworden, das jeden ihrer Schritte verlangsamte und die Welt um sie herum ins Wanken brachte. Straßen, Häuser, Märkte und die sie passierenden Menschen verschwammen zu einem unscharfen Trugbild. Sie war mit ihren Kräften am Ende. Ihr Körper und ihr Geist schrien nach einer Atempause, nach einem Moment der Ruhe. Die Seilte brannten wie Feuer auf ihrer Haut und ihre Zunge versuchte verzweifelt, den harten Knebel aus ihrem Mund zu stoßen. Die getrockneten Flüssigkeiten in ihrem Intimbereich und an ihren Beinen juckten bei jedem mühevollen Schritt. Der lederne Schwanz schliff hinter ihr her und sandte regelmäßige Stöße durch ihr ausgefülltes Hinterteil.

Als Raif endlich anhielt und der Zug an ihrer Leine unvermittelt nachließ, sank Asara stöhnend zu Boden. Der raue Sand der Straße kühlte ihre schweißbenetzte Haut. Jeder Muskel in ihrem Körper schmerzte. Keuchend strich sie das Haar aus ihrem Gesicht und sah sich um.

Asara lag im Schatten eines zweistöckigen Gebäudes, dessen Eingangsportal von einem weißen Vorhang verdeckt wurde. Das Piktogramm, das den im lauen Wind bedächtig schwingenden Stoff zierte, kam ihr vage bekannt vor. Ihr benebelter Geist konnte es allerdings nicht zuordnen.

„Sklavin." Raifs Stimme drang nur mit Mühe durch Asaras Mantel der Erschöpfung. Sie hob leicht den Kopf und blickte zu ihrem Meister empor. Der Krieger stützte einen totenbleichen Miha, der mit gläsernen Augen an ihr vorbeistarrte. Vom gewohnten Hohn und Spott war nichts in seinen Zügen zu erkennen. Der verwundete Ashe nahm die Eindrücke der lebendigen Promenade genauso wenig bewusst wahr, wie die gefangene *Kisaki*. Der Gedanke entbehrte nicht einer gewissen Ironie, die Asaras müder Geist jedoch kaum noch zu schätzen wusste.

„Sklavin", wiederholte Raif. „Ich werde Miha zu einem Medikus bringen. Du wirst hier warten. Verstanden?"

Isha-Ka. Die Halle der Heilung. Daher kannte Asara also das Zeichen auf dem Vorhang. Raif hatte sie zur Schule der *Medizi* geführt, die im Namen ihrer kuriosen Philosophie Heilung und Trost spendeten. Jeder Mann und jede Frau konnte hier Hilfe finden – vorausgesetzt man ließ seine weltlichen Konflikte an der Tür zurück. Raya hatte immer an den Motiven der ursprünglich aus Jin kommenden Heiler gezweifelt – Asara hingegen hatte die *Medizi* stets bewundert. Hautfarbe und Religion spielte für diese Samariter keine Rolle.

Und jetzt werden sie dem Mann helfen, der mir offen den Tod wünscht.

Die Bewunderung für die Heiler wandelte sich zu stillem Groll. Doch selbst dieses Gefühl war nicht von Dauer. Als Asara kraftlos nickte, um ihr Gehorsam zu signalisieren, hatte sich bereits Resignation breitgemacht. Raif hatte ihr einen Befehl erteilt und sie würde ihm folgeleisten. Der Krieger tat alles, um seinen Kameraden aus den Klauen des Todes zu befreien – und Asara würde auch das akzeptieren.

Die beiden Ashen verschwanden im Inneren des Gebäudes und ließen die gefesselte *Kisaki* im Sand zurück. Ihre Leine hatte Raif an das Geländer eines nahen Treppenaufgangs gebunden. Asara rollte sich zusammen und schloss die Augen. Stumm lauschte sie den Geräuschen der Straße. Die fernen Gespräche klangen fröhlich und wurden von regelmäßigem Gelächter unterbrochen. Das Blöken von Dickhornschafen und das Gackern von Hühnern fügte sich nahtlos in den Schmelztiegel der Sprachen ein, die um sie herum gesprochen wurden.

Asara die Kaiserstochter hatte Masarta immer geliebt. Wo Al'Tawil nüchtern und geregelt anmutete, versprühte die südliche Hafenstadt Lebendigkeit und Frohmut. Dazu kamen die exotischen Düfte der gehandelten Gewürze und Früchte, die sich mit der frischen Meeresluft vermengten und so den Gestank der Straße fast vollends verdrängten. Masarta war *Leben* – mit all seinen guten und schlechten Seiten. Masarta war ehrlich. Nicht einmal die Nachricht vom Tode ihrer *Kisaki* konnte den Lebensgeist der Metropole brechen.

Eine Träne kullerte Asaras Wange herab. Sie würde nie mehr den süßen Geschmack einer Paradiesfrucht auf ihrer Zunge spüren oder zusammen mit den Dienstmägden die nächtlichen Märkte unsicher machen. Nein, ihre Zukunft würde bestimmt sein von Ketten, Knebeln und der Gesellschaft von selbstgefälligen Sklavenhältern, die sich am Leid ihres Opfers ergötzten. Die Realisierung dieser bitteren Wahrheit schnürte Asara die Kehle zu. Zum ersten Mal seit ihrer Gefangenschaft brachen die Dämme ihrer Selbstbeherrschung und sie ließ den Tränen freien Lauf.

„Die haben dich gebrochen, hm?" Die akzentuierte Stimme einer Frau durchbrach Asaras dumpfes Schluchzen. Die Gefangene hob langsam ihren Kopf und blinzelte. Es war Nachmittag. Das Licht der Sonne warf lange Schatten auf die Promenade, die am Haus der Heilung entlanglief. Zahlreiche Masarti ließen ihren Arbeitstag in Gaststätten und Teehäusern ausklingen.

Asaras Blick fiel auf ein schwarzhaariges Mädchen von etwa 18 Sommern. Es lehnte an dem Karren eines Dattelhändlers, der sein beladenes Gefährt zwischen zwei hohen Fackelständern geparkt hatte. Die junge Frau kaute an einer der klebrigen Früchte. Die Züge ihres schmalen Gesichtes waren weich. Eine flache Stupsnase und mandelförmige Augen zierten ihr Antlitz. Das Mädchen war zweifelsohne vom Volk der Jin, was sich auch an ihrem Gewand wiederspiegelte. Die Arme und Beine ihres fließenden Kostüms waren weit und lang. Fast war es nicht möglich, die Finger der Fremden unter dem Berg aus Stoff auszumachen. Die junge Frau musterte Asara mit einer Mischung aus Mitleid und Neugier.

„Und ich dachte die *Yanfari* behandeln ihre Sklaven schlecht", seufzte das Mädchen. Sie löste sich von dem Karren und kauerte sich neben Asara. Vorsichtig strich sie mit der Hand über das Band des Knebels. Die Gefesselte wich unsicher zurück. Mit gehobener Augenbraue beäugte das Mädchen die Peitsche, die aus Asaras Hinterteil ragte.

„Verstehst du mich?" fragte sie. Asara nickte zögerlich. Was sollte sie denn auch sonst tun? Diese junge Frau war die erste Person neben den beiden Ashen, die sie seit Wochen ansprach – Worte des Hohns und Hasses ausgenommen. Sie zu ignorieren und sich ihrer Erschöpfung hinzugeben war verlockend, fühlte sich aber nicht *richtig* an.

Die Fremde lächelte und griff in eine Falte ihres voluminösen Gewandes. Zum Vorschein kam ein praller Wasserschlauch und...ein Dolch. Asara weitete erschrocken die Augen und wich erneut zurück. Das hölzerne Geländer des Abgangs presste gegen ihren Rücken.

Was...?

„Ich habe ein Geschenk für dich", verkündete die Fremde und hielt abwechselnd die Klinge und die Flasche hoch. Das nachmittägliche Sonnenlicht spiegelte sich im blanken Metall. „Wähle weise."

‚Ich verstehe nicht', versuchte Asara zu artikulieren. Heraus kam nur gedämpftes Kauderwelsch. Das Mädchen schien ihre Frage dennoch zu verstehen.

„Das sind nur Seile", sagte sie mit fröhlicher Stimme und deutete auf Asaras Handgelenke. „Seile und Lederriemen. Und deine Besitzer sind weit und breit nicht zu sehen. Du könntest dich einfach befreien und fliehen." Die Jin-Frau legte den Dolch vor Asara in den Sand. Die gefangene Kisaki starrte die Klinge entgeistert an. ‚Sie hat recht' rief eine Stimme in ihrem Kopf. ‚Das ist die Gelegenheit, auf die du gewartet hast!'

Nein. Das alles war nur ein Test. Raif beobachtete sie zweifellos durch eines der schmalen Fenster des angrenzenden Hauses. Sobald Asara den Dolch ergriff, würde er herausstürmen und sie züchtigen. Sie würde brutal gefesselt und ausgepeitscht werden und den Knebel bis ans Ende ihres Lebens zwischen den Lippen tragen.

Asara schüttelte vehement den Kopf. Ein Anflug von Enttäuschung war auf dem Gesicht der Fremden zu erkennen.

„Sie haben dich also wirklich gebrochen", seufzte die junge Frau. Sie hob ihren Dolch wieder auf und offerierte Asara stattdessen den Wasserschlauch. „Nimm wenigstens einen Schluck. Du siehst halb verdurstet aus."

Die Gefangene nahm das längliche Gefäß entgegen und legte es behutsam vor sich ab. Sie fühlte sich in der Tat wie ausgetrocknet. Raif würde ihr einen kleinen Schluck Wasser sicher nicht verübeln.

Der Knebel. Sie konnte nicht trinken, ohne den Knebel zu entfernen.

Ihre Finger tasteten nach der Schnalle des um ihrem Kopf geführten Bandes. Die Seile um ihre Handgelenke boten gerade genug Spielraum, sodass sie sie den Lederball selbst entfernen konnte. Dennoch hielt sie inne. Wenn Raif sah, was sie tun gedachte...

Asara schloss einen Moment lang die Augen. Dann holte sie tief Luft und öffnete die Schnalle des Knebels. Der schwarze Ball glitt aus ihrem Mund und fiel zu Boden. Speichel tropfte auf Asaras Knie. Gierig führte sie den Wasserschlauch an ihre Lippen und nahm einen tiefen Schluck.

„Das war doch nicht so schwer, oder?" Die Fremde hatte sich wieder aufgerichtet und spielte mit dem zuvor angebotenen Dolch.

„Danke", wisperte Asara. Ihre Stimme war rau und nahezu tonlos. Das Mädchen lächelte. „‚Helfe anderen sich selbst zu helfen.' Hat mein Pa immer gesagt."

Sie wandte sich zum Gehen. „Pass auf dich auf, Mondschein. Und lass dir nicht alles gefallen. Auch Sklaven sind Menschen."

Asaras Hand fand den Knöchel der jungen Jin. Die Frau hielt inne und blickte sie fragend an.

„Den Dolch", flüsterte Asara und schob der Jin mit der freien Hand den geschrumpften Wasserschlauch entgegen. „Ich wähle den Dolch."

Ein breites Grinsen breitete sich auf dem Gesicht ihrer Wohltäterin aus.

„Du bist also doch noch kein hoffnungsloser Fall!", lachte sie und nahm das Trinkgefäß entgegen. Im Gegenzug hielt sie Asara den Griff der Klinge hin. Ehrfürchtig nahm die *Kisaki* die schmale Waffe entgegen. Das Mädchen nickte zufrieden und steckte ihre Hände in den jeweils entgegengesetzten Ärmel ihres weiten Gewandes.

„Lauf, solange du noch kannst", sagte sie. „Solange du noch kein Sklavenmal trägst. Es gibt hier schon zu viele arme Seelen mit dieser hässlichen Tätowierung auf der Stirn."

Asaras Entschlossenheit erwachte wie eine Sandlilie nach unerwartetem Wassersegen. Resignation wich ungekannter Aufregung. Asaras Herz klopfte wie wild, als sie das Seil zwischen ihren Handgelenken durchtrennte. Die Fremde hatte Recht. Sie war weder gebrandmarkt noch hatte Raif sie vollends gebrochen. Das Gesetz würde sie nicht verfolgen und der Ashen-Krieger würde sie in dieser riesigen Stadt niemals aufspüren. Ihre dunkle Lust und die einhergehende Unterwerfung waren ein sexuelles Spiel, ein Schutzmechanismus, eine sinnliche Laune der Nacht. Sie war keine Leibeigene. Eine Sklavin ihres Verlangens – vielleicht – aber sicherlich keine Sklavin des Ashvolks.

Die Klinge fand den Strick zwischen ihren Fußgelenken und durchschnitt auch diesen. Sie war frei. Leise stöhnend zog sie den Peitschengriff aus ihrem Anus. Sie sog scharf die Luft ein, als der innerliche Druck abrupt nachließ. Asara war zu erschöpft, um mehr als nur einen Funken der Erregung ob der erneuten Stimulation zu verspüren. Mit zitternden Fingern öffnete sie schließlich auch die Schnalle des Halsbandes, das sie seit Beginn ihrer Reise begleitete. Kühle Luft umspielte ihre nun entblößte Nackenhaut. Es war das schönste Gefühl, das Asara je gespürt hatte.

„Danke", hauchte sie. „Danke."

Die *Kisaki* blickte auf. Das Mädchen war verschwunden. Weit und breit fand ich keine Spur ihrer namenlosen Wohltäterin.

Danke.

Grimmig lächelnd schloss sich Asaras Hand um den Dolchgriff. Sie war nackt, erschöpft und trug das Gesicht der allseits verhassten Ashen. Doch sie war frei. Frei und bewaffnet, um diese neugefundene Unabhängigkeit auch zu verteidigen.

Mit wackeligen Beinen richtete sie sich auf und tat den ersten zögerlichen Schritt. Keine Rufe ertönten und keine groben Hände rangen sie zu Boden. Noch ein Schritt. Leise jubelnd beschleunigte Asara die belebte Straße hinab. Sie ignorierte die Blicke der Passanten und auch den harten Kies unter ihren ungeschützten Sohlen. Ihr Alptraum hatte endlich ein Ende gefunden. Ihr Leben – so sehr es auch auf den Kopf gestellt worden war – war wieder ihr eigenes.

7

Fremde Welten

Asara presste sich gegen die Wand des niedrigen Wohnhauses und verharrte. Das Licht des Halbmondes erhellte die schmale Gasse, die von den dicht besiedelten Ausläufern des Al'Faj-Bezirk bis zum fernen Hafen führte. Dieser Teil von Masarta war arm, aber nicht heruntergekommen. Selbst die vielen primitiven Lehmhütten wirkten robust und fügten sich nahtlos in das Bild der sonst von hellen Steinbauten dominierten Stadt ein. Planken verbanden die Obergeschoße der Häuser wie kleine Brücken. Zeltartige Aufbauten schmückten die Dächer der größeren Behausungen. Al'Faj war ein Labyrinth der Schatten. Es gab kaum Fackeln oder Öllampen auf den Straßen. Lediglich einige wenige Kerzen warfen ihr flackerndes Licht durch schmale Fensteröffnungen und drängten die Finsternis zaghaft zurück.

Asara konnte Gesprächsfetzen und Gelächter vernehmen, das von den Terrassen und aus den Wohnräumen drang. Das arbeitende Volk von Masarta genoss zu dieser Stunde sein Abendmahl oder rauchte die letzte Wasserpfeife des zu Ende gehenden Tages. Auf der Straße waren kaum noch Menschen unterwegs.

Asaras Magen knurrte vernehmlich, als der Wind den Duft von gebratenem Lamm und Gemüse an ihre Nase trug. Sie hatte seit einem gestohlenen Bissen Dörrfleisch zu Sonnenaufgang nichts mehr gegessen. Ihre zaghaften Versuche, während des Tages an Nahrung zu kommen, waren kläglich gescheitert. Sie hatte schnell gelernt, dass die Masarti nichts für nackte, mittellose Ashen übrighatten. Noch weniger für jene, die neben einem kleinen Bündel mit Utensilien auch einen scharfen Dolch bei sich trugen. Nach dem zweiten Zusammenstoß mit einem Straßenverkäufer und den trunkenen Vorstößen eines Eru hatte Asara sich dazu entschlossen, bis zum Einbruch der Dunkelheit zu warten. So hatte sie die letzten Stunden damit zugebracht, eine schattige Nische zwischen zwei Stallungen gegen streunende Hunde und andere Obdachlose zu verteidigen. Eine frische Blessur an ihrem Oberschenkel zeugte von ihren Strapazen.

Masarta verzieh keine Fehler – und unterschied sich drastisch vom makellosen Küstenjuwel, das Asara während ihrer vergangenen Besuche kennengelernt hatte. Das Palastviertel und der Hohe Markt hatten mit Al'Faj und dem Hafenbezirk wenig gemein. Protz und Prunk suchte man hier vergeblich. Statt verzierter Brunnen dekorierten simple Tränken die staubigen Plätze und für jede Sänfte drängten sich zwanzig Handkarren und Eselswägen durch den dichten Fußverkehr. Ja, die entflohene Sklavin bekam dieser Tage all die Facetten Masartas zu Gesicht, die die junge *Kisaki* niemals erblickt hatte.

Ihre andauernde Suche nach Kleidung hatte Asara in die hintersten Gassen von Al'Faj geführt. Geografisch befand sie sich bereits am Rande der Bucht und damit am Fuße der südwestlichen Hügel, die von den Hirten und Bauern des Umlands bewirtschaftet wurden. In manchen Biegungen erspähte Asara den fernen Ozean, der das unumstößliche Ziel vieler Straßen und Gässchen zu sein schien. Die dichtgedrängten Häuser des äußeren Bezirks schmiegten sich wie ein dunkler Mantel um den wohlhabenderen, hell erleuchteten Kern der Stadt.

Im Schutze dieser Dunkelheit suchte Asara nun schon seit einer guten Stunde nach behangenen Wäscheleinen oder unbeaufsichtigten Bastkörben. Bisher ohne Erfolg. Die Bewohner von Al'Faj waren vorsichtig – und die Straßen nicht so verlassen, wie Asara es sich gewünscht hatte.

Einmal mehr näherten sich Schritte. Die junge Yanfari presste sich in eine kleine Nische zwischen Treppe und Eingangstür eines einfachen Wohnhauses. Das notdürftige Versteck bot gerade genug Platz für ihren schmalen Körper. Zum ersten Mal war sie für ihre Hautfarbe und den Schmutz dankbar, der ihr einst weißes Haar verdunkelte. Mehr als einem unbekümmerten Seitenblick würde ihre Tarnung allerdings nicht standhalten.

Zwei Gestalten bogen um die Ecke und näherten sich Asaras Versteck. Ein Mann und eine Frau, ihrer Kleidung nach Bürgerliche. Die beiden unterhielten sich leise. Die Frau kicherte unvermittelt und hakte sich bei dem Mann ein. Die beiden hatten kaum ein Auge für ihre Umgebung. Die Gasse jenseits des Paares war menschenleer.

Für einen Moment sah sich die *Kisaki* überraschend aus den Schatten treten, Dolch zur unausgesprochenen Drohung erhoben. Die Yanfari hatten Kleidung, Schuhe und zweifellos genug Geld bei sich, um eine entlaufene Ashen-Sklavin für Tage zu ernähren. Alles, was es brauchte, war ein finsteres Gesicht und keine Skrupel, ihre Klinge als tödliche Waffe zu führen.

Es wäre so einfach.

Die beiden Spaziergänger schlenderten ahnungslos weiter. Der Mann murmelte etwas in das Ohr seiner Begleiterin. Ihr Kichern erfüllte einmal mehr die schmale Gasse. Asara schloss die Hand um den Griff ihres Dolches. Nicht einmal zwei Schritte trennten sie von den Yanfari. Es bedurfte lediglich eines blutigen Aktes oder einer überzeugenden Geste der Einschüchterung…

Nein.

Tonlos fluchend zwang sich die *Kisaki* zur Entspannung. Ihre Hand sank gegen den kühlen Stein der Treppe. Sie schloss die Augen und wartete, bis das gutgelaunte Paar an ihrem Versteck vorbeigeschlendert war. Es wurde wieder still in der nächtlichen Gasse.

Asara zählte bis zehn und löste sich aus den Schatten. Sie hatte nicht den Mut oder die Kälte, einem unbedarften Paar Bürgerlicher unter Gewaltandrohung seiner Habseligkeiten zu berauben – oder gar für ein paar Münzen zu töten. Asaras Verzweiflung, wie auch ihr Hunger, kannte Grenzen. Zumindest für den Moment.

Ihre Schritte führten sie tiefer in den nächtlichen Wohndistrikt. Das Schicksal war ihr gnädig gestimmt: Nach wenigen Minuten erspähte sie, wonach sie vor ihrer unfreiwilligen Atempause gesucht hatte: Eine Wäscheleine, die in mehreren Metern Höhe zwischen zwei gegenüberliegenden Häusern gespannt war. Zum Trocknen aufgehängte Kleider und Blusen bewegten sich sanft im kühlen Wind. Asara huschte bis an ihr Ziel und verharrte. Leises Gespräch war von jenseits der geschlossenen Fensterläden der angrenzenden Wohnstätte zu vernehmen.

Die *Kisaki* legte ihr Bündel ab und sah sich um. Es war weit und breit weder eine Leiter noch ein anderer Aufgang zu sehen. Die Wände der Sandsteinbehausungen waren glatt. Lediglich die Fenstersimse boten genug Halt, um daran emporklettern zu können. Leider endeten sie eine Körperlänge unterhalb der Dachkante. Asara musste sich eingestehen, dass ihre athletischen Künste für einen derartigen Sprung in luftiger Höhe wohl nicht ausreichten.

Die *Kisaki* kaute unentschlossen an ihrer Unterlippe und beäugte einmal mehr die einladenden Gewänder. Wenn sie in Masarta bestehen wollte, brauchte sie Kleidung. Kleidung und Geld. Beides würde sie nicht bekommen, wenn sie nicht dazu bereit war, gelegentlich etwas Risiko einzugehen.

Und zu stehlen.

Der Gedanke war verstörend, spiegelte aber die nüchterne Wahrheit wieder. In ihrer aktuellen Situation konnte sie nicht wählerisch sein. Überleben kam zuerst. Die Ideale einer verwöhnten Adeligen verblichen im Angesicht der Kälte und des nagenden Hungers.

Asara kauerte sich neben ihr Bündel. Dieses war nicht mehr als ein zerschlissenes Stück Stoff, das um ihre wenigen Besitztümer gewickelt war. Der Griff ihrer Peitsche lugte aus dem Bündel hervor. Eine verwegene Idee nahm in ihrem Kopf Gestalt an. Asara zog die Peitsche hervor und testete das Gewicht der Waffe in ihrer Hand. Es war ein seltsames, beklemmendes Gefühl, Raifs Folterinstrument in den Fingern zu halten. Für einen langen Moment starrte Asara auf das schwarze Leder, dessen feurigen Kuss sie so oft auf ihrer Haut gespürt hatte – und mehr.

Die *Kisaki* hatte den dunklen Griff der Peitsche nach ihrer Flucht in einer Pfütze abgewaschen. Nichts deutete darauf hin, dass das phallusförmige Handstück noch vor kurzem ihr Hinterteil ausgefüllt hatte. Dennoch kehrte das drückende Phantomgefühl des ‚Schwanzes' ungebeten zu ihr zurück. Asara schloss für einen Moment die Augen.

Nicht jetzt.

Mit Mühe drängte sie die Erinnerung in den finstersten Winkel ihres Geistes. Die Peitsche war nur ein Werkzeug. Sie würde sie fortan auch als solches einsetzen.

Asara ging mehrere Schritte zurück und nahm Ziel. Die Wäscheleine war auf der einen Seite mit einer runden Dachzinne verbunden, die ein wenig einem Poller ähnelte. Wenn sie es schaffte, die Peitsche um diesen zu schlingen...

Entschlossen ließ Asara die Waffe nach vorne schnellen. Zischend durchschnitt das geflochtene Leder die Luft. Der Hieb ging weit daneben. Mit einem erstaunlich lauten Knall schnalzte die verstärkte Zunge gegen die steinerne Wand, ehe sie zu Boden glitt. Asara verzog das Gesicht und sah sich alarmiert um. Das Gespräch im Inneren des Hauses war verstummt. Waren die Bewohner unbemerkt zu Bett gegangen oder waren sie drauf und dran, der Ursache des Knalls auf den Grund zu gehen? Die *Kisaki* ging vollends in die Hocke und verharrte reglos.

Nichts geschah. Erleichtert richtete sie sich wieder auf und nahm erneut Aufstellung. Zumindest hatte sie sich mit der Peitsche zuvor nicht selbst getroffen. Die meterlange Waffe gehörte Asaras beschränkten Wissens nach zu den am schwersten zu erlernenden Waffen – vielleicht war es gar ein gutes Zeichen, das sie immerhin die entfernte Wand getroffen hatte.

Nach drei weiteren erfolglosen Versuchen schaffte es Asara tatsächlich, eine ungesehene Zinne des Hauses zu treffen, auf das sie gezielt hatte. Die Peitschenzunge schlang sich fest um den Stein. Asara zog testweise an dem strammen Riemen, ehe sie vorsichtig mit dem Aufstieg begann. Ihr kleines Bündel mit Habseligkeiten klemmte sie sich zwischen die Zähne.

Trotz ihrer nackten Sohlen und müden Glieder glückte Asara der beschwerliche Aufstieg. Keuchend kam sie eine Minute später auf dem Flachdach des Wohnhauses zu liegen. Die Wäscheleine war in Reichweite. Asara rollte die Peitsche zusammen und begann klopfenden Herzens jene Kleidungsstücke abzunehmen, die sie gefahrlos erreichen konnte. Bald hatte sie einen beachtlichen Berg an Beute zusammen und begann mit der Suche nach etwas Passendem.

Im Licht des Mondes streifte sie sich schließlich eine simple Leinenbluse über und schnürte sie zu. Der Stoff war rau und der Schnitt etwas zu knapp, um ihren Bauch vollständig zu verdecken, aber der Sitz passte.

Zögerlich griff Asara zu einem langen Rock, der offenbar einer etwas beleibteren Frau gehörte.

Unpraktisch.

Kurzerhand entschied sie sich für eine knielange Hose. Zusätzlich wickelte Asara ein Kopftuch wie eine Schärpe um ihre Hüfte und klemmte ihren Dolch und die Peitsche unter den improvisierten Gürtel. Danach sammelte sie ihr verbleibendes Hab und Gut zusammen und machte sich auf den Weg zu einer der Planken, die das aktuelle mit einem der angrenzenden Hausdächer verband. Entschlossen balancierte sie auf die andere Seite und setzte ihren Weg über die nächtlichen Dächer fort.

Nach langen Tagen der Beinahe-Nacktheit fühlte sich das neue Gewand wie eine Rüstung an. Asaras Selbstbewusstsein wuchs mit jedem Schritt. Die entblößte, auf allen Vieren dahinkriechende Sklavin war endgültig Vergangenheit.

Ist sie das wirklich? fragte eine hämische Stimme in ihrem Hinterkopf. *Warum trägst du dann immer noch die Zeichen deiner Unterwerfung mit dir herum?*

Asaras Hand schloss sich fester um ihr Bündel. Sie spürte die harte Rundung des Lederballs wie auch den metallenen Ring des Halsbandes durch den dünnen Stoff. Warum hatte sie die beiden verhassten Utensilien wirklich mitgenommen? Sie hatte keine Antwort auf diese Frage. Aber das spielte auch keine Rolle. Asara hatte bereits ein neues Ziel vor Augen. Alles andere war vorerst nebensächlich.

Die zweite Mission des Abends war simpel, aber nicht minder bedeutend. Asara musste Wasser, Nahrung und Schutz für die Nacht finden, ehe ihre Kräfte zu sehr schwanden. Als Kaiserin hatte ihr nie an etwas gefehlt; für das Ashen-Straßenmädchen war die Suche nach diesen so grundlegenden Dingen allerdings von höchster Priorität.

Ich werde überleben, Lanys. Ich werde mein Versprechen halten.

Mit einem kräftigen Satz überquerte Asara die schmale Schlucht einer kreuzenden Gasse. Der kühle Wind umspielte ihre einsame Gestalt, als sie weiter den glitzernden Wassern der fernen Bucht entgegenlief. Ihr Haar wehte hinter ihr her wie eine Fahne – ungebunden und frei.

~◊~

„Haltet den Dieb!"

Die empörten Rufe des Kürschners folgten Asara bis an das Ende der schmalen Gasse. Die *Kisaki* hielt nicht inne. Sie warf auch keinen noch so kurzen Blick über die Schulter, um sich nach etwaigen Verfolgern umzusehen. Alles, was zählte, war das kleine Bündel in ihren Händen und der harte Sand unter ihren nackten Sohlen.

Passanten wichen murrend zur Seite, um nicht mit der Fliehenden zu kollidieren. Doch nicht alle Al'Faji gaben vor, den Zwischenfall in der kleinen Marktgasse zu ignorieren. Ein braungebrannter Yanfari brachte sich mit einem beherzten Manöver in Asaras Laufbahn und breitete unvermittelt seine Arme aus. Es kostete der ungeübten Diebin einen Teil ihres Ärmels, den Einheimischen mit einem hektischen Sprung zu umschiffen. Leise fluchend tauchte die *Kisaki* unter seinen Armen hindurch und beschleunigte in eine Seitengasse.

Der übermütige Yanfari gab nicht auf. Er setzte Asara laut rufend nach und blieb ihr knapp auf den Fersen. Selbst als die Gasse auf die Breite eines Korridors schrumpfte, ließ der junge Mann nicht locker. Die wenigen Passanten pressten sich empört gegen die staubigen Wände, um nicht von den Läufern umgerannt zu werden. Asara preschte durch die Menge wie eine fleischgewordene Sturmbö. Die schweren Schritte hinter ihr folgten ihr wie rhythmisches Donnergrollen. Sie war schnell – aber nicht schnell genug.

Asara löste ihre Peitsche vom Gürtel und suchte panisch nach einer Dachstrebe oder Fensterbank. Wenn sie den beschuhten Yanfari nicht in den Straßen abhängen konnte, würde sie ihr Glück eben auf den Dächern probieren. Meter um Meter und Haustür um Haustür zogen an Asara vorbei – doch die Gelegenheit zur vertikalen Flucht blieb aus. Die *Kisaki* sprang über die Füße eines sich auf seiner Treppe ausruhenden Hausbewohners und bog schlitternd in eine weitere Gasse ab, nur um sich im nächsten Moment von einem Hindernis konfrontiert zu sehen. Ein mit Kürbissen voll beladener Wagen blockierte beinahe die gesamte Breite des Weges. Der Einheimische an der Deichsel des kleinen Karrens gab dem Gefährt in seiner Überraschung einen kräftigen Ruck und stolperte selbst zur Seite. Unter lautem Ächzen kippte der Wagen um und ergoss seine Ladung in den Sand. Asara hatte kaum Zeit, überlegt zu reagieren. Mit einem gewagten Sprung katapultierte sie sich auf den Führerstand. Im selben Atemzug holte sie mit der Peitsche aus und zielte auf eine

Wäscheleine, die die Straße jenseits des Wagens überspannte. Das geflochtene Leder fand laut schnalzend sein Ziel. Mit einem Satz flog Asara über das umgestürzte Hindernis. Karren wie Kürbisse blieben hinter ihr zurück. Die *Kisaki* landete, just als die Leine unter ihrem Gewicht nachgab. Mit rudernden Armen fand Asara ihr Gleichgewicht und lief weiter.

Sie übersetzte einen kleinen, übelriechenden Bach, der gurgelnd zwischen zwei Häuserfronten hervorsprudelte und die Gasse wie eine dunkle Furche teilte. Eine Ratte floh quiekend aus den Schatten, als Asara die improvisierte Brücke aus zwei Lehmziegeln und einem Holzbrett überquerte. Irgendwo von hinter ihr erklangen weitere Rufe. Holz knarrte protestierend. Ein dumpfer Knall folgte.

Ohne zu stoppen bog Asara nach rechts und damit tiefer in das Gassengewirr von Al'Faj. Kaum einen Sonnenstrahl fiel noch in die klaustrophobisch engen Durchgänge und Hinterhöfe. Die Bauten aus Sand und Lehm waren von Wind und Wetter zu glatten Quadern abgeschliffen worden, deren Fenster und Türen meist nur von einem Stück Stoff verhängt waren. Gekratzte Inschriften und wenig ästhetische Malereien aus altem Teer zierten viele der hellbraunen Wände. Jeder bröckelnde Torbogen eröffnete den Blick in eine neue Welt der windschiefen Bretterbuden, ausgebleichten Zeltplanen und vertrockneten Wasserstellen. Hier, so nahe am Stadtrand, wohnten nur noch die Ärmsten der Armen.

Es war still geworden. Bis auf das gelegentliche Krächzen der Vögel und die verhaltenen Geräusche des menschlichen Alltags hinter anonymen Fassaden war kaum etwas zu vernehmen. Trottend brachte Asara drei weitere Abzweigungen und zwei trostlose Häuserblocks zwischen sich und den jungen Yanfari. Erst dann verlangsamte sie keuchend ihre Schritte und sah sich suchend um.

Von ihrem Verfolger war nichts mehr zu sehen. Weder der ursprüngliche Besitzer ihrer Beute noch der Möchtegern-Held hatten sich auf den Sprint durch die finstersten Winkel von Masartas Wohndistrikt eingelassen. Der von zwei bröckelnden Lehmbauten eingeschlossene Straßenkorridor war bis auf einen dösenden Bettler und zwei streunende Hunde verlassen. Die Luft roch nach altem Tabak und frischem Urin. Von irgendwo in den angrenzenden Gebäuden erklang ein langgezogenes Husten, ehe es wieder still wurde.

Asara wischte mit dem Handrücken über ihre Stirn und sank im Schneidersitz gegen die Wand. Voller Vorfreude öffnete sie den Riemen, der die kleine, von einem Kaninfell geschmückte Börse geschlossen hielt. Zum Vorschein kamen 3 Kupfermünzen, eine geschnitzte Holzkugel mit

Federschmuck und mehrere abgewetzte Knöpfe einer Seemannsjacke. Asara schloss für einen Moment die Augen und begann leise zu lachen.

Sie hatte den einstigen Besitzer des Beutels, einen exzentrischen Toucani mit nachtschwarzer Haut, schon seit den Morgenstunden beschattet. Sie war ihm auf Schritt und Tritt gefolgt, während er Stand um Stand und Handwerksladen um Handwerksladen nach einem speziell gegerbten Stück Fell abgesucht und so manchen Kaufmann zur Verzweiflung getrieben hatte. Der Mann in seinen abgetragenen Leinenroben hatte gefeilscht, provoziert und mehr komplementären Tee getrunken, als die Kaiserin Asara innerhalb einer Woche. Der pralle Beutel an seinem Gürtel hatte dabei stets verlockend geklingelt. Stunden der Planung und ein Stoßgebet des Mutes später hatte Asara schließlich zugeschlagen: Ein schneller Schnitt mit ihrem Dolch und der Riemen war durchtrennt gewesen. Einen noch schnelleren Lauf durch die Gassen und sie hatte den hoffnungsvollen Händler und seinen eigenwilligen Kunden weit hinter sich gelassen. Der Beutezug, so stellte sich nun heraus, war dennoch ein Fehlschlag auf ganzer Linie.

Asara Nalki'ir: Die talentierteste Diebin jenseits der großen Wüste.

Asara senkte schnaubend ihre Hand. Die drei Kupferstücke waren gerade genug für einen Krug Wasser und ein Stück trockenes Brot. Nach zwei Tagen des Hungerns war die Aussicht auf ein warmes Mahl im Schutze einer Taverne mehr als nur verlockend gewesen – doch so wie es jetzt aussah, musste sich die *Kisaki* mit altem Teig unter freiem Himmel zufriedengeben. Asara versenkte die Münzen sowie die verbeulten Knöpfe in ihrer Hosentasche und ließ den Rest ihrer Beute auf der Straße zurück. Die Börse war zu auffällig, um sie offen bei sich zu tragen und das hölzerne Kleinod hatte wohl nur sentimentalen Wert.

Mit einer stillen Entschuldigung an den mittellosen Hochstapler ließ Asara die Seitengasse hinter sich und steuerte wieder auf das Zentrum von Al'Faj zu. Dabei gab sie acht, die Engstelle mit dem Karren weitläufig zu umgehen. Masarta war groß – aber der Zufall manchmal ein gar grausamer Herr.

Zurück auf der zentralen Promenade ließ sich Asara von der Menge erfassen und wie ein Blatt im Strom durch den geschäftigen Bezirk treiben. Trotz ihres knurrenden Magens und ihrer schmerzenden Füße fühlte sie sich unbeschwert und frei. Niemand schenkte dem zerzausten Ashen-Mädchen auch nur einen zweiten Blick. Asara konnte tun und lassen, was sie wollte; auch wenn sich dieses Tun schon seit Tagen auf Nahrungssuche und kleinere Diebstähle beschränkte.

Die thronlose *Kisaki* hatte dabei schnell gemerkt, dass die Bewohner wie auch Besucher von Yanfars größter Hafenstadt wie die Falken auf ihr Hab und Gut aufpassten. Ihr erster Beutezug nach jener Nacht auf den

Dächern hatte Asara neben einem Schluck Wasser auch mehrere blaue Flecken und eine verstauchte Zehe beschert. Ihre große Queste nach einem passenden Paar Stiefel war überhaupt kaum mehr als eine Historie der wüsten Beschimpfungen und schmerzhaften Tritte.

Für die Mittellosen war Masarta weit entfernt von der gastfreundlichen Stadt, die Asara vor all den Jahren in Gesellschaft ihrer Mutter kennengelernt hatte. Bunt und lebendig, ja, aber bei Weitem kein Zeugnis der selbstlosen Nächstenliebe. Die letzten Tage hatten gereicht, um die *Kisaki* vollends von diesem Irrglauben zu heilen. Asara die Heimatlose war hungrig, durstig und müde – aber auch gehörig weiser als ihr kaiserliches Pendant.

Matt schmunzelnd investierte Asara ihre Münzen in eine mit Kraut und Beete gefüllte Teigtasche und spülte den Happen mit einem Krug geschmacklosen Tees herunter. Es war das beste Mahl, dass die junge *Kisaki* je zu sich genommen hatte.

Nahezu satt und begleitet von einem Gefühl der erschöpften Schwere setzte Asara ihren Weg schlendernd fort. Mit der Abenddämmerung ließ sie Al'Faj schließlich hinter sich und folgte dem rauen Gesang der Möwen bis zum Hafen. Die schmuddeligen Tavernen am Kai lockten mit Spiel und Getränk für zahlendes Klientel, während andere Häuser an die niedrigeren Instinkte der Seefahrer appellierten. Eine der leichten Damen im Fackelschein einer hell erleuchteten Fassade warf Asara einen misstrauischen Blick zu und verschränkte ihre Arme in offensichtlicher Betonung ihres stolzen Vorbaus. Die *Kisaki* schenkte ihr einen vielsagenden Blick und wanderte weiter.

Die Nacht kam und die Straßen begannen sich zu leeren. Wie schon in den Tagen zuvor beendete Asara ihren Streifzug im Schatten eines der alten Lagerhäuser im Westen der Stadt. Durch Zufall hatte sie am zweiten Abend erspäht, wie eine Bettlerin durch ein loses Brett nach innen geschlüpft war. Es hatte Stunden gedauert, bis sie den Mut gesammelt hatte, der alten Frau zu folgen. Wie damals fand Asara auch heute den Weg in eine windschiefe, von alten Sparren und bröckeligen Steinen gehaltene Halle. Ein einzelnes Feuer in einer sandigen Grube in der Mitte des Raumes spendete Licht und Wärme. Rund um die knisternden Scheite saß eine kleine aber bunte Gruppe verwahrloster Männer und Frauen. Leises Gelächter drang an Asaras Ohren, als sie sich langsam näherte. Einer der Bettler, ein zahnloser Yanfari namens Onog, gab offenbar wieder eine seiner Geschichten zum Besten, während sich die anderen einen Schlauch Kräuterbier teilten.

Trotz des Gestanks ungewaschener Körper und des Anblicks der teils ausgemergelten Bewohner des Lagerbaus musste die *Kisaki* lächeln. Eine der zusammengekauerten Zuhörerinnen warf einen Blick über ihre Schulter und winkte.

„Ho, Lanys!" grüßte die alte Bettlerin.

Sie war es gewesen, die Asara in ihrer Ahnungslosigkeit einen Schlafplatz am Feuer überlassen hatte, ohne auch nur eine einzige Frage zu stellen. Während die anderen noch murrend Bedenken ob der aschhäutigen Unbekannten geäußert hatten, hatte Alis schulterzuckend abgewinkt.

‚Niemand muss in der Kälte schlafen, solange es hier noch Platz gibt.'

Damit war die Angelegenheit auch schon wieder erledigt gewesen. So war es gekommen, dass die *Kisaki* zu einem Teil dieser Gemeinschaft der Glücklosen ernannt wurde, die sich ein Dach und nicht selten auch die wenigen Habseligkeiten teilte, die sie ihr eigenen nennen konnte. Die Ironie der Situation ging an der einstigen Kaiserin nicht verloren. Sie hatte ein Zuhause gefunden – unter Obdachlosen, Bettlern und Dieben.

Asara schenkte Alis und Onog ein Lächeln und ließ sich im Kreis der Ausgestoßenen nieder. Nach kurzem Zögern kramte sie die versilberten Knöpfe hervor, die sie von dem Toucani erbeutet hatte.

„Für deinen Mantel", sagte sie und drückte den einfachen Schmuck in Onogs Hand. Freude sprießte auf dem Gesicht des alten Mannes.

„Jetzt habe ich fünf!" lachte er. Asara schmunzelte und verkniff sich, die Rechnung des Bettlers zu korrigieren. Alis bot ihr leise schnaubend den Trinkschlauch an.

„Null plus sechs, Onog. Null plus sechs." Sie zwinkerte, als Asara einen vorsichtigen Schluck nahm.

„Langer Tag?" fragte die Bettlerin. Der bittere Geschmack des Kräuterbiers kratzte in Asaras Kehle und wärmte ihren Magen.

„Langer Tag" pflichtete sie bei. Alkohol und Erschöpfung breiteten sich langsam in ihren Gliedern aus. Sie gab den Schlauch an ihren linken Nachbarn weiter und rückte näher an die glühenden Kohlen.

„Du siehst besser aus", sagte Alis leise. „Das verschreckte Kitz von letzter Woche ist trittsicherer geworden." Sie zwinkerte. Asara lächelte müde.

„Ich fühle mich auch besser."

Zu ihrer eigenen Verwunderung entsprachen ihre Worte der Wahrheit. Trotz mehrerer Nächte auf dem harten Boden und einer Diät aus Essensresten und billigen Straßenhappen fühlte sich Asara erstaunlich lebendig. Ihre wiedergewonnene Freiheit war zu einem Quell der Energie geworden, der ihr jeden Tag aufs Neue Antrieb gab. Ihre anfängliche Angst vor der erneuten Gefangennahme durch die Ashen-Krieger war einem ungekannten Optimismus gewichen. Asara war frei – und würde diese Freiheit mit Zähnen und Krallen verteidigen.

Wasser. Essen. Schlaf. Das Leben konnte so simpel sein. Asara hielt ihre ungewaschenen Hände näher an die Glut. Der Schmutz unter ihren Fingernägeln und das leichte Jucken ihrer sandverkrusteten Haut waren zu permanenten Begleitern geworden. Jede Spur der täglichen Pflege durch Lanys und ihr Kader von Kammerzofen war zur Erinnerung verblasst. Rosenduft war dem Odeur alten Schweißes gewichen. Und trotzdem war es keine Verzweiflung oder gar Sehnsucht, mit der Asara an ihre Zeit in Al'Tawil zurückdachte. Im Gegenteil. Sie vermisste die morgendliche Routine kaum mehr als die endlosen Sitzungen mit Harun und den anderen adeligen Halsabschneidern. Es war erstaunlich, wie schnell sich selbst eine *Kisaki* an widrige Umstände gewöhnen konnte, wenn ihr Überleben es verlangte.

Asara schenkte Alis einen entspannten Blick.

„Danke, dass ihr mich aufgenommen habt. Das war nicht selbstverständlich."

Die Bettlerin stocherte mit einem Ast im sterbenden Feuer.

„Wir alle hier waren einmal in deiner Situation", sagte sie mit ruhiger Stimme. „Sein Heim zu verlieren ist die schwerste Prüfung, die uns vom Schicksal auferlegt werden kann. Jede Straße erscheint anfangs fremd und jede Biegung verspricht nur schmerzhafte Lektionen." Eine einzelne Flamme züngelte aus der Glut. „Jeder braucht in dieser harten Zeit Hilfe – und wenn es nur ein Platz am Feuer ist."

Alis' Augen schimmerten im rötlichen Licht.

„Das Glück wird sich eines Tages wieder wenden", fuhr sie abwesend fort. „Und dann werden wir uns der helfenden Hand entsinnen, die uns aus der Finsternis gezogen hat." Sie blickte auf. „Nicht wahr?"

Für einen Moment zeichnete das matte Licht ungekannte Tiefe in die Züge der alten Bettlerin. Gleich darauf verdrängte ein herzhaftes Gähnen den forschenden Ausdruck. Alis kratzte sich am Gesäß und rollte mit ihren eingefallenen Schultern. Etwas abseits setzte Onog in verschwörerischem Tonfall zu einer neuen Anekdote an.

Ich werde mich stets erinnern.

Nachdenklich ließ sich Asara auf den Rücken sinken und klemmte ihre Hände unter ihren Kopf. Ein Loch im modrigen Bretterdach eröffnete ihr einen Blick auf die ferne Sternenkuppel und einen matten, sichelförmigen Mond.

„Auf einen neuen Tag", murmelte Asara. „Und neues Glück."

Lange vor dem Höhepunkt von Onogs trunkener Geschichte sank die *Kisaki* in einen wohlverdienten, traumlosen Schlaf.

~◊~

Asara grub ihre Zähne in das frische Fladenbrot. Die knusprige Teigscheibe war reichlich mit gebratenem Hammelfleisch und Zwiebel belegt. Bratensaft lief Asaras Kinn herab und tropfte in den Sand. Ein zufriedener Seufzer entkam ihren Lippen. Seit einer weiteren Woche der Jagd nach halbverfaulten Essensresten und kleiner, wenig ergiebiger Diebstähle auf dem Markt hatte Asara endlich den ersten großen Coup gelandet: Sie hatte einem reich gekleideten Bürgerlichen sein Mittagessen gestohlen, ohne dass dieser sie auch nur zu Gesicht bekommen hatte. Aktuell starrte der Mann wohl verwirrt auf seinen leeren Teller, der vor ihm auf dem Tisch des Straßenlokals stand.

Asara nahm einen weiteren Bissen und ließ sich auf einer hölzernen Kiste nieder, von der aus sich ein schöner Blick über den Hafen bot. Die Sonne stand hoch am Horizont. Ein laues Lüftchen blies von der Bucht über die Stadt und brachte willkommene Abkühlung mit sich.

Asara ließ ihren Blick schweifen. Nur unweit von ihr entfernt verluden breitgebaute Hafenarbeiter Kisten auf ein Jin-Handelsschiff während der Kapitän mit einem einheimischen Zollbeamten diskutierte. Münzen wechselten den Besitzer. Andernorts wurde um den Preis einer Ladung Stoffe verhandelt. An der Werft inspizierte ein Schiffszimmermann die Sturmschäden an einer Handelsbarke. Die Hafenpromenade selbst wimmelte nur so von Seemännern, Händlern und Reisenden. Die Hautfarben der Menschen rangierten von den bleichen Tönen der Eru und Jin bis hin zu den nachtschwarzen Toucani, die in Punkto Pigmentierung selbst die schattengeküssten Ashen ausstachen. Bis auf gelegentliche misstrauische Blicke schien keine offene Feindschaft zwischen den Völkern zu herrschen.

Die Menschen in Al'Tawil könnten sich von den Masarti wirklich eine Scheibe abschneiden, dachte Asara und stopfte den Rest ihres Fladenbrots in den Mund. Satt und zufrieden lehnte sie sich zurück. Das Lagerhaus in ihrem Rücken bot genug Schatten, um sie vor der schlimmsten Mittagshitze zu schützen. Seit ihrer mysteriösen Transformation war die brennende Sonne bei Weitem nicht mehr ihr liebster Tagbegleiter. In diesem Punkt war Lanys' Magie definitiv mehr als nur eine simple Illusion. Ihr Yanfari-Selbst war in der Hauptstadt zurückgeblieben. Es fiel Asara zusehends schwer sich daran zu erinnern, wie sich ihr alter Körper – ihr altes Leben – angefühlt hatte.

Asaras Gedanken begannen abzudriften. Kaum waren der unmittelbare Hunger, die Müdigkeit und die Angst vor ihren Peinigern etwas abgeflaut, kamen die langfristigen Sorgen zurück. Wie lange konnte die gestürzte *Kisaki* auf diese Weise ihr Dasein fristen? Würde sie sich auf unbestimmte Zeit mit Diebstählen über Wasser halten müssen, stets darum bangend, irgendwann erwischt zu werden? Konnte sie wirklich *vergessen*, was mit ihr geschehen war? Was Harun getan hatte? Sich derart geschlagen zu geben widersprach allem, für das sie in den Monaten ihrer Regentschaft gekämpft hatte. Doch was konnte sie tun? Sie trug das Gesicht einer Ashen-Sklavin, die jeder für tot oder verschollen hielt. Sie hatte keine realistische Chance, den hiesigen Adel von ihrer wahren Identität zu überzeugen. Nicht einmal der kaiserstreue Vezier von Masarta würde auf das Wort einer simplen Leibeigenen hören, an die er sich vermutlich nicht einmal erinnerte.

Asara leckte den verbleibenden Bratensaft von ihren Fingern und seufzte. Sie war frei, hatte aber keine Ahnung, was sie mit ihrer Freiheit anstellen sollte. Träge musterte sie einmal mehr das geschäftige Treiben am Hafen.

Ich könnte mir Arbeit suchen.

Alleine der Gedanke war absurd. Sie hatte kaum Talent für echte körperliche Tätigkeit. Neben einigen wenig beeindruckenden Ausflügen in die Welt der Stickerei hatte Asara nur wenig Erfahrung mit seriösem Handwerk gesammelt. Ihre Mutter hatte nicht viel von Hofdamen und deren ‚typisch weiblichen' Betätigungen gehalten. Raya selbst hatte ihre Tochter auch niemals wirklich unterwiesen – abgesehen von einigen harschen Lektionen in der hohen Kunst der kompromisslosen Ausbeutung. Asaras Tutoren hatten Fragmente ihres ‚unnützen' Wissens meist nur unter vorgehaltener Hand weitergegeben. Insgeheim vermutete Asara, dass ihre Mutter Angst davor gehabt hatte, zu viel Macht an ihren rebellischen Sprössling abzugeben. Bis auf Academia und etwas Selbstverteidigung hatte die junge *Kisaki* kaum brauchbare Ausbildung erfahren. Mathematik und Sternenkunde würden ihr in Masarta allerdings nicht viel weiterhelfen.

Zumindest scheine ich ein Händchen für Diebstahl zu haben, dachte Asara mit einem schiefen Grinsen auf dem Gesicht. Dieses fragwürdige Talent hatte sich bereits als äußert nützlich erwiesen – insbesondere bei der Nahrungssuche.

„Ich sehe, du hast einiges an Lebensfreude zurückgewonnen", riss sie eine fröhliche Stimme unvermittelt aus ihren Gedanken. Asara zuckte zusammen. Ihre Hand fuhr instinktiv an ihren Dolch. Hektisch sah sie sich nach der Sprecherin um. Im Schatten zweier Kisten erspähte die *Kisaki* ein vertrautes Gesicht.

Die jugendliche Stimme gehörte dem Jin-Mädchen, das Asara vor fast zwei Wochen zur Flucht verholfen hatte. Die junge Frau grinste und trat aus ihrer Nische. Sie musterte ihr Gegenüber mit unverhohlener Neugierde.

„Du warst fleißig", bemerkte sie anerkennend. „Von der nackten Sklavin zur passabel ausgerüsteten Diebin in weniger als einem Halbmond. Respekt."

Asara musste lächeln. Die gute Laune der Fremden war ansteckend. Die *Kisaki* kletterte langsam von ihrer Kiste herunter und studierte die bunt gekleidete Jin. Wie sollte sie sich gegenüber ihrer Wohltäterin verhalten? Es hatte sich seit ihrem letzten Zusammentreffen so viel – alles – geändert. Es fiel Asara der Streunerin schwer, sich in die damalige Situation der Versklavung zurückzuversetzen. Darüber hinaus hatte sie wenig Erfahrung im Umgang mit jüngeren oder gleichaltrigen Menschen. Lanys war bis auf wenige flüchtige Bekanntschaften stets die einzige Ausnahme gewesen.

„Ich hatte damals keine Gelegenheit, mich bei dir zu bedanken", sagte Asara schließlich. Ihr Tonfall war vorsichtig. „Du hast mir die Augen geöffnet. Mich befreit. Dafür danke ich dir von ganzem Herzen."

Asaras Worte waren steif, aber frei von Übertreibung. Ohne die Ermunterung der jungen Jin hätte sie in ihrer damaligen Lage niemals an Flucht gedacht. Zu frisch war die Schmach gewesen und zu groß die Angst vor ihrem strikten Meister. Dieses lebensfrohe Mädchen hatte sie aus einer Welt der Resignation gerettet. Der geschenkte Dolch hatte ihre Fesseln durchtrennt – die physischen wie auch die geistigen.

Die Jin grinste breit und deutete eine Verneigung an.

„Gern geschehen, Mondschein." Sie versenkte ihre Hände in den weiten Ärmeln ihres Kaftans. „Aber ich habe dir lediglich ein kleines Präsent hinterlassen. Befreit hast du dich ganz alleine." Nach einer kurzen Pause fügte sie gutgelaunt hinzu: „Ach ja, übrigens: Cyn. Freut mich sehr!"

„Cyn?"

„Mein Name", lachte die junge Frau. „Ich bin Cyn aus Jin. Kein guter Reim, aber zumindest halbwegs einprägsam."

Asara zögerte. Sie war kurz davor, der Jin einen falschen Namen zu nennen. Im Kreise der Bettler hatte sie sich noch als Lanys vorstellt. Doch in diesem Moment siegte ihre alte Sturheit. Harun und Raif würden es nicht schaffen, ihre wahre Identität zu rauben. Sie war Asara Nalki'ir – egal, welcher sozialen Schicht sie gerade angehörte.

„Ich bin Asara", erwiderte sie. „Das Vergnügen ist ganz meinerseits."

Cyn legte den Kopf schief.

„Ist das nicht ein Yanfari-Name?" fragte sie unbekümmert. Asara nickte.

„Mein erster Meister hatte einen seltsamen Sinn für Humor. Er hat sich wohl insgeheim gewünscht, eine adelige Yanfari zu besitzen. Vielleicht gar die *Kisaki* selbst."

Vorsicht, Asara. Du wandelst auf dünner Salzkruste.

Zum Glück schien sich Cyn nichts weiter bei ihren Worten zu denken. Die Jin lachte auf und setzte sich kurzerhand neben Asara auf den Boden.

„Sklavenhalter sind ein seltsames Pack", pflichtete sie bei. „Es bereitet mir stets eine große Freude, ihnen das Leben schwer zu machen."

Asara ließ sich zögerlich nieder. Die junge Jin wirkte gesellig, war aber immer noch eine Fremde. Ihr uneingeschränkt zu vertrauen, ging gegen alles, was ihr die letzten Wochen so schmerzlich gelehrt hatten. Vorsicht war definitiv besser als Nachsicht. Die Yanfari musterte ihr Gegenüber.

„Hast du mir deshalb geholfen?" fragte sie. „Um meinem Meister eines auszuwischen?"

Cyn zuckte mit den Schultern.

„Ich habe gesehen, zu welchen…ahm…Dingen er dich in aller Öffentlichkeit gezwungen hat. So etwas sollten nicht einmal Sklaven ertragen müssen."

Asara spürte, wie ihr die Röte ins Gesicht schoss. Schnell wandte sie sich ab und studierte eingehend ihre Zehen.

„Er war immer darauf bedacht, mir an meine Position zu erinnern", murmelte sie. Ihre Finger fanden unbewusst ihr kleines Bündel. Warum war der Gedanke an ihre Schmach immer mit einem verqueren Gefühl der Sehnsucht verbunden? Hatte sie an dieser…unwürdigen Behandlung wirklich Gefallen gefunden?

Cyn schien ihren Gesichtsausdruck zu missdeuten.

„Tut mir leid", sagte das Mädchen. „Ich wollte dich nicht daran erinnern. Das muss schrecklich gewesen sein." Sie räusperte sich leise. „Also es freut mich, dass es dir bessergeht." Sie stand auf und lächelte. „Vielleicht sehen wir uns ja einmal wieder?"

Asara erhob sich ebenso.

„Danke, Cyn. Du hast mir mehr geholfen, als du erahnen kannst. Ich würde mich freuen, wenn sich unsere Wege wieder kreuzen."

Die junge Jin grinste und deutete auf Asaras Gürtel. „Den kannst du übrigens behalten. Passt gut zur Peitsche."

Der Dolch.

Asara legte ihre Hand an den ungeschmückten Griff der Waffe.

„Abermals danke."

„Klar."

Damit wandte sich das Mädchen um und schlenderte hinaus auf die Promenade. Nahe einer Gruppe von Seevolk-Händlern blieb sie jedoch unvermittelt stehen und warf Asara einen schelmischen Blick zu.

„Asara...was hältst du eigentlich davon, deine kleinen Streifzüge ein wenig zu – Was ist das richtige Wort? – zu ‚professionalisieren'?"

Die Angesprochene sah ihr Gegenüber fragend an. „Streifzüge?"

Cyn deutete auf Asaras geborgte Gewänder und den bestickten Wasserschlauch in ihrer Hand, der zu ihren neuesten Besitztümern zählte.

„Du hast offenbar ein Händchen für...du weißt schon." Sie warf den nahen Matrosen einen vorsichtigen Seitenblick zu. Die Gruppe schenkte Cyn keinerlei Aufmerksamkeit. Das Mädchen trat wieder näher an Asara heran und setzte mit verschwörerischer Stimme fort. „Mein Partner und ich könnten gut noch etwas Verstärkung gebrauchen."

„Ihr seid...Diebe?" fragte Asara mit großen Augen. Sie hatte die junge Jin für vieles gehalten – aber sicher nicht für eine Diebin. Ihr Gewand war zu sauber und ihre Worte zu gewählt für ein Kind der Schatten.

Da sind wir allerdings schon zwei.

Cyn grinste.

„‚Dieb' ist ein so hartes Wort. Nennen wir es ‚Befreier von nicht mehr benötigten Reichtümern'. Wir stehlen nur von jenen, die ohnehin genug besitzen. Adelige und Händler und dergleichen."

Asara schüttelte leicht den Kopf. „Das klingt ziemlich gefährlich."

Die junge Frau hob amüsiert eine Augenbraue. „Schreckt dich das ab, Mondschein?"

Die *Kisaki* verschränkte die Arme und erwiderte Cyns herausfordernden Blick mit einem entschlossenen.

„Wann fangen wir an?"

8

Schattenspiele

Cyn führte Asara durch die abendlichen Straßen des unteren Hafenbezirks. Die Docks, und damit auch das geschäftige Treiben der Händler und Arbeiter, lagen fast einen halben Kilometer hinter ihnen. Die gepflasterte und beleuchtete Promenade war von einem schlammigen Weg abgelöst worden, der in unregelmäßigen Abständen von rußenden Fackeln erhellt wurde. Heruntergekommene Spelunken und windschiefe Lagerhäuser ähnlich ihres eigenen Heims im Süden der Stadt säumten die Straße. Zwielichtige Gestalten tummelten sich in den finsteren Seitengassen. Nicht wenige der Männer trugen schartige Kurzschwerter oder Keulen mit sich. Trunkene Stimmen aus den Tavernen vermischten sich mit rauem Gelächter und dem gelegentlichen Jaulen streunender Hunde. Argwohn und Vorsicht stand den Menschen ins Gesicht geschrieben. Dieser Teil des Hafens war ein gefährliches Pflaster – so viel konnte Asara auch ohne Cyns offenkundiger Straßenschläue sagen.

Die Wasser der angrenzenden Bucht hatten sich zurückgezogen und dabei übelriechenden Schlamm und Unrat hinterlassen. Einige Straßenkinder durchforsteten den Abfall nach Verwertbarem.

Die junge Jin wählte ihren Weg durch den Bezirk mit umsichtiger Bedächtigkeit. Sie mied gewisse Menschengruppen und tauchte immer wieder in den Schatten der Seitengassen ab. Zäune oder niedrige Bauten waren kein Hindernis für sie. Immer wieder kletterte sie über Absperrungen oder zog sich an Fassaden empor. Einen guten Teil des Weges legten Asara und Cyn auf flachen Hausdächern zurück.

Es verlangte der *Kisaki* einiges ab, mit der jüngeren Frau mitzuhalten. Bald schwitzte und keuchte sie lautstark. Ihre nackten Füße schmerzten und ihr unzureichend trainierter Körper protestierte ob der teils waghalsigen Klettereinlagen. Asara war kurz davor, ihre Begleiterin um eine Pause anzuflehen, als Cyn abrupt vor einer nichtssagenden Türe stehenblieb.

Asara und ihre Gefährtin befanden sich in einer der zahlreichen Gässchen inmitten eines Viertels von unbeleuchteten Lehm- und Holzbauten. Die meisten muteten an wie Lagerhäuser oder Quartiere für ganze Schiffsbesatzungen. Asara bezweifelte jedoch stark, dass jemals ein Zollbeamter einen Fuß in diesen Stadtteil gesetzt hatte.

Cyn kramte einen Schlüssel hervor und entriegelte die Tür. Das erstaunlich neu aussehende Schloss schnappte mit einem leisen Klicken zurück.

„Wir sind da", verkündete die Jin und stieß die Tür auf. Asara wischte sich den Schweiß von der Stirn und nickte stumm. Sie war immer noch außer Atem.

Ein Gang führte weiter in das Innere des Hauses. Licht flackerte durch die Ritzen einer geschlossenen Türe auf der linken Seite.

„Ein Wort der Warnung zu meinem Partner", sagte Cyn und trat über die Schwelle. Sie winkte Asara nach drinnen und schloss die Tür. „Er ist ein wenig…eigen. Wundere dich nicht. Und frage ihn nicht nach seiner Narbe."

Asara sah Cyns weiße Zähne in der Dunkelheit aufblitzen. Die junge Jin nahm ihre eigene Warnung sichtlich mit Humor. Vorsichtig folgte Asara der jüngeren Frau an das Ende des Ganges. Leiser Singsang drang aus dem erleuchteten Raum, den sie dabei passierte.

Cyn schob eine weitere Tür auf und trat in ein größeres Zimmer. Sie hantierte kurz an einer Öllampe, die wenige Momente später flackernd zum Leben erwachte. Es offenbarte sich der Anblick auf einen erstaunlich geschmackvoll eingerichteten Raum. Ein großer Tisch dominierte die Mitte des länglichen Zimmers. Die rechte Wand wurde von in den Stein gehauenen Regalen und schweren Kisten ausgefüllt. Links hinter der Eingangstür befanden sich zwei Schlafkojen und ein kleiner Kamin, in dem ein niedriges Feuer loderte. Eine Kochnische befand sich in unmittelbarer Nachbarschaft eines in den Boden eingelassenen Wassertrogs. Die einzige weitere Tür im Raum führte offenbar zurück in das hell erleuchtete Zimmer, aus dem nach wie vor meditative Gesänge zu hören waren.

Cyn stellte ihre Stiefel neben der Eingangstür ab und ließ sich gähnend auf einen kleinen Strohsessel fallen. Asara schloss hinter sich die Tür und blickte sich weiter um. Dieser große Raum war mehr als nur ein kurzfristiges Versteck – er hatte etwas erfrischend Heimeliges an sich. Die Einrichtung war zweckdienlich, aber geschmackvoll. Staub und Ruß suchte man vergebens – die Bewohner dieses Unterschlupfs waren sichtlich auf Ordnung und Reinlichkeit bedacht. Asaras Blick wanderte herab zu ihren schmutzigen Füßen. Sie kam nicht umher, sich wie ein Straßenkind auf Besuch im Kaiserpalast zu fühlen.

Cyn folgte ihrem frustrierten Blick und kicherte.

„Mach dir keine Sorgen, Mondschein. Karrik ist ein Meister des Besens. Er verbringt die Hälfte des Tages damit, dieses Kleinod in Schuss zu halten."

Der Singsang verstummte. Asara blickte auf.

„Karrik?"

Cyn nickte. „Mein Partner. Die ‚Geister' haben ihn für heute anscheinend entlassen."

Ehe Asara nachfragen konnte, wurde die Verbindungstür aufgestoßen und ein Mann betrat den Raum. Nein, kein Mann. Ein Hüne. Karrik war zweifellos die hochgewachsenste Person, die Asara jemals zu Gesicht bekommen hatte. Der grobschlächtige Eru maß an die zwei Meter. Er musste sich ducken, um nicht gegen den Türrahmen des Durchgangs zu schrammen. Sein atypisch kurzes Haar war zu dutzenden, rotbraunen Zöpfen verflochten. Tätowierungen zierten Karriks Stirn und Wangen. Eine prominente Narbe führte von seinem linken Auge bis an sein breites Kinn. Der Eru trug eine simple Lederhose und ein weites Hemd, dessen freizügige Schnürung nur wenig der Fantasie überließ.

Karrik musterte Asara mit hochgezogener Augenbraue.

„Neu Freund?" fragte er in gebrochenem Yanfari. Cyn nickte und bedeutete Asara, am Tisch Platz zu nehmen. Die *Kisaki* leistete zögerlich Folge.

„Sie ist geschickt, Karrik. Ich glaube sie könnte uns helfen."

Geschickt?

Cyn hatte offenbar einen wesentlich besseren Eindruck von Asaras Fähigkeiten, als die *Kisaki* selbst. Karrik brummte und stapfte zu einem der Regale. Er entnahm etwas Brot und Dörrfleisch und stellte beides auf den Tisch. Danach angelte er eine tönerne Karaffe aus einer unscheinbaren Mauernische und grunzte zufrieden.

„Neu Freund ist gut", verkündete er. „Muss trinken."

Cyn grinste und verschränkte die Hände hinter ihrem Kopf.

„Du siehst, Asara", sagte sie fröhlich, „unser Aufnahmeritual ist schnell und schmerzlos." Ihr Tonfall wurde ernster, beschwichtigender. „Du bist sicher bei uns, Mondschein. Du brauchst keine Angst mehr zu haben. Versprochen."

Asara lächelte und nahm den von Karrik angebotenen Kelch entgegen. *Sicher.* Wagte sie es wirklich, sich unter Fremden jemals wieder geborgen zu fühlen? So viel konnte passieren. Ohne die Autorität ihres Throns war sie nichts weiter als ein mittelloses Straßenmädchen ohne jegliche Absicherung. Es wäre ein Leichtes für erfahrene Diebe, einen Vorteil aus ihrer Unwissenheit zu ziehen.

„Auf Freund", sagte der Eru und prostete ihr zu. „Auf gutes Nehmen von reicher Mann. Viel zufrieden. Geister zufrieden."

„Nicht fragen", lachte Cyn. „Seine Geister reden viel, wenn der Tag lang ist."

Asara nahm einen Schluck des süßen Getränks. Der Alkohol brannte wohlig in ihrer Kehle. Die nächtliche Kälte wich zurück und eine angenehme Wärme machte sich in ihren Gliedern breit.

„Warum?" fragte sie leise. Erst im nächsten Moment wurde ihr bewusst, dass sie ihren Gedanken laut ausgesprochen hatte.

„Warum?" wiederholte Karrik mit fragendem Blick. Asara holte Luft und stellte die entscheidende Frage.

„Warum helft ihr mir? Warum akzeptiert ihr mich so bereitwillig?"

Die junge Jin nahm einen Schluck des bernsteinfarbenen Getränks und verzog kurzzeitig das Gesicht. Dann stellte sie ihren Krug wieder ab und wandte sich an Asara.

„Ich mag dich, Mondschein", erwiderte sie mit ungewohnt ernster Stimme. „Du bist stur. Du hast keine Ahnung von den Straßen und ihren Gefahren, hast dich aber dennoch innerhalb weniger Tage zurechtgefunden. Das macht dich zur Überlebenskünstlerin. Genau mein Typ." Sie zwinkerte.

Keine Ahnung von den Straßen.

Asara lächelte matt.

„Ist meine Unbeholfenheit derart offensichtlich? Sagtest du nicht vorhin, dass ich ‚geschickt' bin?"

Cyn grinste und knuffte sie in die Seite. „Das bist geschickt *und* ein wenig unbeholfen. Aber das macht nichts, Asara. Wir alle haben angefangen, wo du jetzt gerade bist. Es ist keine Schande, ein wenig Hilfe von unerwarteter Seite anzunehmen. Stimmt's, Karrik?"

Der Hüne brummte zustimmend.

„Geister helfen auch", sagte er mit finaler Selbstverständlichkeit. „Mögen Asara."

Eine ungebetene Träne lief Asaras Wange herab. Die Offenheit der beiden Diebe war ungewohnt und…unbeschreiblich wohltuend. Cyns und Karriks einfache Worte weckten ein ungekanntes Bedürfnis des Dazugehören-Wollens in der gefallenen Kaiserin.

„Ich bin *Ashvolk*", wisperte sie. „Und ihr wisst rein gar nichts über mich."

Cyn legte eine Hand auf ihre Schulter. „Das können wir ja ändern, Mondschein. Wir haben alle Zeit der Welt."

Karrik nickte und schenkte sich einen zweiten Krug ein. Oder war es der dritte?

„Ashvolk nur Eru mit Hautproblem", sagte er nüchtern. „Nichts Grund für Hass."

Leises Kichern ertönte – erst im nächsten Augenblick realisierte Asara, dass es ihr eigenes war. Dieses ungleiche Paar hatte es tatsächlich geschafft, ihre Gedanken von den Strapazen der letzten Wochen abzulenken. Die Welt war nicht schwarz-weiß. Wohlwollen und Hilfsbereitschaft existierten an den ungewöhnlichsten Orten. Diese erfrischende Wahrheit bekräftigte einen unbewussten Entschluss, den sie im Laufe der letzten Tage gefasst hatte: Sie würde weiterhin für den Frieden zwischen den Yanfari und dem Ashen-Dominion kämpfen. Harun hatte noch nicht gewonnen.

Cyn schob ihrem wortkargen Partner ihren halbvollen Kelch zu und stand gähnend auf.

„Du kannst eine der Kojen hier verwenden", sagte sie zu Asara. „Ich werde bei Karrik im Nebenraum schlafen. Sofern er nicht wieder zu singen anfängt." Die Jin grinste verschwörerisch.

„Warmes Wasser ist in dem Trog neben der Kochstelle" setzte sie fort. „Falls du dich waschen willst." Sie zwinkerte und deutete auf einen Lattenverschlag neben einem Bücherregal. „In der Kiste findest du ein altes Paar Stiefel. Sie sind etwas löchrig, sollten dir aber passen."

Damit legte die junge Frau einen Arm um den zwei Köpfe größeren Eru. Karrik richtete sich auf und hob seine Gefährtin kurzerhand vom Boden auf. Cyn jauchzte lautstark und zwinkerte der *Kisaki* zu.

„Gute Nacht, Mondschein. Morgen sprechen wir über unseren geplanten Diebeszug. Wird dir gefallen!"

Asara sah den beiden sprachlos nach. Karrik trug seine Partnerin durch die offene Tür in den Nebenraum und legte sie erstaunlich behutsam auf einer zerwühlten Bettstatt ab. Kuriose Talismane und geschnitzte Figuren zierten den kleinen Raum. Kerzen erhellten das heimelige Zimmer, das sogar mit einem Teppich und einfachen Vorhängen protzte.

„Geister wachen über Schlaf", verabschiedete sich Karrik grinsend. „Über Spaß auch."

Damit schob er langsam die Tür hinter sich zu.

~◊~

Zwei Stunden vergingen, ehe im Nachbarzimmer Ruhe einkehrte. Doch es waren nicht nur die Geräusche des andauernden Liebesakts, die Asara bis in die tiefste Nacht wachhielten. Ihre Gedanken kreisten um die unerwarteten Ereignisse des letzten Tages. Cyns Angebot barg eine versteckte Gelegenheit, die Asaras Schicksal schlagartig wenden konnte. Alles hing von Art und Ziel des geplanten Einbruchs ab. Mit etwas Glück würden ihr ihre beiden neuen Alliierten dabei helfen, in eine Gildenhalle oder gar ein bedeutendes Adelshaus einzudringen. Die Reichen und Mächtigen von Masarta hatte zweifellos Zugang zu wertvollen Informationen. Informationen, die Asara dabei helfen konnten, ihr weiteres Vorgehen zu planen und Haruns Machenschaften auf die Schliche zu kommen. Vielleicht ergab sich sogar der persönliche Kontakt zu einem Mitglied des Hochadels, das die *Kisaki* noch aus früheren Zeiten kannte. Die richtigen Worte an das richtige Ohr waren der erste Schritt zur Wiederherstellung ihrer Machtbasis.

Das ist die optimistische Sicht auf die Dinge, dachte Asara und seufzte leise. *Die Realität wird wohl etwas anders aussehen.*

Die *Kisaki* gähnte und kuschelte sich zufrieden in die Wolldecke, die sie in einer Lade unter der einfachen Bettstatt gefunden hatte. Es machte wenig Sinn, sich hier und jetzt weiter den Kopf zu zerbrechen. Der morgige Tag würde sicherlich die gesuchten Antworten bringen. Bis dahin würde sie sich damit zufriedengeben, endlich wieder ein festes Dach über ihrem Kopf zu wissen. Asara schloss die Augen.

Der Schlaf hatte beinahe ihre Sinne übermannt, als Asara plötzlich durch ein Geräusch aufgeschreckt wurde. Es war das dumpfe Knarren einer Tür, gefolgt von langsamen, leisen Schritten. Jemand näherte sich ihrer Bettstatt. Asara hielt die Luft an und tastete nach ihrem Dolch. Ihre Hand schloss sich um das Heft der Waffe und sie verharrte. Im nächsten Moment ertönte ein leiser Fluch in einer ihr unbekannten Sprache. Asara erkannte die Silhouette einer schmalen Gestalt nahe dem Tisch. Dank des glimmenden Kamins war es hell genug, die Person als Frau zu erkennen.

„Cyn?" flüsterte Asara. Die Gestalt zog einen knappen Überwurf enger um ihren Körper und grinste – die *Kisaki* erkannte das charakteristische Aufblitzen von Cyns weißen Zähnen.

„Tut mir leid, Mondschein", wisperte die junge Diebin. „Ich wollte dich nicht wecken. Das Tischbein hat mir einen Strich durch die Rechnung gemacht." Sie rieb ihr Schienbein und tastete sich weiter in Richtung Kochnische vor. Asara entspannte sich wieder und schob ihren Dolch zurück unter das Kopfpolster. Cyn schenkte sich einen Krug Wasser ein und ließ sich seufzend auf einen Sessel fallen.

„Ich hoffe Karrik und ich haben dich nicht zu sehr wachgehalten", scherzte sie. „Seine ‚Geister' waren heute wieder besonders aktiv."

„Wäre mir nicht aufgefallen", erwiderte Asara und verdrehte lächelnd die Augen. Cyn war sichtlich zu unruhig, um das Gespräch an dieser Stelle enden zu lassen. Die Jin schob ihren Stuhl an Asaras Bettstatt heran und schob ihre kühlen Füße zu ihr unter die Decke.

„Karrik hat Ausdauer", kicherte Cyn. „Und ist erstaunlich kreativ."

Asara schmunzelte. Das Jin-Mädchen fächelte sich Luft zu und öffnete ihren seidenen Überwurf. Das dünne Nachtgewand hatte gewisse

Ähnlichkeiten mit ihrer gewickelten Gewandung von untertags – wenngleich es wesentlich knapper geschnitten war. Cyns elfenbeinfarbene Haut glänze in der Dunkelheit. Ihr verschwitzter Körper roch nach Sex. Asara wandte verlegen ihren Blick ab.

„Ist Karrik nicht etwas…ahm…zu alt für dich?" fragte sie vorsichtig. Cyn lachte auf.

„Karrik ist jünger als ich", entgegnete sie amüsiert. „Und ich bin sicher um einiges älter als du, Mondschein."

Asara hob eine Augenbraue und musterte ihr Gegenüber verstohlen. Cyn war schmächtig, hatte kleine, feste Brüste und einen rundum trainierten Körper. Ihre Haut war makellos. Lediglich ihre durch zwei Nadeln hochgesteckte Frisur war strähnig und zerzaust. Sie wirkte keinen Tag älter als 20 Sommer.

„Wir Jin sehen jünger aus, als wir sind", grinste sie. „Die meisten Leute können unser wahres Alter nicht einschätzen." Cyn streckte sich genüsslich und stahl einen weiteren Zipfel von Asaras Wolldecke. Die *Kisaki* spielte verlegen mit einer Strähne ihres zuvor gewaschenen Haares.

„Ich wollte dir nicht zu nahe treten", entschuldigte sie sich. „Du und Karrik…das geht mich nichts an. Verzeih."

Cyn winkte ab.

„Das mag jetzt als Überraschung kommen", grinste sie, „aber ich bin nicht prüde. Der schnarchende Berg und ich sind schon Jahre zusammen. Wir haben im Laufe der Zeit mehr skeptische Blicke geerntet, als ich zählen kann."

Cyn beugte sich verschwörerisch näher.

„Aber wenn wir schon beim Thema sind", schnurrte sie, „wie ist das eigentlich mit dir und deinen…exotischen Vorlieben?"

Asara errötete und zog die Decke bis an ihr Kinn.

„Vorlieben?" fragte sie vorsichtig.

Cyn grinste und deutete auf Asaras Bündel, der am Fuße der Bettstatt lehnte.

„Die meisten entflohenen Sklaven lassen die Zeichen ihrer Leibeigenschaft zurück", schmunzelte sie. „Nicht du."

„Ich…" Asara verstummte. Sie hatte keine echte Antwort auf Cyns Frage. Zu wenig verstand sie ihre eigenen, absonderlichen Gelüste. Die Jin legte eine Hand auf ihre Schulter.

„Kein Grund dich zu schämen, Mondschein", lächelte sie. „Der Wunsch nach Unterwerfung ist nichts Verdammenswertes. In Jin gibt es sogar Freudenhäuser, die deine konkreten Vorlieben bedienen. Für Männer und Frauen gleichermaßen. Unser Volk hat selbst den Akt der verführerischen Fesselung zur anerkannten Praktik gemacht." Cyn stieß Asara mit den Zehen an. „Ihr Yanfari seid bei diesen Dingen viel zu zurückhaltend. Geschmäcker sind zurecht verschieden und gehören ausgelebt!"

Asara fand keine Worte. Das Jin-Mädchen – nein, die Jin-Frau – hatte es tatsächlich geschafft, ihre Selbstzweifel mit wenigen Worten etwas zu beschwichtigen. Waren ihre heimlichen Gelüste wirklich *normal*?

„Willst du es ausprobieren?" fragte Cyn ungezwungen. Die *Kisaki* blinzelte verwirrt. *Ausprobieren?*

„Die Fesselungen der Jin", erläuterte die kecke Diebin amüsiert. „Ich könnte dir einen kleinen Einblick gewähren. Vielleicht macht es dir Spaß."

„Was...ich...ahm...", stotterte Asara mit hochrotem Gesicht. „Ich kann nicht...was ist mit Karrik?"

Cyn grinste breit. „Karrik schläft wie ein Baby. Abgesehen davon macht es ihm nichts aus, wenn ich ein wenig experimentiere. Du hast keine Ausrede, Mondschein. Außer es wartet irgendwo ein Liebhaber mit Halsband und Gerte auf dich, der eifersüchtig werden könnte." Sie grinste und richtete sich auf. Asara wrang unschlüssig die Hände. Cyn beugte sich vor legte einen Finger auf ihre Nase. „Vertraust du mir, Mondschein?"

Vertrauen.

Vertraute sie der kecken Jin, die sie kaum kannte? War sie bereit, ihre gerade erst gewonnene Freiheit zu riskieren, bloß um ein nächtliches Spiel zu spielen?

Je länger sie in sich ging, desto stärker wurde das Gefühl der Sicherheit und Geborgenheit – und auch ihr Verlangen. Sie war unter Alliierten. Cyn würde sie niemals verraten – sie hatte keinen Grund dazu.

Asara holte tief Luft und nickte. Die Diebin sprang grinsend auf und begann, Kisten zu durchkramen. Wenig später kehrte sie mit einem Bündel Seile an die Bettstatt zurück.

„Vertrauen ist der wichtigste Aspekt", erklärte sie mit ernster Stimme. „Ohne Vertrauen kann das Spiel ganz schnell zu bitterem Ernst werden. Egal wie streng die Fesseln oder wie stark die Hiebe – die Angst darf niemals über die Lust siegen."

Asara musterte die Seile. Ihr Herz hatte schneller zu schlagen begonnen.

„Du kennst dich mit diesen Dingen aus", murmelte sie. Cyn zuckte mit den Schultern und schmunzelte.

„Ein wenig. Ich war schon immer abenteuerlustig."

Die Jin entzündete eine Kerze und stellte sie auf den Tisch. Sie bedeutete Asara, sich aufzusetzen und aus dem Bett zu steigen. Die *Kisaki* leistete zögerlich Folge. Sie stand nun nackt vor Cyn. Mit ihren Händen verdeckte sie notdürftig ihren Schritt und ihre Brüste.

„Hände hinter den Rücken", befahl ihr Gegenüber mit fester Stimme. „Unterarme parallel zum Boden."

„Cyn…"

Die Jin zog ihren Überwurf zu und verschränkte die Arme.

„Du vertraust mir?"

Asara nickte erneut.

„Dann tu was ich sage, Mondschein: Hände auf den Rücken."

Die *Kisaki* holte tief Luft und legte ihre Arme hinter ihren Körper. Mit den Händen fasste sie sich an den jeweils gegenüberliegenden Ellenbogen. Cyn nickte zufrieden. Ohne Umschweife begann sie, Asaras Unterarme aneinander zu fesseln. Die vielen Meter des verbleibenden Seils schlang sie oberhalb, und anschließend unterhalb der Brüste um Asaras erwartungsvoll bebenden Körper. Die Arme der *Kisaki* wurden mit jeder Schleife fester in ihr Kreuz gedrückt. Doch Cyn war noch nicht fertig. Ihre geschickten Finger führten den Strick langsam nach unten. Sie ließ sich dabei grausam viel Zeit und führte ihre Finger sanft über die Innenseiten von Asaras Brüsten und weiter über ihren Bauch. Gänsehaut folgte jeder der zarten Berührungen. Die *Kisaki* sog die Luft ein, als sich ein raffiniert platzierter Knoten an ihre Liebesperle schmiegte. Das weiche, aber unnachgiebige Seil schob die feuchten Lippen ihrer Scham auseinander und drang fast zwei Zentimeter in sie ein.

„Die Fesselung hat zum Ziel, das ‚Opfer' mit allen Mitteln zu stimulieren", hauchte die Jin. „Das ist nur der erste Knoten von vielen."

Cyn lächelte und zog das Seil vollends zwischen Asaras leicht gespreizten Beinen hindurch. Über ihren Rücken und ihre gefesselten Hände führte sie es nach oben bis hin zu Asaras Schultern. Dort verband sie das Ende des Stricks mit jenem Teil, den sie zuvor um den Oberkörper der *Kisaki* geschlungen hatte. Der abschließende, ‚V'-förmige Teil der Fesselung brachte Asaras dralle Brüste voll zur Geltung und erhöhte wohlig den Druck auf ihre empfindliche Haut.

Die Gefangene testete vorsichtig ihren Handlungsspielraum. Zu ihrer Überraschung konnte sie ihre Arme kaum noch bewegen. Dennoch war die Fesselung erstaunlich bequem. Lediglich das Seil in ihrem Schritt drückte schmerzhaft gegen ihre Liebesperle, sobald sie ihre Muskeln anspannte.

„Das ist ein einfacher Harnisch", erläuterte Cyn. „Er betont deinen Körper und schafft deine Arme aus dem Weg, ohne deine Glieder übermäßig zu belasten. Du könntest tagelang so gefesselt sein, ohne Probleme mit der Durchblutung zu bekommen."

Tagelang…

Asara leckte ihre trockenen Lippen und widerstand der Versuchung, erneut an dem Schrittseil zu ziehen. Ihre Haut fühlte sich heiß an. Ihre

Nippel waren hart und sehnten sich nach Aufmerksamkeit. Asara wand sich spielerisch in den Seilen. Cyn lächelte frech und griff nach einem weiteren Bündel.

„Der nächste Teil ist der spannendste", flüsterte sie vielsagend. Asara nickte aufgeregt. Sie vertraute ihrer Stimme nicht mehr genug, um etwas Angemessenes zu entgegnen. Sie würde sich von ihrer erfinderischen Partnerin einfach überraschen lassen – bisher war die Jin-Fesselung jedenfalls alles und mehr, als sie sich erhofft hatte.

Zu ihrer eigenen Verwunderung begann Asara, sich zu entspannen. Die Entbehrungen der letzten Wochen wurden förmlich von den Fesseln aufgesogen, die ihre Glieder so fest umschlossen.

Cyn machte sich an die Arbeit. Geschickt begann sie, ein komplexes Muster aus Seil auf Asaras Körper zu zaubern. Von der Mitte ausgehend schlang sie den Strick an verschiedensten Stellen um Asaras Bauch und Oberkörper und platzierte immer wieder feste Knoten. Bald wurde die *Kisaki* von einem kunstvollen Netz umschlungen, das ihre Haut in symmetrische Karees unterteilte. Jeder weitere Knoten erhöhte den Druck der gesamten Fesselung. Jede kleinste Bewegung presste die Seile gegen Asaras Körper und stimulierte ungeahnte Stellen an Brüsten, Bauch und Taille. Heißer Schauer um heißer Schauer lief über Asaras Rücken. Der leichte Schmerz, den ihre Gegenwehr versursachte, war exquisit. Ein Seufzer entkam den Lippen der gefesselten *Kisaki*. Cyn lächelte und bewunderte zufrieden ihr Werk.

„Du bist bildhübsch", flüsterte sie. „Die Seile stehen dir. Du müsstest dich jetzt sehen können."

Cyns Worte waren zu einer sanften Melodie verhallt, auf die sich Asara nicht recht konzentrieren konnte. Die *Kisaki* hatte ihren Mund leicht geöffnet und atmete tief und stoßhaft. Das Heben und Senken ihres Brustkorbs war genug, um die Seile weiter zu spannen und die Stimulation zu verstärken. Gefühlstrunken machte Asara einen Schritt auf ihre Wohltäterin zu. Der Strick zwischen ihren Beinen versank tiefer in ihrer Lustspalte. Sie stöhnte auf. Zitternd sank sie gegen die kühle Wand.

„Raif", wisperte sie. *Nimm mich.*

Cyn hob eine Augenbraue, sagte aber nichts. Mit einem verstohlenen Lächeln zog sie den Ballknebel aus Asaras Bündel und legte ihn neben das dritte und letzte Seil, das auf dem Bett aufgebreitet war. Die Gefesselte schluckte und versuchte vergeblich, mit ihren Händen näher an ihre Lustspalte zu gelangen. Verhaltene Angst und Erregung lieferten sich ein Gefecht in ihrem Geist. Asaras Gedanken kehrten schlagartig zu ihrem Dasein als Sklavin zurück. Sie sah sich vor Cyn – nein, Raif – am Boden knien, ihre Beine erwartungsvoll gespreizt.

„Setz dich", befahl Cyn. Die *Kisaki* tat wie geheißen. Die Jin nutzte das verbleibende Seil, um Asaras Fußgelenke fest an ihre Oberschenkel zu binden. Die Gefangene konnte ihre Beine noch öffnen und schließen, nicht aber sie ausstrecken oder gar aufstehen. Ihre Fußsohlen schmiegten sich eng an ihr Gesäß. Dutzende Knoten pressten auch hier gegen ihre Haut und stimulierten ungekannte Nerven an den Innenseiten ihrer Schenkel.

Cyn platzierte den finalen Knoten – wie auch jene zuvor – außerhalb der Reichweite von Asaras suchenden Fingern. Zu guter Letzt nahm die Jin den Knebel und presste ihn sanft aber bestimmt an die Lippen ihres Opfers. Asara öffnete bereitwillig den Mund und stöhnte leise auf, als der vertraute Ball in Position glitt und Cyn die Schnalle festzog.

„Ich bin nicht dein Meister, Mondschein", sagte die Fesselkünstlerin lächelnd, „aber ich kann dir zumindest ein letztes, kleines Geschenk machen." Die Jin erhob sich und durchwühlte einmal mehr ihre Kisten. Lange Minuten vergingen.

Asara nahm ihre Umgebung kaum noch wahr. Sie wand sich leise stöhnend in den unentrinnbaren Fesseln. Ihre Zunge umspielte gierig den ledernen Knebel. Sie ließ sich rückwärts auf das Bett sinken und spannte ihre Oberschenkel an, um den Druck der Seile weiter zu erhöhen. Ihre hinter den Rücken gezwungenen Arme zerrten wirkungslos an den Stricken. Mit jeder Bewegung drückten die zahllosen Knoten gegen Asaras empfindliche Haut und Intimbereich.

Plötzlich spürte sie einen kräftigen Zug in ihrem Schritt. Sie riss die Augen auf und sah, wie Cyn das doppelt geführte Seil mit Mühe aus Asaras Liebesspalte zog und mit geschickten Fingern teilte. Mit ihrer freien Hand presste die Jin einen hölzernen Gegenstand an die feuchte Öffnung ihrer Gefangenen. Asara keuchte auf, als sie erkannte, was Cyn in Händen hielt. Es war die hölzerne Replik eines Phallus. Das Glied aus poliertem Mahagoni war lang und leicht gekrümmt.

Die *Kisaki* warf sich stöhnend gegen die Fesseln, als das Spielzeug in sie einzudringen begann. Die Seile um ihren Intimbereich verengten ihre Lustspalte gerade so weit, dass sich ihr Schammund fest um das hölzerne Glied schlang. Trotz ihrer weit geöffneten Beine gab es kaum Spielraum für den diabolischen Phallus, dessen harte Eichel nun vollends in ihre Scham glitt. Wohlige Wärme durchströmte Asaras Unterbauch und breitete sich zusehends in ihrem gesamten Körper aus.

„Gefällt dir das, kleine Sklavin?" flüsterte Cyn und begann, mit geschickten Fingern Asaras Nippel zu umspielen. Ihre kundigen Berührungen hinterließen Gänsehaut – und den brennenden Wunsch nach *mehr*.

„Du bist mir ausgeliefert", murmelte die junge Jin. „Ich könnte das Spielzeug tief in dich stoßen und mit dem Seil an Ort und Stelle fixieren.

Jede kleinste Bewegung würde den Phallus nur weiter in dich eindringen lassen." Ihre Finger massierten Asaras Brüste, Schenkel und Hinterteil. Cyn beugte sich zu ihrer sinnlich windenden Gefangenen herab. „Vielleicht sollte ich dich einfach *behalten*", schnurrte sie nachdenklich. „Stets gefesselt und geknebelt. Vollkommen wehrlos und willig... Das würde uns Spaß machen – Karrik und mir."

Asaras stöhnte leise und zerrte ängstlich an ihren Fesseln. Ihre Augen weiteten sich, als Cyn finster lächelnd ein ledernes Halsband hervorzog. Nein, kein simples Halsband: *Asaras* Halsband.

„Das würde dir gefallen, nicht wahr? Eine Sklavin der Lust zu sein. All die Verantwortung auf Befehl an einen Meister abzugeben."

Ja.

Asara schüttelte vehement den Kopf und versuchte vergeblich, den Knebel aus ihrem Mund zu drücken. Cyn grinste und schmiegte den ledernen Riemen gegen den Hals der wehrlosen *Kisaki*. Zugleich begann sie, den hölzernen Phallus kreisförmig zu bewegen. Asaras Liebesmund teilte und verengte sich mit jeder Bewegung. Der heimtückische Knoten massierte zugleich ihre erwartungsvoll geschwollene Perle. Mit jeder Drehung drang das hölzerne Glied tiefer in Asaras pulsierende Lustspalte ein.

Die *Kisaki* bäumte sich auf. Laut stöhnend versuchte sie, ihren Körper der Stimulation entgegenzustrecken. Doch jeder Stoß, jede Bewegung ihrer Hüften, wurde von den unnachgiebigen Seilen gestoppt. Sie biss frustriert in den Knebel und versuchte vergebens, ihre Beine auszustrecken.

Cyns Lächeln sprühte vor Schadenfreude. Die Diebin zwang den Phallus mit ihrem Knie in Stellung und schlang das Halsband endgültig um Asaras Kehle. Die Schnalle schloss sich mit einem leisen Klick. Cyn schob einen Finger durch den metallenen Ring und zog die Sklavin langsam an sich heran. Spielerisch küsste sie den Knebel zwischen Asaras Lippen.

„‚Tagelang'", flüsterte sie. „Das habe ich dir vorhin versprochen..."

Cyn schob sich über Asara und platzierte ihre Beine rechts und links des zitternden Körpers ihrer Gefangenen. Ihr seidener Überwurf war aufgegangen und entblößte ihren eigenen, nackten Körper. Langsam beugte sie sich herab und küsste Asaras Hals, Schultern und Brüste. Ihre Finger rieben dabei sanft gegen das Seil zwischen Asaras Beinen.

Die *Kisaki* schloss die Augen und ließ sich von ihren Gefühlen dahintragen. Die junge Jin war nicht Raif und auch nicht Lanys – aber sie war unbeschreiblich geschickt. Asaras Sorgen schmolzen dahin wie ein Stück Eis in der Wüste. Es zählte nur noch der Moment.

Cyns raue Zunge fand Asaras linken Nippel. Mit einer Hand massierte sie die andere, von den straffen Seilen betonte Brust. Gänsehaut und süßer Schmerz flossen ineinander, als Cyns Fingernagel ihre freie Brustwarze umspielte und schließlich zudrückte. Asaras Finger und Zehen krampften sich zusammen. Das Knie ihrer Peinigerin presste unvermittelt und kräftig gegen Asaras Schritt. Das so verblüffend lebensechte Spielzeug drang gnadenlos tief in ihre zuckende Lustspalte ein.

Der Orgasmus formte sich langsam, quälend langsam. Jedes Mal, wenn sich ihr Körper der unsichtbaren Grenze näherte, stoppte Cyns Zunge und ihre Finger verharrten an Ort und Stelle. Auch verringerte sie den Druck des Seils zwischen Asaras Beinen, sodass die Stimulation des Spielzeugs minimal nachließ. Erst als die Wogen sich wieder glätteten, setzte die Jin ihre Bemühungen fort. Der wohlplatzierte Knoten rieb sogleich wieder an Asaras geschwollener Liebesperle und Cyns unbeschreibliche Massage nahm erneut Fahrt auf. Die Berührungen, das sie so vollends ausfüllende Glied, und die Umarmung der Seile versetzten jede Faser von Asaras Körper in ungeahnte Extase.

„Leuchte für mich, Mondschein", wisperte Cyn. Mit diesen Worten schmiegte sie sich eng an die *Kisaki*. Ihre Brüste berührten sich noch bevor Cyn ihre Beine um Asaras gefesselte Schenkel schlang. Die Jin schob eine Hand in Asaras Schritt und legte sie auf das bebende Spielzeug. Den Daumen presste sie gegen den heimtückischen Knoten. Mit rhythmischen Bewegungen stieß sie den Phallus zuerst sanft, dann immer furioser in Asaras Lustspalte. Die Gefangene folgte gierig jeder sinnlichen Bewegung von Cyns Körper und genoss das Gefühl von nackter Haut auf dem ihren. Die strammen Seile schmiegten sich an sie wie ein Mieder. Die Fesseln an Armen und Beinen verschmolzen förmlich mit ihren Gliedern. Sie wurde genommen, hart und tief. Wehrlos und ausgeliefert.

Nippel rieben an Nippel und Lippen berührten Lippen. Asara konnte nicht sagen, wann Cyn den Knebel entfernt hatte. Es spielte auch keine Rolle. Gierig umspielte sie die Zunge ihrer nächtlichen Herrin. Die *Kisaki* hatte ihre verschnürten Schenkel aufgestellt, weit gespreizt, und stieß stöhnend gegen das unnachgiebige Glied. Der Ring ihres Halsbandes klimperte leise im Takt. Die strengen Seile ächzten unter Asaras zweckloser Gegenwehr. Sie war vollends zur Sklavin ihrer Lust geworden. Die unaufhaltsame Woge eines Orgasmus rollte heran. Asaras Lustspalte verkrampfte sich um den Phallus.

Cyn ließ nicht nach. Fester und fester stieß sie das Glied in die stöhnende *Kisaki*. Heiße Küsse fanden Asaras feuchte, volle Lippen. Die Gefesselte bäumte sich in den Seilen auf. Ihr helles Stöhnen hallte durch den dunklen Raum. Liebessäfte quollen aus ihr hervor und tränkten Glied wie Seile. Cyns nicht enden wollende Stöße trieben Asara immer weiter auf die Spitze. Orgasmen verschmolzen zu einem unaufhaltsamen Ritt, stets getrieben von den tänzelnden Fingern der Jin.

In ihrem Geist waren es Raif, manchmal auch Lanys, die sich Asaras gefesselten Körper mit der Jin teilten. Die gestürzte Herrscherin lag vor ihnen mit weit geöffneten Schenkeln. Ihr Blick war unterwerfend und zugleich provokant. Sie zerrte an ihren Fesseln und keuchte mit leicht geöffneten Lippen. Ihr Körper lechzte nach Berührung. Und nach Strafe. Jede ihrer feuchten Öffnungen war bereit, ihren Meistern zu dienen. Asara bäumte sich auf und schnappte nach Luft, als der Phallus erneut tief in ihre Lustspalte stieß. Und erneut.

Fantasie und Realität verschwammen zu unkontrollierbaren Wallungen. Helles Stöhnen begleitete jeden Moment ihrer hervorberstenden Lust. Asara verlor den letzten Funken Kontrolle über ihren gefesselten Körper. Ihre Liebessäfte benetzten die Decke und ihr zuckender Körper ergab sich vollends den nicht enden wollenden Orgasmen. Ihr Oberkörper wand sich sinnlich in den Seilen. Deren so feste Umarmung betonten gezielt ihre strammen Brüste, die schlanke Taille und die vollkommene Rundung ihres Hinterteils. Ihre Lippen waren geöffnet – stets bereit, einen Knebel oder das geschwollene Glied ihres Meisters zu empfangen. Sie würde selbst die Lustspalten ihrer Herrinnen lecken, bis auch diese stöhnend kamen.

„Aaaaaaah...!"

Ein finaler Orgasmus beutelte Asara und sie sank zitternd zurück auf das Bett. Sie hatte gar nicht bemerkt, dass sie ihren Körper im stetigen Kampf gegen die Fesseln nach oben durchgestreckt hatte. Cyns schmale Hand legte sich auf das Seil zwischen Asaras Beinen. Die Jin lächelte. Schweiß stand auf ihrer Stirn.

„Willkommen im Team, Mondschein", wisperte sie und folgte mit trägen Fingern den Fesseln an Asaras heißem, bebendem Körper. „Ich hoffe, du sehnst noch nicht zu sehr nach deiner Freiheit."

Die Gefangene leckte keuchend über ihre Lippen und schüttelte langsam den Kopf. Cyn zog Asara am Ring des Halsbandes näher an sich heran.

„Ausgezeichnet..."

Ihr dämonisches Lachen folgte der wehrlosen *Kisaki* in eine Nacht der ergebenen Wollust.

9

Geflüsterte Lügen

Asara öffnete die Augen und räkelte sich gähnend. Sie ließ ihren verklärten Blick schweifen. Es dauerte einen Moment bis sie sich erinnern konnte, wo sie sich eigentlich befand.

Der Unterschlupf von Cyn und Karrik.

Asara lag auf einer einfachen, aber bequemen Bettstatt. Eine weiche Wolldecke umschlang ihren nackten, leicht schmerzenden Körper. Ihre wenigen Besitztümer und Kleidungsstücke lagen wild am Boden verstreut. Von Seilen oder diversen Spielzeugen war nichts mehr zu sehen. Einzig Asaras ledernes Halsband lag neben einer heruntergebrannten Kerze auf dem nahen Tisch.

Eindrücke der vergangenen Nacht tanzten wie verschwommene Nachbilder vor Asaras geistigem Auge. Die *Kisaki* lächelte selig und setzte sich langsam auf. Trotz der nächtlichen Strapazen fühlte sie sich frisch und erholt. Cyns Entspannungstherapie hatte Wunder bewirkt. Asaras Blick fiel auf die fast verblassten Striemen an ihren Armen und Beinen. Ja, die junge Diebin hatte sie ausführlich in die erotischen Praktiken der Jin eingeführt. Und Asara hatte jeden Moment davon genossen. Die Yanfari hatte immer noch weiche Knie von der unbeschreiblichen Erfahrung.

„Cyn?" fragte Asara in den leeren Raum. Einzelne Sonnenstrahlen fielen durch ein von Brettern vernageltes Fenster. Staub tanzte träge im grellen Licht. Der Morgen war gekommen und gegangen. Die Sonne stand bereits nahe dem Zenit.

Es kam keine Antwort. Asara streifte sich mit wenigen Handgriffen ihr geborgtes Gewand über und tapste zur nahen Verbindungstür. Vorsichtig lugte sie in den angrenzenden Raum. Karriks Zimmer war leer. Die Bettstatt des Eru war fein säuberlich gerichtet. Selbst von den zahllosen Kerzen und eigentümlichen Talismanen, die Asara am Vortag erspäht hatte, war nichts mehr zu sehen.

Die beiden Diebe waren wohl außer Haus. Gähnend kehrte Asara zum Tisch zurück. Ein kleiner Korb Datteln und ein Laib Süßbrot ruhten auf einer der Kisten unterhalb der Kochstelle. Zögerlich griff die *Kisaki* nach einer der Früchte und schob sie in den Mund. Ein zufriedener

Seufzer entkam ihren Lippen. Erst jetzt realisierte Asara, wie ausgehungert sie tatsächlich war. Sie nahm einen großen Bissen des rosinengespickten Brots und spülte ihn mit einem Krug Wasser herunter. Cyn würde es ihr sicherlich nicht übelnehmen, wenn sie sich an den reichlichen Vorräten bediente. Sie setzte sich an den Tisch und ließ ihrem Appetit freien Lauf.

Es dauerte nicht lange bis Asara den Korb geleert und das Brot nahezu verputzt hatte. Zufrieden leckte sie den klebrigen Zucker der Früchte von ihren Fingern und streckte ihre Glieder. Ihr Glück hatte sich definitiv gewendet. Es war erstaunlich, wie sonnig das Leben aussehen konnte, wenn man satt und ausgeruht war. Asara sprang gutgelaunt auf die Beine und sah sich nach der Kiste um, die Cyn am letzten Abend erwähnt hatte. Die Diebin hatte ihr ein Paar Stiefel versprochen – ein Angebot, das Asara sicherlich nicht ausschlagen würde. Nachdem sie barfuß die Wüste durchquert und danach eine schuhlose Woche in den Straßen von Masarta verbracht hatte, war der Gedanke an festes Stiefelwerk mehr als nur verlockend.

Asara, nicht mehr vollends sicher auf welche Truhe Cyn letzten Abend gedeutet hatte, öffnete kurzerhand die erstbeste. Sie enthielt Gewand – hauptsächlich weit geschnittene Kleider und Röcke – und mehrere verzierte Gürtel. Neugierig inspizierte die *Kisaki* die bunten Gewänder, die zweifellos der jungen Jin gehörten. Asara war bereits im Begriff die Kiste wieder zu schließen, als ihr etwa silbriges ins Auge stach. Unter einer Robe aus feiner Baumwolle lugte ein metallener Reif hervor. Stirnrunzelnd zog die *Kisaki* den Gegenstand heraus und hielt ihn ans Licht.

Es war ein schmales, aber robustes Halsband aus Stahl. Die Scharniere waren in das polierte Metall eingearbeitet und kaum zu erkennen. Ein kleines Schloss zierte die Rückseite des Bandes. Auf der Vorderseite war ein delikates Rankenmuster eingraviert, das sich um einen kleinen Ring in der Mitte des stählernen Bandes ausbreitete. Das Kernstück der Gravur bildete der geschwungene Schriftzug der imperialen Sklavenhändlergilde. Dieses Halsband, wenn getragen, identifizierte eine Hausklavin im Besitz des hohen Adels. Asara erkannte das Design sofort – Lanys hatte eines dieser Bänder bis zu ihrem Tod getragen.

Der Anblick des Reifs ließ Asara erstarren. Warum besaß Cyn ein solches Sklavenutensil? Es war enorm schwierig, die dafür notwendigen Genehmigungen einzuholen. Adelige Sklaven hatten Papiere, oftmals gar Stammbäume, und wurden selten um unter 500 Dinar gehandelt. Nur die geschicktesten, hübschesten oder intelligentesten Leibeigenen wurden jemals für den adeligen Hausdienst auserwählt. Wie hatte die Jin ein derartiges Halsband in ihren Besitz gebracht? Und zu welchem Zweck?

Schritte von außerhalb des Raumes ließen Asara zusammenzucken. Hektisch schob sie ihren Fund wieder unter Cyns Gewänder. Der Deckel der Truhe schnappte in dem Moment zu, als die Zimmertüre aufgestoßen wurde.

Karrik betrat den Raum und nickte grinsend.

„Gutes Mittag, Freund!" dröhnte er und stellte einen riesigen Rucksack ab, den er lässig auf einer Schulter getragen hatte. Cyn schob sich an ihm vorbei und zwinkerte Asara gutgelaunt zu.

„Auch schon auf, Schlafmütze?" zwinkerte sie. „Anstrengende Nacht gehabt?"

Asara errötete und murmelte einen Morgengruß. Die Fragen, die das stählerne Halsband aufgeworfen hatte, mussten warten. Cyn würde ihr zweifellos erzählen, was es mit dem ominösen Gegenstand auf sich hatte.

„Wir waren einkaufen", verkündete die Jin und klopfte auf Karriks Beutel. „Die letzten Dinge, die wir für den großen Einbruch brauchen. Heute Abend kann es losgehen!"

Cyn zog einen Apfel aus einem der weiten Ärmel ihres farbenfrohen Gewandes und warf ihn Asara zu. Die *Kisaki* fing die Frucht ungeschickt auf. Die Diebin schlenderte summend zu einer der kleineren Kisten und zog einen geordneten Stapel Dokumente hervor.

„Neugierig?" fragte sie grinsend. Asara legte den Apfel auf ihre Bettstatt und nickte. Die Jin breitete die fein säuberlich annotierten Schriftrollen auf dem Tisch aus und beschwerte die Ecken mit flachen Steinen. Asara gesellte sich zu ihr. Auf den Papieren waren Listen von Namen und Uhrzeiten, sowie detaillierte Skizzen von zahlreichen Gebäuden zu erkennen. Ein großer Übersichtsplan zeigte Innenhöfe, Wirtschaftsgebäude, Stallungen und Residenzen rund um ein weitläufiges Bauwerk. Der Grundriss kam Asara vage bekannt vor.

Karrik verstaute den Rucksack in einer Truhe und setzte sich neben seine Partnerin. Beide versprühten aufgeregte Vorfreude. Cyn deutete auf das Hauptgebäude und begann breit zu grinsen.

„Das ist unser Ziel, Mondschein", verkündete sie. „Das große Gebäude in der Mitte des Areals."

„Wer wohnt in diesem Anwesen?" fragte Asara und beugte sich über den Plan. Mit dem Finger folgte sie einer umrissenen Mauer bis an ein großes Tor. Zwei gekreuzte Krummschwerter kennzeichneten ein nahes Wachhäuschen. Cyn verschränkte die Arme hinter ihrem Kopf. Ihr Grinsen drohte ihr Antlitz zu entzweien.

„Niemand geringerer als der Vezier von Masarta", erwiderte sie unbekümmert. „Dieses ‚Anwesen' ist sein Palast."

Asaras Augen weiteten sich. *Der Palast...des Veziers.* Ihre Gedanken überschlugen sich. Dies war die Gelegenheit, auf die sie gewartet hatte. Der Zufall hatte sie zu den einzigen beiden Menschen geführt, die sie direkt an das Zentrum der Macht in Masarta bringen konnten. Die *Kisaki* kannte den Vezier persönlich – und er kannte sie. Die richtigen Worte würden ihr zweifellos Gehör verschaffen. Es spielte keine Rolle, welches Gesicht sie dabei trug – ihr Wissen um die Politik des Reiches konnte sicherlich jegliche Zweifel ausräumen. Asara war die rechtmäßige Herrscherin des Yanfar-Imperiums. Der Vezier würde ihr glauben und an ihrer Seite gegen den Verräter Harun ins Feld ziehen.

„Schau dir ihr Grinsen an", lachte Cyn und klopfte Asara kameradschaftlich auf die Schulter. „Das gefällt dir wohl, was?"

Asara verdrängte ihre Aufregung nur mit Mühe. Sie lächelte und nickte.

„Der Vezier ist ein würdiges Ziel", pflichtete sie bei. „Seine Reichtümer müssen schier unendlich sein!" Sie legte ausreichend Ehrfurcht in ihre Stimme. Einen Palast auszurauben war zweifellos der Höhepunkt einer jeden Diebeskarriere – und im Moment verkörperte sie schließlich die neueste Rekrutin von Cyns kleiner Bande. Die Schatzkammer eines Veziers zu plündern war eine Gelegenheit, die sich einer Diebin nur einmal im Leben bot. Umso mehr erstaunten sie die nächsten Worte der Jin.

„Oh, wir sind nicht hinter dem Gold her."

Asara blickte sie fragend an. „Kunstwerke? Schmuck?"

Cyn schüttelte den Kopf und grinste verschwörerisch.

„Viel besser: Informationen." Sie deutete auf eine Liste von Namen, die neben dem Gebäudeplan lag. „Kontakte, Geschäfte, dunkle Geheimnisse. Damit lässt sich das wirklich große Geld verdienen."

Asara verschränkte nachdenklich die Arme. Welche Diebe hatten es auf Unterlagen, nicht aber auf Reichtümer abgesehen? Asara ließ ihren Blick zwischen Cyn und Karrik hin- und herwandern.

Langsam dämmerte ihr die Erkenntnis.

„Ihr seid Spione", flüsterte sie, „keine Diebe."

Cyn warf ihrem Partner einen triumphalen Seitenblick zu.

„Ich habe es dir ja gesagt", grinste sie, „Asara ist clever." Sie wandte sich wieder an die *Kisaki*.

„Es stimmt, Mondschein. Wir sind keine herkömmlichen Diebe. Aber wir arbeiten auch nicht für ein anderes Reich, wie Spione es üblicherweise tun. Karrik und ich wurden in Masarta angeheuert, um Informationen über Vezier Malik Lami'ir zu beschaffen. Es ist durchaus ein normaler Diebeszug – aber mit ungewöhnlichem Ziel."

Asara stellte die erste Frage, die ihr in den Sinn kam.

„Angeheuert...von wem?"

Cyn zuckte mit den Schultern. „Ich habe genauso wenig Ahnung wie du. Der Kontakt hat sich nicht vorgestellt und auch keine Namen von Komplizen genannt." Sie deutete auf den Plan. „Aber seine Informationen und sein Gold sind echt. Wir gehen rein, kopieren so viele Unterlagen wie möglich, und schleichen wieder raus. Niemand wird je wissen, dass wir dagewesen sind."

Asara senkte ihren Blick und musterte stumm den Grundriss. Alles entsprach ihrer Erinnerung – bis hin zu dem kleinen Brunnen im Innenhof. Wer auch immer die beiden freiberuflichen Spione angeheuert hatte, wusste sehr genau um die Beschaffenheit des Palasts Bescheid.

Denk nach, Asara.

Was war die brennende Frage, die sie den beiden wirklich stellen wollte? War es die Frage nach dem Grund, warum sich die Jin und der Eru für normale Diebe ausgegeben hatten? Nein. Es hatte bisher noch keine gute Gelegenheit gegeben, um ausführlich über den geplanten Einbruch zu sprechen. Die essentielle Frage war eine ganz andere.

„Wozu braucht ihr mich wirklich?" fragte Asara ruhig. Ihr Blick huschte zur Truhe, in der sie zuvor das Sklavenhalsband entdeckt hatte. „Meine ‚Geschicklichkeit' ist nicht der wahre Grund, oder?"

Cyns fröhliches Gebaren geriet für einen kurzen Moment ins Stocken. Hätte Asara die Jin nicht so genau beobachtet, wäre ihr das kurze Zögern sicherlich nicht aufgefallen. Nun war sie sich aber sicher: Ihre neue Partnerin verschwieg ihr etwas. Etwas Wichtiges.

‚Vertraust du mir?' hatte Cyn am gestrigen Abend gefragt. Asara hatte schlussendlich genickt. Ihr Wunsch, endlich wieder einen anderen Menschen als Freund zu bezeichnen, hatte gesiegt. Doch jetzt fragte sich die *Kisaki*, ob sie nicht voreilig geurteilt hatte. Sie wusste nach wie vor nichts über die beiden Diebe. Waren ihre freundlichen Mienen lediglich Teil einer Maske, die eine gar finstere Wahrheit verbarg?

„Du hast Recht", sagte Cyn und nickte ernst. „Deine Geschicklichkeit ist nicht der einzige Grund. Aber ich habe nicht gelogen, Mondschein. Wir benötigen deine Hilfe. Der Palast ist zu groß und die Wachen zu zahlreich. Ein weiteres Paar Augen ist unabdinglich." Sie deutete auf ihren Partner. „Außerdem bin ich die einzige von uns beiden, die fließend Yanfar lesen kann. Karrik kann mir nicht helfen, die gewünschten Unterlagen zu kopieren. Ohne eine weitere Hand an der Feder wäre ich viel zu langsam. Ich brauche dich wegen deiner Scharfsinnigkeit und deiner offensichtlichen Ausbildung zu Hofe. Du hast mir selbst erzählt, dass dein Meister Yanfari war."

Hatte sie das wirklich? Asara konnte sich nicht entsinnen. Die Erklärung der Jin klang jedenfalls plausibel. Die *Kisaki* wusste nur zu gut, dass sie die Wahl ihrer Worte als überdurchschnittlich gebildet identifizierten. Sie hatte Cyn gegenüber auch nie versucht, das verarmte Straßenmädchen zu mimen. Zu offensichtlich war ihr höfischer Hintergrund. Asara entspannte sich. Ihr Misstrauen war fehl am Platz. Die Jin hatte nicht vor, sie irgendwie zu verraten. Sie benötigte Asara lediglich zum Duplizieren von Maliks Korrespondenz.

Nein.

Irgendetwas stimmte nach wie vor nicht. Es war Asara unmöglich, das nagende Gefühl abzuschütteln, das sie seit Cyns Offenbarung plagte. Die Worte hatten etwas in ihr geweckt, das bisher nur Rayas harsche Lektionen zum Thema ‚Vertrauen' heraufzubeschwören vermocht hatten. Das, und Haruns Verrat, der eine offene Wunde in ihrer Zuversicht hinterlassen hatte. Doch solange sie dieses *etwas* nicht benennen konnte, gab es wenig, was sie tun oder hinterfragen konnte. Cyn und Karrik waren Spione. Lügen waren Teil ihres täglichen Geschäfts. Vielleicht war es tatsächlich Zufall, der sie mit den beiden zusammengeführt hatte. Vielleicht aber auch nicht. So oder so: Die Gelegenheit, die der geplante Beutezug in sich barg, war zu verlockend, um sie ignorieren. Sie würde ihre Wohltäter einfach im Auge behalten müssen. Beim ersten Zeichen von Verrat würde sie sofort den Rückzug antreten.

„Wir werden uns als Bedienstete eines Kaufmanns verkleidet an den Wachen vorbeireden", setzte Cyn fort. Für sie war das Thema sichtlich erledigt. „Die notwendigen Gewänder und eine Fuhre seltene Stoffe haben wir bereits besorgt. Die Soldaten des Veziers werden uns vermutlich ins Wirtschaftsgebäude führen, um die Ladung zu inspizieren und zu verstauen. Und genau das werden wir tun." Cyn deutete auf eine Liste von Wochentagen und Uhrzeiten, ehe sie fortfuhr. „Dann, genau zur Wachablöse am Beginn der elften Stunde, werden wir den Anbau verlassen und durch den Garten bis in den Innenhof schleichen. Dort werden wir uns verstecken, bis die mitternächtliche Patrouille passiert ist."

Cyn lehnte sich zurück und grinste. „Das Warten ist vermutlich der schwerste Part. Aber wir können nicht riskieren, von den Wachen beim Klettern erwischt zu werden." Sie deutete auf den Plan, der das erste Geschoß des Palastes zeigte. „Vom Innenhof aus können wir über die bewachsenen Säulen bis auf den Balkon des westlichen Gästezimmers klettern", erklärte sie. „Nicht einfach, aber machbar. Das angrenzende Zimmer steht laut den Unterlagen unseres Auftraggebers leer. Danach trennen uns nur noch ein Treppenhaus und zwei Wachen von den Gemächern des Veziers. Karrik wird die Soldaten ablenken, während wir in aller Eile das Schloss knacken und uns nach drinnen stehlen."

„Was ist mit dem Vezier selbst?" fragte Asara skeptisch. Cyn schmunzelte.

„Malik wird die ganze Nacht bei einer seiner Geliebten verbringen – wir haben also einige Stunden Zeit, alle Unterlagen zu kopieren und unbemerkt wieder nach draußen zu schleichen."

Die Jin nickte zufrieden und warf Asara einen neugierigen Blick zu.

„Was sagst du, Mondschein? Gefällt dir der Plan?"

Die *Kisaki* nickte zögerlich. Bis auf die angekündigte Kletterpartie an der Fassade klang Cyns Plan erstaunlich durchführbar. War es wirklich derart einfach, in das streng bewachte Anwesen eines hohen Adeligen einzudringen?

„Es hängt alles davon ab, ob die Wachen uns einlassen", sagte Asara vorsichtig. „Wenn diese Warenlieferung nicht angenommen wird, stehen wir vor verschlossenen Toren. Und ich glaube nicht, dass wir in dem Fall einfach über die Mauer klettern können. Da sind...sicher zu viele Wachen."

Bei ihrem letzten Besuch hatte Malik ein beeindruckendes Schauspiel daraus gemacht, all seine Soldaten entlang der hohen Steinmauer aufmarschieren zu lassen. Auch wenn er an normalen Tagen keinen Anlass dazu hatte, verfügte der Vezier zweifellos über genug Männer und Öllampen, um jeden Meter der Absperrung zu jeder Tages- und Nachtzeit im Auge zu behalten.

„Du hast recht", pflichtete Cyn ihr bei. „Die Palastmauer ist das größte Hindernis. Aber keine Sorge – die Wachen werden uns nicht zurückweisen. Unsere Lieferung wird erwartet. Wir brauchen keinen Ausweichplan." Sie zwinkerte. „Außerdem: Wer könnte einer so hübschen Ashvolk-Dame wie dir schon wiederstehen, wenn sie lächelnd um Einlass bittet. Männer mögen exotische Gesichter! Stimmt's, Karrik?"

Der Eru brummte zustimmend und stahl einen ausführlichen Seitenblick auf Cyns Hinterteil.

„Nur solange diese Gesichter nicht zu den Feinden des Reiches gehören", murmelte Asara skeptisch. Cyn winkte ab.

„Wir sind in Masarta, Mondschein", schmunzelte sie. „Kein Mensch wird an uns, oder der Ladung zweifeln. Die Yanfari mögen fremdländische Bedienstete. Verschafft ihnen wohl Genugtuung, andere Völker vor sich kriechen zu sehen."

Asara nickte mechanisch. Sie nahm Cyns weitere Worte kaum noch wahr. Es war ihr endlich eingefallen, was sie zuvor so gestört hatte. Warum ihr ein kalter Schauer den Rücken hinabgelaufen war.

Vezier Malik Lami'ir hatte in der Tat ein Faible für fremdländische Bedienstete. Bei Asaras letztem Besuch hatte ihr der Mann seine stolze ‚Sammlung' von Sklaven und Sklavinnen vorgeführt, die er sein Eigen nannte. Mehr als die Hälfte dieser Leibeigenen waren Ashvolk gewesen. Der Anblick von dutzenden, aneinander geketteten Ashen in knappen Untergewändern hatte selbst Lanys' Maske der Beteiligungslosigkeit bröckeln lassen. Die Körper der jungen Frauen und Männer hatten eindeutige Spuren körperlicher Züchtigung aufgewiesen. Male von Peitschen und strengen Fesseln hatten ihre graue Haut geziert. Der Vezier hatte es sichtlich genossen, die rechtlosen Gefangenen vor sich kriechen zu sehen.

Asara hob ihren Blick und musterte die immer noch lächelnde Cyn. Die Spionin spielte ihre Rolle perfekt. Nichts in ihrem Blick oder Gehabe deutete auf Duplizität hin. Doch Asara wusste es besser.

Cyn hatte gelogen. Daran bestand kein Zweifel mehr. Das Sklavenhalsband in der Truhe hatte einen konkreten Zweck. Entgegen ihrer Worte hatte die zwielichtige Jin sehr wohl einen Ausweichplan. Dieser Ausweichplan fußte auf jenem Ashen-Mädchen, das Cyn in der Woche zuvor so selbstlos aus der Sklaverei befreit hatte.

Asara war einmal mehr zum Spielstein geworden. Sie ballte unter dem Tisch ihre Fäuste.

„Ich bin bereit", lächelte sie ihr Gegenüber an. „Möge der Abend kommen."

~◊~

Schweiß stand auf Asaras Stirn, als sie sich dem Palasttor näherte. Ihre rauen Dienstgewänder waren alles andere als luftig. Die warme, vom Festland kommende Abendluft und ihre drückende Nervosität trugen ebenfalls nichts zur Abkühlung bei. Asara warf einen kurzen Blick auf Cyn. Die Diebin wirkte entspannt und bewegte sich in ihren schweren Roben, als ob sie diese ein Leben lang getragen hätte. Sie hatte einen Arm auf den Handkarren gelegt, den ein stoisch wirkender Karrik stumm hinter sich herzog. Dutzende Bündel bunten Stoffs türmten sich auf der hölzernen Ladefläche.

Die kleine Gruppe befand sich auf den letzten 50 Metern der gepflasterten Straße, die sich den Tafelberg nach oben schlängelte. Palmen und Blumenbeete zierten den breiten Weg. Immer wieder erblickte Asara die kleinen weißen Minarette, die hinter den hohen Mauern der angrenzenden Anwesen emporragten. Zu früheren Zeiten waren die schlanken Türme von Gebetsrufern verwendet worden, um die Gläubigen zur Andacht zu mahnen. Mittlerweile repräsentierten die steinernen Säulen lediglich die Größe des Geldbeutels ihres jeweiligen Erbauers. Die Oberstadt von Masarta war das bedeutendste Zentrum der Macht an der gesamten Riftküste – jedes geschmückte Tor und jeder künstlich angelegte

Teich spiegelten den Wohlstand und Einfluss seiner adeligen Bewohner wieder. Kunstvoll gestickte Banner wehten von Türmen und Dächern.

Doch selbst die weitläufigen Anwesen der Reichen verblassten im Angesicht des Vezierspalastes. Die goldene Kuppel des massiven Hauptgebäudes reflektierte das Licht der untergehenden Sonne. An jeder Ecke des Bauwerks sprossen Türme empor, die jene der Adelsanwesen in Höhe noch weit überboten. Außenliegende Wendeltreppen schlängelten sich bis nach oben an die Zinnen der schmalen Balkone. Die Aussicht von den Türmen war atemberaubend. Asara hatte während ihres letzten Aufenthalts viele Stunden in luftiger Höhe zugebracht, um den Blick auf das fruchtbare Umland zu genießen. Der Tafelberg thronte über Masarta und der Palast dominierte wiederum den Tafelberg. Von hier oben sahen die Unterstadt und der Hafen mit all seinen Booten und Schiffen wie Spielzeug aus.

Cyn brummte leise.

„Kein Wunder, dass die Mächtigen so wenig über ihre Untertanen wissen", murmelte die Jin. „Die Welt hier oben hat mit der Unterstadt nichts gemein."

Die Diebin hatte Recht. Asara konnte dennoch nicht umhin, den Vorwurf auch auf ihre eigene Person zu projizieren. Der Blick vom Palast in Al'Tawil war dem aktuellen nicht unähnlich. Was wusste die *Kisaki* wirklich über die Ängste und Bedürfnisse ihres Volkes? Bis zu ihrer Entführung hatte sie kaum Kontakt mit den einfachen Menschen gehabt. Wahre Armut und Elend waren Teil eines Bildes, das sie bis Masarta nur selten zu Gesicht bekommen hatte. Ihr Wunsch, die Sklaven der Hauptstadt zu befreien, war mehr ihrem Idealismus und ihrer engen Freundschaft zu Lanys entsprungen, als echten, hautnahen Erfahrungen. Erst Onog, Alis und ihre eigene Zeit als diebische Bettlerin hatten all dies geändert.

Ich werde dieses Reich heilen. Eine Tat nach der anderen.

Die *Kisaki* wandte sich von der Aussicht ab und stählte sich. Die Stunde der Wahrheit war gekommen. Die hohe Palastmauer begann die goldene Kuppel zusehends zu verdecken. Wenige Meter später war die Gruppe vollends in den Schatten des Walls eingetreten. Eine Wache in adretter Uniform stellte sich ihnen vor dem schweren Tor entgegen.

„Halt", intonierte der Yanfari mit geübter Härte. „Was bringt euch an die Tore des Palasts?"

Er musterte Karrik eingehend. Den beiden Frauen schenkte er jeweils nur einen kurzen Blick. Die *Kisaki* presste die Lippen zusammen und zwang sich zur Ruhe. In ihrer Hand umklammert hielt sie ihre einzige Versicherung gegen den drohenden Verrat. Es war der Schlüssel des Sklavenhalsbandes, den sie in einem unbeobachteten Moment aus Cyns

Geldbeutel gestohlen hatte. In all den Stunden zwischen ihrer Erkenntnis und dem Aufbruch zum Tafelberg war es ihr nicht gelungen, weitere Vorkehrungen zu treffen. Die Jin hatte sie nie lange genug aus den Augen gelassen.

Asara hatte sich bis zu diesem Moment den Kopf zermartert, wie sie im Falle des Falles reagieren sollte. Ihre einzigen Optionen waren Kampf, Flucht oder Kapitulation. Dank des Schlüssels erschien letztere Möglichkeit nicht mehr so entmutigend, wie noch zuvor. Sie würde sich in einem unbeobachteten Moment befreien und fliehen, sollte es wirklich soweit kommen.

So zumindest der Plan.

In Wirklichkeit war Asara immer noch unschlüssig, ob sie es überhaupt dazu kommen lassen sollte. Eine kleine Panne genügte und sie würde sich als Neuzugang in Vezier Maliks Sklavenställen wiederfinden.

Letzte Chance zu verschwinden.

Doch Asaras Sturheit erwies sich einmal mehr stärker als ihre Angst. Geheimer Ausweichplan hin oder her: sie hatte eine eigene Agenda.

Die *Kisaki* sah klopfenden Herzens zu, wie Cyn der Wache lächelnd eine Schriftrolle präsentierte. Der Mann überflog die Zeilen und nickte. Ein anderer wühlte sich halbherzig durch die Fracht.

„Alles in Ordnung", rief er zu seinem ungesehenen Konterpart auf der anderen Seite der Mauer. Das Palasttor ächzte und begann sich langsam zu öffnen. Karrik nahm die Griffe des Handwagens auf und setzte sich murrend in Bewegung.

„Moment. Nicht so schnell." Die neue Stimme gehörte einem älteren Mann in der Uniform eines Offiziers. Er war aus dem Wachhäuschen getreten und bewegte sich schnellen Schrittes auf den beladenen Wagen zu. Der Eru hielt inne. Eine der Wachen legte ihre Hand an das Schwert. Asaras Herz begann zu rasen.

„Gibt es ein Problem?" fragte Cyn unschuldig. Der Wachmann ignorierte die Jin und kam direkt auf Asara zu. Die *Kisaki* wich einen panischen Schritt zurück. Alles in ihr schrie nach Flucht. Dennoch blieb sie wie angewurzelt stehen, als sich der Offizier vor ihr aufbaute.

„Wer bist du?" fragte er harsch. Asara blickte ihn verwirrt an. Kannte sie den Mann? Kannte er möglicweise *Lanys*?

„*Nii-kar nu'wan?*" stotterte sie in gebrochenem Ashar. ‚Ich verstehe nicht?'

Es war der erste Satz in der Ashvolk-Landessprache, den Lanys ihr beigebracht hatte. Asara hätte nicht gedacht, dass sie die Floskel jemals brauchen würde.

„Sie spricht kein Wort Yanfari", lachte Cyn. „Aber sie hat ein gutes Händchen für Stoffe."

Der Soldat musterte Asara von oben bis unten. Seine Augen wanderten über ihr loses Gewand, ihr schmutziges Gesicht und die alten Stiefel. Auf Cyns Anraten hin hatte Asara alles getan, um ihr Alter und ihre feinen Züge zu verbergen. Ihr junger Ashen-Körper zeigte keinerlei Spuren von harter Arbeit – ein aufmerksamer Wachmann würde dies ohne die Verkleidung sofort bemerken.

Einen Moment lang war es still. Dann wandte sich der Offizier ab und winkte Karrik weiter. Eine Eskorte aus zwei jüngeren Soldaten schwenkte neben dem Karren ein und begleitete die kleine Gruppe durch das offenstehende Tor.

Asara und ihre Komplizen betraten die Palastgründe.

10

Wagnis

Asara platzierte das letzte Stoffbündel in dem Regal des kleinen Lagerraums. Die steinernen Fächer entlang der Wände waren mit Seide, Baumwolle und Leinen in allen Farben des Regenbogens gefüllt. Kisten mit Faden und Zwirn wechselten sich mit Körben voller Knöpfe und Manschetten ab. Truhen mit Nähutensilien stapelten sich bis an die niedrige Decke. Selbst ein altes Spinnrad lugte zwischen den unverarbeiteten Stoffen hervor.

Das Zimmer, in dem sich Asara und ihre Begleiter befanden, lag im hinteren Teil des Wirtschaftsgebäudes. Es wurde von einer einzelnen Öllampe beleuchtet, die in eine kleine Ausnehmung in der Wand eingearbeitet war. Eine uniformierte Wache lehnte an der Tür und sah der Gruppe gelangweilt beim Arbeiten zu. Sein Kollege war bereits vor einer halben Stunde an seinen Posten zurückgekehrt. Cyn und Karrik spielten seitdem auf Zeit – und Asara tat es ihnen gleich. Sie verschob Kisten von einem Ende eines Regals zum anderen, faltete oder rollte Stoffe neu zusammen und sortierte Zwirn nach Farbe oder Dicke. Die gähnende Wache schien von alledem nichts zu bemerken.

Die zehnte Stunde kam und ging. Der geplante Zeitpunkt für die Infiltration des Hauptgebäudes rückte immer näher. Cyn und Karrik wechselten einen flüchtigen Blick. Der Hüne nickte kaum merklich. Im nächsten Moment brummte er lautstark und bückte sich herab, um eine größere Truhe aufzuheben. Das schwere Holz bewegte sich keinen Millimeter. Der Eru sah sich hilfesuchend um und grinste schließlich in Richtung des Soldaten.

„Mir helfen, Freund?" fragte er gutgelaunt. Die Wache seufzte und nickte.

„Ausnahmsweise", murmelte der Jüngling. „Eigentlich ist das deine Aufgabe." Er schob sich an Cyn vorbei und ging neben der Kiste in die Knie.

Im nächsten Augenblick passierte alles zugleich. Karrik griff nach der Truhe und hob sie schwungvoll an. Das zuvor betonte Gewicht schien wie verflogen zu sein. Die Wache, sichtlich überrascht, stolperte einen Schritt zurück und stieß gegen ein Regal. Im selben Moment trat Cyn gegen einen Korb hölzerner Knöpfe, dessen Inhalt sich explosionsartig zu den Füßen des Soldaten über den Boden ergoss. Der Mann verlor das Gleichgewicht und stürzte fluchend zu Boden. Cyns Hand schnellte nach vorne. Es erweckte fast den Anschein, als wolle sie den Mann stützen. Stattdessen zog sie in einer blitzschnellen Bewegung eine kleine metallene Nadel aus dem Ärmel ihres Gewandes und stieß sie in den Nacken des Wachmanns. Der Soldat, noch benommen von seinem Zusammenstoß mit dem Regal, fuhr mit der Hand verdutzt an seinen Hals. Cyns Nadel war jedoch bereits wieder in ihrem ungesehenen Versteck verschwunden.

„Alles in Ordnung?" fragte die Jin besorgt. Der Wachmann blinzelte. Verwirrung stand ihm ins Gesicht geschrieben.

„Bin ausgerutscht", murmelte er verstört. „Was…ist los…?" Er versuchte sich aufzurappeln, stolperte aber erneut zu Boden. Knöpfe kullerten über die steinernen Fliesen.

„Ihr habt euch den Kopf gestoßen", sagte Cyn leise. „Bewegt euch nicht zu viel."

Die Augen der Wache zuckten und verloren Fokus. Im nächsten Moment gaben seine Muskeln nach und er sank reglos zu Boden.

Cyn versicherte sich, dass der Jüngling tief und fest schlief, ehe sie sich aufrichtete und zufrieden nickte.

„Er wird sich an nicht viel mehr als sein kleines Missgeschick erinnern", schmunzelte sie selbstgefällig. „Sein Stolz sollte uns sein Schweigen erkaufen. Wer spricht schon gerne über peinliche Unfälle." Cyn grinste. „Wie auch immer: Wir haben unsere Ware ausgeliefert. Zeit zu gehen."

Asara warf einen letzten Blick auf die Wache. Der Brustkorb des Mannes hob und senkte sich langsam. Sein Atem kam langsam, aber regelmäßig. Asara verschränkte die Arme. Cyns Argumentation erschien übermäßig optimistisch. Was, wenn der Mann sich nach seinem Erwachen nach der Gruppe erkundigte? Die Wachen am Tor würden ihm sofort bestätigen, dass Asara und ihre beiden Kumpane das Gelände nie verlassen hatten.

Cyn schien ihre Unsicherheit zu bemerken.

„In Kürze ist Wachablöse", grinste die Diebin. „Niemand wird an einen Gedanken an ein paar einfache Arbeiter verschwenden. Komm schon, Mondschein. Machen wir einen Gartenspaziergang."

Asara nickte leicht und folgte Karrik und der Jin aus dem Raum. Ihr Weg führte sie durch die verlassenen Gänge des Wirtschaftsgebäudes. Öllampen erhellten die Korridore in regelmäßigen Abständen. Die meisten Türen zu den anderen Lagerräumen und Werkstätten waren verschlossen. Niemand arbeitete mehr um diese nächtliche Zeit. Cyn huschte an das Ende des Ganges und legte ihr Ohr an eine massivere Tür. Einen Moment später hatte sie Dietrich und Spannbügel in der Hand. Nach zehn Herzschlägen hatte sie das mechanische Schloss geknackt und öffnete behutsam die Tür.

Dunkelheit begrüßte die Gruppe. Der Durchgang führte in den hinteren Bereich des Palastgartens. Das schwache Licht der Öllampen fiel auf eine säuberlich aufgereihte Sammlung von Werkzeugen und Gerätschaften, die an einem nahen Schuppen lehnten. Harken, Sensen und Wassertröge waren genauso vertreten wie kleine Strauchscheren und Säcke voller Kameldung. Ein schmaler Weg führte an dem Schuppen vorbei und weiter entlang eines Dickichts immergrüner Sträucher, ehe er sich in der Dunkelheit verlor. Während Karrik neugierig eine herrenlose Axt beäugte, schlich Cyn einige Meter den Weg entlang und sah sich um. Asara folgte ihr vorsichtig.

Die *Kisaki* war mit diesem Teil des Gartens nicht vertraut. Im matten Mondlicht erkannte sie junge Ziersträucher, Palmensprösslinge und selbst einige Nutzpflanzen. Der Mangel an Dekoration und Beleuchtung ließ vermuten, dass auch der Vezier nur selten auf diesen schmalen Wegen wandelte. Dieser Teil des Anwesens gehörte sichtlich den Gärtnern.

Asara folgte einer zielsicheren Cyn für lange Minuten durch das nächtliche Grün. Bald wurden die Beete gepflegter und die Wege breiter. Leere Fackelhalter flankierten den nun gepflasterten Pfad. Palmen wiegten sich sanft im Wind. Es roch nach Wüstenflieder und feuchter Erde. Bis auf das Zirpen der Grillen und einiger entfernter Gespräche aus Richtung des Palastes war es ruhig.

Nach wenigen Minuten erreichten Asara und Cyn eine kleine Brücke über einen künstlichen Bach. Zwischen dem Gewässer und einem riesigen Blumenbeet stand ein hölzerner Pavillon. Asara erkannte die von blühenden Kletterpflanzen bewachsene Struktur sofort wieder. Malik hatte ihr im Schatten dieses Bauwerks Tee und Honigkuchen serviert. Der in den Plänen verzeichnete Laubengang begann unmittelbar hinter dem Pavillon und führte bis an die Rückseite des Palastgebäudes. Von dort war es nur noch ein Sandkatzensprung bis zu dem sich nach Osten öffnenden Innenhof.

Asara zuckte leicht zusammen, als Karrik plötzlich neben ihr flüsterte. Sie hatte den stämmigen Eru nicht aufschließen hören.

„Patrouille kommt. Wir beeilen."

Cyn nickte und bedeutete Asara, ihr zu folgen. Abseits des Weges und in Deckung der dichtbewachsenen Laube schlichen sie bis an die offene Rückseite des Vezierspalasts. Je näher sie kamen, desto zahlreicher wurden die Fackeln, die den Garten erhellten. Große Terrassen unterbrachen immer wieder den gepflegten Rasen. Asara erspähte eine

Gruppe Wachen, die entlang der Palastmauer patrouillierte. Zwischen Zierbüschen und einem Rosenbeet wartete Cyn die Uniformierten ab. Kaum waren die Yanfari passiert, huschte die Diebin über eine angrenzende Terrasse bis an den Rand des Innenhofs. Einen Moment später winkte sie Asara und Karrik herbei. Klopfenden Herzens huschte die *Kisaki* über die offene Fläche und presste sich wenig später neben der Jin an die Mauer.

Der Palasthof wurde an drei Seiten vom Hauptgebäude begrenzt. Ein breiter Arkadengang verlief entlang der inneren Mauer. Er diente zweifellos dazu, um den Adeligen in der größten Mittagshitze Schatten zu spenden. Die Säulen der Arkaden wuchsen bis an die Balkone des darüberliegenden Stockwerks, von denen aus sich ein guter Blick über den schmucken Innenhof bot. Kunstvolle Blumengestecke und ein marmorner Springbrunnen dominierten die freie Fläche in der Mitte. Eine fast schon abstrakt wirkende Skulptur eines Mannes in Rüstung thronte auf einem Podest nahe dem Tor, das ins Innere des Palastes führte. Zwei Wachen standen neben der schweren Holztür. Beide trugen Hellebarden und führten kurze Krummsäbel.

„Wir verstecken uns im Schatten der Arkade", flüsterte Cyn, „und warten auf die Wachablöse. Das sollte uns einige Minuten erkaufen. Dann klettern wir." Sie deutete auf eine der efeubewachsenen Säulen, die einen ausladenden Balkon stützte.

Die Jin wartete nicht auf eine Antwort. Sie schob sich lautlos um die Ecke und huschte die wenigen Meter bis zum Beginn des Arkadengangs. Dort verschmolz sie wieder mit den Schatten. Die Soldaten, die in kaum 30 Metern Entfernung den Eingang bewachten, starrten weiterhin reglos in die Dunkelheit. Keiner der beiden schien den Eindringling bemerkt zu haben.

„Blenden sich selbst mit Fackel", sagte Karrik leise. „Nicht gut sehen."

Asara nickte erleichtert. Sie hatte wenig Vertrauen in ihre eigenen Schleichkünste.

Es wird ernst.

Die *Kisaki* holte tief Luft und löste sich aus ihrer Deckung. Ihre schnellen Schritte klangen wie Donnerhall in ihren Ohren. Ihr Blick lag wie gebannt auf den beiden Soldaten. Kaum hatte sie fünf Schritte zurückgelegt, begann sich einer der Männer zu bewegen. In einer fließenden Bewegung lehnte er seine Hellebarde an die Wand und kratzte sich genüsslich im Schritt. Sein Blick begann träge durch den Innenhof zu wandern.

Asara verharrte auf halber Strecke. Die Augen des Mannes glitten über sie hinweg. Nach einem unerträglich langen Moment kehrte seine Aufmerksamkeit wieder zu seiner Waffe zurück.

Asara legte sie letzten Meter mit angehaltenem Atem zurück. Wieder in Deckung sank sie gegen eine der bewachsenen Säule und wischte den frischen Schweiß von ihrer Stirn.

Zu knapp.

„Gut gemacht, Mondschein", flüsterte Cyn aus den Schatten. „Mach es dir gemütlich. Ab jetzt heißt es warten."

Das Warten war tatsächlich der schwierigste Teil. Minute um Minute verstrich, ohne dass etwas passierte. Als die mitternächtliche Patrouille schlussendlich um die Ecke bog, hatte Asara eine der Zierblumen im angrenzenden Beet bereits zu Kleinholz verarbeitet. Ihrer Tätigkeit beraubt, schob Asara ihre nervös zitternden Hände tief in die Taschen ihrer Tunika.

Die Soldaten kamen vor ihren Kollegen am Tor zu stehen. Nach kurzem Gespräch zogen sich die Männer in einen kleinen Wachraum in der gegenüberliegenden Arkade zurück. Lediglich der jüngste der Soldaten verblieb an der Tür. Der größte Teil seiner Aufmerksamkeit galt dabei jedoch einem Kelch dampfender Flüssigkeit, den er mit sichtlicher Vorfreude zwischen seinen behandschuhten Händen hielt.

„Das ist unsere Chance", flüsterte Cyn und huschte an die zuvor auserkorene Säule. Ohne Umschweife begann sie ihren lautlosen Aufstieg. Wenige Momente später schwang sie sich über die Balustrade des Balkons und verschwand außer Sicht.

Gepackt von neuer Motivation folgte ihr Asara in die luftigen Höhen. Zu ihrem Erstaunen gestaltete sich die Kletterpartie weniger problematisch, als befürchtet. Der Efeu und zahlreiche kleine Vorsprünge im Stein der Säule boten ausreichend Halt für Hände und Füße. Das leise Rascheln der Kletterpflanze erreichte nie die Ohren der unaufmerksamen Wache.

Ich bin eine erschreckend gute Diebin, dachte die *Kisaki.* Ihre Bewegungen kamen natürlich und ihre Handgriffe waren zielsicher. Es wirkte fast so, als ob sie die letzten Jahre durchgehend auf nächtlichen Streifzügen verbracht hatte. Ihr Körper wusste beinahe instinktiv, was zu tun war.

Cyn hatte das Schloss der Balkontür bereits geknackt, als Asara oben ankam. Die Jin schob sich in das unbeleuchtete Innere des Gästequartiers. Asara ließ sich einen Moment Zeit und studierte ihre Umgebung. Ein kleiner Tisch und zwei Sessel standen nahe der steinernen Balustrade. Ein eingefalteter Sonnenschirm lehnte an der Wand dahinter. Der Tisch wies

Spuren von Verwendung auf; neben einem Teller getrockneter Früchte lag ein gefüllter Beutel Tabak. Ein leerer Weinkrug okkupierte einen Bastkorb am Fuße des Tischchens.

Asara runzelte die Stirn. Sollten diese Räume nicht unbewohnt sein? Laut Cyns Informanten empfing der Vezier aktuell keine Gäste. Tabak und Wein sprachen jedoch eine andere Sprache. Nach kurzem Zögern ließ Asara den Balkon hinter sich und huschte in das angrenzende Empfangszimmer.

Es war zu dunkel um Details zu erkennen – lediglich eine Sitzecke, ein Knietisch und ein schwerer Schrank waren auszumachen. Zwei geschlossene Türen führten in weitere Räume.

„Mondschein." Cyn Stimme war ruhig. „Sieh her." Asara erspähte die Silhouette der Jin und gesellte schweigend sich zu ihr. Das Geräusch ihrer Schritte wurde dabei vollständig vom weichen Teppich verschluckt, der den marmornen Boden bedeckte.

Cyn deutete auf etwas Dunkles, das außen an dem hölzernen Schrank hing. Es war eine Robe aus schwerem Samt. Asara schluckte und berührte den Stoff an den Schultern. Gestickte Insignien zierten die prunkvollen Amtsgewänder. Die *Kisaki* benötigte kein Licht, um die Zeichen zu erkennen – sie hatten sie ihr Leben lang begleitet.

Es waren die Stickereien auf den offiziellen Roben des Ministers für Innere Angelegenheiten und Reichsfrieden. Die samtenen Gewänder gehörten Harun.

Asara ballte ihre Fäuste. Sie bemerkte nur am Rande, wie Karrik den Raum betrat und hinter sich Tür wie Vorhänge zuzog. Ein Feuerstein klickte und eine Kerze erwachte flackernd zum Leben. Der schwache Lichtschein räumte jeglichen Zweifel aus – nur eine Person im gesamten Yanfar-Imperium trug eine solche scharlachrote Robe.

„Was ist los, Mondschein?" fragte Cyn leise. „Du siehst aus, als hättest du einen Geist gesehen."

„Keinen Geist." Asaras Stimme war hart. Sie zog ihren Dolch aus dem Gürtel unterhalb ihres Arbeitergewandes. Cyn sah sie fragend an, doch die *Kisaki* ignorierte sie. Asara hatte nur Augen für die Tür, die weiter in das Schlafgemach führte.

„Ich habe etwas zu erledigen", sagte sie emotionslos. Ihr Herz hatte zu rasen aufgehört. Sie fühlte sich ruhig und gefasst. In Kontrolle.

Die Jin legte eine Hand auf ihre Schulter und schüttelte den Kopf.

„Asara..."

„Versuche nicht, mich aufzuhalten", zischte die Angesprochene. „Dieser Mann..." Sie holte tief Luft. Dieser Mann hatte Lanys' Tod zu verantworten. Er hatte Asaras Thron gestohlen und sie zur Sklavin gemacht. Minister Harun war die Ursache alles Unglücks, das sie in den letzten Wochen erfahren hatte.

Cyn lächelte und ließ ihre Schulter los.

„Ich stelle mich nicht zwischen dich und deine Geister, Mondschein. Aber sieh' doch." Sie nahm eine geglättete Schriftrolle vom Tisch auf. Das Papier zeigte das Siegel von Vezier Malik Lami'ir. Asara schnappte nach dem Schreiben und überflog es. Es war eine Einladung zu Abendmahl und Unterhaltung in der ‚Halle der Schleier'. Malik hatte seinen Gast zu Brot und Spielen geladen. Die erwähnte Halle befand sich im Untergeschoß des Palasts und bot neben Tanzbühnen und riesigen Diwans auch mehrere heiße Bäder. Asara hatte letztere bereits ausführlich genossen.

Cyn nickte aufmunternd und deutete Richtung Ausgang.

„Komm, Mondschein. Erfüllen wir unseren Auftrag. Vielleicht gibt es danach Gelegenheit, deinem…Bekannten einen Besuch abzustatten."

Karrik grunzte bestätigend.

Asara tat einen Schritt und hielt dann inne. Eine Entscheidung formte sich in ihrem Kopf. Maliks Unterlagen waren sicherlich aufschlussreich – aber in Wahrheit interessierte sie im Lichte der jüngsten Erkenntnis nur noch eines: Warum war Harun hier und was war es, dass er mit Malik zu so später Stunde besprach? Zwei einflussreiche Politiker trafen sich nicht grundlos zu ‚Brot und Spielen'. War der Vezier von Masarta ein Freund oder ein Feind? Es gab nur eine Person, die ihr diese Frage beantworten konnte – und das war Malik selbst. Asara hob ihren Kopf und bedachte die Jin mit einem harten Blick.

„Gib mir das Halsband, Cyn."

Die Spionin sah sie verwundert an.

„Welches Halsband?" fragte sie. Nichts an ihrer Miene verriet die beiläufige Lüge.

„Du weißt, welches Band ich meine", erwiderte die *Kisaki* schroff. „Wenn wir am Tor aufgehalten worden wären, hättest du es um meinen Hals geschnallt und mich dem Vezier als Sklavin übergeben."

Cyns Augen weiteten sich.

„Asara…" flüsterte sie. „Ich-"

Die Yanfari unterbrach sie.

„Erspare mir deine Ausreden, Cyn. Ich bin und war schon immer ein Ausweichplan. Das spielt aber keine Rolle mehr. Die Unterlagen interessieren mich nicht. Ich will Harun. Und es gibt nur eine Möglichkeit, wie ich nahe genug an ihn herankomme: als Sklavin." Sie lächelte emotionslos. „Du bekommst also deinen Willen."

Die Jin-Diebin seufzte.

„Du bist listenreicher als ich dachte, Mondschein. Aber du missverstehst mich." Ihre Stimme wurde eindringlich, fast flehend. „Ich hatte nie vor, dich zu verraten. Das Halsband hat nicht einmal einen Schlüssel. Es ist nichts weiter als ein…Andenken."

Asara zog wortlos den kleinen Schlüssel hervor, den sie Stunden früher entwendet hatte.

„Andenken, hm?"

Cyns treuherziger Blick erstarb. Einen Moment später begann sie leise zu lachen.

„Du wärst eine wirklich gute Spionin", gluckste sie. „In Ordnung, Asara. Tu, was du dir in den Kopf gesetzt hast. Aber erwarte nicht, dass wir dich retten kommen. Dieses Wagnis ist dein allein." Die Jin zog den stählernen Reif hervor und legte ihn auf den Tisch. Dabei warf sie Asara einen fast mitleidigen Blick zu. „Ich mag dich, Mondschein. Du bist etwas Besonderes. Mein Ausweichplan war nie mehr als eine Notlösung."

Die *Kisaki* nahm das Halsband auf.

„Lebt wohl, Cyn, Karrik." Ihre Stimme war gedämpft. Widersprüchliche Emotionen kämpften in ihr um die Vorherrschaft. „Ich werde eure Hilfe nicht vergessen. Trotz…alledem."

Cyn lächelte matt.

„Viel Glück, Asara, Du wirst es brauchen."

Damit stieß sie die Tür auf und huschte auf den Gang. Karrik nickte zum Abschied.

„Geister dich schützen, Freund."

Die *Kisaki* starrte noch auf die Tür, lange nachdem sich diese bereits hinter dem Paar geschlossen hatte.

Sie war einmal mehr allein. Einmal mehr auf sich gestellt.

Asara holte tief Luft und legte das kühle Metall langsam um ihren Hals. Mit einem leisen Klick schnappte das Band zu. Der Stahl berührte an allen Seiten Asaras Haut – nicht einmal ihr kleiner Finger hatte Platz zwischen Reif und Kehle.

Das Sklavenband wog schwerer auf Asaras Seele, als um ihrem Hals. Es war ein Symbol, das die meisten Leibeigenen ihr Leben lang trugen. Es war ein Zeichen der kompromisslosen Unterwerfung. Und Asara hatte es sich freiwillig umgeschnallt und sich damit einmal mehr zur Sklavin gemacht. Der kleine Schlüssel in ihren Händen war alles, was sie vor erneuter Gefangenschaft schützte.

Die *Kisaki* drängte ihre Angst in die Tiefen ihres Unterbewusstseins zurück. Sie hatte eine Mission. Mit schnellen Handgriffen entledigte sie sich ihrer Überkleidung und Stiefel. Unter dem rauen Gewand trug sie lediglich knappe Unterwäsche. Es waren nicht das seidene Höschen und der Büstenhalter einer Lustsklavin und auch nicht die losen Gewänder

der weiblichen Dienstmägde, aber es musste reichen. Das Halsband und ihr gesenkter Blick würden hoffentlich Verkleidung genug sein.

Asara rollte ihre wenigen Besitztümer zu einem Bündel und knotete es mit einer Vorhangkordel zusammen. Ihre angedachte Rolle war simpel: Sie würde eine Ladung Tücher in die Halle der Schleier tragen und sich dort unauffällig unter die Dienerinnen mischen. Auf diese Weise würde sie Malik und Harun bei ihrem Gespräch belauschen können. Was danach geschah, war gänzlich davon abhängig, welche Worte an ihre Ohren drangen.

Sie nahm das Bündel auf und öffnete entschlossen die Türe zum Gang. Der breite Korridor war hell erleuchtet. Rote Teppiche zierten Wände und Boden. In den zahlreichen Nischen zwischen Fenstern und Wandbehängen standen kleine Skulpturen und wertvolle Töpfereien. Malik scheute sichtlich keine Kosten und Mühen, um seinen Reichtum offen zur Schau zu stellen. Selbst die Öllampen an der hohen Decke waren mit goldenen Figuren und Edelsteinen geschmückt.

Asara senkte ihren Blick und klammerte sich an ihr Bündel. Sie fühlte sich nackt und schutzlos. Nicht einmal der Griff ihres Dolches, den sie inmitten des Stoffes spürte, konnte daran etwas ändern. Sie lief direkt auf die Höhle des Löwen zu. Ihr größter Feind wartete im Untergeschoß des Palastes auf sie. Bald würde die Ashen-Sklavin dem Mörder und Thronräuber gegenüberstehen.

Was dann geschehen würde, stand in den Sternen.

~◊~

Asara passierte Bedienstete in der blauen Gewandung von Haus Lami'ir. Die Männer und Frauen gingen gewissenhaft ihren Aufgaben nach. Manche trugen Erfrischungen, andere brachten Badetücher oder transportieren frische, seidene Gewänder. Ein Trio Arbeiter schleppte sich gar mit einer riesigen Harfe ab. Dutzende Hausdiener waren in den breiten Gängen des Untergeschoßes unterwegs. Alleine die Menge des auf großen Platten balancierten Essens ließ vermuten, dass Malik mehr als nur einen einzelnen Gast unterhielt. Der Vezier von Masarta war der Gastgeber einer Feier.

Asara bog um eine weitere Ecke. Der hell erleuchtete Gang endete in einer bronzenen Tür. Gelächter und Musik drangen von hinter den halb geöffneten Flügeln an sie heran. Ein einzelner Soldat bewachte den Durchgang. Mit unverhohlenem Interesse musterte er ein Paar Tänzerinnen, die gerade kichernd den Raum verließen. Die beiden spärlich bekleideten Yanfari brachten den Geruch von Hanf und Tabak mit sich. Die Feier war sichtlich in vollem Gange.

Asara stählte sich und beschleunigte ihre Schritte. Bisher hatte ihr niemand Beachtung geschenkt. Eine einzelne Sklavin war kein ungewöhnlicher Anblick. Asara hatte zwei Stockwerke durchschritten und war kein einziges Mal aufgehalten worden. Das stählerne Halsband wirkte wie ein Mantel der Unsichtbarkeit. Asara schloss ihre Hand um den Schlüssel und hielt auf den Türspalt zu.

„Nicht so schnell, Mädchen!" Die strenge Stimme einer älteren Frau ließ sie zusammenzucken. Es handelte sich um eine Yanfari von etwa 40 Sommern, die sich gerade durch den Vorhang vor einer der Seitentüren des Ganges geschoben hatte. Sie trug ein elegantes Kleid aus dunkelblauem Satin und dazu passende Schlüpfer. Mehrere rubinbesetzte Haarnadeln fassten ihr blondes Haar zu einem kunstvollen Knoten zusammen.

„Du kannst doch nicht so vor die Gäste treten", schalt sie und nahm Asara an der Schulter. Sanft aber bestimmt schob sie die *Kisaki* in den Nebenraum. Es blieb keine Gelegenheit, zu protestieren. Ehe sich Asara versah, befand sie sich inmitten einer Gruppe von Tänzerinnen und anderer Sklaven, die sich hektisch auf ihre Auftritte vorbereiteten. Überall wechselten skandalöse Gewänder die Hände oder es wurde Schminke aufgetragen. Lange Reihen von Duftfläschchen schmückten Wandregale und Tische. Federn, Fächer und Schmuckstücke aller Größen und Formen füllten Schalen und Schatullen.

„Ich habe eines deiner Mädchen aufgelesen", rief die Matrone und schob Asara in ein Hinterzimmer weiter. Die offensichtlich Angesprochene, eine schlanke Jin von undefinierbarem Alter, musterte die *Kisaki* mit kritischem Blick. Die Frau trug einen knappen Rock aus Seide und lange schwarze Strümpfe, die deutlich unterhalb des Saums endeten. Ihre zierlichen Füße steckten in Schuhen mit ungewöhnlich hohen Absätzen. Ein schmales, reich verziertes Metallband zierte ihren schlanken Hals. Asara senkte ihren Blick und tat ihr Bestes, eingeschüchtert zu wirken. Sie musste dazu nicht einmal viel Schauspiel in ihre Körpersprache einfließen lassen.

„Vezier Lami'ir wechselt diese Ashen schneller, als ich mir ihre Gesichter einprägen kann", murmelte die Jin. Ihre melodische Stimme konnte nicht verbergen, wie wenig sie von dieser Tatsache hielt. „Du kannst sie hierlassen."

Die ältere Yanfari ließ Asara in der kleinen Kammer zurück. Bis auf einige Schränke, Truhen und einen Waschtrog war der Raum leer. Asara nahm all ihren Mut zusammen.

„Ich muss diese Gewänder dringend in die Halle bringen", sagte sie leise. „Ich-"

Die Jin verpasste ihr eine schallende Ohrfeige. Asara sog die Luft ein und stolperte überrascht einen Schritt zurück.

„Du wirst nicht sprechen, solange es dir nicht explizit erlaubt wurde!" bellte sie und riss Asara das Bündel aus der Hand. Achtlos warf sie es in eine Ecke. Die *Kisaki* zuckte zusammen, als der eingewickelte Dolch lautstark gegen die Wand stieß. Die Jin schenkte den verpackten Habseligkeiten jedoch keinerlei Beachtung. Sie stapfte zu einer der Truhen und zog einen Satz seidener Unterwäsche hervor.

„In deinen Fetzen kannst du nicht vor den Vezier treten", sagte sie. „Zieh dich aus. Wasche dein Gesicht." Als Asara nicht sofort reagierte, gab ihr die Jin einen Schubs in Richtung des kleinen Wasserbottichs. „Na los!"

Zähneknirschend leistete Asara folge. Sie hatte die Rolle der Sklavin freiwillig eingenommen – es gab aktuell wenig, was sie gegen die forsche Behandlung durch die Fremde tun konnte, ohne ihre Tarnung auffliegen zu lassen. So legte sie ihr Untergewand ab und kniete sich nackt vor den Trog. Mit einem Lappen reinigte sie ihren ganzen Körper. Es fühlte sich gut an, den Staub und Schweiß ihres nächtlichen Abenteuers abzuwaschen. Gründlich reinigte Asara auch ihr Gesicht und ihre verklebten Haare. Schließlich erhob sie sich wieder und präsentierte sich schweigend vor der Jin. Es kostete einiges an Überwindung, dabei nicht eine Hand schützend über ihre Lustspalte zu legen. Die andere Frau musterte sie mit kaltem Blick und nickte schließlich. Mit geübten Fingern begann sie, Asaras ganzen Körper mit Rosenwasser einzureiben.

„Ich werde nie verstehen, was Malik an euch Ashen sieht", murmelte sie. „Da könnte ich mir genauso gut einen bissigen Tiger ins Bett holen. Oder ein ungebildetes Straßenkind."

Die Jin beendete ihr Werk und deutete auf Höschen und Oberteil. Asara streifte beides über. Die hauchdünne Seide überließ nichts der Fantasie. Sowohl ihre Nippel als auch ihre Lustspalte waren deutlich zu erkennen. Die *Kisaki* errötete.

„Ich hoffe du weißt, wie du dich zu verhalten hast", seufzte die Jin. „Du wirst tun, was auch immer von dir verlangt wird. Ohne Ausnahme. Wenn du gerade nichts zu tun hast, wirst du dich neben dem zentralen Diwan hinknien und mit gesenktem Kopf warten. Außerdem…" Die Frau öffnete einen der Schränke und studierte nachdenklich dessen Inhalt. „Außerdem werden wir dir noch ein Paar Eisen verpassen. Ich verstehe ja nicht, warum Malik euch überhaupt gestattet, ohne diese unterwegs zu sein."

Asaras Augen weiteten sich, als die Jin mehrere stählerne Schellen aus dem Kasten entnahm. Die schmalen Bänder waren aus demselben Material wie ihr Halsband und verfügten ebenfalls über einen kleinen

Ring an der Vorderseite. So war es möglich, schnell und einfach eine Kette oder ein Schloss an den Schellen zu befestigen und die Trägerin so zu bändigen.

„Hände", befahl die Jin. Asara schluckte. Was konnte sie tun? Solange die Stahlbänder nicht verbunden waren, waren sie nicht viel mehr als schwere Schmuckstücke. Aber die Gefahr, von einem der Gäste zur persönlichen Unterhaltung angekettet zu werden, war damit um einiges realer geworden.

Die Jin wartete nicht auf Asaras Kooperation. Sie fluchte leise und packte die *Kisaki* am Arm. Mit schnellen Handbewegungen schloss sie die Schellen um Asaras Gelenke. Wie auch schon das Halsband zuvor, passten die metallenen Armreifen wie angegossen. Der kalte Stahl schmiegte sich eng an Asaras Haut.

Es gibt kein Zurück mehr.

Die Jin wiederholte die Prozedur an Asaras Fußgelenken. Dann deutete sie auf das achtlos weggeworfene Bündel.

„Liefere deine Tücher aus. Na los."

Die *Kisaki* sammelte hektisch ihr Bündel auf und schob den Schlüssel des Halsbands unauffällig unter den Stoff. Sie hatte ihn bereits beim Waschen beinahe verloren. Das Risiko, den kleinen Gegenstand versehentlich fallenzulassen, war einfach zu groß. Das Halsband war darüber hinaus auch nur ein Symbol, das kaum etwas zur Verschlechterung ihrer Lage betrug. Ein echtes Problem bekam sie erst, wenn sie jemand anzuketten versuchte. Für diesen Fall hatte sie jedoch Dolch und Peitsche unter ihren Habseligkeiten versteckt. Einmal im Inneren der Halle, würde sie ihr Hab und Gut nicht aus den Augen lassen – egal was passierte. Asara hatte nicht vor, sich erneut gefangen nehmen zu lassen. Zu teuer hatte sie sich ihre Freiheit und diese heutige Chance erkauft.

Asara eilte durch den geschäftigen Vorraum und hinaus auf den Gang. Die Schellen um ihre Fußgelenke erinnerten sie bei jedem Schritt leise klimpernd daran, wie gefährlich nahe sie wieder an echte Versklavung gekommen war. Sie sammelte ihren Mut und trat vor die Wache an der bronzenen Tür. Der Mann musterte sie von oben bis unten und lächelte ein erstaunlich normales Lächeln.

„Geh ruhig hinein", sagte er. „Die hohen Gäste warten sicher schon."

Mit gesenktem Haupt betrat Asara die Halle der Schleier.

11

Tanzende Schleier

Asara trat in die Halle und wurde sogleich von Sinneseindrücken überwältigt. Die Feier war in vollem Gange. Zahlreiche Gäste lagen auf Diwans oder hatten es sich auf Bergen von Kissen bequem gemacht, die überall auf dem Boden verstreut lagen. Viele rauchten Wasserpfeifen oder bedienten sich an prall gefüllten Schalen mit frischem Obst oder Süßigkeiten. Gruppen junger Yanfari entspannten sich im heißen Wasser der zahlreichen kreisrunden Becken, die den hinteren Teil der Halle dominierten. Die mit kunstvollen Mosaiken bedeckten Wände waren vom Dampf beschlagen und glitzerten matt im traulichen Halbdunkel. Der süßliche Rauch und die feuchte Luft vermengten sich zu einem berauschenden Gemisch. Lediglich kleine Öffnungen in den bemalten Säulen, die die Halle wie erhobene Finger stützten, brachten etwas frische Luft von draußen.

Gelächter und Konversation drang von allen Seiten an Asara heran. Inmitten der ausgelassenen Unterhaltung bewegten sich dutzende Diener und Sklaven. Viele trugen Essen oder Getränke während andere große Federn als Fächer einsetzten, um den hohen Damen und Herren Abkühlung zu spenden. Eine Gruppe Tänzerinnen bewegte sich lasziv zu den Klängen einer Harfe. Sklaven in durchscheinenden Gewändern nicht unähnlich zu Asaras Höschen und Bluse knieten mit gesenktem Blick neben vielen Diwanen. Andere verwöhnten die Adeligen mit ausgewählten Leckereien oder massierten die Füße ihrer sich entspannenden Meister. Eine unbekleidete Jin-Sklavin liebkoste gar mit geschickter Zunge den Intimbereich ihrer Herrin. Dem seligen Gesichtsausdruck der verwöhnten Yanfari nach zu urteilen, genoss sie jeden Moment der innigen Zuwendung.

Zögerlich bewegte sich die Asara weiter in den Raum. Die Säulen und die gelegentlich von Paravents abgeschirmten Sitzecken machten es schwierig, die gesamte Halle zu überblicken. Sie hatte bisher weder Malik noch Harun erspäht. Die sich vergnügenden Gäste hinterließen größtenteils den Eindruck von niedrigeren Adeligen, wie sie üblicherweise in einem größeren Gefolge zu finden waren. Ihre Gewänder

– sofern sie noch welche trugen – waren prunkvoll, stachen aber nicht hervor.

Langsam umrundete Asara einen voll beladenen Tisch mit duftenden Speisen. Sie schob sich an einem seidenen Vorhang vorbei, der als halbtransparenter Raumtrenner fungierte. Ihr Blick schweifte dabei suchend durch die Halle.

Eine Bewegung im Augenwinkel ließ Asara zusammenzucken. Die *Kisaki* konnte sich im letzten Moment einbremsen, bevor sie mit einem großgewachsenen Mann in schwarzer Robe zusammenstieß, der bedächtig ein Glas Wein schwenkte. Er lehnte an einer Säule und beobachtete einen von Sklaven umgebenen Adeligen, der sich wenige Meter entfernt auf einem Diwan entspannte. Der Zuseher war mittleren Alters und hatte kantige Gesichtszüge, die vage an einen Falken erinnerten.

Asara stolperte einen Schritt zurück und murmelte eine flüchtige Entschuldigung. Der Mann sah auf und musterte sie kritisch. Die *Kisaki* senkte rasch ihren Blick. Ihr Herz hatte schneller zu schlagen begonnen.

Der Mann ihr gegenüber war kein anderer als Vezier Malik Lami'ir. Asara hatte ihn dank seiner simplen Aufmachung beinahe nicht erkannt. Der Stadtfürst trug neben einer leichten, mit goldenen Mustern bestickten Robe lediglich eine Hose und offene Schlüpfer. Seine volle Gesichtsbehaarung, die er bei ihrem letzten Besuch getragen hatte, war einem schneidigen Kinnbart gewichen. Erste graue Haare waren an seinen Schläfen zu erkennen. Malik war sichtlich gealtert, hatte seinen Körper aber gut in Schuss gehalten. Unter dem Gewand lugte eine muskulöse, von Haaren befreite Brust hervor.

Sich an ihre Position erinnernd, verneigte sich Asara tief. Sie spürte Maliks graue Augen auf sich, als sie langsam zurückwich.

„Eine neue Ergänzung meiner Sammlung, wie ich sehe", sagte Malik. Seine Stimme war überraschend freundlich. „Ich fürchte du bist falsch abgebogen. Ich unterhalte gerade einen Gast und wollte nicht gestört werden."

„Verzeiht", stotterte Asara und trat einen weiteren Schritt zurück. „Ich wollte euch nicht belästigen."

Asara ließ ihr langes Haar vor ihr Gesicht fallen, um ihre Züge weitest möglich zu verdecken. Lanys hatte die junge Prinzessin auf ihrer letzten Reise nach Masarta begleitet. Auch wenn sich Malik vermutlich nicht an die damals erstaunlich zurückhaltende Sklavin der *Kisaki* erinnern konnte, so war es auf jeden Fall besser, dennoch Vorsicht walten zu lassen. Asara wich weiter zurück.

„Akzentfreies Yanfar", stellte der Vezier fest. Er legte seine Hand sanft auf Asaras Schulter. Die *Kisaki* war gezwungen, reglos zu verharren. „Und natürliche Schönheit, die ihresgleichen sucht."

Raifs Training übernahm nur zögerlich. Asara legte ihr Bündel ab und führte ihre Hände folgsam hinter ihrem Rücken zusammen. Die Schellen klimperten leise, als sich ihre umschlungenen Gelenke berührten. Zugleich zog Asara ihre Schultern zurück und präsentierte ihren kaum verhüllten Körper. Ihre Brüste zeichneten sich deutlich gegen das seidene Gewand ab. Zusammen mit einem leichten Hüftschwung war dies eine Haltung, die ihr der Ashen-Krieger bereits kurz nach Beginn ihrer Reise gelehrt hatte. Eine Sklavin hatte zu jeder Zeit zu gefallen. Ihr Körper war neben ihrer Gehorsamkeit ihre wichtigste Währung. So überwand Asara ihren Stolz und zeigte sich verführerisch vor einem Mann, der eigentlich vor ihr auf die Knie fallen sollte.

„Du bist gut trainiert", gluckste Malik. „Komm. Du wirst mir heute Abend Gesellschaft leisten."

Er nahm eine dünne Kette von einem Haken an der Säule und klinkte sie an Asaras Halsband ein. Die *Kisaki* schluckte. Ihre Besitztümer lagen nach wie unmittelbar zu ihren Füßen.

Nein. Noch nicht.

Sie konnte nicht an Flucht denken, ehe sie etwas Handfestes erfahren hatte. Asara hatte sich eingeschlichen, um Malik und seinen unerwarteten Gast auszuspionieren. Jetzt aufzugeben, wäre ein Versagen auf ganzer Linie. Zufall hatte sie genau zu jener Person geführt, die sie gesucht hatte. Asara die Spionin war in Position.

Mit Mühe wandte Asara ihren Blick von dem rettenden Bündel ab. Maliks simple Handlung hatte sie einen weiteren, gefährlichen Schritt in Richtung Wehrlosigkeit geführt. Sie befand sich einmal mehr an der Leine – und diesmal bestand diese aus hartem Stahl. Doch noch hatte sie die Kontrolle über die Situation noch nicht verloren.

Das Herz der *Kisaki* pochte wie wild, als sie der Vezier an den umringten Diwan führte. Eine Gruppe männlicher Yanfari-Sklaven teilte sich, als Malik und seine neue Gespielin sich näherten. Zum ersten Mal sah Asara den anderen Mann vollends, der betont breitbeinig auf der Polsterbank posierte. Und obwohl sie von seiner Anwesenheit gewusst hatte, traf sie der Anblick von Reichsminister Harun wie ein Schlag in die Magengrube. Sie musste sich zusammennehmen, um sich nicht schreiend auf ihn zu stürzen.

Lanys' Mörder ließ sich von trainierten Sklaven verwöhnen. Ein junger Blondschopf in einem geflochtenen Lendenschurz massierte Haruns breite Schultern. Dabei schaffte er es irgendwie, das Fett an des Ministers Körper wie Muskelmasse wirken zu lassen. Ein weiterer Sklave ölte mit geschickten Fingern Haruns Spitzbart während ein dritter seine plumpen Füße knetete. Die Yanfari, die für Malik Platz gemacht hatten, wirkten wiederum wie Tänzer. Ihre spärlichen seidenen Höschen ließen ähnlich wenig der Fantasie übrig, wie Asaras eigene Gewandung. Ihre jungen Körper waren athletisch und mehr als nur ansprechend.

Malik ließ sich am freien Ende des Diwans nieder und deutete kurz auf ein Stück Teppich neben der Bank. Folgsam sank die *Kisaki* auf die Knie und verschränkte die Finger hinter ihrem Rücken. Nach kurzem Zögern spreizte sie auch ihre Beine.

„Ich sehe ihr genießt meine Gastfreundschaft", schmunzelte Malik. Harun schenkte ihm ein kurzes süffisantes Lächeln und deutete den wartenden Tänzern. Asara würdigte er nicht einmal eines Blickes. Während die Sklaven sich wieder in Bewegung setzten, schob der Minister genüsslich eine rote Traube in den Mund und rieb zufrieden seinen Bauch.

„Eure Sammlung aus der Nähe zu bewundern, ist immer wieder ein Vergnügen, Malik", erwiderte er ohne dabei seine Aufmerksamkeit von den jungen Männern abzuwenden. Die Yanfari hatten begonnen, sich sinnlich aneinanderzuschmiegen. Die Hände des einen wanderten über das stramme Gesäß des anderen. Asara errötete, als der dritte langsam den Phallus seines Partners zu streicheln begann. Jede Bewegung schien mit den Klängen der fernen Harfe zu harmonisieren.

Harun entspannte sich sichtlich. Der Vezier lehnte sich ebenfalls zurück und nahm einen kleinen Schluck Wein. Mit seiner freien Hand streichelte er abwesend über Asaras Schopf. Ein warmer Schauer lief der *Kisaki* über den Rücken. Was würde sie dafür geben, hier und jetzt von Raif liebkost zu werden. Seine, anstatt des Veziers geschickte Finger auf ihrer Haut zu spüren.

Oder mit Riemen und Peitsche bestraft zu werden.

Asara blinzelte den ungebetenen Gedanken hinfort. Ihre heimlichen Gelüste hatten hier keinen Platz. Sie kniete wenige Meter neben ihrem größten Feind – jeder unmittelbare Fehler konnte ihr letzter sein.

Harun warf seinem Gastgeber einen kurzen Seitenblick zu.

„Einzig eure Vorliebe für diese Ashen kann ich nicht teilen", meinte er und deutete auf Asara, die blitzschnell ihren Kopf senkte. Der Minister schien ihre Reaktion nicht zu bemerken. Amüsement lag in Maliks Stimme, als er antwortete.

„Jedem Mann seine Vorlieben", entgegnete er gelassen. Sein Blick wanderte über die Yanfari-Sklaven, die sich zu küssen begonnen hatten. „Ihr habt eure Laster und ich die meinen." Malik nahm eine Strähne von Asaras glattem Haar zwischen Zeige- und Mittelfinger. „Die Eleganz des Ashvolks sucht in der Welt ihresgleichen, mein Freund. Und ihre Sklaven wissen, wie man sich einem Herrn gegenüber zu verhalten hat. Den Yanfari muss man dieses Wissen oftmals erst…einprügeln."

Harun schnaubte. „Einem Ashen kann man nie vertrauen. Sie werden die erste Gelegenheit nutzen, ihren Besitzer zu verraten. Wenn ihr diese Grauhäute so ästhetisch findet, kettet sie doch als Dekoration an die Wände! Aber sie frei herumlaufen zu lassen, ist fahrlässig. Ihr werdet euch eines Tages mit einem Dolch im Rücken wiederfinden."

Der Vezier stellte sein Glas ab.

„Eure Sorge um mein Wohlergehen ist rührend, Harun", entgegnete er belustigt. „Aber unbegründet." Er gab Asaras Leine einen sanften Ruck. Zugleich schob er seine freie Hand unter den Stoff seiner Hose. Andächtig langsam entblößte er sein Glied. Der Phallus war leicht geschwollen. Asara starrte Maliks Männlichkeit mit geweiteten Augen an.

„Eure ‚gut trainierte' Ashen-Maid weiß nicht einmal, was ihr von ihr wollt!" lachte Harun und klopfte auf seinen Bauch. Malik zog erneut an Asaras Kette. Zögerlich rutschte die *Kisaki* näher an ihn heran, bis sie schließlich zwischen seinen geöffneten Beinen zu knien kam. Stolz und Neugier bekriegten sich in ihrem Kopf. Der Vezier war nicht Raif – nicht ihr *Meister* – und dennoch war sie neugierig zu erfahren, wie sich ein Glied zwischen ihren Lippen anfühlen würde. Der Ashen-Krieger hatte während ihrer Reise mehrmals versprochen, sie die Kunst der männlichen Befriedigung zu lehren. Schlussendlich hatte er sein Versprechen aber nie vollends wahrgemacht. Gefesselt vor Raif zu knien und zärtlich über seinen Phallus zu lecken, war eine heimliche Fantasie geblieben. Doch war sie neugierig genug, um diesen Beinahe-Fremden auf Befehl zu beglücken?

Ihre Entscheidung wurde von einer einfachen Wahrheit abgenommen: Sie hatte noch nichts Brauchbares erfahren. Bisher wirkte es mehr so, als ob Malik die Präsenz seines Gegenübers lediglich dulden würde. Es gab keine Anzeichen für eine echte Zusammenarbeit. Wenn Asara etwas erfahren wollte, musste sie ihre Rolle zur Zufriedenheit des Veziers weiterspielen.

Die *Kisaki* schluckte und beugte sich näher. Vorsichtig legte sie ihre Hand an Maliks Glied und begann es zu streicheln.

„Es ist nicht zerbrechlich, Mädchen", lachte der Vezier. Asara presste die Lippen zusammen und umfasste den stetig wachsenden Phallus mit der ganzen Hand. Gleichzeitig strich sie mehrere Finger entlang seiner Genitalien. Asaras massierende Bewegungen kamen fast instinktiv, noch während sie sich Lanys' gekicherte Lektionen zu dem Thema in Erinnerung rief. Die Magd hatte sich stets ihren Spaß daraus gemacht, Asara durch ihre Ausführungen erröten zu lassen. Die blumigen

Beschreibungen von verschiedensten innigen Akten hatten schon Jahre vor ihrem ersten Mal Asaras Fantasie angeregt.

Die *Kisaki* begann, ihre Hand entlang des Glieds auf und ab zu bewegen. Die zögerlichen Bewegungen wurden bald sicherer und schneller. Maliks Penis hatte eine stolze Größe erreicht, als sie dessen Eichel zum ersten Mal mit ihrer Zunge berührte. Der Phallus zuckte und versuchte ihrer suchenden Zunge zu entkommen. Doch Asara schloss ihren Mund zärtlich um die Spitze des feuchten Glieds.

Der Vezier seufzte leise und schien sich sichtlich zu entspannen.

„Ihr versäumt etwas, Harun", sagte er mit ruhiger Stimme. Der Angesprochene brummte lediglich.

„Eine Frau wird niemals wissen, wie sie einen Mann richtig zu berühren hat", erwiderte der Minister. „Schon gar nicht so eine ungebildete Ashen-Sklavin. Eure Yanfari sind da wesentlich... talentierter."

Aus dem Augenwinkel sah Asara, wie er einen der Jünglinge zu sich winkte. Die beiden anderen waren immer noch in einer Umarmung verschlungen und küssten sich – offenbar sehr zum Wohlwollen des Ministers. Der Sklave sank vor Harun auf die Knie und fuhr mit der Hand unter dessen Badeumhang. Die *Kisaki* wandte ihren Blick angewidert ab. So erregend die Lustspiele der männlichen Sklaven auch waren, sie hatte wenig Bedürfnis nach dem Anblick von Haruns Gehänge. Stattdessen konzentrierte sie sich auf das stattliche Glied des Veziers.

Ich hätte dies für dich tun können, Raif, dachte sie, als sie mit zunehmender Intensität über die geschwollene Haut leckte. Ihre Lippen bewegten sich im Rhythmus ihrer Massage auf und ab. Malik legte eine Hand an ihr Halsband und zog ihren ganzen Kopf tiefer in seinen Schritt. Der Phallus füllte Asaras Mund nun nahezu aus. Die Spitze drückte gegen ihren Rachen. Die *Kisaki* musste kämpfen, um nicht zu schlucken und husten zu beginnen. Keuchend beschleunigte sie ihre Bewegungen. Immer wieder zerrte sie gegen die Leine und ließ ihre Zunge hinauf bis an die nun vollständig entblößte Eichel tanzen. Von allen Seiten leckte sie Maliks Glied, ehe sich ihre Lippen erneut fest um seinen Schaft schlossen und das rhythmische Auf-und-Ab fortsetzten.

Asara erschrak leicht, als der Vezier sein Bein sanft unter ihr Gesäß schob. Mit dem Fuß rieb er gegen Asaras kaum verborgene Lustspalte. Die *Kisaki* öffnete bereitwillig ihre Beine und schmiegte sich an den provokanten Eindringling. Feuchtigkeit benetzte ihr seidenes Höschen.

Maliks Glied begann ob ihres geschickten Zungenspiels zu zucken. Asaras Lippen erkundeten jede emporstehende Ader des strammen Phallus und ihre Zunge leckte gierig über die ersten Flüssigkeiten, die zögerlich aus dessen Spitze drangen. Malik presste ihren Kopf unvermittelt fest nach unten. Sein Glied schob sich tief in Asaras Rachen. Warmer Samen füllte explosionsartig ihren Mund. Asara schluckte und hustete und versuchte sich loszureißen, doch der Vezier hielt ihre Leine in eiserner Faust.

„Schlucke es", befahl er mit harter Stimme. „Jeden einzelnen Tropfen."

Heiße Flüssigkeit lief Asaras Kehle hinab. Ihre ausgestreckte Zunge presste gegen den Penis, als ob sie ihn abstoßen wolle. Stattdessen erhöhte ihr Organ lediglich den Druck ihrer um den Schaft geschlossenen Lippen. Asara nahm den Phallus tief in den Mund und schluckte.

Und schluckte. Sie hustete und rang nach Luft, ohne ihre wilde Liebkosung zu unterbrechen. Zähflüssiges Sperma lief aus ihrem Mundwinkel und tropfte auf ihren Oberschenkel. Der intensive Geschmack der klebrigen Saat, die ihre geschäftige Zunge benetzte, war von salziger Intensität.

„Jeden Tropfen sagte ich", flüsterte der Vezier und stieß mit dem Fuß unsanft gegen Asaras feuchte Lustspalte. „Ich werde dir heute Abend wohl noch einige Lektionen in Gehorsam geben müssen, meine kleine, unartige Sklavin." Damit ließ er die Leine los. Der Phallus rutschte aus ihrem verklebten Mund. Asara stolperte zurück und setzte sich hart auf ihr Hinterteil.

„Auf alle Viere mit dir", befahl Malik. Die *Kisaki* gehorchte. Noch während Masartas Herrscher sein Glied abstrich, legte er einen Fuß auf Asaras Hohlkreuz. Der zweite folgte kurz darauf. Sichtlich zufrieden mit ihrer Zungenakrobatik, hatte sie der Vezier kurzerhand zu einem menschlichen Schemel degradiert. Asaras Haar verbarg die Schamesröte nicht zur Gänze, die ihr ins Gesicht schoss. Malik Lami'ir hatte sie benutzt, erniedrigt. Nicht einmal Raif hatte sie so sehr spüren lassen, dass sie nichts weiter war, als ein austauschbares Spielzeug.

Asara keuchte und schloss die Augen. Samenflüssigkeit tropfte aus ihrem halbgeöffneten Mund auf den Boden. Die stählernen Schellen wogen schwer an ihren Gliedmaßen. Das enge Halsband fühlte sich an wie eine unausgesprochene Drohung – eine dunkle Vorahnung. Ihre eigenen, unerfüllten Gelüste ließen ihren Körper erzittern.

Langsam zwang Asara ihre Aufmerksamkeit wieder in das Hier und Jetzt. Die Harfenmusik hatte aufgehört. Die Unterhaltungen der anderen Gäste klagen dumpf und verhalten. Selbst das plätschernde Wasser der Becken war in diesem Moment nicht mehr zu hören.

„Minister Harun", unterbrach Malik die flüchtige Stille. Er spielte unbekümmert mit Asaras metallener Leine und gab ihr schließlich einen beiläufigen Ruck. „Es wird Zeit, unsere weitere Zusammenarbeit zu konkretisieren."

Malik entließ die Tänzer mit einer knappen Handbewegung. Auch die anderen Sklaven zogen sich mit gesenkten Köpfen zurück. Schließlich blieben nur die beiden Männer und die auf allen Vieren kniende Asara zurück.

„Was ist mit eurem Spielzeug?" fragte Harun. Der Vezier lachte leise.

„Sie wird niemandem etwas erzählen, glaubt mir." Die Finalität der Aussage sandte Asara einen kalten Schauer über den Rücken. Die letzte Freundlichkeit war aus Maliks Stimme gewichen. Der Vezier, der Raya und ihrer Tochter stets demütig und höflich begegnet war, war verschwunden. An seine Stelle war ein Mann getreten, dessen verborgene Prioritäten sichtlich keine Kompromisse kannten. In seinen Augen blitzte Entschlossenheit und Kälte. Falls Harun die Veränderung bemerkte, ließ er es sich nicht anmerken. Im Gegenteil. Der Minister schnaubte verächtlich.

„Kein Wunder, dass ihr einen stetigen Fluss neuen Fleisches benötigt. Aber gut, das ist eure Sache, mein Freund." Harun schlürfte lautstark an seinem Weinglas. „Ihr kennt mein Anliegen, Malik. Es hat sich seit unserer letzten Korrespondenz nicht geändert."

Der Vezier verlagerte seine Beine, bis sie zwischen Asaras Schulterblättern zu liegen kamen. Die *Kisaki* holte Luft und verharrte reglos. Der Moment der Wahrheit war gekommen. Sie würde ihre Mission nicht gefährden, nur weil ihre Lage eine unbequeme und erniedrigende war. Die *Kisaki* leckte über ihre feuchten Lippen und wartete.

Eine lange Minute verstrich, ehe Malik etwas erwiderte.

„Ihr wollt meine Soldaten, mein Geld und meine Loyalität", sagte er mit ruhiger Stimme. „Für euren Krieg gegen das Ashen-Dominion."

Harun stellte seinen Kelch lautstark ab.

„Nicht *mein* Krieg, Malik. *Unser* Krieg. Das Imperium hat das Ashvolk lange genug toleriert. Es wird Zeit, Ravanar dem Erdboden gleichzumachen."

Asaras Atem beschleunigte sich.

Maliks Antwort war erneut eine ruhige.

„Das ist leichter gesagt, als getan, Minister. Selbst Raya – möge sie in Frieden ruhen – ist an diesem Projekt gescheitert." Maliks Robe raschelte, als er sich vorbeugte. „Macht mir nichts vor, Harun. Ihr glaubt genauso wenig an einen finalen Sieg, wie ich es tue. Ihr wollt lediglich von Asaras Tod ablenken und die Ställe der Sklavenhändler füllen. Ihr wollt eure ungeliebten Gesetze durchpeitschen, die das einfache Volk langsam aber unaufhaltsam zu Dienern des Adels machen. Was ihr wollt ist ein Imperium, wie es vor 400 Jahren existiert hat: Geeint in seiner Angst vor einem gottgleichen Herrscher. Euch."

Harun gluckste.

„Deshalb bin ich zu euch als erstes gekommen", sagte der Minister amüsiert. „Ihr habt eine so erfrischend direkte Art."

„Habe ich Recht?" fragte Malik beiläufig. Harun schmunzelte. Seine Antwort war erneut eine ausweichende.

„Die *Kisaki* Raya war auf dem richtigen Weg. Das Volk hat das Wohlergehen des Reiches stets vor sein eigenes zu stellen. Es hat zu tun, was die Führung von ihm verlangt. Wie können die einfachen Menschen auch verstehen, was das Beste für unser aller Zukunft ist?" Harun wartete nicht auf eine Antwort. „Das können sie nicht! Diese Entscheidung obliegt uns, dem hohen Adel. Und glaubt mir wenn ich sage: Ohne Einigkeit und einem gemeinsamen Feind wird das Imperium schleichend zugrunde gehen. Die großen Gilden beginnen sich langsam von ihren einstigen Sponsoren loszusagen. Einfache, *unabhängige* Bürger erwirtschaften Gewinne mit neuartigen Erzeugnissen. Schnellere Schiffe und bessere Straßen haben die Welt zu einem kleineren Ort gemacht. Steuern und Gebote sind nicht mehr genug, um die Bevölkerung in Schach zu halten. Was das Imperium benötigt, ist eine harte Hand und einen blutigen Krieg. Das wird die Menschen wieder auf den Boden der Tatsachen zurückholen."

Asara ballte ihre Fäuste. Was würde sie nicht für ihren Dolch geben. Jedes Wort des verräterischen Ministers war wie Öl auf die Flammen ihres brennenden Hasses.

Malik schniefte leise.

„Ihr sendet die bürgerlichen Emporkömmlinge in den Krieg und kehrt mit frischen Sklaven nach Al'Tawil zurück. Euer neues Leibeigenen-Gesetz und die hohen Kriegssteuern sorgen für den Rest. Schlau." Der Vezier lehnte sich zurück. „Warum aber kommt ihr zu mir? Ihr habt die imperiale Garde – ich aber nur ein paar hundert Mann und eine Handvoll Handelsschiffe. Viele meiner Vasallen werden nicht glücklich sein, wenn ich gegen ihre Geschäftspartner in den Krieg ziehe. In Masarta kommt Profit weit vor Patriotismus, mein lieber Minister."

Harun trommelte mit den Fingern gegen sein Glas.

„Die Garde sieht meine Pläne...reserviert", gab er zu. „Der General will möglichst wenig Bürgerliche für die Armee rekrutieren und stattdessen mit konzentrierter Macht gegen einzelne Grenzstädte des Dominions vorgehen. Schnell und mit geringen zivilen Verlusten."

„Ah."

„Ich brauche einen *richtigen* Krieg, Malik", betonte der Minister. „Der innere Reichsfrieden erfordert ein Aufweichen der alten Strukturen. Geht mit gutem Beispiel voran und rekrutiert aus dem Volk. Unterstellt eure Soldaten meinem Kommando. Die Garde wird dann keine andere Wahl haben, als uns zu folgen. Ansonsten verpassen sie jegliche Chance auf Ruhm und Mitspracherecht."

Asara presste ihre Lippen zusammen. Malik würde einem solchen irrsinnigen Vorschlag nie zustimmen.

Oder würde er?

Der Vezier nahm einen langen Schluck und stellte seinen Kelch anschließend neben Asara auf den Boden. Die tiefrote Flüssigkeit des Weins erinnerte bedrückend an frisches Blut.

„Alle neuen Sklaven gehen an Masarta", sagte er nach kurzer Pause. „Jeder Ashen-Gefangene des ersten Jahres eurer…sicherlich *langwierigen* Kampagne gehört mir. Danach jeder zweite. Selbiges gilt auch für Gold, Waffen und Kunstschätze. Außerdem entsende ich einen meiner loyalen Kommandanten, dessen Meinung stets zu berücksichtigen ist. Hat er Einwände gegen einen Schlachtplan, wird dieser zwingend neu diskutiert." Malik verschränkte die Arme. Der Vezier war noch nicht fertig. „Und noch etwas: Wenn ich sage, dass die gefangenen Ashen mir gehören, dann heißt das, dass sie *unversehrt* zu mir gebracht werden sollen. Keine Vergewaltigungen, keine Auspeitschungen. Legt sie in Ketten und schafft sie ohne Umwege nach Masarta."

Harun entgegnete nichts. Asara war für einen Moment verlockt, ihren gesenkten Kopf zu heben und den Verrätern unerschrocken in die Augen zu blicken. Ihr Hass war zu einem stetigen Begleiter erkaltet. Diese beiden Männer verkörperten all das, was sie während ihrer kurzen Regentschaft zu bekämpfen versucht hatte.

„Zwei von drei Teilen während des ersten Jahres", sagte Harun schließlich. „Ein Teil in jedem darauffolgenden Jahr. Und zwei Zehnteile des Goldes. Euer Beitrag wird von anderen Stadtfürsten sicherlich noch überboten. Ich kann Masarta nicht derart offensichtlich bevorzugen."

Was nun folgte war eine einfache, aber harte Verhandlung. Harun und Malik feilschten um Menschenleben, als ob es um Vieh ginge. Noch nicht geplünderte Schätze wurden zwischen den beiden Männern und weiteren potentiellen Alliierten aufgeteilt.

Schließlich richtete sich der Vezier auf und stellte seine Füße am Boden ab.

„Sklavin", sagte er. Asara setzte sich stumm auf ihre Hinterbeine. Sie hatte ihre Antwort. Leider umfasste sie bei weitem nicht das, was sie sich erhofft hatte. Malik Lami'ir war kein Verbündeter. Seine Gier nach neuen Sklaven hatte ihn in Haruns Lager geführt. Seine Loyalität dem wahren Thron gegenüber entsprach nicht einmal dem Schatten seiner Reputation. Asaras ‚Tod' war kein einziges Mal mehr zur Sprache gekommen.

„Sklavin", wiederholte der Vezier. Die *Kisaki* blickte auf. „Hole mir Papier, Feder und Tinte." Zu Harun sagte er: „Es wird Zeit, unsere

Einigung zu Papier zu bringen, mein Freund." Er hob seinen Kelch auf und prostete seinem Gegenüber zu. Der Reichsminister grinste breit und nahm ebenfalls einen tiefen Schluck.

„Auf die Zukunft", sprach er. „Mögen wir das Reich gemeinsam in ein goldenes Zeitalter führen."

Asara entfernte sich langsam vom Diwan. Zuerst auf allen Vieren, dann schließlich aufrecht. Keiner der beiden Männer würdigte sie mehr eines Blickes. Die Leine, die Malik an ihr Halsband geschnallt hatte, baumelte lose an ihrem Körper hinab. Jeder Meter, den sie zwischen sich und die Verschwörer brachte, ließ Asara freier atmen.

Sie erreichte unbehelligt die Säule, an der sie ihre Besitztümer zurückgelassen hatte und sah sich hektisch um. Eine Auswahl Ketten und Schlösser hingen an kleinen Haken, die in den Stein der Säule eingelassen waren. Einige Krüge Wein warteten in einem Flechtkorb auf durstige Kehlen. Ein Stapel Tücher lag neben dem Vorhang, der Maliks Refugium vom Rest der Halle trennte.

Das Bündel jedoch war verschwunden.

Asara schluckte schwer. Trotz der Hitze lief ihr ein kalter Schauer über den Rücken. Ohne ihre Waffen und den Schlüssel ihres Halsbandes waren die Fluchtchancen minimal. Auch konnte sie ohne Dolch nicht das tun, was sie sich in den letzten Minuten zu einer finalen Entscheidung verhärtet hatte. Ihr Hass war zu kalter Entschlossenheit mutiert. Sie würde in Masarta keine Verbündeten finden – aber sie konnte zumindest dafür sorgen, dass die unheilige Allianz zwischen Harun und dem Vezier zu einem jähen Ende kam.

Vorausgesetzt sie fand in den nächsten Minuten ihre verschwundenen Besitztümer.

Denk nach, Asara.

Ein Diener hatte ihr deplatziert wirkendes Bündel vermutlich beiseite geräumt. Sie musste es rasch finden und würde dann wie befohlen zu Malik zurückkehren. Bewaffnet und bereit das zu tun, was getan werden musste.

Asara schob sich an dem seidenen Vorhang vorbei und ließ ihren Blick schweifen. Viele der Gäste waren offenbar bereits in ihre Quartiere zurückgekehrt. Auch die Zahl der Diener und Sklaven hatte abgenommen. Ein junges Ashen-Mädchen bediente einen betrunken aussehenden Jüngling, der abwesend an einer Wasserpfeife sog. Anderenorts trocknete ein Sklave eine gähnende Yanfari, die gerade aus einem der Becken gestiegen war. Eine Wache nahe der Tür musterte gelangweilt zwei Dienerinnen, die eine kürzlich verlassene Sitzecke zusammenräumten. Überall standen halb geleerte Schalen mit Leckereien und flache Körbe gefüllt mit diversesten Luxusgütern. Von Asaras Bündel fehlte allerdings jede Spur.

Die *Kisaki* fuhr mit der Hand über ihre verklebten Lippen und nahm einen heimlichen Schluck Wasser aus einem Kelch, den sie auf einem nahen Tisch gefunden hatte. Die kühle Flüssigkeit half zumindest etwas dabei, den schalen Geschmack von Maliks Samen aus ihrem Mund zu spülen.

„Du solltest dich dabei nicht erwischen lassen." Die Ashen-Sklavin, die sich zuvor noch um den betrunkenen Adeligen gekümmert hatte, war an Asaras Tisch herangetreten. Ihre Stimme war leise, fast unhörbar. Die *Kisaki* musterte das Mädchen mit einem flüchtigen Seitenblick. Die Ashin war jung, vermutlich gerade einmal im Alter von 20 Sommern, und trug ihr weißes Haar in zwei kurzen Zöpfen. Eiserne Schellen zierten ihre Hand- und Fußgelenke. Das kurze seidene Kleid an ihrem schlanken Körper betonte ihre weiblichen Reize mehr, als es sie verbarg. Ihre rotbraunen Augen blickten starr auf das Weinglas, das sie gerade befüllte. Nichts an ihrer Mimik verriet sie als aufmerksamen Beobachter.

„Ich werde aufpassen", murmelte Asara. Die Sklavin nickte leicht.

„Du warst bei Malik und seinem Gast, nicht wahr?" fragte sie leise. Asara tat so, als ob sie die Oberfläche des hölzernen Tisches polieren würde, um sich etwas Zeit zum Nachdenken zu erkaufen. Wenn jemand um den Verbleib ihres Bündels Bescheid wusste, dann war es eine Sklavin. Es war sicher kein Schaden, sich auf ein kurzes Gespräch einzulassen.

„Ja", entgegnete sie, „ich habe dem Herrn gedient." Der bittere Geschmack in ihrem Mund würde sie noch eine Weile daran erinnern.

„Das tut mir leid", flüsterte die junge Frau. Asara sah sie fragend an. Die Sklavin erwiderte zum ersten Mal ihren Blick. Betroffene Erkenntnis dämmerte sichtlich in ihren glatten Zügen.

„Du weißt es nicht", wisperte sie. Ihr Gesichtsausdruck spiegelte ehrliches Mitleid wieder. „Malik…er hat…Geschmäcker. Ihm zu gefallen ist…gefährlich. Viele meiner Mitgefangenen sind nach einem Abend an seiner Seite verschwunden… Er foltert…" Die Stimme der Sklavin brach und sie senkte ihren Blick. Ihre nächsten Worte waren kaum lauter als ein Windhauch. „Er foltert und er tötet…"

Asara schloss für einen Moment die Augen.

‚Sie wird niemandem etwas erzählen', hatte Malik seinem Gast versichert. Die Worte bekamen plötzlich eine völlig andere Bedeutung. Malik hatte sie der Besprechung nicht aus Leichtsinn beiwohnen lassen – er hatte lediglich beschlossen, sie anschließend zum Schweigen zu bringen.

Das Blut entwich Asaras Wangen. Konnte der Vezier, der die *Kisaki* bei ihrem letzten Staatsbesuch so respektvoll und zuvorkommend behandelt hatte, tatsächlich ein derartiges Monster sein?
Monster.
Das Gespräch mit Harun hatte diese Frage ausreichend beantwortet. Malik war bereit, für neue Sklaven in einen sinnlosen Krieg zu ziehen. Das Ashvolk war wohl mehr als nur eine Vorliebe des Veziers – es war Teil einer Obsession.
Die *Kisaki* ballte ihre Fäuste. Sie hatte genug gehört. Es war endlich Zeit, Taten sprechen zu lassen.
„Was ist dein Name?" fragte sie die schüchterne Sklavin.
„Ri'isa."
„Hör zu, Ri'isa. Ich brauche deine Hilfe. Ich habe ein Bündel mit wichtigen Dingen verlegt. Es befand sich bis vor kurzem noch nahe dieser Säule dort. Ich muss dieses Bündel finden. Kannst du mir helfen?"
Das Ashen-Mädchen zögerte.
„Ich muss Wein ausschenken…" murmelte sie. Asara nahm Ri'isa entschlossen an den Schultern und sah ihr tief in die Augen.
„In diesem Bündel ist ein Dolch", sagte sie. Die Augen ihres Gegenübers weiteten sich. Asara fuhr fort. „Ich werde diesen Dolch in Maliks Herz rammen und seine Herrschaft ein für alle Mal beenden. Sobald er tot ist, werde ich mich auch um seinen Gast kümmern. Dann werden wir von hier fliehen. Du, ich, und alle anderen Sklaven, denen es im geheimen nach Freiheit dürstet. Doch dazu brauche ich deine Hilfe. Und mein Bündel. Kannst du es für mich finden?"
Asara hielt die Luft an.
Das Ashen-Mädchen starrte sie entgeistert an. Wenn Asara sich verrechnet hatte, würde ihr Plan hier und jetzt ein abruptes Ende finden. Die Sklavin würde nach ihren Herren rufen und Asara würde überwältigt werden. Malik würde seine finsteren Spiele mit ihr spielen, ehe er ihrem Leben gewaltsam ein Ende setzte.
Asara hatte aus einem Bauchgefühl heraus alles auf eine Karte gesetzt. Und mit jedem verstreichenden Moment wurde ihre Zeit knapper und ihre Optionen weniger.
„Ich werde deine Sachen finden", flüsterte Ri'isa. „Oder einen anderen Dolch stehlen." Ihre Augen blitzten entschlossen auf. Die Angst, die zuvor noch ihr Gebaren dominiert hatte, war schlagartig etwas neuem, Stärkerem gewichen. Die Sklavin nahm einen tiefen Atemzug und legte ihre Hand auf Asaras Arm. „Doch du musst mir vorher etwas versprechen", fügte sie mit ungewohnt harter Stimme hinzu.
Asara lächelte finster.
„Alles, meine Schwester."

„Lass Malik wissen, dass das Ashvolk nicht unterjocht werden kann. Lass ihn sehen, *wer* seinen Tod besiegelt hat."

~◊~

Asara blickte nervös auf die Feder und das kleine Fässchen Tinte in ihren Händen. Unter ihrem Arm klemmten mehrere Bögen Pergament. Sie hatte die Schreibutensilien von einem Diener requiriert, nachdem sie sich von Ri'isa getrennt hatte. Ihr Gespräch mit der Sklavin war nur kurz gewesen, hatte aber dennoch wertvolle Minuten gekostet. Asara konnte den Vezier nicht länger warten lassen. Der Plan, den sie in Gedanken erarbeitet hatte, war leichtsinnig, lebte von Glück und Zufall und beherbergte mehr als nur großes Risiko. Doch es war ein Plan. Sie musste sich einfach darauf verlassen, dass Ri'isa ihre Waffen bald finden und schnellstmöglich zu ihr bringen würde. War die Suche der Sklavin erfolglos oder überlegte sie es sich gar anders, würde Asaras waghalsiges Bestreben zur kürzesten Sklavenrevolte der Geschichte werden. Denn hatte Malik seinen Vertrag einmal aufgesetzt, so würde er sich zweifellos seiner heutigen Eroberung widmen. Was das bedeutete, wollte Asara gar nicht wissen.

Die *Kisaki* durchschritt einmal mehr den Vorhang. Der Vezier blickte ungeduldig auf.

„Du bist spät", fuhr er sie harsch an. Asara sank vor ihm auf die Knie und hob ihre beladenen Arme.

„Verzeiht, Herr", murmelte sie. „Ich wurde aufgehalten." Der Vezier nahm ihr Feder und Tinte ab. Das Papier legte er ebenfalls neben sich auf den Diwan.

„Du hast mich enttäuscht", seufzte Malik. „Ich werde deine Bestrafung wohl vorziehen müssen." Er hob eine Hand und winkte einen breitgebauten Diener in blauer Samtrobe herbei. Der glatzköpfige Mann eilte an die Seite des Veziers und verneigte sich tief.

„Bringe diese Sklavin in meine Kammer", befahl Malik, „und kette sie an. Ich werde bald bei ihr sein."

Asaras Herz machte einen Satz. Der stoische Diener nickte und nahm Asaras Leine entgegen.

„Komm", sagte er und zog die *Kisaki* unsanft auf die Beine. Asara sah sich panisch um. Ri'isa war nirgends zu sehen. Ihr Plan fiel schneller auseinander, als sie ihn gefasst hatte. Sollte sie kämpfen? Weglaufen?

Das Fenster der Entscheidung schloss sich, als der Diener Asaras Hände hinter ihren Rücken zog. Im nächsten Moment klickte etwas. Der Mann hatte die Schellen um Asaras Handgelenke mit einem kleinen, aber robusten Schloss zusammengekettet.

„Komm", wiederholte er. „Die Kammer wartet."

Teilnahmslos zerrte er die wehrlose Asara aus Maliks Refugium und schließlich hinaus in die verlassenen Gänge des Palastes.

12

Erkenntnis

Das kalte Metall des Halsbandes lag schwer um Asaras Kehle. Mit jedem Schritt spannte sich die daran befestigte Kette und gab der Gefangenen einen kleinen Ruck in Richtung des schweigsamen Dieners, der sie zielsicher durch die weiten Korridore führte. Asaras fest hinter ihrem Rücken zusammengekettete Hände machten echte Gegenwehr unmöglich. Anfangs hatte sie noch probiert, sich gegen ihren Wärter aufzulehnen. Sie hatte an der Kette gezerrt, gebissen, geflucht und gefleht. Doch die einzige Reaktion des Mannes hatte darin bestanden, sie an kürzere Leine zu nehmen und seine Schritte weiter zu beschleunigen. Nach einem zweiten Fluchtversuch hatte er zusätzlich eine kurze Kette requiriert und mit zwei kleinen Schlössern zwischen Asaras Fußschellen befestigt. Von diesem Moment an konnte die *Kisaki* nur noch kurze, trippelnde Schritte tun. Sie stolperte dabei mehr als sie ging – die Fußfesseln und der durch ihre nach hinten gezogenen Hände beeinträchtigte Gleichgewichtssinn nahmen ihr jegliche Trittsicherheit. Hätte der Diener ihre Leine nicht so kurz geführt, wäre sie wohl regelmäßig zu Boden gestürzt. So zerrte der Mann seine Gefangene nicht nur ungebremst vorwärts, sondern hielt sie auch durch rohe Kraft auf den Beinen.

Asara schluckte stumm die Tränen, die sich den Weg nach draußen zu bahnen suchten.

Ich hätte es wissen müssen.

Das Wagnis war ein zu großes gewesen. Asaras leichtsinnige Infiltration hatte in erneuter Gefangenschaft geendet. Und wenn die ominösen Worte von Ri'isa einen Funken Wahrheit enthielten, war sie in weit größerer Gefahr, als noch während ihrer Entführung durch die Ashen.

Ri'isa...wo bist du?

Von der Ashen-Sklavin fehlte nach wie vor jede Spur. Die einzigen Leibeigenen, die Asara zu Gesicht bekam, mieden ihren flehenden Blick. Die Stimmung in den kaum noch bevölkerten Korridoren des Palasts war spürbar gedrückt. Dienerinnen wie Sklaven waren sichtlich in Eile, ohne konkrete Dienste zu verrichten. Türen von Quartieren schlugen eilig zu, sobald Asara und ihr Wärter sich ihnen näherten. Es wirkte fast so, als ob eine ungehörte Glocke zur verbotenen Stunde geschlagen hatte – jedermann floh eiligst zurück in die Sicherheit der eigenen vier Wände. Selbst von den sonst omnipräsenten Wachen war nicht viel zu sehen.

Der Diener bog unvermittelt in einen Seitengang ab. Ein Wandteppich verdeckte einen großen Teil des schmalen Durchgangs. Ein scharfer Ruck an ihrer Leine zwang Asara dazu, ihm zu folgen. Die *Kisaki* stolperte an dem schweren Stoff vorbei und hinein in den schmalen Gang. Die kurze Kette ihrer Fußschellen brachte sie beinahe zu Fall. Nur des Dieners kräftige Hand und die kalte Steinwand bewahrten sie vor einem schmerzhaften Sturz.

Der durch eine einzelne Lampe erhellte Korridor endete nach wenigen Metern an einer schweren Tür. Bronzene Nieten und polierte Beschläge zierten das dicke Holz. Asaras Wärter zog einen Schlüsselbund hervor und entriegelte das Portal.

„Mach mir keinen Ärger, Mädchen", brummte der Mann und stieß die Türe auf. Es eröffnete sich der Blick auf eine schmale Wendeltreppe, die tiefer in das steinerne Fundament des Palastes führte. Flackerndes Kerzenlicht verlieh dem steilen Abgang etwas Unheilvolles.

„Bitte", flehte Asara leise. „Ihr müsst das nicht tun. Ihr seid kein schlechter Mensch."

Der Diener warf ihr einen beinahe traurigen Blick zu.

„Mein Schiff hat den Hafen bereits vor langer Zeit verlassen", murmelte er. „Ich diene dem Vezier in allen Belangen."

Die Worte klagen fast wie ein Mantra.

Der Diener nickte in Richtung des Abgangs.

„Du zuerst."

Asara presste die Lippen zusammen und schob sich an dem Mann vorbei. Vorsichtig tat sie den ersten Schritt nach unten. Die Kette zwischen ihren Fußgelenken gestaltete den Abstieg langsam und mühevoll. Immer wieder musste ihr Wärter sie stützen oder an ihrem Halsband zurück nach oben ziehen. Letzteres schnürte Asara regelmäßig die Kehle zu und ließ sie panisch nach Luft schnappen.

Gefühlte Stunden später erreichte die *Kisaki* das Ende der Treppe. Sie sank schwer atmend gegen die Wand. Ihre Knie zitterten ob des kräfteraubenden Balanceakts. Vor ihr versperrte eine weitere Tür den Gang. Zwei alte Öllampen warfen ihr mattes Licht auf mehrere schwere Vorhängeschlösser, die das metallene Portal geschlossen hielten. Reliefs aus Gusseisen formten ein skurriles Bild auf dessen geschwärzter Oberfläche. Fabelwesen aus allen Epochen der Geschichte waren in das Metall eingearbeitet. Die Kreaturen waren in einem ewigen Kampf erstarrt. Zähne schlossen sich um Kehlen und Klauen schlugen Furchen in Schuppen und Haut. Es war ein Töten und Getötet werden – doch keines der unheimlichen Wesen schien im Begriff zu sein, die Oberhand zu gewinnen.

Der Diener presste Asara mit dem Gesicht voran gegen die Wand und hakte mehrere Finger unter ihr Halsband. Seinen Fuß stellte er auf die Kette zwischen ihren Knöcheln. Asara musste wehrlos zusehen, wie er mit der anderen Hand den Durchgang entriegelte. Schloss um Schloss schnappte lautstark zurück. Die Türe selbst glitt leise quietschend nach innen auf.

Mit einem kräftigen Ruck beschleunigte der Wärter seine Gefangene in die düstere Kammer.

Asaras Mund öffnete sich in stillem Schrecken, als ihr Blick die Einrichtung des steinernen Raumes erfasste. Zahllose Ketten und Schellen zierten die schwarzen Wände oder baumelten träge von der niedrigen Decke. Peitschen, Stangen und eigentümliche Gerätschaften füllten Regale und Kisten. Einige dieser Instrumente erinnerten an die Werkzeuge der *Medizi*, andere schienen offensichtlich der Folter zu dienen. Doch es waren vorrangig die grobgezimmerten Möbelstücke, die Asaras Blick auf sich zogen.

Ein hölzernes Kreuz war im hinteren Bereich der Kammer an einen Tisch genagelt worden, der wiederum an jeder seiner vier Ecken mit Lederriemen versehen war. Eine Schraubvorrichtung am Kopf der hölzernen Tafel ließ vermuten, dass es sich bei dem Instrument um eine Art Streckbank handelte. Nicht unweit von dieser entfernt stand ein hüfthoher Pranger. Die dahinter in den Boden eingelassenen Ringe dienten zweifellos dazu, die Beine des Opfers weit gespreizt anzuketten. Ein Metallstab ragte zwischen Ringen und Pranger aus dem Boden. Er endete auf Genitalhöhe und war nach oben hin abgeschliffen. Die deutlich gekrümmte Spitze des Pfahls zeigte gen der Ausnehmungen für Hals und Handgelenke. Asara konnte sich nur zu lebendig ausmalen, wie sich die wulstige Stange tief in Lustspalte oder Anus einer im Pranger gefangenen Sklavin schieben würde. Der Schandpfahl selbst war verstellbar, um auch Hals und Glieder des schlanksten Opfers halten zu können. So gab es kein Entkommen vor dem stählernen Stab und seinem gnadenlosen Eindringen in die zur Schau gestellten Körperöffnungen.

Neben der am Boden angeschraubten Vorrichtung stand ein niedriger Tisch. Eine Vielzahl Peitschen, Gerten und Stöcke lag fein säuberlich auf diesem aufgebahrt. Auch mehrere Knebel in verschiedensten Formen und Materialen lagen bereit.

Asara schluckte. Trotz der drohenden Gefahr durch den gewalttätig veranlagten Vezier erfüllte sie der Anblick der potentiell lustbringenden Folterinstrumente mit aufgeregter Erwartung. Wie würde es sich anfühlen, vorgebückt und mit gespreizten Beinen an dem Pranger zu stehen, während ihr Meister das emporragende Spielzeug langsam in ihre obszön präsentierte Lustspalte schob? Würde sie klagen oder stöhnen, wenn die Peitsche sie an Gesäß und Schenkeln traf? Und was würde ihren Mund ausfüllen? Raifs pulsierende Männlichkeit oder der maskenähnliche Knebel, aus dessen Mundstück ein ledernes Glied erwuchs?

Ehe Asara das lüsterne Bild im Geiste vervollständigen konnte, zog sie der Diener vorbei am Pranger und weiter an eine weitere, nicht minder bedrohliche Konstruktion. Auf den ersten Blick handelte es sich dabei um einen hüfthohen Keil aus massivem Holz, dessen nach oben zeigende Spitzkante mit einer leicht abgerundeten Metallschiene verstärkt worden war. Kurze Ketten am Fuße des schwarzen Bocks ließen Böses erahnen.

Der Diener blieb stehen. Wortlos klinkte er Asaras stählerne Leine an einen Ring am Kopfende des hölzernen Gestells. Danach entfernte er die Kette zwischen ihren Fußschellen. Doch die Freude ob ihrer Erlösung war nur von kurzer Dauer. Der Mann fasste die *Kisaki* kurzerhand an der Hüfte und hob sie in den spitz zulaufenden ‚Sattel' des leblosen Pferdes. Asara schrie auf und strampelte panisch, als sich der metallverstärkte Grat ihrer ungeschützten Lustspalte näherte.

„Nein! Nein! Bitte…!"

Der eiserne Griff des Dieners ließ nicht nach. Asaras empfindliche Haut berührte das kalte Metall und sie schrie auf. Langsam aber fortwährend begann der stumpfe Keil ihre Schamlippen zu teilen. Asaras Beine wurden durch die Form des Bocks immer weiter gespreizt. Panisch suchten ihre Füße nach dem Boden, um ihr Absinken zu stoppen. Gerade als der Stahl ihren Liebesmund küsste und sich der Druck zwischen ihren Beinen zu dumpfem Schmerz wandelte, berührten ihren Zehenspitzen den kalten Stein. Mit zitternden Knien fand sie schließlich Halt und verharrte keuchend.

Nicht. Bewegen.

Jede überflüssige Bewegung würde mehr Gewicht auf ihren Intimbereich legen. Asara konnte sich nur zu gut ausmalen, welche Art von Schmerz dies nach sich ziehen würde.

Wortlos bückte sich der Diener herab. Mit wenigen Handgriffen kettete er Asaras Fußschellen an die dafür vorgesehenen Ringe am Fuße des Bocks. Danach verkürzte er die Leine, bis die Brüste der Gefangenen beinahe das hölzerne Ross berührten. Die *Kisaki* stöhnte laut auf, als der Metallkeil dabei kurzzeitig stärker gegen ihre ungeschützte Innenseite presste. Vorgebeugt und mit gestreckt angeketteten Beinen ritt sie nun das hölzerne Pferd.

Trotz des nicht zu ignorierenden Schmerzes spürte Asara, wie sich die Feuchtigkeit zwischen ihren Beinen auszubreiten begann. Das spreizende Metall hatte schnell ihre Körpertemperatur angenommen und rieb provokant gegen ihre entblößte Spalte. Pein und Lust traten in ihren altbekannten Konflikt.

Asara biss sich auf die Lippen. Der Druck wurde unvermittelt stärker, als der Diener ohne Vorwarnung ihre hinter dem Rücken gefesselten Handgelenke anhob. Langsam aber unaufhörlich zog er ihre Arme von ihrem Körper weg. Sie standen beinahe im rechten Winkel ab, als ihr Peiniger endlich stoppte. Ketten klimperten und die Gefangene spürte, wie ein weiteres Schloss an den Schellen befestigt wurde. Ein mühevoller Blick über ihre Schulter zeigte Asara, dass der Diener ihre Hände an eine von der Decke baumelnden Kette geschnallt hatte. Es war für die *Kisaki* nun vollends unmöglich geworden, sich aufzurichten. In Zusammenspiel mit der kurzen Leine war Asara straff vornüber gebückt an das hölzerne Ross gekettet. Ohne Hilfe würde sie sich kaum mehr als wenige Zentimeter vor oder zurück bewegen können. Ihre gestreckten Zehenspitzen waren alles, was sie vor größerem Schmerz in Genitalien und Schultern bewahrte. Doch wie lange konnte sie ihr Gewicht auf derartige Weise tragen?

Der schweigsame Diener überprüfte sorgfältig jedes Schloss, ehe er einen Schritt zurücktrat. Die Ketten klimperten leise als Asara ihren Kopf zu ihm drehte.

„Warum tut ihr das?" wisperte sie. Erfolglos versuchte die *Kisaki*, sich in eine aufrechtere Lage zu schieben. Ihr Körper war zum Zerreißen gespannt. Panik verdrängte zusehends den letzten Rest ihrer bröckelnden Selbstkontrolle. Sie zerrte keuchend an den Ketten, die ihre Arme so brutal nach oben zogen. Doch diese gaben genauso wenig nach, wie Halsband und Leine.

„Warum tut Malik das?" stöhnte sie. „Warum…warum dieser Hass auf das Ashvolk?"

Der Diener erwiderte ihren Blick mit leeren Augen.

„Vezier Malik…genießt bloß", erwiderte er leise. „Die wahren Qualen haben einen anderen…Ursprung."

Er wandte sich ab und schritt langsam zur Tür. „Es tut mir leid, Mädchen", murmelte er. „Niemand hat ein derartiges Schicksal verdient."

Mit diesen Worten ließ er die angekettete Gefangene in der halbdunklen Kammer zurück.

~◊~

Asaras angespannte Schenkel schmerzten wie nach einem Sprint rund um Al'Tawil. Ihr Rücken und ihre Schultern protestierten gleichermaßen gegen die unnatürliche Position, in die sie gefesselt war. Sie konnte nicht vor und nicht zurück. Die hinter ihrem Rücken hochgezogenen Handgelenke verhinderten effektiv, dass sie ihren angespannten Oberkörper auf dem Bock abstützen konnte. Die Kette zwischen Halsband und vorderem Keilende nahm ihr wiederum die Möglichkeit, sich vollends aufzurichten. Mit jeder Minute die verging, presste der abgerundete Metallgrat des hölzernen Pferdes stärker gegen Asaras entblößte Lustspalte. Ihre gestreckten Zehenspitzen, die das meiste ihres Körpergewichtes trugen, fühlten sich an wie Blei.

Jede Faser von Asaras Körper schmerzte. Ironischerweise war es diese dumpfe Pein, die die lauernde Panik in Schach hielt. Die gefangene *Kisaki* war zwar alleine in der düsteren Kammer – hilflos angekettet an ein diabolisches Folterinstrument – aber sie hatte sich nicht in der Auswegslosigkeit ihrer Situation verloren.

„Bist du da ganz sicher?" wisperte eine Stimme nahe ihrem Ohr. Asara zuckte zusammen und versuchte vergebens, über ihre Schulter zu blicken. Die Bewegung ließ die Ketten an ihren Gliedern leise klimpern. Das polierte Holz des Bocks presste gegen die Innenseiten ihrer Schenkel. Asara spürte, wie körperwarmes Metall provokant gegen ihre Liebesperle drückte.

„Wer...wer ist da?" fragte sie heiser. Die Stimme hatte seltsam vertraut geklungen. Vertraut und fremdartig zugleich.

In ihrem Hinterkopf wusste Asara, dass sich niemand sonst im Raum befand. Der Diener hatte die schwere Türe hinter sich verschlossen. Seit gefühlten Stunden hatte keine Seele die Folterkammer betreten. Die Worte, die die *Kisaki* so deutlich vernommen hatte, konnten somit nur einen Ursprung haben.

„Du hast dich in eine wahrlich missliche Lage manövriert", setzte die flüsternde Stimme fort. „Und das nur, weil du dich gegen dein Schicksal zur Wehr gesetzt hast. War es das wert?"

Mihas Stimme.

Es war Mihas Stimme, die leise und fast schon andächtig zu ihr sprach. Es war die Stimme des Ashen-Kriegers – und gleichzeitig doch nicht. Der Tenor war ein anderer und die Wortwahl zurückhaltender. Die Stimme hatte keinen Hall, doch sie resonierte mit der Gesamtheit von Asaras schmerzumnebeltem Geist.

„Wer seid ihr?" flüsterte die Gefangene in den leeren Raum. Ein Teil von ihr protestierte dagegen, auf die körperlose Stimme zu reagieren. Ihr zu antworten bedeutete, die Wahnvorstellungen zu akzeptieren, die ihr geplagter Geist zweifellos konstruierte, um den Qualen zu entkommen.

„Nur ein verirrter Gedanke", entgegnete Nicht-Miha, „der zum ersten Mal klare Form angenommen hat. Ich habe dich gesucht, aber bisher nur deine Träume gefunden. Schmerzgeplagte Träume."

Eine verschwommene Erinnerung drängte sich an die Oberfläche.

Ein unbekanntes Verlies. Das Phantasma von Miha, das über Asaras angekettetem Körper stand. Eine Peitsche aus stählernen Kettenglieder, zum Schlag erhoben. Ein geflüstertes Versprechen.

„Du wartest am Ende meiner Reise auf mich", wisperte Asara. „Das hast du versprochen. In meinem Traum. Der Schmerz…" Die *Kisaki* erschauderte, als sie sich an den brennenden Kuss des diabolischen Werkzeugs erinnerte. Der Schmerz war so real gewesen.

Die Stimme entgegnete nichts.

„Du bist nicht echt", murmelte Asara. „Du bist nur ein Konstrukt meines Unterbewusstseins. Du bist der finstere Teil, der sich nach Bestrafung und Demütigung sehnt."

Die Schellen um ihre Handgelenke klimperten leise gegeneinander, als die Gefangene ihre Schultern zu entlasten versuchte.

„Vielleicht bin ich das", erwiderte Mihas Stimme. „Vielleicht bin ich tatsächlich bloß ein Fragment deines unendlich komplexen Geistes."

„Komplex?" lachte Asara bitter. Ihre Stimme hallte durch die geräumige Kammer. „Ich bin *krank*! Meine Gelüste sind unnatürlich!"

Der Tonfall ihres ungesehenen Gegenübers wurde härter, nahezu zornig.

„Du bist nicht krank. Deine Zweifel entstammen den Konventionen einer starren Gesellschaft, die das *Genießen* verlernt hat. So viele Menschen verweigern aus Angst vor Stigmatisierung ihre innersten Bedürfnisse. *Das* ist der unnatürliche Teil. Nicht deine Gelüste."

Asara starrte stumm auf den im Bock eingelassenen Ring, der das Ende ihrer straff gespannten Leine hielt.

„Ich glaube dir nicht", flüsterte sie schließlich. „So etwas kann nicht normal sein. Raif hat etwas in mir geweckt… Ich war nicht immer so…beschädigt."

Tief in ihrem Inneren wusste sie, dass diese Worte Teil einer selbstbeschwichtigenden Lüge waren. Asaras Fantasien hatten lange vor ihrer Entführung begonnen. Doch sie hatte sie stets ignoriert. Genauso wie sie die wohlig-warmen Gefühle verleugnet hatte, die ihre geheimen Spiele mit Lanys regelmäßig hervorgerufen hatten. Asaras Herz hatte wie wild geschlagen, als die Sklavin ihr vor Jahren einmal ihr stählernes

Halsband umgeschnallt hatte. Die junge *Kisaki* hatte aus Neugierde darum gebeten und die kecke Magd hatte grinsend folgegeleistet. Kaum hatte sich das kühle Metall um Asaras Hals geschlossen, waren ihren Fantasien mit ihr durchgegangen. Lanys hatte die Erfahrung noch intensiviert und kurzerhand den Schlüssel versteckt. Asaras anfängliche Panik hatte sich innerhalb kürzester Zeit zu brennender Lust gewandelt. Gefolgt war eine Nacht der verbotenen Liebe – die erste Nacht von vielen – und eine lange Freundschaft.

„Der Mensch ist eine Kreatur der Gegensätze", flüsterte die Stimme inmitten Asaras abdriftender Gedanken, „und das ist vollkommen normal. Widersprüche sind der Antrieb jeder Entwicklung. Sie fordern uns heraus, hinterfragen den Status Quo und zeigen uns vollkommen neue Welten."

Ein einzelner Schweißtropfen lief träge Asaras Oberkörper hinab. Er folgte der Kontur ihrer Brüste und ihres Nabels ehe er ihre bebende Lustspalte erreichte.

„Du genießt Zärtlichkeit wie Schmerz", setzte Nicht-Miha leise fort, „männliche Glieder wie die geschickte Zunge einer Frau. Du sehnst dich nach Küssen und Peitschenhieben, nach sanfter Liebkosung und hartem Sex. Deine Freiheit ist dir dein wichtigstes Gut – und gleichzeitig lechzt es dir danach, sie dir durch Fesseln und Riemen nehmen zu lassen. Deine Worte haben Gewicht und dennoch liebst du es, sie an einen Knebel zu verlieren."

Asara schloss die Augen.

„Ich habe Angst", hauchte sie. „Aber zugleich...zugleich wünsche ich mir Cyns süßes Spielzeug herbei. Wünsche mir, der Keil zwischen meinen Beinen möge es tief in meine Lustspalte schieben..."

Ich bin nicht normal.

„Warum?" flüsterte die *Kisaki*. „Warum erregt mich die Erniedrigung so? Ich bin Kaiserin! Die mächtigste Frau der bekannten Welt! Und dennoch wünsche ich mir insgeheim, meine Berater und Freunde mögen mich so sehen. Gefesselt...machtlos...feucht..."

Ihre Stimme brach. Ihre eigenen Selbstgespräche hatten sie an die Grenze ihres Verstandes geführt. Eine Träne lief ihre Wange herab und tropfte auf den Bock. Ein Windhauch strich eine Strähne ihres weißen Haares aus Asaras verschwitztem Gesicht. Es fühlte sich fast an wie eine zärtliche Berührung.

„Kontrolle will gelegentlich abgegeben werden", sagte Nicht-Miha sanft. „Sonst verliert sie an...allem. Reiz, Wirksamkeit, Freude. Kontrolle über sich selbst oder andere funktioniert nicht, wenn man nicht die entgegengesetzte Seite der Medaille kennengelernt hat. Ohne Ergeben gibt es keine wahre Kontrolle."

„So einfach?" schluchzte Asara.

„So einfach. Und der Schmerz…nun, er ist der Zwillingsbruder der Lust. Die meisten Menschen ignorieren diese simple Wahrheit."

Die *Kisaki* nahm einen tiefen Atemzug.

„Ich bin nicht…verrückt?"

„Nein. Du bist etwas Besonderes. Vielschichtig, stark und wunderschön. Selbst – oder gerade – in Ketten."

Asara blickte an sich hinab, soweit die Fesseln es zuließen.

Ihre langen, glatten Beine waren gestreckt an den Fuß des Bocks gekettet. Ihr Balanceakt auf den Zehenspitzen gab ihrem Körper etwas Verwundbares und betonte zugleich ihr Gesäß. Die Ketten an ihren emporgezwungenen Armen zogen ihre Schultern zurück und präsentierten ihre strammen Brüste. Sie war ein Bild der Hilflosigkeit und zugleich jenes einer wunderschönen, ungebrochenen Gefangenen, die im Kerker ihres Feindes tapfer alle Qualen erduldete, um das von ihr angestrebte Ziel zu erreichen. Der sie dabei ausfüllende Schmerz brachte brennende Lust mit sich. Und diese Lust war es, die ihren Geist zusammenhielt und zugleich ihren Körper wärmte.

Ich bin schön. Stark. Ungebrochen.

Der Gedanke war Macht. Macht in der Machtlosigkeit.

„Ich bin mit Stärke und Schönheit gesegnet", sagte Asara mit fester Stimme. „Ich bin frei – selbst in der Sklaverei. Ich werde nicht aufgeben. Niemals."

Und ich werde genießen, ohne mich dafür zu schämen.

Es war ein mutiger Gedanke. Asara wusste natürlich, dass sich ihr innerer Konflikt nicht so einfach gewinnen lassen würde. Aber ihre Erkenntnis war ein erster Schritt auf dem beschwerlichen Weg zur Akzeptanz ihres ungewöhnlichen Selbst.

Sie hörte das Lächeln in der körperlosen Stimme, als diese erneut sprach. Die Worte klangen leiser, weiter entfernt.

„Gib auf dich Acht, Nai'lanys. Dein Schicksal wartet auf dich. Stets und für immer."

Die finalen Worte von Nicht-Miha waren keine Drohung. Sie waren ein Versprechen.

Es wurde still in der Kammer. Noch während Asaras müder Geist sich wunderte, wo sie diese Variation ihres Namens – nein, Lanys' Namens – zuvor gehört hatte, kehrten der Schmerz und die Lust langsam zurück. Erst jetzt fiel der Gefangenen auf, wie sehr beides während der letzten Stunde in den Hintergrund gerückt war. Die *Kisaki* keuchte und unterdrückte ein Stöhnen. Der spitz zulaufende Bock zwischen ihren Beinen presste unvermindert gnadenlos gegen ihren Intimbereich.

„Ich habe noch nicht verloren", flüsterte Asara.

Wie als herausfordernde Reaktion auf ihre entschlossenen Worte begannen die Schlösser der Kerkertüre zurückzuschnappen. Ein Hauch warmer Luft strömte in den Raum, als das Portal leise aufschwang. Schritte näherten sich von hinten. Asara verharrte reglos. Sie würde Malik nicht die Genugtuung bereiten und sich in ihren stählernen Fesseln winden.

„Das also ist sein neuestes Spielzeug", murmelte eine weibliche Stimme. „Hübsch. Für eine Ashen-Sklavin."

Eine Hand legte sich auf Asaras ungeschützten Rücken. Die spitze Fassung eines Rings bohrte sich schmerzhaft in ihre nackte Haut.

„Wir beide werden viel Spaß miteinander haben", versprach die Unbekannte. Ihr Unterton ließ dabei keine Zweifel offen, wie einseitig dieser ‚Spaß' sein würde.

Die andere Hand der Frau fuhr langsam durch Asaras Haar. Plötzlich packte sie zu und riss den Kopf der Gefangenen nach hinten. Asara stöhnte auf, als ihr enges Halsband ruckartig an ihrem Nacken zog. Das Gesicht einer Frau mittleren Alters schob sich in ihr eingeschränktes Blickfeld. Trotz der edelsteinbestückten Haarnadeln hing die hellbraune Mähne der Unbekannten wirr in ihr bleiches Gesicht. Dunkle Ringe waren unterhalb ihrer bohrenden blauen Augen zu erkennen. Ein falsches Lächeln hatte die Züge der Frau eingenommen. Doch kein gestellter Frohmut konnte die Grausamkeit verbergen, die hinter dieser alternden Visage lauerte.

„Trotz. Hass", murmelte die Frau, als sie Asaras Blick erwiderte. „Mein lieber Malik hat mir heute ein ganz besonders liebliches Geschenk bereitet."

Die Frau ließ unvermittelt von ihrem Opfer ab. Die Ketten klimperten, als Asaras Kopf wieder nach vorne sackte. Das altmodische, mit Rüschen verzierte Kleid der Fremden raschelte, als sie sich einige Schritt entfernte.

„Ich habe genau das Richtige für dich", kicherte sie. Asara vernahm das Schaben von Metall über Stein.

‚Die Qualen haben einen anderen Ursprung'.

Die Worte des Dieners kehrten ungebeten zurück. Und Asara verstand.

Die Frau summte und murmelte vor sich hin.

„Malik, Malik. Du kannst diese hübschen Gesichter doch nicht alle für dich behalten. Was dein ist, ist auch mein." Sie trat wieder näher an Asara heran. Die Gefangene drehte unter Anstrengung ihren Kopf zur Seite. Die Frau hatte ein langes, schmales Messer in der Hand und grinste breit. „Was dein ist, ist auch mein", wiederholte sie im Singsang. „Das haben wir uns damals versprochen. *Versprochen!*" Ihre plötzlich scharfen Worte hallten peitschenartig durch den Raum.

Asara schluckte. Diese Frau – Maliks Frau – war nicht von gesundem Verstand. Und Asara war ihr wehrlos ausgeliefert.

Nein. Nicht wehrlos.

Asara öffnete ihren Mund. Sie tat das einzige, was ihr in diesem Moment in den Sinn kam: sie konfrontierte diese Frau mit der Wahrheit. Die dazugehörigen Worte kamen wie von selbst.

„Ihr seid krank" sagte Asara leise. Die Frau mit dem Messer hielt inne.

„Was? Was? Sie *redet*?" zischte die Angesprochene. „Warum ist sie nicht geknebelt! Wo sind die Knebel?!"

Kalter Schweiß lief Asaras Nacken hinab. Ihre einzige Waffe gegen diese Frau waren Worte. Knebelte sie ihre Peinigerin, so hatte sie ihre einzige Chance verspielt.

„Ihr seid krank", wiederholte Asara mit erstaunlich fester Stimme. „Aber es gibt immer Hoffnung. Man kann euch helfen. Auch mir wurde...vor kurzem geholfen."

Die murmelnde Adelige hatte den Tisch neben dem Pranger ausgemacht und eilte zu ihm. Summend begann sie die dort aufgelegten Knebel zu inspizieren.

Asara wusste, dass ihre eigenen Gelüste nichts mit den vermutlich gewalttätigen Tendenzen der anderen Frau zu tun hatten. Hier half keine Beschwichtigung oder innere Stimme, die alles ins rechte Licht rückte. Asara versuchte es dennoch.

„Andere zu dominieren fühlt sich gut an, nicht wahr?" riet die *Kisaki*. „Es gibt euch Macht. Selbstbewusstsein."

Die Frau nahm einen Knebel auf, der aus einer kurzen, von einem Lederriemen gehaltenen Stange bestand. Das Instrument erinnerte entfernt an das Gebiss eines Zaumzeugs für Pferde. Mit ihrer Beute bewaffnet schlenderte die Frau an die nahe Wand. Mit nachdenklich geneigtem Kopf fuhr sie mit dem Finger über die dort säuberlich aufgehängten Stahlschellen.

„Ich bin nicht mein lieber Mann", sagte sie unvermittelt. Ihre Stimme war unerwartet kontrolliert. „Ich will keine Sklaven, die mir jeden Wunsch von den Lippen ablesen. Malik liebt es, die jungen Dinger vor sich knien zu sehen. Sie können ihm geben, was ich nicht mehr kann." Sie nahm ein Paar schmaler Handeisen von der Wand und öffnete testweise deren Verschluss. „Ich...will eure Ergebenheit nicht", flüsterte sie. „Ich *hasse* sie vielmehr. *Hasse* sie..."

Sie wandte sich zu Asara um. Die *Kisaki* spannte unfreiwillig ihre Muskeln an. Sie hatte den falschen Ansatz gewählt. Diese Frau war nicht dominant wie Raif und vermutlich Malik es waren. Sie genoss nicht den Anblick von gefesselten Körpern oder die Gehorsamkeit der Unterwürfigen. Sie wollte…was?

„Deine Zunge…", murmelte die Adelige, als sie wieder an Asaras hölzernem Pferd zu stehen kam. „Ich glaube ich behalte dieses Mal die Zunge. Mein lieber Mann wird dann wohl keine Freude mehr mit dir haben." Sie legte Knebel und Fessel ab und fasste Asara unvermittelt in den Schritt.

„*Das* wird auch mein sein", gluckste sie. „In ein paar Tagen dann. Wenn dich mein lieber Stahlbock endgültig zur Liebhaberin genommen hat. Wie könnte er auch wiederstehen? Du machst ja so bereitwillig die Beine für ihn breit!" Sie kicherte und fuhr mit einem scharfen Fingernagel über Asaras schutzlose Perle. Ihr Lachen erstarb einen Moment später. „Mein lieber Mann hat dir schließlich auch nicht widerstanden."

Asaras Beine zitterten. Die ältere Frau nahm die Schellen auf und schloss die erste knapp oberhalb der Ellenbogen um Asaras Arm.

Eifersucht.

Sie hatte ihre Antwort bekommen. Maliks Gemahlin war krankhaft eifersüchtig. Sie suchte zu zerstören, was ihr treuloser Ehemann am meisten begehrte. Ob es dieses Gefühl war, das sie in den Wahnsinn getrieben hatte, war nicht zu beantworten. Es spielte auch keine Rolle mehr. Die Veziersgattin hatte vermutlich keinerlei sexuelles Verlangen nach den Dingen, die sie tat. Sie war nicht Asaras Gegenpol. Was sie antrieb, war wahrlich unnatürlich.

Asara stöhnte auf als die Frau begann, ihre Ellenbogen zusammenzupressen. Lediglich ihre Gelenkigkeit und Raifs Training bewahrten sie vor größerem Schmerz oder gar einer ausgerenkten Schulter. Ihre Peinigerin schloss mit sichtlicher Mühe die zweite Schelle um Asaras anderen Arm. Die Ellenbogen der Gefangenen waren nun fast genauso eng zusammengekettet, wie ihre Handgelenke. Asara schnappte keuchend nach Luft. Ihr Körper war zum Zerreißen gespannt. Ihr Geist begann einmal mehr, sich von ihrem malträtierten Körper zu distanzieren. Die Szene verschwamm zusehends vor Asaras Augen. Dennoch wusste sie, dass sie sich nicht im Schmerz verlieren durfte. Sie musste kämpfen – die richtigen Worte finden – ehe es zu spät war.

„Ich hasse Malik", stöhnte die Gefesselte. „Alle seine Sklaven hassen ihn. Hassen, wie er mit ihnen umgeht und wie er euch damit betrügt."

Die ältere Frau fasste Asara am Kinn.

„Leere Worte", murmelte sie und presste die Stange des Knebels gegen Asaras Lippen. „Nichts als leere Worte. Ihr Sklaven wisst doch nicht einmal, dass ich existiere."

Sie hatte Recht. Nicht einmal Asara die Kaiserin hatte gewusst, dass Malik verheiratet war. Der Vezier hatte seine Angetraute nicht mit einem Wort erwähnt.

„Tötet ihn", flüsterte die *Kisaki*. „Tötet ihn und flieht. In die Freiheit." Sie blickte ihrem Gegenüber in die Augen. Die Frau schüttelte leicht den Kopf. Der Knebel schob sich in Asaras Mund und drückte ihre Kiefer auseinander. Mit einem festen Ruck zurrte die Veziersgemahlin den Lederriemen fest.

„Es gibt keine Freiheit für mich", hauchte sie. „Und auch nicht für dich."

Damit nahm sie das zuvor abgelegte Messer wieder auf. Das irre Leuchten in ihren Augen kehrte zurück. Asara war zu ihr durchgekommen – aber nur für wenige Momente. Alles was blieb war...was? Auf einen Zufall zu hoffen?

Malik...Liebhaber...Hass...

Die Worte der verwirrten Frau spukten durch Asaras Kopf. Sie musste ihr Gegenüber *verstehen* – so wie sie begonnen hatte, sich selbst zu verstehen.

Die Frau trat einen Schritt näher. Die *Kisaki* wandte ihren Blick ab und tat ihr Bestes, die Angst auszublenden. Langsam, ganz langsam, begann sie ihre Hüften zu kreisen. Die metallene Verkleidung des abgerundeten Keils presste unvermittelt stark gegen ihre geteilten Schamlippen. Ein leises Stöhnen entkam Asaras geöffnetem Mund.

Die Schritte hielten inne.

„Was machst du?" fragte die Adelige mit irritierter Stimme. Die Angesprochene ignorierte sie. Asara fokussierte vollends auf die Welt des lieblichen Schmerzes. Ihre volle Aufmerksamkeit galt den Fesseln und ihrer eigenen, bisher Großteils unterdrückten Lust. Die Schellen um ihre Ellenbogen hatten ihre wohlgeformten Brüste vollends zur Geltung gebracht. Die geschwollenen Knospen ihrer Nippel verlangten deutlich nach Aufmerksamkeit. Der Knebel war wie der Kuss eines stoischen Liebhabers.

Asara hatte jegliche Kontrolle über ihren Körper und ihre Stimme verloren. Und sie genoss es. In ihrem Geiste liebkosten Raif und Lanys ihre verschwitzte Haut, während Cyn ihre Spielzeuge in Lustspalte und Anus schob. Jede kleinste Bewegung brachte neuen Schmerz und neue Freuden. Asara ließ all ihre mentalen Schranken fallen. Speichel tropfte an ihrem Knebel vorbei und warme Flüssigkeit lief ihre Beine herab. Sie erniedrigte sich wie damals in den Straßen von Masarta, zerrte stöhnend an den unnachgiebigen Fesseln und rieb ihre Lustspalte gierig an dem stählernen Eindringling. Am ganzen Körper zitternd kämpfte sie gegen den sich noch wehrenden Orgasmus und verlor sich endgültig in ihren Fantasien.

Nimm mich hart! Fülle meine jede Öffnung! Fessle mich und peitsche mich aus...

„Du nimmst tatsächlich einen leblosen Bock zum Liebhaber?" murmelte eine weit entfernte, fassungslos klingende Stimme. „All die Schmerzen...und dennoch siegt ein Stück *Einrichtung* über meinem Mann?"

Helles Lachen ertönte. Die Sprecherin wich zurück. Etwas Metallenes schepperte lautstark zu Boden. Asara stöhnte auf. Mit neuem Elan rieb sie ihre Lustspalte über die Spitze des Bocks. Die Stimulation war weit weniger erfüllend als der Phallus eines Mannes zwischen ihren Beinen oder gar die Finger und Zunge einer Maid auf Perle und Liebesmund, doch ·das spielte keine Rolle. Jeder Teil von ihr *genoss*. Asaras junger Körper war zu einer perfekten Skulptur gefesselt. Elektrizität erfüllte ihre Glieder. Das gerillte Holz des Trensenknebels fühlte sich auf ihrer empfindlichen Zunge an wie ein strammes Glied. Energisch versuchte Asara, es zum Erguss zu lecken und zugleich ihren eigenen Höhepunkt zu erreichen.

Die *Kisaki* war vollends in ihre verbotene Welt eingetaucht. Sie wusste es und akzeptierte es. Die süße Folter erfüllte sie, wie kein simpler Liebesakt es je vermocht hätte. Sie ging an Grenzen, die andere gar nicht kannten. Sie akzeptierte, was andere nicht verstanden.

Die Wärme breitete sich langsam aber unaufhaltsam zwischen ihren Beinen aus. Ihr Bauch zog sich zusammen. Ihre Schamlippen pressten fest gegen das nasse Metall, dass sie so kompromisslos entzweite. Ein wohliger Schauer wanderte von ihrem Nacken bis in ihren Intimbereich. Unter dem leisen Klirren der Ketten nahm Asara ihren Liebhaber in sich auf. Säfte vermengten sich und ihr Stöhnen wurde eins mit ihrem Herzschlag. Raifs Hände massierten ihre geschwollenen Brüste. Lanys' Zunge umspielte ihre Nippel und Cyns lange Finger schoben sich in Lustspalte und Anus zugleich.

Mit einem langgezogenen Stöhnen ließ Asara ihrem Verlangen freien Lauf. Die Zeit wich zurück und machte dem Genuss Platz.

Eine gefühlte Ewigkeit verging, ehe ihre Bewegungen schließlich stoppten. Erschöpft und zitternd hing die *Kisaki* in den Ketten. Das Lachen hatte vor langer Zeit aufgehört. Als sie bereits begann zu vermuten, dass die andere Frau die Kammer verlassen hatte, ertönte plötzlich ihre Stimme. Die Worte klangen nachdenklich und seltsam resignierend.

„Vielleicht gibt es sie doch", murmelte Maliks Gemahlin, „diese sagenumwobene ,*Freiheit*'."

13

Teure Freiheit

„Was ist hier los?"

Eine harte männliche Stimme durchbrach den Wattebausch um Asaras Bewusstsein. Sie hob langsam den Kopf. Ketten klimperten leise.

„Ich fragte: Was ist hier los?"

Dumpfe Schritte näherten sich. Mit großer Mühe öffnete Asara ihre schweren Lider. Die Welt war verschwommen und außer Fokus. Sie erkannte lediglich grobe Formen im Halbdunkel. Einige davon bewegten sich.

„Margha! Was hast du ihr angetan?" Die Stimme war zornig. Eine warme Hand legte sich auf Asaras linke Brust. Die Kisaki versuchte zurückzuweichen, doch irgendetwas hinderte sie daran. Ein starker Zug an Hals und Armen hielt sie an Ort und Stelle. Erneut sangen metallene Ketten ihr unnachgiebiges Lied.

„Lebt sie noch?" fragte die Männerstimme. Ein anderer Tenor antwortete. Die neue Stimme gehörte offenbar dem Unbekannten, der direkt neben Asara zu stehen gekommen war. Dem Besitzer der warmen Hand.

„Ja, Herr. Ich glaube sie ist nicht…verwundet. Aber wohl bewusstlos."

Ein lautstarkes Seufzen vom ersten Sprecher. Das Rascheln von weiten Gewändern.

„Befreie sie und untersuche ihre Scham", befahl er. „Ich habe keine Verwendung für beschädigte Ware."

Die warme Hand wurde zurückgezogen und Asara hörte das helle Klirren eines Schlüsselbunds.

Langsam, sehr langsam, nahm die Welt wieder Gestalt an. Die *Kisaki* befand sich nach wie vor in Maliks Folterkeller. Der dumpfe Schmerz in ihren Gliedern kam von der strengen Fesselung, die sie auf dem hölzernen Pferd hielt. Neckende Stimulation und quälende Leere zugleich gingen von dessen keilförmiger Oberkante aus, die Asaras pochende Lustspalte teilte. Ihr von dem Knebel weit aufgezwungener Mund war ausgetrocknet.

„Gleich habe ich dich befreit", flüsterte eine Stimme in ihr Ohr. Es war eine Wache in adretter Uniform, die Asara mit mitleidigem Blick musterte. „Halte durch."

Die Gefangene nickte kraftlos. Verklebtes weißes Haar rutschte in ihr Blickfeld und schwang im Rhythmus der Bewegung. Hände tasteten ihre gestreckten Beine entlang bis hinab zu den Gelenken. Mit einem leisen Klicken öffnete sich das Schloss, das Asaras Fußschellen an die Ringe des Bocks kettete. Wenig später ließ auch der Zug an ihren Armen nach. Zuletzt öffnete die Wache das Schloss an ihrer Leine.

Asara sank kraftlos nach vorne bis ihr verschwitzter Oberkörper gänzlich auf dem Bock auflag. Das kalte Metall des Grats drückte stützend gegen ihre Brüste. Sie winkelte die Beine an und drückte mit dem Oberschenkel gegen die glatte Seitenwand des hölzernen Pferds. Die zitternde Bewegung half nicht viel, den Druck auf ihre gespreizte Scham zu reduzieren. Ausgelaugt wie sie war, und mit immer noch hinter dem Rücken gefesselten Armen, konnte sie nicht eigenständig von dem Folterinstrument herabsteigen.

„Bwiffe hilf..." murmelte sie. Die Worte wurden von ihrem Knebel beinahe zur Unkenntlichkeit verzerrt. Dennoch verstand die Wache. Starke Arme schoben sich unter ihren Körper und hoben sie fast mühelos auf.

„Sch." Die Wache änderte ihren Griff, bis sie Asara unter Schultern und Kniekehlen zu fassen bekam. Die *Kisaki* stöhnte erleichtert auf und blickte dankbar in das Gesicht ihres Retters, der sie fast zärtlich in seinen Armen hielt. Der Druck war endlich gewichen. Nichts spannte mehr ihre Glieder bis zum Zerreißen und kein Folterspielzeug drang tief in sie ein. Sie hatte den lieblich-quälenden Ritt nach einer gefühlten Ewigkeit endlich hinter sich gebracht. Zurück blieb der dumpfe Schmerz einer fiesen Verspannung, wehe Muskeln und ein warmes Brennen zwischen ihren Beinen. Ihre an Handgelenken und Ellenbogen zusammengeketteten Arme hingen kraftlos zu Boden. Doch wie auch der Knebel zwischen ihren Lippen fiel Asara die Fesselung kaum noch auf – und dass trotz der Schmerzen in ihren strapazierten Schultern.

„Ich wage es nicht, die restlichen Ketten oder den Knebel zu entfernen", flüsterte die Wache. „Vezier Malik besteht auf die strenge Fesselung seiner...Eroberungen." Der Mann wandte seinen Blick fast beschämt ab. Erst jetzt bemerkte die *Kisaki*, wie jung der Uniformierte eigentlich war. Die Stoppeln eines ersten Bartes zierten sein ansonsten glattes Gesicht. Röte jugendlicher Verlegenheit wärmte seine Wangen. Seine hellen Augen schienen Asaras entblößten Körper zu meiden. Trotz des Knebels musste die Gefangene lächeln. Sie hatte nicht erwartet, in Maliks Palast so etwas wie Unschuld zu finden.

Die Wache tat einige Schritte und legte Asara dann vorsichtig auf der Platte eines freigeräumten Tischs ab. Die Gefesselte war dankbar darüber, nicht auf den kalten Steinboden gelegt zu werden. Ihre Dankbarkeit wurde von den sich in ihren Rücken bohrenden Schellen jedoch schnell wieder relativiert.

Die leise Unterhaltung am anderen Ende der Kammer, die Asara bisher nicht bewusst wahrgenommen hatte, verstummte abrupt.

„Nun?" bellte die Stimme von zuvor. „Ist sie noch von Nutzen?"

Malik. Der Vezier hatte sein geflüstertes Gespräch mit seiner Gemahlin offenbar beendet und blickte forschend zu Asara hinüber. Die *Kisaki* erkannte sein kantiges Gesicht im flackernden Licht einer nahen Fackel. Malik Lami'ir hatte eine Hand auf die Schulter seiner Frau – *Margha?* – gelegt. Seine Stirn war gerunzelt. Hervorstehende Äderchen an seinem Hals zeigten nur zu deutlich, wie kurz davor er war, die Kontrolle zu verlieren. Die stechenden Augen seiner Gemahlin verhießen wenig Besseres. Sie wandte sich gerade von ihrem Angetrauten ab und schenkte Asara einen langen, kalten Blick. Ob sie in diesem Moment bereute, ihr Opfer nicht wie geplant gequält oder gar getötet zu haben? Der morbide Gedanke ließ die *Kisaki* erschaudern.

Die Gefahr ist noch nicht vorüber.

Ein Befehl von Malik und Asara würde sich auf dem nächsten Folterinstrument wiederfinden. Margha Lami'ir war zwar die Furie mit dem Messer, aber die finstere Kammer gehörte immer noch dem Vezier. Asara hatte keinen Grund zu glauben, dass Malik ein gütigerer Meister war, als seine geistig verdorbene Frau.

Dankbarerweise schob sich der junge Wachmann zwischen Asara und ihre Peiniger und verbannte das Vezierspaar wieder aus ihrem Blickfeld.

„Es tut mir leid", murmelte er. „Ich muss…nachsehen…uhm…"

Oh.

Die Wache legte zögerlich eine Hand auf Asaras Oberschenkel. Trotz der zuvor wesentlich erniedrigenderen Position spürte die Gefangene, wie die neuerliche Schmach ihre Wangen errötete. Dem jungen Mann erging es wohl nicht besser. Er leckte nervös über seine Lippen und schien nicht zu wissen, was er als nächstes tun sollte. Asara verspürte fast so etwas wie Mitleid mit dem Jüngling. So holte sie tief Luft und öffnete langsam ihre angewinkelten Beine. Die Wache starrte wie gebannt auf ihre präsentierte Lustspalte. Zögerlich schob er einen Finger zwischen Asaras pochenden Schamlippen. Die *Kisaki* biss auf ihren Knebel. Die sanfte Berührung war nicht genug, um ihren kraftlosen Körper erneut in Erregung zu versetzen. Der Gedanke an wahre Liebkosung jedoch erschien in diesem Moment mehr als nur verlockend. Vielleicht würden es eine zärtliche Umarmung und eine jungfräuliche Zunge schaffen, den dumpf brennenden Schmerz zwischen ihren Beinen zu lindern...

Der Jüngling schob unvermittelt einen zweiten Finger in Asaras Spalte und spreizte das pinke Fleisch. Die *Kisaki* keuchte auf.

„Sie ist...uhm...gerötet, aber intakt, Mein Herr", verkündete die Wache mit erstaunlich fester Stimme. Malik brummte.

„Gut."

Der Jüngling nahm sichtlich seinen ganzen Mut zusammen.

„Herr, darf ich ihre Arme befreien? Sie scheint große Schmerzen zu leiden."

Eine Übertreibung, aber eine sichtlich gut gemeinte. Asara schenkte ihm einen dankbaren Blick.

„Nur die Ellenbogen", entgegnete Malik nach einem Moment der Stille. „Der Knebel bleibt. Ich habe noch ein...Gespräch mit meiner Gattin zu führen und wünsche keine Unterbrechung. Verstanden?"

Der Wachmann schluckte und nickte. Die Anspielung war nicht an ihm vorübergegangen. Dennoch machte er sich sogleich zu schaffen und drehte Asara auf die Seite. Sie seufzte, als ihr Gewicht von ihrem Armen abfiel. Mit wenigen schnellen Bewegungen entfernte ihr Wohltäter das Schloss, das die Schellen um ihre Ellenbogen hinter ihrem Rücken zusammenhielt. Erst als der Zug an ihren Schultern nachließ, realisierte Asara, wie brutal die Fesselung wirklich gewesen war. Es erstaunte sie, dass ihre Arme nicht eingeschlafen oder gar sichtbar lädiert waren.

Danke.

Die *Kisaki* schloss ihre Augen und zog die Beine an. Die seitliche Position auf dem Tisch war nicht sehr bequem, aber eine definitive Verbesserung zu ihrem Ritt auf dem hölzernen Pferd.

Eine warme Hand legte sich auf ihre Hüfte.

„Ruh dich aus", flüsterte die Wache. „Du wirst deine Kräfte brauchen. Und vielleicht...ist Malik heute nicht mehr...in Stimmung."

Der zweifelnde Tonfall in seiner Stimme ließ vermuten, für wie unwahrscheinlich er dies wirklich hielt. Asara war dem Jüngling für die tröstenden Worte dennoch dankbar.

Die Hand verschwand und leise Schritte entfernten sich. Bis auf ihren eigenen Atem und die Unterhaltung nahe der Tür war es nun still im Raum. Asara zwang ihren Körper zur Entspannung. Gleichzeitig widerstand sie dem Drang, in ihre stets lauernde, zweifellos erdrückende Gedankenwelt abzudriften. Sie würde noch Zeit genug haben, sich mit ihrer misslichen Lage auseinanderzusetzen. Wie die enganliegenden Schellen um ihre Handgelenke würden sie Nervosität und Unsicherheit nicht so schnell verlassen. Nicht solange sie sich in Maliks Gewalt befand. Doch Angst und Selbstzweifel mussten warten.

Da auch an Schlaf nicht zu denken war, konzentrierte sich Asara stattdessen auf die fernen Worte des intensiver werdenden Streitgesprächs.

„...deine perversen Gelüste satt, die mich regelmäßig gute Ware kosten!" Maliks harte Stimme war voller Zorn. Die gezischte Antwort seiner Gemahlin triefte nicht minder vor Gift.

„Du wagst es, von perversen Gelüsten zu sprechen? *Du?*" Margha lachte auf. „Ich weiß sehr genau, was du mit deiner geliebten *Ware* machst! Die Wachen sprechen von nichts anderem!"

Asara öffnete ihre Augen und sah noch, wie die ältere Frau ihren Finger gegen Maliks Brust stieß. Mit der anderen Hand umklammerte sie eine Borte ihres scharlachroten Kleides. Ihre Knöchel waren weiß vor Anspannung und sie zitterte am ganzen Körper. Der Vezier rang ebenso mit der Kontrolle seines Ärgers. Sein vom Fackelschein erleuchtetes Gesicht war hochrot. Seine Hände hatten sich zu Fäusten geballt. Die von Margha zuvor indirekt angesprochene Wache stand mit gesenktem Blick an der nahen Wand und wünschte sich sichtlich ans andere Ende der Welt.

„Ich bin Herr dieser Sklaven", dröhnte Malik, „es ist meine Aufgabe und Pflicht-"

„-sie in Ketten zu legen, auszupeitschen und deinen Schwanz in sie zu stecken?" Marghas bebende Stimme war voller Hohn und Hass. „Deine *Pflicht?*" Sie begann grell zu lachen. Asara hatte dieses Lachen zuvor schon einmal gehört. Die Veziersgattin balancierte gefährlich nahe am Abgrund, der das Ende ihrer Beherrschung bedeuten würde. Oder Schlimmeres. Obwohl die *Kisaki* Marghas Augen im Halbdunkel nicht genau erkennen konnte, konnte sie erahnen, wie der Wahnsinn erneut den Weg in ihre Züge fand. Doch Malik schenkte dem labilen Selbst seiner Gemahlin keine Beachtung. Er nahm Margha fest an der Schulter und brachte sein Gesicht bis an wenige Zentimeter an ihres heran.

„Du wirst ab sofort deine Finger von den Sklaven lassen", sagte er mit erstaunlich langsamer, ruhiger Stimme. „Ich mag deine Gewaltausbrüche bisher toleriert haben – aus Respekt vor dir und deiner Position an Hof – aber das ist hiermit vorbei. Finde ich auch nur ein Ashen-Mädchen mit Schnitten oder Verstümmelungen, werde ich *dich* in Ketten legen und auspeitschen lassen. Auf dem Markplatz in Masarta, wo alle es sehen können. Hast. Du. Mich. Verstanden?"

Margha starrte ihn entgeistert an. „Ich bin die mächtigste Frau in-"

Der Vezier unterbrach sie. „Du bist nur das, was ich dir zugestehe!" Damit stieß er sie von sich. Die Frau stolperte gegen die Wand und sank kraftlos zu Boden. Ihr Blick war leer und all die Anspannung war aus ihrem Körper gewichen.

„Du würdest es nicht wagen...", wisperte sie.

„Da irrst du dich." Malik wandte sich an die Wache. „Soldat. Ihr werdet dafür sorgen, dass meine werte Gemahlin keinen Fuß mehr in diesen Raum setzt. Sie wird auch die Sklavenquartiere nicht mehr betreten. Ihr habt meine Erlaubnis, sie mit Gewalt daran zu-"

Lautes Klopfen an der Tür der Folterkammer ließ Malik innehalten. Sichtlich genervt bellte er in Richtung des Portals. „Was ist jetzt? Ich wollte nicht gestört werden!"

Der schwere Flügel wurde aufgestoßen und eine weitere Wache betrat zögerlich den Raum. Der stämmige Soldat trug seine ergrauten Haare kurz. Alte Pockennarben zierten sein strenges Gesicht. Doch es war nicht die Wache, die Asaras Aufmerksamkeit auf sich zog. Es war die Ashen-Sklavin Ri'isa, deren stählerne Leine er in seiner Faust hielt. Und es war das Bündel, das er über seine Schulter geschlungen hatte.

Asaras Bündel.

Der Wachmann stieß Ri'isa in den Raum und verneigte sich vor dem Vezier. Die junge Frau stolperte in den Raum und sank auf die Knie. Ihre Hände waren hinter ihrem Rücken gefesselt und eine weitere Kette verband die Schellen an ihren Fußknöcheln.

„Mein Herr", sagte die Wache mit tiefer Stimme, „ich habe diese Sklavin nach Läuten der Abendglocke in den Gängen des Palastes erwischt. Nahe dem Abgang zur...Kammer."

Der Vezier baute sich vor Ri'isa auf. Die Sklavin nahm sofort Haltung an. Sie zog ihre Schultern zurück, bis ihre Nippel unter dem halbtransparenten Stoff ihres seidenen Gewandes deutlich zu erkennen waren. Zugleich öffnete sie ihre Beine und warf dem Herrscher von Masarta einen fast provokanten Blick zu. Ihre feuchte Zunge leckte dabei über ihre bebenden Lippen.

„Meister", hauchte sie und senkte schließlich langsam ihren Blick.

Trotz Maliks stoischem Gesichtsausdruck war sehr deutlich zu erkennen, dass ihm die Darbietung mehr als nur gefiel. Die ältere Wache räusperte sich.

„Herr, die trug diesen Beutel-"

Malik winkte ab.

„Ihr habt recht daran getan, sie hierher zu bringen. Danke, Kommandant. Ihr dürft wegtreten."

Für einen Moment schien der Wachmann widersprechen zu wollen. Dann stellte er Asaras Bündel nahe dem Eingang ab und salutierte. Ohne weiteren Kommentar zog er sich aus dem Raum zurück und schloss die Tür hinter sich.

Während Malik nur Augen für Ri'isa hatte, starrte Asara wie gebannt auf das Bündel. Alles, was sie für ihre Flucht benötigte, befand sich eingewickelt in dieser Stoffrolle. Alles bis auf dem Schlüssel zu ihren Handschellen. Der Blick der *Kisaki* wanderte zu der im Raum verbleibenden Wache. Der junge Mann schien sein Bestes zu tun, die sich lasziv präsentierende Sklavin zu ignorieren. Und das war nicht einfach: Ri'isa bewegte ihren gefesselten Körper mit hypnotischer Eleganz. Ihre zwischen den Brüsten herabhängende Leine hatte den Weg an ihre Scham gefunden. Offenbar hatte die Sklavin das Ende der feingliedrigen Kette mit ihren Händen zu fassen bekommen. Mit jeder sinnlich windenden Bewegung teilte die klimpernde Leine provokant ihren Liebesmund. Feuchtigkeit glitzerte durch Ri'isas seidenes Höschen.

Asara wandte ihren Blick mit Mühe ab. Die erregende Darbietung war nicht für sie bestimmt. Sie war eine...

Eine Ablenkung.

Die junge Ashen-Sklavin war nicht beim Umherschleichen erwischt worden. Sie folgte vielmehr einem Plan – und dieser Plan funktionierte. Malik und die Wache wirkten wie verzaubert. Die Erektion des Veziers war unter seinen Roben deutlich zu erkennen. Niemand würdigte Asara auch nur eines Blickes.

Langsam begann sich die *Kisaki* zu erheben. Es war nicht einfach, sich ohne Zuhilfenahme der Hände aufzurichten, aber es gelang. Lautlos glitt sie vom Tisch, auf dem sie zuvor aufgebahrt worden war. Kalter Stein begrüßte ihre nackten Füße. Es waren nur wenige Meter bis zur Tür. Das Bündel mit ihren Waffen war zum Greifen nahe. Doch zuerst musste sie an den Schlüssel kommen, den die Wache nach wie vor am Gürtel trug.

Asara tat den ersten Schritt.

Leises Lachen ertönte. Die Gefangene verharrte. Ihr Herz drohte aus ihrer Brust zu springen. Langsam wandte sie sich zur Quelle des schrillen Lauts. Es war Margha Lami'ir. Asara hatte komplett verdrängt, dass sich die Veziersgemahlin immer noch im Raum befand. Maliks Gesichtsausdruck nach zu urteilen, war sie nicht die einzige, die die zusammengekauerte Adelige aus ihrer Wahrnehmung verbannt hatte. Die Mundwinkel des Veziers zuckten nach unten. Doch er wandte sich nicht von Ri'isa ab, die sich gerade lächelnd gegen sein Bein schmiegte.

„Zwei an einem Abend", flüsterte Margha. Ihre Stimme trug erstaunlich weit. „Mein Mann ist ein solcher Hengst." Kalter Sarkasmus. Ihr Kleid raschelte, als sie sich langsam erhob. Sie bedachte die innehaltende Asara mit einem unlesbaren Seitenblick. Malik deutete auf die Tür, ohne sich umzudrehen.

„Ich habe mich klar ausgedrückt", erwiderte er. „Du hast hier nichts mehr zu suchen. Geh in dein Quartier."

Margha würdigte die Tür keines Blickes. Schritt für Schritt trat sie näher an ihren Gatten heran.

„Nein."

Malik runzelte die Stirn. Widerwillig wandte er sich von Ri'isa ab und verschränkte die Arme. Seine dunklen Augen wanderten von Asara zu seiner Frau und weiter zu der von einem aufs andere Bein tretenden Wache.

„Was willst du, Weib?" grollte er. „Gehorche, oder ich werde dich aus dem Raum tragen lassen. Meine Geduld ist am Ende. Sollen die Hofdamen flüstern und die Menschen wissen, dass du meine Gunst verwirkt hast."

Malik signalisierte der Wache.

„Entfernt sie. Sofort."

Der Jüngling schluckte und näherte sich der älteren Frau. Marghas Gesichtsausdruck hatte etwas Entrücktes angenommen.

„Du fragst, was ich will, mein lieber Gemahl?" flüsterte sie. Ein unnatürliches Lächeln verzerrte ihre Visage. „Ich will *Freiheit*."

Marghas Hand zuckte mit unmenschlicher Geschwindigkeit hinter ihrem Rücken hervor. Etwas Metallenes blitze in ihrer Faust auf. Es war eine lange, schmale Klinge. Weder Malik noch der Wachmann hatten Zeit zu reagieren. Margha kreischte auf und warf sich mit Schwung auf ihren Gatten. Mit einem ekelerregenden Schaben fuhr der Dolch bis ans Heft in Maliks Brust.

Die Augen des Veziers weiteten sich. Er starrte seine Gemahlin entgeistert an. Mit zitternden Händen suchte er Halt an Tisch oder Wand, doch seine Finger fanden nur die Leere. Röchelnd stürzte der Vezier von Masarta zu Boden. Der junge Wachmann schrie auf und stieß die leise glucksende Margha zur Seite. Mit Panik in den Augen sank er neben seinem nach Luft schnappenden Herren auf die Knie.

„Nein, nein, nein…"

Ri'isa richtete sich mit einer fließenden Bewegung auf. Ihr Knie fuhr mit Schwung gegen die Schläfe der fassungslosen Wache, die stöhnend zusammenklappte.

„Der Schlüssel!", rief sie in Asaras Richtung. Die Worte rissen die *Kisaki* aus ihrer verblüfften Starre. Sie eilte an Ri'isas Seite und begann, mit ungeschickten Fingern nach dem Schlüsselbund zu tasten. Ihre Alliierte hatte sich derweil aufgerichtet und bedachte Margha mit einem kalten Blick. Doch die Veziersgattin schien ihre Umgebung nicht mehr wahrzunehmen. Wie vergessen umklammerte sie den blutigen Dolch mit zitternden Fingern. Es war dieselbe Klinge, mit der sie Asara noch vor kurzem bedroht hatte. Ein Folterinstrument, das ein für alle Mal seinem Zweck zugeführt worden war.

Asaras Finger fanden den Schlüssel zu dem kleinen Schloss zwischen ihren Schellen. Sie benötigte mehrere Anläufe, bis es endlich aufsprang.

Wenige Handgriffe später hatte sie auch ihren Knebel entfernt. Gierig sog sie die kühle Luft des Verlieses ein, ehe sie sich Ri'isa zuwandte.

Die Ashen-Sklavin hatte Margha mit dem Fuß zu Boden gestoßen und starrte die bebende Gestalt mit offenem Hass an. Asara öffnete die Schlösser, die Arme und Beine ihrer Retterin zusammenketteten. Danach ging die *Kisaki* neben der bleichen Adeligen in die Knie und rang den Dolch aus ihren verkrampften Fingern.

„Töte sie", grollte Ri'isa. „Sie ist um keinen Deut besser, als ihr Folterknecht von Ehemann."

Wenn du wüsstest.

Asara musterte Margha für einen langen Moment, ehe sie sich abwandte.

„Ich bin nicht ihretwegen hier", erwiderte sie mit heiserer Stimme. „Die alte Frau ist keine Bedrohung. Sieh lieber nach, ob die Wache noch bewusstlos ist."

Einen Moment lang wirkte es, als ob Ri'isa widersprechen wollte. Dann nickte sie knapp und ließ Margha am Boden zurück. Asara umfasste den Griff des Dolches und trat an Maliks röchelnde Form heran. Die Augen des Veziers zuckten von rechts nach links. Erfolglos versuchte er, sich aufzurichten. Asara stellte einen Fuß auf seine Brust. Warmes Blut quoll aus seiner Wunde hervor und begann, am Boden eine Lache zu bilden.

„Hilf...mir", hustete er tonlos. Die *Kisaki* schenkte ihm einen mitleidigen Blick. Sie wusste, dass sie so etwas wie Mitgefühl oder Erbarmen verspüren sollte. Doch alle Emotion, die ihren Weg an die Oberfläche fand, war kalter Hass. Dieser Mann war Haruns Alliierter. Er stand für all jene Werte, die Asara zu verachten gelernt hatte. Malik Lami'ir war ein Relikt, das sie in ihrem neuen Reich nicht dulden konnte.

„Ihr liegt im Sterben, Vezier", sagte sie leise. „Ihr habt euch euer eigenes Grab geschaufelt."

Malik hustete. Blut und Speichel benetzte seine blasser werdenden Lippen. Er starrte sein Gegenüber mit geweiteten Augen an.

„Wer...wer bist du?"

Asara lächelte matt.

Ich bin Asara Nalki'ir, deine Kisaki.

Doch es waren nicht diese Worte, die ihre Lippen verließen.

„Mein Name ist Lanys." Asara beugte sich hinab und setzte die Spitze des Dolches an Maliks Kehle. „Ich bringe Grüße von meiner Herrin, Asara, ihres Zeichens Herrscherin des Yanfar Imperiums."

Die Klinge durchstieß mühelos Haut und Fleisch. Heißes Blut strömte aus der fatalen Wunde und tränkte Asaras Finger. Das Licht des Lebens verließ Maliks Augen. Sein Zucken wurde schwächer und erstarb vollends. Der Vezier von Masarta war tot.

Mechanisch richtete sich die *Kisaki* auf und trat einen Schritt zurück. Das Heft des Dolches ragte immer noch aus der Kehle des einst mächtigsten Mannes der Stadt. Sie, Asara, hatte ihn getötet. Doch warum fühlte sie keinerlei Erfüllung oder Genugtuung?

„Lanys."

Ri'isa legte ihr eine Hand auf die Schulter. „Wir müssen gehen. Die anderen warten."

Die Sklaven. Minister Harun.

Asaras Mission war noch nicht beendet. Sie nickte und eilte zu ihrem Bündel. Ihre Besitztümer waren noch da. Rasch zog sie ihre Straßenkleidung über und schnallte sich den Gürtel mit Dolch und Peitsche um. Trotz der verbleibenden Schellen um Arm- und Fußgelenke war das Gefühl der Freiheit unbeschreiblich. Asara schloss die Schnallen ihrer Stiefel und richtete sich auf. Was noch blieb, war das Halsband. Sie kramte Cyns kleinen Schlüssel hervor und öffnete das stählerne Schmuckstück. Für einen Moment betrachtete sie es nachdenklich. Dann warf sie es vor die Füße des leblosen Veziers.

Du warst nicht würdig. Nicht als Herrscher, und nicht als Meister.

Ri'isa lächelte spöttisch. Ihre Helferin hatte die Zeit genutzt, den blutigen Dolch aus Maliks Hals zu ziehen und an dessen Roben abzuwischen. Anschließend hielt sie inne und musterte den bewusstlosen Wachmann. Asara konnte ihre Absichten nur zu deutlich in ihrem Gesicht ablesen.

„Nein", sagte sie bestimmt. „Er ist unschuldig. Kette ihn irgendwo an und-"

„Wir haben keine Zeit für diesen Unsinn", unterbrach die Sklavin. Ihr Blick wurde hart. „Und in diesem Haus gibt es keine Unschuldigen."

Alle Demut und Unschuld war aus ihrem Gebaren verschwunden. Es wirkte fast, als ob Ri'isa eine ungeliebte Rolle abgelegt hatte, die sie in der Halle der Schleier nur gespielt hatte.

Sie trat an den reglosen Jüngling heran. Mit einer blitzschnellen Bewegung packte sie den Mann am Schopf und schnitt ihm die Kehle durch. Asara starrte entgeistert auf das hervorquellende Blut. Ri'isa schenkte ihrem Opfer keine weitere Beachtung. Sie hatte sich bereits wieder aufgerichtet und wandte sich der am Boden kauernden Gestalt von Margha zu. Rote Flüssigkeit tropfte von der schmalen Klinge, als sie sich der Vezierswitwe näherte.

Ich muss sie aufhalten.

Doch Asara Körper wollte nicht gehorchen. Tatenlos sah sie zu, wie Ri'isa die Klinge an Marghas Hals hob. Die bleiche Adelige blickte auf.

„Freiheit?" fragte sie mit tonloser Stimme. Ihr leerer Blick fand die *Kisaki*.

„Freiheit", flüsterte Asara und senkte ihren Blick. Wortlos machte sie sich auf den Weg zur Tür. Leises Gurgeln war zu vernehmen. Es wurde still in dem düsteren Raum. Asara schloss für einen Moment die Augen. Fünf Herzschläge vergingen. Dann stieß sie das hölzerne Portal auf und begann mit dem langen Aufstieg.

~◊~

„Die Sklavenquartiere sind in dieser Richtung!" rief Ri'isa und riss ihren Dolch aus der Brust eines Dieners, der vor ihr zu Boden gegangen war. Der Mann zuckte noch einige Male, bevor er reglos liegenblieb. Die drahtige Sklavin war seinem tollpatschigen Angriff mühelos ausgewichen und hatte ihre Klinge tief in sein ungeschütztes Fleisch versenkt. Asaras eigener Dolch war rot vom Blut eines Soldaten, der den Abgang zur Folterkammer bewacht hatte. Zwei schnelle Bewegungen und der Jüngling war blutend vor ihr gelegen. Es war erschreckend, wie einfach es der *Kisaki* plötzlich fiel, ein Leben zu beenden. Ihr anfängliches Zögern war unvermittelt einer grimmigen Entschlossenheit gewichen. Zurück blieb ein emotionsloser Akt der tödlichen Notwendigkeit. Wachen und Diener versuchten sie aufzuhalten – und sie setzte sich mit ungekanntem Geschick zur Wehr. Es fühlte sich an, als ob sie sich an lange vergesse Lektionen des Nahkampfs erinnern konnte, die ihr nie zuteilgeworden waren. Ihre Muskeln schienen plötzlich zu wissen, was zu tun war. Auch der Schock ob Ri'isas kaltblütigem Morden war verflogen.

Ich bin nicht nur eine gute Diebin, sondern auch eine talentierte Mörderin.

Der Gedanke trieb nach wie vor bittere Galle in Asaras Rachen. Doch es war jetzt keine Zeit, sich mit den Konsequenzen ihrer heutigen Taten zu beschäftigen. Sie musste Harun erreichen, bevor der Verräter im Schutze der Nacht fliehen konnte. Es bestand kein Zweifel daran, dass der Minister den Tumult bemerkt hatte, der überall im Palast ausgebrochen war. Die ersten Toten waren gefunden worden. Zu Asaras Überraschung waren sie und Ri'isa auch nicht mehr die einzigen Akteure in dem sich ausweitenden Chaos. Ein Trio Ashvolk-Tänzerinnen hatte anscheinend ihre Wärter überwältigt und sich bewaffnet. Immer wieder hallten Kampfeslärm und Rufe durch die prunkvollen Korridore des Vezierspalastes. Überall waren Wachen unterwegs, die nach entlaufenen Sklaven Ausschau hielten. Schlaftrunkene Diener eilten durch die Gänge, um sich ein Bild der Lage zu machen. Selbst einige Leibeigene des Hofadels lugten verängstigt durch Türspalte und hinter Vorhängen hervor. Sie alle konnten zweifellos spüren, dass etwas Einschneidendes geschehen war.

Asara blieb kurz vor einer Gabelung stehen und warf einen schnellen Blick über die Schulter.

„Ich habe noch etwas zu erledigen", sagte sie leise und deutete auf eine nahe Treppe. Ri'isa runzelte die Stirn und wischte mit dem Handrücken über ihre blutverschmierte Wange. Die Geste half kaum, die Spuren des letzten Kampfes zu beseitigen – im Gegenteil. Die Sklavin wirkte mehr denn je wie eine blutrünstige Dämonin, die sich rücksichtslos durch Gruppen ihrer Feinde geschlagen hatte.

„Ich brauche deine Hilfe mit den Wachen", entgegnete Ri'isa kopfschüttelnd. „Die Sklavengemächer sind zu jeder Zeit bewacht. Alleine habe ich keine Chance."

Asara presste die Lippen zusammen. Sie war sich nur zu bewusst, dass auch Harun nicht ungeschützt sein würde. Während einzelne Wachen in leichtem Waffenrock kein allzu großes Hindernis für das Duo darstellten, konnte Asara sich nicht alleine mit einem oder gar mehreren Gepanzerten anlegen. Ein Dolch war keine effektive Waffe gegen ein Kettenhemd oder eine Plattenrüstung.

Wann habe ich so zu denken begonnen?

Die *Kisaki* warf einen letzten Blick auf den Treppenaufgang und nickte widerwillig.

„In Ordnung. Die Sklaven zuerst. Aber danach hilfst du mir mit meiner…Angelegenheit. Es gibt einen ganz speziellen Yanfari, der noch heute sein Leben aushauchen wird."

Ri'isa schenkte ihr ein finsteres Lächeln.

„Jederzeit, Schwester. Jederzeit." Die Sklavin legte plötzlich ihren Kopf schief und kniff ihre Augen zusammen. „Es kommt jemand. Schnell, mir nach. Ich kenne eine Abkürzung."

Ri'isa führte Asara mit zielsicheren Schritten durch wenig genutzte Korridore und schmale Bedienstetengänge. Sie begegneten lediglich einer Dienerin, die beim ersten Anblick der beiden Ashen sofort das Weite suchte. In der Entfernung wurden die Rufe der Patrouillen lauter. Immer wieder war auch das verängstigte Wimmern der Diener und Sklaven zu hören. Der Palast war vollends aufgewacht.

„Hier entlang." Ri'isa schob sich an einem Wandvorhang vorbei und joggte einen weiteren Gang hinab. Der schmale Korridor mutete mehr an wie ein Tunnel, der sich in die Eingeweide des Palastes grub. Staub und Spinnweben waren ein sicheres Indiz dafür, dass dieser Gang kaum noch verwendet wurde.

Zwei Abzweigungen später war das Duo an einer steil nach unten führenden Treppe angekommen. Asaras Komplizin hielt inne.

„Dort unten befinden sich die alten Verliese. Gleich jenseits liegen die Quartiere der Sklaven." Ri'isa schloss ihre Faust fester um ihren Dolch. „Der Durchgang mündet nahe der Haupttreppe, die zu jeder Zeit von zwei Männern bewacht wird. Wir müssen beide ausschalten, bevor sie die Glocke an der Wand läuten können. Ich nehme den rechten, du den linken. *Va'shii*, Lanys?"

Die Angesprochene nickte und legte eine Hand an den Griff ihrer Peitsche. „Verstanden."

Das Paar machte sich auf den Weg nach unten. Reste heruntergebrannter Fackeln und alter Ruß schwärzten die Wände der schmalen Wendeltreppe. Mit jedem Meter wurde die Luft stickiger. Mehr als nur einmal verfing sich Asaras Haar in staubigen Spinnweben. Kühle Feuchtigkeit und der Geruch nach Moder begrüßten die *Kisaki*, als sie schließlich in eine größere Kammer hinaustrat. Es war der Vorraum des erwähnten Verlieses, das sichtlich nicht mehr in Verwendung war. Die stählernen Barren der Kerkerzellen waren verrostet und viele der Türen hingen schief in den Angeln. Dunkle Flecken lange getrockneter Exkremente verunzierten den steinernen Boden. Ketten hingen wie schwarze Ranken von der hohen Decke des verlassenen Gefängnisses. Irgendwo in einem entfernten Winkel huschte eine Ratte durch die Dunkelheit.

Erst jetzt fiel Asara auf, wie finster es eigentlich war. Keine Fackeln oder Kerzen erleuchteten die Halle oder deren angrenzende Zellen. Dennoch fiel es ihr unerwartet leicht, Schemen und auch bestimmte Details auszumachen. War dies die berüchtigte Dunkelsicht der Ashen, die Asara hier und heute zum ersten Mal bemerkte? Noch nie zuvor war ihr aufgefallen, dass diese Fähigkeit den Weg in ihren illusorischen Körper gefunden hatte. Lanys' mysteriöse Magie war ein unerschöpflicher Quell der Überraschungen. Doch einmal mehr hatte Asara nicht die Zeit, sich mit den wundersamen Auswirkungen ihrer Transformation zu beschäftigen. Sie konnte sehen – alles andere spielte keine Rolle.

Ruhig und erstaunlich gefasst folgte sie ihrer Kameradin durch den finsteren Raum. Sie passierten Verlies um Verlies, Zelle um Zelle. Ketten und eingelassene Ringe an den Wänden zeigten, wo vor langen Jahren die Gefangenen ihr elendiges Dasein gefristet hatten. Trotz ihrer Vorlieben konnte sich Asara nicht vorstellen, jemals Gefallen an einer solchen misslichen Lage finden zu können. Angekettet und vergessen in einer Zelle, die kaum mehr als vier Schritt maß, war der Stoff von Alpträumen. Verfaultes Stroh als Bettstatt und ein löchriger Kübel für die Notdurft – nein, der Gedanke an eine solche Existenz ließ Asara erschaudern. Sich einem würdigen Meister zu ergeben war eine Sache, echte, ausweglose Gefangenschaft eine andere.

Asara berührte abwesend die Schellen an ihren Handgelenken. Die anderen Sklaven warteten auf ihre Befreiung. Sie würde diese Männer und Frauen nicht zurücklassen. Ihr Kampf gegen Harun und seine Politik der Unterdrückung begann in dieser heutigen Nacht. Ein kaltes Lächeln spross auf ihrem Gesicht. Noch nie zuvor in ihrem Leben hatte sich Asara so entschlossen gefühlt, wie in diesem Moment.

Mit wenigen schnellen Schritten schloss sie zu Ri'isa auf. Die junge Leibeigene war vor einer beschlagenen Holztür zu stehen gekommen. Verrostete Scharniere und eine wenig robust wirkende Stange hielten das schmale Portal an Ort und Stelle.

„Diese Tür führt zu den Sklaven", wisperte Ri'isa und deutete vage nach links. „Die Wachen sitzen wahrscheinlich in etwa zehn Schritt Entfernung in einem kleinen Tisch. Die Glocke hängt nahe der zweiten Tür." Sie zeichnete mit ihren Händen Wände und Tisch in die Luft. „Bereit?"

Asara zog die Peitsche von ihrem Gürtel und nickte. Zehn Schritt waren ein weiter Weg. Trotz ihrer neugefundenen Behändigkeit war sie bei weitem nicht so flink, wie ihre Begleiterin. Wenn die Wache es schaffte, die Glocke zu läuten, ehe sie ihn ausschalten konnte, war alles verloren. Die herbeieilende Verstärkung würde ihnen den Weg abschneiden und zweifellos den Garaus machen. Nein, Asara musste schnell sein. Hier kam ihre Peitsche ins Spiel.

Das Leder knarrte leise, als sich Asaras Hand fest um den Griff des Instruments schloss. Sie verbannte die sogleich aufkommenden Erinnerungen an all den süßen Schmerz, den ihr das schlanke Werkzeug in der Vergangenheit beschert hatte. In diesem Moment war die Peitsche nichts weiter als eine Waffe. Die Züchtigung der unartigen Sklavin musste warten.

Ri'isa zog den behelfsmäßigen Riegel lautlos aus der Öse und hob drei Finger.

Asara holte tief Luft und ging leicht in die Knie.

Zwei Finger.

Die *Kisaki* spannte ihre Muskeln an und legte ihre linke Hand an den schweren Türgriff.

Ein Finger.

Ri'isa hob ihren Dolch. Ihre weißen Zähne blitzen in der Dunkelheit.

Der letzte Finger verschmolz mit ihrer Faust.

Asara zog mit Schwung an dem Griff. Mit einem lauten Knarren und protestierendem Knacken der Scharniere schwang die Türe nach innen auf. Für einen Moment blendete sie heller Lampenschein. Bevor die *Kisaki* überhaupt reagieren konnte, stürmte Ri'isa bereits in den Raum. Ein Aufschrei der Überraschung ertönte. Die Formen der Wachen zeichneten sich nun deutlich ab. Einer der Männer lehnte an der Wand nahe einem größeren Durchgang. Seine Hand zuckte an sein Schwert, noch ehe er wohl mehr als einen dunklen Schatten erkennen konnte. Ri'isa überbrückte die Distanz in zwei Herzschlägen und setzte zum tödlichen Angriff an.

Der andere Wachmann reagierte langsamer – und mit gutem Grund. Seine Hand befand sich im zerzausten Haar einer blonden Yanfari-Sklavin, deren Kopf er unsanft auf die Platte des schmalen Tisches presste. Mit den Füßen zwang er die Beine der halbnackten Frau auseinander. Seine linke Hand fummelte an den Knöpfen seines ausgebeulten Schurzes. Die keuchende Yanfari wand sich in seinem Griff und versuchte vergebens, sich loszureißen. Doch die hinter ihrem Rücken gefesselten Hände und ihre unterlegene Körperkraft degradierten ihre Gegenwehr zu einer bloßen Geste.

Asara spürte den Hass in sich auflodern. Malik und seine Männer spielten keine lustvollen Spiele. Was hier passierte, war nichts weiter als eine Vergewaltigung. Die Augen der Wache weiteten sich, als die *Kisaki* in den Raum trat. Der Griff um sein Opfer lockerte sich etwas, als er sich unvermittelt aufzurichten begann. Die Yanfari öffnete ihre geröteten Augen. Hoffnung erhellte ihre Züge wie ein unerwarteter Sonnenstrahl im Dunkel der Nacht.

Asaras Muskeln spannten sich an. Ihr grobschlächtiges Gegenüber bewegte sich wie in Zeitlupe. Seine freie Hand verließ schleichend langsam seinen Schritt und streckte sich gen des Seils, das zu einer an der Decke montierten Glocke führte. Sein Blick war grimmig.

Asara holte aus. Die verstärkte Spitze der Peitsche glitt lautlos über den steinernen Boden. Im nächsten Moment ließ sie das Instrument mit einem lauten Zischen nach vorne schnellen. Der Lederriemen schlang sich eng um den Hals des Wachmanns und schnürte ihm die Luft ab. Sein Schrei der Überraschung wurde zu einem Röcheln erstickt. Mit einem heftigen Ruck riss Asara ihren Gegner von den Füßen. Er stolperte und ging zu Boden – wehrloses Opfer und Glocke endgültig vergessen. In seinen Augen war blanke Panik zu lesen. Seine Finger krallten ungeschickt an dem schwarzen Riemen, der ihm die Luftröhre zusammendrückte. Doch die Peitsche gab keinen Zentimeter nach. Ohne den Zug zu verringern, durchquerte Asara den Raum. Ihr Blick war auf ihr Opfer fixiert. Der Mann versuchte sich aufzurappeln, doch sie stieß ihn mit dem Fuß wieder zu Boden. Wortlos hob sie zu ihrem Dolch. Und ebenso wortlos rammte sie den kalten Stahl in die Brust des Mannes. Die Klinge fuhr bis an das Heft in sein Fleisch.

So *einfach*.

Für einen langen Moment erwiderte sie seinen verdutzten Blick. Wartete, bis Panik zu Entsetzen und schließlich zu Erkenntnis wurde.

Grüße das Jenseits von mir, Yanfari.

Der Mann zuckte einmal, zweimal. Dann sank er zu Boden und rührte sich nicht mehr.

Mit ruhigen Fingern löste Asara die Peitsche von seinem geschwollenen Hals. Zurück blieben eine blutige Strieme und ein Paar leerer Augen, die sie ungerührt anstarrten.

Asara richtete sich auf und sah sich um. Ihr suchender Blick fand sogleich ihre Mitstreiterin. Ri'isa stand über dem leblosen Körper der zweiten Wache. Ein blutiger Schnitt zierte ihren Unterarm, wo sie der Mann offensichtlich verwundet hatte. Eine tiefe Wunde klaffte an der Kehle ihres besiegten Opponenten.

„Alles in Ordnung?" fragte Asara. Die Sklavin nickte grimmig.

„Ist nicht tief." Ri'isas Blick fiel auf die Wache, die die *Kisaki* zu Fall gebracht hatte. Sie hob eine Augenbraue. „Du bist gut." Ihre Stimme klang ehrlich beeindruckt. Respektvoll. Die simplen Worte erfüllten Asara mit ungekanntem Stolz.

Stolz darüber, jemanden brutal getötet zu haben?

Der Gedanke war nicht mehr als ein leiser Vorwurf eines ahnungslosen Mädchens aus ihrer Vergangenheit. Die in Al'Tawil aufgewachsene, stets behütete Asara Nalki'ir hatte keine Ahnung was es bedeutete, wirklich ums Überleben zu kämpfen. Freiheit zu gewinnen, bedeutete Opfer zu bringen. Die neue Asara verstand dies nur zu gut. Vielleicht *zu* gut.

„Öffne die Zellen", murmelte Asara in Ri'isas Richtung. „Und dann nichts wie raus hier."

Sie rollte ihre Peitsche zusammen und trat an die Yanfari-Sklavin heran, die das Blutbad zitternd und mit weit geöffneten Augen musterte. Zahlreiche Blicke aus dem Halbdunkel der vergitterten Quartiere ruhten auf Asara und ihrer Begleiterin.

„Wir bringen euch eine einmalige Chance", eröffnete die *Kisaki* mit ruhiger Stimme. Dutzende Augenpaare hingen an ihren Lippen. „Jeder Sklave und jede Sklavin, die bereit ist, für ihre Freiheit zu kämpfen, kann uns begleiten. Alle anderen bleiben besser in ihren Zellen und hoffen, dass der nächste Regent von Masarta ein gütigerer ist."

Die erste Zellentüre öffnete sich. Niemand bewegte sich. Asara presste ihre Lippen zusammen und setzte fort.

„Die Flucht wird nicht einfach. Nicht alle von uns werden sie überleben. Doch zusammen haben wir eine echte Chance. Der Vezier und seine Frau sind tot. Der Palast versinkt in Chaos. Dies ist die erste und einzige Gelegenheit dieser Art, die sich euch je bieten wird. *Ergreift sie.*"

Ri'isa entriegelte die letzte Zelle. Ein Mantel der Stille breitete sich über den Raum aus. Niemand sprach. Niemand schien auch nur zu atmen. Ein langer Moment verstrich. Dann, zögerlich, trat ein junger Mann aus der ersten Zelle. Er war kaum mehr als 16 Sommer alt und ähnelte auf verquere Art einem scheuen Reh. Er hatte große Augen und seine Haltung war gebückt. Das hellbraune Haar war strähnig und seine Haut von Muttermalen übersät. Angst und Nervosität standen ihm ins Gesicht geschrieben.

„Ich werde kämpfen." Seine Worte waren nicht mehr als ein Windhauch im Wald. Doch sie zeigten Wirkung. Männer und Frauen, Jungen und Mädchen traten aus ihren kleinen Zellen heraus. Mehr als die Hälfte waren Ashvolk, der Rest Yanfari oder Jin. Viele trugen nicht mehr als schmutzige Unterwäsche am Leib, während andere eher den gepflegten Dienern glichen, die in den oberen Stockwerken unterwegs waren. Einige der Sklaven waren an Händen oder Füßen gefesselt. Ein Jüngling hatte gar einen Knebel zwischen den Lippen. Alle trugen sie das schmale Sklavenband, das auch Asaras Hals geziert hatte.

Die *Kisaki* ließ ihren Blick schweifen. Nahezu 25 Leibeigene scharten sich um sie. Lediglich ein knappes Dutzend verblieb mit gesenkten Häuptern in den Zellen.

Ri'isa machte sich daran, die Ketten der Gefesselten zu lösen. Die Schlüssel der Wache schienen die meisten der robusten kleinen Schlösser zu öffnen. Nach getaner Arbeit wandte sie sich lächelnd an Asara.

„Dieser Tag gehört uns, Schwester. *Mai'teea ran'Ashiar!*"

„Wir werden sehen."

Begleitet von der immer leiser werdenden Stimme des Zweifels ob ihrer jüngsten Taten und an der Spitze einer Gruppe entschlossener Sklaven, begann Asara einmal mehr den Aufstieg in Richtung Freiheit.

14

Hoffnung

Ein Armbrustbolzen schoss wenige Zentimeter vor Asaras Gesicht vorbei und bohrte sich lautstark in einen Wandteppich. Die *Kisaki* stolperte einen Schritt zurück und presste sich keuchend gegen den schweren Stoff. Der schmale Bedienstetengang, den Ri'isa als Fluchtweg auserkoren hatte, mündete unmittelbar vor ihr in einen breiteren Korridor. Das Duo hatte die verwinkelten Eingeweide des Palastes endgültig verlassen. Die Gang vor ihnen war breit genug für eine Kutsche und prunkvoll dekoriert. Auf der ihrem Versteck gegenüberliegenden Seite reckten sich schmale Säulen bis an die hohe Decke. Der Korridor öffnete sich in einen nicht minder schmucken Garten. Kühle Morgenluft strömte zwischen den sich eng aneinanderschmiegenden Pfeilern hindurch. Das erste Rot des Sonnenaufgangs schimmerte am fernen Horizont. Silhouetten von sorgfältig zugestutzten Bäumen und zwei der Ecktürme der Palastmauer zeichneten sich dunkel gegen das zurückweichende Zwielicht ab.

Asara und ihre Gefährtin hatten es bis an die Vorderseite des Anwesens geschafft. Doch nun trennte sie ein tödliches Hindernis vom Palastgarten und dem Weg in die Freiheit. Eine größere Gruppe Soldaten hatte sich nahe der Haupttreppe verschanzt und nahm sofort jeden aufs Korn, der keine Uniform trug. Das erste Geschoß hatte Asara nur knapp verfehlt.

„Die Ablenkung funktioniert besser, als gedacht", wisperte Ri'isa und wischte mit dem Handrücken über ihre verschwitzte Stirn. Sie lächelte matt und sank gegen die Wand. „Wie viele sind es?"

Asara warf einen schnellen Blick um die Ecke. Einen Moment später zischte ein weiteres Projektil an ihr vorbei und schmetterte lautstark gegen eine der antiken Statuen, die den Säulengang schmückten.

„Vier."

Ri'isa verzog das Gesicht. „Haben wir ihre Aufmerksamkeit?"

Asara warf ihr einen vielsagenden Blick zu. „Mehr als uns lieb ist. Aber die werden schnell merken, dass wir keine echte Gefahr sind." Sie steckte einmal mehr ihren Kopf aus der Deckung und einmal mehr schoss ihr ein fingerdicker Bolzen entgegen. Zwei der Soldaten waren mit Armbrüsten bewaffnet. Der kleine Trupp verstand es sichtlich, sich beim Abfeuern der tödlichen Waffen abzuwechseln. Hatte einer der Männer einen Bolzen abgeschossen, trat sogleich der zweite an seine Stelle. So konnte der erste Schütze in Ruhe nachladen, ohne einen überraschenden Angriff aus dem Gang zu riskieren. Schaffte es doch jemand bis an die geschwungene Treppe, so warteten die anderen beiden Männer mit gezogenen Schwertern. Asara musste eingestehen, dass die Kämpfer des Veziers ein formidables Hindernis geschaffen hatten. Leider war es notwendig, dieses zu überwinden, um sowohl das Palasttor als auch Minister Harun zu erreichen. Der Abstand der Säulen des offenen Ganges war schlicht zu gering, um sich durchzuquetschen.

„Wo bleibt Faro?" murmelte Asara. Der rehgesichtige Ashen-Jüngling hatte den aktuellen Plan vorgeschlagen und sich im selben Atemzug zur Speerspitze auserkoren. Ri'isa und Asara spielten den Köder. Rückwirkend betrachtet war Asara mit dieser Rollenverteilung nur wenig glücklich. Doch ein schlechter Plan war besser, als ratloser Stillstand.

„Sicher, dass es auf der anderen Seite der Treppe auch einen-?" Ein überraschter Aufschrei unterbrach ihre geflüsterte Frage. Im nächsten Moment ertönte das charakteristische Klingen von Stahl auf Stahl. Eine Armbrustsehne schnalzte. Schmerzensschreie hallten durch den Gang. Asara holte tief Luft und sprang aus ihrer Deckung. Dieses Mal schoss ihr kein Bolzen entgegen. Niemand schenkte ihr auch nur die geringste Beachtung.

Auf der breiten Treppe herrschte blutiges Chaos. Spärlich bekleidete Sklaven mit Messern, Dolchen und dem vereinzelten Krummschwert bedrängten das Quartett Wachmänner, das sich mit gezielten Klingenhieben zur Wehr setzte. Die im Handgemenge nutzlosen Armbrüste lagen vergessen auf der Treppe. An der Spitze der Sklaven kämpfte Faro – der vorhin noch so schüchtern wirkende Ashen-Jüngling umklammerte verbissen ein Yanfari-Kurzschwert und prügelte damit gnadenlos auf eine der Wachen ein. Der Soldat blockte die Angriffe mehr schlecht als recht mit der eigenen Klinge und seinen zusehends verbeulten Armschienen.

Doch trotz der zahlenmäßigen Überlegenheit der Sklaven war der Kampf ein ernüchternd einseitiger. Die Wachtruppe war ausgebildet, besser gerüstet und hatte die überlegene Position. Jeder Treffer ihrer polierten Schwerter hinterließ eine blutende Wunde. Jeder Tritt fand einen ausgemergelten Körper und jeder Faustschlag ein ungeschütztes Gesicht. Die Leibeigenen, auf der anderen Seite, fügten den Verteidigern nur selten ernsthafte Verletzungen zu. Wenn Asara und Ri'isa nicht schnell eingriffen, würde der Aufstand jetzt und hier im Massaker enden.

Die *Kisaki* zögerte keinen Moment. Ohne Kampfesruf und ohne sich nach ihrer Kameradin umzusehen, sprintete sie auf die Treppe zu. Doch anstatt sich durch die Masse der Kämpfenden nach oben zu drängen, hielt sie direkt auf die erhöhte Brüstung der Treppe zu. Der Soldatentrupp befand sich gute drei Meter über ihr. Lediglich deren Oberkörper waren zu sehen – Beine und Hüften wurden vom Geländer des geschwungenen Aufgangs verdeckt. Mit einer kräftigen Bewegung ließ Asara ihre Peitsche nach vorne schnellen. Das geflochtene Leder schlang sich um den Torso des hintersten Soldaten. Ohne zu bremsen katapultierte sich die *Kisaki* in die Luft. Dabei zog sie fest am Griffstück ihres improvisierten Seils. Der Wachmann stolperte verdutzt zur Seite, als er plötzlich Asaras volles Gewicht zu spüren bekam. Faro nutzte die willkommene Ablenkung und rammte seine Klinge in des Mannes Oberarm. Der Soldat versuchte hinter seine Kameraden zurückzuweichen, doch der Ashen-Jüngling setzte sofort nach. Zusätzlich behindert von Asaras Peitschenriemen, musste er Schlag um Schlag einstecken. Als Asara sich wenige Momente über die Reling schwang, war der Soldat bereits keuchend zu Boden gesunken. Die *Kisaki* parierte seinen halbherzigen Angriff mit ihrem Langdolch und trat schwungvoll gegen sein Handgelenk. Seine blutige Klinge schlitterte über den Stein und blieb am anderen Ende der Stufe liegen.

Asara bekam keine Gelegenheit, ihren Gegner endgültig auszuschalten. Einer von Maliks Schwertkämpfern drängte sich unvermittelt dazwischen und ließ seine Waffe auf sie hinabsausen. Im letzten Moment rollte sich die *Kisaki* zur Seite. Das Ausweichmanöver war wenig elegant – Asara prallte schmerzhaft gegen die Treppenkante und musste sich an der Brüstung festhalten, um nicht nach unten zu stolpern. Der Zweite Hieb zischte einen Fingerbreit über ihren Kopf hinweg und kostete sie eine Strähne weißen Haares. Mit einem Aufschrei schob sich Faro zwischen Asara und ihren Gegner. Die Klingen der beiden Männer prallten lautstark aufeinander. Der schmächtige Sklave schwankte unter der Wucht des Schlages.

Asara rappelte sich keuchend auf. Überall um sie herum wurde verbissen gekämpft. Faro bekam willkommene Verstärkung von einer breiter gebauten Yanfari, die sich offenbar mit einem polierten Sesselbein bewaffnet hatte. Ihre improvisierte Keule richtete zwar nur wenig aus, zwang den Soldaten aber erneut in die Verteidigung. Wenige Stufen unterhalb trieb Ri'isa einen Keil zwischen die beiden verbleibenden Wachmänner. Durch Asaras gewagtes Manöver war die geeinte Front des Trupps zerfallen. Langsam aber unaufhaltsam wurden die Kämpfer voneinander isoliert. Die *Kisaki* fixierte das ihr am nächsten stehende Ziel und hechtete nach unten. Mit einer fließenden Bewegung rammte sie ihren Dolch in die Lücke zwischen Brust- und Schulterpanzer des bedrängten Soldaten. Der Mann schrie auf und fuhr herum. Dabei traf ihn ein wuchtiger Hieb im Genick und er stolperte zur Seite. Sein Helm rutschte von seinem Haupt und fiel scheppernd zu Boden. Im nächsten Moment durchtrennte Ri'isas Klinge seine ungeschützte Kehle.

Es wurde still in der Halle. Asara richtete sich auf und sah sich um. Die Aufständischen hatten gewonnen. Aber der Preis war ein hoher gewesen. Sieben Sklaven lagen reglos auf der Treppe. Mehr als die Hälfte von Asaras Mitstreitern waren verwundet. Eine der Jin-Sklavinnen starrte fassungslos auf einen gefiederten Bolzen, der aus ihrer Hüfte ragte. Viele waren in Schock oder mit ihren Kräften am Ende.

Ri'isa nickte in Faros Richtung. Der Jüngling eilte sogleich an die Seite der am schwersten Verwundeten und begann zu helfen, wo er konnte. Die Ashen-Sklavin gesellte sich zu Asara.

„Das war bei weitem nicht das größte Hindernis", murmelte sie. „Der Kampf ist noch nicht zu Ende."

Die *Kisaki* verstand. Der von ihr initiierte Aufstand war beinahe an vier Wachmännern gescheitert. Doch diese vier waren nur ein kleiner Teil von Maliks Garrison.

„Die Palastmauer."

Ri'isa nickte. „Am Tor wartet zweifellos ein noch größerer Trupp. Und wir haben nicht die Ausrüstung, die Mauer an einer anderen Stelle zu überwinden."

Asara wischte ihren Dolch am Gewand einer toten Wache ab und steckte ihn zurück in den Gürtel.

„Wir finden einen Weg." Ihre Stimme klang wesentlich optimistischer, als sie sich fühlte. Asara lächelte aufmunternd und wandte sich an ihre Mitstreiter.

„Wir leben noch", sagte sie mit lauter Stimme. Faro erwiderte ihren entschlossenen Blick und nickte schüchtern. Viele der anderen saßen mit gesenktem Haupt auf der Treppe. Asara trat einige Schritte nach unten und half einer älteren Jin auf die Beine.

„Wir leben noch", wiederholte sie, „und trauern für jene, die gefallen sind."

Welch ein Trost...

Die *Kisaki* setzte fort. Es fiel ihr schwer, die Bitterkeit aus ihrer Stimme zu verbannen, doch es gelang. Zumindest ansatzweise.

„Wir können jetzt nicht aufgeben. Dort, vor der Türe, wartet die Morgensonne auf uns. Das Tor der Palastmauer ist die letzte Hürde." Asara vermied es, in die leeren Augen eines der Ashvolk-Mädchen zu blicken, das blutüberströmt am Fuße der Treppe lag. Sie wusste nur zu gut, was sie in den leblosen Zügen der jungen Sklaven lesen würde: Verständnislosigkeit. Und Vorwurf.

„Faro." Asara legte dem Jungen eine Hand auf die Schulter. Er sah sie mit großen Augen an. „Such ein Versteck, in dem ihr für ein paar Minuten unentdeckt bleibt. Kümmere dich um die Verwundeten, so gut du kannst. Dann mach dich bereit für den Aufbruch."

Der Angesprochene schien um mehrere Zentimeter zu wachsen.

„Ja, Lanys", flüsterte er. „Sofort."

Ri'isa verschränkte die Arme. „Und was ist mit uns, Schwester?"

„Wir", entgegnete Asara, „holen Verstärkung. Die Kämpfe mögen verhallt sein, aber der Widerstand lebt. Davon bin ich überzeugt. Wir waren nicht einzigen Sklaven, die sich aufgelehnt haben. Das haben wir selbst gesehen. Es müssen noch andere Gleichgesinnte in den Gängen unterwegs sein."

Ri'isa runzelte die Stirn. „Der Palast ist groß…"

„Wir werden sie finden." Asaras Tonfall war entschlossen. Die andere Frau verstand und verstummte. Es ging Asara nicht um die unwahrscheinliche Verstärkung, sondern um ein Zeichen der *Hoffnung*. Solange die *Kisaki* nicht aufgab, würden es die anderen Sklaven auch nicht tun. Und vielleicht hatten sie tatsächlich Glück und fanden einen Weg in die Freiheit, der nicht von einer halben Garnison bewacht wurde.

„Wir werden sie finden." Ri'isa nickte den Gang hinab und Asara folgte schweigend. Zurück blieben die Gefallenen und etwas mehr als zwei Dutzend Sklaven, die sich mit aller Kraft an ein sinkendes Boot klammerten.

~◊~

Asara beäugte den Abgang zur Halle der Schleier. Eine einzelne Wache lag reglos im Gang davor. Obwohl der Mann offensichtlich tot war, konnte die *Kisaki* keine offensichtliche Wunde erkennen. Ri'isa legte den Kopf schief.

„Nichts zu hören", murmelte sie. „Aber die Spuren führen definitiv hierher."

Was die junge Ashen-Sklavin leichthin als ‚Spuren' bezeichnete, waren in Wirklichkeit die Leichen mehrerer Wachen und Diener. Wer auch immer die Halle der Schleier aufgesucht oder verlassen hatte, hatte mit Maliks Bediensteten kurzen Prozess gemacht. Die Männer und Frauen hatten nie gewusst, was mit ihnen geschah. Sämtliche Schwerter und Dolche der Toten befanden sich noch in den dazugehörigen Scheiden. Die leblosen Gesichter zeichneten immer dasselbe Bild: Verwunderung. Asara ertappte sich dabei, wie sie kalt lächelte. Der Feind war tot und gebrochen – und der Gedanke an seine letzten Momente war ein erfrischend genugtuender.

Was ist los mit mir? Woher kommt dieser…Hass?

Ein lichter Gedanke in einem See der Finsternis. Doch er war nicht von Bestand. Asara fasste sich an den Kopf. Dumpfer Schmerz pochte hinter ihren Augen.

„Schwester?" Ri'isas Hand legte sich auf ihre Schulter.

„Es ist nichts." Sie streifte die Hand ab und nickte in Richtung des Halbdunkels. „Wir müssen weiter."

Asara stapfte los, ohne auf ihre Kameradin zu warten. Der vertraute Abgang zur Halle der Schleier war nur matt erleuchtet. Nirgends bewegte sich etwas. Deutliche Spuren des Kampfes führten bis an das prunkvoll verzierte Tor von Maliks Lustrefugium.

Asara blieb vor dem Durchgang stehen. Ihr Blick wanderte einmal mehr zu den Schellen, die ihre Gelenke umschlossen.

Hier bin ich wieder. Hier, wo diese blutige Nacht ihren Anfang genommen hat.

Sie legte eine Hand an das Tor. Ri'isa zog ihren Dolch.

„Warum hast du es dir eigentlich anders überlegt?" fragte die Sklavin leise. Asara hielt inne.

„Was meinst du?"

„Dein…Ziel", erwiderte die Sklavin. „Der Mann, den du töten wolltest. Du hättest nach dem Kampf auf der Treppe jede Gelegenheit gehabt, dich auf die Suche nach ihm zu machen." Ri'isa hielt ihre Klinge an das Licht einer nahen Öllampe. Der blanke Stahl blitzte im flackernden Licht. „Du weißt besser als ich, dass wir hier keine Alliierten finden werden. So eine…Spur hat immer zwei Enden. Wer auch immer diese Leichen hinterlassen hat, ist schon längst über alle Berge."

Warum…? Eine gute Frage.

Asara starrte nachdenklich auf das Relief an dem vergoldeten Tor. „Die Leben der anderen Sklaven zu retten ist wichtiger, als einen einzelnen Verräter zu töten."

Ri'isa warf ihr einen skeptischen Blick zu. Sie glaubte sichtlich kein Wort von dem, was Asara behauptete. Die *Kisaki* konnte es ihr nicht verübeln – sie wusste ja selbst nicht, ob sie ihre Worte glauben sollte. Doch wie auch immer die Wahrheit aussah: Asara hatte ihre Rachegelüste in den Hintergrund gedrängt. Vielleicht ahnte sie, dass der Minister schon lange geflohen war. Vielleicht war ihre Sorge um die Sicherheit der Sklaven tatsächlich größer als ihr Hass auf Harun.

Oder vielleicht hatte sie schlicht Angst davor, was nach seinem Tod passieren würde. In Asaras Kopf war der Fall ihres größten Feindes gleichbedeutend mit dem Ende ihrer Geschichte. Starb er, hatte sie gewonnen.

Oder?

Asara zog ihren Dolch und stemmte sich langsam gegen die schwere Tür.

„Es ändert nichts", flüsterte sie. Ri'isa schenkte ihr einen kurzen Seitenblick.

„Sein Tod ändert nichts."

Wenn er stirbt, bin ich immer noch eine Sklavin, die das Gesicht ihrer ermordeten Geliebten trägt. Und Lanys ist immer noch tot.

Der Gedanke an Minister Haruns Niedergang war mehr als der Wunsch nach Gerechtigkeit. Sie war eine ferne Insel am Horizont. Und Asara war die Schiffbrüchige, die sich mit aller Kraft an den Gedanken der nahenden Rettung klammerte. Was würde passieren, wenn sie die Insel tatsächlich erreichte und realisierte, dass sie karg und verlassen war?

Asara spannte die Muskeln an und presste erneut gegen das Portal. Das vergoldete Tor wehrte sich für mehrere Augenblicke, ehe es unvermittelt aufschwang.

Einen Herzschlag später starrte Asara auf eine Pfeilspitze, die direkt auf ihr Herz deutete.

Ihre ungekannten Instinkte drängten zum Angriff. Sie musste alles tun, um nicht erneut in Gefangenschaft zu geraten. Zu Boden schnellen, den Schützen mit einem Tritt entwaffnen und ihre Klinge in dessen Brust versenken. Es war so einfach. Sie musste sich nur dem Reflex ergeben.

Doch irgendetwas hielt Asara zurück. Vielleicht war es die Tatsache, dass ihr nicht eine, sondern gleich drei grimmig dreinblickende Gestalten gegenüberstanden, die allesamt schwer bewaffnet waren. Auch schmückten keine Uniformen ihre aschgrauen Körper.

Keine Wachen. Ashvolk.

Asara hielt mit gesenktem Dolch inne. Glücklicherweise folgte Ri'isa ihrem Beispiel.

Die *Kisaki* beruhigte ihr rasendes Herz und musterte ihre Gegenüber. Die drei Ashen-Frauen waren funktionell gekleidet und bis an die Zähne bewaffnet. Zwei hatten Kurzbögen in der Hand, eine ein Wurfmesser. Ihre Blicke waren hart. Das Trio begann langsam, ihre Ziele im Halbkreis zu umstellen. Jede ihrer Bewegungen war präzise und elegant.

Die Tänzerinnen.

Asara hatte die Rufe gehört, die noch vor dem Befreien der anderen Sklaven durch die Gänge gehallt waren. Eine Gruppe Tänzerinnen hatte ihre Wärter überwältigt und war zu einem Wirbelwind der Klingen geworden, der jedem Träger von Maliks Farben den raschen Tod brachte. Die *Kisaki* hatte das Auge des Sturms gefunden.

„Nieder mit den Waffen." Die mittlere Sklavin hatte Asara mit einem eisigen Blick fixiert. Mit ruhiger Hand hielt sie die Sehne ihres Bogens an ihre Wange. Die auf Asara gerichtete Pfeilspitze glitzerte matt. Die vermeintliche Anführerin war groß gewachsen und trug ihr lockiges, weiß-goldenes Haar in einem simplen Pferdeschwanz. Neben einer etwas zu knappen, eindeutig für Männer geschnittenen Lederrüstung, trug sie eine bronzene Targe an ihrem linken Unterarm. Beide Teile wirkten mehr wie Ausstellungsstücke, denn für den Gebrauch vorgesehenes Kriegsmaterial.

Die beiden anderen Tänzerinnen waren offenbar Zwillinge. Sie waren kleiner, drahtig und hatten langes, glattes Haar, dessen Strähnen rot und schwarz gefärbt waren. Sie hatten ihre knappe Tänzerinnen-Gewandung durch einzelne Rüstungsteile ergänzt, an denen noch dunkle Blutflecken zu erkennen waren. Die vorhergehenden Besitzer hatten sich wohl nicht freiwillig von den verstärkten Schienen und Miedern getrennt.

Asara ließ ihren Dolch klimpernd zu Boden fallen.

„Wir sind keine Feinde", sagte sie mit ruhiger Stimme. Die Anführerin musterte sie für einen langen Moment, ehe sie zu ihren Gefährtinnen deutete. Beide senkten ihre Waffen. Die *Kisaki* atmete leise durch.

„Wir sind auf der Suche nach Unterstützung gegen die Wachen am Tor", erklärte Asara. „Um uns und die anderen Sklaven in Sicherheit zu bringen."

Asara ließ ihren Blick durch den Raum wandern. Der Großteil der Halle sah aus, wie sie sie in Erinnerung hatte. Nur stellenweise war die prunkvolle Einrichtung der hektischen Suche nach Brauchbarem zum Opfer gefallen. Umgestürzte Sessel und zerschlissene Wandteppiche deuteten auch auf einen kurzen, aber heftigen Kampf hin. Im Halbdunkel von Maliks Refugium erspähte Asara mehrere Paar Füße, die reglos unter einem Tuch hervorlugten.

Warum sind die drei hierher zurückgekehrt? Die Halle der Schleier ist eine Sackgasse.

Die Frage brannte Asara auf der Zunge. Doch ob des Schweigens ihrer Gegenüber behielt sie sie vorerst für sich.

Nach einigen Momenten der Stille ergriff die Anführerin erneut das Wort.

„Das Tor ist zu stark verteidigt. Schützen auf den Mauern, Lanzenträger im Wachhaus. Ihr hättet keine Chance."

Ri'isa trat einen Schritt nach vorn und fixierte die größere Frau mit einem misstrauischen Blick.

„Gibt es einen anderen Weg?" fragte sie. „Warum seid ihr noch hier und nicht längst im Palastgarten?" Ri'isa deutete auf zwei nahe Vorhangkordeln und ein von der Wand hängendes Seil. „Es gibt hier genug Dinge, aus denen man Kletterausrüstung improvisieren könnte. Im

Gegensatz zu den meisten anderen Sklaven hättet ihr doch keine Probleme damit, die Mauer ungesehen zu überwinden."

Goldhaar kniff ihre Augen zusammen und entgegnete nichts. Ihre Kameradinnen wirkten angespannt. Asara hob beschwichtigend beide Hände, bevor die Stille erdrückend wurde.

„Wir haben viele Verwundete und Kampfunerprobte mit uns. Wenn es einen zweiten Ausgang gibt, so zeigt ihn uns bitte. Danach können wir wieder unserer eigenen Wege gehen."

Die Anführerin seufzte. Ihr Blick wurde weicher.

„Es gibt einen Geheimgang", sagte sie und deute vage in Richtung der erkalteten Becken. Die beiden anderen Tänzerinnen warfen ihr einen ungehaltenen Blick zu, sagten aber nichts. Die blonde Bogenschützin setzte fort. „Der Gang verläuft allerdings durch das Fundament des Wachhauses. Ein Fehler, ein zu lautes Geräusch…"

Asara nickte. „Ich verstehe. Wir werden leise sein. Ich verspreche es."

Die Anführerin ließ ihren Pfeil wieder in ihrem Köcher verschwinden und wandte sich ab. Die Zwillinge folgten ihr in die hintere Halle.

Die *Kisaki* beugte sich zu Ri'isa.

„Hol die anderen. Ich bleibe hier und sehe mir diesen Geheimgang an."

Die ehemalige Dienerin legte missbilligend den Kopf zur Seite.

„Ich weiß nicht, Schwester. Vertraust du diesen dreien?"

Vertraue ich noch irgendjemandem?

„Nein", gab sie leise zu. „Aber wir haben keine andere Wahl. Das Tor ist unüberwindbar und die meisten sind nicht in der Verfassung, über eine acht Meter hohe Mauer zu klettern."

Ri'isa nickte zögerlich und wandte sich zum Gehen. „Pass auf dich auf."

Asara lächelte matt. „Du auch."

Als ihre Gefährtin die Halle verlassen hatte, machte sich die *Kisaki* auf die Suche nach dem Trio. Sie wurde in einer abgelegenen Sitzecke fündig. Zu ihrer Überraschung waren die Tänzerinnen aber nicht allein. Eine mitgenommen aussehende Jin hing an Händen und Füßen angekettet an der steinernen Wand. Trotz ihres verklebten Haares, dem Knebel zwischen ihren geschminkten Lippen und den Schwielen mehrerer Peitschenhiebe an ihrem Oberkörper erkannte Asara die Gefangene wieder. Es war die strenge Hausklavin, die sie vor ihrem ersten Besuch in der Halle der Schleier gegen ihren Willen eingekleidet hatte. Sie war es gewesen, die Asara Schellen angelegt und sie instruiert hatte.

Von ihrem stolzen Gehabe war nicht viel geblieben. Bis auf die schenkellangen Strümpfe aus Seide und ihre hochhackigen Schuhe war sie nackt. Die Ketten an ihren Gelenken zwangen sie, mit weit gespreizten

Beinen und über ihrem Kopf gestreckten Armen an der Wand zu verharren. Eine masochistische Seele hatte ihr darüber hinaus einen Besenstiel zwischen die Beine geschoben, dessen Ende tief in ihrer Lustspalte versank. Dem Gesichtsausdruck der Jin nach zu urteilen, fand sie an ihrer erniedrigenden Behandlung wenig Gefallen. Sie keuchte schwer und versuchte vergebens, den sich hinter dem Knebel ansammelnden Speichel zu schlucken.

Eine der Tänzerinnen deutete auf die Gefangene. Die drei hatten Asara offenbar noch nicht bemerkt.

„*Sie* ist der Grund? Das ist doch dumm!" Sie sah Goldhaar flehend an. „Krys, bitte! Töte diese *Zis'u* endlich. Und dann lass uns von hier verschwinden, bevor wir in nutzlosen Feiglingen ersticken!"

Die Anführerin – Krys – schüttelte den Kopf.

„Ich habe mit Yinxi hier noch eine Rechnung zu begleichen. Richtet unsere Sachen zusammen und macht euch bereit. Wenn Ri'isa zurückkommt, brechen wir auf." Sie warf einen Blick über die Schulter. Ihre Augen fanden Asara, die bewegungslos im Schatten einer Säule stand. „Wie ist dein Name, Schwester?"

Sie ist aufmerksam.

„Lanys", log Asara. „Und ich weiß zu schätzen, dass ihr nicht ohne uns geht."

Krys verschränkte die Arme, während sich ihre beiden Gefährtinnen schweigend zurückzogen. Die großgewachsene Ashen-Frau musterte ihr Gegenüber für einen langen Moment, ehe sie etwas entgegnete.

„Der Gang mündet in einer verriegelten Falltür, die wir erst aufbrechen müssen. Der Lärm wird jede Wache im Umkreis von 100 Metern anlocken. Wenn wir euch hier zurücklassen, verdammen wir euch zum sicheren Tod."

„Deine…Mitstreiter scheinen kein Problem damit zu haben."

Krys kniff ihre Augen zusammen.

„Du bist noch nicht lange hier", zischte sie. „In Maliks Palast überleben nur die Starken. Die meisten Sklaven währen keine drei Wochen. Die Schwachen zu beschützen, ist mit Opfern verbunden, die kaum jemand bringen will." Ihre Stimme wurde sanfter. „Glaube mir, ich habe es versucht."

Ein Leben in diesem Umfeld und ich würde genauso denken.

Asara senkte den Kopf. „Umso mehr danke ich dir für diese…Ausnahme."

Krys lächelte humorlos und wandte sich zu ihrer Gefangenen um.

„Heute ist ein ganz besonderer Tag, Lanys. Ich habe vier Jahre auf ihn gewartet." Die ehemalige Tänzerin schob einen Finger unter Yinxis Kinn und hob es an. Die Jin bedachte sie mit einem hasserfüllten Blick.

„All die Jahre hast du uns spüren lassen, wie wenig unser Leben wert ist", murmelte die Ashen-Tänzerin. „Du hast uns aufgetakelt, in Ketten gelegt, in Maliks Folterkeller gezerrt…"

Asara schluckte und beobachtete stumm, wie Krys' Hand an die Besenstange fuhr. Die Jin versuchte zurückzuweichen, doch die straff gespannten Ketten an ihren Schellen hielten ihren Körper an Ort und Stelle.

„Du hast tatenlos zugesehen, wie wir *weniger* wurden. Du hast Maliks Hexe walten lassen – Tag für Tag und Woche für Woche. All dieses Blut… Es klebt auch deinen Händen, Yinxi Min."

Die Gefangene senkte ihren Blick. Sie versuchte zu sprechen, doch der Knebel verwandelte jeden Laut in unverständliches Stöhnen. Asara wusste nur zu gut, wie sich das anfühlte. Sie verstand die Panik ob der Machtlosigkeit, die Yinxi in diesem Moment wohl verspüren musste.

Die *Kisaki* leckte über ihre trockenen Lippen. Still malte sie sich aus, wie *vollständig* sie dieser Besenstiel ausfüllen würde. Die Berührungen von Krys auf ihrer verschwitzten Haut, das Zerren der zum Zerreißen gespannten Ketten, der exquisite Balanceakt in diesen viel zu hohen Schuhen…

Nein.

Mit Mühe befreite sich Asara aus dem Bann ihrer aufkeimenden Lust. Was sie hier vor sich sah, war kein erotisches Spiel. Yinxi Min war kein freiwilliges Opfer.

„Was hast du mit ihr vor?" fragte Asara, bevor Krys fortsetzen konnte. Die Tänzerin warf ihr einen irritierten Blick zu.

„Diese Frau ‚kümmert' sich schon seit Jahren um Maliks Ashvolk-Sklaven. Ein Dolch in die Brust ist noch zu gut für sie." Krys legte ihre Hand an den Dolch in ihrem Gürtel. „Aber ich bin nicht wählerisch."

„Es ist falsch."

Asara hatte die Worte ausgesprochen, bevor ihr Geist sie fertig formuliert hatte. Krys blickte sie entgeistert an.

„Du bist seit *gestern* hier und willst *mir* sagen, was richtig oder falsch ist?" Sie lachte humorlos. „Bist du des Wahnsinns?"

Vermutlich.

Doch Asara blieb stur – obwohl sie nicht genau wusste, weshalb.

„Sie hatte keine Wahl, Krys. Sie war Leibeigene, genauso wie wir. Es war nicht sie, die sich am Leid der Wehrlosen ergötzt hat. Das war allein Margha Lami'ir."

Die Tänzerin drehte sich um und legte ihre Hand an Yinxis Halsband.

„Woher willst *du* das wissen?"

„Ich war dort", sagte Asara leise. „Im Folterkeller. Ich habe es gesehen. Und ich habe die tatsächlich Verantwortlichen zur Rechenschaft gezogen."

Krys fuhr herum.

„Was soll das heißen?" schnappte sie.

Die *Kisaki* richtete sich zu ihrer vollen Größe auf.

„Malik und Margha sind tot. Ihre Schreckensherrschaft ist beendet. Masarta ist ab heute führungslos."

Was auch immer das zur Folge haben wird.

Die Ashen-Tänzerin und ihre Gefangene starrten sie mit großen Augen an. Letztere hustete dabei lautstark in ihren Knebel.

„Du lügst." Krys machte einen Schritt auf Asara zu. „Du *lügst*."

„Nein." Die *Kisaki* hielt nur mit Mühe dem bohrenden Blick ihres Gegenübers stand. Es kostete einiges an Überwindung, nicht zurückzuweichen.

„Ich verstehe deinen Zorn", setzte sie beschwichtigend fort. „Aber diese Jin ist kein würdiges Ziel. Lass sie frei. Soll sie zusehen, wie sie ohne ihre Herren überleben kann."

Krys ließ ihre Faust nur wenige Zentimeter neben Yinxis Kopf gegen die Wand donnern.

„Niemals! Sie ist eine Schlange! Sie *hasst* das Ashvolk wie einen eitrigen Ausschlag!" Die blonde Tänzerin zog ihren Dolch aus dem Gürtel. „Warum diskutierte ich das überhaupt mit dir? Das ist allein meine Entscheidung! Du hast keine Ahnung, was ich gesehen und erlebt habe!"

Asara schüttelte den Kopf.

„Nein, das weiß ich nicht. Ich habe Marghas Opfer nie gesehen. Aber ich kann es mir gut vorstellen. Und ich weiß, wie es sich anfühlt, einen geliebten Menschen zu verlieren." Die *Kisaki* sammelte all ihren Mut zusammen und schob sich zwischen Krys und die angekettete Jin. „Doch die Insel zu erreichen, bringt nicht immer die erhoffte Erlösung."

„*Was?*"

„Wenn du es nicht über dich bringst, sie zu befreien, dann lass sie hier. Angekettet an die Wand und mit einem Knebel zwischen den Lippen. Lass das Schicksal über ihr Leben entscheiden."

Einen Moment lang erwartete Asara, Krys' Dolch zwischen ihren Rippen zu spüren. Doch die Tänzerin starrte sie nur entgeistert an. Dann, zehn Herzschläge später, schleuderte sie ihre Klinge kommentarlos zu Boden und stapfte davon. Asara hörte, die Yinxi heiser ausatmete. Die *Kisaki* drehte sich zu ihr um.

Es war keine Dankbarkeit in den Zügen der Jin zu erkennen. Nur Erleichterung – und alter Hass.

„Ich weiß nicht, ob ich dir etwas Gutes getan habe", murmelte Asara. Vorsichtig zog sie den Besenstiel aus Yinxis Lustspalte und ließ ihn zu Boden fallen. Die Jin stöhnte auf. Asara legte einen Finger auf den Ballknebel, der den Mund der Gefangenen ausfüllte. „Ich weiß nicht, warum ich dazwischen gegangen bin. Vielleicht sind heute schon zu viele Unschuldige gestorben. Und obwohl du vermutlich nicht zu ihnen gehörst..."

Asara ließ ihre Stimme verhallen. Es gab nichts mehr zu sagen. Die Entscheidung war getroffen. Es blieb zu hoffen, dass sie ihre gute Tat nicht eines Tages bereuen würde.

Asara wandte sich ab. Auf einem nahen Tisch erspähte sie einen Schlüsselbund. Es gehörte der einstigen Haussklavin. Die *Kisaki* nahm ihn auf und begann, die Schellen von ihren eigenen Gelenken zu lösen. Die Jin folgte ihr mit den Augen.

„Dwannghe." Speichel floss aus Yinxi Mins Mundwinkel, als sie das Wort zu formulieren versuchte. Leise und kaum zu verstehen. Asara nickte nur.

Gern geschehen.

Zum ersten Mal seit Beginn des Aufstands fühlte sich Asara wieder wie sie selbst. Es war ein unbeschreiblich befreiendes Gefühl. Der Hass schlummerte nach wie vor in ihrem Innersten, aber das lodernde Feuer der Mordlust war verglüht. Zumindest für den Moment.

Plötzlicher Tumult an der der Tür ließ Asara aufhorchen. Ri'isa war offenbar mit den anderen Sklaven zurückgekehrt. Erschöpfte Männer und Frauen strömten in den Raum. Viele hinkten oder pressten Verbände gegen notdürftig versorgte Wunden. Ri'isa selbst sah sich suchend um.

Wortlos ließ Asara die gefesselte Jin zurück und joggte in Richtung Tor.

„Schwester!" Das Gesicht ihrer Gefährtin erhellte sich. Die *Kisaki* lächelte.

„Es ist alles in Ordnung. Hattest du Schwierigkeiten?"

Ri'isa winkte ab. „Nichts Ernsthaftes. Was ist mit den Tänzerinnen?"

Asara musterte das Trio, das sich in der Zwischenzeit zum Aufbruch bereitgemacht hatte. Krys mied sichtlich den Blick ihrer Kameradinnen. Ihre Miene wirkte wie versteinert.

„Sie werden uns helfen. Komm. Lassen wir dieses vergoldete Grab endlich hinter uns."

Asara, Ri'isa und die anderen Überlebenden folgten den Tänzerinnen bis zum abgelegensten der Becken. Lediglich eine kleine Pfütze verblieb in der bunt gekachelten Wanne, in der Stunden zuvor noch sorglose Adelige gebadet hatten. Krys hüpfte in das Becken und machte sich an einer der

Bodenplatten zu schaffen. Kurz darauf war ein schabendes Geräusch zu vernehmen.

„Folgt mir", murmelte sie. „Einer nach dem anderen. Und seid verdammt noch mal *leise*."

Erwartungsvolle Gesichter. Nickende Köpfe. Auch Asara verspürte die neue Hoffnung, die von den befreiten Leibeigenen ausging. Die lang ersehnte Freiheit wartete am anderen Ende dieses Tunnels.

Die *Kisaki* warf Ri'isa einen aufmunternden Blick zu. Gemeinsam kletterten sie in das leere Becken und duckten sich in den niedrigen Gang, der weit nach unten in die Dunkelheit führte.

~◊~

Asara verzog das Gesicht, als ihr Kopf einmal mehr gegen einen hervorstehenden Stein schrammte. Sie ging weiter in die Knie und tastete sich den rohen Felsen entlang. Staub und Sand schwängerten die trockene Luft. Irgendwo vor ihr hustete jemand. Knie und Füße rutschten deutlich hörbar über den sandigen Boden. Der Gang, den Krys als Fluchtweg auserkoren hatte, war weit davon entfernt, diesen Namen wirklich zu verdienen. Die Passage war kaum so breit wie Asaras Schultern und stellenweise so niedrig, dass man auf allen Vieren vorwärts kriechen musste. Steine, Ziegelreste und gepresstes Erdreich hatten den Durchgang über die Jahre beinahe unpassierbar gemacht. Dazu kam die beinahe vollständige Finsternis. Lediglich einige wenige Spalten und Risse brachten vereinzelte Lichtstrahlen in das klaustrophobe Dunkel. Asaras geschärfte Sinne ließen sie zumindest die Umrisse und Bewegungen der anderen Sklaven erkennen. Sie konnte sich aber nur zu gut ausmalen, wie es den Yanfari oder Jin ergehen musste.

Der Weg führte leicht aber stetig nach oben. Meter um mühevollen Meter arbeitete sich Asara vorwärts. Ri'isa kroch dicht hinter ihr. Bis auf ihren stetigen, ruhigen Atem war von der anderen Ashen-Sklavin nicht viel zu hören. Wie auch die *Kisaki* bewegte sie sich instinktiv vorsichtig und nahezu lautlos.

Im Gegensatz zu unseren Schützlingen.

Es vergingen keine fünf Herzschläge zwischen entferntem Husten, Stöhnen oder Fluchen. Immer wieder stießen Glieder gegen scharfen Fels oder es verhedderten sich Gewänder. Fast zwanzig, teilweise schwer verwundete und geschwächte Sklaven, waren alles andere als leise. Es blieb Asara nur zu hoffen, dass die Wachen ihre Aufmerksamkeit auf die Tore des Palastes gerichtet hatten und nichts von ihrer Flucht mitbekamen.

Die *Kisaki* duckte sich unter einem größeren Mauerstein hindurch und setzte ihren Weg fort. Es war unmöglich einzuschätzen, wie weit sie in den vergangenen Minuten schon gekommen waren. Befand sich Asara noch irgendwo zwischen Palast und Mauer, oder hatte der Stein vorhin bereits die Grenze von Maliks Anwesen markiert? Vielleicht gehörten die alten Ziegel aber auch zum Fundament des Wachhauses...

Ein leiser Aufschrei ließ Asara zusammenzucken. Sie versuchte an ihrem Vordermann vorbeizulugen, aber der Gang war schlicht zu schmal. Es schluchzte jemand. Der stetige Luftzug trug geflüstertes Ashar an ihre Ohren.

Die Kolonne der Körper war zum Stillstand gekommen. Ri'isa stieß ungeduldig gegen Asaras Bein.

„Was ist los?" wisperte sie. Die Angesprochene legte einen Finger an ihre Lippen. Irgendwo in der Entfernung vernahm die *Kisaki* dumpfes Pochen. Es klang wie...

Schritte. Über uns!

Im nächsten Moment regnete es Erde und Sand und die Spitze eines Speeres fuhr wenige Zentimeter neben Asaras Körper in den Boden. Durch die plötzlich geschaffene Öffnung fiel mattes Licht.

„Sie sind im Boden!" donnerte eine männliche Stimme. Der Speer wurde herausgerissen. Staub und Kies rieselten von der niedrigen Decke. Asara hustete und schob sich panisch nach vorne. Kaum hatte sie ihre Position verlassen, durchstieß der Speer einmal mehr den Boden. Ri'isa entging dem tödlichen Stich nur knapp. Sie presste sich keuchend an die Wand.

„Schneller!" brüllte sie. „Beeilt euch!"

Die Zeit der Heimlichkeit war vorüber. Panische Stimmen erwachten um Asara herum zum Leben. Rufe zur Eile und Schreie der Angst mischten sich zu gebrüllten Befehlen. Der Sklave vor Asara begann sich hektisch in Bewegung zu setzen. Er halb kroch, halb stolperte den Gang entlang und trat weiteren Sand in Asaras Gesicht. Die *Kisaki* hielt die Luft an und beschleunigte ebenfalls.

Licht. Irgendwo vor ihr erspähte Asara einen hellen Fleck in der allesbeherrschenden Dunkelheit. Sie bewegte sich darauf zu wie eine Motte auf eine Lampe. Der Ausgang war in Sicht. Es spielte keine Rolle mehr, wie sehr sie sich ihre Knie aufschürfte oder wie oft sie sich den Kopf anschlug. Sie musste aus diesem Gang heraus, bevor-

Der Speer kam ohne Vorwarnung. Die stählerne Spitze bohrte sich fast lautlos durch das weiche Erdreich. Heißer Schmerz explodierte in Asaras Schulter. Sie schrie auf und versuchte, sich weiterzuziehen. Doch vergebens. Die Klinge hatte ihr Gewand durchstoßen und sich tief in ihr Fleisch gebohrt.

„Lanys!"

Ri'isas Stimme klang weit entfernt. Zu laut pochte das Blut in Asaras Ohren. Zu laut waren die triumphierenden Rufe der Soldaten, die wohl in diesem Moment direkt über ihr standen.

„Geh", keuchte Asara. Ihre Augen fanden Ri'isas. Die Sklavin hatte sich neben sie geschoben und eine Hand an den Speerschaft gelegt, der die Decke durchstoßen hatte. „Geh und bring dich in Sicherheit!"

Ri'isa lächelte nur grimmig und hob ihren Fuß zum Tritt.

„Nicht ohne dich, Schwester."

Mit aller Kraft trat sie gegen den Schaft. Holz splitterte. Und der brennende Schmerz wurde zum Inferno. Die Welt begann Asara zu entgleiten. Doch irgendwie schaffte sie es, sich an ihr schwindendes Bewusstsein zu klammern. Asara merkte, wie sich Hände um ihren Oberkörper schlangen und zu zerren begannen. Sie spürte den rauen Stein unter sich und die klarer werdende Luft, die ihre Lungen zusehends durchströmte. Dann, unvermittelt, wich die Dunkelheit dem sanften Licht der aufgehenden Sonne.

Sie war im Freien. Unmittelbar hinter ihr wuchs die Palastmauer aus dem Boden und warf ihren langen Schatten auf die prächtigen Kuppeln des Anwesens. Ein Fallgitter lag herausgebrochen neben einem runden Loch im blanken Fels darunter. Vor Asara erstreckte sich der bewachsene Hang des Tafelberges – und jenseits, die Stadt Masarta. Der ferne Ozean glitzerte in der warmen Morgensonne.

Ri'isa hatte ihren Arm stützend unter Asaras Schulter geschoben. Krys stand nicht unweit von ihr entfernt. Sie hatte der *Kisaki* den Rücken zugewandt und starrte den Hang empor. In ihren verkrampften Fingern hielt sie ein einsames Wurfmesser. Asara folgte dem Blick der Tänzerin an die unweite Straße.

Zehn Bewaffnete hatten nahe des Tores Aufstellung genommen. Mehrere Armbrüste zielten auf die heruntergekommene Gruppe. Schwerter blitzen im Licht der Sonne. In der Mitte des Trupps stand der Kommandant, der Asara am Abend zuvor so misstrauisch beäugt hatte. Die Spitze seiner Hellebarde zeigte direkt auf die wenige Meter entfernte Krys.

Ri'isas Muskeln spannten sich an.

„Beinahe hätten wir es geschafft." Ihre Stimme war ruhig, fast sorglos. Doch in ihren Augen las Asara Resignation. Ihre Gefährtin war bereit zu kämpfen – aber sie wusste nur zu gut, wie dieser Kampf ausgehen würde. Die Hoffnung war gekommen und gegangen. Viele der Sklaven hatten zu schluchzen begonnen.

Asara spürte, wie warmes Blut ihren Rücken hinabfloss. Zu ihrer Überraschung tat ihre Wunde kaum noch weh.

„Hilf mir dort rauf", flüsterte die *Kisaki*.

Die junge Sklavin warf ihr einen fragenden Blick zu.

„Bitte."

Ri'isa lächelte kurz und begann, Asara stützend nach oben zu schieben. Es dauerte keine zehn Herzschläge, bis die Armbrüste das neue Ziel fanden. Alle Blicke lagen auf Asara. Nervöse Finger ruhten an Abzugsbügeln und die Uniformierten hoben ihre Schwerter langsam zum Angriff. Jeden Moment erwartete Asara, das charakteristische Schnalzen der Sehnen zu hören.

Doch die totbringenden Bolzen blieben aus.

„*Du.*" Die harte Stimme des Offiziers beendete die lange Stille. „Du warst eine der Arbeiterinnen. In Gesellschaft einer Jin und eines Eru." Sein Blick verfinsterte sich und er hob langsam seine Hand.

„Wartet." Asaras Stimme war fest. Sie ignorierte den dumpfen Schmerz in ihrer Schulter und das immer stärker werdende Schwindelgefühl. Langsam löste sie sich von Ri'isa und trat einen Schritt näher an den Wachkommandanten. Asara stand nun am Rande der gepflasterten Straße, die bis an das offene Palasttor führte.

„Hört mich an."

Der Soldat musterte sie abfällig.

„Gib mir *einen* Grund", grollte er. „Du hast gelogen und gemordet. Eigentum des Veziers gestohlen." Er warf einen Seitenblick auf die Sklaven, die der Szene mit großen Augen folgten. „Du hast einen Aufstand angezettelt."

„Das stimmt", nickte Asara. „Das habe ich. Und trotzdem wisst ihr, dass ich im Recht gehandelt habe." Sie begegnete seinem Blick. Was sie in diesem sah, überraschte sie. Der ältere Mann wirkte müde. Mindestens so müde, wie Asara sich fühlte.

„Lasst uns gehen", bat sie. Der Mann schüttelte den Kopf.

„Das kann ich nicht."

„Doch, das könnt ihr." Die *Kisaki* zog mit der linken Hand ihren Dolch hervor und warf ihn vor die Füße des Soldaten. „Ihr wisst nur zu gut, was Malik den Sklaven – uns – angetan hat. Was seine Gemahlin angerichtet hat. Ihr habt nie etwas dagegen unternommen. Nicht weil euch die Gräueltaten gleichgültig war, sondern weil ihr nicht helfen konntet, ohne dabei euer eigenes Leben zu verwirken. Ihr hattet…Angst."

Der alte Soldat senkte seinen Blick. Er erwiderte nichts. Asara setzte fort. Ihre Stimme hatte viel ihrer ursprünglichen Kraft verloren. Immer wieder drohte die Dunkelheit ihre Sinne zu übermannen. Nur mit viel Mühe hielt sie sich auf den Beinen. Die Wärme der Morgensonne war längst einer markdurchdringenden Kälte gewichen.

„Malik und Margha sind tot", sagte sie leise.

Verbissene Gesichtsausdrücke bei den Soldaten. Scham, Reue. Aber keine Verwunderung.

„Eure Wacht ist zu Ende", murmelte Asara. „Schenkt diesen Männern und Frauen das, was ihnen so lange verwehrt worden ist: Hoffnung auf ein richtiges Leben. In Freiheit."

Für eine lange Zeit sprach niemand. Dann senkte der Offizier langsam seine Hand.

„Ich weiß, wer du bist", sprach er mit rauer Stimme. „Ich vergesse niemals ein Gesicht."

Es lag keine Drohung oder gar Hass in seinen Worten. Auch stellte der alte Soldat keine Frage.

Asara lächelte und holte tief Luft.

„Danke, Kommandant."

Der Mann drehte sich langsam um und wandte sich an seine Männer. „Lasst sie gehen."

Eine Wache nach der anderen setzte zögerlich ihre Waffen ab. Obwohl sie die Entscheidung ihres Vorgesetzten vermutlich nicht nachvollziehen konnten, leisteten sie widerspruchslos Folge.

Die Stimme des Offiziers war leise wie ein Windhauch, als er erneut sprach.

„Möge die *Kisaki* – ruhe sie in Frieden – auf uns herablächeln."

Das tut sie.

Die Welt verlor an Fokus. Im nächsten Moment begann Asara zu fallen. Vollkommene Schwärze hieß sie willkommen.

Interludium

Lange Schatten

Ra'tharion D'Axor lehnte sich in seinem stählernen Stuhl zurück und verschränkte die Arme. Es war totenstill. Der Schein der *Valah*-Kristalle warf ein stetiges, subtil violettes Licht auf die Züge seines Gegenübers. Tharions jüngster Bruder stand wenige Schritte vom Thron entfernt und studierte teilnahmslos den schwarz und grau marmorierten Boden der großen Halle. Das Auge von Ravanar, dessen schwarzes Vulkanglas wie eine unausgesprochene Drohung über dem Hochkönig und seinem Besucher schwebte, gab ein wahrlich beeindruckendes Bild ab. Das mehrere Meter durchmessende Stück Obsidian hatte die perfekte Form einer geweiteten Pupille, in deren Mitte eine Iris aus schimmerndem Kristall eingebettet war. Das Auge war zweifellos der bedrohliche Glanzpunkt des gesamten Thronsaals – aber bei Weitem nicht der einzige Blickfang. Glatt polierte Rippen im gewölbten Stein verliehen den Wänden etwas Organisches. Der nach oben hin schmäler werdende Dom glich einer Hand, deren Finger sich nachdenklich verschränkten. Säulen wuchsen wie Stalaktiten aus der Decke und brachen das Licht der Kristalle, deren unbewegtes Licht komplexe Muster auf den steinernen Boden zeichneten.

Man konnte sich für Stunden in den geometrischen Figuren und chaotischen Linien verlieren. Während mancher Audienz war das mentale Schattenspiel Tharions einzige intellektuelle Herausforderung. Für ein Volk geschickter Intriganten, waren viele Sorgen und Probleme seiner adeligen Untergebenen erstaunlich banal. Der heutige Tag versprach jedoch, ein wahrlich abwechslungsreicher zu werden. Nicht nur war sein Bruder unerwartet von seiner Odyssee im benachbarten Yanfar-Imperium zurückgekehrt, Tharion hatte darüber hinaus auch einen längst überfälligen Kriegsrat einberufen. Der Tanz mit dem Feuer war in greifbare Nähe gerückt. Der bevorstehende Konflikt erfüllte den König mit selten gefühlter Vorfreude.

Tharion nahm einen Kelch von einer der Sklavinnen entgegen, die mit gesenktem Haupt neben seinem erhöhten Thron kniete. Trotz der Ketten und Schellen um Hals und Handgelenke waren ihre Bewegungen grazil und vollkommen lautlos. Sie war Teil der Einrichtung – und wusste sich entsprechend zu verhalten.

Der Hochkönig führte den gewürzten Wein an seine Lippen und nahm einen langsamen Schluck. Dabei musterte er weiter seinen Bruder, der nach wie vor schweigend vor ihm stand. Der junge Krieger hielt einen Duellstab umklammert und stützte einen guten Teil seines Gewichts auf das polierte Holz. Obwohl sein Gesichtsausdruck frei von Emotion war, konnte Tharion den Schmerz in seinen Zügen erkennen. Eine Verletzung hatte ihn nahe an das Tor zur Anderwelt gebracht und ihn gezwungen, seine Mission vorzeitig zu beenden. Sichtlich verärgert und gedemütigt war der jüngere Mann nach Hause zurückgekehrt. So zumindest machte es den Anschein.

„Miha." Tharions Stimme trug weit, ohne dass er sie erheben musste. Die Architektur der Halle hatte nur ein Ziel: den Inhaber des Throns so gefährlich und unnahbar wirken zu lassen, wie irgend möglich. Dazu gehörte auch die einzigartige Akustik. Selbst der imposante Thron aus kaltem, schwarzem Metall war Teil des Einschüchterungsspiels. Kristalle und Säulen sponnen die Schatten geschickt um das Podest. Der wie eine riesige Klaue geformte Stuhl des Königs lag dadurch in permanentem Halbdunkel. Selbst mit den geschärften Sinnen des Ashvolks war es schwer, Tharions Gesichtszüge im Detail zu lesen. Dies erkaufte ihm oftmals die willkommene Zeit, sich eine adäquate Reaktion zurechtzulegen und hielt zugleich das Mysterium Tharion D'Axor gekonnt am Leben.

Eine Lüge von vielen.

„Miha", wiederholte er. Der junge Krieger blickte auf. In seiner Mimik kämpften Trotz, Angst und Wut um die Vorherrschaft. Und wie immer schwang eine Frage mit, die nun schon seit fast drei Dekaden die Beziehung zwischen Tharion und seinem Bruder belastete: ‚Warum bist *du* Hochkönig, obwohl uns nur so wenige Jahre voneinander trennen?'

Miha hielt sich für den besseren Krieger – und war es vermutlich auch. Er sah seine physische Stärke als Rechtfertigung für so ziemlich jede Tat, jede Forderung. Doch wahre Stärke kam in vielen Formen. Das war eine Lektion, die Tharion schon sehr früh gelernt hatte. So war es gekommen, dass sein sterbender Vater den schmächtigeren Bruder auf den Thron berufen hatte. Miha'kar D'Axor war leer ausgegangen. Aus Trotz hatte er sich einem elitären Trupp von Legionären angeschlossen, der weit ab von Ravanar und Tharions Sitz der Macht tätig war.

„Bruder." Miha verneigte sich leicht. Es lag Spott in seiner Bewegung, aber Tharion ignorierte den Affront. Er hatte weder Zeit noch Muße für das alte Spiel.

„Ich bringe Nachricht aus dem Yanfar Imperium", setzte der Krieger fort. „Die Mission war ein Erfolg. Die *Kisaki* ist tot. Wir haben gesiegt." Hass und Zufriedenheit spiegelte sich in Mihas Zügen wider. Tharion verkniff sich ein Schmunzeln. Es war amüsant, seinem Bruder beim Selbstbetrug zu beobachten. Auch die ungewöhnlich gewählten Worte passten so gar nicht zu seinem kleinen, cholerisch veranlagten Blutsverwandten. Miha sprach ungebremst weiter.

„Ich habe in Masarta das flinkste aller Schiffe bestiegen, um dir diese frohe Botschaft schnellstmöglich zu überbringen. Die Offensive kann beginnen, Bruder! Die Yanfari versinken im Chaos. Es ist endlich Zeit, zuzuschlagen!"

Tharion beugte sich vor und ließ das Licht der *Valah*-Kristalle auf sein Gesicht fallen. Wie auch Miha trug der König sein Haar kurz. Entgegen seinem jüngeren Bruder färbte er es jedoch pechschwarz. Der etwas schmäler gebaute, aber hochwüchsige Tharion bevorzugte es, in sichtbarem Kontrast zur breiten Masse zu stehen. Es erinnerte die ränkesüchtigen Adeligen daran, dass er nicht bloß einer der ihren war. Er war Hochkönig, und sein Wort war Gesetz. Es war erstaunlich, was selbst ein so kleines Zeichen der Rebellion in den Köpfen der Menschen bewirken konnte.

Tharion inspizierte gemächlich eine der silbernen Schnallen seines knielangen Mantels. Das schwarze Kleidungsstück aus weichem Wildleder hatte einen hohen Kragen und lange, enganliegende Ärmel. Simple Stickereien in dunkelgrau zierten den Saum. Lediglich ein scharlachrotes Tuch in einer der Brusttaschen bot farblichen Kontrast.

Miha, Miha. Du bist so durchschaubar.

Tharion blickte unvermittelt auf und schenkte seinem Bruder ein Lächeln.

„Deine verfrühte Heimkehr hat sicherlich nichts mit deiner Verletzung zu tun, nehme ich an?" fragte er beiläufig. „Oder mit der Tatsache, dass du Asaras Zofe…verloren hast?"

Mihas Augen weiteten sich. Tharion konnte die Frage förmlich in seinen Zügen ablesen: ‚Woher weißt du das?'

„Ich habe meine Mittel und Wege", beantwortete Tharion die unausgesprochene Frage. „Aber erzähle mir, Bruder, warum trittst du alleine vor mich? Wo sind Raif und die versprochene Trophäe?"

Er schmerzte Tharion, Nai'lanys als Gegenstand des Triumpfes zu bezeichnen – aber er musste seine Worte mit Bedacht wählen. Auch dies war eine einschränkende Konstante in seinem Leben als Herrscher über das Ashvolk. Worte hatten Macht. Die Worte aus seinem Munde konnten wahrlich zerstörerisch sein. Und diese Zerstörung richtete sich nicht zwangsläufig gegen andere.

Miha schnaubte. Seine Maske der Kontrolle begann zu bröckeln.

„Raif ist noch in Masarta", erwiderte er schroff, „und befindet sich auf der Fährte der schlüpfrigen *Zis'u*. Er hielt es für besser, mich nach Ravanar zurückzuschicken."

Die letzten Worte trieften vor kaltem Hass. Nein, Miha war nicht freiwillig auf das Schiff gegangen. Die Schmach ob seines Versagens war deutlich zu erkennen. Es dürstete Tharions Bruder nach Rache. Doch Rache wofür?

Es gab eigentlich nur eine plausible Erklärung.

„Ich nehme an, deine Verwundung ist *ihr* Werk?" fragte Tharion. Mihas wortlose Reaktion verriet ihm, dass er punktgenau ins Schwarze getroffen hatte. Der junge Krieger ballte seine Fäuste zusammen und hatte sichtlich Mühe, sein Temperament in Zaum zu halten. Tharion erwartete eine Hasstirade – doch stattdessen wechselte Miha das Thema.

„Das Imperium ist reif für die Eroberung", grollte er. „Wir haben dafür gesorgt. Wirst du jetzt endlich handeln? Die *Kisaki* ist entfernt und die verbleibenden Hellhäute suchen panisch nach Alliierten. Bringen wir endlich zu Ende, was Vater begonnen hat! Zuerst Raktafarn und dann den Rest dieses verfluchten Landes!"

Raktafarn – nunmehr bekannt als ‚Rayas Zorn'. Eine stetige Erinnerung, was das Ashvolk im letzten großen Krieg verloren hatte. Die gefallene Grenzfeste diente so vielen Kriegstreibern als Argument für einen neuerlichen Konflikt. Mihas Forderung war bedenklich nahe an dem, was Tharions Berater und Höflinge schon seit Wochen verlangten.

Miha hatte sich vor seiner Ankunft in diesen Hallen sichtlich über die Stimmung in der Hauptstadt informiert.

„Lass die Politik meine Sorge sein, kleiner Bruder." Tharion stellte seinen Kelch ab und lehnte sich zurück. In Momenten wie diesem wünschte er sich einen zumindest ansatzweise bequemen Thron. Stahl war imposant, aber nicht gerade passfreundlich. „Du solltest den Heilern einen Besuch abstatten und dich ausruhen."

Ein gefährliches Lächeln blitzte in Mihas Zügen auf. „Und den Kriegsrat verpassen? Aber nicht doch, *Bruder*. Es geht um die Zukunft des Reiches. Da kann ich doch nicht fehlen."

Tharion presste die Lippen zusammen. Wann hatte Miha'kar gelernt, so aufmerksam zu sein? Die Zeit mit Raif hatte seinem Bruder sichtlich eine gefährliche Schneide verpasst, die zuvor noch nicht dagewesen war.

Das wird meine Aufgabe nicht leichter machen.

Ahnte Miha, was Tharion im Verborgenen plante? Und wenn ja, spielte es eine Rolle?

Der König zuckte mit den Schultern und legte offene Gleichgültigkeit in seine Stimme.

„Wie es dir beliebt. Aber lasse mich nicht bereuen, dich an den kommenden Entscheidungen teilhaben zu lassen. Es ist kein Platz für Dissens im Hause D'Axor." Er lächelte emotionslos. „Das sollte während der letzten Jahre klargeworden sein."

Die unverschleierte Drohung hing für einen langen Moment im Raum, ehe Miha seinen Blick senkte. Ja, er erinnerte sich nur zu gut an die *anderen*. Ihr vermeintliches Schicksal war Teil des Grundes, warum Tharion einen Ruf als kaltblütiger Tyrann genoss. Das, und die genauen Umstände des Todes ihres Vaters waren der Grundstein einer Schreckensherrschaft, die so viel *mehr* war als nur simple Unterdrückung. Doch das war etwas, das weder Miha noch die zahlreichen Adeligen an Tharions Hof je verstehen würden.

Miha wandte sich zum Gehen. „Lass diese Gelegenheit nicht verstreichen, Bruder", sagte er mit ruhigerer, fast flehender Stimme. „Wir haben viel zu lange auf dieses Ziel hingearbeitet, um jetzt noch zu scheitern."

Wenn du nur wüsstest.

„Keine Sorge, Miha. Das Dominion steht an der Schwelle einer neuen Blütezeit." Tharion erhob sich und strich seinen Mantel glatt. „Das, kleiner Bruder, ist ein Versprechen."

~◊~

Tharion stand an der schweren Tür, die den Vorraum seiner Gemächer mit dem großen Staatszimmer verband. Leise Worte der Unterhaltung von der anderen Seite des geschwärzten Holzes ließen vermuten, dass die meisten der Adeligen und Anführer bereits eingetroffen waren. Ein emotionsloses Lächeln huschte über Tharions Züge und der König trat einen Schritt zurück. Der Kriegsrat konnte noch ein paar Minuten warten. Er schlenderte an das einzige Fenster des karg eingerichteten Raumes und öffnete es. Kühle Luft und mattes Mondlicht begrüßten ihn.

Tharions Gemächer befanden sich im höchsten Turm von Ravanars Festung und gehörten zu den wenigen, die sich der Außenwelt nicht verschlossen. Breite Fenster aus milchigem Glas durchbrachen den schwarzen Fels in jedem der zahlreichen Zimmer. Für den fernen Beobachter mussten sie wie die Facettenaugen eines enormen Insekts wirken, das ungerührt in das Umland starrte. Entlang der Südseite des Trakts schmiegte sich ein Balkon an die senkrecht abfallende Mauer. Der orkanartige Wind in diesen Höhen und die niedrige Balustrade machten den schmalen Vorbau allerdings zu kaum mehr als einem todbringenden Ornament. Tharion hatte in den Jahren seiner Herrschaft erst einmal den

Fuß auf den Balkon gesetzt – und dieser Schritt wäre beinahe sein letzter gewesen.

Der Hochkönig streckte sich und nahm einen tiefen Atemzug. Dann legte er seine Hände auf das steinerne Fenstersims und beugte sich nach draußen. Eine steife Brise ergriff und zerzauste sein Haar. Für einen Moment tränten seine Augen und Schwindel drohte ihn zu übermannen. Dann klärte sich Tharions Sicht und es eröffnete sich ein atemberaubender Blick auf das nächtliche Umland.

Die königlichen Räumlichkeiten waren wahrlich ein Tor zur Welt. Von hier oben bot sich der Ausblick auf die schimmernde Riftsee und die fernen, schneebedeckten Gipfel des Sichelgebirges. Nicht einmal der omnipräsente Nebel über den Ausläufern der Graumarsche konnte den Weitblick trüben. Kleine helle Punkte blinzelten am fernen Boden, wo zahlreiche Dörfer die hügelige Landschaft sprenkelten. Schwarze Silhouetten tanzten in Ravanars Hafenbecken. Immer wieder trug der Wind das Klingen von Hämmern und das Läuten von Seeglocken an Tharions Ohr. Die Hauptstadt des Ashen Dominions schien auch zu dieser späten Stunde noch nicht zu schlafen. Jeder einzelne spürte die Unruhe, die wie eine Gewitterwolke über der Feste lag. Es roch Veränderung und Aufbruch – und das Volk wusste es. Tharion fragte sich, wie viele Blicke in diesen Wochen wohl auf die kleinen Fenster des höchsten Turmes gerichtet waren und stumm fragten, was die Zukunft wohl bringen würde.

Eine wahrlich gute Frage.

Wie auch der König erinnerten sich noch viele an die alten Geschichten aus einer fast mystischen Zeit, als das Ashvolk noch das Licht der Sonne zu genießen wusste. Für sie waren die einzigen Fenster des steinernen Kolosses eine stille Hommage an eine Vergangenheit ohne Angst und Scheu.

Tharion hingegen sah in den Augen des schwarzen Turmes mehr ein Versprechen für die Zukunft. Zu schade, dass nur so wenige seiner Untertanen seine Ansicht teilten. Die meisten Ashen bevorzugten es, sich der Welt verschließen. Sie lebten in den Berg hinein und fristeten ihr Dasein in der von den *Valah*-Kristallen im Zaum gehaltenen Finsternis. Die Wohlhabenden und Einflussreichen waren zu Kindern des Zwielichts geworden, die ihren König als undurchschaubares Mysterium oder törichten Individualisten bezeichneten. Warum gab er sich auch mit gleißendem Licht ab, wenn er doch im Bauch von Ravanar hausen konnte, wo stets die vertrauten Schatten herrschten? Warum den beißenden Wind auf der Haut spüren, wenn ungesehene vulkanische Quellen tief im Fels Wärme und Geborgenheit spendeten?

Warum den Blick in die Welt hinaus richten, wenn doch das Bekannte so nah lag?

Diese Einstellung war es, die den Geist so vieler Ashen für die Wahrheit verschloss, die dieser Tage in der schwarzen Feste hinter verschlossenen Türen diskutiert wurde.

Tharion schmunzelte und hielt zwei seiner Finger in Richtung der fernen Mondscheibe. Von hier sah die mattweiße Sphäre aus wie eine Münze, die man mühelos vom Himmel pflücken konnte.

„Meister?" flüsterte eine Stimme hinter ihm. Tharion schloss seine Hand und wandte sich um. An der offenen Verbindungstür zu seinen privaten Räumen stand eine in knappem Leder bekleidete Sklavin. Ihr seidenes weißes Haar tanzte im kühlen Wind. Die kinnlangen Strähnen umrahmten ihr schmales Gesicht, aus dem zwei tiefviolette Augen blitzten. Als die junge Sklavin Tharions Aufmerksam spürte, sank sie sofort auf die Knie. Blitzschnell führte sie ihre Hände hinter ihrem Rücken zusammen. Die Schellen an ihren Gelenken klirrten leise, als sie sich berührten. Das Metall ihres schmalen Halsbands glitzerte im Mondlicht.

„Was gibt es, Neyve?" fragte Tharion, während er beiläufig das Fenster schloss. Die kühle Luft hatte seinen Geist geklärt. Er war bereit für das Schlachtfeld, das ihn auf der anderen Seite der schweren Türe erwartete.

Die Sklavin senkte weiter ihren Blick.

„Euer Bruder ist soeben eingetroffen", berichtete sie leise. „Doch er ist nicht allein. Er befindet sich in Begleitung von Prinzessin Kanna."

„*Was?*" Das Wort schnalzte durch den Raum wie ein Peitschenhieb. „Meine Anweisungen waren unmissverständlich! Die Prinzessin war vom Kriegsrat – und vor allem dem hohen Adel – um jeden Preis fernzuhalten!"

Neyve presste ihre Stirn gegen den steinernen Boden.

„Verzeiht, Meister! Euer Bruder befahl es! Der Seneschall konnte ihm seinen Willen nicht verwehren!"

Ein tiefes Grollen entkam Tharions Kehle. Miha war ein für alle Mal zu weit gegangen. Nach seines Bruders Insubordination im Thronsaal hatte der Hochkönig nur noch sehr wenig Toleranz für weitere Rebellion. Es war höchste Zeit, seinen heimgekehrten Blutsverwandten an die Hierarchie von Haus D'Axor zu erinnern.

Disziplin, Tharion, Disziplin. Er provoziert dich nur.

„Neyve, bereite meinen privaten Kerker vor. Diskret. Und dann halte dich von dem Besprechungsraum bereit."

Tharion hörte die Sklavin durchatmen. Ihre Angst war förmlich zu schmecken. Sie hatte versagt und erwartete Strafe. Dabei spielte es keine Rolle, dass sie kaum etwas gegen Miha hätte unternehmen können.

„Ja, Meister", hauchte sie und erhob sich zögerlich. Tharion bedachte sie mit einem strengen Blick.

„Wenn ich zurückkehre, erwarte ich dich in meinen Gemächern", sagte er. „Nackt, gefesselt und mit einer Peitsche zwischen den Zähnen."

„Ja, Meister!" Neyves Körper wie Stimme bebten. Die Ursache war mehr als nur ängstliche Erwartung – es war schlecht verborgene Vorfreude. Die Sklavin verneigte sich einmal mehr und eilte aus dem Raum.

Tharion holte tief Luft und wandte sich der anderen, immer noch verschlossenen Türe zu. Die Stimmen dahinter waren verstummt. Mihas Auftritt mit Prinzessin Kanna hatte wohl begonnen. Doch was hatte sein Bruder vor? Was erhoffte er sich von seiner Provokation? Tharion würde es wohl in den nächsten Augenblicken herausfinden.

Sicheren Schrittes trat er an die Türe und stieß sie auf.

Ein Dutzend Augenpaare richteten sich auf ihn. Im nächsten Moment wurden ebenso viele Stühle zurückgeschoben und deren Okkupanten erhoben sich. Verbeugungen, Lächeln, respektvolle Grüße. Die leeren Worte wuschen über Tharion hinweg. Sein eisiger Blick galt allein Miha, seinem Bruder, der eine zierliche Frau am Arm führte. Sie hatte helle, leicht sonnengebräunte Haut und glattes schwarzes Haar, das zu zwei langen Zöpfen verflochten war. Ihr junger Körper wurde von einer der traditionellen Roben ihres Volkes verdeckt, die ihre weiblichen Kurven weitgehend verbarg. Der bunte Stoff stand in völligem Kontrast zu den dunklen Grau- und Rottönen, die die Gewandungen der anderen Anwesenden dominierten.

Prinzessin Kanna von Jin ließ sich ihre Irritation und Unsicherheit nicht anmerken. Ihre mandelförmigen braunen Augen waren klar und wachsam. Doch Tharion spürte ihre Angst, die wie ein schwerer Umhang um ihre schmalen Schultern lag.

„Eure Majestät!" grüßte Miha und neigte seinen Kopf. „Welch eine Freude, dass Ihr gekommen seid." Er nickte zur Prinzessin, die alles daransetzte, desinteressiert zu wirken. „Ich dachte mir, dass Euer Gast vielleicht an den Gesprächen teilhaben sollte. Die Nation Eurer zukünftig Angetrauten wird im kommenden Konflikt ja zweifellos eine wichtige Rolle spielen."

Es kostete Tharion all seine Selbstbeherrschung, seinem Bruder nicht hier und jetzt an die Kehle zu springen. Ob er es wusste oder nicht, Mihas Worte waren mehr als nur fahrlässig. Ein falsches Wort und der offene Krieg wurde Realität, lange bevor Tharion seine Vorbereitungen abschließen konnte. Die Folgen eines solchen Kontrollverlusts waren unabsehbar.

Die versammelten Adeligen verfolgten das Schauspiel mit angehaltenem Atem. Die implizierte Neuigkeit, dass Tharion eine Prinzessin des Jin-Reiches heiraten sollte, gab ihnen allen Grund dazu. Jeder hatte die Gerüchte um ihre Ankunft gehört, doch niemand hatte die junge Frau bisher zu Gesicht bekommen. Mihas Worte waren wie ein Paukenschlag, der die ohnehin bereits geladene Stimmung perfekt untermalte.

Sein Auftritt wirkte fast schon…inszeniert.

Ah.

Tharion ignorierte seinen Bruder und ließ seinen Blick schweifen. Welche von diesen Schlangen war es, die Miha zur Rebellion angestiftet hatte? Während der junge Krieger schon immer ein Querulant gewesen war, hatte er selten so viel Finesse bewiesen. Seine Zeit mit Raif konnte ihn nicht derart verändert haben. Nein – einer der hier anwesenden Intrigenschmiede hielt seine ungesehene Leine. Irgendjemand hatte sich Mihas Hass auf die Yanfari zu Nutzen gemacht und ihn in diese Situation manövriert. Doch wer?

Die respektvollen Blicke der Ashen-Anführer verrieten nichts. Da stand Prinzipal Vandar, Feldherr und Regent des zweitgrößten Adelshauses von Ravanar. Seine hochgezogene Augenbraue deutete auf mildes Amüsement hin. Vandars weißgelbes Haar stand in Kontrast zu seiner dunkelgrauen Robe, die von feinen Kettengliedern verstärkt wurde.

Neben ihm lümmelte Chel Seifar, Stadtfürst von Ylfarn und führender Kaufmann der Eisengilde. Er wirkte nach außen hin gelangweilt, verfolgte die Szene aber mit scharfen Augen. Sein schlichtes, marineblaues Hemd sah aus, als ob er in ihm geschlafen hätte. Seine dürren Finger spielten sich mit dem Verschluss einer vergoldeten Taschenuhr.

Tharions Blick wanderte weiter. Die Fürsten der Häuser D'Aska und Fleeth wirkten peinlich berührt. Das Führungstrio der Ashkar Handelsgruppe wechselte bloß stumme Blicke.

Mehr Gesichter, mehr geübte Fassaden. Sie alle hatten guten Grund, an Tharions Machtbasis zu sägen. Jeder einzelne hoffte auf Aufstieg und Ruhm im Chaos des drohenden Konflikts. Jeder hoffte zu profitieren.

Tharions Blick fiel auf die zwei einzigen Ashen-Frauen im Raum. Wie gewohnt waren die Plätze um sie herum leer geblieben. Trotz der traditionell männerdominierten Führungsriege gab es auch in dieser Runde der Mächtigen nur wenige, die sich mit dem spirituellen Oberhaupt des Ashvolks oder der Gildenmatrone der Tausend Gesichter anlegen wollten. Erstere trug ein schlichtes Kleid, das mehr einem knielangen Mantel ähnelte. Der schwarze Stoff betonte ihre ohnehin schon beachtliche Körpergröße und ließ sie schmaler wirken, als sie tatsächlich war. Nichts konnte jedoch die drahtigen Muskeln verbergen, die Hohepriesterin Syndriss H'Reyn als jene kampferprobte Kriegerin erscheinen ließen, die sie war. Eine lange Narbe zierte ihre Wange und endete an ihrem rechten Auge. Die milchige Iris und starre Pupille waren ein stummer Beweis von Syndriss' langer Karriere in Ravanars Legionen. Die Wunde und das einseitig rasierte Kopfhaar verliehen ihren martialischen Zügen eine zusätzlich verunsichernde Asymmetrie. Die Priesterin genoss einen zu ihrer Erscheinung passenden Ruf, der dem von Tharion um nichts nachstand. Ihre Feinde hatte die Angewohnheit, an mysteriösen Krankheiten oder weniger mysteriösen Schwerthieben zu verenden.

Im Gegensatz zu ihrer Sitznachbarin war die Gildenherrin der Tausend Gesichter ein Bild der Unschuld. Ihr altersloses Antlitz war stets freundlich und manchmal gar schüchtern. Ihr simples, graues Gewand passte in die Kammern der Diener wie in die Straßen der Unterstadt. Egal, wo sich die leicht pausbackige Nachtigall bewegte, schien sie sich perfekt einzugliedern. Einzige Ausnahme waren Treffen wie der aktuelle Kriegsrat – noch nie hatte Tharion sie in prunkvollen Gewändern oder gar Staatsroben gesehen.

Nachtigall.

Es war der einzige echte Name, der unter vorgehaltener Hand mit der schweigsamen Gildenführerin assoziiert wurde. Selbst dieser war nur ein Spitzname, der ihr vor Jahren von einer ihrer eigenen Azubinen verliehen wurde. Ja, Nai'lanys hatte immer schon Sinn für Humor gehabt. Auch wenn es ihr regelmäßig Kerker oder Peitschenhiebe eingebracht hatte. Tharion verkniff sich ein Schmunzeln ob der ungebetenen Erinnerung. Nostalgische Ablenkungen waren etwas Gefährliches – vor allen in einem Pulverfass wie diesem Raum.

Der Hochkönig trat an den Tisch und platzierte seine Hände auf der gläsernen Platte. Das Geraune verstummte und die Blicke richteten sich erneut auf ihn. Seine Stimme war nüchtern, als er die Runde adressierte.

„Der Kriegsrat ist eröffnet." Damit sank er in den Stuhl am Ende der Tafel und verschränkte die Arme. *„Mai'teea ran'Ashiar."*

Tharion holte tief Luft. Bevor Miha oder einer der Adeligen die Gelegenheit bekam, die kommende Diskussion zu monopolisieren, galt es seinem Bruder den Wind aus den Segeln zu nehmen. Ihm und all den anderen, die begierig darauf waren, das Wort zu ergreifen. Vorsorglich bedachte er Prinzipal Vandar mit einem warnenden Blick. Der Ashen-General verschränkte ebenfalls die Arme und ließ sich wieder in seinen Sitz fallen. Tharion lächelte innerlich. Ja, er kannte sie gut, seine ambitionierten Untergebenen.

„Warum ist sie nicht gefesselt?" fragte der König unvermittelt. „Und warum trägt sie immer noch diese wenig schmeichelhafte Gewandung?"

Erst als Tharion seinen Blick auf Kanna richtete, dämmerte das Verständnis in den Blicken der Anführer. Miha runzelte die Stirn.

„Die Prinzessin-" begann er, doch Tharion unterbrach ihn schroff.

„Die Prinzessin ist hier, um unsere Gebräuche kennenzulernen. Erst dann werde ich mich entscheiden, ob sie tatsächlich eine würdige Partnerin und Sklavin ist." Tharion ließ seinen Blick durch die Runde schweifen und setzte nach kurzer Pause fort.

„Mein lieber Bruder scheint während seines Aufenthaltes bei den Yanfari einige unserer Sitten vergessen zu haben", sagte er und hob spöttisch eine Augenbraue. „Wir schließen keine Zweckehen – wir *nehmen* uns, was unser Interesse weckt."

Die Prinzessin schien unter seinem stechenden Blick förmlich zu schrumpfen. Ihre Angst war zu einer schwarzen Wolke geworden, die sie immer mehr umgab. Doch Tharion setzte unbeirrt fort. Es gab kein Zurück mehr – keine elegante Lösung. Alles was blieb, war der unverstandene Weg des Ashvolks und die stählernen Ketten des Verrats.

„Miha." Tharion sprach mit der Geduld eines Elternteils, der ihr ungezogenes Kind rügte. „Es freut mich natürlich, dass du die werte Prinzessin billigst und als geeignete Partnerin für deinen Bruder erachtest. Doch deine naive Romantik hat in einem Kriegsrat nichts verloren."

Er klatschte in die Hände. Einen Augenblick später öffnete sich die Tür zum Gang und Neyve trat ein.

„Sklavin", bellte Tharion, „bringe Prinzessin Kanna in mein privates Verlies. Ihre Ausbildung beginnt morgen Früh."

Die junge Ashen-Frau nickte und näherte sich der Jin-Adeligen. Diese schien erst jetzt aus ihrer Starre aufzuwachen und riss sich vom sichtlich verwirrten Miha los.

„Nein! Was...was soll das?" stammelte Kanna und wich weiter zurück. Ihre Gewänder raschelten und die hölzernen Sohlen ihrer Schlüpfer klackten panisch über den Steinboden. Mit drei schnellen Schritten hatte Neyve die Distanz zu ihr überbrückt und zog ein paar Handeisen hervor. Mit einer geschickten Bewegung presste sie die zierliche Jin gegen die kalte Wand und zwang ihre Arme auf ihren Rücken.

„Du bist ab nun Sklavin des Hochkönigs Ra'tharion D'Axor", intonierte sie. „Trage diesen Titel mit Stolz."

Damit schloss sie die Schellen um Kannas Handgelenke und packte sie unsanft am Hals. Die Jin öffnete ihren Mund um zu schreien, hielt aber im letzten Moment inne. Sie hatte die Blicke der Ashen bemerkt, die den Geschehnissen ungerührt folgten. Belustigung und trockene Arroganz spiegelte sich in den dunklen Gesichtern. Nein, hier würde sie kein Mitgefühl finden. Flehend wandte sie sich an Tharion.

„Eure Majestät, bitte…"

Neyve begann sie aus dem Raum zu bugsieren.

„Bitte!"

Tharion hob eine Hand. Die Sklavin und ihre hochrangige Gefangene blieben stehen. Hoffnung blühte in Kannas Zügen auf.

Ihre Blicke trafen sich. Tharions nächste Worte waren frei von jeglicher Emotion.

„Ich habe es mir anders überlegt, Neyve. Ich will heute Abend nicht nur dich vor meiner Bettstatt knien sehen, sondern auch die Prinzessin. Stählerne Ketten und ein Ringknebel sind sicher kleidsam an meinem werten Gast."

Das Licht in Kannas Augen erlosch.

„Willkommen in Ravanar", lächelte Tharion kalt. „Genieße deinen Aufenthalt."

Widerstandslos ließ sich die Prinzessin aus dem Raum schieben.

Die schwere Türe fiel ins Schloss und betretene Stille breitete sich aus. Tharion lehnte sich zurück und bedachte seinen Bruder mit einem bittersüßen Blick.

„Wo waren wir stehengeblieben?"

15

Sturmbote

Asaras Bewusstsein kehrte nur langsam zurück. Zuerst waren es die Gerüche von exotischen Kräutern und frischgewaschenen Laken, die den Schleier der Finsternis durchdrangen. Danach folgten die undeutlichen Stimmen von fernen Unterhaltungen. Schlussendlich war es aber der schale Geschmack in ihrem Mund, der die *Kisaki* vollends weckte.

Asara öffnete blinzelnd die Augen. Es begrüßten sie verschwommene Formen getaucht in mattes Licht. Für einen panischen Moment fühlte sie sich in die Nacht ihrer Entführung zurückversetzt. Wie auch damals erwachte sie aus einem traumlosen Schlaf der Bewusstlosigkeit. Doch diesmal war es kein Knebel, der ihre trockenen Lippen teilte. Es gab auch keine Seile, die ihre Hände hinter ihrem Rücken fixierten. Es begrüßte sie die Sonne, wo in Al'Tawil nur Dunkelheit geherrscht hatte. Sie lag auch nicht nackt auf kaltem, hartem Steinboden. Im Gegenteil.

Asara spürte weiche Decken unter sich und ihr Kopf ruhte auf einem bequemen Kissen. Das taube Gefühl in ihrem Mund rührte offenbar von den Blättern eines Krauts her, die flach ausgebreitet auf ihrer Zunge lagen. Ihr Körper war in weißes Tuch gehüllt und gründlich gewaschen worden. Der angenehme Geruch von Seife und Minze stieg Asara in die Nase. Ein weiteres Laken schützte sie vor der kühlen Brise, die die hell getünchten Räumlichkeiten durchstreifte.

Wo bin ich?

Asaras Sicht klärte sich etwas. Sie befand sich in einem Zimmer mit drei weiteren Betten, die allesamt unbenutzt waren. Simple Strohmatten bedeckten den Boden des Raumes. Neben ihrer Bettstatt befand sich ein kleiner Nachttisch aus grob gezimmertem Holz, auf dem ein Krug und mehrere Schalen standen. Eine kuriose Steinfigur wachte über das tönerne Geschirr. Sie stellte einen in weite Roben gekleideten Mann dar, der im Schneidersitz auf einem schmalen Podest saß. Seine alterslosen Züge wirkten entrückt und friedlich.

Die *Kisaki* ließ ihren Blick weiter schweifen. Bis auf die anderen Betten und eine alte Truhe nahe der hinteren Wand war der Raum erstaunlich leer. Es gab keine Schränke oder Regale und auch Sessel suchte man vergebens.

Kühler Wind blies von einem einzelnen Fenster, das zum Gutteil von einem schmucklosen Vorhang verdeckt wurde. Lediglich ein schmaler Streifen der Abendsonne fand seinen Weg ins Innere und tauchte das Zimmer in mattrotes Licht. Gedämpfte Unterhaltungen drifteten von draußen an Asara heran. Es lag keine Dringlichkeit in den Worten, obwohl diese immer wieder durch ferne Laute des Klagens unterbrochen wurden.

Langsam tastete Asara nach ihren leicht geschwollenen Lippen. Zu ihrer Überraschung tat die Bewegung kaum weh. Lediglich ein leichter Stich in ihrer Schulter erinnerte an die schmerzhafte Wunde, die ihr während ihrer Flucht zugefügt worden war. Asaras Finger fanden das kleine Bündel Kräuter und sie zog es vorsichtig aus ihrem Mund. Der wohltuende Geruch von Lavendel und Honig stieg ihr in die Nase. Asara legte die gepressten Blätter in eine der Schalen auf dem Nachttischchen. Danach schlug sie die Decke zurück und setzte sich langsam auf. Anschließend inspizierte sie ihre Wunde.

Eine beachtliche Länge weißen Verbandstuchs war um ihren Oberkörper gewickelt worden. Es stand in deutlichem Kontrast zu ihrer aschfarbenen Haut, die, soweit sie es selbst sagen konnte, ihre gesunde Farbe weitgehend zurückgewonnen hatte. Asara spannte vorsichtig ihre Muskeln an und kreiste ihre steifen Schultern. Dumpfer Schmerz quittierte ihre zaghaften Bewegungen. Er erinnerte jedoch mehr an Muskelsteife, als an die Auswirkungen einer ernsten Stichverletzung.

„Du solltest dich noch nicht bewegen", ertönte eine ruhige, aber feste Stimme. Asara blickte auf. Eine schmale Jin in weißen, mit geometrischen Mustern bestickten Roben stand in der Tür. Sie hatte den schweren Verhang des Durchgangs lautlos beiseite gezogen und den Raum unbemerkt betreten. Die Frau war sicherlich über 50, auch wenn Asara ihr genaues Alter nicht einzuschätzen vermochte. Ihr Haar war kurz und von grauen Strähnen durchzogen. Trotz ihrer hageren Statur bewegte sie sich mit geübter Präzision. In ihrer rechten Hand trug sie ein Bündel sorgfältig zusammengelegter Tücher während sie in ihrer linken ein Tablett mit Krügen balancierte.

Die Jin streifte wortlos ihre hölzernen Pantoffeln ab und platzierte sie neben der Tür. Ohne Eile deponierte sie ihre Ladung auf einem der freien Betten. Erst dann trat sie an Asaras Bettstatt heran und musterte ihr Gegenüber mit kritischem Blick.

Die *Kisaki* hatte sich in der Zwischenzeit vollends aufgesetzt und ließ ihre Beine zu Boden baumeln.

„Wer seid ihr?" fragte sie vorsichtig. „Was ist dies für ein Ort? Wie bin ich hierhergekommen?"

Die Jin lächelte kurz.

„So viele Fragen."

Asara atmete durch und zwang sich zur Ruhe.

„Verzeiht. Aber das letzte, woran ich mich erinnere, waren…"

Die Wachen. Die Sklaven auf der Flucht. Drohende Gewalt. Meine flehenden Worte an den namenlosen Kommandanten.

„…war der Tafelberg."

Die ältere Frau nahm eines der Tücher auf und tränkte es in Wasser.

„Bleib ruhig sitzen", befahl sie. „Und entspanne dich."

Es war offensichtlich, dass die Jin Asaras Fragen geflissentlich ignorierte. Leise schnaubend machte sich die Unbekannte an dem Verband zu schaffen. Die *Kisaki* tat wie geheißen und hielt still. Es gab in der aktuellen Situation auch nicht viel, was sie sonst hätte tun können. Also ließ sie ihre Wohltäterin walten und wartete ab.

Die Jin brummte und murmelte, als sie die freigelegte Wunde inspizierte. Schließlich begann sie, diese zu gründlich auswaschen. Ihre Berührungen waren vorsichtig, aber nicht unbedingt sanft. Asara sog lautstark die Luft ein, als die Frau gegen eine besonders empfindliche Stelle ihrer geröteten Haut drückte.

„Stillhalten, habe ich gesagt", rügte die Pflegerin. „Etwas Wasser wird dir nicht den Tod bringen. Das hat der Speer schließlich auch nicht vermocht." Sie stieß einen knorrigen Finger in Asaras Seite. „Du bist weit zäher, als du dich anstellst."

„Es tut nicht weh", schmollte Asara. „Ich war bloß überrascht."

Die Jin hob lediglich eine Augenbraue. Wortlos setzte sie ihre Tätigkeit fort.

Minuten verstrichen. Immer wieder nahm die *Kisaki* einen Schluck Wasser aus dem angebotenen Krug, den die ältere Frau mitgebracht hatte. Das kühle Nass war erfrischend und belebend zugleich. Mit jedem Becher fühlte sie sich weniger wie eine leidende Patientin und mehr wie ein gesundes, menschliches Wesen. Doch trotz der fachmännischen Fürsorge der Fremden blieben ihre Fragen weiterhin unbeantwortet. Erst nach einer langen Weile des Schweigens wagte Asara einen erneuten Anlauf.

„Entschuldigt… Aber ich muss wirklich wissen, was passiert ist. Wo bin ich? Meine Freunde-?"

„Deinen Freunden geht es gut", unterbrach die Jin und seufzte. „Du befindest dich in *Isha-Ka*, dem Haus der *Medizi*."

„Oh."

Die alte Frau fuhr fort, ohne von der Wunde abzulassen. „Wir haben uns in den letzten vier Tagen um dich und deine Freunde gekümmert, so gut wir konnten. Die meisten von ihnen sind wohlauf." Ihr Blick wurde distanzierter, härter. „Lediglich für zwei von ihnen kam unsere Hilfe zu spät. Oliya und Fahid haben es nicht geschafft. Es tut mir leid, Mädchen. Ihre Verletzungen waren zu schwer."

Asara senkte ihren Blick. Was am meisten schmerzte war nicht die Nachricht des Todes von zweier ihrer Mitstreiter. Es war vielmehr die Tatsache, dass sie den beiden Namen keine Gesichter zuordnen konnte. Zu überstürzt war ihre Flucht gewesen und zu sehr hatte Asara darauf geachtet, die anderen Sklaven auf Distanz zu halten. Unbewusst hatte sie sich gegen die Möglichkeit gewappnet, dass mehrere von ihnen nicht überleben würden. Der Verlust von namenlosen Begleitern war um so vieles erträglicher, als der Tod eines vertrauten Freundes.

Die *Kisaki* nickte wortlos. Es wollten ihr keine passenden Worte des Dankes oder Bedauerns einfallen – und die wortkarge Jin schien keine zu erwarten. Die alte Frau setzte ihre Arbeit schweigend fort, während Asaras Gedanken abzudriften begannen. Die Ereignisse der letzten Tage und Wochen hatten eine tiefe Furche hinterlassen, die nur schwer zu umreißen war. Asara hatte gelitten, gekämpft, getötet und ihre verborgensten Gelüste kennengelernt. Sie hatte Lektion um bittere Lektion erfahren, ohne an diesen zu zerbrechen. Doch manchmal, wie auch in diesem Moment, wirkten ihre Erinnerungen und Erfahrungen mehr wie eine Geschichte aus dem Leben einer Fremden. Asara die *Kisaki* und Asara die Ashvolk-Attentäterin waren zwei sehr verschiedene Menschen in ein und demselben Körper.

Doch wer ist echt? Die Mörderin oder die Weltverbesserin? Die Sklavin oder die Herrscherin?

Ein Seufzen entkam Asaras Lippen und sie nahm einen weiteren Schluck Wasser. Auf manche Fragen gab es einfach keine zufriedenstellenden Antworten.

Der rote Streif der untergehenden Sonne war beinahe verblasst. Zwielicht breitete sich in dem kleinen Zimmer aus. Die fernen Unterhaltungen wurden nach und nach durch das hohe Zirpen von Grillen ersetzt. Asara gähnte und schloss die Augen.

Die Jin arbeitete unbeirrt weiter. Nach dem Waschen der Wunde trug sie Salbe auf die entzündete Haut auf und erneuerte den Verband. Erst als das letzte Tuch fixiert und die letzte Verunreinigung beseitigt war, erhob sich die Heilerin und nickte zufrieden.

„Leg dich hin und schlafe", sagte sie. „Ich sehe morgen wieder nach dir."

Asara blinzelte. Es dauerte mehrere Momente, ehe sie sich wieder ihrer Fragen entsandte.

„Wer von den anderen ist eigentlich noch hier?" fragte sie murmelnd. „Wie geht es Faro und..."

Ihre Stimme verstummte. Ihr Herz hatte unvermittelt zu pochen begonnen.

Wer ist noch hier...

Asara wusste nur zu gut, wer sich noch in diesen Hallen aufhielt.

Miha.

Die Farbe verließ schlagartig ihr Gesicht. Falls der Ashen-Krieger überlebt hatte, befand er sich zweifellos noch in *Isha-Ka*. Zwei oder drei Wochen waren keine lange Zeit für die Genesung von einer derart schweren Verletzung. Und wenn Miha noch unter den Patienten verweilte, würde auch Raif nicht weit sein.

Ihre Freunde hatten Asara unbewusst an jenen Ort geführt, der für sie die womöglich größte Gefahr barg.

Asara stieß die Jin von sich und stolperte auf die Beine.

„Ich muss hier weg", murmelte sie. „Wo sind meine Sachen?"

Ihre Schulter hatte dumpf zu pulsieren begonnen. Die Heilerin verschränkte die Arme und schob sich zwischen Asara und die Tür.

„Das einzige, was du musst, ist dich hinlegen", sagte sie schroff. In etwas ruhigerer Stimme setzte sie fort. „Niemand hier will dir Böses, Mädchen. Die Konflikte der Welt haben in diesen Hallen keinen Platz."

Die *Kisaki* schüttelte vehement den Kopf. „Ihr versteht nicht! Diese...Männer haben eine Mission, für die sie über Leichen gehen würden! Auch über die euren! Bitte..." Sie blickte ihr Gegenüber flehend an. „Ihr müsst mich gehen lassen. Sofort."

Die Jin legte in betonter Ruhe die gebrauchten Tücher zusammen und nahm die Wasserschale auf.

„Du kannst natürlich gehen, wann auch immer du möchtest", sagte sie in gleichmütigem Tonfall, „aber unsere Hilfe wird dir nur hier, in *Isha-Ka*, zuteil. In Sicherheit." Ihr unvermitteltes Lächeln war nahezu raubtierhaft. „Und glaube mir, Mädchen, diese Sicherheit ist kein leeres Versprechen. Wir mögen Heiler sein, aber wir sind nicht naiv. Wir garantieren den Frieden nur deshalb, weil wir ihn auch zu verteidigen wissen." Sie richtete sich zu ihrer vollen Größe auf. „Diese Lektion haben wir schon vor langer Zeit gelernt."

Asaras Hand fand einen Pfosten ihrer Bettstatt. Der Raum hatte sich ohne Vorwarnung zu drehen begonnen. Die *Kisaki* fühlte sich von einem Moment auf den anderen ausgelaugt wie nach einem langen Sprint.

„Aber Raif und Miha..." murmelte sie. „Ihr könnt mich nicht beschützen..."

Die Jin bugsierte ihre Patientin zurück zum Bett. Asara hatte nicht die Kraft oder den Willen, sich ernsthaft zur Wehr zu setzen. Irgendetwas raubte ihr alle Energie. Ihre Lider wurden mit jedem Moment schwerer.

„Du bist hier sicher", beschwichtigte die Heilerin. „Und jetzt leg dich hin. Cyn-Liao wird zweifellos wieder über dich wachen. Schließlich war sie es auch, die dich heil hierhergebracht hat."

Asaras Augen begannen zuzufallen.

Cyn-Liao? Cyn?

Sie wollte protestieren doch ihre Zunge gehorchte ihr nicht mehr. Sanfte aber kräftige Hände drückten sie in die weichen Decken.

„Schlafe."

Asara schlief.

~◊~

Die *Kisaki* erwachte viele Stunden später zu den ersten Sonnenstrahlen eines neuen Tages. Aus den Nachbarzimmern war das leise Klimpern von Besteck zu vernehmen. Vor ihrem Fenster sang ein Vogel sein morgendliches Lied. Zahlreiche Paare Füße bewegten sich mit verhaltener Dringlichkeit durch die gefliesten Gänge. Die Schritte der *Medizi* und Pflegerinnen hallten als stetiges Echo durch die Hallen der Heilung.

Asara streckte sich und testete ihre Glieder. Der Schmerz in ihrer Schulter war nahezu verklungen. Gutgelaunt kletterte die *Kisaki* aus dem Bett und fixierte ihren robenartigen Überwurf mit einem auf ihrem Nachttisch wartenden Band. Barfuß durchquerte sie das Zimmer und steckte ihren Kopf durch die Türöffnung nach draußen. Es begrüßte sie eine sich in einen kleinen Garten öffnende Kolonnade. Sonnenlicht durchflutete Gang wie Grün. Eine angenehm kühle Brise brachte den Geruch des Ozeans mit sich. Der sanfte Wind spielte mit den Blättern der Bäume und den Halmen der Gräser. Asara holte tief Luft und lächelte. Ihre langsamen Schritte führten sie hinaus in den breiten Gang und hinein in das kleine Paradies.

Eine kleine Quelle in der Mitte des simplen, aber mit sichtlicher Sorgfalt gepflegten Gartens sprudelte klares Wasser hervor, welches in einem steinernen Becken aufgefangen wurde. Eine Gruppe Jin war damit beschäftigt, das kühle Nass in tönerne Krüge abzufüllen. Sie unterhielten sich in der melodischen, aber Asara nicht geläufigen Sprache ihres Volkes. Helles Gelächter mischte sich immer wieder unter die fröhlichen Worte. Etwas abseits der Gruppe saß ein älterer Mann im Schatten eines knorrigen Ahornbaumes, der seine roten Blätter über den halben Innenhof ausbreitete. Seine Robe war nicht unähnlich zu Asaras luftiger

Gewandung. Er hatte die Augen geschlossen und schien zu meditieren – oder zu schlafen. Ein grauer Tölpel saß nur unweit seiner hölzernen Bank und beäugte mit großer Neugierde einen kleineren der Tümpel. Dutzende, golden gescheckte Fische tummelten sich in dem künstlichen Teich. Insekten surrten durch die Lüfte oder sonnten sich auf sonnengeküssten Steinen. Rund um den Tümpel blühten Blumen in allen Farben des Regenbogens. Zwischen größeren Flächen wilden Grases erblickte Asara mehrere sorgfältig angelegte Kreise aus gebürstetem Kies.

Alleine dieser liebliche Garten hätte die *Kisaki* vergessen lassen können, dass sie sich noch immer in Masarta befand. Zu fremdartig waren viele der Blumen und Pflanzen, die ihre Köpfe in Harmonie der Sonne entgegenstreckten.

„Wunderschön, nicht?" erklang eine vertraute Stimme aus dem Gang. Asara kniff die Augen zusammen und sah sich nach der Sprecherin um.

Eine verschlafen aussehende Cyn erhob sich von einer schmalen Steinbank im Schatten einer der Säulen und streckte sich. „Hallo Mondschein. Endlich munter?" Die Jin schnitt eine Grimasse, als ihre Schultern knackend protestierten. Asaras Hände schlossen sich fester um den Saum ihrer weißen Robe.

Sie hatte am Abend zuvor also richtig gehört. Cyn war tatsächlich hier.

Die *Kisaki* bedachte die Diebin mit einem langen, harten Blick. Es fiel ihr in diesem Moment jedoch schwer, echten Zorn heraufzubeschwören.

Mit tiefem Misstrauen hatte sie allerdings keine Probleme.

„Cyn. Was tust du hier?" Asaras Stimme war kalt. Die Jin lächelte verlegen.

„Du bist immer noch böse auf mich, oder?"

„Du hast mich belogen und benutzt", schnaubte Asara. „Was denkst du, was ich bin? Erfreut?"

Cyn seufzte und ließ ihre Hände in den weiten Ärmeln ihres bunten Kaftans verschwinden.

„Ich kann es dir nicht verübeln. Wirklich nicht." Sie senkte ihren Blick. „Ich wollte dir eigentlich nur sagen, dass es mir leidtut. Dich als Ausweichplan zu rekrutieren war…nicht nett. Ich hätte von Anfang an ehrlich sein sollen."

„Ja, das hättest du."

Stille kehrte ein. Cyn studierte verlegen ihre Schuhe. Asara verschränkte die Arme und wartete. Die Jin nickte schließlich den Gang hinab.

„Ich werde dann…gehen."

„In Ordnung."

„Leb wohl, Mondschein."

„Leb wohl."

Cyn lächelte matt und wandte sich zum Gehen. Sie hatte fast zehn Schritte zurückgelegt, ehe Asara sich dazu überwand, noch einmal ihre Stimme zu erheben.

„Die Pflegerin hat gesagt, dass du mich hierhergebracht hast. Stimmt das?"

Die Jin blieb stehen und nickte zögerlich.

„So in der Art."

Asara legte den Kopf schief. „Was meinst du damit?"

Cyn warf einen flüchtigen Blick über ihre Schulter.

„Karrik und ich haben unseren Auftrag schon lange vor deiner Flucht beendet", sagte sie. „Wir waren schon längst wieder zurück im Versteck, als wir von dem Sklavenaufstand erfuhren."

„Hat sich unsere Flucht so schnell in der Stadt herumgesprochen?" fragte Asara verwundert. Die Diebin schüttelte den Kopf.

„Nein. Wir sind..." Ihr Blick wurde kurz abwesend. „Wir sind zum Palast zurückgekehrt." Cyn fuhr fort, ehe Asara etwas entgegnen konnte. „Es gab eigentlich keinen Grund für uns, dem Tafelberg einen weiteren Besuch abzustatten. Wir konnten ja unmöglich wissen, was vorgefallen war. Oder wie lange dich deine...Mission beschäftigen würde."

„Ihr seid trotzdem gekommen."

Cyn nickte. „Es hat mir keine Ruhe gelassen", murmelte sie. „Dein Vorhaben war waghalsig und nicht minder leichtsinnig. Weit gefährlicher, als mein Ausweichplan je gewesen wäre." Die junge Frau wandte sich um und grinste. „Du kannst dir meine Überraschung vorstellen, als ich wenig später nicht nur dich, sondern gleich eine ganze *Gruppe* Sklaven zu Gesicht bekam, die sich einem Trupp Soldaten entgegenstellte. Ich wollte eingreifen, aber Karrik hat mich zurückgehalten. Er war aus irgendeinem Grund davon überzeugt, dass du die Situation friedlich lösen könntest. Und er hat Recht behalten." Echter Respekt lag in Cyns Stimme. „Alles, was mir zu tun blieb, war die Verwundeten hierher zu führen. Ich habe einige Freunde unter den *Medizi*, die sofort bereit waren zu helfen." Die Jin zuckte mit den Schultern. „Den Rest der Geschichte kennst du."

Asara nickte stumm. Sie stand erneut in Cyns Schuld. Egal wie sehr sie deren Lügen gekränkt hatten, die Diebin hatte zumindest ein simples Dankeschön verdient. Wenn schon nicht für ihre Rückkehr aus schlechtem Gewissen, dann zumindest für die Hilfe, die sie den erschöpften und zweifellos ratlosen Sklaven geleistet hatte. Die *Kisaki* öffnete den Mund, doch Cyn war schneller.

„Du brauchst dich nicht bei mir zu bedanken, Mondschein. Deine Kameradin, Ri'isa, hat die meiste Arbeit geleistet. Ich war nur der

Geleitschutz. Und hätte Karrik mich nicht gestoppt, hätte ich sogar alles noch schlimmer gemacht." Sie lächelte. „Ich bin einfach nur froh, dass du wieder auf den Beinen bist. Das war eine hässliche Wunde."

Asara überbrückte die Distanz zu ihrer vormaligen Kameradin und legte ihr eine Hand auf die Schulter.

„Danke, Cyn. Ich weiß nicht, ob ich dir deine...Unehrlichkeit jemals verzeihen kann, aber... Aber meinen Dank wirst du auf ewig haben. Für alles. Karrik natürlich auch."

Die Jin gab ihr einen flüchtigen Kuss auf die Wange.

„Wir waren ein gutes Team", sagte sie leise. Dann erhellte sich ihr Gesichtsausdruck und sie legte einen Finger an ihre Lippen. „Bevor ich es vergesse", strahlte sie und produzierte einen ledernen Beutel aus ihrem linken Ärmel. „Der hier gehört dir."

Asara blickte sie fragend an.

„Dein Anteil", lachte Cyn. „Unsere Mission war ein voller Erfolg. Auch wenn das Ableben des Veziers viele der Informationen wertlos gemacht hat, konnten wir alle gewünschten Unterlagen befreien. Der Auftraggeber war begeistert."

Die *Kisaki* nahm den kleinen, aber erstaunlich schweren Beutel entgegen. Münzen klimperten in dessen prallgefülltem Bauch. Die Jin zwinkerte und verneigte sich betont.

„Meinen Dank an euch für diese furchtbare Zusammenarbeit, Prinzessin Mondschein. Vielleicht bietet sich ja bald eine neue Gelegenheit der gewinnbringenden Kooperation."

Asara musste lächeln.

„Das würde mich freuen", entgegnete sie in ähnlich nasalem Ton. „Vielleicht kann ich mich nach meiner Entlassung erkenntlich zeigen und euch, Herrin Cyn-Liao, sowie seine Exzellenz den Fürsten Karrik zu einem Getränk ausführen. In einem Etablissement eurer Wahl, versteht sich."

„Die Herrin Cyn-Liao würde dies begrüßen", grinste die Jin und hob ihre Hand zum Abschied. „Pass auf dich auf, Asara. Deine früheren Meister sind zwar nicht mehr hier im Haus, haben die Stadt aber auch noch nicht verlassen. Zumindest der Dunkelhaarige schleicht regelmäßig durch Masartas Seitengassen. Ich habe ihn erst kürzlich am Markt gesehen – im Gespräch mit einigen schattigen Gesellen." Cyn warf ihr einen vielsagenden Blick zu.

„Ich verstehe", murmelte Asara. Die kühle Luft kam ihr mit einem Schlag bitterkalt vor.

Raif und Miha. Die beiden Ashen-Krieger waren und blieben ein finsterer Schatten in Asaras Leben. Trotz aller Beteuerungen der alten Pflegerin war sie in *Isha-Ka* alles andere als sicher. Schließlich hatten die beiden es auch geschafft, den kaiserlichen Palast von Al'Tawil zu infiltrieren. Sie zu unterschätzen war ein großer Fehler.

Asara musste sich etwas einfallen lassen. Die Gefahr, ihren früheren Peinigern zufällig über den Weg zu laufen, war einfach zu groß. Auch war es nicht unwahrscheinlich, dass Raif und Miha früher oder später von dem Sklavenaufstand erfuhren und Asara damit in Verbindung brachten. Die richtigen Fragen an die richtigen Menschen konnten dies leicht bewerkstelligen. Die *Kisaki* hatte sich schließlich alles andere als unauffällig verhalten.

Ein Problem nach dem anderen.

Zumindest hatte Cyn die offene Frage beantwortet, ob Miha tatsächlich überlebt hatte.

„Danke für die Warnung", erwiderte Asara. „Ich werde die Augen offenhalten."

Mit einem zwiespältigen Gefühl verabschiedete sie sich und machte sich auf die Suche nach etwas zu essen. Ihre Gedanken verweilten jedoch bei Raif und seinem genesenen Mitstreiter. Trotz Asaras aktueller Glückssträhne konnte sie die Sorgen ob der Präsenz der beiden Ashen-Krieger nicht vollends verbannen. Sie waren eine unbekannte Karte in einem Spiel, das die *Kisaki* erst kürzlich zu spielen gelernt hatte.

Zumindest bin ich nicht mehr allein.

Sie hatte auf ihrer Flucht viele Freunde gewonnen. Alles in allem mutete die Zukunft bei weitem nicht mehr so düster an, wie noch vor wenigen Wochen.

Zufrieden schloss Asara ihre Finger um den prallgefüllten Geldbeutel. Sie würde sich und ihren Alliierten einen Neuanfang ermöglich. Danach würde sie die Suche nach Harun wiederaufnehmen. Ihn zu finden bedeutete schlussendlich mehr, als nur ihren Durst nach Rache zu stillen. Der Minister war die Person, die hinter den Kulissen die Fäden zog. Malik Lami'ir war zweifellos nicht der einzige Politiker, den er zu manipulieren versuchen würde.

Ich werde dein stetiger Schatten sein, Harun. Bis zum Moment der Wahrheit.

Vielleicht spielte es keine Rolle, ob die metaphorische Insel wirklich die erhoffte Erlösung für Asara die Schiffbrüchige bringen würde. Das Eiland war zumindest ein greifbares und immer näher rückendes Ziel. Und das musste für den Moment genügen.

Auf dem Weg durch die Korridore von *Isha-Ka* fasste Asara einen Entschluss. Sie würde endlich beginnen, wie eine wahre *Kisaki* zu denken. Eine *Kisaki*, die die Welt der Schatten kennengelernt und überlebt hatte. Sie musste sich baldigst einen Überblick über die Geschehnisse in ihrem zerrütteten Reich schaffen, ehe sich Haruns Klauen zu tief in dessen Fleisch vergruben.

Wie stand es um den drohenden Krieg? Wer gehörte zu den Verschwörern und wer war Asaras Andenken treu geblieben? Wie dachten die Bürger über die zweifelhaften Beschlüsse des Adels? All diese Fragen – und mehr – galt es zu beantworten.

Ich weiß auch schon, wo ich anfangen werde.

Cyns mysteriöser Auftraggeber hatte großes Interesse an der Politik des Veziers gezeigt. Niemand stahl aus Spaß die geheime Korrespondenz eines regionalen Fürsten. Hinter einem solchen Vorhaben verbarg sich immer ein größerer Plan.

Vielleicht war es an der Zeit, dieser findigen Person einen Besuch abzustatten.

~◊~

„Du möchtest *was*?" rief Cyn über den Lärm der Musik und Unterhaltungen. Asara verdrehte die Augen und seufzte. Sie deutete auf den Barden, der ausgelassen auf einem der Tische tanzte und dann auf ihre Ohren.

„Später!"

Die Jin grinste entschuldigend und nahm einen tiefen Schluck aus ihrem Krug. Karrik grunzte nur zufrieden und grub seine Zähne in eine besonders saftig aussehende Hühnerkeule.

Die *Kisaki* und die beiden Diebe waren einige Tage nach Asaras Entlassung zusammengekommen, um den Erfolg der jeweiligen Missionen zu begießen. Cyn hatte dazu eine besonders schmuddelige Taverne an der Grenze zwischen Al'Faj und dem Hafenbezirk ausgesucht. Auf den ersten Blick sah der ‚Weiße Reiher' aus wie das typische Loch in der Wand. Schon beim Betreten des geräumigen Gemeinschaftsraumes begrüßte einen der Geruch nach angebranntem Eintopf, billigem Alkohol und Schweiß. Windschiefe Tische und Sessel waren ohne ersichtliches System im Raum verteilt worden. Gäste jeder Couleur saßen, lehnten oder schliefen an den Tischen. Die meisten umklammerten einen gefüllten Becher oder beschäftigten sich eingehend mit einer Portion Hammelragout. Unterhaltungen in einem halben Dutzend Sprachen wogten durch die Gaststube und mischten sich mit rauem Gelächter. Würfel tanzten über die Tischplatten und abgegriffene Spielkarten tauschten die Hände. Ein offensichtlich betrunkener Barde gab eine höchst obszöne Version von ‚Die Maid und der Schakal' zum Besten und tanzte zu dem Tönen seiner eigenen, ziemlich verstimmten Mandoline von Tisch zu Tisch. Seine trunkene Akrobatik erntete ihm gelegentliche Tritte aber auch den einen oder anderen gefüllten Krug. Lautes Gelächter begleitete jeden seiner unbeholfenen Schritte.

Die meiste Aufmerksamkeit der Gäste galt allerdings einer Theke im hinteren Teil des Gastraumes. Dort schenkte ein missmutiger älterer Mann mit schiefer Nase und noch schieferem Kiefer einheimischen Gewürzwein und Erudanisches Ale aus. Auch Hochprozentigeres wechselte für kupferne Münzen den Besitzer.

Karrik rülpste lautstark und hob seinen leeren Humpen.

„*Fleere Öel!*" rief er in den Raum. Seine kräftige Stimme schaffte es tatsächlich, die Aufmerksamkeit einer Schankmagd auf sich zu ziehen. Die vollbusige Mittvierzigerin schob sich durch die lärmende Menge und knallte einen weiteren Bierkrug vor ihm auf den Tisch. Der Eru grinste glücklich und widmete sich seiner wahrscheinlich fünften Nachfüllung.

Asara schüttelte mitleidig den Kopf, als der Spielmann den Abstand zwischen zwei Tischen unterschätzte und lautstark zu Boden stürzte. Das Glück der Betrunkenen rettete ihn dabei vor einer ernsteren Verletzung. Er sprang im nächsten Moment wieder auf und richtete sich sein aus bunten Stofffetzen zusammengenähtes Gewand. Dann machte er sich auf die Suche nach seinem ebenfalls abgestürzten Instrument.

Die *Kisaki* nutze die willkommene Pause, um das Gespräch von zuvor wiederaufzunehmen.

„Cyn!"

Die Jin beugte sich näher.

„Hm?"

„Ich würde gerne euren Auftraggeber kennenlernen. Den, der die Befreiung der...du weißt schon...veranlasst hat. Es geht nur um ein paar Fragen am ihn. Nichts Aufregendes."

Ich habe nicht vor, euch euer Geschäft streitig zu machen, fügte sie im Geiste hinzu.

Cyn schien allerdings keine derartigen Sorgen zu haben.

„Klar, kein Problem", sagte sie gutgelaunt. „Ist aber lustig, dass du das jetzt ansprichst."

„Warum das?" fragte Asara.

Die Jin kratzte sich am Kinn und warf Karrik einen Seitenblick zu. Der Eru nahm davon keine Kenntnis. Seine volle Aufmerksamkeit galt dem Ale und dem letzten Knochen des einst stolzen Hähnchens.

„Unser Auftraggeber hat kürzlich einen ähnlichen Wunsch geäußert", erwiderte Cyn. „Er will dich kennenlernen."

Asara runzelte die Stirn. „Mich kennenlernen? Weshalb?"

Misstrauen und Skepsis verdrängten innerhalb eines Wimpernschlages all ihre verhaltene Vorfreude.

Cyn schien ihren Gesichtsausdruck zu bemerken.

„Nicht wie du denkst. Er wollte einen neuen Auftrag diskutieren. Es geht anscheinend um die Ashvolk-Gemeinde hier in Masarta. Ich habe dich ihm gegenüber ja erwähnt, als wir die besagten Unterlagen abgeliefert haben." Die Jin zuckte mit den Schultern. „Er braucht offenbar jemanden mit Einblick, die kein Problem mit etwas Beinarbeit hat. Dürfte nichts Großes sein. Die Bezahlung ist eher bescheiden."

Asara nahm ihre Weinschale auf und schwenkte sie nachdenklich. Dieser neue Auftrag war definitiv eine gute Gelegenheit, ihre brennenden Fragen anzusprechen. Doch irgendetwas hielt sie noch zurück.

„Dieser Auftraggeber…" fragte sie, „Vertraust du ihm?"

Cyn lachte auf. „Natürlich nicht. Aber wir haben schon oft mit ihm zusammengearbeitet. Er ist Einheimischer und hat eine gute Reputation. Das ist in diesem Geschäft die wichtigste Währung. Besonders als Mittelsmann."

Asara warf ihrem Gegenüber einen fragenden Blick zu. „Er ist also gar nicht der eigentliche Auftraggeber?"

Cyn schüttelte den Kopf. „Nein. Er vermittelt bloß Aufträge an geeignete Talente. Die meisten Klienten schätzen ihre Anonymität zu sehr, um direkt an uns heranzutreten. Im Endeffekt ist das alles nur Teil einer Vorsichtsmaßnahme."

Die Diebin produzierte eine Silbermünze aus ihrem Ärmel und schnippte sie in die Lüfte. „Und unsereins kann sich dadurch sicher sein," Sie fing die Münze wieder auf. „-dass am Schluss auch bezahlt wird. Dafür steht er mit seinem Namen. Ein Mittelsmann funktioniert schließlich nur, wenn ihm *beide* Seiten vertrauen."

„Ich dachte du vertraust ihm nicht?"

Cyn grinste und stieß mit dem Finger sanft gegen Asaras Stirn.

„Das ist alles relativ, Mondschein."

Die *Kisaki* seufzte. „In Ordnung. Ich werde ihn treffen."

Vielleicht würde sie es schaffen, dem Mann trotz alledem ein paar Details zum wahren Geldgeber zu entlocken. Auch abgebrühte Schattenfürsten hatten Schwächen – oder einen Preis.

„Dann leite ich es in die Wege", zwinkerte Cyn. „Du wirst sehen, Mondschein, du wirst dich in unserem Geschäftszweig wie zuhause fühlen. Die Unterwelt steht dir!"

Asara verdrehte die Augen. „Kannst du das noch lauter in den Raum brüllen?"

Die Diebin grinste breit. „Was glaubst du, wo wir hier sind?"

Die *Kisaki* ließ ihren Blick erneut über die Menge schweifen.

„Was meinst du?" fragte sie leise.

„Sieh genauer hin", erwiderte Cyn. „Das Auge erspäht oft nur, was wir erwarten. Dadurch übersehen wir gerne das Offensichtliche."

225

„Das ist wie mit Geister", dröhnte Karrik.

Asara runzelte die Stirn. Sie musterte einmal mehr die anderen Gäste.

Die beiden hatten Recht. Ihre Einstellung wie Wahrnehmung hatten sich schlagartig geändert. Wo sie zuvor nur grobschlächtige Trunkenbolde gesehen hatte, fielen ihr jetzt die subtilen Details auf. Viele der Gespräche hatten sichtlich einen ernsten Unterton. Münzen und Bündel tauschten unauffällig Hände. Die glasigen Augen der Stammgäste wirkten plötzlich wesentlich aufmerksamer als noch zuvor. Selbst der Barde schien sich aktuell mehr mit dem Feilbieten gut verpackter Waren zu beschäftigen, als mit seiner fragwürdigen Musik.

„Oh."

Cyn klopfte Asara auf die Schulter. „Diese Art von Ort zu erkennen braucht Übung", schmunzelte sie und hob ihren Krug zum Trinkspruch. „Auf neue Kameraden in den Schatten."

„Auf ein neues Leben", murmelte Asara.

Der gewürzte Wein brannte wohlig in ihrer Kehle.

Wo auch immer es mich hinführen wird.

Am anderen Ende der Taverne stimmte der Barde ein neues Lied an.

Asara stützte ihre Ellenbogen auf den von vulgären Schnitzereien und verschüttetem Bier verschönten Tisch. Trotz des Gestanks eng zusammengepresster Körper und der umherdriftenden Schwaden billigen Tabaks fühlte sie sich in diesem Moment so wohl, wie schon lange nicht mehr.

„Wie seid ihr eigentlich in diese Welt gestolpert?" fragte Asara nach einer Weile in die Runde. Die Frage hatte ihr auf der Zunge gebrannt, seitdem sie die zierliche Diebin und ihren hünenhaften Partner kennengelernt hatte. Letzterer hob augenzwinkernd seinen Krug.

„Geister sagen, ich gehen."

Die *Kisaki* blickte ihn fragend an.

„Gehen…in die Unterwelt?"

„Nein", lachte der Eru, „gehen, bis Wetter heiß und Leute wie Gold im Gesicht. Dann ich angekommen." Karrik rülpste genüsslich in seine Faust. „Lange Reise. Große Berge. Viele Geschichten."

„Das kann ich mir vorstellen", entgegnete Asara vorsichtig.

Cyn klopfte ihrem Begleiter auf die Schulter.

„Wenn es dich tröstet, Mondschein, ich habe es auch nie vollends verstanden." Die Jin lächelte. „Aber ich bin froh, dass mein großer *Kompis* hier den Wyverngrat erklommen hat, um seinen Geistern nachzujagen. Sonst wären wir uns nie begegnet."

Asara sah von Karrik zu Cyn. So unterschiedlich die beiden auch waren, sie teilten sich sichtlich mehr als nur eine Koje und einen Platz in Masartas Schatten. Des Eru Augen waren voller Güte und Zuneigung für seine Partnerin und auch Cyns verschmitztes Lächeln versprühte innige Wärme, wann immer sich die Blicke der beiden kreuzten.

Für einen Augenblick verspürte Asara gar so etwas wie Neid. Sie verdrängte das hässliche Gefühl mit einem Kopfschütteln. Cyn und Karrik hatten ihr Glück verdient.

„Was ist mit dir, Cyn?" fragte sie. Der Gesichtsausdruck der Diebin verlor für einen Moment seine lebendige Fröhlichkeit. Einen Wimpernschlag später war ihre Maske wieder intakt.

Deine Geister sind wohl keine gütigen, dachte Asara. Die *Kisaki* rechnete schon nicht mehr mit einer Antwort, als Cyn das Gespräch zögerlich wieder aufgriff.

„Ich habe...hatte eine große Familie, viele Freunde", sagte sie leise. Das Lied des Barden schaffte es beinahe, ihre Worte zu verschlingen. „Geld, Ansehen, Grundbesitz. Die Gunst des Kaisers. All dies und mehr."

Asara presste ihre Lippen zusammen.

„Was ist passiert?"

Cyns Augen funkelten. „Eifersucht ist passiert. Intrigen und Verrat. Das Übliche könnte man sagen." Sie lachte auf, aber dem Scherz fehlte jegliche Heiterkeit. „Des einen Niedergang ist des anderen Aufstieg", fuhr sie nüchtern fort. „Etwas aufzubauen dauert Generationen. Es wieder zu zerstören, bedarf nur eines Wortes in das richtige...oder falsche Ohr." Sie zuckte mit den Schultern. „Ich habe meine Sachen gepackt und bin gegangen. Es gab in Lai-Jin nichts mehr, dass mich halten konnte. Die Entscheidung war einfach."

Asara senkte ihren Blick. „Das tut mir leid."

Cyns Worte schlugen in eine nur zu schmerzhaft bekannte Kerbe. Die Diebin streckte sich.

„Das muss es nicht. Ich habe sehr schnell gemerkt, dass mir die finsteren Ecken der großen Städte weit mehr liegen, als die weiten Felder eines pittoresken Hügellands mitten im Nirgendwo." Sie zwinkerte. „Wurfmesser und Tanz über die nächtlichen Dächer vor Stricknadel und rhythmischem Schunkeln zu Entedank."

Asara musste schmunzeln. Es fiel ihr schwer, sich ihr Gegenüber als brave Tochter eines reichen Gutsbesitzers vorzustellen. Dennoch erfüllte sie Cyns Geschichte mit Trauer – und Wut. Egal wo auf dieser Welt: Es wartete immer ein Messer hinter dem Rücken oder ein Verräter in den eigenen Reihen.

„Es wird mir eine Freude sein, den Reichen ihre Geheimnisse zu entreißen", murmelte Asara. Die Jin legte ihren Arm um Karriks Hüfte und eine Hand auf Asaras Unterarm. „Ich sehe, wir verstehen uns", schnurrte sie. „Wenn wir schon nicht als Gleichgesinnte in ihrer Welt spielen können, dann lasst uns diese wenigstens gehörig durcheinanderbringen!"

Die *Kisaki* hob neuerlich ihren Krug.

„Auf die Gerechtigkeit der Schatten."

Die Gefäße des Trios stießen dumpf aneinander.

„Auf das Chaos", grinste Cyn.

„Auf Durst!" dröhnte Karrik.

Bier und Gelächter begleiteten den Abend bis in die frühen Morgenstunden. Als Asara mit dem ersten Krähen der Hähne endlich in ihre Koje fiel, hatten sich die Erzählungen aus dem fernen Jin und die Fabeln des mystischen Erudan zu einer neuen, noch ungeschriebenen Geschichte vereint. Sie würde in die Unterwelt eintauchen und sie sich zu Eigen machen. Harun würde sie erst kommen sehen, wenn es zu spät war. Asara hatte ihren Thron verloren, aber dafür eine gänzlich neue Welt entdeckt. Das Treffen am kommenden Abend würde der erste von vielen Schritten auf dieser neuen Reise sein.

Mit einem zufriedenen Lächeln auf den Lippen entglitt die *Kisaki* schließlich in das Reich der Träume.

~◊~

Es war windstill. Die stickig-warme Abendluft lag über Masarta wie eine unsichtbare Glocke. Die Gespräche der wenigen Passanten wirkten gedämpft. Selbst die Tiere schienen von der verhaltenen Stimmung betroffen zu sein. Kaum ein Hund bellte und kaum ein Vogel sang sein abendliches Lied. Es war, als ob die Stadt ihren kollektiven Atem anhalten würde.

Ein Sturm kommt. Und alle spüren es. Maliks Tod hat ein gefährliches Vakuum hinterlassen.

Asara stand vor dem schmiedeeisernen Tor eines Anwesens, das sichtlich schon bessere Zeiten erlebt hatte. Der von Unkraut überwucherte Garten und das verlassene, gänzlich unbeleuchtete Gebäude trugen ihren Teil zur unwirtlichen Atmosphäre bei. Kaum ein Fenster des einst stolzen Adelsanwesens war intakt. Ranken und braune Farne wucherten aus den Ritzen und Spalten in den Mauern und Säulen. Der gepflasterte Weg bis zum Eingangstor war an vielen Stellen weggebrochen und offenbarte das trockene Erdreich darunter. Die Reste eines Brunnens nahmen den Vorplatz ein. Wo einst frisches Wasser gesprudelt hatte, verblieb lediglich eine braune Pfütze.

Welch ein verheißungsvoller Ort für eine geschäftliche Zusammenkunft, dachte Asara. *Ein Friedhof wäre kaum einladender gewesen.*

Cyn hatte ihr Versprechen gehalten und ein Treffen mit dem mysteriösen Mittelsmann organisiert. Dieser hatte ihr die Adresse des alten Anwesens genannt, das nun schon seit Jahren leer stand. Asara wusste nicht, was mit den Besitzern geschehen war oder warum sich kein neuer Eigentümer gefunden hatte. In jedem Fall waren das vormals stolze Gebäude und der weitläufige Garten zu einem vergessenen Relikt verkommen. Daran konnte auch die zentrale Lage am Fuße des Tafelberges nichts ändern.

Auch die Mächtigen sind vergänglich.

Malik hatte dies am eigenen Leib erfahren. Cyn hatte es in ihrer Heimat erlebt. Und auch Asara selbst war vor nicht allzu langer Zeit ein ähnliches Schicksal widerfahren. Des einen Niedergang war wahrlich des anderen Aufstieg. Diese Regel galt überall – und würde auch bald in Masarta Anwendung finden.

Asara fragte sich einmal mehr, wer in der Küstenstadt schließlich das Ruder übernehmen würde. Bisher gab es kaum mehr als Gerüchte um den Tod des Veziers, geschweige denn Geflüster über eine potentielle Nachfolge. Der Palast schwieg und das Volk blieb im Dunklen.

Irgendwo in dieser Geschichte verbirgt sich zweifellos eine Lektion.

Asara legte ihre Hand an das eiserne Tor. Es war Zeit, an ihrem eigenen Wiederaufstieg zu arbeiten. Maliks Erbe musste warten.

Die *Kisaki* stählte sich und rüttelte kräftig an dem verzogenen Portal. Zu ihrer Überraschung sprang es sofort auf. Trotz des rotbraunen Rosts an Stäben und Schloss öffnete es sich ohne zu quietschen.

Die *Kisaki* versicherte sich, dass ihr Dolch und ihre Peitsche griffbereit an ihrem Gürtel hingen, ehe sie das Grundstück betrat. Schnellen Schrittes überquerte den Hof und erklomm die weiten Stufen bis zum hölzernen Eingangstor. Auch hier waren die Spuren kürzlicher, aber subtiler Renovierung zu erkennen. Löcher im Holz waren mit Harz und Spänen gestopft worden und auch das Türschloss wirkte neu. Leises Gespräch war aus dem Inneren des Hauses zu vernehmen.

Asara hob ihre Faust und klopfte gegen das Tor. Die Unterhaltung verstummte. Kurz darauf näherten sich Schritte.

„Wer da?" dröhnte es von hinter der Tür.

„Mondschein."

Es hatte Cyn große Freude bereitet, Asara unter diesem Namen vorzustellen. Die *Kisaki* selbst wusste nicht so recht, was sie davon halten sollte. Wenn es nach ihr gegangen wäre, hätte sie etwas…gefährlicher klingendes gewählt. Der von der Jin verliehene Kosename war nicht gerade respekteinflößend.

Den Respekt dieses Mannes werde ich mir wohl erst verdienen müssen.

Asara verschränkte die Arme und wartete. Nach einem Moment machte sich jemand an einem ungesehenen Riegel zu schaffen. Kurz darauf schwang die hölzerne Tür auf. Ein blonder Mann in simplem Waffenrock baute sich im Durchgang auf. Sein Kettenhemd glitzerte im Licht der Öllampe, die er prüfend in Asaras Richtung streckte.

„Mondschein, hm?" brummte er und musterte sie ausführlich. „Du bist spät. Alle warten bereits."

Asara setzte ihr härtestes Gesicht auf und schob sich kurzerhand an dem Wachmann vorbei.

„Ich bin nicht spät", erwiderte sie kühl. „Ihr wollt mich bloß verunsichern. Dieses Spiel ist so alt, es hat bereits einen langen, weißen Bart."

Der Mann wechselte einen Blick mit seinem Kameraden, der an einem Tisch gleich hinter der Türe saß. Beide grinsten.

„Hier entlang", sagte die erste Wache und deutete auf einen der Gänge. Asara folgte ihm wortlos.

Danke, Cyn.

Die kleinen Lektionen der Diebin hatten sich einmal mehr als nützlich erwiesen. Sie würde sich von diesem Mittelsmann und seinen Handlangern nicht verunsichern lassen. Dazu war sie schon zu weit gekommen und hatte zu viel erlebt.

Das Innere des Gebäudes war kaum besser in Schuss als seine Fassade. Staub und Schmutz hatten sich in jeder Ritze und jeder Ecke festgesetzt. Reste von Teppichen bedeckten den stellenweise abgesackten Boden. Die wenige Einrichtung, die zurückgeblieben war, war stark abgenutzt oder beschädigt. Zerbrochene Regale und Sessel ohne Lehnen lagen dort, wo sie umgestoßen worden waren. Ein einst stolzer Diwan war von Nagetieren zu Fetzen verarbeitet worden. Lediglich einige intakte Ösen und Ringe waren zurückgeblieben.

Der Mann führte Asara bis an eine schmale Treppe, die steil nach unten führte. Funktionale aber schmucklose Lampen beleuchteten den Abstieg.

„Sie warten unten", sagte der Mann. „Benimm dich."

Asara warf ihm einen schiefen Blick zu. „Aber immer doch."

Mit gemischten Gefühlen machte sie sich an den Abstieg. Einerseits war sie nervös und unsicher, andererseits fühlte sie sich erstaunlich lebendig. Sie war dabei, in eine fremde Welt abzutauchen. Eine Welt der Risiken und Profite, der Halsabschneider und Rebellen. Wenn alles gutging, war sie nach diesem Tag ein Teil von Masartas schattiger Unterwelt. Diese Aussicht war verlockend und verstörend zugleich.

Entgegen ihrer Erwartung wurde die Luft nach unten hin immer klarer. Schmutzige Gänge wichen einer gepflegten Halle, die vor langer

Zeit wohl der Lagerung von Lebensmitteln gedient hatte. Nun waren es Kisten und Truhen, die den größten Teil des Raumes ausfüllten. Kryptische Kürzel in Kreide zierten das verstärkte Holz. Robuste Schlösser versperrten die meisten der voluminösen Behälter.

Unser schattiger Fürst hat seine Finger wohl auch im Frachtgeschäft.

Asara durchquerte die längliche Halle, an deren Ende eine weitere Türe wartete. Ein stoisch dreinblickender Yanfari in voller Rüstung stand erhobenen Kopfes neben dem Durchgang. Seine graublauen Augen folgten jeder von Asaras Bewegungen. Wortlos öffnete er die Tür in einen kleineren Raum.

Warmes Licht und der Geruch von süßem Honigkuchen begrüßten die *Kisaki*. In der Mitte des schlicht dekorierten Zimmers stand ein länglicher Tisch, auf dem dutzende Bögen beschriebenen Papiers lagen. Tintenfässchen und Schatullen beschwerten einige der weißgelben Zettel. Um den Tisch herum standen drei Personen. Eine davon war eine junge Frau in sichtlich teurer Gewandung. Sie drehte sich in dem Moment um, als Asara den Raum betrat. Ihr langes, schwarzes Haar floss bis weit über ihre schmalen Schultern. Ein silbernes Diadem schmückte ihre Stirn.

„Hallo, Lanys", sagte sie mit einem Lächeln auf den roten Lippen. „Lange ist es her."

Asara öffnete ihren Mund, doch keine Worte vermochten ihn zu verlassen. Die Züge, der Körper, die Gestik, die Stimme. Sie kannte jedes Muttermal und jede Unvollkommenheit auf dem Gesicht ihres Gegenübers.

Denn es war ihr eigenes.

Asara die Ashvolk-Diebin starrte in das sonnengeküsste Antlitz von Asara Nalki'ir, der *Kisaki* des Yanfar Imperiums. Ihre eigenen blaugrünen Augen funkelten sie an, als ihre eigene, so lange nicht mehr vernommene Stimme erneut das Schweigen brach.

„Ergreift sie."

16

Spiegelbild

„Ergreift sie."

Asaras Geist stand still – aber ihr Körper reagierte. Mit einer fließenden Bewegung zog sie ihren Dolch aus dem Gürtel und wich zur Seite. Und keinen Moment zu früh. Einer der Männer am Tisch trat einen raschen Schritt auf sie zu und hob seine Arme. Es wirkte fast so, als ob der stämmige Yanfari sie in eine Umarmung schließen wollte. Er bewegte sich dabei behänder, als seine Statur hätte vermuten lassen. Aus Asaras instinktivem Ausweichmanöver wurde ein überstürztes Zurückweichen. Der kräftige Angreifer setzte nach. Er war seiner Sache sichtlich sicher. Doch sein arrogantes Lächeln erstarb im nächsten Moment. Asara, die ihre panische Flucht nur angedeutet hatte, tauchte unter seinen Armen hindurch und rammte ihren Dolch in seine Seite. Die scharfe Klinge schrammte die überlappenden Schuppen seiner Rüstung entlang ehe sie die gesuchte Schwachstelle fand. Der Stahl drang tief in das ungeschützte Fleisch seiner Achselhöhle.

Der Mann schrie auf und stolperte einen Schritt zurück. Seine zitternde Hand fand die Kante des kleinen Tisches. Weder der andere Yanfari – ein kleinwüchsiger Rotschopf mit prominentem Muttermal auf der Oberlippe – noch die Frau mit dem Gesicht der *Kisaki* schritten ein. Einzig ein halb neugierigerer, halb spöttischer Blick folgte Asaras jeder Bewegung.

‚Was wirst du jetzt tun?' schien ihr Spiegelbild zu fragen.

Asara kannte keine Antwort auf diese unausgesprochene Frage. Sie hatte eine Bedrohung wahrgenommen und ohne nachzudenken reagiert. Doch die Realität holte sie mit riesigen Schritten ein. Sie war in eine Falle getappt. Umringt von Feinden wurden ihre Optionen mit jedem Sekundenbruchteil weniger. Dennoch hob sie trotzig ihren blutigen Dolch und wich einen vorsichtigen Schritt zurück. Die Tür war unmittelbar hinter ihr. Wenn sie schnell genug war...

Irgendetwas klimperte in ihrem Rücken. Das Licht, das von draußen in den kleinen Raum fiel, wurde plötzlich verdeckt. Ein Schatten fiel über Asara.

Die Wache vor der Tür. Verdammt.

Sie hatte den stoischen Yanfari in seiner vollen Rüstung vergessen. Der Krieger hatte den Moment genutzt, sich erstaunlich leise in Position zu bringen. Seine gepanzerten Arme schlossen sich einen Augenblick später um Asaras Taille. Die *Kisaki* hieb mit dem Dolch ungezielt nach hinten. Sie traf, doch die schwere Rüstung des Mannes ließ die Klinge wirkungslos abgleiten. Auch ein Tritt nach seinen Füßen brachte ihr lediglich Schmerz in ihrer Ferse ein – selbst die Schuhe des Yanfari waren durch Schienen verstärkt.

Sein eiserner Griff war unnachgiebig. Asara stach erneut zu und erneut fand ihre Klinge nur Metall. Im nächsten Augenblick fasste sie eine kräftige Pranke am Handgelenk. Sie gehörte sichtlich nicht zu dem stummen Krieger, sondern einer weiteren Person, die hinter ihr den Raum betreten hatte. Simple Lederhandschuhe bedeckten die Haut des ungesehenen Mannes. Asaras Arm wurde langsam nach oben gezogen und auf ihren Rücken gedreht. Ihre Schultern protestierten unter dem gnadenlosen Zug. Es war fast derselbe Schmerz wie jener, den sie im Folterkeller des Veziers so lange Stunden gespürt hatte, als ihre Hände hinter ihrem Rücken an die Decke gekettet waren.

Asara keuchte auf und öffnete ihre Finger. Der Dolch fiel scheppernd zu Boden. Der Griff des Unbekannten lockerte sich etwas. Doch an Flucht war nicht mehr zu denken. So hob die *Kisaki* ihren Kopf und starrte jene Person an, deren vertraute Gestalt nur wenige Meter von ihr entfernt stand.

Die junge Yanfari trug Asaras vormaliges Gesicht. Langes, dunkles Haar floss über die schmalen Schultern ihres lächelnden Gegenübers. Die falsche *Kisaki* trug ein skandalös knappes Kleid in kräftigem Rot, das Arme, Rücken und Taille betonend aussparte. Der tiefe Ausschnitt gewährte einen Einblick, der gerade noch genug der Fantasie überließ. Der zweiteilige, nach unten hin durchsichtig werdende Rock war bis zu den Oberschenkeln hinauf geschlitzt. Schwarze Schuhe mit hohen, schmalen Absätzen vollendeten die aufreizende Gewandung.

„Hast du dich beruhigt?" fragte die falsche *Kisaki* mit samtiger Stimme. Sie löste sich vom Tisch und trat einen Schritt näher. Ihre blaugrünen Augen funkelten ihr Gegenüber herausfordernd an. Zusammen mit ihrem raubtierhaften Lächeln war diese Frau das Bild der dunklen Verführerin. Doch Asara machte sich keine Hoffnung, dass dies mit körperlicher Schwäche einherging. Jede Bewegung der Yanfari war präzise. Selbst die hohen Absätze ihrer Sandaletten schienen sie nicht zu beeinträchtigen. Den ehrfürchtigen Blicken der beiden Männer an ihrer Seite nach zu schließen, genoss diese falsche Kaiserin Respekt, der Asara während ihrer Herrschaft nur selten zuteilgeworden war.

Mit dem Abklingen des Adrenalins begann Asaras Geist wieder zu arbeiten. Doch keine der Fragen oder möglichen Antworten half, das Chaos in ihrem Kopf zu ordnen. Wie auch immer sie es drehte und wendete – sie kannte lediglich eine Person in dieser Welt, die das Gesicht einer anderen zu stehlen und mit derartiger Selbstverständlichkeit zu tragen vermochte.

Die junge Frau mit den Zügen der gestürzten Kaiserin beugte sich näher an Asara heran.

„Ich habe dich gewarnt, meine Freundin", flüsterte sie zwinkernd, „dass dein Idealismus dich noch in Schwierigkeiten bringen wird."

Asaras Augen weiteten sich.

„Lanys?" wisperte sie. „Aber wie…? Warum…?"

Die falsche *Kisaki* legte einen Finger auf Asaras Lippen und schmunzelte. Mit lauterer Stimme adressierte sie ihre Lakaien.

„Fesselt sie. Schön fest. Wir wollen ja nicht, dass sie ein weiteres Mal entkommt." Ihr Blick fixierte einen der Männer in Asaras Rücken. „Nicht wahr, Raif? Das wäre peinlich."

Asara öffnete ihren Mund. Entgeistert starrte sie auf den Mann in schwarzer Lederrüstung, der langsam um sie herumtrat. Die Kapuze seines Umhangs vermochte es nicht, sein dunkles Gesicht vollständig zu verdecken. Raif zog ein Bündel Seile aus einem Beutel und ließ es vor den Augen der Gefangenen entrollen.

„Keine Sorge, *Kisaki*", murmelte er mit rauer Stimme, „eure Sklavin wird ihren Platz lernen. Ein für alle Mal."

Asara wehrte sich nicht, als der Ashen-Krieger ihre Handgelenke hinter ihrem Rücken zusammenband. Lediglich eine einzelne Träne kullerte über ihre Wange. Es war eine Träne der Trauer, des Schmerzes. Doch trotz des drohenden Verlustes ihrer Freiheit verspürte sie auch Erleichterung und Freude. Das Gefühl drohte ihren Brustkorb zu sprengen.

„Du bist nicht tot", flüsterte sie in Richtung der lächelnden Yanfari. „Aber ich…ich habe dich sterben sehen… Ich habe um dich geweint!"

Wie konntest du mir das antun, Lanys?

Seil begann ihre Ellenbogen zusammenzuziehen. Gleichzeitig packte sie jemand am Hals und zwang sie auf die Knie.

„Wie konntest du…" Asaras Stimme brach.

Die falsche *Kisaki* wandte sich ab. „Es tut mir leid, Lanys", sagte sie mit emotionsloser Stimme. „Ich wollte dir keine Schmerzen bereiten. Doch es war…notwendig."

Asara blickte zu ihrem Spiegelbild auf. „Ich habe dich geliebt", hauchte sie.

„Und ich tue es noch immer." Lanys hob eine Hand und wandte sich zum Gehen. „Fesselt sie, knebelt sie und schneidet ihr diese Lumpen vom Körper. Danach bringt sie in mein Quartier." Ihr Blick wurde eisig. „Und niemand – ich wiederhole, niemand – rührt sie an. Auch du nicht, Raif. Verstanden?"

„Aber natürlich, meine Herrscherin." Der Sarkasmus in Raifs Stimme war gut verborgen, aber präsent. In welcher Beziehung auch immer der Krieger und die falsche *Kisaki* standen: sie war wohl nicht so einseitig, wie man angesichts der Umstände vermuten könnte.

„Gut." Lanys' Finger strichen flüchtig über Asaras Wange, als sie die Gefangene passierte. „Wir wollen ja nicht vergessen, wer hier wem dient." Damit ergriff sie ihr Kleid am Saum und schritt aus dem Raum. Das scharfe Klacken ihrer hohen Absätze verhallte in der Entfernung.

Der Krieger kontrollierte Asaras Fesseln und drückte mit dem Fuß ihren Kopf zu Boden.

„Besser, du bewegst dich nicht."

Asara hielt die Luft an, als Raif ihren eigenen Dolch dazu verwendete, das Gewand von ihrem Körper zu schneiden. Auch die Stiefel nahm er ihr und warf sie achtlos auf den Haufen zerschlissenen Stoffs. Lediglich ihre Unterwäsche ließ er ihr – sehr zur offensichtlichen Enttäuschung des rothaarigen Yanfari, der als einzige weitere Person im Raum zurückgeblieben war. Sie wehrte sich auch dann nicht, als Raif ihre Fußgelenke und Knie mit Seil umschlang und fest zusammenknotete.

Als er fertig war, legte er einen Finger unter Asaras Kinn und hob es an. Ihre Blicke trafen sich.

„Wir werden noch viel Gelegenheit haben, dein Ungehorsam zu diskutieren", sagte der Krieger. „Ausführlich."

Trotz seiner ruhigen Stimme war die Drohung eine eindeutige. Asara hatte den schlimmsten Verrat begangen, den eine Sklavin begehen konnte. Und er würde sie dafür büßen lassen. Egal, was die falsche *Kisaki* ihm befohlen hatte. Doch ihr ‚Verrat' verblasste neben der Lüge, die Lanys und Raif gelebt hatten und immer noch lebten.

„Wie konntet ihr?" flüsterte Asara ein weiteres Mal. „Wie konntet ihr so grausam sein?"

Wortlos nahm Raif einen ledernen Knebel – *ihren* ledernen Knebel – auf und presste ihn gegen Asaras Lippen. Die Gefangene öffnete gehorsam ihren Mund. Sie brauchte keine Worte, um ihren Vorwurf zu wiederholen. Ihre Augen sprachen eine nur zu deutliche Sprache. So war es, dass auch der unerschütterliche Krieger ihren Blick mied, als er den Ball zwischen ihre Lippen schob und den Riemen festzog. Als er Asara schließlich aufhob und in seinen Armen nach draußen trug, hatte er seine Augen starr nach vorn gerichtet.

Raif trug Asara in das Obergeschoß des verfallenen Hauses. Die Gänge und Zimmer wirkten ebenso desolat wie jene im Erdgeschoß, waren aber zumindest frei von Unrat und Sand. Verblichene Wandmalereien zierten den rissigen Stein. Eine einsame Öllampe warf ihr Licht auf einen Stapel alter Stühle, die vor einem Durchgang deponiert worden waren. Türen nach westlichem Vorbild und einst prunkvolle Hängeteppiche aus schwerem Samt versperrten die Sicht in die meisten der Zimmer. Die abgerissene Kette eines einstigen Lüsters baumelte von der Decke.

Asara würdigte den Krieger keines Blickes. Auch als er eine der Türen aufstieß und sie unzeremoniell auf einen Diwan in der Mitte des schmucklosen Raumes fallen ließ, reagierte sie kaum. So sehr ihr Herz auch in Konflikt war – sie hatte kein Interesse, auch nur einen Gedanken mehr als notwendig an den hinterlistigen Ashen-Mann zu verschwenden.

Asara spannte ihre Muskeln an und holte durch die Nase Luft. Mit Mühe setzte sie sich wieder auf und lehnte sich gegen das größte der ausgebreiteten Kissen. Es war schwer, eine halbwegs bequeme Position zu finden. Die schwarzen Seile zogen ihre Arme zu fest zusammen. Die Fesselung machte jede Bewegung zu schweißtreibender Arbeit. Zu Asaras Überraschung taten ihre Glieder jedoch kaum weh. Sie war nicht nur zu einer passablen Diebin geworden, sondern offenbar auch zu einer routinierten Gefangenen. Die Ironie des Gedankens ging nicht an ihr verloren.

„Du hast dich verändert", sagte Raif und nahm ihr gegenüber Platz. Asara bedachte ihn mit einem emotionslosen Blick. Der Ashen-Krieger schien ihn nicht zu bemerken – zu beschäftigt war er mit seinen eigenen Handschuhen.

„Du hast zu kämpfen gelernt", fuhr er nach längerer Stille fort. „Und zu führen. Ich war beeindruckt, als ich erfahren habe, wie du die Sklaven in die Freiheit geleitet hast. Wie du Maliks Herrschaft ein Ende bereitet hast." Er hob seinen Blick und sah der Gefangenen direkt in die Augen. „Das einstige Opfer ist nicht mehr. Die naive Yanfari, die vor all diesen Wochen, nein Monaten, in ihrem Baderaum überwältigt wurde, ist zur Erinnerung verblasst. An ihre Stelle ist eine Kriegerin getreten."

War das Stolz in seiner Stimme? Asara stütze sich mit den gefesselten Händen ab und hob eine Augenbraue.

Hat sich wirklich etwas geändert? Ich bin da, wo meine Reise begonnen hat. In Gefangenschaft.

Alles war wie am ersten Tag. Dieselben Seile sicherten ihre Arme hinter ihrem Rücken. Es war vermutlich sogar derselbe Mann, der sie ihr angelegt hatte. Sie war einmal mehr zur wehrlosen Zuseherin geworden.

Und im Gegensatz zu jenem schicksalsträchtigen Abend fehlte auch Lanys' Beistand. So falsch die Worte der Ashen-Sklavin in Retrospektive auch gewesen sein mochten: Ihre Freundin hatte den Schock und Schmerz erträglich gemacht. Doch nun hatte sich die Dienerin als größte Verräterin von allen entpuppt. All die Tränen, all der Schweiß, all das Blut...umsonst. Asara hatte eine Lüge gelebt – und ihre Erinnerung an ihre langjährige Kameradin und Geliebte war zu einem höhnenden Schatten verblasst.

Asara schloss die Augen und senkte ihren Kopf.

Ich habe verloren.

Sie lachte leise in ihren Knebel. Das abgehackte Geräusch erinnerte allerdings mehr an ein Schluchzen. Tränen benetzten ihre Wangen und Speichel befeuchtete den ledernen Ball des Schweigens. Sie ließ ihrem Frust und ihrer Trauer freien Lauf.

Lange Minuten später sank Asara kraftlos auf den Diwan. Entgegen des Drucks der Seile zog sie ihre Beine an. Ihr Atem ging immer noch schnell, doch ihr Lachen war ein für alle Mal verstummt.

Asara hörte, wie Raif sich ihr langsam näherte.

„Nai'lanys hat eine Mission", sagte er leise. „Genauso wie ich. Sie hat alles riskiert, indem sie dich am Leben gelassen hat. Ihre Meister, die Tausend Gesichter, haben schon vor Jahren deinen Tod befohlen. Sie ist mit dem Kredo aufgewachsen, niemals ein Ziel zu verschonen. Und dennoch hat sie es getan."

Asara schniefte. Warum erzählte ihr Raif dies? Was spielte es für eine Rolle, welchen Grund ihre beste Freundin – ihre Geliebte – gehabt hatte, sie in die Sklaverei zu verbannen?

Die *Kisaki* öffnete die Augen. Raifs Züge wirkten nachdenklich, sein Blick weit entfernt. Er starrte abwesend durch einen Spalt des vernagelten Fensters, als er schließlich fortfuhr.

„Sie hat mich am Abend vor Haruns Verrat gebeten, dich heil nach Ravanar zu bringen. Dich immer zu beschützen, egal was passieren möge." Der Krieger schnaubte leise. „Ich habe damals nicht verstanden, warum sie für dich ihr Leben riskierte. Anstatt sowohl den Minister als auch dich zu eliminieren, inszenierte sie ihren eigenen Tod. Ich selbst war es, der den Dolch nach ihrer Anweisung führte. Unter meiner Hand wurde die tödliche Wunde zu einem tiefen Stoß knapp abseits des Herzens, den Nai'lanys' Illusion gerade noch zu maskieren vermochte." Er seufzte. „Ich habe mich mit dieser närrischen Assassine zusammengetan, um das Leben einer Unbekannten zu retten." Raif schüttelte den Kopf. „Mehr als einer Unbekannten – der leibhaftigen Herrscherin des Feindes. Dank dieser...Torheit ist Harun entkommen und fast alle meiner Männer starben in seinem Hinterhalt."

Asara schnaubte. „Wifft du meimem Fank mafür?" Der Knebel schluckte die meisten ihrer Worte. Doch Raif verstand.

„Deinen Dank? Nein. Ich wollte dich nur wissen lassen, was in jener Nacht wirklich passiert ist. Nai'lanys hat dich verraten, ja. Sie hat dich in den Glauben versetzt, sie sei tot. Doch das waren keine Akte der Bösartigkeit. Weit davon entfernt." Raif wandte sich um und musterte Asara. „Ich habe zu verstehen gelernt, warum sie dich verschont hat. Unsere gemeinsame Reise hat mir die Augen geöffnet."

Die *Kisaki* blickte ihn fragend an. Raif schmunzelte – wenn auch nur für einen kurzen Moment. „Du glaubst vielleicht, dass all deine Taten und Opfer umsonst waren. Doch da irrst du dich. Du hast in der Rolle einer einfachen Sklavin dabei geholfen, dein eigenes Reich zu einem besseren Ort zu machen. Und du wirst auch weiterhin die Gelegenheit dazu bekommen. Deine Reise ist noch lange nicht zu Ende, Asara Nalki'ir."

Mit diesen kryptischen Worten drehte sich der Krieger um und schritt aus dem Raum. Asara lauschte seinen verhallenden Schritten, bis schließlich Stille einkehrte.

Asara wartete eine lange Minute, ehe sie sich in Bewegung setzte. Sie winkelte ihre Beine an und tastete nach den Knoten der Seile an ihren Fußgelenken. Sie musste jedoch schnell feststellen, dass Raif seine Arbeit zu gut gemacht hatte. Die Knoten waren klein, fest und dank der strengen Ellbogenfesseln nahezu außer Reichweite ihrer suchenden Finger. Dazu kam, dass sich Ashen-Seil innerhalb kürzester Zeit unnachgiebig um die Glieder schlang und die Knoten mit jeder Bewegung weiter verengte. So war es auch ohne Beeinträchtigung nahezu unmöglich, die Fesseln ohne Hilfsmittel zu öffnen.

Frustriert knurrte Asara in ihren Knebel. Doch die *Kisaki* war noch lange nicht bereit, aufzugeben. Quälend langsam und unter enormer Anstrengung rutschte sie auf den Knien bis an die nahe Wand. Dort presste sie ihren Rücken gegen den abbröckelnden Stein und begann, sich mit Armen und Beinen emporzuhieven. Ihre gefesselten Hände suchten Halt in jeder Mauerfuge, während sie ihre Füße in Millimeterarbeit näher und näher an die Wand schob. Schweiß floss ungehemmt ihre Stirn herab als Asara sich schlussendlich zur Gänze aufgerichtet hatte. Auf wackeligen Beinen stand sie in ihrem provisorischen Verlies.

Geschafft.

Asara schluckte den angesammelten Speichel, richtete mit zitternden Fingern ihr verrutschtes Höschen und schwang ihr strähniges Haar aus ihrem Gesicht.

Jetzt kommt der schwierige Part.

Der Sieg über die Fesseln war nur ein denkbar kleiner. Ohne einer scharfen Klinge konnte sie sich unmöglich befreien. Die straffen Seile um Fußgelenke und Knie machten alles jenseits von Schlurfen zur Unmöglichkeit. Wenn sie auf der Suche nach einem Messer schneller vorankommen wollte, musste sie noch weit mehr Ausdauer beweisen, als gerade eben.

So spannte Asara ihre Muskeln an und tat einen ersten, vorsichtigen Satz. Beinahe wurde es auch ihr letzter: Der Nutzung ihrer Arme beraubt, verlor die *Kisaki* das Gleichgewicht. Nur ein weiterer, kleiner Sprung und die nahe Wand bewahrten sie vor einem schmerzhaften Sturz.

Asara biss konzentriert auf den Knebel. Es war um einiges schwieriger als gedacht, sich in gefesseltem Zustand hüpfend fortzubewegen. Selbst der kleinste Fehler wurde sofort bestraft. Dennoch versuchte sie es erneut. Der nächste Anlauf klappte deutlich besser. Nach zehn kleinen Sprüngen erreichte Asara die Türe ihres Verlieses. Vorsichtig tastete sie nach der verrosteten Klinke. Zu ihrer Erleichterung und Verwunderung war nicht abgeschlossen. Ein Blick auf den alten Schließmechanismus verriet weshalb: Jemand hatte – vermutlich in großer Eile – den Schlüssel im Schloss abgebrochen. Das verkeilte Stück Metall blockierte die Mechanik und machte ein Zusperren unmöglich. Asara seufzte erleichtert. Endlich hatte sie etwas wohlverdientes Glück. Sie drückte die Türe auf und lugte durch den Spalt nach draußen.

Der düstere Gang war verlassen. Von Raif, Lanys und ihren Yanfari-Handlangern war nichts zu sehen. Lediglich entfernte Fetzen einer Konversation waren vom Stockwerk unterhalb zu vernehmen. Asara schob sich hinaus auf den Korridor und zog die Türe hinter sich zu. Auf den Zehenspitzen balancierend hüpfte sie in Richtung Treppe. Immer wieder verharrte die gefesselte *Kisaki* und lauschte. Erst als sie sich sicher war, dass sie keine Aufmerksamkeit erregt hatte, setzte sie ihren mühseligen Weg fort.

Mit jedem Meter lernte Asara ihre sonst so selbstverständliche Bewegungsfreiheit mehr und mehr zu schätzen. Die schwarzen Seile verwandelten sie in ein ungelenkes Bündel fest zusammengezogener Gliedmaßen. Ihre Arme waren zu einem fixen Teil ihres Rückens geworden. Mit jedem Sprung zogen sich die Beinfesseln gefühlt fester um ihre nackten Schenkel. Der ausfüllende Knebel raubte ihr den bitter notwendigen Sauerstoff. Die wenigen Schritte zur Treppe wurden so zu einer echten Prüfung für Asaras taxierte Ausdauer. Keuchend arbeitete sich die Gefangene von Schatten zu Schatten. Asara war beinahe am Abgang angenommen, als sie ein Geräusch unvermittelt innehalten ließ. Blitzschnell presste sie sich in eine Wandnische und zwang sich zur Reglosigkeit. Bis auf ihren eigenen, lautstark pochenden Herzschlag wurde es still. Asara lugte vorsichtig aus ihrer Deckung hervor. Dunkelheit hatte den Gang zusehends in Beschlag genommen. Es war plötzlich erstaunlich schwer geworden, einzelne Details auszumachen. Ließen Asaras geschärfte Sinne sie just in diesem Moment im Stich?

Die *Kisaki* starrte angestrengt in die Finsternis.

Da war es wieder. Ein leises Glucksen, wie...

Wie ein verhaltenes Kichern.

Zugleich bewegte sich etwas in ihrem Augenwinkel. Asara fuhr herum, so schnell die Fesseln es zuließen. Wenige Meter rechts von ihr, kaum zu erkennen im Zwielicht des unbeleuchteten Ganges, stand eine Gestalt. Ihre Silhouette war distinktiv weiblich. Die Frau trat einen Schritt näher an sie heran. Es fiel Asara trotz Dunkelheit nicht schwer, ihr Gegenüber zu identifizieren.

„Du solltest dich sehen, Asara", gluckste Lanys. „Deine akrobatische Einlage ist wirklich animierend."

Provokant grinsend legte die falsche *Kisaki* ihre Arme auf den Rücken und presste ihre Beine zusammen. Dann tat sie einen kleinen Satz auf Asara zu. Der Schwung ließ dabei betont ihre Brüste schwingen. Die leichte Vorlage ihres Körpers erlaubte zusätzlich einen besonders tiefen Einblick in ihren freizügigen Ausschnitt. Lanys richtete sich wieder auf. „Ich wollte dich wirklich nicht unterbrechen", fügte sie spöttisch hinzu. „Dafür ist der Anblick zu köstlich."

Asara starrte ihr Gegenüber zornig an. All die Frustration der letzten Stunden köchelte erneut in ihr auf und drohte sich zu entladen. Oder würde sich entladen, wäre Asara nicht hilflos gefesselt und ihrer Stimme beraubt worden.

„Ick haffe fich." Asaras harte Worte wurden durch ein kleines Rinnsal Speichel ad absurdum geführt, der hinter ihrem Knebel hervorsickerte und ihr Kinn benetzte. Lanys schmunzelte.

„Nein, tust du nicht." Sie deutete grinsend auf die Türe des Raumes, aus dem Asara zuvor entkommen war. „Sollen wir? Ich würde mich gerne ausführlicher mit meiner liebreizenden Gefangenen beschäftigen. Aber nicht unbedingt hier auf dem Gang. Komm."

Es gab wenig, was Asara dem entgegensetzen konnte. Ihr halbherziger Fluchtversuch hatte geendet, bevor er richtig begonnen hatte. Lanys hatte sie dabei einmal mehr zum Narren gehalten. Die unverschlossene Tür, die strengen, aber nicht *zu* einschränkenden Fesseln und die fehlende Aufsicht waren nur Teil ihres Spiels gewesen. Tief in ihrem Inneren hatte Asara wohl auch nicht mit dem Erfolg ihrer verzweifelten Unternehmung gerechnet. Wie weit wäre sie derart gefesselt schon gekommen? Trotz Maliks Sturz waren offensichtlich entkommende Ashen-Sklaven in Masarta nicht gerne gesehen. Der erste geschäftstüchtige Passant hätte sie ohne zu zögern an den nächstbesten Sklavenhändler verkauft.

Asara hustete kurz und richtete sich auf. Sie hatte zwar verloren, würde Lanys aber trotzdem nicht die Genugtuung bereiten, sie offen resignieren zu sehen. So viel Stolz hatte sich die *Kisaki* gerade noch erhalten.

Asara blickte ihr Gegenüber – und dann ihre gefesselten Beine – auffordernd an. Lanys verschränkte schmunzelnd die Arme. „Du bist *so* weit gekommen – da wirst du es ja gerade noch bis zurück ins Zimmer schaffen." Lanys legte ihre Hände an den Ausschnitt ihrer Korsage und hob spielerisch ihre Brüste. „Außerdem genieße ich den Anblick zu sehr."

Die *Kisaki* schenkte ihr einen bitterbösen Blick. Aber was konnte sie schon tun? Raif war vermutlich nicht weit. Und sie machte sich keine Illusionen, wie schnell und unsanft sie der Ashen-Krieger zurück in das Verließ befördern würde.

Frustriert murmelnd und mit hochrotem Gesicht tat Asara den ersten Satz. Gefolgt von einem zweiten und dritten. Es war bei weitem nicht die größte Schmach, die sie innerhalb der letzten Wochen erfahren hatte, fühlte sich aber dennoch so an. Zum ersten Mal waren es keine Fremden, die ihre Demütigung mitverfolgten. Es war der spöttische Blick von Lanys, ihrer einstigen Sklavin und Vertrauten, der der gefesselten *Kisaki* bis zurück an den Diwan folgte.

Keuchend und verschwitzt ließ sich Asara auf die Kissen sinken. Lanys nahm ihr gegenüber Platz und streckte sich genüsslich. Es war die Bewegung einer zufriedenen Katze, die sich voll auf ihr Wohlergehen konzentrierte. Der vertraute Anblick bescherte Asara einen eiskalten Stich ins Herz. Trotz des falschen Gesichtes war diese junge Frau ihre langjährige Freundin und Begleiterin. Sie erkannte Lanys in jeder kleinen Bewegung und jeder Geste wieder. Ja, die kecke Raubkatze war gesund und wohlauf. Trotz ihrer misslichen Lage war Asara dankbar für diese unerwartete Wendung des Schicksals. Lanys war nicht tot.

Ihre Geliebte war nicht tot.

„Du bist ziemlich geschickt geworden." Die gutgelaunten Worte holten Asara aus ihren sentimentalen Gedanken. Lanys musterte ihre Gefangene mit sichtlicher Neugier und Interesse. „Es ist wirklich fast so, als würde ich mich selbst beobachten", setzte sie fort. „Die geschmeidigen Bewegungen, der Körper... Selbst die Fesseln trägst du wie ein echtes Ashen-Mädchen. Zumindest beinahe." Lanys ließ ihre Fingerknöchel knacken. „Ich wage fast zu behaupten, dass ich mich nicht so gut schlagen würde. Ellbogenfesselung war nie mein Metier."

Asara schenkte ihr einen milde entnervten Blick.

„Fiemeicht follten mir *fich* feffeln..."

„Wie bitte?" lachte Lanys. Dann beugte sie sich näher heran und begann, sich an dem Verschluss des Knebels zu schaffen zu machen. Wenige Momente später zog sie den ledernen Ball zwischen Asaras Lippen hervor und legte ihn neben sich ab. Die *Kisaki* keuchte auf und schluckte rasch den verbleibenden Speichel. Dann hob sie ihren Blick und wiederholte ihre letzten Worte.

„Vielleicht sollten wir *dich* fesseln. Dann hättest du einen direkten Vergleich." Asara leckte über ihre Lippen und winkelte ihre Beine an. „Ich helfe gerne."

Lanys grinste. „Das glaube ich dir."

Stille kehrte ein. Der Gesichtsausdruck der falschen *Kisaki* wurde langsam wieder ernster. Asara erwiderte den forschenden Blick mit einem finsteren ihrerseits. Dabei zog sie betont an den Fesseln ihrer Arme und Beine.

Hier sind wir nun. Das unschuldige Spiel ist zur Wirklichkeit geworden.

Lanys sah ihre Gefangene einen langen Moment nachdenklich an.

„Du hast sicher Fragen", sagte sie schließlich. Asara hob eine Augenbraue.

„Fragen?" Sie lachte auf. „Du meinst etwa die Frage, warum ich halbnackt und gefesselt vor meiner besten Freundin liege, die sich durch Mord und Betrug meinen rechtmäßigen Thron erschlichen hat?" Asara beugte sich vor. Die Seile um ihre Glieder knarrten leise. „Oder vielleicht die Frage, wie du mich im Körper eines wehrlosen Ashen-Mädchen einfach so in die Sklaverei verbannen konntest? Noch dazu in dem Glauben, du seist tot?" Die *Kisaki* schluckte ob des wachsenden Klumpens in ihrem Hals. „Wie mache ich mich? Waren das die Fragen, die dir vorgeschwebt sind?"

Lanys strich mit dem Daumen abwesend über den ledernen Ball, den sie zuvor aus Asaras Mund gezogen hatte.

„Ich habe nicht damit gerechnet, dass wir uns je wiedersehen", erwiderte sie schließlich. „Du solltest unter Raifs Obhut nach Ravanar reisen und dort ein friedliches Leben leben. Fern der Intrigen deines einstigen Throns."

„Unsinn." Asara schnaubte lautstark. „Raif hatte nie vor, mich in die Ashvolk-Hauptstadt zu begleiten. Das hat er mir selbst gesagt. Ich war als Trophäe gedacht. Deine eigene Gilde hätte mich verhört und innerhalb kürzester Zeit herausgefunden, dass ich nicht die bin, die ich vorgebe zu sein. Was denkst du, was dann passiert wäre?" Die *Kisaki* schüttelte den Kopf. „Friedliches Leben", schnaubte sie. „Als Gefangene in Ravanar. Dass ich nicht lache."

Lanys seufzte. „Raif redet zu viel. Und dabei hat er vergessen, etwas Essentielles zu erwähnen. Mein Plan, dich trotz meiner anderslautenden

Befehle zu verschonen, wird von einer kleinen Gruppe einflussreicher Ashen unterstützt. Ja, du wärst in Ketten nach Ravanar gebracht worden. Aber das Verhör hätte niemals stattgefunden. Du wärst innerhalb weniger Tage aus dem Kerker befreit worden und hättest einen Platz in einer der mächtigsten Adelsfamilien des Landes gefunden. Nicht als Sklavin, sondern als überraschend heimgekehrte Verwandte."

„Soll ich mich jetzt besser fühlen?" schmollte Asara. „Ich wäre dennoch eine Fremde in einer düsteren, freudlosen Umgebung gewesen. Meines rechtmäßigen Thrones und meines eigenen Körpers beraubt. Welch ein Geschenk, Lanys." Asaras Stimme triefte vor Sarkasmus. Ihr Gegenüber runzelte nur leicht die Stirn.

„Du hattest deine Chance, das Yanfar-Imperium zu regieren, oh blauäugige Kaiserin. Und du hast auf ganzer Linie versagt. Du hast dich so sehr auf deinen moralischen Kompass verlassen, dass du die wahren Probleme nicht gesehen hast. Harun und all die anderen haben seit Rayas Tod gegen dich mobilgemacht. Teilweise in aller Offenheit. Mehr als nur ein Minister hat im eigenen Lager Kriegstreiberei betrieben!" Lanys rieb ihre Schläfen. „Und du... Und du hast dich mit den Sorgen des einfachen Volkes beschäftigt. All meine Warnungen trafen auf taube Ohren. Egal was passierte: Du hast dich stets vehement geweigert, die Scheuklappen des Idealismus abzunehmen!" Die falsche *Kisaki* erhob sich und trat an das vernagelte Fenster. Das matte Mondlicht von draußen beleuchtete ihre feinen Züge. „Ich habe dich für deine Sturheit stets geliebt, Asara. Du warst – du bist – ein guter Mensch. Aber gute Menschen sind selten gute Herrscher. Wenn ich den Plan der Tausend Gesichter nicht umgesetzt hätte, befänden sich unsere beiden Reiche bereits im Krieg. Und diesen zu verhindern ist meine wichtigste Aufgabe."

„*Das* ist deine Mission?" entgegnete Asara ungläubig. „Ich glaube dir kein Wort. Einen blutigen Konflikt zu verhindern, war stets *mein* alleroberstes Ziel. Das weißt du, Lanys! Ich hege keinen Hass auf das Ashvolk!"

Bisher noch nicht, fügte sie gedanklich hinzu. Lanys tat im Moment ihr Bestes, dies zu ändern.

„Ich weiß", seufzte die falsche *Kisaki*. Darum habe ich mir auch so viele Monate Zeit gelassen. Ursprünglich hätte ich sofort nach Rayas Ableben in deine Haut schlüpfen sollen. Aber ich wollte sehen, wie sich die Tochter der berüchtigten Blutkaiserin am Steuer ihres Imperiums macht."

„Und du hast mich als unzureichend befunden."

Lanys wandte sich um und lehnte sich gegen die Wand. „Ja und nein. Du warst toll und tollpatschig zugleich. Du hast einfach nicht erkannt, was Harun und seine Alliierten in den Schatten zu planen begonnen hatten. Anfangs wollte ich dich warnen, doch…" Sie richtete nachdenklich ihr seidenes Kleid. „Doch du warst einfach nicht bereit, mit diesen kaltblütigen Yanfari in den Ring zu steigen. Sie hätten dich innerhalb kürzester Zeit entmachtet – oder schlimmer."

Asara rollte ihre strapazierten Schultern. „So hast du es für sie getan."

„Ja." Lanys trat wieder näher an den Diwan heran. „Ich habe Haruns Machtgier gegen ihn benutzt. Es war nicht schwer, die richtigen Hebel in Bewegung zu setzen und heimlich an deinem Sturz zu arbeiten. Ein Sturz, der früher oder später sowieso gekommen wäre. Doch so hatte ich wenigstens die Möglichkeit, dich heil aus all dem Chaos hinauszuschaffen."

„Als Sklavin."

Die falsche *Kisaki* beugte sich zu Asara hinab und zog testweise an den Fesseln ihrer Ellbogen. „Besser unfrei als tot."

Stille kehrte ein. Es fiel der Gefangenen schwer, all diese Offenbarungen zu verarbeiten. Was war gelogen und was entsprach der Wahrheit? War sie wirklich eine derart blinde Herrscherin gewesen, die geradewegs auf ihren eigenen Niedergang hingesteuert hatte?

Asara senkte ihren Blick und starrte auf ihre zusammengebundenen Beine.

„Du hättest mir helfen können", flüsterte sie. Lauter fügte sie hinzu: „Mit deiner Hilfe hätte ich die Politik der Yanfari nachhaltig beeinflussen können. Wenn wirklich der Frieden dein Ziel war, hätten wir ihn gemeinsam erarbeiten können! Sogar jetzt noch. Befreie mich, gib mir mein Gesicht zurück und hilf mir dabei, das Imperium zu einem besseren Ort zu machen!"

Lanys streckte sich und lächelte raubtierhaft.

„Ich liebe dich, Dummerchen. Aber ich habe immer noch eine Mission. Das Dominion will seinen größten Feind ein für alle Mal ausschalten. Und genau das tue ich. Mit mir als *Kisaki* kontrolliert Ravanar beide Reiche. Das ist der beste Garant für Frieden, den es gibt."

Asara öffnete den Mund um zu wiedersprechen, doch die Worte wollten nicht kommen. Lanys' Aussage trafen einen empfindlichen Nerv. Die einstige Sklavin hatte Recht – wenn Ra'tharion D'Axor und Asara Nalki'ir heimlich zusammenarbeiteten, würde es keinen Krieg geben. Theoretisch.

Asara hob ihren Kopf. Noch war sie nicht bereit, Lanys' Ausführungen blind zu akzeptieren.

„Du scheinst zu vergessen, dass der Krieg schon so gut wie begonnen hat", entgegnete sie. „Harun ist kurz davor, die Garde zu mobilisieren. Er rekrutiert im ganzen Reich Unterstützung – nicht zuletzt hier in Masarta."

Lanys ließ sich hin und studierte entspannt ihre hochhackigen Sandaletten. Die dünnen schwarzen Lederriemen der Schuhe betonten ihre zierlichen Füße.

„Genau deswegen bin ich hier", erwiderte sie selbstgefällig. „Harun ist das größte Hindernis. Gefolgt vom Vezier von Masarta und dem Stadthalter von Rayas Zorn. Glücklicherweise scheint Malik vor kurzem etwas zugestoßen zu sein und Harun wurde zur überstützten Flucht gezwungen." Asaras Gegenüber grinste breit. „Du weißt nicht zufällig etwas darüber?"

Die gefangene *Kisaki* erwiderte nichts. Ihr eisiger, aber zufriedener Blick war Antwort genug.

„Raif hatte also Recht", lachte Lanys. „Du wurdest trotz deines unfreiwilligen Exils zu meiner wichtigsten Helferin. Ohne dein Einschreiten hätte mir Malik wohl einiges an Kopfzerbrechen bereitet." Sie legte eine Hand auf Asaras Knie. „Danke, Sklavin, du hast mir gut gedient. Vielleicht bekommst du sogar eine Belohnung dafür. Trotz der Tatsache, dass du deine Herrin betrogen hast und davongelaufen bist."

Asara schnaubte. „Das ist deine offizielle Geschichte? Du willst mich als wiedereingefangene Lanys zurücknehmen und zu deiner Sklavin machen?"

Lanys öffnete den Mund, um zu antworten. Doch dann hielt sie inne. Und die *Kisaki* realisierte die Wahrheit.

Sie hat sich noch nicht überlegt, was sie mit mir machen soll.

Die einstige Leibeigene spielte nachdenklich mit einer Strähne ihres schwarzen Haares.

„Dein Erscheinen in Masarta stellt mich tatsächlich vor ein Dilemma, Asara. Aber ich werde mir eine gute Lösung überlegen. Bis dahin gewöhnst du dich besser an die Fesseln. Ich kann nicht riskieren, dass du meinen treuen Yanfari Flausen in den Kopf setzt. Es kann nur eine *Kisaki* geben – Zweifel an meiner Legitimität dürfen gar nicht erst aufkommen."

„Du hast Angst", murmelte Asara. „Angst, dass jemand die Wahrheit erfahren könnte."

Lanys zuckte mit den Schultern. „Es gibt einige Dinge, die ich noch klären muss", erwiderte sie enigmatisch. Im nächsten Moment stand sie unvermittelt auf und begann, sich am Verschluss ihres Überkleides zu schaffen zu machen. Asara blickte sie fragend an.

Sie wird doch nicht allen Ernstes erwarten…

„Ich habe es mir anders überlegt", lächelte Lanys. Der seidene rote Stoff glitt zu Boden und entblößte ihre langen, geschmeidigen Beine. Nahezu durchsichtige Strümpfe mit besticktem Band betonten ihre – nein, Asaras – makellose Schenkel. Trotz ihres hintergründigen Zorns auf ihre frühere Geliebte verspürte Asara ein Drücken in ihrer Brust. Es war keine

Lust oder gar Verlangen, sondern etwas Unergründliches, Stärkeres. Sie wollte ihr Gegenüber in die Arme schließen und nicht mehr loslassen. Nur um ihr im nächsten Moment die kräftigste Ohrfeige zu verpassen, die sie je ausgeteilt hatte.

Lanys grinste provokant und schob ihren abgelegten Rock mit den Füßen zur Seite. Danach tastete sie nach dem Verschluss ihrer Sandaletten, nur im nächsten Moment innezuhalten.

„Nein", schmunzelte sie und richtete sich wieder auf. „Eine kleine Benachteiligung muss sein."

Mit diesen Worten zog sie ein schlankes Messer hinter ihrer engen Korsage hervor und richtete dessen Spitze auf ihre verwirrte Gefangene. „Dreh dich um."

Asara spannte ihre Muskeln an. „Was hast du vor?"

„Ich teste eine Theorie", sagte Lanys. „Es gibt da etwas, was mich schon seit einer Weile beschäftigt. Jetzt dreh dich um, damit ich dich losmachen kann."

Zögerlich leistete die *Kisaki* Folge. Mit wenigen Schnitten befreite Lanys ihre Ellbogen und Handgelenke. Erleichtert seufzend führte Asara ihre Arme vor ihren Körper und rieb die geröteten Hautstellen. Raifs Fesselung war zwar verhältnismäßig bequem gewesen, hinterließ aber durchaus unangenehme Abdrücke auf der Haut.

„Das Spiel ist simpel." Die einstige Magd betrachtete Asaras gefesselte Beine und schmunzelte. „Ich gebe dir hier und jetzt eine Chance, deine Freiheit wiederzugewinnen. Besser noch: Wenn du gewinnst, darfst du mich zu deiner Gefangenen machen. Solange es dir danach gelüstet."

Asara verspürte nichts weiter als Verwirrung und stetig wachsendes Misstrauen. Was hatte Lanys vor? Vor einem Moment sprach sie noch von der Gefahr, dass Asara ihre Tarnung auffliegen lassen könnte und jetzt wollte sie einen Wettbewerb um ihre Freiheit veranstalten?

„Gewinnen…?"

Lanys ließ das Messer neben Asara fallen und trat einige Schritte zurück. „Du gegen mich. Schneide dich los und greif mich an. Die Gewinnerin erhält alles. Das ist nur fair – schließlich habe ich dir deine Position mit List und Tücke entrissen. Das ist nicht der Weg einer Kriegerin, die du laut Raif mittlerweile geworden bist."

„Du willst gegen mich *kämpfen*?" fragte Asara entgeistert. *„Das* ist deine Lösung? Warum tötest du mich nicht gleich? Du bist ausgebildete Attentäterin! Ich schlage mich erst seit ein paar Wochen durch die Welt! Mehr schlecht als recht, wohlgemerkt."

„Das ist nicht die Geschichte, die ich gehört habe", erwiderte Lanys. „Komm schon. Ich werde dir nichts tun – das weißt du. Außerdem hast du das Messer. Ich bin unbewaffnet." Sie streckte ihre Arme vom Körper fort und drehte sich einmal im Kreis. Weder unter dem knappen Oberteil noch an ihren Beinen schien sich eine weitere Waffe zu verstecken.

Was hat sie vor?

Asara nahm das Messer auf, ohne ihren Blick von der falschen *Kisaki* zu nehmen. Schnell schnitt sie die Fesseln an ihren Beinen durch. Danach erhob sie sich langsam und wich einige Meter zurück. Die Klinge hielt sie abwehrend vor ihrem Körper. Lanys ging ebenfalls in Kampfstellung.

„Zeig mir dein neues Gesicht, Asara", schmunzelte sie. „Ich mag meine Sklavinnen feurig. Es wird mir noch viel größere Freude bereiten, eine *wehrhafte* Ex-Kaiserin zu meinem willigen Spielzeug zu machen." Asara funkelte ihr Gegenüber an. Ihre zuvor unterdrückte Wut war zurückgekehrt. Wie konnte Lanys es wagen, sie nach alledem zu verhöhnen?

Die junge Ashen-Frau im Körper der Yanfari-Herrscherin leckte über ihre Lippen.

„Ein verängstigtes Mädchen zu versklaven, ist keine Herausforderung", stichelte sie. „Ich will dich mit Stolz an der Leine führen können. Wie Raif es kürzlich getan hat. Auf allen Vieren, entblößt, sich vor den Augen des Volkes beschmutzend…"

Mit einem hellen Aufschrei warf sich Asara ihrer einstigen Freundin entgegen. Das Messer blitzte auf und raste zielsicher auf die Kehle ihrer Gegnerin zu. Im nächsten Augenblick duckte sich Lanys scheinbar mühelos zur Seite und trat zielsicher nach Asaras Hand. Der harte Absatz ihrer Sandalette traf die *Kisaki* schmerzhaft am Handgelenk. Die Klinge segelte in hohem Bogen davon und bohrte sich in das morsche Holz eines alten Kastens.

„Ist das alles?" lachte Lanys und tänzelte ein paar Schritte Richtung Tür. „Ein kurzer Anflug echter Mordlust gefolgt von…" Sie gestikulierte wirr. „Was auch immer das sein sollte."

Asara knurrte und ballte ihre Fäuste. Die Assassine hatte Recht: Der Angriff war stümperhaft gewesen. Sie holte tief Luft und konzentrierte sich. In den Gängen von Maliks Palast hatte sie zielsicher und blickschnell zugeschlagen. Sie war für einige wenige Stunden zu einer gnadenlosen Waffe geworden, die nur ein Ziel gekannt hatte: Freiheit. Wenn sie endgültig aus der Gefangenschaft entkommen wollte, musste sie alles Erdenkliche tun.

Du wirst noch bereuen, dass du dieses Spiel begonnen hast, Lanys.

Asara hob ihren Blick. Zu ihrer großen Genugtuung huschte ein flüchtiger Ausdruck des Zweifels über Lanys' Gesicht. Im nächsten Moment setzte sich die *Kisaki* in Bewegung. Ihr erster Hieb traf ihre Freundin an der Hüfte und ließ sie zurücktaumeln. Noch bevor Lanys reagieren konnte, trat Asara gegen ihren Unterschenkel und überbrückte den verbleibenden Meter zwischen sich und ihrer Gegnerin. Lanys keuchte auf und stolperte gegen die Wand. Asara wich ihrer halbherzigen Gegenwehr leichtfüßig aus und manövrierte sich in ihre Seite.

„Was ist los, Lanys?" zischte sie. „Gibst du schon auf?"

Die falsche *Kisaki* wirbelte herum und trat in einer fließenden Bewegung nach ihrem Gegenüber. Doch auch dieser Tritt verfehlte Asara um mehr als zehn Zentimeter. Zielsicher schlug die Kaiserin Lanys' Hände zur Seite und schlang ihren Arm um den ungeschützten Hals ihrer Opponentin. Dann drückte sie zu. Röchelnd ging die Yanfari unter dem gnadenlosen Druck zu Boden. Wenige Momente später hatte Asara sie mit den Knien am Boden fixiert und packte sie an den Haaren.

„Was sagst du nun, kleine *Zis'u*?" flüsterte sie mit harter Stimme. „Hmm? Ist es das, was du sehen wolltest?"

Lanys hustete und spuckte. Nahezu widerwillig lockerte Asara etwas ihren Klammergriff.

„Nicht schlecht", keuchte die Besiegte. „Raif hatte Recht." Sie begann leise zu lachen.

„Was ist so lustig?" zischte Asara. „Du hast verloren. Dein Spiel ist aus." Sie zog Lanys' Arm schmerzhaft auf deren Rücken. Die falsche *Kisaki* stöhnte auf.

„Da ist wohl etwas schiefgelaufen", wisperte Lanys. Ein kaltes Lächeln breitete sich auf Asaras Gesicht aus. Es war in diesem Moment so *einfach*, alledem ein Ende zu bereiten. Sie musste lediglich fest zudrücken. Ein kräftiger Ruck an Lanys' Genick und…

Die Besiegte röchelte und schnappte nach Luft.

Nur ein wenig enger…

Ein leises Wimmern.

Asara blinzelte und senkte ihren Blick. Sie hatte begonnen, ihre Freundin zu würgen. Ihr Gesicht war bereits dunkel angelaufen. Lanys' Glieder zuckten kraftlos und sie hatte ihren Mund leicht geöffnet. In ihren Augen sah Asara Panik…und Resignation. Es war der leere, kaum noch fokussierte Blick einer Todgeweihten.

Was… Was tue ich hier…?

Asara schrie leise auf und ließ los. Ungelenk stolperte sie auf die Beine. Lanys holte röchelnd Luft. Ein unkontrolliertes Zittern ging durch ihren Körper.

„Es tut mir leid", hauchte die *Kisaki*. Ich weiß nicht…was…"

Es war nicht das erste Mal, dass Asara in diese finstere Welt abgetaucht war und sich nur widerwillig aus den Abgründen der Gewalt befreit hatte. Ein kleiner Teil in ihr wollte diesen Kampf immer noch zu Ende bringen. Lanys war besiegt. Alles, was sie in diesem Moment von ihrem rechtmäßigen Thron trennte, war ein kaltblütiger Mord. Nein, kein Mord. Gerechte Bestrafung. Wie schwer konnte dieser finale Schritt schon sein? Sie hatte schließlich schon mehreren Menschen das Leben genommen – und kaum Reue verspürt. Asaras Blick fiel auf das Messer, das nach wie vor in der Kastentür steckte.

Sie holte tief Luft zwang sich zur Ruhe. Ihre Fäuste öffneten und schlossen sich. Es musste einen anderen Weg geben.

„Es tut *mir* leid", keuchte Lanys. „Das hätte nicht passieren dürfen."

Asara blickte sie fragend an. „Deine Niederlage?"

Die Besiegte schüttelte den Kopf. „Nein. Unser…Verschmelzen."

Was?

Lanys setzte sich zitternd auf. „Mein Zauber", sagte sie mit heiserer Stimme, „hat mehr als nur unsere Körper getauscht. Du hast über die letzten Wochen hinweg damit begonnen, ebenso meine Fähigkeiten anzunehmen. Meine Fähigkeiten und mein…dunkles Selbst. Ich wollte es nicht wahrhaben, aber…es besteht kein Zweifel mehr."

Für einen langen Moment starrte Asara ihr Gegenüber schweigend an.

„Die…Mordlust", flüsterte sie schließlich. „Der Hass."

Lanys nickte. „Ein Teil von mir, den ich leider nicht leugnen kann." Sie senkte ihren Blick. „Die Tausend Gesichter wissen nur zu gut, wie man diese Abgründe erkundet. Und an die Oberfläche bringt. Es hat Jahre gebraucht, diese…Finsternis in einen abgeschiedenen Ort meines Geistes zu verbannen."

Asara schüttelte den Kopf. Die jüngsten Gedanken an Blut und Tod waren zu einer bösen Erinnerung verblasst. Doch die geistigen Bilder ihrer Gewalttaten im Palast von Malik waren nach wie vor so präsent und greifbar wie am Tag danach. So auch die Empfindung der Überlegenheit und Genugtuung ob ihrer neugefundenen Macht über Leben und Tod ihrer Feinde. Das dunkle Gefühl war, damals wie jetzt, seltsam vertraut und fremdartig zugleich.

Lanys' Finsternis. Wenn ihr Gegenüber die Wahrheit sprach, entsprang all diese Mordlust den unterdrückten Emotionen ihrer einst treuen und gutmütigen Magd.

All die Jahre…und ich habe nie etwas gemerkt.

Nach einem langen Moment des Schweigens kehrten Asaras verstörende Gedanken wieder zur Kernfrage zurück.

„Wie kann das sein?" murmelte sie. „Meine neuen Fähigkeiten…"

„Sind eigentlich meine", beendete Lanys ihren Satz. „Du gewinnst, was ich verliere. So auch umgekehrt. Was ich zwischenzeitlich an Akrobatik und Kampfesgeschick eingebüßt habe, wurde durch Einfühlsamkeit und…Charisma ersetzt. All diese Momente ungewöhnlichen diplomatischen Geschicks... Das warst eigentlich du." Sie lachte auf. „Wir haben wahrlich mehr getauscht, als nur unser Äußeres."

Sie rieb ihren Hals, der an mehreren Stellen rote Abdrücke zeigte.

„Ich weiß ehrlich nicht, wie das passieren konnte. Meine Magie funktioniert eigentlich nicht so. Es sollte unmöglich sein, mehr als nur Aussehen und Stimme zu übertragen. So etwas ist noch nie passiert." Lanys verzog das Gesicht. „Als wir gegeneinander angetreten sind-"

„-habe ich mit deinen Fähigkeiten gekämpft. Und du mit meinen."

Kein Wunder, dass ich so mühelos gesiegt habe.

Die falsche *Kisaki* nickte. „Irgendwie hast du den Tausch erzwungen. Vielleicht ist deine Sturheit mächtiger als gedacht." Lanys lächelte kurz. Plötzlich wurde ihr Blick entrückter. Sie runzelte die Stirn uns biss nachdenklich auf ihre Unterlippe. „Oder es war deine eigene..."

Magie.

„Magie."

Lanys pfiff leise durch die Zähne. „Entweder das, oder ich habe dir mein Talent irgendwie...mitvermacht."

Ihre Blicke trafen sich. „So oder so, mein schmerzhaftes Experiment hat reichlich Stoff zum Nachdenken geliefert. Und es wirft viele neue Fragen auf."

Zum Beispiel, ob ich die Illusion selbstständig umkehren könnte.

Asara verschränkte die Arme und lächelte abwesend. Ihr eigenes Lächeln, nicht der hasserfüllte Ausdruck auf einem geborgten Gesicht. Die Offenbarung war gleichzeitig eine Erleichterung wie auch eine Enttäuschung. Ihre plötzlich gewonnenen Fähigkeiten, geschärften Sinne und auch die pragmatische Kaltblütigkeit in den Momenten des Konflikts waren nicht die ihren. Sie war immer noch sie selbst – ungeschickt und weich. Aber dennoch hatte Lanys Recht: Es eröffneten sich völlig neue Möglichkeiten für Asara.

Doch bevor sie diese erkunden konnte, musste sie erst eine Sache korrigieren.

Die *Kisaki* baute sich vor Lanys auf und blickte sie herausfordernd an.

„Du hast verloren."

„Oh?"

„Magie oder keine Magie: Ich habe dich besiegt."

Lanys grinste schelmisch. „Asara, Asara. Du lernst es einfach nicht. Ich bin notorische Lügnerin. Deine Rache muss fürchte ich warten." Sie hob ihren Kopf. „Raif!"

Die Türe öffnete sich im nächsten Moment und der stoische Krieger betrat den Raum. Unter seinem Arm trug er eine hölzerne Truhe.

„Nai'lanys", intonierte er mit nüchterner Stimme. „Es wird langsam Zeit."

Asara stöhnte auf. „Du hattest nie vor-"

„Dich gehen zu lassen?" ergänzte Lanys. „Nein. Natürlich nicht. Tut mir leid, meine Sklavin. Du bist für die Rolle der Herrin einfach nicht gemacht. Dafür sind Fesseln und Knebel viel zu kleidsam an dir."

Asara warf einen kurzen Blick zu Lanys' Messer. Sie hatte ihre Chance – sofern der gestellte Kampf überhaupt als solche gezählt hatte – vertan. Doch im Gegensatz zu vielen anderen Entscheidungen bereute sie diese eine nicht. Sie hatte den Tod ihrer Freundin schon einmal erlebt und war beinahe daran zerbrochen. Finstere Gedanken oder nicht: Sie hätte es niemals fertiggebracht, den tödlichen Stich zu setzen.

Oder hätte sie?

„Versprich mir nur eines", sagte Asara, während sie langsam auf die Knie sank. „Schließe mich in Zukunft nicht aus. Nicht nach alledem, was wir heute erfahren haben." Sie legte ihre Hände auf den Rücken und öffnete ihre Beine. Zugleich teilte sie in Erwartung eines Knebels ihre Lippen. Es war die Sklavenhaltung, die Raif ihr vor langen Wochen beigebracht hatte. Auf seltsame Art und Weise fühlten sich die ergebenden Bewegungen *richtig* an.

„Keine Sorge", lächelte Lanys. „Ich habe meine Entscheidung getroffen." Zu Raif sagte sie: „Leg ihr Ketten und Halsband an. Und bereite alles für unsere Übersiedlung in den Vezierspalast vor. Es wird Zeit, den Thron von Masarta offiziell zu besteigen. Asara Nalki'ir ist ab sofort nicht mehr tot – und verspürt gehörigen Hass auf Harun und die anderen Verräter."

Raif nickte und stellte die Kiste ab. Darin erkannte Asara das matte Glänzen von stählernen Schellen und Ketten. Der Krieger zog ein breites Halsband hervor, an dem an kurzer Kette zwei Handfesseln befestigt waren. Doch anstatt sich der knienden Asara zu nähern, baute er sich vor der immer noch sitzenden Lanys auf. Kommentarlos schloss er den schweren Reif um den Hals der verdutzten Yanfari.

„Du hast verloren, Nai'lanys", sagte er nüchtern. „Wenn Asara schon nicht ihre verdiente Belohnung einfordert, werde ich es tun."

17

Perspektiven

Mit halb geöffnetem Mund verfolgte Asara, wie Raif Lanys' Handgelenke hinter deren Rücken unsanft nach oben zog und mit Schellen zwischen ihren Schulterblättern fixierte. Die kurze Kette zwischen Halsband und Handfesseln zwang Lanys' Arme dabei in eine Art rückwärtige Gebetshaltung. All dies passierte in nur wenigen Augenblicken.

Lanys starrte den Krieger entgeistert an und stolperte ungelenk auf die Beine. Sie holte zu einem halbherzigen Tritt aus, musste jedoch abbrechen, um nicht das Gleichgewicht zu verlieren. Mit gefesselten Händen und auf hohen Absätzen balancierend waren derartige Manöver nahezu unmöglich. Kommentarlos packte Raif sie am Oberarm und wirbelte sie herum. Die falsche *Kisaki* fand sich mit dem Gesicht zur Wand wieder. Der Krieger presste ihren Oberkörper brutal gegen den bröckelnden Verputz und trat ihre Beine mit seinen Füßen auseinander. Dann legte er seine Hand unzeremoniell an ihr bloßgelegtes Höschen.

„Ich will nur eines von dir hören, *Zis'u*," sprach er ruhig. „Du weißt, was das ist."

Lanys schnaubte.

„Fick dich doch selbst, schwanzloser kleiner Mann!"

Raif schnappte sie am Halsband und zog es am Ring weiter nach unten. Der kräftige Ruck zwang die falsche *Kisaki* in eine betont vornüber gebückte Position. Asara zuckte leicht zusammen, als das Stahlband um Lanys' lädierten Hals sie nach Luft schnappen ließ. Doch ihr Ebenbild schien keinen Schmerz zu verspüren. Es kam Asara sogar fast so vor, als ob die neueste Gefangene fast unmerklich lächeln würde.

Unmöglich!

Raifs Behandlung war weit jenseits von zärtlich oder rücksichtsvoll. Nicht einmal während Asaras Bestrafung in der Wüste hatte sie der Krieger derart grob angepackt.

„Lass es uns hören, oh Kaiserin", sagte Raif trocken. Seine Finger schoben sich unvermittelt unter Lanys' Höschen. Die falsche *Kisaki* keuchte.

„Was willst du hören, *Im'baca*? Dass Asara gewonnen hat? Dass du ein impotenter Schwachkopf bist?" Sie lachte auf. „Oder vielleicht eine Einladung, mit deinem Kinderspiel fortzufahren?" Sie stieß einen Schwall Ashen-Wörter aus, dem Asara nur schwer folgen konnte. Nichts davon klang sonderlich höflich.

Raif knurrte und riss ihr mit einer schnellen Bewegung das seidene Höschen vom Leib. Ohne weiteres Zutun schob Lanys ihre bebenden Beine weiter auseinander und hob ihr Gesäß. Ihre präsentierte Lustspalte war geweitet und sichtlich feucht. Die einstige Sklavin versuchte sich einmal mehr loszureißen, doch Raifs Griff war eisern und ihre Bemühungen halbherzig.

Asara folgte der Szene mit morbider Faszination. Raif öffnete mit ungewohnt hektischen Bewegungen die Verschlüsse seiner Hose. Das lederne Kleidungsstück glitt zu Boden und sein beachtlich angeschwollener Phallus sprang frei. Er presste sich gegen Lanys, bis sein Glied an ihre Schamlippen stieß.

„Ein paar Jahre unter den Yanfari und du hast alles vergessen", grollte er. „Sehr enttäuschend. Selbst Asara ist eine bessere Sklavin als du."

Lanys kreiste ihr Gesäß und stöhnte auf, als ihre Spalte gegen Raifs steifes Glied rieb.

„Ich bin...keine Sklavin", stöhnte sie leise. „Du bist *mein* Spielzeug, Raif."

Der Krieger lachte auf. „Ach?"

Langsam führte er die Eichel seines Penis näher an ihre feuchte Öffnung. Kurz bevor sie eindrang, zog er sein Glied jedoch zurück. Lanys keuchte frustriert auf.

Asara starrte wie gebannt. Auf unwirkliche Art und Weise beobachtete sie sich selbst. Der Ashen-Krieger spielte mit *ihrem* gefesselten Körper. Sie konnte die Erregung der falschen *Kisaki* beinahe spüren. Es war fast, als ob die Schweißperlen zwischen *ihren* Brüsten herabperlten, die von einer engen Korsage präsentierend emporgehoben wurden. *Ihre* Füße steckten in den hohen Sandaletten, die ihre nackten, gespreizten Beine weiter betonten. Die Ketten zogen ihre eigenen Arme unnachgiebig in Richtung ihres gestreckten Halses. Sie war Raif vollständig ausgeliefert.

Nein... das bin nicht ich.

Mit großer Mühe riss sich Asara von der lustvollen Szene los.

Das ist meine Chance.

Sie kniete nach wie vor in Sklavenstellung auf dem Boden. Doch es gab keine Seile oder Ketten, die sie an Ort und Stelle hielten. Sie war frei – so frei man in ihrer Lage sein konnte. Ihr Blick wanderte zur angelehnten Türe.

Raifs Stimme ertönte. „Denk nicht einmal daran."

Asara fluchte tonlos. Der Krieger hatte sich nicht einmal umgewandt. Er hatte nicht einmal von Lanys abgelassen, die sich stöhnend unter seinem Griff windete.

„Ich weiß, was du vorhast", sagte Raif. „Doch du wirst nicht fliehen."

Ach?

Raif beugte sich herab und flüsterte etwas in das Ohr seines gefesselten Opfers. Dann fuhr er in normaler Lautstärke fort. „Die Lösung für all deine Probleme ist nicht da draußen. Auf den Straßen von Masarta bist du eine bloße Diebin ohne Mittel. Ein Blatt im Wind." Er packte Lanys am Oberarm und öffnete mit der anderen Hand die Schnüre ihrer Korsage. Die falsche Kisaki hatte ihren Mund halb geöffnet und leckte über ihre roten Lippen. Raif warf einen Blick über die Schulter. „Das bist nicht du, Asara. Du willst das Spiel zu Ende spielen. Du willst erleben, was deine hinterhältige kleine *Zis'u* von Freundin für dich geplant hat. Und du bist nach wie vor überzeugt, dass du deinen Thron zurückerobern kannst."

Das werde ich auch, dachte Asara entschlossen. Sie begegnete Raifs Blick. Der Ashen-Krieger hatte Recht. Wenn sie jetzt floh, würde sie ihren Zugang zu Lanys und dem Yanfari-Hof ein für alle Mal verlieren. Sich ihrem Schicksal zu ergeben – vorläufig – war ihre beste Chance, sich wieder in eine Stellung der Macht zu hieven.

Und dabei auch noch einige andere Stellungen zu probieren...

Asara lächelte innerlich und spürte, wie sie verlegen errötete. Es war ob der geladenen Szene aber ohnehin nur schwer zu leugnen, dass sie gerne mit Lanys Platz tauschen würde. Ihr eigener dunkler Part wünschte sich nichts sehnlicher, als sich dem Krieger zu ergeben. Die *Kisaki* Asara Nalki'ir war freiheitsliebend und unabhängig – doch Asara die Sklavin sehnte sich nach Fesseln, bittersüßen Schmerzen und Demütigung. Und nach Raifs geschwollenem Glied in ihrer pulsierenden Lustspalte. Es war ein für alle Mal Zeit, sich für einen der Wege zu entscheiden.

Nein. Das ist keine Entscheidung.

Es war die Einsicht, dass beide ihrer Seiten die Stärke besaßen, an ein und demselben Ziel zu arbeiten. Licht und Dunkelheit ergänzten sich. Das eine konnte ohne dem anderen nicht existieren. Sie war nicht *Kisaki oder* Sklavin – sie war beides.

Asara verschränkte ihre Finger hinter ihrem Rücken und verharrte auf den Knien. Nein, sie würde nicht davonlaufen. Sie würde kämpfen – auf ihre Weise. Wenn dieser Kampf bedeutete, dass sie sich noch für etwas länger zur Leibeigenen machen musste, dann war es eben so.

„Gut." Raif wandte sich ab. Er hatte Lanys' Korsage endgültig geöffnet und ließ das Kleidungsstück zu Boden fallen. Die falsche *Kisaki* war nun bis auf ihre Schuhe und Strümpfe nackt.

„Die Macht ist dir zu Kopf gestiegen", flüsterte Raif in ihr Ohr. Leise, aber nicht leise genug. „Du hast vergessen, was es bedeutet, eine niedrige Dienerin zu sein."

Der Krieger packte ihren rechten Knöchel und zog ihn an sich heran. Lanys wurde gezwungen, auf einem Bein zu balancieren. Sie versuchte sich aufzurichten, doch Raif ließ es nicht zu. Stattdessen drückte er ihren Schenkel immer weiter nach außen und oben. Die spreizende Bewegung entblößte Lanys' Lustspalte, deren Lippen sich leise schmatzend teilten. Das empfindliche pinke Fleisch bebte und zuckte, als Raifs Glied nur wenige Zentimeter entfernt gegen ihr Gesäß rieb. Stöhnend schmiegte die Gefangene ihren Oberkörper an die verdreckte Wand. Die vorgebückte Position erlaubte es gerade nicht mehr, dass sich harte Nippel und noch härterer Verputz berührten.

„Wer hat das Sagen?" fragte Raif. Seine Stimme war nicht mehr so fest wie noch zuvor. Seine Erregung beschränkte sich nicht mehr nur auf seinen Körper. Lanys streckte provokant die Zunge heraus und leckte kreisend über den Stein.

„Dein Schwanz", keuchte sie. „Bis ich seiner überdrüssig werde."

Der Krieger schnaubte. Langsam, in einer fließenden Bewegung, stieß er sein Glied in Lanys' erwartungsvoll geweitete Spalte. Die Gefesselte stöhnte langgezogen und biss auf ihre Unterlippe. Raif nahm sie – hart und heftig. Sein tiefes und Lanys' helles Stöhnen füllte den kleinen Raum.

Asara folgte der Szene mit weit aufgerissenen Augen. Raif war seiner Gefangenen gegenüber alles andere als zimperlich. Er stieß seinen Phallus zunehmend schneller in ihre Öffnung. Die feuchten Lippen von Lanys' Spalte schmiegten sich um das Glied und ließen keinerlei Spielraum. Die pinke Haut rieb über Eichel und umschloss den Schaft, wenn immer Raif tief in sie eindrang. Die rechte Hand des Kriegers hielt immer noch Lanys' Unterschenkel und zog ihn angewinkelt nach oben. Seine andere wanderte von ihrem Genick nach vorne an ihre strammen Brüste. Die falsche *Kisaki* hatte ihre Gegenwehr vollends eingestellt. Trotz der Lockerung seines Griffes blieb sie in vornüber gebückter Haltung. Sie streckte Raif sogar provokant ihr Gesäß entgegen und begann, ihre Hüfte im Rhythmus seiner Stöße zu bewegen. Ihre Finger hatten sich verkrampft und ihre Arme zerrten unkontrolliert an den Fesseln, die ihre Gelenke an das Halsband ketteten. Lanys' Mund war weit geöffnet.

Asara merkte erst lange Momente später, dass ihre eigene Hand an ihr Höschen gewandert war. Ihre Finger begannen wie von selbst, die empfindliche Haut ihrer Liebesperle durch den Stoff hindurch zu massieren. Sie legte ihren Kopf in den Nacken und teilte ihre Lippen in einer Geste des lautlosen Stöhnens. Ein wohliges warmes Gefühl breitete sich in ihrem Schritt aus. Asaras andere Hand schmiegte sich an ihre linke Brust. Sie spürte den geschwollenen Nippel deutlich durch den dünnen Stoff ihres knappen Büstenhalters.

Was tue ich?

Zu Asaras Überraschung war es nicht die drohende Schmach, beim Masturbieren beobachtet zu werden, die sie kurz zögern ließ. Es war viel mehr ihr Missachten des Befehls, in Sklavenstellung zu verbleiben. Dann fiel ihr Blick wieder auf das Paar. Raifs Schenkel schlugen hart gegen Lanys' – er hatte sein Tempo weiter erhöht. Der Gesichtsausdruck der falschen Kaiserin war entrückt und sprach Bände über ihr Entgleiten in die Seligkeit. Ihr am Boden stehendes Bein zitterte und Schweiß benetzte ihre fast durchsichtigen Strümpfe.

Ohne weiteres Zögern schob Asara ihre Hand unter ihr Höschen. Heißes Fleisch und die Säfte ihrer Erregung begrüßten ihre tastenden Finger. Es war schwer, auf diese Weise weit in die eigene Lustspalte vorzudringen. So teilte sie die feuchten Lippen ihrer Scham und massierte die empfindliche Haut ihrer Perle mit stetig zunehmender Inbrunst. Anfangs sanft, danach fast schon schmerzhaft intensiv knetete sie auch ihre geschwollenen Brüste. Immer wieder umspielte sie kreisend ihre Nippel, nur um dann die harten Knospen quälend zwischen Daumen und Zeigefinger zu liebkosen.

Asara beglückte sich, wie sie sich noch nie zuvor beglückt hatte. Sie bewegte ihre Hüften im Takt der beiden Liebenden. Ihre Finger, ihre Hand, waren zum Phallus ihres Meisters geworden, der sich ihre intimsten Stellen untertan machte.

Wenige Meter entfernt näherte sich Lanys sichtlich ihrem Orgasmus. Doch bevor die erlösende Woge über sie hereinbrechen konnte, zog Raif unvermittelt sein Glied aus ihrer Spalte.

„Nicht so schnell", keuchte er. Im nächsten Moment fuhr er mit seinem Finger in die andere, offen präsentierte Öffnung seines Opfers. Asara fühlte sich unfreiwillig zurückversetzt in jeden Moment, in dem Raif ihr den Griff der Peitsche in den Anus geschoben hatte. Ein Finger war nichts dagegen – doch sie wusste nur zu gut, dass es nicht bei diesem einen Glied bleiben würde.

Die falsche *Kisaki* stöhnte frustriert und erwartungsvoll auf. Raif presste seinen harten Phallus gegen Lanys' Rosette und ließ ihren Schenkel los. Unaufgefordert nahm die Gefangene eine spreizbeinige Position ein und ließ ihren Oberkörper an der Wand weiter nach unten sinken. Ihr Gesäß war nun endgültig zum Zentrum ihres zur Schau gestellten Leibes geworden. Der Krieger packte sie an den gefesselten

Händen und schob seine Eichel entgegen sichtlichen Widerstandes in Lanys' wartende Öffnung.

„Asara", stöhnte er mit tiefer Stimme. „Ich habe dir...nicht erlaubt...dich selbst zu berühren." Seine Worte kamen stoßartig. Raif hatte sich auch nicht zu ihr umgedreht. Die *Kisaki* hielt inne und schluckte. Ihr Büstenhalter war aufgegangen und zu Boden gesunken. Auch ihr provisorisches Höschen wurde nur noch von einer dünnen Schnur an Ort und Stelle gehalten. Hitze wallte durch ihren Körper und ihre Liebessäfte benetzten ihre kreisenden Finger.

„Ich..." begann sie, verstummte dann jedoch wieder.

Raif stieß sein Glied tiefer in Lanys' Anus. Die Feuchte vom Akt zuvor diente dabei sichtlich als bitter notwendiges Gleitmittel. Dennoch schrie die Gefangene auf, als der geschwollene Phallus vollends in sie eindrang.

Der Krieger stieß einen gutturalen Laut aus. Seine Worte an Asara waren undeutlich, aber eindeutig.

„Die Kiste..." sagte er. „Nimm Halsband und Ketten. Fessle dich selbst. Kein...weiteres...Berühren. Verstanden, Sklavin?"

„Fick mich!" unterbrach ihn Lanys mit heller, lauter Stimme. „Fick mich, du wertloser Affe von Mann! Genieße deinen – aaaah! – deinen Fang, solange du kannst!" Ihre Stimme überschlug sich. Raif knurrte und drang tiefer in seine Sklavin ein. Aus seinem Stiefel fischte er nach mehreren Anläufen einen von einer ledernen Scheide geschützten Dolch. Ohne Kommentar stieß er den umwickelten Griff tief in Lanys' pulsierende Lustspalte, ohne sich von seiner Gefangenen zu lösen. Die falsche *Kisaki* schrie stöhnend auf. Die dünnen, hohen Absätze ihrer Sandaletten wankten, als ihre Beine nachzugeben drohten. Doch der Krieger hielt sie nach wie vor fest an den Ketten, die Schellen und Halsband verbanden.

Asaras Finger glitten erneut unter ihr Höschen.

Er wird nicht merken, wenn ich...nur rein kleines bisschen...

„Sklavin!" bellte Raif. „Sofort."

Mit Mühe riss sich Asara von der Szene los. Und mit Mühe verkniff sie es sich, wie ihre Freundin um Erlösung zu betteln. Auf den Knien rutschte Asara zur offenstehenden Kiste. Sie fuhr mit der Hand über ein paar stählerner Handschellen, als ihr etwas anderes ins Auge sprang. Neben dem polierten Metall lagen fein säuberlich zusammengelegt ein Paar feiner Unterwäsche und Strümpfe. Beides bestand aus glatter Seide und war mit eleganter Spitze verziert. Büstenhalter und Höschen waren knapp geschnitten und verbargen nur das allernötigste. Unter dem Stoff hervor lugte ein neues Paar hochhackiger Sandaletten, dessen Lederriemen, wenn geschnürt, vermutlich fast den gesamten

Unterschenkel umspannen würden. Asara leckte über ihre Lippen und nahm das Bündel aus der Truhe.

Lanys' Eigentum ist auch mein.

Aufgeregt legte sie ihr leinenes Untergewand ab und nahm die seidene Unterwäsche auf. Sie streifte Höschen über und schloss den Büstenhalter um ihre Brust. Beides passte wie angegossen. Beides war einer verführerischen *Kisaki* würdig, die nichts zu verstecken hatte. Asara spürte die Röte in ihr Gesicht steigen. Ihr Schamgefühl wurde noch verstärkt, als sich die Feuchtigkeit ihrer Lustspalte gegen die schwarze Seide abzuzeichnen begann. Doch Asara hielt nicht inne. Sie zog die Strümpfe über ihre Beine und schlüpfte in die Sandaletten. Die stark gekrümmte Sohle der hohen Schuhe war ungewohnt, aber nicht unangenehm. Die Absätze betonten aufreizend ihre Beine und verliehen ihnen fast zehn Zentimeter zusätzlicher Länge. Mit zitternden Fingern schlang Asara die Lederriemen fest um ihre Unterschenkel. Die schwarzen Bänder hatten große Ähnlichkeit mit fesselnden Seilen – und fühlten sich auch fast so an.

Kaum war die *Kisaki* fertig, griff sie zu den wartenden Schellen. Raifs und Lanys' Stöhnen war endgültig in den Hintergrund gerückt. Asara *wollte* gefesselt sein – sie *wollte* hilflos sein. Und zugleich wollte sie den beiden Ashen zeigen, dass sie mehr als nur eine simple Sklavin war. Sie war ein werdendes Bild der Eleganz und Ästhetik, das wahre Lust verkörpern würde. Wollte sie ihren Peinigern – oder gar sich selbst – etwas beweisen? Sie war sich nicht sicher. Vielleicht würde die sich durch unentrinnbare Ketten selbst genommene Freiheit die erhoffte Antwort bringen.

Asara schloss ein Paar stählerner Fußschellen um ihre Knöchel. Das kalte Metall schmiegte sich an ihre Haut wie der feste Griff einer Hand. Nichts vermochte zu verrücken – und dennoch waren die Fesseln erstaunlich bequem.

Solange ich nicht versuche, lange Strecken zurückzulegen.

Eine solche Unternehmung würde wohl auch an der kurzen Kette scheitern, die die Schellen miteinander verband.

Mit ihren nächsten Handgriffen legte sich Asara eines der aufgebahrten Halsbänder um. Es war feine Arbeit, nicht unähnlich Maliks Reif, und schloss mit einem leisen Klicken. Wie schon die Schellen zuvor, passte das Halsband wie angegossen. Für einen langen Moment genoss die *Kisaki* das Gefühl des *Gehörens*. Lächelnd hakte sie eine stählerne Leine an den Ring des Bandes. Ihr Meister musste diese nur aufnehmen – und schon war sie sein.

Zuletzt suchte sich Asara noch ein paar Handeisen aus. Die polierten Metallringe waren schmal und von ovaler Form. Lediglich ein einziges

Kettenglied verband die beiden Schellen. Legte sie sich diese Fesseln an, so würde sie wahrlich wehrlos sein. Klopfenden Herzens schloss Asara den ersten Ring um ihr linkes Handgelenk. Nachdem in der Kiste keinerlei Schlüssel zu sehen waren, wurde auch dieser Schritt von einem mächtigen Gefühl der Finalität begleitet.

Asara legte ihre Hände auf ihren Rücken und tastete nach dem zweiten Verschluss. Es kostete einiges an Überwindung, sich nicht selbst zu berühren, solange sie es noch konnte. Ihr Intimbereich sehnte sich nach Aufmerksamkeit und ihre Brustwarzen zeichneten sich betont unter dem seidenen Stoff ihrer neuen Spitzenunterwäsche ab.

Die zweite Schelle fand ihr noch freies Handgelenk. Asara blickte auf. Raif hatte Lanys zu Boden gestoßen und kniete breitbeinig hinter ihr. Seine Hände hatten sich an ihre Oberschenkel gelegt. Der Kopf der falschen *Kisaki* ruhte am Boden, ihr Gesäß ragte nach wie vor einladend empor. Der Krieger nahm sie hart von hinten. Lanys' Mund war weit aufgerissen und ein langgezogenes Stöhnen entkam ihrer Kehle.

Asara schloss die Handschelle. Danach hob sie sich auf die Knie, zog die Schultern zurück und spreizte die Beine.

Ich bin dein, Meister.

Raif stöhnte auf und zuckte. Sein Glied entkam Lanys' Öffnung. Im nächsten Moment spritzt milchiger Samen hervor. Die Flüssigkeit traf die stöhnende und zitternde Gefangene an Schenkeln und Gesäß. Der Krieger stolperte auf die Beine, stieß Lanys unsanft um und legte seine Hand an seinen ejakulierenden Phallus. Mit schnellen, ruckartigen Bewegungen entlockte er sich einen weiteren Schwall Liebessaft und begoss den nackten Körper der Gefesselten. Einige Tropfen landeten auch in ihrem Gesicht – die falsche *Kisaki* leckte sie sogleich gierig auf.

Raif, seine Hand noch immer am zuckenden Glied, musterte die vor ihm liegende Lanys. Nach langen Momenten des Schweigens wischte er über sein verschwitztes Gesicht.

„Was sagt man?"

Die Yanfari sank keuchend auf die Seite. Ihr Körper bebte und ihre Stimme war heiser.

„Deine Dienste werden fürs Erste nicht mehr benötigt", flüsterte sie. „Du kannst gehen."

Raif schüttelte leicht den Kopf und beugte sich zu der Truhe mit den Utensilien hinab. Dabei schenkte er Asara nicht mehr als einen flüchtigen Seitenblick. Die *Kisaki* presste schmollend die Lippen zusammen.

Ohne weitere Worte klinkte Raif eine Kette an Lanys' Halsband und schlang das andere Ende um das Bein des entfernten Kastens. Danach bändigte er ihre Fußgelenke mit einem Paar verbundener Schellen.

„Du solltest noch etwas über deinen Umgangston nachdenken, Nai'lanys", brummte er. „Nimm dir dafür ruhig alle Zeit der Welt."

Damit nahm er sein Gewand auf und stapfte zur Tür. Kurz bevor er diese erreicht hatte, hielt er inne. Wie als Nachgedanke drehte er um, durchschritt einmal mehr das Zimmer und baute sich vor Asara auf.

„Du hast deine Prüfung bestanden", sagte er schlicht. „Vielleicht ist noch nicht alle Hoffnung verloren." Er nahm Asaras Leine auf und befestigte sie ebenfalls an dem alten Schrank. „Wie sagt man?"

Die *Kisaki* senkte den Blick. „Danke, Meister."

Lanys schnaubte während Raif leicht nickte. „Schon besser."

Mit diesen Worten verließ der Krieger den Raum und ließ die beiden Gefangenen am Boden zurück.

~◊~

Die Ketten klimperten leise, als Asara erneut ihre Lage wechselte. Es war nahezu unmöglich, eine wirklich bequeme Stellung zu finden. Obwohl die selbst angelegten Fesseln kaum drückten, waren sie dennoch nicht zu ignorieren. So lehnte und kniete die *Kisaki* abwechselnd auf den Kissen des Diwans oder einer der Decken und versuchte, nicht an ihre unbefriedigte Lust zu denken.

Lanys' Anblick machte dies jedoch zu einer echten Herausforderung. Das verklebte Haar ihrer Freundin umrahmte ihr verzücktes Gesicht. Schweiß perlte ihren makellosen Körper hinab. Die junge Frau roch nach Sex. Körperflüssigkeiten benetzten ihre schimmernde Haut. Die Kette ihres Halsbandes schlängelte sich zwischen ihren nackten Brüsten vorbei nach unten. Sie lehnte aufrecht an der Wand und betrachte beiläufig die Schellen an ihren angewinkelten Beinen. Ihre Arme verschwanden hinter ihren Rücken aus der Sicht. Raif hatte sie vor seinem Gehen nicht aus der strengen Fesselung befreit, die ihre Hände überkreuzt an ihr Halsband zwangen.

Asara merkte, wie sich Lanys' forschender Blick auf sie richtete. Die falsche *Kisaki* lächelte.

„Eifersüchtig?"

Asara sah sie fragend an. „Was meinst du?"

Sie wusste natürlich nur zu gut, was ihr Gegenüber hören wollte. Doch sie hatte nicht vor, der einstigen Ashen-Sklavin diesen Gefallen zu tun.

„Dein stoischer Krieger hatte kaum ein Auge für seine frühere Gefangene", hakte Lanys nach. „Das muss dich doch unendlich frustrieren."

Asara runzelte die Stirn. Ihr eigener, abschätziger Blick wanderte über Lanys' nackten, beschmutzten Körper. Es war erstaunlich, wie überlegen sie sich in diesem Moment fühlte. Sie trug saubere Unterwäsche und genoss verhältnismäßig viel Bewegungsfreiheit. Ihr Gegenüber hatte nichts davon.

„Warum sollte mich das frustrieren?" fragte Asara mit betont ruhiger Stimme. „Raif war mein Wärter, nicht mein Liebhaber."

Und doch fällt es schwer, die beiden Rollen voneinander zu trennen.

Lanys schmunzelte. „Ich weiß, was lange Gefangenschaft mit einer Person machen kann", meinte sie. „Und ich habe bemerkt, wie du ihn ansiehst."

„Unsinn", fauchte Asara. Die Antwort fiel vehementer aus, als geplant. „Ich liebe ihn nicht! Er ist rücksichtslos, grob und ohne jeglichen Humor. Er hat mich immer nur wie ein Stück Ware behandelt. All diese intimen Momente...und er hat mich nicht ein einziges Mal *geküsst!*" Es stimmte. Raif hatte sie gefesselt und bestraft, sie am ganzen Körper berührt und sogar genommen. Doch nichts davon waren die Zärtlichkeiten eines Liebhabers gewesen. Jede Berührung hatte nur ein Ziel gehabt: sie an ihre Rolle als Sklavin zu gewöhnen. Er hatte dies am Anfang der gemeinsamen Reise selbst verkündet.

Nein, Raif war nicht Asaras Liebhaber. Seine kräftigen Arme würden sich nie schützend um sie legen und seine Zunge würde nie die ihre liebkosen. Er würde sie nie streicheln oder sich an sie schmiegen. Oder einfach nur ihre Nähe genießen.

Asara war seine Gefangene. Seine *Mission.* Doch warum schmerzte der Gedanke in diesem Moment so sehr? Die *Kisaki* hatte sich zwar nicht ergeben, ihre Rolle als temporäre Sklavin aber akzeptiert. Die Ketten an ihren Gliedern waren Beweis genug dafür. Was war also so schwer daran, auch Raifs Rolle zu akzeptieren?

Nicht ein einziges Mal geküsst.

Ihre nächsten Worte klangen hohl.

„Ich kenne ihn doch nicht einmal", murmelte sie in Lanys' Richtung. „Sein Name ist alles, was er mir je über sich verraten hat – ich weiß mehr über seinen hasserfüllten Begleiter, als über ihn."

Miha'kar D'Axor. Hier verbarg sich wohl noch eine weitere Geschichte, die Asara dem Krieger eines Tages entlocken würde.

Die falsche *Kisaki* kreiste provokant ihren Oberkörper und rieb die Schellen an ihren Fußgelenken aneinander.

„Hmmmm. So genau wollte ich das eigentlich nicht wissen", erwiderte sie mit neugierigem Gesicht. „Du liebst ihn also nicht. Gut zu wissen." Sie folgte der Kontur ihrer Oberlippe mit ihrer Zunge und ließ sie schließlich schnalzen. „Aber als Meister hast du ihn akzeptiert, wie ich sehe. Ein Befehl von unserem gutaussehenden Krieger – den du *selbstverständlich* nicht begehrst – und die einst stolze Kaiserin legt sich selbst in Ketten. Interessant."

„Was bleibt mir denn übrig?" zischte Asara. Das einseitige Verhör begann ihr gehörig auf die Nerven zu gehen. „Wenn ich mich widersetze, werde ich brutal bestraft. Ich will nicht den restlichen Tag in Fesseln wie den deinen verbringen."

„Ach?" Lanys grinste breit. „Warum höre ich dann Sehnsucht in deiner Stimme? Drohende Strafe ist keine Abschreckung für dich, meine süße, erregte Freundin. Ganz im Gegenteil."

„Das stimmt nicht." Die Vehemenz war aus Asaras Stimme gewichen. „Ich will nur in Ruhe gelassen werden."

Lanys kicherte in ungewohnt mädchenhafter Weise. „Du willst gefesselt werden, den Kuss der Peitsche spüren und hart genommen werden! Spiel nicht das Unschuldslamm mit mir, Asa. Ich kenne dich besser, als du dich selbst kennst." Lanys beugte sich vor. „Ich weiß, wie du schon immer auf unsere jugendlich-naiven Spielchen reagiert hast. Mein Halsband hat dich regelmäßig in einen Spielball der Lust verwandelt. Du bist schon nach wenigen Berührungen gekommen und warst nicht mehr zu beruhigen. Du hast mich förmlich angefleht, dich zu meiner Sklavin zu machen."

Asara schüttelte den Kopf. „Nein. Das ist nicht wahr. Ich war nur neugierig, das ist alles."

„Uh-huh." Lanys klang nicht überzeugt. „Hast du dich deshalb am Tag deines 20. Geburtstags in das Verlies geschlichen, nur um mit den Handschellen zu spielen? Oder was ist mit der Nacht, in der du dich nackt ausgezogen hast und auf allen Vieren durch den Palast geschlichen bist?" Die einstige Magd zwinkerte ihr zu. „Du kannst mir nichts vormachen, Asara. Wir sind zusammen aufgewachsen. Und ich habe es stets genossen, dich bei deinen Experimenten zu beobachten." Lanys' Blick hellte sich auf. Sie setzte fort, ehe Asara etwas entgegnen konnte. „Ah. Erinnerst du dich an diese eine Konferenz der Adeligen, zu der dich deine Mutter mitgenommen hat? Du hast kurz zuvor eines dieser hölzernen Eier in deine Lustöffnung geschoben und warst inmitten des sinnlichen Spiels, als Raya dich nach draußen zitiert hat." Lanys kicherte. „Du bist während der gesamten Diskussion herumgezappelt wie ein nervöses Kind. Das Spielzeug zwischen deinen Beinen hat dich sogar einmal aufstöhnen lassen. Du hättest die Blicke der Minister sehen sollen!"

Asara spürte, wie ihr das Blut ins Gesicht schoss.

„Es hat niemand etwas bemerkt", murmelte sie.

„Das glaubst *du*." Die falsche *Kisaki* begann herzlich zu lachen. „Asara, Asara. Du bist unverbesserlich. Unverbesserlich süß und unschuldig. Und doch hast du all diese finsteren kleinen Geheimnisse."

„Du musst reden", grollte Asara. „Du hast Raifs ‚Zuneigung' ja auch nicht gerade gehasst. Selbst jetzt fühlst du dich in den Ketten wie zuhause!"

Lanys lehnte sich wieder an die Wand.

„Oh, der Sex war *intensiv*. Aber deine Geschmäcker teile ich nicht. Da muss ich dich enttäuschen. Ich bin gerne oben – und in Kontrolle. Das wird Raif schon noch zu hören bekommen. Er hat heute eine Grenze überschritten." Ihre Augen funkelten.

Asara blies Luft durch ihre Zähne. „Das glaube ich dir nicht. Sieh dich an! Du bist eine lüsterne *Einladung*!"

Ihr Gegenüber leckte über ihre Lippen. „Eine Einladung für *dich* vielleicht", schnurrte sie. „Sonst ist ja niemand hier…"

„Lenke nicht ab."

„Oh, das tue ich nicht. Ich wollte nur wissen, ob du eifersüchtig bist. Erinnerst du dich? So oder so, du hast mir meine Frage beantwortet." Lanys grinste. „Und jetzt lecke mich sauber."

Asara starrte ihr Gegenüber entgeistert an. „*Was?*"

„Du hast mich schon gehört", erwiderte Lanys. „Du wirst vor mir auf die Knie gehen und deine hübsche Zunge verwenden, um Raifs Samen von meiner Haut zu lecken. Und zwar jeden Tropfen. Überall."

Asara schüttelte den Kopf. „Ist dir der Akt zu Kopf gestiegen?"

Lanys' Blick verfinsterte sich. „Ich sagte: Lecke mich sauber. Das war ein Befehl, keine Bitte. Du wirst tun, was ich vor dir verlange, Sklavin."

Und wenn nicht? Was wirst du dann tun?

Die falsche *Kisaki* war wie Asara gefesselt und über ihr Halsband an die Wand gekettet. Sie war kaum in der Position, ihrer einstigen Herrscherin Befehle zu erteilen.

Lanys hob eine Augenbraue, als Asara weiterhin nicht auf die Aufforderung reagierte.

„Du scheinst nicht zu verstehen", sagte sie. „Ich bin nach wie vor die Herrin, und du immer noch die Sklavin. Daran können auch ein paar Ketten nichts ändern."

Asara erwiderte Lanys' strengen Blick mit einem offenkundig amüsierten.

„Es tut mir leid, oh Herrin, wenn ich das nicht ganz nachvollziehen kann." Die *Kisaki* zerrte halbherzig an ihrem stählernen Halsband. „Wir sind aktuell beide Gefangene. Dein ‚Untergebener' hat das klar demonstriert, als er dich…"

Als er dich genommen hat, wie eine willige Lustsklavin.

Lanys grinste süffisant. „In einer Stunde", betonte sie, „wird Raif durch diese Tür kommen. Er wird mich befreien und mir frisches Gewand bringen. Danach werde ich mich *ausführlich* mit ihm…unterhalten, um diese Sache zwischen uns zu klären."

Ihre Worte ließen keinen Zweifel offen, wie sie sich diese Klärung vorstellte. Lanys fuhr unbeirrt fort. „Ich werde frei sein – und du nach wie vor in Ketten liegen. Ich werde dich als meine Sklavin in Maliks Palast führen, wo wir viel Zeit haben werden, uns nach Monaten der Trennung wieder näher zu kommen."

Auch diese Worte hatten einen unmissverständlich dunklen Beigeschmack. „Ich hoffe du verstehst", ergänzte sie im Flüsterton. „Vergiss deine Rolle und ich werde dich härter bestrafen, als Raif es je getan hat oder tun würde. Im Gegensatz zu unserem zurückhaltenden Krieger kann ich mit den Instrumenten der Bestrafung mehr als nur umgehen – ich bin mit ihnen aufgewachsen."

Lanys öffnete ihre Beine, soweit es die Kette zwischen ihren Knöcheln zuließ. Ihre hohen Absätze klickten leise auf dem steinernen Untergrund.

„Du *wirst* deine Zunge bemühen, Sklavin, oder der morgige Tag wird mehr als nur schmerzvolle Demütigung bringen." Sie musterte Asara mit einem fast herablassenden Blick. „Widersetze dich und die ganze Stadt wird sehen, was für eine unterwürfige *Zis'u* du bist." Lanys beugte sich vor. „Und jetzt auf die Knie mit dir."

Asara schluckte. Von einem Moment zum anderen war ihre umgängliche Mitgefangene zu einer kompromisslosen Herrin geworden. Alles hatte sich geändert: Lanys' Stimme, ihre Haltung, ihr Blick. Ihre gesamte Körpersprache untermalte die nur dürftig verborgenen Drohungen. Die falsche Yanfari strahlte trotz ihrer Fesseln und ihres obszön präsentierten, nahezu nackten Körpers eine ungekannte Präsenz aus. Sie sprach nicht mit der Unterwürfigkeit einer angeketteten und beschmutzten Sklavin, sondern mit der Dominanz einer ungehaltenen Gebieterin. Und diese Gebieterin hatte Asara einen Befehl erteilt.

Ich kann doch nicht…!

Asara drängte ihre rebellierende Gedankenwelt in den Hintergrund. Sie würde sich einen Moment der Schwäche gönnen – nur einen. Zögerlich brachte sie ihre Beine unter ihren Körper und kniete sich vor Lanys auf eines der abgenutzten Kissen. Ihre Augen huschten über die beschmutzte Haut ihres Gegenübers. Raifs Samen zierte Lanys' Hals, Brüste und Innenschenkel. Ein langer Tropfen der weißen Flüssigkeit benetzte ihre geteilte Lustspalte. Langsam beugte sich Asara vor. Sie hielt inne, als ihr Gesicht nur noch wenige Zentimeter von Lanys' Oberkörper entfernt war. Die Brüste der falschen Kaiserin hoben und senkten sich in schneller werdendem Rhythmus. Ihre Nippel wurden zusehends härter.

Sie sehnt es sich herbei.

Asara spreizte ihre Knie, um sich weiter herabbücken zu können. Der Stahl ihrer gefesselten Hände kühlte ihr emporgestrecktes Hohlkreuz. Zaghaft streckte sie ihre Zunge heraus und berührte Lanys' warme Haut. Ihre Mitgefangene stöhnte tonlos auf. Asara begann langsam, ihre bebenden Brüste abzulecken. Der intensive Geschmack von Raifs Samen vermischte sich mit dem frischen Schweiß der falschen *Kisaki*. Als Asaras Zunge über einen ihrer Nippel glitt, zuckte Lanys zusammen und atmete hörbar aus.

„Nicht aufhören", hauchte sie.

Asara gehorchte. Sie leckte mit zunehmender Sorgfalt über Lanys' dralle Brüste und umspielte Knospen wie Hof. Bald wanderte ihre geschäftige Zunge weiter nach unten. Sie liebkoste Nabel und folgte Lanys' Bauch bis an die empfindliche Haut nahe ihrer geschwollenen Liebesperle. Asara leckte kreisend um den erwartungsvoll präsentierten Intimbereich. Samenflüssigkeit haftete an ihrer Zunge und sie schleckte gierig über ihre nun leicht klebrigen Lippen. Sie schmeckte Raifs unbändige Energie wie auch Lanys' unkontrollierte Lust. Es war sogar fast so, als ob sie ihre oralen Berührungen auch zwischen ihren eigenen Beinen spürte. Das Gefühl war unbeschreiblich.

Asara streckte ihre gefesselten Hände soweit sie konnte. Ihre tastenden Finger schafften es gerade noch, die Haut ihrer eigenen feuchten Lustspalte zu berühren, die von ihrem knappen Höschen erwartungsvoll geteilt wurde. Zugleich mit ihrer Mitgefangenen stöhnte die *Kisaki* auf.

„Lecke mich sauber", hauchte Lanys. „Tu es!"

Asaras Zunge teilte die Schamlippen ihres wehrlosen Opfers und drang vollends in ihre Lustspalte ein. Zuerst gerade und gestreckt, dann kreisend und leckend liebkoste sie den Intimbereich ihrer stöhnenden Feindin. Das zuckende, pinke Fleisch reagierte auf jede ihrer Bewegungen. Die umspielte Liebesknospe sprießte auf.

„Ja…!" Lanys sank der Wand entlang zu Boden und kam auf ihren Armen zu liegen. Ihre zusammengeketteten Beine verblieben aufgestellt und stark angewinkelt. „Nicht aufhören!"

Asara ging in ihrer Rolle auf. Gefesselt und sich präsentierend kniete sie vor ihrer Herrin und leckte gierig über Lippen und Spalte. Jede Zungenbewegung sandte einen heißen Schauer durch ihren Körper.

Ich spüre…meine eigenen…Liebkosungen…!

Lanys hob ihr Becken und streckte es Asaras geschickter Zunge entgegen. Zugleich drang Asaras Organ tief in die geweitete Lustspalte ein und krümmte sich nach oben. Die Bewegung entlockte Lanys einen lauten, stöhnenden Schrei der Verzückung. Asara wiederholte die

Bewegung. Sie fühlte die Reaktion ihrer Herrin und spürte, wie ein weicher, aber zugleich rauer Eindringling ihre *eigenen* heißen Lippen teilte und umspielte. Es gab keine Pause, kein Innehalten. Feuchtigkeit wallte zwischen ihren Beinen und die liebliche, ungesehene Zunge leckte sie gierig auf.

Lanys bäumte sich auf, als der schleichende Orgasmus ihren Körper zu durchströmen begann. Die Woge der Lust erfasste Asara und ihr Stöhnen vereinte sich mit dem ihrer Geliebten. Ketten klirrten als sich ihre Leiber durchstreckten und Hände unkontrolliert nach Freiheit rangen. Asara richtete sich zuckend auf, nur im nächsten Moment gegen Lanys' verschwitzten Körper zu sinken. Ihre bebenden Brüste kamen aufeinander zu liegen. Asaras Oberschenkel rieb provokant gegen den gespreizten Intimbereich ihrer Mitgefangenen.

Langsam, ganz langsam kam die *Kisaki* zur Ruhe. Ihre stoßhafte Atmung wurde langsamer und die Erschöpfung begann ihren Körper zu übermannen.

„Das war…unbeschreiblich", murmelte Lanys.

„Ich weiß."

Asara schmiegte sich eng an ihre Geliebte. „Ich weiß."

~◊~

Asara merkte erst, dass sie eingeschlafen war, als die Türe des provisorischen Verlieses aufgestoßen wurde und sie benommen zu sich kam. Sie lag eng an Lanys gekuschelt auf einer Decke. Die falsche *Kisaki* lächelte sie an und hob anschließend ihren Blick. In der Tür stand Raif. Er musterte die beiden Gefangenen mit emotionslosem Blick. Dann griff er in seine Gürteltasche und zog einen kleinen Schlüssel hervor. Mit einer beiläufigen Bewegung warf er ihn neben Lanys auf den Boden.

„Es ist Zeit, Herrin", sagte er schroff. „Masarta wartet nicht." Er nickte auf ein ungesehenes Bündel hinter ihm. „Frische Kleidung wartet vor dem Zimmer."

Damit wandte er sich um und stapfte davon. Lanys richtete sich auf und Asara tat es ihr gleich. Vergeblich versuchte die gefesselte Yanfari, den Schlüssel aufzuheben. Nach einer Minute gab sie auf.

„Asara…sei so gut."

Die Angesprochene lächelte amüsiert. „Was bekomme ich dafür?"

„Zehn Peitschenhiebe auf das Gesäß und eine Stunde am Pranger?"

„Versprochen?"

Lanys lachte. „Versprochen."

Asara tastete nach dem Schlüssel und schaffte es nach einer gefühlten Ewigkeit, ihre Freundin von ihren Handfesseln zu befreien. Lanys rappelte sich auf und entfernte auch ihr Halsband. Sie ließ den metallenen Reif lautstark in die Utensilien-Truhe fallen und rieb ihren wunden Hals.

„Jetzt ich?" fragte Asara. Die einstige Dienerin schmunzelte.

„Du, meine Liebe, solltest dich an deine neue Gewandung gewöhnen. Wir beide machen jetzt nämlich einen Spaziergang. Raif hat Recht: Politik wartet nicht. Es wird Zeit, meinen neuesten Plan in die Tat umzusetzen." Sie streckte sich und beugte sich anschließend zu Asara hinab. „Und meine Sklavin hat dabei eine ganz besondere Rolle zu spielen."

Lanys nahm Asaras Leine auf und schlang sie leger über die Schulter. Grinsend gab sie der feingliedrigen Kette einen leichten Ruck.

„Komm. Es liegt noch ein langer Weg vor uns."

18

Gespielte Rollen

„Du willst, dass ich *was* tue?" fragte Asara ungläubig.

Die *Kisaki* und ihre einstige Sklavin befanden sich im Vorgarten des alten Anwesens, in dem Asara eine lange Nacht in Ketten verbracht hatten. Die ersten Strahlen der erwachenden Morgensonne tauchten den östlichen Himmel in blassrosa Licht. Eine angenehme Brise kühlte Asaras verschwitzten Körper. Die Gefangene kniete auf einem Flecken Gras nahe dem Eingang. Lanys hatte sich vor ihr aufgebaut und die Arme verschränkt. Raif lehnte wenige Meter entfernt an einer steinernen Säule und musterte die beiden Frauen. Gerüstete Yanfari-Wachen und einige bisher ungesehene Mitglieder von Lanys' Hofstaat warteten am schmiedeeisernen Tor. Truhen und Beutel türmten sich auf mehreren, kurz zuvor beladenen Karren. Lanys war sichtlich bereit, die kurze Reise in den Palast von Masarta anzutreten. Die Vorbereitungen für den Umzug waren so gut wie abgeschlossen.

Asara blickte zu ihrer Herrin empor. Die falsche Kaiserin trug eines der langen, fließend geschnittenen Kleider aus Asaras eigener Garderobe. Der dünne dunkelblaue Stoff schmiegte sich an ihre Kurven, ohne dabei zu freizügig zu wirken. Es war mit Abstand die zahmste und wohl auch eleganteste Gewandung, die Asara je an der früheren Sklavin gesehen hatte. Lediglich die hochhackigen Schuhe und das provokante Lächeln passten nicht ganz zum Bild der tugendhaften *Kisaki*.

„Du hast mich schon verstanden", schmunzelte Lanys und strich ihrer knienden Gefangenen durch das silberweiße Haar. „Du wirst meinen Prunkwagen bis an die Tore des Palastes ziehen." Sie deutete auf ein schmales Gefährt aus dunklem Holz. Goldener Stoff bestickt mit dem Emblem von Haus Nalki'ir zierte die seitlichen Außenwände. Die großen, mit Nieten beschlagenen Räder verliehen dem offenen Gefährt etwas Martialisches. Wie ein Streitwagen aus vergangenen Zeiten bot der Karren lediglich Platz für eine einzelne stehende Person, die sich während der Fahrt an einem simplen, gebogenen Handlauf anhalten konnte. Eine lange Stange führte vom verstärkten Trittfeld an ein gepolstertes Joch. Mehrere lederne Riemen hingen wartend vom hölzernen Gestänge herab.

Lanys legte Asara eine Hand auf die Schulter.

„Du wirst ziehen und ich werde die Fahrt genießen", sagte sie. „Du wirst sehen: Wir werden ein eindrucksvolles Gespann abgeben." Die falsche *Kisaki* lächelte spöttisch. Asara blickte vom teilnahmslos wirkenden Raif zu ihrer einstigen Magd. Meinte Lanys es wirklich ernst? Es war schon erniedrigend genug, halbnackt und an einer Leine durch die Gassen geführt zu werden – doch dies...

Asara schüttelte vehement den Kopf und hob demonstrativ ihre gefesselten Handgelenke an. Sie trug nach wie vor stählerne Schellen an Armen und Beinen. Die kurzen Ketten hatten schon den Weg vom Obergeschoß herunter in den Hof zu einer wahren Herausforderung gemacht. Was Lanys verlangte, war bestenfalls illusorisch.

„Du scherzt", murmelte die Gefangene. „Selbst wenn ich die nötige Kraft hätte... Wie soll ich derart gefesselt..." Sie verstummte. Das Bild baute sich langsam vor ihrem geistigen Auge zusammen. Das Joch, das Zaumzeug...

Lanys' Grinsen wurde breiter.

„Ich sehe du verstehst", flüsterte sie. Lauter fügte sie hinzu. „Raif, hol die besprochene Ledergewandung und ein passendes Halsband. Dazu einen verschließbaren Trensenknebel in der Größe unseres neuen Ponys." Sie leckte über ihre frisch geschminkten Lippen. „Dann brauche ich noch einen Harnisch, Zaumzeug, eine Maske mit Scheuklappen und eine lange Reitgerte." Die falsche *Kisaki* kam zusehends in Fahrt. Sie verschränkte nachdenklich die Arme und legte einen Finger an ihr Kinn. „Strengere Fesseln wären ebenfalls gut. Raif, bringe auch ausreichend Ketten, um ihre Hände rückwärtig an ihr Halsband zu fixieren. Du weißt sicher, was ich damit meine." Ihre Augen funkelten, als sie den Krieger mit einem kalten Blick bedachte. „Wir wollen ja schließlich nicht, dass ihre Hände ihr hübsches Gesäß verdecken."

Raif nickte unmerklich und stapfte in Richtung einer der beladenen Karren.

„Vergiss nicht auf Spielzeug für ihre Lustspalte und den ledernen Schwanz!" rief Lanys ihm nach. Die nobel gekleideten Yanfari des kleinen Hofstaates blickten beschämt zu Boden oder studierten fasziniert die Fassade des baufälligen Anwesens. Eine der Wachen musterte die kniende Gefangene mit hochgezogenen Augenbrauen. Seine Hand strich abwesend über den ausgebeulten Schritt seiner Tunika. Explosionsartig stieg Asara die Röte ins Gesicht.

„Das kannst du nicht tun", murmelte sie. Lanys fuhr mit den Fingern erneut durch Asaras Haar und kam mit ihrer Hand in ihrem Genick zu liegen.

„Ich kann mit dir tun und lassen, was ich möchte", entgegnete sie mit harter Stimme. „Und aktuell amüsiert es mich, dich zu meinem persönlichen Ross zu machen." Schadenfrohes Lächeln dominierte ihre Züge. „Ich schlage vor, dass du artig bist. Ich habe Boten in jeden Winkel der Stadt entsandt, um für die zehnte Stunde eine Parade am Tafelberg anzukündigen. Ganz Masarta wird kommen, um die durchaus lebendige Kaiserin willkommen zu heißen." Lanys drückte Asaras Kopf ruckartig nach unten, bis ihre Stirn am trockenen Boden zu liegen kam. Verdorrtes Gras kitzelte ihren Wangen. Asara schmeckte Staub und Schweiß. Das kalte Metall ihrer Handeisen kam in ihrem Kreuz zu liegen.

Im nächsten Moment ließ Lanys sie los. Asara presste die Lippen zusammen und verblieb in der erniedrigenden Position. Es hatte wenig Sinn, ihre neue Herrin vor ihren versammelten Anhängern bloßzustellen. Sie war im Moment die Sklavin – und musste sich entsprechend benehmen.

„Gut." Lanys' Stimme klang zufrieden.

Im nächsten Moment hörte die gedemütigte Gefangene das Rascheln eines Kleides und spürte unvermittelt etwas Hartes in ihrem Genick. Es war der Absatz von Lanys' Sandalette, der sich knapp oberhalb ihres Halsbandes in ihre Haut bohrte. Ihr Gesicht wurde schmerzhaft in den Staub gepresst.

„Vergiss niemals deine Position, Sklavin", bellte die falsche *Kisaki*. Ihre Stimme trug über den ganzen Hof. „Ich will keine Widerrede mehr hören. Den nächsten Laut, den du von dir zu geben hast, ist ein williges Wiehern. Verstanden?"

Asara schluckte und nickte. Es gab nichts, was sie der kompromisslosen Ex-Sklavin entgegensetzen konnte. So kniete sie wortlos im dürren Gras und lauschte den sich schließlich entfernenden Schritten ihrer Gebieterin. Einige Meter entfernt blieb Lanys stehen und adressierte eine ungesehene Person.

„Kleide sie ein und lege ihr den Harnisch an. Dann fessle und knivle sie und spanne sie an den Wagen. Wenn die Sonne die Ostwand des Hauses küsst, erwarte ich ein einsatzbereites und *motiviertes* Pferdchen."

~◊~

„Steh auf."
„Beine auseinander."
„Hebe deine Hände."
„Bück dich vor."
„Hebe dein Kinn."

Asara folgte jedem Befehl, der die Lippen des wortkargen Ashen-Kriegers verließ. Sie wehrte sich nicht, als ihr stählernes Halsband unerwartet gegen ein ledernes ausgetauscht wurde. Sie verharrte reglos, als auch die Schellen um ihre Handgelenke durch feste, aber nicht unbequeme lederne Pendants ersetzt und hinter ihrem Rücken mit einer dünnen Kette am neuen Halsreif befestigt wurden. Wie Lanys in der Nacht zuvor, wurde Asara in eine Art Gebetsstellung gezwungen – in ihrem Fall kamen ihre Hände jedoch überkreuzt zwischen ihren Schulterblättern zu liegen. Nur wenige Fingerbreit trennten ihre Gelenke vom Halsband. Der Druck der stramm gespannten Verbindungskette zog die Ledermanschette unangenehm um ihre Kehle zusammen und machte tiefes Luftholen merklich schwerer.

Lanys' schmerzhaft-süße Rache für den verlorenen Kampf...

Raif hielt nicht inne. Wortlos baute er sich vor seiner Gefangenen auf und nahm ein Bündel Riemen zur Hand. Erst auf den zweiten Blick erkannte Asara, dass es sich um keine einfachen Fesseln handelte. Die einzelnen Lederstreifen waren über stählernen Ringe miteinander verbunden und endeten in gürtelähnlichen Schnallen. Als Raif das Bündel vollends ausrollte, ergab sich ein eindeutigeres Bild. Dünnere Riemen erwuchsen aus einem verstärkten Mittelstrang – wie Rippen aus einem Rückgrat. Mehrere eingearbeitete Schlösser ermöglichten es, den Harnisch an Halsbändern oder anderen Fesseln zu arretieren.

Raif schnallte das Ende des breiten Riemens an Asaras engen Kragen. Das Lederband fiel wie ein Kleidungsstück zwischen ihren Brüsten herab. Mit erstaunlich sanften Griffen schlang der Krieger die schmäleren Riemen um Asaras Oberkörper und zurrte sie hinter ihrem Rücken fest. Das Leder schmiegte sich fest an ihre Haut und folgte ihren Konturen wie ein Korsett. Je ein Band ober- und unterhalb ihrer Brüste ließ ihr präsentiertes Fleisch deutlich hervorstehen. Raif folgte den Riemen mit seinen Fingern und versicherte sich, dass sie fest saßen. Dann setzte er seine Arbeit fort. Wenige Minuten später wurde Asaras gesamter Torso von einem ledernen Netz umschlossen, das nur wenig verbarg. Einzig der Mittelstrang des Harnischs hing nach wie vor träge zu Boden. Er verlängerte dabei die Linie von Asaras Kehle, Brustbein und Bauchnabel und berührte bei jedem Atemzug unmerklich ihr knappes Höschen. Raif legte eine Hand an den feuchten Stoff. Asara sog tonlos die Luft ein und blickte erwartungsvoll zu ihm auf.

„Bück dich vor und spreize die Beine", befahl er.

Asara schluckte. Sie hatte verstanden, welchem Zweck der verbleibende Riemen diente. Und sie hatte eine drückende Vermutung, was als nächstes kommen würde.

„Raif…" flüsterte sie. „Bitte…"

Bitte nicht?

War es das, was sie sagen wollte? Wollte sie um Erlösung flehen? Um Gnade bitten?

Die beschwörenden Worte wollten nicht kommen. Stattdessen beugte sich Asara langsam vor, bis ihr Oberkörper parallel zum Boden verharrte. Die ledernen Fesseln bissen leise knarrend in ihre Haut, ohne wirklich schmerzhaft zu sein. Asaras Haar fiel vor ihr Gesicht und schirmte sie von den zahlreichen Blicken ab, die der Szene wie gebannt folgten. Mit kleinen Schritten weitete die Gefangene ihren Stand, bis sie breitbeinig vor Raif posierte. Die Absätze ihrer Sandaletten klackten dabei über den wettergebeutelten Stein. Der Krieger nickte – zumindest in Asaras Vorstellung – und zog einen ledernen Zylinder aus einem der nahen Beutel. Er hielt den langen, leicht gewölbten Gegenstand in Asaras Blickfeld.

„Weißt du, was das ist?" fragte er. Die gefesselte *Kisaki* nickte. Ihr Mund war trocken, als sie antwortete.

„Ein...Spielzeug."

„Erkläre es mir."

Asara schluckte. „Es ist ein Spielzeug für meine...Lustspalte. Ein lederner Phallus."

„Weiter."

Schweiß tropfte von ihrer Stirn.

„Der Phallus wird zwischen meine feuchten Lippen geschoben", flüsterte Asara. „Zwischen meine...Beine."

Raif führte die geschwollene Spitze des Spielzeugs näher an ihr sichtbar feuchtes Höschen. Fast konnte Asara die Berührung auf ihrer Haut spüren. Hitze wallte in ihr auf – und sie reckte ihr Gesäß höher in die Lüfte. Ihre gespreizten Beine begannen leicht zu zittern.

„Das Spielzeug wird also tief in dich eindringen", sagte Raif mit fester Stimme. „Und dann?"

Asaras ganzer Körper hatte zu beben begonnen – teils aufgrund der Anspannung ob ihrer kraftraubenden Position und teils aus brennender Vorfreude.

„Dann", hauchte sie, „wenn es mich ausfüllt, wirst du den letzten Riemen des Harnischs zwischen meinen Beinen hindurchziehen, stramm anziehen und hinten an meinem Halsband befestigen. Das Spielzeug wird...in meiner Spalte gefangen sein. Es wird immer tiefer und tiefer in mich eindringen... Bei jedem Schritt wird..."

Asaras Stimme brach. Sie schloss ihre Augen und holte tief Luft.

Raif legte eine Hand auf Asaras Taille. Mit der anderen bewegte er den schwarzen Phallus langsam über den schweißglänzenden Oberkörper der *Kisaki*. Sanft berührte er die gefangene Haut, die zwischen den Riemen des Harnischs hervorlugte. Hüfte, Bauch, Rücken. Lediglich Asaras Brüste und ihre immer heißer werdende Spalte sparte er aus.

„Du sehnst es dir herbei, nicht wahr?" fragte er mit ruhiger Stimme. Asara nickte. Die Bewegung war kaum zu erkennen.

„Sag es!" herrschte der Krieger sie an. „Ich will es hören."

„Ich sehne es mir herbei, von dem Spielzeug genommen zu werden", flüsterte sie.

„Lauter."

Sie schluckte und sammelte all ihren Mut.

„Ich will das Glied zwischen meinen Beinen spüren!" stieß Asara hervor. „Bitte, Meister! Ramme es in mich!"

Es war still geworden im Hof des alten Anwesens. Asara spürte die missbilligenden wie auch die zahlreichen gierigen Blicke der versammelten Yanfari. Ihre obszönen Worte machten sie zur bekennenden *Zis'u* – und mehr. Doch in diesem Moment war ihr egal, was diese namenlosen Höflinge von ihr hielten. Sie wollte ihren Meistern gehören, ohne sich zurückhalten zu müssen. Sie wollte tun, was sie als *Kisaki* niemals gewagt hätte. So streckte Asara ihrem Peiniger ihr Gesäß entgegen und teilte erwartungsvoll die Lippen.

Doch Raif reagierte nicht. Das Spielzeug drang nicht in ihre Spalte ein und der Riemen fixierte es nicht zwischen ihren Beinen. Ein langer Moment verging, ehe der Krieger sein Schweigen brach.

„Du spielst eine Rolle", sagte er mit gedämpfter Stimme. „Ich bin enttäuscht von dir."

Asara drehte ihren Kopf, bis sie zumindest seinen Unterkörper sehen konnte. Raif hielt noch immer den ledernen Phallus in seiner Rechten, hatte jedoch einige Schritte zurück getan.

„Ich verstehe nicht", murmelte Asara. „Ich bin deine Sklavin, Meister. Nimm mich!"

Raif schnaubte leise. „Ich habe mich schon gefragt, was...anders ist. Als ich dich auf allen Vieren durch Masarta geführt habe, war deine Demütigung echt. Heute ist sie nur ein Spiel. Du *spielst* die Rolle der kaiserlichen Sklavin. Deine Schmach ist nicht wirklich die deine."

„Ich verstehe nicht..."

Was meinte der vertrackte Krieger? Warum brachte er seine Tätigkeit nicht zu Ende und verwandelte sie in das lüsterne Pony, nach dem Lanys verlangt hatte?

Raif legte eine Hand an Asaras zitternden Oberschenkel. „Die gedemütigte Ashen-Sklavin, der es nach Befriedigung lüstet...das bist eigentlich nicht du. Du siehst dich stattdessen im Körper der *Kisaki*, die dich von der anderen Seite des Hofes aus beobachtet. Nicht wahr?" Mit einer plötzlichen Bewegung riss er das feuchte Höschen von Asaras Leib.

Die Gefangene sog scharf die Luft ein, als Raif einen Finger in ihre Spalte schob. „In deinen Gedanken bist du zur Zuseherin geworden", setzte er fort. „Leugne es nicht, Sklavin, ich habe dieses Verhalten schon oft genug gesehen."

Asara runzelte die Stirn und erwiderte nichts. Was wollte Raif mit seinen Worten erreichen? Inwiefern was sie nicht sie selbst? Sie trug die Fesseln und den Harnisch an ihrem Körper und spürte die festen Riemen bei jeder noch so kleinen Bewegung. Auch die Blicke waren echt – genauso wie das Versprechen des Spielzeuges, das Raifs Finger zwischen ihren Beinen ablösen und sie den gesamten Weg zum Palast begleiten würde.

Erwartungsvoll und etwas frustriert ließ Asara ihren Blick von Raif zu Lanys wandern. Die Sklavin, die ihrem Körper innewohnte, hatte ihren Blick gesenkt und studierte den Saum ihres Kleides. Ihre Wangen waren leicht gerötet.

Was...?

Und Asara verstand, was Raif gemeint hatte. Der Grund, warum sie so freizügig und schamlos auf die Stimulation reagierte, stand etwas verloren am Rande einer Gruppe Höflinge. Das meiste der Schmach, die eigentlich Asara verspüren sollte, trieb Schweiß auf jenen Körper, der in Wahrheit ihr eigen war. Die Verbindung zu Lanys teilte zweifellos mehr als nur Fähigkeiten und alten Hass – sie ließ die frühere Magd auch an den Emotionen der Erniedrigung und Lust teilhaben. Während Asara es mit erstaunlichem Willen und unverhohlenem Verlangen nach dem ledernen Phallus gierte, spürte die falsche *Kisaki* all die Blicke und Vorurteile, die wiederum *ihrem* wahren Körper galten.

Die beiden jungen Frauen hatten einmal mehr *getauscht*. Ob Magie oder die physische Nähe zu ihrem Körper dafür verantwortlich war, konnte Asara nicht sagen. Eines jedoch war sicher: Sie spielte im Moment tatsächlich eine Rolle. Zwei Persönlichkeiten rangen in ihr um Vorherrschaft – und das Ergebnis war Verlangen, Sorglosigkeit, Unbekümmertheit und brennende Lust.

„Was ich in Gedanken geworden bin, spielt keine Rolle, *Im'baca*", zischte Asara, ehe sie realisierte, dass sie Raif in fließendem Ashar angefahren hatte. „Erfülle deine Aufgabe und diene deiner *Kisaki*."

Raif trat näher an sie heran. „Ich sehe Lanys hatte recht", murmelte er. „Deine Nähe ist gefährlich. Es wird Zeit, dich wieder auf die Reise zu schicken. Vielleicht entsinnst du dich dann wieder deiner...Position."

Mit dem letzten Wort drückte er die Spitze des Phallus an Asaras präsentierte Spalte. Das Spielzeug drang ohne weitere Vorwarnung in sie ein. Ihr Inneres empfing den schwulstigen Eindringling mit einem leisen Schmatzen. Zentimeter um Zentimeter glitt der Lustmacher tiefer in ihre

Scham. Ihre Muskeln boten kaum Widerstand. Asara stöhnte und wand sich in ihren Fesseln, blieb aber in vornüber gebückter Haltung. Raifs Finger kamen zwischen ihren Beinen zu liegen. Sein Handballen presste das Spielzeug vollends hinein. Das wohlig drückende Gefühl des Ausgefüllt-Seins entlockte der Gefangenen ein lautes Stöhnen.

„Du wirst dich erinnern, keine Sorge", flüsterte Raif in ihr Ohr. „Dieser Körper mit der nachtgeküssten Haut – das ist deiner. Jetzt und für immer. Spätestens in Ravanar wirst du auch verstehen, dass die Ketten und Riemen nicht nur deiner Unterhaltung dienen."

Ravanar…?

Mit einer unsanften Bewegung führte der Krieger den verbleibenden Riemen zwischen Asaras Beinen hindurch und zurrte ihn fest. Das Leder drängte unnachgiebig gegen den gefangenen Phallus und teilte Asaras gerötete Schamlippen wie ein zu knappes Höschen.

Keuchend richtete sich die *Kisaki* auf. Jede Bewegung drückte gegen das Spielzeug und sandte eine Woge der Hitze durch ihren Körper.

„Ich werde nicht von ihrer Seite weichen", hauchte Asara. „Lanys *braucht* mich."

Und dieser Körper ist nicht auf ewig mein. Du wirst sehen.

Das gerötete Gesicht der falschen Kaiserin war Versprechen genug. Asara würde kämpfen und gewinnen. Sie würde die Kunst des Tausches perfektionieren.

„Wir werden sehen." Raifs trockene Worte trieften vor Selbstsicherheit. Ungeniert fasste er an Asaras Gesäß und kontrollierte den Sitz des Schritt-Riemens. Dann angelte er einen länglichen Knebel aus einem der Beutel und presste ihn gegen Asaras Lippen.

„Es wird Zeit, das Pferd vor den Wagen zu spannen."

Asara erwiderte unverfroren seinen Blick, während sie langsam ihren Mund öffnete. Der Trensenknebel glitt hinein und Raif schnallte ihn hinter ihrem Kopf fest. Ohne weiteren Kommentar entnahm er dem Beutel eine Art Augenmaske. Neben zwei Scheuklappen verfügte das lederne Utensil auch über eine topseitige Öffnung für die Haare. Raif zog die Gefangene am Halsband näher an sich heran und schob die Maske über Asaras Haupt. Ihr Sichtfeld schrumpfte zusammen. Lediglich kleine Sehschlitze erlaubten einen eingeschränkten Blick auf ihre Umgebung. Ihre weiße Mähne wurde durch das Leder zu einem strengen Pferdeschwanz zusammengefasst und durch die Öffnung weit gen Himmel gezogen. Erst dann fiel Asaras Haar wieder nach unten und küsste ihre nackten Schultern. Nachdem Raif die Riemen der Maske geschlossen hatte, lag das passgenaue Leder fest an Haut und Haar auf.

Asara schluckte. Auf gewisse Weise war diese Kopfbedeckung weit beengender als all die Riemen, die ihre Gliedmaßen umschlangen.

Lediglich eine Aussparung im Leder trennte sie vor kompletter Blindheit. Der Gedanke, auch noch diesen Sinn zu verlieren, erfüllte sie für einen Moment mit Panik.

Raif fasste Asara unerwartet an der Schulter und drehte sie zu sich herum. In seiner Hand hielt er ein kleines Vorhängeschloss.

„Mit diesem Schloss wird Maske und Knebel zu einer nicht mehr zu entfernenden Einheit", meinte er gelassen. „Und es gibt nur einen Schlüssel."

Damit griff er hinter Asaras Kopf und zwang ihn in eine vorgeneigte Position. Wenige Augenblicke später klickte es leise.

„Ob Spiel oder nicht – diese deine neue Rolle ist echt", sagte Raif mit kühler Stimme. „Gar so ungewohnt sollte sie ja nicht mehr sein. Ich hoffe nur, dass du die Rolle der Sklavin mit mehr Geschick verkörpern wirst, als jene der Kaiserin."

Asara sah unter zitternden Gliedern, wie sich der Krieger erneut zu seinem Beutel herabbückte, konnte aber dank der Maske keine Details erkennen. Erst als sie Ledermanschetten an ihren Fußgelenken spürte, wusste sie, dass ihre Transformation noch nicht abgeschlossen gewesen war.

„Das Pony muss nicht galoppieren", kommentierte Raif, als er ihre Beine näher zusammenschob und eine unterarmlange Kette zwischen den Schellen befestigte. Als er fertig war, legte er eine Hand in Asaras Kreuz und gab ihr einen Schubs. Die Gefesselte stolperte einen Schritt nach vorne. Das Spielzeug zwischen ihren Beinen wurde vom Gurt des Harnischs untervermittelt tiefer in ihre Scham gedrückt. Die plötzliche Stimulation entlockte Asara ein helles Stöhnen.

Raif erschien davon gänzlich unbeeindruckt. Er bugsierte die *Kisaki* an den Wagen und band sie mit weiteren Riemen an das Joch. Das gepolsterte Holzgestänge kam um ihre Taille zu liegen und wurde über einem breiten Gürtel an ihrem Unterkörper fixiert. Einen weiteren Riemen schlang Raif um ihre Schultern. Asara spürte, wie das Zaumzeug an Maske und Halsband befestigt wurde. Das charakteristische Klicken der winzigen Schlösser ging mit einem unausgesprochenen Versprechen einher: Sie würde ihre Rolle so lange spielen müssen, bis Meister und Herrin zufrieden waren. Es gab kein Entkommen aus dem unnachgiebigen Gefängnis aus Leder und Stahl. Jede Bewegung jenseits des Schrittes in Blickrichtung wurde im Keim erstickt. Kreiste Asara ihre Schultern, erfuhr sie den Druck des Harnischs und der Fesseln ihrer Arme. Schwang sie ihre Hüften, so beendeten Taillengurt und Gestänge schon nach wenigen Zentimetern die Bewegung. Leder knarrte und Ketten klirrten bei jedem Atemzug. Dazu kam die stetige Hitze zwischen ihren Beinen.

„Du hast gute Arbeit geleistet", durchbrach Lanys' Stimme den Schleier um Asaras eingeschränkte Wahrnehmung. „Das störrische Fohlen hat sich endlich beruhigt. Die richtige Gewandung wirkt tatsächlich Wunder."

Asara hörte das Amüsement deutlich in ihrer Stimme – zusammen mit einem weiteren, nicht zu definierenden Unterton.

‚Du spürst meine Schmach, nicht wahr?' dachte die Kisaki. Trotz ihrer ausweglosen Situation fühlte sie so etwas wie Schadenfreude. ‚Ich bin in meiner Demütigung nicht allein.'

Die Riemen zogen sich fester um ihren Körper als die falsche Kaiserin auf den Wagen stieg. Ein plötzlicher Ruck an ihrem Halsband ließ Asara einen Schritt zurückstolpern.

„Ich mag sie spüren, meine vorlaute Sklavin", hauchte eine Stimme in ihr Ohr, „aber du allein darfst sie ausleben."

Asaras Augen weiteten sich.

„Muh kahnnsht mih hööen?" stöhnte sie in den Knebel. Ihr Versuch sich umzudrehen endete nach einem halben Schritt. Die Fesseln zogen ihre überkreuzten Hände näher an ihr Halsband.

Es vergingen mehrere Augenblicke, ehe Lanys mit lauter Stimme antwortete.

„Habe ich dir nicht gesagt, welches Geräusch ich als nächstes aus deinem Mund hören wollte?" Asara spürte untervermittelt die sanfte Berührung einer Lederzunge auf ihrem entblößten Gesäß. „Welches Geräusch war das, hmm? Ich warte, meine Sklavin."

Asara biss auf ihren Knebel.

‚Du kannst mich hören!' formulierte sie in ihrem Geist. ‚Du kannst meine Gedanken hören!'

Die einzige Antwort kam in Form einer zischenden Gerte. Schmerz explodierte auf Asaras Hinterteil und sie tat einen ungewollten Satz nach vorn. Das Zaumzeug spannte sich und sandte einen Ruck durch den Wagen. Sie musste auf wackeligen Beinen trippeln, um nicht zu stolpern. Die hochhackigen Sandaletten und die Fußschellen machten den Balanceakt zu einer demütigenden Herausforderung.

Lanys ließ die Gerte auf Asaras ungeschützte Schenkel hinabschnellen. Hitze und Schmerz vermengten sich zu aufkeimender Lust – zu nah kam das schnalzende Bestrafungswerkzeug an ihre von Riemen und Phallus geteilte Spalte.

„Ich warte", dröhnte die falsche *Kisaki*. Asara beutelte sich in den Fesseln. Ihr zusammengezogenes Haar schwang widerspenstig von rechts nach links.

„Whiiii...-" Das Geräusch kam leise und quälend langegezogen und hatte dank des Knebels wenig mit einem echten Wiehern gemein. Lanys lachte auf gab dem Zaumzeug einen auffordernden Ruck.

„Daran werden wir noch arbeiten müssen, mein süßes Fohlen. Aber jetzt ist es Zeit für den Aufbruch. Die Bürger warten." Dreimal in kurzer Folge schnalzte sie die Gerte gegen Asaras Gesäß. Die Gefesselte schluckte und tat einen ersten kettenklimpernden Schritt. Riemen spannten um ihren ganzen Körper als das Gewicht des Wagens vollends auf das Gestänge wirkte. Asara tat einen weiteren Schritt. Das Gespann setzte sich langsam in Bewegung.

Geführt vom Zaumzeug in Lanys' Händen und motiviert vom Kuss der brennenden Gerte auf ihrer nackten Haut, trabte die wehrlose *Kisaki* zögerlich dem wartenden Volk entgegen.

~◊~

„Kein Herumtrödeln, mein Pferdchen. Schneller!"

Lanys' lederne Gerte durchschnitt zischend die Luft und traf Asaras unverdecktes Hinterteil. Die an den Wagen gefesselte *Kisaki* jaulte auf und biss frustriert in ihren Knebel. Sie konnte keinen noch so kleinen Schritt zur Seite tun, um der Peitsche zu entgehen – und das obwohl sich die gezielten Hiebe ihrer Freundin…nein, Feindin…lautstark ankündigten. Zu fest und unnachgiebig waren die Riemen und Ketten, die sie am Joch fixierten. Auch Asaras Hände waren dank Raifs Fesselung gänzlich nutzlos.

So blieb ihr nichts Anderes übrig, als tief Luft zu holen und einen weiteren Schritt nach vorne zu tun. Ihre Muskeln protestierten ob des Gewichts des Wagens und sie musste sich mit vollem Gewicht gegen die Riemen stemmen, um voranzukommen. Der dadurch entstehende Zug auf Manschetten und Zaumzeug übertrug sich erbarmungslos auf den enganliegenden Harnisch, der ihren zusehends verschwitzten Körper umspannte.

Es dauerte keine hundert Schritt, bis Asara schwer in die Trense keuchte. Schweiß benetzte die Haut unter ihrer Maske und machte das festgezurrte Leder zu einem feuchten Gefängnis für ihr darunter verborgenes Gesicht. Die Hitze wurde nur vom Glühen zwischen ihren Beinen übertroffen. Der sich mit jedem Schritt anspannende Harnisch zwang den reibenden Phallus in ihrer Lustspalte immer weiter und weiter in ihren pulsierenden Intimbereich. Die wehrlose *Kisaki* zog nicht nur den Wagen einer hinterhältigen Throndiebin hinaus auf die Straßen Masartas, sie wurde von der falschen Yanfari zugleich auch auf erniedrigendste Art und Weise genommen. Die Feuchtigkeit zwischen ihren Beinen verriet dabei ihre wahren Gefühle – Asara genoss ihre missliche Lage weit mehr, als sie sie verabscheute.

Verloren in ihrer Welt der Lust und Schmach bemerkte Asara die versammelten Menschen erst, als sich plötzlich und zeitgleich hunderte Stimmen im Jubel erhoben.

Vor der falschen wie auch echten *Kisaki* erstreckte sich die gepflasterte Straße, die hinauf auf den Tafelberg führte. Links und rechts des Weges standen Reihen von offen starrenden Yanfari, neugierigen Händlern aus aller Herren Länder, sowie vereinzelte Soldaten der Stadtwache, die die gebannte Menge in Zaum hielten. Ihre strengen Gesichter standen im Kontrast zu den freudigen Minen der versammelten Bürgerlichen. Sie alle waren gekommen, um die Gerüchte der letzten Tage und Wochen bestätigt oder widerlegt zu sehen. War Asara wirklich tot oder war die Verschollene zurückgekehrt, um ihre schützenden Schwingen persönlich über Masarta zu breiten? Dem aufwallenden Jubel nach zu schließen, verdunsteten die letzten Zweifel so schnell wie der Tau des zu Ende gehenden Morgens.

„*Kisaki* Nalki'ir!"

„Asara! Asara!"

„Lang lebe die Kaiserin!"

Trotz des Knebels breitete sich ein Lächeln auf Asaras Gesicht aus. Die Yanfari – *ihre* Yanfari – feierten ihre Rückkehr. Nach den betretenen Gesichtern während Haruns Ansprache in Al'Tawil erfüllte sie dieser Anblick mit ungekanntem Stolz und neuer Hoffnung. Statt stiller Resignation und Trauer herrschten Freude und Ausgelassenheit. Das Volk begrüßte...

Nicht mich.

Ihr Jubel galt der *Kisaki*, ja. Aber die Augen der Menge waren nicht auf sie, sondern auf Lanys gerichtet, die erhobenen Hauptes auf der Trittfläche ihres Streitwagens stand und den Versammelten ein warmes Lächeln schenkte. Wenn sich jemand an dem Anblick der gefesselten Sklavin störte, ließen sie es sich nicht anmerken. Lediglich einige wenige mitleidige oder offen lüsterne Blicke wurden in ihre Richtung geworfen. Doch in keinem der Gesichter war Verwunderung zu lesen. Warum auch sollte das Volk vermuten, dass die totgeglaubte Herrscherin ihre Dienerin zu Unrecht bestrafte? Die Gerüchteküche erzählte zweifellos von der widerspenstigen Ashen-Sklavin, die ihrer Herrin im Chaos von Al'Tawil entkommen war. Und auch wenn Asara nicht für publike Bestrafung bekannt war, so war Masarta immer noch eine Stadt, die weit Schlimmeres gewohnt war. Die Eskapaden von Vezier Malik Lami'ir waren sicherlich nicht vollständig am einfachen Volk vorübergegangen.

Bis zum Aufstand hatten gefesselte Ashen-Leibeigene zum Stadtbild gehört – zumindest in gehobenen Kreisen.

„Haltung, mein Pferdchen! Zeige deinen Untergebenen, dass du ein gutes Pony bist."

Lanys' amüsierte Stimme war gerade laut genug, um über den Jubel hinweg an Asaras Ohr zu dringen. Die lange Gerte strich sanft über den Riemen zwischen ihren Beinen.

„Ich weiß doch, dass du es insgeheim genießt."

Die Gefangene keuchte auf und beutelte ihren Kopf. Doch was als Geste des Widerstandes gedacht gewesen war, wurde lediglich zu einem weiteren Teil ihrer equinen Darbietung. Die Lederriemen knarrten, als Asara einen weiteren Schritt tat. Die Stöckel ihrer hohen Schuhe bohrten sich in den Sand zwischen den Pflastersteinen. Sie kämpfte kurz mit dem Gleichgewicht, als sie die viel zu schmalen Absätze belastete. Asara stemmte sich keuchend gegen das Joch und gab dem Wagen einen weiteren Ruck. Sie wollte nicht an die verräterischen Liebessäfte denken, die dabei den Riemen zwischen ihren Schamlippen befeuchteten.

Mit zitternden Knien schritt sie folgsam weiter. Fiel den Anwesenden nicht auf, wie wenig die gequälte Sklavin zu dem Bild der hoffnungsbringenden *Kisaki* passte, die lächelnd der Menge zuwinkte?

Die Gefangene schnaubte.

‚*Du verspielst deine einzige Chance, dich als gütige und weise Herrscherin zu präsentieren*', dachte Asara und zog provokant ihre Schultern zurück. ‚*Statt erhaben zu wirken, zeigst du dich als kaltherzige Sadistin.*'

Ein Strauß frischer Blumen flog über Asaras Kopf hinweg. Lanys pflückte ihn mühelos aus der Luft und schenkte dem Absender ein breites Lächeln. So zumindest stellte es sich die an den Wagen Gefesselte vor – die Scheuklappen an ihrer Maske nahmen ihr effektiv die periphere Sicht. Dennoch sah sie mehr, als ihr lieb war. Ihre viel zu lebendige Phantasie übernahm den Rest.

„Das Volk scheint keinen Anstoß daran zu finden, Asa", schnurrte die falsche *Kisaki*. „Wen interessiert schon eine unartige Sklavin, wenn es die Kaiserin des ganzen Reiches zu bewundern gibt?"

Die Gerte schnalzte gegen Asaras Oberschenkel. Die Gefangene jaulte auf und hob folgsam ihre Beine, bis sich die Kette zwischen ihren Fußgelenken straff anspannte. Sie begann zu traben – wie das trainierte Pony, dessen Rolle sie so glaubhaft spielte.

Asara erzitterte, als sich der Riemen zwischen ihren Beinen gegen ihre empfindliche Haut rieb. ‚*Wie kommt es, dass du mich hören kannst?*'

Lanys antwortete nicht. Doch für Asara bestand kein Zweifel mehr. Die mysteriöse Verbindung zwischen den beiden Freundinnen hatte sich weiter verstärkt.

„Ich bin so überrascht, wie du es bist", murmelte Lanys. „Doch das ändert nichts."

Ach? Das werden wir sehen. Ihr eigener Gedanke, keine an Lanys formulierte Botschaft.

Lediglich einen einzelnen Satz sandte sie an ihre gertenschwingende Freundin.

‚*Ich weiß, dass du all dies spüren kannst…*'

Asara hatte vor dem Aufbruch gesehen, wie ihre Schmach Schweiß und Röte auf den Körper ihrer ungleichen Schwester getrieben hatte. Die magische Verbindung war zu einer Leine geworden, die spürbar in beide Richtungen funktionierte. Alles, was Asara angetan wurde, fand den Weg zurück zur Absenderin. Schmach und Erregung inklusive.

‚*Du hast verloren, Lanys.*'

Asara stöhnte lautstark auf, als die Gerte einmal mehr über ihren Schrittriemen strich. Im nächsten Moment legte sie sich mit voller Kraft ins Zeug. Trabend balancierte Asara auf den hohen Absätzen ihrer Sandaletten, die lautstark gegen den Stein klackten. Dabei stellte sie sicher, dass jeder Schritt ihr Gesäß, ihre Beine und die von ledernen Bändern umfassten Brüste betonten. Das widerwillige Pony wurde von einem zum anderen Augenblick zur stolzen Mähre – und die Menge nahm Notiz. Zögerliche Seitenblicke wurden zu offenem Starren und Amüsement wurde zu unverhohlener Erregung. Die Aufmerksamkeit verlagerte sich von der Herrin zur Sklavin.

Asara begann sich spielerisch in ihrem Harnisch zu winden. Sie reckte sich und streckte sich, Beine im betonten Trab erhoben. Sie zog an den Fesseln, bis die Riemen zu einem Teil ihres von Schweiß und Erregung schimmernden Körpers wurden. Asaras Stöhnen wuchs zu einem vollen Wiehern heran.

Die gefangene *Kisaki* spürte die Schmach, die von ihrer Freundin auszugehen begann. Anfangs war es nur ein Gefühl des wohligen Schauers, der dem von errötenden Wangen ähnelte. Doch mit jedem Schritt und jedem Stöhnen Asaras wuchs das Gefühl der Schande und verdrängte zusehends den erhabenen Stolz, mit dem sich Lanys so vollständig umgeben hatte. Ihre Fassade begann zu bröckeln – und sie merkte es.

„Hör auf", zischte die falsche *Kisaki* und ließ ihre Gerte auf Asaras nackten Rücken herabschnellen. Der Schmerz durchzuckte die Gefangene wie ein Blitz. Ihrer Parade tat dies jedoch keinen Abbruch.

‚*Wie fühlt sich das an, oh mächtige Herrin?*' formulierte Asara in ihrem Geiste. Zugleich tat sie einen tiefen Atemzug und *stieß* all ihre Schmach und Angst und Unsicherheit in Richtung ihrer unfreiwilligen Komplizin. Asara wusste nicht, wie sie es genau bewerkstelligte, ihre Emotionen wie ungesehenen Ballast an Lanys abzugeben, aber es funktionierte. Trotz ihrer Fesseln, dem speichelbenetzten Trensenknebel und dem Phallus in ihrer glühenden Spalte verspürte sie in diesem Moment wahre Genugtuung. Sie war nach wie vor wehrlose Lustsklavin, ja, aber sie war in dieser Schande nicht mehr allein. Vor ihrem geistigen Auge trabte Lanys neben ihr, gekleidet in Riemen und geführt von ledernem Zaumzeug. Im Einklang hoben sich kettenklirrend ihre Beine und im Einklang klackten ihre Abätze gegen das Pflaster. Silbernes und schwarzes Haar schwang mit der Bewegung und leises Stöhnen entkam beider ihrer Münder.

Rund um sie herum war der Jubel abgeflaut. Doch Asara schenkte den Bürgern von Masarta kaum noch Aufmerksamkeit. Ihre gesamte Konzentration galt dem Gedankenspiel, das ihre Freundin so gekonnt entmachtete. Sie spürte, wie Lanys sich wortlos an den Handlauf des Wagens klammerte und ihren Blick senkte. Die Peitsche hing kraftlos zu Boden und sie biss verlegen auf ihre geschminkten Lippen, um ein weiteres Aufstöhnen zu unterdrücken. Wie die keuchende Asara hatte die falsche *Kisaki* zu schwitzen begonnen. Ihr Kleid klebte an ihrem glänzenden Körper und schmiegte sich betonend an ihre Kurven. Ihr Wunsch auf die Knie zu sinken und sich zu verstecken wuchs mit jedem Moment und drohte die Verbindung in Schmach zu ertränken.

Lanys hatte versucht, seriös und herrisch zugleich aufzutreten. Sie wollte sich als Befreierin präsentieren, hatte sich aber nicht nehmen lassen, ihre Macht auf dem Rücken einer Sklavin auszuleben. Der Widerspruch hatte sie eingeholt wie der schnalzende Riemen einer Peitsche. Lanys hatte gespielt – und verloren.

‚*Jetzt weißt du, wie es sich anfühlt.*'

Erhobenen Hauptes trabte das erregte Pony die Straße entlang. Ihre Ausdauer näherte sich dem Ende, doch sie verlangsamte ihre Schritte nicht. Leise stöhnend verlor sie sich in der konstanten Stimulation der Riemen. Sie genoss ihre Unfreiheit und den unnachgiebigen Zug an ihren gefesselten Gliedern. Alle anderen Emotionen zwang sie ihrer unfreiwilligen Seelenverwandten auf, die sich ihrer nicht erwehren konnte. Nicht einmal die herabtropfende Feuchtigkeit zwischen ihren Beinen ließ Asaras Fokus verschwimmen. Was auch immer Lanys' magische Fähigkeit zu vollbringen vermochte – die Gefangene hatte die Herrin vollends unter ihre Kontrolle gebracht.

„Hör...auf!" Lanys heisere Stimme durchbrach die Wogen des Triumphs. Im nächsten Moment zischte die Gerte durch die Luft und traf Asaras Gesäß. Die unerwartete Wucht des Hiebes ließ sie aufschreien und einen Schritt nach vorne stolpern. Lanys hatte mit all ihrer Kraft zugeschlagen. Durch ihre hervorquellenden Tränen realisierte Asara, dass sich die falsche *Kisaki* zuvor mehr als nur zurückgehalten hatte. Diese Selbstbeherrschung war nun verschwunden.

Zwei weitere Hiebe fanden das ungeschützte Fleisch ihres Hinterteils und ihrer Schenkel. Erst jetzt merkte die sich windende Asara, dass die Menge fast vollends verstummt war.

„Ich habe deine Spiele lange genug toleriert", knurrte Lanys. Ihre Stimme trug wesentlich weiter, als sie es noch zuvor getan hatte. Ein weiterer Hieb. Und ein weiterer. „Es wird Zeit, dass du die Konsequenzen spürst."

Asara stolperte keuchend und wimmernd in Richtung des Palasttors, das sich wenige hundert Schritt entfernt erhob. Ihre Haut glühte vor Schmerz, wo Lanys' ledernes Instrument sie getroffen hatte. Ihre Kraft begann sie zu verlassen. Es war, als ob ihr jeder Schlag jene Energie entziehen würde, die sie zuvor noch durchströmt hatte. Aus dem eleganten Traben war ein bedauernswertes Wanken geworden. Wären Zaumzeug und Joch nicht gewesen, wäre sie längst zu Boden gestolpert.

Die stummen Blicke der Menge begleiteten Asara bis an das offene Tor. Die Darbietung hatte die offene Freude des Volkes in drückende Unsicherheit verwandelt. Lanys hatte ein Gesicht gezeigt, das dem von Malik zu sehr ähnelte. Asara wollte und konnte nicht daran denken, was das für sie selbst bedeutete.

Eine Gruppe Wachen am Tor salutierte zögerlich. Lanys steuerte den Wagen mit der keuchenden Sklavin durch die Öffnung. Speichel tropfte aus Asaras aufgezwungenen Mund und mengte sich zu Schweiß und Liebessaft. Die Welt war in den Hintergrund gerückt.

„Mondschein." Die vertraute Stimme war wie ein Windhauch, der sich von einem Sturm abzuheben versuchte. Doch irgendetwas in Asara ließ sie aufblicken.

Dort, in einer Traube Yanfari knapp außerhalb der Mauer, stand eine in unscheinbare Straßenkleidung gehüllte Gestalt. Sie hatte ihre Kapuze tief ins Gesicht gezogen und schien teilnahmslos die Pflastersteine zu studieren. Doch es war die zarte Kontur ihres Kiefers und die katzenhafte Haltung ihres Körpers, die Asara trotz aller Schmerzen und Demütigung in die Realität zurückholte.

Cyn-Liao verschränkte die Arme und formte Worte mit ihren Lippen. Asara verstand.

Im nächsten Moment trieb sie Lanys' Peitsche aus dem Blickfeld ihrer einstigen Kameradin und das Tor fiel knarrend hinter ihr zu.

‚Masarta hat nicht vergessen. Halte durch.'

Mit einem matten Lächeln auf den Lippen sank Asara stöhnend auf die Knie.

19

Masken

„Bring sie in den Thronsaal", fauchte Lanys.

Die einstige Magd stieg vom Wagen und zerrte unsanft ihren Rock zurecht. Der wallende Stoff verhedderte sich an ihren verschwitzten Strümpfen und brachte sie beinahe zum Stolpern. Jeder Teil ihres Körpers bebte vor Wut. Ohne einen Blick zurück stakste sie leise fluchend davon.

Raif kniete sich neben die keuchende Asara und entfernte mit wenigen fachmännischen Griffen das Zaumzeug, welches ihr Halsband und die Riemen am Joch des Streitwagens befestigten. Die *Kisaki* hatte keine Kraft mehr, auf die erstaunlich sanften Berührungen zu reagieren. Sie war mit ihrer Ausdauer am Ende und ihr Körper schmerzte von Kopf bis Fuß. Rote Schwielen zierten ihr Gesäß, ihren Rücken und ihre Schenkel. Der Harnisch drückte an Stellen, von denen sie nicht gewusst hatte, wie empfindlich sie eigentlich waren. So kniete sie reglos vor Raif und ließ sich von ihm und den verbleibenden Riemen aufrecht halten. Erst als der letzte Haken geöffnet war, sank sie leise seufzend zu Boden.

„Das war dumm." Raifs ruhige Stimme ließ Asara aufblicken. Die immer noch hinter ihrem Rücken gefesselten Arme machten die Bewegung zur Kraftprobe. Sie versuchte ihren schmerzenden Kiefer zu entlasten, doch auch der Knebel saß zu fest. So erwiderte sie Raifs emotionslosen Blick mit einem verbissenen Lächeln. Der Krieger schüttelte den Kopf.

„Ich habe es dir schon oft gesagt: Deine Widerspenstigkeit wird dir noch viel Ärger bereiten."

Asara ignorierte die Schelte und versuchte vergeblich, ihre Sandaletten abzustreifen. Der Weg auf den Tafelberg hatte auch ihren Füßen gegenüber keine Gnade gezeigt – Sohlen und Knöchel schmerzten ob der ungewohnten Haltung in den viel zu hohen Schuhen. Doch die Manschetten um ihre Gelenke vereitelten auch diese Bemühungen der Befreiung. Die Schuhe saßen fest – wie auch der Rest ihrer einschneidenden Gewandung.

„Vielleicht hätte sie dich hier in Masarta toleriert", setzte Raif kopfschüttelnd fort. „Aber jetzt ist dein Schicksal ein für alle Mal besiegelt."

Asara schnaubte. Lanys hatte ohnehin nie vorgehabt, die wahre *Kisaki* in ihrer Nähe zu behalten. Das Risiko war für sie einfach zu groß. Wenn die Gefangene etwas über die magische Verbindung zwischen den beiden gelernt hatte, dann dies.

Raif schob seine muskulösen Arme um Asaras Taille und unter ihre Knie. Dann hob er sie mühelos auf. Als Asara seinen Blick kreuzte, war der Gesichtsausdruck des Kriegers nachdenklich. Hätte sie es nicht besser gewusst, hätte sie in seiner von einem schwarzen Tuch teilweise verdeckten Visage gar so etwas wie Besorgnis gelesen. Doch der Gedanke war absurd. Raif war nichts weiter als Lanys' Schoßhund. Er hatte bisher jede ihrer Anweisungen buchstabengetreu befolgt. Lanys hielt die Zügel seiner Mission fest in ihren Händen. Daran änderte auch der Vorabend nichts, an dem er die falsche *Kisaki* für ihre Doppelzüngigkeit bestraft hatte. Zweifellos war der Krieger lediglich darüber erzürnt, dass er sich weiter mit der unfolgsamen Sklavin abgeben musste, die ihn schon auf dem Weg durch die Wüste nichts als Ärger bereitet hatte. Wenn es nach ihm ginge, würde er den kleinen Schlüssel zu Asaras Maske vermutlich einschmelzen und sie ihrem stöhnenden Schicksal überlassen.

„Für eine Kaiserin der Yanfari handelst du erstaunlich unüberlegt", seufzte Raif, als er sich auf den Weg zum inneren Palasttor machte. „Glaubst du wirklich, dass die Parade nur deiner Demütigung gedient hat?" Die gleichmäßige Bewegung und das dumpfe Geräusch seiner schweren Stiefel auf den Pflastersteinen wirkten fast einschläfernd. Nach letzter Nacht und der darauffolgenden Tortur in der Rolle des wehrlosen Pferdchens war Asara mehr als nur erschöpft. Hätten Raifs Worte nicht etwas Undefinierbares in ihr geweckt, wäre sie in seinen Armen wohl einfach eingeschlafen.

„Whash meinsh-du?" artikulierte sie mühevoll am Knebel vorbei.

Raif schloss seinen Arm enger um ihre Taille, als er über die Schwelle hinein in den kühlen Palast trat.

„Lanys hat dem Volk heute gezeigt, dass sie immer noch an der Macht ist", erwiderte er mit verhaltener Stimme. „Es war eine Kriegserklärung an den Verräter Harun und seine Alliierten. Doch das war nicht der einzige Zweck. Deine Rolle war mehr als nur ihr perverses Vergnügen, ihre einstige Herrin gedemütigt zu sehen."

Asara runzelte die Stirn. Ohne viel darüber nachzudenken, hatte sie sich enger an ihren Wärter geschmiegt. Trotz ihrer Fesseln und ihres schmerzenden und verschwitzten Körpers genoss ein verbotener Teil ihrer selbst das Gefühl der Nähe zu dem stoischen Krieger. Doch Raif hatte ihre Frage noch immer nicht beantwortet. Asara stupste ihn mit der Nase an und hob eine Augenbraue.

Der Schatten eines Lächelns huschte über seine Züge.

„Sie weiß von deinen Eskapaden im Palast", sagte er schließlich. „Sie weiß, dass du die Sklaven in die Freiheit geführt hast. Genauso weiß sie, dass diese Sklaven heute in der Menschenmenge gestanden sind, die ihrem Triumphzug beigewohnt hat. Sie *kennt* Cyn und Karrik, Asara. Sie hat sie selbst angeheuert, um Schmutz über Malik ans Tageslicht zu fördern. All diese neuen Freunde, die du dir gemacht hast: Lanys weiß, dass sie dich nicht im Stich lassen werden."

Asaras Augen weiteten sich. Wie hatte sie dies außer Acht lassen können? Sie war so fokussiert darauf gewesen, ihre Feindin bloßzustellen, dass sie nicht auf das Gesamtbild geachtet hatte. Ja, Lanys genoss die Rolle der dominierenden Herrin – aber sie war auch nicht dumm.

Cyn und die anderen werden versuchen, mich zu befreien.

Raif las die dämmernde Erkenntnis offenbar in ihren Zügen und nickte.

„Es ist eine Falle."

Die Worte sandten einen kalten Schauer über Asaras Rücken. Der Krieger hatte recht: Lanys' Ritt auf dem Pferdewagen war ein kalkuliertes Risiko gewesen. Die Magd hatte die Akzeptanz des einfachen Volkes gegen die Gelegenheit getauscht, den Aufständischen gegen Malik – Asaras Freunden – eine gut verborgene Falle zu stellen. Mit des Veziers Tod hatte sie keine Verwendung mehr für die Rebellen, die ihr einst helfend unter die Arme gegriffen hatten.

Es war wie Cyn es ihr zugeflüstert hatte: Masarta hatte nicht vergessen. Doch diese Loyalität ihrer einstigen Kameradin gegenüber würde sie ins Verderben führen.

„Biffhe", hauchte Asara in ihren Knebel. *‚Bitte lass es nicht zu.'*

Raifs Muskeln spannten gegen ihren gefesselten Körper. Sie sah ihn flehend an.

Einen langen Moment entgegnete der Krieger nichts. Dann nickte er unmerklich.

„Ich werde es versuchen." Seine Schritte trugen die gefangene *Kisaki* näher und näher an den Thronsaal. „Doch im Gegenzug wirst du dich mit deinem Schicksal abfinden müssen. Wenn Lanys dich nach Ravanar verschiffen will, wirst du es geschehen lassen. Glaub mir, es ist das Beste. Für dich und deine Freunde."

Asaras Eckzähne bohrten sich in die lederne Trense. So sehr sie es nicht wahrhaben wollte: Raif sprach die bittere Wahrheit.

Sie schluckte – und nickte. Wenn sie damit verhindern konnte, dass Lanys ihren Freunden etwas antat, würde sie sich geschlagen geben. Zumindest für den Moment.
Keine weiteren Gedankenspiele.
„Ick wershrech' esh."
„Gut."
Raifs Schritte hatten sie an die doppelflügelige Tür des Thronsaales geführt. Er stieß sie nach kurzem Innehalten mit dem Fuß auf und trat ein.

Eine lange Reihe Säulen begrüßte die beiden Ashen. Der polierte Marmor erstreckte sich bis an die Balustrade des Mezzanins, das sich in mehreren Metern Höhe an den Seiten der Halle entlangschlängelte. Wasser lief lautlos am hellen Stein herab und sammelte sich in kleinen Becken am Fuße der Säulen, in denen sich zahlreiche bunte Fische tummelten. Ein ungesehener Mechanismus transportierte das kühle Nass wieder nach oben und vollendete den Kreislauf.

Bis auf die extravaganten Wasserspiele wirkte der Thronsaal verhältnismäßig schmucklos. Ein dicker roter Teppich führte bis an das leicht erhöhte Podest, auf dem ein simpler Stuhl auf dunklem Holz stand. Es gab keine weitere Einrichtung – keine Tische, keine Sessel und auch keine Spur des übertriebenen Luxus, der die Halle der Schleier im Untergeschoß zu einer so anderweltlichen Kumulation der Dekadenz machte. Hier, auf seinem simplen Thron, spielte Malik Lami'ir einst den Mann des Volkes.

Nur war es nicht mehr Vezier Malik, der über die Hafenstadt regierte. Auf dem ungepolsterten Stuhl saß die junge Ashen-Attentäterin, die sich Asaras Körper mit einer List zu Eigen gemacht hatte. Lanys hatte ihre Beine fast burschikos überschlagen und stütze ihren Ellenbogen auf ihrem Oberschenkel ab. Das elegante Kleid wirkte zerknittert und verschwitzt. Ein durch die teilweise verglaste Kuppel des Saals fallender Sonnenstrahl spiegelte sich in den schmucken Ketten und Ringen an Lanys' Hals und Fingern. Auch der metallene Absatz ihrer sichtbaren Sandalette reflektierte das mittägliche Licht. Trotz ihres zerzausten Haars und dem wilden, raubtierhaften Blick bot die falsche *Kisaki* ein majestätisches Bild. Der Thron stand ihr – und Lanys fühlte sich in ihrer neuen Rolle sichtlich wohl. Asara fragte sich, ob sie an ihrer Stelle nicht mehr wie ein verirrtes Kitz gewirkt hätte, das sich nach einer überstürzten Flucht sehnte.

Asaras Blick wanderte von den beiden Wachen an der Tür zum verstummten Raif und wieder zurück zu Lanys. Erst jetzt bemerkte sie die lange Peitsche, die im Schoß der Kaiserin ruhte. Sie erkannte das geflochtene Instrument sofort wieder.

Es war *ihre* Peitsche. Einst im Besitz von Raif, war die Waffe bei ihrer damaligen Flucht in ihren Besitz übergegangen. Die Peitsche war Freund

und Feind – wie auch die junge Frau, die sie nun in ihren schmalen Händen hielt.

„Du hast mich bloßgestellt", begrüßte sie Lanys mit erstaunlich ruhiger Stimme. Ihr Tonfall passte so gar nicht zu ihrem erröteten Gesicht und der Anspannung, die man jeder Faser ihres Körpers ansehen konnte. Über die magische Verbindung wogte mühsam kontrollierte Wut.

Ohne weitere Worte klatschte sie in die Hände. Raif wandte sich um und erlaubte Asara den Blick zur Tür. Das Portal wurde von den dort stationierten Wachen vollends aufgezogen. Dahinter erspähte Asara zwei kräftige Diener, die sich mit einem stählernen Käfig abmühten. Die beiden Männer trugen das kleine Gefängnis zwischen sich wie eine prall gefüllte Truhe. Der Käfig war kaum einen Meter lang, hüfthoch und hatte eine von einem schweren Schloss versperrte Schwingtüre. Robuste Ringe waren in den geschlossenen Boden und die vergitterte Decke eingelassen.

Asara hielt die Luft an. Für einen Moment hatte sie erwartet, im Inneren des Käfigs eine ihrer Alliierten zu erspähen – gefangen von Lanys' Palastwachen. Doch der kleine stählerne Kerker war leer.

Die Diener stellten den Käfig in der Mitte des Thronsaals ab, verneigten sich hastig und eilten wieder aus dem Raum. Mit einem lauten Knall fiel das Tor hinter ihnen zu. Raif wandte sich wieder zu Lanys, die sich mit raschelnden Kleidern erhob. Der lange Riemen der Peitsche folgte ihr wie eine schwarze Schlange, als sie die wenigen Stufen des Podestes nach unten schritt. Die falsche *Kisaki* baute sich vor Asara und dem Krieger auf. Ihr stechender, kompromissloser Blick durchbohrte zuerst die Gefangene, dann Raif. Verwundert spürte Asara, wie sich seine Arme fester um ihren ungeschützten Körper hüllten und er sie fast schützend an sich presste. Die Ketten zwischen ihren Fußgelenken klimperten leise.

„Dieser Käfig ist dein neues Zuhause", sagte Lanys mit eisiger Stimme. Sie legte den Griff der Peitsche an Raifs Kinn und blickte zu ihm auf. „Du wirst deine entflohene Sklavin in ihr stählernes Heim ketten, bis sie sich nicht mehr bewegen kann. Und dann…" Ein grausames Lächeln breitete sich auf ihren Zügen aus. „Und dann wirst du sie lehren, was es bedeutet, eine *Lust*sklavin zu sein. Diesen Teil deiner Verpflichtung hast du nun lange genug vor dir hergeschoben."

Raif grollte leise. „Lanys-"

„*Kisaki* Asara", zischte die ehemalige Magd, „mein Name ist Asara. Und du wirst gehorchen. Kette sie in den Käfig und zeige ihr, was sie in Ravanar erwartet. Zusammen mit meinem enttäuschend unfolgsamen Leibwächter, Tayeb. Du kannst dich vielleicht an ihn erinnern. Er hat bereits ein Auge auf diese Sklavin geworfen und sehnt sich nach etwas…Abwechslung." Lanys verschränkte die Arme, als Raif nicht sofort reagierte. „Oder soll ich die Palastwache herbeirufen, um diese Aufgabe zu übernehmen? Ich bin mir sicher, dass diese ausgehungerten Yanfari die Belohnung zu schätzen wissen würden."

Asara schluckte. Sie spürte keinerlei Empathie über die Verbindung zu ihrer ungleichen Schwester. Dafür verstand sie sehr genau, was Lanys von Raif verlangte. Der Käfig war klein genug, um jeden Teil ihres Körpers…

‚Bitte nicht', formulierte sie in Gedanken. ‚Es tut mir leid! Ich werde meine Emotionen für mich behalten. Und ich werde…ich werde freiwillig nach Ravanar gehen.'

Lanys' Blick fiel auf sie.

„Für deine Reue ist es etwas zu spät, Sklavin. Du hast mich heute um die Unterstützung der Unterschicht gebracht und meine Pläne um Wochen zurückgeworfen."

Sie wandte sich um und stakste zurück zum Thron.

„In den Käfig mir ihr, Raif", befahl sie, „Sofort. Und nimm das Spielzeug aus ihrer Spalte. Sie wird es nicht mehr brauchen."

~◊~

„Hinein mit dir."

Raif deutete mit unbewegtem Gesicht auf den offenen Käfig. In den vergangenen Minuten hatte er unter der kritischen Aufsicht der falschen *Kisaki* sowohl den Harnisch als auch Asaras Sandaletten entfernt. Auch Trensenknebel und die Kette ihrer Fußschellen lagen unbeachtet auf dem Boden. Anstatt der überkreuzten Fesselung ihrer Handgelenke waren Asaras Hände nunmehr mit stählernen Schellen hinter ihrem Rücken fixiert. Sie war so frei von Fesseln wie schon lange nicht mehr. Doch ein Blick auf den viel zu kleinen Käfig ließ sie daran zweifeln, dass dieser Zustand lange währen würde.

Bevor Asara reagieren konnte, packte sie Raif am Halsband und drückte ihren nackten Oberkörper gegen die Stäbe des stählernen Gefängnisses. In vornüber gebeugte Position gezwungen, bot sich keine Gelegenheit zur Gegenwehr, als der Ashen-Mann ihre Beine auseinanderstieß und seine freie Hand an das Spielzeug legte, das immer noch aus Asaras Spalte ragte. Mit einer fließenden Bewegung zog er den ledernen Phallus aus ihrer zuckenden Liebesöffnung. Die *Kisaki* seufzte tonlos. Während ein Teil von ihr dankbar war, die provokante Stimulation des diabolischen Werkzeugs endlich los zu sein, sehnte sich ihr finsterer Part nichts sehnlicher herbei, als süße Erlösung durch des Kriegers echtes Glied zu erfahren.

„So feucht."

Lanys' schmelzende Stimme direkt neben ihrem Ohr ließ Asara zusammenzucken. Der eisige Unterton war trotz des zahmen Tonfalls nicht zu verleugnen. Das Gesicht ihrer einstigen Dienerin schob sich wie ein teuflisch verzerrtes Spiegelbild in Asaras Blickfeld. Raif drückte ihren Körper immer noch gegen die oberen Verstrebungen des Käfigs. Die Gefangene atmete schwer. Ihre Brüste drückten gegen das kalte Metall, während Raifs Körper ihre offenen Schenkel wärmte.

„Wer hätte gedacht, dass dich so ein kleiner Ritt als wehrloses Pferdchen der Kaiserin derart…aufreizen würde", setzte Lanys schmunzelnd fort. Mit einer schnellen Bewegung entriss sie Raif den falschen Phallus und hielt ihn vor Asaras Gesicht. Ihr Blick wurde hart.

„*Zis'u* hat es beschmutzt, *Zis'u* leckt es sauber."

Feuchtigkeit benetzte Asaras Lippen, als das Spielzeug gegen ihr Gesicht stieß. *Ihre* Feuchtigkeit. Das gekrümmte Spielzeug war der unumstößliche Beweis ihrer zweiten Natur als Sklavin. Freiwillig ihre eigenen Säfte der Erregung abzulecken, kam einem Bekenntnis der Unterwerfung gleich. Es war ein Zugeständnis an die Macht ihrer Herrin und Wärterin, deren Zorn sie sich zugezogen hatte. Lanys wusste dies nur zu gut. Die Wogen ihrer wachsenden Genugtuung wärmten auch Asaras Wangen.

Doch entgegen aller Vernunft schüttelte die Gefangene den Kopf.

„Du bist nicht meine Meisterin, Lanys", flüsterte sie mit rauer Stimme. „Du bist auch nicht meine Freundin. Du hast mich belogen, betrogen und verwendest mich als Köder für die einzigen Menschen, die mir in Zeiten der Not zur Seite gestanden sind. Du hast vor, mich als *Ware* in die Feste derer zu entsenden, die mich über alles verachten. Du bist-"

Mit einer schnellen Handbewegung stieß Lanys den Phallus zwischen Asaras Lippen und erstickte ihre weiteren Worte im Keim. Asaras unvermittelt nach unten gezwungene Zunge begrüßte das Spielzeug, das immer tiefer in ihren Mund gestoßen wurde. Vergeblich versuchte sie, den Vorstoß des feuchten Instruments zu stoppen. Doch Lanys ließ nicht locker. Asara schluckte und hustete, als das künstliche Glied fest gegen ihren Gaumen stieß.

„Das wollte ich schon immer einmal tun", schnurrte Lanys. Sie starrte ungerührt in Asaras schreckensgeweitete Augen. „Die mächtige *Kisaki* – zum Schweigen gebracht von einem Schwanz zwischen ihren Lippen. Du hast keine Ahnung, wie oft ich mir diesen Moment herbeigewünscht habe."

Lanys ließ etwas locker, nur um den Phallus kurz darauf noch tiefer in Asaras Rachen zu zwingen. Erneut und erneut zog sie das lederne Glied heraus und erneut und erneut rammte sie es in die aufgezwungene Öffnung ihrer einstigen Freundin. Die gefangene *Kisaki* würgte und schnappte nach Luft. Sie versuchte sich loszureißen, doch Raifs Griff war unnachgiebig. Tränen begleiteten ihren flachen Husten.

„Ach, tu doch nicht so", lachte Lanys. Ihr schadenfroh lächelndes Gesicht kam näher. „Ich weiß doch, dass du es genießt. Deine Zunge kann gar nicht aufhören, die Säfte deiner Schande aufzulecken!"

‚Lanys…bitte…'

„Ich kann deine feuchte Spalte zucken sehen, *Zis'u*!"

‚Lanys…'

„Pff." Die Magd zog das Spielzeug aus Asaras Mund und warf es achtlos zu Boden. Die Gefangene schnappte nach Luft und hustete. Eine salzig-süße Note umspielte ihre Geschmacksknospen. Ihr ganzer Körper zitterte.

„Du langweilst mich", sagte Lanys mit fahler Stimme. Ihre Absätze hallten durch den Raum, als sie sich entfernte – in Richtung Thron. „Raif. Steck sie endlich in den Käfig und tue, was ich dir befohlen habe. Ich habe heute noch Wichtigeres und…Interessanteres zu tun, als mich mit der widerspenstigen Göre herumzuärgern."

Das leichte Zittern ihrer Glieder und das feurige Glitzern in ihren Augen strafte ihrer Worte Lügen. Lanys genoss ihre neue Rolle – mehr als ihr wohl selbst bewusst war.

Ohne etwas zu entgegnen, zwang der Krieger Asara auf die Knie. Die Gefangene blickte auf. Ihre nächsten Worte waren nur für Raif bestimmt.

„Du darfst", flüsterte sie. „Du hast meine Erlaubnis. Wie damals in der Wüste. Ich verzeihe dir."

Ungekannte Erleichterung erhellte Raifs Züge. Wie auch Asara wusste er genau, was Lanys zu sehen wünschte. Und trotz ihrer gemeinsamen Vergangenheit und der Dinge, die Asara getan hatte, widersträubte es ihm, ihr in dieser Sache den Willen zu rauben. Asara wusste nicht, weshalb der stoische Krieger beschlossen hatte, ihr in dieser einen Angelegenheit letztes bisschen verbliebene Ehre zu verteidigen. Er hatte es ihr schließlich von Anfang an klargemacht, was es bedeuteten würde, Lustsklavin des Ashvolks zu sein.

Wortlos deutete Raif auf den Käfig. Asara senkte ihren Blick und duckte ihren Kopf durch die Öffnung. Auf den Knien rutschte sie in das kleine Gefängnis. Sie warf einen letzten Blick auf Lanys.

‚Ich bin frei – selbst in der Sklaverei. Ich werde nicht aufgeben. Niemals.'

Die im Geiste formulierten Worte waren dieselben, die sie in der Finsternis von Maliks Kerker ausgesprochen hatte, als sie von Mihas Phantasma heimgesucht worden war. Sie waren ein Quell der Stärke und Entschlossenheit. Asara ging sicher, dass Lanys diese Entschlossenheit auch spüren konnte.

Im nächsten Moment fiel die Tür des Käfigs mit verheißungsvoller Finalität ins Schloss.

Asara wehrte sich nicht, als Raif ihre Handgelenke durch die Stäbe hindurch packte und die kurze Kette ihrer Schellen mit einem schweren Schloss an einem Ring an der Käfigdecke fixierte. Auch als er ihre Schenkel auseinanderdrückte und beide ihrer Fußmanschetten an im Boden eingelassene Ösen schnallte, kämpfte sie ihre Panik nieder. Zusammen mit der engen Ledermaske um Augenpartie und Wangen wurde der winzige Kerker zu einer beengenden Verlängerung ihrer Fesseln. Das Gefühl der Klaustrophobie wurde noch weiter verstärkt, als Raif ihr Halsband sowohl mit dem Käfigboden, als auch einer Verstrebung über ihrem Kopf verband. Die strammen Ketten hielten ihren Kopf fortan in Schwebe, während sie die anderen Fesseln in eine kniende, alles präsentierende Position zwangen. Asara spürte das kalte Metall nur zu deutlich, dass gegen ihre geöffneten Schenkel presste. Auch war sie sich bewusst, dass ihre Lustspalte einladend zwischen den Streben hervorlugte.

Es gab kein Vor und kein Zurück. Der Käfig endete einen Fingerbreit vor ihrem Gesicht. Aber selbst mit freien Gliedmaßen hätte sie sich kaum zurückziehen können. Der viel zu kleine Käfig war dafür gebaut, die darin gefangene Sklavin rundherum zu entblößen – und für jede Berührung zugänglich zu machen.

„Mund auf."

Asara folgte Raifs Aufforderung. Der Ashen-Krieger schob einen Knebel in ihren Mund und klinkte den Verschluss an die Riemen ihrer versperrten Maske. Zu ihrer Überraschung handelte es sich nicht um eine Trense oder einen ledernen Ball; der Knebel hatte die Form eines Ringes, der ihren Mund weit aufzwang, nicht aber ihre Zunge einsperrte. Asara tastete den Ring zögerlich ab. Im Gegensatz zu den anderen Instrumenten des Schweigens würde dieser Knebel den so erniedrigenden Speichelfluss ungehindert zulassen. Darüber hinaus verwandelte er ihren Mund zu einer weiteren einladenden Öffnung, die sich zur Benutzung anbot. Mit den in Schach gehaltenen Zähnen war die Gefahr der schmerzhaften Gegenwehr gänzlich gebannt. Der Ringknebel war das ultimative Geschirr der Zähmung für störrische Lustsklaven.

Asara schluckte. Trotz Erlaubnis und trotz einer morbiden Art der Vorfreude konnte sie ihre Angst nicht gänzlich beiseiteschieben. Als sich unvermittelt das Tor des Thronsaals öffnete, zuckte sie deutlich zusammen und spannte all ihre Muskeln an.

Licht vom Korridor fiel in die steinerne Halle. Herein schritten zwei Yanfari, die einen dritten mit sich führten. Der drahtige Mann in der Mitte hatte kurzes, goldbraunes Haar und überragte seine Begleiter um fast eine Kopfeslänge. Sein kantiges Gesicht wurde von einer dunkelblauen Schwellung verunstaltet, die eines seiner Augen fast gänzlich verschwinden ließ. Der offensichtliche Gefangene war bis auf einen knappen Lendenschurz nackt. Schwere Ketten umschlossen seine Glieder und zwangen seine Hände hinter seinen Rücken. Ein Halsband nicht unähnlich Asaras lag um seine Kehle. Die beiden Wachen in Haus Nalki'irs Farben flankierten den Mann und zerrten ihn an einer stählernen Leine vorwärts. Wenige Meter vom Käfig entfernt kam das Trio zu stehen.

„Tayeb, mein furchtloser Beschützer", intonierte Lanys, während sie sich vom Thron erhob. „Ich sehe du bist nach wie vor…uneinsichtig."

Der Gefangene blickte zur Seite und entgegnete nichts. Die falsche *Kisaki* seufzte.

„Du enttäuscht mich. Aber dennoch habe ich beschlossen, dir einen Gefallen zu tun. Das Verlies muss furchtbar langweilig sein, so ganz ohne weibliche Gesellschaft."

Tayebs Blick folgte dem der Kaiserin und kam auf Asara zu ruhen. Unterdrückte Emotionen kämpften für einen Moment in seinem Gesicht, ehe er sich wieder die Maske der Gleichgültigkeit aufzwang. Er zog seine Schultern zurück und adressierte Lanys mit ungebrochenem Stolz.

„Ich habe sowohl Raya, als auch ihrer unbeholfenen Tochter stets treu gedient", sprach er mit kräftiger Stimme. Der Tonfall war trotz seiner Intensität angenehm und wohlklingend. „Ich bin seit jeher in den Schatten gestanden, um das Wohl der herrschenden *Kisaki* zu garantieren. Es war eine Aufgabe ohne Dank und Anerkennung, die ich dennoch stets mit Freuden übernommen habe. Doch Ihr…Ihr seid nicht die Frau, der ich meine Treue geschworen habe."

Asaras Herz begann schneller zu schlagen. Gab es tatsächlich jemanden, der durch Lanys' Illusion geblickt hatte? Wusste dieser einfache Leibwächter, dessen Gesicht der Gefangenen so bekannt vorkam, dass die Frau auf dem Thron nicht die wahre Herrscherin des Reiches war?

Lanys begann betont langsam, die Peitsche an ihrem Unterarm aufzuwickeln. Dabei warf sie einen spöttischen Seitenblick auf Asara.

„Ach?"

„Ihr seid kaltherzig, rücksichtslos und konspiriert mit dem Feind", spie Tayeb und starrte mit unverhohlenem Hass auf Raif, der immer noch schweigend neben dem Käfig stand. „Wie kann ich Euch weiterhin zu Diensten sein? Ihr umgebt euch mit aschhäutigen Halsabschneidern und rotäugigen Huren! Eure Mutter, möge sie in Frieden ruhen, würde sich aus dem Grab erheben und euch niederstrecken, wenn sie davon wüsste!"

Enttäuscht ließ Asara ihre Schultern sinken. Es war nicht die Wahrheit, die Tayeb antrieb, sondern lediglich alter Hass. Die Erkenntnis traf sie wesentlich härter, als sie erwartet hatte.

Lanys lachte auf.

„Du nennst mich kaltherzig und rücksichtslos? Dann hast du meine Mutter nicht gut gekannt." Sie hob ihre Hand. Eine der Wachen trat an den Gefangenen herab und riss ihm den Lendenschurz vom Leib. Asara konnte nicht umhin, als die beachtliche Männlichkeit des Yanfari zu bewundern, der sich nach wie vor trotzig zeigte.

„Sei es wie es sei", fuhr Lanys fort, „ich bin nicht hier, um mit einem unbedeutenden Leibwächter über meine Regentschaft zu diskutieren. Ich will amüsiert werden. Also schweige und widme dich deinem Geschenk." Die falsche *Kisaki* deutete auf Asara. „Du hast dich doch stets darüber ausgelassen, dass ich eine ‚Ashen-Hure' zur Dienstmagd genommen habe. Dies ist die Gelegenheit, deinem Unmut einmal mehr Ausdruck zu verleihen."

Lanys verschränkte die Arme und lächelte finster. „Ich habe doch recht, oder? Es ist nicht das erste Mal, dass du dein Glied in diese Sklavin steckst."

Asara schluckte hart. Was spielte ihre Feindin für ein Spiel? Hatte sich dieser Leibwächter, der ihr als *Kisaki* noch nicht einmal aufgefallen war, tatsächlich an ihrer Magd vergriffen, ohne dass Asara davon Wind bekommen hatte?

Die Gefangene suchte Lanys' Blick. Die geisterhaften Worte erklangen unvermittelt und hart.

‚*Was hast du denn gedacht, Asara?*' sprach die falsche *Kisaki* in ihrem Geist, ‚*Nur, weil du dich dem Ashvolk gegenüber tolerant gezeigt hast, waren nicht alle Yanfari gleichermaßen entgegenkommend.*' Verachtung wogte über die Verbindung. ‚*Du warst immer schon blind im Angesicht der Wahrheit.*'

Asara fand keine Worte. In Anbetracht der Dinge, die sie in den letzten Monaten über ihr eigenes Volk gelernt hatte, sollte diese Offenbarung keine Überraschung mehr sein. Dennoch trafen sie Lanys' Worte wie ein Schlag ins Gesicht.

‚*Lerne und stöhne, meine naive Sklavin.*'

Die falsche Kaiserin wandte sich ab.

„Nun?"

Tayeb schnaubte. „Ich werde euch zeigen, was ich von euren Allianzen halte. Befreit mich." Lanys nickte und die Wachen öffneten seine Handeisen. Fußschellen und Halsband beließen sie jedoch an Ort und Stelle. Anschließend gingen die Männer auf Abstand. Ihre Hände schwebten dabei jedoch stets über ihren Schwertknäufen. Der

Leibwächter beachtete sie nicht. Er trat an den Käfig heran und blickte auf Asara hinab.

„Ich habe lange darauf gehofft, dass du eines Tages deinen gerechten Lohn erhältst", knurrte er. „Deine Herrin mag mit dem Feind ins Bett steigen-", Er bedachte Raif mit einem eisigen Blick, „aber zumindest hat sie *dich* in die Schranken gewiesen, Hure."

Er legte seine Hand an sein zusehend geschwollenes Glied und begann, die Vorhaut zu massieren. Asaras geweitete Augen und ihr wirkungsloses Zerren an den Ketten schienen ihn nur weiter anzuspornen. Er griff durch die Stäbe und packte die Gefangene am Pferdeschwanz. Das Leder der Maske knarrte leise.

„Deine Zunge...nutze sie."

Damit stieß er sein hartes Glied in die Öffnung von Asaras Mund. Sie spürte, wie seine Männlichkeit gegen den Ringknebel rieb und ihn weiter in ihren Rachen trieb, konnte aber nichts dagegen tun. Die Ketten und Tayebs Faust verhinderten jegliche Bewegung der Flucht. Wie zuvor wurde ihre Zunge gegen ihren Gaumen gedrückt, als das Glied tiefer und tiefer in sie eindrang. Wie durch ein Wunder schaffte sie es jedoch, den Würgereflex zu unterdrücken. Auch als Tayebs Glied im nächsten Moment gegen ihre Kehle stieß, rang sie den unbarmherzigen Drang nieder. Ein gutturales Stöhnen entkam ihren Lippen.

Ich nächsten Moment spürte sie warmes Fleisch an ihren Schenkeln. Eine Hand glitt ihren Po entlang und senkte sich zwischen ihre Beine. Eine weitere packte sie durch die Stäbe hindurch an ihren gefesselten Handgelenken.

„Ich will sie zweimal kommen sehen", hallte Lanys' plötzlich etwas heisere Stimme durch den Saal. „Ganz Masarta soll meine kleine *Zis'u* stöhnen hören."

Asara hielt die Luft an, als etwas Warmes, Pulsierendes ihre Lustspalte teilte. Es war Raifs Glied, das sie in quälender Langsamkeit auszufüllen begann. Keine Finger, keine Massage ihrer Liebesperle. Der Krieger hatte das Vorspiel gänzlich ausgelassen. Dennoch war der fremde Phallus zwischen ihren Lippen sofort vergessen. Die Ketten an ihren Fußgelenken klimperten, als sie ihre Knie weiter auseinanderschob. Mit jeder Bewegung ihrer Hüften drang der Krieger tiefer in sie ein. Die Muskeln in ihrer Spalte schlossen sich gierig um das steife Glied.

„Sie wird nicht zerbrechen." Lanys' Stimme triefte vor Spott. „Nehmt sie. Hart. Und wenn sie keuchend in ihren Ketten hängt, nehmt sie erneut."

Irgendetwas erwachte in den beiden Männern. Ob ungebändigte Lust oder urzeitliches Verlangen – es spielte keine Rolle. Tayeb stieß sein Glied tief in ihren Rachen. Asaras Zunge glitt ungewollt über die geschwollene

Haut und leckte – der Geschmack des kommenden Ergusses lag schwer auf ihrer Zunge. Die Gitterstäbe des Käfigs polterten unter den regelmäßigen Stößen. Mit jeder Bewegung riss der Yanfari ihren Kopf näher an die Stäbe.

Das Gefühl wurde nur von jenem zwischen ihren Beinen übertroffen. Raif hatte jegliche Bemühungen der Zurückhaltung aufgegeben. An die Käfigstäbe gepresst stand er hinter der knienden Sklavin und drang hart in sie ein. Je tiefer er seine Männlichkeit in Asara stieß, desto größer wurde das Gefühl des *Berstens*. Er nahm die gefallene Kaiserin wie ein atmendes, stöhnendes Spielzeug der Lust. Asara war in diesem Moment nicht mehr, als die Summe ihrer obszön geweiteten Öffnungen. Sie wurde benutzt, nur um im Anschluss links liegen gelassen zu werden. Es spielte keine Rolle, wer oder was sie wirklich war – nur, dass sie und ihre Münder *Erlösung* spendeten. Asara war fast dankbar, als das Leder ihrer Maske mit jedem Stoß mehr und mehr verrutschte und ihre Sicht zusehends zu verdecken begann. Die Welt schrumpfte zusammen. Sie war blind, wehrlos und bis auf ihr immer lauter werdendes Stöhnen stumm. Es war nur zu leicht, sich in der wallenden Hitze der Unbändigkeit zu verlieren. Keuchend und zitternd warf sie sich gegen die Fesseln und nahm Raifs Glied willig entgegen. Ihre Zunge tanzte über das Glied des Yanfari, der die eifrige Sklavin grollend am Halsband gepackt hatte und sich spürbar an ihrer Erniedrigung ergötzte. Asara wurde vorne und hinten von berstender Männlichkeit ausgefüllt. Sie war das unartige Pferdchen der *Kisaki*, die ihre Herrin bloßgestellt hatte und nun ihre gerechte Strafe erfuhr. Die Bilder ihres Ritts durch die Stadt ersetzen die von ihrer ledernen Augenbinde bescherte Dunkelheit. Asara in strammen Riemen, feucht und willig, trabte zum Knallen der Peitsche durch die Straßen. Der konstante Druck zwischen ihren Beinen, der sich nun, Stunden später, zum Orgasmus aufbaute...

„Schlucke jeden Tropfen, Hure", keuchte Tayeb. Asara stöhnte – langgezogen und in voller Lautstärke. Hätten es die Fußschellen zugelassen, hätte sie ihre Beine noch weiter gespreizt. Sie presste ihre Schenkel mit aller Kraft gegen die Gitterstäbe. Ihre brennende Spalte nahm den Ashen-Krieger gierig auf. Unkontrolliert zitternd rieb das empfindliche Fleisch ihrer Liebeshöhle gegen das tief penetrierende Glied. Asara kam.

Ohne Rücksicht auf die stählernen Fesseln an ihren Gliedern warf sie sich der Woge der Erlösung entgegen. Es gab keinen Anfang und kein Ende. Der Moment dehnte sich aus wie der Phallus, der seine heiße Ladung in ihre Spalte entlud. Zugleich füllte heißer Samen ihren Rachen und quoll einen Moment später hinter ihrem Knebel hervor. Der Großteil der Flüssigkeit ergoss sich ihre Kehle hinab.

Asaras ruckartige Bewegungen fanden kein Ende. Sie wollte mehr, mehr, mehr. Es war nicht nur der Trotz und ihre unbändige Lust – es war auch die Erfüllung dieser finsteren Fantasie des Benutzt-Werdens, die sie immer weiter anspornte. Sie war Lustsklavin in ihrer schicksalsgegebenen Rolle. Sie existierte nur, um genommen zu werden. Sie war ein Sexspielzeug, dessen Erlaubnis man nicht zu erfragen brauchte.

Asara kam erneut und erneut. Sie nahm es kaum wahr, als Tayeb sein Glied aus ihrem Mund zog und seine Säfte über ihr Gesicht ergoss. Auch Raif ließ erst von ihr ab, als sein Samen auf ihren Schenkeln zu erkalten begann und ihr durchgehendes Stöhnen von abgehacktem Gelächter ersetzt wurde. *Kisaki* Asara Nalki'ir, gehalten von strammen Ketten um ihre zitternden Hände und Füße, eingesperrt in einem winzigen Käfig und übersät von den Säften zweier Peiniger, lachte in ihren Knebel.

Sie konnte die Gesichter der beiden Männer nicht sehen, spürte aber sehr wohl die Emotionen von Lanys, ihrer unfreiwilligen Seelenverwandten. Spürte sie, aber konnte sie nicht deuten. Zu chaotisch und widersprüchlich waren die Eindrücke.

Atemlos hob Asara ihren Kopf, soweit die Ketten um ihren Hals es zuließen. Sie wandte ihren Blick in Lanys' Richtung. Für einen Moment war die Maske verschwunden, der Knebel nicht mehr zwischen ihren Lippen und die Gitterstäbe nichts weiter als ein fliehender Gedanke. Die beschmutzte und entehrte *Kisaki* starrte ungebrochen zu ihrer Peinigerin.

Es war still geworden. Lange Momente des Schweigens verstrichen. Schlussendlich es war Lanys, die sich zuerst abwandte. Wortlos schritt die falsche Kaiserin aus dem Raum und ließ ihre einstige Freundin im Käfig zurück.

20

Schattentanz

Die folgende Nacht war die wohl längste in Asaras Erinnerung. Nachdem Lanys den Thronsaal verlassen hatte, schien sich niemand mehr für die Gefangene in ihrem Käfig zu interessieren. Tayeb der Yanfari-Leibwächter war von den Wachen abgeführt worden, noch ehe der Geschmack seines Samens auf Asaras Zunge verklungen war. Selbst Raif hatte bloß die Schlösser ihrer Schellen überprüft und war danach wortlos aus dem Raum geschritten. Sein letzter Blick in Richtung der wehrlosen *Kisaki* war unlesbar gewesen.

Stunden verstrichen. Eine Nacht in Fesseln zu verbringen war ihr nicht mehr fremd – doch die kniende, vornübergebeugte Position in dem kleinen Verließ war jenseits von unbequem. Die Gefangene konnte weder ihren Kopf noch ihre Hände mehr als ein paar Zentimeter bewegen. Der Knebel zwischen ihren Zähnen strapazierte ihre ohnehin schon mitgenommene Kiefermuskulatur.

Die kühle Nachtluft ließ Asara frösteln und trocknete den Speichel, der Stunden zuvor noch fortwährend aus ihrem Mund getropft war. Sie hatte unsäglichen Durst und jede Faser ihres Körpers protestierte gegen die menschenunwürdige Behandlung. Doch bis auf die gelegentlich patrouillierenden Wachen schenkte ihr niemand mehr als nur einen mitleidigen Seitenblick. Sie war ein Stück Eigentum der Kaiserin – keiner der Bediensteten würde es wagen, sie ohne Lanys' Erlaubnis zu befreien oder gar auch nur anzufassen. Nachdem was Tayeb ihr auf Befehl angetan hatte, war der Gedanke mehr als nur paradox. Doch Regeln blieben Regeln. Eine Sklavin unter den Augen der *Kisaki* zu nehmen war erlaubt – doch ihre Ketten ungefragt abzunehmen, blieb ein geahndetes Verbrechen.

Asaras Augenlider wurden schwerer und schwerer. Trotz der unbequemen Lage entglitt sie schließlich in einen unruhigen Halbschlaf. Ein dumpfes Geräusch riss sie gefühlte Momente später wieder aus ihrer Trance. Sie legte den Kopf schief und lauschte angestrengt.

Stille. Lediglich das Plätschern des Wassers in den Becken am Fuße der Säulen war zu vernehmen. Das charakteristische Klacken der

Hellebarden über den steinernen Boden war verstummt. Auch die schweren Schritte der auf und abschreitenden Wachen am Tor waren nicht mehr zu hören. Asara strengte all ihre Sinne an. Doch die Stille wurde nur noch erdrückender.

Im nächsten Moment legte sich eine kühle Hand auf ihre Schulter. Asara zuckte zusammen und sandte ein helles Klimpern durch die Ketten an ihren Händen und Füßen.

„Pst. Mondschein."

Asaras Augen weiteten sich, als sich Cyns schmales Gesicht in ihr Blickfeld schob. Die weißen Zähne der Jin blitzten im Mondlicht, das durch die schmalen Deckenfenster in den Saal fiel. Die neben dem Käfig kauernde Diebin legte einen Finger auf ihre Lippen.

„Keinen Mucks", hauchte sie. „Die beiden Wachen am Tor waren vermutlich nicht die einzigen. Wir müssen schnell sein."

Asara warf ihr einen vielsagenden Blick zu und drückte mit der Zunge gegen ihren Knebel. Der Ring bewegte sich keinen Millimeter. Mucks zu machen war im Moment definitiv das letzte, was sie tun konnte.

Cyn grinste verlegen und produzierte einen kleinen Dietrich aus ihren weiten Gewändern.

„Du hast ein Talent dafür, dich in schier ausweglose Situationen zu manövrieren", schmunzelte sie und begann, an dem Schloss des Käfigs zu hantieren. „Man könnte glauben, du *sehnst* dich nach Gefangenschaft."

Metall schabte über Metall. Cyn fluchte leise. Lange Momente verstrichen. Asara beruhigte ihre flache Atmung und zwang sich zur Geduld.

„Karrik wartet im Palastgarten", flüsterte sie. „Faro und Hauptmann Saleem sorgen am Tor für Ablenkung."

Saleem?

Die Jin fuhr leise fort. „Krys und Ri'isa stehen Wache an der Tür. Wir haben einen gemeinsamen Unterschlupf in der Stadt, wo wir uns eine Weile vor der *Kisaki* verstecken können."

Cyn, Karrik, Krys und Ri'isa. Dazu ein ehemaliger Lustsklave und ein geläuterter Kommandant der Wache. Ihre Freunde – und selbst ihre einstigen Feinde – waren gekommen, um sie zu befreien. Nach dem Gefühl der Ohnmacht, das Asara in den letzten Stunden zu übermannen gedroht hatte, war der Gedanke an Freiheit ein Lichtblick der Hoffnung. Doch ihre Freude war verhalten. Raifs Worte vom Vortag geisterten immer noch durch ihren Kopf. Als er von einer Falle für ihre Freunde gesprochen hatte, hatte Asara an eine fingierte Audienz oder eine andere öffentliche Zurschaustellung gedacht. Doch was, wenn Lanys auch mit diesem nächtlichen Befreiungsversuch rechnete? Was, wenn sie Asara nicht nur aus Zorn, sondern auch als Köder hier zurückgelassen hatte?

Das Schloss klickte. Die Jin öffnete die Tür des Käfigs. Sie pfiff leise durch die Zähne, als sie Asaras angekettete Gliedmaßen betrachtete.

„Deine Herrin wollte wirklich sichergehen, dass du ihr nicht abhandenkommst."

Cyn begann die Schellen an Asaras Handgelenken zu inspizieren. Die sanften Berührungen der Diebin waren angenehm kühl auf Asaras Haut. Die Gefangene sah sich während jedes verstreichenden Moments nervös um.

Der Thronsaal wirkte genauso leer und verlassen, wie schon Stunden zuvor. Nicht bewegte sich in den Schatten. Doch der Schein konnte trügen. Die *Kisaki* traute der Stille nicht, die sich wie ein Schleier über Masartas Palast gelegt hatte.

„Shihn", wisperte Asara in ihren Knebel, „du ussht oofppashn." Sie stolperte über ihre Worte und hustete. Cyn legte ihre Hand beruhigend auf den Rücken der Gefesselten.

„Geduld. Ich muss nur noch diese Schlösser öffnen. In ein paar-"

Die Jin verstummte abrupt als etwas Hartes, Metallisches gegen das geschlossene Tor des Saals schmetterte und ein dumpfes Echo durch den Raum sandte. Im nächsten Moment wurde die doppelflügelige Holztür aufgestoßen und zwei dunkel gekleidete Gestalten stolperten in den Raum. Mit großen Augen erkannte Asara einen zitternden Armbrustbolzen, der in Kopfhöhe aus dem Tor ragte.

„Zeit ist um!", keuchte eine vertraute Stimme. Ri'isa hielt denselben Dolch umklammert, den sie vor gefühlten Monaten in Margha Lami'irs Kehle gestoßen hatte. Blut tränkte den Ärmel ihres knappen Leinenhemds. In ihren Augen erkannte Asara das vertraute Feuer des Kampfes. Die großgewachsene Frau an Ri'isas Seite war Krys. Die Tänzerin trug, wie auch die einstige Sklavin, einen schwarzen Umhang mit Kapuze über ihrer einfachen Alltagskleidung. Ein Köcher mit Pfeilen ragte hinter ihrem Rücken hervor. In ihren Händen hielt sie einen kunstvoll gefertigten Reiterbogen. Das eingelegte Geschoß zeigte in den Korridor, den die beiden gerade übereilt verlassen hatten. Mit einer fließenden Bewegung zog Krys die Sehne an ihre Wange und sandte den Pfeil zielsicher ins Halbdunkel. Ein Aufschrei ertönte.

„Beeilung, Jin", bellte sie in Cyns Richtung. Die Diebin fluchte lautstark und tastete hektisch nach dem Verschluss von Asaras Halsband.

„Ich brauche Zeit!" rief sie. „Haltet sie auf!"

Ein Bolzen raste durch die offene Tür und bohrte sich in die Rückenlehne des Throns am anderen Ende der Halle. Ri'isa lachte humorlos und warf sich gegen die Tür.

„Wir und welche Armee?" Zusammen mit Krys stieß sie das Tor ins Schloss und presste sich mit vollem Gewicht gegen das verzierte Holz.

Einen Wimpernschlag später schlugen mehrere Bolzen in die geschlossene Tür. Ri'isa wischte sich den Schweiß von der Stirn und deutete nach oben. „Zeit für Plan K! Der Geheimgang ist keine Option mehr."

Krys nickte und setzte sich in Bewegung. Geschickt begann sie an einer der marmornen Säulen nach oben zu klettern.

„Ich hole den Eru und sorge für Ablenkung", bellte sie knapp. Ihre Worte waren über den Lärm von draußen kaum noch zu hören. „Halte die Tür."

Ri'isa schnaubte lediglich und rammte ihren Dolch in die Mechanik des Torschlosses.

Asara schluckte schwer. Es spielte keine Rolle mehr, welche hinterhältigen Pläne Lanys möglicherweise geschmiedet hatte. Ihre Freunde waren bereits hier und es gab keinen Weg zurück. Sie sprach ein stummes Stoßgebet an all die vergessenen Götter ihrer Vorfahren. Vielleicht zeigten sie sich gütig und der Fluchtweg über das Dach war noch nicht versperrt.

„Wir schaffen es", murmelte Cyn. „Keine Sorge."

Im selben Moment ging eine Erschütterung durch die Tür. Ri'isa biss die Zähne zusammen und umklammerte das Heft ihrer Klinge, die den Mechanismus des Schlosses zu blockieren schien. Doch im Vergleich zu dem erzitternden Tor mutete der Dolch eher an wie ein Zahnstocher, als ein effektiver Riegel.

„Cyn!" drängte Ri'isa. „Jetzt oder nie!"

Irgendetwas *schnappte*. Doch es waren nicht Asaras Handschellen, die sich lautstark öffneten.

Krys' Aufschrei hallte durch den Saal. Im nächsten Moment stürzte ein Körper von der Balustrade und landete lautstark in einem der Zierbecken. Dunkles Blut durchmengte sich mit Wasser. Die Ashen-Tänzerin hielt stöhnend ihre Schulter, aus der ein gefiederter Bolzen ragte.

Einen Herzschlag später wurde das Zwielicht des Mondes durch hellen Fackelschein ersetzt. Überall entlang des Mezzanins traten Personen in schwerer Rüstung aus den zurückweichenden Schatten. Bis auf zwei Ausnahmen waren sie mit schussbereiten Armbrüsten oder Kurzbögen bewaffnet.

„So ungeduldig", ertönte eine nur zu bekannte Stimme. Lanys trat an einem Yanfari-Wachmann vorbei und stützte sich gegen das Geländer. In ihren Augen funkelte dunkle Genugtuung. „Ich habe ehrlich nicht damit gerechnet, dich schon heute Nacht zu sehen, Cyn-Liao."

Die Jin richtete sich auf. „*Du.*"

Lanys verschränkte die Arme. Asara sah, dass die falsche Kisaki ihr Kleid gegen eine funktionale Lederrüstung eingetauscht hatte. In ihrer Hand hielt sie Dolch und Peitsche. Unmittelbar neben ihr stand ein schweigsamer Raif. Anstatt seines Schwertes führte er eine knisternde Fackel. Der Krieger musterte die Gruppe eindringlich ehe sein Blick auf Asara zu liegen kam.

„Du hast mir gut gedient, Cyn", gestand Lanys ein. „Aber deine Nützlichkeit hat ein Ende gefunden." Sie musterte die wehrlose Asara in ihrem Käfig. „Meine Sklavin bleibt hier. Und du... Du wirst sterben."

Sie wandte sich um.

„Tötet sie."

Asaras Herz blieb stehen.

Tötet sie. Die simplen Worte hingen wie ein Fluch im Raum.

Die Waffen der Wachmänner richteten sich auf Cyn und Ri'isa. Die Bewegungen der Yanfari waren mechanisch und präzise. Niemand hinterfragte den Befehl der *Kisaki* oder zögerte auch nur für einen halben Atemzug.

‚Nein! Bitte, Lanys! Tu es nicht!'

Falls die falsche *Kisaki* Asaras mentales Flehen wahrnahm, so ließ sie es sich nicht anmerken.

Sehnen knarrten. Finger legten sich an die Abzüge der schweren Armbrüste. Asara schnappte nach Luft, doch ihre Kehle war wie zugeschnürt. Ihr Geist war leergefegt von Gedanken jenseits ihrer stummen Bitte. Doch zugleich protestierte jede Faser ihres Körpers gegen ihre Machtlosigkeit.

Asara sah Cyns Gesicht vor sich, als ob die Zeit es versteinert hätte. Ein mildes Lächeln hatte sich über die Züge der Diebin gelegt. Ihre Augen waren geöffnet und blickten gefasst einem unausweichlichen Schicksal entgegen. Unweit neben ihr stand Ri'isa, die mit eisigem Blick in Richtung der Balustrade starrte. Von der schüchternen Sklavin, die Asara in Maliks Hallen kennengelernt hatte, war nichts mehr zu sehen. Der letzte Funken ihrer Zurückhaltung war blankem Hass gewichen.

Der Moment kam und ging. Das leise Schnappen der ersten Sehne durchbrach die Stille. Und Asara *entglitt*.

Die Schmerzen in ihren Gliedern waren von einem Moment zum nächsten verschwunden. Der Käfig, die Ketten und der Knebel verblassten zu einer fernen Erinnerung. Keine Maske verdeckte ihre Züge und keine getrockneten Flüssigkeiten benetzten ihre entblößte Haut. Sie war *frei*. Es gab keine Grenzen mehr – denn die Welt, wie Asara sie kannte, hatte aufgehört zu existieren.

Das unbeschreibliche Gefühl verging so plötzlich, wie es gekommen war. Die Realität mit all ihre Regeln des Raumes und der Zeit kehrte mit gnadenloser Beharrlichkeit zurück. Doch ein bedeutendes Detail hatte sich geändert: Asara war nicht mehr Asara.

Nein – das stimmte so nicht. Asara *war wieder* Asara. Ihre eigenen blaugrünen Augen blickten von erhöhter Position auf einen Käfig hinab, in dem eine unbekleidete Ashen-Sklavin panisch an ihren Ketten zerrte. Unmittelbar neben Asara stand Raif, der sich langsam abzuwenden begonnen hatte. Entlang der Balustrade hatten bewaffnete Yanfari-Soldaten Aufstellung genommen, deren Projektile im nächsten Moment drei Leben beenden würden.

„Stopp!" Asaras Stimme hallte durch den Raum. Im selben Atemzug wirbelte sie herum und ließ die vertraute Peitsche in ihren Händen nach vorne schnellen. Mit einem lauten Knall schnalzte das geflochtene Leder gegen die erhobenen Armbrüste der zwei am nächsten stehenden Krieger. Beide reagierten zu langsam, um dem plötzlichen Befehl Folge zu leisten – oder auf den unerwarteten Angriff aus den eigenen Reihen zu reagieren. Die Bolzen verließen die Schäfte, noch bevor Asara ihren Arm vollends ausgestreckt hatte. Doch der Peitschenhieb hatte gesessen. Die kurzen Projektile verfehlten ihr Ziel und fanden nur blanken Marmor.

Das leise *Pling* von Stahl auf Stein beendete einen unsichtbaren Bann. Hatte zuvor noch kaltblütige Bestimmtheit regiert, so obsiegte nun das Chaos. Yanfari-Wachen senkten verwirrt ihre Waffen während andere im letzten Moment ihre Arme nach oben rissen. Einige wenige Bolzen rasten dennoch zielsicher in die Halle hinab. Aus dem Augenwinkel sah Asara, wie sich Cyn und Ri'isa in Bewegung setzten. Von Krys war nichts zu sehen. Es war unmöglich zu sagen, ob ihre Freunde dem Geschoßhagel unbehelligt entkamen. Es passierte alles viel zu schnell.

Eine schwere Hand legte sich nur einen Wimpernschlag später auf Asaras Schulter. Die *Kisaki* hob den Dolch in ihrer Linken und fuhr herum. Der Riemen der Peitsche zog einen Halbkreis über den Marmorboden des Mezzanins. Raifs durchdringender Blick bohrte sich in ihre Augen.

Er weiß es.

Wie auch immer er es vollbrachte, der Krieger hatte den Tausch bemerkt. Während Asara noch selbst kaum realisiert hatte, dass ihr Bewusstsein wieder ihrem echten Körper innewohnte, hatte Raif bereits reagiert. Seine lodernde Fackel fiel dumpf scheppernd zu Boden. Rotgoldene Funken fauchten über den dunklen Stein und zeichneten eine glimmende Blüte um die *Kisaki* und ihr schweigsames Gegenüber. In einer fließenden Bewegung zog der Krieger sein Schwert.

Asara kanalisierte all ihre – und wohl auch die von Lanys entzogene – Agilität und warf sich zur Seite. Ashen-Stahl durchschnitt die Luft und verfehlte sie um Haaresbreite.

Bevor die *Kisaki* zum Gegenangriff ansetzen konnte, explodierte der verglaste Teil der Kuppel über ihrem Kopf zu einem Gewittersturm bunter Scherben. Eine massive Gestalt landete neben Raif und Asara und richtete sich beinahe bedächtig langsam zu ihrer vollen Größe auf. Karrik der Eru stieß einen markdurchdringenden Kampfesschrei aus. Seine Pranken ballten sich zu kopfgroßen Fäusten. Für einen Moment starrte er unbewegt auf die *Kisaki* hinab. Dann fuhr er herum und rammte seine Faust ungebremst in Raifs Magengrube.

Asara zögerte ebenfalls nicht. Zu viele der Yanfari legten nach wie vor auf Ziele im Untergeschoß an. Asaras Mission war simpel: Es galt alles zu tun, um ihre Freunde vor dem sicheren Tod zu bewahren. Die Konsequenzen ihrer Taten würden erst eine Rolle spielen, wenn dieser Kampf überstanden war.

Asaras Peitsche fand ihr erstes Opfer in einem älteren Wachmann, der mit nach wie vor geladener Armbrust hinter der Balustrade kauerte. Das präzise Lederinstrument schlang sich um seinen Kopf und riss ihn abrupt zur Seite. Wirbel knackten. Der Aufschrei selbst blieb aus – bewusstlos oder tot klappte der Mann in sich zusammen. Die Armbrust rutschte über die Brüstung und fiel scheppernd in die Tiefe.

Kalte Genugtuung begann Asaras drückende Angst zu ersticken. Sie bewegte sich mit einer Geschmeidigkeit, die nur langen Jahren des Trainings entspringen konnte. Sie war sich bewusst, dass sie neben Lanys' Fähigkeiten auch einmal mehr deren Kaltblütigkeit übernommen hatte – doch das spielte in diesem Moment keine Rolle. Sie war frei, während die Thronräuberin in einem winzigen Käfig gefangen saß. Schierer Wille hatte den Fehler korrigiert, der Asara vor Monaten in die Sklaverei verbannt hatte. Ein wenig Blut an ihren Händen war ein kleiner Preis für diesen Sieg.

Sie lachte auf als sich ihr Dolch in den Hals einer weiteren Wache bohrte. Irgendwo hinter ihr lieferte sich Karrik ein Duell mit Raif und einer Traube Yanfari. Entgegen aller Erwartungen befand er sich nicht in der Defensive. Jeder Schlag seiner Fäuste durchbrach Schilde und sandte Soldaten taumelnd in ihre Kameraden. Eine der Wachen verlor gar den Boden unter den Füßen und stürzte schreiend in die Tiefe. Zugleich bebte unten im Thronsaal die Tür unter den wiederkehrenden Stößen einer Ramme. Es war nur noch eine Frage von Momenten, bis Cyn und die anderen von nachkommenden Soldaten überschwemmt würden.

Asara wusste, was sie zu tun hatte. Ohne zu zögern schwang sie sich über die Balustrade. Sie landete aufrecht vor dem leeren Thron. Die ungebremste Wucht des Aufpralls sandte einen schmerzhaften Stoß durch ihren Körper, doch die Benommenheit währte nur einen Moment. Asara richtete sich zähnefletschend auf und ging in Kampfstellung. Ihr Blick war auf das ächzende Tor gerichtet. Ihre Stimme gehörte ihrem sonnengeküssten Selbst und klang dennoch fremd in Asaras Ohren.

„Cyn, Krys, Ri'isa: Zu mir. Bringen wir es zu Ende."

Drei Augenpaare richteten sich auf sie. Das Trio hatte sich kampfbereit hinter einer der breiteren Säulen direkt unterhalb des Mezzanins verschanzt. Selbst die vom Blutverlust sichtlich geschwächte Krys hatte einen weiteren Pfeil in ihren Bogen eingelegt und zielte in Richtung Tür. Zweifel und Anspannung standen ihr ins Gesicht geschrieben als sie langsam in Richtung Asara umschwenkte.

„Krys. Ich bin es. Asara."

Trotz ihrer Worte fiel es auch der *Kisaki* selbst schwer, sich in der Gestalt der gerüsteten Yanfari wiederzuerkennen, die zielsicher in die Mitte des Saales schritt. Sie hatte ihr wahres Ich zurückgewonnen und dennoch fühlte sie sich wie ein Eindringling in einem fremden Körper. Es kostete einen Augenblick der Überwindung, dem Gefühl nicht blind nachzugeben.

Der Kampf um Kontrolle ist noch nicht entschieden. Ich darf dem Zweifel nicht nachgeben.

Ihr Blick fiel auf die gefesselte Ashen-Sklavin, die Asara von hinter Maske und Gitterstäben hervor erzürnt anstarrte. Lanys hatte ihre Fäuste geballt und ihre Zähne gefletscht. Die Ketten an ihren Hand- und Fußschellen waren zum Zerreißen gespannt. Es war Cyn-Liaos Stimme, die Asara aus dem Bann des stummen Blickduells befreite.

„Mondschein? Bist du es wirklich...?"

Die *Kisaki* nickte. „Ich werde alles erklären, Cyn. Später. Aber erstmal müssen wir hier-"

Das hölzerne Tor brach mit einem ohrenbetäubenden Knall aus den Angeln. Asara lächelte emotionslos, als der erste Soldat in die Halle stürmte. Sie hob Peitsche und Dolch.

Zeit zu tanzen.

Asara setzte sich in Bewegung. Geborgte Reflexe und eine noch ungekannte Intuition für die stürmischen Wogen des Klingenspiels verwandelten sie in einen tödlichen Wirbelwind aus Stahl und Leder. Asara gab den hereinpreschenden Wachen nicht die Gelegenheit, auch nur einen Moment über die Situation nachzudenken oder mit Bedacht Ziele zu wählen. Jene, die zögerten, ihre Waffen gegen die eigene *Kisaki* zu erheben, wurden schnell eines Besseren belehrt. Asara dominierte den Raum – sie bestimmte die Regeln. Wollten die Yanfari nicht ohne Gegenwehr zu Boden gehen, so mussten sie sich ihrer Kaiserin im Kampf stellen.

Cyn bewegte sich leichtfüßig in der Flanke des hereinströmenden Trupps und pflückte Nachzügler mit gezielten Klingenhieben heraus. Asara hatte den eleganten Schwerttanz der Diebin noch nie zu Gesicht bekommen, geschweige denn geahnt, dass die Jin mit der gebogenen Dao-Klinge ihres Volkes derart geschickt umgehen konnte. Das am Knauf befestigte, scharlachrote Tuch zeichnete mit jeder ihrer Bewegungen fließende Figuren in die Luft, die der eleganten Waffe förmlich Leben einzuhauchen schienen. Nie stoppte der Tanz – und nie war die Jin dort, wo ihre Ziele sie vermuteten.

Ri'isas Taktik erwies sich als ähnlich, wenngleich ihren hinterhältigen Stößen gegen Kniekehlen und ungeschützte Stellen der Rüstungen kaum Eleganz zuzusprechen war. Ihre Angriffe waren wie die Bisse einer Schlange – blitzschnell und schmerzhaft. Als zwei der Soldaten auf sie aufmerksam wurden, zog sie sich aus dem größten Scharmützel zurück. Krähenfüße blieben zurück, wo die Ashen-Sklavin zuvor noch gestanden hatte. Das rostige Metall der kleinen Klauen bohrte sich in Fußballen und Fersen.

Die Dritte im Bunde nutzte die Deckung der Säulen, um von stets wechselnder Position Pfeile in das Getümmel abzufeuern. Wo Krys traf, erwuchsen im nächsten Augenblick gefiederte Projektile aus Schultern und Beinen. Wo sie konnte, zielte sie auf den schmalen Schlitz zwischen Helm und Brustplatte. Mehr als nur ein Wachmann sackte nach einem Genicktreffer zuckend zu Boden.

Inmitten all dieses blutigen Chaos tanzte Asara von Gegner zu Gegner. Peitschenhiebe entwaffneten oder blendeten Soldaten, während ihr Dolch in Visiere und zwischen Rüstungsplatten eindrang. Jede ihrer fließenden Bewegungen schaltete ein Ziel brutal und final aus. Doch kaum ging ein Gegner zu Boden, wurde er im nächsten Moment durch einen neuen ersetzt.

Die dämmernde Gewissheit zauberte ein grimmiges Lächeln auf Asaras Züge. Lanys hatte für ihre Falle einen guten Teil der verbleibenden Palastwache mobilisiert, die nach Maliks Tod Stellung gehalten hatte. Was hier durch die Tore stürmte, war der Kern der alten Garde. Diese Männer wussten zu kämpfen und mehr als einer von ihnen hatte bereits im Krieg gedient. Doch niemand hatte sie darauf vorbereitet, gegen eine Ashen-Assassine zu kämpfen, die auf die Fähigkeiten von zwei Überlebenskünstlerinnen zurückgreifen konnte. Hatten einige der Krieger anfangs noch zögerlich gegen Asara agiert, so hatten Blutrausch und Todesangst die letzten Zweifel schnell ausgeräumt. Die junge Yanfari in blutbeschmierter Lederrüstung, die der *Kisaki* so zum Verwechseln ähnlich sah, war der Feind.

Ja, die Zeit der Vorsicht war verstrichen. Mit jedem Moment wurden die Angriffe der Wachen koordinierter und Asaras Konterhiebe gnadenloser. Die letzten Gewissensbisse waren verflogen. Ein roter Schleier hatte sich über den gesamten Raum gelegt. Asara kämpfte nicht mehr gegen ihre eigenen Leute, sondern erschlug gesichtslose, austauschbare Statisten in einem blutigen Bühnenspiel.

Sie realisierte erst, dass sich der Kampf einem Ende zuneigte, als sich mit einem Mal kein Ziel mehr für ihre Peitsche anbot.

Sie stand alleine inmitten eines Teppichs von stöhnenden oder leblosen Körpern. Klingen und vereinzelte Rundschilde lagen am rot getünchten Boden verstreut. Ein gutes Dutzend Yanfari waren tot und zahlreiche weitere lagen im Sterben. Irgendwo zwischen den Leichen kniete Cyn. Die Diebin blutete aus mehreren Wunden an Armen und Beinen. Sie hatte einen Teil ihres weiten Gewandes eingebüßt und ihr sonst so glänzendes Haar war matt und verklebt. Unweit neben ihr lag Ri'isa. Die junge Ashen-Frau keuchte röchelnd und hielt ihre blutende Seite. Ihre Augen waren geschlossen. Asaras tat einen ungewollten Schritt zurück. Ihre Hand fuhr zitternd über ihre Stirn.

„War es das wert?" Raifs Stimme klang müde – und wesentlich näher als erwartet. Asara drehte sich um. Die simple Bewegung sandte einen schmerzhaften Stich durch ihre Hüfte. Auch die *Kisaki* hatte den Kampf nicht unverletzt überstanden.

Doch die Zeit zum Wunden lecken war noch nicht gekommen.

Raif stand mehrere Meter von ihr entfernt. Blessuren zierten sein Gesicht und ein Teil seiner Lederrüstung fehlte gänzlich. Eine Platzwunde an seiner Stirn verströmte dunkles Blut, das an seiner Wange nach unten tropfte.

Asara war müde, so müde. Dennoch ging sie einmal mehr in Kampfstellung. Beine hüftbreit auseinander, Balance suchend, leichtfüßig und zugleich mit dem Boden fest verwurzelt. Das Heft ihres Dolches war schlüpfrig in ihren verkrampften Fingern. Doch ihre Muskeln weigerten sich, die Umklammerung des Griffs zu lockern. Die Klinge war zu einer starren Verlängerung ihres Armes geworden.

„Karrik?" Ihre Stimme war heiser und klang nach all den Monaten fremd für ihr Ohr.

Raif schüttelte den Kopf. „Es brauchte mich und alle Yanfari auf dem Mezzanin, um ihn zu Boden zu ringen. Erudan bringt wahrlich kräftige Bestien hervor." Der Ashen-Krieger trat einen Schritt auf Asara zu. In seiner Rechten hielt er sein Schwert in einem fast lässigen Griff. Mit der freien Hand wischte er beiläufig über seine blutende Kopfwunde. „Wenn er kooperiert, wird er leben."

Die Drohung war unmissverständlich. Wenn Asara die Waffen niederlegte, würde er den Eru verschonen. Die Worte rührten etwas in Asaras kalter Brust, doch die Emotion blieb eine züngelnde Flamme in einem Meer der stürmischen Dunkelheit.

„Ich habe gewonnen, Raif", sagte sie mit ruhiger Stimme.

„Wirklich?" Der Krieger deutete hinter sie. „Zwei deiner Freunde liegen im Sterben. Der Eru hat sein Leben verwirkt, solltest du noch einen weiteren Schritt tun. Und du selbst kannst kaum noch stehen." Sein Blick glitt über die Toten zu Asaras Füßen. „Du hast loyale Yanfari getötet, die der *Kisaki* zu Hilfe geeilt sind. Ist das wirklich ein Sieg?"

Asara schauderte, als sich etwas in ihr zusammenzukrampfen begann. Übelkeit krampfte ihren Magen zusammen. Dennoch erwiderte sie Raifs fragenden Blick mit erhobenem Haupt.

„Ich werde frei sein, Raif", entgegnete sie tonlos. „Du bist mein letztes Hindernis."

Der Krieger hob die linke Hand. Irgendwo am Mezzanin knarrte eine einzelne Armbrustsehne. Asara lachte auf.

„Du wirst mich nicht töten, Raif. Ich bin die *Kisaki*."

Der Krieger zuckte mit den Schultern. „Da hast du Recht. Lanys braucht dich noch. Und du bist nach wie vor *meine* Mission. Doch Cyn-Liao," er starrte unbewegt an Asara vorbei, „brauche ich nicht mehr."

Asara erstarrte.

„Mondschein?" Cyns Stimme hatte ihre übliche Energie eingebüßt. Sie klang so müde und erschöpft, wie die *Kisaki* sich fühlte.

Mondschein. Der Name war eine vage Erinnerung an eine fremde Person. Eine Person mit großen Sorgen, aber ohne den alleserstickenden Hass, der Asara zu übermannen drohte. Mondschein war jemand gewesen, die nicht gezögerte hätte, wenn das Leben von Freunden auf dem Spiel stand.

Es war schwer, so schwer, sich dieser Person zu entsinnen. Mondschein hatte so wenig Kontrolle über ihr eigenes Leben gehabt, das von beinahe durchgehender Gefangenschaft bestimmt worden war. Sie war ein stetiges Opfer gewesen – egal was andere vielleicht behaupteten.

Ein weiterer Schauer ging durch Asaras Körper. Mit dem Abklingen des Adrenalins lüftete sich auch ein Teil des roten Schleiers, der ihre Welt zum Schlachtfeld gemacht hatte. Die erbarmungslose Attentäterin tat einen Schritt zurück. Was zurück blieb, war eine keuchende Yanfari-Adelige, die sich vor Schmerzen kaum noch bewegen konnte.

Die Flamme ihres Kampfgeistes war aber noch nicht erloschen.

„Es tut mir leid, Cyn."

Raif hob eine Augenbraue.

„Deine Entscheidung." Seine erhobene Hand ballte sich zur Faust. Asara schluckte.

„Warte." Sie hob ihren Kopf und suchte das Mezzanin nach dem Schützen ab. Sie fand einen jungen Yanfari in der Uniform eines Trupp-Kommandanten.

„Du weißt, wer ich bin", sagte sie mit erhobener Stimme. „Und dennoch hörst du auf den Befehl eines *Ashen*?"

Die Distanz und der Helm des Mannes machten es schwer, seine Mimik zu lesen.

„Ich habe gekämpft, um die letzten Verräter von Maliks Herrschaft auszumerzen", setzte sie eindringlicher fort. „Und dieser Fremdling hier ist einer von ihnen." Sie deutete auf Raif. „Richte deine Waffe auf ihn und erwarte meinen Befehl."

Stille kehrte ein. Die Armbrust des Soldaten wankte. Asara holte Luft und wandte sich wieder an den Krieger.

„Du hast es selbst zugegeben: Ich bin die *Kisaki*. Lege deine Waffen nieder und ich werde dich vielleicht verschonen."

Asaras Herz pochte bis zum Hals. Alles entschied sich in den nächsten Sekunden. Ihre Peitsche konnte Cyn nicht retten und sie selbst war zu mitgenommen, um Raif im offenen Zweikampf zu besiegen. So blieben nur noch ihre Worte, die sich selbst für ihr eigenes Ohr wie eine verzweifelte Lüge anhörten. Eine Lüge an einen überforderten Soldaten, dessen Kameraden sie auf dem Gewissen hatte.

Ein langer Moment verstrich. Dann, entgegen allen Erwartungen, tat Raif das einzige, mit dem Asara niemals gerechnet hätte: Er schmunzelte.

„Lanys ist wirklich kein guter Einfluss auf dich, Asara." Seine Stimme klang…stolz? „Doch leider hast du dich verrechnet."

Der Soldat hob die Armbrust an seine Wange. Der hervorragende Bolzen zielte nach wie vor auf Cyn-Liao.

„Lanys hat ihre Leibgarde sehr gewissenhaft ausgewählt", fügte Raif hinzu. „Schon lange vor deinem Sturz. Der gute Kommandant weiß nur zu gut, wer die *echte* Kaiserin ist." Der Ashvolk-Krieger hob seine Klinge vor sein Gesicht. Der kalte Stahl schien seine harten Züge zu teilen wie die Grenzlinie einer Landkarte. „Ergib dich, Asara. Gib die Kontrolle ab und werde wieder zu deinem wahren Ich."

Mein wahres Ich.

Ging es nach Raif, so war Asaras ‚wahres Ich' die unbekleidete, wehrlose Ashen-Maid, die kniend an die Gitterstäbe eines winzigen Käfigs gekettet war. Asara die Lustsklavin, die der Krieger selbst kurz zuvor noch auf Befehl genommen hatte.

„Ich habe gewonnen", flüsterte Asara. Das trotzige Mantra klang hohl in ihren Ohren. Die *Kisaki* starrte auf das stählerne Gefängnis und seine reglose Okkupantin. „*Gewonnen!*"

Raifs Stimme wurde weicher.

„Ich verspreche dir, dass Cyn-Liao und dem Eru nichts geschehen wird. Die anderen beiden werden all die medizinische Hilfe bekommen, die sie brauchen. Wenn das Schicksal es will, werden sie überleben."

Behutsam setzte er die Spitze seiner Schwertklinge auf den steinernen Boden. „Du hast mein Wort."

Es war Asara unmöglich, die Verbitterung aus ihrer Stimme zu verbannen.

„*Sie* wird nie zustimmen."

Raifs Züge erhärteten sich. „Doch, das wird sie."

Nach einem langen Moment des Schweigens öffnete Asara ihre Faust. Der Dolch fiel klimpernd zu Boden.

„Sie kehrt immer wieder zurück", wisperte sie kopfschüttelnd. „Diese Situation. Und dann… Dann verliere ich alles, was ich gewonnen habe. Es ist ein Fluch, dem ich nicht entrinnen kann." Asara starrte auf die Peitsche, deren Griff sie noch immer umklammert hielt. „*Warum*, Raif? Warum kann ich einfach nicht gewinnen?"

Der Schatten des Bedauerns huschte über seine Züge. Irgendwo hinter ihr hörte Asara die Stimmen von Cyn und Ri'isa. Auch Raif entgegnete etwas, doch die Worte ergaben keinen Sinn. Die Realität dehnte und verzerrte sich. Die ganze Welt schrumpfte auf ihre eigene physische Präsenz zusammen, die ihren Vorstellungen mehr und mehr zu widersprechen schien.

Weit entfernt, irgendwo in ihrem Hinterkopf, antwortete die vertraute und doch so fremde Stimme eines Phantasmas auf ihre erdrückende Frage.

„Habe Geduld. Der wahre Kampf ist noch nicht geschlagen, Nai'lanys. Asara. *Schattentänzerin*. Doch er naht mit großen Schritten."

Im nächsten Atemzug entglitt Asara ihr geliehener Körper und sie kehrte schlagartig in die erbarmungslose Welt der Gefangenschaft zurück.

21

Verhängnisvolle Treue

Asara hatte nach der Rückkehr in ihr eingekerkertes Selbst viel erwartet – aber nicht dies.

„Holt sie aus dem Käfig und bringt sie in ein Gästequartier", befahl Lanys mit rauer Stimme. Die falsche *Kisaki* stand mit leicht gesenktem Kopf vor dem Käfig. Raif hatte einen Arm nonchalant um ihren Torso geschlungen, um die sichtlich mitgenommene Yanfari zu stützen. Erst jetzt wurde Asara bewusst, wie nahe sie dem Tod eigentlich gekommen war. Zahllose Schnitte übersäten ihren gestohlenen Körper. Ein besonders böser Treffer hatte eine tiefe Wunde in ihrer – nein, Lanys' – Hüfte hinterlassen, die unaufhaltsam blutete. Die zerschlissene Lederrüstung hing wie ein nasser Lumpen an ihrem Körper. Ein Stück Metall ragte aus ihrem Oberschenkel wo die Klinge eines Soldaten in ihr Fleisch eingedrungen und abgebrochen war. Der Stoß hatte die Schlagader nur knapp verfehlt.

Der Ausdruck der Müdigkeit in Lanys' Gesicht ließ keinen Raum für Hass oder Triumph. Asara konnte nicht sagen, welche Gedanken in diesem Moment durch den Kopf ihrer einstigen Magd spukten. Sie hatte hilflos dabei zugesehen, wie Asara gewütet hatte – genährt von Lanys' meist unterdrückter Kaltblütigkeit und ihrer eigenen, unkontrollierten Wut. Mit jedem Tod war der Plan der Thronräuberin mehr und mehr auseinandergefallen. Sie hatte ihre erschwindelte Position nur zurückgewonnen, weil Asara es zugelassen hatte.

Ich habe gewonnen. Wäre Cyn nicht gewesen…

Der Gedanke war nur noch ein kleinlautes Wispern im hintersten Winkel ihres Verstandes. Der Blutrausch war verflogen – und Asara schämte sich für jeden Augenblick ihres Amoklaufes. Sie hatte Yanfari getötet, ohne deren Loyalitäten zu kennen. Anstatt sie zu überzeugen ihr zu helfen, hatte sie ihre Klinge sprechen lassen. Beinahe hatte sie dabei ihre Freunde geopfert, nur um ein paar Momente länger an ihrer flüchtigen Freiheit festhalten zu können.

Wäre Cyn nicht gewesen, wäre ich schon lange tot. Oder immer noch eine antriebslose Sklavin.

Was sich zuvor noch wie ein Sieg angefühlt hatte, schmeckte im Nachhinein wie die größte Schande ihrer erfolglosen Regentschaft.

Schweren Mutes sah Asara zu, wie die humpelnde Jin-Diebin von zwei Soldaten aus dem Raum eskortiert wurde. Unweit von ihr entfernt hoben eingeschüchterte Diener Krys und Ri'isa auf Bahren. Andere Bedienstete standen in der Mitte des Saales und starrten wortlos auf die blutigen Spuren des Gemetzels. Leises Stöhnen lag über dem Raum wie eine Wolke des Leids.

Asara reagierte kaum als ein Yanfari begann, ihre Schellen aufzuschließen. Es war Raif selbst, der ihre Maske und ihren Knebel entfernte. Er hatte Lanys in die Obhut einer Dienerin übergeben und kniete neben dem offenen Käfig.

„Du hast richtig entschieden." Er strich eine Strähne weißen Haares aus Asaras Gesicht. „Habe Geduld."

Der Krieger wartete reglos neben dem kleinen Verlies während sie selbst die letzten Ketten abstreifte. Die *Kisaki* erwiderte seinen unlesbaren Blick.

„Was geschieht jetzt?" fragte sie leise. „Mit Cyn und den anderen. Mit mir."

Der Krieger half ihr aus dem Käfig. Mit zitternden Knien richtete sich Asara auf. Ihre Muskeln protestierten gegen die Bewegung. Sie rieb über die Druckspuren an ihren Gliedern und wischte mit dem Handrücken über ihren Mund. Getrocknete Samenflüssigkeit kribbelte auf ihrer Haut wo ihre Wangen, Gesäß und Schenkel beschmutzt worden waren. Sie schnitt eine Grimasse und leckte über ihre spröden Lippen. Sie schmeckten nach dem Salz ihres Schweißes und den Säften des Yanfari-Leibwächters.

Raif beobachtete sie schweigsam. Asara warf ihm einen Seitenblick zu.

„Was willst du von mir hören, *Meister*?" fragte sie schroff. „Suchst du Absolution? Oder willst du gar hören, dass es mir gefallen hat?"

„Tayeb ist tot", erwiderte Raif.

Asara starrte ihn entgeistert an. „Was?"

„Der Leibwächter, der dich entehrt hat. Er ist tot." Seine Worte ließen keinen Zweifel daran, wer das Leben des Yanfari beendet hatte. Die *Kisaki* wusste nicht, was sie entgegnen sollte. Raif hatte sie auf Befehl genommen aber dann im Anschluss den Mann getötet, der sein Glied in ihren Mund geschoben hatte. Im ersten Moment fiel es ihr schwer, aus der Tat schlau zu werden.

Dann verstand sie.

„Ich habe es dir erlaubt. Aber ihm nicht."

Asara wusste nicht, ob sie lachen oder weinen sollte. So schüttelte sie nur ihren Kopf und streckte ihre befreiten Glieder. Bis auf ihr Halsband trug sie kein stählernes Zeichen der Sklaverei mehr an ihrem Körper.

„Wir werden sie in die Obhut der *Medizi* übergeben", sagte Raif nach einem Moment der Stille. Es dauerte einen weiteren bis Asara realisierte, dass der Krieger gerade ihre ursprüngliche Frage beantwortete. „Es wird ihnen nichts geschehen", ergänzte er. „Dieses Versprechen habe ich dir gegeben – und ich werde es auch halten."

Den zweiten Teil der Frage beließ er auffallend unbeantwortet.

Was geschieht nun mit mir?

Diese Entscheidung oblag wohl Lanys.

Asara ließ Maske und Ketten liegen, wo sie abgelegt worden waren und blickte den Krieger fragend an. Mit einem fast schon entschuldigenden Blick hob Raif die Schellen auf, die Asaras Hände noch zuvor an die Decke des Käfigs gekettet hatten. Die *Kisaki* seufzte und streckte ihm ihre Arme entgegen. Zu ihrer Überraschung verband er ihre Handgelenke lediglich vor ihrem Körper. Nach der brutalen Fesselung in dem winzigen Kerker schien es kaum mehr als eine Geste zu sein.

Der Krieger nickte in Richtung des Korridors. Die Reste des zersplitterten Tors und eine kleine Handramme lagen wie vergessen im Durchgang verstreut. Asara warf einen letzten Blick auf Lanys. Die falsche Kaiserin lag auf einem Kissen und ließ sich von einer älteren Yanfari verarzten. Keiner der beiden sprach oder würdigte die Umgebung auch nur eines Blickes.

Asara wandte sich ab und ließ sich von Raif aus dem Raum eskortieren.

~◊~

Das Gästequartier war ähnlich prunkvoll eingerichtet wie das Zimmer des Ministers, in das Asara vor Nächten eingedrungen war. Im Vorraum warteten ein niedriger Tisch und ein Diwan auf Besucher. Ein heißer Krug Tee stand dampfend in der Mitte des Tisches und verströmte sein herbes Aroma. Daneben wartete ein Schale Anis-Kekse. Der Durchgang zum Wohn- und Schlafraum war durch einen Vorhang aus hölzernen Kügelchen vom Empfangszimmer abgetrennt. Raif zog die Perlenketten zur Seite und ließ Asara eintreten.

Das Licht der dämmernden Sonne brach sich in den Eckpfosten eines massiven Himmelbettes und warf matte Schatten über den von samtenen Teppichen ausgekleideten Boden. Ein Kleiderschrank und ein Bücherregal zierten die seitliche Wand des Zimmers. Nahe der Balkontür stand ein großer hölzerner Trog. Seifen und Öle warteten auf einem Schemel neben dem Badezuber. Eine Jin in simplen Dienstmädchengewändern goss gerade einen weiteren Eimer heißen Wassers in den Trog. Wohlriechender Dampf stieg auf.

Raif angelte den Schlüssel von Asaras Schellen aus seiner Gürteltasche und schloss sie auf. Die *Kisaki* rieb ihre Handgelenke und blickte ihn fragend an. Der Krieger nickte nur in Richtung der Wanne.

„Ein Bad?" fragte Asara vorsichtig. „Wo ist der Haken?"

„Es gibt keinen Haken", brummte Raif. „Nach deinem…Ausritt und der Nacht im Käfig hast du dringend eines notwendig. Das ist alles."

Asara konnte nicht widersprechen. Schweiß und Körpersäfte klebten immer noch an ihrem mitgenommenen Körper. Ihr Blick tanzte von Zuber zu Himmelbett zu Raif und wieder zurück. Warum war Lanys plötzlich so zuvorkommend? Sie hatte alles Recht, ihre Gefangene in das finsterste Verlies zu werfen und den Schlüssel einzuschmelzen. Anstelle dessen bot sie ihr ein Bad und das Versprechen einer erholsamen Nacht.

„Das Wasser ist bereit", sagte die Jin mit knapper Stimme. Zu ihrer Überraschung erkannte Asara die Sprecherin wieder. Dank ihrer aktuellen, fast schon prüden Berobung hatte Yinxi Min mehr mit einer einfachen Magd, als mit einer hohen Sklavin gemein. Das letzte Mal, als Asara die Jin gesehen hatte, war sie nackt und auf Zehenspitzen balancierend in Ketten gehangen. Krys und ihre zwei Kameradinnen hatten sie in der Halle der Schleier an die Wand gefesselt und waren dabei gewesen, der unbeliebten Favoritin des Veziers ein jähes Ende zu bereiten. Asara hatte interveniert und die Jin schlussendlich im Palast zurückgelassen. Was auch immer danach passiert war: Yinxi hatte ihren knappen Seidenrock und ihre schwarzen Strümpfe gegen eine graue Robe eingetauscht, die ihren trainierten und manikürten Körper effektiv verbarg. Selbst ihr kunstvoll gestecktes Haar war nun zu einem simplen Pferdeschwanz zusammengefasst. Einzig das schmale, reich verzierte Metallband lag immer noch um ihren Hals.

Die Jin erwiderte Asaras Blick. Trotz der warmen Luft fröstelte es der *Kisaki*. Yinxi Mins Augen waren das Tor in eine ungekannte Welt des ewigen Eises. Es war kein Hass, den sie in ihnen las, aber der Wirbel am Emotionen war nicht weit davon entfernt. Die Jin wandte sich an Raif.

„Raus."

Der Krieger hob eine Augenbraue.

„Ich sagte: Raus", wiederholte die Dienerin. „Männer haben im Quartier einer Dame nichts verloren."

Trotz des unerwartet vehementen Einsatzes für ihre Ehre war sich Asara nicht sicher, ob sie wirklich mit der Jin alleine im Raum gelassen werden wollte. Bevor sie sich einmischen konnte, erwiderte Raif: „Ich bleibe. Tue deine Arbeit."

Für einen langen Moment lieferte sich Yinxi ein Blickduell mit dem wortkargen Ashen. Bevor sie zu einer aggressiven Retorte ansetzen konnte, fuhr Asara ihr ins Wort.

„Lass ihn", sagte sie. „Es ist ja nicht so, als ob er nicht bereits alles gesehen hätte." Sie bedachte ihn mit einem kühlen Blick. „Und mehr."

Zu Asaras Genugtuung wandte Raif sein Gesicht ab. Yinxi schnaubte.

„Mein Haus, meine Regeln."

Die *Kisaki* trat einen Schritt auf die Jin zu. Leiser sagte sie, „Es ist nicht mehr dein Haus, fürchte ich. Lass ihn bleiben."

Der giftige Blick, mit dem die einstige Sklavin antwortete, sprach Bände.

Und wessen Schuld ist das?

Asara presste ihre Lippen zusammen.

„Ich habe dir das Leben gerettet", sagte sie vorsichtig. Kaum hatte sie die lahme Entschuldigung ausgesprochen, bereute sie es schon wieder. Yinxi lachte hell auf.

„Im Gegenzug dazu hast du das Leben von Dutzenden zerstört, die Stadt ins Chaos gestürzt und einen Despoten gegen einen anderen getauscht. Gut gemacht."

Asara hatte die Auseinandersetzung verloren, ehe sie richtig begonnen hatte. Alles, was sie jetzt noch entgegnen konnte, würde kleinlauten Worten der Verteidigung gleichkommen. Sie antwortete trotzdem.

„Ich habe dich und die anderen Sklaven *befreit*", sagte sie trotzig, „und Maliks und Marghas Treiben ein Ende bereitet."

Yinxi begann betont langsam zu applaudieren.

„Das hast du toll gemacht", sagte sie. Ihre Worte trieften vor Sarkasmus. „Aber dir ist klar, dass all diese…*befreiten* Sklaven früher oder später wieder in Leibeigenschaft enden werden? Sie *kennen* gar nichts anderes, Mädchen. Was sollen sie denn mit ihrer sogenannten Freiheit anfangen?"

Asara verschränkte die Arme. „Zumindest haben sie eine Chance."

Die Stimme der Jin wurde eine Nuance weicher. „Ja, vielleicht. Und doch wird sich nur wenig ändern. Sieh dich an. Sieh mich an. Wir tragen immer noch die Halsbänder der Knechtschaft. Und das wird auch so bleiben."

Asara warf einen Seitenblick zu Raif, der an der Tür Stellung bezogen hatte.

„Wir werden sehen."

Yinxi seufzte. „Ich wusste sofort, dass du Ärger bedeutest. Seit dem Moment, in dem du vor der Halle der Schleier aufgegriffen wurdest, wusste ich es. Ich hätte auf meinen Instinkt hören und dich weit, weit weg schicken sollen."

Asara trat an den Badezuber heran und sog das Aroma der Schaumseife in ihre Nüstern. Es roch nach Rosen und exotischen Früchten.

„Wenn ich auf meinen ersten Instinkt gehört hätte, hätte ich Krys damals nicht davon abgehalten, ein Messer in dich stoßen", erwiderte die *Kisaki* mit ruhiger Stimme. „Wer weiß, was in dem Fall passiert wäre. Vielleicht wären jetzt beide nicht hier. Vielleicht wären wir jetzt beide tot und vergessen."

Die Jin zuckte mit den Schultern.

„Möglich." Sie trat an Asara heran und begann deren offenes Haar zu entknoten. Nach ein paar Handgriffen gab sie auf. „In die Wanne mit dir. Du stinkst nach Sex."

Hitze schoss der *Kisaki* ins Gesicht. Was im Thronsaal nicht einmal einen schüchternen Blick ihrerseits provoziert hätte, war mit einem Male ein weiterer Quell der Schande. Asara hoffte inständig, dass die andere Frau ihre Reaktion nicht bemerkte.

Das Glück, so stellte sich heraus, war nicht auf ihrer Seite.

„Ich werde nie verstehen, wie ihr Lustsklavinnen das schafft", schnaubte die Jin verächtlich. „Jeder weiß, was eure Rolle ist. Ihr werdet ausgewählt, weil ihr hübsch seid und mit der…Belastung leben könnt. Viele *mögen* die harsche Behandlung sogar. Aber kaum spricht man ihre Künste an, senken sich die Blicke und die Wangen erröten. Ist das alles ein einstudiertes Schauspiel? Fängt ihr so eure nächsten Freier?"

Yinxi beäugte Raif. „Hast du ihn auf diese Weise eingesponnen? Steht der bitterböse Ashen-Mann etwa auf schüchterne Mädchen?"

Raif knurrte leise. „Pass auf was du sagst, Frau."

Die Jin lachte. „Oder was? Erschlägst du mich?" Sie schüttelte den Kopf. „Mach dich nicht lächerlich. Meine Rolle war nicht nur die der Erzieherin von neuen Sklaven. Er war auch eine meiner Aufgaben, sorgsam errichtete Fassaden zu durchblicken. Und zwar nicht nur jene der Leibeigenen, sondern auch die der sogenannten Meister." Yinxis Augen wanderten Raifs Körper hinab.

„Im Gegensatz zu diesem kleinen Biest zeigst du dich wie ein offenes Buch, *Ash-ken*", fuhr sie süffisant fort. „Also erspare uns beiden das harte Getue und starre weiter deinen nackten Schützling an. Die Götter wissen, dass es ihr gefällt."

Sie legte ihre Hände auf Asaras Schultern. Die *Kisaki* schluckte. Nicht einmal Lanys hatte derart respektlos mit Raif gesprochen. Und was meinte Yinxi eigentlich mit…?

„Hey!" protestierte Asara leise. „Ich bin nicht-"

Die Jin unterbrach sie erneut. „Ja, ja. Erspare es mir. Und jetzt setze dich endlich in die Wanne und gib Frieden. Ich bin nicht hier, weil ich deine Gesellschaft so schätze oder um dich in Menschenkenntnis zu unterweisen. Mir wurde nur befohlen, dich zu waschen – also bringen wir es hinter uns."

Mit wenigen Worten hatte die Jin sowohl Raif als auch Asara zum Verstummen gebracht. Die *Kisaki* kochte innerlich, wusste aber nicht, was sie noch entgegnen sollte. Yinxis Worte waren so zielsicher gewesen, wie einer von Krys' Pfeilen. Selbst wenn sie nicht der Wahrheit entsprachen.

Asara testete das Wasser mit ihren Zehen. Es war brennheiß, aber nicht unerträglich. Vorsichtig senkte sie sich in die Wanne. Das dampfende Nass schwappte etwas über, als sie in den Trog glitt und langsam bis zum Hals eintauchte. Ein tiefes Seufzen entkam ihren Lippen. Wie lange war es her, dass sie ein echtes Bad genommen hatte? Das Gefühl auf ihrer Haut war unbeschreiblich.

Yinxi nahm einen Schwamm zur Hand und begann sie methodisch abzuschrubben. Die Dienerin war dabei weder sanft noch grob – jede Bewegung war schlicht zweckmäßig. Immer wieder befahl sie Asara mit knappen Worten sich umzudrehen, aufzustehen oder ihre Glieder zu heben. Selbst die Reinigung ihres Intimbereiches war lediglich ein Punkt auf Yinxis unausgesprochener Agenda. Mit Lanys' provokanten und Cyns geschickten Berührungen hatte das aktuelle Ritual nichts zu tun. Asara ertappte sich dabei, sich Raif an die Stelle der Jin zu wünschen. Wie würde der Krieger sie behandeln? Würde er den Zuber einfach über ihren Kopf kippen oder sie bis zum Schopf eintauchen? Oder würde er sie liebkosend berühren, wo er sie vor so langer Zeit schon einmal berührt hatte?

Je mehr Zeit verstrich, desto schwerer fiel es Asara, Raif nicht mit verstohlenen Seitenblicken zu bedenken. Seitdem Yinxi es ausgesprochen hatte, spürte sie seinen bohrenden Blick förmlich auf sich.

Unsinn. Er ist mein Wärter. Warum sollte er sich jetzt anders verhalten?

Natürlich hatte der Krieger ein fleischliches Interesse an ihr. Sie war jung, hübsch und zeitweise sogar ausreichend unterwürfig. Wenn das, was sie über seine Kultur wusste, der Wahrheit entsprach, dann konnte Raif gar nicht umher, sie als Lustsklavin zu begehren. Ihre ‚Beziehung' war dieselbe wie an dem Tag ihrer Entführung: Er befahl und sie gehorchte. Sie trug die Ketten, deren Schlüssel er verwahrte. Nicht mehr und nicht weniger. Komplexe Emotionen hatten keinen Platz in Raifs Welt.

Asara schloss die Augen. Ihre Fantasien wurden zu vagen Bildern ehe sie vollends verblassten. Die *Kisaki* konzentrierte sich wieder auf das

Hier und Jetzt. Ihre Hand, die sich verdächtig nahe an ihren Intimbereich bewegt hatte, ballte sich zur Faust.

Sei nicht so eine Zis'u, *Asara.*

Zeit verstrich. Nach der Reinigung ihres Körpers wusch die Jin ebenso ihr Haar, kämmte es, und ölte es ein. Als Yinxi eine gefühlte Stunde später von Asara abließ, fühlte sich die *Kisaki* sauber, träge und erstaunlich entspannt. Ihre Gedanken galten nur noch dem Himmelbett am anderen Ende des Raumes.

Ein sanftes Klopfen an der Türe holte sie jedoch aus dem Halbschlaf. Asara blinzelte. Während Raif die Türe öffnete, baute sich Yinxi mit einem Handtuch vor ihr auf.

„Raus mit dir. Du beginnst schon zu runzeln."

Asara kletterte seufzend auf die Beine und ließ sich von der Dienerin abtrocknen. Kurz danach kehrte Raif zurück.

„Zieh dich an." Er nickte zur Tür. Asaras fragender Blick wurde gekonnt ignoriert.

Yinxi wickelte das Handtuch um Asaras Torso und schritt zum Kleiderschrank. Die *Kisaki* erspähte lange Reihen kunstvoll gefertigter Kostüme und wallender Kleider. Doch anstatt zur Seide griff die Jin zu einer simplen Leinenrobe, wie auch sie selbst eine trug. Sie warf das Kleidungsstück auf das Bett und trat einen Schritt zurück.

„Du hast ihn gehört. Ich bin keine Kammerzofe. Zieh dich an und…" Sie winkte uninteressiert in Richtung Tür.

Asara war zu erschöpft, um sich auf ein weiteres Wortgefecht einzulassen. Sie ließ das Handtuch an Ort und Stelle zurück und durchquerte den Raum. Dabei ließ sie es sich nicht nehmen, einen kecken Hüftschwung zu zeigen. Die einzige Reaktion blieb jedoch Yinxi leises Schnauben. So zog sich Asara schweigend die Robe über und ließ sich von Raif aus dem Raum eskortieren.

Die Jin blickte ihr nach, bis die hölzernen Perlen des Vorhangs ihren klappernden Tanz beendet hatten.

Raif hielt Asara mit festem Griff am Oberarm, als er sie durch die Korridore des Palasts führte. Die Handschellen, die er ihr nach ihrem Bad wieder angelegt hatte, fühlten sich angenehm kühl auf ihrer Haut an. Die breiten Metallbänder schlangen sich um ihre Gelenke wie eine unentrinnbare Kopie von Raifs kräftigen Fingern.

Wortlos und zielstrebig passierten sie die unsichtbare Schwelle zum Bedienstetenflügel. Der Unterschied zum Gästetrakt war marginal, aber sichtbar. Wo zuvor noch teure Büsten die Gänge gesäumt hatten, hingen nun billige Wandteppiche, die rußige Flecken wie auch Risse im Mauerwerk verdeckten. Erst beim mehrfachen Durchschreiten des

Palastes fielen diese kleinen Schönheitsfehler wirklich auf. Asara hatte nun genug Zeit in den Wänden von Maliks einstigem Reich verbracht, um hinter die Fassade blicken zu können. Der Reichtum des Veziers hatte durchaus ein Ende gekannt – doch wie alle Despoten hatte er sich dafür entschieden, bei seinen Untergebenen zu sparen. Einfache Öllampen flackerten wo zuvor noch glitzernde Kristallleuchten geschienen hatten. Die abzweigenden Räume verfügten in den seltensten Fällen noch über hölzerne Türen, was den einen oder anderen Blick in klaustrophobisch kleine Wohnzellen erhaschen ließ. Eimer und Besen ragten aus so mancher Mauernische.

Wie auch der Rest des frühmorgendlichen Palastes wirkte dieser Teil wie ausgestorben. Nicht einmal Geräusche des Schlafes waren zu vernehmen – geschweige denn die verhaltenen Gespräche, die oft die Routinearbeiten der Frühaufsteher begleiteten. Bevor Asara die Gelegenheit bekam, über das Schicksal der einst so zahlreichen Bediensteten nachzugrübeln, bog Raif in einen der etwas größeren Räume ab. Der *Kisaki* blieb keine Wahl, als ihm zu folgen.

Asara duckte sich an dem dunkelgrünen Teppich vorbei, der den breiten Durchgang zu einem guten Teil verdeckte. Was sie im inneren des niedrigen Zimmers sah, ließ sie erstarren. Auf mehreren Betten aufgebahrt lagen ihre Freunde. Beißender Geruch von Arznei und Parfümkerzen lag in der Luft. Eine ältere Jin in den Roben der *Medizi* geisterte zwischen den Liegestätten umher und kümmerte sich mit geschickter Präzision um Schnitte, Quetschungen und Platzwunden. Asara erkannte sie wieder – die Frau hatte auch die *Kisaki* versorgt, als sie vor Wochen in der Halle der *Isha-Ka* erwacht war. Zu ihrer Schande musste sich Asara eingestehen, dass sie sich nicht an den Namen der runzeligen Heilerin erinnern konnte.

Irgendjemand stöhnte. Metall klapperte.

Sie sind wohlauf. Wohlauf.

Der einsame Gedanke war mehr ein stummes Flehen, als echte Gewissheit. Die *Kisaki* schluckte und sammelte ihren Mut. Wortlos ließ sie sich von Raif tiefer in den Raum führen.

Ein weißer Vorhang versperrte die Sicht auf den hintersten Bereich des provisorischen Hospitals. Was auch immer dort geschah, passierte fern der suchenden Augen der Wachen, die links und rechts neben dem Durchgang standen. Das meiste ihrer Aufmerksamkeit gehörte ohnehin Karriks enormer Gestalt, die den vorderen Teil der Kammer dominierte. Der laut schnaufende Eru war bis auf einen Lendenschurz nackt. Von seinem kräftigen Körper war dennoch nicht viel zu erkennen: Nahezu jeder Zentimeter seiner Haut war von blutigen Verbänden, Umschlägen oder klebrigen Salben bedeckt. Er sah aus, als ob er sich Kopf voran und ohne Rücksicht auf Verluste in einen Wall von Klingen gestürzt hatte. Das

Bild, so realisierte Asara im nächsten Moment, war wohl auch nicht weit von der Wahrheit entfernt. Raifs knapper Erzählung nach zu schließen, hatte der Gigant alleine gegen ein halbes Dutzend Soldaten bestanden, ehe er schließlich überwältigt worden war. Dass er überhaupt noch atmete, grenzte an ein Wunder.

„Mondschein." Cyn, die auf einer alten Matratze nahe Karriks Bettstatt lag, hob ihren Kopf. Dunkle Ringe zierten die Haut unterhalb ihrer Augen. Sie wirkte zum ersten Mal älter als Asara – und um ein vielfaches erschöpfter. Das Schuldbewusstsein traf die *Kisaki* wie ein Schwall kalten Wassers. Sie riss sich von Raif los und eilte an die Seite ihrer Freundin.

„Cyn! Es tut mir so leid! Ich weiß nicht, was in mich-"

„Sch."

Die Diebin legte ihr einen Finger auf die Lippen. Ob sie Asara ihre eigene, lahme Ausrede ersparen wollte oder ehrlich froh war, sie zu sehen, war unmöglich zu beurteilen. So oder so: Asara verspürte eine unbeschreibliche Erleichterung ob des Anblicks ihrer Freundin. Die Jin war geschwächt, aber wohlauf. Sie, wie auch Karrik, würden überleben. Sie *mussten* überleben.

„Cyn. Ich werde uns hier rausholen. Ich schwöre es."

Die Diebin warf einen vielsagenden Blick auf Raif, der sich mit verschränkten Armen im Durchgang aufgebaut hatte.

„Dein Schatten hat da wohl ein Wörtchen mitzureden." Sie berührte ihr geschientes Bein, das zusätzlich fachmännisch einbandagiert worden war. „Es wird auch eine Weile dauern, bis ich dir wieder in eines deiner Abenteuer folgen kann." Cyn presste die Lippen zusammen und seufzte. „Nimm es mir nicht übel, Mondschein. Der große Ausbruch muss warten."

Asara nickte und versuchte sich an einem Lächeln. Sie brachte es nicht übers Herz, ihrer Kameradin von ihrer endgültigen Entscheidung zu erzählen. Zu sehr glich diese einem Aufgeben und verhöhnte förmlich das Risiko, das ihre Freunde für sie eingegangen waren.

„Du brauchst für mich nicht das *Kisaki*-Gesicht aufzusetzen, Mondschein", lächelte Cyn. „Ich weiß genau, dass du nicht fliehen wirst. Deine…Herrin hat uns aus einem guten Grund am Leben gelassen." Asara senkte ihren Blick, als die Jin fortfuhr. „Wir sind das Druckmittel, nicht wahr? Du wirst tun, was sie verlangt."

Es war keine Frage. Asara entgegnete nichts. Die schlaue Diebin hatte durchschaut, was sie selbst erst während des Bades realisiert hatte. Lanys hatte ihre Strategie geändert. Das Resultat unterschied sich jedoch kaum vom ursprünglichen Plan. Ob Ketten und Käfig oder stumme Drohung:

Asara hatte keine Wahl, als sich einmal mehr den nächsten Schritt ihrer Reise diktieren zu lassen.

„Ich werde tun, was ich kann." Es war das einzige Versprechen, das Asara ohne jeglichen Selbstzweifel geben konnte. Würde sie die verhoffte Rettung bringen und zusammen mit ihren Kameraden in die Freiheit schreiten? Vermutlich nicht. Aber sie würde es versuchen. Erneut und erneut. Weder Lanys, Raif, noch eine Schiffsladung Ashen-Seil konnten sie davon abhalten.

„Hrrm." Karriks Bariton wirkte auf seine Bettstatt wie ein leichtes Beben. Der Eru öffnete ein Auge und blinzelte. Nicht einmal die martialische Stammestätowierung auf seinem Gesicht konnte der Bewegung gänzlich das Kindliche nehmen.

„Kleine Freundin", intonierte er. „Gut sehen."

„Ich auch", lächelte Asara. „Ich freue mich auch sehr, dich zu sehen." Ihre Hand schloss sich um zwei seiner Finger – mehr vermochten ihre eigenen Glieder nicht zu umfassen. „Wie…wie geht es dir?"

Karrik schnaubte und streckte sich. Die beiden Wachen legten nervös ihre Hände an die Schwerter. Doch der Eru machte keine Anstalten, sich zu erheben. So wenig er sich den Schmerz auch anmerken ließ, so ließen sich seine tiefen Wunden auch nicht verleugnen.

„Habe kleine Löcher", bellte er. „Wie Bienenstich. Werde schlafen. Bis morgen. Dann wieder kämpfen."

Trotz der ernsten Situation musste Asara lachen. Es war ein Lachen der Erleichterung und der Hoffnung. Sie alle hatten trotz des tödlichen Widerstandes überlebt. Ihre Taten hatten, entgegen aller Erwartungen, keine fatalen Konsequenzen gehabt.

„Danke", wisperte sie. „*Danke*. Ich schulde euch schon so viel und trotzdem seid ihr immer wieder für mich da. Egal wie dumm oder glücklos ich bin." Asara ließ Karriks Finger los. „Krys und Ri'isa geht es auch gut? Sind sie hier?"

Cyns betretener und Karriks betrübter Blick ließen sie innehalten.

Nein…

„Krys ist in der Halle der Heiler", sagte die Jin zögerlich. „Ihre Verletzung ist sehr ernst. Faro und Saleem passen auf sie auf. Ri'isa… Ri'isa ist hier." Sie deutete auf den weißen Vorhang im hintersten Teil des Zimmers. „Sie…ist sehr schwer verletzt und-"

Cyns Worte wurden zu einem unverständlichen Strom der Silben und Laute. Asara ging einen wankenden ersten Schritt in Richtung der Abtrennung. Erst als sie den Vorhang erreicht hatte, drangen die Worte wieder zu ihr durch. Es war Karriks sonore Stimme, die sie auf dem letzten Meter begleitete.

„Licht kämpft nicht Schatten. Sie tanzen. Nie vergessen, kleine Freundin. Geister helfen."

Asara zog den Vorhang zur Seite. Der beißende Geruch nach faulem, krankem Fleisch drang ihr unvermittelt in Nase. Nicht einmal die parfümierte Kerze am Tischchen neben Ri'isas Bettstatt konnte den Gestank der Vergänglichkeit vollständig überdecken. Es fiel Asara schwer zu atmen. Die alte Heilerin, die sie zuvor noch draußen erspäht hatte, stand neben der Liege. Mit sanften Fingern breitete die Jin einen nassen Lappen auf der Stirn der jungen Ashen-Frau aus und flößte ihr zugleich aus einer kleinen Schale Medizin ein.

Ri'isa selbst war blass wie der Tod. Ein Verband verdeckte einen Teil ihres Bauches und Oberkörpers. Dunkle Verfärbungen befleckten den einst weißen Stoff. Trotz der aschgrauen Haut ihrer Freundin und der zahlreichen Bandagen war die nässende Wunde deutlich zu erkennen. Der Atem der einstigen Sklavin kam flach und raspelnd. Ihre Augen kannten keinen Fokus jenseits der weißgetünchten Decke.

Eine Welle der Übelkeit überkam Asara und sie musste sich am Vorhang festhalten, um nicht zu stolpern.

Flehend suchte die *Kisaki* den Blick der Heilerin. Die grauhaarige Jin las die so schwer auf Asara wiegende Frage in ihren Augen.

Sie schüttelte langsam den Kopf. Die letzte, verzweifelt züngelnde Flamme der Hoffnung erlosch.

„Es tut mir leid", sagte die Heilerin, „Die Wunde in ihrer Seite ist zu tief. Der Schaden an ihren…" Sie schien nach schonenden Worten zu suchen. Nach einem Moment entschloss sie sich offenbar gegen eine nähere Ausführung. „Ri'isas Körper hat sich selbst vergiftet. Es gibt nichts, was wir noch tun können. Eine derartige Verletzung ist jenseits der Fähigkeiten des besten *Medikus*."

Asara nickte stumm. Ein Gefühl der Leere hatte sich in ihr ausgebreitet. In ihrer Naivität hatte sie geglaubt, dass sie von den Konsequenzen ihres Tuns verschont bleiben würde. Doch das Schicksal hatte sie in der erdenklich grausamsten Weise eines Besseren belehrt.

Asara wollte etwas sagen – irgendetwas – doch sie fand keine passenden Worte. Ihr Körper verweigerte ihr sogar die Tränen. Zurück blieb ein dumpfer Instinkt, der sie zur Flucht drängte – zur Flucht vor der Wahrheit und den Folgen ihrer mangelnden Selbstbeherrschung.

Was habe ich getan?

Es war Ri'isas heisere Stimme, die nach einem langen, bitteren Moment die drückende Stille durchbrach.

„Man könnte fast glauben, dass *du* in den letzten Zügen liegst." Die einstige Ashen-Sklavin grinste. Asara konnte sehen, wie viel Energie ihr die einfache Geste abverlangte. Dennoch kämpfte sich die junge Frau in eine aufrechtere Position.

„*Ich* war das..." wisperte die *Kisaki*. „Es ist meine Schuld. Meine..."

„Asara", erwiderte Ri'isa mit erstaunlich fester Stimme, „sei bitte nicht so melodramatisch. Du trägst den Schmerz der Welt umher wie einen nassen Umhang. Das passt nicht zu der wilden Kämpferin, an deren Seite ich mich zwei Mal durch den Palast geschlagen habe."

„Ri'isa..." begann Asara, doch ihre kleinwüchsige Kameradin fuhr ihr sanft ins Wort.

„Als du mich in der Halle der Schleier angesprochen hast, hatte ich noch Angst vor meinem eigenen Schatten. Es hat mich Stunden gekostet, mich dazu zu überreden, deiner Bitte nach Hilfe nachzukommen. Und dennoch habe ich mich schlussendlich in Maliks Kammer führen lassen. Ich habe mich meiner größten Angst gestellt, weil eine Fremde ein paar Sätze zu mir gesprochen hat. Ist dir das überhaupt bewusst gewesen?"

Asara schüttelte unmerklich den Kopf. Ri'isa holte unter Schmerzen Luft und fuhr fort.

„Ich war nie eine Kriegerin, Asara. Ich kannte nie etwas Anderes als Sklaverei. Und doch habe ich für meine Freiheit gekämpft – und gewonnen. Sie wenig später wieder aufs Spiel zu setzen, war meine eigene Entscheidung. Niemand hat mich gezwungen, Cyn und Karrik und Krys zu begleiten, um dich zu befreien. Ich *wollte* es. Und ich wusste genau, auf was ich mich dabei einließ." Sie hob ihre Hand. Ihre leicht zitternden Finger wirkten filigran – wie ein zerbrechliches Kunstwerk aus blassem Porzellan. Asara nahm Ri'isas eisig kalte Hand in die ihre. Der Knoten in ihrem Hals machte es schwer zu atmen. So blieb sie stumm und lauschte den leisen Worten einer Freundin, die sie nie so recht kennengelernt hatte.

„Du hast mir ein Ziel gegeben, Asara. Eine Mission." Ri'isa hustete und verzog das Gesicht. Nach ein paar Momenten fuhr sie leise keuchend fort. „Für ein paar Stunden hatte ich eine Waffenschwester...so wie die Kriegerinnen in den Heldengeschichten." Die Ashen-Frau lächelte. „Alleine das war es wert, dafür...dafür..." Ein heftiger Krampf in ihrem Unterkörper stahl Ri'isas nächste Worte.

Asara konnte den Satz nicht für sie beenden. Wie konnte es auch wert sein, für sie – für ihre Sturheit – das Leben zu lassen? Wie konnte Ri'isa sie derart freundlich behandeln, wo sie doch gesehen hatte, wie die blutdürstende *Kisaki* ihre Freunde ins Verderben geführt hat?

„Du hast schon wieder diesen Blick", grinste Ri'isa. „Was habe ich über den Schmerz der Welt gesagt?" Sie drückte Asaras Hand und ließ ihren Arm wieder auf die Laken sinken. „Du bereust zu viel, Schwester. Reue gewinnt keine Kriege. Und sie lässt mich nicht magisch genesen."

Die ehemalige Ashen-Sklavin funkelte sie an. Sie wusste sichtlich, wie sehr ihre Worte schmerzten. Und gleichzeitig schien sie zu erahnen, wie sehr Asara sie hören musste.

„Ich bereue nichts", fügte sie hinzu. „Also solltest du es auch nicht tun. Und jetzt richte dich auf, wisch dir die Tränen aus dem Gesicht und *kämpfe*. Egal wie – und egal wofür. Ich bin mir sicher dir fällt etwas ein."

Damit schloss Ri'isa die Augen. Der Schmerz war weitgehend aus ihren Zügen gewichen. Was auch immer ihr die alte Heilerin zuvor verabreicht hatte, schien zumindest ihr körperliches Leid zu mildern. Asara legte ihre Hand sanft auf die Schulter ihrer Kameradin.

„Ich hätte es ohne dich nicht geschafft."

Ri'isas Mundwinkel zuckten. Asara fuhr mit dem Ärmel ihrer Robe über ihre feuchten Wangen. Sie wusste nicht, wann die Tränen gekommen waren – wann die Leere einem so durchdringenden Gefühl der Trauer gewichen war. „Du warst die beste Waffenschwester, die sich eine Kriegerin wünschen kann. Es war mir eine Ehre, Ri'isa."

Die junge Ashen-Frau antwortete nicht.

„*Du* hast Malik in die Knie gezwungen", flüsterte Asara und strich ihrer Freundin eine weiße Strähne aus dem eingefallenen Gesicht. „*Du* hast die Sklaven von Masarta befreit. Und dein Mut wird es sein, der diesem Land schlussendlich den Frieden bringt."

Asara legte ihre Hände auf ihr Herz und senkte ihren Blick. „*Mai'teea ran'Ashiar.*"

Stille. Asara blickte auf.

„Ri'isa?"

Es kam keine Antwort. Für eine lange Minute starrte die *Kisaki* auf den reglosen Körper ihrer Freundin. Es war die alte Heilerin, die sie schließlich sanft zur Seite bugsierte.

„Sie hat deine Worte gehört, Kind", sagte sie leise. „Und sie werden sie auf ihrer Reise begleiten. Stets und für immer."

Es war still geworden in dem kleinen Raum. Durch den offenen Vorhang sah Asara, dass sich Karrik aufgesetzt hatte. Der Eru hatte drei seiner Finger auf seine Stirn gelegt. Cyn, nun aufrecht sitzend, hatte ihren Kopf auf seine Schulter gelegt. Ihr betrübter Blick lag auf Asara. Einen Moment später lächelte sie matt.

‚*Du hast sie gehört*', schienen ihre Augen zu sagen. ‚*Gehe und stelle dich der Welt. Wie du es ihr und mir versprochen hast.*'

Asara schluckte ihre Tränen und wandte sich zu Raif. Mit den Händen strich sie ihr simples Gewand zurecht, ehe sie sich voll aufrichtete. Der Krieger hob lediglich eine Augenbraue.

Asara nickte zur Tür. Die Kette zwischen ihren Handschellen klimperte leise. Die *Kisaki* ignorierte das kalte Metall, das erfolglos ihre Freiheit zu rauben versuchte.

Ohne die Reaktion ihres Wärters abzuwarten, schritt Asara zielsicher nach draußen.

22

Abenddämmerung

Asara schritt schnellen Fußes durch die mittlerweile fast schon vertrauten Korridore des Palastes. Sie nahm zielsicher Abzweigungen, durchquerte Foyers und erklomm breite wie schmale Treppen. Dabei passierte sie wortlos Diener, Wachleute und sogar vereinzelte Bürgerliche, die mit nervösem Blick ihren morgendlichen Geschäften nachgingen. Das Leben war während der letzten Stunde in Maliks Hallen zurückgekehrt – zögerlich aber spürbar.

Asara tat ihr Bestes, Raifs drückende Präsenz zu ignorieren, die ihr wie ein Schatten folgte. Zu ihrer Verwunderung versuchte der Krieger nicht ein einziges Mal, sie aufzuhalten. Er fragte nicht einmal nach dem Ziel ihres Marsches. Wie ein Leibwächter folge er Asara in einigen Metern Abstand – schweigsam und zu allem bereit. Auch als sich die *Kisaki* einem breiten, doppelflügeligen Holzportal am Ende eines besonders prunkvoll verzierten Ganges näherte, schritt er nicht ein.

Die zwei neben dem prominenten Durchgang positionierten Wachen reagierten auf ihre Präsenz jedoch sehr wohl. Mit misstrauischen Blicken folgten sie jedem von Asaras langen Schritten. Mit jedem Meter, der den Abstand zwischen ihr und dem Paar reduzierte, verstärkten die Soldaten sichtlich den Griff um die Schäfte ihrer Kurzspeere.

Asara blieb wenige Armlängen vor den Männern stehen. Vor ihr tanzten Staubkörner im morgendlichen Sonnenlicht, das durch ein gläsernes Seitenfenster fiel. Die grellen Strahlen zeichneten ein rechteckiges Muster auf den Rot und Gold gefliesten Boden. Lediglich die sanfte Bewegung des zurückgezogenen Vorhanges störte die geometrische Perfektion. Poliertes Metall blitzte im hellen Schein, als eine der Wachen langsam ihren Speer senkte. Der Mann trat einen vorsichtigen Schritt nach vorne.

„Halt...!"

Asara erkannte den jungen Soldaten wieder – es war derselbe namenlose Krieger, der sich im Thronsaal so final gegen sie gewandt hatte. Seine Armbrust und die tödliche Drohung gegen ihre Freunde hatten Asaras Kampf ein für alle Mal beendet. Für einen Moment obsiegte kalter Hass, gefolgt von beschämender Ernüchterung. Aus der Nähe wirkte die Wache kaum älter als 18 Sommer – und trotz Waffe nur minder bedrohlich. Sein Kettenhemd war ihm sichtlich einen Schnitt zu groß und hing wie ein stählerner Lappen an seinem schmalen Torso. Schweißperlen benetzen seine Stirn unter dem offenen Helm.

Die *Kisaki* funkelte ihn an. Trotz Asaras simplen Gewandes und der offensichtlichen Schellen an ihren Handgelenken wich er einen Halbschritt zurück. Rüstung stieß gegen Stein. Das Geräusch war kaum lauter als das Klimpern von Besteck, brach aber den Bann seines Zögerns.

„Die *Kisaki* will nicht gestört werden", betonte der Jüngling und legte eine zweite Hand an den Speer. Seine Stimme wechselte mit jedem Wort die Oktave. „Kehrt in euer Quartier zurück, S-Sklavin. Sofort."

Er weiß es. Er weiß, wer ich wirklich bin.

Ob es daran lag, dass Lanys ihre Verbündeten eingeweiht hatte, oder dass der junge Wachmann aufmerksamer war, als Asara ihm zugetraut hätte, konnte sie nicht sagen. Eines war jedoch klar: Wenn die verletzte und verwundbare Throndiebin von lediglich zwei Novizen bewacht wurde, konnte es um ihren Einfluss im Palast nicht mehr weit bestellt sein. Asara nahm das Detail auf und legte es gedanklich ab. Je nach Verlauf des kommenden Gesprächs würde sich dieses Wissen als überaus nützlich erweisen.

Die *Kisaki* widerstand der Versuchung, ihre Arme zu verschränken. Sie konnte sich in der Präsenz der Soldaten nicht leisten, bei einer derart simplen Geste kläglich an ihren Fesseln zu scheitern und sich so den Schwung zu nehmen. Also lächelte sie nur kalt und baute sich zu voller Größe auf.

„Tritt beiseite."

Der Wachmann schluckte. Im nächsten Moment senkte er seinen Speer und trat einen Schritt nach rechts. Weg von der Tür. Der andere Krieger starrte ihn einen Moment lang entgeistert an, tat es ihm aber nach kurzem Zögern gleich. Hinter Asara erklang ein leises Schnauben. Die *Kisaki* trat in das warme Licht der Sonne. Betont langsam strich sie sich eine Strähne ihres silbern schimmernden Haares aus dem Gesicht. Im Gegensatz zu ihrer fließenden Mähne schien ihre aschgraue Haut das Sonnenlicht nahezu zu absorbieren. Ihre rot glimmenden Augen ruhten auf dem jungen Soldaten, der unbewegt an ihr vorbeistarrte. Ihre scharfen Ashen-Sinne verwandelten die Szenerie in ein Spiel der blühenden Farben und zahllosen Schattierungen. Für einen Moment fühlte sich Asara wie ein Geschöpf gefangen zwischen Licht und Dunkelheit. Sie war ein Widerspruch, eine Anomalie der zwei Welten. Die Sonne spendete ihr Energie und Kraft, doch der Ruf des Halbschattens in ihrem Rücken war nach wie vor unüberhörbar.

Was auch immer die Wachen während dieses zwiespältigen Augenblicks sahen, ließ sie ihre Köpfe senken. Niemand machte Anstalten, sie aufzuhalten.

Einen Herzschlag später war das surreale Gefühl verflogen. Zwei Herzschläge später hatte Asara das Portal erreicht und stieß es sanft auf.

Sie nahm einen tiefen Atemzug und trat ein.

Maliks private Gemächer waren erstaunlich unspektakulär eingerichtet und unterschieden sich kaum vom Gästequartier, das Asara zur Verfügung gestellt worden war. Nicht ein einziges Gemälde zierte die steinerne Wand. Das Empfangszimmer verfügte lediglich über einen niedrigen Tisch und ein vereinzeltes Sitzkissen. Eine verwelkte Sandrose steckte ihren kahlen Kopf aus einer unbemalten Vase in der Mitte des Tisches. Das Skelett einer schmiedeeisernen Öllampe hing unbewegt von der leicht gewölbten Decke.

Langsam durchquerte Asara den Raum. Ein dunkler Samtvorhang versperrte den weiteren Blick ins Innere. Bevor sie es sich anders überlegen konnte, zog sie den schweren Stoff mit beiden Händen beiseite. Im selben Moment fiel die Tür hinter ihr ins Schloss.

Dunkelheit umfing sie. Keine einzige Kerze oder Lampe brannte in Maliks Schlafgemach. Alle Vorhänge waren fest zugezogen und zusammengeschnürt worden. Ohne des Scheins der Sonne, die den Korridor erleuchtet hatte, war es stockfinster in den kühlen Gemächern. Mit dem Erlöschen des Lichts erstarb auch ein Teil von Asaras angestauter Wut. Die drückende Finsternis und dumpfe Stille entsprachen so gar nicht dem zuvor ausgemalten Bild einer kampfbereiten Lanys, die ihrer Rivalin unverblümt Rede und Antwort stand.

Es dauerte einen langen Moment, bis sich Asaras Augen an die Dunkelheit gewöhnt hatten und einen weiteren, bis ihre geschärften Sinne die aus der Schwärze erwachsenden Konturen zu einem Gesamtbild des Zwielichts zusammengesetzt hatten. Asara die Yanfari wäre blind gewesen – Asara die Ashvolk-Sklavin hieß die Dunkelheit willkommen und fühlte sich in ihr zuhause.

„Lanys?" fragte sie in den stillen Raum. „Bist du wach?"

Die mystische Verbindung zu ihrer ungleichen Schwester hatte ihr die Frage schon beim Betreten des Zimmers beantwortet. Dennoch stellte sie sie – laut und in Gedanken.

‚Lanys? Wir müssen reden. Jetzt.'

Asaras Blick lag auf der Silhouette des Himmelbetts in der Mitte des Raumes. Seidene Behänge versperrten die Sicht auf die einzelne Okkupantin. Für einen langen Atemzug war es still. Dann raschelte eine Bettdecke.

„Asara." Lanys' Stimme klang weit entfernt. Es war kein Hass in ihr zu hören, aber auch keine Freude. Lediglich die Frage in ihren knappen Worten war unmissverständlich: ‚Was willst du?'

Einmal mehr fiel es Asara schwer, ihre eigenen Emotionen zu deuten. Sollte sie ihr Gegenüber fauchend verdammen oder gar Mitleid empfinden? Sollte sie sie verhöhnen oder doch lieber in die Arme schließen? Die Antworten wollten nicht kommen. Zurück blieben Zwiespalt und ein dumpfes Gefühl in der Magengegend.

Die *Kisaki* holte erneut tief Luft. All die hasserfüllten Worte, die sie sich auf dem Weg vom Hospiz zurechtgelegt hatte, waren entwichen.

„Ich weiß nicht mehr, was wir sind", sagte Asara leise und hob ratlos ihre gefesselten Hände. „Wer *ich* bin. Wer die wahre Kaiserin ist oder wer sie sein sollte."

Erneutes Rascheln.

„Da sind wir schon zwei."

Asara hob eine Augenbraue. Sie hatte mit viel gerechnet – aber nicht mit dieser resignierenden Antwort.

„Warum so verwundert?" fragte Lanys. Leichtes Amüsement sickerte über die unsichtbare Verbindung. „Denkst du ich habe mit diesem Ausgang gerechnet? Der Plan war, dich weit von hier fort zu schaffen. Meine Magie sollte das Problem *lösen*, nicht alles verkomplizieren."

Asara begann die Arme zu verschränken, doch die Schellen boten der Bewegung Einhalt. Sie verzog irritiert das Gesicht.

„Lanys", sagte sie mit überraschend fester Stimme, „wir können so nicht weitermachen. Das weißt du, oder?"

Stille.

„Ich kann deine Zustimmung spüren", seufzte Asara. „Dein Zögern. Deine Unsicherheit. Selbst dein Bedauern."

Die Angesprochene schnaubte. „Da bist du nicht allein. Dein Besuch hier bei mir ist kaum mehr als halbherzige Improvisation und schlecht versteckte Selbstkritik. Stimmt's oder habe ich recht?"

Trotz des schmerzhaften Knotens in ihrer Brust musste die *Kisaki* schmunzeln.

„Wir kennen uns wohl zu gut."

‚Vertrautheit ist nur ein Teil der Ursache, Asa', erwiderte Lanys in Gedanken. ‚Ich bin mir langsam nicht mehr sicher, welche Emotionen deine und welche meine sind.'

Asara nickte. „Die Nähe macht es nicht einfacher." Sie trat einige Schritte in Richtung Fenster, entschied sich dann aber gegen das Zurückziehen des Vorhangs. Dankbarkeit wallte durch die Verbindung. Asara rieb einen Finger über ihre leicht schmerzenden Lider.

„Wir haben uns in den letzten Tagen – nein, Monaten – zu oft an den Abgrund manövriert", setzte Asara fort. „Zu viel Tod, zu wenig...Kontrolle. Gestern Nacht war..."

Das richtige Wort wollte nicht kommen. Die *Kisaki* spürte den Blick ihrer Schwester auf sich. Kurz schien ihr eigenes Gefühl der Reue ein Echo auszuprägen.

„Ich bin zu weit gegangen", murmelte Lanys. Das kleinlaute Eingeständnis weckte einen Teil von Asaras altem Zorn.

„Da hast du verdammt recht." Sie trat einen Schritt näher an die Bettstatt heran. „Was hast du dir dabei gedacht, Lanys? Du hast mich nicht einfach nur vor dem Volk bloßgestellt, du hast mich *benutzt*! Das war kein Spiel mehr, kein...verborgenes Vergnügen. Wir hätten uns beinahe gegenseitig ermordet! Ri'isa...Ri'isa ist tot, Lanys! Sie und Cyn und Karrik und all die anderen haben den blutigen Preis für deine Torheit bezahlt! Und wofür?"

Asara schloss ihre Faust um den seidenen Vorhang. Das Gestänge des Himmelbetts knarrte leise.

‚Sag mir, dass das alles nur ein Missverständnis war. Eine Panne', sandte sie hitzig hinterher. *‚Sei so dreist und unterstelle mir, das alles* genossen *zu haben!'*

Die Verbindung blieb stumm. Selbst Lanys' Atem war kaum noch zu hören. Asara wandte sich schnaubend ab. Kurz bevor die Stille unerträglich wurde, ertönte erneut die Stimme ihres Gegenübers.

„Es tut mir leid, was mit deiner Freundin passiert ist, Asa", murmelte Lanys. „Ehrlich. Die *Medizi* haben alles versucht..."

„Ich weiß."

Der wachsende Knoten in ihrem Hals raubte Asara für einen Augenblick die Luft. „Das ist auch der Grund, warum all dies hier so nicht weitergehen kann. Wir können uns nicht untereinander bekämpfen, während sich da draußen ein Krieg zusammenbraut."

Sie verschränkte die Arme.

‚Auch wenn du es verdient hättest, von hier bis zum Mond gepeitscht zu werden.'

Asara spürte einen leichten Stich in ihrer Seite, als sich Lanys im Bett aufsetzte. Sie sog scharf die Luft ein. „Autsch."

„Das hast du verdient", brummte die Verwundete. Es lag keine echte Häme in ihrer Stimme. „Du hast nicht gerade viel dazu beigetragen, unseren Zwist zu entschärfen. Aber–" Lanys setzte beschwichtigend fort, ehe Asara dazwischenfahren konnte, „–die größte Schuld liegt bei mir. Das *weiß* ich, Asa. Ich habe... ich habe die Mission mit mir durchgehen lassen. Ich habe das getan, was ich immer vermeiden wollte: dich zum zu

Feind machen. Dich zu benutzen. Dir wehzutun." Ihre Stimme brach. „Ich..."

‚Ich konnte nicht anders.'

Das Bild einer schwarzen Feste wehte über die mentale Verbindung. Gesichter und Stimmen, die sich zu einem Potpourri der tödlichen Pläne vermengten. Asara spürte den Zwiespalt zwischen Verpflichtung und Freundschaft, zwischen jahrelang eingebläuter Kaltblütigkeit und neu entdeckter Zuneigung.

„Wenn ich dich hätte ziehen lassen, wären andere gekommen. Andere wie ich. Sie hätten dich bis ans Ende der Welt gejagt, Asara. Dich in die Sklaverei zu verbannen... war mein einziger Ausweg."

‚Ich habe keine andere Möglichkeit gesehen.' Ein ersticktes, humorloses Lachen. ‚Ich war dumm, Asa. Naiv und grausam. Kannst du mir vergeben? Dieses eine, letzte Mal?'

Asara blieb stumm. Ein schmerzender Teil ihres Herzens verlangte danach, Lanys in den Arm zu schließen und das Geschehene zu vergessen. Doch die vermochte es nicht, die versöhnenden Worte auszusprechen.

„Vielleicht", flüsterte sie. „Eines Tages." Die *Kisaki* seufzte. „Wir sind zu weit gegangen, obwohl wir es besser wissen sollten. Obwohl wir auf *derselben Seite* stehen sollten." Asara blickte hinab auf den matten Stahl ihrer Handschellen. „Heilung zuerst, Lanys. Vergebung muss warten."

Vielleicht können wir das Geschehene wiedergutmachen. Gemeinsam. Das sind wir uns und unseren Freuden zumindest schuldig.

Sie spürte das leichte Nicken ihrer ungleichen Schwester. Der dumpfe Schmerz ihrer Reue wich nur langsam der altbekannten Entschlossenheit.

„Du hast einen Vorschlag?" fragte Lanys vorsichtig. „Ich nehme an er involviert den Tausch unserer Körper und deine Rückkehr an den Hof von Al'Tawil."

Asara schüttelte den Kopf. „Nein."

„Nein?" Echte Verwunderung wogte über die mentale Verbindung. „Was dann?"

„Mein Vorschlag ist simpel", erwiderte die *Kisaki*. „Wir legen alle Karten auf den Tisch. Du erzählst mir von deinen wahren Plänen. Keine Schönungen und kein kreatives Herumreden mehr. Ich will wissen, warum du mich *wirklich* nach Ravanar schicken willst und was du in der Zwischenzeit zu tun gedenkst. Das Ammenmärchen von wegen ‚in Frieden meinen Lebensabend genießen während du regierst' kannst du dir in den Allerwertesten stecken."

Lanys lachte laut auf. Im nächsten Moment wandelte sich der Laut zu einem Stöhnen. Phantomschmerz durchzuckte Asaras Glieder.

„Du hast zu viel Zeit auf der Straße verbracht, Asa", gluckste die falsche *Kisaki*. „Cyn-Liao war wohl kein guter Einfluss."

Asara tippte mit dem Fingernagel auf die Stahlschelle an ihrem gegenüberliegenden Handgelenk. „Lenke nicht ab."

„In Ordnung, in Ordnung. Offene Karten." Lanys ließ sich wieder auf ihr Kissen sinken. Nach einigen Augenblicken setzte sie mit getrübter Stimme fort. „Es gibt in Ravanar zahllose Fraktionen, die offen für einen Krieg gegen die Yanfari argumentieren. Die Stimmung unterscheidet sich im Grunde kaum von der in deinem Imperium." Asara hörte und spürte, wie sehr Lanys dieser Fakt zu schaffen machte. Sie wünschte sich Vernunft, doch in Wahrheit regierten die Egos von kurzsichtigen Männern und Frauen. Das Gefühl war nur zu vertraut.

„Ich habe Freunde in Ravanar", setzte die einstige Magd fort. „Viele von ihnen teilen meine Ansicht. Und sie alle wissen, dass etwas getan werden muss. Bald." Lanys zögerte kurz, ehe sie fortsetzte. „Es gibt Pläne, den Kriegstreibern den Wind aus den Segeln zu nehmen. Hier wärest du ins Spiel gekommen. Als ich dir erzählt habe, dass dich jemand aus den Klauen der Tausend Gesichter befreien würde, habe ich nicht gelogen. Mein Plan war, dich fern von den Augen meiner Gilde bei einer einflussreichen Familie unterzubringen: Haus Vandar."

Asara runzelte nachdenklich die Stirn. „Und dieses Haus…Vandar setzt sich für den Frieden ein?"

„Nein, nicht im Geringsten."

„Ich verstehe nicht."

„Haus Vandar ist der größte Advokat des Krieges im ganzen Ashen-Reich", erklärte Lanys. „Enorm einflussreich, enorm entschlossen. Meine Kontakte sind nicht Teil der oberen Riege, sondern allesamt Bedienstete und Sklaven. Leute mit fast uneingeschränktem Zugang, aber mit wenig echter Macht."

Asara schüttelte den Kopf. „Mir gefällt nicht, wo das hinführt. Was in aller Welt wolltest du damit bezwecken, mich in das Haus deines größten Feindes… Oh."

Sie spürte Lanys' Lächeln. Ihr eigenes Herz hatte schneller zu schlagen begonnen.

‚Das kann nicht dein Ernst sein…'

„Doch", erwiderte Lanys. „Das ist mein Ernst. Prinzipal Vandar, des Hauses Herr und Meister, liegt seit Jahren im Streit mit den Tausend Gesichtern. Er hasst es, dass die Gilde von einer Frau beherrscht wird, die sich als nahezu unangreifbar erwiesen hat. Darüber hinaus wurden in der Vergangenheit zwei seiner Sprösslinge von ihr zurückgewiesen. Von der Nachtigall ausgebildet zu werden ist ein Privileg – und Vandar hat diese Bloßstellung nie vergessen oder verziehen."

Asara musste nicht in Lanys' Geist blicken, um zu wissen, wohin diese Erzählung führen würde. Der ‚Plan' war in derselben Klasse wie die bisherigen Unternehmungen ihrer Freundin: Riskant, leichtsinnig und beinahe zum sicheren Scheitern verurteilt.

„Lass mich das klarstellen", seufzte Asara. „Du willst Vandar ein verlockendes Geschenk machen: Dich. *Mich.* Eine Attentäterin, die von der Nachtigall persönlich unterwiesen wurde. Eine Attentäterin, die in ihrer Mission versagt hat und in Schande nach Hause zurückgekehrt ist. Du willst ihm die ultimative Genugtuung bereiten, diese Gefallene zu beherrschen und der Gilde zu zeigen, dass sie nicht allmächtig ist."

Lanys Zustimmung schmeckte nach Triumph. „So in der Art, ja."

Asaras Blick verfinsterte sich.

„Du hättest mich einem Feind geschenkt, der mich auch genauso gut einfach hätte umbringen können?" Sie schnaubte lautstark. „Toll, danke. Der Plan ist grandios."

„Du kennst Vandar nicht, Asa", erwiderte Lanys beschwichtigend. „Er hätte dir nichts angetan. Er ist nicht der Mann, der prestigeträchtige Geschenke vergeudet – im Gegenteil. Er hätte dich zu jedem Treffen mitgenommen und wie eine Trophäe präsentiert. Ansehen ist alles für den Prinzipal. Die Nachtigall in die Schranken zu weisen, ist fast schon ein Lebensziel für ihn. Durch ihn hättest du Zugang zu all seinen Alliierten bekommen und mehr über die Kriegstreiber erfahren, als ich je vermochte."

Asara ließ sich in einen Sessel fallen. „Um was zu tun, Lanys?"

„Hm?"

„Was hätte das alles bewerkstelligt?" wiederholte die *Kisaki*. „Ich hätte dir ja schlecht Briefe mit meinen Erkenntnissen schreiben können. Und ich bin auch keine von den Tausend Gesichtern ausgebildete Kämpferin. Die Kriegstreiber verschwinden zu lassen wäre somit auch keine Option gewesen. Was war also der Plan? Was tun mit diesem Wissen, das eine versklavte Spionin irgendwie zusammentragen sollte?"

Stille. Asaras Blick bohrte sich förmlich durch den Behang des Himmelbetts.

„Du hast keine Ahnung, oder?" setzte sie nach. „Du weißt ja nicht einmal, ob diese Nachtigall auf deiner Seite ist." Keine Frage, eine Feststellung. Lanys' Schweigen und ihre schlecht unterdrückten Emotionen waren Antwort genug.

„Das kann nicht dein Ernst sein", fuhr Asara sie an. Irgendwie widerstand sie dem Drang, Lanys am Kragen zu packen und kräftig durchzuschütteln. „Du hättest mich blind in die Sklaverei verbannt und *auf das Beste gehofft?*"

Asara bemühte sich nicht mehr, die Wut aus ihrer Stimme zu bannen. Die Erwiderung ihrer Schwester kam in Begleitung eines fast schon schmollenden Untertons.

„Ich hatte nicht genug Zeit, Allianzen auszuloten und genaue Vorbereitungen zu treffen! Ich war kaum erwachsen, als ich meine Heimat verlassen habe. Eine Handvoll Lektionen in politischem Geplänkel waren meine einzige Waffe. Ich war naiv, Asa. Tödlich, ja, aber auch ahnungslos." Lanys' Worte schmeckten bitter. Die Magd setzte mit zunehmender Vehemenz fort. „Die wenigen Briefe, die ich am Zensor deines Palastes vorbeischmuggeln konnte, waren mein einziger Kontakt nach Ravanar. Ich war auf mich allein gestellt und hatte kaum Gelegenheit, irgendetwas zu organisieren. Nicht einmal Raif war für mich da. Die Gilde hat mich in die Höhle des Löwen geworfen und sich dann abgewandt!"

Ihre Stimme wurde hitziger, ihre Worte schneller. „Was hätte ich denn tun sollen, Asara? Ich bin in einem unbedeutenden, halb zerschlagenen Haus aufgewachsen, nicht als Teil des Hochadels. Hätte die Nachtigall mir nicht das Tor zu ihrer Welt geöffnet, wäre ich heute vermutlich einfache Bedienstete oder würde das Bett irgendeines ambitionslosen Versagers wärmen." Lanys war noch nicht fertig. „Der Krieg gegen deine Mutter hat meine Familie in den Ruin gestürzt. Erbarmungslose Taktiker wie Prinzipal Vandar haben auf unsere Kosten profitiert. Jeder tote Konkurrent hat ihn näher an den Hochkönig gerückt und seine Macht gefestigt. Und wenn das Morden wieder von neuem beginnt, wird er den Thron endgültig erklimmen. Tharion D'Axor mag ein eiskalter Bastard sein, aber er handelt wenigstens überlegt." Lanys klang zusehends müde. „Aber Vandar? Er will das Yanfar Imperium schlicht von der Landkarte tilgen. Egal über wie viele Leichen er dabei gehen muss."

Lanys verstummte und Asara schloss die Augen. Sie konnte nur erahnen, wie lange ihr Gegenüber den Schmerz und die Ohnmacht mit sich herumgetragen hatte. Sie wollte Rache für ihr Haus und ihre Familie – doch es war mehr als nur das. Der Krieg hatte ihr alles genommen. Anders als so viele Mächtige wusste die junge Ashvolk-Kriegerin nur zu genau, welche schrecklichen Folgen ein neuerlicher Konflikt haben würde. So hatte Lanys Jahre damit zugebracht, Teil einer weitreichenden Verschwörung zu werden, die Asara Nalki'ir stürzen und die beiden Reiche hätte vereinen sollen. Entgegen, oder vielleicht sogar entsprechend den Wünschen ihrer Gildenmeisterin war sie zur Yanfari-Kaiserin geworden, um ein neuerliches Blutbad zu verhindern. Doch der Widerstand wuchs jeden Tag und die Stimme der Vernunft wurde mehr und mehr zu einem leisen Wispern.

Lanys war am Ende ihrer Weisheit. Sie war genauso überfordert wie Asara, die vor noch nicht allzu langer Zeit in einem Raum voller Kriegstreiber vergeblich gegen die Sklaverei argumentiert hatte.

Doch wie ihre ungleiche Schwester war Lanys nicht bereit, ihren Kampf aufzugeben.

Die *Kisaki* öffnete die Augen.

„In Ordnung."

„Asa…?"

„Ich werde es tun. Ich werde nach Ravanar reisen." Sie schmunzelte. „Die Vernunft sagt, dass wir einfach wieder Körper tauschen und nach Hause zurückkehren sollten. Du als Assassine und ich als *Kisaki*. Nichts wäre leichter als das. Doch auf der anderen Seite hattest du damals wohl recht: Ich habe meine Chance, dieses Land zu regieren, vertan. Ich habe versagt. Genauso wie du damals in Ravanar beim Rekrutieren von Alliierten gescheitert bist. In gewisser Weise waren wir beide stets die Handlanger von weit mächtigeren und geschickteren Leuten."

Doch das ist jetzt vorbei.

Asara ließ ihre Schellen leise klimpern. „Vielleicht können wir in unseren neuen Rollen das entfalten, was uns zuvor noch gefehlt hat." Sie verschlang ihre Finger ineinander. „Lass diesen Tag ein neuer Anfang sein – fürs uns beide." Asara richtete sich auf. „Und überhaupt sind wir nicht mehr allein und unerfahren. Ich bin nicht mehr hilflos und du bist nicht mehr die kompromisslose Mörderin ohne diplomatisches Gespür, deren Hass alles zu überschatten droht. Wir beide haben…dazugelernt."

Auf die harte Tour.

Die Emotionen über die mysteriöse Verbindung waren zu stark und zu chaotisch, um sie vollständig zu deuten. Doch Asara verstand nur zu gut.

„Danke", flüsterte Lanys. *‚Ich werde dich nicht enttäuschen.'*

Die Verwundete mühte sich erneut in die aufrechte Position. Asara spürte die neue Energie, die ihre Komplizin zu durchströmen begann.

„Es gibt noch einen Grund, warum ich als *Kisaki* mehr von Nutzen sein kann, als zurück in meiner Heimat." Lanys' Stimme gewann an Stärke. „Ich bin nicht die einzige Agentin der Tausend Gesichter, die Höfe und Adelshäuser der Yanfari unterwandert hat."

Oh?

„Ich mag zwar kaum Kontakte in Ravanar haben", fuhr sie mit blitzenden Augen fort, „aber meine Mit-Spione kenne ich nur zu gut. Ich kann sie finden, Asa. Ich *werde* sie finden. Mit ihrem Wissen bewaffnet, werde ich uns die Alliierten beschaffen, die wir so bitter benötigen."

Druckmittel und Geheimnisse. Die Politik der Schatten.

Asara zauberte ein mattes Lächeln auf ihr Gesicht. Vielleicht würde es tatsächlich dieser für Lanys so bezeichnende Ansatz sein, der schlussendlich zum Erfolg führte. Götter wussten, dass orthodoxere Methoden bisher gescheitert waren.

Die *Kisaki* warf einen Seitenblick zu Raif, der die ganze Zeit über schweigend zugehört hatte. Dann deutete sie auf einen kleinen Tisch neben Lanys' Bett. Die neu gefundene Entschlossenheit beflügelte und befreite. Doch es gab noch viel zu tun. Asara hatte trotz aller Versöhnung nicht vor, ihrem finsteren Spiegelbild blind die Macht in ihrem Reich zu überlassen. Sie würde nicht ohne gründliche Vorbereitungen ins Unbekannte zu segeln.

Lanys, Raif, Tharion. Die Spieler des zweiten Akts waren enthüllt. Die *Kisaki* würde sichergehen, dass sie nicht zur gefesselten Statistin degradiert würde, während ihre Schwester Masartas gesammelten Einfluss unter ihrem Banner vereinte. Nein, Lanys war nicht die neue Kaiserin der Yanfari – sie war lediglich ein kurzfristiger Kompromiss.

Asara nickte in stummer Bestimmtheit. Langsam aber unaufhörlich begannen die Ideen in ihrem Kopf zu sprießen.

„Wir brauchen einen *echten* Plan", sagte sie. „Und wir haben nicht viel Zeit." Asara ließ sich an dem Tisch nieder und bedachte Raif und Lanys mit je einem auffordernden Blick.

„Lasst uns unseren neuen Rollen Leben einhauchen."

~◊~

Asara atmete tief durch und genoss den vergänglichen Moment des Friedens. Die abendliche Luft war angenehm kühl, nicht zuletzt dank der steifen Brise, die vom Meer kommend über den Hafen von Masarta blies. Die untergehende Sonne tauchte die Straßen und Docks in rotgoldenes Licht. Masten und Kräne warfen lange Schatten über die gepflasterten Promenaden und schlammigen Seitengassen. Möwen zogen ihre Kreise über den Booten der heimkehrenden Fischer oder starrten gierig von Dachgiebeln hinab. Das ununterbrochene Konzert ihrer krächzenden Stimmen wurde nur noch von den Seeleuten und Händlern übertönt, deren angeregte Rufe über die Decks und Piers hallten. Sporadisches Gelächter mischte sich immer wieder zu gebrüllten Befehlen oder lautstarken Diskussionen zwischen bunt gemischten Menschentrauben aus aller Herren Länder.

Asara ließ ihren Blick schweifen und lächelte. Die Szene erinnerte sie an die abenteuerlichen Tage ihres Streunens durch die Gassen der lebendigen Hafenstadt. Wie damals konnte sie die pulsierende Energie Masartas förmlich spüren. Hier, zwischen dem einfachen Volk, fühlte sich die *Kisaki* frei von Pflichten und Zwängen. Sie fühlte sich gar ein wenig zuhause. So ließ sie es sich nicht nehmen, diesen Moment der Freiheit in vollen Zügen zu genießen. Zumindest bis ihr Begleiter den Mund öffnete.

„Der Dreimaster mit den grauen Segeln", sagte Raif. Wie Asara trug der Ashen-Krieger simple Reisendengewandung aus schwarz gefärbtem Leinen. Das Schwert an seinem Gürtel wurde von einem langen Umhang verdeckt. Doch trotz der fehlenden Rüstung und der verborgenen Bewaffnung konnte man ihm den trainierten Kämpfer auf Meilen ansehen. Raif spielte keine anderen Rollen – er kannte nur die eine. Asara verkniff sich ein Seufzen und nickte.

„Ich habe es gesehen."

Das von ihrem Begleiter angesprochene Schiff hatte einen vergleichsweise schmalen Rumpf. Wo andere Dreimaster dickbäuchig und breit gebaut waren, wirkten die Linien des kleineren Seefahrzeugs schnittig und aggressiv. Was dieses Schiff in Frachtkapazität einbüßte, machte es zweifellos in Geschwindigkeit wett. Doch das war nicht das einzige, was es zu einem idealen Kandidaten machte. Hoch auf dem Hauptmast bewegte sich eine schwarz-goldene Fahne träge im Wind. Das simple Emblem zeigte ein schmales Karree, aus dem zwei spitz zulaufende, organisch geschwungene Äste erwuchsen.

„Ravanars drittgrößte Handelsgilde", murmelte Raif und verschränkte die Arme. Trotz des unerwarteten Erfolges ihrer kurzen Suche wirkte er verhalten.

„Wo liegt das Problem?" fragte Asara, während sie das Schiff musterte. Von der Besatzung war kaum etwas zu sehen. Lediglich zwei Wachen lehnten sichtlich gelangweilt an der Reling neben der ausgefahrenen Planke zum angrenzenden Steg. „Das Schiff sieht abfahrbereit aus und die Chancen stehen gut, dass es Dominion-Territorium ansteuert."

Raif klopfte mit den Fingern gegen seinen Oberarm.

„Kein Tiefgang", erwiderte er knapp. „Zu wenig Laderaum. Zu gute Bewaffnung."

Asara runzelte die Stirn.

„Das ist kein Handelsschiff", beantwortete der Krieger ihre unausgesprochene Frage. „Siehst du den unter der Plane verdeckten Aufbau am Achterdeck? Das ist ein Katapult – vollständig bis auf den Wurfarm. Die beiden Bündel auf den Vorderdecks? Ballisten mit abmontierten Bögen. Und das ist nur das, was wir von hier aus erkennen können."

Die *Kisaki* kniff die Augen zusammen. Alles, was sie sah, waren verdeckte Holzkonstruktionen, die genauso gut Teil des Decks hätten sein können.

„Ein Kriegsschiff?" fragte sie vorsichtig. Sie konnte sich nicht vorstellen, dass die Stadtwache ein solches im Hafen tolerieren würde. Raif brummte nur und schob sich aus der Seitengasse hinaus auf die Promenade.

„Schlimmer. Ein Korsar."

Asara folgte ihm. „Wie bitte? Ich dachte das Schiff gehört einer Handelsgilde?"

Der Schatten eines Lächelns huschte über Raifs Gesicht. „Geraubte Ware will auch gehandelt werden, Sklavin. Diese Gilde lässt einfach nur die Mittelsmänner außen vor. Ein überaus profitables Geschäftsmodell."

Der Krieger passierte eine Gruppe sichtlich betrunkener Eru und steuerte zielsicher auf den schlanken Dreimaster zu.

„Uh, Raif? Was hast du vor?"

„Was denkst du? Ich folge dem Plan und organisiere uns Überfahrt nach Ravanar."

Asara blieb stehen. „Auf einem *Piratenschiff*?" fragte sie ungläubig. „Ich halte das für keine gute Idee."

Raifs knapper Seitenblick sprach Bände.

Du wirst gar nicht gefragt.

Trotz Asaras Übereinkunft mit Lanys hatte er offensichtlich nicht vor, die Kontrolle über seine Mission just an jene Sklavin abzugeben, deren Geleitschutz er auf Befehl hin übernommen hatte. Lanys hatte ihn angewiesen, Asara persönlich an ihren Kontakt in Ravanar zu übergeben – oder zumindest sicherzustellen, dass die Gilde der Tausend Gesichter kein sofortiges Exempel an ihr statuierte. Wie auch bei der vorangehenden Planung, hatte Raif lediglich einsilbig reagiert. Was auch immer er von der Unternehmung hielt, blieb hinter der Maske seines üblichen Stoizismus verborgen.

„Warte hier", befahl er und beschleunigte seine Schritte. Widerwillig ließ sich die *Kisaki* zurückfallen und kam zwischen zwei Marktständen zu stehen. Einer der beiden Händler warf ihr einen misstrauischen Blick zu. Raif tauchte in die Menge ein. Eine lange Minute später erspähte sie ihn am Fuße der Planke, die auf das Deck des vermeintlichen Korsaren führte. Die beiden Wachen, plötzlich nicht mehr gelangweilt, legten ihre Hände an die Waffen. Was auch immer Raif ihnen zurief, ließ sie jedoch wieder etwas entspannen. Kurz darauf winkte ihn einer der Männer an Bord. Flankiert von zwei neuen zwielichtigen Gestalten verschwand der Ashen-Krieger wenig später unter Deck und außer Sicht.

Die Sonne war zu einem Streifen am Horizont geschrumpft, als Raif schließlich zurückkehrte. Ein Gefühl der ehrlichen Erleichterung hob ein ungesehenes Gewicht von Asaras Schultern. Erst jetzt realisierte sie, wie angespannt sie eigentlich gewesen war.

„Und?" fragte sie ungeduldig. „Was nun?"

„Wir segeln morgen früh", entgegnete Raif. „Wenn das Wetter hält, erreichen wir in acht Tagen den Hafen von Ravanar." Er musterte Asara von Kopf bis Fuß. „Die Besatzung hat von deinem...Auftritt an Lanys' Seite gehört. Sie gehen davon aus, dass dich deine Herrin in Schande zurück in die Heimat schickt."

Asara blickte an Raif vorbei in Richtung des Schiffes, an dessen Deck mehrere Lampen entzündet worden waren. „Was genau heißt das für uns?"

„Das heißt", erwiderte Raif mit zufriedenem Unterton, „dass du deine Rolle als ausgestoßene Sklavin schon ab morgen spielen musst. Ab morgen und für den Rest der Reise."

Asaras Herz hatte schneller zu schlagen begonnen.

„Die Besatzung des Schiffes ist zum größten Teil Ashvolk", setzte der Krieger fort. „Wir können davon ausgehen, dass sie alles Gesehene weitererzählen werden. Du wirst also überzeugend sein müssen. Ein wenig Rollenspiel wird also nicht ausreichen." Seine Augen funkelten.

Asaras Mundwinkel zuckten nach oben. Sie senkte rasch ihren Blick, um ihr Gesicht hinter dem silbernen Schleier ihres offenen Haares zu verbergen. „Es ist keine Rolle und auch kein Spiel, Meister", flüsterte sie. „Ich werde dich nicht enttäuschen."

Seine Augen bohrten sich förmlich in ihre Stirn.

„Das will ich hoffen", sagte er knapp. „Dir zuliebe."

~◊~

Asara warf ihrem stummen Begleiter den vierten Seitenblick in Folge zu. Er, wie auch die *Kisaki*, hielt einen Becher dampfenden Tees in den Händen. Raifs Blick war nachdenklich auf die nächtliche Gasse gerichtet.

Die beiden Ashen saßen an einem kleinen Tisch auf der Veranda von *Wus Tee-Emporium*. Das abgelegene Lokal an der Straße zwischen dem Frachthafen und Al'Fajs Marktplatz war so etwas wie ein Geheimtipp, der sogar die kaiserlichen Ohren Asaras erreicht hatte. Asara die Streunerin hatte den Besitzer wiederum als skurrilen, aber freundlichen Jin-Greis kennengelernt, der selbst den schmutzigsten Bettlern immer wieder ein paar Krümel Brot überließ. Seinen zahlenden Kunden bescherte Wu den besten schwarzen Tee diesseits der großen Wüste. Trotz seiner Reputation unter den Masarti hatte Asara nicht damit gerechnet, dass just Raif sich im Anschluss an das Gespräch mit den Piraten kommentarlos einen Platz auf der kleinen Terrasse suchen würde. Der *Kisaki* war somit nichts anderes übriggeblieben, als sich schmunzelnd zu ihrem auserkorenen Meister zu setzen. Ja, der stoische Krieger wusste immer wieder zu überraschen.

Asara nahm einen kräftigen Schluck und seufzte. Das warme Liquid bahnte sich seinen Weg in ihren Magen und ließ sie wohlig erschaudern. Ihre Müdigkeit verdunstete wie morgendlicher Nebel.

Trotz der kühlen Nacht war es angenehm warm auf Wus Veranda. Ein Kohlebecken in der Mitte des runden Tisches hielt die Kälte in Zaum und spendete flackerndes Licht. Paravents an den Rändern der hölzernen Plattform lenkten die steife Brise des aufkommenden Westwinds in neue Bahnen. Die *Kisaki* warf einen weiteren Seitenblick in Raifs Richtung.

„Was?" Der Ashen-Krieger wandte sich abrupt zu ihr um. Asara zuckte mit den Schultern.

„Nichts."

Raif widmete sich wieder seinem Becher. Die *Kisaki* stellte den ihren ab und verschränkte die Arme. Stille breitete sich aus. Nach einer langen Minute schnaubte der Krieger leise durch die Nase. Seine Augen funkelten im Zwielicht.

„Spuck es aus", knurrte er. „Bevor du platzt."

Asara verkniff sich ein Grinsen.

„Du wirkst nachdenklich", meinte sie vorsichtig. „Und uncharakteristisch gesellig zugleich."

Der Krieger rollte mit den Schultern. Leder knarrte.

„Du kennst mich nicht", entgegnete er schroff. „Genauso wenig, wie du mein Volk kennst. Oder dein eigenes. Du bist ahnungslos wie ein Neugeborenes."

Asara runzelte die Stirn.

„Was ist euch denn über die Leber gelaufen, oh großer Meister?" schnaubte sie. „Oder bevorzugst du es, deine grenzenlose Weisheit für dich zu behalten?"

Selbst in Lanys' Beisein hatte der Krieger keine drei zusammenhängenden Sätze gesprochen. Alle Versuche, ihm eine Meinung zu dem gemeinsamen Plan zu entlocken, waren bisher gescheitert.

„Vorsicht", grollte er.

„Oder was?" lächelte die *Kisaki*. „Ab morgen ist meine Freiheit ohnehin verwirkt. Was für eine Bestrafung könntest du mir da heute noch androhen?"

Unerwartetes Amüsement geisterte über Raifs Züge.

„Du wärst überrascht", sagte er kühl. Dann widmete er sich wieder seinem Tee. Asara rollte mit den Augen. Ihre gutgemeinte Provokation war wirkungslos an seiner Fassade abgeprallt. Frustration breitete sich in ihr aus.

„Du sagst, dass ich unsere beiden Völker nicht kenne", hakte sie nach. „Was meinst du damit?"

Als Asara schon nicht mehr an eine Antwort glaubte, öffnete Raif unvermittelt den Mund. Seine Worte waren schroff.

„Weder Lanys noch du stellen die allesentscheidende Frage", sagte er kopfschüttelnd. „Ihr redet über das Ausschalten der Kriegstreiber und über abenteuerliche Verschwörungen an Hof – aber niemand scheint zu hinterfragen, warum sich eigentlich so viele Fraktionen nach Blut sehnen."

Die *Kisaki* blickte ihr Gegenüber mit großen Augen an. Sie hatte viel erwartet – aber nicht diesen Vorwurf der Gedankenlosigkeit.

„Harun und Malik und all die anderen sind hinter neuen Sklaven her", erklärte sie. „Für sie ist der aufflammende Konflikt nichts weiter als ein Mittel zum Zweck. Sie wollen die eigenen Bürger vermehrt in Knechtschaft zwingen, um sie besser kontrollieren zu können. Schlussendlich geht es nur um Gold und Einfluss." Asara tippte gegen den Henkel ihres Bechers. „Bei den Ashen wird es nicht anders sein."

Raif hob seine Hand.

„Das mag schon stimmen", sagte er knapp. „Aber der Hochadel ist nur eine Seite der Medaille. Das Volk ist die andere."

Asara blickte ihn fragend an. Raif setzte fort.

„Die einfachen Menschen kümmern sich nicht um Ruhm, Territorium oder Kriegsbeute. Sie sind nicht einmal sonderlich an Vergeltung für den Tod ihrer Kaiserin interessiert." Der Krieger schenkte ihr einen vielsagenden Blick. „Alles, was sie wollen, ist Nahrung, ein stabiles Einkommen und Sicherheit."

„Du klingst wie mein Tutor für Handelskunde", schmunzelte Asara. „Die Frage nach dem Warum hast du aber noch nicht beantwortet."

Raif hob seinen erkalteten Tee gegen das matte Licht des Mondes.

„Warum fürchten die Yanfari das Ashvolk?" fragte er abrupt. Die *Kisaki* legte den Kopf schief.

„Warum…? Das ist einfach. Die Ashen sind noch unbarmherzigere Meister als die brutalsten Sklavenhändler unter den Beduinen. Sie beten zu dunklen Gottheiten, während man in Al'Tawil aufgeklärt nach dem Weltlichen strebt. Selbst Mord hat keine Konsequenzen in Ravanar – es gewinnt stets der Stärkere." Asaras Blick verfinsterte sich. „Und das Ashvolk hat jeden der drei großen Kriege begonnen, die wir in unserer langen Geschichte des Blutvergießens geführt haben."

Raif leerte seinen Krug und stellte ihn lautstark ab.

„Und du glaubst all diese Dinge?" fragte er nüchtern.

„Ich…" Asara gestikulierte. „Ich hinterfrage natürlich so einiges", gab sie zu. „Aber-"

„Aber du bist dir nicht sicher", beendete Raif den Satz. „Wie denkst du, geht es jenen Leuten, die keinen Zugang zu Büchern und privaten Tutoren haben? Die Menschen *glauben* all diese Märchen, Asara. Sie sehen das eigene Regime als schützendes Schild vor den bösen Mächten im Norden. Oder denen im Süden, wenn man mit den Ashen spricht." Der Krieger ließ seinen Blick über die wenigen anderen Gäste schweifen, die zu so später Stunde noch auf der Veranda ausharrten. Seine Stimme wurde sanfter. „Der gottlose, gewissenlose Aggressor aus der Wüste ist eine sehr reale Bedrohung in meiner Heimat. Die Menschen haben Angst. Könige und Fürsten machen sich das zunutze. Das Spiel um Land, Gold und billige Arbeitskraft ist in bürgerlichen Augen keine einfache Gier. Es ist eine Notwendigkeit, die unser aller Überleben sichert."

Asaras stützte ihre Ellenbogen auf den kleinen Tisch.

„Du willst mir damit sagen, dass Vandar und Harun nicht das eigentliche Problem sind?"

Raifs Augen kehrten zu ihr zurück.

„Ich will damit sagen, dass sie nicht das *einzige* Problem sind. Das Volk befürwortet den Krieg aus gutem Grund. Ein paar tote Kriegstreiber werden diese Angst und Unwissenheit nicht aus der Welt schaffen."

„Was dann?"

Pause.

„Ich weiß es nicht."

Asara starrte ihr Gegenüber ungläubig an. Dann prustete sie los.

„Du hältst mir hier einen ellenlangen Vortrag, nur um dann zu *diesem* Schluss zu kommen?" Sie schüttelte schnaubend den Kopf. „Das ist hilfreich. Danke."

Der Krieger bedachte sie mit einem bohrenden Blick.

„Du willst die Welt verändern, Asara", sagte er. „Das wird weit mehr erfordern, als einen wohlplatzierten Dolch und ein paar geflüsterte Worte des Verrats. Dein größter Feind ist die Angst aus Tradition. Lerne ihn zu bekämpfen."

Raif lehnte sich zurück. Das Gespräch war für ihn sichtlich beendet. Asara nahm den letzten Schluck ihres kalten Tees und erhob sich.

Der weise Mann hat gesprochen.

Sie seufzte und nickte in die vertraute Dunkelheit zwischen Masartas steinernen Bauten.

„Wir sollten ein paar Stunden Schlaf ergattern."

Raif legte einige Münzen auf den Tisch und folgte ihr wortlos. *Wus Tee-Emporium* war hinter einer Biegung verschwunden, als Asara ihren Begleiter erneut ansprach.

„Und, stimmt es?"

Raifs Augen schimmerten in rötlichem Licht.

„Stimmt was?"

„Sind die Ashen dämonenanbetende Triebtäter, die sich am Leid ihrer wehrlosen Sklaven ergötzen?"

Raif schnaubte.

„Nur im Falle von vorlauten Yanfari-Prinzessinnen."

Sand knirschte unter seinen Sohlen, als der Krieger seine Schritte in die Nacht hinaus beschleunigte.

~◊~

Asara zog murrend die Wolldecke über ihr Gesicht.

„Noch ein paar Minuten", murmelte sie. Mit einem lauten Schnauben zog Raif die schützende Decke von ihrem Körper und warf sie achtlos beiseite. Kalte Luft fuhr unter Asaras seidenes Nachthemd und ließ sie erzittern.

„Jetzt."

Die *Kisaki* öffnete widerwillig die Augen. Das Zimmer im Obergeschoß der schmuddeligen Hafentaverne war klein und stickig. Die einzige Lichtquelle war eine rußige Öllampe auf einer windschiefen Kommode nahe der Tür. Es gab weder Regale noch Schränke und das einzige Fenster war kaum größer als ein Teller. Durch das gesprungene Glas hindurch konnte Asara erkennen, dass es draußen noch stockfinster war.

„Es ist Zeit", sagte Raif. Der über ihr thronende Krieger war bereits voll angekleidet. Lediglich sein Schwertgurt lag noch auf der Strohmatratze, auf der er die Nacht verbracht hatte. Die viel zu kurze Nacht, wie Asara gähnend bemerken musste.

Ursprünglich hatte die *Kisaki* damit gerechnet, dass Raif sie nach dem Gespräch mit den Seeleuten zurück in den Palast eskortieren würde. Doch es war anders gekommen. Der Krieger hatte sie vor die vollendete Tatsache gestellt, dass es keine Rückkehr auf den Tafelberg mehr geben würde und sie beide nahe des Hafens nächtigen würden. So hatte Asara weder die Gelegenheit bekommen, sich von Cyn und den anderen zu verabschieden, noch ihre Sachen aus ihren Gemächern zu holen. Raif hatte im selben Atemzug klargestellt, dass ihre Abreise eine stille sein würde – unbemerkt im Zwielicht des anbrechenden Tages.

So waren sie im *Betrunkenen Tukan* untergekommen, einer heruntergewirtschafteten Taverne am Rande des Hafendistrikts. Zu Asaras Verwunderung hatte Raif ihr das einzige echte Bett kommentarlos überlassen und sich wortlos auf eine alte Strohmatratze neben der Tür zurückgezogen. Dabei hatte die *Kisaki* eigentlich erwartet, die Nacht als Raifs Gefangene auf dem Boden verbringen zu dürfen – als Dank für all die Unannehmlichkeiten, die sie ihm beschert hatte. Stattdessen hatte sie eine kurze, unruhige Nacht unter einer juckenden Wolldecke verbracht; ohne Fesseln und ohne Gesellschaft.

Raif musterte sie mit unbewegter Miene. „Das Schiff wartet nicht." Ohne weitere Erklärung hob der Krieger einen großen Beutel vom Boden auf und ließ ihn unzeremoniell neben ihr auf das Bett fallen. Asara richtete sich auf und warf einen neugierigen Blick in die prallgefüllte Leinentasche. Es begrüßte sie ein beachtlicher Berg Gewänder, Schuhe und Ausrüstung. Von ihrer Peitsche und dem Dolch bis hin zu ihrem Trinkschlauch und mehreren Garnituren Ersatzgewand war alles vorhanden.

Ihr längster Blick gehörte aber den Seilen, Ketten und Schellen. Insgesamt waren genügend Fesseln und Spielzeuge in dem Beutel, um *zwei* Sklavinnen in stöhnende, wehrlose Bündel zu verwandeln.

Zögerlich führte Asara ihre Hand in die Tasche und strich über das kühle Metall der Ketten. Ihre Finger schlossen sich schließlich um ein obenauf liegendes, elegant verziertes Halsband aus makellosem Silber.

„Ein Bote in der Nacht", erklärte Raif. „Lanys sendet ihre Grüße."

Sein Blick folgte jeder ihrer Bewegungen. „Dies ist ihr-"

„...ihr Halsband aus ihrer Zeit in Al'Tawil", vollendete Asara den Satz. „Ich weiß. Ich war die Person, die es ihr vor all den Jahren als Zeichen ihrer Leibeigenschaft angelegt hat."

Asara konnte sich an den Moment erinnern, als ob er gestern gewesen wäre. Unter Rayas wachsamen Augen hatte eine unbekleidete Lanys vor der jungen Thronfolgerin gekniet. Folgsam hatte sie ihr Haar beiseitegeschoben und den Kopf erwartungsvoll gesenkt.

Asaras Mutter hatte ihrer Tochter das neu angefertigte Halsband überreicht und auffordernd genickt.

‚Sie ist jetzt dein, Asara', waren ihre Worte gewesen. ‚Dein Eigentum und deine Verantwortung'.

Als das Band kurz darauf leise klickend um den Hals der jungen Ashen-Sklavin arretierte, hatte Asaras Geist unvermittelt rebelliert. Die zukünftige *Kisaki* hatte sich in jenem Moment ausgemalt, wie es sich wohl anfühlen würde, wenn die Rollen getauscht wären. Ihr Herz hatte schneller und immer schneller zu schlagen begonnen. Alles war zugleich über sie gekommen: geheime Vorfreude, schlechtes Gewissen und eine ungekannte Erregung.

Doch heute...

Asara drehte und wendete den schmalen Reif. Der O-förmige Ring an der Vorderseite des schmalen Bandes klimperte leise. Die *Kisaki* schloss für einen Moment die Augen. Sie versuchte etwas zu spüren – irgendetwas – doch ihr Innerstes blieb ungekannt stumm. Sie hatte am gestrigen Tag eine Entscheidung getroffen, die sie nicht mehr revidieren konnte. Sie musste fortan mit den Konsequenzen leben; Konsequenzen, die hier und jetzt in der Form eines Sklavenhalsbandes ihren Anfang nahmen. Denn trotz ihrer entblößten Vorlieben und dem damit einhergehenden Hochgefühl in ihrem Unterbauch wusste Asara nur zu gut, dass der nun folgende Schritt nichts mit einem vergänglichen Spiel gemein hatte. Auch unterschied er sich deutlich vom Zwang der Entführung, der in Al'Tawil für ein jähes Erwachen gesorgt hatte. Nein, diese Entscheidung war permanent. Permanent und gänzlich freiwillig.

Ein Opfer für den Frieden – oder der größte Fehler meines Lebens.

Asara öffnete das Halsband und überreichte Raif den Stift, der die Metallschelle in ihrem Genick zusammenhalten würde. Dann strich sie kommentarlos ihr Haar beiseite und schloss das Band um ihren Hals. Sie spürte Raifs Präsenz in ihrem Rücken. Seine kräftige Hand kam auf ihrer nackten Schulter zu liegen.

„Ich habe mich in dir geirrt", sagte er mit dumpfer Stimme. Mit einem finalen Einschnappen schob er den Stift in die verborgene Ausnehmung. Asara ließ ihre Hände sinken. Nur ein zweiter Zylinder derselben Machart konnte das Halsband entriegeln. Und in ihrem Beutel hatte sie keinen erspäht.

„Geirrt?" fragte sie. Ihre Worte waren leise und undeutlich. Es war als ob ihr das kühle, enganliegende Metall die Stimme raubte. „Du meinst, du hast meine…Abartigkeit unterschätzt? Meine innere *Zis'u*?"

„Nein." Raif trat einen Halbschritt zurück. „Deine Entschlossenheit." Er lachte tonlos auf. „Oder vielleicht deine ungesunde Sturheit."

Der Krieger setzte an, noch etwas zu sagen, hielt jedoch inne. Nach einem langen Moment der Stille zog er ein Bündel stählerner Fesseln aus dem Beutel und breitete sie auf der Matratze aus. Seine Stimme klang härter, als er fortsetzte.

„Werde zur Sklavin, Asara. Mach es glaubwürdig."

Die *Kisaki* warf einen Blick über ihre Schulter. „Wirst du mich nicht fesseln?"

Es war schwer, die Enttäuschung vollends aus ihrer Stimme zu verbannen. Sie hatte sich insgeheim darauf gefreut, Raifs volle Aufmerksamkeit an ihrem wehrlosen Körper zu spüren.

Doch der Krieger schüttelte nur den Kopf. „Dies ist ein letzter Test, Sklavin. Deine Launen – gerade in Angelegenheiten der Unterwerfung – sind oft so wechselhaft wie das Frühlingswetter. Lass deine Taten für deine wahre Überzeugung sprechen." Raif verschränkte die Arme und hob auffordernd eine Augenbraue.

Asara schenkte ihm einen ungehaltenen Blick und kletterte aus dem Bett. In einer fließenden Bewegung streifte sie ihr Nachthemd ab. Mit dem

Rücken zu Raif schlüpfte sie in ein schwarzes Höschen aus feiner Spitze, das Lanys mit zweifellos unverhohlenem Genuss eingepackt hatte. Oberschenkellange Strümpfe und ein viel zu knapp geschnittener Büstenhalter aus demselben schmeichelnden Material komplettierte die aufreizende Gewandung. Kunstvolle Bänder erwuchsen aus Trägern wie Tanga und schlangen sich wie Riemen um Asaras Schultern und Taille. Das Resultat war nicht Unterwäsche und nicht Harnisch – entlehnte sich aber Elemente aus beiden Welten. Es war perfekt.

Asara wusste, dass sie sich auch den simplen Schurz und das Brusttuch vom Vortag hätte anlegen können, doch die provokante Wahl fühlte sich *richtiger* an. Richtiger und gefährlicher. Ohne sich umzudrehen, griff die *Kisaki* nach den hochhackigen Sandaletten, die sie obenauf im Beutel erspäht hatte.

Es war eine Flucht nach vorn. So viel war Asara bewusst. Dennoch konnte sie es sich nicht verkneifen, das Bestmögliche aus ihrer Situation herauszuholen. War es schlau, in der Gesellschaft von Halunken und Halsabschneidern derart aufzufallen? Vermutlich nicht. Doch irgendetwas sagte ihr, dass es eine schüchterne Sklavin in Opferrolle noch viel schwerer haben würde, als eine selbstbewusste Gefangene in aufreizender Gewandung.

„Traust du meiner eben noch angepriesenen Entschlossenheit nicht, oh großer Meister?" fragte Asara neckisch, während sie betont langsam in ihre hohen Schuhe schlüpfte. Raif schnaubte durch die Nase.

„Ich traue dir zu, dich innerhalb kürzester Zeit in Schwierigkeiten zu bringen. Deine Unterwürfigkeit ist im besten Fall…launisch."

Asara drehte sich um und stemmte ihre Hände gegen ihre Hüften. „Ist es nicht deine Aufgabe als Meister, die Sklavin unter Kontrolle zu halten?"

Raifs Augen verengten sich. Sein strenger Blick war starr auf ihre Augen fixiert. „Spiel nicht mit mir." Er deutete auf die ausgebreiteten Schellen. „Und vergeude nicht meine Zeit."

Er hob seinen Schwertgurt vom Boden auf und schnallte ihn um. Asara spürte einen Moment des Frustes ob seines sichtlichen Desinteresses. Schmollend griff sie nach den Fußschellen und schloss sie um ihre exponierten Gelenke. Nein, sich selbst in Ketten zu legen war bei weitem nicht so unterhaltsam wie die herrische Zuwendung ihres Gegenübers.

Asara hatte bereits die erste Handschelle geschlossen, als Raif sie schließlich unterbrach.

„Du hast dir deinen Knebel redlich verdient, Sklavin. Schweigen vor Handfesseln."

Asaras Laune der aufmüpfigen Provokation begann langsam abzuflauen. Zögerlich nahm sie das altbekannte Utensil auf. Der Lederball wurde von einem robusten, fingerbreiten Riemen gehalten, der in einer verschließbaren Schnalle mündete.

Jeder Sinn, der mir genommen wird...

...stahl ihrer Situation den spielerischen Unterton. Raifs zufriedenem Blick nach zu urteilen, war er sich dessen nur zu sehr bewusst.

„Wie schon gesagt, Sklavin. Es war und ist kein Spiel, das wir hier spielen."

Asara schluckte. Drei Herzschläge später teilte sie ihre Lippen und schob den ausfüllenden Ball langsam in ihren Mund. Ihre Zunge wurde unnachgiebig nach hinten gezwungen. Mit wenigen Handgriffen schlang sie den Riemen unterhalb ihres Haarschopfes um ihren Kopf und zog ihn fest, bis sich der Knebel nicht mehr bewegen ließ. Die Schnalle arretierte.

Unter Raifs Adleraugen führte sie schließlich ihre Hände hinter ihrem Rücken zusammen und klickte die zweite Schelle geschlossen.

„Gut."

Ohne weiteren Kommentar entfernte der Ashen-Mann den Schlüssel und ließ ihn in einer seiner Gürteltaschen verschwinden. Danach klinkte er eine feingliedrige Kette an den Ring von Asaras Halsband. Nach kurzem Überlegen schlang er ihr noch einen schweren Umhang um die Schultern und befestigte ihn mit einer smaragdgrünen Brosche.

Mit dem großen Beutel in der einen und der Leine in der anderen Hand schritt Raif zur Tür. Asara war gezwungen, ihm unter leisem Kettenklirren zu folgen.

Die Fesseln waren zurück. Die Schande war zurück. Die wankelmütige *Kisaki* war einmal mehr zur unterwürfigen Sklavin geworden, die nicht einmal verbal gegen ihr grausames Schicksal protestieren konnte.

Mit einem Gefühl zwischen wachsender Nervosität und zunehmender Erregung folgte sie ihrem Meister zu den morgendlichen Docks, wo der nächste Teil ihrer unberechenbaren Reise beginnen würde.

23

Lektionen

Der kräftige Ostwind fuhr unter Asaras Umhang und ließ ihn wie ein Banner wehen. Ohne den Schutz des schwarzen Leinenstoffs fröstelte die *Kisaki* trotz der kräftigen Mittagssonne, die auf das Deck des Schiffes herabbrannte. Ihre freizügige Gewandung und die hinter ihrem Rücken gefesselten Arme machten die Situation nicht besser. Asara versuchte, den tanzenden Umhang mit ihren Fingern zu ergreifen, doch der Wind siegte erneut. Zugleich sandte eine größere Welle einen Stoß durch den Rumpf des Schiffes. Die Gefangene trippelte einen Schritt zur Seite, um nicht zu stolpern. Die Absätze ihrer Schuhe klackten lautstark über Deck.

Asaras hochhackige Sandaletten waren definitiv nicht das richtige Schuhwerk für eine Schiffsreise. Zu dieser Erkenntnis gesellte sich die Erschwernis durch die kurze Kette, die sich zwischen den Schellen an ihren Fußgelenken spannte. Raif, der Asara an ihrer Leine über das ausladende Hauptdeck führte, schien diesen Umstand zu ignorieren. Es gab auch nicht viel, was die Sklavin tun konnte, um ihn zur Nachsicht zu bewegen. Selbst nach Stunden an Bord der *Flüsternden Schwinge* trug Asara immer noch ihren Knebel.

Unter den wachsamen Augen der Besatzung passierten die beiden Ashen den Großmast und kamen vor einer breiten Türe am Fuße des rückwärtigen Aufbaus zu stehen. ‚Achterdeck' hatte Raif es genannt. Hinter der hölzernen Türe befanden sich offenbar die Offiziersquartiere. Links und rechts, nahe am Rande der Reling, führten schmale Stufen nach oben. Dort waren das Steuerrad sowie der verdeckte Aufbau installiert, den Raif am Vortag als Katapult identifiziert hatte.

Asara ließ ihren Blick weiter schweifen. Hoch über ihr wehten die Segel der *Flüsternden Schwinge*, die aus der Nähe noch weit eindrucksvoller wirkten, als von Masartas Pier aus. Wie enorme… nun, Flügel… fingen die haushohen Tücher den Wind ein und verwandelten ihn in Schub. Das Holz der Masten ächzte unter der Belastung. Zahllose dicke Stricke verbanden Querverstrebungen mit Außenhülle. Das komplexe Konstrukt sah aus wie ein langgezogenes Spinnennetz, das jedes der Segel strikt unter Kontrolle hielt. Matrosen kletterten auf den schwingenden Beinahe-Leitern umher oder korrigierten den Zug der Falle. Dies war das Wort. Falle. Ein Reisender Händler hatte Asara vor langer Zeit versucht zu erklären, wie die einzelnen Teile eines Segelschiffes hießen, doch die *Kisaki* hatte das meiste wieder vergessen. Rah, Masten, Nest, Topp, Falle. Das Vokabular tanzte in ihrem Kopf umher wie ihr Umhang im Wind.

„Herein."

Asara hatte nicht mitbekommen, dass Raif bereits an der Kajüte geklopft hatte. Sie stolperte einen Habschritt nach vorne, als der Krieger die Türe öffnete und nach innen trat.

Die *Kisaki* folgte ihrem Wärter in das erstaunlich geräumige Zimmer. Zu ihrer Erleichterung fiel die Türe hinter ihr ins Schloss und sperrte die kühle Meeresluft aus. Die Kajüte war angenehm beheizt und heimelig eingerichtet. Asaras Augen huschten über einen großen, mit Seekarten bedeckten Tisch, über kunstvoll verzierte Kommoden und seltsame Trophäen an den gekrümmten Wänden, bis hin zu einem schweren, hölzernen Schreibtisch. Dort blieb ihr suchender Blick ungewollt hängen.

Hinter dem mit Pergament und Schreibutensilien beladenen Aufbau aus massivem Mahagoni saß die größte Frau, die Asara jemals gesehen hatte. Die Eru war selbst in vornüber gebückter Haltung fast so hochgewachsen wie die *Kisaki* im Stehen. Ihr Körper war breit und wuchtig, schien aber fast ausschließlich aus Muskelmasse zu bestehen. Jede ihrer Bewegungen beulte den Stoff ihrer leger geschnittenen Untertunika aus. Der dazugehörige Mantel lag vergessen auf einem der freien Stühle. Das wettergegerbte Gesicht der Kommandantin war hart und ihre Stirn in Konzentration gerunzelt. Zwei schulterlange Zöpfe fassten ihr strähniges braunes Haar zusammen und schwangen träge mit jeder Bewegung des Schiffes. Ein Ohrring, den Asara als Armreif hätte verwenden können, zierte das linke Läppchen der enormen Eru.

„Kapitän Vylda." Raif nickte zum Gruß. Seine Stimme war höflich und zurückhaltend. Asara konnte es ihrem Begleiter nicht verübeln. Manchen Leuten zollte man besser den Respekt, den sie offensichtlich verlangten.

Die Kapitänin, Vylda, blickte auf. Ihre Augen waren grau wie der bedeckte Himmel vor einem Sturm. Sie musterte Raif und Asara für einen langen Moment.

„Ah, meine unerwartete Fracht." Vyldas Stimme war weniger tief und rau als erwartet. Hätte Asara die Sprecherin nicht mit eigenen Augen gesehen, hätte sie eine weit zierlichere Frau erwartet.

„Nehmt Platz." Sie deutete auf die am Boden verschraubten Stühle vor ihrem Schreibtisch. Nach einem letzten Blick auf ihre Unterlagen klappte sie das in Leder gebundene Hauptbuch zu und lehnte sich zurück. Raif ließ sich ihr gegenüber nieder. Asara sank unaufgefordert neben ihm auf die Knie. Bevor sie sich dabei ertappen und unterbrechen konnte, öffnete sie ihre Beine und zog ihre Schultern zurück. Vylda sah ihr milde amüsiert zu.

„Eure Sklavin ist wesentlich fügsamer, als die Gerüchte es vermuten lassen würden", meinte sie zu Raif, der seine Hand beiläufig auf Asaras Haupt legte.

„Gerüchte?" fragte er. Die Kapitänin nickte und griff zu einer gläsernen Flasche gefüllt mit bernsteinfarbener Flüssigkeit.

„Das ist Lanys, nicht wahr? Die Sklavin der Yanfari-Kaiserin? Sie soll ein richtig widerspenstiges Luder sein."

Ohne ihren Blick von Asara abzuwenden, schenkte sich die Eru ein Glas des streng riechenden Getränks ein. Nach kurzem Zögern füllte sie auch den Becher ihres stoischen Gegenübers. Dann setzte sie in erzählerischem Unterton fort.

„Ihrer Herrin in den Wirren Al'Tawils entkommen und später ein zentraler Teil der Rebellion gegen den Vezier von Masarta. Befreierin von wehrlosen Sklaven und selbstlose Rächerin des Ashvolks." Vylda lächelte, doch die Emotion schien ihre Mundwinkel nie zu verlassen. „Schlussendlich wurde sie aber wieder eingefangen, nur um die *Kisaki* vor den Augen aller bloßzustellen und sich selbst als schamloses Lustobjekt zu präsentieren." Vylda hob eine buschige Augenbraue. „Welch kurioser Wandel." Die Eru nahm einen tiefen Schluck. Asara senkte ihren Blick. Sie spürte, wie ihr die Röte der Scham ins Gesicht schoss. Derart zusammengefasst klangen ihre Erlebnisse in der Tat wunderlich. Oder verdächtig inkonsistent.

Raif hob sein Glas und hielt es gegen das Licht der durch ein Heckfenster einfallenden Sonne. „Ihr seid gut informiert, Kapitän Vylda."

Die Eru wandte ihren Blick von Asara ab, die unter ihrem Umhang leicht zu schwitzen begonnen hatte.

„Ich nehme nie Fracht auf, ohne mich zuvor abzusichern", erwiderte die Eru. „Insbesondere menschliche." Pause. Kurz bevor die Stille unangenehm wurde, setzte sie fort. „Nun, Ashen-Krieger. Was ist eure Gefangene wirklich? Kämpferin oder Lustsklavin?"

Raif schmunzelte. „Das eine schließt das andere nicht aus."

Vylda nickte. Mit einer geschmeidigen Bewegung stand sie aus dem Sessel auf. Voll aufgerichtet befand sich ihr Kopf bedenklich nahe an der Decke der Kajüte.

„Eine ehrliche Antwort", sagte sie mit ruhiger Stimme. „Ich bin erstaunt. Jeder andere hätte die Gelegenheit genutzt, die Schande der Ausgestoßenen noch zu vergrößern. Und sich dabei das Wohlwollen der Besatzung zu erkaufen, der er sich gerade ausgeliefert hat."

Raifs Muskeln spannten sich sichtlich an. Er erhob sich. Sein eisiger Blick traf jenen der um fast zwei Köpfe größeren Kapitänin. „Ist das eine Drohung, Vylda?" fragte er leise.

Die Eru schmunzelte und trat einen Schritt näher an ihr Gegenüber heran.

„Keine Drohung, mein Guter. Eine Feststellung. Lanys kehrt als Fehlschlag nach Ravanar zurück, nicht wahr? Das hinterlässt für euch Ashen doch einen besonders bitteren Nachgeschmack."

„Und?"

„Und", setzte sie fort, „so etwas äußert sich meistens auf bestimmte Weise. Das weiß ich dank meiner langjährigen Erfahrung als einzige Eru in einer Besatzung aus Ashvolk." Sie nahm Raifs unangetasteten Becher aus seinen Fingern und stellte ihn am Tisch ab. „Männer werden häufig durch schmutzige Dienste in der Bilge bestraft. Oder als Gespiele an den einen oder anderen interessierten Seemann verliehen. Frauen und Mädchen hingegen…nun. Ihr könnt es euch ausmalen." Ihr Blick wurde hart. „Stellt sich also die Frage, warum ihr einer hübschen und offenbar willigen Sexsklavin wie eurer Lanys ein derartiges Schicksal zu ersparen versucht. Das ist…ungewöhnlich."

Asara blickte unsicher von Raif zu Vylda. Es kam ihr vor, als ob zwei Unterhaltungen zugleich geführt wurden: Eine, die sich offen zutrug und in einer Herausforderung zu gipfeln schien und eine andere, der Asara nicht recht folgen konnte. Was hatte Raif gesagt, um das offene Misstrauen der Eru zu erwecken?

Der Krieger hielt Vyldas bohrendem Blick stand. Doch Asara erkannte die Zeichen seiner Nervosität. Raif bereitete sich auf einen Kampf vor. Seine Hand lag lässig auf dem Knauf seines Schwertes.

Ich muss etwas tun.

„Sie ist keine Lust-" begann Raif. Er wurde jäh unterbrochen, als sich Asara unvermittelt an sein Bein schmiegte. Sie stöhnte leise. Ohne weiter darüber nachzudenken, führte die *Kisaki* ihre gefesselten Hände um ihre Taille und tastete sich mit geschickten Fingern unter ihr Höschen. Sie fand ihre erwartungsvoll befeuchtete Spalte. Leicht erzitternd begann sie, ihre Liebesperle zu massieren. Sie bewegte ihre Hüften sanft im Rhythmus der kreisenden Bewegung. Zugleich legte sie ihren Kopf in den Nacken und blickte zu Vylda auf. Asaras Knebel bewegte sich kaum merklich unter dem Druck ihrer suchenden Zunge. Die Sklavin wünschte sich in das Bild der willigen Sklavin – nein, sie *wurde* zur willigen Sklavin. Die Knospe ihrer Lust sprießte unter der Liebkosung auf. Die Gefangene spreizte ihre Beine, soweit sie konnte. Ein weiteres helles Stöhnen entkam ihrer Kehle.

Vyldas Gesicht war unlesbar. Raifs Miene konnte sich Asara nur ausmalen.

„Genug", seufzte die Kapitänin nach einem langen Moment. „Ich habe verstanden." Sie warf Raif einen ehrlich amüsierten Blick zu und schien sich sichtlich zu entspannen. „Ihr seid ein...seltsames Paar, wisst ihr das?" Die Eru lachte auf und griff nach ihrem Mantel. „Selten sieht man Meister und Sklavin, die sich derart...kreativ gegenseitig zu schützen versuchen."

Widerwillig hielt Asara inne und warf einen fragenden Blick in Raifs Richtung. Der Krieger hatte eine Augenbraue gehoben.

„Zu was macht uns das, Kapitän Vylda?" fragte er mit ruhiger Stimme. Die Piratin warf sich ihren Umhang über und knöpfte ihn zu.

„Zu Kommandant und Passagier", erwiderte sie schlicht. „Willkommen an Bord der *Flüsternden Schwinge*."

Raif nickte und wandte sich zum Gehen. Asara rappelte sich kettenklimpernd auf. Das Kribbeln zwischen ihren Beinen begann langsam abzuflauen. Sie holte tonlos Luft, um ihren Kopf vollends zu klären. An der Tür hielt der Krieger inne.

„Vylda."

„Ja?"

„Was hättet ihr eigentlich getan, wenn ich Lanys euren Männern überlassen hätte?"

Die Eru begann breit zu grinsen. „Sagen wir so: Ohne Schiff unter den Füßen ist es ein langer Weg nach Ravanar. Und in diesen Gewässern gibt es viele hungrige Haie."

~◊~

Asara seufzte und sank auf die Strohmatratze ihrer winzigen Koje. Mit steifen Fingern massierte sie ihren protestierenden Kiefer. Raif hatte sich bis lange nach dem Gespräch mit Kapitänin Vylda Zeit gelassen, um in die Kajüte zurückzukehren, die ihm von der Eru zugewiesen worden war. Erst hier, in der Privatsphäre der fensterlosen Kabine, hatte der Krieger den Knebel und die Handeisen entfernt, die ihr seit dem Morgengrauen Stimme und Freiheit geraubt hatten.

Asara seufzte erneut und warf Raif einen fragenden Seitenblick zu.

„Das Halsband und die Fußfesseln?" fragte sie vorsichtig. Der Ashen-Mann würdigte sie keines Blickes, als er seinen Beutel unter der sanft wippenden Hängematte abstellte, die den Großteil der Kajüte einnahm.

„Bleiben wo sie sind", erwiderte er knapp. „Nimm deine Leine und kette sie an den Ring neben der Tür." Er angelte ein kleines Schloss aus der Tasche und warf es vor Asaras Füße. Die *Kisaki* nahm es auf.

„Ist das nicht übertrieben?" Stirnrunzelnd folgte sie der stählernen Kette mit ihren Fingern. „Wir sind auf einem Schiff. Ich kann nirgends hin

– und die Piraten wissen das." Asara hob das Ende der Leine auf und wog es in ihrer Hand. Das robuste Metall war erstaunlich leicht. „Außerdem scheint Vylda keine Freundin der Sklaverei zu sein, wenn ich ihre…Abschiedsworte richtig gedeutet habe."

Raif schnaubte verächtlich. Er war damit beschäftigt, betont gemächlich seine ledernen Armschienen abzunehmen.

„Verwechsle ihre Drohgebärden nicht mit Sympathie", entgegnete er. „Menschliche Fracht ist beim besten Willen kein Fremdwort für diese Besatzung."

Asara klinkte das kleine Schloss an das Ende der Kette und streckte ihre Hand nach dem in der nahen Wand eingelassenen Metallring. Mit einem Handgriff schlang sie die Leine durch die Öse und führte die Glieder wieder zusammen. Das Schloss klickte zu. Sie gab der Kette einen testweisen Ruck.

„Woher willst du das wissen?" fragte sie.

„Die Abteile im hinteren Frachtraum", erwiderte Raif knapp. „Mein erstes Treffen mit Vylda fand unter Deck statt. Die dortigen Kojen waren allesamt Sklavenkäfige." Raif legte die Lederschienen ab und wandte sich um. „Kapitän Vylda ist nur an einem interessiert: Profit. Und aktuell ist es profitabler, uns unbeschadet nach Ravanar zu bringen. Sie ist nicht dumm. Deine Bedeutung ist ihr nicht entgangen. Dich ihren Männern als Gespielin zu überlassen, ist ein zu großes Risiko."

Asara erwiderte nichts. Der Gedanke, gegen ihren Willen von einer Bande fleischeslüsterner Piraten in Beschlag genommen zu werden, erfüllte sie mit Terror. Zu ihrem Entsetzen war das aber nicht ihre einzige Reaktion auf das geistige Bild der gewaltsamen Entehrung. Tief in ihrem Inneren schlummerte eine Stimme, die der Vorstellung weit weniger abgeneigt zu sein schien, als sie es für möglich gehalten hätte.

In ihrer aufkeimenden Fantasie war Asara mit gespreizten Armen und Beinen an Vyldas Schreibtisch gefesselt, während böse grinsende Halsabschneider rund um sie herumstanden und sie mit unverhohlener Gier anstarrten. Die grobschlächtigen Männer berührten sie an Schenkeln und Brüsten – rücksichtslos und ohne Zurückhaltung. Der erste hatte sich bereits seiner Hose entledigt, um sein geschwollenes Glied in ihre präsentierte Spalte zu rammen. Ein weiterer masturbierte lachend in ihr Gesicht, während er seine Pranke fest um ihren Hals legte. Ein Dritter hatte eine schmale Pergamentschatulle in der Hand, die er langsam aber unaufhaltsam an ihren Anus heranführte…

„Asara." Die Angesprochene blinzelte. „Asara."

„Hm?"

„Ich sagte, dass du diese Leute nicht unterschätzen sollst. Sonst endet deine Unternehmung, bevor sie überhaupt begonnen hat."

Die *Kisaki* leckte über ihre Lippen und kreiste ihre zusammengeketteten Knöchel. Die Absätze ihrer Sandaletten klackten dabei leise gegen das Holz.

Tief durchatmen.

Ihr kurzer Ausflug in das Reich der Fantasie hatte sie weit mehr erregt, als sie sich eingestehen wollte. Raifs schroffe Worte entpuppten sich glücklicherweise als perfekte Ablenkung.

„Du hältst nicht viel von Lanys' und meinem Plan, oder?" fragte Asara und schenkte dem Krieger einen herausfordernden Blick. Raif schnaubte.

„Plan?" Er schüttelte unmerklich den Kopf. „Das ist kein Plan. Das ist reines Glücksspiel." Er verschränkte die Arme. „Lanys ist eine Draufgängerin, keine Strategin. Dieser sogenannte Plan ist reiner Irrsinn."

Asara blickte ihn verwundert an. Sie hatte viel erwartet, aber nicht diese brutale Offenheit.

„Warum hast du nichts gesagt?" fuhr sie ihn an. Die Worte kamen dabei wesentlich aggressiver hervor, als sie es geplant hatte. Dennoch ruderte sie nicht zurück. „Du bist stundenlang neben uns gestanden und hast kaum etwas von dir gegeben. Wenn du den Plan für so töricht hältst, warum hast du nicht widersprochen? Bist du nicht Lanys' Alliierter in dieser Sache? Ihr *Freund*?"

Die *Kisaki* hatte sich aufgerichtet und ihre Fäuste geballt. Der unerschütterliche Stoizismus des Kriegers ließ ihr Temperament nur noch mehr aufflammen. Raif zeigte sich unbeeindruckt.

„Lanys ist...kompliziert. Und in vielen Fällen noch sturer als du. Sie steuert schon seit Jahren auf diesen Abgrund zu – ein paar mahnende Worte können daran nichts ändern."

„*Im'baca!*" Asara gab ihrer Kette einen frustrierten Ruck. „Wenn ich gewusst hätte, dass du von Anfang an resignierst, hätte ich mich alleine nach Ravanar aufgemacht!" Sie lachte verbittert auf und ließ sich auf das harte Strohbett fallen. „Unglaublich! Ich dachte du bist *stark!*"

Mit einem gutturalen Grollen überbrückte der Ashen-Krieger die Distanz zwischen ihnen und packte Asara am Haar. Die Gefangene war gezwungen, in unangenehm steilem Winkel zu ihrem Wärter aufzublicken.

„Ich bin hier", knurrte er, „um dich vor deinem eigenen Leichtsinn zu schützen. Und um sicherzugehen, dass du wenigstens den Hauch einer Chance hast."

Er ließ unvermittelt von ihr ab. Sein Gesichtsausdruck war nahezu...flehend. „Verstehst du nicht? Du stürzt dich kopfüber in dieses Abenteuer, ohne über die Risiken nachzudenken!" Er stieß mit dem ausgestreckten Finger gegen Asaras Stirn. „Deine Tarnung ist bestenfalls fragwürdig, *Hoheit.* Du sprichst Ashar meistens nur mit Akzent, weißt so gut wie nichts über unser Volk und seine Gebräuche und bist dir nicht einmal in Klaren, was es mit deiner Fähigkeit wirklich auf sich hat." Er schnaubte und wandte sich ab. „Du bist nicht einmal eine sonderlich gute Sklavin."

Raifs Worte prasselten auf die *Kisaki* hernieder wie ein eiskalter Wolkenbruch. Es fiel ihr im ersten Moment schwer, etwas Kohärentes zu erwidern.

„Du hast...Angst um mich", flüsterte sie. Ihre Worte wogen schwer in der Stille der kleinen Kajüte. Der Krieger entgegnete nichts.

„Raif..." Asara stand auf und tat einen Schritt auf ihn zu. Sie streckte ihre Hand nach seiner abgewandten Schulter. „Raif."

Der Ashen-Mann drehte sich um. Muskeln spielten in seinem kräftigen Kiefer. Sein Blick war nach wie vor unlesbar.

„Bringe es mir bei, Raif", sagte Asara. „Lehre mich. Die Sprache und Gebräuche deines Volkes. Die Ausschöpfung meiner geborgten Fähigkeiten. Und was es wirklich heißt, eine Sklavin Ravanars zu sein." Sie schenkte ihrem Begleiter ein aufmunterndes Lächeln. „Du hast es mir einmal versprochen, erinnerst du dich? Damals war ich noch eine Gefangene ohne Ziel und Hoffnung und du warst bloß mein Entführer. Heute sind wir so viel *mehr*. Heute *will* ich lernen, was du mir anfangs angedroht hast."

Für einen Moment bröckelte die Maske des stoischen Kriegers. Widerstreitende Emotionen huschten über sein Gesicht – Emotionen, die so kraftvoll und roh waren, wie der wortkarge Mann selbst. Asara konnte die Intensität seiner innersten Gedanken fast schmecken. Raif hatte Angst und verspürte Zweifel. Doch beides galt nicht ihm selbst.

Ihre Blicke trafen sich. Raifs Maske kehrte zurück.

„Du wirst heute Nacht in einem *Hogtie* verbringen", sagte er mit kühler Stimme. „Geknebelt und im Keuschheitsgürtel. Es wird Zeit, dass du dich an schmerzhafte Einschränkungen wie auch konstante Stimulation gewöhnst." Er deutete auf den Boden vor seinen Füßen. „Die Lektionen in Etikette und angemessener Sprache beginnen morgen."

Asara sank wortlos auf die Knie und verschränkte ihre Finger hinter ihrem Rücken. Ihr Blick hing an seinen Lippen, als er fortsetzte.

„Als Lustsklavin in Vandars Haushalt wird es deine Aufgabe sein, dich stets von deiner verführerischsten Seite zu zeigen. Du wirst *gefallen* müssen – Männern und Frauen gleichermaßen." Raif Stimme wurde härter. „Du wirst gezwungen sein, Stunden in Ellenbogenfesselung auszuharren. Deine Schritte werden trotz der höchsten Absätze und unnachgiebigsten Seile präzise und elegant sein müssen. Du wirst dienen und gehorchen – im Salon wie im Schlafgemach." Raif legte seine Hand auf Asaras Haupt. Dann schob er einen Finger unter ihr Kinn und hob ihren Kopf.

„Ich werde dich lehren."

Asara holte tief Luft. Ihre Lippen bebten. „Danke, Meister."

Raif nickte leicht. „Ich kann dir die Waffen deines kommenden Kampfes zeigen, Asara. Aber meistern musst du sie selbst. Niemand kann dir abnehmen, was du dir zur Mission gemacht hast."

Etwas wie Stolz gepaart mit milder Resignation durchdrangen seine ruhigen Worte. Asara spürte, dass auch er eine Entscheidung getroffen hatte. Ob sich diese als so folgenschwer und unumkehrbar herausstellen würde wie dir ihre, vermochte nur die Zeit zu zeigen.

„Wann beginnen wir, Meister?" fragte sie leise. Raif nahm die Tasche auf und öffnete den ledernen Verschlussriemen. Sein Blick war kalt, als er ihr antwortete.

„Sofort."

~◊~

Asara holte leise stöhnend Luft. Selbst die kleine Bewegung, die mit dem Heben und Senken ihres Brustkorbs einherging, sandte dumpfen Schmerz durch ihre Glieder und kribbelnde Hitze durch ihren Unterleib. Raif hatte nicht gelogen. Das Training hatte begonnen, ohne der *Kisaki* die Gelegenheit zu geben, ihre Entscheidung zu überdenken. In wenigen Minuten hatte der Krieger sie in ein wehrloses, unter der Anstrengung ihrer Position zitterndes Bündel verwandelt.

Asara tat einen weiteren Atemzug. Ihr Blick wanderte an ihrem Körper hinab, soweit es die Fesseln zuließen. Sie war ein Bild der kompromisslosen Unterwerfung. Asara balancierte aufrecht auf ihren angewinkelten, leicht gespreizten Knien. Ihre Unterschenkel waren durch Ashen-Seil so fest mit ihren Oberschenkeln verbunden, dass diese zu einer Einheit verschmolzen waren. Ihre hinter dem Rücken gefesselten Hände berührten bei jeder Bewegung die schmalen Absätze ihrer Sandaletten. Obwohl ein weiteres Seil ihre Hand- und Fußgelenke zu einem strikten *Hogtie* verband, hatte Raif auch ihre Ellenbogen zusammengebunden, bis sich diese nahezu berührten. Weitere Seile umschlangen Asaras Torso unterhalb ihrer Brüste. Andere umarmten ihre Taille und Oberschenkel. Ihre nutzlosen Arme wurden fest gegen ihren Rücken gepresst.

Der Grund, warum Asara durch die sanfte Bewegung des Schiffes nicht sofort zu Boden kippte, war an ihrem Halsband befestigt. Eine kurze Kette verband es mit dem Metallring neben der Tür, welcher sich auf Kopfhöhe einer knienden Person befand. Durch Asaras Balanceakt befand sich die Öse jedoch exakt hinter ihrem Genick, wo auch der O-Ring ihres

Halsbandes platziert worden war. Die viergliedrige Kette spannte und entspannte sich mit jeder schwankenden Bewegung. Verlor die *Kisaki* gänzlich das Gleichgewicht, würde sie lediglich von Leine und Halsband in aufrechter Lage gehalten werden. Jeder Fehler wurde dadurch zur stählernen Hand, die sich erbarmungslos um ihre Kehle schloss.

Vollendet wurde Asaras Fesselung durch einen ledernen Gürtel, den Raif eng um ihre Taille geschlungen hatte. Ein strenger, zur Mitte hin schmäler werdender Riemen führte von Gesäß zu Anus und Scham. Das schwarze Material teilte dabei Asaras entblößte Spalte mit pulsierender Präzision. Doch die Stimulation endete hier noch nicht. Der Schrittgurt war mit zwei Phallus-Spielzeugen verschmolzen, die Raif mit sichtlicher Genugtuung in ihren Unterleib eingeführt hatte. Befeuchtet von Asaras eigenem Speichel, hatte der Krieger das kleinere, stark gerippte Glied in ihrem bebenden After versenkt, bis der haltende Riemen stramm auf ihrer Haut zu liegen kam. Das zweite, wesentlich größere Spielzeug hatte keinem Gleitmittel mehr bedurft. Glühende Feuchtigkeit hatte den Lederphallus zwischen Asaras gespreizten Beinen empfangen. Ein lautes Stöhnen war ihren geweiteten Lippen entkommen, als Raif den Schrittriemen schließlich festzurrte.

Mit dem Verschließen des eindringenden Keuschheitsgürtels begannen auch die Spielzeuge in ihrem Inneren aneinander zu reiben. Jede Bewegung ihrer balancierenden Knie stießen die Phalli tief zwischen ihre Beine. Asara wurde genommen – vorne und hinten zugleich. Jedes stöhnende Zurückweichen presste das andere Spielzeug nur umso tiefer in ihren Leib. Die Stöße der Wellen wurden so zu Stößen eines unnachgiebigen und unendlich ausdauernden Liebhabers. Jede kleinste Vibration entlockte Asara ein langgezogenes Stöhnen oder atemloses Keuchen.

Die Stimulation raubte ihr den Atem. Schmerz und Anstrengung rückten mit jeder vergehenden Minute mehr und mehr in den Hintergrund. Die *Kisaki* schmiegte sich in die Seile und begann, die Wellenbewegungen zu antizipieren. Mit jedem Stoß des Bodens unter ihren Knien spannte sie ihre Glieder gegen die Fesseln und gab der Leine einen sanften Ruck. Sie ließ ihre Hüften kreisen und genoss die Berührung der Wand in ihrem Rücken, die sich wie eine Hand gegen ihr Gesäß, und damit gegen ihren Keuschheitsgürtel, presste.

Durch halbgeschlossene Lider erspähte die sich sinnlich windende Asara ihren Wärter, der sich mit verschränkten Armen vor ihr aufbaute.

„M-Meister…", hauchte sie. Sie ließ all ihre Wünsche und Sehnsüchte in dieses eine Wort fließen. Sie war bereit – bereit für ihn und für ihre nächste Lektion als Sklavin der Lust. Das musste er doch sehen?

„Du wirst nicht kommen", sagte Raif mit kühler Stimme. „Hast du mich verstanden?"

Asara blinzelte. Eine sanfte Erschütterung des Schiffsrumpfes presste den Phallus in ihrer Spalte gegen ihr empfindlichstes Innere. Feuchtigkeit benetzte den Lederriemen zwischen ihren Beinen. Die Gefangene warf sich stumm flehend in die Seile, die ihren Körper so vollständig unterwarfen.

„Bitte...!"

Raif schüttelte den Kopf. „Das ist Lektion Nummer eins. Du wirst nur Erlösung finden, wenn dein Meister es dir befiehlt. Kommst du zu früh, zieht das eine harte Strafe nach sich. Hier und in Ravanar gleichermaßen."

Asara biss auf ihre Unterlippe und versuchte sich an einem ängstlichen Tonfall. „Strafe?"

Der Krieger hob eine Augenbraue. „Deine freudige Erwartung bei diesem Wort ist fehl am Platz, Sklavin. Nicht alle Strafen lassen sich von deinen...Vorlieben in eine Belohnung verwandeln. Deine Inklination ist im Ashen-Reich nicht so selten, wie du denkst." Raif zog eine kurze Reitgerte aus dem Beutel. „Schmerz, Demütigung, Lust. Das Ashvolk hat schon vor langer Zeit verstanden, dass sich diese Dinge nicht so fremd sind, wie ihr Yanfari es glaubt."

Ohne weitere Vorwarnung ließ Raif die Gerte auf Asaras Oberschenkel herabschnalzen. Die *Kisaki* jaulte auf und verlor beinahe das Gleichgewicht. Die kurze Kette zwischen Halsband und Wandring riss sie zurück in die aufrechte Lage.

„Du solltest auch verstehen", setzte Raif unbeeindruckt fort, „dass deine eigenen Lüste nicht immer denselben Regeln folgen." Er schmunzelte emotionslos. „Ein guter Meister weiß das und wählt jede Bestrafung mit großer Sorgfalt."

Asaras Haut brannte, wo die Gerte sie getroffen hatte. Der Schmerz tat ihrer Lust keinen Abbruch, sandte aber auch keine weiteren Wogen der Hitze durch ihren Unterleib. Alles, was sie in diesem Augenblick wollte, war Raifs Berührungen an ihrer entblößten Haut. Das und seinen Phallus zwischen ihren erwartungsvoll geteilten Lippen.

„Bitte...", flüsterte sie.

Raif beugte sich zu ihr herab und presste die Gerte gegen ihre Wange.

„Du wirst es lernen. Lernen, deine Lust zu kontrollieren, ohne an Genuss zu verlieren. Du wirst wissen, wann du feucht zu sein hast und wann dich deine berühmte Widerspenstigkeit ans Ziel führen wird. Doch heute", er schob den Griff der Peitsche zwischen ihre Lippen, „heute lernst du Zurückhaltung."

Raif strich durch Asaras Haar. Die *Kisaki* schloss ihre Augen. Ein wohliger Schauer schlich ihren Rücken hinab bis in ihre gefesselten Glieder.

„Harre aus, ohne zu kommen", befahl Raif. „Verliere niemals die Gerte. Missachtest du einen dieser Befehle, wirst du den Rest der Reise keine Erlösung finden. Hast du verstanden?"

Asara schluckte und nickte. Sie wollte fragen, wie lange sie in ihrer misslichen Lage ausharren musste, doch der improvisierte Knebel erkaufte ihr Schweigen. Die Antwort war ohnehin von vornherein klar: ‚So lange ich es wünsche.'

Die *Kisaki* blickte einmal mehr an ihrem zitternden Körper hinab. Keuchend presste sie ihren Rücken und ihre gespreizten Knie näher an die rückwärtige Wand. Die Absätze ihrer Schuhe bohrten sich schmerzhaft in ihr Gesäß. Sie ballte die Finger ihrer gefesselten Hände zu Fäusten. Die Seile um Gelenke und Ellenbogen strafften sich. Die erwartungsvoll hervorstehenden Nippel ihrer Brüste streckten sich ihrem Peiniger entgegen, als Asara ihren kurvigen Körper reckend durchstreckte.

Ja, die kecke Sklavin musste Zurückhaltung lernen. Doch es stand nirgends geschrieben, dass nicht auch Raifs Selbstbeherrschung auf eine harte Prüfung gestellt werden sollte. Dem animalischen Blick des Kriegers nach zu urteilen, hatte Asara ihr Ziel mehr als nur erreicht. Die *Kisaki* lächelte. Raif knurrte.

„Du lernst schnell", grollte er.

Damit wandte er sich von ihr ab und kletterte in die Hängematte. Eine Handbewegung löschte den Schein der Öllampe, die über seinem Kopf von der Decke baumelte. Dunkelheit breitete sich aus.

„Genieße deine Nacht, Sklavin." Seine Augen funkelten wie zwei Opale in einem Meer des Zwielichts. „Morgen erwartet dich die nächste Lektion."

~◊~

Die Zeit verging kriechend langsam – und wie im Fluge zugleich. Fast wirkte es, als ob die unumstößlichen Regeln der Welt in der Dunkelheit der kleinen Kabine außer Kraft gesetzt worden waren. Der dumpfe Schmerz in ihren angewinkelt gefesselten Beinen ankerte Asara in der Realität, während ihr die Umarmung der Seile und die Massage der tief eindringenden Spielzeuge den Boden unter den Füßen wegzuziehen schienen. Sie war gefangen zwischen zwei Extremen – und genoss jeden Moment ihrer unfreien Existenz im Limbus der unbeschreiblichen Gefühle.

Asara wiegte sich sanft im Rhythmus des tanzenden Schiffes. Jedes leise Knarzen der Seile oder Klimpern der Kette war eine Verkörperung der Grenzen, die ihr durch die sich so wundervoll eng anschmiegenden Fesseln auferlegt wurden. Zugleich brannte ihr Innerstes vor Sehnsucht. Der Lederriemen ihres Keuschheitsgürtels rieb mit jeder Bewegung über ihre pulsierende Liebesperle und trieb die beiden Phalli tiefer und tiefer in die bebenden Öffnungen zwischen ihren Beinen. Ohne dem Gertengriff, der ihren Mund aufzwang, hätte Asara durchgehend gestöhnt. Doch so blieb ihr nur ein leises, flehendes Wimmern, das unterhalb ihrer sich langsam hebenden und senkenden Brust seinen Ursprung fand.

Wie viel Zeit Asara in diesem erregten, den Umständen gänzlich ausgelieferten Zustand verbrachte, war ihr unmöglich zu beantworten. Im umnebelten Geiste der Gefangenen verstrich eine ganze Nacht. Sie stellte sich vor, dass die wiederkehrenden Schläge der Schiffsglocke, die irgendwo in weiter Ferne über die unendliche See hallte, in den Stößen des Schiffsrumpfes resonierte und so zu einem Teil ihres eigenen, sinnlichen Kampfes gegen die Fesseln wurde, der Asara und ihrem nach Liebkosung schmachtenden Körper alles und mehr abverlangte.

So kam es im imaginären Morgengrauen, dass Raifs Hand schließlich den Weg an Asaras Halsband fand und die kurze Kette entfernte, die die Gefangene in ihre aufrechte, balancierende Haltung zwang. Was folgte glich dem Erwachen aus einer Trance. Nicht in der Lage, eine weitere Sekunde auf ihren Knien zu verharren, sank die *Kisaki* in die wartenden Arme des Kriegers.

Sanft entfernte der Ashen-Mann die Gerte zwischen Asaras Lippen und bettete sie auf die nahe Matratze. Die *Kisaki* konzentrierte sich auf ihren keuchenden Atem. Es kostete ihr alle Selbstbeherrschung, nicht unter den provokanten Küssen der Spielzeuge aufzustöhnen, die sie so vollends ausfüllten. Das Schweigen zu brechen schien ihr falsch und verboten – zu fragil war der Zauber, der nach wie vor durch ihre Glieder kursierte.

Auch Raif sprach nicht, als er mit geschickten Fingern die Seile an Asaras Körper überprüfte. Wie damals in der Wüste machte er jedoch keine Anstände, die Fesseln zu entfernen. Die *Kisaki* hätte es auch nicht anders gewollt. Lächelnd schmiegte sie sich gegen ihren Peiniger und Meister und genoss seine Berührungen. Raif strich über ihre Schenkel, entlang ihrer Schultern und Arme, bis hin zu ihrer umschlungenen Taille. Seine Hand, heiß auf ihrer kribbelnden Haut, stoppte am verräterisch feuchten Lederriemen des Keuschheitsgürtels.

Er nickte anerkennend.

„Du hast gehorcht. Ich bin zufrieden."

Stolz ließ Asaras Brust schwellen.

„Danke, Meister", hauchte sie.

Raif strich eine Strähne ihres Haares aus ihrem schweißglänzenden Gesicht. Asara spürte die Überwindung, die es ihn kostete, seinen Blick nicht über ihren präsentierten Körper wandern zu lassen.

„In der Tat ein guter Anfang", fügte Raif murmelnd hinzu. Dann, mit mildem Amüsement in der Stimme, fuhr er lauter fort. „Wie lange denkst du, dass die in dieser Lage ausgehalten hast, Sklavin?"

Asara kreiste vorsichtig mit den Schultern. Der Schmerz in ihren streng gefesselten Armen war deutlich stärker geworden. Sie war bedenklich nahe an ihre Grenzen gekommen, ohne es wirklich zu merken.

„Eine Nacht..." murmelte sie. „Fünf Stunden vielleicht."

Raif lachte auf. „Rate nochmal."

Sein Hohn war frei von Bösartigkeit, hinterließ aber einen bitteren Nachgeschmack. Asara war nicht bereit, sich ihre Leistung schmälern zu lassen. Ihr verletztes Ego und ein ungekannter Ehrgeiz trieb sie zu einer frecheren Antwort.

„Auf jeden Fall länger, als mich ein bestimmter Ashen-Krieger jemals im Bett unterhalten konnte und könnte", stichelte sie in spöttischem Ton.

Raif hob eine Augenbraue.

„Vorsicht, Sklavin, oder ich überlege mir das mit der Belohnung anders."

Belohnung?

Asara verkniff sich eine weitere provokante Äußerung und schenkte ihrem Wärter ein hoffnungsvolles Lächeln. Zugleich öffnete sie einladend ihre Beine. Die sich verschiebenden Spielzeuge entlockten ihr ein helles Stöhnen.

„Der Gurt..." wisperte sie. „Bitte."

Raif richtete sich auf. Mit dem Fuß stieß er Asara vollends auf den Rücken. Die *Kisaki* verzog kurz das Gesicht, als ihr volles Gewicht auf ihren gefesselten Armen zu liegen kam.

„Hast du Lektion Nummer eins schon vergessen, Sklavin?" fragte er nüchtern. „Deine Erlösung erfolgt auf Befehl, nicht auf Wunsch. Selbiges gilt auch für die Benutzung deines Körpers." Raifs Blick war missbilligend. Asara errötete. Plötzlich kam ihr die dreiste Zurschaustellung ihres Körpers vor wie die verzweifelte Geste einer einfachen Prostituierten. Doch war sie etwas anderes? Hatte eine willige Lustsklavin wirklich das Recht, über freie Mädchen zu monieren?

Die *Kisaki* biss auf ihre Unterlippe und schwieg. Raif musterte sie für einen langen Moment. Dann hob er die Gerte auf, die Asara bis vor kurzem noch zwischen ihren Zähnen gehalten hatte.

„Eine Stunde", sagte er. „Du hast eine Stunde verharrt."

Asara starrte ihn ungläubig an. „Unmöglich..."

Die bittersüßen Schmerzen in ihren Beinen, ihren Schultern und ihrem Kiefer widersprachen auf das Vehementeste. Auch ihre Füße, gezwungen in die hohen Sandaletten, protestierten gegen Raifs Behauptung.

„Kenne deine Grenzen, Asara", betonte der Krieger, „und du wirst auch deine Lust besser kontrollieren können. Im Gegensatz zu so mancher Behauptung ist eine Lustsklavin nämlich bei Weitem nicht machtlos." Raif stellte einen Fuß zwischen Asaras geöffnete Beine und drückte mit der Sohle gegen den ledernen Schrittgurt. „Aber das wusstest du bereits, nicht wahr?"

Asara riss die Augen auf, zitternd und willig.

„Ja, M-Meister", stöhnte sie. „Ich werde mich...aufsparen. Aufheben. Warten, bis es mir...befohlen wird."

Es wurde zusehends schwieriger, ganze Sätze zu artikulieren. Asaras Körper wurden von heißen Wogen der Lust durchflutet, die kaum noch zu stoppen waren. Die Flamme eines wachsenden Orgasmus züngelte zwischen ihren Beinen. Eine falsche Bewegung, eine *richtige* Berührung, und sie würde zum Lauffeuer werden.

„Meister..." flehte sie leise. „Ich habe...die Lektion...gelernt... Bitte."
Nimm mich.

Raif erwiderte Asaras verklärten Blick mit einem strengen.

„Kleine, unverbesserliche *Zis'u*."

Die *Kisaki* nickte und senkte ihren Blick. „Ich bin eine *Zis'u*. Eine Schlampe. Eine Hure. Eine Sklavin. Ein Spielzeug. *Dein* Spielzeug." Jedes Wort kam schleppend, zögerlich. Nach all dieser Zeit fiel es ihr immer noch schwer, diese Gedanken der Schande laut auszusprechen. Sie wusste, zu was sie ihre heimlichen Vorlieben machten – doch es zuzugeben erforderte mehr Überwindung, als das Glied von Masartas Vezier zwischen ihre Lippen zu nehmen. Es war ein Eingeständnis, der unwiderrufliche neue Titel einer Kaiserin, die sich ihrer Lust vollständig ergeben hatte.

„Ich bin dein", wisperte sie. „Fordere ein, was dir gehört." Ihre gespreizten, in die Unterwerfung gefesselten Beine zitterten, als Asara seinen Blick durch gesenkte Lider erwiderte. Sie teilte ihre vollen Lippen in sehnlicher Erwartung.

Ein gutturales Grollen entkam Raifs Kehle. Mit einer kräftigen Bewegung rollte er Asara auf den Bauch. Kalter Stahl küsste die Haut nahe ihren Handgelenken und Ellenbogen. Im nächsten Moment waren ihre Arme frei. Der Krieger packte sie an den Schultern und drehte sie wieder auf den Rücken. Ein Messer entglitt seinem Griff und fiel neben Asara zu Boden. Raif schenkte der Klinge keine Beachtung mehr. Seine Finger tasteten hektisch über den Keuschheitsgürtel und öffneten Schnalle um Schnalle. Sein Fingerspitzengefühl schien ihn dabei fast verlassen zu haben. Anstatt von eiserner Kontrolle wurden seine Züge von nur einer Emotion beherrscht: animalischer Lust. Die Muskeln seiner Brust zuckten in einem Spiel roher, mühevoll unterdrückter Stärke. Raif war ein menschgewordener Sturm, der nur eine Brise vom Orkan entfernt war.

Asara stöhnte auf, als das erste Spielzeug aus ihrer feuchten Spalte glitt. Doch das Gefühl der Freiheit währte nicht lange. Ohne das zweite lederne Glied aus ihrem Anus zu entfernen, packte Raif die zitternde Sklavin an den Handgelenken und drückte sie zu Boden. Mit der freien Hand fummelte er nach seinem Gürtel. Als sich dieser widersetzte, riss er das Band mitsamt der Hose von seiner Taille und katapultierte beides in die Ecke der Kajüte.

Der Blick auf seine geschwollene Männlichkeit ließ Asaras Lenden brennen. Willig öffnete sie ihre immer noch gefesselten Beine und hob ihre Hüften an, soweit Raifs Gewicht es zuließ. Das Feuer loderte unaufhaltsam. Weder Sklavin noch Meister konnte sich mehr seines brennenden Banns entziehen.

Mit einem tiefen Knurren rammte der Krieger sein Glied in Asaras wartende Lustspalte. Seine freie Hand tanzte gierig über ihre Brüste und ihre Schenkel. Die andere umschloss nach wie vor ihre beiden Handgelenke und drückte sie gegen die harte Unterlage aus Stroh. Mit jedem Stoß fand sein rohes Verlangen einen neuen Höhepunkt – und mit jedem Stoß presste sich Asara gegen seinen glühenden Körper. Sein Glied teilte sie und erfüllte sie. Seine Finger sandten Schauer durch ihren Körper und ließen ihre Nippel zu harten Knospen der Begierde anwachsen. Die *Kisaki* kämpfte gegen die verbleibenden Seile und Raifs stählernen Griff, bis sie das Gefühl der Ohnmacht und Wehrlosigkeit in neue, ungekannte Höhen trug. Asara wurde zum Spielball der Lust. Die Lippen ihrer feuchten Scham glitten über Raifs pulsierenden Schaft, der mit jeder Bewegung ihr Innerstes zu zerbersten drohte. Jeder Millimeter ihres Körpers erzitterte in nicht enden zu wollenden, heißen Schauern. Ihre Nacktheit verstärkte jede Berührung zur Gänsehaut.

Doch am allermeisten genoss die *Kisaki* die Unbändigkeit der innigen Umarmung. Raif war nicht zimperlich – im Gegenteil. Er nahm sie hart, sein Griff schmerzhaft fest um ihre Gelenke. Sein Körper presste Asaras mit jedem Stoß in den Boden. Zog er sein Glied zurück, so riss er auch ihre Hüften und Schenkel an sich – nur um im nächsten Moment wieder hart in sie einzudringen. Trotz all ihres Ringens begrüßte die Sklavin sein Glied mit durchgestrecktem Becken. Sie stieß gegen ihn und mit ihm, bis sie ihre beiden verschwitzten Körper nicht mehr auseinanderhalten konnte. Asara und ihr Meister waren verschmolzen – und ihr beider

Stöhnen füllte den kleinen Raum wie ein Konzert des ungebremsten Verlangens.

Asaras Muskeln verkrampften und entluden zugleich, als der erste Orgasmus heiß durch ihren Körper zuckte. Zugleich erwuchs Raifs Glied in ihrer Spalte. Asaras Sandaletten fanden den Boden unter ihren Füßen und sie warf sich ihrem Meister entgegen, bis die Seile um ihre Schenkel sie jäh stoppten. Raifs Säfte ergossen sich in ihre Scham, bis sie überquoll. Der Ashen-Mann ließ von Asaras Händen ab und zog sie am Halsband an sich heran. Kurz vor ihrem Gesicht hielt er inne. Für einen Moment sah und *fühlte* die *Kisaki* den inneren Zweikampf, der den Krieger zurückzuhalten drohte. Mühsam unterdrücktes Feuer loderte in seinen Zügen. Dann, endlich, obsiegten seine Gefühle. Gierig teilte Raifs Zunge ihre wartenden Lippen.

Stöhnend und seufzend begrüßte die *Kisaki* seine Liebkosung. Ihre Zunge tanzte mit der seinen, umspielte das heiße Fleisch wie einen lange vermissten Liebhaber. Sie kostete seine Lippen, seine Kehle und seinen Nacken. Zugleich stieß sie ihre Hüften gegen seinen Unterleib, wo sie sein Glied in ihrer hungernden Spalte gefangen hielt. Raifs Finger fanden ihre Nippel und dann ihr Gesäß. Mit einer kräftigen Bewegung ließ er ohne Vorwarnung die flache Hand auf ihre ungeschützte Haut herniederfahren. Himmlischer Schmerz durchzuckte Asaras Po und trieb ihre geöffneten Schenkel gegen ihren schonungslosen Gespielen.

Asara kam erneut, lange bevor die erste Woge zur Brandung verklungen war. Es gab keinen Anfang und kein Ende. Sie war sein – seine *Zis'u*, seine Schlampe, sein Spielzeug. Und mit keiner Faser ihres bebenden Körpers fühlte sie Reue oder Schmach. Die *Kisaki* war komplett. Erfüllt. Wehrlos. Und doch in Kontrolle.

Begleitet von schallenden Hieben und heißen Küssen stöhnte Asara dem nächsten Orgasmus entgegen.

24

Verlockungen

Asara stand mit konzentriertem Blick an Deck der *Flüsternden Schwinge*. Ihr langer Umhang wehte lebhaft im kühlen Wind. Obwohl es auch an bewölkten Abenden wie diesem nicht wirklich kalt wurde, war die *Kisaki* dankbar für das leinene Kleidungsstück, welches ihre freizügige Sklavengewandung ergänzte. Es schützte sie nicht nur vor der frischen Brise über der südlichen Rift-See, sondern auch vor den kaum verhaltenen Blicken der geschäftigen Seeleute.

Asara konnte ihnen ihre Neugierde nicht verübeln. Leine um den Hals und Füße in hohen Sandaletten, balancierte die Sklavin unter Raifs strengem Blick über das Vorderdeck. Das leise Klacken ihrer Absätze gesellte sich wie eine tickende Uhr zum Schnappen der Segel und Knarren der Taue. Die Bewegung des schwankenden Decks machte jeden Meter zu einer echten Herausforderung. Die vor ihrem Körper gefesselten Hände verwandelten die bloße Herausforderung wiederum in einen echten Kampf mit dem Gleichgewicht. Doch genau das war das Ziel dieser Lektion.

„Lass deine Hände, wo sie sind", befahl Raif. „Nutze deinen Körper." Der Krieger lehnte an einem großen Fass nahe dem Vormast. Seine Kommentare waren ruhig wie nervenaufreibend zugleich. Nach ihrem Erwachen im Morgengrauen des neuen Tages hatte Raif ohne Umschweife damit begonnen, Asaras Unterricht fortzusetzen. Zehn Stunden später war die *Kisaki* ausgelaugt, gereizt und sehnte sich das Gespräch herbei, das im Anschluss ihres unbändigen Liebesspiels nie stattgefunden hatte. Sie spürte, dass sich zwischen Meister und Sklavin etwas geändert hatte, konnte dem stoischen Krieger aber kein Wort darüber entlocken. Es schien fast, als ob er die Geschehnisse der letzten Nacht verdrängt hatte, um nicht über die Implikationen nachdenken zu müssen. Der große Krieger war geflohen – vor seinen eigenen Emotionen.

Habe ich etwas anderes getan? Der Knebel fehlt – und trotzdem habe ich geschwiegen.

Der Gedanke war unwillkommen wie zwiespältig. Asara blieb ungewollt breitbeinig stehen und blies eine silberne Strähne aus ihrem Gesicht.

„Ich brauche eine Pause", sagte sie mit lauter Stimme. „Nicht in einer Stunde, nicht in einer halben. Jetzt."

Einer der Seemänner in Hörweite schnaubte lachend durch die Zähne und warf dem ungleichen Paar einen spöttischen Seitenblick zu, ehe er sich wieder der Takelage widmete. Raif bedachte ihn mit einem unlesbaren Blick seinerseits. Langsam begann er Asaras Peitsche auszurollen, die er mit an Deck gebracht hatte. Doch die *Kisaki* ließ sich nicht einschüchtern.

„Ich bezweifle lebhaft, dass mich einer meiner zukünftigen Herren über das Deck eines schwankenden Schiffes staksen lassen wird. Diese Lektion ist sinnbefreit. Wozu überhaupt diese Schuhe? Ich könnte genauso gut auf rohen Eiern balancieren!"

Raif wog den Peitschengriff in seiner rechten Hand.

„Ein Fuß vor dem anderen, Sklavin. Langsam, bedächtig und ohne mit den Armen zu rudern." Er schloss seine Finger fest um das Instrument. „Und du wirst nur sprechen, wenn du gefragt wirst."

Asara schnitt eine undamenhafte Grimasse. „Du kannst mich mal."

Der dünne Lederriemen traf sie am Gesäß, ehe ihre Augen die Bewegung seiner Hand registrierten. Der Peitschenknall hallte über das Deck wie abruptes Donnergrollen. Köpfe drehten sich und Männer hielten inne. Die Sklavin jaulte auf und tat einen Satz nach vorne, der ihr beinahe das Gleichgewicht kostete.

„Ein Fuß vor dem anderen", wiederholte der Krieger geduldig. „Folge einer imaginären Linie. Schwinge deine Hüften. *Einladend.*" Er hob eine Augenbraue. „Ich bin mir sicher, dass du weißt, was ich meine."

Das ist es also.

Trotz des beißenden Schmerzes, der ihren Po erhitzte, begann Asara spöttisch zu grinsen.

„Du bist verärgert, weil du die Kontrolle verloren hast", sagte sie halblaut und stützte ihr Kinn auf ihre zusammengebundenen Hände. „Du hast meiner gestrigen *Einladung* nicht widerstehen können. Du wolltest mich – fern jeder Lektion." Asara spielte mit einer Locke ihres Haares und senkte ihren Blick. „Und ich wollte dich."

Der Schatten einer Emotion huschte über Raifs Gesicht. Im nächsten Augenblick schlang sich die Peitsche schmerzhaft um Asaras Taille und zog sie mit einem kräftigen Ruck an ihren Peiniger heran. Ihr Körper presste sich gegen den seinen.

„Was wir getan haben, ist gefährlich", zischte er. „Ich hoffe du weißt das."

Asara blickte fragend zu ihm auf. „Ich verstehe nicht."

Der Krieger verzog unmerklich das Gesicht.

„Wie kann ich dich noch einem Mann wie Vandar übergeben, wenn diese...diese..."

„Gefühle", warf Asara mit sanfter Stimme ein. „Das nennt man Gefühle."

Raif schnaubte. „Wenn diese...Gefühle sich in den Weg stellen. Sobald wir in Ravanar ankommen, gehen wir getrennter Wege. Du wirst den Haushalt des Prinzipals infiltrieren und ich werde mich meiner...meiner Strafe ergeben."

Ein kalter Stich bohrte sich in Asaras Brust.

„Strafe?" fragte sie. „Was meinst du damit?"

Raif ließ von ihr ab und senkte die Peitsche. Der geflochtene Lederriemen kam um Asaras Füße zu liegen.

„Ich hatte eine Mission, schon vergessen?" erwiderte der Krieger. „Meine Rückkehr in Lanys' Begleitung ist der Beweis meines offensichtlichen Fehlschlags. Ich bin Teil der Armee, Asara. Und diese ist noch weit weniger versöhnlich als Ravanars schattige Gilden." Seine nächsten Worte klangen hohl und wogen schwerer, als jede Kette. „Wir werden uns nie wiedersehen, Asara. Meine Mission endet an den schwarzen Mauern."

Seine finalen Worte verklangen. Der Wind trug sie davon und hinaus über den weiten Ozean. Zurück blieben sein unlesbarer Blick und eine Hand auf ihrer Schulter.

„Raif, ich-"

Asaras Worte wurden von einem bellenden Ruf übertönt, der unvermittelt über das Deck der *Flüsternden Schwinge* schallte.

„SEGEL AN BACKBORD!"

~◊~

Asara kniff ihre Augen zusammen und starrte in die Entfernung. Dort, in der von der untergehenden Sonne rot getünchten See, trieb ein einzelner kleiner Punkt. Hätte der Ausguck im Krähennest während der letzten Minuten nicht stetig die Position des anderen Schiffes kundgetan, hätte Asara nicht einmal gewusst, wo sie ihre Suche beginnen sollte. Immer wieder verschwand der schwarze Punkt hinter den schäumenden Wellen der hohen See.

Raif stand einige Meter abseits und wirkte nachdenklich. Er bedachte Kapitänin Vylda mit einem knappen Nicken, als sich diese mit einem Fernrohr bewaffnet zu ihm gesellte.

„Ich hoffe ihr plant keinen...Umweg", sagte der Ashen-Krieger mit betont ruhiger Stimme. „Wir können uns keine Verzögerung leisten."

Die Eru zuckte mit den Schultern. „Ravanar läuft nicht davon. Das kann ich von meinen Investoren nicht behaupten."

Asara merkte, wie Raif sich eine scharfe Entgegnung verkniff. Die *Kisaki* trat an ihn heran und legte ihre Hand auf seine Schulter. Das Seil um ihre Handgelenke ließ die Geste jedoch mehr unbeholfen als beruhigend erscheinen.

„Ich bin sicher, dass wir uns mit der Kommandantin einigen können", sagte sie leise. Raif warf ihr einen warnenden Blick zu, doch Vyldas Interesse war bereits geweckt.

„Die Fracht spricht!" grinste sie breit. Ihre Augen funkelten. „Und dabei habe ich dich für ein reines Ornament gehalten. Oh Schock." Vyldas Worte trieften vor Sarkasmus. Ehe Asara etwas entgegnen konnte, widmete sich die Kapitänin wieder ihrem Fernrohr.

„Keine Sorge, Schätzchen", fuhr sie gleichmütiger fort, „ich habe nicht vor, mich in euer...bindendes Arrangement einzumischen. Doch tut mir in Zukunft zumindest einen Gefallen: Lasst meine Männer in der Nacht ungestört schlafen."

Asara errötete und senkte ihren Blick. Raifs Hand schloss sich fest um die Reling.

„Was, keine geistreiche Rückmeldung?" stichelte Vylda grinsend. „Ich bin enttäuscht."

Raif räusperte sich. „Kapitän."

„Ja, mein Guter?"

„Wir werden dieses Schiff unbehelligt vorbeiziehen lassen", sprach er mit fester Stimme. „Ich werde euch für den entgangenen Profit fair entlohnen."

Vylda kratzte sich hinter dem Ohr und brummte leise. Sie hatte ihr Fernglas nie abgesetzt.

„Unabhängig davon, wie ihr eine solche Summe Gold überhaupt auftreiben wollt – eure Sorge ist unbegründet."

Asara runzelte die Stirn und folgte Vyldas konzentriertem Blick über den weiten Ozean. Der keine Punkt am Horizont war zu einer Nussschale herangewachsen. Rumpf und Segel waren nun eindeutig zu erkennen.

„Was meint ihr?" fragte Raif hörbar irritiert. Vylda setzte ihr Fernrohr ab und wandte sich um.

„Das Schiff hat uns gesehen und seinen Kurs geändert." Sie verschränkte die Arme und pfiff leise durch die Zähne. „Es hält jetzt direkt auf uns zu."

Mit einem mulmigen Gefühl im Bauch gesellte sich Asara zu Raif und Vylda an den Steuerstand der *Flüsternden Schwinge*. Die Kommandantin hatte sich nach ihrer Entdeckung im Laufschritt zum Achterdeck bewegt und fünf ihrer Männer um sich geschart. Die Diskussion war kurz und erstaunlich ruhig verlaufen. Kaum eine Minute später hatte sich die Besatzung des Korsaren mit geübter Effizienz in Bewegung gesetzt. Die Öltücher, die Katapult und Ballisten verdeckten, wurden in Rekordzeit entfernt und die massiven Wurfarme in Stellung gebracht. Innerhalb kürzester Zeit verwandelten sich die unscheinbaren Aufbauten in tödliche Geschütze. Zugleich kletterten Männer wie Ameisen über die Takelage und adjustierten die massiven Segel. Unter ihnen, an Deck der *Flüsternden Schwinge*, wurden leichte Rüstungen, Schwerter, Totschläger und der vereinzelte, an gerolltem Seil befestigte Enterhaken ausgegeben. Koordinierende Rufe vermischten sich mit Flüchen und vereinzeltem Gelächter. Die Männer waren in ihrem Element. Die Atmosphäre der Anspannung lag wie ein Schleier über dem Schiff und schien die Seeleute zu Höchstleistungen anzuspornen. Trotz der sich nähernden Gefahr war die vorherrschende Vorfreude nicht zu verleugnen. Kapitänin Vylda beobachtete das Treiben mit zufriedenem, fast schon stolzem Blick.

„Die Sache wird schnell erledigt sein", meinte sie, ohne direkt jemanden anzusprechen. „Wer auch immer diese Anfänger sind, sie werden ihre Lektion schnell lernen: Die Rift-See gehört den Schwarzen Korsaren. Selbsternannte Ordnungshüter bekommen schnell ein blaues Auge."

Asara, mittlerweile von ihren Handfesseln befreit, stakste zur Reling.

„Was macht euch so sicher, dass es sich nicht um Ashvolk-Piraten handelt, die *euch* für Beute halten?" fragte sie vorsichtig. Vylda grunzte amüsiert.

„Das ist eine Yanfari-Handelsfregatte", erwiderte sie. „Erkennt man an der Krümmung des vorderen Rumpfes." Sie lachte auf. „Und an der Flagge."

Asara verzog das Gesicht und begann, sich von ihren Sandaletten zu befreien. Es tat gut, endlich wieder fest verankert auf dem Boden zu stehen. Mit einem leisen Seufzer massierte sie ihre schmerzenden Füße.

„Darf ich mir euer Fernglas leihen?" fragte sie nach kurzer Pause. Die Kommandantin warf einen weiteren Blick durch den nach vorne hin breiter werdenden Zylinder und reichte ihn schließlich der *Kisaki*. „Viel Spaß."

„Danke." Asara ignorierte den spöttischen Unterton und hob das Fernglas an ihr Auge. Die Welt verzerrte sich zu einer gewölbten Karikatur ihrer selbst und das weit entfernte Schiff wuchs von der Nussschale zu einem verschwommenen Abbild eines schlanken

Dreimasters. Auf den ersten Blick fiel es Asara schwer, große Unterschiede zwischen der *Flüsternden Schwinge* und der unbekannten Fregatte zu erkennen. Erst nach einer Weile begannen ihr die individuellen Ausprägungen aufzufallen. Das andere Schiff verfügte über eine deutlich ausladendere Takelage, einen etwas bauchigeren Rumpf und ein zweistufiges Achterdeck. Auf diesem waren eine Anzahl Aufbauten zu erkennen, die Asara verdächtig an die Ballisten erinnerten, die gerade wenige Dutzend Schritt von ihr entfernt schussbereit gemacht wurden.

Die *Kisaki* ließ das Fernrohr langsam über das fremde Deck wandern. Aufgrund der der fortgeschrittenen Dämmerung war es schwer, Details an Besatzung oder Bewaffnung zu erkennen. Doch eines stach ihr trotzdem sofort ins Auge: die Flagge, die an Achtern lebhaft im Wind wehte. Das dargestellte Emblem war in der Tat Yanfari. Die geschwungenen Linien der Schrift waren so unverkennbar wie die stilisierte Waage, die die Zugehörigkeit zu einer der zahlreichen Handelsgilden kundtat. Selbst die rot-weiß-goldene Farbgebung passte zu den typischen Erkennungszeichen der imperialen Kaufleute. Es gab jedoch ein gewichtiges Problem mit dem sich bietenden Bild.

„Dieses Handelshaus existiert nicht", murmelte Asara. Die Planken des Decks knarrten, als sich Vylda zu ihr umwandte.

„Was meinst du?" fragte sie scharf. Asara setzte das Fernglas ab.

„Dieses Wappen…es gehört zu keiner der seefahrenden Gilden." Ihre Worte hatten zu stocken begonnen. Das Emblem war in der Tat eine fantasievolle Mischung aus gebräuchlichen Elementen. Doch Asara hatte in ihrer Kindheit genug Zeit mit Handelskunde verbracht, um die Fälschung als solche zu erkennen.

Aber warum die Täuschung? Die Gesetze der Seefahrt waren eindeutig. Selbst Freibeuter und Piraten hielten sich an die ungeschriebene Konvention und hissten zeitnah die Flaggen ihres finsteren Handwerks.

Irgendetwas an der Situation erinnerte Asara an eine lange vergangene Konversation. Stirnrunzelnd versuchte sie, sich diese ins Gedächtnis zu rufen.

„Der General der Garde…im Gespräch mit Admiral Yarmouk", grübelte sie laut nach. „Die Verwendung von zivilen Schiffen für…für…"

Und plötzlich klickte es. Asara stieß einen leisen Fluch aus.

„Das ist keine Handelsfregatte", hauchte sie. „Das ist ein Kriegsschiff unter falscher Flagge. Ein…"

Was war das Wort gewesen?

Vylda beendete unvermittelt ihren Satz.

„Ein Lockvogel."

Die Eru hatte das Fernglas zurückgenommen und studierte das andere Schiff. „Ein bewaffneter Renegat unter falscher Flagge", grollte sie.

„Piratenjäger und Blockadebrecher. Oft eine Waffe des Erstschlags gegen ahnungslose Ziele."

Sie setzte das Rohr ab und warf Asara einen langen Blick zu.

„Dieses Schiff ist nicht zufällig in diesen Gewässern." Ohne weitere Erklärung fuhr Vylda herum und deutete auf Raif.

„Du wirst deine Fracht aus der Sicht schaffen und dich kampfbereit machen. Ich werde jeden Mann an Deck brauchen."

Der Krieger, der der Unterhaltung bisher nur schweigend gefolgt war, legte seine Hand an sein Schwert.

„Wenn Asara Recht hat, dann ist dieser Renegat weit besser bewaffnet als wir. Warum suchen wir dennoch den Konflikt? Die *Flüsternde Schwinge* ist schnell."

Die Kommandantin verzog amüsiert das Gesicht. Die Grimasse gab ihrer ohnehin schon einschüchternden Visage etwas urtümlich Bedrohliches.

„Lanys."

Raifs Mundwinkel sackten nach unten.

„Ihr meintet sicher *Lanys*", betonte Vylda. „Asara wäre ja der Name ihrer Herrin."

Die Eru blinzelte nicht, als sie Raifs starren Blick entgegnete. Asaras Herz begann schneller zu klopfen.

„Bitte", sagte sie beschwichtigend. „Jetzt ist nicht die Zeit."

Für einen langen Moment herrschte Schweigen am Achterdeck. Dann zuckte die Kommandantin mit den Schultern, ohne die Augen von Raif abzuwenden. „Sie hat Recht. Jetzt ist nicht die Zeit. Der Lockvogel segelt mit dem Wind und blockiert den Weg zum Festland. Wenn wir nicht Kurs ändern und blindlings in die Südliche Ausdehnung vorpreschen wollen, wird er uns mit dem letzten Licht einholen." Vyldas Blick war eisern. „Ich wiederhole mich also noch einmal: Macht euch kampfbereit. Diese Unterhaltung kann warten."

Damit ließ sie Raif und die *Kisaki* stehen und kletterte hinab auf das Hauptdeck. Bald mischten sich ihre harschen Rufe zu denen ihrer Besatzung. Das unausgesprochene Versprechen eines bevorstehenden Verhörs verblieb jedoch wie eine drohende Gewitterwolke über den Köpfen der beiden Ashen.

„Raif?", probte Asara vorsichtig. Der Krieger hatte die Fäuste geballt und kämpfte sichtlich mit der Beherrschung.

„Ich ermahne dich wiederholt zur Vorsicht und...und..." Er beendete den Satz in einem tonlosen Grollen.

Asara lächelte. „Meister hat sich verplappert."

Für einen Moment fürchtete sie eine Explosion. Doch es war nur ein schnaubendes Glucksen, das seinem tiefen Atemzug nachfolgte. „Ja, das war dumm. Aber ich werde mich darum kümmern", versprach er. „Morgen."

Berühmte letzte Worte, dachte Asara. *Hoffen wir, dass Vyldas Fantasie weltliche Grenzen kennt.*

In diesem Moment blieb ihnen wirklich nichts Anderes übrig, als auf Vyldas Ignoranz und den blinden Kampfesdurst ihrer Besatzung zu vertrauen. Die Korrektur des Fehlers musste warten. Bis zum neuen Tag konnte sich noch viel ändern.

Bevor Raif fortsetzen konnte, ergriff Asara das Wort.

„Ich werde ebenfalls kämpfen", sagte sie in nüchternem Tonfall. „An deiner Seite."

„Kommt nicht in Frage", entgegnete der Krieger kopfschüttelnd. „Ich werde dich in den Frachtraum sperren und du wirst keinen Mucks von dir geben."

Asara stemmte ihre Hände gegen ihre Hüften. „Nein. Wirst du nicht." Ihr Herz drohte ihre Brust zu sprengen, doch die *Kisaki* ließ sich nicht beirren. „Du weißt genauso gut wie ich, warum dieses Schiff hinter uns her ist. Ich werde mich also sicher nicht in einen Käfig setzen und artig darauf warten, dass mich diese Yanfari in Gewahrsam nehmen – oder schlimmer."

Wut stand Raif ins Gesicht geschrieben, doch Asara wich nicht zurück.

„Egal ob dieser Lockvogel wirklich hinter mir her ist", setzte Asara beschwichtigend fort, „eines ist jedenfalls sicher: Sie werden uns einholen. Was auch immer dann passiert: Du weißt, dass ich helfen kann." Sie ballte ihre Hand zur Faust. „Ich kann kämpfen, Raif. Das hast du mit eigenen Augen gesehen. Es mag sein, dass diese Fähigkeiten nur geborgt sind. Aber das ändert nichts. Gib mir Peitsche und Dolch und ich bin jedem Piraten ebenbürtig."

Erst jetzt merkte die *Kisaki,* wie nahe sie dem Krieger eigentlich gekommen war. Sein heißer Atem wärmte ihr entschlossenes Gesicht. Sie spürte seine angespannten Muskeln, wo ihre Finger auf seiner Brust zu liegen gekommen waren. Ihre Blicke trafen sich. Und in diesem Moment wusste Asara, dass sie gewonnen hatte.

„Du wirst nicht von meiner Seite weichen", knurrte Raif unter kaum hörbarem Seufzen. „Egal, was passiert." Er rollte seine breiten Schultern und kontrollierte den Sitz seines Schwertgurts. Asara ließ ihre Hand sinken und nickte. Der Krieger wandte sich zum Gehen.

„Mach dich bereit, Sklavin", befahl er mit festerer Stimme, „Eine letzte Lektion wartet heute noch auf dich."

Mit einem grimmigen Lächeln auf den Lippen eilte Asara unter Deck. Es galt sich für einen unausweichlich scheinenden Kampf zu rüsten. Ja, der Moment für Liebesspiel und Fesselkunst war verstrichen. Es war die Zeit gekommen, die Kriegerin zu erwecken.

~◊~

Das Geschoß zeichnete einen trägen Bogen über den verhangenen Abendhimmel. Es zog dabei einen flammenden Schweif hinter sich her, der dem eines herabstürzenden Kometen ähnelte. Graue Wolken glühten in unheilvollem Rot, als das flammende Geschoß sie passierte. Flocken von brennendem, teergetränktem Stoff trennten sich immer wieder von seinem unheilbringenden Körper und wurden vom böigen Wind über den Ozean vertragen. Das Projektil erreichte seinen Zenit. Dann, unaufhaltsam, obsiegte die Schwerkraft. Was anfangs gemächlich gewirkt hatte, wurde mit jedem Moment schneller und schneller. Das flackernde Licht des Feuers wurde von einem fernen Sternenfragment zur heranwachsenden Sonne.

„RUNTER!"

Jemand packte Asaras Schultern und riss sie zu Boden. Die *Kisaki* spürte das raue Deck unter ihrem Körper, als sie sich in die Deckung der Reling presste. Ihr Kopf schlug schmerzhaft gegen die feuchten Planken. Eine lange Sekunde verstrich. Im nächsten Moment folgte ein ohrenbetäubender Knall. Eine heftige Erschütterung ging durch die *Flüsternde Schwinge*. Holzsplitter und Meerwasser mischten sich zu einer enormen Fontäne und regneten über Asara, Raif, und das halbe Dutzend Piraten, die hier am Hauptdeck Zuflucht gesucht hatten. Das Schiff taumelte ächzend in die nächste Welle. Die Wucht beider Schläge hätte Asara zu Fall gebracht, wäre sie nicht bereits auf dem Boden gekauert. Salziges Nass ergoss sich über sie wie der Inhalt eines riesigen Eimers. Matrosen fluchten, stürzten und brüllten. Irgendwo aus Richtung des Achterdecks drang ein markdurchdringender Schmerzensschrei an Asaras Ohr. Einen Wimpernschlag später hatte der Ozean den grellen Laut unter dem Getöse des nächsten Brechers verschlungen.

Das Schiff war getroffen – und diesmal war der angerichtete Schaden nicht zu ignorieren. Zerfetzte Planken trieben im knöchelhohen Wasser, das auf Deck hin und her schwappte. Der Eisenring eines Fasses kullerte wie ein verlorenes Wagenrad an Asara vorbei, ehe es ins Schlingern geriet und umstürzte. Es roch nach Teer und brennendem Öl.

Als die *Kisaki* wagte, vollends ihren Kopf zu heben, begrüßte sie ein Bild der Zerstörung. Das Geschoß des anderen Schiffes hatte einen Teil der Reling weggerissen und mehrere Taue abgetrennt. Zwei Männer lagen mit dem Gesicht nach unten in den Trümmern, während ein dritter mit den lose umherpeitschenden Seilen kämpfte. Kaum fünf Meter von dem Chaos entfernt brüllte Kapitänin Vylda Befehle. Niemand schenkte den reglos daliegenden Besatzungsmitgliedern Beachtung. Das Blut der gefallenen Ashen-Matrosen vermengte sich mit dem schäumenden Salzwasser.

Während Asara noch gegen ihre Benommenheit ankämpfte, kämpften die Piraten verbissen gegen den Wind, die Wellen und die Yanfari. Oberhalb von Asaras Position wurde das Katapult der *Flüsternden Schwinge* in Stellung gebracht und geladen. Wenige Augenblicke später schoss der schwere Wurfarm nach vorne und schleuderte eine brennende, in Pech, Schwefel und Harz getränkte Eisenkugel in Richtung des unbekannten Feindes. Mit morbider Faszination folgte Asara dem Projektil mit ihren Augen. Gebeutelt von Wind und Wetter verfehlte es den Lockvogel um wenige Meter und stürzte fauchend in den dunklen Ozean.

Verdammt.

Ging es so weiter, würden sich der Sturm und die Yanfari bald um den Sieg streiten müssen. Asara schob ihr nasses Haar beiseite und blinzelte das Wasser aus ihren Augen. Die Fregatte unter falscher Flagge war nun nahe genug, um weitere Details erkennen zu können. Die Besatzung des Lockvogels hatte nach dem ersten Projektil seitens der *Flüsternden Schwinge* ihr Versteckspiel aufgegeben. Männer mit Langbögen kauerten hinter der Reling und starrten in Richtung des Feindes – in Richtung Asara, deren geschärfte Ashen-Sinne die Finsternis etwas in Schach zu halten vermochten. Andere bedienten das Katapult und die armbrustartigen Ballisten mit tödlicher Präzision. Obwohl Vylda befohlen hatte, alle Lichter an Bord des Korsaren zu löschen, fanden die brennenden Geschoße immer öfter ihr Ziel. Die *Schwinge* lahmte an mehreren Stellen, wo Stahl und Stein Löcher in ihren Rumpf gerissen hatten. Im Gegensatz dazu war die Yanfari-Fregatte noch weitgehend unversehrt.

Wie als Bestätigung des sich aufdrängenden Gedankens raste ein brennender Bolzen über Asaras Kopf hinweg und bohrte sich lautstark in den Hauptmast. Flammen züngelten empor. Zwei Piraten eilten fluchend herbei, um das Feuer zu löschen, bevor es sich ausbreiten konnte. Die Wellen und der einsetzende Regen waren dabei ausnahmsweise auf ihrer Seite.

„Bogenschützen bereitmachen!" brüllte Vylda über den Tumult. Die Eru stand nach wie vor auf der Treppe zum Achterdeck. Weder der Schaden an ihrem Schiff noch die todbringenden Projektile schienen sie aus der Ruhe zu bringen.

Sie hat diesen Kurs wissentlich eingeschlagen. Jetzt gibt es kein Zurück mehr.

Asara schloss ihre Hand fester um den Griff ihrer Peitsche. Wie Raif und die anderen Männer an ihrer Seite konnte sie nichts weiter tun, als abzuwarten. Die Zeit für den Kampf Krieger gegen Krieger und Krieger gegen *Kisaki* würde kommen – sofern die *Flüsternde Schwinge* der flammenden Bestrafung noch so lange standhielt.

„Bleib unten." Raifs Augen funkelten im Halbdunkel. „Vylda weiß, was sie tut."

Widerwillig leistete Asara Folge. Schlimmer als das Bombardement war nur das Unwissen, wann und wo das nächste Geschoß einschlagen würde. Ein guter Treffer und ihre Reise würde ein jähes Ende finden – ohne jegliche Vorwarnung.

Erschütterung um Erschütterung ging durch den Korsaren. Feuer sprießte und wurde wieder gelöscht. Masten splitterten und Segel rissen. Doch die *Schwinge* flog. Asaras adrenalingetriebenes Hochgefühl wurde erst gedämpft, als der erste Pfeil den Körper eines Mitstreiters fand. Der Mann hatte nur einen Moment hinter der Reling hervorgelugt. Im nächsten Augenblick wuchs ein gefiedertes Projektil aus seinem Hals. Der Pirat stürzte gurgelnd zu Boden.

„Feuer! Feuer!" brüllte Vylda. Die Kapitänin selbst hatte einen massiven Reiterbogen zur Hand genommen und entließ Pfeil um Pfeil in die stürmende Finsternis. Zahlreiche Piraten taten es ihr gleich. Immer wieder übertönte das dumpfe Bellen der Balliste die Rufe der Kämpfenden. Die Antwort der Yanfari folgte noch in derselben Sekunde. Kaum eine Handbreit von Asaras Kopf entfernt durchschlug ein unterarmbreites Projektil die Reling und riss ein klaffendes Loch in das schwarze Holz. Der Bolzen raste ungebremst in das Bein eines der Bogenschützen. Der Mann wurde durch die Wucht zu Boden geworfen. Sein Bein stand in unnatürlichem Winkel vom Oberschenkel ab, er schließlich aufhörte zu zucken.

Asara wandte sich erschüttert ab und holte Luft. Ihre Hände zitterten. Wie auch für die Kapitänin gab es für sie kein Zurück mehr. Wenn sie die Nacht überlebte, würden die Bilder der Gewalt und des Grauens in ihrem Geist Einzug halten und für immer verweilen. Doch bis dahin zählte nur eines: der nächste Atemzug.

„Bereit machen zum Entern!"

Es war nicht Vyldas Stimme, die den Befehl in den peitschenden Wind brüllte. Es war die tiefe Stimme eines Yanfari. Entgegen aller Vernunft wagte Asara einen Blick durch das frisch gerissene Loch.

Die Fregatte war nah. Wesentlich näher als gedacht. Kaum noch zwei Wagenbreiten trennten die beiden Dreimaster. Asara konnte die grimmige Entschlossenheit auf den Gesichtern der Yanfari erkennen, die ihre Enterhaken bereitmachten. Hinter ihnen kauerten Männer mit Schwertern und Keulen. Im Bulk dieser Krieger stand ein älterer Yanfari in Uniform und Kettenhemd. Sein einst rotes Haar war durchzogen von mattem Grau. Zwei kurze Zöpfe im Stil der Eru erwuchsen aus seinem Kinnbart. In den Händen erhoben hielt er ein leicht gekrümmtes Langschwert, dessen Knauf im Halbdunkel rötlich zu schimmern schien.

„Yarmouk", flüsterte Asara. Sie würde den stämmigen Admiral der imperialen Flotte überall wiedererkennen – selbst nach all diesen Jahren. Als Kind hatte sie fasziniert seinen wilden Abenteuergeschichten gelauscht und den Atem angehalten, wenn er von Piraten oder Seemonstern erzählt hatte. Als *Kisaki* Raya ihm die *Scharlachsichel*, die zweite von drei berüchtigten Kriegsreliquien des Reiches verliehen hatte, war die junge Asara unter tosendem Applaus vor ihm gestanden. Sie hatte ihm das Schwert mit dem glimmenden Knauf breit grinsend und voller Stolz übergeben.

‚Ich werde diese Klinge des Reiches in seiner Verteidigung führen, bis der Ozean ausgetrocknet und die Wüste den letzten Winkel dieser Welt bedeckt hat.' Sein feierlicher Schwur hatte die jubelnde Menge zum Verstummen gebracht. Asara hatte die Worte damals nicht verstanden, doch ihre Mutter hatte zufrieden genickt. Wenige Monate später hatte Yarmouk die kaiserliche Flotte gegen Toucan geführt und die aufkeimende Rebellion auf der fernen Insel im Keim erstickt. Danach hatte sich alles geändert. Der gutgelaunte Seefahrer hatte sein ehrliches Lächeln und die wilden Abenteuergeschichten gegen ein rubinbesetztes Schwert und gezwungen klingende Kriegsrhetorik eingetauscht.

Und heute kommandierte er jenes Schiff, das Asara und ihren Gefährten den Tod bringen wollte.

Die *Kisaki* zog schweigsam ihren Dolch. Als der erste Enterhaken über das Deck der *Flüsternden Schwinge* kratzte und sich an der Reling verklemmte, hatte sich die Welt verändert. Die Rufe und Schmerzensschreie waren mit dem Wind verschmolzen, der Asaras nasses Haar um ihr Gesicht tanzen ließ. Die Körper links und rechts neben ihr wurden zu einer Verlängerung ihrer Waffenarme. Als die Rümpfe der beiden Schiffe unter großem Getöse miteinander kollidierten, war Asara die erste Piratin, die aus ihrer Deckung sprang und die Yanfari mit Peitsche und Stahl begrüßte.

Asara tanzte. Rohe Energie floss durch ihren Körper, als sie wie ein fleischgewordener Sturm über das Deck fegte. Sie parierte Schläge mit ihrem Dolch und brachte Feinde mit gezielten Peitschenhieben aus dem Gleichgewicht. Wo sie strauchelnde Yanfari zurückließ, trat Raif in den Ring und streckte sie mit Schwert und Fäusten endgültig zu Boden. Wie auch die Angreifer kannte der Ashen-Krieger keine Gnade. Jeder seiner

Schläge brachte den Tod – wie auch jeder Fehler seitens der Piraten einem blutigen Ende gleichkam. Es wurden keine Gefangenen genommen. Der glosende Funken von Lanys' finsterer Seele begrüßte die Simplizität. *Töten oder getötet werden* war ein Kredo, mit dem Asaras innere Assassine gut leben konnte. Die *Kisaki* lächelte ob des verqueren Gedankens.

Ihr Tanz kannte keine Pause. Sie riss einem plumpen Yanfari die Beine unter dem Körper davon und rammte ihren Dolch bis ans Heft in seine Brust. Die duckende Bewegung kam keinen Augenblick zu früh. Eine Schwertklinge zischte durch die Luft, wo sich eben noch ihr Kopf befunden hatte. Asara versuchte ihren Arm nach oben zu reißen, doch ihr Dolch hatte sich in der Lederrüstung des Gefallenen verkeilt. Instinktiv hechtete sie zur Seite. Holz splitterte, wo sich die Waffe des Yanfari in das Deck der *Schwinge* grub. Asara sprang auf und wirbelte herum. In der Bewegung fanden ihre Finger das Heft eines fallengelassenen Krummsäbels. Ihre Muskeln protestierten, als sie die blutige Klinge über ihren Kopf riss, um den nächsten Hieb abzuwehren. Stahl kollidierte mit Stahl. Die Wucht ließ eines ihrer Knie einknicken. Sie ließ ihre Peitsche fallen und packte das Schwert mit der zweiten Hand an der Rückseite der Klinge. Wie eine Darbringung stieß sie die Waffe den Schlägen ihres Angreifers entgegen.

Der Yanfari, ein glatzköpfiger Hüne mit starrem Blick, ließ Hieb um Hieb auf Asara herabregnen. Jeder Treffer trieb die *Kisaki* zurück und hinterließ eine Scharte in ihrem geborgten Säbel. Es blieb ihr keine Zeit, sich nach Raif oder Vylda umzusehen, die beide schon vor langem von dem Geplänkel verschluckt worden waren. Auch die Piraten kämpften ihren eigenen Kampf. Sie war auf sich allein gestellt.

Asaras Rücken stieß gegen etwas Solides. Ihr Fuß fand in dem Moment Halt, als der Yanfari zu einem weiteren Schlag ausholte. Sie zögerte nicht. Mit aller Kraft katapultierte sie sich nach vorne. Ihr Körper kollidierte schmerzhaft mit dem des viel größeren Mannes. Der Soldat stieß ein verwundertes Grunzen aus und hielt in der Bewegung inne. Doch Asaras Gewicht reichte nicht aus, um ihn zu Fall zu bringen. Der Yanfari war zu massig und seine Haltung zu unerschütterlich. Gelbe Zähne blitzten auf. Der Hüne ließ seine Waffe fallen und schloss seine kräftigen Atme um Asaras schmalen Körper. Ihre Rippen protestierten, als ihr die Luft aus der Lunge gedrückt wurde. Verkeilt in dieser tödlichen Umarmung, blieb der *Kisaki* nichts Anderes übrig, als zu improvisieren. Zischend grub sie ihre Zähne in die Nase ihres Gegners und biss zu. Zugleich rammte sie ihr Knie in seine von einzig einem ledernen Schurz geschützten Weichteile.

Der Riese stöhnte auf, ließ aber entgegen aller Erwartungen nicht locker. Schmerz zuckte durch Asaras gefangene Arme, als sie weiterhin unnachgiebig gegen seinen Torso gedrückt wurden. Irgendetwas knirschte. Das Blut aus der von ihr zugefügten Bisswunde tränkte ihre Lippen. Wie auch der Yanfari ließ die *Kisaki* nicht locker. Ihre Zähne fanden Knochen. Begleitet von einem verzweifelten Aufschrei presste sie ihren Kiefer zusammen und riss ihren Kopf zur Seite. Die wulstige Nase des Seemanns trennte sich mit einem schmatzenden Geräusch von seiner verzerrten Visage. Der Mann schrie auf und ließ los. Ohne zuvor nach Luft zu schnappen, riss Asara den Dolch aus seinem Gürtel und rammte ihn mit aller Kraft in sein linkes Auge. Stahl kratzte über Knochen – und verklemmte. Der Yanfari ruderte mit den Armen, doch die *Kisaki* tänzelte zurück, wirbelte um die eigene Achse, und trat aus dem vollen Schwung ihrer Drehung gegen das Heft des hervorstehenden Dolches. Die schmale Klinge fuhr wie ein Nagel in den Kopf ihres Gegners. Der Hüne starrte sie ungläubig an und tastete keuchend nach der fatalen Wunde. Im nächsten Augenblick erstarb das Licht des Lebens in seinem intakten Auge. Er war tot, ehe sein Körper auf dem nassen Boden aufschlug.

„Zurück! Zurück!" Vyldas Stimme verkürzte Asaras Verschnaufpause zu einem einzigen Herzschlag. Die *Kisaki* hob hastig das Schwert des Besiegten auf und sah sich hektisch um. Sie befand sich nahe dem Aufgang zum Achterdeck. Um sie herum lagen reglose oder noch stöhnende Körper. Die meisten der Gefallenen trugen die oft geflickten Lederrüstungen der Piraten. Für jeden Yanfari waren mindestens zwei ihrer Mitstreiter niedergesteckt worden.

Wir verlieren.

Der Gedanke klärte Asaras Kopf, wie ein Kübel kalten Wassers es kaum vermocht hätte. Unter einem ungezielten Schlag hindurchtauchend eilte sie in Richtung der Rufe. Dort, an der Tür zu ihrer Kajüte, hielt Vylda zusammen mit drei Besatzungsmitgliedern die Stellung. Es erforderte keine geübte Strategin, um zu sehen, dass auch die Eru nicht mehr lange durchhalten würde. Ein Pfeil ragte aus ihrer Schulter, wo Brustpanzer und Schulterplatte zusammentrafen. Sie blutete aus mehreren Schnittwunden. Ein mit einem Totschläger bewaffneter Yanfari prügelte gegen ihre ungeschützte Seite, während sie einen weiteren mit ihrem massiven Entermesser auf Distanz hielt.

„Zurück unter Deck!" brüllte sie einmal mehr. „Schützt die Ladung!"

Etwas packte Asara an der Schulter.

„Du hast sie gehört", keuchte Raif. Der Ashen-Krieger sah aus die der leibhaftige Tod. Bevor sich Asara ein Bild seiner Wunden machen konnte, riss er sie unsanft mit sich. Zusammen preschten sie in Richtung der Kapitänskajüte. Die *Kisaki* hielt Angreifer mit verzweifelten Hieben auf Distanz, während Raif Schulter voraus durch die Gegner pflügte. Es ging nicht mehr darum, die Angreifer zu besiegen – nur noch um das nackte

Überleben. Asara schrie auf, als eine Klinge ihre Rüstung durchstieß und einen langen Schnitt an ihrem Oberschenkel hinterließ. Sie retournierte den Gefallen, indem sie ihr Schwert tief in den Rücken des Yanfari stieß, der zuvor noch gegen die Kapitänin gekämpft hatte. Sie ließ die Klinge in seinem Fleisch stecken und hechtete durch die Öffnung zwischen Vylda und ihrem Quartiermeister, der laut fluchend eine Armbrust nachlud.

Das Halbdunkel der Kajüte begrüßte sie. Trotz der Schmerzen und ihrer bleischweren Glieder zwang sich Asara wieder auf die Beine. Raif kauerte neben ihr und fuhr ebenfalls herum. Seine schwarze Ashen-Klinge schien das Licht der einsamen Öllampe zu absorbieren, die Vyldas Kabine flackernd beleuchtete.

„Rein, rein, rein!" Die Eru riss einen Korsaren am Kragen mit sich und schlug die Türe hinter ihm zu. Mit zitternden Händen arretierte sie den schweren Riegel und stolperte zurück. Zusammen mit dem Quartiermeister, einem dickbäuchigen Ashen mit schütterer Halbglatze, schob sie eine schwere Kommode vor den Durchgang. Kaum eine Sekunde später ließen die ersten Schläge das Holz erzittern.

„Definitiv keine Händler", knurrte Vylda und bedeutete dem geretteten Piraten, zur ihr zu kommen. Sie blickte von Gesicht zu Gesicht.

„Wir haben keine Chance mehr", sagte sie mit ruhiger Stimme. „Auch wenn wir es schaffen sollten, uns unter Deck zu sammeln, sind sie uns immer noch drei zu eins überlegen." Die Türe bebte unter dem Hieb einer Axt. „Es bleibt also nur eines."

„Das Pulverfass?" fragte der namenlose Jüngling. Vylda nickte grimmig. Der Quartiermeister schüttelte zugleich vehement den Kopf.

„Verflucht nochmal, nein!" Die Armbrust hing wie vergessen an seiner Schulter. Blut tropfte aus einer Platzwunde an seiner Stirn. „Kapitän, bei allem Respekt, das können wir nicht tun."

Vylda ging in die Hocke und schlug den Teppich zurück, der die Fläche vor ihrem Schreibtisch bedeckte. Eine verriegelte Klappe kam zum Vorschein.

„Hast du andere Vorschläge, Gus?"

Der Quartiermeister, Gus, nickte. „Habe ich." Er hob seine Hand und deutete auf Asara. „Wie liefern unsere ‚Ladung' aus."

Die Tür ächzte in den Angeln. Vylda blickte auf.

„Wovon sprichst du?"

Gus schnaubte. „Oh bitte, Kapitän. Die Männer und ich sind keine verdammten Narren. Diese Yanfari sind hinter unseren Passagieren her. Warum sonst sollte uns ein verfluchtes *Kriegsschiff* auflauern? Die Rift-See um Masarta ist neutrale Zone!"

Asara verkniff sich ein Kommentar. Es würde nicht helfen, Gus daran zu erinnern, dass sich das Ashen Dominion und das Yanfar Imperium einmal mehr im Krieg befanden. Die Anwesenheit von Admiral Yarmouk war Beweis genug dafür, dass dieser Konflikt seinen Weg auf die hohe See gefunden hatte. Ravanar war vom Meer aus angreifbar und die Yanfari kommandierten – wie auch das Ashvolk – eine nicht zu unterschätzende Flotte. So zumindest sprachen Asaras Berater.

„Gus."

„Ja, Kapitän?"

„Halt die Klappe und hilf mir mit der Luke."

Für einen Moment war es still in der Kajüte. Dann hallte ein weiterer Schlag durch den Raum. Asara war einige Schritte zurückgewichen und begann, Vyldas Schreibtisch nach einer neuen Waffe abzusuchen. Raif hatte sich schützend vor sie gestellt. Blut tropfte von der Klinge seines sonst makellosen Schwertes.

Der Quartiermeister warf seiner Kommandantin einen fast flehenden Blick zu. Die Eru schüttelte den Kopf.

„Die nehmen keine Gefangenen, Gus", sagte Vylda beschwichtigend. „Wenn sie wirklich hinter unseren Gästen her sind, dann nur um sie loszuwerden." Sie warf Raif einen vielsagenden Blick zu. „Wir sitzen im selben Boot. Wörtlich und sprichwörtlich."

Etwas spielte sich zwischen Ashen-Krieger und Eru-Kapitänin ab. Es war wie ein unsichtbarer Kontrakt, den Asara nicht recht interpretieren konnte. Nach einer kurzen Pause schob Raif sein Schwert zurück in die Scheide und wandte sich an die *Kisaki*.

„Hör zu, Asara. Wir haben nicht viel Zeit."

Die Angesprochene blickte auf.

„Ich kann nicht behaupten, deine Fähigkeit vollends durchschaut zu haben", fuhr er leise fort, „aber eines ist sicher: Sie gehört nicht Lanys allein."

„Was meinst du?" fragte Asara und warf einen nervösen Blick in Richtung der Tür. Mehrere Splitter hatten sich an deren Innenseite bereits gelöst und einer der Angelstifte war deutlich verbogen. Es war nur noch eine Frage der Zeit, bis die Barriere fiel und eine unbesiegbare Überzahl blutdürstender Yanfari in die Kajüte strömte.

„Du kannst *tauschen*, Asara", entgegnete er. Dringlichkeit lag in seinen Worten. „Deinen Körper gegen einen anderen. Das hat Lanys nie zu tun vermocht."

Die *Kisaki* runzelte die Stirn und hob resignierend ihre Hände.

„Lanys' Fähigkeit hat mich in diesem Körper gefangen, Raif. Hast du das schon vergessen?"

Der Krieger schüttelte den Kopf. „Denk nach und *erinnere* dich. Lanys kommandiert lediglich Illusionen. Sie hat nicht mit dir getauscht, sondern ihr Aussehen auf deinen Körper projiziert. Ich habe dich damals daran erkannt, dass deine Arme nicht wie die ihren an den Ellenbogen gefesselt waren. Erinnerst du dich?" Asara legte den Kopf schief. Raif setzte fort.

„Auch Haruns Dolch, der sie vermeintlich umgebracht hat, war nur Teil einer cleveren, wenn auch schmerzhaften Illusion."

Er fasste Asara an den Schultern. „Manche der Tausend Gesichter beherrschen die magischen Täuschungen der Anderwelt, ja. Aber keiner von ihnen kann einen anderen Körper in Besitz nehmen – wie du es in Masartas Thronsaal getan hast. Das ist allein *dein* Talent, Asara."

Sie starrte ihn ungläubig an. „Das kann nicht sein. All diese Fähigkeiten kommen von Lanys. Ich bin nur Nutznießerin."

Raif ließ sie los. „Du irrst dich. Lanys kann nicht einmal halb so geschickt mit einer Peitsche umgehen wie du. Es fehlt ihr an Augenmaß und Zielsicherheit. Im Zweikampf macht sie Fehler, wo du keine machst. Und umgekehrt." Er schmunzelte emotionslos. „Ihr mögt Schwestern in Körper und Geist sein, aber ihr seid nicht ein und dieselbe Person."

Asara tastete nach dem Tisch und stützte sich ab. Raifs Worte trafen einen empfindlichen Nerv. Ohne je bewusst darüber nachgedacht zu haben, hatte sie an dem Kampf im Vezierspalast stets etwas Fundamentales gestört. Sie hatte Lanys in jener Nacht aus ihrem Körper verdrängt und mit ihr Platz getauscht. Alles hatte sich geändert: Hautfarbe, Stimme und Blickwinkel. Nichts davon war eine Illusion gewesen. Was Raif mit ungekannter Vehemenz behauptete, schien das mysteriöse Puzzle entscheidend zu ergänzen.

Meine Magie.

Der Gedanke war absurd und belebend zugleich. Wenn Raif Recht hatte, war Asara keine bloße Kopie ihrer einstigen Geliebten – sie war wahrlich die zweite Hälfte einer einzigartigen Münze.

„Warum erzählst du mir das jetzt?" flüsterte sie.

Raif zog sein Schwert und wandte sich zur nachgebenden Tür.

„Weil deine Fähigkeit das einzige ist, was uns jetzt noch retten kann." Er warf einen Blick über die Schulter in Richtung Vylda, die an der nun offenen Luke stand.

„Kommandantin", sprach er in ihre Richtung. „Asara und ich werden die Yanfari aufhalten. Wenn ihr in einem Viertel Schlag nichts von uns hört oder der Feind unter Deck vordringt, verbrennt das Schiff zu Asche." Seine Zähne blitzten raubtierhaft im Licht der tanzenden Lampe. An Asara gerichtet fügte er hinzu: „Wir haben einen unmöglichen Kampf zu gewinnen – und nicht viel Zeit. Gehe in dich. Finde deine Magie. Und wenn sich diese Türe öffnet, wirst du zum Anführer der imperialen Entertrupps werden."

Asara schluckte schwer und holte tief Luft. Dann erwiderte sie seinen Blick.

„Wir brauchen Seil und einen Knebel. Der Yanfari wird meinem Körper innewohnen, wie ich dem seinen." Sie lächelte grimmig und legte ihre Hände hinter ihren Rücken. „Also tu dein Bestes, Meister."

Tür und Kommode ächzten und splitterten unter dem geeinten Ansturm der bewaffneten Krieger. Ein letzter Axthieb teilte das mitgenommene Holz und der gezielte Tritt eines drahtigen Yanfari in Kettenrüstung verteilte die Reste des einst stolzen Schranks auf dem Boden von Vyldas geräumiger Kajüte.

Asara schluckte schwer. Sie stand in der Mitte des Raumes, unbewaffnet und gefesselt, und starrte einem weit überlegenen Feind entgegen. Neben ihrer Rüstung von zuvor trug sie einen weiten Umhang, der ihre Züge und ihren Körper weitgehend verdeckte. Ein übelriechendes Stück Stoff zwischen ihren Lippen diente als improvisierter Knebel. Kalter Schweiß floss ihre Stirn hinab. Entschied sich nur einer der Krieger sein Schwert zu heben, waren sie und Raif dem Tode geweiht. Stattdessen hoffte die *Kisaki* auf die Neugierde und das intakte Gewissen der grimmig dreinblickenden Yanfari.

Raif hob seine Klinge an Asaras Kehle.

„Halt, oder eure Kaiserin stirbt." Seine Stimme war fest. Nichts an ihm verriet seine Nervosität. Die Yanfari wechselten verwirrte Blicke, doch keiner von ihnen senkte seine Waffe. Raif presste seine Gefangene gegen seinen Körper. Die Klinge bohrte sich schmerzhaft oberhalb ihres Halsbandes in Asaras ungeschützte Haut.

„Keinen Schritt weiter, sagte ich." Asara windete sich halbherzig in seinem eisernen Griff. Nach ihrer Zeit als Sklavin wirkte die Rolle als Maid in Nöten fast schon lächerlich. Doch im Gegensatz zu den beliebten Theaterstücken in Al'Tawil waren ihre Fesseln echt und ihre Lage mehr als nur gefährlich.

„Wartet."

Die Stimme kam von jenseits der ersten Reihe der Kämpfer. Die Yanfari teilten sich ehrfürchtig und ließen den Sprecher passieren.

Admiral Yarmouk war alt geworden. Es war weniger das Grau seiner Haare, als die Müdigkeit in seinen Augen, die ihn weit fortgeschrittener erschienen ließen als die 50 Sommer, auf die er in Wahrheit zurückblicken konnte. Seine dunkelgrauen Augen musterten Asara und den Ashen-Mann, der sie umklammert hielt.

„Ihr bedroht eure eigene Komplizin, Attentäter", stellte er fest. „Das wird euch nicht helfen. Die Dienerin ist eine Verräterin am Volk." Er ließ seine Worte einsickern, ehe er fortsetzte. „Der Hohe Rat will ihren Kopf für den Mord an *Kisaki* Asara", sprach er mit grimmiger Miene. „Sie wird keine Gelegenheit bekommen, ihre Geheimnisse an Ravanar zu verkaufen. Darauf könnt ihr euch verlassen."

Asara blickte ihn ungläubig an. Das war also die Geschichte, die Harun an seine Landsleute weitergab? Er wirkte fast, als ob der Minister mit jedem Monat eine andere Lügenmär ersann, um das Reich weiter zu spalten.

Dieser Bastard.

Asara konnte sich förmlich vorstellen, was tatsächlich passiert war. Harun war vor dem Sklavenaufstand geflohen und hatte Masarta im Eilschritt hinter sich gelassen. Die Geschichten über eine Ashen-Kurtisane, die den Vezier zu Fall gebracht hatte, hatten ihn dennoch erreicht. Schlussendlich hatte er eins und eins zusammengezählt: Lanys – Asara – war noch am Leben. Sie hatte sich gegen ihn gestellt und ihm eine empfindliche Niederlage beschert. Der Befehl sie zu jagen, war aus der Angst heraus gegeben worden, eine formidable Gegnerin in den Reihen des Feindes wiederzufinden. Dazu kam wohl die älteste Motivation, die Yanfari wie Ashvolk je angetrieben hatte: Rache.

„Ihr irrt", entgegnete Raif mit rauer Stimme. „Diese Frau ist keine Dienerin. Sie trägt nur deren Gesicht. Unter der Illusion ist sie Asara Nalki'ir, *Kisaki* eures Reiches."

Yarmouk runzelte die Stirn. Einer seiner Männer schnaubte verächtlich durch die Nase. Den anderen konnte man auch nur zu gut ansehen, was sie von der wilden Behauptung hielten. Asara begann sich zu konzentrieren. Bis hierher und nicht weiter reichte der hektisch gesponnene Plan.

Komm schon...springe!

Doch das körperlose Gefühl blieb aus. Welche Magie auch immer in Asaras Venen schlummerte, gab keinen Mucks von sich.

„Ihr seid kreativ, das muss ich euch lassen", erwiderte der Admiral. „Ich gebe euch eine Chance, Krieger: Lasst die Dienerin los und ergebt euch. Ich verspreche euch ein schnelles Verhör und einen schmerzfreien Tod."

Einer der Yanfari hob seine Klinge.

„Was ist euer Befehl, Admiral?"

Jetzt oder nie!

Asara presste, drückte, zog und schob. Doch nichts geschah. Raif verharrte reglos.

„Ich macht einen großen Fehler, Admiral", zischte er. „Ist euch das Leben eurer Kaiserin so wenig wert?"

Yarmouk ballte die Fäuste und trat einen Schritt näher.

„Die *Kisaki* ist tot", grollte er. „*Ihr* habt sie auf dem Gewissen. Niemand sonst. Und dafür wird euer Land bluten." Der Schmerz in seinen Augen war echt. Der Ärger, die Trauer, die Ohnmacht. All das war kein Schauspiel.

„Maahmook", sagte Asara. Der Knebel verschluckte das Wort, doch Raif verstand. Seine Hand tastete nach dem Stoff, der ihren Mund verschloss.

Im nächsten Augenblick verlor die Welt an Substanz.

Nein, nein, nein! Nicht jetzt! Ich kann zu ihm durchdringen! Ich kann...! Ich...

Asaras Gedanken wurden träge, fließend. Worte hatten keine Bedeutung mehr. Oben und unten, rechts und links waren auf einmal ein fremdes Konzept. Licht wurde zu Schatten und die Dunkelheit zu einem bloßen Schleier aus Schall und Rauch. Die Zeit hielt den Atem an.

Einen körperlosen Herzschlag später raste Asaras Bewusstsein in einen neuen Wirt. Die Realität kehrte schlagartig und erbarmungslos zurück.

„Yarmouk", sagte Asara. Ihre Augen trafen die des Admirals. Doch es waren nicht wirklich ihre Augen. Sie steckte im Körper jenes Soldaten, der einen Moment zuvor noch nach neuen Befehlen gefragt hatte. Nun war es Asara, die seine Rüstung wie eine zweite Haut trug. Das Schwert in ihren Händen fühlte sich *richtig* an.

Irritation zeigte sich in den Zügen des Admirals. Der Soldat hatte ihn unterbrochen, ihn mit unangemessener Familiarität angesprochen. Asara ließ die Klinge fallen.

„Yarmouk. Bitte hör mir zu. Ich bin es, Asara."

Die Züge des Angesprochenen verfinsterten sich. „Was soll das?" zischte er mit mühsam zurückgehaltener Wut. „Erklärt euch. Sofort."

Ungläubiges Gemurmel ging durch die Yanfari. Einer warf Asara – dem Krieger – einen beschämten Blick zu. Zugleich begann sich Asaras physisches Selbst in Raifs Griff zu winden. Sie beutelte und schüttelte sich und versuchte vergeblich, den Knebel aus ihrem Mund zu stoßen.

Ich habe nicht viel Zeit.

Ihre nächsten Worte würden alles entscheiden. Sie blickte zu dem alten Seefahrer auf.

„Als ich dir die *Scharlachsichel* verliehen habe, hast du einen Schwur geleistet", sprach sie mit eindringlicher Stimme. „Weißt du noch?"

„Jeder Mann kennt meinen Schwur", grollte er. „Es waren die Worte des Ersten Kriegers an die erste *Kisaki* der Yanfari von einst. Jedes Geschichtsbuch kennt sie."

Asara lächelte. „Ich meine den anderen Schwur."

Yarmouk hielt inne. Seine Züge wurden unlesbar. „Unmöglich", hauchte er in die wachsende Stille.

Asara trat einen Schritt auf ihn zu. „Du hast mir versprochen, dass du mir eine Geschichte mitbringen würdest", flüsterte sie. „Aus Toucan. Es sollte das größte Abenteuer von allen sein. Die letzte Reise des roten Kapitäns."

Eine einzelne Träne kullerte Yarmouks Wange hinab.

„Ich habe..." Er schüttelte den Kopf, als ob er ihn zu klären versuchte. „Ich habe mein Versprechen nicht gehalten", sagte er mit heiserer Stimme. „Das Abenteuer...wurde zum blutigsten Massaker..."

Asara lächelte matt. „Ich habe lange Zeit gewartet. Ein Teil von mir war enttäuscht, so enttäuscht. Doch ein anderer hat *verstanden*. Raya hat dich, wie so viele zuvor, zu einem Werkzeug ihrer Tyrannei gemacht. Und du bist daran zerbrochen." Sie legte eine behandschuhte Hand auf sein Herz. „Es tut mir so leid, Yarmouk. Ich habe tatenlos zugesehen."

Der alte Admiral presste die Lippen zusammen und schüttelte den Kopf. Für einen Moment sah Asara den einstig stolzen Mann vor sich, der so ausgelassen von Piraten und fantastischen Kreaturen zu erzählen wusste – bis ihn die blutige Realität des Krieges mit einem Schlag zum Fremden gemacht hatte.

„Du warst bloß ein Kind..." murmelte er. „Was hättest du schon-"

Eine Bewegung im Augenwinkel war die einzige Vorwarnung. Einer der Soldaten trat einen Schritt an Asara heran und hob blitzschnell seine Hand. Goldenes Licht spiegelte sich in der blanken Klinge seines Dolches. Ehe die *Kisaki* reagieren konnte, fuhr das kalte Metall bis ans Heft in ihren Hals. Asara *sprang*.

Der Soldat sackte leblos zu Boden, als die *Kisaki* im nächsten Moment wieder durch die Augen ihres eigenen Körpers blickte. Sie schnappte nach Luft. Der Geschmack des Blutes haftete wie Honig an ihrer Zunge. Sie hatte den Tod gespürt, war ihm nur mit einem Wimpernschlag Vorsprung entkommen.

Rund um sie herum passierte alles zugleich. Eine Yanfari-Kriegerin, die sich die gesamte Zeit im Hintergrund gehalten hatte, hob ihr Schwert und stieß einen hellen Schrei aus.

„Tod den Verrätern! Lang lebe der Reichsminister!"

Überall setzten sich Bewaffnete in Bewegung. Eine Klinge aus dem Nichts traf Yarmouk in der Seite. Der Admiral ging wortlos zu Boden.

„*Nein!*" Asara schrie auf riss sich los. Sie bekam nur am Rande mit, wie ein Messer ihre Handfesseln durchtrennte. Der Knebel war bereits aus ihrem Mund gerutscht. Die Kriegerin stürzte sich an ihren Kameraden vorbei auf Raif, der ihren Hieb erst im letzten Augenblick parieren konnte. Asara warf sich blind zur Seite. Sie kam neben dem Körper des Mannes zu liegen, den sie vor wenigen Augenblicken noch besessen hatte. Hektisch tastete sie nach seinem fallengelassenen Schwert. Um sie herum kämpfen Yanfari gegen Yanfari, Kamerad gegen Kamerad. Einige Krieger hatten sich schützend um den gefallenen Admiral geschart und wehrten mit perplexer Miene und sichtlicher Unkoordiniertheit die Angriffe ihrer einstigen Mitstreiter ab.

Harun.

All dies war Haruns Werk. Der Gedanke des blanken Hasses gab Asara neue Kraft. Mit dem Schwert in der Hand und alter Wut im Herzen richtete sie sich wieder auf. Der Minister hatte loyale Untertanen zu Verrätern gemacht, die nun ihre Waffen gegen ihr eigenes Volk richteten.

Asara war zu Yarmouk durchgedrungen. Sie hatte es *geschafft*. Ihre Magie hatte funktioniert. Sie würde willentlich in die Anderwelt fahren, ehe sie Harun diesen Sieg abtreten würde.

„Raif! Schütze den Admiral!" Ohne auf seine Reaktion zu warten, stürzte sich Asara ins dichteste Kampfgetümmel.

Das Chaos verschlang sie – und die *Kisaki* hieß es mit offenen Armen willkommen.

Interludium

Wegscheide

„Eure Hoheit."

Ra'tharion blickte von den Unterlagen auf, die sich auf seinem Schreibtisch stapelten. Die meisten waren Versorgungsberichte, Meldungen zu Truppenbewegungen oder das gesammelte Geflüster der Spione, die Freund und Feind gleichermaßen im Auge behielten. Jedes Stück Pergament ebnete einen Teil des Weges für einen Krieg, der vergangene Konflikte mit dem Yanfar Imperium wie kleine Geplänkel erscheinen lassen würde. Und trotz der enormen Wichtigkeit dieser Berichte war Tharion für die Ablenkung dankbar, die sich ihm in Form des freudig erwarteten Besuchs bot.

Der Hochkönig legte seine Schreibfeder ab und musterte die beiden Neuankömmlinge. Während seine Sklavin Neyve ihr gewohntes Lederröckchen und eine knappe Bluse aus Satin trug, hätte Tharion ihre Begleiterin beinahe nicht erkannt. Kanna von Jin hatte kaum noch etwas mit der unsicheren aber stolzen Prinzessin gemein, die vor drei Wochen an seinen Hof gekommen war. Seit ihrer Einkerkerung in seinem privaten Verlies hatte sie nicht nur an Kleidung eingebüßt, sondern auch an Präsenz. Die junge Jin hatte ihren Kopf gesenkt und stand vornübergebeugt neben Neyve. Ihre Hände waren vor ihrem Körper mit Handeisen fixiert und über eine kurze Kette mit einem Halsband verbunden. Eine weitere Kette führte nach unten an ein Paar breiter Fußschellen, die kaum eine Schrittlänge an Bewegungsfreiheit zuließen. Anstatt der bunten Gewänder ihres Volkes trug sie einen einfachen Lendenschurz. Ein Oberteil fehlte gänzlich. Zwei mit einer feinen Kette verbundenen Klammern quälten die Nippel ihrer entblößten Brüste. Der dumpfe Schmerz ließ ihren Körper merklich erzittern.

Neyve lächelte kalt und packte Kanna unsanft am Halsband.

„Knie vor deinem Meister, Sklavin."

Die Jin sank unter lautem Kettenklimpern zu Boden. Eine einzelne Träne lief ihre Wange hinab. Neyve drückte die Stirn ihrer Gefangenen gegen den Boden, ehe sie selbst auf die Knie sank und ihre Hände in Unterwerfung auf den Rücken legte. Ihre geöffneten Beine boten dabei einen unverschleierten Einblick unter ihren kurzen Rock. Die Ashen-Sklavin trug keine Unterwäsche – wie es sich für eine Zofe und Lustsklavin geziemte.

Tharion erhob sich und verschränkte die Arme.

„Kanna."

Die Jin rührte sich nicht. Unbeeindruckt fuhr der Hochkönig fort.

„Du weißt, warum dich deine Familie hierhergeschickt hat?" fragte er. Die ausbleibende Antwort tat ihm keinen Abbruch. Sie musste nur zuhören – und lernen.

„Du wurdest hierher gesandt, um im Namen des Jin-Kaisers eine Allianz mit dem Dominion zu schließen. Deine Heimatprovinz, Cipan, ist klein und von der Außenwelt isoliert. Dein Haus genießt kaum Ansehen und hat wenige Verbündete. Und dennoch kam der Kaiser auf euch zu, um zum Garant des Friedens zwischen unseren Reichen zu werden. Verwunderlich, nicht wahr?"

Kannas Ketten klimperten leise. Ihre Augen blieben auf den Boden fokussiert. Neyve warf ihr einen mitleidigen Blick zu.

„Du bist eine Opfergabe, Prinzessin", schmunzelte sie. Die Schadenfreude in ihrer Stimme war unverkennbar. Tharion bedachte die Sklavin mit einem warnenden Blick, ehe er fortfuhr.

„Neyve hat Recht", sagte er. „Deine Familie hat sehr genau gewusst, was dich hier in Ravanar erwartet. Sie haben dich wissentlich im Dunklen gelassen."

Der König kam vor der knienden Gestalt zu stehen.

„Dieser Gedanke war es doch, der dich die letzten Wochen der Gefangenschaft stets begleitet hat. Nicht wahr? ‚Haben meine Freunde und Verwandten gewusst, welches Unheil auf mich zukommt?'"

Tharion bückte sich herab und ergriff die Kette, die Kannas Halsband und Handschellen miteinander verband. Unsanft zog er sie auf die Beine. Ihre Blicke trafen sich. Es bereitete Tharion unerwartet wenig Freude, in ihre leeren Augen zu starren. Prinzessin Kanna von Jin war besiegt. Der Kerker hatte ihr alles sichtbare Feuer geraubt. Doch irgendwo, tief verborgen, spürte er noch so etwas wie einen Funken ihres Willens.

Gut.

„Neyve", befahlt er mit fester Stimme, „lass uns allein. Ich werde meinen Gast heute persönlich unterweisen."

Die Ashen-Sklavin erhob und verneigte sich. „Wie ihr wünscht, Hoheit."

Damit zog sie sich zurück und ließ Tharion mit seiner Gefangenen allein. Der Hochkönig ließ die Kette los und stützte sich gegen seinen Schreibtisch.

„Du hast zwei Möglichkeiten", sagte er in unterhaltendem Ton. „Du kannst dich entweder deinem Schicksal ergeben und zur stummen Opfergabe des Jin-Kaisers werden, oder du verleihst dem Hass, der tief in deinem Herzen schlummert, einen Zweck."

Irgendetwas regte sich in der gefallenen Prinzessin.

„Zweck?" Ihre Stimme war tonlos und heiser. Zu lange hatte sie keine Anwendung gefunden. Neyves Erziehungsmethoden involvierten keine langen Konversationen.

Tharion nickte. „Du bist nicht hier, um meine Gemahlin zu werden", fuhr er fort. „Weder jetzt noch nach deiner Ausbildung."

Die Worte ließen Kanna zusammenzucken. Trotz all der Prüfungen, die die junge Jin über sich ergehen hatte lassen müssen, war der Gedanke an ihre Pflichten immer noch stark. Nicht von ihm gewählt zu werden, kam einem Todesurteil für ihre Familie gleich. Ihr Haus hatte sie wissentlich in die Höhle des Löwen geschickt – und trotzdem versuchte Kanna krampfhaft, sie nicht zu enttäuschen. Tharions Worte hatten ihren Bemühungen ein für alle Mal ein Ende gesetzt. Doch sie waren so notwendig wie wahrheitsgetreu.

„Versteh mich nicht falsch, Kanna. Du wirst eine Allianz zwischen unseren Reichen einläuten. Nur nicht so, wie sich dein Kaiser das vorgestellt hat." Er deutete auf die Karte der bekannten Welt, die die Wand hinter seinem Schreibtisch schmückte. „Es wird Zeit, dass du und auch die Provinz Cipan ihren eigenen Weg gehen. Am Ende dieses Weges wartet die Freiheit." Er trat einen Schritt auf die Jin zu. „Doch um das zu ermöglichen, brauche ich deine Unterstützung."

Kannas Augen weiteten sich. Ihre Haltung hatte sich geändert. Die Ketten an ihrem Körper schienen von einem Moment zum nächsten nicht mehr so viel zu wiegen. Tharion hatte ihr versprochen, wonach es ihr am meisten dürstete: Freiheit und Vergeltung.

„Was muss ich tun?" wisperte sie.

Tharion umrundete seinen Schreibtisch und ließ sich nieder. „Es wird mit einem einfachen Brief beginnen", schmunzelte er, „und in einem Gewittersturm enden."

~◊~

Tharion lag entspannt und ausgestreckt auf seinem Bett in den königlichen Gemächern. Sein Kopf ruhte erhöht auf einem enormen Kissen. Mondschein tauchte den prunkvollen Raum in mattes Licht. Trotz des offenen Fensters war es warm und gemütlich. Die Pelze und Teppiche am Boden und an den Wänden hielten die Kühle der Steinwände fern von Tharion und seinem nächtlichen Gast.

Neyve tastete mit geübten Fingern nach dem Verschluss ihres knappen Röckchens. Unter gespielt schüchternem Wimpernschlag ließ sie das Kleidungsstück zu Boden rutschen. Ihre Bluse lag bereits vergessen an der Tür. Lediglich ihr Halsband und die Schellen an Armen und Beinen zierten noch ihren jungen Körper.

„Meister", hauchte sie und sank unterwürfig auf die Knie. Die Sklavenstellung brachte ihre Brüste betont zur Geltung und erlaubte einen verlockenden Blick auf ihre erwartungsvoll geteilte Lustspalte. Neyve wusste nur zu gut, wie sie ihren perfekten Körper zu präsentieren hatte.

Trotz Tharions nachdenklicher Laune spürte er das Anwachsen seiner Männlichkeit. Vielleicht war die Sklavin die beste Medizin für seine finsteren Gedanken. Er verbannte Kriegsberichte, Intrigen und Lügen in den hintersten Winkel seines Geistes. Auch ein Hochkönig musste sich entspannen. Zuerst galt es allerdings eine Lektion zu lehren. Er tastete nach seinem Weinkelch und nahm einen Schluck.

„Neyve, Neyve, Neyve", murmelte er. „Ich habe dir so oft gesagt, dass du dich nicht in meine Angelegenheiten eimischen sollst. Trotzdem hast du Kannas Ausbildung in Bahnen gelenkt, die ich nicht befohlen hatte."

Die Sklavin leckte erwartungsvoll über ihre roten Lippen.

„Habe ich euch enttäuscht, Meister?" hauchte sie.

Tharion hob eine Augenbraue. „Du hast sie beinahe gebrochen. Das war nicht deine Aufgabe." Er lehnte sich vor und verlieh seiner Stimme etwas Eisiges. „Das ist alleine mein Privileg, Neyve."

Die Angesprochene schluckte. „Die Jin war so…uneinsichtig. Ich habe sie lediglich wenige Male aus euren Kerker entfernt, um ihr die echten Verliese zu zeigen." Die Worte kamen verlegen, stotternd. „Ich…ich habe ihr bloß erklärt, was es bedeutet, eine wahre Sklavin von Haus D'Axor zu sein." Sie verneigte sich tief. „Bitte verzeiht, Meister."

Tharion stellte den Kelch ab.

„Du hast sie den Wachen überlassen."

Neyve hielt sichtlich die Luft an. Der Hochkönig schüttelte missbilligend den Kopf.

„Du hast mich enttäuscht, Sklavin. Wenn ich hier mit dir fertig bin, wirst du dich vom Seneschall in den Kerker führen lassen. Er wird dich dort anketten und dir die Augen verbinden." Tharion rollte träge mit den Schultern. „Dein Körper gehört bis zum Morgengrauen den männlichen Sklaven. Hast du verstanden?"

Schweiß tropfte von Neyves Stirn.

„Ja, Meister. Jede meiner…Öffnungen gehört…den Sklaven."

„Gut. Und jetzt bringe mir ein Vorhängeschloss."

Die Ashen-Leibeigene erhob sich zitternd und eilte zu einer der Truhen am Rand des Raumes. Nach kurzem metallischem Klimpern holte sie ein kleines, aber robust aussehendes Schloss hervor und brachte es Tharion. Der König bedeutete ihr, sich umzudrehen. Neyve gehorchte mit gesenktem Blick und wehrte sich nicht, als er die Schellen an ihren Handgelenken hinter ihrem Rücken zusammenführte. Das Schloss klickte zu. Gefesselt und demütig stand die junge Frau vor ihrem Meister.

„Nutze deine Zunge, Sklavin", befahl Tharion. „Zeige mir, dass du wenigstens dafür zu gebrauchen bist."

Zitternd ließ Neyve sich zwischen seinen Beinen nieder. Ihre Knie versanken im weichen Stoff der Matratze. Die gefesselten Hände machten es ihr sichtlich schwer, das Gleichgewicht zu halten. Tharion legte eine Hand auf ihren rechten Schenkel und drückte ihn zur Seite. Das pinke Fleisch ihrer Spalte zuckte, als seine Finger ihre Liebesperle fanden.

„Manchmal habe ich fast das Gefühl, du missachtest absichtlich meine Anweisungen", brummte er amüsiert. Neyve hob ihren Blick. Ein keckes Lächeln huschte über ihre Züge. Tharion schüttelte seufzend den Kopf und packte sie am schulterlangen Haar.

„Lerne zuerst deine eigene Position, bevor du anderen Lektionen auferlegst."

Damit stieß er ihren Kopf hinab in seinen Schritt. Ihre Lippen fanden den Bund seines Untergewandes und zogen die Hose geschickt nach unten. Tharions Glied sprang hervor. Der Anblick der wehrlosen Sklavin hatte seine Männlichkeit mehr und mehr anschwellen lassen. Er dominierte sie, *besaß* sie. Ihr Schicksal fügte sich seinem Befehl. Das Gefühl des Kontrollierens war gleichbedeutend mit reiner Macht. Ein Wort, und Neyve wurde zum Spielball für ein Dutzend ausgehungerter Sklaven. Ein anderer Befehl konnte sie in ein wehrloses Bündel verwandeln oder sie in Schande bloßstellen. Sie war sein willenloses Spielzeug.

Zugleich spürte Tharion ihr Verlangen nach genau jener Erniedrigung und Bestrafung. Es war wie ein Instinkt der Lust, der Neyve erwartungsvoll erschaudern ließ. Unter normalen Umständen hätte sich der König Zeit gelassen, ihren Körper zur vollständigen Wehrlosigkeit zu fesseln. Die Ästhetik der Erscheinung einer jungen Frau, deren Glieder in strengen Seilen oder unentrinnbaren Ketten gefangen waren, kam sogar dem Hochgefühl der Dominanz nahe. Fesseln und Knebel verwandelten jede noch so selbstsichere Gespielin in eine schüchterne Sklavin. Ohne Kontrolle über Leib und Stimme fielen die letzten Schranken der Selbstkontrolle und wurden durch den Wunsch des Beherrscht-Werdens ersetzt. Es war kein Zeichen der Schwäche, das Neyve und die anderen Sklavinnen in jenen Momenten zeigten. Nein, es war ihr wahres Gesicht.

Und dennoch fehlt etwas.

Tharion kannte den zweifelnden Gedanken nur zu gut, der sich in Augenblicken wie diesem an die Oberfläche drängte. Er entsprang dem Unterschied von leichter Unterhaltung und echter, ehrlicher Begierde. Die Frauen, die sich ihm ergaben, waren das Produkt von Ravanars Gilden und Verliesen. Jahre des harten Trainings verwandelten diese Töchter der niedrigen Adelshäuser in geschickte Lustsklavinnen, die als Gunstgeschenke an mächtigere Familien verschenkt wurden. Jungen Männern erging es kaum anders – die Versklavung von dritten oder vierten Söhnen war eine gängige Praxis. Auf diese Weise kamen Allianzen zustande, die die vorherrschende Hierarchie weiter zementierten. Sklavinnen wie Neyve brachten Wohlwollen und erkauften Gefallen; zum teuren Preis ihrer Freiheit. Auf gewisse Weise war die junge Frau, deren Zunge spielerisch über die geschwollene Eichel von Tharions Glied leckte, eine diplomatische Gesandtin ihres Hauses.

Der Hochkönig lehnte sich zurück und ließ sie gewähren. Echtes Verlangen mochte ausbleiben, aber warum nicht die Dienste einer hübschen, gefesselten Sklavin genießen, deren Lippen so geschickt über seinen Phallus tanzten?

In der Tat spürte Tharion, wie er sich zu entspannen begann. Neyve hatte begonnen, seinen Schaft vollends in ihren Mund zu nehmen. Obwohl ihre Hände nicht helfen konnten, waren ihre Berührungen meisterhaft. Der Druck ihrer Lippen ließ Tharions Männlichkeit weiter und weiter anschwellen. Gierig tanzte ihre Zunge über sein heißes Fleisch. Neyve erforschte jeden Millimeter seines Gliedes. Sie leckte kreisend über die Eichel und den Ring der gespannten Haut, der um den Ansatz seines Schaftes spannte. Spielerisch schnappte sie nach seinen Hoden und massierte deren Ansatz mit feuchten Lippen. Jede seiner Berührungen an ihrem Schenkel sandte dabei einen spürbaren Schauer durch ihren Körper. Tharion lächelte und ließ seine Finger über ihren Torso wandern. Geschickt massierte er das weiche Fleisch ihrer Brüste und umspielte ihre immer härter werdenden Nippel. Wo seine Hände über Neyves durchgestreckten Rücken und empfindlichen Nacken glitten, hinterließ die sanfte Berührung sichtbare Gänsehaut.

Zielsicher schlichen Tharions liebkosende Finger schließlich zwischen ihre gespreizten Schenkel. Der neckende Vorstoß fand die verräterische Feuchtigkeit ihrer Lustspalte. Neyve stöhnte auf und presste sich gegen seine Hand. Ohne seine Finger zurückzuziehen, begann Tharion, mit dem Daumen sanft ihre Perle zu massieren. Seine andere Hand legte er an ihr Halsband.

„Du lässt dich zu leicht ablenken, Sklavin."

Mit diesen Worten drückte er ihren Kopf weiter hinab. Er spürte, wie sein Glied gegen ihren Rachen stieß. Doch anstatt nach Luft zu schnappen, führte Neyve ihre Lippen geschickt um seinen Schaft. Spielerisch gegen seinen festen Griff ankämpfend, glitt ihr Kopf auf und ab. Ihre Zunge war vulgär ausgestreckt, als ihr unterwürfiger Blick den seinen kreuzte. Ihre gefesselten Hände waren leicht angehoben. Ihre Handgelenke stemmten sich machtlos gegen den Stahl, der ihre Arme gefangen hielt. Ihre Hüften tanzten einladend zu seinen Berührungen.

Ja, Ravanar brachte wahrlich talentierte Lustsklaven hervor.

Tharion fuhr mit zweier seiner Finger tiefer und tiefer in Neyves zitternde Spalte. Ihre Muskeln krampften sich gierig um die beiden Eindringlinge. Das Fleisch ihrer Öffnung war heiß und feucht. Mit jeder kreisenden Bewegung seines Daumens schwoll ihre Liebesperle weiter an. Ihr Stöhnen fand Widerhall in Tharions eigener Stimme. Schneller und schneller tanzten Zunge und Lippen der Sklavin über sein Glied.

Der König spürte den Druck, der sich in ihm aufzubauen begann. Doch anstatt ihren Mund noch fester um seinen Phallus zu zwingen, ließ er von ihrer Lustspalte ab, packte sie an den Schultern und zog sie in eine aufrechte Position. Ein Blick reichte und sie verstand. Neyve balancierte auf gespreizten Knien über seinen Unterkörper, bis ihre hungernde Öffnung feucht über seinem zuckenden Glied schwebte. Dann, unmöglich langsam, senkte sie sich hinab.

Tharion leitete seine Männlichkeit an die geschwollenen Lippen zwischen ihren Beinen. Sie teilten sich schmatzend und ließen ihn ein.

Neyves lüsterne Spalte schloss sich eng um seinen Phallus und nahm das harte Fleisch tief in sich auf. Sie stöhnte lautstark und warf ihren Kopf in den Nacken. Unter angespannten Schenkeln hob sie ihren Körper, nur um ihn im nächsten Moment wieder absinken zu lassen. Jede Wiederholung fing Tharions Glied tief in der zuckenden Lustspalte, die so verlockend gegen seine Erektion rieb. Neyve hielt nichts zurück. Der König spürte, wie vollends er seine Sklavin ausfüllte. Er sah, wie beide ihrer feuchten Lippenpaare im Rhythmus bebten.

Er packte sie knapp oberhalb ihrer Handeisen an den Unterarmen und zog ihren verschwitzten Körper erneut und erneut auf den seinen hinab. Zugleich stießen seine Hüften nach oben. Es kostete ihm all seine Kontrolle, nicht hier und jetzt zu kommen. Unter leisem Winseln flehte Neyve nach Erlösung. Doch bevor sie und auch Tharion sich in der aufkeimenden Euphorie verlieren konnten, zwang er ihren Körper zum Innehalten. Sein Glied zuckte und drückte gegen all die verbotenen Stellen, deren Stimulation die Sklavin mit weit geöffnetem Mund aufstöhnen ließen. Neyve teilte ihre Beine, soweit ihre Gelenkigkeit es zuließ. Gegen seinen Griff ankämpfend, presste sie ihre Taille gegen die seine. Schneller und schneller zitterte ihre Lustspalte seinem Phallus entgegen. Tharion spürte die unkontrollierte Kraft, mit der Neyve an ihren Fesseln zerrte. Sie wollte sich berühren, an den Höhepunkt treiben, doch das harte Eisen und der unnachgiebige Griff ihres Meisters raubte ihr jegliche Kontrolle.

Sie war sein. Tharion konnte sie nehmen, wann und so oft er wollte. Wenn er es wünschte, konnte er sie vornüber gebückt, Hand an Fuß gefesselt an die Wand zwingen und wie ein Spielzeug auf ihre feuchte, pinke Spalte der Lust reduzieren. Sie gehörte ihm, wie andere einen Einrichtungsgegenstand besaßen.

Zum Bersten geschwollen stieß Tharion sein Glied zwischen die gespreizten Beine der Sklavin. Stöhnend folgte sie dem Rhythmus seiner immer hektischeren Bewegungen. Weder er noch Neyve hielten sich mehr zurück. Tharion spürte die unaufhaltsame Woge, die sich in seinem Inneren aufzubauen begann. Sein Keuchen wurde nur von ihrem Stöhnen übertönt. Unbändiges fleischliches Verlangen und tropfende Feuchtigkeit begrüßten den ersten Schwall der heißen Flüssigkeit, die sich in Neyves Spalte ergoss. Tharion stoppte nicht. Härter und härter drang er in seine Sklavin ein, deren Bewegungen einem unkontrollierten Zucken glichen, das sein fester Griff, seine *Kontrolle*, zu einem reitenden Orgasmus verwandelte.

Neyve sank mit weit aufgerissenem Mund nach hinten. Der Aufschrei der Erlösung war in ihrer Kehle gefangen. Zitternd fanden ihre gefesselten Hände die Matratze und ihr Rücken spannte sich zum Bogen. Sie stieß und tanzte und ritt seinen in sie ergießenden Phallus mit flatternden Lidern. Flüssigkeiten quollen mit jedem Stoß aus ihrer Spalte und benetzten Bauch und Schenkel der Liebenden. Neyves Brüste schwangen im Takt des nicht enden wollenden fleischlichen Tanzes. Jede Bewegung Tharions fand Resonanz in ihren anspannenden Muskeln, die jeden Tropfen aus seinem Glied pressten.

Erst dann, zitternd und außer Atem, sank die Sklavin gegen die Brust des Königs. Ohne seine Männlichkeit aus ihrer Lustspalte zu verbannen, schmiegte sie sich stöhnend an ihn. Ihre Nippel pressten gegen seine heiße Haut.

„Ich bin euer", seufzte sie tonlos, *„Mai'teea ran'*Tharion."

Der König legte eine Hand auf Neyves Rücken und schloss für einen Moment die Augen. Die Hitze des Gefechtes begann langsam abzuflauen. Echte Begierde oder nicht, er genoss in diesem Moment die Nähe der Sklavin, die sich so ganz frei von Angst gegen ihn presste. Wortlos strich er eine Strähne aus ihrem Gesicht.

Mai'teea ran'Tharion.

Ein frommer Wunsch einer ergebenen Dienerin. Leider würde es nicht so einfach sein, den Rest Ravanars zu einem vergleichbaren Schwur zu bewegen. Tharion lächelte und führte einen Finger über Neyves Halsband. Der schmale Stahlreif fühlte sich warm an. Die Sklavin schnurrte in Reaktion auf seine Berührung. Seine andere Hand wanderte ihren Rücken hinab bis an die Schellen ihrer Handfesseln.

Ein lautes Pochen an der Tür des Gemachs ließ ihn innehalten. Stirnrunzelnd hob er seine Stimme.

„Was ist?" grollte er. „Ich hoffe, es ist wichtig."

„Das Schiff wurde gesichtet, Hoheit", erklang die ängstliche Stimme eines Bediensteten. „Ich komme, um euch umgehend zu informieren."

Tharions Entspannung verflog. Seine Sinne erwachten zu alter Schärfe.

„Schiff?" fragte er. Doch er kannte die Antwort bereits. Der Diener bestätigte sein elektrisierendes Gefühl der Vorahnung.

„Die *Flüsternde Schwinge* hat soeben den äußeren Leuchtturm passiert, Hoheit. Sie wird innerhalb dieser Stunde in Ravanar anlegen."

~◊~

Tharion hatte nicht viel Zeit. Seine Beine trugen ihn die Treppen der Festung hinab und hinaus auf die abendlichen Straßen Ravanars. Mit der Nachricht des Dieners hatte er Neyve wortlos in den Kerker gesandt und die am Boden verstreuten Roben seines Amtes gegen Tunika und Hose getauscht. Die Kapuze eines abgetragenen Umhangs schirmte sein Gesicht vor neugierigen Blicken ab. Seine Leibwache und der Hofstaat an Bediensteten, die ihn normalerweise auf Schritt und Tritt begleiten würden, hatte er ahnungslos in der Feste zurückgelassen. Wenn der Hochkönig es wünschte, konnte er zu einem Gespenst in seiner eigenen Hauptstadt werden – und heute wünschte er es sich mehr als alles andere. Was in Kürze geschehen würde, erlaubte keine Zeugen in den eigenen Reihen.

Tharion eilte die Straße der Goldschmiede hinab und bog nach kurzem Überlegen in den Stadtgarten ab. Der Weg über den Markt war kürzer, barg aber die Gefahr, in der Masse der Einkaufenden aufgehalten zu werden. So ließ er den Trubel hinter sich und trat in die Stille des nebelverhangenen Parks. Wo zuvor noch Häuser aus dunklem Fachwerk und steinernen, moosbewachsenen Fundamenten das Bild beherrscht hatten, thronten hier lediglich alte Weiden und Eschen am Rande des gepflasterten Weges. Kleine Bäche gurgelten zwischen feuchten Steinen und modrigen Wurzeln hindurch. Lianen und Hängekraut webten natürliche Vorhänge zwischen den knorrigen Bäumen. Hätte es die Zeit erlaubt, hätte Tharion die friedliche Umgebung mit ihren Sumpfblumen und Wassergräsern in Ruhe genossen. Doch die *Flüsternde Schwinge* und sein Vorhaben konnten nicht warten. Ein Fehltritt, und er würde Prinzessin Kannas Unterstützung weit früher benötigen, als erhofft. Es hatte zu nieseln begonnen. Die kühle Abendluft klärte zusehends seinen Kopf. Tharion stieg über einem gefallenen Baumstumpf und duckte sich unter den ausladenden Ästen einer Esche hindurch. Ein schwarzer Reiher folgte Tharions Schritten mit seinem gefiederten Kopf. Ansonsten erspähte der Hochkönig keine Seele. So sehr die Bürger Ravanars auch ihren kleinen Flecken Urwald inmitten der Stadt liebten, zog der Park meist nur untertags Spaziergänger und Verliebte an. Der Abend war für viele Ashen trotz ihrer geliebten Schatten die Zeit für Geselligkeit um ein warmes Kaminfeuer. Die Zeiten, in denen die Bürger des Dominions erst mit Nachteinbruch zu erwachen begannen, waren lange Jahrzehnte vorbei. Das Ashvolk war heute so wenig nachtaktiv, wie die Yanfari nur am Tag lebten. Trotzdem hielten sich entsprechende Geschichten hartnäckig.

In der Entfernung begann das Läuten der Hafenglocken. Tharion erhöhte sein Tempo und joggte in Eile einen von Öllampen gesäumten Weg entlang. Efeu schlängelte sich an den Eisenstangen ihrer Aufhängungen nach oben und verliehen ihnen etwas Organisches. Hohe Bäume brachen das flackernde Licht und zeichneten lange Schatten in das Dickicht.

Schneller, Tharion.

In diesem Moment erspähte der König eine einsame Sitzbank am Ufer des kleinen Sees, der sich linkerhand in die Finsternis erstreckte. Die Bank stand im Schatten eines der grünen Kolosse und blickte über das dunkle Wasser. Zu Tharions Überraschung saß ein Mann auf den geteerten Brettern. Seine Ellenbogen ruhten resignierend auf seinen Knien. Er blickte auf und wandte sich um, als er den sich nähernden Tharion bemerkte.

Die Schritte des Hochkönigs verlangsamten sich. Die Glocken in der Ferne schlugen nun im Rhythmus seines pochenden Herzens. Der Lauf durch den Park hatte ihn mehr außer Atem gebracht, als er sich eingestehen wollte. Zugleich spürte er das Aufkeimen von Misstrauen und Zweifel. Jede Faser seines Körpers spannte sich an, als er nahe dem Mann zu stehen kam.

„Verzeiht", sprach der Unbekannte ins Halbdunkel. „Könnt ihr mir helfen? Ich habe mich verlaufen."

Tharion zuckte abrupt zusammen. Eine zweite Stimme hatte sich zur ersten gesellt. Die Worte waren tonlos, substanzlos, emotionslos. Vertraut.

Und sie sprachen nur zu ihm.

‚Töten. TÖTEN. Mord? BLUT! Messer in den Bauch. TÖ-TEN.'

Die Wortfetzen kratzten gegen Tharions Geist wie eine stählerne Klaue über Stein. Sie raubten ihm für einen Atemzug die Sinne und überfluteten seine Gedanken mit ihrer aggressiven Vehemenz. Im nächsten Moment verstummten sie wieder. Zurück blieben der freundlich lächelnde Fremde und das Läuten der fernen Glocken.

Tharion antwortete mit ruhiger Stimme.

„Natürlich, guter Mann", sagte er. „Ich helfe euch gerne."

Im selben Atemzug riss der König seinen Dolch aus der Gürtelscheide und schleuderte ihn mit voller Wucht dem Unbekannten entgegen.

Der Fremde duckte sich zur Seite. „Jetzt."

Seine Stimme hatte alle Freundlichkeit verloren. Mordlust blitzte in seinen Augen, als er ebenfalls einen Dolch zog. Zugleich hörte Tharion das charakteristische Schnappen einer Bogensehne. Doch der König hatte mit dem zweiten Angreifer gerechnet. Er warf sich zur Seite und landete unsanft am nassen Kies. Mit einer minder eleganten Seitwärtsrolle stolperte er wieder auf die Beine. Wenige Handbreit von ihm entfernt bebte ein Pfeil im Stumpf eines alten Baumes.

„Woher wusstet ihr es?" fragte der Fremde amüsiert. Irgendwo im Dunkel des Urwaldes knarrte erneut ein Bogen. Tharion ballte seine Fäuste. Der Gegner war zu weit entfernt. Der Schütze würde ihn erwischen, lange bevor er die Distanz zur Waldgrenze überbrückt hatte. Und selbst wenn es ihm gelang, so war er nun unbewaffnet. Sein Dolch hinterließ kleine Bläschen, wo er zuvor im Teich versunken war.

Der Mann zuckte mit den Schultern. „Eigentlich spielt es keine Rolle", lachte er. „Ihr sterbt so oder so." Er hob seinen Blick und seine Stimme. „Erledige ihn, Noril."

Tharion machte sich bereit. Er wartete auf das Schnalzen, auf das geisterhafte Flüstern der Mordlust, die jeder Bluttat voranging. Doch weder seine Ohren noch sein sechster Sinn vernahmen eine Reaktion auf den Befehl des Attentäters.

„Noril?" Der Fremde hob langsam seinen Dolch. Es blieb still im Wald. Irgendwo aus Richtung des Sees ertönte das raspelnde Quaken eines Frosches.

Kampfbereit machte Tharion einen Schritt auf seinen Gegner zu. Was auch immer mit dem anderen Mörder passiert war, es eröffnete ihm eine Möglichkeit – womöglich seine erste und letzte. Mit einem tiefen Grollen warf sich der König dem anderen Mann entgegen.

Im nächsten Moment stürzte sein Gegenüber wortlos zu Boden. Tharion kam stolpernd zu einem Halt. Er fuhr herum und suchte den Waldrand hektisch nach Bewegungen ab.

Nichts. Kein Grashalm bewegte sich. Auch die fernen Glocken hatten ihr Konzert beendet. Ihr Schweigen verkündete, dass das Schiff erfolgreich am Pier angelegt hatte.

Tharion wartete zehn lange Atemzüge. Als sich nach wie vor nichts rührte, beugte er sich über den gefallenen Attentäter. Der Ashen-Mann hatte ein Durchschnittsgesicht, das in einer Menge kaum Aufsehen erregen würde. Seine Kleidung war einfach, aber von guter Qualität. Der neben ihm zu Boden gefallene Dolch war die Arbeit eines Meisters. Wer auch immer dieser Mörder gewesen war, er hatte sich für seine geplante Tat gut bezahlen lassen.

Grollend rollte Tharion den Toten auf die Seite. Im Licht der nahen Lampe erspähte er die filigrane Feder eines winzigen Pfeils, der aus dem Hals des leblosen Mannes ragte. Tharion wusste genug über Anatomie Bescheid, um zu erkennen, dass das Geschoß zielsicherer seine Lebensader gefunden hatte. Welches Gift auch immer ihm derart schnell den Tod gebracht hatte, war mehr als nur potent.

Tharion spürte die Präsenz in seinem Rücken erst, als die Person direkt hinter ihm zu stehen kam. Keine Gedanken der Mordlust wisperten in des Königs Geiste und keine Worte der Warnung waren zu vernehmen. Tharions finstere Gabe blieb stumm.

„Sie gehören mir", wisperte eine Stimme. Sie war weich, wie die eines jungen Mädchens. „Nai'lanys und ihr Beschützer sind mein", fuhr sie fort. „Bis sie ihre Aufgabe erfüllt haben."

Tharion richtete sich zur vollen Größe auf.

„Wer bist du?"

Stille antwortete.

„Wer bist du?" fragte der König erneut. Mit einer schnellen Bewegung fuhr er herum. In seiner geballten Faust schimmerte der Dolch des Attentäters.

Der Weg war verlassen. Niemand stand hinter ihm und nicht einmal die Schatten zwischen den Bäumen bewegten sich. Der Park war wie ausgestorben. Es erschien fast so, als ob der einseitige Kampf nie stattgefunden hätte. Wäre die Leiche des Unbekannten nicht gewesen, hätte selbst Tharion an der unwirklichen Szene zu zweifeln begonnen.

Doch der Tote war echt. So wie auch seine schmerzende Schulter. Der König senkte seine Klinge. Dann, mit einer raschen Bewegung, zog der den kleinen Pfeil aus dem Hals des Toten und wickelte ihn in ein Stück Stoff.

Noril.

Ein Name, ein Dolch, und ein Giftpfeil. Tharion hatte es nicht geschafft, rechtzeitig am Hafen zu sein, um sein Vorhaben in die Tat umzusetzen. Aber er war auch nicht leer ausgegangen. Das Erlebnis hatte nicht nur neue Fragen aufgeworfen, sondern auch alte beantwortet.

Seine Feinde hatten nach langem Waffenstillstand begonnen, offen gegen ihn vorzugehen. Während Tharions Heer am Fluss Esah Stellung bezog, näherten sich unbekannte Kräfte von allen Seiten. Die Schatten um des Königs Thron waren länger geworden.

Der Krieg hatte endlich begonnen.

25

Tausend Gesichter

Asara blickte fragend in die versammelte Runde. Sie hatte erwartet, Kapitänin Vylda alleine in ihrer Kajüte vorzufinden. Stattdessen saßen neben ihrem Begleiter Raif auch Admiral Yarmouk und Quartiermeister Gus um den Schreibtisch der drahtigen Eru. Sie alle blickten auf, als die *Kisaki* den Raum betrat. Der Admiral erhob sich, was ihm einen Ausdruck des unerwarteten Schmerzes ins Gesicht zeichnete. Seine schwere Verletzung durch die Klinge seiner eigenen Soldatin war bei weitem noch nicht verheilt. Asara war versucht, ihn in seine Kabine zurückzubeordern. Der ältere Mann brauchte Ruhe und die Aufmerksamkeit eines Heilers. Aber ein solches Kommando hätte zweifellos noch mehr Fragen aufgeworfen, als ohnehin schon im Raum schwebten.

„Sklavin", begrüßte sie Raif mit nüchterner Stimme. „Wir haben gerade im Hafen von Ravanar angelegt. Es gibt vor der Inspektion des Hafenmeisters allerdings noch einige Details zu klären." Er deutete neben sich auf den Boden. Asara, erneut gekleidet in ihre knappen Gewänder des ersten Tages an Bord der *Flüsternden Schwinge*, sank folgsam neben ihm auf die Knie.

Yarmouk warf dem Ashen-Krieger einen eisigen Blick zu. Der Admiral konnte seinen Schock ob ihrer Behandlung durch Raif auch nach den vielen gemeinsamen Tagen auf hoher See nur schlecht verbergen. Magie der Illusionen, Verschwörungen und geheime Missionen. All dies konnte er akzeptieren. Doch der respektlose Umgang mit seiner totgeglaubten Kaiserin brachte ihn sichtlich an die Grenzen seiner Selbstbeherrschung.

Asara rechnete für einen Moment damit, dass Yarmouk unter Protest aufspringen würde. Doch der Seefahrer nahm lediglich einen tiefen Atemzug und spielte seine auferlegte Rolle. Er hatte nach anfänglicher Skepsis eingesehen, dass der Erfolg von Asaras gefährlicher Unternehmung nur dann in greifbare Nähe rückte, wenn er ihre Identität für sich behielt. Schließlich hatten weder Vylda noch ihre Besatzung mitbekommen, was während des Kampfes in der Kapitänskajüte vorgefallen war. Sie alle kannten nur den Ausgang: Asara, Raif und eine

Handvoll Yanfari hatten das blutige Chaos knapp überlebt. Die *Kisaki* hatte Yarmouk ohne lange Erklärung als neuen Verbündeten präsentiert. Glücklicherweise hatte die allgemeine Erschöpfung der verbleibenden Piraten über deren Kampfeslust gesiegt und niemand hatte ihre Worte angezweifelt. Auch als der verletzte Yarmouk darauf bestanden hatte, Asara auf ihrer weiteren Reise zu begleiten, war der Protest ausgeblieben. Die *Flüsternde Schwinge* hatte an jenem Tag zu viele Männer verloren, um den erfahrenen Neuzugang zurückzuweisen.

„Yarmouk darf den Inspektoren nicht in die Hände fallen", sagte Asara, als sie ihre Finger hinter ihrem Rücken verschränkte. Vylda nickte.

„Lasst das meine Sorge sein", sagte sie in die Runde. „Es ist nicht das erste Mal, dass ich Schmuggelware vor den Augen der Hafenmeister verberge."

Der Admiral schüttelte den Kopf.

„Ich werde euch begleiten, A- Lanys."

Die *Kisaki* lächelte. „Das ist leider nicht möglich, alter Freund. Du würdest in der Hauptstadt der Ashen keine zwanzig Schritt weit kommen, ehe die Wache dich aufgreifen würde. Du hilfst mir am meisten, wenn du nach Masarta und danach an die Spitze der Yanfari-Flotte zurückkehrst. Es gibt noch viel zu tun." Sie lächelte. „Jeder Verbündete in den Reihen von Haruns Hof ist ein Geschenk für…die Sache. Bitte, Yarmouk."

Vylda folgte dem Austausch mit amüsiertem Blick. Ihr Gesichtsausdruck ließ keine Zweifel offen, dass sie das missglückte Versteckspiel der *Kisaki* schon lange durchschaut hatte. Raifs Versprecher und die Präsenz des Admirals, den sie wohl von Erzählungen her kannte, waren himmelschreiende Indizien. Im Gegensatz zu Vylda starrte Gus verwirrt in die Runde.

„Kapitän", warf er ein, „was ist das eigentlich für ein verdammter-"

Die Eru unterbrach ihn.

„Wenn Raif und sein Schützling nicht gewesen wären, würde die *Flüsternde Schwinge* jetzt am Meeresgrund verrotten."

Der Quartiermeister senkte trotzig seinen Blick. Halblaut brummte er: „Wenn unsere beiden ‚Passagiere' nicht gewesen wären, wäre dieses verdammte Desaster gar nicht erst passiert."

Es war Yarmouk, der dem missgelaunten Ashen antwortete.

„Die Yanfari-Flotte hat stehende Befehle, alle Schiffe unter Ashvolk-Flagge zu beschlagnahmen oder zu versenken. Minister Harun-" Er warf Asara einen vielsagenden Blick zu, „-hat außerdem angeordnet, dass aller Handel mit Ravanar sofort einzustellen ist. Zuwiderhandelnde werden exekutiert."

Die Worte nahmen Gus den Wind aus den Segeln. Er verschränkte leise fluchend die Arme und studierte die zerkratzte Platte von Vyldas Schreibtisch. Die Kapitänin räusperte sich und wandte sich an Asara.

„Ich verspreche, deinen Freund in einem für ihn sicheren Hafen abzusetzen", sagte sie. Die Angesprochene nickte dankbar.

„Das weiß ich zu schätzen. Aber..."

Aber ich würde gerne wissen, warum du mir wirklich hilfst.

Trotz Yarmouks Erläuterung war der Einwand des Quartiermeisters ein gültiger. Wenn Asara nicht gewesen wäre, wäre die *Flüsternde Schwinge* vermutlich unbescholten davongekommen. Die Eru beantwortete die unausgesprochene Frage mit einem Schulterzucken.

„Friede ist gut fürs Geschäft", schmunzelte sie. „Ausbleibender Handel nicht."

Asara musterte sie für einen Moment. Sie war sich bewusst, dass das Bild ein unterhaltsames sein musste: Die kniende Sklavin studierte die Kapitänin eines Korsaren mit prüfendem Blick. Es lag jedoch kein Spott in Vyldas Zügen.

Sie weiß es tatsächlich. Und sie spielt mit.

Der Gedanke gab der *Kisaki* neuen Mut. Sie war in ihrer törichten Mission wahrlich nicht mehr allein. Was als Täuschung ihrer einstigen Sklavin und Gespielin begonnen hatte, war zu einer nationenübergreifenden Verschwörung angewachsen. Nicht nur war ihr anfänglicher Wärter und Entführer zu ihrem Beschützer geworden, auch Asaras Kreis von Alliierten war so groß wie nie zuvor. Admiräle und Diebinnen, Piraten und tätowierte Hünen. Ihre Motive waren unterschiedlich, ja, aber eines hatten all diese Yanfari, Eru, Jin und Ashen gemeinsam: Asara vertraute ihnen mehr, als sie je einem ihrer kaiserlichen Berater vertraut hatte.

„Danke", murmelte sie. „An euch alle."

Raif, stets der Empath, zuckte mit den Schultern und erhob sich.

„Es wird Zeit", sagte er. „Wenn die Inspektoren kommen, sollte sich die in Schande Heimgekehrte in einer ihrem neuen Stand angemessenen Unterbringung befinden." Zu Vylda sagte er, „Ihr habt auch meinen Dank, Kommandantin. Möge eure weitere Reise von guten Winden gesegnet sein." Er legte eine Hand auf Asaras Schulter. „Ich habe jedoch noch eine letzte Bitte: Es werden nach dem Hafenmeister noch weitere Personen kommen. Sie werden möglicherweise die Farben von Haus Vandar tragen."

Die Piratin runzelte die Stirn. „Soll ich sie fernhalten oder verschwinden lassen?" fragte sie kampfeslustig. „Das lässt sich einrichten."

Raif schüttelte den Kopf. „Nein. Lasst sie herein und führt sie zu uns ins Unterdeck. Aber lasst sonst niemanden ein. Keine Händler, keine Abgesandten anderer Häuser und keine schattigen Gestalten."

Vylda brummte. „Wie ihr wollt." Auch sie erhob sich. „Ihr zwei spielt ein gefährliches Spiel", fügte sie hinzu. „Ich hoffe ihr wisst, was ihr tut."

Das hoffe ich auch.

Wenn Lanys' anonymes Schreiben an ihren Kontakt in Haus Vandar nicht vor der lahmenden *Schwinge* angekommen war, würde der Prinzipal vermutlich nichts von ihrer Ankunft wissen. Das barg ein enormes Risiko für den in Masarta geschmiedeten Plan. Wenn eine andere Fraktion oder, schlimmer, die Tausend Gesichter selbst von Lanys' plötzlicher Heimkehr erfuhren, so würde die geplante Infiltration des kriegstreibenden Adelshauses in den Geburtswehen ersterben. Die Gilde der Mörder hatte schließlich wenig Grund, eine der ihren freiwillig an Haus Vandar zu übergeben. Sklavin in den Augen des Volkes oder nicht – Asaras Identität war immer noch die einer gescheiterten Assassine. Als solche war ihr Platz in den Verliesen der Tausend Gesichter.

„Komm, Sklavin", befahl Raif. „Die Zelle ruft."

Asara erhob sich und warf Yarmouk einen aufmunternden Blick zu.

Pass auf dich auf, alter Freund. Dein Kampf hat auch gerade erst begonnen.

Sie folgte ihrem Meister unter Deck, wo einmal mehr kalter Stahl und stramme Riemen auf sie warteten.

Raif öffnete die Türe der kleinen Zelle und bugsierte Asara hinein. Ein beachtlicher Berg an Schellen und Ketten warteten bereits auf die Gefangene. Auch des Kriegers ominöser Beutel stand in der Ecke des Raumes bereit.

„Zu schade, dass ich das hier nicht genießen können werde", murmelte die *Kisaki* und warf Raif einen provokanten Blick zu. „Dieses Plätzchen hat Potential."

Die Zelle war sichtlich für die kreative Unterbringung eines Sklaven oder einer Sklavin gedacht. Ringe waren in regelmäßigen Abständen in Wand und Boden eingelassen. Eine Öffnung zwischen den Gitterstäben erinnerte außerdem an einen hüfthohen Pranger, der Kopf und Hände einer Gefangenen zu einem Teil der Türe verwandeln konnte. Asara konnte sich nur zu gut vorstellen, wie die Besatzung auf ein solches, unausgesprochenes Angebot reagieren würde.

„Schweig, oder ich kneble dich gleich zu Beginn", brummte Raif und bedeutete ihr, sich mit dem Rücken an die Wand zu stellen. Asara gehorchte.

„Du spielst eine Rolle", stichelte die *Kisaki*. „Wie ich damals in Masarta. Der stoische Meister, dem das alles hier nicht gefällt." Sie grinste.

„Aber ich habe gesehen, wie sehr du mich in misslicher Lage begehrst, oh finsterer Herr. Gefesselt, auf den Knien und zu allem bereit."

Raif schnaubte durch die Nase und nahm ein Paar Handeisen vom Boden auf. Ein einziges Kettenglied verband die beiden schmalen Schellen. Mit routinierten Bewegungen schloss er die Fesseln um Asaras Gelenke und zog ihre Arme über ihren Kopf. Dort klinkte er die Schellen an einen der Ringe nahe der Decke. Wären die hohen Absätze ihrer Sandaletten nicht gewesen, hätte die Gefangene vermutlich auf den Zehenspitzen balancieren müssen, um sich derart durchstrecken zu können.

„Autsch."

Asara blickte an ihrem knapp umhüllten Körper hinab. Ein Handgriff ihres Meisters und sie war von einem Moment zum nächsten wehrlos. Trotz ihrer Nervosität fühlte sie, wie der Gedanke ein vertrautes Verlangen in ihr zu wecken begann.

Raif schenkte ihren heißen Blicken keine Beachtung. Er stieß ihre Beine unsanft auseinander, was den Zug auf ihre Arme noch weiter verstärkte.

„Bleib so", befahl er. Nachdem er sich vergewissert hatte, dass Asara sich nicht bewegte, holte aus der Ansammlung an Fesselinstrumenten eine Stange hervor, die eine gute Armeslänge maß. An ihren Enden waren stählerne Schellen befestigt.

„Das ist eine Spreizstange", erläuterte er nüchtern. „Sie wird gerne bei Lustsklavinnen eingesetzt, um deren Beine zu betonen und sie…zugänglicher zu machen. Wenn Vandars Diener kommt, um dich zu holen, soll kein Zweifel an deiner zukünftigen Rolle entstehen."

Ohne auf eine Reaktion zu warten, führte er das kühle Metall an Asaras Fußgelenke. Die Schellen schnappten mit dumpfer Finalität zu. Asara spürte das ungewohnte Gewicht zwischen ihren gespreizten Beinen, die sie nun weder schließen noch weiter öffnen konnte. Ihre Wehrlosigkeit war vollkommen. Als Raif abschließend den kleinen Ring in der Mitte der Stange mit einer im Boden eingelassenen Öse verband, gehörte Asaras letzte Bewegungsfreiheit der Vergangenheit an.

Leicht zitternd ließ Asara ihren Blick einmal mehr an sich herabgleiten. Die *Kisaki* war ein verlockendes Bild der Unterwerfung. Der Stoff und die Riemen ihres Gewandes spannten um ihren gestreckten Körper. Das schwarze Leder drückte ihre Brüste nach oben und schmiegte sich eng an ihren Unterkörper. Beine gespreizt von der eisernen Stange balancierte sie auf den hohen Absätzen ihrer Sandaletten, deren Lederriemen fest um ihre Unterschenkel geschlungen waren. Sie berührte dabei kaum noch Boden. Die Handschellen ketteten sie über Kopf an die raue Wand der kleinen Zelle und zogen schmerzhaft an ihren Gelenken.

Das Gefühl war exquisit.

„Du genießt es viel zu sehr", sagte Raif kopfschüttelnd und schnippte eine Strähne ihres Haares aus ihrem Gesicht. Die fast spielerische Geste war so ungewohnt, dass die *Kisaki* ihn für einen Moment verwirrt ansah.

„Ich..." Sie zerrte probehalber an den Ketten, die erwartungsgemäß keinen Millimeter nachgaben. „Deine Fesselungen sind immer so kuschelig", improvisierte sie neckisch. „Besser als jede Umarmung."

Raif erwiderte nichts, als er den vertrauten Knebel aus seiner Tasche zog. Einen Moment lang war es still.

„Asara-"

„Raif-"

Sie lächelte. „Du zuerst."

Der Krieger musterte sie nachdenklich, ehe er sprach.

„Wir haben in all den Tagen an Bord nie wieder über das geredet, was hier in Ravanar passieren wird. Mit mir."

Asara presste die Lippen zusammen. „Das musst du auch jetzt nicht", sagte sie leise. „Wir beide haben eine Mission, die uns zu aus der Gunst gefallenen Heimkehrern macht. Das erfordert keine Erklärung."

Raif schmunzelte. „Wahre Worte – für eine Ashvolk-Veteranin. Aber du, Asara, bist keine von uns. Du musst nicht *verstehen*, was mit mir geschehen wird. Du musst es nicht stillschweigend akzeptieren."

Der Kloß wog schwer in Asaras Hals.

„Nein, vielleicht muss ich das nicht." Ihre Worte waren tonlos. „Aber mein Versuch der Akzeptanz macht es mir...leichter. Leichter, mich hier und heute...von dir..."

Ihre Stimme verließ sie. Suchend sah sie zu ihrem Feind, Freund, Meister und Beschützer auf.

„Ich..."

Raifs Lippen fanden die ihren. Asara begrüßte seine Zunge mit williger Vehemenz. Es gab kein Zögern. Ihr Geist war wie leergefegt. Wild umspielte sie seine heiße Zunge mit der ihren. Ein dumpfes Stöhnen entkam ihrer Kehle. Asara schloss ihre Augen und verlor sich im elektrisierenden Sturm des Kusses. Sie spürte seine Hände an ihrer Taille und seinen erregten Atem in ihrem Gesicht. Die Ketten klimperten leise, als ihr bebender Körper unbewusst seine Nähe suchte. Ihre Körper verschmolzen, wie es zuvor ihre feuchten Lippen getan hatten.

„Ein sehr ungleiches Liebesspiel, findest du nicht?" fragte jemand. „Sie kann sich nicht einmal wehren."

Die raue Frauenstimme durchstieß den Zauber des innigen Kusses wie eine Axt einen Scheit Holz. Raifs Lippen lösten sich von den ihren und der Krieger sprang einen Schritt zurück. Seine Hand fuhr an sein

Schwert. Asara blinzelte und sah sich klopfenden Herzens nach der Sprecherin um.

An der nahen Treppe zum Oberdeck stand eine großgewachsene Frau. Sie trug ein geschlitztes Kleid, das mehr mit einer Rüstung gemein hatte, als mit einer eleganten Gewandung für soziale Anlässe. Stählerne Schuppen zierten die schlichte Tracht und verstärkten sie an den vitalen Stellen. Ein gekreuzter Gurt um ihren gepanzerten Torso hielt eine stolze Sammlung von Wurfmessern und Taschen. Das beunruhigteste an dem Erscheinungsbild der Ashen-Frau war jedoch ihr Gesicht. Eine lange Narbe verunstaltete ihre Wange bis hin zu ihrem blinden rechten Auge. Ihr kurzes weißes Haar war einseitig geschoren. Die Strähnen der unrasierten Seite waren blutrot gefärbt.

Die Fremde trat an die Zelle heran. Raif hatte sich schützend vor Asara aufgebaut. Die Kriegerin, die Asara auch ohne ihre Waffen und Rüstung sofort als solche wiedererkannt hätte, ignorierte seine feindselige Haltung.

„Willkommen daheim, Andraif", sagte sie langsam, ehe ihr Blick auf die gefesselte Asara umschwenkte. „Ich sehe, du bringst uns ein willkommenes Geschenk."

„Syndriss." Raifs rechte Hand lag immer noch am Knauf seiner Waffe. Die Ashen-Kriegerin durchbohrte ihn mit ihren forschenden, rötlich-grauen Augen.

„Aber bitte, Raif, nenne mich doch ‚Schwester'", lächelte sie kalt. „Wenigstens den herzlichen Umgang sind wir unserer Mutter schuldig, findest du nicht?"

Raif schnaubte verächtlich. „Warum bist du hier, Syndriss?"

Asara folgte dem Austausch mit angehaltenem Atem. Sie war sich nicht sicher, was sie mehr überraschte: Die Tatsache, dass der stoische Krieger so etwas wie Familie besaß oder seine Reaktion auf das plötzliche Auftauchen seiner Schwester. Die abwehrende Haltung konnte nur bedeuten, dass diese Ashen-Kriegerin eine unmittelbare Gefahr für Raif oder die Mission darstellte. Sie war außerdem unbehelligt an Vylda und ihren Piraten vorbeigekommen. Das alleine war kein gutes Zeichen.

Zum ersten Mal verfluchte es die *Kisaki* von ganzem Herzen, die Szene nur als Gefangene verfolgen zu können. Wenn es zwischen den Geschwistern zum Kampf kam, wäre ihr Einschreiten vermutlich das Zünglein an der Waage, das zwischen Sieg und Niederlage entscheiden würde. Asaras stählerne Fesseln rückten dieses Szenario jedoch in weite Ferne. Eine Möglichkeit gab es allerdings trotzdem, wie die *Kisaki* in einen physischen Konflikt eingreifen konnte.

Geduld, Asara. Dieses Blatt ist dein einziger Trumpf.

Syndriss legte eine Hand an die Gitterstäbe und fuhr dem Metall entlang.

„Ob du es glaubst oder nicht, Bruder, ich will dir lediglich die Schande eines öffentlichen Prozesses ersparen. Du weißt, wie sehr gewisse Häuser es schätzen, andere Machtblöcke bloßgestellt zu sehen. Da gehört die Priesterschaft nun einmal dazu."

„Wovon sprichst du?", grollte Raif. „Ich bin kein Priester. Ich bin Teil von Ravanars Legionen. Ein *Soldat*."

Die ältere Frau lächelte. „Diesen Fehler habe ich in deiner Abwesenheit korrigiert, der Anderwelt sei Dank. Du bist seit wenigen Wochen Kriegerpriester des Ordens der Letzten Schwelle." Sie verneigte sich spöttisch. „Ich gratuliere."

Raif ließ seine Hand sinken. Sein Ausdruck der Verwirrung spiegelte sich in Asaras Zügen wider. Was war hier gerade passiert? Die *Kisaki* hatte noch nie etwas von einer Priesterschaft unter den Ashen gehört. Sie hatte stets angenommen, dass die Zeit der Götter auch für das finstere Volk des Nordens schon lange abgelaufen war. Diese Syndriss schien allerdings vom Gegenteil überzeugt zu sein. Und Raif...

„Ich bin kein Priester", zischte er erneut. „Halte mich aus deinen Machtspielchen raus, Syndriss. Ich will nichts mit deinem vertrackten Todeskult zu tun haben."

Zum ersten Mal schien die Kriegerin tatsächlich so etwas wie Ärger zu zeigen. Ihre Brauen zogen sich zusammen und sie stieß sich von der äußeren Zellenwand ab.

„Sei nicht naiv, Raif", fauchte sie. „Und mache dich nicht zum Narren vor deiner mordenden Lustsklavin. Ich habe dir mit deiner Ernennung einen *Gefallen* getan! Solange du unter meinem Schutz stehst, können dich weder Prinzipal Vandar noch der Hochkönig anrühren. Du bist in unseren Reihen sicher – trotz deines Versagens." Syndriss trat näher an ihren Bruder heran. „Das ist eine einmalige Chance, Raif. Und du musst nur eine einzige Sache tun, um sie zu ergreifen."

Raif schnaubte. „Schon zeigst du dein wahres Gesicht."

Die hochgewachsene Priesterin ignorierte den Einwurf und fuhr fort. „Du wirst deine Sachen packen und mir protestlos folgen. Nai'lanys bleibt hier – sie ist und war stets das Problem der Tausend Gesichter." Syndriss bedachte Asara mit einem fast mitleidigen Blick. „Sie ist der wahre Fehlschlag. Deine Rolle war bloß die eines Wächters."

Raif lachte emotionslos auf.

„Es geht dir also wirklich nur um deinen Namen." Er schüttelte mitleidig den Kopf. „Du hast Angst, dass ich den Ruf von Haus H'Reyn in den Schutz ziehe. Nicht mehr und nicht weniger."

Die Kriegerin zuckte mit den Schultern. „Und? Was ist daran verwerflich? Ich will verhindern, dass du wieder den Märtyrer für eine aussichtslose Sache spielst, kleiner Bruder. Das hat schon genug Schaden angerichtet."

Raif trat an seine Schwester heran, bis ihn nur noch eine Handbreite von ihr trennte.

„Ich werde Lanys nicht die gesamte Schuld tragen lassen", sagte er mit gefährlich tiefer Stimme. „Es war *unsere* Mission und wir haben beide Fehler gemacht. Ich werde mein Versagen nicht auf ihren Schultern abladen."

Syndriss stöhnte zornig auf. „Ein paar schüchterne Wimpernschläge und du tauscht deine Loyalität zu deinem Haus gegen die Spalte einer zum Sklavendasein verdammten Attentäterin? Du bist ein Narr, Andraif."

„Ich schulde dir und Haus H'Reyn rein gar nichts." Raif wandte sich ab. „Verschwinde und nimm dein Angebot mit in deine geliebte Anderwelt."

Asara sah, wie die Priesterin ihre Fäuste ballte. Was auch immer zwischen den beiden in der Vergangenheit vorgefallen war: Raif war dabei, seine einzige Chance auf ein freies Leben ihretwegen zu verwirken. In den Rängen der Legionen erwartete ihn zweifellos das schlimmere Schicksal als in der angebotenen Rolle eines Kriegerpriesters unter den Fittichen seiner Schwester. Die *Kisaki* musste etwas tun.

„Er akzeptiert", sagte Asara mit erstaunlich kräftiger Stimme. Drei Augen richteten sich auf sie. „Raif wird Teil des Ordens", fuhr sie bestimmt fort. „Ich bleibe hier und übernehme die volle Verantwortung für den Fehlschlag in Al'Tawil. *Ich* habe es nicht geschafft, Asara Nalki'irs Rolle als Kaiserin der Yanfari zu übernehmen. Ich allein trage die Schuld."

Mit etwas Glück war Lanys' Kontakt in Haus Vandar vor den Tausend Gesichtern zur Stelle und der Plan konnte trotz allem seine Fortsetzung erfahren. Ihr Zugeständnis spielte nur eine Rolle, wenn es tatsächlich zu einer Anklage kam. Und selbst dann war ein freier Raif von weit größerem Wert als ein gefallener Legionär.

„Auf keinen Fall", grollte Raif. Asaras Worte hatten ihn sichtlich verwundert. Es lag kaum noch Vehemenz in seiner Stimme. Syndriss lächelte.

„Ich hätte nicht gedacht, dass die Tausend Gesichter selbstlos sein können", sagte sie. „Wie erfrischend."

Asara schwang ihren Kopf zurück, um ihr widerspenstiges Haar aus ihrem Sichtfeld zu verbannen.

„Ich habe keine tausend Gesichter", erwiderte sie schlicht. „Ich bin, wie du so treffend gesagt hast, eine zum Sklavendasein verdammte

Attentäterin." Zu Raif sagte sie: „Geh nach Hause, Andraif. Ich hatte meinen Spaß und du deinen. Lass mich meine Reise beenden."
Die Mission kommt zuerst, Raif. Packe die Gelegenheit am Schopf.
Sie lächelte matt. Stille kehrte ein. Nach einem langen Moment des Schweigens senkte der Krieger schließlich seinen Kopf.
„Ich akzeptiere", sprach er in den Raum. „Ich werde die Rolle des Paladins annehmen. Für den Moment."
Syndriss nickte. „Gut. Dann hole deine Sachen und warte an Deck auf mich."
Raif sah Asara in die Augen. Es waren keine Worte, die die *Kisaki* in seinen Zügen las – lediglich eine einzige, rohe Emotion.
Ich weiß.
Sie konnte nichts erwidern, nichts zeigen. Zu chaotisch war ihre eigene Gefühlswelt und zu scharf war der Blick von Syndriss, die nach wie vor an der Zellentüre stand. Raif hatte Asara nach Ravanar gebracht, wie er es vor all den Monaten angedroht hatte. Und doch hatte sich so viel geändert. Die Gefangene hatte ihn während der gemeinsamen Reise zu hassen, lieben, fürchten und beneiden gelernt. Sie hatte ihm gehorcht, nur um ihm im nächsten Augenblick zu trotzen. Er war es, der ihr die bittersüße Welt des Ergebens gezeigt hatte. Seine Seile waren es gewesen, die aus der selbstsicheren *Kisaki* eine selbstsichere Sklavin gemacht hatten. Von ihm gefesselt und genommen zu werden hatte einen ungekannten Funken in ihrem Herzen entfacht. Egal, ob sie ihn nach dem heutigen Tag jemals wiedersah – sein Geschenk würde stets ein Teil ihrer selbst bleiben.
Geh deines Weges, Raif. Kämpfe deinen Kampf. Und vielleicht bringt uns die mysteriöse Anderwelt eines Tages wieder zusammen.
Er verstand.
So sehr der Gedanke nur aus ihrer Sehnsucht zu entspringen schien: Asara spürte, dass Raif ihren Wunsch tatsächlich verstand und wortlos zustimmte. Vielleicht war es Selbstbetrug, in seinen dunklen Augen so etwas wie echte Zuneigung und Schmerz ob der Trennung zu sehen. Aber das spielte in diesem Moment keine Rolle. Das Gefühl in Asaras Herzen war so echt wie ihre Entschlossenheit.
Raif drehte sich langsam um und schritt auf den Stufenaufgang zu. Dort hielt er inne.
„Sei stark, Sklavin."
Damit stieg er nach oben in die Dämmerung des langsam zu Ende gehenden Tages. Als seine Schritte verhallt waren, wandte sich Syndriss zu der Gefangenen um. Wortlos betrat die Priesterin die Zelle und baute sich vor der wehrlosen Asara auf.

„Ich weiß nicht, ob ich dir danken oder dich als hinterhältiges Luder beschimpfen soll", sagte sie nachdenklich. Die *Kisaki* blickte ihr drahtiges Gegenüber fragend an.

„Du hast ihn zur Vernunft gebracht", fuhr die ältere Frau fort. „Das ist keine kleine Leistung. Doch sei gewarnt, Nai'lanys: Wenn du ein Spiel mit ihm – oder mir – spielst, werden die Tausend Gesichter dein kleinstes Problem sein."

Syndriss legte eine Hand auf Asaras Brust. Ihre Finger fanden einen von Asaras kaum verdeckten Nippeln und drückten schmerzhaft zu. Die ledernen Riemen von Asaras knapper Gewandung spannten knarzend um ihren hilflos durchgestreckten Körper.

„Entziehe dich deiner gerechten Strafe und ich werde dich persönlich an den Eingang von Haus H'Reyn knüpfen", versprach Syndriss mit süßer Stimme. „Dein Stöhnen wird unsere Torglocke sein."

Die Antwort sprudelte aus Asara hervor, ehe sie ihr Mundwerk zur Mäßigung mahnen konnte.

„Dann bist du hoffentlich auf oftmaliges Läuten eingestellt", grinste die *Kisaki*. „Vor allem, wenn Raif nächtens am Instrument spielt."

Syndriss' flache Hand traf Asara an der Wange, ehe die Gefesselte auch nur blinzeln konnte. Brennender Schmerz wärmte schlagartig ihre Haut.

„Hüte deine Zunge", zischte die Priesterin. Doch es war zu spät. Asaras Feuer der Widerspenstigkeit war geweckt. Sie hatte nicht vor, sich von Raifs großer Schwester einschüchtern zu lassen. Die opportunistische Ashen-Frau hatte nichts getan, um sich Asaras Respekt zu verdienen. Im Gegenteil.

„Wenn du schon dabei bist", stichelte die Gefangene, „könntest du auch den anderen Nippel massieren? Deine Zuneigung ist sehr einseitig."

Ein tiefes Grollen erwachte in Syndriss' Kehle. Der zweite Schlag traf Asara an der anderen Wange. Der Blick der Priesterin verfinsterte sich weiter. Dann erspähte sie etwas im Augenwinkel und ihr Zorn wurde sichtlich durch Genugtuung ersetzt.

„Kleine, provokante Schlampe", murmelte sie. „Es wird mir eine Freude sein, jede Erinnerung an dich aus Raifs Gedächtnis zu tilgen."

„Eifersüchtig?" fragte Asara hämisch. „Ich kann verstehen wieso. Raif ist ein toller Liebhaber. Vielleicht solltest du ihn auch einmal zwischen deine Beine lassen. Das tut Wunder für den Charakter."

Mit einem ungläubigen Auflachen ob ihrer offenen Dreistigkeit bückte sich Syndriss zu Raifs zurückgebliebenem Beutel und zog eine feine, kurze Kette hervor. Sie endete in zwei abgeflachten Klammern. Mit dem Utensil bewaffnet trat die Kriegerin wieder an Asara heran. Eine schnelle Bewegung später hatte sie die *Kisaki* von ihren Torsoriemen befreit und den dünnen Stoff von ihrem Oberkörper gerissen. Asaras Brüste waren vollends entblößt. Syndriss öffnete die erste Klammer und führte sie an Asaras hervorstehenden Nippel.

„Wenn ich mit dir fertig bin, wirst du winselnd um Vergebung bitten", zischte die Priesterin. Der kalte Stahl berührte Asaras erhitzte Haut. Sie zerrte an ihren Fesseln, doch die Schellen waren unnachgiebig.

„Das ist genug."

Asara beobachtete mit geweiteten Augen, wie eine zierliche Ashen-Frau förmlich aus den Schatten des Ganges zu wachsen schien und direkt hinter Syndriss zu stehen kam. Auch wenn es sich wohl nur ein Trick des matten Lampenscheins handelte, so schien das Licht in Korridor und Zelle für einen Augenblick zurückzuweichen.

„Du kannst gehen, Syndriss", sagte die Fremde und zeigte ihre weißen Zähne. Trotz ihres alterslosen Aussehens war die Stimme der in einer simplen, deutlich zu weit geschnittenen Tunika gekleideten Frau nahezu kindlich hell. Alles an ihr wirkte durchschnittlich: Die Frisur war einfach, ihre Augenfarbe blassrot und ihre Haltung die einer erschöpften Arbeiterin. Nicht eine einzige Waffe oder vergleichsweise bedrohliches Werkzeug war an ihr zu erkennen. Ein spottender Beobachter hätte sie vielleicht gar als junge Frau im Nachthemd bezeichnet, die sich in der Tür geirrt hatte.

Dennoch zuckte Syndriss zusammen, als hätte sie einen Geist gesehen. Die Priesterin ließ wortlos die Nippelklemmen fallen und verließ beinahe fluchtartig die Zelle. Die zierliche Frau blickte zu Asara auf und lächelte.

„Hallo, Lanys."

Ein kalter Schauer lief der Gefangenen den Rücken hinab. Ein Blick der Fremden und Asara fühlte sich nackt in Körper und Geist. Es gab nur eine Person aus Lanys' Erzählungen, die eine solche Reaktion hervorrufen konnte. Nur eine Person, die so nichtssagend unauffällig und zugleich undefiniert bedrohlich auftreten konnte.

„Nachtigall", hauchte Asara. Die Gildenmeisterin der Tausend Gesichter schmunzelte.

„Willkommen daheim, Schattentänzerin."

~◊~

Das Ravanar der Realität hatte kaum etwas mit der schwarzen Dystopie aus Asaras Vorstellungen gemein. Bis auf den abendlichen Nebel, der in trägen Schwaden durch die Straßen der Ashvolk-Hauptstadt zog, war von der in Flüstertönen berichteten Finsternis und Bedrohlichkeit Ravanars kaum etwas zu erkennen. Ja, den Gebäuden fehlten die sanften Kurven der Sandsteinbauten und Kuppeldächer, die Al'Tawils Stadtbild dominierten. Die in Weiß, Dunkelbraun oder Schwarz gehaltenen Fachwerkshäuser waren relativ schmal und lehnten teils wie betrunkene Liebende aneinander. Die Dächer liefen in spitzen Giebeln zusammen und waren vorwiegend mit mattroten Dachziegeln gedeckt. In den Ritzen der steinernen Fundamente wuchsen Efeu und Moos. Nicht selten waren Blumengedecke zu sehen, die an Fensterbrettern, in Dachrinnen oder in winzigen Parzellen vor den schlichten Gebäuden wucherten. Wo man die Farbe Grün in Yanfars Hauptstadt nur in den Gärten der Reichen zu sehen bekam, beherrschte das lokale Blätterwerk nahezu jede Fassade von Ravanars bürgerlichen Residenzen.

Mit offener Faszination ließ Asara ihren Blick schweifen, während sie neben der Nachtigall durch die schmalen, größtenteils hell erleuchteten Gassen schritt. Es war schwer, die Neugierde gänzlich aus ihren Zügen zu verbannen. Zu fremd und verlockend waren die Eindrücke, die ihre Sinne bombardierten. Überall öffneten sich kleine Geschäfte in den Nischen der hölzernen Bauten. Der verlockende Duft von süßen, gebratenen Nüssen und scharfen Gewürzen mischte sich mit der feuchten und angenehm kühlen Luft des fortschreitenden Abends. Jedes Gässlein und jede breitere Promenade war wie eine Passage in eine neue Welt. Marktstände, Tavernen und Spielhallen waren ebenso präsent wie ruhige Gartenflächen, weitläufige Lagerhäuser und vollgestopfte Schauräume ansässiger Handwerker. Asara und ihre Begleiterin passierten selbst ein Gehege voller exotischer Tiere, das zwischen einem von Freizeitfischern belagerten Tümpel und einer Art Gästehaus mit offener Terrasse lag. Die frei herumlaufenden Kreaturen blökten, grunzten, unkten, zischten und fiepten. Inmitten des Schlamms tollten unter den wachsamen Augen eines älteren Mannes mehrere Kinder umher.

Asara schüttelte lächelnd den Kopf. Sie war erst vor Minuten in die fremde Stadt eingetaucht, doch schon hatte sie das freundliche Chaos förmlich verschlungen. Trotz des ungewöhnlichen Wetters und dem weitgehenden Fehlen hellhäutiger Gesichter fühlte sie sich auf Anhieb mehr zuhause, als in Al'Tawil oder Masarta.

„Oi, hübsche Damen! Werft doch einen Blick auf meine Waren!"

Es dauerte einen Moment, bis die *Kisaki* die Quelle des Rufs ausgemacht hatte. Der breit grinsende Besitzer eines kleinen, mit Nüssen und Früchten beladenen Rollwagens winkte zu Asara und der Nachtigall herüber.

Warum eigentlich nicht.

In einem Anflug Spontanität bog Asara in seine Richtung ab, ohne auf eine Reaktion ihrer stummen Begleiterin zu warten. Es sprach nichts dagegen. Schließlich hatte sie die Gildenmeisterin kurz zuvor von all den

Ketten befreit, die Raif ihr in vorausahnender Vorsicht angelegt hatte. Bis auf Lanys' letztes Geschenk – das silberne Halsband – trug Asara keine Zeichen ihres Sklavendaseins mehr am Leib. Selbst ihre Gewandung bestand wieder aus Hose, Leinenbluse und den abgetragenen Stiefeln, die Cyn ihr kurz nach ihrer ersten Zusammenkunft in Masarta geschenkt hatte. Die alltäglichen Kleidungsstücke passten genauso zu Ravanar, wie sich sie damals in der Yanfari-Hafenstadt eingefügt hatten. Asara war das Bild einer jungen Frau niedrigen Standes, die fröhlich durch die Straßen ihrer Heimatstadt spazierte. Niemand schenkte ihr mehr Beachtung, als ihr lieb war. In den Augen der Ashen war sie ein offen akzeptierter Teil der bürgerlichen Norm – und damit die größte Zielgruppe geschäftstüchtiger Händler.

Asara kam vor dem jungen Mann und seinem Wagen zu stehen. Er lächelte enigmatisch und ließ seine Hand suchend über seinem Sortiment kreisen. Die *Kisaki* blickte ihn fragend an.

„Die Dame hat Appetit auf…"

Asara setzte an, ihn nach seinem Angebot zu befragen, doch er unterbrach.

„Nein, sagt es nicht. Ich habe es gleich."

Seine Hand kam über einer Tüte mit süßlich duftenden Nüssen zu stehen. Zielsicher hob er sie auf und hielt sie seiner neuesten Kundin auffordernd entgegen.

„Die besten Kasha-Nüsse diesseits des äußeren Ringes, die man für 2 Kupfermünzen kaufen kann", verkündete er stolz. „Liebevoll gebrannt in bestem Zucker und bestreut mit Lorbeer aus dem fernen Bharat." Er zwinkerte. „Fragt mich bitte nicht, wo sich Bharat genau befindet."

Asara nahm die Tüte lächelnd entgegen. Der Geruch der verboten aussehenden Süßspeise erinnerte sie daran, wie hungrig sie eigentlich war. Die wachsende Nervosität hatte ihr die letzten beiden Mahlzeiten an Bord der *Flüsternden Schwinge* gehörig vermasselt.

Die *Kisaki* hatte bereits die zwei Kupferstücke aus ihrem Beutel gezogen, ehe sie innehielt. Das kleine Ledersäckchen wie auch dessen Inhalt waren weitere Mitbringsel aus Masarta. Kupfer mochte Kupfer sein, doch inmitten der Ashvolk-Hauptstadt mit Yanfari-Münzen zu bezahlen, war zweifelsohne keine gute Idee.

„Ich… Uh…" Asara suchte noch nach einer passenden Ausrede, als die Nachtigall unerwartet an den fahrenden Stand herantrat und wortlos schmunzelnd zwei Münzen auf die Verkaufsfläche legte. Der Händler bedankte sich ausschweifend, noch während Asara von der kleinwüchsigen Ashen-Frau weiter die Straße hinab bugsiert wurde.

„Die Gilde hat viele Fragen", sagte die Nachtigall in ihrer kindlichen Stimme. „Wir sollten den inneren Zirkel besser nicht warten lassen."

Nein, trotz den fehlenden Ketten war Asara nicht gänzlich frei zu tun, wie es ihr beliebte. Die Nachtigall mochte sich dagegen entschieden haben, eine der ihren für alle sichtbar bloßzustellen. Das bedeutete aber nicht, dass Asaras Fehlschlag als heimkehrende Attentäterin vergeben und vergessen war. So freundlich sich die Herrin der Tausend Gesichter auch gab – die *Kisaki* machte sich keine Illusionen, dass das kommende Gespräch ein herzliches sein würde.

Die düsteren Aussichten hielten sie jedoch nicht davon ab, ihre gebratenen Kasha-Nüsse in vollen Zügen zu genießen. Asara schob eine der dunkelbraunen, zuckerverkrusteten Leckereien in ihren Mund. Die Nuss knackte lautstark zwischen ihren Zähnen. Der sich auf ihrer Zunge ausbreitende Geschmack war von herber und süßer Note zugleich.

Fremd und einladend in einem.

Auf seine Weise war das kleine Willkommensgeschenk wie Ravanar selbst. Der Gedanke zauberte ein Lächeln auf Asaras Antlitz.

Kauend und voller schlecht versteckter Neugierde folgte die *Kisaki* weiter ihrer Begleiterin. Die Häuser wurden zusehends robuster und eleganter. Bunte Seide und feine Wolle lösten simples Leinen und Leder in der Kleidung der Ashen ab. Die Platzierung der Geschäfte und Handwerkshäuser folgte zusehends einem geordneteren Schema. Hier, im Inneren der Stadt, gab es ganze Straßen der Goldschmiede, Stoffhändler und Schreiner. Niedere Adelige saßen vor schummrig beleuchteten Tavernen und auf den erhöhten Terrassen von exklusiven Gaststätten. Volle Weingläser und kleine Würfel scharf riechenden Käses warteten auf kennende Münder, während sanfte Klänge die halblauten Konversationen umspielten.

Doch auch dieses Viertel entpuppte sich nur als weitere Station auf Asaras schweigender Reise durch die Stadt. Die Nachtigall ließ Gasse um Gasse und Platz um Platz hinter sich. Die Bauwerke wurden zweckmäßiger und die Gewandung der Passanten wieder einfacher. Doch es war erst der Geruch von Rauch und Schwefel, der Asaras Sinne aus ihrem Schwelgen und zurück in die Realität holte.

Die *Kisaki* hörte die ersten Zeichen des drohenden Krieges lange bevor sie sie sah. Konstantes Dröhnen von Schmiedehämmern mischte sich wie ein hektischer Herzschlag zu den verhaltenen Gesprächen und monotonen Ausrufen. Das Hufgeklapper passierender Reittiere hallte immer öfter durch die Gassen. Schwere Wägen transportierten Feuerholz, Eisenbarren und Werkzeug zu rußigen Steinbauten, die vom flackernden Feuer brennender Öfen erhellt wurden.

Waffenschmiede.

Im Vergleich zur Unterstadt wirkte dieser neue Teil Ravanars trotz der vielen geschäftigen Menschen leblos. Es fehlte das freundliche Chaos und die Unbekümmertheit des Lebens im Hier und Jetzt. Jeder Ashe und jedes Gebäude dieses Distrikts hatte einen Zweck, eine Mission. Die Gesichter waren grimmig und die Bewegungen der Arbeitenden mechanisch. Auch das Lachen, dass dem Stadtteil nahe dem Hafen seine Energie verliehen hatte, war verschwunden.

Der drohende Krieg wurde unversehens zum Dieb, der allen Frohmut raubte.

„Wir sind hier."

Die Nachtigall war neben einem unscheinbaren Steinhaus zu stehen gekommen. Keine Plakette und keine Flagge kennzeichnete das anonyme Bauwerk. Fensterläden verbargen jeglichen Lichtschein, der aus dem Haus nach draußen hätte dringen können. Die Türe war metallbeschlagen und mit einem schweren Vorhängeschloss versehen. Falls es einen anderen Eingang gab, so wurde dieser von den benachbarten Bauten verdeckt, die sich an allen Seiten an den kleinen Klotz zu drängen schienen.

„Das ist nicht das Gildenhaus", protestierte Asara, ehe sie sich bei ihrer törichten Aussage ertappte. Die Nachtigall schenkte ihr ein unlesbares Lächeln und ließ ihren Blick in die Ferne wandern. Dort, im Nebel, verbarg sich wohl die schwarze Feste, die die adeligen Häuser und einflussreichsten Gilden Ravanars behauste.

„Es freut mich, dass du dich nach all den Jahren noch erinnern kannst, Nai'lanys." Die kleine Ashen-Frau zog einen silbernen Schlüssel hervor und hielt ihn ihrem Gegenüber entgegen. „Es gibt allerdings jemanden, der hier mit dir sprechen möchte, ehe ich dich in die Gildenhalle führe. Ich schlage vor, dass du deine Antworten mit Bedacht wählst." Kindliches Amüsement ließ ihre dunkelroten Augen funkeln. „Sei einfach du selbst."

Unsicher nahm Asara den Schlüssel entgegen. Ihre zweite Hand suchte unbewusst den Dolch an ihrem Gürtel. Die schmale Klinge war ein weiteres Andenken aus Masarta, das ihr die Nachtigall entgegen aller Erwartungen zurückgegeben hatte. Lediglich die Peitsche fehlte aus Asaras üblichem Sortiment.

Ich bin frei und bewaffnet.

Was oder wer auf der anderen Seite dieser Türe auch immer wartete: Es war zweifelhaft, dass es sich um ein unfreiwilliges Verhör oder einen tödlichen Hinterhalt handelte. Jenseits aller Spekulation gab es jedoch nur eine wahre Möglichkeit, herauszufinden, warum Asara von der Gildenmeisterin in diesen entlegenen Winkel der Stadt gebracht worden war.

Asara führte den Schlüssel in das neu aussehende Schloss. Der verborgene Mechanismus schnappte lautstark zurück.

„Was passiert nach diesem Gespräch?" fragte Asara über die Schulter. Ihre Nervosität beflügelte ihre Zunge und verleitete sie zum Plappern. Doch die erwartet zynische Antwort blieb aus. Die *Kisaki* wandte sich um.

Die Straße war verlassen. In der Entfernung hörte sie noch die Hämmer der Waffenschmiede und vereinzelte Rufe. Wo an den geschäftigen Straßen noch vergitterte Öllampen gebrannt hatten, war es hier deutlich finsterer. Der Nebel verwandelte selbst das kräftige Licht des Mondes in einen diffusen Schein. Die Schatten waren lang – doch keiner gehörte der Herrin der Mörder, die Asara in Ravanar willkommen geheißen hatte.

Tief durchatmend wandte sich die *Kisaki* wieder der eisernen Türe zu. Bevor sie es sich anders überlegen konnte, stieß sie das schmale Portal auf und trat ein.

Es dauerte einen Moment, bis sich ihre Sinne an die fast vollständige Dunkelheit gewöhnt hatten. Ein einzelner Mann stand in der Mitte des kargen Raumes. Sein Körper war ihr abgewandt. Die Statur gehörte sichtlich einem Krieger, doch sie zeigte nicht die breiten Schultern Raifs oder die schiere Masse eines Karrik.

Asara tat einen weiteren Schritt auf ihn zu. Mit einem leisen Quietschen fiel die Türe hinter ihr ins Schloss. Die *Kisaki* schluckte. Der Mann holte mit sichtlicher Ruhe ein Feuereisen hervor und schlug es zwischen seinen Fingern zusammen. Die Funken fanden eine bisher ungesehene Schale zu seinen Füßen. Öl entzündete sich mit einem dumpfen Zischen. Der Mann drehte sich betont langsam um und zog in einer fließenden Bewegung sein Schwert. Flackerndes Licht spiegelte sich in der makellosen Klinge.

„Lange nicht gesehen, kleine Schlampe", schnurrte Miha. Ein kaltes, selbstgefälliges Lächeln breitete sich auf seinem Gesicht aus. „Ich bin hier, um mein Versprechen zu erfüllen."

26

Einsame Schwärze

Mihas Klinge sang durch die Luft und verfehlte Asara um Haaresbreite. Die *Kisaki* sprang zurück. Doch ihr instinktives Manöver berücksichtigte nicht die Enge des Raumes. Asara stieß mit dem Rücken hart gegen die rußige Wand des steinernen Baus. Miha gab seiner Gegnerin keine Gelegenheit, sich zu sammeln. Sein nächster, erschreckend zielsicher geführter Hieb fügte Asara einen schmerzhaften Schnitt am Unterarm zu, den sie im letzten Moment noch reflexartig in die Höhe reißen konnte, um Schlimmeres zu verhindern. Heißes Blut tränkte den Ärmel ihrer Bluse.

Asara zischte und tänzelte zur Seite. Sie hatte in der Bewegung ihren Dolch gezogen und hielt die schmale Klinge nun erhoben in ihrer Rechten. Es war mehr eine Geste des Widerstands, als eine echte Handlung der Gegenwehr. Asara wusste nur zu gut, dass die kurze Waffe dem Schwert ihres Gegenübers nicht gewachsen war. Darüber hinaus trug Miha ein mehrfach überlappendes Kettenhemd, Armschienen, und ein Paar beschlagener Stiefelhosen aus gehärtetem Leder. Sein Hals wurde von einem Kragen aus Stahl geschützt, der nahtlos aus der Kettenrüstung erwuchs. Ja, der Ashen-Krieger war vorbereitet gekommen. Im Gegensatz dazu wirkten Asaras simple Straßengewänder wie ein seidenes Nachthemd. Das abgenutzte Leinen wie auch das weiche Leder boten keinen nennenswerten Schutz gegen Mihas schwarze Klinge.

Asaras Opponent wusste dies nur zu gut.

„Seit Wochen freue ich mich auf diesen Moment", lächelte der Krieger hämisch und hieb halbherzig gegen Asaras symbolhafte Verteidigung. Selbst der gewollt schwache Angriff schlug ihr beinahe den Dolch aus der Hand. Die *Kisaki* wich einen weiteren Schritt zurück in Richtung Tür.

„Keine freche Antwort parat, Schlampe?" lachte er. „Ich bin enttäuscht."

In einer unerwartet rasanten Bewegung wirbelte Miha herum und trat gegen Asaras blutenden Unterarm. Die *Kisaki* sprang zurück, war aber einmal mehr zu langsam. Der Stiefel des Kriegers traf sie am Handgelenk.

Es war einzig ihren verkrampften Fingern geschuldet, dass sie den Dolch trotz des schmerzhaften Treffers nicht losließ. Der Stoß kostete ihr dennoch wertvolles Gleichgewicht. Während Asara keuchend zurückstolperte, setzt Miha bereits nach und führte sein Schwert in einem horizontalen Hieb gegen ihren Bauch. Der Angriff war präzise, schnell und kräftig. Es war pures Glück, dass Asaras schlecht sitzende Gewandung ihren wahren Körperumfang ungewollt effektiv kaschierte. Der Schwerthieb zog einen Riss durch Asaras Bluse und hinterließ lediglich einen flachen Schnitt an ihrer Taille. Doch ob tief oder nicht: Die frische Wunde brannte wie Feuer.

Miha trat einen Schritt zurück und hob erneut seine Waffe. Doch der nächste Angriff blieb vorerst aus. Trotz seiner geschickten Bewegungen schien der Krieger seine Beine ungleich zu belasten. Das Humpeln war unauffällig, aber nicht zu verneinen.

Miha bemerkte Asaras hektisch-kalkulierenden Blick.

„Die Heiler haben gemeint, dass ich nie wieder richtig laufen werde können", sagte er mit nüchternen Stimme. Als du deinen Dolch in mein Bein gerammt hast, wurde offenbar ein wichtiger Nerv durchtrennt." Er legte seine linke Hand an seinen Oberschenkel. Erst jetzt bemerkte Asara, dass dieser etwas dicker zu sein schien, als sein rechtes Pendant. Miha trug offenbar eine Bandage unterhalb seiner Reithosen.

„Der Schmerz wird mich den Rest meines Lebens begleiten", fügte er unter falschem Lächeln hinzu. „Miha der Krüppel. Miha der humpelnde Schwächling, der von einer Sklavin gezeichnet wurde." Er lachte auf. „Das muss dir doch Genugtuung bringen!" Mit einem schnellen Hieb trieb er Asara weiter in Richtung der geschlossenen Türe. Sein Gesicht verfinsterte sich schlagartig. „Zumindest für den Rest deiner kurzen, miserablen Existenz."

Die *Kisaki* sah sich fieberhaft um. Bis auf die Feuerschale gab es nichts, was sie im Notfall als Waffe gegen ihren Feind einsetzen konnte. Und aktuell trennten sie Miha und seine pechschwarze Klinge von jeglichem Versuch, selbst in die Offensive zu gehen.

Auch Asaras verborgene Fähigkeit schien sich als Ausweg zu disqualifizieren. Jedes Mal, wenn sie sich auf ihr Gegenüber zu konzentrieren versuchte, brach ein unvermittelter Angriff oder ihr eigenes, bis zum Hals schlagendes Herz den fragilen Zauber. Jeder Versuch zu *springen* endete in plötzlichem Schwindelgefühl oder einem ungewollt tollpatschigen Schritt zurück an die Wand. Asara brauchte Zeit, die sie nicht hatte. Sie brauchte Fokus, der sich nicht einstellen wollte. Denn trotz Mihas hämischer Worte gönnte er ihr keinen Moment des Verschnaufens. Der Krieger akzentuierte jeden vor Hass triefenden Satz mit einem singenden Hieb deines Schwertes. Es kostete die *Kisaki* bereits alle Konzentration, nicht in der Mitte zerteilt zu werden.

Ich habe keine Chance.

Der Gedanke war emotionslos, faktisch. Es wohnte der stummen Feststellung keine Resignation oder gar Selbstmitleid inne – lediglich kalte Akzeptanz. Asara sah keinen Ausweg. Selbst die Türe, der sie sich mit jedem Ausweichmanöver weiter näherte, war vermutlich fest verschlossen. Vielleicht hatte sogar die Nachtigall selbst das Schloss arretiert, um das Schicksal ihrer einstigen Azubine zu besiegeln. Anders konnte sich Asara diese offensichtliche Falle nicht erklären.

Und ich bin blind hineingetappt.

Die Nachtigall hatte sie persönlich an den Rand der getarnten Schlangengrube geführt und hineingestoßen. Aber warum Miha die Gelegenheit geben, sich hier und heute an Asara zu rächen? Was hatte die Gildenherrin der Tausend Gesichter von einem Gefallen an einen törichten, überambitionierten Krieger?

Miha'kar D'Axor. Das war der Name, mit dem Raif seinen Untergebenen einmal angesprochen hatte. Miha trug den Namen des regierenden Hauses der Ashen. Doch was sagte dies schon aus? Der Clan des Hochkönigs war zweifellos ein großer. Die Namensgleichheit mit dem Tyrannen Ra'tharion hatte nicht viel zu sagen. Es gab für ein höheres Mitglied von Haus D'Axor keinen Grund, als Legionär in Ravanars Armeen zu dienen.

Zumindest nicht aus der Sicht von Asara der Yanfari.

Aber was wenn...

Die *Kisaki* schüttelte den Kopf. Selbst wenn Miha wichtiger war, als sie bisher angenommen hatte, änderte das nichts an ihrer aktuellen Situation.

„Warum diese Mühen?" keuchte sie. Sie warf ihr volles Gewicht beiseite, um Mihas nächstem Hieb zu entgehen. In der Drehung schaffte sie es, ihren Dolch blitzschnell durch Mihas Verteidigung zu stoßen. Mit einem frustrierenden Knirschen glitt die Klinge jedoch an seiner Rüstung ab. Der humpelnde Krieger hackte zischend nach seiner Opponentin, doch Asara ging rechtzeitig wieder auf Distanz.

„Vergeltung ist nicht mühevoll", knurrte er. „sie ist ein Genuss." Seine Klinge zischte erneut durch die Luft. Asaras geborgte Reaktion rettete ihr knapp das Leben. Anstatt ihren Hals zu durchbohren, trennte der schwarze Stahl lediglich eine Strähne weißen Haares von ihrem Haupt.

Miha fletschte die Zähne.

„Ich werde es genießen, dich Stück für Stück zu zerschneiden. Heute ist der Tag meines großen Triumphes."

Es war Lanys' spöttisch-provokante Ader, die Asara trotz ihrer Bedrängnis zu einer frechen Antwort verleitete.

„Welch großer Triumph des mächtigen Kriegers gegen eine schlecht bewaffnete Sklavin", lachte sie auf. „Du bist ein wahrer Held, Miha. Ich werde nie verstehen, warum Raif dich überhaupt toleriert hat." Sie hob ihre Klinge. „Du bist unfähig, hast dich nicht unter Kontrolle und bist eine Schande für den Namen D'Axor."

Miha brüllte auf und warf sich Asara entgegen. Die *Kisaki* hatte mit einer emotionalen Reaktion gerechnet, aber das Ausmaß überstieg ihre Vorstellung deutlich. Sie schaffte es gerade noch, den ersten Hieb an ihrem Dolch abgleiten zu lassen. Der zweite zwang sie beinahe in die Knie. Der dritte riss die Klinge aus ihren tauben Fingern. Die kleine Waffe wurde durch die Luft geschleudert und landete scheppernd am steinernen Boden. Asara stolperte zitternd zurück und prallte mit einem dumpfen Knall gegen die beschlagene Tür des winzigen Bauwerks. Mihas wutentbranntes Gesicht füllte ihre immer verschwommener werdende Sicht. Die Adern an seinem Hals und seinen Schläfen standen deutlich sichtbar hervor. Alter und neuer Hass dominierte seine Züge. Ja, Asara hatte einen wunden Punkt getroffen. Und dieser Treffer war wohl ihr letzter.

Die *Kisaki* blickte ihrem Ende mit Fassung entgegen. Sie hatte gekämpft und sie hatte verloren. Weder die Regentin des Yanfar Imperiums noch die Ashen-Assassine hatten vor, um ihr Leben zu betteln. Asara hob ihren Kopf.

Ich warte in der Anderwelt auf dich.

Miha holte aus und ließ seine Klinge auf Asara hinabsausen. Doch im letzten Moment – und mit sichtlicher Überwindung – stoppte Miha sein Schwert eine Haaresbreite vor Asaras Kehle. Eine Sekunde verstrich, dann eine weitere.

Der tödliche Hieb blieb aus.

„Ich habe den Namen D'Axor nicht nur verdient", murmelte Miha in die geladene Stille, „ich habe ihn mit dem heutigen Tag zu meinem rechtmäßigen Titel gemacht." Triumph und Unsicherheit kämpften in seinen Zügen um die Vorherrschaft.

„Ich bin der neue Hochkönig des Dominions. Erbe meines kürzlich verstorbenen Bruders und Herr über all jene, die mich in den vergangenen Jahren spottend herumkommandiert haben." Miha ballte seine linke Faust. Die Worte schienen ihn zu beflügeln, fast schon zu befreien.

„Ich bin Miha'kar D'Axor", lachte er tonlos. „Ich habe heute Nacht meinen Bruder gestürzt. Sein Blut tränkt den Boden des großen Parks." Mihas Augen bohrten sich förmlich in Asaras Schädel. „Ich kontrolliere deine Gilde der Mörder, kleine *Zis'u*, so wie ich auch alle anderen Intriganten und Möchtegern-Regenten dieser Stadt beherrsche. Ich habe *gesiegt.*"

Miha legte die Spitze seiner Klinge unter Asaras Kinn. Die *Kisaki* zuckte zusammen, als sich der Stahl einen Fingerbreit weit in ihre Haut bohrte. Ein dünnes Rinnsal ihres Lebenssaftes wärmte ihre Kehle.

„Ich werde dich nicht töten, Lanys", sagte Miha mit belegter Stimme. „Ich werde dich *besitzen*. Wie auch der Rest des Ashvolks wirst du vor mir knien und mir jeden Wunsch von den Lippen ablesen." Er nickte zu sich selbst. „Du wirst *mein* sein", verkündete er mit zunehmender Vehemenz. „All deine Öffnungen werden mein sein, Sklavin. Ich werde dich zu einem stummen, wehrlosen Spielzeug reduzieren. Du wirst Schmach kennenlernen, deren Ausmaß sich Raif nicht einmal vorstellen kann. Und *er* wird zusehen." Miha Gesichtsausdruck wurde abwesend. „Ja. Raif wird zusehen, wenn ich dich in den Boden ramme. Und er wird Zeuge sein, wenn ich schlussendlich meine Rache nehme."

Sein Blick kehrte in die Realität zurück.

„Was sagst du dazu, kleine Schlampe?"

Asara hob eine Augenbraue und schloss ihre tastenden Finger vollends um das kalte Metall.

„Ich habe meinen Dolch wiedergefunden."

In einer fließenden Bewegung rammte sie die scharfe Klinge in Mihas linken Fuß. Bevor der Krieger auch nur aufschreien konnte, rollte sich Asara zur Seite. Die Schwertspitze kratze schmerzhaft über ihre Kehle – doch Mihas instinktiver Todesstoß kam zu spät. Seine Waffe fand nur das Holz der Türe. Asara riss ihren Dolch aus seinem Fleisch und sprang auf die Beine. Miha fuhr stöhnend herum – doch diesmal war es seine hektische Bewegung, die deutlich zu langsam war. Die *Kisaki* tänzelte in seinen Rücken und trieb ihr Messer kraftvoll in seine Schulter. Die Rüstung absorbierte den größten Teil ihres Stichs, konnte die schmale Klinge aber nicht zur Gänze stoppen. Stahl kratzte über Knochen. Warmes Blut schoss hervor – und Miha'kar schrie.

Asara hielt nicht inne. Ihre Reflexe als Attentäterin hatten endgültig übernommen. Jegliche Barrieren waren gefallen. Sie war zwar nicht *gesprungen*, doch die Präsenz ihrer weit entfernten Freundin füllte ihr Wesen gänzlich aus. Die Mordlust übernahm, als der letzte Rest ihrer Zurückhaltung entwich. Es gab kein Zögern mehr – und keine Grenzen.

Lanys die Assassine riss den Dolch aus Mihas Schulter und stieß im nächsten Moment erneut zu. Diesmal fand die Klinge den schmalen Spalt zwischen Kettenhemd und Nackenschutz, den sie zuvor noch übersehen hatte. Der gezackte Dolch riss eine hässliche Wunde in Mihas Hals, als die Schattentänzerin ihn tief in das ungeschützte Fleisch trieb. Der aufbrüllende Krieger versuchte, sein Schwert zwischen sich und seine Angreiferin zu bringen, doch Lanys war bereits zu nahe. Sie schlug seinen Arm fast beiläufig zur Seite und rammte ihren Daumen in sein linkes Auge. Mihas Kopf fuhr zurück und er schnappte panisch nach Luft.

Diese Öffnung war alles, was Lanys brauchte. Ihr blitzender Dolch fand Miha'kars vollends entblößte Kehle. Ohne Zögern und ohne Reue schnitt sie durch Haut, Sehnen und Knochen. Mit Unglauben in seinen Augen stolperte der Ashen-Mann zu Boden. Er röchelte und hustete. Er versuchte sichtlich, Worte zu formulieren, doch das hervorquellende Blut erstickte sie im Keim.

Lanys, nein, Asara stolperte einen Schritt zurück. Sie zitterte am ganzen Körper. Blut tropfte von ihren Händen und beschmierte ihr Gesicht. Sie konnte nicht sagen, welches davon ihr und welches ihrem sterbenden Opfer gehörte. Erschöpfung und Schmerz kehrten unvermittelt wie heftig zurück. Die Szenerie wurde zusehends von einem schwarzen Schleier bedeckt. Der Rauch der glosenden Feuerschale brannte in Asaras Kehle. Ihre benommenen Bewegungen hatten nichts mehr mit der tödlichen Eleganz gemein, die ihren finalen Angriff noch vor Momenten begleitet hatte.

Asara hatte gewonnen – unter Missachtung aller körperlichen Grenzen. Doch die Heraufbeschwörung ihrer ungleichen Schwester hatte die *Kisaki* ausgebrannt.

Asara nahm nur am Rande wahr, wie die Türe in ihrem Rücken aufgebrochen wurde und sich ihr schnelle Schritte näherten. Erst als sie jemand unvermittelt an den Schultern packte, kehrte die Kontrolle über ihren mitgenommenen Körper langsam wieder zurück.

Asara starrte in Raifs geweitete Augen.

„Ich...habe..." stöhnte sie leise. „Ich habe...ihn getötet."

Der Ashen-Krieger entgegnete nichts. Er legte seine Arme um ihre Schultern und drückte sie an sich. Die Berührung war erstaunlich sanft. Erst einen langen Augenblick später ließ er Asara wieder los. Wortlos trat er an Mihas zuckende Gestalt heran, die mit zunehmend leerem Blick an die Decke starrte.

„Du hast nie gewusst, wann du besiegt warst", sagte Raif tonlos. Echtes Bedauern lag in seinen Worten. „Leb wohl."

Damit zog der Krieger sein Schwert und rammte es in die Brust des sterbenden Mannes. Mihas Lebenslicht erlosch und die Krämpfe endeten. Miha'kar D'Axor war tot.

Ohne sich umzudrehen, sprach Raif mit flacher Stimme: „Du hast ihn nicht getötet, Asara. Ich war es." Seine Schultern sackten ab. „Ich habe Miha im Streit erschlagen. Hast du verstanden?"

„Raif..."

Ein Ausruf an der Tür ließ Asara verstummen. Sie wandte sich langsam um. Syndriss H'Reyn und die Nachtigall standen im Durchgang. Hinter ihnen, in der Dunkelheit der Nacht, erkannte die *Kisaki* die Umrisse eines halben Dutzends bewaffneter Wachen. Die Priesterin starrte ungläubig auf Mihas leblosen Körper. Die Gildenmeisterin der Tausend Gesichter schmunzelte lediglich. Sie wirkte...zufrieden.

Syndriss presste die Lippen zusammen. Sie suchte sichtlich nach Worten. Schlussendlich wandte sie sich ab. „Schafft ihn mir aus den Augen."

Zwei der Wachen traten vor. Mit einer Mischung aus Respekt und Abscheu entrissen sie Raif das blutige Schwert und zwangen ihn auf die Knie.

„Ihr seid hiermit unter Arrest, Andraif H'Reyn", sagte der ältere der Soldaten, „schuldig des Mordes an Ra'tharion D'Axors Bruder und Thronfolger. Leistet keinen Widerstand."

Die Anweisung war zu gleichem Teil Befehl und Bitte. Doch die Angst der Wachen war unbegründet – Raif ließ stumm mit sich geschehen. Die Männer entwaffneten ihn und legten ihn Schelle für Schelle in schwere Ketten. Erst dann bauten sie sich vor Asara auf.

„Was ist mir ihr?"

Syndriss warf der Nachtigall einen flüchtigen Seitenblick zu.

„Nai'lanys ist dein Problem", schnaubte sie schulterzuckend. „Aber wenn dir der Frieden in Ravanar etwas wert ist, sperrst du sie für alle Ewigkeit in ein Verlies und erwähnst nie wieder ihren Namen."

Raif war es nicht. Ich habe Miha getötet!

Doch die Worte wollten nicht kommen. Asara ballte die Fäuste. Sie hasste sich dafür, dass sie Raifs Opfer wortlos akzeptierte. Zugleich spürte sie tiefen Hass gegenüber der Nachtigall, die von den Geschehnissen so ganz und gar nicht überrascht wirkte.

Syndriss nahm einen tiefen Atemzug. „Informiert den Hochkönig, dass sein Bruder erschlagen wurde."

Als sich niemand bewegte, packte sie einen der Wachmänner am Kragen und stieß ihn unsanft nach draußen. „Sofort!"

Asara suchte Raifs Blick, doch der Krieger starrte geradeaus gegen die Wand. Das fast heruntergebrannte Feuer warf lange Schatten auf seine stoischen Züge. Die Nachtigall kam neben der erschöpften *Kisaki* zu stehen.

„Komm", sagte sie. „Die Gilde wartet."

Mit einem unschuldigen Lächeln in Syndriss' Richtung verließ die kindliche Gildenherrin das Gebäude. Asara folgte ihr wortlos. An der Tür warf sie einen letzten Blick zu Raif. Der Krieger kniete nach wie vor am Boden und bewegte sich nicht.

Ich kann das nicht.
Asara blieb stehen.
„Ich war es", sagte sie mit rauer Stimme. „*Ich* habe Miha getötet. Mein Dolch hat ihm die Kehle durchtrennt. Raif hatte nichts damit zu tun."
Die Nachtigall blieb stehen. Syndriss fuhr grollend herum.
„Ich wusste es", zischte sie triumphierend. Sie deutete den Wachen. „Verhaftet sie."
Die Nachtigall trat zwischen Asara und die sich nähernden Soldaten. Die Männer blieben stehen, sichtlich unsicher. Syndriss verschränkte die Arme.
„Sie hat die Tat gestanden, oh Gildenmeisterin." Die Klerikerin legte ihre Hand an ihr Schwert. „Was willst du tun? Dich auf die Seite der Mörderin schlagen? Vor all diesen Zeugen?" Syndriss zeigte ihre Zähne. „Man könnte beinahe glauben, dass die Gilde diesen hinterhältigen Angriff auf Haus D'Axor abgesegnet hat."
Die Nachtigall lächelte und hob ihre Hände. „Du missverstehst, alte Freundin." Sie machte einen Schritt zur Seite. „Ich schlage mich in niemandes Lager. Mögen Wahrheit und Gerechtigkeit triumphieren."
Nach kurzem Zögern traten die Wachen an Asara heran und zwangen ihre Arme hinter ihren Rücken. Stahl klickte und die *Kisaki* war einmal mehr eine Gefangene. Ihre Augen fanden den vor ihr knienden Raif. Diesmal erwiderte der Krieger ihren suchenden Blick. In seinen bestürzten Zügen las Asara jene Frage, die auch ihren eigenen umnebelten Geist dominierte.
‚Warum hast du das getan?'
Die *Kisaki* wandte sich ab.
‚*Das war nicht klug*', wisperte eine Stimme in ihrem Hinterkopf. Die Nachtigall lächelte und schüttelte nahezu unmerklich den Kopf.
„Er hat es verdient", erwiderte Asara lautstark. Sie war sich in diesem Moment selbst nicht sicher, ob sie auf Raif oder Miha anspielte. Die Wache hörte wohl letzteres heraus und verpasste Asara eine schallende Ohrfeige. Die *Kisaki* biss die Zähne zusammen und verkniff sich einen weiteren Kommentar.
„Schafft die beiden fort", spie Syndriss. „Und lasst sie im Kerker verrotten."

~◊~

Die Schritte der Wachen und ihrer Gefangenen hallten monoton über das Pflaster der menschenleeren Straßen. Der Nebel hang schwer über dem nächtlichen Ravanar, als Asara schließlich an einer kargen Mauer zu stehen kam. Sie konnte die Türme der schwarzen Festung nur erahnen, die über ihr in den Himmel ragen mussten. Weder rechts noch links noch über den Köpfen der kleinen Gruppe schienen die moosbewachsenen Mauersteine ein Ende zu finden. Graue Schwaden und finstere Nacht verbargen das Machtzentrum des Ashvolks unter einem reglosen, nasskalten Schleier.

Es war gespenstisch still. Mit der beklemmenden Ruhe und dem Abflauen des Adrenalinrausches kehrten Mihas triumphale Worte langsam in Asaras Erinnerung zurück.

‚Ich bin Hochkönig des Dominions', hatte der Krieger am Höhepunkt des Kampfes behauptet. ‚Ich habe heute Nacht meinen Bruder gestürzt.'

Asara schüttelte ungewollt den Kopf. Hatte Miha'kar die Wahrheit gesprochen? In der Hektik des Duells hatte sie seinen Monolog bloß als Ablenkung gesehen – der Inhalt selbst nahm erst jetzt, lange Minuten später, konkrete Gestalt an.

Eine der Wachen entriegelte ein unscheinbares Tor in der ewigen Mauer und bugsierte zuerst Raif und dann Asara nach drinnen. Doch auch der sich vor ihr auftuende Tunnel in eine unheilvolle Finsternis schaffte es nicht, die nagenden Fragen zu verbannen.

Hatte Asara tatsächlich den neuen Hochkönig des Reiches getötet, ohne es zu realisieren?

Nein, das konnte nicht sein. Syndriss hatte einen der Soldaten ausgeschickt, um Ra'tharion über den Tod seines Bruders zu informieren. Wenn Mihas Staatsstreich erfolgreich gewesen wäre, so hätte die Priesterin sicherlich Bescheid gewusst.

Aber was, wenn sie es noch nicht erfahren hatte?

Raifs Schwester hatte die beiden Heimkehrer am Hafen willkommen geheißen. Es war nur zu gut möglich, dass Mihas Anschlag in der Zwischenzeit stattgefunden hatte. Das erklärte auch die relative Ruhe in den Straßen Ravanars – das Volk hatte von den finsteren Machenschaften schlicht noch keine Kenntnis.

Das Dominion war führerlos. Asara hatte fast zufällig dafür gesorgt. Der Gedanke war absurd wie aufregend zugleich. Sie war gekommen, um einen der mächtigeren Kriegstreiber aus dem Spiel zu nehmen, hatte aber stattdessen das zentrale Übel eliminiert. Die *Kisaki* musste schmunzeln. Doch so siegessicher, wie Miha sich kurz vor seinem Tod gegeben hatte, fühlte sie sich bei Weitem nicht. Vandar war noch am Leben und würde zweifellos den Thron für sich beanspruchen. Ra'tharion D'Axor hatte weder Gemahlin noch Kinder und alle verbleibenden Vettern und andere entfernte Verwandte hatten laut Lanys keinen haltbaren Anspruch auf den begehrten Stuhl.

Was auch immer geschehen würde: Ravanar hatte nun weit größere Sorgen, als gegen die Yanfari in den Krieg zu ziehen. Mit etwas Glück war eine friedliche Lösung mit dem heutigen Tag in greifbare Nähe gerückt.

„Hier durch." Der Soldat packte Asara am Oberarm und schob sie in einen niedrigen, kaum erleuchteten Seitengang. Raif wurde weiter geradeaus geführt. Die *Kisaki* blieb stehen.

„Was wird mit ihm geschehen?" fragte sie alarmiert. „Wo bringt ihr ihn hin?"

„Schweig", fuhr sie der Uniformierte an. „Andraifs Schicksal betrifft dich nicht. Sofern er Miha'kar wirklich nicht getötet hat, liegt sein Leben in den Händen der Priesterschaft."

Der Mann gab Asara einen weiteren Stoß. „Dein Los ist der Kerker des Hochkönigs. Er allein wird entscheiden, wie und wann du sterben wirst."

Asara schluckte. Die Worte brachten eine Finalität in die Situation ein, die sie bisher gekonnt verdrängt hatte. Und doch hatte sie von Anfang an verstanden, was ihre in Raifs Verteidigung gesprochenen Worte für Folgen haben würden. Egal wer schlussendlich in die Fußstapfen des Hochkönigs trat: Asaras Schicksal war so gut wie besiegelt.

Die gefangene *Kisaki* senkte ihren Kopf und ließ sich den feuchten Korridor entlang in eine größere Kaverne führen. Die Höhle – der Raum hatte tatsächlich mehr mit einer natürlich entstandenen Höhle als einem von Menschenhand gemauerten Zimmer zu tun – erinnerte Asara sofort an eine Schmiede. Hammer und Amboss standen auf einem erhöhten Podest und zahlreiche Ringe, Ketten und Schellen zierten die rußigen Wände. Ein großer Haufen Kohle lag unterhalb einer schachtförmigen Öffnung in der gewölbten Decke. Der Schmiedeofen an der gegenüberliegenden Wand gloste matt in der Dunkelheit. Die aus grobem Stein gemauerte Feuerstätte war die einzige Quelle von Licht und Wärme in der niedrigen Kaverne.

Der Schmied, ein breit gebauter älterer Mann mit nacktem Skalp, war von zahlreichen Brandnarben an Armen und Oberkörper gezeichnet. An seiner Unterlippe fehlte gar ein größeres Stück Haut, was seine Visage zu einer permanenten Grimasse verzog. Der hünenhafte Ashe erhob sich von einem winzigen Tisch nahe dem einzigen weiteren Durchgang, als Asara und ihre Eskorte den Raum betraten.

„Gefangene für den königlichen Kerker", brummte der Soldat, der Asara zuvor angefahren hatte. Der Schmied nickte nur. Er trat wortlos an eine Truhe und zog einige beschmutzte Lumpen hervor, die er dem Wachmann zuwarf. Dann ging er an den Schmiedeofen und hantierte an dessen rostigen Hebeln. Die Glut erwachte pfauchend zum Leben.

Der Soldat schob Asara an eine freie Stelle an der Wand und drückte ihren Körper unsanft gegen den Stein. Schlüssel klirrten, als er ihre Handeisen entfernte. Bevor sich die *Kisaki* über ihre wiedergewonnene Freiheit freuen konnte, ließ der Mann die Lumpen neben ihr auf den Boden fallen.

„Umziehen", befahl er mit einem dunklen Glitzern in den Augen. Asara presste die Lippen zusammen. Der Gedanke, sich vor den finster starrenden Wachen entkleiden zu müssen, war kein angenehmer. Dabei war es weniger die Schmach – sie war weit schlimmeres gewohnt – als vielmehr die geifernde Lust in den Augen der Soldaten, die sie innehalten ließ.

„Ich sagte: Umziehen." Der Wachmann zog ein kleines Messer hervor und setzte es am Kragen von Asaras Bluse an. Mit mehreren schnellen Bewegungen durchtrennte er den Stoff auf der Länge ihres Rückens. Bevor er weitermachen konnte, erhob Asara ihre Stimme.

„Ich habe verstanden."

Schnell streifte sie ihre Stiefel ab und öffnete den Gürtel, der ihre abgetragene Lederhose hielt. Sie zog die zerschlissene Bluse über ihren Kopf und legte sie wie den Rest ihrer Sachen auf den Boden. Bald trennte sie nur noch ihre einfache Unterwäsche vor vollständiger Entblößung. Der unverhohlen gierige Blick des Soldaten wanderte ihren Körper auf und ab. Asara ballte die Fäuste. Trotz allem zwang sie sich, ihre Hände an ihren Seiten zu belassen. Der Soldat lehnte sich näher und schob seine schwielige Hand unter Asaras Büstenhalter. Doch bevor er den dünnen Stoff herunterreißen konnte, nahm ihn sein Kamerad an der Schulter und schüttelte den Kopf.

„Lass es", sagte er leise. „Sie ist eine der Tausend Gesichter."

Der andere pfiff verächtlich durch die Zähne.

„Sie ist eine Gefangene. Und was man so hört, hätte sie die Gilde ohnehin in die Sklaverei verbannt. Sie hat in ihrer Mission versagt." Er schenkte Asara einen halb spöttischen, halb unsicheren Blick. „Ist es nicht so?"

Die *Kisaki* sammelte all ihre Selbstbeherrschung, um nicht verängstigt oder unsicher zu wirken.

„Wer weiß das schon", entgegnete sie schulterzuckend. „Vielleicht bin ich auch nur hier, um im Auftrag der Tausend Gesichter einen schwächlichen, Gefangene vergewaltigenden Wachmann zu töten." Sie legte ihre Hand auf die seine. „Dazu bräuchte ich noch nicht einmal einen Dolch."

Das Gesicht des Soldaten erblasste. Er riss sich los und wich einen Halbschritt zurück. Die Lumpen am Boden und sein fleischliches Verlangen waren sichtlich vergessen.

„Schmied!" bellte er. „Legt sie in Ketten und schafft sie endlich in den Kerker."

Asara lächelte ihn kalt an, während sie der andere Soldat an den Schultern nahm und in Richtung des Ambosses bugsierte. Dort zwang er sie auf die Knie.

„Arme in die Ausnehmungen", befahl er mit gedämpfter Stimme. Die *Kisaki* leistete Folge. Es würde ihr nichts Gutes tun, ihr Glück noch weiter zu strapazieren. So fügte sie sich mit säuerlichem Blick ihrem Schicksal. Einzig die Kälte in ihrem Nacken und das leichte Zittern ihrer Hände verrieten ihre wahre Nervosität.

Die eingelassenen Rundungen im Stahl des Ambosses boten Platz für weit massigere Arme, doch der Zweck blieb derselbe. Der glatzköpfige Schmied nahm ein Paar mit kurzer Kette verbundener Schellen von der Wand und passte sie mit sichtlicher Routine um Asaras Handgelenke. Im Gegensatz zu den Fesseln, die sie bisher getragen hatte, verfügten diese lediglich über eine Öse, in die ein mehrere Zentimeter langer Stift eingesetzt werden konnte. Einmal mit dem Hammer festgeklopft, würden sich die Schellen nicht mehr ohne Werkzeug öffnen lassen.

Der Schmied klappte die stählernen Ovale zu. Trotz ihrer martialischen Simplizität fügten sich die Handeisen wie angegossen um Asara Gelenke. In arretiertem Zustand würde sie sie kaum mehr bewegen, geschweige denn drehen können. Routinierte Gefangene oder nicht – das Herz der *Kisaki* begann wie wild zu schlagen, als der glatzköpfige Ashen-Mann den robusten Metallstift ansetzte. Was nun folgen würde, hatte mit einem Spiel wahrlich nichts mehr gemein. Es würde keinen Raif geben, der ihre Grenzen kannte und ihre Lüste befriedigte. Ästhetik war kein Faktor der Fesselung mehr. Asara würde eine Gefangene in der Finsternis der schwarzen Feste sein, die ahnungslos auf ihr Schicksal wartete.

Der Hammer traf den stählernen Stift und rammte ihn ungebremst in die Öse. Ein zweiter Schlag verschloss auch die andere Schelle. Wenige Minuten später hatte der Mann den Prozess auch an Asaras Fußgelenken wiederholt. Zum Abschluss nahm er eine längere Kette von der Wand und trat wieder an den glosenden Schmiedeofen. Er erhitzte die Ringe an den Enden, bevor er erneut an die kniende *Kisaki* herantrat. Das rotglühende Metall trieb Asara den Schweiß auf die Stirn. Der zischende Stahl näherte sich langsam ihrem Gesicht.

„Nicht bewegen", krächzte der Schmied.

Asara rührte sich nicht. Die Gefangene wagte es nicht einmal zu atmen. Der Schmied führte den halb geschmolzenen Ring an die Kette zwischen Asaras Handgelenken. Mit einer kleinen Zange bog er das Oval auf und verschränkte ihn anschließend mit dem mittigen Kettenglied. Wenige Hammerschläge später hatte er die Kette unwiederbringlich mit den Schellen verschmolzen. Asara spürte die Hitze, die langsam dem Metall entlangwanderte und ihre Haut zusehends schmerzhaft zu erwärmen begann. Mit morbider Faszination und bangem Blick starrte die *Kisaki* auf das langsam wieder erkaltende Metall.

Der Schmied bedeutete Asara, sich zu erheben. Sie tat wie geheißen. Die verbleibende Kette hing von ihren zusammengeschweißten Handgelenken nach unten und schabte hohl über den Boden. Der Ashe maß die Distanz zu Asaras Fußschellen und machte sich erneut an die Arbeit. Bevor der Stahl vollends erstarren konnte, hatte der Schmied eine stramm gespannte Kette zwischen Asaras Händen und Füßen eingefügt, die ihr fast alle Bewegungsfreiheit raubte. Sie konnte nicht einmal ihre Arme anheben, ohne sofort ihre Beine aneinander zu zwingen. Große Schritte waren gänzlich außer Frage.

Mit reglosem Schrecken musste sie es über sich ergehen lassen, wie der Schmied auch ihre Handgelenke und ihr Halsband auf diese Weise miteinander verband. Zu Schluss verblieb nur noch eine etwa einen Meter messenden Kette, die wie eine stählerne Leine zwischen ihren Brüsten hinabhing und an ihren Schenkeln endete. Brennende, aber gerade noch nicht *ver*brennende Hitze hatte sich um Asaras Hals gelegt.

Der Schmied legte sein Werkzeug ab.

„Sie ist fertig", sagte er schlicht und wandte sich ab. Die Soldaten traten an die in leichten Stoff und schwere Ketten gekleidete Gefangene. Entgegen aller Erwartungen blieb der Spott aus. Einer der Männer nahm die Leine auf und wickelte deren Ende um seine Hand. Dann nickte er in Richtung des bisher ungenutzten Durchgangs.

Schweigend führte er Asara durch ein Labyrinth anonymer Gänge, die kein Ende zu kennen schienen. Der Weg war beschwerlich und ihre Schritte langsam. Die Ketten an Asaras in Schach gehaltenen Gliedern klirrten mit jedem Schritt. Es lag keine Eleganz in ihren schwerfälligen Bewegungen. Die Fesseln zwangen sie in eine vornübergebeugte Haltung, die keine Erleichterung kannte.

Nach zahlreichen Abzweigungen und Gittertoren öffnete sich der schmale Gang schließlich in eine weitere Kaverne. Eine lange Reihe von mit schweren Holztüren verschlossenen Zellen tat sich auf. Eine einzige Fackel erleuchtete den tristen Korridor. Als Asara im Zwielicht zu stehen kam, spürte sie zum ersten Mal seit langer Zeit das Gefühl der aufkeimenden Panik. Sie war im lichtlosen Kerker einer Feste, die keine Gnade mit ihren Gefangenen kannte. Leises Stöhnen und sporadisches Husten hallte aus vielen der winzigen Zellen. Immer wieder klimperten Ketten. Die Luft war stickig und schwer.

Der Wachmann zerrte Asara bis an die letzte Türe. Die *Kisaki* hatte schwer zu atmen begonnen. Das Licht der Fackel war hier, am Ende des Weges, nur noch eine ferne Erinnerung.

Anstatt aus Holz bestand die Zellentür aus genietetem Stahl. Der Soldat entriegelte den klaustrophobisch kleinen Raum und stieß Asara hinein. Das Gewicht der Fesseln unterschätzend stolperte sie hart zu Boden. Sie stieß sich ihr Knie schmerzhaft an den unebenen Steinfliesen. Ohne eine Gefühlsregung zu zeigen, kettete der Wachmann ihre Leine an einen im Boden eingelassenen Ring. Danach richtete er sich auf.

„Wenn du schreist, wird dich der Kerkermeister knebeln", sagte er. „Wenn du Befehle missachtest, wirst du ausgepeitscht. Wenn du versuchst, die Wärter zu bezirzen, wartet ein Keuschheitsgürtel auf dich."

Ohne die Gefangene direkt anzublicken, trat der Soldat aus der Zelle. Er musste sich bücken, um sich nicht mit dem Kopf an der Decke zu stoßen.

„Erwarte dein Urteil mit Würde."

Die schwere Türe fiel in Schloss und nahm das letzte Licht mit sich. Undurchdringliche Schwärze begrüßte Asara. Unter dumpfen Kettenklirren zog die *Kisaki* ihre Beine an ihren zitternden Körper. Sie hatte sich nach ihrem Sturz nie aufgerichtet. Der Stahl um ihrem Hals und an ihren Gliedern hätte sie sofort daran erinnert, wie wenig Freiheit ihr nur geblieben war.

Leises Schluchzen füllte die winzige Zelle. Es dauerte einen Moment, bis Asara realisierte, dass es ihr eigenes war.

~◊~

Für eine lange Zeit lag Asara zusammengerollt am kalten Boden, ohne sich zu bewegen. Erst als die Tränen versiegt waren und kein Laut mehr aus ihrer geschwollenen Kehle zu dringen vermochte, richtete sie sich zögerlich auf. Doch auch die bemüht stimulierende Bewegung ihrer steif gewordenen Glieder brachte keine Linderung. Asara realisierte schnell, dass sie dank der kurzen Leine nicht einmal aufrecht stehen konnte. Bereits kniend spannte sich die mit dem Ring im Boden verbundene Kette zu ihrer maximalen Länge. Sich ausgestreckt hinzulegen stand ebenfalls außer Frage. Zu klein war der Spielraum zwischen Hand- und Fußeisen und zu schmerzhaft deren schneidender Zug. Die Schellen selbst bestanden aus rauem, nur schlampig geschliffenem Stahl, der schnell zu reiben begonnen hatte. Das polierte Metall, das ihr in Masarta so effektiv die Freiheit geraubt hatte, wirkte plötzlich wie ein luxuriöses Privileg. Doch auch die groben Ketten an Asaras Gliedern waren nur Teil einer deutlicheren Botschaft der

Unterwerfung. Selbst ungefesselt hätte die *Kisaki* kaum mehr als zwei gebückte Schritte tun können, bevor sie das andere Ende der Zelle erreicht hätte. Der Raum war zu niedrig, zu schmal und zu kalt. Komfort war ein Fremdwort in einer Umgebung, die keinen einzigen ebenen Stein bot, um ihren malträtierten Körper auszuruhen.

Asara befand sich in einem Verlies, das Elend erschuf und sich daran ergötzte. Das leise Stöhnen der Insassen der anderen, weit entfernten Zellen war ebenso Zeuge der gelebten Qualen wie das dumpfe Gelächter der Wärter und das sporadische Schnalzen der bestrafenden Peitschen.

Doch das schlimmste an ihrer Gefangenschaft war die Finsternis. Obwohl Asaras Ashen-Sinne die Schwärze in vage Umrisse zu wandeln vermochten, blieb ihr jegliches, detailzeichnendes Licht verwehrt. Mauer war Mauer, Kette war Kette. Alles andere musste sie sich ertasten. So fand sie in der Dunkelheit schlussendlich auch das Loch im Boden, das ihr als übelriechende Latrine dienen musste. Ein kleines Bündel Stroh in einer der Ecken wurde zum halb vermoderten Kissen. Nichts in der winzigen Zelle spendete auch nur einen Funken der Wärme. Asara verfluchte stumm, dass sie die Lumpen des Schmieds verweigert hatte. Die beiden Stoffstreifen ihrer Unterwäsche boten kaum Schutz gegen den kalten Stein. So kauerte sich die Gefangene zusammen und tat ihr Bestes, sich durch kleine Bewegungen warmzuhalten.

Doch auch diese kleinen körperlichen Freiheiten stellten sich schnell als Quell der Frustration heraus. Wenn Asara vor und zurück wippte, wurde sie von der Kette an ihrem Halsband abrupt und schmerzhaft gestoppt. Streckte sie ihre Hände aus, wurde sie von ihren sich straff spannenden Fußschellen daran erinnert, dass sie nach wie vor ein wehrloses, zusammengezurrtes Bündel war. Ihre Glieder waren zu einer Einheit verschmolzen, die nicht mehr unabhängig funktionierte. Die zögerlichsten Bewegungen endeten mit dem strengen Klirren von Stahl auf Stahl auf Stein.

Asaras eigenes Zittern wurde schlussendlich zur wirkungsvollsten Waffe gegen die beißende Kälte. So kauerte die *Kisaki* in der Dunkelheit und zitterte. Als auch dies nichts mehr half, zerrte sie an ihrer Leine, bis ihr Hals zu schmerzen begann. Sie versuchte gar, ihre verborgenen Lüste anzusprechen, um ihr Innerstes zu erwärmen, doch auch diese kannten den nur zu deutlichen Unterschied zwischen Spiel und bitterer Wirklichkeit.

Asara war zum ersten Mal in ihrer Geschichte der Schmach eine echte Gefangene. Sie war keine ästhetische Figur der verlockenden Wehrlosigkeit, die hohen Schuhe trug und sich in seidene Unterwäsche hüllte. Raifs Hände würden nicht unerwartet ihre Haut liebkosen oder ihre intimsten Stellen verwöhnen. Und es wartete keine Freiheit am Ende des Liebesspiels.

Asara hob ihre Hand und hielt sie vor ihr Gesicht. Ihre Finger zeichneten eine schwarze Silhouette gegen das monotone Dunkelgrau der Zellenwand. Die Kette an ihren Handschellen klimperte leise. Neben ihrer flachen Atmung war es das einzige Geräusch, das ihr in diesem Moment der ewigen Nacht Gesellschaft leistete. Auch in den fernen Zellen der anderen Glücklosen hatte die Stille schlussendlich über die Schmerzenslaute gesiegt.

Die *Kisaki* zwang sich zur Ruhe und schloss die Augen. Es war leichter, die Dunkelheit als freiwillige Entscheidung zu sehen, als ihr den Sieg über ihre Sinne zuzusprechen. Die Illusion half zumindest etwas, die Panik in Schach zu halten, die unaufhörlich um einen Platz in Asaras Geist kämpfte.

So kam viele Stunden später schließlich der verdiente Schlaf der Erschöpfung. Er war unruhig und durchwachsen von Albträumen. Finstere Gedanken wurden zu Phantasmen in der Dunkelheit. Das leise Plätschern des Wassers von der Decke wandelte sich zum hypnotischen Herzschlag eines ungesehenen Monsters. Doch Asara schlief.

Als sie wieder erwachte, fühlte sie sich kaum ausgeruhter als zuvor. Doch zumindest fühlte sie *etwas*. Anstatt sie in einen Schleier zu hüllen, brachten sie Schmerz, Kälte und Finsternis wieder in die Realität zurück. Ihre Instinkte funktionierten. Die Panik gloste stumm in den verblassenden Resten der schlechten Träume, verdrängt von ungerührtem Überlebenswillen. Ja, sie lebte noch. Ihre Mission war noch nicht gescheitert.

Als kurz darauf eine Luke in der Zellentür geöffnet wurde und etwas Metallisches über den Boden schabte, tastete sich Asara mit schnellen Bewegungen an das schal riechende Geschenk heran. Sie hinterfragte nicht, welche Art von Brei sie gierig in ihren Mund schob und warum er zwischen ihren Zähnen knirschte. Es spielte auch keine Rolle, dass das Mahl wie fauliger Schlamm schmeckte. Sie musste bei Kräften bleiben, wenn sie den Kerker des Hochkönigs überleben wollte. So sog Asara die trägen Tropfen des modrigen Wassers von der Wand und leckte jeden Millimeter des verbeulten Tellers sauber, bis ihr Magen zu protestieren begann. Sie nutzte das Loch, um sich zu erleichtern und suchte danach wieder die Wärme ihrer eigenen Umarmung.

Asara schlief, wann immer sie schlafen konnte. War sie wach, bewegte sie abwechselnd ihre Glieder, bis sie das Gewicht der Ketten gänzlich erschöpfte. Sie kreiste ihre Gelenke, wenn sie steif zu werden drohten. Wenn die Panik aufkeimte, zählte sie die Ringe ihrer Ketten oder studierte tastend das Schloss, das ihre Leine mit dem Zellenboden verband. Resignierende Gedanken gingen bald in der Monotonie der Wiederholung unter. Asara wusste, dass sie sich nur selbst betrog – und dabei weiter und weiter in den Stumpfsinn zu verfallen drohte. Doch alles war in diesen Stunden besser, als sich als armseliges Bündel zu sehen, das heulend an ihren Fesseln zerrte.

Zeit verging. Asaras flüchtige Gedanken begannen sich bald um Dinge zu drehen, die sie über die letzten Wochen und Monate gekonnt in ihrem geteilten Geiste vergraben hatte. Ihr Kampf gegen die Resignation brachte einst verbannte Zweifel und Gewissensbisse zum Vorschein, die sich bald wie ein Schleier wiederkehrender Gespenster um die Gefangene legte. Miha war das erste der Phantome vergangener Taten, das Asara in der Dunkelheit heimsuchte. Sein totenblasses Gesicht hing von einem Moment auf den nächsten an der fernen Wand des Verlieses und starrte unbewegt auf die *Kisaki* hinab. Wäre Asara nicht so erschöpft gewesen, hätte sie laut aufgeschrien. Anstatt dessen starrte sie mit halb geöffnetem Mund auf das Phantasma jenes Mannes, dessen Tod sie vor – Tagen? Wochen? – so brutal herbeigeführt hatte. Asara wusste, dass es sich nur um eine durch Schlafmangel und Hunger beschworene Manifestation ihrer einschneidensten Erinnerungen handelte. Dennoch vermochte sie nicht wegzusehen oder das Trugbild zu verbannen. Lanys' Stimme in ihrem Innersten frohlockte gar ob des Anblicks von Mihas blutverschmierter Visage. Ihr altes Selbst jedoch verspürte nur drückende, rohe Abscheu. Asara hatte kaltblütig gemordet. Sie hatte ihren Dolch wieder und wieder in Fleisch gestoßen, ohne auch nur einen Funken der Reue zu verspüren. Miha war nur der Gipfel der Sanddüne. Asara hatte eine Spur der Verwüstung durch das Yanfar Imperium gezogen und ihren Weg zur Schattentänzerin mit Leichen gesäumt. Sie hatte mit unheimlicher Leichtigkeit Knochen gebrochen und Kehlen durchtrennt, als ob ihr diese Fähigkeiten schon immer eigen gewesen wären. Was anfangs noch Überwindung gekostet hatte, war ihr auf hoher See und in Ravanars dunklen Gassen bereits leichtgefallen. Und nicht nur das – sie hatte ihre neue Macht *genossen.*

Mihas Phantom starrte sie mit leeren Augen an.

'Es ist leicht geworden, nicht wahr?' flüsterte er. *'Zu töten und zu verstümmeln.'* Seine Lippen teilten sich zu einem blutigen Grinsen. *'Die kleine Schlampe ist auf den Geschmack gekommen.'*

Asara wandte sich ab, doch das körperlose Gesicht folgte ihr. Sie presste ihre Lider zusammen, doch auch die alte neue Dunkelheit konnte den gezeichneten Krieger nicht verbannen.

„Das war nicht ich", flüsterte die *Kisaki* in die Leere ihrer Zelle. „Der Blutdurst... Er gehört Lanys... Lanys allein!"

Ihre Worte klangen hohl. Ihre Stimme war beschlagen und heiser ob der langen Tage in vollkommener Einsamkeit. Doch auch am Licht und bei vollen Kräften wären ihre Beteuerungen frei von Vehemenz gewesen. Hier und jetzt, beraubt aller Ablenkungen und vermeintlicher Missionen, hatte die sie Wahrheit eingeholt. Lanys mochte Asaras Kaltblütigkeit geweckt haben, aber den Dolch hatte sie nicht geführt. Die zahllosen Wachen, Seeleute und auch Tharions jüngerer Bruder waren einer Mörderin zum Opfer gefallen, die sich für so lange Zeit hinter einem Schild der Ausreden versteckt hatte.

Miha lachte auf. Blut sprudelte aus seinem Mundwinkel, als er sich Asara bis auf wenige Handbreit näherte.

‚Notwendigkeit?' krächzte er. ‚Notwehr? Sind das die Worte, nach denen du suchst?' Er schnaubte. ‚Gib es auf, Schattentänzerin. Es hat dir gefallen. Und das wird sich auch nicht mehr ändern. Akzeptiere deinen Wandel und bringe zu Ende, was du begonnen hast. Die Kaiserin ist tot. Lang lebe die Kaiserin!'

Sein raues Gackern verging in einem Schrei. Asara realisierte erst, dass es ihre eigene Stimme war, die die Stille durchbrach, als unvermittelt die Zellentüre aufgestoßen wurde und eine von grellem Fackellicht umrissene Gestalt in das Verlies trat. Kommentarlos packte sie jemand am Hals und zwang ein schmales Bündel alter Lumpen in ihren Mund. Ein Riemen wurde festgezurrt. Moder und alter Schweiß attackierte Asaras Sinne.

„Noch ein Mucks und ich hole die eiserne Maske", brummte der Mann. Damit verließ er die Zelle und verriegelte wieder die Tür.

Asara saß für lange Momente keuchend in der Mitte ihres Gefängnisses und starrte in die zurückgekehrte Finsternis. Miha war nicht real. Seine Worte waren nicht real. Die Stimme ihres Gewissens war es allerdings sehr wohl. Ihre Finger fanden den übelriechenden Knebel.

Ich habe es verdient. All dies – und noch mehr.

Asara sank gegen den kalten Stein. Sie war nicht nur ihrer Mission wegen in diesem Loch. Sie war nicht deshalb hier, weil sie Raif ein schlimmeres Schicksal ersparen hatte wollen. Nein. Sie hatte ihre Einkerkerung wahrlich verdient. Vielleicht würde die Welt erst eine echte Chance auf Frieden haben, wenn ihre wahnwitzigen Bemühungen ein Ende fanden.

Die *Kisaki* schloss die Augen und ließ sich von der willkommenen Dunkelheit in wartende Arme nehmen.

~◊~

Zeit verging. Der Wärter kehrte zurück und brachte ein neues Mahl. Der Knebel wurde wieder entfernt. Asara aß ohne echten Appetit. Die darauffolgende Mahlzeit wurde von einem Becher abgestandenen Wassers begleitet. Asara aß und trank und erleichterte sich. Sie zählte Kettenglieder und tastete die Ritzen zwischen den Mauersteinen ab, um asymmetrische Muster zu finden. Sie stellte sich vor, was sich die Erbauer der Festung wohl gedacht haben mussten, als sie diese Grundsteine legten. Die Erschöpfung kam. Asara schlief zusammengerollt, das Strohbündel unter ihre Schulter geklemmt. Als sie wieder erwachte, streckte sie sich, soweit es die Ketten zuließen. Sie machte gar plumpe Liegestütze, bis das Blut ihre Gelenke anschwoll und die Schellen unangenehm zu drücken begannen. Sie lernte die Entfernungen, die ihr die Fesseln als Spielraum boten. Sie schaffte es gar, jeden Winkel ihrer Zelle mit den Zehen zu berühren, während sie sich am Boden liegend gegen ihre stählerne Leine stemmte. Wenn sie Schritte hörte, rückte sie ihr besudeltes Gewand zurecht und zog sich in den hintersten Winkel ihrer lichtlosen Unterkunft zurück. Jede ihrer Bewegungen und Bemühungen waren träge und lustlos. Es gab kein Entkommen. Asara war sich nicht einmal sicher, ob sie sich ihre Freiheit überhaupt noch herbeisehnte. Ihre Existenz in diesen Mauern war einfach, kontrolliert. Sie war zu einem starren Schatten geworden, der lediglich vom seltenen Fackellicht zum flüchtigen Leben erweckt wurde. Blieb der Schein aus, so verblasste auch sie zu einer bloßen Erinnerung.

So kam es, dass Asara den Bruch in der Monotonie erst bemerkte, als das Schloss in der Kerkertüre zurückschnappte und ein Mann in das Dunkel trat. Er trug keine Fackel bei sich und auch das Schaben des erhofften Metallnapfs blieb aus. Kein Essen. Kein Licht. Asara hob langsam ihren Kopf. Die Kette ihres Halsbands klimperte leise.

„Asara."

Die vertraute Stimme sandte einen Schock durch ihren geschwächten Körper. Doch auch dieser konnte den Mantel nicht vollends lüften, der Asaras abgestumpfte Sinne umhüllte.

Es ist nicht echt.

„Asara." Die Stimme wurde vehementer. „Asara, hör mir zu. Ich habe nicht viel Zeit."

Die *Kisaki* blinzelte.

„Raif…?"

Eine Hand berührte ihre Wange. Asara zuckte zusammen. Die Berührung war warm und sanft. Sie war *echt*. Raif war gekommen. Nach all diesen Tagen und Wochen hatte er sie gefunden. Hoffnung blühte unvermittelt in ihrem Herzen auf. Ihre Hand fand die seine.

„Asara", wiederholte der Krieger. Er war neben ihr in die Hocke gegangen. „Ich bin gekommen, um mich von dir zu verabschieden."

Was…?

Der Ashe hob ihre Hand und legte sie zurück in ihren Schoß. Die Wärme verging, so schnell sie gekommen war.

„Dein Opfer hat mir eine letzte Gelegenheit erkauft", sagte er mit fester Stimme. „Ich gehe für Syndriss an die Front."

Die Worte ergaben keinen Sinn. Warum befreite sie Raif nicht von den Ketten? Warum kauerte sie immer noch in der Dunkelheit, während ihr Retter frei und gerüstet an ihrer Seite saß?

„Du hast dem Reich einen großen Dienst erwiesen, Asara", setzte der Krieger fort. „Meine Schwester konnte den Adel davon überzeugen, dass ich in ihrem Interesse gehandelt habe. Alle Schuld wurde dir zugesprochen. Ich bin frei."

„Raif", flehte Asara tonlos. „Bitte…"

Er legte einen Finger auf ihre Lippen. „Ich werde die Mission beenden."

Die *Kisaki* wich zurück, bis sie mit den Rücken gegen die Wand stieß. „Du kannst mich nicht hierlassen", murmelte sie. „Bitte, Raif. Unsere Mission… sie ist hier! In Ravanar."

„Nein, Asara." Er schüttelte hörbar den Kopf. Seine nächsten Worte klangen beinahe mitleidig. „Ich habe endlich verstanden, dass es nicht Lanys' aussichtsloser Plan ist, der uns zum Sieg führen wird."

„Uns…? Wer ist ‚uns'?"

Seine emotionslose Antwort vereinte alles, was Asara je gefürchtet hatte – und sie schmerzte mehr als ihre Albträume und mehr als die Wehklagen ihres einst reinen Gewissens.

„Das Dominion, Asara. Schlussendlich zählt nur das Dominion. Syndriss hat mir die Augen geöffnet."

Alter Trotz brodelte an die Oberfläche. Asara richtete sich auf und ballte die Fäuste. Ihr geschwächter Körper protestierte bei jeder ihrer Bewegungen.

„Das bist nicht du, Raif!" fuhr sie den Schatten an. „Hör dir doch zu!" Sie tastete nach seiner Hand, doch der Krieger zog sie zurück. Seine Reaktion schmerzte mehr als jeder physische Hieb.

„Was hat diese Hexe mit dir gemacht?" hauchte sie. Der Krieger schnaubte verächtlich und richtete sich auf, soweit es die niedrige Zellendecke zuließ.

„Du wirst nie verstehen, was es bedeutet, sich für sein Land aufzuopfern." Sein Kehlkopf erbebte. „Leb wohl, Asara. Möge dir dein Scheitern eine Lektion sein."

Damit bückte er sich aus dem Raum und schob die Türe mit Schwung ins Schloss. Gebrochen und ungläubig starrte die *Kisaki* durch die Gitterstäbe der kleinen Öffnung in der Türe, an denen sich die Silhouette von Raifs ungerührtem Antlitz gegen das Zwielicht abzeichnete.

„War alles nur Trug?" fragte sie leise. „Unsere...Verbindung?" *Unsere Gefühle?*

Für einen langen Moment blieb der Krieger stumm. Als er schließlich antwortete, war sein Ton einmal mehr undeutbar.

„Vergiss mich, Asara. Die Mission geht vor. Ich gehe an die Front und du wirst tun, worauf ich dich so mühevoll vorbereitet habe. Sei eine gute Sklavin – oder vergehe in Selbstmitleid. Die Wahl ist dein."

Damit drehte er am Absatz um und verschwand in der Schwärze des Ganges. Der Hall seiner Stiefel wich dem leisen Schluchzen einer Gefangenen, die die Welt nicht mehr verstand.

~◊~

Tage verstrichen. Das Essen kam und Asara aß. Der Brei hatte diesmal eine nussige Note. Der Becher Wasser schmeckte wie frischer Nektar. Sie leckte Teller und Finger sauber und rollte sich wieder zusammen. In der Entfernung vernahm sie die wohlbekannten Schreie des namenlosen Mannes, der einmal mehr die Peitsche zu spüren bekam. Asara hinterfragte nicht, was er wohl getan haben musste, um eine derartige Bestrafung zu verdienen. Sie war lediglich froh, dass sie in ihrer Zelle allein gelassen wurde.

Der nächste Teller wurde gebracht. Asara aß. Asara schlief.

Die Welt der Silhouetten kannte keine Tage oder Nächte. Ein Teil von ihr spürte, wie die verstreichende Zeit ihr Haar zusehends an ihren Skalp klebte und das Gefühl der Beschmutzung mehr und mehr zu einem ständigen Teil ihrer Existenz wurde. Asaras Unterwäsche stank mehr und mehr nach kaltem Schweiß und altem Urin. Der Schmerz an ihren Gelenken kam zurück und hörte nicht mehr auf. Es wurde schwerer und schwerer, ihre Glieder zu heben und gegen das Gewicht der Ketten anzukämpfen. Mit ihren Übungen hatte sie schon lange aufgehört. Die Zahl der Kettenglieder war ihrem Geist entschlüpft und sie fand nicht die Kraft, sie noch einmal zu zählen.

Das Essen kam. Asara kroch langsam an die Tür. Die Ketten schrammten über den unebenen Stein und spannten zwischen ihren aufgeriebenen Gelenken. Der Hunger war so selbstverständlich geworden wie die Kälte. Keine Eile dieser Welt würde daran etwas ändern. Sie aß bedächtig, ohne eine Bewegung zu verschwenden. Ihre Blase begann zu drücken. Auf dem Weg zum Loch im Boden hielt sie inne. Was spielte es für eine Rolle, wo und wie sie sich erleichterte? Sie verspürte keine Scham, als ihre Säfte den zerschlissenen Stoff tränkten, der nur noch lose um ihre Taille geschlungen war. Die willkommene Wärme rief eine Regung hervor, die der üble Gestank nicht mehr zu provozieren vermochte.

Asara rollte sich zusammen wo sie lag und driftete in einen traumlosen Schlaf.

~◊~

Asara erwachte. Sie öffnete ihre verklebten Lider, nur um sie sofort wieder zu schließen. Irgendetwas war anders. Es wartete kein Teller auf sie, kein Becher mit lauwarmem Nass. Stattdessen brannte eine Sonne über ihrer liegenden Gestalt und raubte ihr mit ihrer lodernden Intensität die Sicht. Das Licht war so hell, dass es schmerzte. Asara musste ihren Arm vor ihre Augen schieben, um nicht zu schreien. Trotzdem konnte sie die Sonne nicht gänzlich verbannen. Glücklicherweise begann sich der Stern am Firmament zu bewegen. Das flackernde Inferno sank zu Boden und wurde unvermittelt von einem Schatten verdeckt, der sich zu Asara hinabbeugte.

Irgendetwas berührte die Gefangene an der Schulter. Sie zuckte zusammen. Die Berührung war warm, so *warm*.

„Keine Angst", flüsterte eine Stimme. Es dauerte einen langen Moment, bis Asara den Worten Sinn verleihen konnte.

Jemand sprach mit ihr. Die Worte wirkten freundlich.

Der Schatten ging neben ihr in die Hocke. Ketten klirrten und etwas Metallisches schnappte auf. Eine Hand fuhr unter ihre Taille und eine weitere unter ihre Kniekehlen. Im nächsten Moment begann Asara zu fliegen.

Der kalte Stein war verschwunden und der Zug an ihrem Hals vergessen. Die Ketten beschwerten nach wie vor ihre Glieder, aber das Gewicht war nicht mehr ihre Bürde. Sie begann zu zittern.

„Keine Angst", wiederholte die Stimme. Der unbekannte Bariton war wohlklingend. Freundlich. Einschläfernd.

Asara legte ihre zitternden Hände an ihre Brust und ließ die Erschöpfung obsiegen. Lange bevor sich der Schatten zu einer Gestalt festigen konnte, war die *Kisaki* tief und fest eingeschlafen.

27

Graue Medizin

„Trink."

Eine Hand schob sich in Asaras Nacken und hob vorsichtig ihren Kopf. Die *Kisaki* blinzelte und öffnete instinktiv ihre Lippen. Kühles Nass küsste ihren Gaumen. Asara schluckte und hustete.

„Nicht so schnell. Du bist dehydriert."

Asara zwang sich zur Mäßigung. Sie trank, bis der Fremde die Schale absetzte und ihren Kopf wieder auf das Kissen bettete. Erst nach den belebenden Schlucken Wassers begann sich Asaras Sicht langsam zu klären. Zu verschwollen waren ihre Lider und zu ungewohnt war das Licht der glimmenden blauen Kristalle, die die Wand der offenbar geräumigen Kammer schmückten.

Kammer. Im Vergleich zu ihrer Zelle war der schlicht eingerichtete Raum eher mit einem bürgerlichen Wohngemach vergleichbar. Asara lag in Wolldecken gehüllt auf einer weichen Strohmatratze. In der Ecke neben einem hölzernen Tisch standen ein dampfender Zuber und eine glosende Feuerschale, die einen Kessel Wasser erhitzte. Büschel zusammengeknoteter Kräuter hingen von der Decke und verbreiteten einen angenehmen Geruch, der nur vom Duft eines Eintopfs übertrumpft wurde, der auf dem Tisch auf sie wartete. All dies nahm Asara wahr, ehe ihr Blick auf die Person fiel, die nahe der geschlossenen Türe Tücher zusammenlegte. Der Mann hatte ihr den Rücken zugewandt. Asara sah lediglich sein Profil und seine einfache schwarze Tunika.

Keine Wache.

Alles andere spielte im Augenblick keine Rolle. Die *Kisaki* schlug ihre Decke zurück und setzte sich blinzelnd auf. Selbst diese simple Bewegung trieb ihr den Schweiß auf die Stirn. Ihr ganzer Körper zitterte ob der ungewohnten Anstrengung. Asara schob ihr Gesäß näher an die Wand und sank aufrecht sitzend gegen den warmen Stein.

Dumpf starrte sie für lange Momente auf ihre bandagierten Handgelenke, ehe sie das Offensichtliche realisierte: sie war nicht mehr gefesselt. Keine Ketten beschwerten ihre Arme und Beine und keine Leine fixierte sie an ihre neue Bettstatt. Lediglich Lanys' Sklavenband war immer noch um ihren Hals geschlungen.

„Die Abschürfungen sind nur oberflächlich, keine Sorge." Der Fremde hatte die feuchten Tücher abgelegt und sich umgedreht. Sein Blick lag auf Asaras umwickelten Gelenken. „Schmerzt es?"

Die *Kisaki* schüttelte stumm den Kopf. Lediglich ein leichtes brennendes Gefühl ging von unterhalb der Bandagen aus. Zusammen mit den blau-grünlichen Blessuren an Schenkeln und Schultern war der Schmerz das einzige Memento an das Verlies, in dem sie bis vor kurzem noch geschmachtet hatte. Die Erinnerungen selbst waren verschwommen, umnebelt von Erschöpfung und Verwirrung ob der unerwarteten Situation.

Doch trotz der Watte, die ihre Sinne abstumpfte, war eines unumstößlich: Asara war frei von Ketten. Sie war sauber und in warme Wolle gehüllt. Der Durst, der sie so lange Zeit begleitet hatte, war gestillt. Nur der Hunger erinnerte sie noch an die Strapazen, denen sie irgendwie entkommen war. Die *Kisaki* zwang sich dennoch, ihren Blick vom dampfenden Teller abzuwenden und ihren wortkargen Wohltäter genauer zu mustern.

Der Ashen-Mann war von drahtiger Statur und wohl mehrere Jahre älter als Asara. Sein ungewohnt kurz geschnittenes Haar war schwarz, wobei mehrere weiße Strähnen der Färbung entkommen waren. Ein Dreitagebart zierte sein Gesicht, das bis auf ein Stück fehlender Augenbraue keine sichtbaren Makel aufwies. Seine Züge waren weder sonderlich hart noch betont weich, was es schwer machte, sein Gemüt oder seinen Stand zu erahnen. Seine wachsamen, dunkelrot schimmernden Augen verrieten jedoch seine Neugierde, als er Asara aus dem Augenwinkel heraus musterte. Nach einem Moment wandte er seinen Blick wieder ab. Die *Kisaki* ging dazu über, die Gewandung ihres Aufpassers nach Hinweisen auf seine Identität zu studieren.

Sie fand keine Antworten. Passend zu dem einfach eingerichteten Quartier trug der Mann eine schwarze, an einigen Stellen fachmännisch gestopfte Tunika und eine eng geschnittene Hose. An seinem Revers blinkte eine Ansteckladel aus dünnem Eisen, die ein seltsames geflügeltes Tier zeigte. Es entsprach keinem der Hauswappen, die Lanys ihr in der Vergangenheit beschrieben hatte. Der Mann war ein unbeschriebenes Blatt. Er hatte das Auftreten eines Dieners, trug aber kein Halsband. Er sprach in gehobenem Ashar, war aber nicht prunkvoll genug gekleidet, um ein Seneschall oder Tutor zu sein.

Irgendjemand lässt mich absichtlich im Dunkeln.

Asara holte tonlos Luft und ließ ihren Kopf wieder auf das Kissen sinken. Ihre Schläfen hatten leicht zu schmerzen begonnen und ihr Magen wehrte sich gegen die ungewohnte Menge Wasser, die sie zuvor aufgenommen hatte.

Sie war nicht mehr im Verlies. Zum ersten Mal seit einer gefühlten Ewigkeit konnte sie wieder klar denken. Das musste reichen.

„Wie fühlst du dich?" fragte der Fremde nach einer Weile. Er hatte seine Arbeit offenbar abgeschlossen und testete das dampfende Wasser mit seinem Finger, ehe er sich Asara vollends zuwandte. Seine Stimme war wohltuend, aber nicht ohne Biss. Wenn er es wünschte, konnte dieser Diener vermutlich sehr wohl Befehle blaffen oder gezielt einschüchtern. Auch die Güte in seinen Augen war auf den zweiten Blick eine vergängliche.

Kein Diener. Nur eine andere Art von Wärter.

Was für ein Spiel wurde hier gespielt? Asara runzelte die Stirn. Es war Zeit für Antworten.

„Wo bin ich?" fragte sie. „Und wer seid ihr?" Zu ihrem Entsetzen war ihre Stimme rau und hohl. Sie klang, als ob sie zu sprechen verlernt hatte. Der Mann jedoch verstand ihre undeutlichen Worte.

„Du bist im Bedienstetenflügel der Unteren Feste", entgegnete er. „In der Obhut der Eisengilde unter Chel Seifar."

Asara blickte ihn verständnislos an. „Wem?"

„Ich vergaß", schmunzelte der Diener. „Du warst lange Jahre unter den Yanfari. Die Eisengilde hat viele von Haus D'Askas Geschäften übernommen, seitdem du Ravanar verlassen hast."

„Ah." Asara tat ihr Bestes, wissend zu nicken. Lanys' knappe Ausführungen halfen, einige der Namen wiederzuerkennen – die Details blieben ihr allerdings verschlossen. Unabhängig davon musste sie achtgeben, ihre Ahnungslosigkeit nicht zu sehr zu betonen. Jede Frage musste mit Bedacht gewählt werden.

„Seifar hat sich in Ylfarn breitgemacht", setzte der Mann fort. „Seit einigen Jahren kontrolliert er nicht nur den Fluss des Erzes vom Wyverngrat in die Hauptstadt, sondern auch die Versorgung des Dominions mit neuer Arbeitskraft."

Asara horchte auf.

„Sklaven?" fragte sie vorsichtig. Der Diener nickte und verzog leicht das Gesicht. Irritation und verhaltener Ärger huschten über seine Züge.

„Die Tausend Gesichter haben ihren Anspruch auf dich fallengelassen", erklärte er. „Als ehemalige Gefangene bist du nun Eigentum der Eisengilde. Es tut mir leid."

Er strich sich über seinen kurzen Bart und seufzte. „Die Gesetze sind kompliziert."

Asara biss die Zähne zusammen und richtete sich wieder auf. Die Decke fiel vollends on ihr ab. Ihr Blick wanderte über ihren von einer simplen Nachtrobe bedeckten Körper. Was sie sah, ließ sie innehalten. Ihre Glieder waren erschreckend hager. Als sie ihre Finger an ihren Torso führte, spürte sie deutlich die Rippen durch ihre Haut. Ihr Becken stand hervor, wo sonst die weichen Rundungen ihrer Hüfte zu sehen waren.

Die Worte des Dieners waren vergessen.

„Spiegel", hauchte Asara. Der Mann ging zögerlich an eine Kommode und holte einen beschlagenen Handspiegel hervor. Er trat an das Bett und hielt ihn der *Kisaki* entgegen. Was sie in der polierten Fläche begrüßte, trieb ihr Tränen ins Gesicht. Sie sah aus wie ein ausgehungertes Kind von kaum 18 Sommern. Ihre Wangen waren eingefallen und ihre Augen von dunklen Ringen unterlaufen. Ihr Halsband saß lose um ihren Nacken. Das sonst glänzend weiße Haar wirkte leblos und matt.

Mit zitternden Händen schob sie den Spiegel von sich weg und schloss die Augen.

„Wie lange?" fragte sie tonlos. „Wie lange war ich in dieser Zelle?"

Der Ashe entfernte sich langsam.

„Fast ein und einen halben Mond", erwiderte er leise. „Syndriss H'Reyn hat darauf bestanden, dich unter den schlimmsten der Schwerverbrecher zu halten. Selbst nachdem sich die Sache mit Miha'kar D'Axor aufgeklärt hat." Der brodelnde Zorn in seiner Stimme war zurück. Asara zwang sich, wieder ihre Augen zu öffnen. Der Diener hatte den Teller mit Eintopf vom Tisch aufgenommen und hielt ihn ihr entgegen. Dankbar nahm sie die duftende Speise an. Doch auch ihr laut rufender Magen konnte sie nicht von ihren Fragen ablenken.

„Was meint ihr mit… aufgeklärt?" fragte sie. Das Bild ihrer eigenen, kränklich hageren Gestalt geisterte immer noch vor ihrem inneren Auge umher. Sie drängte es mit Mühe zurück. Der Diener erwiderte:

„Miha'kar wurde posthum des versuchten Mordes an seinem Bruder, dem Hochkönig, für schuldig befunden. Er hat offenbar versucht, kurz vor seinem Tod den Thron an sich zu reißen. Deine Tat hat diese Ambitionen im Keim erstickt."

Der Löffel hatte den Weg bis an ihren Mund gefunden, ehe Asara innehielt. Alles hatte sich erneut zu drehen begonnen.

„Ra'tharion D'Axor lebt noch?" fragte sie ungläubig. Der Diener nickte.

„Der König lebt. Er war es, der dich begnadigt hat."

Asara legte den Löffel ab. Die Neuigkeit stellte ihre Welt einmal mehr auf den Kopf – und dennoch war das sich aufdrängende Gefühl keines der Überraschung. Wenn Asara etwas verspürte, dann war es eine dumpfe Gewissheit: Die Stolpersteine auf dem Weg zum Sieg würden sich nicht von selbst aus dem Weg schaffen. Miha war nur ein erster Schritt gewesen.

Der König lebt noch.

„Und doch bin ich hier, um eine Sklavin der Eisengilde zu werden?" Ihr Aufpasser seufzte. „Wie ich schon sagte: Die Gesetze sind kompliziert. Ra'tharion kann dich nicht auf freien Fuß setzen, ohne sowohl Chel Seifar als auch Syndriss H'Reyn vor den Kopf zu stoßen. Ganz zu schweigen von der Nachtigall. Die Tausend Gesichter haben dich zwar nicht ausgeschlossen, dein Versagen aber auch nicht vergessen."

Trotz seiner mitfühlenden Worte bestand kein Zweifel daran, was der Ashe von fehlgeschlagenen Missionen hielt. Wenn es um seine Pflichten ging, kannte das graue Volk kein Pardon. In diesem Moment erinnerte sie der Diener schmerzlich an Raif.

„Danke", sagte Asara. Seufzend schob sie einen Löffel des würzigen Eintopfs in ihren Mund. Der Geschmack war nahe an Perfektion.

Der Mann erwiderte ihren erschöpften Blick mit einem neugierigen.

„Danke wofür?" fragte er. Asara lächelte matt.

„Dafür, dass ihr mich nicht ahnungslos in diesen Raum einsperrt. Und für…" Sie hob ihre Hände. Das Nachthemd schmiegte sich wie feinste Seide an ihren sauberen Körper. „…all dies."

Der Diener nickte.

„Befehle sind Befehle, Nai'lanys. Du bist keine Gefangene mehr. Ich bin mir auch sicher, dass du nicht lange in den Reihen der einfachen Sklaven verweilen wirst." Er lächelte aufmunternd. „Trotz allem, was im Yanfar-Reich passiert ist, bist du für viele eine Heldin. Du hast den verräterischen Miha'kar erschlagen. Du hast in Masarta für den Frieden gekämpft und viele unserer Brüder und Schwestern in die Freiheit geführt. Das alles ist kein Geheimnis mehr. Das Ashvolk dankt dir, Schattentänzerin. Früher oder später wirst du es sehen und erleben." Er tippte zwei Finger gegen seine Schläfe. „Dein Schicksal wartet auf dich."

Asara hielt inne. Der Mann nickte respektvoll. Seine enigmatischen Worte regten etwas in ihrem Innersten. Es fühlte sich an wie eine Erinnerung, die gegen den Strom an die Oberfläche zu schwimmen versuchte.

„Du bist der…der Kontakt", hauchte sie. „Der, den ich hier treffen sollte."

Der Ashen-Mann nahm den halb leergegessenen Teller und stellte ihn neben Asaras Bettstatt. Nach kurzem Zögern strich er eine widerspenstige Haarsträhne aus ihrem Gesicht.

„Ruhe dich aus, Nai'lanys. Komm zu Kräften. Lerne was du kannst über Ravanar und seine langen, dunklen Schatten." Er richtete sich auf und strich seine Tunika zurecht. Sein Blick war nachdenklich und hart geworden. „Unsere Zeit wird kommen."

Damit trat der Fremde an die Tür des Zimmers und öffnete sie. Ein dunkler Gang offenbarte sich hinter ihm.

„Warte", rief Asara mit dumpfer Stimme. „Sag mir noch eines: Wie ist dein Name?"

„Alles zu seiner Zeit."

Schmunzelnd zog der Ashe die Türe hinter sich zu.

~◊~

Asara folgte dem Rat des Dieners. Sie schlief und aß und nutzte die spärliche Einrichtung um ihren geschwächten Körper zu trainieren. Der Prozess war ein frustrierend langsamer. In den ersten Tagen nach ihrem Erwachen hatte sie oftmals Schwierigkeiten, die üppigen und nur mäßig bekömmlichen Mahlzeiten zu behalten, die ihr eine sich stets ändernde Gruppe von Bediensteten in ihr Quartier brachten. Erst, als sich ihr Magen an den neuen Rhythmus gewöhnt hatte, schienen sich auch ihre Muskeln langsam wieder zu erholen. Mit dem Ende der ersten Woche war sie wieder in der Lage, ohne Zuhilfenahme ihrer Hände aus dem Bett aufzustehen und zumindest einen einzelnen Liegestütz zu exerzieren. Der Erfolg erschien ein lächerlicher zu sein, doch Asara zwang sich, sich auch mit diesem kleinen Sieg zufrieden zu geben. Der Diener hatte nicht gesagt, was die Eisengilde für sie in Petto hatte. Asara nahm aber an, dass die Sklavenhändler keine Verwendung für schwächliches, hageres Gut hatten. Sie hatte also hoffentlich ausreichend Zeit, ihre Kräfte zumindest weitgehend wiederzuerlangen. So setzte Asara zielstrebig ihre Übungen fort. Jeder Teil der Einrichtung wurde zweckentfremdet und jeder Krümel ihrer Mahlzeiten mit wachsendem Appetit vernichtet.

Ihr Schlaf war bei weitem nicht so erholsam. Wiederkehrende Albträume suchten sie heim, sobald sie die Augen schloss. Nacht für Nacht fand sich die *Kisaki* in der winzigen Zelle unterhalb der Festung wieder, ihre Glieder von unbarmherzigem Stahl umschlossen. Das Gewicht der Ketten schien sie weiter und weiter nach unten ziehen, bis der Boden selbst sich auftat und sie zu verschlingen drohte. Die wehrlose Asara konnte nicht sprechen, geschweige denn um Hilfe rufen. Jeder Laut wurde von stets wechselnden Knebeln oder den schwarzen Wänden selbst verschluckt, die immer näher an sie heranzurücken schienen. Mit jeder panischen Bewegung des Widerstandes schlangen sich die Fesseln enger um ihren Körper, bis ihr die Luft auszubleiben begann. In diesen Träumen wurde sie immer wieder von gesichtslosen Wärtern heimgesucht, die ihren ungeschützten Körper mit Peitschen oder Gerten bearbeiteten, bis jeder Zentimeter ihrer Haut von brennenden Schwielen überzogen war. Oft kamen martialisch aussehende

Keuschheitsinstrumente hinzu, die Asaras Spalte und Anus durch kalten Stahl und harte Riemen unzugänglich machten oder obszön spreizten. Die gefallene Kaiserin lebte in ihrem eigenen Schmutz wie ein gefangenes Tier in einem Käfig.

Asara erwachte jeden Morgen schweißgebadet. Oft hatte sich ihre Decke in verknoteten Schleifen um ihre Glieder geschlungen und frischer Speichel benetzte ihr Kissen. Einmal fand sie sich gar am harten Boden wieder, die Handgelenke fest zusammengepresst und die Lippen ihr Erwartung eines Knebels geöffnet. Es dauerte anfangs viele quälend lange Minuten, bis die von verschwommenen Erinnerungen gezeichneten Träume vollends verblasst waren.

Eine volle Woche verging, bis Asara zum ersten Mal durchschlief. Kein Nachbild des Kerkers oder ihr eigenes, luftringendes Keuchen riss sie an jenem Morgen jäh aus dem Schlaf. Lediglich die weiche Bettstatt und ein lange vergessenes Gefühl der echten Erholung begrüßten sie. Stupide lächelnd kuschelte sich Asara in die Decke und vergrub ihr Gesicht in ihrem Kissen. Für einen Moment war die Welt wieder in Ordnung. Sie konnte ihre Glieder strecken, ohne von rostigem Stahl oder dessen nicht minder beengenden Phantom gestoppt zu werden. Die *Kisaki* war so frei wie schon lange nicht mehr.

Der Tag verstrich, gefolgt von einem weiteren. Asara stürzte sich mit neuer Kraft auf ihre Übungen. Ein besonderer Höhepunkt des zweiten Abends war ein mit weißem Brot und Kastanien gefülltes Vogeltier, dessen helles Fleisch zumindest vage an ein Huhn erinnerte. Die *Kisaki* vernichtete das unerwartete Geschenk in Rekordzeit.

Asaras Genesung schritt voran. Die Träume wurden seltener, bis sie schließlich ganz zu Schatten verblassten, die nur noch die hintersten Winkel ihres Geistes bewohnten. Auch ihre physische Kraft kehrte zusehends zurück.

Asara lebte in ihrem Raum wie ein wohlhabender Gast in einer passablen Taverne. Doch so komfortabel ihre neue Umgebung auch war, so machte sich die *Kisaki* auch nichts vor. Sie war immer noch eine Gefangene. Die Einrichtung ihrer Zelle mochte sich geändert haben und die Wärter hatten freundlichere Gesichter, aber die Natur ihrer Unterkunft ließ sich nicht leugnen. Die meiste Zeit war die Türe verschlossen. Wenn sie es nicht war, und Asara einen Blick nach draußen wagte, wurde sie spätestens nach ein paar Dutzend Schritt von einer adretten Wache gestoppt und wieder in ihr Zimmer zurückgebracht. Auch zwei Wochen später hatte es die *Kisaki* noch nicht geschafft, mehr als den nahen Aufenthaltsraum der Bediensteten, eine Wachkammer und einen kleinen Vorratsraum auszukundschaften. Die Gänge unterhalb der Festung glichen einem Labyrinth, das seine Ausgänge geschickt vor dessen neuer Bewohnerin verbarg. Auch alternative Wege der Informationsbeschaffung scheiterten schon nach wenigen Versuchen. Seit dem namenlosen Diener, der sie aus ihrer Zelle geholt und wohl auch gewaschen und eingekleidet hatte, hatte niemand mehr das Gespräch mit ihr gesucht. Alle Fragen nach der Eisengilde, dem Hochkönig oder einem Krieger namens Andraif stießen auf taube Ohren. Immerhin wurde Asaras hartnäckigen Fragen auch nicht mit Bestrafung begegnet; die einzige, eher amüsiert klingende Androhung eines Knebels kam von einer Magd, die in der dritten Woche die Bettwäsche wechselte.

„Wenn du weiterhin so viel nach Neuigkeiten heischst, wird dir noch jemand den Mund verbinden", brummte sie. „Und jetzt lass mich meine Arbeit tun."

Asara seufzte und hüpfte einbeinig zur Seite. Die Dienerin hatte sie bei einer ihrer neuesten, selbstentwickelten Übungen unterbrochen. Auf einem Bein balancierend stemmte die *Kisaki* mit der gegengleichen Hand einen Hocker über Kopf in die Lüfte, dessen Beine dabei gen Zimmerdecke ragten. Asaras zitternde Handfläche lag am Schwerpunkt des runden Sitzes. Mehrere Scharten im Holz zeugten von zahlreichen fehlgeschlagenen Versuchen.

„Ich meinte nur, dass mir etwas…Freigang guttun würde", drängte Asara. „Wem schadet es, wenn ich ein paar Runden durch die Gänge laufe? Dieses Labyrinth ist ohnehin undurchschaubar."

Der skeptische Blick der Magd sprach Bände.

„Freigang. Soso." Die ältere Ashen-Frau schnaubte, während sie die benutzten Laken und Tücher stapelte und schließlich mit dickem Garn zusammenknotete. „An deiner Stelle würde ich mich mit den Forderungen zurückhalten. Sonst erinnerst du die Gilde noch daran, dass du dich schon lange genug auf ihre Kosten erholt hast." Sie musterte Asara kritisch. „Zumindest siehst du wieder aus wie eine Frau und nicht wie eine wandelnde Tote."

Die *Kisaki* seufzte und setzte zu einer stichelnden Antwort an. Doch bevor die frechen Worte ihrer Kehle entkommen konnten, erklang nahe der Tür ein Räuspern.

„Der Stuhl wird gleich abstürzen", meinte der namenlose Diener und schenkte Asara ein breites Grinsen. Die Angesprochene erschrak, was ihr kurzfristig das Gleichgewicht raubte. Hocker und Trägerin stolperten mit einem ohrenbetäubenden Krach zu Boden. Eines der Stuhlbeine traf den leergegessenen Teller am Rande des Tischs, der ebenso lautstark zu Boden katapultiert wurde. Die überraschte Magd zuckte zusammen und stieß die Kerze an Asaras Bettstatt um, die wiederum ihr heißes Wachs über die frischen Laken verteilte und zischend erlosch.

Für einen Moment standen und lagen drei verdutzte bis amüsierte Ashen im Halbdunkel der Kammer. Dann begann der Diener leise zu lachen. Asara stimmte prustend ein. Lediglich die ältere Magd begann zu fluchen und stapfte sichtlich entrüstet aus dem Raum. Erst als ihre Schritte verhallt waren, begann sich Asara langsam wieder zu beruhigen.

„Es ist viel zu lange her", kicherte sie luftringend. Der Ashe fuhr mit der Hand grinsend durch sein kurzes Haar und richtete den umgestürzten Sessel wieder auf.

„Was meinst du?" fragte er unbekümmert. „Chaos im Schlafzimmer?"

Asara warf ihm einen vorwurfsvoll-vielsagenden Blick zu.

„Nein, Scherzbold. Ich meinte ehrliches Lachen." Sie wischte eine Träne aus ihrem Augenwinkel. „Das hat gutgetan."

Er schmunzelte. Asara legte gespielt nachdenklich eine Hand an ihr Kinn. „Chaos im Schlafzimmer ist aber auch schon zu lange her."

Zu ihrer Überraschung räusperte sich der Diener verlegen und ging auf ihre Anspielung nicht näher ein. Die plötzliche Zurückhaltung passte so gar nicht zu seinen scharfen Augen und der Aura der Kontrolle, die er in unbeobachteten Momenten ausstrahlte. Etwas ernüchtert kletterte Asara wieder auf die Beine. Der Ashe nickte nur nachdenklich und angelte einen Feuerstein aus einer seiner Gürteltaschen. Wenige Momente später hatte er die Kerze wieder aufgerichtet und entzündet. Im flackernden Licht wirkten seine Züge verhalten. Asara begann daran zu zweifeln, dass sich alleine ihre kleine Provokation für die unvermittelt nüchterne Stimmung verantwortlich zeichnete.

„Was ist los?" fragte sie vorsichtig. Der fremde und mittlerweile doch vertraute Aufpasser spielte mit dem Kragen seiner schwarzen Tunika. Asara bemerkte nur beiläufig, dass die Anstecknadel heute kein geflügeltes Fabelwesen, sondern eine Art Wolf zeigte.

„Der Termin für deine Versteigerung wurde festgelegt", erwiderte er ruhig. Asaras Herz begann schneller zu schlagen.

„Versteigerung?"

Er nickte knapp. „Die Eisengilde wittert das große Geschäft mit einer ehemaligen Azubine der Tausend Gesichter. Du sollst zusammen mit einigen der begehrtesten Leibeigenen im Rahmen eines großen Ereignisses versteigert werden. Alle großen Häuser werden dem Spektakel beiwohnen."

Asaras Gedanken überschlugen sich. Trotz der ominösen Worte ihres vermeintlichen Kontakts zu Haus Vandar erschien dies ihre große Chance zu sein. Falls der Prinzipal sie ersteigerte, war sie ihrem großen Ziel trotz der Rückschritte wieder bedeutend näher. Sie musste nur sichergehen, dass dies auch geschah.

"Gut", sagte Asara. "Das ist die perfekte Chance." Der Ashen-Mann blickte sie fragend an.

"Du verstehst nicht", sagte er. "Bei diesem Ereignis geht es nur um Prestige und Gold. Jeder wird große Summen bieten, nur um den eigenen Stand zu unterstreichen. Der Ausgang ist gänzlich offen und unkontrollierbar. Außerdem wird das Interesse an deiner Person abflauen, sobald die Versteigerung zu Ende ist. Diese Feiern sind so ausufernd wie austauschbar – und dankbar schnell aus den Gedächtnissen getilgt."

Asara weigerte sich, die Bedenken ihres Gegenübers zu teilen. Sie hatte endlich die Gelegenheit, ihrem bequemen Verlies zu entkommen und den Kriegstreibern wortwörtlich an die Pelle zu rücken. Etwas Wichtig-Getue des Adels war nichts, womit Rayas Tochter nicht umgehen konnte.

Asara trat an den Diener heran und legte ihm ihre Hand auf die Schulter.

"Dann hilf mir", erwiderte sie eindringlich. "Hilf mir, am Ende dieses kommenden Tages im Besitz des richtigen Meisters zu sein."

Die kalkulierende Kälte in den Zügen des Mannes kehrte zurück.

"Du hast Recht", sagte er. "Auf einen kleinen Rahmen zu hoffen war ohnehin vergeblich. Ich bin jedenfalls froh, dass du die Nachricht so gefasst entgegennimmst." Er hob eine Augenbraue. "Das hätte ich nicht erwartet."

Asara setzte sich auf ihre Matratze und lehnte sich gegen die Wand.

"In gewisser Hinsicht war ich immer schon eine Sklavin", sagte sie leise. "In Al'Tawil, in Ravanar, in Masarta. Ich habe mich damit abgefunden, dass sich Meister und Gewandung immer wieder ändern. Im Endeffekt ist es aber einzig die Mission, die wirklich zählt."

Das Volk, Raif, und jetzt die Eisengilde. Asara hatte immer schon gedient. Doch mit dem angestrebten Frieden war ein weiterer Meister hinzugekommen, dem sich die *Kisaki* nur zu gerne unterwarf.

Der Ashe versenkte seine Hände in den Taschen seiner Hose.

"Ich habe mir dich ganz anders vorgestellt", schmunzelte er. Asara legte den Kopf schief.

"Ach?"

"Ja. Ich rechnete mit einer sturen, kurzsichtigen, aber starken Frau, die Messer wie Zunge gleichermaßen schneidend führen kann. Ich habe mir stets eine wunderschöne Waffe ausgemalt, die ihre Feinde blendet, bis es für sie zu spät ist."

Asara lachte auf.

"Und was hat dir die Realität gezeigt?"

Der Mann zog den Feuerstein erneut aus seiner Tasche und ließ ihn gegen das Metall eines seiner schlichten Ringe schlagen. Ein Funke blitzte auf und tanzte zu Boden.

„Feuer", erwiderte er mit einem dunklen Lächeln. „Das Feuer einer Kämpferin, die das Zeug zur gefährlichen Rebellin hat." Er hob leicht die Hände. „Deinen Titel als hübsche Waffe hast du dir aber dennoch verdient."

Asara zeigte ihre Zähne. „Nicht zu vergessen den Titel der Sturheit. Davon habe ich eine ganze Menge. Am Abbau der legendären Kurzsichtigkeit arbeite ich auch noch."

Der Ashe grinste. „Zu viel Perfektion ist langweilig."

Asara richtete sich in einer geschmeidigen Bewegung auf.

„Oh, das kommt ganz darauf an."

Die Augen ihres Gegenübers tanzten mit unverhohlener Bewunderung über ihren Körper. Es war das erste Mal, dass der Ashen-Bedienstete sie auf diese Weise ansah. Für einen langen Moment war der namenlose Mann mehr als der zurückhaltende Alliierte, der sie freigiebig mit Gespräch und Komfort versorgte. Sein Blick des offenen Verlangens jagte Asara einen warmen Schauer über den Rücken. Erregung und dumpfe Nervosität kämpfen um die Vorherrschaft in ihrem Geist und Körper.

Als der geladene Moment einen Wimpernschlag später wieder verflog, fand sich Asara nur zwei Schritte von dem Ashen entfernt. Die Dunkelheit war seinen Zügen entwichen und durch ein mildes Lächeln ersetzt worden.

„Vorsicht, Schattentänzerin", sagte er mit honigsüßer Stimme, „Sonst muss ich mein sauer Erspartes auch zur Versteigerung tragen."

Die *Kisaki* schmunzelte.

„Stell dir die Blicke vor, wenn du mich den hohen Herrschaften vor der Nase wegschnappst."

„In der Tat ein verlockender Gedanke." Der Diener grinste breit. Nach einem Moment der kameradschaftlichen Stille stieß er sich von der Wand ab und trat an die Tür.

„Ich muss leider los", sagte er. „Es gibt vor dem großen Tag noch einiges vorzubereiten. Pass auf dich auf, Nai'lanys."

Asara fuhr sich durch das Haar.

„Du auch, Fremdling."

Der eigentümliche Diener schlenderte nach draußen. Bevor er jedoch die Türe hinter sich schloss, hielt er inne.

„Du hast einen der Knechte gefragt, was mit Andraif H'Reyn passiert ist."

Asara blinzelte. Der Gedanke an den Krieger war wie eine Faust, die sich unbarmherzig um ihr Herz schloss. Doch so sehr sie auch versuchte, Raif zu verdrängen – es wollte ihr nicht gelingen. Asara nickte knapp.

„Ja, das stimmt. Nachdem mich der Hochkönig begnadet hat, habe ich mich nach seines Schicksals Ausgang gefragt." Als sie den neugierigen Blick des Dieners bemerkte, fügte sie halblaut hinzu: „Wir waren lange Monate gemeinsam unterwegs. Er war…meistens gut zu mir."

Es war eine Lüge, die so viel mehr war, als nur reine Unwahrheit. Einerseits hatte Raif sie stets auf seine Weise respektiert. Auf der anderen Seite hatte er sie gedemütigt, gefesselt und wiederholt ausgepeitscht. Dann wieder hatte er ihre geheimsten Wünsche erfüllt und tapfer an ihrer Seite gekämpft, nur im sie in der Stunde ihrer größten Not in Stich zu lassen.

Ja, ihre Worte waren weit mehr als eine Lüge. Sie waren eine offene Frage. Der Diener quittierte ihre Antwort mit einem verständnisvollen Lächeln.

„Andraif wurde von Hohepriesterin Syndriss aus dem Verlies entlassen", berichtete er. „Er soll sich offenbar an der Front beweisen."

Asaras Augen weiteten sich. Raifs erbarmungslose Worte hatten der Wahrheit entsprochen. Ihre letzte Hoffnung, dass sein Besuch im Kerker Teil einer Finte gewesen war, verging zu kaltem, schmerzhaften Bedauern.

„Die Front?" fragte sie leise. „Ist der Krieg schon so weit fortgeschritten?"

Der Gedanke, Raif zwischen seinesgleichen und gegenüber einem kampfbereiten Yanfari-Heer stehen zu sehen, sandte der *Kisaki* einen Schauer über den Rücken. So sehr sie ihn in diesem Moment auch hassen wollte – das Schicksal eines namenlosen Toten auf einem brennenden Schlachtfeld gönnte sie weder Andraif noch den Verrätern in den Reihen der Yanfari.

Krieg. Front.

Asara hatte den Konflikt bisher nur aus der Sicht einer Bürgerin erlebt, die in den politischen Wirren von Masarta als Spionin tätig war. Admiral Yarmouk hatte den einzigen echten Kampf der Fraktionen geleitet, den sie auch wirklich am eigenen Körper gespürt hatte. Und jetzt, Monate später, würde das Scharmützel zu einem echten Krieg erwachsen. Tausende würden sinnlos ihr Leben lassen.

Der Diener warf einen vorsichtigen Blick auf den Gang, ehe er antwortete.

„Bisher sind sich nur einige Spähtrupps in die Quere gekommen", sagte er leise. „Der Großteil der Legionen lagert zurzeit in Ashfall. So hört man zumindest. Falls der Adel es beschließen sollte, wird sich das Geschehen aber an den Esah-Fluss verlagern."

Asara presste die Lippen zusammen.

„Rayas Zorn."

„Ja."

Rayas Zorn – Raktafarn – war der Schauplatz der brutalsten Schlacht gewesen, die der Krieg ihrer Mutter gegen den verstorbenen Hochkönig hervorgebracht hatte. Das einst stolze Fort in den Ausläufern der Goldenen Steppe war heute nicht viel mehr als eine von einem halsabschneiderischen Kriegsherrn regierte Ruine. Nur die schwierigsten Gefangenen und billigsten Sklaven wurden nach Rayas Zorn entsandt, um dort der desillusionierten Bevölkerung zu dienen. Zugleich war die Stadt aber auch die einzige Möglichkeit der Übersetzung über den mächtigen Esah – für mehrere hundert Meilen in beiden Richtungen. Wenn der Krieg irgendwo am Festland entflammte, dann wohl im einstigen Raktafarn.

Der Krieg war einen Wimpernschlag davon entfernt, das Land in einem Knall vergehen zu lassen. Gab es überhaupt noch eine Chance, das Unausweichliche zu verhindern?

Die Pause wurde unangenehm lang. Asara nahm einen tiefen Atemzug.

„Darf ich dich noch etwas fragen?" Die *Kisaki* warf dem Diener einen vorsichtigen Blick zu. Er bedeutete ihr, fortzufahren.

„Ich gebe nur Hörensagen weiter", schmunzelte er, „keine Staatsgeheimnisse."

Asara nickte. Trotz seiner Einladung wählte sie ihre nächsten Worte mit Bedacht.

„Die Yanfari – weißt du, was in ihren Reihen vor sich geht?"

„Viel hört man nicht", gab der Ashe zu. „aber eines ist sicher: Das sonnige Imperium ist gespalten."

„Wie kommst du darauf?" fragte die *Kisaki*. Der Diener hob seine Hände in einer Geste der Unschuld.

„Oh, ich weiß nicht. Wenn es um Asara Nalki'ir geht, bist du als ihre vermeintliche Mörderin wohl die echte Expertin." Er grinste. „Ein Drittel des Reiches hält die Kaiserin für tot, ein anderes spricht von wiederholten Sichtungen einer Hochstaplerin, und der Rest plant ihres Nachfolgers Niedergang in einer blutigen Rebellion."

Es fiel Asara schwer, ihr Gesicht ausdruckslos zu belassen. Als sie nichts entgegnete, setzte der Diener fort.

„Die Gerüchte sprechen jedenfalls davon, dass die *Kisaki* noch am Leben ist und sich offen gegen ihren vormaligen Reichsminister gestellt hat. Masarta und Al'Tawil wetzen die Klingen. Es gibt Handelsembargos und Hinterzimmer-Allianzen von einst niedrigen Fürsten, die im Zwist den großen Profit wittern. Angeblich ist sich sogar das Yanfari-Heer in der Führungsfrage uneins."

Asara ließ nachdenklich ihre Fingerknöchel knacken. Wenn die erstaunlich detaillierten Informationen des Dieners der Wahrheit entsprachen, so befand sich Lanys' Plan mitten in der Umsetzung. Die *Kisaki* hoffte nur, dass ihre Freundin das Chaos in den Griff bekam, bevor sich das Land selbst zerfraß. Der Schlüssel war einmal mehr Rayas Zorn.

Ihr Aufpasser bestätigte ihre Einschätzung.

„Wenn man den Stimmen aus dem Ashvolk-Adel glauben darf", sagte er, „wird der Stadthalter von Raktafarn das Zünglein an der Waage sein. Unterstützt er den umstrittenen Minister, wird eine friedliche Lösung…unwahrscheinlich."

Bürgerkrieg.

Asara presste ihre Lippen zusammen.

Ich darf nicht versagen.

Wenn sowohl Harun als auch Ravanars Kriegstreiber gewannen, würde ihre Heimat in zwei simultanen Konflikten vergehen. Gespalten war das Imperium den nördlichen Nachbarn an allen Fronten unterlegen. Ohne Lanys auf dem Thron hatte das Volk nicht die Mittel und die Einigkeit, den verlogenen Minister rechtzeitig zu entmachten. Gewann Rayas Zorn über die Vernunft ihrer Tochter, würde es nur zwei Sieger geben: Prinzipal Vandar und die Aasgeier.

„Danke für deine Ehrlichkeit", murmelte Asara. Die Mundwinkel ihres Gegenübers zuckten nach oben.

„Die Heere sind sich noch nicht begegnet", sagte er. „Aber die Zeit wird knapp."

„Ich bin bereit", entgegnete Asara hitzig. „Lass die Versteigerung kommen. Ich bin lange genug untätig herumgesessen."

„Nun denn." Der Diener trat auf den Gang. „Mögen die Spiele beginnen."

28

Wertvolles Gut

Asara nagte nachdenklich an einem einfachen Frühstück aus Brot und Käse, als sie die Kunde in der Form einer knappen Nachricht erreichte. Es war eine der Mägde, die den Kopf in den Raum steckte und die *Kisaki* aufgeregt zu sich winkte.

„Es ist soweit", flüsterte sie. „Die Eisengarde wird in wenigen Minuten eintreffen."

Asara verstand. Der Tag, den sie so gefürchtet und sich zugleich herbeigesehnt hatte, war gekommen. Nach ihrem letzten Gespräch mit Lanys' Kontakt waren weitere fünf Tage vergangen. Asara hatte sich von den Strapazen im Kerker erholt und fühlte sich sogar noch stärker als in Masarta. Die leichten Abschürfungen an ihren Gelenken waren vollends verheilt. Sie war geistig und körperlich bereit, den wohl letzten Teil ihrer Reise ins Unbekannte anzutreten.

Asara beendete stumm ihr Frühstück und richtete ihr Gewand. Als sich die Türe kurz darauf erneut öffnete, saß sie aufrecht an ihrem kleinen Tisch und hatte ihre Hände in den Schoß gelegt. Ruhig blickte sie auf und musterte die beiden, in schwarzen Brokat gehüllten Männer, die sich vor ihr aufbauten. Sie trugen keine Rüstung oder Helme, waren aber mit Kurzschwert, Dolch und Peitsche bewaffnet. Beide waren gutaussehende, groß gewachsene Ashen im Alter zwischen 25 und 30 Sommern, die ihre enganliegenden Tuniken wohlbetont ausfüllten. Haar, Haut und Fingernägel waren gepflegt und machten sicherlich so mancher Dame Konkurrenz, die sich eine persönliche Kammerzofe leistete. Beide Männer nickten zum Gruße, als sich Asara erhob.

„Nai'lanys", sagte der ältere der beiden. „Die Führung der ehrenwerten Gilde der Eisen- und Apparaturwerksleute hat euch zur heutigen Versteigerung im Hohen Haus auserkoren. Fügt ihr euch willentlich, so präsentiert euer Halsband."

Seine Stimme war höflich, aber bestimmt. Asara klemmte ihr Haar wortlos hinter ihr Ohr, um ihre Kehle zu entblößen. Der Wachmann nickte und nahm eine feine, aber robuste silberne Kette aus seiner Tasche, die er an Asaras Halsband einklinkte. Der Andere Ashe zog ein paar

Handeisen hervor und kettete ihre Hände vor ihrem Körper zusammen. Die *Kisaki* setzte sich nicht zur Wehr. Die Eisengilde hatte sich als gute Gastgeberin erwiesen. Es machte für das Gelingen ihres Vorhabens wenig Sinn, sich im Streit von den Sklavenhändlern zu trennen.

„Hier entlang."

Asara ließ sich von den beiden nach draußen geleiten. Es fühlte sich seltsam an, die mittlerweile vertrauten Korridore als wieder offensichtlich Gefangene zu beschreiten. Knechte, Mägde und andere Diener, deren Gesichter sie nach den vergangenen Wochen gut kannte, folgten ihr mit emotional gemischten Blicken. Manche nickten aufmunternd, während sich andere schon nach einem flüchten Blick wieder abwandten. Asara war nicht mehr in ihrer Obhut – und das Schicksal der einstigen Assassine war somit für viele nicht mehr von Belang. Trotzdem erwischte sich Asara dabei, wie sie für einen Augenblick so etwas wie Trennungsschmerz verspürte.

Eine knappe Minute später hatte sie ihre kurzzeitige Heimat auch schon wieder hinter sich gelassen. Sie passierte unbekannte Gänge und Räume, um schließlich ein breites Treppenhaus zu erreichen. Zahlreiche Bedienstete, Wachleute und Ashen von Rang schritten auf und ab oder standen in kleinen Grüppchen beieinander. Blau schimmernde Kristalle beleuchteten den Aufgang, der wie aus grauem Marmor gehauen wirkte. Wandteppiche mit historischen Szenen schmückten die hohen Wände. Die Treppe selbst maß gute 20 Schritte von Wand zu Schacht. Stiefel hallten über den Stein und verliehen der Passage ungekanntes Volumen. Zum ersten Mal bekam Asara ein Gefühl dafür, wie enorm die Schwarze Feste eigentlich sein musste. Besonders nach oben hin schien das Treppenhaus kein Ende zu kennen.

Ihr Geleitschutz flankierte sie an beiden Seiten, als sie mit dem Aufstieg begannen. Ihre harten Blicke und das kampfbereite Auftreten hielten so manchen schaulustigen Betrachter fern. Dennoch kamen immer wieder einzelne Ashen nahe an die Gefangene heran. Neugierige Blicke folgten ihr Absatz um Absatz nach oben. Die *Kisaki* erwischte sich dabei wie sie versuchte, ihre Handschellen unter den Ärmeln ihres einfachen Kleides zu verbergen. Obwohl sie nicht die einzige derart gefesselte Sklavin war, so vermisste sie doch das Gefühl der Zugehörigkeit zu den vielen freien Ashen, die sie musterten, einordneten und schließlich als niedrige Leibeigene ignorierten. Nach der langen Isolation wünschte sich Asara nichts sehnlicher, als stehen zu bleiben und mit wahllosen Bürgern ein paar belanglose Worte zu wechseln. Doch ihr unerwartetes Verlangen konnte die Wahrheit nicht verleugnen: Sie war eine einfache Sklavin auf dem Weg zum Auktionsblock, die mit dem passierenden Ashvolk nichts gemein hatte.

Einige Ebenen weiter oben führten sie die Wachen schließlich in einen weniger stark frequentierten Korridor. Spitz zulaufende Bögen zierten die Decke und viele der Reliefs wirkten ebenso kunstvoll wie antik. Der Stil der regelmäßig aus dem Stein gehauenen, gerillten Säulen erinnerte gar an Gemälde aus einer Zeit, in der das Erste Imperium noch über Sichelgebirge und Yanfar-Wüste geherrscht hatte.

So viel Geschichte. Und kaum noch jemand erinnert sich.

Asara passierte weitere stumme Zeugen der fernen Vergangenheit, ehe der dunkle Stein unvermittelt in hellere Ziegelblöcke überging. Zugleich spürte sie warmen Wind auf ihrer Haut, der die durchdringende Kühle der weiten Korridore etwas in Schach zu halten schien. Auch das ewige Zwielicht wich etwas zurück. Eine Abbiegung später wurde Asara unvermittelt von der matten Morgensonne begrüßt.

Der Gang öffnete sich einseitig über die Stadt Ravanar und seine glitzernde Bucht. Bis auf einige hartnäckige Nebelschwaden war die Sicht klar. Boote und Schiffe tummelten sich wie Spielzeug im Hafenbecken und auch Kutschen und Pferde waren dank der Höhe kaum mehr als winzige Modelle. Die Menschen, die gute hundert Schritte unterhalb des langegezogenen Balkons ihr Tagwerk verrichteten, erschienen wie Ameisen zwischen stroh- und ziegelbedeckten Häusern. Das Chaos der Gässchen und Straßen Ravanars zeichnete organische Muster in den Boden. Wäre der sanfte aber bestimmte Druck in ihrem Rücken nicht gewesen, so hätte sich Asara in dem Ausblick verlieren können. Ashen-Haut oder nicht: sie hatte die Sonne vermisst wie eine ausgetrocknete Pflanze das Wasser. Doch anstatt anzuhalten, beschleunigten die beiden Männer ihre Schritte. Wie auch die meisten anderen Einheimischen mieden sie sichtlich das Licht der Sonne, das zwischen Säulen und Balustrade in den Gang fiel.

Unvermittelt bog die kleine Gruppe in einen finsteren Korridor ab, der nach wenigen Minuten an einer unscheinbaren Türe endete. Einer der Männer klopfte gegen das polierte Holz.

„Tretet ein", ertönte eine tiefe weibliche Stimme. Die Türe öffnete sich und gab den Blick auf einen einfachen Vorraum frei, an dessen einzigem Tisch eine ältere Frau in Abendrobe saß und emsig in ein Wirtschaftsbuch kritzelte. Sie blickte auf, als Asara ins Zimmer geschoben wurde.

„Nai'lanys der Tausend Gesichter", kündigte sie der ältere Wachmann an und trat wieder einen Schritt zurück. Asaras Leine baumelte nun an ihrem Körper entlang zu Boden. Die Frau, die Asara auf etwa 50 schätzte, musterte sie kritisch. Die großzügig aufgetragene Schminke auf ihrem alternden Gesicht verbarg dabei viel ihrer Mimik. Die *Kisaki* blieb ruhig stehen und tat ihr Bestes, unter den Adleraugen der Frau nicht zu schrumpfen.

„Gut", sagte die Matrone schließlich. „Ihr könnt gehen."

Die beiden Männer nickten knapp und verließen den Raum. Asara blieb mit der älteren Frau alleine zurück. Für einige Momente war es still in dem schmucklosen Zimmer. Dann begann die vermeintliche Buchführerin der Eisengilde wieder zu schreiben. Asara runzelte kurz die Stirn, verkniff sich aber einen ungeduldigen Kommentar. Erst als mehrere Minuten verstrichen, ohne dass ein Wort gewechselt wurde, fiel ihr die äußere Ruhe zusehends schwer.

Die Matrone seufzte unvermittelt und schlug den Folianten lautstark zu.

„Immer das gleiche mit euch Freigeborenen", sagte sie in resignierendem Tonfall. „Keine Disziplin, kein Sinn für Ästhetik und keine Ahnung von den Gepflogenheiten."

„Ich-"

Die Frau unterbrach.

„Du hast nur zu sprechen, wenn es dir befohlen wird", herrschte sie Asara an. „Wenn ich mich über dein sackförmiges Kleid und dein nervöses Herumgezappel auslassen will, so hast du das über dich ergehen zu lassen. *Schweigend.*"

Entgegen ihres Tonfalls begann die Frau zu schmunzeln. „Schau mich nicht an wie ein geprügelter Hund, Mädchen. Der Blick der Unschuld wird dir erst bei deinem neuen Meister weiterhelfen." Sie stand auf und trat an Asara heran. Mit dem Finger hob sie das Kinn ihres Gegenübers und blickte der *Kisaki* direkt in die Augen.

„Du bist hübsch, aber du bist keine trainierte Sklavin. Vergiss das nicht. Wenn du diese Tür dort durchschreitest…" Sie deutete mit dem Daumen hinter sich, „dann mit genau einem Ziel: Einen guten Preis zu erzielen. Und das wird dir nur gelingen, wenn du genau zuhörst, dich jedem Befehl fügst und immer – ich betone: *immer* – eine gute Figur machst. Die meisten hohen Herren und Damen haben nämlich keinen Blick für charakterliche Eigenheiten oder störrische Widerspenstigkeit. Sie kaufen junges, wohlgeformtes Fleisch für ihre Sammlung. Du bist eine Eroberung, ein exotisches Spielzeug für die Reichen und Verwöhnten. Verstanden?"

Asara blinzelte ob der unerwarteten Tirade.

„Uh, ja…"

„Gut. Dann bewege dein Hinterteil in den Umkleideraum. Du hast drei Stunden Zeit, dich in ein begehrenswertes Mädchen zu verwandeln."

Damit trat die Matrone wieder hinter ihren Tisch. „Na los!" sagte sie mit einer scheuchenden Handbewegung. „Worauf wartest du noch?"

Asara nahm ihre Halskette in die Hände und beeilte sich durch die Tür.

Die *Kisaki* staunte nicht schlecht, als sie die ruhige Welt des Arbeitsraumes verließ und sich unvermittelt in einem weitläufigen Zimmer wiederfand, das vor Leben nur so sprühte. Junge Frauen und Männer in unterschiedlichstem entkleidetem Zustand eilten umher oder saßen an niedrigen, mit Kosmetika beladenen Tischchen. Hinter einem Vorhang vernahm Asara das Plätschern von Wachzubern und das rhythmische Schnappen von Scheren. Lange Reihen feiner und ausnahmslos freizügiger Kostüme hingen an hölzernen Stangen, die den Raum grob in zwei Hälften teilten. Gut bestückte Regale beherbergten Schuhe, bunte Masken und glitzernden Schmuck. Andere wiederum boten eine ungekannte Auswahl an Ketten, Schellen, Seilen, Knebeln, Riemen und einschlägigeren Spielzeugen.

Zwischen den Sklavinnen und Sklaven tummelten sich zahlreiche Dienstmädchen, Barbiersgesellen und Schneidersleute. Unter den wachsamen Augen der Eisengarde wurden Leibeigene gewaschen, angekleidet und mit Schmuck und Schelle behangen. Immer wieder wurden kleine Gruppen aus dem Raum geführt. Doch niemals rissen die Gespräche ab und auch ausgelassenes Gelächter war immer wieder zu vernehmen. Selbst gefesselte, am Rande des großen Zimmers wartende Ashen wirkten nicht betrübt oder gar verängstigt. Männer wie Frauen schienen ihrem neuen Schicksal mit fast so etwas wie Vorfreude entgegenzublicken.

Die Szene widersprach allem, was Asara von Lanys über die Sklaverei im Ashen Dominion gehört hatte. Niemand weinte. Es war kein Schnalzen der Peitschen zu vernehmen und kaum jemand wirkte erschöpft, unterernährt oder gar verwundet. Im Vergleich zu Al'Tawils Märkten erschien dieser Ort fast ein Paradies zu sein.

„Lass dich nicht von der Fassade täuschen", ertönte eine männliche Stimme von der Öffnung eines der leichten Vorhänge, die badende oder sich herrichtende Sklaven vor allzu neugierigen Blicken schützten. Ein dicklicher Ashe in den Roben eines Barbiermeisters winkte Asara zu sich. „Das Geschäft mit den auserwählten Leibeigenen ist noch viel härter als die Welt der Märkte in der Unterfeste." Er lächelte und schob Asara in das wandelbare Abteil. Ein Tisch mit Wassertrog, zwei Spiegeln und eine große Schatulle unterschiedlicher Kosmetika warteten auf die neue Okkupantin.

„Nimm Platz", sagte der Barbier. Asara leistete Folge. Der rundliche Mann mit der sich sichtlich zurückziehenden Haarpracht zog einen kleinen Schlüssel hervor und entriegelte Asaras Handeisen. Auch die Kette an ihrem Halsband entfernte er mit zwei schnellen Griffen. Danach widmete er sich Trog und Seife und begann, Asaras Haar zu waschen.

„Neu hier?" fragte er in Konversationston. Die Angesprochene nickte.

„Ich soll im ‚Hohen Haus' versteigert werden."

Der Barbier pfiff durch die Zähne. „Im Hohen Haus? Das heißt…" Er hielt inne. Seine Stimme wurde verhaltener. „Du bist…Nai'lanys?"

„Ja."

„Oh."

Er setzte seine Arbeit fort. Die Unterhaltung jedoch war erstorben. Asara spürte seine Nervosität in jeder seiner Bewegungen. Ob es der Druck war, ihr Haar für ein derartig prestigeträchtiges Ereignis perfekter als perfekt zu gestalten oder Lanys' Ruf als Mörderin der gefürchteten Tausend Gesichter, die ihn verstummen ließ, war schwer zu sagen. Leicht enttäuscht ergab sich die *Kisaki* seinen fachmännischen Händen und schloss die Augen. Das emsige Schappen der Schere und der leichte, sich stets verändernde Zug der Kämme wurden zu einem beruhigenden Ritual. Asara begann sich zu entspannen. Sie war fast enttäuscht, als der Barbier sein Werk eine knappe Stunde später vollendete und ihr einen der schmucken Spiegel vorhielt.

Was Asara begrüßte, war in der Tat nahe an Perfektion. Ihre wilde Mähne war einer Myriade kunstvoll geflochtener Ährenzöpfe gewichen, die sich nach unten bis über ihre Schultern ergossen. Eine einzelne, verbleibende Strähne folgte ihrer Wange bis an ihr Kinn und verdeckte dabei einen Teil ihrer Augenpartie. Als Asara die Anomalie nach hinten zu schieben versuchte, scheuchte der Barbier ihre Finger beiseite.

„Kein Herumspielen an der Frisur", tadelte er. „Ich habe mich für die gebändigte, mysteriöse Kriegerin entschieden. Wild und zurückhaltend zugleich." Er lächelte kurz. „Das Bild einer gefangenen Raubkatze, die auf ihre Gelegenheit wartet."

Asara schmunzelte. „Gefällt mir." Die rotglimmenden Augen ihres Spiegelbilds funkelten sie an.

Der Mann nickte. „Ich werde dich nun alleine lassen. In der Schatulle findest du Rasierklinge, Wachs und verschiedenste Parfüms. Entferne dein Haar an allen…anderen Stellen. Wasche dich gründlich." Er schob den Vorhang beiseite. „Wenn du fertig bist, warte entkleidet im Hauptraum. Es wird dich jemand abholen kommen."

Asara blies die rebellische Strähne aus ihrem Gesicht.

„Danke."

„Viel Glück."

Damit ließ sie der Barbier zurück. Das geschäftige Treiben von der anderen Seite der Abtrennung wurde wieder zu einem entfernten Plätschern der Worte. Asara machte sich an die Arbeit. Sie begegnete der Herausforderung des Aufputzens mit ungeahnter Freude – zu lange war es her, dass sie wirklich Zeit für sich und ihren Körper gehabt hatte. Sie legte ihre Tunika und Unterwäsche ab und wusch sich mit einem nach Pfirsich duftenden Schwamm. Das Haar zwischen ihren Beinen und unter ihren Achseln fiel schnell der Klinge zum Opfer. Sie befreite anschließend auch ihre Beine vom feinen Flaum, den die lange Zeit ihrer Gefangenschaft hinterlassen hatte. Als sie fertig war, zog sie ihre Lider sparsam mit Kohl nach und verlieh ihren Lippen mithilfe der vorbereiteten Schminke ein dezent tieferes Rot. Zu Schluss trimmte sie etwas ihre Nägel und trug mit einem winzigen Pinsel farblosen Lack auf. Puder und Öle kamen gleich darauf zum Einsatz.

Als Asara sich schließlich im Spiegel betrachtete, begrüßte sie ein fast schon vergessenes Bild der Eleganz und jugendlichen Schönheit. Stolz zeichnete ihr ein Lächeln ins Gesicht. Ja, sie brauchte sich vor nichts und niemandem zu verstecken. Wie in den Kämpfen der Vergangenheit hatte sie nun ihre Rüstung angelegt – eine Rüstung, die ihr die Angst nahm und den Mut einer Kriegerin schenkte.

Das Schlachtfeld mag ein anderes sein, dachte Asara, *aber das Ziel ist unverändert.*

Sie holte tief Luft und trat nach draußen. Viele Blicke folgten ihr, als sie erhobenen Hauptes den Aufenthaltsraum durchquerte. Asara war bis auf ihr Halsband nackt, doch die neue Rüstung vertrieb alle Röte aus ihrem Gesicht. Sie würde sich nicht schämen und sich nicht vor dem Feind verstecken. Die Raubkatze lauerte in voller Sicht ihrer Beute.

Nahe eines mit Schuhen bestückten Regals setzte sie sich neben drei weiteren Sklaven auf eine Bank. Ihre unmittelbare Nachbarin, eine hochgewachsene Ashen-Frau mit leicht molliger Figur und beachtlichem Vorbau, schenkte Asara ein schüchternes Lächeln. Der Jüngling neben ihr tat sein bestes, Asara nicht zu genau zu beäugen. Unter leisem Räuspern legte er eine seiner Hände in seinen Schritt. Die Dritte im Bunde, ein drahtiges Mädchen mit kleinen, festen Brüsten hob lediglich eine Augenbraue, ehe sie sich wieder abwandte.

Asara überschlug die Beine und wartete. Rund um sie herum gingen die Vorbereitungen weiter. Schnell wurde klar, dass das Ereignis im ‚Hohen Haus' nicht das einzige war, das am heutigen Tag stattfinden würde. Neben Asaras Versteigerung schien es auch mehrere Auktionen für den niederen Adel zu geben, die in diesen Kammern vorbereitet wurden. Die *Kisaki* schätzte die Zahl der Sklavinnen und Sklaven auf gute 50.

Während Asara das Treiben beobachtete, fingen die beiden Sklavinnen neben ihr ein leises Gespräch an.

„Ho, Dania", sagte das ranke Ashen-Mädchen. Ihre Worte triefen vor dickem Straßenakzent, „Was ist denn diesmal passiert?"

Die Angesprochene senkte betrübt den Blick.

„Der Sohn des Meisters ist passiert", seufzte sie. Ihre Stimme war lieblich, fast schon ätherisch. Eine unfreiwillige Gänsehaut huschte Asaras Rücken hinab. Die molligere Frau setzte fort. „Er hat sich in mich verguckt", murmelte sie mit melancholischer Stimme. „Der Meister war nicht begeistert, als er von den überstürzt geschmiedeten Fluchtplänen erfahren hat."

Die jüngere Ashen-Frau verzog das Gesicht. „Was ist passiert?"

„Er hat mich über fünf Tage hinweg an das Eingangstor des Hauses gefesselt" sagte sie unter echtem Schaudern. „Mit einer Glocke um den Hals und einem…einem Spielzeug zwischen den Beinen. Immer wenn Besuch kam, wurde ich…" Ihre Stimme versagte. Asara und der zwischen den beiden Frauen sitzende Jüngling wechselten einen vielsagenden Blick.

„Du warst die *Türglocke*?" prustete die andere Sklavin. „Hat dein liebliches Stöhnen die hohen Herren angekündigt oder war es doch das Instrument?"

Dania errötete und senkte ihren Blick.

„Das tut mir leid", warf der Jüngling schnell ein. Er glättete zum gefühlt zehnten Mal sein schulterlanges Haar. Das drahtige Mädchen winkte ab, ehe Dania etwas entgegnen konnte. „Das ist doch gar nichts", sagte sie. „Dania hatte immer schon ein Händchen für die milden Meister." Die Sklavin fuhr ungebremst fort. „Das letzte Mal, als ich mich mit einem der Kammerdiener vergnügt habe, hat uns die Tochter des Meisters erwischt. Sie hat mich nach einer Tracht Prügel an den Füßen aufgehängt und mich so lange ihre Spalte lecken lassen, bis sie zwei Mal gekommen ist." Die junge Frau fuhr sich demonstrativ in den Schritt. „Die Schnepfe war trocken wie die Wüste. Das war keine leichte Aufgabe, soviel kann ich euch sagen."

Der Jüngling räusperte sich. „Das war sicher…unangenehm."

Die Frau lachte. „Unangenehm? Das war doch gar nichts! In der Woche davor haben mich beide Söhne des Hauses zugleich genommen – einer von vorne und einer von hinten. Ich habe gedacht, ich muss platzen. Als mir der jüngere Bastard dann auch noch ein Lederglied in den Rachen gerammt hat, war es mit mildem Stöhnen vorbei." Sie warf Dania einen spöttischen Seitenblick zu. „*Das*, meine Liebe, ist harte Arbeit."

Die Frau mit der melodischen Stimme kauerte sich zusammen.

„Du bist gemein, Fala."

Die jüngere Ashin zuckte mit den Schultern.

„Ich bin nur ehrlich. Du hattest es immer schon leicht. Ich hingegen war immer nur ein austauschbares Spielzeug."

Der Jüngling ließ von seiner Haarpracht ab. „Das sind wir doch alle."

„Pff." Fala lehnte sich gegen die Wand. „Immerhin sind wir in Ravanar und nicht irgendwo unter den Yanfari. Im Vergleich zu diesen

Sonnenfanatikern behandelt das Ashvolk seine Spielzeuge wenigstens wie menschliche Wesen. Meistens."

Asara schmunzelte.

„Die Yanfari sagen ähnliches über die Ashen."

Drei Augenpaare richteten sich auf sie. Fala lehnte sich nach vorne und stützte ihre Ellenbogen auf ihren Oberschenkeln ab.

„Expertin?" fragte sie spöttisch. „Ich habe dich hier noch nie gesehen. Womit hast du dir bisher deine Mahlzeiten verdient, hm? Geschichten erzählen?"

Es bereitete Asara besondere Genugtuung, diese Frage zu beantworten.

„Nein. Mit Auftragsmord."

Es wurde schlagartig still in der kleinen Runde. Der Jüngling, sichtlich am wenigsten von ihren Worten überrascht, studierte seine Füße. Dania starrte sie mit großen Augen an, während Fala nur leise durch die Zähne pfiff.

„Du bist diese Tausend-Gesichter Heimkehrerin."

Asara setzte an, etwas zu entgegnen, als die Gespräche im gesamten Raum plötzlich erstarben. Alle Blicke richteten sich auf eine zierliche Ashen-Frau in teurem Seidenkleid und hohen, schwarzen Schuhen, die in Begleitung der alten Matrone den Raum betrat. Sie sah sich forschend um. Das Haar der Fremden war in einem kurzen Pferdeschwanz zusammengefasst, der ihrem Gesicht zusätzlich Strenge verlieh. Die Korsage ihres Kleides ließ ihre Brüste deutlich hervorquellen und verengte zugleich ihre Taille auf ein schmerzhaft aussehendes Maß. Ihre Augen blitzten in tiefem violett. Zu Asaras Verwunderung trug der Neuankömmling ein silbernes Sklavenhalsband.

„Wer ist das?" fragte sie flüsternd ihre Nachbarin. Dania antwortete tonlos.

„Das ist Neyve. Sie ist-"

„...die Schoßhündin des Hochkönigs", vollendete Fala den Satz. „Die einzige Sklavin, die mehr zu sagen hat, als die meisten der freien Diener." Die junge Ashin spie. „Sie ist ein verdammtes Luder."

Asaras und Neyves Blicke trafen sich. Die ranghohe Sklavin begann humorlos zu lächeln.

Verdammt.

„Ich bin für jene hier, die heute im Hohen Haus versteigert werden sollen", dröhnte sie durch den Raum. Mehrere Blicke und Finger richteten sich auf Asaras Gruppe. Neyve schritt zielsicher an die Wartenden heran und begann Asara und die anderen zu mustern.

„Lächerlich", schnaubte sie nach einem kurzen Moment. „Dieses Fleisch ist des Hochkönigs nicht würdig." Sie winkte die Matrone heran, die nervös am Eingang wartete.

„Ihre Majestät Ra'tharion II. wird dem heutigen Ereignis persönlich beiwohnen", verkündete Neyve. „Und ihr präsentiert mir eine abgenutzte Hure, einen schwanzlosen Jüngling und eine Sängerin mit der Stimme einer Krähe?" Sie legte eine Hand an Asaras Kinn und zwang ihren Kopf schmerzhaft in ihren Nacken. „Und was ist das hier? Ein tumbes Milchmädchen?"

Die Matrone bekam keine Gelegenheit, auf die Provokation zu reagieren. Die Sklavin des Königs verpasste Asara eine beiläufige Ohrfeige, ehe sie einen Schritt zurücktrat.

„Bringt mir Leder und Seil. Vielleicht lässt sich dieses Trauerspiel noch retten."

Diener eilten davon und die Gespräche wurden leise wiederaufgenommen. Neyve beugte zu Asara hinab und lächelte sie kalt an.

„Gib mir *einen* Grund und ich werde dich vor den Augen aller Ashen von Rang und Namen zu einer wimmernden Hündin reduzieren", zischte sie. Unsanft legte sie eine Hand an Asaras entblößte Brust. Es kostete der *Kisaki* einiges an Selbstbeherrschung, der Frau nicht ungebremst ins Gesicht zu schlagen. Neyve schnaubte.

„Es ist mir ein absolutes Rätsel, warum der Hochkönig an der Versteigerung von...so etwas teilhaben will."

Asara zeigte ihre Zähne. Lanys' stets präsenter Leichtsinn und Ungehorsam obsiegten, bevor ihre eigene Vernunft intervenieren konnte.

„Vielleicht ist sogar ein tumbes Milchmädchen bessere Unterhaltung als eine rückgratlose Kammerzofe mit Machtkomplexen."

Fala hustete lautstark und Dania zog sichtlich entsetzt den Kopf ein. Der Jüngling schüttelte fast panisch den Kopf. Eine der sich in der Nähe aufhaltenden Wachmänner manövrierte seine Hand unauffällig an sein Schwert.

Neyve jedoch reagierte unerwartet: Sie lächelte.

„Ich sehe schon: Wir werden unseren Spaß haben."

Ein Diener brachte ein Bündel Kleidung ein mehrere Rollen schwarzen Ashen-Seils. Neyve deutete auf den Boden.

„Haltung!"

Zusammen mit ihren drei neuen Kameraden blieb Asara nichts anderes übrig, als folgsam auf die Knie zu sinken. Sie legte ihre Hände auf den Rücken, während sie betont langsam ihre Beine öffnete und zu Neyve aufblickte. Sie hatte nicht vor, sich vor der anderen Sklavin zu verstecken.

Die Eisengarde konnte ihr Gehorsam erkaufen, nicht aber ihren Respekt für diese königliche Göre. Neyve nahm einen Lederriemen auf und spannte ihn schnalzend zwischen ihren Fäusten. Ohne weitere Worte beugte sie sich zur knienden Asara hinab und begann ihr Werk.

~◊~

Asara atmete schwer in ihren Knebel. Ihr ganzer Körper schmerzte ob der einschneidenden Fesseln, die Neyve ihr mit sichtlicher Genugtuung angelegt hatte. Sie stand gesenkten Hauptes in der Reihe ihrer drei Mitsklaven, die allesamt auf ähnliche Weise verschnürt und verstummt worden waren. Eine „Geschichte" sollte im Zuge des kommenden Ereignisses erzählt werden, hatte das königliche Luder kalt lächelnd verkündet, ehe sie Bambusstöcke, schwarzes Seil und dünnes Leder zu einem Gesamtbild der kompletten Unterwerfung vereint hatte.

Hier, eine lange Stunde der vorbereitenden Tortur später, standen Asara und ihre unfreiwilligen Kameraden an einem kleinen Seitentor des Hohen Hauses, das sich hörbar mit Musik und Trank auf ihre Ankunft vorbereitete. Eine der schmalen Treppen, die unmittelbar vom Vorbereitungszimmer nach unten führte, hatte direkt in die Gänge um die wohl enorme Halle geführt. Leere Zellen und Waffenkammern an den Seiten des niedrigen Korridors erinnerten an blutigere Zeiten. Sand und Kies bedeckten den Boden, wo Fliesen und Stein durch den Einfluss der Zeit zersprungen waren. An den Abzweigungen wurde deutlich, wie riesig der Komplex eigentlich sein musste. Eine sanfte Krümmung zeichnete sich ab, wo sich unbenutzte Seitengänge an die Form der noch ungesehenen Halle schmiegten. Hunderte Sklaven oder Kämpfer mussten hier in vergangenen Epochen Platz gefunden haben. Ein ausgeblichenes Stück Knochen ruhte als stummer Zeuge nahe einer von der Decke hängenden, stark verrosteten Kette. Asara wandte sich ab und lauschte der fernen Musik. Schultern rollend blickte sie einmal mehr an ihrem gefesselten Körper hinab, der in Kürze auf der anderen Seite des vor ihr liegenden Gittertors zur Schau gestellt werden würde.

Wie Fala und Dania trug die *Kisaki* einen knappen Lendenschurz aus hellem Leder, der bis auf ihre linke Hüfte kaum etwas verbarg. Lange, hauchdünn gegerbte Strümpfe aus einem geschuppten, leicht smaragdgrün schimmernden Material schmiegten sich eng an ihre Schenkel. Ihr Schuhwerk bestand aus ledernen Sandaletten, deren Absätze jene ihrer bisherigen Fußbekleidung an Höhe noch übertrumpften. Asaras Zehen waren fast schon im rechten Winkel zur Fußfläche gebeugt, während ihre nackten Fersen weit nach oben gezwungen wurden. Ein kurzes, mehrfach geknüpftes Seil verband ihre Fußgelenke und raubte ihr so den letzten Rest ihrer Trittsicherheit.

Anstatt eines Büstenhalters zwang schwarzes Seil zwei dünne Bambusstangen eng an Asaras Oberkörper. Das polierte Holz nahm ihre Brüste förmlich in die Zange und ließ sie vulgär hervorstehen. Eine weitere Stange war waagrecht an ihrem Rücken fixiert. Asaras Ellenbogen wurden von festem Seil nach hinten gezwungen und an den Armbeugen mit dem Stock zusammengeführt. Anstatt ihre Gelenke ebenso hinter ihrem Körper zu fesseln, wurden ihre Hände wieder nach vorne gezogen, wo sie auf Höhe ihres Bauchnabels zusammengebunden waren. Die schmerzhafte Konstruktion haftete Asaras Arme seitlich an ihren Torso und ließ kaum Bewegungsspielraum.

Doch die Demütigung kannte noch kein Ende. Asaras Lustspalte lugte provokant unter ihrem Lendenschurz hervor, was durch einen nahe ihrer Liebesperle angebrachten Rubin noch weiter betont wurde. Ein dünnes Kettchen um Asaras Taille hielt den Edelstein an seiner prominenten Stelle. Dazu kam eine weitere Bambusstange, die, von einem Seil gehalten, tief in ihre Spalte gestoßen wurde. Das ausgehöhlte Rundholz trieb die Lippen ihrer Scham weit auseinander und rieb mit jeder Bewegung an Asaras empfindlichem Inneren. Wie der gleicherweise in ihrem Mund gezwungene Bambusknebel präsentierte das kurze Hohlholz die schutzlose Öffnung auf einladende Weise.

Asara trat zitternd auf der Stelle und holte keuchend Luft. Ihr großes Mundwerk hatte die erwartet elegante Zurschaustellung ihres Körpers in eine anzügliche Demütigung verwandelt. Wie bei exotischem Vieh am Weidetrieb war ihr Halsband über ein Seil an jenes ihres Vorsklaven geknüpft. Neyve hatte es sich nicht nehmen lassen, Asara an die letzte Stelle zu verbannen. Während Fala und Dania identisch gefesselt waren – die üppigen Brüste der Sängerin waren zusätzlich mit kleinen Kettchen verziert worden – hatte die königliche Sklavin dem Jüngling besondere Aufmerksamkeit gewidmet. Ishan, wie der junge Mann mit dem wehenden Schopf hieß, konnte seine Männlichkeit nicht hinter einem Lendenschurz verbergen. Ein Käfig aus dünnen Weidenruten hielt sein Glied in Schach, während ein schmerzhaft fest gezogenes Garn um seinen Schaft dafür sorgte, dass es stets präsentabel angeschwollen war. Der Phallus war so im Beginn einer Erektion gefangen, die wohl durch den schmalen Stock in seinem Anus noch verstärkt wurde. Wie das diabolische Spielzeug in Asaras Lustspalte war auch Ishans wohlgeformtes Gesäß deutlich geteilt. Obwohl er keine hohen Absätze trug, ließ das Spielzeug seinen Gang ähnlich staksend erscheinen.

Als Asara zu fürchten begann, dass ihr offener Knebel ihren Speichel nach draußen zu leiten beginnen würde, trat Neyve von hinten an die Gruppe heran.

„Ist es bequem?" fragte sie sarkastisch. „Einmal Stöhnen bedeutet ‚ja'."

Asara versuchte vergeblich, eine kreative Beleidigung zu äußern. Die königliche Sklavin musterte sie mit milder Belustigung.

„Passt auf, ich werde das Folgende nur einmal erzählen", fuhr sie fort. „Die heute dargebotene Geschichte erzählt von vier Sklaven eines fernen Barbarenstammes, die als Tribut an die mächtigen Stammesfürsten – das sind die hohen Herrschaften in der Halle – übergeben wurden. Ihr seid natürlich in die traditionellen Gewänder eures Volkes gekleidet und nach deren Gebräuchen als Opfergabe gefesselt." Neyve schmunzelte spöttisch und legte ihre Hand an den Bambusstock, der aus Asaras Lustspalte hervorstand. „Ich muss natürlich nicht extra erwähnen, dass die Mädchen dieses Stammes allesamt obszöne Huren sind, die sich an der Erniedrigung ergötzen."

Asara spürte die Röte, die ihre Züge zu überschatten drohte. Sie wandte sich rasch ab.

Neyve hatte nicht Unrecht. Die strengen Fesseln und der strategisch gewölbte Bambusstock hatten die Feuchtigkeit zwischen ihre Beine getrieben. In wenigen Minuten würde sie wehrlos und unverhüllt vor eine Halle süffisant starrender Adeliger geführt werden, die um ihren dargebotenen Körper zu feilschen gedachten. Unter diesen Männern und Frauen würden auch Prinzipal Vandar und der Hochkönig selbst weilen.

Welch ein Willkommensgruß an die Kaiserin der Yanfari, dachte Asara, während sie halbherzig an ihren Handfesseln zerrte. *Sklavenauktion statt Staatsempfang.*

Sie tastete mit ihrer Zunge das Bambusrohr ab, das Luft nach innen und Speichel nach außen leitete. Ihre Absätze klackten leise über den Stein des Ganges, als sie zum zehnten Mal ihre Beine zu entlasten versuchte.

Ein Gong ertönte unvermittelt von der anderen Seite der Tür. Neyve nahm ihre Peitsche vom Gürtel und ließ sie gegen den Boden schnalzen.

„Los, ihr Sklaven!"

Unter den exotischen Klängen von mehrstimmiger Flötenmusik öffnete sich das kleine Portal. Fala trabte los. Wenige Augenblicke später verspürte Asara einen Ruck an ihrem Halsband und setzte sich ebenso in Bewegung. Zitternd und schutzlos trat sie auf den Sand einer enormen Arena.

Das Hohe Haus war kein einfacher Raum. Rang um Rang wuchs das Halbrund einer gestuften Terrasse an die Decke einer riesigen Halle. Wie die Theater der antiken Völker bot jeder einzelne Sitzplatz einen guten

465

Blick auf die natürliche, mit Sand und Farnwedeln ausgekleidete Bühne. Kleine Palmen in tönernen Töpfen sorgten für etwas Flair der Wildnis. Hängende Bambuskäfige und krude Wappenhalter vervollständigten das Bild von exotischer Stammeskultur. Sogar ein mit Lianen geschmückter Baum war nahe des Eingangs aufgestellt worden. Gegenüber saßen mehrere Sklaven um ein Feuer, die mit ihren Flöten und Trommeln den Einzug musikalisch begleiteten.

In der Mitte des Halbkreises erhob sich eine Tribüne. Wo die Ashen in den Rängen zu einer wogenden Masse verschmolzen, waren die Individuen in der Loge genau auszumachen. Schwarz gekleidete Adelige saßen zurückgelehnt in bequemen Korbsesseln und schwenkten Weingläser. Sklaven in freizügiger Gewandung brachten Obst und andere Leckereien. Überall glitzerte Schmuck. Asara konnte keine Gesichter erkennen, wusste aber sogleich, wo sie den Hochkönig zu suchen hatte. In der Mitte des Vorbaus stand ein schwarzer Stuhl, der trotz seiner Einfachheit unverwechselbar einem Thron glich. Der Mann, der mit verschränkten Armen auf dessen Sitzpolster saß, verschwand zum guten Teil in den Schatten, die die leblos leuchtenden *Valah*-Kristalle in die Reihen des hohen Adels zeichneten. Ra'tharion D'Axor wurde zur unlesbaren Silhouette inmitten des oberflächlichen Prunks.

Ein weiter Zug an ihrem Halsband zwang Asara hinaus in die Arena. Unter erregter Konzentration rief sie sich jede Lektion in Erinnerung, die Raif und Lanys ihr in den langen Monaten ihrer Gefangenschaft erteilt hatten. Sie wurde gedanklich zum Pferdchen in den Straßen Masartas, zur gefallenen *Kisaki* in Al'Tawil und zur willigen Gefangenen an Bord der *Flüsternden Schwinge*. Wie am Parkett der Diplomatie wusste sie, wie sie aufzutreten hatte.

Asaras Schritte wurden zielsicherer, eleganter. Trotz der Fußfesseln setzte sie ihre hohen Sandaletten präzise auf den unebenen Untergrund. Sie hob ihren Kopf und zog ihre Schultern zurück, soweit es Bambusstangen und Ashen-Seil zuließen.

„Verehrte Damen und Herren", ertönte eine Stimme von der Tribüne. Ein kleingewachsener, hagerer Mann in simpler Kleidung erhob sich nahe dem Hochkönig von seinem Lehnstuhl und trat an die Brüstung. Die glimmenden Kristalle verliehen seinem wirren Haar ein kurioses Eigenleben. „Es ist mir heute ein besonderes Vergnügen, euch diese ‚Opfergabe' zu präsentieren, die uns aus den Dschungeln von Ylfarn erreicht hat." Höfliches Gelächter. Der Mann, vermutlich Chel Seifar der Eisengilde, fuhr fort: „Meine Freunde. All diese talentierten Schönheiten stehen heute zu eurer Verfügung. Diese meine Sklaven werden eindrucksvoll zeigen, wie sie euch zu Diensten sein könnten. Ich garantiere euch: Niemand in den Rängen meiner bescheidenen Ställe kann eure Appetite so...vollendet stillen wie Fala, die vergängliche Unschuld", er deutete ausladend auf die drahtige Sklavin, „Dania, die Engelsgleiche..." Die Angesprochene senkte schüchtern ihren Blick. „...Ishan, der wahrlich Unerschöpfliche und natürlich unser martialischer Neuzugang, Nai'lanys, die Schattentänzerin."

Eine tiefe Stimme nahe dem Sprecher bellte dazwischen. „Mehr eine Seiltänzerin, eh?" lachte einer der Adeligen. Mehr höfliches Gelächter folgte. Chel Seifar nahm seinen Weinkelch auf und setzte ungebremst fort. „Lasst euch berieseln, meine Freunde. Und wenn es euch danach gelüstet, so zögert nicht, im Anschluss euer Gebot abzugeben. Meine Schönheiten sind selbstverständlich käuflich – aber nur jener oder jene mit der dicksten Börse werden einen dieser lieblichen Barbaren abends mit nach Hause nehmen können."

Asara sah das Weiß seiner Zähne, als er breit zu grinsen begann. Ylfarns Stadtfürst und Gildenmeister nahm wieder Platz. Neyve zischte.

„Vorwärts."

Ihre Peitsche knallte schmerzhaft gegen Asaras Hinterteil. Die Gefesselten setzten sich wieder in Bewegung. Geführt von Fala schritt Asara durch den Sand der Halle. Der Weg war bewusst gewählt worden, um jedem Zuseher einen genauen Blick auf die Ware zu ermöglichen. Immer wieder mussten sie stehenbleiben und sich von allen Seiten präsentieren. Die *Kisaki* hörte die anerkennenden Töne und rauen Bemerkungen aus den Rängen, als sie diese passierte. Vor der Haupttribüne kam der Zug schließlich zu stehen. Neyve trennte die Seile, die Halsbänder und Fußknöchel der Sklaven miteinander verband.

„Aufstellung!" bellte sie. Asara reihte sich neben Ishan ein. Sie musste ihrem Drang widerstehen, einen langen Blick hinauf in die Reihen des Hochadels zu werfen. Neyve hatte sehr blumig geschildert, was geschehen würde, wenn sie einen der Wohlgeborenen direkt ansah.

„Dania." Mit wenigen Handgriffen entfernte die königliche Sklavin den Knebel von Asaras Mitgefangenen. Die üppige Ashin verneigte sich tief, noch während der Speichel aus ihrem Mundwinkel tropfte. Wenige Augenblicke später ertönte ihre Stimme.

Die Halle verstummte. Die melancholischen Klänge eines unbekannten Liedes füllten jeden Winkel des Theaters und erweckten es zum Leben. Jede Note war unverfälscht und klar. Die melodischen Worte wärmten Asaras Herz und vertrieben momentan die Erinnerungen an die Kälte des Verlieses, in dem sie so lange Wochen gefangen gewesen war. Fesseln und Demütigung waren vergessen. Die *Kisaki* trieb im Gesang wie ein Blatt im Wind, erhoben in die Lüfte von Danias Stimme und dem leisen Flüstern der Flöten.

467

Lange Reise, finster Fall, leise sang die Nachtigall,
eine Waise vom dem Letzten Flug der Vohl.
Wind im Nacken, Blick voraus, keine Heimat und kein Haus;
zogen die Alten in die weite Welt hinfort.
Endlos Weg und fehlend Ziel, wisperte der Wind im Spiel,
verloren in der Weite längst vergess'ner Zeit:

Der Letzte Flug der Vohl,
er fand niemals mehr ein Ziel.
Und der Wind so kalt er blies;
in den Rachen der Nacht er trieb.
Das Ende kam, der Schatten, er nahm;
und die Freiheit stahl der Dieb.

Letzte Reise, eis'ger Fall, traurig sang die Nachtigall,
eine Ode an den letzten Flug der Vohl.
Kind im Rücken, Blick getrübt, ohne Hoffnung ungeliebt;
flogen die Alten in den Untergang hinfort.

Der Letzte Flug der Vohl,
er fand niemals mehr ein Ziel.
Und der Wind so kalt er blies;
in den Rachen der Nacht er trieb.
Das Ende kam, der Schatten, er nahm;
und die Freiheit stahl der Dieb.

Die letzten Töne verhallten. Totale Stille kehrte ein. Asara spürte eine Träne, die an ihrer Wange nach unten floss. Wären ihre Hände frei gewesen, hätte sie hemmungslos in den Applaus des Publikums eingestimmt. Wer auch immer die ‚Vohl' gewesen waren – ihr Schicksal war eines, dass sie und so viele andere Leibeigene nur zu gut verstehen konnten. Asara fragte sich, was Dania dazu bewegt hatte, derart schwere Worte für ihre Darbietung zu wählen.

„Wunderschön", lobte Chel Seifar. „Wahrlich eine Stimme aus der Anderwelt."

Als der Beifall langsam erstarb, ließ Neyve ihre Peitsche neben Ishan erschallen. Der Jüngling trat vor. Die Sklavin legte ihre Hand an seine Brust und fuhr sichtlich interessiert über seine wohlgeformten Muskeln. Mit der anderen Hand befreite sie sein Glied von dem hölzernen Käfig. Ishan stöhnte leise, noch während sein Phallus unter Neyves Zuwendung anwuchs.

Seifars Worte von der Tribüne klangen amüsiert.

„Es sieht so aus, als ob eure Sklavin Gefallen an meiner Ware gefunden hat, Majestät", meinte er in Richtung des Throns. „Ich hatte geplant, Fala im Zusammenspiel mit Ishan zu präsentieren, aber die gute Neyve wäre doch ebenso geeignet."

Der König entgegnete nichts. Lediglich eine knappe Handbewegung bedeutete dem Gildenmeister, fortzufahren.

Er überlässt seine eigene Haussklavin einfach so den Augen des Pöbels, dachte Asara entsetzt, als sich zwei Wachmänner ihrer kleinen Gruppe näherten. Neyve senkte langsam ihre Peitsche. Sie wirkte sichtlich verwirrt.

„Meister?" fragte sie leise. Ihre Worte trugen kaum bis zu Asara, geschweige denn der Tribüne. Die gefesselte *Kisaki* musste zusehen, wie die beiden Männer die Sklavin packten und ihr unzeremoniell die Kleidung vom Leib rissen. Ihr eleganter Seidenrock sank in zwei Teilen zu Boden. Neyves Büstenhalter aus feinem Leder fiel einem Messer zum Opfer. Lediglich ihre Strümpfe und die hohen Stiefel wurden ihr gelassen.

Erst als die Sklavin nackt vor Ishan stand, schien sie sich ihrer Position wieder zu entsinnen. Folgsam legte sie ihre Hände hinter ihren Rücken. Eine der Wachen zog ein langes Seil hervor und begann, Neyves Handgelenke und Ellenbogen eng aneinander zu fesseln. Asara musste bewundernd eingestehen, dass die königliche Sklavin dabei eine gute Figur machte. Kein ein Laut des Protestes war zu hören, als ihre Schultern streng nach hinten gezogen wurden. Sie öffnete gar bereitwillig den Mund, um Danias abgelegten Knebel zu empfangen. Als sie an ihrem Halsband schließlich direkt an die Tribüne geführt wurde, warf sie Asara einen flüchtigen, aber stolzen Blick zu.

‚*Sieh zu und lerne*', schienen ihre Augen zu sagen.

Die *Kisaki* schnaubte leise in ihren Bambusknebel. Sie würde sich nicht so leicht übertrumpfen lassen. Ein leichter Hüftschwung ließ den Rubin an ihrer Liebesperle im Licht glitzern. Sie schob ein Bein leicht vor das andere. Die neue Position betonte die Rundung ihres Gesäßes und zog die Blicke auf das feuchte Spielzeug zwischen ihren Beinen. Neyve mochte zur Gespielin des Jünglings auserkoren sein, aber Asara war der wahre Preis des Abends.

Als ob sie ihre Absicht witterten, schmiegten sich Fala und Dania enger an die *Kisaki*. Die beiden hatten sichtlich nicht vor, Neyve das unverdiente Rampenlicht zu gönnen. Als Asaras eindringender Bambusstock mit dem der drahtigen Ashin zusammenstieß, entlockte ihr der liebliche Schock ein helles Stöhnen. Sie spürte die zahlreichen lüsternen Blicke auf ihrem unterworfenen Körper. Zugleich wurde Neyve mit weit gespreizten Beinen in eine vornübergebeugte Stellung gezwungen. Eine der Wachen benetzte zwei seiner Finger mit Speichel

469

und schob sie ungerührt in Neyves präsentierte Spalte. Mit dem Ergebnis offenbar zufrieden, bedeutete er Ishan, näherzukommen.

Der junge Mann trat an die wehrlose Sklavin heran. Sein erhobenes Glied berührte Neyve zwischen den Beinen. Doch anstatt in sie einzudringen, rieb der Jüngling seine Männlichkeit langsam und sinnlich an den feuchten Schamlippen seines erwartungsvoll zitternden Opfers. Die zweite Wache hatte die königliche Sklavin am Genick gepackt und verhinderte so, dass sie sich aufrichten konnte.

Das Publikum verfolgte die Geschehnisse mit sichtbarem Enthusiasmus. Mehrere Bürgerliche waren von den Bänken aufgestanden, um das Liebesspiel besser beobachten zu können. Eine der Adeligen in der Loge orderte gar einen Sklaven vor sich auf die Knie, der sich sogleich unter dem geschlitzten Kleid der Dame zu schaffen machte. Auch Asara verspürte das Bedürfnis, ihren stimulierenden Bambusstock tiefer und härter in ihre Lustspalte zu stoßen. Die in ihrer Rolle aufgehende Fala las ihr den Wunsch anscheinend von den Augen ab und sank neben der *Kisaki* auf die Knie. In ihren Knebel lächelnd stupste die junge Frau mit der Nase gegen das bebende Spielzeug. Asara stöhnte auf schob ihre Beine weiter auseinander. Ihre Zunge tanzte unkontrolliert über die Innenseite des hölzernen Knebels.

Zur selben Zeit hatte Ishan sein Vorspiel beendet. Sein zur vollen Größe angewachsener Phallus teilte Neyves Lustspalte in reizvollquälender Provokation. Die Scham der Sklavin glänzte, feucht von den Säften ihrer Sehnsucht. Ishan drang endgültig in sie ein. Neyves verzückter Gesichtsausdruck wurde nur von ihrem Knebel verzerrt, der ihre keuchende Atmung in ein dumpfes Stöhnen wandelte.

Das Schauspiel der sich windenden und genießenden Sklaven fand deutliche Resonanz in der Zuseherschaft. Überall wurden Leibeigene zu erotischen Diensten verpflichtet, denen sie sogleich mit Zunge, Phallus und Spielzeug nachgingen. Ein Adeliger im hinteren Teil der Tribüne ließ sich gar von seiner eigenen Sklavin fesseln, die im Anschluss breitbeinig auf seinem gepolsterten Stuhl Platz nahm. Hier war es die Zunge des Meisters, die gierig ihr feuchtes Höschen kostete.

Asara schmiegte sich an ihre eigene freiwillige Dienerin und sog erregt die Luft ein, als Fala den sinnlich angeschliffenen Bambusstock tiefer zwischen ihre Beine stieß.

Chel Seifars leises Lachen vermochte die aufgeladene Stimmung kaum zu durchbrechen.

„Meine Damen und Herren, gerne höre ich eure Gebote."

„900 Ril für den Jüngling", rief eine Frau aus den einfachen Rängen und hob ihren Handfächer. Das Gebot wurde sofort aus der Tribüne überboten.

Ishan stand nach wie vor hinter der keuchenden Neyve. Zum dritten Mal explodierte die Sklavin in einen lautstarken Orgasmus und zum dritten Mal machte der junge Ashe keine Anstände, von ihr abzulassen. Eine der Wachen musste Neyve halten, damit sie nicht ihr Gleichgewicht verlor. Zu stark hatten ihre in hochhackigen Stiefeln gefangenen Beine zu zittern begonnen.

Asaras eigene Bemühungen zeigten weniger Erfolg. So geschickt Falas Berührungen auch waren – der Stock zwischen ihren Beinen war gleichermaßen Spielzeug wie Instrument der unfreiwilligen Keuschheut. Ohne Zuhilfenahme ihrer geschickten Zunge hatte auch die drahtige Kurtisane keine Möglichkeit, ihr sich windendes Opfer an den lustvollen Höhepunkt zu führen. Frustriert zerrte Asara an ihren Fesseln und biss auf das Hohlholz zwischen ihren Lippen.

„1200 Ril für Dana...Dania!" kam es aus den Zuschauern. Die Sängerin verneigte sich und schenkte dem Unbekannten ein schüchternes Lächeln.

„1000 Ril für die Schattentänzerin." Ein junger Mann nahe dem Thron des Königs signalisierte mit seinem Weinkelch. Asara suchte den Blick von Prinzipal Vandar. Es war nicht schwer, den älteren Mann in der Gruppe der Adeligen zu identifizieren. Der berüchtigte Feldherr hatte markantes, weißgelbes Haar und trug als einziger ein Kettenhemd über seiner dunkelgrauen Tunika. Seine Miene, sofern Asara das aus der Entfernung sagen konnte, verriet Langeweile.

„1100 Ril für Nai'lanys." Asara kannte die Stimme der Frau, die sich neben Chel Seifar an die Balustrade gestellt hatte. Syndriss H'Reyn lächelte kalt zur *Kisaki* hinab. Es war nicht schwer zu erraten, warum die Priesterin Interesse an einem Wiedersehen mit Asara hatte.

Ich habe es tatsächlich geschafft, mich in kürzester Zeit mit drei einflussreichen Frauen anzulegen.

Asara musste schmunzeln. Lanys' Einfluss zeigte offenbar Wirkung.

Unweit ihrer Position kam Neyve zum vierten Höhepunkt. Die Gebote für den Jüngling wurden mit jedem Stöhnen höher und höher. Vereinzelt wurden auch Summen für die königliche Sklavin genannt, die Seifar aber gekonnt ignorierte. Asara fiel hinter Fala und Dania zurück.

Eine scharfe Stimme durchbrach unvermittelt den Tumult. Prinzipal Vandar hatte sich erhoben.

„Schneidet sie los und gebt ihr eine Waffe." Seine Worte ließen viele der Adeligen in der Loge verstummen. Der Gildenmeister der

Sklavenhändler wechselte einige schnelle Worte mit dem Feldherrn. Dann winkte er eine der Wachen in der Arena an die Tribüne heran.

„Befreit Nai'lanys", befahl er leise.

Asaras Muskeln spannten sich an, als das Duo sich ihr näherte. Einer der Männer zog ein Messer.

Was ist hier los?

Mit präzisen Bewegungen durchtrennte der Wachmann die Seile, die ihre Arme an die Bambusstange fesselten. Das Rundholz fiel zu Boden. Der Dolch folgte. Asara starrte misstrauisch auf die im blauen Licht schimmernde Klinge. Langsam ging sie in die Knie und hob die Waffe auf. Vergessen war der Druck zwischen ihren Beinen und der Knebel in ihrem Mund. Fala war einige Schritt zurückgewichen. Neyve, die unweit entfernt zu Boden gesunken war, starrte sie mit schreckensgeweiteten Augen an.

Sie alle hatten Angst um ihr Leben.

Asaras Augen fanden den Prinzipal. Der Ashe hatte die Arme verschränkt und blickte sie herausfordernd an.

Eine Prüfung.

All dies war eine Prüfung. Doch was war die allesentscheidende Antwort? Stärke? Unterwürfigkeit? Kaltblütiger Mord?

Asara führte den Dolch an das Seil, das das Bambusspielzeug in ihrer Spalte gefangen hielt. Mit einem Ruck durchtrennte sie es. Ihre Lider flatterten und sie stöhnte tonlos, als sie den hölzernen Phallus vorsichtig aus ihrer feuchten Öffnung zog. Nach einem Moment des Innehaltens entfernte sie auch ihren Knebel. Sie wischte mit dem Handrücken über ihren Mund und trat einen Schritt näher an Neyve und die Tribüne. Es war still geworden im Hohen Haus.

Asaras Herzschlag hatte sich verlangsamt. Sie war ruhig; ihre Nervosität war zu einer winzigen Flamme geschrumpft. Der Dolch in ihrer Hand verlieh ihr ein lange vermisstes Gefühl der Macht. Sie war Lanys der Tausend Gesichter, rechtmäßige *Kisaki* der Yanfari und eine wunderschöne Sklavin, die sich nicht mit abgehalfterten Kurtisanen und Sängerinnen messen musste.

Vandar hatte zu lächeln begonnen. Asara kam vor Neyve zu stehen, die panisch – und dank ihrer Fesseln überaus ungeschickt – auf die Füße stolperte. Ihr Leben war in Asaras Hand – und sie wusste es.

Nein.

Wenn sie hier und jetzt ihre mörderische Seite zeigte, würde sie niemand ersteigern. Seifar würde sie zurück ihr Verließ sperren und sie für alle Zeit in der Dunkelheit schmoren lassen. Es gab nur einen Ausweg.

Leise fauchend ließ Asara den Dolch aus ihrer Hand gleiten. Die Klinge bohrte sich knirschend in den Sand. Die Arena hielt die Luft an, als die *Kisaki* langsam auf die Knie sank. Sie beugte sich vor, bis ihre Zunge Neyves Stiefel berührte. Dann begann sie zu lecken.

Die gefesselte Sklavin starrte sie für einen Moment entgeistert an, ehe sie zu lachen begann. Der Laut klang dank des Knebels gequält, aber nicht minder schadenfroh. Chel Seifar wandte sich schmunzelnd zu Vandar um.

„Die Klinge der Tausend Gesichter ist nicht mehr", gluckste er zufrieden. „Nai'lanys ist handzahm geworden, Prinzipal." Er wandte sich an das gesamte Publikum. „Bietet hoch und holt ein unterwürfiges, feuchtes Mädchen in eure Gemächer, die zielsicher eure Lust besiegen wird!"

Asaras Welt hatte sich leicht zu drehen begonnen, als die Rufe der steigenden Beträge durch die Kaverne hallten. Einzig Vandars Stimme war nicht zu hören. Mit einem schalen, ledernen Geschmack auf der Zunge setzte sich Asara wieder auf die Fersen. Eine der Wachen hatte Neyve befreit, die nun wieder mit Peitsche und Hohn bewaffnet über der gefallenen *Kisaki* stand.

„Große Worte und trotzdem nur eine Hure", schmunzelte sie. „Ich habe dich überschätzt. Die Milchmagd sehnt sich wohl doch nur nach Unterwerfung."

Syndriss, hoch über Asara in der Loge, hob einmal mehr ihre Hand. „3.000 Ril für Nai'lanys."

Niemand rief aus, um das Angebot zu übertreffen. Asara konnte es den anderen Ashen nicht verübeln. Die Summe entsprach dem großzügigen Jahreslohn eines Goldschmieds oder eines erfolgreichen Kaufmanns. In Al'Tawil hätte der entsprechende Dinar-Betrag nicht eine, sondern 20 junge Sklavinnen erstanden.

Asaras Kehle fühlte sich trocken an. Wenn Syndriss sie ersteigerte, würden all ihre Pläne zunichtegemacht werden. Die Hohepriesterin war lediglich auf kurzweilige Vergeltung aus. Haus H'Reyn hatte keinen privilegierten Zugang zu Vandar oder den anderen Kriegstreibern. Syndriss war, abgesehen von ihrem beschränkten Einblick in das Kriegsgeschehen um Rayas Zorn, wahrlich eine Sackgasse.

„Höre ich ein höheres Gebot?" fragte Chel Seifar enthusiastisch. Niemand sprach. Er hob die Hände. „Wenn das so ist, dann gratuliere-"

„20.000 Ril." Die Stimme war ruhig, entspannt. Dennoch trug sie mühelos durch die riesige Halle. „Ich biete 20.000 Ril für alle vier Sklaven."

In einer fast gemächlichen Bewegung erhob sich der Hochkönig von seinem Thron. Das Licht der *Valah*-Kristalle fiel zum ersten Mal voll auf seine Züge. Das vertraute und doch fremde Gesicht des namenlosen Dieners lächelte emotionslos von der Tribüne herab. Ein sorgfältig getrimmter Dreitagebart umrahmte sein strenges Gesicht. Seine roten Augen funkelten. Eine silberne Nadel glitzerte am Revers seiner makellosen schwarzen Tunika. Es zeigte einen Lindwurm, der einen Kristall in den Klauen trug. Asara starrte ihn sprachlos an. Der Hochkönig des Ashen-Reiches verschränkte die Arme.

„Die Auktion endet", verkündete der Oberste der Eisengilde in kleinlautem Tonfall. „Fala, Dania, Ishan und Nai'lanys gehen für 20.000 Ril an ihre Majestät Ra'tharion D'Axor II."

Der Gong ertönte.

Begleitet vom ominösen Widerhall der eisernen Scheibe fand das Schauspiel des Hohen Hauses ein jähes Ende – und Asara einen neuen Herrn und Meister.

29

Eiserne Allianz

Fala pfiff leise durch die Zähne.

„Das nenne ich eine Verbesserung."

Die Sklavin hüpfte auf das riesige Bett, welches das schmucke Zimmer dominierte. Die weiche Matratze federte ihren Fall unter leisem Knarren ab. Dania war sichtlich vorsichtiger. Zusammen mit Asara sah sich zaghaft in der neuen Unterkunft um.

Der geräumige Wohnraum befand sich tief in Tharion D'Axors privatem Flügel der Feste. Alles an der Einrichtung schrie ‚Wohlstand', ohne dabei übertrieben oder gar protzig zu wirken. Asara ließ ihren Blick langsam über das elegante, aber sichtlich abgewohnte Interieur schweifen.

Abseits der Bettstatt für Drei stand ein kunstvoll gezimmerter Schrank, dessen Doppeltüre mit zierlichen Figuren geschmückt war. Die meisten schienen Tierköpfe darzustellen, sich nur vage an realen Vorbildern orientierten. Die Griffe des hölzernen Ungetüms wurden durch lange, geschwungene Zungen reptilienartiger Wesen verkörpert. Die niedrigen Nachttische an beiden Seiten der Schlafstatt setzten das eigenwillige Thema fort. Asara fuhr mit der Hand über das glattgeschliffene Material, während sie langsam durch den Raum schritt. Nahe der Türe befand sich ein Tisch aus reinem Kristall. Der rote Teppich unterhalb verlieh dem im Licht einer Öllampe glitzernden Kunstwerk einen fast feurig-lebendigen Charakter. Am anderen Ende des Raumes, nahe eines Durchgangs zu einem kleinen Waschraum, befand sich eine rustikale Feuerstelle. Mehrere Holzscheite glosten hinter dessen vergittertem Maul. Unmittelbar vor dem Ofen lag das Fell eines enormen Tieres, von dessen Kopf nur noch zwei runde Ohren und kleine, starr geradeaus blickende Augen übrig waren. Der Rest der Trophäe bestand aus unbeschreiblich weichem Haar.

Der Höhepunkt des Zimmers war jedoch dessen Fenster. Obwohl vergittert, bot die Öffnung im schwarzen Stein der Feste einen atemberaubenden, wenn auch etwas getrübten Blick auf die Umgebung. In der Ferne erhoben sich unbekannte Gipfel aus dem Nebel, während die Schwaden unmittelbar am Fuße der Burg von diffusem Licht zum Leben erweckt wurden. Ravanar versuchte sichtlich sein Bestes, das Grau der einbrechenden Nacht in Schach zu halten. Immer wieder tauchten höhere Gebäude geisterhaft aus dem Nebel auf, nur um im nächsten Moment wieder in der glühenden Nebelsuppe zu verschwinden.

Asaras Herz machte einen Freudensprung, als ihr Geist den kommenden Sonnenaufgang zu skizzieren begann. Es war schon zu lange her, seitdem sie das Licht der Himmelsscheibe ausführlich auf ihrer Haut gespürt hatte.

„Was wird mit Ishan passieren?" fragte Dania schüchtern und unvermittelt in die Runde. Fala, mittlerweile ausgestreckt auf dem Bett liegend, schob ihre Hände hinter ihren Kopf.

„Neyve wird sich schon um ihn kümmern", meinte sie neckisch. „Sie hat es sichtlich auf seine…Talente abgesehen."

Die Sängerin trat von einem Bein auf das andere. „Das gefällt mir nicht", murmelte sie unsicher. „All diese Sonderbehandlung."

Fala lachte auf. „Ist das dein Ernst? Was gibt es daran nicht zu mögen? Wir haben die Freikarte gezogen! Dank unserer kleinen Einlage und Tharions Geschlechtstrieb sind wir mit dem heutigen Tag die begehrtesten Stück Ashen-Pflaume diesseits des Esah. 20.000 Ril! Lass dir das mal auf der Zunge zergehen!"

Die junge Sklavin sprang auf, riss die Türen des Kleiderkastens auf und lachte erneut. Der Schrank war voller feiner Gewänder in allen Schnitten und Farben.

„Unsere Zeiten als Bettwärmer für das niedrige Volk sind vorbei, Dania! Deine Stimme wird endlich in den richtigen Kreisen gehört werden."

Asara musste schmunzeln. Auch wenn es schwer war, Falas Enthusiasmus vollends zu teilen, hatte die Ashin nicht Unrecht. Für die beiden langjährigen Sklavinnen hätte es nicht besser laufen können. Ra'tharions Pläne, wie immer sie aussehen mochten, würden sie nicht direkt betreffen. Die *Kisaki* machte sich selbst nichts vor: Der Hochkönig, der während ihrer Genesung in der Rolle eines Dieners – *Dieners* – mit ihr gespielt hatte, war einzig und allein hinter ihr her. Der Kauf der anderen drei Sklaven war lediglich eine Ablenkung.

Aber warum? Warum mich aus dem Kerker holen und dieses verlogene Spiel spielen?

Asara fand keine Antwort auf diese Frage. Eines jedoch war sicher: Ra'tharion D'Axor war weit gefährlicher, als sie immer angenommen hatte.

„Na, warum so verbittert melancholisch?" unterbrach Fala ihre Gedankengänge. „Willst du dich nicht umziehen?"

Asara blickte auf. Beide Ashen-Frauen gruben sich mit sichtlicher Freude durch den Schrank. Selbst Dania hatte begonnen, Kleider und Blusen zu inspizieren.

„Oh, nichts", log die *Kisaki*. „Ich war nur in Gedanken."

Fala grinste spöttisch. „Lass mich raten. Du hast dir überlegt, wie du dich nach deiner morgendlichen Unverschämtheit bei der königlich-unerfreulichen Neyve entschuldigen könntest, jetzt wo sie unsere Erste Sklavin ist."

Asara runzelte die Stirn. „Ich habe mich in der Arena ausführlich kenntlich gezeigt."

Der Gedanke an ihre Geste der Unterwerfung stieß ihr immer noch bitter auf. Sie hatte Neyves Stiefel geleckt, um gegenüber Vandar ihre Arglosigkeit zu demonstrieren. Der Versuch war kolossal fehlgeschlagen – und ihr Ego empfindlich verletzt worden. Neyve, wie auch Syndriss vor ihr, hatte ihren Respekt schlicht und einfach nicht verdient. Und doch hatte sie vor all diesen Adeligen...

Fala zog ein seidenes Röckchen und eine dazu passende Bluse aus dem Schrank und warf sie vor Asara auf das Bett.

„Deine Ergebung hat dir niemand abgenommen", meinte sie amüsiert. „Zumindest nicht die Sklavinnen im Raum."

Na toll.

„So schlecht?" seufzte Asara. Dania lächelte vorsichtig und Fala zeigte ihre Zunge.

„Sich einer Herrin zu ergeben ist etwas komplizierter, als einen Mann glücklich zu machen", sagte sie schnippisch. „Hohle Gesten werden öfter mal durchschaut."

Asara hob unschuldig die Arme und widmete sich endgültig den Kleidungsstücken. Auf den zweiten Blick war der Rock kein Rock, sondern ein Höschen mit längeren Rüschen, die seitlich die Schenkel zierten. Auch die seidene Bluse endete deutlich oberhalb des Bauchnabels. Das Ensemble unterschied sich nicht deutlich vom knappen Leder der Darbietung, das Asara nach wie vor trug. Anstatt der Bambusstangen und Fesseln hatte die Gilde im Anschluss an die Versteigerung sogar Büstenhalter, Korsage und Ärmel beigesteuert. Höschen, Strümpfe und die hohen Schuhe waren ihr geblieben.

Asara bückte sich, um letztere endlich abzunehmen. Just in dem Moment öffnete sich die Türe und Neyve schritt in den Raum. Sie musterte die Sklavinnen kritisch, ehe sie nickte und zur Seite wich. Einen Augenblick später trat Tharion D'Axor hinter ihr aus den Schatten des Korridors.

Fala und Dania sanken sofort auf die Knie und nahmen Sklavenhaltung ein. Asara folgte nach kurzem Zögern ihrem Beispiel. Sie musste sich bemühen, den verlogenen Hochkönig nicht mit eisigem Blicke anzustarren.

Neyve trat einen weiteren Schritt beiseite und sank ebenfalls zu Boden. Ra'tharion verschränkte die Arme und musterte die sich präsentierenden Sklavinnen.

„Leistet mir gute Dienste und Haus D'Axor wird euch mit Respekt behandeln", sagte er mit fester Stimme. Die Freundlichkeit, die seinen Augen in den Hallen der Eisengilde innegewohnt hatte, war erloschen. Wie hatte Asara ihm den umgänglichen Hausdiener je abnehmen können? Tharion machte eine abweisende Handbewegung.

„Neyve, führe Fala, Ishan und Dania in die unteren Sklavenquartiere und mache sie mit den Regeln vertraut. Um Nai'lanys kümmere ich mich selbst."

Sein Gesichtsausdruck blieb kühl und neutral. Seine Stimme, jedoch, triefte vor dunkler Genugtuung. Neyve hielt ihren Kopf gesenkt, während sie sich langsam wieder aufrichtete.

„Wie ihr befehlt, Meister."

Mit einem schadenfrohen Seitenblick auf Asara scheuchte sie die beiden Ashen-Frauen aus dem Raum. Fala ließ es sich nicht nehmen, dabei noch ein paar Stücke Kleidung unter ihren Arm zu klemmen. Die Schritte des Trios verhallten in der Entfernung. Ohne auf Erlaubnis zu warten, erhob sich Asara vom Boden und stemmte die Hände in die Hüften. Zugleich hob sie ihren Blick. Die rot schimmernden Augen des Hochkönigs blickten in die ihren.

„Nai'lanys." Tharions Züge erhellten sich. „Willkommen in meiner bescheidenen Zuflucht."

„Hochkönig." Asara vollführte einen halbherzigen Knicks. „Lange nicht gesehen."

Tharion schmunzelte und bedeutete ihr, ihm zu folgen. Der Weg führte Asara und ihren Begleiter in einen einfach, aber geschmackvoll eingerichteten Vorraum, der über einen langen, prunkvoll dekorierten Korridor mit ihrer neuen Unterkunft verbunden war. Überall hingen Flaggen von den Wänden. Portraits alter Könige waren in feinstem Mosaik in den Stein eingelassen. Sogar eine volle Körperrüstung aus geschientem Stahl stand wie ein stummer Wächter neben einer der breiten Säulen. Alle Türen entlang des Ganges waren geschlossen. Es war unmöglich einzuschätzen, über wie viele Räume die ‚Zuflucht' des Königs wirklich verfügte.

Das Zimmer, in das Tharion sie schlussendlich führte, endete in zwei größeren Flügelportalen aus schwarzem Holz. Ein schwerer Riegel hielt eine der beiden geschlossen. Zu Asaras Überraschung wurde keiner der beiden Durchgänge von Wachen flankiert. Überhaupt hatte sie seit

Verlassen ihres neuen Quartiers keinen einzigen Soldaten oder Diener zu Gesicht bekommen. Was spielte der Ashen-Herrscher für ein Spiel?

Die *Kisaki* sah sich vorsichtig weiter um. Das Zimmer war nicht besonders groß. Tisch und Sessel standen unterhalb eines blau schimmernden Lüsters. Ein kleiner Feuerkorb wärmte den dunklen Stein und verbannte die nächtliche Kälte. Bodenlange Wandteppiche mit abstrakten, geometrischen Motiven verliehen dem schlichten Bild zusätzlich Farbe. An der Schmalseite des Zimmers befand sich ein breites Fenster, das auf einen Balkon hinaus zu führen schien. Asara konnte den Wind auf der anderen Seite der milchigen Scheibe pfeifen hören.

„Nimm Platz", sagte Tharion und deutete auf einen der Sessel. Die *Kisaki* reagierte nicht. Der König seufzte und schenkte sich Wein aus einem Krug ein, der auf dem runden Holztisch bereitstand. Asara musterte ihn für einen langen Moment und ging danach langsam an das Fenster. Das weit unter ihr liegende Ravanar steckte den Kopf mit zunehmender Kühnheit durch den Nebel. Sogar die Bucht war für einen kurzen Moment zu erkennen.

Asara wusste nicht, was sie tun oder sagen sollte. Es war zu vermuten, dass ihre respektlose Art schnell Konsequenzen haben würde, aber sie konnte sich in dieser Situation nicht dazu bringen, wie eine Sklavin zu handeln. Sie hatte diesen Mann bis vor kurzem für einen Verbündeten gehalten, der sich fast schon freundschaftlich offen mit ihr zu unterhalten gewusst hatte. Sie hatte nach seinem ersten Besuch keine Zweifel mehr daran gehegt, dass dieser höfliche Ashe Lanys' Kontakt war, der sie mit Prinzipal Vandar zusammenbringen sollte.

Stattdessen hatte sich der adrette Anfang-Dreißiger als das zentrale Übel entpuppt. Leise verfluchte Asara ihr Gespür für Menschen. Wie oft hatte sie sich in den letzten Monaten von falschen Versprechen und freundlichen Gesichtern irreführen lassen?

Zu oft.

„Ich habe dir nichts zu sagen", meinte sie kalt. Es fühlte sich angemessen an, die ehrende Anrede wegzulassen.

„Ich habe dich nie belogen, Lanys", entgegnete der Hochkönig. Er gesellte sich zu Asara an das Fenster. „Einige Wahrheiten habe ich dir vorenthalten, ja, aber das war bedauerlicherweise notwendig."

„Notwendig?" fragte Asara bitter. Tharion verschränkte die Arme.

„Es war mir wichtig, dich fern von Vorurteilen und verborgener Ängste kennenzulernen. Ich wollte mit dir sprechen, ohne durch den Schleier meiner Regentschaft und diverse... kursierende Gerüchte behindert zu werden."

Asaras Blick bohrte sich in seine Seite. Mit Mühe zwang sie sich dazu, neben ihm stehen zu bleiben. Hier, in seiner unmittelbaren Nähe, konnte sie Tharions äußerliche Ähnlichkeiten zu seinem jüngeren Bruder nicht mehr verleugnen. Seine Backenknochen verliehen seinem Gesicht dieselbe strenge Kontur und jede seiner Bewegungen war präzise und elegant. Im Gegensatz zu Miha trug er seine Autorität allerdings mit gelassener Selbstverständlichkeit, die sich nicht vor der Welt zu beweisen brauchte. Wie hätte hatte sie jemals glauben können, dieser Mann sei ein bloßer Diener?

Die *Kisaki* senkte ihren Blick und lenkte ihre Aufmerksamkeit wieder auf das Gespräch.

„Du hast also beschlossen, mich im Glauben zu belassen, du seist ein Bediensteter der Eisengilde", sagte sie kalt. Verärgert schüttelte Asara den Kopf. „Ich hielt dich für einen *Freund*, einen Verbündeten hier in Ravanar."

Tharion wandte sich um und stützte seine Ellenbogen am Fenstersims ab. Ein kühler Luftzug umspielte sein kurzes Haar. Asara malte sich aus, wie das Ashen-Reich wohl reagieren würde, wenn der König bedauerlich ausrutschen und in die Tiefe stürzen würde. Alles, was es erforderte, war ein offenes Fenster und etwas Schwung.

„Ich bin nicht dein Feind", sagte Tharion. Er schien Asaras mörderischen Blick nicht bemerkt zu haben. „Auch habe ich nicht gelogen, als ich dir von Raifs Schicksal und den Ereignissen im Imperium berichtet habe. Der Krieg ist echt, Nai'lanys. Und ich will ihn verhindern. Der einzige Unterschied ist, dass ich als König etwas mehr Einfluss habe, als in der Rolle eines Dieners." Er grinste. Der betont freundliche Gesichtsausdruck ließ Asaras Gemüt weiter hochkochen.

„Ja, sicher, das werde ich dir glauben", schnappte Asara. „Du bist ein Bote des Friedens." Sie ballte ihre Hände zu Fäusten. „Woher kanntest du die Kennphrase? Woher weißt du von…von dem Plan?"

Dein Schicksal wartet auf dich.

Der Satz, der Asara dazu gebracht hatte, dem fremden Diener zu vertrauen. Der Satz, der in ihren Ohren so *vertraut* geklungen hatte.

Tharion schmunzelte.

„Ich *bin* Lanys' Kontakt", sagte er. „Der alte Bekannte, der dem waghalsigen Plan einer sturen Kämpferin zum Erfolg verhelfen wird. Ich bin deine Eintrittskarte zu Vandars Hof, Schattentänzerin. Daran hat sich nichts geändert."

Lanys' Kontakt. Nicht dein Kontakt.

Asara schluckte. Die geschmiedeten Pläne, vorgetäuschten Identitäten und auch die vielen Gesichter des Königs verschwommen vor ihrem geistigen Auge.

„Sag mir lieber, womit du mich sonst noch ‚nicht belogen' hast", murmelte sie. „Ich habe so das Gefühl, dass die Liste noch nicht vollständig ist."

Der Hochkönig hob eine Augenbraue.

„Nun, eine Kleinigkeit gäbe es da tatsächlich noch", erwiderte er gelassen. Er ließ seine Augen über Asaras Körper wandern. „Ich hege die vage Vermutung, dass du gar nicht Nai'lanys bist."

Asaras Atmung überschlug sich. Sie traute ihrer Stimme nicht genug, um etwas zu entgegnen. Ihre drückende Vorahnung war dabei, sich zu bewahrheiten.

Tharion grinste.

„Du musst wissen, dass ich Lanys schon bewundert habe, als ich noch ein junger Spross war. Wir haben Abenteuer miteinander bestanden, ohne je die ganze Wahrheit über unser Gegenüber zu kennen. Lanys weiß bis heute nicht, dass ihr verquerer ‚älterer Bruder', mit dem sie Streiche spielend durch die Straßen gezogen ist, in Wahrheit der Sohn des damaligen Hochkönigs war." Er schmunzelte. „Genauso habe ich erst kurz vor ihrem Aufbruch zu den Yanfari erfahren, welcher Berufung sie eigentlich folgt."

Sein Blick wurde unerwartet melancholisch. „Niemand von uns hat je gelogen. Es fehlte lediglich ein essentieller Teil der Wahrheit. Wie in deinem Fall auch, habe ich die unausgesprochenen Worte stets bereut. Dennoch war die Diskretion für beide Seiten lebensnotwendig."

Asara zwang sich zur Ruhe.

„Ich habe dich nicht erkannt, als du mich in der Eisengilde besucht hast. Glaubst du deshalb, dass ich nicht Lanys bin?" Sie versuchte sich an einem ehrlichen Lächeln. „Die Zeit ist nicht stehengeblieben, Tharion. Erinnerungen vergehen. Wir sind beide nicht mehr so jung und unschuldig."

Der König warf ihr einen vielsagenden Seitenblick zu.

„Oh, ich sehe Lanys' Züge und höre ihre kecke Leichtfertigkeit in deiner Stimme. Doch ich spüre auch eine Besonnenheit, die ihr nie beschert war. Dazu kommt wohl, dass du in…Spielen aufgehst, für die unsere Assassine nicht viel übrig hat. Lanys ist keine gute Gefangene – auch nicht zur Unterhaltung."

Asara schnaubte leise. „Wenn du wüsstest."

Tharions neugieriger Blick bohrte sich in ihren Kopf.

„Ich habe also Recht?"

Die *Kisaki* nickte nur. Es erschien sinnlos, diese Farce aufrechtzuerhalten. Irgendwie hatte der König ihre Tarnung vom ersten Moment an durchschaut – und keine halbherzige Lüge würde daran etwas ändern. Im Geheimen hatte sich Asara seit ihrer Ankunft in

Ravanar ausgemalt, wie genugtuend es wohl sein müsste, sich in einem wahrlich opportunen Moment als *Kisaki* der Yanfari zu erkennen zu geben; verdutzte Blicke, panische Ausrufe und offene Münder inklusive. Doch irgendetwas sagte ihr, dass dieses Gespräch mit Ra'tharion nur eine weitere Prüfung war.

‚*Sei einfach du selbst.*'

Die Worte der Nachtigall vor dem Zusammentreffen mit Miha kehren ungebeten und unerwartet zu ihr zurück. Asara stählte sich.

„Du hast mit diesem Abtausch der ‚Wahrheit' begonnen", sagte sie schroff, „also mache ich fürs Erste mit: Ja, du hast Recht. Ich bin nicht Lanys. Ich bin Asara Nalki'ir." Sie blickte Tharion ohne zu blinzeln in die Augen. „Nai'lanys hat ihre Mission erfüllt und meinen Platz eingenommen. Aber das wusstest du schon von Anfang an, nicht wahr?"

Asara verschränkte die Arme. „Du hattest nicht nur eine ‚vage Vermutung'. Du wusstest um ihren Erfolg und meine Identität Bescheid."

Tharion hob eine Augenbraue. „Oh?"

Puzzlestein um Puzzlestein fügte sich in das Bild.

„Die Stimme, die mich in manchen Momenten der Finsternis begleitetet hat", sagte Asara, „das warst du."

Für einen Moment wirkte Tharion ehrlich überrascht. Dann lachte er auf.

„Erwischt", schmunzelte er. „Wir kennen uns tatsächlich schon eine ganze Weile. Zu meiner Verteidigung muss ich allerdings anmerken, dass mein zweifelhaftes Talent kein vollständig kontrollierbares ist. Ich bin kein Telepath oder Geistesverdreher." Er schnaubte leise. „Wie die meisten Geschenke der Anderwelt gleicht es in der Anwendung mehr einem Traum, einer gedanklichen Reise zu fernen Menschen, an deren Seite ich mich wünsche. Die Worte, die du gehört hast, entsprangen einem ungeschliffenen Gedanken, nicht meinen Lippen."

Asara blickte ihn fragend an. „Du hast dir Lanys herbeigewünscht?"

Tharion nickte. „Anfangs, ja. Der auslösende Traum war wohl ein einschlägiger." Er lachte. „Aber ich spürte schnell, dass etwas nicht stimmte. Ich wurde neugierig. In Masarta habe ich schließlich verstanden, dass dein und mein ‚Schicksal' sich gewandelt hatten."

Mein Schicksal.

Kein Wunder, dass ihr die Kennphrase bekannt vorgekommen war. Sie war Teil der letzten Worte der körperlosen Stimme, die Asara durch die Tortur in Maliks Kerker begleitet hatte. Wären diese geflüsterten Sätze des Trosts nicht gewesen, so wäre Asara wohl damals an der Auswegslosigkeit der Situation und ihren nagenden Selbstzweifeln zerbrochen.

Kein Traum.

Die *Kisaki* presste die Lippen zusammen. Ihr Geist hatte ihr keinen Streich gespielt – das Gespräch mit der körperlosen Stimme war so echt gewesen, wie die bittersüße Folter.

„Deine Worte haben geholfen" gab sie leise zu.

„Das freut mich", erwiderte Tharion offen. „Unkontrollierbare Traumbotschaft oder nicht: Ich meinte jedes einzelne von ihnen."

Asara nickte, mangels einer anderen passenden Reaktion. Es wurde unbehaglich still in dem kleinen Raum. Die Abstrahlung des schwarzen Steins begann Asaras Körper zusehends zu erwärmen. Sie fühlte sich versucht, das Fenster des Balkons zu öffnen, um das plötzliche Gefühl zu vertreiben.

Jedes Wort.

Die Erinnerung an das intime Gespräch trug wenig zu ihrer Abkühlung bei.

„Was jetzt?" fragte sie unvermittelt. „Was wirst du mit mir machen?"

Der König erwiderte ihren unsicheren Blick mit einem amüsierten.

„Du meinst, was ich mit der Kaiserin jenes Reiches tun soll, mit dem ich mich zurzeit im Krieg befinde? Das ist einfach. Ich werde machen, was ich als Lanys' Kontakt zu Haus Vandar und auch als der namenlose Diener getan habe, der dich aus dem Kerker befreit hat: Für die Eintracht unserer Völker kämpfen."

„Das war keine Lüge?" fragte Asara hoffnungsvoll.

„Nein", entgegnete er. Sein Blick wanderte über das nächtliche Ravanar. „Ich suche den Frieden, so wie du es tust, Asara. Doch ich habe aus deiner eigenen, schmerzlichen Erfahrung gelernt. Nicht einmal ein Herrscher kann seinen Untergebenen eine Richtung aufzwingen, die von zu vielen Adelsfraktionen bekämpft wird. Ich kann den Frieden nicht einfordern, Asara – zumindest nicht offen. Ich – *wir* – müssen Vandars Spiel bis zum entscheidenden Punkt vorantreiben. Dann erst können wir agieren."

Asara schüttelte unmerklich den Kopf. Sie wollte den Worten des als Tyrannen verschrienen Königs wirklich glauben. Doch Zweifel und Misstrauen waren nicht so einfach zu verstummen.

„Der Plan war, mich an Vandar zu verkaufen", sagte die *Kisaki*. „Das hat nicht funktioniert."

Tharion winkte ab. „Du hast nicht wissen können, auf welche Weise sein Test zu bestehen war – falls dies überhaupt möglich war. Doch unsere letzte Chance ist noch nicht verstrichen. Ich habe eine Idee, für deren Umsetzung ich deine Hilfe benötige. Der Plan hat allerdings einen Haken: Ich kann ihn nicht mit dir teilen, ohne den Ausgang zu gefährden."

„Sehr vertrauenserweckend", entgegnete Asara trocken. „Ich soll blind einem Mann folgen, der seinen eigenen Vater ermordet und sein Volk mit eiserner Faust unterworfen hat?"

Tharion hob die Hände. „So erzählen die Geschichten."

„So erzählen die Geschichten, ja", wiederholte Asara. „Wahrheit oder Lüge, frage ich mich?"

„Die Realität liegt wohl irgendwo dazwischen", räumte Tharion ein. „Aber spielt es wirklich eine Rolle? Wir sind beide keine Heiligen, Asara. Aber wir teilen uns ein gemeinsames Ziel. Manchmal muss man mit dem Feind ins Bett steigen, um für eine gerechte Sache zu kämpfen."

Die *Kisaki* lachte humorlos auf.

„Du klingst wie einer deiner Priester", meinte sie. Tharion zuckte nur mit den Schultern.

„Syndriss wäre aber nur mäßig stolz auf mich. Bei pathetischen Reden ist sie mir um Meilen voraus. Aber zumindest den ‚redseligen' Andraif sollte ich schlagen können."

Raifs Name brachte das Gespräch zu einem jähen Ende. Asara studierte ihre Füße, während der König in seine eigenen Gedanken abzugleiten schien.

Was tun? Raif sitzt an der Front, Lanys vollbringt ihr bestes in der Heimat und selbst Yarmouk und die Piraten tun ihren Teil.

Wenn Asara Erfolg haben wollte, musste sie Risiken eingehen – auch wenn alles in ihr zum Rückzug blies.

„Du hast Recht", sagte die *Kisaki* schließlich. „Wir müssen diesen Schritt wagen. Der Frieden ist wichtiger als all die Unterschiede, die uns zu Feinden machen." Sie kniff die Augen zusammen. „Zumindest für den Moment." Asara schenkte ihrem Gesprächspartner einen langen, harten Blick. „Ich werde aber nicht akzeptieren, dass du mich bezüglich deines Plans im Dunklen belässt. Vertrauen braucht Licht."

„Soso." Tharion verschränkte die Arme.

„Ganz genau."

„Dann haben wir hier wohl eine Pattsituation."

„Sieht so aus."

Tharion schenkte ihr ein Grinsen. Asara erwiderte es selbstzufrieden.

„Ich habe allerdings einen entscheidenden Vorteil", sprach der König in die entstandene Stille. „Ich bin der Meister." Er grinste breiter. Asaras Mundwinkel sanken nach unten. Sie schluckte.

„Und was soll das heißen?" fragte sie unsicher. „Wirst du mich zwingen? Mich in Ketten legen und auspeitschen, bis ich nachgebe?"

„Der Gedanke hat sich aufgedrängt", gab Tharion unverfroren zu. „Deine Kooperation erfordert nicht unbedingt deine Freiheit. Es wird sogar notwendig sein, den Schein der Sklaverei aufrechtzuerhalten."

Trotz der kaum verborgenen Drohung spürte Asara eine unerwartete Enttäuschung, als das Wort ‚Schein' fiel. War ihr Sklavendasein im Antlitz dieser ungewöhnlichen Allianz wirklich nur noch eine Illusion? War ihre Reise als machtlose Gefangene hier und heute zu Ende?

„Tu was du nicht lassen kannst, *Meister*", erwiderte Asara hitzig. „Aber mache mich im Anschluss nicht dafür verantwortlich, wenn dein ach so ausgeklügelter Plan im Desaster endet." Sie stieß ihren Finger gegen seine Brust. „Na los, oh großer König! Verwandle die dir ausgelieferte Kaiserin des Feindes in ein wimmerndes Bündel. Ich weiß, dass du dir herbeisehnst, mich zu kontrollieren!" Asaras Stimme erreichte neue Höhen. „So wie Neyve, die du vor hunderten Ashen hast nehmen lassen!"

Tharion hob eine Augenbraue.

„Du verbirgst deine innigsten Wünsche nur sehr schlecht, werte Asara", schmunzelte er. Die *Kisaki* wurde rot.

„Ich *wünsche* gar nichts…!"

Der König lachte. „Ich habe einen Blick in deinen Kopf geworfen, schon vergessen? Und habe ich dir nicht schon einmal gesagt, dass du dich nicht für deine Vorlieben nicht zu schämen brauchst?"

„Ich schäme mich nicht", erwiderte Asara schmollend. „Und ich will auch nicht-" Sie unterbrach sich seufzend. Die Lüge verhallte unvollendet im Raum. Die *Kisaki* verdrehte die Augen und lehnte sich gegen die kühle Wand.

Er kennt mich besser, als ich mich selbst kenne. Will ich wirklich, dass er mich einweiht und mir so ein Einspruchsrecht gibt?

Doch Asara war noch nicht bereit, ihre Niederlage einzugestehen.

„Was soll das eigentlich mit den Ashen und ihrem Faible für Kontrolle?" fragte sie trotzig. „Und warum hat sich die halbe Tribüne in Liebesspielen verloren, als ich noch gefesselt in der Arena stand? Habt ihr Leute keinen Sinn für Angemessenheit?"

Wenn ihn der thematische Sprung irritierte, ließ Tharion es sich nicht anmerken.

„Das Ashvolk hat eine sehr offene Einstellung zu Sexualität", antwortete der König augenzwinkernd. „Wo die Yanfari Zurückhaltung üben, leben wir sie ungebremst aus. Ich verstehe, dass dies befremdend wirken kann."

„Das ist doch nicht normal", schnappte Asara.

„Was ist schon ‚normal'?" entgegnete Tharion schulterzuckend. „Ist es normal, sich im ausgelassenen Tanz an Fremde zu schmiegen, um den richtigen Partner für die Nacht zu finden? Ist es normal, erst nach der Vermählung in das gemeinsame Bett zu steigen?" Er hob fragend die Hände. „Warum soll es nicht normal sein, seine Geliebte zu fesseln und die Schönheit ihres unterworfenen Körpers zu genießen? Kein Gesetz dieser Welt verbietet es, heißen Schmerz anregend zu finden. Warum sollte es nicht Freude bringen dürfen, sich vor Fremden zu erniedrigen oder Frieden in der Bewegungslosigkeit von stählernen Ketten zu suchen?" Der König lächelte. „Niemand sollte sich für Dinge schämen, die Lust oder Freude bringen. Wir Menschen sind viel zu unterschiedlich, um einzelne Vorlieben geradeheraus zu verdammen. Es gibt natürlich immer noch Grenzen, ja, aber für seinen Geschmack muss sich niemand schämen."

Asara richtete ihren Blick nach draußen. Die Nebeldecke über der Stadt hatte sich gelüftet. Nur noch vereinzelte Lampen brannten in den Fenstern des nächtlichen Ravanars. Deutlich wie schon lange nicht mehr spürte die gefallene *Kisaki* das Gewicht des Halsbandes, das eng umarmend ihre Kehle wärmte.

„Aber warum Fesseln? Warum Zwang und Unterwerfung?" fragte sie leise. Tharion faltete seine Hände vor seinem Körper.

„Das Ashvolk hat eine lange Geschichte des Unterwerfens und Unterwerfen-Werdens", sagte er. „Wir haben immer schon die Dominanz des Einzelnen zelebriert und sind in der Ergebenheit zu einem Meister aufgeblüht. Vielleicht nahm dieser Drang im Laufe der Geschichte einen Verlauf, den andere als ‚abnormal' bezeichnen würden. Für uns ist es bloß ein Teil unserer Kultur." Seine Haltung wurde entschuldigend. „Ashen wie Syndriss und Vandar leben für die Tradition. Sie unterwerfen und bestrafen aus Prinzip. Doch dieser Typus ist schon lange in der Minderheit. Die meisten sehen Seil und Peitsche als Spielzeuge, die den Weg in einen lustvollen Abend bereiten."

Asara hob ihren Kopf.

„Und du?"

„Ich?" fragte Tharion amüsiert. „Ich genieße den Anblick. Ein wundervoller Körper in Fesseln, der sich sinnlich gegen die neu auferlegten Grenzen wehrt, ist ein Geschenk für beide Seiten. Ich habe selten eine Person gesehen, die in derart intimen Momenten an sich zweifelt. Vermeintliche Makel, die sonst am eigenen Körper kritisiert werden, werden plötzlich akzeptiert. Frauen sehen ungetrübt ihre eigene Schönheit – und Männer zweifeln nicht mehr an ihrer Adäquanz."

„Das klingt…wundervoll", sagte Asara. „Aber es ist eine Fiktion. Ich habe grausame Meister erlebt, die nichts von Tradition oder Ästhetik hielten."

„Es gibt immer schwarze Schafe", seufzte Tharion. „Ohne Selbstbeherrschung und einer stabilen Persönlichkeit kann das Spiel der Dominanz schnell in Gewalt umschlagen. Die Grenze zwischen Peitschenhieb und *Peitschenhieb* ist eine dünne." Er rieb sein Kinn. „Natürlich gibt es wiederum auch jene, die in genau diesen verwaschenen Grenzen ihre größte Erfüllung finden. Der menschliche Geist ist kompliziert."

Asara spürte, wie ihr das Blut ins Gesicht schoss.

„Ich kenne diese Fantasien", gab sie kleinlaut zu. Tharion lächelte.

„Dann sei stolz auf sie. Deine Zweifel kommen nur von den Stimmen, die dir ein Leben lang eingebläut haben, was ‚normal' ist. Ignoriere sie und gehe deinen Weg, wie es dir gefällt."

Die *Kisaki* holte tief Luft. Sie hatte sich lange genug vor der Antwort auf ihres neuen Meisters ursprüngliche Frage gedrückt. Es war Zeit, eine Entscheidung zu treffen. Vielleicht war Tharion ein talentierter Lügner und Betrüger, der ein perfides Spiel mit der gefangenen Asara spielte. Aber wenn er die Wahrheit sprach, war er nach wie vor ihre beste Chance auf Erfolg.

Dazu kam die immer lauter werdende Stimme ihrer verbotenen Lust, die sich in seiner Gegenwart so unbeschreiblich *wohl* fühlte.

„Ich will nicht mehr wissen, was du für Vandar geplant hast", sagte Asara. „Wenn du meine Dienste als Sklavin brauchst, um diesen Krieg zu stoppen, so fordere sie ein." Asara sank auf die Knie und legte ihre Hände im Zeichen der Ergebung auf den Rücken. „Lass es *echt* sein, Meister."

Tharion legte eine Hand auf ihr Haupt.

„Nur zu gerne, meine Sklavin. Nur zu gerne."

~◊~

Neyve stolzierte mit langsamen Schritten um die kniende *Kisaki*. Ihr ausgestreckter Zeigefinger folgte Asaras Kinn und Wangen, zeichnete die Form ihres Ohres nach und kam schließlich in ihrem Nacken zu stehen.

„Der Hochkönig hat mir freie Hand gegeben", schnurrte sie süffisant. „Ich soll dir Manieren beibringen, hat er gesagt." Sie wob ihre Finger in Asaras Haarschopf und schloss sie zur Faust. „Ich soll dir zeigen, was es heißt, eine Sklavin des Hofes zu sein." Sie zog schmerzhaft an. „Oh, wie ich meine Aufgabe *genießen* werde."

Tharion hatte seine scheinbare Unzufriedenheit mehr als nur überzeugend kundgetan. Im Anschluss an das Gespräch mit der *Kisaki* hatte er wutentbrannt seine Hofsklavin herbeizitiert und seine neueste Anschaffung – sehr zu Asaras unausgesprochener Enttäuschung – in ihre Obhut übergeben. Hätte Asara nicht gewusst, dass sein Ausbruch nur Teil der Täuschung war, so hätte sie sich ehrlich gefürchtet. So war es nur die grundlegende Sorge um ihre Entscheidung, die sie nervös aufkeuchen ließ. Das, und die angedrohte Fürsorge der Ersten Sklavin.

Asara war mit der sichtlich selbstzufriedenen Neyve zurückgeblieben, die nun finster lächelnd ein Paar breiter Handeisen schwenkte. Eine desinteressiert wirkende Wache hatte sich zusätzlich nahe des Balkonfensters aufgebaut. Offenbar war die königliche Zofe nicht bereit, gutgläubig auf Asaras Korporation zu hoffen.

„Lanys, Lanys", fuhr Neyve säuselnd fort. „Eigentlich wollte ich mir Zeit lassen, dir all die schönen Pflichten und Stellungen einer Sklavin beizubringen. Doch diese Lektionen werden nun warten müssen." Sie beugte sich zu Asara hinab. „Ich werde dir am eigenen Leib zeigen, was es bedeutet, den König zu erzürnen." Sie stieß unsanft gegen Asaras Schulter. „Hände auf den Rücken und Arme anheben."

Die Angesprochene warf Neyve einen kalten Blick zu. Dann beäugte sie demonstrativ die Wache.

„Hast du Angst, dass ich dir das Hinterteil versohle?" fragte die *Kisaki* spöttisch. „Warum der Aufpasser?"

Das königliche Luder stieß Asaras Kopf grob nach vorne und zog schmerzhaft ihre Arme hinter ihrem Körper zusammen. Schellen klickten. Die enganliegenden Ovale waren fast direkt miteinander verbunden; nur ein einziges Kettenglied sorgte für Erleichterung. Asaras Handgelenke wurden praktisch aneinandergeschweißt. Neyve packte sie am Arm.

„Steh auf", befahl sie. „Wir machen einen kleinen Ausflug. Und damit die Überraschung eine größere wird…"

Neyve zog ein ledernes Band hervor. Der Streifen war an der einen Seite deutlich breiter und wurde von einer kleinen Ausnehmung unterbrochen. An den Enden waren metallene Schnallen befestigt. Neyve schob das Utensil genüsslich über Asaras Augen und Nasenbein. Die Welt wurde schwarz. Die Schnallen klimperten, als die andere Sklavin die Augenbinde an Ort und Stelle fixierte.

„Wie gefällt dir das?" fragte sie neben Asaras Ohr. Die *Kisaki* zuckte leicht zusammen. Obwohl sie wusste, wie der Raum aussah, begann ihr der geraubte Sinn sogleich Streiche zu spielen. Schritte wirkten weit entfernt und doch unvermittelt nahe, während Neyves hörbare Atemzüge sich mit ihren eigenen zu vermischen begannen.

Asara war blind. Sie wurde sich ihrer nutzlosen Arme nur zu abrupt bewusst, als Neyve etwas an ihrem Halsband einklinkte und unsanft anzog. Die Gefangene stolperte gegen einen Sessel. In ihren hohen Sandaletten war es zunehmend schwer, das Gleichgewicht zu halten. Sie verfluchte Tharions schlechte Zeiteinteilung. Hätte er sie nicht unterbrochen, würde sie jetzt zumindest bequemeres Gewand und normale Schuhe tragen. So war es nach wie vor die knappe Kleidung der Auktion, die ihren Körper schmückte.

„Na los", bellte Neyve. „folge mir wie eine brave Hündin."

Asara verbiss sich jegliche Kommentare, die ihre Peinigerin wohl nur noch weiter angespornt hätten. Mit vorsichtigen Schritten folgte sie der Hofsklavin hinaus auf den Flur. Gespräche hallten durch den Gang und Menschen kamen und gingen. Nach einer halben Minute hatte Asara gänzlich die Orientierung verloren. Zu unbekannt waren die Korridore vor den Gemächern des Königs und zu oft spielten der Hall und Neyves ungeduldige Worte einen Streich mit ihrer Wahrnehmung.

Für gefühlte zehn Minuten und mehrere Treppenabgänge nach unten irrte Asara an der Leine durch die Finsternis. Dann, unvermittelt, blieb ihre Wärterin stehen. Ein Schlüsselbund klimperte.

„Wir sind gleich da", schnurrte Neyve. „Es wird dir gefallen."

Asara schnaubte leise. Eine Tür knarrte und Neyve gab dem Halsband einen neuerlichen Ruck. Die *Kisaki* trat in einen weiteren Gang. Feuchtigkeit stieg ihr in die Nase. Irgendwo tropfte Wasser von der Wand. Das ferne Gelächter eines Mannes hallte durch die Dunkelheit. Ihre eigenen Schritte klackten über den unebenen Stein. Rechterhand stöhnte jemand auf. Die Stimme gehörte einer Frau. Sie keuchte mehrere Wörter, doch irgendetwas schien die Laute zu verschlucken.

Das verstörende Stöhnen war in der Distanz verebbt, als Neyve schließlich stehenblieb.

„Wir sind da", verkündete sie. Der Schlüsselbund klimperte und ein Schloss schnappte zurück. Türscharniere quietschten. Der Raum, in den Asara geführt wurde, war hörbar klein. Steinerner, offenbar nasser Boden begegnete ihren Absätzen. Neyve schob ihre Gefangene ein paar Schritte weiter, ehe sie ausrief.

„Bleib da stehen."

Asara gehorchte. Ihr Atem hatte sich weiter beschleunigt. Nicht zu wissen, welche Widrigkeiten auf sie warteten, ließen ihren Puls rasen. Neyve begann summend an einer Art Behältnis zu hantieren. Ketten klirrten.

„Bevor ich dir deine Überraschung zeige, werde ich dich wohl noch etwas verschönern", gluckste Neyve. „Wir wollen ja nicht, dass du uns entkommst."

Kalter Stahl schlang sich knapp oberhalb von Asaras linkem Ellenbogen um ihren Arm und arretierte.

„Schultern zurück und Arme zusammen!" befahl die Hofsklavin. Sie verlieh ihren Worten Nachdruck, in dem sie Asaras Ellenbogen schmerzhaft zueinander zerrte. Wäre die *Kisaki* nicht durch Raifs harte Schule gegangen, hätte sie vermutlich aufgeschrien. Anstelle dessen biss sie nur die Lippen zusammen, als sich ihre Arme schlussendlich berührten. Die zweite Schelle klickte zu und schweißte ihre Ellenbogen hinter ihrem Rücken an Ort und Stelle.

„Oh", sagte Neyve, „ich sehe du hast Übung. Zu schade." Sie trat unvermittelt gegen Asaras Schienbein. „Beine auseinander, bis ich Stopp sage."

Zähneknirschend stellte die neueste Sklavin an Tharions Hof ihre Füße in größerem Abstand auf den Stein. Als keine Reaktion kam, spreizte sie ihre Beine noch weiter. Die dünnen Absätze ihrer Schuhe kratzten über den harten Untergrund.

„Stopp."

Nach erneutem Kettenklirren legte ihr Neyve weitere Schellen an. Diesmal waren Asaras Fußgelenke an der Reihe. Dem plötzlichen Zug nach zu urteilen, befestigte die andere Sklavin die Beineisen an einer Halterung am Boden, ehe sie auch zwischen Asaras Beinen eine Kette spannte. Die *Kisaki* zog testhalber an den neuen Fesseln. Ihre Bewegung endete bereits nach wenigen Zentimetern. Sie konnte ihre Beine weder öffnen noch schließen. Auch ein Vor oder Zurück stand außer Frage. Asara war in der breitbeinigen Position gefangen.

„Sehr schön", murmelte Neyve. „Fehlen nur noch zwei Dinge."

Sie packte Asaras Handgelenke und stemmte sie schonungslos gen Decke. Es blieb der Gefangenen nichts übrig, als sich nach vorne zu beugen, um den plötzlichen Zug an ihren Schultern zu reduzieren. Weiter und weiter zwang ihre Peinigerin ihre Arme nach oben. Asara fühlte sich sofort zurückversetzt in die Folterkammer des Veziers von Masarta, wo sie ähnlich brutal auf einen hölzernen Bock gefesselt worden war. Ihr Oberkörper hatte beinahe die Horizontale erreicht, als Neyve innehielt. Weitere Ketten waren zu hören und kalter Stahl wurde zwischen ihre gefesselten Gelenke geschoben. Ein Schloss schnappte ein. Als die königliche Sklavin von ihr abließ, wurden Asaras Arme an Ort und Stelle gehalten.

„Nummer eins", summte Neyve. Sie ging hörbar neben ihrer Gefangenen in die Knie und packte die herunterhängende Leine. Ein Ruck ging durch Asaras Halsband, als Neyve sie stramm spannte und ebenfalls festkettete.

„Und Nummer zwei."

Asara versuchte sich aufzurichten, doch die Ketten brachten die Bewegung sofort zu einem jähen Ende. Gefesselte Arme weit nach oben gestreckt, hing Asara mit gespreizten Beinen vornüber gebückt in den Ketten. Sie war gänzlich bewegungsunfähig. Ihr Büstenhalter begann unter dem strammen Zug langsam zu verrutschen. Auch das dünne Material ihres Höschens spannte spürbar gegen ihre Lustspalte. Asara kämpfte vergeblich gegen den beengenden Stahl, um eine bequemere Lage zu finden.

Eine Hand legte sich auf ihr Gesäß.

„Beengend, nicht wahr?" fragte Neyve spöttisch. „Das war die Position, in die ich gefesselt wurde, als ich den König das letzte Mal enttäuscht habe. Eine ganze Nacht musste ich die Tortur über mich ergehen lassen." Sie bohrte einen Fingernagel in Asaras Steiß und zog eine schmerzhafte Linie über ihren Rücken bis an ihr Halsband. „Doch die Ketten waren noch nicht alles."

Die Sklavin begann an der Schnalle der Augenbinde zu hantieren. Nach einem Moment hielt sie jedoch inne.

„Nein. Du bleibst blind." Ihre Worte waren kalt. „Ich werde dir viel lieber erzählen, wo du bist und was auf dich zukommt. Aber zuvor-" Sie entfernte sich, kramte in dem ungesehenen Behälter herum und kehrte kurz darauf wieder an Asara Seite zurück. „...zuvor werde ich deine Proteste verstummen, noch bevor sie ertönen. Mund auf!"

Asara zischte. „Was auch immer du vorhast: Du wirst es bereuen."

Neyve lachte hell auf. Mit einer schnellen Bewegung zwang sie einen Knebel zwischen Asaras Lippen und zurrte dessen Gurt hinter deren Kopf fest. Die *Kisaki* keuchte und tastete das Instrument mit der Zunge ab. Der Knebel bestand aus einem schmerzhaft großen Ring, der ihre Zähne gekonnt in Schach hielt und alles tat, um ihren Speichelfluss anzuregen. Asara war verstummt worden.

„Also", begann Neyve, „lass mich dir erzählen, welche Strafe mir vor kurzem zuteilwurde." Die Sklavin änderte hörbar ihre Position. „Dazu musst du wissen, dass du dich im königlichen Kerker befindest, der alleine Haus D'Axors Sklaven vorbehalten ist. Ist so ein Sklave unartig gewesen oder einfach nur von geringem Wert, verbringt er seine Tage in diesen Mauern." Speichel begann von Asaras Lippen zu tropfen. Das dünne Leder ihres Höschens schob sich zusehends zwischen ihre gespreizten Beine. „In diesem Verlies arbeiten viele Wachen", fuhr Neyve im Gesprächston fort, „die für Disziplin und Ordnung sorgen. Leider fehlt es dieser Tätigkeit sehr oft an vergnüglicher Abwechslung." Ihre Stimme kam näher. Sie betonte jedes Wort mit hörbarem Genuss. „Als ich kürzlich hier war, wurde ich den anderen Sklaven zum Geschenk gemacht. Heute aber tue ich den Wärtern einen Gefallen."

Neyves Hand umfasste Asaras Kinn.

„Du wirst einen vollen Tag hier verbringen, Nai'lanys" flüsterte sie. „Jede deiner Öffnungen steht zur Benutzung bereit. Mund, Lustspalte und Anus. Wenn du Glück hast, werden dich sogar zwei Männer gleichzeitig beglücken!" Sie lachte teuflisch auf. „Und keine falschen Hoffnungen: Niemand wird dich befreien. Ich habe den einzigen Schlüssel – und der wird den Weg zurück in Tharions Quartier finden, wo ich die ganze Nacht lang die Aufmerksamkeit des Königs genießen werde."

Neyve gab Asara einen Kuss auf die Stirn.

„Genieße deinen Aufenthalt, Kettentänzerin."

Mit diesen Worten wandte sie sich ab. Kurz nachdem sie den Raum verlassen hatte, ertönte erneut ihre Stimme.

„Der Hochkönig hat ein Geschenk für euch", rief Neyve durch die feuchten Gänge. „Es wartet in der dritten Zelle. Viel Spaß!"

Mit bebenden Gliedern wartete die hilflose Asara auf die ersten sich nähernden Schritte.

~◊~

Es dauerte nicht lange, bis schwere Stiefel über den Stein hallten und in Asaras Rücken zu stehen kamen. Die Zellentüre quietschte leise. Ein leises Pfeifen ertönte.

„Das nenne ich in der Tat ein nettes Geschenk", erklang die raue Stimme eines Mannes. Ein weiterer, seine Worte deutlich dumpfer, machte ein glucksendes Geräusch. „Aber sie hat ja was an."

Der erste Mann lachte. „Das, mein werter Freund, kann man ändern."

Die Schritte kamen näher. Asara spürte heißen Atem an ihrer Wange. Sie wagte es nicht, sich zu bewegen.

„Was hast du verbrochen, hm?" flüsterte die Wache in ihr Ohr. Es war keinerlei Empathie in seiner Stimme zu hören. Eine schwielige Hand legte sich an Asaras Oberschenkel und glitt langsam nach oben. Eine zweite tastete sich an ihre rechte Brust heran. „Hast du deinen Meister verärgert? Seinen Wein getrunken? Dem Kammerdiener die Beine breitgemacht?"

Asara keuchte und versuchte vergebens, ihren Speichel zu schlucken.

„Sie kann ja nicht antworten", ertönte die nuschelnde Stimme. Sie klang wesentlich näher als zuvor. „Da ist ein Ring in ihrem Mund."

Ein Seufzen. „Das kann ich sehen. Wieso vergnügst du dich nicht mit dieser Öffnung. Ihre Lippen sind bestimmt schön weich. Ich kümmere derweil mich um den Rest…"

Die Hand führ unter Asaras Büstenhalter und begann lieblos ihre Brust zu massieren. Die zweite wanderte an die Innenseite ihres Schenkels und an das dünne Leder ihres Höschens. Der Mann lachte auf.

„Ich glaub es nicht. Die Schlampe ist feucht!"

Asara zerrte halbherzig an den Ketten von Halsband und Armen. Nach kaum einem Zentimeter wurde ihre Bewegung klirrend gestoppt.

„Es gibt kein Entkommen", flüsterte der erste Mann in ihr Ohr. „Das ist wohl aufregend für dich, was?"

Mehrere Finger schoben sich unter Asaras Höschen. Sie zuckte zusammen, als die tastenden Glieder ihre geschwollene Perle berührten. Doch der Mann hatte kein Interesse an lustvoller Provokation. Er schob seine Finger ohne innezuhalten zwischen Asaras Beine. Zugleich knetete er weiter ihre Brust. Die *Kisaki* stöhnte ungewollt auf.

Der zweite Mann fuhr mit dem Daumen in Asaras geöffneten Mund. „Was soll ich damit machen?" fragte er dumpf. Der andere zischte verächtlich, ohne seine Bewegungen zu pausieren.

„Was denkst du, du Einfaltspinsel? Steck deinen Schwanz hinein und lass sie deine Ladung schlucken! Wofür sollte der Mund einer solchen *Zis'u* sonst gut sein?"

Asaras Geist war wie leergefegt. So sehr sie die Worte des Wachsoldaten auch berühren sollten – sie konnte keinen Gedanken des Widerstands oder der Empörung fassen. Der Mann hatte Recht. Sie war ein Spielzeug, eine Puppe. Ihr einziger Zweck war es, von diesen Wachen benutzt zu werden. Der dunkle, dunkle Teil ihres verborgenen Selbst begrüßte ihre neue Rolle mit bebender Erwartung.

Die suchenden Hände stoppten und schlossen sich um das dünne Leder, das Asaras Intimstes vor den gierigen Augen verbarg. Mit zwei schnellen Bewegungen riss der Mann Büstenhalter wie Höschen von Asaras Leib. Letzteres blieb an ihrem rechten Schenkel hängen und sank ihrem Bein entlang zu Boden.

„Schon besser", murmelte der Mann. Eine Gürtelschnalle schepperte. Die Wache schob ihre Hose hinab und trat von hinten knapp an Asara heran. Sie spürte sein Glied heiß an ihren feuchten Schamlippen. Seine Schenkel rieben an den ihren.

„Stöhne für mich, Mädchen. Schön laut."

Er legte seine Hand an sein Glied und tastete mit den Fingern zwischen Asaras Beine. Dann, unter hörbarem Ausatmen stieß er seinen Phallus in Asaras Lustspalte. Erneut und erneut drang er in sie ein, bis die stoßende Bewegung zum neuen Rhythmus ihres gefangenen Körpers wurde. Die Ketten an Asaras Händen und Füßen klimperten. Die Absätze ihrer Sandaletten hallten lautstark gegen den kalten Stein, wann immer die Fesseln ihre zuckenden, gespreizten Beine zurück zu Boden zwangen. Der Mann packte von hinten Asaras Unterleib. Kraftvoll zog er ihren Körper immer wieder ruckartig gegen den seinen. Sein zuckendes Glied drückte dabei hart gegen ihr zartes Fleisch. Die Lippen ihrer Scham rieben feucht über den Schaft des Mannes, der sie lieblos und ungebremst nahm.

Asara keuchte und schluckte röchelnd, als der andere Mann seinen Phallus ohne Vorwarnung in ihren Mund führte. Schaler Gestank von altem Fisch stieg ihr in die Nase und ließ sie nach Luft schnappen. Sie versuchte zurückzuweichen und den Mund zu schließen, doch der ringförmige Knebel und die strammen Ketten ließen ihr keine Wahl: Das Glied stieß hart gegen ihren Rachen, während ihre roten Lippen über das angeschwollene Fleisch glitten. Ihre Zunge leckte ungewollt über die ungewaschene Männlichkeit des Wärters. Die Stöße wurden heftiger. Eine Haarsträhne löste sich aus Asaras kunstvoller Frisur. Die Pranken des ersten Mannes fassten sie fest am Torso unterhalb ihrer Brüste. Seine Daumen kreisten um Asaras steife Nippel und drückten schmerzhaft zu. Die *Kisaki* stöhnte laut auf. Sie wurde in ihren Ketten hin und her gebeutelt. Einzig die Fesseln und die groben Hände an ihren Brüsten hielten sie aufrecht. Sie war ein wehrloses Spielzeug für die beiden Fremden, die rhythmisch in sie eindrangen.

Der Wachmann, dessen Glied ihren Mund ausfüllte, kam zuerst. Heißer Samen ergoss sich explosionsartig in Asaras Rachen. Sie schluckte und schluckte. Als sie nicht mehr schlucken konnte, quoll die Flüssigkeit aus ihren Mundwinkeln und über ihre vom Knebel aufgezwungenen Lippen. Als sie panisch zu fürchten begann, dass der luftraubende Erguss kein Ende finden würde, ließ der dumpf stöhnende Mann abrupt von ihr ab. Tropfen seines Samens spritzten in Asaras Gesicht, als er sein übelriechendes Glied endlich aus ihrem Mund zog. Die *Kisaki* hustete und rang um ihren Atem.

Doch die Gefangene bekam keine Gelegenheit zum Verschnaufen. Die Stöße des anderen wurden immer noch schneller. Tief in ihrer Spalte kam sein Phallus dem Gipfel des Orgasmus immer näher. Mittlerweile hatte er Asara direkt an den Brüsten gepackt und riss ihren gefesselten Leib förmlich an sich heran. Mit der Schulter zwang er ihre nach hinten weggestreckten Arme beiseite, soweit die Fesseln es zuließen.

Asara kam einen Moment bevor sich die volle Ladung seines Samens in ihre Lustspalte ergoss. Die wehrlose Kaiserin, unfreiwillig genommen von zwei Wärtern in den Kerkern des Hochkönigs, explodierte in verbotener Lust. Und sie *genoss* es. Zum ersten Mal fragte niemand um Erlaubnis. Zum ersten Mal gab es keinen Raif, der sie retten kommen würde. Und zum ersten Mal wurde sie tatsächlich und vollkommen wie eine einfache Lustsklavin behandelt.

Asaras verschwitztes Haar hing in ihr Gesicht und sie zitterte am ganzen Leib, als der Fremde schließlich von ihr abließ. Überquellende Flüssigkeit tropfte aus ihrer Scham und floss ihren Schenkeln entlang zu Boden. Der Moschusgeschmack auf ihrer Zunge drohte ihre Sinne zu übermannen. Ihre Zunge gehorchte ihr nicht mehr. Sie vermochte den Samen nicht zu schlucken, der ihren Rachen verklebte. Sie war schandvoll als niedrigste aller Lustsklavinnen gezeichnet.

„Nicht schlecht", keuchte der erste Wachmann. „Wahrlich nicht schlecht."

Er trat einen wankenden Schritt zurück und fummelte hörbar an seinem Gürtel. Dann verpasste er Asara einen Klaps auf ihr präsentiertes Gesäß.

„Nicht weglaufen, Prinzessin. Ich werde wiederkommen." Er lachte auf. „Und dann koste ich auch noch deine anderen beiden Öffnungen."

Erst als sich die beiden Männer lautstark zurückgezogen hatten, begann Asaras Körper loszulassen. All der Schmerz ihrer gefangenen Glieder und die Schmach ihrer Situation kehrten zurück. Ihr Kiefer tat weh und ihre Zunge war nach wie vor wie paralysiert. Ihre Waden protestierten gegen die hohen Schuhe und die Fesseln, die ihre Beine so weit auseinandertrieben. Schwer atmend hing die *Kisaki* in ihren Ketten, bis die Erschöpfung schließlich obsiegte. Entgegen all ihren Erwartungen trieb sie die Dunkelheit schließlich in einen seichten, unruhigen Schlaf.

~◊~

Asara erwachte verwirrt und mit drückenden Gliederschmerzen. Jemand berührte sie am Rücken. Zuckend versuchte sie, sich aufzurichten, doch die Ketten an ihren Armen und Beinen hielten sie nach wie vor in ihrer misslichen Lage gefangen. Nichts hatte sich geändert. Niemand war gekommen, um sie zu befreien.

Eine Gürtelschnalle öffnete sich hörbar. Jemand sog leise Luft durch die Nase ein. Warme Finger prüften Asaras besudelte Lustspalte. Der Mann sprach auch dann nicht, als er kurz darauf stoßend in die gefesselte Sklavin eindrang. Der Fremde nahm Asara mechanisch und kontrolliert. Er kam nach wenigen Minuten an den Höhepunkt, ohne die keuchende *Kisaki* auch nur ein einziges Mal an anderer Stelle zu berühren. Im letzten Moment zog er sein Glied aus Asaras Spalte. Die Flüssigkeit seines Ergusses spritzte auf ihren Rücken und ihre Schenkel. Noch bevor der Samen vollends getrocknet war, verließ der Mann kommentarlos den Raum. Asaras Kopf sank weiter nach unten. Der schmerzhafte Zug an ihren Schultern verstärkte sich, doch sie schenkte ihm kaum noch Aufmerksamkeit.

Ein weiterer Mann kam. Und dann ein weiterer. Geschwollene Glieder wurden in ihren Anus und ihre Spalte gerammt, während andere ihre Männlichkeit tief in ihren Rachen stießen. Die wenigsten der Wachen versuchten dabei, auch die Gefangene auf ihre Rechnung kommen zu lassen. Asara wurde wie ein Gegenstand behandelt und sofort weggeworfen, als sie ihren schlüpfrigen Dienst getan hatte.

Stunden vergingen. Die keuchende und zitternde *Kisaki* hatte aufgehört zu zählen, wie oft die ungesehenen Männer ihren Körper benutzten. Als die erste Wache zurückkam, um sein Versprechen zu erfüllen, reagierte sie kaum noch. Hörbar unzufrieden ließ der Wachsoldat von ihr ab.

„Du wirst doch nicht schon müde sein, hä?" fragte er ungehalten. Seine flache Hand traf Asaras linke Wange. Speichel und Samenflüssigkeit tropften aus ihrem offenen Mund. Die Kisaki ignorierte das schwache Brennen ihrer Haut, als auch die andere Wange schnalzend getroffen wurde. Der Mann seufze. „Zu schade. Aber immerhin hast du den Männern bisher einen guten Dienst geleistet."

Er begann seine Hose wieder anzuziehen. „Du solltest lieber froh sein, dass ihr Lustsklavinnen ausreichend Kräuter ins Essen gemischt bekommt, um ungewollte Konsequenzen zu vermeiden", meinte er beiläufig. „Sonst hätte ich wohl schon zehn anstatt der zwei unehelichen Kinder. Das wäre teuer." Sein Lachen füllte den kleinen Raum. „Leb wohl, meine Schlampe. Vielleicht sehen wir uns ja bald wieder."

~◊~

Als Neyve kurz darauf den Raum betrat und Asara von den Ketten befreite, sackte die Kisaki kraftlos zu Boden.

„Was für ein Bild", schmunzelte die königliche Sklavin, die sich über ihr aufgebaut hatte. „Ich bin verlockt, einen Zeichner kommen zu lassen. Leider haben wir dafür keine Zeit. Es wartet schon eine neue Aufgabe auf dich."

Die Augenbinde und Asaras Knebel wurden entfernt. Die gefallene Kisaki blinzelte ihre Peinigerin an, deren Züge im Schein einer nahen Fackel erleuchtet wurden. Überall an Asaras nacktem Körper klebten Flüssigkeiten. Der Geruch, zusammen mit dem Geschmack in ihrem Mund, benebelte ihre taumelnden Sinne.

„Hast du deine Lektion gelernt, Schattentänzerin?" fragte Neyve lächelnd. Asara rappelte sich quälend langsam auf.

„Ja", krächzte sie, „habe ich." Ihre Arme gaben nach und sie sank wieder auf den kalten Steinboden. Dennoch suchte sie den Blick der anderen Sklavin. „Es war beflügelnd."

„Wie bitte?" fragte Neyve ungläubig. Die Kisaki leckte über ihre spröden Lippen. Jedes Wort kostete enorme Kraft, doch sie sprach sie dennoch.

„Ich habe es so sehr genossen...dass ich den Gefallen...gerne einmal...retournieren werde."

Die andere Sklavin schüttelte den Kopf. „Du bist verrückt."

Asara hustete leise und fuhr sich mit zitternden Fingern über die Wangen. „Nein... Ich bin einzigartig. Und ich liebe es *echt*."

Mit einem erschöpften Lächeln ging die benutzte Sklavin in ihre standesgemäße Stellung. Ihre Arme protestierten, als sie ihre Handgelenke unterwürfig hinter ihrem Rücken zusammenführte.

Ich bin vielleicht nicht normal. Aber ich verstecke mich auch nicht mehr vor meiner dunklen Seite.

Tief in ihrem Inneren wusste Asara, dass sich Fantasie und Realität nie vollständig vereinbaren lassen würden. Sie war auf eine Weise genommen worden, wie es sonst nur unter echtem Zwang geschehen konnte. Dennoch fühlte sie sich nicht verletzt oder gar beschädigt. Sie fühlte sich *stärker*. Vielleicht hatte Neyve Recht und Asara war verrückt. Schließlich wünschte sie eine derartige Behandlung nicht einmal dem Luder, das aktuell mit Peitsche und Handschellen bewaffnet über ihr stand. Trotzdem hatte Asara die Erfahrung auf eine Weise erfüllt, die ein ‚normaler' Liebhaber nie vollbracht hätte.

Die *Kisaki* lächelte, als Neyve ihr die Schellen anlegte und sie – diesmal ohne Augenbinde – aus dem Kerker führte. Die beiden Sklavinnen sprachen nicht, als Asara auf wackeligen Beinen einem neuen, unbekannten Schicksal entgegenschritt. Lediglich Neyves sonst so kalkuliert schadenfroher Blick hatte einen unlesbaren Schatten erhalten. Vielleicht hatten diese letzten Stunden nicht nur an der wehrlosen Sklavin Spuren hinterlassen.

Der verirrte Gedanke entflog zusammen mit dem Hallen der Schritte in die Dunkelheit des königlichen Verlieses.

30

Vorboten

Asara stand in dem kleinen Waschraum der Unterkunft, die sie mit Fala und Dania teilte. Zum vierten Mal in Folge wusch sie ihr Gesicht und spülte ihren Mund mit warmem Seifenwasser aus. Der Rest ihres Körpers war noch feucht von dem langen Bad, das sie gleich nach ihrer Rückkehr aus der Welt des Erschöpfungsschlafes genommen hatte. Doch trotz der gründlichen Pflege fühlte sich Asara immer noch beschmutzt. Daran konnte auch der verbotene Genuss in der Enge des Verlieses nichts ändern.

Sie fuhr mit der Hand über den Wandspiegel, der vom warmen Wasser beschlagen war. Ihre Finger hinterließen eine Narbe im Schleier des Dampfes. Das Gesicht eines erschöpften Ashen-Mädchens mit nassem Haar und nachdenklichen Zügen begrüßte sie. Die junge Frau war hübsch und trug ihr Sklavenhalsband mit Routine und Eleganz. Doch sie war nicht mehr das naive, unschuldige Ding, dass vor langen Monaten in der politischen Arena von Al'Tawil gescheitert war. Nicht nur Asaras Gesicht hatte sich geändert – auch die Person hinter der Fassade. Die *Kisaki* seufzte. Sie hatte wenig Zeit, das Geschehene zu verarbeiten. Neyve hatte ihr in knappen Worten berichtet, dass sie bereits am heutigen Abend einer weiteren Feier beiwohnen musste. Nur wenige Stunden trennten Asara von dieser neuen, unbekannten Aufgabe. Trotz eines kurzen Nickerchens in den Morgenstunden nach ihrer Freilassung, verspürte sie nach wie vor den Wunsch, bis in den Abend zu schlafen. Es hatte einiges an Überwindung gekostet, ihrem beschmutzten Körper die Anstrengung abzuverlangen, vom Bett in den Zuber zu stolpern. Schlussendlich hatte sie aber auch ihre genießende dunkle Seite nicht davon abhalten können, ihre Lippen und ihren Intimbereich von den klebrigen Flüssigkeiten zu befreien, die sie wie ein Abzeichen ihres niederen Standes für unerträglich lange Stunden getragen hatte. Jetzt, ein belebendes Bad später, zeugten lediglich leichte Druckstellen an Asaras Armen und Beinen von der langen Tortur, die sie im Verließ über sich hatte ergehen lassen müssen.

Wie kann man sich Freiheit herbeisehnen und im selben Atemzug die Gefangenschaft so sehr genießen?

Die *Kisaki* legte ihre Hand an ihr Halsband. Das Metall war warm vom Wasser und der konstanten Berührung ihrer Haut. Das Emblem von Haus Nalki'ir blitzte an der silbernen Oberfläche des polierten Metallreifs. Asara fühlte sich seit ihrer Ankunft in Ravanar wie diese Sandviper, die sich um die Klinge eines Schwertes schlängelte: Gefährlich und verwundbar zugleich.

„Lanys, bist du fertig?" tönte Falas Stimme aus dem Hauptraum. Die junge Sklavin steckte den Kopf durch die Tür. „Wir werden gleich abgeholt. Und Dania muss dringend aufs Töpfchen." Die Ashin grinste. „Sie ist immer so nervös vor einem Auftritt."

Asara nickte. Ihre beiden Mitsklavinnen waren ebenso wie sie für die Mitwirkung an dem kommenden Ereignis auserkoren worden. Niemand wusste recht, was für eine Art von Feier der Hochkönig plante. Einzig die Sängerin schien davon überzeugt zu sein, dass ihre Stimme ein Teil der Darbietung sein würde. Asara hoffte nur, dass ihre einschlägigeren Talente ausnahmsweise nicht zur Anwendung kommen würden. Sie hatte für den Moment genug davon, auf Spalte und Zunge reduziert zu werden.

Das hätte ich mir wohl früher überlegen müssen, dachte sie trocken. *Eine Lustsklavin hat wohl kaum andere Pflichten, als von erregter Kundschaft benutzt zu werden – und dabei gut auszusehen.*

„Ich komme gleich", sagte Asara. Fala nickte und verschwand im anderen Raum. Die *Kisaki* warf einen letzten Blick auf ihr Spiegelbild.

„Schnapp sie dir, Schattentänzerin." Die Ashen-Assassine lächelte. Asara wandte sich um und gesellte sich zu ihren Kameradinnen. Sie würde jeden Moment der kommenden Stunden nutzen, um ihre Kräfte wiederzuerlangen. Wenn Neyve schlussendlich kam um sie abzuholen, würde sie bereit sein.

Egal für welche Aufgabe.

~◊~

Asara stand gerade bei Fala und Dania am kristallenen Tisch ihrer Unterkunft, als Neyve mit einem großen Beutel bewaffnet in den Raum trat. Ein Offizier in adretter Uniform folgte ihr am Absatz und baute sich in der Tür auf. Neyve räusperte sich. Asaras Blick kehrte zur königlichen Sklavin zurück, die ihre Tasche bedächtig am Boden abstellte und die kleine Gruppe kritisch zu mustern begann.

„Gut", sagte sie. „Ihr seid bereit." Sie nickte knapp. Entgegen ihrer vorherigen Auftritte wirkte Neyve gesammelt und ruhig. Ihre Miene verhieß Geschäftliches – das Feuer ihres Sadismus brannte sichtlich auf Sparflamme. Sie deutete auf den Beutel zu ihren Füßen.

„Alle Sklaven des Hochadels werden am heutigen Fest des Schattens dienen", erklärte sie knapp. „Ich bin hier, um euch auf diese wichtige Rolle vorzubereiten."

Asara warf einen fragenden Blick in Richtung ihrer Kameradinnen. Fala zuckte unmerklich mit den Schultern.

„Ist es denn schon wieder soweit?" flüsterte sie fragend in Danias Richtung. Neyve trat einen Schritt vor und verstummte die Antwort mit einem bitterbösen Blick.

„Schweigt!" fauchte sie. Sichtlich irritiert und auch etwas durcheinander richtete die Hofsklavin den Saum ihres eleganten Kleides und räusperte sich erneut. „Wie ich schon sagte: Der Tag ist gekommen, den Boten der Anderwelt für ihr Geschenk an das Ashvolk zu danken. Angesichts des bevorstehenden Krieges wurde befunden, dass die Zusammenkunft dieses Mal im Tempel des Ordens der Letzten Schwelle stattfinden soll. Sozusagen als Zeichen der Einheit der großen Häuser." Neyve verschränkte die Arme. „Entgegen meines Rates hat der Hochkönig darauf bestanden, dass auch die vier Neuzugänge an seinem Hof ihren Teil beitragen."

Asara runzelte die Stirn. Neyves Worte wirkten einstudiert und nicht minder nervös. Was hatte es mit diesem Fest auf sich? Lanys hatte nie erwähnt, dass das Ashvolk noch auf derart religiös anmutende Zeremonien bestand.

„Das Fest der Schatten ist das wichtigste Zeichen der Ergebenheit, das wir in Respekt an die Boten der Anderwelt setzen", fuhr Neyve erklärend fort. „Und unsere Aufgabe als Sklaven des Adels ist es, wiederum unseren Herren in größter Ergebenheit zu dienen."

Der Soldat an der Tür nickte andächtig. Neyve beugte sich näher zu Asara.

„Hör zu, kleine Schlampe", zischte sie. „Ich bin dafür verantwortlich, dass ihr vier spurt und es zu keinen peinlichen Zwischenfällen kommt. Ihr werdet unter den Augen aller Ashen von Rang und Namen in den wichtigsten Hallen des Ordens unterwegs sein. Wenn du negativ auffällst – sei es nur durch einen zu langen Blick in die Augen eines Priesters – werden wir *alle* bestraft. Hast du verstanden?" Sie blickte in die Runde. „Das gilt auch für euch: Ein falsches Wort oder ein verschüttetes Glas und wir werden die nächsten Wochen im Kerker verbringen."

Neyve richtete sich wieder auf. „Das ist eine einzigartige Gelegenheit", sagte sie mit festerer Stimme. „Dient gut in den Augen der Boten und ihre Gunst wird uns in den kommenden Schlachten sicher sein."

Die Sklavin atmete durch und hob den Beutel auf. Sie öffnete dessen Verschluss und leerte den Inhalt auf das große Bett.

„Das sind eure Gewänder für heute Abend. Zieht euch um und wartet vor der Türe des Quartiers, bis ihr abgeholt werdet." Sie warf einen flüchtigen Seitenblick auf den Offizier. „Der Kapitän der Wache wird euch persönlich inspizieren und die erforderlichen Fesseln anlegen." Damit wandte sich Neyve zum Gehen.

„Nicht so schnell."

Der Soldat trat vor. Zum ersten Mal musterte Asara den Ashen im Detail. Er war großgewachsen und hatte ein langes, hartes Gesicht. Sein schlohweißes Haar war nicht nur aufgrund seiner Herkunft so blass – der Wachmann war sichtlich höheren Alters. Seine dunklen Augen lagen tief in den Höhlen seines Schädels. Das beunruhigteste an seiner Erscheinung war aber zweifellos seine Nase – beziehungsweise das Fehlen dieser. Anstatt des Riechorgans unterbrach eine breite, dunkelrote Narbe seine lederne Visage.

Neyve blieb unmittelbar vor ihm stehen. Nachdem er den einzigen Ausgang mit seinem uniformierten Körper blockierte, blieb der Hofsklavin auch keine andere Wahl. Der Soldat deutete auf das Bett, wo Fala bereits durch die ausgebreitete Kleidung wühlte.

„Der Hochkönig hat befohlen, dass *alle* Sklaven zu dienen haben", sagte der Wachkapitän mit kratzender Stimme. „Das inkludiert auch dich, Neyve."

Die Ashin fuhr sich nervös durch das kurze Haar.

„Der König braucht mich an seiner Seite", entgegnete sie vorsichtig. Der Soldat schüttelte den Kopf.

„Zieh dich um", befahl er knapp. „Ihre Majestät erwartet vollste Ergebenheit in Körper und Tat. Alle Sklaven haben vor ihre Meister zu treten, wie auch diese in tiefster Demut vor den Boten der Anderwelt knien werden."

Neyve erkannte sichtlich, dass weiteres Argumentieren nicht zielführend sein würde. Sie verneigte sich leicht.

„Wie Ihre Majestät wünscht."

Mit säuerlichem Gesicht nahm sie eine lederne Hose auf, die Asara mehr an ein Paar enganliegender Strümpfe erinnerte. Auch der Oberteil des ungewöhnlichen Ensembles bestand aus dünnem, hautengem Leder. Passendes Schuhwerk und eine Art Handschuh lagen ebenfalls bereit. Unter den Adleraugen der Wache suchten sich die Sklavinnen passende Größen heraus. Als Fala als erste damit begann, ihren Rock abzustreifen, wandte sich der Soldat ab und trat wortlos ans Fenster.

„Der hat wohl kein Interesse am heißesten Anblick des Jahres", kicherte die drahtige Ashin leise. Neyve stieß ihren Ellenbogen in Falas Seite.

„Sei still und zieh dich um."

„Oder was?" grinste die andere Sklavin. „Es sieht fast so aus, als ob du heute eine von uns wärst, oh Hochwohlgeboren."

Asara musste schmunzeln. Neyve zischte nur und widmete sich ihrem Kleid. Mit etwas Hilfe der schweigenden Dania mühte sie sich aus der elegante Abendrobe und legte Tracht wie Korsage ab. Anerkennend musste die *Kisaki* eingestehen, dass die königliche Hofsklavin auch ohne enges Korsett und bestickter Unterwäsche ein reizendes Bild abgab. Ihr junger Körper strotzte nur so vor Energie. Ihre Brüste waren stramm und symmetrisch und die Kurve ihrer Hüften zeichnete einen kecken Kompromiss zwischen süßer Verführung und gefährlicher Versuchung. Neyve war wahrlich eine Schönheit.

Nur zu schade, dass ihr Charakter umso unansehnlicher ist, dachte Asara, während sie sich ihres Nachthemds entledigte. Nach kurzem Stirnrunzeln begann die *Kisaki,* sich ebenfalls in die lederne Gewandung zu pressen.

„Du wirst das hier brauchen", murmelte Neyve und zog einen Tiegel aus der Tasche. Asara nahm das kleine Gefäß entgegen und öffnete es. Das tönerne Töpfchen war gefüllt mit einer Art farblosem Balsam.

„Reibe deinen Körper damit ein", fügte die Hofsklavin ungeduldig hinzu. „Sonst bleibt deine Haut am Leder kleben."

Asara tat wie geheißen. Sie tauchte zwei ihrer Finger in die Creme und begann, sie auf Armen und Beinen zu verstreichen. Gründlich folgte sie jeder Kontur ihres nackten Körpers. Abschließend half ihr Dania, auch die schwer erreichbaren Stellen ihres Rückens zu bedecken. Der unaufdringlich nach Kräutern riechende Balsam fühlte sich kühl und angenehm an. Die zarten Finger der Sängerin ließen Asara entspannen. Sie schloss die Augen. Es tat gut, nach all der Zeit wieder eine sanfte und vorsichtige Berührung auf ihrer Haut zu spüren. So sehr sie Schmerz und Strafe auch genoss – die langsam über ihren Rücken und ihre Taille tanzenden Finger waren ein Geschenk der vielerwähnten Anderwelt. Die *Kisaki* schmiegte sich gegen Danias warme Hände, während sie mit den eigenen Fingern langsam Balsam an der Innenseite ihrer Schenkel verstrich.

„Es ist eine Schande", flüsterte Dania, „deinen Körper unter Leder und Riemen zu verbergen." Sie lächelte schüchtern.

Asara blinzelte. Danias geschmeidige Finger folgten ihrer Taille nach oben und glitten nach vorne. Die umarmende Bewegung drückte den Oberkörper der anderen Sklavin sanft gegen ihren Rücken. Mit kreisenden Berührungen massierte die Ashin den Hof von Asaras Brüsten.

Falas amüsierte Worte durchbrachen den Zauber.

„Hey, ich will auch."

Dania zuckte zusammen und trat einen Schritt zurück.

„Verzeihung", hauchte sie und widmete sich mit hochrotem Gesicht ihrem eigenen Körper. Asara holte einen letzten entspannten Atemzug und lächelte.

„Danke."

Nach einem Moment des Sammelns nahm sie den Lederstrumpf von der Matratze auf und musterte das knappe Kleidungsstück. Dabei warf sie auch einen Seitenblick zu Neyve. Zu Asaras Überraschung wandte Tharions Hofsklavin ihre Augen fast schon ertappt von ihr ab. Kein schroffer Kommentar rügte den kleinen Ausflug in die Welt des sanften Spannungsabbaus.

„Dania", sagte Asara mit ruhiger Stimme. „Vielleicht kannst du auch Neyve im Anschluss helfen."

Die Sängerin nickte unsicher. „Natürlich."

Damit widmete sich Asara wieder vollends ihrer neuen Gewandung. Trotz des Balsams war es eine Herausforderung, ihre Beine in das enge Leder zu zwängen. Die *Kisaki* brauchte drei Anläufe, bevor sich das Material glatt und faltenlos an ihren Körper schmiegte. Auch die Bluse, sofern man das umarmende Oberteil so nennen konnte, stellte sie vor ähnliche Herausforderungen. Hier halfen zumindest die schmalen Riemen im Rücken des Kleidungsstückes bei der Adjustierung. Diesmal war es Fala, die die Knoten augenzwinkernd festzog.

Asara holte tief Luft und strich die Bluse glatt. Durch die strenge Passung wurden ihre Brüste in eine fast schon bescheidene Form gepresst. Auch ihre Taille wurde spürbar zusammengezogen.

Nach letzten Korrekturen bedeckte das schwarze Material schließlich Asaras gesamten Ober- und Unterkörper. Entgegen der bisherigen Gewandung, die sie an Ashen-Sklavinnen gesehen hatte, verbargen diese Kleidungsstücke jegliche nackte Haut. Durch die fehlende Unterwäsche hatte sich das weiche Material allerdings im Spott gegen die Sittsamkeit direkt an Asaras Intimbereich geschmiegt. Ihre Schamlippen zeichneten sich nur zu deutlich unter dem dünnen Leder ab. Trotz des vermeintlichen Versuches, verlockende Merkmale zu verbergen, überließ das Lederensemble dadurch nur wenig der Fantasie. Auch Nippel, Nabel und Gesäßbacken waren bei genauerer Betrachtung deutlich zu erkennen.

Asara rollte ihre Schultern. Die Ledergewandung knarzte leise. Es war erstaunlich, wie sehr das dünne Material auch ihre Bewegungsfreiheit einschränkte. Es fühlte sich so an, als ob ihr Körper in einer stählernen Rüstung anstatt in hautengem Leder steckte. Insbesondere die Bluse zwang ihre Trägerin in eine kerzengerade Form.

Nach einem kurzen Seitenblick zu ihren sich noch abmühenden Kameradinnen nahm Asara ein Paar dazu passende schwarze Stiefel in die Hand. Der Schaft des Schuhwerks hatte die Länge ihres gesamten

Unterschenkels. Die beschlagenen Absätze glichen beinahe einem Hochplateau – selbst an den Zehen addierten die Stiefel mehr als eine Handbreit auf die Körpergröße. Die Fersen wurden, ähnlich zu den Sandaletten des Vortags, weit nach oben gezwungen.

Asara nahm leise seufzend Platz und massierte ihre Knöchel. Trotz ihrer jüngsten Übung im Tragen derart hochhackiger Schuhe vermisste sie die weichen Schlüpfer ihres Heimatlandes. Neyve schien ihren Blick zu bemerken.

„Sei froh, dass wir nicht auf Zehenspitzen stolzieren müssen. Das ist noch viel anstrengender."

Die *Kisaki* zuckte mit den Schultern. Sie war unschlüssig, ob sie etwas Schnippisches oder etwas Nettes entgegnen sollte – also entschied sie sich für Schweigen. Es war schwer genug, sich Stiefel vorzustellen, die den Fuß in eine gänzlich ausgestreckte Stellung zwangen. Derartige Absätze mussten die halbe Länge ihres Unterarmes messen und nahezu keine Standfläche mehr aufweisen. Auf derart wackeligem Fuße mehr als drei Schritte zu gehen, musste an Unmöglichkeit grenzen.

Plötzlich über ihr weniger extremes Schuhwerk dankbar, arbeitete Asara ihre Füße in die hohen Lederstiefel. Eine schwarze Schnur folgte deren Schaft ähnlich einer Korsage bis an das obere Ende. Die *Kisaki* zog die Senkel Öse für Öse stramm und band sie nahe ihres Knies ab. Dann betrachtete sie ihr Werk. Die Stiefel fügten sich wie angegossen um ihre Schenkel. Es war kaum noch möglich, die Knöchel auch nur kreisen zu lassen. Asara erhob sich und trat langsam an den Tisch. Die hohen Absätze verhinderten jeden schnellen Schritt. Immerhin war Asaras Stand trotz der schmalen Ferse erstaunlich sicher.

Nun gut. Ein letzter Teil und die ominöse Feier kann kommen.

Asara nahm wieder auf dem Bett Platz und überschlug die Beine. Neugierig hob sie die Handschuhe auf und hielt sie in das Licht der *Valah*-Kristalle. Stirnrunzelnd musste sie feststellen, dass das nach unten hin schmäler werdende Kleidungsstück Platz für beide Hände zugleich bot.

„Das ist ein Einhandschuh", sagte Neyve. „Die hohen Herren haben heute keine Verwendung für unsere Hände."

Asara verbiss sich die Frage, wie sie mit gefesselten Armen jemandem sinnvoll dienen sollte. Das Ashvolk hatte schon zu oft bewiesen, wie kreativ es bei der einschränkenden Behandlung seiner Sklavinnen sein konnte.

Die Stimme des Wachkapitäns unterbrach Asaras Antwort im ersten Atemzug.

„Ich werde mich darum kümmern", sagte der Mann knapp. Er hatte sich immer noch nicht umgedreht. „Sklavin: Komm zu mir."

Asara nahm den eigentümlichen Handschuh auf und stakste zum Soldaten ans Fenster. Sie wählte jeden Schritt mit Bedacht, um sich an die ungewohnt hohen Schuhe zu gewöhnen. Kommentarlos nahm ihr der gezeichnete Wachmann das Lederteil ab und schob Asara unsanft mit dem Oberkörper gegen die Wand. In vorausahnendem Gehorsam legte die *Kisaki* ihre Hände hinter den Rücken. Neyve schien die Szene zu beobachten.

„Der Einhandschuh wird über beide deiner Arme gestülpt", erklärte sie. „Die Riemen an den Seiten werden um deine Schultern geschlungen, damit der Handschuh nicht herabrutschen kann." Sie zögerte kurz. „Wie stark deine Arme zusammengezogen werden, hängt von der Schnürung und den Riemen an Handgelenken und Ellenbogen ab. Bei mittlerer Strenge kann man den Einhandschuh ähnlich einer Korsage für Tage tragen, ehe der Schmerz zu groß wird."

Asara entgegnete nichts, als der Soldat das Leder langsam über ihre zusammengezogenen Arme schob. Versuchte Neyve, den Mann zur Nachsicht zu bewegen? Es schien untypisch für die schadenfrohe Sklavin zu sein, Asara die größte Tortur ersparen zu wollen. Die *Kisaki* verspürte jedenfalls eine stille Dankbarkeit, als die Schnur entlang ihrer Arme fest – aber nicht zu fest – zusammengezogen wurde. Zu gekränkt waren ihre Glieder noch ob der strengen Fesselung im königlichen Kerker.

Wenige Minuten später hatte der Wachkapitän sein Werk beendet. Der Einhandschuh zwang Asaras Arme stramm hinter ihrem Rücken zusammen, war aber mehrere Zentimeter von einer unerträglich engen Umarmung entfernt. Dies änderte jedoch nichts an der Unentrinnbarkeit ihrer Position. Die Gurte waren fest um ihre Schultern geschlungen und kreuzten sich oberhalb von Asaras Brust. Zusätzliche Riemen hielten ihre Handgelenke zusammen. Der Handschuh selbst umschlang auch ihre Finger, die vom Leder flach aneinandergepresst wurden. Es gab keine Möglichkeit, irgendetwas zu ertasten oder gar zu ergreifen.

Der Soldat kontrollierte ein letztes Mal den Sitz des ledernen Harnischs und entließ Asara danach mit einer abweisenden Handbewegung. Mit unsicheren Schritten gesellte sich die *Kisaki* wieder zu ihren Kameradinnen. Bis auf Dania trugen bereits alle ihre enge, schwarze Gewandung. Die Sängerin war noch mit ihrer viel zu knappen Bluse beschäftigt. Alle blickten auf, als Asara neben ihnen zu stehen kam.

„Elegant", sagte Fala anerkennend und pfiff leise durch die Zähne. „Zum Anbeißen und doch unerreichbar."

Asara stemmte sich halbherzig gegen den Einhandschuh und kreiste ihre Hüften.

„Nicht so leicht, auf diese Weise das Gleichgewicht zu halten", murmelte sie. Neyve warf ihr einen kühlen Blick zu.

„Das wirst du aber müssen. Unsere Aufgabe wird es sein, kleine Erfrischungen und Speisen zu servieren." Als Antwort auf Asaras ungläubigen Blick fuhr sie fort. „Man wird ein Tablett um unsere Taille schnallen. Der dazugehörige Gürtel und zwei Schulterriemen werden alles sein, was es aufrecht hält. Das, und unser eigenes Gleichgewicht."

Asara schüttelte leicht den Kopf.

„Das ist zum Scheitern verurteilt", schnaubte sie leise. Skeptisch studierte sie ihre in den hohen Stiefeln gefangenen Füße. So wie sie die Ashen kannte, wartete vermutlich noch ein Paar kurzer Fußschellen auf ihre Gelenke.

Neyve fuhr sie plötzlich und unerwartet heftig an.

„Du wirst dein Bestes tun!" bellte sie. „Es ist unsere Aufgabe als Sklaven, an diesem besonderen Tag unsere vollste Ergebung zu zeigen. Das geht nur durch unser Talent, in allen Lagen zu dienen. Hast du verstanden?"

Asara blickte die Hofsklavin für einen langen Moment verwundert an. Ihr Gesichtsausdruck war, entgegen ihrer forschen Stimme, frei von Ärger. Hätte sie es nicht besser gewusst, hätte sie Neyves Blick aus flehend interpretiert.

Sie hat Angst. Aber wovor? Dem Wachmann?

„Verstanden", sagte Asara langsam. „Ich freue mich schon auf meinen Dienst an den Boten."

Die Erleichterung stand der königlichen Zofe ins Gesicht geschrieben, als sie knapp nickte.

„Kapitän Kruul", sagte sie in Richtung des Soldaten. „Ich bin bereit für meine Fesselung."

Asara wartete am Bett sitzend, bis auch ihre Kameradinnen fest verschnürt worden waren. Es war dem unheimlichen Wachmann dabei nicht anzusehen, was er von seiner Aufgabe oder seinen jungen Gefangenen hielt, die sich wehrlos dem Leder und den Fesseln ergaben. Er tat lediglich seine Aufgabe.

Wenige Minuten später standen die Sklavinnen in einer Reihe vor ihrem Quartier. Asara befand sich an dritter Stelle. Eine kurze Kette verband ihr Halsband mit dem von Neyve und Dania. Eine weitere war an einem kleinen Ring an der Spitze des Einhandschuhs befestigt wurden und führte zwischen ihren Beinen hindurch an den Lederharnisch ihrer Vorgängerin. Die Stimulation durch die feinen Stahlglieder hielt sich glücklicherweise in Grenzen. Dennoch berührten sie immer wieder Asaras sich durch die Hose abzeichnenden Schamlippen.

„Der Tempel wartet", sagte der Mann mit kühler Dringlichkeit. Er nahm das Halsband von Fala auf, die den kleinen Zug anführte. „Schreitet den Boten erhobenen Hauptes entgegen."

Mit einem mulmigen Gefühl im Bauch trat Asara einem ungewissen Abend entgegen.

~◊~

Die Schwarze Feste von Ravanar war mehr als nur eine Burg – sie war eine Stadt in einer Stadt. Zu diesem Schluss kam Asara, als sie zum wohl zehnten Mal in eine riesige Kaverne trat, die sich unvermittelt vor ihr eröffnete. Wie schon zuvor begrüßte sie eine völlig neue Welt.

Der Gang – eigentlich mehr eine Straße – ging nahtlos in eine Brücke über, die einen im Licht der *Valah*-Kristalle schimmernden Fluss überspannte. Die trägen Wellen des Gewässers stießen Dampf aus, der am steinernen Bogen kondensierte. Es machte fast den Eindruck, die Straße überquere einen brodelnden Kochtopf. Auf der anderen Seite des unterirdischen Flusses begannen die Häuser. Viele glichen steinernen Pilzen oder simplen, von Kristall durchsetzten Quadern. Andere waren Repliken der Fachwerksbauten, die draußen in Neu-Ravanar das Straßenbild beherrschten. Stählerne Rohre kreuzten den Boden, wo das warme Wasser des Flusses bis in die Behausungen gepumpt wurde. Asara konnte sich nur zu gut vorstellen, welche Vorteile eine derartige Versorgung mit heißem Nass haben musste. Kochen und persönliche Hygiene musste in diesem Teil der Feste ein wahres Vergnügen sein. Und tatsächlich: Eines der größeren Gebäude nahe dem Marktplatz trug eine Aufschrift, die es als Badehaus identifizierte. Die geschwungenen Lettern waren aus *Valah*-Kristall geformt, deren unermüdliches Licht jede Fassade und jede Straßenecke erhellte.

Auch die fernen Wände der Kaverne waren ein Teil der Unterstadt. Türen und Fenster einer Wohnsiedlung in der Größe von Masartas Al'Faj Bezirk durchbrachen die Felswand an unzähligen Stellen. Licht blinzelte aus den meisten der Öffnungen. Kniff man die Augen zusammen, so wurden die Fenster zu einem Teppich schimmernder Glühwürmchen, der sich bis nahe an die Decke erstreckte.

Der Marktplatz selbst war eine Ansammlung von steinernen Tafeln und einigen wenigen Ställen aus Holz, in denen Waren feilgeboten wurden. Im Gegensatz zur äußeren Stadt überwogen hier die Luxusgüter. Schmuckstücke aus Gold, verziert von bunten Edelsteinen glitzerten dem neugierigen Betrachter entgegen. Selbst die ausgestellten Waffen dienten mehr der Dekoration und hatten wenig praktischen Nutzen. Ballen bunter Stoffe häuften sich auf Tischen und nicht wenige Schneider maßen potentielle Kunden mit Auge und Schnur. Der ganze Bezirk war in festlicher Stimmung. Hohe Damen und Herren tätigten letzte Einkäufe für die bevorstehende Feier. Eine muntere Hektik lag über dem Platz, als Asara und ihre Begleiter ihn überquerten.

Anfangs fühlte sich die *Kisaki* noch fehl am Platz unter dem freien Ashvolk, doch das änderte sich schnell. Je länger sie hinsah, desto mehr Sklaven und Diener erkannte sie. Einige trugen prunkvolle Gewänder, die sich von jenen ihrer Herren nur wenig unterschieden. Die meisten Leibeignen waren jedoch in einfache Tuniken gehüllt oder trugen kaum mehr als Unterwäsche. Eine Gruppe junger Männer in Begleitung eines Paares war gar gänzlich nackt. Unter leisem Kettenklimpern folgten sie ihren Besitzern in respektvollem Abstand. Jeder trug dabei ein großes Bündel sorgfältig verpackter Ware.

Die Welt war eine andere als vor den Toren der Festung. Die Gesichter waren ernster und die Präsenz der Sklaven deutlicher zu spüren. In Neu-Ravanar hatte Asara daran zu zweifeln begonnen, dass das Ashvolk tatsächlich einen noch größeren Teil seiner Bevölkerung zur Unterwerfung zwang, als die Yanfari. Hier, im Zwielicht der alten Feste, konnte sie es nur zu gut glauben. Es war eine schmerzliche Erinnerung an Asaras ursprüngliche Bestrebungen, die ihr den kaiserlichen Thron gekostet hatten. Sie hatte für eine Welt ohne Sklaverei gekämpft, nur um ein halbes Jahr später als gefesseltes Lustobjekt durch die Straßen geführt zu werden.

Die *Kisaki* blickte an ihrem in Leder gehüllten Körper hinab.

Das ist nur ein kleines Opfer. Die Einsätze haben sich seit damals drastisch erhöht.

Es ging nicht mehr bloß um soziale Ungerechtigkeit. Zahllose Leben standen auf dem Spiel. Asara machte sich keine Vorwürfe darüber, dass sie den Kompromiss suchen musste. Es würde ihr sogar umso mehr Genugtuung bereiten, als Teil der Unterprivilegierten zu einem Boten der Veränderung zu werden. In Masarta hatte sie schon einmal gezeigt, dass eine Sklavin nicht zwangsläufig machtlos sein musste. Ravanar würde ihr zweiter Streich werden.

Sofern Tharion mich nicht ausmanövriert.

Der Hochkönig hatte eine Agenda – daran bestand kein Zweifel. Er hatte sich alle Mühe gegeben, sich auf Asaras Seite zu positionieren. Zugleich hatte er vieles für sich behalten. Die *Kisaki* war noch nicht bereit zu glauben, dass es alleine dem Gelingen einer Täuschung diente, die der Ashe wohl für Prinzipal Vandar geplant hatte. Es steckte zweifellos mehr dahinter. Glücklicherweise hatte auch Asara einen Plan.

Ein Ruck an ihrem Halsband beschleunigte ihre Schritte über den glatten Steinboden. Der verstärkte Zug drückte ihre gefesselten Hände eng an ihren Körper. Die Kette, die ihren Handschuh durch ihre Beine hindurch mit Danias Harnisch verband, wurde stramm gespannt.

„Kein Trödeln", sagte der Wachkommandant knapp. „Wir müssen in Stellung sein, ehe die ersten Gäste eintreffen."

Die kleine Gruppe ließ den Marktplatz hinter sich und bog in eine Gasse ein, die nach wenigen Dutzend Metern deutlich anzusteigen begann. Die Häuser an beiden Seiten des Weges wurden kleiner und auch sichtlich älter. Als die Straße schließlich in einer Treppe endete, bot sich bereits ein beindruckender Blick auf die Kaverne und ihre vielen Lichter. Der Markt, die Brücke und die aus dem Stein gehauenen Gebäude waren deutlich geschrumpft. Der Fluss selbst war zu einem dunkelblauen Band geworden, dass die Unterstadt in zwei ungleich große Hälften teilte. Wo auf der einen Seite das Leben regierte, befanden sich auf der anderen nur zahlreiche Tunneleingänge, die schwarze Löcher in den Fels bohrten. Einer der Tunnel hatte die *Kisaki* an die Brücke geführt und verband die Kaverne über ein unterirdisches Labyrinth mit dem königlichen Palast. Andere führten wohl tiefer in das natürliche Fundament der Feste, wo das einfache Volk lebte und arbeitete. Dies war zweifellos nahe jenem Ort, wo auch die Gefangenen in engen Verliesen dahinsiechten, ohne jemals die Sonne auf der Haut zu spüren. Nach ihrer Zeit im Kerker hatte Asara wenig Bedürfnis, in diese Tunnel zurückzukehren.

Das wenige nutzbare Land jenseits des Schleiers aus quellendem Dampf gehörte den Resten einer alten Verteidigungsanlage, die Asara trotz ihrer beachtlichen Größe von der Brücke aus nicht gesehen hatte. Unheilvolle Erker und halb verfallene Aufbauten starrten durch den Nebel. Während die Stadt im Licht der *Valah*-Steine erstrahlte, war die Bastion ein regloser Schatten, der halb vergessen über das frohe Treiben wachte.

Mit dem Ausblick im Rücken begann Asaras Trupp schließlich mit dem Aufstieg. Die steinernen Stufen schlängelten sich bis weit hinauf in die unheilvolle Dunkelheit des Berges. Dabei folgten sie dem Fels wie eine Viper, die sich im endlosen Zickzack an ihr Ziel bewegte. Der Weg verlief entlang der Felswand wie eine lange, natürliche Galerie. An einer Stelle kreuzte der Pfad gar den Fluss, der unter Getöse aus dem Fels schoss und sich, von einem Staubecken gebändigt, seinen Weg in Richtung der Bastion bahnte. Asara spürte trotz der Entfernung warme Gischt auf ihrer Haut.

Das Ziel des waghalsigen Steiges war anfangs nicht zu erkennen. Erst lange Minuten später, in schwindligen Höhen weit über dem Kavernenboden, erspähte Asara zum ersten Mal das Bauwerk, das den Abschluss des beschwerlichen Aufstiegs markieren musste.

Die Serpentinentreppe endete in einem riesigen, ausgebrannten *Valah*-Kristall. Die Struktur hing wie eine Fledermaus von der Decke der Höhle, die Alt-Ravanar behauste. Sie war größer als vier Wohnhäuser und lief in messerscharfen Kanten zu einer perfekten Pyramide zusammen, der senkrecht nach unten zeigte. Die Oberfläche des Kristalls war spiegelglatt. Wäre die Treppe nicht gewesen, so hätte Asara niemals vermutet, dass dieses Wunder der Zeit betreten werden konnte. Doch so war der Makel unübersehbar, der sich beim Näherkommen als riesige Öffnung in der milchig-weißen Struktur entpuppte. Statuen aus demselben Material bewachten den Eingang des Tempels. Ihre Gesichter waren fremdartig, fast tierhaft. In ihren Händen hielten die Kreaturen lange Speere aus Bronze, die sich oberhalb des Portals kreuzten. Eine rote und schwarze Flagge in der Größe eines Segels brachte Kontrast in das Bild. Zugleich wirkte das Emblem des Ordens der Letzten Schwelle wie eine Anomalie, eine Botschaft der Anmaßung an der perfekten Haut des matten Kristalls.

Außer Atem und mit zittrigen Knien kam Asara vor dem Torbogen zu stehen. Ihre Muskeln schmerzten ob des Balanceakts, den der Aufstieg erfordert hatte. So sehr sie sich daran gewöhnt hatte, ihre Hände hinter ihrem Rücken zu führen, so hatten die Absätze ihrer Stiefel jede Routine wieder aufgewogen. Asara war verlockt, kommentarlos zu Boden sinken, nur um ihr Gewicht nicht mehr mit Zehenspitzen und gestreckten Waden tragen zu müssen.

Schweiß stand auf ihrer Stirn. Obwohl der echte Himmel weit entfernt war, spürte die *Kisaki* Wind in ihrem Haar, der etwas verdiente Kühlung mit sich brachte. Einzig gegen die Hitze unterhalb ihres ledernen Gewandes gab es keine Medizin. Ihre Haut konnte kaum atmen. Das schwarze Material schien sich durch die Feuchtigkeit zusammenzuziehen und sich dadurch immer enger an ihren Körper zu schmiegen. Wenn Dania ein Maßstab für ihr eigenes Aussehen war, so war die Gewandung während des Weges zu einer zweiten Haut geworden, die jeder Rundung folgte und jede Spalte ihres Körpers infiltrierte.

Umso mehr überraschte es Asara, als eine nahezu identisch gekleidete Syndriss H'Reyn unvermittelt aus dem Halbdunkel des Tempels trat und sich vor der kleinen Gruppe aufbaute. Auch auf den zweiten Blick trug die hochgewachsene Priesterin eine sich kaum unterscheidende Tracht. Trotzdem schaffte sie es, dass Hose und Oberteil an ihr nicht wie eine obszöne Einladung wirkten – im Gegenteil. Ihr Erscheinungsbild gebot Respekt. Es spielte keine Rolle, dass ihr Körper wie jener Asaras zur Schau gestellt wurde. Die Priesterin hielt ihren Kopf erhoben und mit sichtlichem Stolz. Nicht ein einziger Schweißtropfen zierte ihr Gesicht. Zusätzlich zum Leder trug sie ein Medaillon, das eine simple, gravierte Scheibe zeigte. Mehrere filigrane Ketten schlängelten sich ihre Arme und ihre Beine entlang. Ein schmuckloser Dolch haftete ohne Zutun einer Scheide an ihrem Oberschenkel. Die flachen Absätze ihrer Stiefel bestanden aus genietetem Metall.

Syndriss strich die einzelne rote Strähne ihres Haares zur Seite und verschränkte die Arme. Asara versuchte sich einen Moment lang auszumalen, ob die Priesterin auch in gefesseltem Zustand noch so respekteinflößend sein würde. Widerwillig musste sie sich eingestehen, dass wohl auch ein Einhandschuh und ein Halsband nicht viel an dem gebieterischen Bild ändern würden.

„Ihr seid hier", sagte Syndriss. „Gut." Sie musterte die Versammelten, bis ihr Blick an Asara hängenblieb. Ihre Augen verengten sich. „Ich habe schon auf euch gewartet."

Das Innere des Tempels war so eindrucksvoll wie sein Äußeres. Jeder Meter des Bodens und jede Säule waren aus demselben kristallinen Material wie die Wände des Kolosses. Selbst die Kronleuchter hoch über Asaras Kopf bestanden aus *Valah*-Stein. Reliefs mystischer Szenen waren in jede Wand gehauen und spiegelten das Licht der noch lebendigen Kristalle, die in regelmäßigen Abständen ihr blaues Licht spendeten. Alles wirkte wie aus einem Guss.

Stumme Akolythen huschten durch die Gänge, durch die Asara und ihre Mitsklavinnen geführt wurden. Die Wachen an den Gabelungen starrten reglos in die Entfernung. Trotz Syndriss' schweren Stiefeln verursachten ihre Schritte kaum Hall. Die gedrückte Stimmung veranlasste auch die *Kisaki*, ihre Füße mit Bedacht zu platzieren. Es wirkte falsch, diesen Ort durch überflüssigen Lärm zu stören.

Die kleine Gruppe folgte einem leicht nach unten führenden Gang. Säulen im Stil einer Arkade gaben dem breiten Korridor das Erscheinungsbild einer Galerie. Ein flüchtiger Seitenblick fiel jedoch nicht in einen Garten oder Innenhof, sondern auf rohe Kristallformationen, die das Licht förmlich zu absorbieren schienen. Wachsendes Unbehagen machte sich in Asara breit, als Syndriss an einer schweren Türe zu stehen kam. Wie auch der Tempel rundherum bestand das Portal aus purem *Valah*-Stein. Ein mattes Glimmen ging von dem Tor aus, als es sich unvermittelt und ohne Zutun der Priesterin zu öffnen begann.

„Willkommen im Tempel der Letzten Schwelle", intonierte Syndriss mit stolzer Stimme. „Die Boten freuen sich schon auf euren Dienst."

Asara betrat als Vorletzte die Halle. Grelles Licht blendete sie für einen langen Moment. Die Quelle des ungewohnten Scheins war schnell gefunden: Eine winzige Version des Kristalls, der den Tempel in sich trug, wuchs aus der hohen Decke. Es machte den Eindruck, als ob das Tetraeder entgegen aller Gesetze der Schwerkraft über den Köpfen der Anwesenden schwebte. Tatsächlich formte der Kristall die Spitze eines gläsernen Stalaktiten, der wie ein tödliches Schwert gen Hallenboden zeigte.

Bis auf den beinahe sonnengleich glimmenden Blickfang war der Raum erstaunlich leer. Auf einem Podest im hinteren Bereich stand ein Altar in der Form eines simplen Blocks aus schwarzem Basalt, der jegliches Licht zu absorbieren schien. Mehrere Säulen hielten die hohe Decke, von der aus verschiedenste Banner herabhingen. Asara erkannte den Lindwurm von Haus D'Axor sowie die Wappen von Vandar und der Eisengilde. Trotz des religiösen Untertons des kommenden Ereignisses ließen es sich die hohen Herrschaften von Ravanar wohl nicht nehmen, ihre Macht auch in diese Hallen zu zeigen.

Syndriss führte die Gruppe an einen kleinen Durchgang an der Seite des Tempelschiffs. Geräusche von klimperndem Glas waren hinter dessen schwarzen Verhang zu vernehmen. Eine weitere Gruppe Sklaven wartete dort bereits. Ishan war einer von ihnen. Wie Asara und die anderen Leibeigenen trug auch er die enganliegende Lederkluft. Wo die Gewandung gekonnt Asaras Kurven betonte, meißelte sie ihn zur beeindruckenden Skulptur eines jungen, durchtrainierten Körpers, der so manchen Spaß versprach. Seine Männlichkeit zeichnete sich deutlich unter der Hose ab. Aus dem Augenwinkel sah Asara, wie Neyve sich erröteten Gesichts abwandte. Die *Kisaki* konnte es ihr nicht verübeln.

Syndriss bedeutete den Neuankömmlingen, sich in die wartende Gruppe einzureihen. Asara und ihre Kameradinnen leisteten kettenklimpernd folge.

„Ihr kennt eure Aufgabe?" fragte die Priesterin knapp. Niemand sprach. „Gut. Ihr alle seid Diener des hohen Adels und wisst, wie ihr euch zu benehmen habt. Sollte doch etwas vorfallen, werdet ihr mir persönlich Rede und Antwort stehen." Ihre roten Augen fanden Asara. „Ist das klar?"

„Ja, Herrin." Die Sklaven sprachen mit einer Stimme. Asara knirschte lautlos mit den Zähnen. Sie war wieder da, ihre alte Widerspenstigkeit. So sehr sie es sonst genoss, die wehrlose Gefangene zu sein – Syndriss und Neyve blieben Provokateure ihrer ureigenen Sturheit. Asaras Stimme durchbrach die prekäre Stille, bevor die Vernunft ihre Zunge zum Schweigen bringen konnte.

„Wir sollen umherlaufen und Getränke servieren, nicht wahr?" fragte sie in leichtem Tonfall. „Für all die frommen Damen und Herren, die sich heute auf den Berg tragen lassen?"

Neyve hielt hörbar die Luft an. Syndriss' durchbohrte Asara mit einem unlesbaren Blick.

„So ist es", sagte sie langsam. „Ihr seid heute Teil der Einrichtung." Sie nahm einem nervösen Diener ein hölzernes Tablett ab, an welchem mehrere Lederriemen befestigt waren. Sie trat an Asara heran, bis diese ihren Atem im Gesicht spüren konnte.

„Dieses Fest ist heilig", zischte sie. „Es ist, was uns Ashvolk von den gottlosen Yanfari unterscheidet, die einzig ihre Reichtümer und die seelenlose Sonnenscheibe verehren." Syndriss presste das Tablett mit der Schmalseite voran fest gegen Asaras Bauch. Mit einer schnellen Bewegung zurrte sie den unteren Riemen um die Taille der *Kisaki*. Der unsanfte Ruck raubte Asara für einen Moment die Luft.

„Du weißt noch, was es bedeutet, Dienerin der Boten zu sein, nicht wahr, Schattentänzerin?"

Asara hob ihren Kopf und studierte für einen schmerzhaften Moment den gleißenden Kristall.

„Wenn ich es mir recht überlege, hat dieser Stein große Ähnlichkeit mit der seelenlosen Sonne", meinte sie beiläufig. „Und die Banner der großen Häuser sind eine gute Erinnerung daran, wer den Reichtum kontrolliert." Sie entgegnete Syndriss' eisigen Blick. „Ich sehe keinen großen Unterschied zu den Yanfari, oh Priesterin. Aber keine Sorge – wir sind ihnen zumindest in einer Sache voraus: Scheinheiligkeit."

Stille.

Niemand sprach. Das Gesicht der Priesterin hatte jegliche Emotion verloren. Selbst Kommandant Kruul mit seinem entstellten Gesicht stand wie eingefroren an der Wand, seine Züge unlesbar. Die Sklaven wagten es nicht einmal, einen Atemzug zu tun. Jeder erwartete das Unvermeidliche.

Stattdessen hob Syndriss ihre Hand, führte die Riemen des Tabletts um Asaras Schultern und zurrte sie hinter ihrem Rücken fest. Die Tragefläche stand nun im rechten Winkel von Asaras Unterkörper ab.

„Du wirst dienen", sagte die Hohepriesterin leise. „Bis die Boten dich holen."

Damit wandte sie sich ab.

„Kommandant."

Der Wachmann nahm Haltung an. „Ja, Herrin?"

„Die Sklavin Nai'lanys und ihre Aufseherin-"

„Neyve?"

„Ja, Neyve. Sie beide werden den Abend aneinander gekettet verbringen. Halsband zu Halsband und Handschuh zu Handschuh. Ihr werdet sie auf Schritt und Tritt begleiten. Beim ersten Fehler werdet ihr sie mit zwei Peitschenhieben bestrafen. Beim nächsten mit vier, danach mit acht. Ihr werdet auch dann nicht aufhören, wenn ihnen die Kleidung in Fetzen vom Körper hängt und sie schluchzend am Boden kauern. Verstanden?"

Kruul nickte anerkennend. „Ja, Herrin."

Syndriss blieb vor Dania stehen.

„Du bist die Sklavin mit der gesegneten Stimme, nicht wahr?"

Dania nickte schüchtern und senkte ihren Blick. Die Priesterin zuckte verächtlich mit den Schultern.

„Beinahe hättest du heute die Gelegenheit bekommen, dem Adel deine Künste zu präsentieren. Zu schade, dass du in schlechter Gesellschaft verkehrst." Syndriss winkte einem Diener. „Knebelt sie! Die andere Sklavin auch. Die beiden werden nicht in der großen Halle dienen, sondern in Ergebung neben dem Haupteingang knien. Stirn zu Boden und wie Hunde an die Statuen gekettet."

Dania begann leise zu schluchzen.

„Du siehst, Nai'lanys", sagte die Priesterin, als sie sich wieder der *Kisaki* zudrehte, „deine kindischen Worte schaden vor allem deinem Umfeld."

Asara spürte Falas verärgerten und Neyves fassungslosen Blick auf sich. Sie schluckte. Einer der Diener entfernte die Kette zwischen ihr und der Sängerin. Ein anderer presste einen großen Ballknebel in Danias Mund und versperrte den Kopfriemen mit einem Vorhängeschloss. Nachdem auch Fala geknebelt worden war, wurde Neyves Taille ebenfalls mit einem Tablett bestückt.

„Du hattest *eine* Aufgabe", zischte Tharions Hofsklavin. „Eine."

Syndriss lächelte.

„Wir sehen uns sicherlich im Laufe des Abends wieder."

Die Drohung hing wie der enorme Kristall über Asaras Kopf, als die Priesterin leiser Sohle davonschritt. Zurück blieben Reue, ein Funken Genugtuung und die finsteren Blicke eines knappen Dutzends Sklaven.

~◊~

Asara stand neben Neyve in der dem Eingang entferntesten Ecke, als die ersten Gäste eintrafen. Die an sie gekettete königliche Sklavin hatte sie während der letzten Stunde mit Schweigen gestraft. So hatte die *Kisaki* ihre Zeit damit verbracht, den Akolythen des Tempels bei den letzten Vorbereitungen zuzusehen. Diese inkludierten das Polieren besonders prominenter Kristallformationen, das Abfüllen von Getränken in gläserne Karaffen und die letzten Adjustierungen an Bannern und Wandteppichen. Letztere zeigten kaum deutbare Szenen der Verehrung von Wesen, die vage den überlebensgroßen Statuen am Eingang des Tempels ähnelten. Die Kreaturen – Asara nahm an, dass es sich um die „Boten" handeln musste – verfügten allesamt über unnatürlich lange Glieder, flache Gesichter und leere, pupillenlose Augen. Manche stellten Klauen ähnlich jenen einer Sandkatze zur Schau oder fletschten hyänenartige Zähne. Ein anderes Exemplar hatte gar Flügel: Seine massiven Schwingen waren schützend über eine Gruppe hellhäutiger Menschen gelegt, die in sichtlicher Ehrerbietung am Boden knieten. Alles in allem hatte die Boten mehr mit Monstern aus Ammenmärchen gemein, als mit wohlwollenden Gottheiten. Einmal mehr wunderte sich Asara, dass Lanys nie etwas von diesem Kult ihres Volkes erwähnt hatte.

Auch Tharion hat mich nicht vorgewarnt.

Im Falle des Hochkönigs war es allerdings schwer zu sagen, ob das Versäumnis nicht Teil eines Kalküls war. Trotz aller Zweifel an seiner Aufrichtigkeit war Asara bereit zu glauben, dass ihre ehrlich überraschte Reaktion auf zukünftige Ereignisse integraler Teil seines Plans war. Vergangene Erfahrungen hatten zu oft gezeigt, dass das Ausmaß von Asaras Schauspielkünsten eher überschaubar war. Und ihre Mission an Vandars Hof war zu wichtig, um sie durch eine schlechte Darbietung zu gefährden. Asaras große Klappe tat bereits im Vorfeld ihr Bestes, sie und ihre Freunde in Schwierigkeiten zu bringen.

Die Gefesselte seufzte tonlos. Die nächsten Stunden, Tage oder Wochen lagen ohne Zweifel außerhalb ihrer Kontrolle. Tharion, Lanys und Cyn-Liao waren diejenigen, die in dieser Phase des Plans besonders gefragt waren. Ohne deren Vorbereitungen hatte Asaras unterwürfiger Part wenig Chance auf Erfolg. Die *Kisaki* verspürte fast so etwas wie schlechtes Gewissen ob des Gedankens.

Sie warf einen vorsichtigen Seitenblick auf Neyve, die nach wie vor mit säuerlichem Blick in die Entfernung starrte. Als die Sklavin Asaras Aufmerksamkeit bemerkte, fauchte sie leise.

„Was ist?"

„Nichts."

Die Stille kehrte zurück. Ein Diener huschte an den beiden Ashen vorbei und verschwand im Hinterzimmer. Die ersten Gäste sammelten sich um die Hohepriesterin, die in der Mitte des Raumes auf Bittsteller wartete. Die Gewänder der Neuankömmlinge ähnelten dem ledernen Ensemble von Syndriss und den anderen Akolythen. Den wenigen Schmuckstücken der Gäste nach zu urteilen, ließen die wirklich hohen Herrschaften noch auf sich warten.

Asara beobachtete das gedämpfte Treiben mit milder Neugierde. Nach einer Weile schüttelte Neyve den Kopf, was die Halskette zwischen den beiden jungen Frauen in Schwingung versetzte. Die Hofsklavin beugte sich näher.

„Ich hoffe du bist zufrieden, dass du dir Syndriss H'Reyn zum Feind gemacht hast. Auf unsere Kosten."

Asara presste die Lippen zusammen und entgegnete nichts.

„Plötzlich schweigsam?" schnaubte Neyve. „Du bist inkonsistent wie ein trotziges Kind."

Die *Kisaki* hatte keine Antwort für ihre Mitgefangene. Es stimmte wohl, dass ihre Aufmüpfigkeit nur zu bestimmten Anlässen herauskam. In diesen Momenten des Leichtsinns fühlte es sich so an, als ob Lanys' spöttisches Lächeln aus dem Äther auf sie herabschien. Ihre ungleiche Schwester schien sie förmlich dazu verleiten zu wollen, politische Korrektheit und Diplomatie über Bord zu werfen. Leider war es darüber hinaus auch noch überaus unterhaltsam, selbstverliebte Frauen wie Syndriss und Neyve zur Weißglut zu treiben.

Neyve wandte sich wieder ab. Die Stille wuchs. Ein besonders hartnäckiger Juckreiz zwischen Asaras Brüsten ließ sie unruhig mit den Schultern rollen. Ihre Bemühungen blieben vergeblich. Der Einhandschuh bot nicht einmal genug Spielraum, um ihren Schritt zu erreichen – geschweige denn ihren Oberkörper. Dabei war es nur bedingt der lederne Handschuh selbst, der Asara die Bewegungsfreiheit raubte. Die zusätzlichen Riemen an Handgelenken und Ellenbogen waren die wahren Übeltäter. Zusammen mit der Schnürung des ledernen Kleidungsstücks schweißten sie Asaras Arme zu einer untrennbaren Einheit zusammen. Die *Kisaki* zerrte an den Fesseln, bis der Juckreiz zusehends von Gliederschmerzen abgelöst wurde. Seufzend gab sie schließlich auf.

Asara musterte Neyve, die reglos und mit irritiert-fragendem Blick neben ihr stand. Die Hofsklavin trug ihre Fesseln mit sichtlicher Routine. Die kecke Haltung ihrer Hüfte, die zurückgezogenen Schultern und der präzise Stand ihrer gestreckten, in hohen Stiefeln gefangenen Füße – alles war perfekt.

Asara trat von einem Bein auf das andere. Die Kette, die den Ring ihres Einhandschuhs mit jenem von Neyve verband, klimperte leise. Ihre nächsten Worte brachen das lange Schweigen.

„Ich bin kein Freund von falscher Pietät", murmelte Asara. „Die Hohepriesterin ist in etwa so fromm wie Chel Seifar asketisch ist."

Zu ihrer Überraschung huschte ein Lächeln über Neyves Züge.

„Und du hast es für eine brillante Idee gehalten, sie vor dutzenden Zeugen damit zu konfrontieren?" fragte sie kopfschüttelnd. „Du bist verrückt."

„Das habe ich schon öfters gehört", schmunzelte Asara. Neyve schnaubte.

„Ja. Von mir."

Asara genoss den Moment des seltsamen Waffenstillstands. Sie bedachte ihre Mitsklavin mit einem vorsichtigen Seitenblick.

„Es…tut mir leid." Es fiel ihr nicht leicht, diese Worte laut auszusprechen. Neyve verdrehte die Augen.

„Warum sagst du mir das?" fragte sie schroff. „Du solltest dich bei Fala und Dania entschuldigen, die du zum stundenlangen Dasein als Einrichtungsgegenstand verdammt hast." Neyve sog hörbar die Luft durch die Nase ein und wandte sich demonstrativ ab. „Ich habe von Anfang an damit gerechnet, dass du Ärger machen wirst. Aber der König wollte ja nicht hören." Sie schüttelte den Kopf. „Männer und ihre exotischen Spielzeuge."

Soviel zu einem kameradschaftlichen Moment unter Gleichgesinnten.

Asara gab ihrer Halskette einen Ruck, der Neyve unbeholfen zur Seite stolpern ließ. Die Ketten zwischen den beiden Sklavinnen waren schlicht zu kurz, um viel Vorwarnung zu bieten. Neyves Absätze klackten hektisch über den kristallinen Stein, als die Sklavin um ihr Gleichgewicht kämpfte.

„Ich bin mit Ärger-Machen noch nicht fertig", schnurrte Asara und schenkte ihrer unfreiwilligen Gefährtin ein Lächeln. Neyve starrte wütend zurück.

„Wenn wir nach diesem Abend wieder in die Hallen von Haus D'Axor zurückkehren, sind wir keine Gleichgestellten mehr", fauchte sie leise. „Vergiss das nicht. Ich kann dich für den Rest des Monats in den Kerker sperren, ohne dass sich jemand beschweren würde. Vor allem nach dem, was du deinen Kameradinnen angetan hast." Neyves Blick wurde eisern. „Die Wachen sehnen sich deine Rückkehr sicher schon herbei."

Ein kalter Schauer lief Asaras Rücken hinab. Die Erinnerung an ihre Nacht als Spielzeug der Soldaten war noch zu frisch, zu roh. Auch die enganliegende Hose konnte das ausfüllende Gefühl in ihrer Scham nicht gänzlich verbannen, das mit den geistigen Bildern ihrer spreizbeinigen Gefangenschaft einherging. Die *Kisaki* senkte ihren Blick. Sie hatte einen Fehler gemacht. Es blieb ihr nur zu hoffen, dass ihre Beziehung zu den anderen beiden Sklavinnen nicht irreparabel beschädigt worden war.

Fürs erste blieb Asara aber keine Zeit, sich weiter mit dem Gedanken zu befassen. Die ersten hohen Gäste trafen ein, was an der plötzlichen Zunahme der Hektik unter den Tempeldienern zu erkennen war. Erste Delegationen in prunkvollen Versionen der dunklen Lederkluft traten in die Halle. Asara erkannte Chel Seifar und die Matrone seines Sklavenstalls unter den Neuankömmlingen. Ihm folgten mehrere Händler und ein junger Adeliger mit starrem Blick, den sie Prinzipal Vandars Lager zuordnen konnte. Die Feierlichkeiten hatten offiziell begonnen.

Ein Diener platzierte mehrere Gläser Wein auf den Tabletts, die an Neyves und Asaras Hüften befestigt waren. Mit kritischen Blick strich er eine Haarsträhne aus Neyves Gesicht und zupfte kurz an Asaras Handschuh herum. Er nickte knapp, als die beiden Haltung annahmen.

„Na los!" drängte er im Umdrehen. „Kümmert euch um die Gäste."

Asara rieb ihre gefangenen Finger aneinander und warf einen skeptischen Blick auf ihre prallgefüllte Fracht.

„Folge meinem Beispiel", zischte Neyve. „Keine zu großen Schritte, kein Runterschauen auf die Gläser. Du gehst leicht versetzt hinter mir und presst deine Arme fest gegen deinen Rücken. Wir werden jeden Zentimeter Kette brauchen. Wenn deine Leine dein Kinn berührt oder es in deinem Schritt spannt, bist du nicht nahe genug." Sie holte Luft. „Auf drei gehe ich los."

Asara wagte es nicht zu nicken. Die rote Flüssigkeit in den Gläsern schien schon im Stillstand gefährlich hin und her zu schwappen. Neyve gab das Kommando und das Paar setzte sich langsam in Bewegung. Die *Kisaki* sah aus dem Augenwinkel, wie sich Kommandant Kruul aus einer Gruppe Wachleute löste und den Sklavinnen in einigem Abstand zu folgen begann. In seiner rechten Hand hielt er eine kurze Gerte. Asara hatte keine Zweifel daran, dass er Syndriss' Anweisung ernst nahm.

Die beiden Sklavinnen glitten durch den Raum. Trotz ihrer offensichtlich aneinander geketteten Körper schenkte man ihnen kaum Aufmerksamkeit. Sklaven in schwarz waren kein seltener Anblick und nicht wenige der Leibeigenen waren auf unterschiedlichste Weise gefesselt. Asara erkannte unter anderem eine dunkelhäutige Jin, deren Oberkörper in der traditionellen Weise ihres Volkes verschnürt worden war. Stramme Seile zeichneten ein ‚V' zwischen ihre Brüste, während ihre Arme kunstvoll in der Parallele zusammengeknotet waren. Ein weiterer Strick führte zwischen ihren Beinen hindurch und schmiegte sich bei jeder plötzlicheren Bewegung enger an ihre sich durch das dünne Leder deutlich abzeichnende Lustspalte. Ihr Meister, ein schmal gebauter Ashen-Jüngling mit silbernem Stirnreif, führte das verzückt und abwesend wirkende Mädchen mit sichtlichem Stolz durch die Menge.

An anderer Stelle wurde eine hohe Dame von einem stämmigen Toucani begleitet, an dessen Gesäß sich deutlich ein Spielzeug abzeichnete, das unterhalb der ledernen Gewandung in seinen Anus eindrang. In seinen vor dem Körper gefesselten Händen trug er einen Becher Wein. Seine Herrin machte sich scheinbar einen Spaß daraus, ihn vor jedem verlangten Schluck breitbeinig hinknien zu lassen. Die unterwürfige Bewegung stieß das Spielzeug stets aufs Neue tief in seinen Körper. Der maskenförmige Knebel vor seinem Mund verschluckte dabei alle verräterischen Geräusche.

Asara musterte stumm die weiteren Gäste und ihre Begleiter, während sie knapp hinter Neyve durch den Raum stakste. Immer wieder wurden volle Gläser von ihrem Tablett genommen und leere darauf abgestellt. Dank der präzisen Wegfindung der königlichen Hofsklavin war der erwartete Unfall bisher ausgeblieben.

Asaras Optimismus tat einen Satz zurück, als Syndriss sich unvermittelt vor ihr aufbaute. Betont langsam wählte die Priesterin eines der Getränke. Dabei hakte sie einen Finger beiläufig in die Kette, die Neyves und Asaras Halsband miteinander verband. Kommentarlos gab sie der Leine einen kräftigen Ruck, während sie sich wieder abwandte.

Asaras Kopf wurde nach vorne gerissen, während ihre Mitgefangene einen Schritt nach hinten stolperte. Neyve schaffte es irgendwie, die Bewegung mit ihren Hüften auszugleichen. Die Absätze ihrer Stiefel klackten in einem panischen Stakkato über den glattpolierten Boden. Die *Kisaki* hatte weniger Glück. Eines der Gläser kippte um und stürzte zu Boden. Obwohl es den Fall überlebte, verteilte sich dessen roter Inhalt explosionsartig über den makellosen Kristall. Mehrere Spritzer landeten auf den Stiefletten einer hohen Dame, die sofort empört ausrief. Syndriss, nun einige Schritt entfernt, wandte sich finster lächelnd um.

„Meine Entschuldigung für das Ungeschick der Sklaven, Sybil." Sie legte eine Hand auf den Arm der Adeligen. Dann wandte sie sich grollend an Asara.

„Leckt das sofort sauber", befahl sie zischend. Zugleich trat der Wachkommandant an das Duo heran und nickte. Neyve biss die Zähne zusammen und bedeutete Asara mit einem fast unmerklichen Nicken, gehorsam auf die Knie zu sinken. In der Menge der Gäste hatte sich eine kleine Lichtung gebildet. Zähneknirschend folgte Asara dem Beispiel der anderen Ashin. Wie durch ein Wunder stürzte kein weiteres der Gläser um.

Doch hier endete ihr Glück im Unglück. Es war völlig unmöglich, Syndriss' Befehl nachzukommen, ohne sich vorzubeugen und dabei den verbleibenden Inhalt des Tabletts auf dem Boden zu verteilen. Die beiden knienden Sklavinnen wechselten einen ratlosen Blick.

„Na los", drängte die Priesterin ungeduldig. „Beschäftigt eure Zungen." Die Adelige, Sybil, hatte amüsiert eine Augenbraue gehoben. Resignierend beugte sich Asara vor. Wie erwartet rutschen die gefüllten wie auch leeren Gläser klirrend vom Tablett. Die Pfütze des roten Weins wuchs schlagartig um die Schuhe der hohen Dame und zeichnete ein organisches Muster auf den Kristall. Neyve erging es nicht besser. Als ihre Zunge den Boden berührte, kullerten auch ihre Trinkgefäße bereits in alle Richtungen davon.

Der erste Gertenhieb traf Asaras Gesäß, als sie es in ihrer bückenden Bewegung nach oben streckte. Ihre Zunge fand den kalten Boden. Der zweite Hieb traf ihre lederumhüllten Schenkel. Asara begann zu lecken. Der kräftig-süßliche Geschmack des vollen Weines füllte ihren Rachen. Ein dritter Hieb fand die präsentierte Wölbung ihrer Scham. Die *Kisaki* stöhnte leise auf. Ihre Knie rutschten unfreiwillig weiter auseinander, als sie ihren Kopf tiefer senkte. Eine Strähne ihres Haares löste sich und fiel wie ein Schleier zu Boden. Der Wein färbte die Spitzen sogleich in tiefes, blutiges Rot.

„Fehler Nummer zwei", schmunzelte die nun ungesehene Syndriss. „Immer zuerst die Schuhe sauber lecken." Ein weiterer Hieb traf Asaras Gesäß. Sie rutschte hektisch an die Adelige heran und ließ ihre Zunge über deren hochhackigen Schuh tanzen. Die Leine zu Neyves Halsband war straff gespannt. Die zweite Kette hatte sich durch ihre Beine hindurch um Asaras Oberschenkel geschlungen und ließ die Hose eng gegen ihren Schritt spannen. Asaras Arme wurden durch den wachsenden Zug förmlich an ihren Rücken geschweißt.

Die Dame Sybil schien die Behandlung zu genießen.

„Am Absatz klebt noch Wein", sagte sie mit hörbarem Amüsement. Asaras Zunge folgte der Beuge des ledernen Schuhs. Gründlich leckte sie zwischen den flachen Nieten und Riemen der Stieflette und säuberte jeden Millimeter des glatten Leders in kleinen, katzenhaften Bewegungen. Der herbe Geschmack von Rizinusöl mischte sich zum fruchtigen Aroma des Weins. Ein fünfter oder vielleicht sechster Gertenhieb sandte heißen Schmerz durch Asaras Körper, als ihre Zunge den Stöckel des eleganten Schuhs zu umspielen begann.

„Ich frage mich, was ihre Zunge sonst noch zu vollbringen vermag", kicherte Sybil. Zu Asaras Schock und Überraschung war es nicht die Hohepriesterin, die darauf antwortete.

„Ich bin gerne bereit, es euch herausfinden zu lassen, meine Liebe", ertönte Tharions Stimme. Eine Erschütterung ging durch die Beine der Angesprochenen – sie war wohl ebenso erschrocken wie Asara. Sybil presste ihre Schenkel zusammen und tänzelte einige Schritte zurück.

„Eure Hoheit!" piepste sie. Dann, wieder gefasst, verneigte sie sich tief. „Mein Lob an eure Sklavin. Sie weiß geschickt zu unterhalten."

Tharion lachte. „Sie ist tollpatschig, da habt ihr Recht." Ein schwarzer Stiefel kam direkt vor Asaras Gesicht zu stehen. Wein spritzte in ihr Gesicht.

„Wenn ihr mich entschuldigt, Sybil", sagte Tharion beiläufig. „Syndriss verlangt nach meiner Aufmerksamkeit."

Die Adelige zog sich rasant zurück. Asara verblieb auf ihren Knien. Die Gerte fand ohne Vorwarnung ihren Schritt und ließ sie leise aufschreien. Neu motiviert ließ Asara ihre Zunge weiter über den Boden tanzen. Fortschritt war jedoch keiner zu erkennen. Mit jedem Lecken tropfte fast so viel Wein wieder hinab, wie die *Kisaki* mit ihrer Zunge aufnehmen konnte. Zugleich begann ihr das alkoholische Getränk in den Kopf zu steigen. Unter ihrem Haarschleier hindurch konnte Asara erkennen, dass es Neyve nicht besser erging.

„Syndriss", sagte Tharion. „Ich habe mir euren Vorschlag durch den Kopf gehen lassen." Das Thema seiner ungeschickten Sklavinnen war für den König merklich abgeschlossen. Er stand in der Mitte der Pfütze, ohne die beiden Frauen zu beachten, die mit gesenktem Haupt vor ihm knieten und keuchend über den Boden leckten. Dem Ausbleiben der Schläge nach zu urteilen, hatte Tharion zumindest seinen Wachhund fortgeschickt – ein kleiner Trost.

„Das freut mich zu hören, Eure Majestät", erwiderte die Priesterin. „Mein Bruder ist bereit."

Asara horchte auf. Der König setzte fort.

„Ich will, dass der Orden der Letzten Schwelle die Mission leitet", sagte er. „Die regulären Truppen besitzen nicht die notwendige... Finesse."

„Ihr ehrt mich", schmunzelte Syndriss. „Welches Ziel soll das erste sein?"

Tharion antwortete ohne zu zögern. „Die zivile Versorgung. Die Vorräte von Haruns Armee sind im Heerlager zu gut geschützt – die Rationen der normalen Bewohner kommen jedoch aus den Lagerhäusern nahe den südlichen Mauern." Leder knarrte. „Brennt sie nieder. Raif soll im Schutz der Dunkelheit den Fluss überqueren und ungesehen zuschlagen. Wenn die Bürger einmal nichts mehr zu essen haben, werden sie sich gegen Harun auflehnen. Danach hat meine Armee leichtes Spiel."

Asara hielt die Luft an. Hörte sie richtig? Hatte Tharion gerade entgegen all seinen Versprechungen einen Erstschlag auf Rayas Zorn befohlen? Würde Raif, entgegen ihrer letzten Hoffnungen, zum willentlichen Werkzeug des Schlachtens werden?

Syndriss klang zufrieden, als sie wieder ihre Stimme erhob.

„Ich muss sagen, Hoheit, ihr überrascht mich. Nach dem Kriegsrat letzten Monat hätte ich nicht erwartet, dass ihr zu einem solch drastischen Schritt bereit seid. Was hat sich geändert?"

Tharion D'Axors verschränkte hörbar die Arme.

„Ihr wisst, warum ich gegen Vandars Vorschläge einstehe", meinte er amüsiert. „Wenn das Yanfar Imperium fällt, soll der Todesstoß von wohlgesonnener Seite kommen. Auf meinen Befehl, nicht als Teil von Vandars Initiative. Wer wäre also besser geeignet als euer werter Bruder, entsandt unter der wohlgesonnenen Flagge einer geschätzten Verbündeten?"

In Asaras Vorstellung breitete sich ein geschmeicheltes Lächeln auf dem Gesicht der Priesterin aus. Tharion setzte mit zufriedener Stimme fort. „Darüber hinaus gab es noch einige...Hindernisse, die erst beseitigt werden mussten."

Ein kalter Schauer lief Asaras Rücken hinab. Die Riemen um ihre Arme wogen mit einem Mal schwer auf ihrer Haut. Der König trat näher an die Priesterin heran. „Wiegelt das Volk gegen Harun auf. Brennt die Lagerhäuser nieder. Tötet die Bauern im Umland. Was auch immer geschieht: Raktafarn wird fallen und der werte Prinzipal wird ohnmächtig zusehen."

Syndriss verneigte sich tief. Ihre Stimme triefte vor Genugtuung. „Wie ihr befehlt, Eure Majestät."

Tharion drehte sich am Absatz um und entfernte sich. Seine Schritte hinterließen blutrote Abdrücke auf dem makellosen Boden.

Syndriss blieb leise lachend zurück. Asara spürte Übelkeit in ihrem Magen aufwallen – und das nicht nur bedingt durch den aufgeleckten Wein. Tharion hatte sie betrogen und hatte auch Raif betrogen. Entweder das, oder der stoische Krieger hatte wahrlich die Seiten gewechselt, um in des Königs Namen seiner geliebten Mission nachzueifern. Asara hatte es von Anfang an vermutet, befürchtet und erwartet. Dennoch schmerzten seine Worte mehr als die Hiebe Kruuls, der nun wieder an die Priesterin herantrat.

„Herrin?" fragte der Wachkommandant. Syndriss stieß beiläufig gegen Asaras Schulter. Zugleich packte sie das Haar der Sklavin und zwang ihren Blick nach oben.

„Es wird Zeit", hauchte sie mit seltsam verzücktem Blick. „Zeit, den Boten ein Opfer darzubringen. Der König hat an diesem verheißungsvollen Tag nun endlich den Angriff auf Raktafarn befohlen. Das Volk soll wissen, dass auch die Macht der Anderwelt hinter uns steht!"

Sie zog Asara auf die Füße. Neyve, ähnlich besudelt und leicht wankend, wurde durch die Ketten zum Folgen gezwungen.

„Ravanar!" rief Syndriss in den Raum. Die Unterhaltungen verstummten. Die Ashen wichen vor der Priesterin zurück. Langsam begann sich ein Korridor zu formen, der zwischen Gruppen von Adeligen und Dienern hindurch bis zum Altar führte.

„Stolzes Ashvolk!" dröhnte die Hohepriesterin. „Die Zeit des Wartens ist vorüber. Die Boten haben uns heute einmal mehr gesegnet. Wo unsere Vorfahren noch um einen Platz in der jungen Welt kämpfen mussten, werden wir unsere Feinde in Nah und Fern ohne zu zögern einem gerechten Ende zuführen! Entschlossenen Blickes hüllen wir uns hier und heute in die schützenden Schatten unserer Wohltäter und beschreiten einmal mehr die Reise unserer Ahnen. Durch Sturm und Sand, durch Eis und Untiefen schreiten wir, das Volk der Fallenden Asche, dem sicheren Sieg entgegen."

Syndriss hob ihren Kopf und ihre Hände. „Wir haben die Botschaft empfangen", intonierte sie. „Möge das unbesiegbare Blut unseres Volkes den Pakt besiegeln, der das Reich der Yanfari aus der Geschichte tilgen wird! *Mai'teea ran'Ashiar!*" Stimmen des Lobes wurden laut. Männer und Frauen hoben ihre Gläser, während andere auf die Knie sanken. Die Stimmung hatte sich schlagartig geändert. Wo zuvor noch eine ausgelassene Feier im Gange gewesen war, wurden die Gesichter und Gemüter nun mit jedem Moment finsterer. Der Kristallaltar thronte wie eine Drohung in der Mitte der Halle. Asara war wie benommen. Mit jedem Schritt, den sie und Neyve hinter Syndriss her stolperten, wurde die Welt kleiner.

Ihr Blick fiel auf eine bekannte Gestalt. Prinzipal Vandar stand umrundet von einer kleinen Gruppe Höflinge am Rande der jubelnden Menge. Er musterte die Prozession mit deutlichem Stirnrunzeln. Tharion hingegen wartete erhobenen Hauptes neben dem Altar. Zum ersten Mal an diesem Abend hatte die *Kisaki* die Gelegenheit, auch ihn zu mustern. Der König trug über seinem ledernen Ensemble zusätzlich einen langen, schmal geschnittenen Umhang. Eine mit einem Rubin verzierte Brosche hielt den Mantel um seine Schultern. Schienen aus feingliedrigem Silber schmückten seine Unterarme und Flanken. Der steife Kragen seines ledernen Hemdes war hochgeklappt. Daran befestigt waren silberne Nieten, die einem militärischen Abzeichen glichen. Er lächelte emotionslos, als Syndriss und ihre beiden Gefangenen an das Podest traten.

Die Priesterin verneigte sich.

„Eure Hoheit." Eine Frage lag in ihren Worten. „Die Boten verlangen ein Opfer."

Tharions Hand hob sich und er deutete schnurgerade auf Neyve.

„Das Blut keiner Geringeren als meiner Ersten Sklavin soll den Durst der Anderwelt stillen."

Es war totenstill geworden im Tempel. Tharions Finger wanderte weiter, bis er direkt auf Asara zeigte.

„Die Schattentänzerin wird den Dolch führen."

Die *Kisaki* wagte es nicht, zu atmen. Die letzten Minuten waren in ihrem Kopf zu einem schocktrunkenen Tanz verschwommen. Alles geschah zu schnell. Sie reagierte kaum, als Kruul an sie herantrat und begann, die Schnürung ihres Einhandschuhs mit einem Messer zu durchtrennen. Riemen und Ketten fielen ab. Ein Diener entledigte auch die reglose Neyve von ihren Fesseln. Ein Akolyth setzte in Folge ein Messer am Kragen der Sklavin an und trennte ihre Obergewandung mit einem schnellen Schnitt an ganzer Länge auf. Entblößt stand Neyve vor der wartenden Menge stummer Ashen. Sie unternahm keinen Versuch, ihre Brüste zu verdecken oder sich zu wehren. Der Tempeldiener führte sie die Stufen hinauf an den Altar. Mit bleichem Gesicht sank die Hofsklavin auf den gemeißelten Block. Akolythen nahmen ihre Arme und Beine und pressten sie gespreizt gegen den dunklen Basalt. Neyves Brust hob und senkte sich in immer schnellerem Intervall.

Das kann nicht ihr Ernst sein...!

Derartige Opfer waren das Relikt einer längst vergessenen Zeit. Blutrünstige Gottheiten wurden unter zivilisierten Völkern seit Jahrhunderten nicht mehr angebetet. Und doch war die Absicht der Hohepriesterin unmissverständlich.

Asaras Geist vermochte die Szene nicht zu akzeptieren. Ihre befreiten Arme hingen kraftlos zu Boden. Der Geschmack des Weines, der ihre Lippen benetzte, war zu Asche geworden. Der Wachkapitän trat zurück. Syndriss löste den schlichten Dolch von ihrem Schenkel.

„Der Hochkönig hat gesprochen", sagte sie feierlich. „Die Boten werden das Geschenk mit Wohlwollen empfangen." Griff voran streckte sie Asara die bis auf Haaresbreite geschliffene Waffe entgegen. „Die Ehre ist dein, Schattentänzerin." Syndriss' Augen blitzen. In ihren Zügen kämpften Genugtuung und Hass um die Vorherrschaft. Asara musste keinen Blick in Kruuls Richtung werfen, um zu wissen, welches Schicksal ihr bei Verweigerung drohte. Der gesamte Ashvolk-Adel sah zu. Dies war der Höhepunkt eines barbarischen Rituals, das Raifs Schwester ihre Macht verlieh. Und Asara war zu ihrem Werkzeug geworden, weil sie den Worten eines verlogenen Tyrannen Glauben geschenkt hatte.

Die *Kisaki* nahm einen tiefen Atemzug. Er schmeckte nach Blut und bitterer Enttäuschung. Sie ballte ihre linke Faust. Ihre andere Hand legte sie wie in Trance an den Griff des Dolches. Das kühle Metall weckte einen Teil ihrer selbst, der sich seit der Überfahrt von Masarta in Zurückhaltung geübt hatte.

Ein plötzliches Gefühl der inneren Ruhe belebte ihre benebelten Sinne. Asara nahm die Waffe auf und wog sie bedächtig in ihrer Hand.

Im nächsten Moment schleuderte sie den Dolch mit aller Kraft auf Tharion.

31

Schwingenschlag

Der Dolch überbrückte die Distanz zwischen Asara und dem König innerhalb eines Wimpernschlags. Er wurde zum todbringenden Schatten, zur Silhouette gegen den grellen Schein einer falschen Sonne. Zugleich mit Asaras blitzartiger Bewegung schien die Welt rund um die *Kisaki* fast zum Stillstand zu kommen. Syndriss' Augen hatten sich ungläubig geweitet. Kommandant Kruuls Hand glitt in einer zähfließenden Bewegung an den Griff seines Langschwerts. Adelige und Diener waren in der Trance des Moments gefangen wie Insekten in getrocknetem Bernstein. Niemand rief und niemand bewegte sich. Asara war zum Falken unter Sperlingen geworden. Sie alleine tanzte bereits im kräftigen Sprung durch die Lüfte, während andere noch tatenlos starrten.

Doch Tharion, als einziger Ashe in einer Halle voller kriegserprobter Adeliger, reagierte schneller. In einer unmenschlich abrupten Ausweichbewegung bog er seinen Oberkörper beiseite. Es war nicht genug, um der Klinge gänzlich zu entgehen. Seine Reaktion erkaufte ihm allerdings die wenigen Fingerbreit, die den Unterschied zwischen Leben und dem sicheren Tod bedeuteten.

Der Dolch verfehlte sein Herz und bohrte sich mit einem dumpfen Schmatzen in seine linke Schulter. Der folgende Schmerzensschrei durchbrach die kollektive Benommenheit.

Im selben Atemzug landete Asara inmitten einer Traube Adeliger. Ihr Sprung hatte sie von Neyve und dem Altar fort und weit in den Raum katapultiert. Sie federte die harte Landung mit der Routine einer erfahrenen Kämpferin ab und beschleunigte zum vollen Lauf. Gäste wie Diener wichen panisch zurück. Hinter der *Kisaki* brach das Chaos aus. Rufe nach einem Heiler hallten durch den Tempel, noch während verdutzte Leibwächter und Akolythen zögerlich nach ihren Waffen griffen. Asara wich dem ersten Hieb mehr instinktiv als gewollt aus. Sie hatte keine Zeit, Statist von Feind zu unterscheiden – und noch weniger konnte sie es sich leisten, stehenzubleiben. Zu ihrem Glück wichen die meisten Adeligen zurück, anstatt sich ihr in den Weg zu stellen. Den schweren Schritten unmittelbar in ihrem Rücken nach zu schließen, galt dies allerdings nicht für Kruul und seine Soldaten.

„Stoppt sie!" brüllte der entstellte Kommandant von Tharions Wache. Wie die Schattentänzerin bahnte er sich seinen Weg ohne Rücksicht durch die verängstigte Menge. Eine ungesehene Klinge riss ohne Vorwarnung eine brennende Wunde zwischen Asaras Schulterblätter. Zugleich versuchte ein Soldat der Eisengilde, sich der Fliehenden in den Weg zu stellen. Im letzten Moment ließ sich Asara zu Boden fallen und nutzte ihren Schwung, um den haschenden Armen zu entgehen. Sie schlitterte am Gesäß über den spiegelglatten Boden, rollte sich ab und sprang in einer fließenden Bewegung wieder auf die Beine. Der Schmerz spielte keine Rolle. Neue Blessuren waren nicht mehr als ein Ärgernis.

Kruul rammte den Soldaten beiseite. Sein Schwert durchschnitt die Luft, wo sich Asara einen Moment zuvor noch befunden hatte.

„STOPPT SIE!"

Das offene Tor der Tempelhalle war zum Greifen nahe gekommen. Der Korridorabschnitt jenseits war menschenleer. Das einsame Zwielicht des Säulengangs lockte mit einem Versprechen der Hoffnung, diesen Abend entgegen aller Erwartungen doch noch zu überleben. Doch Asara machte sich keine Illusionen. Die beiden Wachen an den Flanken des Portals hatten bereits ihre Waffen gezogen und stellten sich ihr entschlossen in den Weg. Kruul brüllte auf und ließ seine Klinge einmal mehr durch die Luft zischen. Mehrere Soldaten waren so geistesgegenwärtig und griffen zu ihren kompakten Armbrüsten. Ein Tempeldiener riss gar eine Fahnenstange von der Wand und hob sie wie einen Wurfspeer. Hass und Mordlust blitzte in den Augen der Ashen.

Kein Zögern. Kein Erbarmen.

Asara erreichte die erste Wache und ging augenblicklich in den Angriff über. Ihre emporschnellende Bewegung kam aus einem verborgenen Teil ihres Unterbewusstseins, das das kommende Blutvergießen frohlockend erwartete. Jede Faser ihres Körpers sang im Rhythmus des tödlichen Tanzes. Es gab nur zwei mögliche Ausgänge ihrer folgenschweren Entscheidung: Tod oder Entkommen. In kalter, entschlossener Panik ließ Asara all die mentalen Schranken fallen, die ihre Verbindung zu Lanys in Schach hielten. Sie wirbelte herum.

Ihr Knie traf den Wachmann mitten ins Gesicht. Seine Nase brach mit einem süßen Knacken. Der zerschmetterte Knochen bohrte sich in seinen Kopf, während die Wucht ihres Tritts sein Genick nach hinten riss. Er starb, ehe er auf dem Boden aufschlug. Der zweite Soldat fuhr herum und führte sein Schwert mit erschreckender Präzision gegen Asaras ungeschützte Seite. Die *Kisaki* ließ sich fallen, doch das Manöver kam zu spät. Die Klinge riss ein blutiges Loch in ihre lederne Bluse. Blutspritzer färbten den Kristall, wo der Hieb seinen Zenit erreichte. Der Schmerz kam augenblicklich, doch Asara hielt nicht inne. Sie federte ihren Sturz mit den Händen ab und fasste die Beine des Mannes mit ihren Schenkeln in eine scherenartige Umklammerung. Mit einem kräftigen Ruck brachte sie den Soldaten zu Fall. Im selben Moment schlug Kruuls Schwert kaum eine Handbreit von Asara entfernt gegen den Boden. Blitzende Funken begleiteten den Donnerhall des ungebremsten Zusammenstoßes.

Asara warf sich über den liegenden Körper der gestürzten Wache und entriss ihm seinen Stiefeldolch. Ohne zu zielen schleuderte sie die Waffe in Kruuls Richtung. Sie prallte wirkungslos an der Rüstung des Kommandanten ab. Der Misserfolg spielte keine Rolle. Der Angriff war nur eine Finte, ein verzweifelter Versuch, sich einen Moment des Vorsprungs zu erkaufen. Asara brachte sich mit einem Rückwärtssalto auf die Beine. Trotz Lanys' Geschick und Erfahrung protestierte ihr ureigener Körper gegen die ungewohnte Strapaze. Dennoch landete sie sicher auf den Beinen. Asaras Absätze bohrten sich förmlich in den Boden, als sie im Zickzack durch das Tor sprintete. Zwei Bolzen folgten ihr unter lautem Zischen. Beide fanden ihr Ziel nur in der kristallenen Dekoration. Asara lief.

Säulen zogen schneller und schneller an ihr vorbei. Der Korridor begann um sie herum zu verschwimmen. Schritte und Rufe folgten Asara Biegung für Biegung. Kruul hatte noch nicht aufgegeben. Was die *Kisaki* durch ihre Flinkheit gewann, verlor sie durch ihre hohen Stiefel. Der Wachkommandant begann aufzuholen.

„Du bist tot!" brüllte er. „Tot!"

Asara blickte nicht zurück. Sie hatte nur Augen für den Weg, der sich in einer sanften Kurve bis an das Haupttor fortsetzte. Sie passierte weitere Wachen im Laufschritt, ehe diese reagieren konnten. Die verlockende Dunkelheit am Ende des Ganges wuchs zu einem Portal. Die Tore hinaus in die Unterstadt waren geöffnet. Die Statuen mit ihren gekreuzten Speeren warteten als stumme Zeugen auf die fliehende Attentäterin und ihre Verfolger. An ihren Füßen kauerten zwei gefesselte und geknebelte Gestalten. Fala und Dania blickten auf, als der Hall von Asaras Schritten an ihre Ohren drang. Unglauben und Angst starrten der *Kisaki* entgegen.

Asara sprintete durch das Tor. Verdutzte Tempelwachen schälten sich aus dem Halbdunkel neben dem Durchgang und griffen zögerlich an ihre Waffen. Asara überquerte keuchend das Plateau, das nach einigen Dutzend Schritt in der endlosen Treppe mündete, die sie zuvor erklommen hatte. An allen anderen Seiten wartete der gähnende Abgrund. Asara kam schlitternd an der ersten Stufe zu stehen. Mehrere Fackeln tanzten in der Entfernung. Eine größere Gruppe Uniformierter näherte sich dem Tempel von jenseits der nächsten Treppenflucht. Ob alarmiert oder nicht – Asaras Weg nach unten war blockiert. Auch die Wachen vom Tor waren nur noch wenige Meter entfernt.

Es gibt nur noch einen Weg.

Mit einem leisen, panischen Lachen beugte sich Asara über den Abgrund. Tief unter ihr tobten die Fluten des unterirdischen Flusses. Die Rufe der Verfolger waren zu einer wutentbrannten Kakophonie herangewachsen. Der senkrecht abfallende Schlund schien mit jedem Herzschlag an Tiefe und Bedrohlichkeit zu gewinnen. Einige kleinere Steine lösten sich unter dem Druck von Asaras Stiefeln und verschwanden lautlos in der Dunkelheit. Kruuls Visage tauchte am Tor des Tempels auf. Seine entstellten Züge waren wutentbrannt. Das Schwert in seiner Rechten schimmerte im Licht der Kristalle wie ein gebändigter Blitzstrahl, der zuckend sein nächstes Ziel suchte. Asara holte tief Luft. Es gab kein Zurück mehr. Warmer Nebel stieg ihr in die Nase, als sie sich vollends über den Rand beugte. Der Abgrund zog sie an, verlockte sie wie ein verbotener Liebhaber. Das Rauschen des Wasserfalls wurde zum Puls des Berges, in dessen Schoß sie Zuflucht gefunden hatte. Die Schritte und die Fackeln hatten sie beinahe erreicht.

Asara sprang.

Der Wind zerrte an Asaras Haaren wie ein Sturm zu hoher See. Die *Kisaki* flog. Mit jedem Sekundenbruchteil kam der Erdboden näher und näher. Kleine Steinklötze wurden zu Häusern. Glimmende Punkte wurden zu Laternen und beleuchteten Fenstern. Das schmale, scheinbar reglose Band des Flusses wuchs zum reißenden Strom. Asara streckte ihre Glieder aus, doch nichts vermochte ihren Fall zu bremsen. Die warme Gischt des tosenden Wasserfalls peitschte unvermittelt in ihr Gesicht und raubte ihr die Sinne. Asara erkannte nur noch die messerscharfen Steinbrocken, die im Becken zum Fuße der gewaltigen Kaskade wie ein gefräßiges Maul auf sie warteten.

Im nächsten Moment schlug Asaras Körper in den schwarzen Fluten auf.

~◊~

Asara trieb. Sie war körperlos und ohne Form. Ihr Geist tanzte wie ein Blatt auf ätherischen Winden und genoss die sorglose Freiheit des unvergänglichen Moments. Sie war endlich zuhause. Ihr Nicht-Körper fühlte sich warm und geborgen an. Es gab keinen Schmerz und keine Angst. Asara war vollständig. Ganz.

‚*Asara.*'

Nichts und niemand konnte ihr mehr nehmen, wonach sich jede Faser ihres Wesens sehnte. Die Welt fühlte sich *richtig* an. Asara war ausgeruht und ihr Durst gestillt. Es gab keinen Hunger und keine Einsamkeit. Ein fundamentales Gefühl des Friedens ließ die vagen Erinnerungen an alte Stimmen des Konflikts immer weiter verblassen.

,*Asara!*'

Es gab keine Dunkelheit in ihrem neuen Zuhause. Keine langen Schatten voller Gefahren und Intrigen. Das Licht herrschte absolut.

,*Asara!*'

Der Wind war sanft und lau. Er kannte keine Stürme oder eisige Kälte. Jede Brise war wie die zärtliche Berührung eines Liebhabers, in dessen Arme sich Asara schmiegte. Er hielt sie und beschützte sie.

,*ASARA!*'

Die Arme schlangen sich enger um ihren Körper. Sie spürte den plötzlichen Druck, obwohl ihr neues Ich keine stoffliche Form haben sollte. Schmerz durchzuckte ihre Glieder. Irgendetwas bohrte sich brennend in ihre Seite und ließ nicht mehr von ihr ab. Die Luft schmeckte mit einem Male schal und feucht. Das Atmen fiel von einem zum nächsten Moment immer schwerer. Kälte kam.

,*Asara. WACH. AUF.*'

Die Welt des wohlwollenden Lichts wurde von eisiger Schwärze verdrängt.

Asara öffnete die Augen. Ein Hustenanfall beutelte ihren Körper, ehe sich ihre Sicht vollends klären konnte. Sie spürte lauwarmes Wasser an ihren Schenkeln und kalte Steine unter ihrem Rücken. Es stank nach Algen und Schwefel. Würgend und spuckend rollte sie sich auf die Seite und rang laut röchelnd nach Luft. Im nächsten Moment spie sie Wasser und Wein auf den rauen Fels, der schmerzhaft gegen ihren angeschlagenen Körper presste.

Langsam, ganz langsam, stabilisierte sich ihre hektische Atmung. Zitternd hob die *Kisaki* einen Arm und wischte über ihr erkaltetes Gesicht. Die dunklen Formen in unmittelbarer Entfernung nahmen zusehends Gestalt an. Asara lag in einer ausgeschwemmten Bucht des unterirdischen Flusses von Alt-Ravanar. Ein flacher, von grünen Ranken bewachsener Fels hatte sie aufgefangen und der Strömung entrissen. Ihr dröhnender Kopf ruhte auf dem Granitblock wie auf einem unnachgiebigen Kissen. Träge Wellen umspielten ihre angewinkelten Beine. In der Entfernung vernahm Asara das Donnern des Wasserfalls. Der Fluss hatte sie wohl aus dem Becken und weiter flussabwärts getragen, ehe das Kehrwasser ihrer habhaft geworden war. Ein Blick zurück zu den schwarzen Fluten verdeutlichte nur zu eindrucksvoll, wie knapp die *Kisaki* dem Tod entronnen war.

Unter aller Anstrengung schob Asara ihren Arm unter ihren Körper und hob ihn an. Sie benötigte fünf Versuche, ehe es ihr gelang, sich vollends aufzurichten. Schwindel und Übelkeit packten sie, als die Welt schlussendlich in die Horizontale zurückkehrte. Asara spie die letzten Reste des geschluckten Wassers auf den glitschigen Untergrund. Erst lange nachdem ihr Magen geleert war und ihre Arme ihr Gewicht kaum noch tragen konnten, ließen die Krämpfe langsam nach.

Immer noch sitzend begann die *Kisaki*, ihren Körper zögerlich abzutasten. Wie durch ein Wunder war sie nicht an den Felsen am Fuße der Kaskade zerschellt. Lediglich einige neue Blessuren hatten sich zu den pochenden Schnitten an Rücken und Taille gesellt. Dazu kam eine Schwellung an ihrem Nacken, die bei der kleinsten Berührung eine brennende Lanze durch ihren Hinterkopf sandte. Asaras lederne Gewandung hatte die Flucht nicht so unbeschadet überlebt. Die zuvor noch unsichtbaren Nähte waren an mehreren Stellen geplatzt oder von Felskanten förmlich aufgeschlitzt worden. Einer von Asaras hohen Absätzen war abgebrochen und nirgends zu sehen.

Keuchend machte sich die *Kisaki* daran, ihre Füße von den Stiefeln zu befreien. Ihre zitternden, kraftlosen Finger brauchten Minuten, um sich des einst eleganten Schuhwerks zu entledigen. Nach getaner Arbeit musste Asara ebenso lange ruhen, bevor sie überhaupt an Aufstehen denken konnte. Jede Faser ihres Körpers verlangte nach Schlaf und Wärme. Ihr Kopf fühlte sich dabei seltsam leicht an.

Asara nahm einen schweren Atemzug. Es würde so einfach sein, dem verlockenden Wunsch nachzukommen und sich wieder in das dampfende Wasser zu legen, welches sie mit seiner vulkanischen Wärme bis jetzt am Leben erhalten hatte.

Nur ein paar Minuten.

Doch irgendetwas in ihrem Hinterkopf hielt sie davon ab, der Erschöpfung nachzugeben. Der Drang zur Tätigkeit war wie eine Stimme, die nervtötend und beruhigend zugleich ihren Namen flüsterte. Asara rappelte sich schwer atmend auf und tastete sich an einen benachbarten Stein. Sie verblieb an diesen gelehnt, bis das neuerliche Schwindelgefühl nachgelassen hatte und sie wieder aus eigener Kraft stehen konnte.

Als sich Asara erneut umsah, erwartete sie eine weitere Überraschung. Alte, von Pilzen und Moosen überwucherte Mauern wuchsen in der Entfernung aus dem sonst kargen Fels. Zu ihrer Überraschung erkannte sie die unheilvollen Formen, die sich gegen das Zwielicht der Höhle abzeichneten. Kaum hundert Meter entfernt thronte die alte Bastion der Unterstadt, die sie vom Tempelweg aus erspäht hatte.

Von hier unten wirkte die Befestigungsanlage noch um einiges bedrohlicher. Jeder Mauerstein war so groß wie ein kleines Haus. Trotz der offensichtlichen Schäden an Festungswall und Burg wurde der verlassene Ort von einer Aura der Uneinnehmbarkeit umgeben. Asara erkannte weder Fenster noch ein Tor in der gigantischen Konstruktion.

Die *Kisaki* ließ ihren Blick weiter schweifen. Auf der anderen Seite des Flusses, wo sich das Zentrum der Stadt befinden musste, erkannte sie nur eine steil ansteigende Felswand. Lediglich der matte Schein ungesehener Lichtquellen weit oberhalb der Wasserlinie gab einen Hinweis auf Zivilisation. Das Schimmern war verlockend wie unerreichbar. Selbst wenn Asara es heil über den Fluss schaffte, so wartete immer noch eine haarsträubende Kletterpartie auf sie. In ihrem geschwächten Zustand war der bloße Gedanke an ein derartiges Wagnis abwegig. Sie hatte nicht das Unmögliche überlebt, um erneut von einer Klippe zu stürzen und doch noch im Fluss zu ertrinken. So kehrte Asaras Blick zu der alten Festung zurück. Von hoch oben über der Stadt hatte die Bastion wie ein einsamer Zeitzeuge auf einer verlassenen Insel ausgesehen, die keine Verbindungen zur übrigen Kaverne hatte. Doch ihr flüchtiger Blick konnte sie getäuscht haben – niemand baute eine Burg in einen Fluss, ohne sich einen sicheren Zugang zu schaffen. Es musste einen Weg in die Stadt geben – Asara musste ihn nur finden.

Die *Kisaki* biss die Zähne zusammen und tat den ersten Schritt. Ihre verletzte Hüfte brannte wie Feuer. Asara presste eine Hand gegen die Wunde und machte sich quälend langsam auf den Weg. Zögerlich fanden ihre nackten Füße die schlammigen Stellen zwischen den scharfkantigen Felsen. Immer wieder musste Asara sich zwischen algenbewachsenen Steinen hindurchzwängen oder über natürliche Hindernisse klettern. Nicht selten endeten ihre wankenden Schritte in unwegsamen Ausschwemmungen, die dank ihrer geschwundenen Kräfte und der spitzen, in Sohlen und Schenkel schneidenden Steine schnell zur Sackgasse wurden.

Asara benötigte gefühlte zwei Stunden, um die Entfernung zur Festungsmauer zu überbrücken. Keuchend und kaum noch in der Lage, ihre Augen offenzuhalten, sank sie schließlich gegen den glatten Stein. Sie ließ ihren Kopf in den Nacken sinken. Der Wall erstreckte sich schier endlos gen Höhlendecke. Asara fühlte sich schmerzlich klein und unbedeutend im Vergleich zu der antiken Bastion und der noch massiveren Kaverne, in der das Bollwerk errichtet worden war.

Das Schwindelgefühl packte sie erneut. Asara musste die Augen schließen, um die einhergehende Übelkeit im Zaum zu halten. Ein kleiner, analytischer Teil ihrer selbst wusste, dass sie zumindest die tiefste ihrer Wunden reinigen und verbinden musste, ehe das Fieber einsetzte. Doch es mangelte ihr an allem – Verbandszeug, frischem Wasser und der Kraft, sich wieder zu erheben. Die Festung bot keinen Ausweg. Es gab kein Tor ins Innere und keine Brücke auf die andere Flussseite. Niemand wohnte an diesem verlassenen Ort – und niemand würde sie finden. Asara hatte einen unmöglichen Sturz überlebt, nur um in der sich ausbreitenden Kälte langsam zugrunde zu gehen. Der Gedanke war absurd wie frustrierend.

Asaras Atmung wurde ruhiger, flacher. Doch sie ergab sich noch nicht dem Schlaf. Die *Kisaki* hatte einen letzten Trumpf, einen letzten Spielzug, den sie noch wagen konnte. Zuvor, im Tempel der Letzten Schwelle, hatte sie nicht einmal in Erwägung gezogen, ihre Fähigkeit vor den Augen des versammelten Adels zu nutzen. Die Möglichkeiten des *Tausches* waren endlos gewesen und doch hatte sie der Entscheidung aus Angst und Sturheit entsagt. Jetzt, totgeweiht und allein, kehrte der Gedanke nach dem ultimativen Ausweg zurück. Asara konnte entkommen, wenn sie es wirklich wünschte. Die Festungsinsel mochte eine Sackgasse sein – doch Lanys' angeschlagener Körper war es nicht.

Asaras Sinne eröffneten sich einer neuen Welt. Sie *spürte*, wo sie hätte *sehen* sollen. Anstatt zu laufen, tanzte sie als körperloses Blatt in ungesehenen Strömungen. Ihr Geist dehnte sich aus, bis sie ein ungekanntes Gefühl der Gleichzeitigkeit zu übermannen drohte. Asara begann zu *suchen*. Sie suchte fremde Präsenzen mit der Intensität eines ausgehungerten Bluthundes. Anfangs war es bloß die Länge eines Raumes, die ihre mystischen Fühler abzutasten begannen. Doch wie erwartet gab es auch jenseits der Mauer kein menschliches Leben. So wurden ihre Kreise größer. Asara fand den Fluss und die formlosen Schatten der Intelligenz, die ihn bevölkerten. Irgendwo zwischen den Steinen des Flussufers lauerten weitere, bedeutend größere Kreaturen. Der fokussierte Wunsch nach Nahrung füllte für einen Sekundenbruchteil ihren Geist. Asara stieß sich schaudernd ab und glitt weiter. Sie passierte Stein und Wasser als wären sie Luft. Wände und andere Barrieren spielten keine Rolle mehr. Mit jedem verstreichenden Moment nahm ihr Geschick in dieser neuen Welt der Stofflosigkeit zu. Zugleich wurde die Verbindung zu ihrem Körper immer unbedeutender. Es fühlte sich an, als ob langsam aber unaufhaltsam jenes Gewicht wegzufallen begann, das sie an ihr physisches Selbst ankerte. Das Gefühl der Freiheit war unbeschreiblich.

Asara ignorierte die Stimmen, die sie immer eindringlicher zur Vorsicht mahnten. Irgendjemand rief ihren Namen, doch auch dieser Laut hatte keine Bedeutung mehr. Jauchzend warf sie sich in die Strömung des Moments und ließ sich von ungekannter Euphorie erfassen. Die letzten Grenzen begannen zu bröckeln.

Im nächsten Moment fanden ihre Fühler eine Präsenz. Nein, nicht eine. Dutzende. Menschliche Worte drangen in ihre Welt ein und störten die Melodie des ätherischen Windes. Der Anker war zurück. Widerwillig öffnete Asara ihren Geist den diskordanten Anomalien. Sie hatte Menschen gefunden – und sie waren näher als gedacht. Was sich wie ein Erfolg anfühlen sollte, schmeckte nach saurer Niederlage. Zugleich wusste die *Kisaki*, dass sich ihr Zeitfenster unwiderruflich zu schließen begonnen hatte. Ob Körperflucht oder Hilferuf – sie musste *jetzt* agieren. Asara hatte ihre unverstandene Fähigkeit über alle Grenzen hinaus belastet. Sie war geflogen, wo sie zuvor nur gesprungen war. Und der Preis war hoch.

Ohne weiter darüber nachzudenken, warf sich Asara in die Gruppe der aufgespürten Präsenzen. Sie drückte und zerrte und *sprang*. Doch egal welchen Geist sie zu bewohnen versuchte, jeder einzelne wies sie zurück. Sie prallte gegen unsichtbare Mauern und glitt an körperlosen Barrieren ab. Mit jedem gescheiterten Versuch wuchs ihre Frustration. Asara war zu schwach. Ob trainierter Willen, Selbstbewusstsein oder einfach nur ein Mehr an Konzentration – sie scheiterte an der mentalen Gegenwehr ihrer Opfer. Ihre wiederholten *Sprünge* endeten im Leeren.

Panik flammte auf. Asaras Zeit war abgelaufen. Ihr eigener Körper war nur noch eine blasse Erinnerung. Die ätherischen Winde nahmen zu und drohten sie erneut zu erfassen. Der Gedanke an eine Existenz in der unendlichen Strömung war plötzlich nicht mehr so verlockend, wie noch zuvor.

Dann spürte sie es. Eine Öffnung. Ein verwundbarer Geist, bröckelig wie die Mauern der alten Festung. Asara sammelte all ihre Kraft und katapultierte ihr Bewusstsein zurück in die physische Welt und hinein in einen unbekannten Körper.

Sie öffnete blinzelnd ihre Augen. Ihre Sicht war unscharf, verzerrt. Durch den Schleier hindurch erkannte sie die Formen einer kleinen, mit Holzkisten und Metalltruhen gefüllten Kaverne. Fackeln an den Wänden spendeten flackerndes Licht. Die Höhle endete an einer Seite in einer von Menschenhand gefertigten Mauer. Eine verrostete Eisentüre versperrte die Sicht auf den Raum dahinter. Gegenüber dem Durchgang glitzerte die reglose Oberfläche eines unterirdischen Sees. Ein auf Stelzen errichteter Steg endete an einer Mole, an der zwei sichtlich mehrfach geflickte Ruderboote befestigt waren. Lecke Eimer und verstreut liegende Taue machten den Anleger zum Spießrutenlauf.

Ein gutes Dutzend, in löchrige Lumpen und abgetragene Lederrüstungen gehüllte Ashen saßen an grob gezimmerten Tischen beisammen und unterhielten sich. Spielwürfel, Tonkrüge und wenig appetitlich aussehende Essensreste türmten sich auf dem modrigen Holz. Andere Männer ölten Schwerter oder knüpften Seile. Ein besonders großgewachsenes Exemplar in einer blassroten Tunika stapelte mit konzentrierter Sorgfalt Silbermünzen. Irgendwo hinter einer weiteren Mauer lachte eine Frau.

Asara blinzelte erneut, doch die Unschärfe ließ sich nicht verbannen. Gesichter und andere Details blieben vage Konturen. Gerüche fehlten vollends und auch die Unterhaltungen klangen seltsam gedämpft. Ein zögerlicher Blick nach unten bestätigte all ihre Befürchtungen.

Asara steckte im Körper eines alten Mannes. Die knorrigen Glieder, die aus den Resten einer einst eleganten Robe hervorstanden, waren verkrümmt und verkümmert. Kaum ein intakter Muskel verblieb in dem hungergebeutelten Kadaver. Der alte Mann lehnte wie vergessen an einem Fass am Rande der Höhle. Niemand schenkte ihm Beachtung.

Asaras Panik kehrte mit voller Intensität zurück. Sie hatte den Schmerz ihrer frischen Wunden gegen die Pein eines löchrigen Gebisses, gekrümmten Rückens und einer zertrümmerten Hüfte eingetauscht. Die Zunge in ihrem Mund fühlte sich geschwollen und eitrig an.

„Hil-fe!"

Ihre Stimme war dumpf und nahezu tonlos. Ein nasser Hustenanfall beutelte ihren kränklichen Körper. Asara versuchte sich aufzurappeln, doch ihre Muskeln verweigerten den Dienst. „Hi-l...fe!"

Der Mann, der etwas abseits Münzen gezählt hatte, blickte auf. Nach einem Moment erhob er sich.

„Großvater?" fragte er. Asara konnte seine Züge kaum erkennen, bemerkte aber des Mannes deutliches Stirnrunzeln. Unter aller Kraftanstrengung hob sie einen Arm.

„Bitte..." röchelte sie. Die Miene des Mannes in der roten Tunika erhellte sich.

„Großvater! Ha! Habt ihr das gehört, Männer?" Er eilte an Asaras Seite und ging neben ihr in die Hocke.

„Ich wusste es!" sagte er und klopfte ihr auf die knorrige Schulter. „Es steckt noch Leben in dir! Ein Höhlenschratt gibt eben nicht so schnell auf!" Er schmunzelte. „Kann ich dir etwas bringen? Wasser? Brei?"

Asaras Hand fand seinen Arm.

„Bastion", krächzte sie. „An der...Mauer. Außen... Bitte...helft...mir!" Ein neuerlicher Hustenanfall verschluckte die verbleibenden Worte. Ihre Augenlider fielen flatternd zu. Die Kraft hatte den alten Körper verlassen. Asara spürte, wie auch das Leben unaufhaltsam aus seinen...*ihren* zitternden Gliedern zu weichen begann. Ihre Fähigkeit und ihre ihm aufgezwungenen Worte hatten dem Greis die letzten Reserven geraubt. Wessen Großvater er auch war – Asaras Wirt konnte ihren Geist nicht mehr erhalten.

Mit einem verzweifelten Gedanken katapultierte sich die *Kisaki* zurück in den Äther und ihren eigenen, malträtierten Körper. Die totale Schwärze der Bewusstlosigkeit begrüßte sie.

~◊~

Ich bin nicht tot.

Das war der erste Gedanke, der Asara durch den Kopf schoss, als ihr Bewusstsein – und damit auch der Schmerz – schleppend zurückkehrte. Zu ihrem Erstaunen war ihre Erinnerung an die vergangenen Ereignisse glasklar. Sie entsann sich jedes Sprungs und jedes Ausweichmanövers während ihrer Flucht aus dem Tempel. Die Bilder waren so angsteinflößend und überwältigend wie während des ungebremsten Sturzes. Asara erinnerte sich auch an die langen Meter des Dahinstolperns nach dem Erwachen nahe der Bastion – bis hin zu ihrem Kollaps an den alten Mauern. Danach…danach kamen die verschwommenen Eindrücke einer Reise durch eine Welt, die man nicht sehen, sondern nur spüren konnte. Sie hatte verzweifelt nach einem Geist gesucht, den sie zum Tausch der Körper zwingen konnte. Der mentale Sprung ins Ungewisse war der letzte Ausweg gewesen, der ihr in ihrem geschwächten Zustand noch geblieben war. Der Versuch war geglückt. In einer nahen Höhle hatte sie die Präsenz eines alten Mannes gefunden, der sich ihres panischen Ansturms nicht erwehren konnte. Für wenige Augenblicke hatte sie durch seine Augen geblickt und mit seiner Stimme gesprochen. Was auch immer danach passiert war, eines war sicher: Asara war nicht tot.

Sie schlug ihre Augen auf. Das gelbe Licht einer alten Öllaterne begrüßte sie. Die *Kisaki* befand sich in einer kleinen Höhle, die zum Wohnraum umfunktioniert worden war. Ein Tisch und ein Sessel standen nahe ihrer simplen Bettstatt, die sich aus einer Strohmatte und einer löchrigen Decke zusammensetzte. Es roch nach Moder und saurem Schweiß. Zugleich hatte die Höhle etwas Heimeliges, Persönliches. Kleine, handbeschriebene Phiolen mit diversen Flüssigkeiten bevölkerten ein schiefes Wandregal. Irgendjemand hatte ein Seil an dem bunt bemalten Brett angebunden, um den fast schon vorherbestimmten Absturz der zerbrechlichen Gefäße zumindest zu verzögern. Neben einem von einem Fell verdeckten Durchgang hing ein abstraktes Gemälde an der Wand. Der Rahmen des zweifelhaften Kunstwerks alleine schien mehr Wert zu besitzen, als die restliche Einrichtung zusammen. Goldene Beschläge zierten das makellose Holz. Die Leinwand selbst hatte ein Loch, wo jemand einen Nagel direkt in eine Felsspalte getrieben hatte, um es an der natürlichen Mauer zu befestigen.

Asara zählte stumm bis zehn, ehe sie sich langsam erhob. Ihr Kopf dröhnte. Ein leichtes Schwindelgefühl attackierte ihr Gleichgewicht, als sie ihre Beine auf den Boden setzte. Sie tastete nach der Schwellung in ihrem Nacken. Wie auch die Wunden an ihrem Oberkörper war die Verletzung mit altem, aber sauberem Tuch verbunden worden. Die *Kisaki* erkannte den scharfen Geruch von zermahlenen Kräutern und Wurzeln, die vom Verband gegen ihre Haut gepresst wurden. So dilettantisch die Verknotung auch wirkte, so hatte sie sich doch als wirkungsvoll erwiesen. Asaras Körper schien den Kampf gegen das Fieber zu gewinnen.

Nach einer kurzen Pause erhob sich Asara von der Matratze und testete ihre Glieder. Sie war spürbar angeschlagen und erschöpft – aber alles in allem intakt. Selbiges ließ sich jedoch nicht von ihrer Gewandung sagen. Die Reste der ledernen Kluft lagen vergessen am Höhlenboden. Jemand hatte Bluse und Hose mit wenigen Messerschnitten entfernt und achtlos beiseite geworfen. Anstelle der enganliegenden Kleidung trug Asara nunmehr eine sichtlich gebrauchte Untertunika aus beigen Leinen. Damit endete die Liste ihrer Habseligkeiten schon wieder. Sie hatte Ravanar mit Rüstung, Waffen und ausreichend finanziellen Mitteln betreten, nur um wenige Wochen später in Lumpen in einer Höhle zu stehen, die mehr mit einem Fuchsbau gemein hatte, als mit einer Behausung für ehrliches Ashvolk.

Die *Kisaki* rieb ihre pulsierenden Schläfen. Sie hatte brennenden Durst. Verhaltene Stimmen waren in der Entfernung zu vernehmen. Asaras Retter – oder Häscher – warteten. Sie hob eines der ledernen Hosenbeine vom Boden auf und schlang es als Gürtel um ihre Taille. Sie verzog das Gesicht, als sie dabei den Verband an ihrer Hüfte berührte. Eine kleine Menge graugrünen Kautschuks quoll von hinter dem Tuch hervor und fiel zu Boden. Der Geruch war ekelerregend.

Ein Schwindelanfall kam und ging. Asara biss die Zähne zusammen und humpelte zum Durchgang. Ein kurzer Blick vorbei an dem Fell zeigte ihr, dass der Korridor jenseits verlassen war. Sie schlüpfte aus dem Raum und machte sich auf leisen Sohlen auf den Weg in Richtung der Geräuschquellen.

Asara passierte mehrere Abzweigungen und Durchgänge, die in vergleichbaren, wenn auch weniger skurril dekorierten Wohnhöhlen endeten. Der größte Schacht führte dabei stetig nach unten und wurde mit jedem Meter breiter. Bald vernahm Asara den vertrauten Hall einer größeren Kaverne. Eine weitere Biegung später erreichte sie das Ende des Weges. Er mündete in der Höhle, die sie bereits durch die Augen des alten Mannes gesehen hatte. Für einen Moment verharrte sie im Halbschatten des Korridors und musterte die Szenerie. Eines der Ruderboote war verschwunden. Mehrere Kisten waren umgeschichtet oder geöffnet worden. Stoffe, gläserne Phiolen und kleine Tonkrüge lagen oder standen verteilt auf dem Steinboden wie auch den modrigen Planken des Stegs. Ebenso war eine Tasche voller Schneiderutensilien im Chaos zu erkennen. Ansonsten wirkte alles friedlich. Die meisten Bewohner der Kaverne waren sichtlich zu ihren gewohnten Tätigkeiten zurückgekehrt. Es wurde gespielt, diskutiert und mit zwanglosem Eifer an Ausrüstung oder Waffen hantiert. Ein drahtiger Mann mit wucherndem Vollbart arbeitete gar an einer kleinen Harpune. Niemand schien den Schatten zu bemerken, der das Treiben stumm beobachtete.

Asaras Blick wanderte an den Anlegesteg. Sie hielt mit mulmigem Gefühl inne, als sie ein in Tücher gewickeltes Bündel bemerkte. Es entsprach in Form und Größe einem kleinwüchsigen Körper. Ein altes, zur Unkenntlichkeit oxidiertes Kupfermedaillon lag obenauf. Asara senkte ihren Kopf. Ihr Hilferuf hatte Konsequenzen gehabt. Was sie noch mehr betrübte, als die reglose Gestalt des namenlosen Greises, war die Tatsache, dass sie es nicht vollbrachte, wahre Reue zu verspüren. Sie hatte im Angesicht des Todes eine Wahl getroffen, die sich nicht zurücknehmen ließ. Zugleich realisierte sie, dass auch das Wissen um die Folgen ihres Handels nichts an ihrer Entscheidung geändert hätte. Sie hatte getötet, um ihr eigenes Leben zu erhalten – und würde es wieder tun. Zu was machte sie diese Erkenntnis?

Asaras Blick kehrte zu den versammelten Ashen zurück. Der Anführer – so nahm sie an – saß einmal mehr alleine an seinem niedrigen Tisch. Die Münzen, die er in ihrer Erinnerung gezählt hatte, waren verschwunden. An ihre Stelle waren Papier und Feder getreten. Das Schreibwerkzeug kratzte monoton über das gelb-braue Pergament. Der Mitt-Vierziger schien seine Umgebung kaum wahrzunehmen.

Asara kontrollierte den Sitz ihres improvisierten Gürtels und trat aus den Schatten. Mehrere Augenpaare schwenkten in ihre Richtung. Niemand sprach, als sie langsam den Raum durchquerte und schließlich am Tisch des Anführers zu stehen kam. Der Ashe, rotgoldenes Haar zu einem losen Zopf geflochten, blickte auf. Seine Züge waren neugierig, aber reserviert. Nahe seiner rechten Hand lag ein Dolch, dem er einen kurzen, fast nicht wahrnehmbaren Seitenblick schenkte, ehe er sich erhob.

„Du bist wach", stellte er zögerlich nickend fest. Einige seiner Kameraden waren ebenfalls aufgestanden. Asara tat ihr Bestes, nicht nervös zu wirken. Wenn sie diese Leute richtig einschätzte, war es vermutlich weise, sich möglichst keine Schwäche anmerken zu lassen. Ihr

Zustand und das geborgte Gewand waren hierbei allerdings wenig förderlich.

„Es geht mir besser", entgegnete sie und versuchte sich an einem Lächeln. „Habt vielen Dank."

Der Mann rieb seinen stoppeligen Bart. Er wusste sichtlich nicht, wie er auf die unerwartete Besucherin reagieren sollte. Er hatte Fragen, vermochte sie aber nicht zu formulieren. Asara konnte es ihm nicht verübeln. Sie entschloss sich spontan dazu, in die Offensive zu gehen. Manche Wahrheiten ließ man besser nicht zu lange unausgesprochen.

„Euer Großvater", sagte Asara leise und warf einen Blick in Richtung des Stegs, „hat mir das Leben gerettet. Ich weiß nicht, wie ich seine Hilfe jemals zurückzahlen kann." Die Worte verließen sie. „Es tut mir leid."

Der Mann seufzte und ließ sich wieder nieder. Er deutete auf ein Fass auf der anderen Seite des Tischs. Asara nahm zögerlich Platz.

„Ich habe diese Art von arka... arkun... Magie schon einmal gesehen", sagte er. „Doch ich hätte nie erwartet, hier und heute noch einmal Zeuge davon zu werden. Und das durch Großvaters Mund." Er nahm seine Feder auf und zog abwesend eine Linie unter eine Spalte präzise ausgerichteter Zahlen. Dann lehnte er sich wieder zurück. Mehrere der anderen Ashen hatten sich dem Tisch genähert und lauschten unverhohlen der Unterhaltung.

„Wie seid ihr an die Mauern von Andergard gelangt?" fragte der Mann. Die zuvor noch sorgfältig in Schach gehaltene Neugierde fand ihren Weg in seinen Tonfall. „Wir haben kein Boot gefunden und die Tunnels sind ein gut gehütetes Geheimnis."

Jetzt nicht mehr, dachte Asara mit einem innerlichen Schmunzeln. Zugleich entschloss sie sich zur Ehrlichkeit. Zumindest soweit sie es wagte, ohne die Identität ihrer Retter zu kennen.

„Ich bin gesprungen", sagte sie. Ihr Schaudern war echt. „Ich hatte Glück."

Der Mann blinzelte. „Gesprungen?" wiederholte er entgeistert. „In den Fluss? Seid ihr lebensmüde?" Eine der Frauen – eine kleine, glatzköpfige Arbeiterin mit verschmitztem Gesicht – pfiff durch die Zähne. Asara hob verlegen die Arme.

„Das ist eine lange Geschichte", erwiderte Asara vorsichtig. „Ich habe mich mit den falschen Adeligen angelegt und musste mich etwas überstürzt aus dem Staub machen." Es war keine Lüge. Sie musste ja nicht erwähnen, dass es sich bei den Adeligen um den Hochkönig und seine Entourage gehandelt hatte. Die kleinwüchsige Frau beugte sich zum Rotschopf und flüsterte einige Worte in sein Ohr. Der Mann hob beide Augenbrauen.

„Diese lange Geschichte", fragte er langsam, „invo... inwu... inwolfiert die zufällig den Tempel der Letzten Schwelle und ein paar tieffliegende Dolche?"

Oh je.

Die geplatzte Feier hatte sich offenbar herumgesprochen. Bevor Asara etwas entgegnen konnte, begann die Arbeiterin breit zu grinsen und schlug die flache Hand auf den Tisch.

„Das warst *du!*" bellte sie amüsiert. „Du hast diesen Fürsten Waswar-sein-Name abgestochen! Die ganze Stadt spricht davon!"

Fürsten?

Die *Kisaki* zwang ein verkrampftes Lächeln auf ihr Gesicht und nickte zögerlich.

„Ich wusste es!" rief die Frau. „Diese viel zu teuren Gewänder, der Halsreif, die Blessuren... Du bist der Grund, warum die Lakaien der Krone seit gestern die Unterstadt unsicher machen." Sie knuffte den Anführer in die Seite. „Wir haben eine Unruhestifterin der ersten Klasse aufgelesen, Kapitän." Ihre Augen funkelten. „Geschieht diesen Schnöseln recht. Sie feiern Orgien in ihrem ausgehöhlten Kristall, während der Rest von uns unbedankt schuften muss. Ha!"

Der Anführer stützte seinen Kopf auf seine Fäuste. Er wirkte wesentlich reservierter als seine enthusiastische Kameradin. „Das erklärt zumindest die Wunden."

Asara legte ihre Hand an den Verband.

„Es war knapp, ja." Sie warf einen Blick über die Schulter und auf die versammelte Menge. „Habt vielen Dank für eure Hilfe. Ich möchte euch aber wirklich nicht länger zur Last fallen, als unbedingt notwendig..."

Die Frau lachte auf.

„Du bleibst wo du bist", sagte sie augenzwinkernd. Asara erstarrte. Die Worte waren freundlich, aber unmissverständlich. Ihr Blick wanderte zum Dolch, der neben dem Anführer auf der Tischplatte lag. Es war still geworden.

„Du bleibst", wiederholte die Frau und klopfte ausgelassen auf Asaras heile Schulter, „bis du uns die ganze Geschichte erzählt hast!"

Andere Stimmen wurden laut.

„Ja! Unbedingt!"

„Wie war das vorhin mit Magie?"

„Ist das ein Sklavenhalsband?"

„Welcher Fürst war das denn? Hast du was geklaut?"

„Wo kommt eigentlich diese Lederkluft her?"

Die Worte überschlugen sich. Eine ungesehene Barriere war gefallen und jeder der Ashen trug seinen Teil zum wachsenden Chaos bei. Asara begann zu kichern, dann zu lachen. Der Anführer warf ihr einen fragenden Blick zu. Ein untersetzter Mann brachte zwei Krüge eines scharf riechenden Getränks, während ein anderer ein einfaches, aber üppiges Mahl aufzutischen begann. Dunkles Brot gesellte sich zu hartem Käse und würzigem Speck. Sogar eine Schale Datteln fand ihren Weg auf den kleinen Holztisch.

Die *Kisaki* ließ sich wieder nieder. Ihre Retter waren keine Bedrohung – zumindest für den Moment. Sie waren lediglich eine bunte Gruppe Menschen, deren Leben Asara mit ihrer Ankunft gehörig auf den Kopf gestellt hatte.

So begann Asara zu erzählen. Viele der Details ließ sie außen vor, doch der Kern der Geschichte blieb gleich. Sie hatte sich als Sklavin mit einer Priesterin angelegt, die sie vor den Augen des arroganten Adels bloßgestellt hatte. Bevor sie dazu gezwungen werden konnte, ihre Kameradin in einem archaischen Ritual zu töten, hatte sie sich zur Flucht entschieden. Dabei hatte sie einen der wichtigen Herren – den nicht näher genannten Fürsten – mit einem Wurfmesser beglückt und war in einer waghalsigen Einlage geflohen. Ihre Flucht hatte sie schließlich an den Fluss geführt, in dessen Fluten sie im letzten Moment Zuflucht suchen musste.

Die Höhlenschratte – so nannte sich diese kuriose Gruppe unabhängiger Ashen – kommentierten die Erzählung mit zahlreichen Ausrufen und bewundernden Lauten. Ob sie Asaras Worten glaubten, war nicht zu sagen. Den ausgelassenen Reaktionen nach zu urteilen, spielte das aber auch gar keine Rolle. Der Anführer der Bande, Jufrus Garr, nutzte das Momentum der Geschichte und fügte nahtlos seine eigenen Erklärungen hinzu. Seine anfängliche Reserviertheit war bald vollends verschwunden.

Wie Asara es vermutet hatte, waren die Höhlenschratte eine lose Vereinigung herrenloser Arbeiter, Diener, Soldaten und ehemaliger Sklaven, die sich fern der Gesellschaft des urbanen Ravanar ein neues Leben aufgebaut hatten. Ihr Unterschlupf befand sich in den Höhlen unterhalb der alten Bastion und war nur durch wenige Tunnel und einen verborgenen Seitenarm des Flusses erreichbar. Von den vergessenen Kavernen aus schmuggelten sie Waren vom Hafen in die Unterstadt, verschoben Diebesgut oder Nahrungsmittel und verhalfen misshandelten Leibeigenen zur Flucht. Jufrus selbst war einstiger zweiter Maat eines Handelsschiffes, das vor zwei Jahren in die Flotte der Eisengilde assimiliert worden war. Wie auch sein Kapitän war er durch einen Vertrauten von Chel Seifar ersetzt worden und hatte sich von einem zum nächsten Tag auf der Straße wiedergefunden. Im Verdruss hatte er sein Wissen um die Kanäle und Flussstraßen genutzt, um sein eigenes Handelsnetz aufzubauen. Über die folgenden Monate hatte er

Gleichgesinnte um sich geschart und war zu einem bedeutenden, wenn auch unauffälligen Spieler in Ravanars Unterwelt geworden. Auch viele der anderen Höhlenschratte teilten mit verwunderlicher Bereitwilligkeit ihre Geschichten. Asara hatte bald alle Mühe, den wirren Erzählungen noch zu folgen. Manche der Ashen schwelgten ausschweifend in Erinnerungen, während andere einige ihrer fragwürdigen Heldentaten zum Besten gaben. Die Stimmung war ausgelassen und wurde mit jedem Krug heiterer. Als Jufrus schließlich auf den Großvater zu sprechen kam, hoben die Höhlenschratte ihre Becher zum Trinkspruch.

„Auf einen wirren alten Mann, der uns in Zeiten der Not stets zur Seite gestanden hat", sagte Jufrus. „Möge der Bastard in Frieden ruhen."

Asara hob stumm ihren Kelch.

„Auf...Großvater." Auf ihren fragenden Blick hin zuckte der Anführer der Bande mit den Schultern und lächelte verschmitzt.

„Ich habe keine Ahnung, wie er wirklich geheißen hat. Er war auch nicht mein echter Großvater. Wir alle haben ihn bloß so genannt." Er kratzte sich am Bart. „Er ist vor etwa einem Jahr wie aus dem Nichts aufgetaucht und hat begonnen, sich um unsere Boote zu kümmern. Er hat dabei nie ein Wort gesprochen. Also haben wir ihn walten lassen." Jufrus blickte melancholisch in Richtung des Bündels. „Vor ein paar Wochen ist er dann krank geworden. Er konnte kaum noch essen und schlief nur noch im Sitzen. Wir alle wussten, dass es mit ihm langsam zu Ende ging. Als ich dann plötzlich seine Stimme gehört habe... Nun, ich ahnte gleich, dass es nicht seine Worte waren."

Die Frau mit den Händen einer Arbeiterin nickte wissend. Sie hatte sich kurz zuvor als Beka vorgestellt.

„Andergard spielt den Sinnen gerne Streiche", meinte sie andächtig. „Die Feste muss Großvater von deiner Ankunft geflüstert haben."

Es war offensichtlich, dass die Schmugglerin und ihre eindringlich lauschenden Kameraden nicht recht daran glaubten, dass wahrlich greifbare Magie im Spiel war. Asara widersprach nicht. Wenn die Höhlenschratte wirklich einen Spuk für die vermeintliche Vision des alten Mannes verantwortlich machen wollten, würde sie nicht dagegen protestieren. Die unausgesprochene Erklärung machte sogar vieles einfacher. Zugleich war die *Kisaki* aber noch nicht bereit, das Thema endgültig fallenzulassen.

Sie nahm einen langen Schluck. Der Schnaps brannte in ihrer Kehle. Asaras Kopf fühlte sich wie ein Ballon an, der langsam zu entschweben begonnen hatte.

„Jufrus, du hast gesagt, dass du diese...Magie schon einmal erlebt hast", hakte sie nach. „Darf ich fragen wo?"

541

Der Bandenführer nahm seine Schreibfeder auf und kritzelte nachdenklich auf dem Pergament umher. Das Schreiben hatte nach Stunden der Konversation und des Alkohols nur noch wenig mit einem Warenregister gemein.

„Das glaubst du mir nie", schnaubte er. Verschwörerisch beugte er sich vor. „Es war gegen Ende des Krieges gegen die Yanfari", fuhr er fort, „als ich noch mit meinem Kapitän unterwegs war. Während einer Versorgungsfahrt nach Riftwacht hatten wir eine Frau an Bord, die – das schwöre ich dir – mehrmals die Persö... Persi... Art zu Sprechen gewechselt hat. Einmal wie ein Mann, dann wieder wie eine hohe Dame. Anfangs hat sie nur mit dem Kapitän geredet, in Riftwacht selbst dann auch mit Kommandanten und Generälen." Jufrus blickte nachdenklich in die Entfernung. „Sie hat ausgesehen wie eine einfache Magd. Junges Ding, fast noch ein Kind. Und doch sind die hohen Herrschaften an ihren Lippen gegangen, als ob sie eine Königin wäre. Es war unheimlich."

Die anderen Höhlenschratte lachten und scherzten. Sie kannten die Geschichte wohl nur zu gut und hatten sich ihre Meinung bereits gebildet. Asara stimmte in den Spott nicht ein. Sie konnte zwar nicht mit voller Gewissheit sagen, um wen es sich bei Jufrus' mysteriöser Frau handelte, hatte aber eine drückende Vermutung.

„Wie hat sie auf dich gewirkt?" fragte die *Kisaki* vorsichtig.

Jufrus erschauderte sichtlich. „Gespenstisch. Mir ist ein kalter Schauer über den Rücken gelaufen, wann immer sie in meine Richtung gesehen hat. Den Adeligen erging es nicht anders."

Unscheinbares Aussehen. Kindliche Stimme. Wenn die *Kisaki* richtig vermutete, dann gab es zumindest eine Person in Ravanar, die mehr über Asaras Talent wusste, als sie sich hatte anmerken lassen. Unglücklicherweise handelte es sich dabei wohl just um jene Gildenherrin, mit der sich Asara um keinen Preis mehr einlassen wollte.

‚*Das war nicht klug*', waren die letzten, in ihren Geist geflüsterten Worte der Nachtigall gewesen, als Asara sich nach dem Kampf gegen Miha hatte abführen lassen. Der eisig-kalkulierende Blick der Attentäterin hatte die *Kisaki* bis in den finsteren Kerker der Schwarzen Feste begleitet. Der stumme Abschied war eine Warnung gewesen – und ein Versprechen.

„Das klingt wirklich abenteuerlich", sagte Asara diplomatisch und erhob sich lächelnd. Ihre Glieder schmerzten nach den langen Stunden des lümmelnden Sitzens. Asara streckte sich.

„Ich sollte mich etwas ausruhen", meinte sie gähnend. „Es war eine lange Nacht."

Jufrus nickte. „Natürlich. Wir wollten dich nicht wachhalten. Ich wecke dich, sobald Gadeon mit dem Heiler zurückkehrt."

Asara hielt inne. „Heiler?" fragte sie. Der Anführer der Höhlenschratte nickte.

„Es gibt einen alten *Medi*... *Medo*... Heiler, der uns nach gelegentlichen Scharmützeln mit den Hauswachen wieder zusammenflickt. Wir haben gleich nach ihm geschickt, als du auch nach einem vollen Tag noch nicht erwacht bist. Deine Wunden sahen wirklich ernst aus." Jufrus schenkte ihr einen sorgenvollen Blick. „Tun sie noch immer."

Asara runzelte die Stirn. „Das ist riskant", murmelte sie. Ihr schnapsumnebelter Verstand kannte zahllose Gründe, warum sie sich der Paranoia ergeben sollte. Leider konnte sie keinen davon so recht artikulieren.

„Ich werde immer noch gesucht", fügte sie gestikulierend hinzu. „Die könnten mich – *uns* – hier finden!" Ihre Hand fand Jufrus' Dolch. „Ich sollte gehen..."

Einige der Höhlenschratte wechselten mitfühlende Blicke.

„Du bist hier sicher-", begann Jufrus, als ihn ein Ruf unvermittelt unterbrach. Von Seiten des unterirdischen Sees erschien ein tanzendes Licht, das sich langsam aber stetig näherte. Nach wenigen Momenten erkannte Asara ein Boot. Ein junger Mann in Alltagsleinen und eine zweite, kleinere Person saßen in dem alten Gefährt. Die schmale Gestalt trug eine weite Kutte, deren Kapuze ihr Gesicht in Schatten hüllte. Ein dumpfes Gefühl der Nervosität machte sich in Asaras Magen breit. Jufrus legte eine Hand auf ihren Arm.

„Kein Grund zur Sorge", beschwichtigte er. „Das ist Gadeon."

Aber seine Begleiterin ist kein Heiler.

Asara nahm den Dolch auf und schob sich an den wartenden Höhlenschratten vorbei. Der junge Mann, Gadeon, legte am Steg an und sprang auf die knarrenden Planken. Mit wenigen Handgriffen vertäute er das Boot.

„Ich habe den alten *Medikus* nicht gefunden", rief er in die Menge. Mit dem Daumen deutete er auf die in den Umhang gehüllte Gestalt. „Das ist seine neue Gehilfin. Sie kennt sich mit Heilkräutern und solchen Dingen aus."

Die verhüllte Frau kletterte von Bord und schlug ihre Kapuze zurück. Erleichterung und offene Verwunderung trafen Asara wie ein Schwall kalten Wassers.

„Neyve?" fragte sie ungläubig. „Was bei den Boten tust du denn hier?"

Die Sklavin des Königs verschränkte die Arme und musterte ihr Gegenüber mit hochgezogener Augenbraue.

„Hallo, Schattentänzerin. Wir müssen reden."

32

Angebote

„Wie charmant."

Neyves Stimme triefte vor Sarkasmus. Sie blickte sich in Asaras geborgtem Schlafgemach um, ehe sie schulterzuckend ihre Tasche abstellte. Die kleine Wohnhöhle mit dem abstrakten Gemälde an der Wand gehörte eigentlich Jufrus, doch der Anführer der Höhlenschratte hatte sie bei Asaras Ankunft freiwillig geräumt. Zurück blieben seine alchemistischen Tinkturen, viel Schnaps, das eine oder andere Wirtschaftsbuch und viel wertloser Plunder.

Tharions Hofsklavin öffnete die Brosche ihres Umhangs und warf das Kleidungsstück achtlos über einen Stuhl. Unterhalb der groben Kutte trug sie eine zweckmäßige Lederrüstung mit Nietenspickung, feste Stiefel und einen mit Beuteln und Waffe bestückten Schwertgurt. Ihr schulterlanges Haar wurde von einem dünnen Lederriemen in Schach gehalten. Der Stahl ihres Sklavenhalsbands blinkte von unterhalb ihres Kragens unauffällig hervor.

Asara ließ die unerwartete Besucherin nicht aus den Augen. Als Neyve in der Haupthöhle um ein Gespräch unter vier Augen gebeten hatte, hatte die *Kisaki* stirnrunzelnd zugestimmt. Das hieß jedoch nicht, dass sie der anderen Sklavin vertraute. Jufrus' Dolch in ihrem provisorischen Gürtel sprach hierbei eine deutliche Sprache.

„Wie hast du mich gefunden?" fragte Asara. Es war nicht die wichtigste aller Fragen, aber definitiv ein guter Einstieg. Neyve hatte sich zu erklären – oder sie würde diese Höhle nicht lebendig verlassen. Asaras Schicksal, wie das der Höhlenschratte, hing in der Schwebe. Es musste einen triftigen Grund geben, warum Tharion das von ihm auserwählte Opfer unbehelligt hatte von dannen ziehen lassen. Asara war nicht bereit, über diese Motive zu spekulieren oder auch nur das geringste Risiko einzugehen.

Neyve ließ sich auf den grob gezimmerten Stuhl fallen und überschlug die Beine.

„Dich zu finden war nicht sonderlich schwer", erwiderte sie trocken. „Es war klar, dass du tot oder zumindest verwundet sein musstest.

Nachdem Kruul wutschäumend begonnen hat, die Unterstadt auf den Kopf zu stellen, habe ich mich an die schattigeren Individuen geheftet. Straßenheiler, Scharlatane, konzessionslose Alchemisten. Die Auswahl an potentiellen Alliierten, die einer flüchtigen Attentäterin zur Hilfe kommen würden, war begrenzt." Sie sah sich demonstrativ um. „Ich hätte allerdings nicht gedacht, dass du derart tief sinken würdest." Neyve schnaubte verächtlich. „Unbedarfte Schmuggler? Wirklich? Was würde deine Gilde dazu sagen?"

Asara quittierte Neyves spöttisches Lächeln mit einem eisigen Blick.

„Sie haben mir geholfen, ohne Fragen zu stellen." Die *Kisaki* war am Eingang des Raumes stehengeblieben und hatte die Arme verschränkt. Ihr Kopf dröhnte und die Welt verlor immer wieder an Fokus. Doch Asara hatte nicht vor, sich diese vorübergehende Schwäche anmerken zu lassen. Nicht vor dem königlichen Luder.

„Warum bist du hier, Neyve?" fragte sie eindringlich. „Warum bist du noch am Leben?"

Die Sklavin sah sie verwundert an. „Was meinst du damit? Wieso sollte ich tot sein?"

Asara trat näher an ihre Besucherin heran. Ihre Augen verengten sich zu Schlitzen.

„Ich habe keine Lust auf deine Spielchen, Neyve. Tharion und die Priesterin wollten dich *opfern*! Ich hielt das Messer schon in Händen! Bei der dreimal verfluchten Anderwelt, ich hätte es beinahe getan!" Asara stieß ihren Zeigefinger gegen Neyves Brust. „Also warum haben sie es sich anders überlegt, hm? Was hast du ihnen versprochen? Warum bist *du* hier und nicht Tharions versammelte Wachmannschaft?"

Die Hofsklavin starrte Asara für einen langen Moment entgeistert an. Dann begann sie zu lachen. Der helle Ton füllte die Höhle und wurde von den Wänden zu einem regelrechten Konzert der ehrlichen Belustigung verstärkt.

„Opfern?" Tränen standen in Neyves Augen. Sie rang nach Luft. „Du hast geglaubt, die wollten mich *opfern*?" Ihr Lachen verklang mehr und mehr zu einem Kichern. „Ist das dein Ernst?"

Asara ballte die Fäuste. Neyve hob beschwichtigend die Arme.

„Du hast wirklich gedacht, dass du mich töten solltest?" Sie suchte sichtlich nach Worten. „Oh. Das erklärt…nun ja…immer noch nicht alles. Macht aber einiges klarer." Neyve schüttelte den Kopf. Ihre Augen glänzten feucht.

„Hast du noch nie einem Fest der Schatten beigewohnt?" fragte sie verwundert. „Die Yanfari und ihre Sonnenkulte müssen dir wirklich zugesetzt haben. Also, zum Mitschreiben: Es gibt keine Menschenopfer in Ravanar. Das wäre doch absurd. Die sogenannte ‚Opfergabe' an die Boten ist lediglich ein Tropfen reinen Blutes, genommen durch einen flachen Schnitt knapp unterhalb des Herzens." Sie deutete auf ihre Brust. „Das ist alles. Die Prozedur ist vielleicht etwas barbarisch, ja, aber beim besten Willen nicht tödlich."

Asara öffnete ihren Mund, nur um ihn gleich darauf wieder zu schließen. Sie war sich so sicher gewesen. Die Worte, die gedrückte Stimmung – alles hatte auf einen sinisteren Höhepunkt hingedeutet. Neyve schmunzelte.

„Trotzdem danke", meinte sie trocken. „Du hast mir zumindest fiktiv das Leben gerettet. Das war süß von dir. Und sicherlich unerwartet."

„Mach dich nicht lustig", brummte Asara. „Ich hatte das Messer schon in der Hand. Ahnungslos und bewaffnet ist eine tödliche Kombination."

„Darf ich das zu gegebenem Anlass zitieren?" lachte Neyve. „Der Satz scheint unsere werte Schattentänzerin recht gut zu beschreiben."

Asara verdrehte die Augen. „Sehr witzig."

Tharions Sklavin wischte die letzten Tränen aus ihrem Gesicht und seufzte entspannt.

„Um auf deine Frage von vorhin zurückzukommen", fuhr sie in ernsterem Tonfall fort. „Ich bin hier, um dir ein Angebot zu machen."

Die *Kisaki* hob eine Augenbraue. „Das klingt ominös."

„Ist es nicht", erwiderte Neyve. „Im Gegenteil. Meine Botschaft ist wirklich simpel. Dein Angriff auf den Hochkönig hat seinen Gegnern eindrucksvoll gezeigt, dass du dich noch im Spiel befindest. Nach der Versteigerung in der Arena und deiner unerwarteten…Folgsamkeit bestand daran einiger Zweifel. Wir dachten schon, dass du an deiner Gefangenschaft zerbrochen bist." Die Sklavin spielte mit einer ihrer Locken. Ihr Blick war forschend. „Das Angebot ist folgendes: Werde zur Klinge von Haus Vandar und der Prinzipal wird dafür sorgen, dass Tharion und Kruul dir keinen Ärger mehr bereiten. Du wirst sogar die Gelegenheit bekommen, deinen Dolch ein für alle Mal in des Königs Brust zu versenken." Neyve grinste. „Sofern du diesmal triffst."

Asara blinzelte. Dutzende Puzzlesteine schwirrten in ihrem Geiste umher. Langsam, ganz langsam, begann das Chaos solidere Formen anzunehmen.

„Du bist eine Spionin", spekulierte Asara mit offener Verwunderung in der Stimme. „Du, die Erste Sklavin des Königs, stehst auf Vandars Soldliste!"

Neyve lachte auf. „Ich bin Vandars *Tochter*, Dummerchen. Meine Loyalität gehört, und gehörte stets, meinem Haus. Tharion ist viel zu sehr von sich überzeugt, um nach Jahren meines Dienstes diese Wahrheit noch zu sehen. Ein paar zuckersüße Worte und meine vollste Ergebenheit im

Bett haben ihm die letzten Zweifel ausgetrieben. Ich bin ein williges Geschenk meines Hauses an den herrschenden Klan." Neyves gespielt unschuldiger Blick war voller Hingabe. Sie ging sogar so weit, ihre Hände ergeben auf den Rücken zu legen.

„Ein Geschenk mit Haken", murmelte Asara. Neyve schlang ihre Arme wieder über die Stuhllehne und schnippte lässig gegen den Ring ihres Halsbands.

„Ich gebe seit Jahren alles weiter, was Tharion mir ungewollt zuträgt. Schlachtpläne, Intrigen, Geheimnisse. Ich bereite das Feld, damit mein Vater den Todesstoß führen kann. Er, oder unsere neueste Waffe: die Schattentänzerin der Tausend Gesichter höchstpersönlich. Sofern sie das Angebot annimmt."

Asara setzte sich auf das Bett und bedachte ihr Gegenüber mit einem langen, eindringlichen Blick.

Neyve, oh Neyve. Du wurdest an der Nase herumgeführt. So wie ich auch.

Es kostete einiges an Überwindung, nicht laut aufzulachen. Asara war am Ziel. Sie hatte mit einem Schlag das Vertrauen jener Leute gewonnen, die bis gestern noch unerreichbar gewesen waren. Das Unmögliche war plötzlich in greifbare Nähe gerückt.

„In Ordnung", sagte Asara. Unter Anstrengung schulte sie ihr Gesicht zur Gelassenheit. „Ich werde mir anhören, was dein Vater zu sagen hat."

Neyve sprang auf. „Ausgezeichnet!" Sie bot Asara ihre Hand an und verzog ihr Gesicht zu einem schiefen Grinsen. „Wenn das so weitergeht, werden wir am Ende des Tages gar beste Freundinnen sein! Komm, Schattentänzerin. Deine neue Heimat wartet."

Beste Freundinnen. Ganz sicher.

Asara ergriff ihre Hand und erhob sich. Die Sklavin und Spionin zog die *Kisaki* mit einem Ruck an sich heran und wisperte in ihr Ohr.

„Willkommen in der Revolution. Vermassle es nicht."

~◊~

Der Abschied von den Höhlenschratten war eine tränenreiche Affäre. Obwohl Asara nur wenige wache Stunden unter den Schmugglern verbracht hatte, hatten sie Jufrus und seine Kameraden merklich ins Herz geschlossen. Der einstige Maat schien nur zu bereit zu sein, Asara in den Rängen der illustren Gruppe willkommen zu heißen.

„Bist du sicher, dass du dieser Adeligen vertrauen kannst?" fragte er leise, als Asara zum Abschied seine Hand schüttelte. „Wir könnten sie einfach verschwinden lassen."

Die *Kisaki* schmunzelte. „Ich weiß das zu schätzen, Jufrus, danke. Aber es ist schon in Ordnung. Sie ist eine Sklavin wie ich. Ihre Herren stehen nicht auf der Seite jener, die mich zu töten versucht haben. Ich bin in ihrer Gesellschaft sicher."

Die Lüge glitt vollendet von ihrer Zunge. All ihre Zweifel und Ängste hatten einer aufgeregten Entschlossenheit Platz gemacht, die vor dem Risiko nicht zurückschreckte. Asara war bereit für das Endspiel.

Der Ashe mit dem rotgoldenen Haar rieb verlegen seine Hände.

„Du könntest bleiben. All diese Intru... Intri... Politik hinter dir lassen. Die Höhlenschratte hätten einen Platz für dich."

Asara lächelte. „Vielleicht komme ich darauf zurück." Sie legte eine Hand auf Jufrus' Schulter. „Passt auf euch auf. Ravanar braucht euch – in Zeiten des Krieges mehr denn je."

Mit diesen Worten gesellte sie sich zu Neyve, die bereits am Anlegesteg wartete. Gadeon hatte das Wasserfahrzeug in der Zwischenzeit flusstauglich gemacht und hielt Ruder wie Taue in seinen kräftigen Händen.

„Ich bin bereit", sagte Asara. „Lassen wir den werten Prinzipal nicht länger warten."

Die Höhlenschratte standen versammelt am Ufer, als das kleine Boot schließlich in die Dunkelheit des Tunnels eintauchte. Jufrus hatte seine Daumen an seinem Gürtel eingehakt und wirkte nachdenklich. Beka knuffte ihm freundschaftlich in die Seite und flüsterte etwas in sein Ohr. Ihr Grinsen war verschwörerisch. Die meisten anderen winkten dem Boot hinterher, bis es aus der Sicht verschwunden war.

Ich werde euch vermissen, dachte Asara, während sie verstohlen ihre stumme Begleiterin musterte. *Offenheit und Geradlinigkeit werde ich in meiner ‚neuen Heimat' wohl nur wenig erleben.*

Getrieben von Gadeons Ruderschlägen glitt das Boot zügig durch ein wahrliches Labyrinth an unterirdischen Wasserwegen. Die meisten der weitläufigen Höhlen waren natürlichen Ursprungs. Immer wieder durchbrachen Spalten und steil ansteigende Passagen den Fels. An anderer Stelle traf die Decke der Kaverne die Wasseroberfläche und zwang die Wassermassen in die finstere Tiefe. Es dauerte nicht lange, bis sich Asara des Weges zurück nicht mehr entsinnen konnte. Zu zahlreich waren die Abzweigungen und zu ähnlich sahen sich die im Schein der Fackel flüchtig erhellten Höhlen.

Es dauerte den halben Teil einer schweigsamen Stunde, ehe die Strömung zunahm und erste, matt-bläulich schimmernde Lichtstrahlen durch Öffnungen in der Decke fielen. Die Höhle endete abrupt in einer kleinen, von kristalldurchsetzten Felswänden eingeschlossenen Bucht des großen Flusses. Die Strömung war träge, zog das Boot aber unaufhaltsam in Richtung des breiten Gewässers. Asara streckte ihren Kopf und musterte die steilen Felswände. Sie befand sich am unteren Ende der Festungsinsel, wo beide Arme des geteilten Stroms wieder zusammenfanden. Überlappende Wellen erzeugten heimtückische Wirbel und kräuselten die sonst friedliche Wasseroberfläche. Kaum zweihundert Meter flussabwärts verband eine Brücke den tunnelgespickten Fels mit der zentralen Unterstadt. Asara erkannte das schwarze Bauwerk trotz ihrer niedrigen Perspektive wieder – sie hatte den steinernen Bogen noch am Vortag als Teil einer Gruppe von Sklavinnen überquert.

Gadeon ließ das Boot von der Strömung erfassen und lenkte es mit jedem Ruderschlag näher an die gegenüberliegende Seite. Hoch über den Köpfen des Trios wuchs die Brücke mehr und mehr zu einem beindruckenden Ungetüm heran. Schlussendlich verschluckte dessen Schatten das kleine Boot vollends.

Asara und ihre Begleiter erreichten das andere Ufer. Gadeon steuerte in ein Kehrwasser und verkeilte sein Ruder zwischen zwei Steinen. Der Rumpf des Bootes schrammte den rohen Felsen entlang und kam schließlich zum Stillstand. Asara musterte das Kliff. Was zuerst wie eine unbezwingbare Wand gewirkt hatte, entpuppte sich auf den zweiten Blick als natürliche Anlegestelle direkt unterhalb der Brücke. Metallringe im Fels ermöglichten das Vertäuen von Seilen und ein flacher Stein diente als Steg. Jenseits des Anlegers war eine schmale Treppe in die Wand gehauen worden. Der Weg führte im Zickzack in luftige Höhen und verschwand schließlich hinter dem Brückenbogen.

„Der Pfad führt direkt an das alte Wachhaus neben der Straße", erklärte Gadeon. „Von dort ist es nur noch ein kurzer Spaziergang bis in die Stadt." Mit sichtlicher Routine hielt der Höhlenschratt das Boot an Ort und Stelle. „Viel Glück."

Asara bedankte und verabschiedete sich und folgte Neyve an Land. Die Hofsklavin legte ein zügiges Tempo vor. Geschickt kletterte sie von Stein zu Stein und zog sich an grob gehauenen Stufen empor. Die *Kisaki* fiel schnell zurück. Ihre kaum verheilten Verletzungen trieben ihr mit jedem Meter Schweiß und Tränen ins Gesicht. Auch ihre Erschöpfung machte sich deutlich bemerkbar. Asaras Glieder fühlten sich zusehends bleiern und taub an. Jeder bloßfüßige Schritt kostete Überwindung.

Leise fluchend hielt sie inne. Ein dunkler Fleck zeichnete sich gegen den Stoff ihrer Tunika ab. Die provisorischen Verbände ihrer höhlenbewohnenden Gastgeber hielten der Belastung nicht Stand. Asaras Wunde an der Taille war aufgerissen und begann höllisch zu brennen. Es fühlte sich an, als ob jemand seine Hand in die Wunde geschoben hatte und das wunde Fleisch bei jedem Schritt brutal auseinanderzerrte.

„Was ist?" rief Neyve von oben herab. „Du wirst doch nicht schlappmachen?"

Asara biss die Zähne zusammen und setzte ihren Weg keuchend fort. Unter dem Einsatz all ihrer Reserven schaffte sie es bis auf Höhe der Straße. Stöhnend sank sie hinter dem verfallenden Wachhaus zu Boden, das den Brückenmund stadtseitig flankierte. Alles drehte sich. Die *Kisaki* lehnte ihren dröhnenden Kopf gegen die Wand. Zugleich presste sie eine zitternde Hand gegen ihre Hüfte. Helles Blut quoll zwischen ihren Fingern hervor. Neyve, die den Weg im Auge behalten hatte, wandte sich um. Ihre Augen weiteten sich, als die die offene Wunde bemerkte.

„Warum hast du nichts gesagt?" zischte sie und ging neben Asara in die Hocke. Sie schob Tunika und Verband beiseite und studierte das strapazierte Fleisch.

„Du brauchst dringend Nähte und eine neue Bandage", stellte sie kritisch fest. „Sonst verblutest du mir noch, ehe wir Haus Vandar überhaupt zu Gesicht bekommen."

„Das wäre peinlich", stimmte Asara keuchend zu. Neyve schnaubte.

„Nicht nur für dich. Ich habe meinem Vater eine zähe Assassine versprochen, keinen sabbernden Pflegefall." Die Sklavin seufzte. „Wir brauchen frisches Wasser, ausreichend Tuch und gutes Licht. Glücklicherweise kenne ich den perfekten Ort." Sie richtete sich auf. „Kannst du aufstehen?"

Asara nickte und rappelte sich auf. Ein neuerlicher Stich in ihrer Seite raubte ihr für einen Moment die Luft. Ihr Blickfeld hatte sich deutlich zusammengezogen. Alles wirkte surreal und weit entfernt.

„Es geht mir gut", murmelte sie. „Geh voran und ich folge."

Neyve verdrehte die Augen und zog Asaras Arm über ihre Schulter. „Du bist so stolz, wie du irritierend bist. Weißt du das?"

Die *Kisaki* hatte nicht die Kraft, etwas ausreichend Schlagfertiges zu entgegnen – so verkniff sie sich die kraftraubende Antwort. Sie wusste, dass Neyve Recht hatte. Es fiel ihr über alle Maße schwer, die Hilfe der anderen Sklavin zu akzeptieren. Ihr Plan erforderte es, dem Prinzipal und seinen Untertanen gegenüber keinerlei Schwäche zu zeigen. Dazu gehörte auch die provokante Hofsklavin.

Sie hat mich erniedrigt und in Fesseln gesehen. Spielt mein Stolz wirklich noch eine Rolle?

Asara stützte sich seufzend auf ihre Begleiterin. Solange Neyves Vater ihr Gehör schenkte, war ihr Ruf mit der Tochter nebensächlich. Neyve hasste sie ohnehin – daran würde auch ihre Verletzung nichts ändern.

Zusammen traten die beiden Ashen auf die Straße und folgten ihrem Verlauf bis an den Hauptplatz. Es war derselbe Weg, den Asara bereits am Vorabend zurückgelegt hatte. Der große Unterschied bestand darin, dass die Straßen in den aktuellen Stunden des Morgens wie ausgestorben wirkten. Kruuls aggressive Suche und die Nachwirkungen des Volksfestes hatten sichtbaren Effekt.

Neyve steuerte zielsicher auf das Badehaus zu. Der glimmende Schriftzug oberhalb der Tür zeichnete die Worte ‚Salmas Quell' ins Halbdunkel und versprach öffentliche wie private Becken. Lediglich zwei der kleinen Fenster waren erleuchtet. Neyve klopfte leise an und öffnete die Türe. Ein übermüdet wirkender Mann in simpler Robe blickte von seinem Tresen auf.

„Wir haben geschlossen", brummte er. „Kommt später wieder."

Die Hofsklavin bugsierte Asara in eine Sitzecke am Rande des gemütlich eingerichteten Raumes. Gepolsterte Sofas umkreisten einen niedrigen Tisch. Ein bronzenes Kohlebecken gloste in einer nahen Mauernische und warf sein rötliches Licht auf eine blühende Liane, die sich an der mosaikverzierten Mauer nach oben schlängelte. Ein bemalter Paravent schützte die Sitzecke vor neugierigen Blicken.

Die *Kisaki* ließ sich fallen und schloss die Augen. Der Duft von Badeölen und Parfum attackierte ihre stumpfen Sinne. Schritte entfernten sich. Sie hörte das Klimpern von Münzen.

„Wir nehmen die Räume im hintersten Flügel", sagte Neyve kühl. „Ist das ein Problem?"

Der Mann schien nachzudenken. „Für wie lange?" fragte er. Weiteres Edelmetall schabte über die Theke.

„So lange es dauert. Und behaltet eure Fragen von nun an für euch."

Kurzes Schweigen.

„Willkommen in Salmas Badehaus", sagte der Bedienstete. „Genießt euren Aufenthalt."

Asara zuckte zusammen und riss die Augen auf, als sie plötzlich etwas an der Schulter berührte. Es war Neyve. Hatte die andere Ashin nicht gerade erst mit dem Mann am Tresen gesprochen? Wann hatte sie denn den Raum durchquert? Blinzelnd ließ sich Asara auf die Beine helfen und in Richtung eines aus Marmor geformten Durchgangs schieben. Überall glommen kristallene Schriftzeichen an den Wänden, die den Besuchern den Weg weisen sollten. Asara hatte Mühe, sie zu entziffern.

Die mit kunstvollen Motiven geschmückten Gänge verschwammen hinter einem Schleier der Benommenheit. Asara realisierte nur am Rande, dass Neyve sie in einen privaten Flügel des Hauses führte. Eine Tür öffnete und schloss sich. Asara spürte weichen Teppich unter ihren Füßen und zunehmende Feuchtigkeit auf ihrer klebrigen Haut. Die Luft war zum Schneiden dick. Erst als Tharions Hofsklavin von ihr abließ und ein Messer zückte, kehrten Asaras Sinne schlagartig wieder zurück.

„Was...?"

Ehe sie reagieren konnte, hatte Neyve die Tunika von ihrem Körper geschnitten und den blutigen Stoff in einen geflochtenen Korb geworfen. Die *Kisaki* stand nackt und verdutzt in einem gekachelten Umkleideraum, dessen Fläche von mehreren gepolsterten Bänken und einem großen Regal in Anspruch genommen wurde. Ein beachtliches Sortiment an Ölen, Seifen und Parfums füllten dessen hölzerne Fächer. Bademäntel in allen Größen hingen an eingearbeiteten Wandhaken. Ein Läufer aus dicker Schafswolle kleidete einen Teil des steinernen Bodens aus und verbannte die hereinkriechende Kälte. Von hinter einem Perlenvorhang vernahm Asara das beruhigende Plätschern von Wasser.

Neyve deutete auf den Durchgang. Sie hatte ihre Rüstung bereits abgelegt und streifte einen der weichen Umhänge über. Ihr Blick lag auf Asaras verletzter Hüfte. Für einen törichten Moment verspürte Asara das Bedürfnis, ihre Scham vor dem Blick ihrer Begleiterin zu verbergen. Neyves nüchterne Miene ließ sie davon wieder abkommen. So tapste sie in die angedeutete Richtung und betrat den dahinterliegenden Baderaum.

Die Kammer war erstaunlich geräumig. An den Wänden befanden sich mehrere gusseiserne Ventile, unter deren Auslässen große Waschzuber warteten. Kleine Schemel boten dazugehörige Sitzplätze. Dominiert wurde der Raum von einem länglichen, dampfenden Becken, dessen Wände von glatten, weißen Fliesen geschmückt wurden. Ein künstlicher Wasserfall versorgte die große Wanne konstant mit frischem Nass.

Asara schnitt eine Grimasse, als sie zitternd auf einem der Schemel Platz nahm. Die Reste ihres Verbandes hatten sich durch und durch mit Blut getränkt und hingen wie ein altes Kleidungsstück von ihrer Taille. Die warme Luft brannte in der offenen Wunde. Neyve kniete sich neben die *Kisaki* und begann an einem der Ventile zu hantieren. Asara beobachtete fasziniert, wie Wasser aus dem metallenen Rohr zu sprudeln begann und den Eimer langsam füllte.

„Halte still."

Neyve nahm einen der herumliegenden Saugschwämme auf und tränkte ihn im sichtlich heißen Wasser. Dazu mischte sie eine streng riechende Tinktur aus ihrer eigenen Sammlung. Mit brüsken, aber nicht unsanften Bewegungen begann sie, Asaras Wunde zu säubern. Das gekränkte Fleisch brannte wie Feuer, wo die klare Flüssigkeit mit dem Schnitt in Berührung kam. Die *Kisaki* saß mit geballten Fäusten auf ihrem Schemel und konzentrierte sich einzig auf ihre Atmung.

Neyve arbeitete schweigend. Jeder Zentimeter von Asaras Rücken und Taille wurde von Schmutz und Kräuterrückständen befreit, ehe die Sklavin eine weitere Tasche herbeiholte. Nadeln, Scheren und mehrere Rollen Faden waren säuberlich in deren Fächer einsortiert.

„Du scheinst dich mit Wunden auszukennen", murmelte Asara. Neyve zuckte mit den Schultern.

„Mein Vater hat darauf bestanden, dass ich bei einem Heiler in Schule gehe", entgegnete sie knapp. „Wenn ich schon nicht kämpfen konnte, so sollte ich zumindest Wunden zu verarzten wissen."

Asara sog lautstark die Luft ein, als die erste Nadel ihre Haut durchstach.

„Das muss dir Freude bereiten", scherzte sie zähnefletschend. Neyve gluckste.

„Dich winden zu sehen ist durchaus amüsant, ja."

„Freut mich, dass ich dich unterhalten kann", knurrte Asara. Doch trotz der stichelnden Worte und des beißenden Schmerzes schaffte sie es nicht, ihre Begleiterin in diesem Moment zu hassen. Die königliche Sklavin hatte bereits weit mehr als notwendig getan, um Asara zu helfen. Selbst wenn ihre Motivation eine egoistische war, schuldete sie der Ashin zumindest Anerkennung. Neyves Worte kamen ihr allerdings zuvor.

„Diese Narben", murmelte sie. „Sie alle sehen frisch aus."

Narben?

Für einen Moment war sich Asara unsicher, worauf die Sklavin anspielte. Dann realisierte sie, was Neyve gesehen haben musste. Ja, die letzten Monate hatten ihre Spuren hinterlassen. Gänzlich unbekleidet und im hellen Lichte der Kristalle würde jede ihrer verheilten Wunden nur zu deutlich erkennbar sein.

Neyves Hand kam zwischen Asaras Schultern zu liegen. „Diese hier sieht hässlich aus."

„Das war der Speer eines Wachmanns in Masarta", entsann sich die *Kisaki*. „Wir sind durch einen Tunnel gekrochen, um ungesehen aus dem Vezierspalast zu entkommen. Leider waren wir dabei nicht so verstohlen wie erhofft."

„Hm. Und diese hier?" Neyves Finger folgte einer Narbe nahe der frischen Wunde an Asaras Taille.

„Das war Miha", seufzte Asara. „In diesem Duell hatte ich wahrlich mehr Glück als Talent." Die *Kisaki* legte eine Hand an die gegenüberliegende Taille, wo ein blasses Mal der Wölbung ihrer Hüfte bis an ihren Schenkel folgte. „Diese hier ist auch aus Masarta", fügte sie nachdenklich hinzu. „Glaube ich zumindest."

Auch der Kampf gegen Lanys hatte seine Spuren hinterlassen.

553

„Der Rest stammt vermutlich aus der Seeschlacht gegen die Yanfari", meinte sie schulterzuckend. „Es war ein geschäftiges Jahr."

Neyve lachte auf. „Das glaube ich dir sofort."

Die Sklavin beendete ihre Arbeit und musterte ihr Werk mit kritischem Blick. Zu Asaras freudiger Überraschung hob sich der graue Faden kaum von ihrer Haut ab. Die Naht war schmal, präzise und sauber. Auf den ersten Blick zeugten lediglich eine dunkle Kruste und die leichte Entzündung der umgebenden Haut von dem schmerzhaften Schnitt, den Kruul ihr während ihrer Flucht zugefügt hatte.

„Danke, Neyve", sagte Asara – und meinte es auch. „Dein Geschick mit der Nadel ist beneidenswert."

Neyve schmunzelte.

„Vorsicht, Schattentänzerin", sagte sie. „Das klang beinahe wie ein Kompliment."

„Nur beinahe", grinste Asara.

Die sich ausbreitende Stille war keine unangenehme. Zum ersten Mal seit ihrem Aufbruch von den Höhlenschratten schaffte es Asara, sich gänzlich zu entspannen. Vorsichtig testete sie ihre Glieder und Muskeln. Neyve wusch währenddessen ihre Hände unter einem Strahl frischen Wassers und sammelte ihre Ausrüstung zusammen. Danach verschwand sie im Umkleideraum.

„Zumindest hat mich der heutige Abend von meinem Neid geheilt", sprach sie von hinter dem Vorhang. „Auf derartige Narben kann ich gerne verzichten."

Asara blickte verwundert auf.

„Warum in aller Welt solltest du auf mich neidisch sein?" fragte sie stirnrunzelnd. Der Gedanke war kurios wie unerwartet. Neyve schob die Perlenstränge beiseite und trat wieder in das Badezimmer. In ihren Händen trug sie frische Verbände und einen offenen Tiegel Salbe. Ihr Blick war überspielt nüchtern.

„Ja, ich weiß auch nicht", schnaubte sie. Ihre Stimme war süßlich und triefte vor Sarkasmus. „Warum bloß sollte eine unbedeutende Haussklavin auf eine berühmte Attentäterin eifersüchtig sein, die in geheimem Auftrag durch die Welt streift und ganze Reiche zum Erzittern bringt? Sag du es mir, Schattentänzerin."

Asara griff zum Saugschwamm und tauchte ihn ins Wasser. Sie brauchte einen Moment, um Neyves überraschende Worte zu verarbeiten.

„Wenn du wüsstest", murmelte sie schließlich. Lauter fügte sie hinzu. „Meine Aufgabe war bei weitem nicht so heroisch, wie du es darstellst. Die meiste Zeit in Al'Tawil habe ich auf meinen Knien verbracht und diversen hohen Herrschaften die Wünsche von den Augen abgelesen. So wie du auch."

Es schmerzte Asara, diese Lüge aus dem Leben ihrer ungleichen Schwester zu erzählen, aber die Wahrheit war schlicht zu gefährlich. Neyve war immer noch Vandars Tochter. Darüber hinaus hatte Asara während ihrer Gefangenschaft am eigenen Leibe erfahren, was es bedeutete, eine Sklavin des Adels zu sein. Die Erinnerung an Maliks Glied zwischen ihren Lippen war noch frisch.

Die *Kisaki* führte ihre Hand an ihr Halsband.

„Das ist meine stetige Erinnerung an diese Zeit. Der Sklavenreif von Haus Nalki'ir. Kein Schlüssel in Ravanar vermag ihn zu öffnen." Sie schmunzelte. „Du siehst, es gibt keinen Grund mich zu beneiden."

Neyve stellte ihre Ladung ab und setzte sich wieder neben Asara. Mit geschickten Händen begann sie, Salbe aufzutragen und Verbände anzulegen. Der Wind war sichtlich aus ihren Segeln genommen worden, aber der Funke des Trotzes war noch deutlich zu erkennen.

„Deine Zeit unter den Yanfari war doch nur eine Rolle für dich", erwiderte sie bitter. „Du warst niemals wirklich ein Lustobjekt. Selbst jetzt hast du noch die Möglichkeit, deine Ketten ein für alle Mal abzustreifen und Vaters Partnerin zu werden. Meine Rolle hingegen wird immer dieselbe bleiben, egal wie sehr ich zum Ruhm meines Hauses beitrage."

Die Frustration in ihrer Stimme war das Erbe jahrelanger Erfahrung. Es fiel Asara schwer, etwas Sensibles zu entgegnen. Neyve nahm ihr die Bürde ab.

„Ich habe dich für deine Freiheit gehasst, als ich dich das erste Mal gesehen habe", schnaubte die Sklavin. „Selbst als Gefangene warst du nie eine von uns – nicht wirklich."

Asara hob ihre Arme, damit Neyve die Bandage um ihre Taille wickeln konnte.

„Ich bin schon lange nicht mehr frei", erwiderte Asara kopfschüttelnd. „In den Hallen der Eisengilde war *ich* die niedrige Sklavin und *du* die Aufseherin. Du hast mir die Fesseln selbst angelegt!"

„Und du hast es insgeheim genossen", brummte die andere Ashin. „Selbst die Versteigerung war nur ein Spiel für dich." Neyve gab dem Verband einen schmerzhaften Ruck. „Gib es wenigstens zu, Lanys. In deinen Augen ist das Sklavendasein eine vorübergehende Leidenschaft, kein Schicksal."

Ehe Asara den Mund öffnen konnte, fuhr die Leibeigene fort. „Und ja, ich habe dich dafür gehasst. Für die Wahl, die du stets hattest und heute wieder hast." Ihre Worte wurden hitziger. „Ich habe dich gehasst, weil du vor all den Jahren die Chance bekommen hast, eine der Tausend Gesichter zu werden, während ich zu einem Stück Ware erzogen wurde."

„Neyve-"

„Sei still und lass mich ausreden." Asara verstummte. Die Sklavin fuhr ungebremst fort. „Du hast gelernt, wie man zum Boten des Todes wird, die Mächtigen hintergeht und den Willen eines ganzen Reiches in die Welt hinausträgt. Ich habe in der Zwischenzeit gelernt wie man gehorcht, Fesseln trägt und Schwänze mit der Zunge liebkost." Neyves Stimme wurde rau. „Mein Vater hat sich erst wieder für mich interessiert, als mich meine Lehrer für gut genug befunden hatten, dem hohen Adel zu dienen. Er ernannte mich prompt zum Geschenk für den Hochkönig und übergab mich an dessen Harem. Es dauerte Monate, bis mich Tharion überhaupt wahrnahm. Und währenddessen..."

„Währenddessen", fuhr Asara dazwischen, „hat die Mutter der Yanfari-Prinzessin jede meiner Öffnungen inspiziert und mich schließlich als Haustier an ihre blauäugige Tochter übergeben. Meine mit dem Blut meiner Familie erworbenen Fähigkeiten kamen über Jahre hinweg nicht mehr zum Einsatz. Asara war vielleicht kein Tyrann wie der Hochkönig, aber ich war dennoch kaum mehr als ein kurioses Spielzeug." Asara holte Luft. „Ja, du hast Recht. Für mich sind die Fesseln und die Unterwerfung oftmals nur ein Spiel. Aber es hat mich einiges gekostet, es zu einem solchen zu machen. Ich musste mein Schicksal als demütige Gespielin kompromisslos akzeptieren – bis hin zum Liebesdienst an meinen späteren Häschern."

Ihre Geschichte fragmentarisch aus Lanys' Perspektive zu erzählen, war eine eigenartige Erfahrung. Als die vorwurfsvollen Worte ihre Lippen verließen, begann Asara zu realisieren, dass der Eindruck ihrer dunkelhäutigen Schwester zu Beginn ein sehr ähnlicher gewesen sein musste. Sie war als Fremde nach Al'Tawil gekommen und als schmuckes Sammlerstück an Hof aufgenommen worden. Wie lange hatte es gedauert, bis die junge Asara ihre kecke Ashen-Magd tatsächlich als menschliches Wesen gesehen hatte?

Mit Tupfer und Salbe versorgte Neyve auch den flachen Schnitt zwischen Asaras Schulterblättern. Ihre Stimme war ruhiger, als sie antwortete.

„Ich weiß, ich weiß", seufzte sie. „Aber es hat gedauert, bis ich deine Sicht der Dinge wirklich verstanden habe. Es war die Nacht im Kerker, die mir schließlich die Augen geöffnet hat. Ich hatte dich zu bestrafen versucht und meinem Hass freien Lauf gelassen. Ich wollte dich *benutzt* sehen, wie ich selbst immer wieder benutzt worden war. Ich wollte dir zeigen, was es wirklich bedeutet, eine willenlose Lustsklavin zu sein." Neyve hielt inne. „Doch diese Lektion war keine neue für dich. Das habe ich in jener Nacht realisiert.

„Ich weiß noch genau, was du mir am Tag danach gesagt hast", fuhr sie leiser fort. „Doch so sehr du auch vorgibst, die Behandlung der

Wachen genossen zu haben, so hat dich deine Zeit als Sklavin doch zu einer anderen, neuen Person gemacht. So wie auch mich." Neyve schmunzelte melancholisch. „Dich in derselben wehrlosen Lage zu sehen, die auch ich kurz zuvor eingenommen hatte, hat mir wohl die Augen geöffnet. Danach war es schwer, dich noch vollen Herzens zu verabscheuen." Sie blickte auf. „Deine gewinnende Art und ungebremste Respektlosigkeit haben mich aber schnell wieder von dieser Schwäche kuriert."

Asara lächelte. „Wir sind uns wohl ähnlicher, als gedacht."

„Ja, der Gedanke ist erschreckend", entgegnete Neyve kopfschüttelnd. „Aber immerhin bin ich nach wie vor die bessere Sklavin."

„Und ich die bessere Dolchschwingerin", grinste die *Kisaki*. Die andere Ashin hob eine Augenbraue.

„Darf ich dich erinnern, dass der werte König Tharion noch atmet?"

Asara seufzte. „Reden wir nicht mehr darüber."

Neyve lachte und kontrollierte den Sitz der frischen Verbände.

„Du wirst deine zweite Gelegenheit bekommen, Schattentänzerin. Und vielleicht hat das Schicksal auch eine willkommene Überraschung für mich bereit. Nach all den Jahren muss Vater endlich einsehen, dass ich viel mehr als nur eine Kammerzofe zu sein vermag."

Asara nickte zustimmend, doch ihre Gedanken waren bereits woanders. Als Neyve in der Höhle der Schmuggler aufgetaucht war, hatten sich die Puzzlesteine langsam zu vereinen begonnen. Das Bild, das nach dieser Nacht übriggeblieben war, war ein verstörendes. Tharion hatte das Unmögliche überlebt. Asara weigerte sich zu glauben, dass sie ihn schlicht verfehlt hatte. Nein, der König hatte *gewusst*, dass Asaras Angriff kommen würde. Anders konnte sie sich seine unmenschlich schnelle Reaktion nicht erklären. Er musste auch geahnt haben, dass die *Kisaki* das ihr unbekannte Ritual im Tempel missverstehen würde. Neyve zur Opfergabe zu ernennen hatte den Beigeschmack eines eiskalten Kalküls. Als ihr Herr und Meister musste er wissen, dass seine treue Magd aus dem Haus seines bittersten Rivalen stammte. Asara bezweifelte, dass der König Neyves Loyalität gegenüber ihrem Vater so fatal unterschätzte. Selbst Asara hatte die Bedeutung von persönlichen Missionen in der Ashen-Kultur sehr schnell verstanden – und diese boten wenig Spielraum für Abtrünnigkeit.

War all dies also Teil von Tharion D'Axors Spiel? Wusste er, dass Neyve eine Agentin des Prinzipals war und hatte er all die Ereignisse der letzten Tage geschickt eingefädelt? Je länger Asara darüber nachdachte, desto befremdlicher wurde die daraus entstehende Geschichte. Es gab zu viele Faktoren und zu viele Unbekannte. Entweder der Hochkönig war ein Genie, oder er spielte mit dem Zufall wie ein Pyromane mit dem Feuer.

Neyves vorsichtige Berührung an ihrer Schulter holte Asara aus ihren Gedanken. Der Blick der anderen Sklavin war ungewohnt freundlich.

„Na los. Ab ins Wasser mit dir", sagte sie. „Ein paar Minuten im Mineralbad helfen gegen die Entzündung."

Asara nickte stumm und erhob sich langsam.

Ich werde Neyve belügen müssen. So wie auch ihren Vater und sein gesamtes Haus.

Wo Asara zuvor noch erregte Freude ob des kommenden Nervenkitzels verspürt hatte, verblieb nur noch Unsicherheit. Es waren die Gedanken an einen einst geschätzten Raif und die Leiden ihres unterdrückten Volkes, die Asaras Entschlossenheit nach einem Moment der Schwäche wieder erneuerten. Vandar und Harun waren der Feind. Daran konnte auch das unerwartet offene Gespräch mit einer einstigen Feindin nichts ändern. Die *Kisaki* warf ihrer Begleiterin einen vielsagenden Seitenblick zu.

„Es war alles einfacher, als ich dich noch für ein Luder gehalten habe", meinte sie. Neyve zuckte mit den Schultern.

„Ich bin immer noch ein Luder." Mit diesen Worten schubste sie die überraschte Asara in das dampfende Becken. Die *Kisaki* schrie auf und verschwand mit rudernden Armen in den duftenden Fluten. Prustend tauchte sie wieder auf. Ihre Seite schmerzte, doch die Nähte schienen zu halten.

„Neyve!" hustete sie. „Die Verbände…!"

„…müssen das aushalten", meinte die Hofsklavin trocken und streifte ihre Baderobe ab. „Mein Vater wird auch nicht zimperlich sein."

Asara strich ihr Haar aus dem Gesicht und beobachtete die spöttisch lächelnde Neyve dabei, wie sie eine Zehe kritisch in das Becken steckte. Selbst jetzt, ohne Zeugen, war die Körperhaltung der Ashin unbewusst aufreizend und provokant. Ihr Hüftschwung war einladend und eröffnete den Blick auf ihre zart-pinke Lustspalte. Die zurückgezogenen Schultern betonten ihre makellosen Brüste. Neyves gesamte Haut schimmerte feucht im Dampf.

Neidisch. Auf mich. Ha. Asara machte ein schnaubendes Geräusch. Zugleich schnellte sie nach oben und schlang einen Arm um Neyves Taille. Einen Ruck später flog die verdutzte Sklavin ungebremst in das Becken. Wasser spritzte und schwappte schwungvoll über den Wannenrand. Mehrere Phiolen mit Seife wurden von der Flutwelle erfasst und kullerten lautstark über den Fliesenboden. Neyve tauchte wieder auf. Ihr Blick war amüsiert und bedrohlich zugleich.

„Das ist eine Schlacht, auf die du dich hier und heute nicht einlassen willst", knurrte sie. „Ich bin der Hai des Badehauses und du nur eine kleine, saftige Makrele!"

Asara schaufelte eine Ladung Wasser in Neyves Gesicht. „Deine Metaphern sind schrecklich!" lachte sie. Neyve holte zum Gegenschlag aus, als sie ein fernes Klirren unvermittelt innehalten ließ. Auch Asara verharrte.

Eine dumpfe Stimme hallte wie ein Donnergrollen durch das Badehaus. Die Worte waren unverständlich, aber an deren Besitzer bestand kein Zweifel. Kommandant Kruul hatte das Badehaus betreten und konfrontierte den Bediensteten im Foyer. Glas splitterte, gefolgt von einem hellen Aufschrei.

„Verfluchter Mist", hauchte Neyve. Mit bleichem Gesicht eilte sie an den Rand und zog sich aus dem Becken. Die ausgelassene Stimmung war verflogen. Kalte Nervosität machte sich in Asaras Brust breit. Erste Türen wurden am anderen Ende des Hauses aufgestoßen. Schwere Schritte hallten durch die Korridore.

„Wir müssen hier verschwinden", zischte die Hofsklavin. „Sofort! In deinem Zustand hast du keine Chance gegen Kruul und seine Handlanger." Sie eilte in den Umkleideraum, während sich Asara klopfenden Herzens aus der Wanne hievte. Ihre Hüfte pochte schmerzhaft. Neyve hatte ihre Lederrüstung aufgehoben und starrte sie für einen Moment an. Dann hielt sie den Zweiteiler in Asaras Richtung.

„Sie sollte dir passen. Beeil dich." Die *Kisaki* protestierte nicht. Mit ungeschickten Fingern begann sie, Untergewandung, Hose und Stiefel anzulegen. Neyve nutzte die Zeit, eine Baderobe eng um ihren Körper zu schlingen und einen Dolch aus ihrem Beutel zu ziehen. Den Schwertgurt überließ sie Asara.

Die Schritte näherten sich. Eine weitere Tür wurde aufgestoßen. Dumpfe Proteste erklangen, nur um einen Augenblick später wieder zu verstummen. Neyve zog ihre Klinge und schlich an die Tür. Knapp hinter dem Durchgang ging sie lautlos in die Hocke. Ihre Bewegungen waren geschickt, aber ungeübt. Asara machte sich keine Hoffnungen, dass Kruul dem Hinterhalt zum Opfer fallen würde.

Schneller, Asara. Schneller.

Riemen um Riemen zurrte sie Hose, Gamaschen, Armschutz und Bruststück der ledernen Rüstung um ihren Körper. Obwohl das Kleidungsstück mit dem Gedanken der größtmöglichen Mobilität gefertigt worden war, so war es dennoch keine simple Tunika. Jeder Teil hatte seinen Zweck, den er nur im Verbund wirklich entfalten konnte. Entweder Asara war voll für den Kampf gerüstet, oder sie behinderte sich mit halbherzig angelegten, schlechtsitzenden Lederstücken. Die Wahl war simpel.

Eine weitere Tür wurde aufgestoßen und wieder geschlossen. Ein Paar schwerer Stiefel bog in den letzten Gang ein, an dessen Ende der Durchgang zu Asaras und Neyves Baderäumen lag. In wenigen Momenten würde der Mann sie erreicht haben.

Die Schattentänzerin zurrte den letzten Riemen fest. In einer fließenden Bewegung nahm sie Neyves Schwertgurt auf und zog die Klinge aus ihrer Scheide. Stahl schabte flüsternd über geöltes Leder.

„Tritt zurück", murmelte Asara. Die Hofsklavin nickte. Schweiß benetzte ihre Stirn, wo zuvor Dampfperlen gestanden hatten. Neyve wich zur Seite, blieb aber kampfbereit.

„Dieser Trakt ist eine Sackgasse", wisperte sie. „Es gibt nur den einen Ausgang!"

Asara lächelte emotionslos. „Das macht es einfacher."

Die Schritte kamen vor ihrer Tür zu stehen. Bevor der Mann im Korridor auch nur Luft holen konnte, katapultierte sich Asara nach vorne. Mit voller Wucht trieb sie ihr Schwert durch das dünne Zierholz der Türe und in den Körper des ahnungslosen Soldaten. Stahl kratzte über Stahl. Obwohl die Rüstung des Unbekannten die Klinge deutlich abzulenken schien, fand sie dennoch verwundbares Fleisch. Der grollende Aufschrei ließ daran keinen Zweifel. Asara, das Lächeln zur Verzückung verzerrt, hob einen Fuß und trat gegen die Türe. Die Bewegung riss ihre Waffe aus dem Holz und ließ ihr Opfer zurückstolpern. Das Portal schwang auf.

Asara starrte in das wutentbrannte Gesicht von Kommandant Kruul. Blut färbte die überlappenden Schuppen, wo ihre Klinge eine Ritze zwischen Brustpanzer und Armschutz gefunden hatte. Doch die Wunde war von Fatalität so weit entfernt wie der Stich eines Moskitos. Kruul stieß sich von der gegenüberliegenden Wand ab und hob sein eigenes Schwert. Sein Blick wurde bohrend, lechzend.

„Schattentänzerin", grollte er. „So sehen wir uns wieder."

Asara lächelte. „Kruul. Hässlich wie eh und je."

Tänzelnd brachte sie eine Sitzbank zwischen sich und den Offizier. Weitere schwere Schritte näherten sich dem Raum. In wenigen Momenten würde sie nicht nur Kruul, sondern auch die Hälfte der königlichen Wache konfrontieren.

Toller Plan, Tharion. Ganz toll.

Der Kommandant fletschte die Zähne und trat in den Vorraum.

„Neyve", zischte Asara mit erstaunlich ruhiger Stimme. „Der Ausfluss des Beckens. Öffne ihn. Jetzt."

Für einen langen Moment war es still. Dann sprintete die Hofsklavin durch den Perlenvorhang und sprang mit einem kräftigen Satz ins

Wasser. Im selben Augenblick stürzte sich Asara ihrem Opponenten entgegen.

Das Duell entfaltete sich wie die surreale Szene eines Traums. Die heiße Luft, die Dämpfe der Öle und die von Neyve aufgetragenen Heilkräuter benebelten Asaras Sinne, die von Erfahrung und Adrenalin zugleich zur Höchstform angespornt wurden. Die *Kisaki* tanzte, doch ihre Bewegungen waren unkoordiniert und träge. Die Wunden und ihre knochentiefe Erschöpfung ließen kaum noch Reserven. Kruul wehrte ihre Schwertstreiche mühelos ab. Jeder Zusammenstoß der Klingen sandte ein schmerzhaftes Echo durch Asaras ganzen Körper. Ihre tauben Finger hatten alle Mühe, das Heft des Schwertes umschlossen zu halten. Ein Ausdruck der Siegessicherheit machte sich in Kruuls Zügen breit. Er ging in die Offensive.

Kruul führte seine Waffe wie das Beil eines Metzgers. Mit voller Wucht hieb er wiederholt auf Asaras erhobene Klinge. Doch der fatale Schlag blieb aus. Der Ashe begnügte sich damit, Asara weiter und weiter in Richtung der Wand zu drängen. Er diktierte das Schlachtfeld und die *Kisaki* konnte nichts dagegen tun. Ihre Bemühungen beschränkten sich bald nur noch darauf, die blitzende Klinge von ihren Gliedern und Kehle fernzuhalten. An einen Gegenangriff war nicht mehr zu denken.

Hieb um Hieb prasselte gegen Asaras bröckelnde Verteidigung.

„Lanys!!" Neyves Ruf klang atemlos. Doch Asara hörte die Hoffnung, das innige Flehen, das dem Ausruf innewohnte. Sie hatte noch nicht verloren.

Mit einem hellen Aufschrei warf sie sich ihrem Opponenten entgegen. Kruul, sichtlich überrascht, ließ sich von der verzweifelten Finte täuschen. Asara tänzelte an seinem herabsausenden Gegenhieb vorbei und schlug blitzschnell zu. Mit haarscharfer Präzision traf ihre Klinge seine Wange und riss eine tiefe Scharte von Backe zu Stirn. Blut spritzte, als Kruuls Augenlid von der Schwertspitze erfasst und zerteilt wurde. Der Mann brüllte auf und taumelte zurück. Im selben Atemzug ließ Asara die Waffe fallen und lief.

Sie passierte den Durchgang in den Baderaum und bremste auch dann nicht, als sie die sichtlich panische Neyve inmitten des sich rasant leerenden Becken erspähte. Asara sprang ins Wasser und watete in Richtung der Öffnung. Wo zuvor ein schmales Gitter den Ausfluss reguliert hatte, klaffte nun ein gähnendes Loch. Es maß kaum mehr als die Schulterbreite einer schlanken Person.

„Ich weiß nicht, wo es hinführt", stammelte Neyve. Asara schüttelte den Kopf. Ihr hektischer Blick fand den Perlenvorhang, der just in diesem Moment von einer zischenden Klinge zerteilt wurde. Hunderte kleiner Holzkügelchen wurden in alle Richtungen zersprengt. Kruul stampfte in den Raum. Seine verzerrten Züge waren blutverschmiert. Mehrere Männer folgten ihm mit gehobenen Waffen. Einer von ihnen trug eine schwere Armbrust.

„In den Tod oder in die Freiheit", hauchte Asara. Damit packte sie Neyve an der Schulter und stieß sie in die Öffnung. Die Sklavin entglitt mit einem panischen Aufschrei in die Dunkelheit.

Bevor Kruul reagieren konnte, warf sich Asara wortlos hinterher.

33

Doppeltes Spiel

Zum zweiten Mal innerhalb weniger Tage stürzte Asara in Begleitung von rauschenden Wassermassen einem unbekannten Schicksal entgegen. Doch im Gegensatz zu ihrem törichten Sprung von der Klippe des Tempels endete ihr Fall diesmal schon nach wenigen Momenten. Asara raste ungebremst aus dem Abflussrohr und landete unter lautem Getöse in einem Becken. Panisch rang die *Kisaki* mit den Fluten. Einen Augenblick später durchbrach ihr Kopf die Wasseroberfläche. Ihre Füße fanden den Boden und sie sprang auf die Beine. Im Stehen reichte das kühle Nass lediglich bis an die Hüfte.

Im matten Licht vereinzelter, an der Decke eingelassener *Valah*-Kristalle sah sich Asara um. Das Becken gehörte zu einer größeren künstlichen Kaverne, die wohl den Abfluss des gesamten Badehauses in sich einte. Wasser aus einem knappen Dutzend ähnlich geformter Abflüsse rann in trägen Bächen aus Öffnungen in der Wand und vermengte sich zu einem übelriechenden See. Algen und Moose überwucherten dessen unterirdische Ufer. Die sich in alle Richtungen erstreckende Schwärze ließ erahnen, dass das Bassin lediglich Teil eines weit größeren Netzwerks an Tunnels war, die sich unter der gesamten Stadt erstreckten. Asara hatte den Weg in die Kanalisation gefunden.

„Lanys?" hustete Neyve. Die Sklavin hatte sich ebenfalls aufgerappelt und sah sich desorientiert um.

„Ich bin hier." Asara watete zu ihrer nicht minder nassen Begleiterin. „Bist du noch in einem Stück?"

„Mehr oder weniger", erwiderte Neyve und klärte spuckend ihren Mund. „Das war weniger unterhaltsam, als gedacht."

Asara warf einen Blick zurück zum Ausfluss. Der Wasserschwall hatte deutlich abgenommen. Bald würde er vollends versiegen.

„Wir müssen weiter", drängte sie. „Kruul mag zwar nicht in das Rohr passen, aber er wird bald einen anderen Zugang finden."

Neyve nickte zustimmend. Sie deutete in einen der finsteren Stollen.

„Wir sollten dort entlang. Wenn alles gutgeht, führen uns diese Tunnel bis an die Mauern von Haus Vandar." Sie watete an den Rand des

Beckens und zog sich nach oben. Ein schmaler, steinerner Sims folgte dem plätschernden Bach, der sich in die Dunkelheit ergoss. Asara folgte ihr.

„Ich dachte, all die hohen Häuser haben sich in den Türmen der Festung eingenistet", sagte die *Kisaki* nach einer Weile. „Sind wir nicht viel zu tief?"

Neyve tastete sich an den glitschigen Wänden entlang. Der Gestank wurde mit jedem Meter schlimmer.

„Die Zeiten haben sich geändert", murmelte die Sklavin. „Nach dem letzten Konflikt mit Tharion hat mein Vater seinen Herrschersitz in sein Anwesen hier in der Unterstadt verlegt. Er wollte den Barracken und damit seinen Truppen näher sein."

„Kann ich verstehen."

Die beiden Ashen setzten ihren Weg schweigend fort. Es war deutlich zu erkennen, dass Neyve ihrer aktuellen Umgebung nicht viel abgewinnen konnte. Immer wieder wischte sie ihre verdreckten Hände an der zusehends ergrauenden Baderobe ab, die immer noch ihren Körper umhüllte. Ihr Gesichtsausdruck war sichtlich angewidert. Schlamm schmatzte unter Neyves nackten Sohlen.

„Ich könnte jetzt an Tharions Seite sitzen und ihm beim Leiden zusehen", spie sie leise. „Stattdessen werde ich von einem Fanatiker durch die Kanalisation gejagt und stinke wie eine verweste Leiche."

Asara grinste. Sie hatte schon lange aufgegeben, sauber zu bleiben. Gärender Schmutz beklebte jede Oberfläche des Tunnels und die zahlreichen Rohre beförderten einen stetigen Fluss neues Abwassers in den anwachsenden Strom. Es war unmöglich, mit der allpräsenten Mischung aus öligem Abwasser und gärender Fäkalien nicht in Berührung zu kommen. Die *Kisaki* hoffte lediglich, dass ihre geborgte Lederrüstung die aggressivsten der Keime von ihrer frisch genähten Wunde fernhielt. Nach all den überstandenen Strapazen doch noch einer Infektion zu erliegen, war kein angenehmer Gedanke.

Neyves leise Flüche ließen Asara noch ein weiteres Problem realisieren. Obwohl Kruul von der Sklavin nicht offen Notiz genommen hatte, kannte der Kommandant von Tharions Wache ihre Begleiterin nur zu gut. Wenn er den falschen Leuten von seiner Beobachtung erzählte, würde Neyves Tarnung schnell auffliegen – und damit Asaras eigene. Ob ihre Flucht zum Plan des Königs gehörte oder nicht – Kruul war mit großer Sicherheit kein Teil davon.

Der Gedanke folgte Asara für eine gute Stunde durch das Zwielicht, ehe sie Neyves abruptes Innehalten wieder in die Gegenwart zurückholte. Direkt vor ihr befand sich eine verrostete Leiter, die einem Schacht steil nach oben folgte.

„Wir sind hier", sagte die Sklavin. „Wenn mich nicht alles täuscht, befinden wir uns direkt unterhalb der Barracken am Rande der Stadt. Vaters Anwesen ist in einer Kaverne abseits der Haupthöhle. Der Weg dorthin ist nicht zu übersehen."

Neyve erklomm die erste Sprosse.

„Gut", nickte Asara. „Warte dort auf mich."

„Wie bitte?" fragte die Sklavin verwundert. „Was meinst du mit ‚warten'? Wir sind beinahe in Sicherheit!"

Die *Kisaki* warf einen langen Blick in den Tunnel, aus dem sie gerade gekommen war.

„Kruul ist immer noch da draußen", sagte sie vorsichtig. „Und er hat dich gesehen. Ich muss ihn zum Schweigen bringen, bevor er seinem Herrn Bericht erstattet."

Asara traute es Tharion mehr als nur zu, seine eigene Hofsklavin dem Gelingen seines Plans zu opfern. Und selbst vor den heutigen Tag hätte ihr der finstere Gedanke widerstrebt. Sie war lange genug ein unwissender Spielstein der Mächtigen gewesen, um nicht einmal dem einstigen Luder von Haus D'Axor ein solches Schicksal zu wünschen. Darüber hinaus war es schlicht falsch, den Pfad zum Frieden mit noch mehr Toten zu übersäen. Ihre Freunde hatten in der Vergangenheit bereits einen zu hohen Preis dafür bezahlt.

„Lanys. Sei nicht dumm." Neyves Stimme war dumpf. Ihre Augen schimmerten in der Dunkelheit des Stollens. „Es spielt keine Rolle, ob mich Kruul erkannt hat oder nicht. Du hast heute schon einmal gegen ihn verloren. Beim dritten Mal wirst du nicht mehr so viel Glück haben. Nicht in deinem Zustand."

Asara ballte stur die Fäuste. „Mein Entschluss steht fest."

Neyve ließ seufzend von den Sprossen ab und sprang zu Boden.

„Muss ich dich versohlen, fesseln und an deinem Halsband an Vaters Tore zerren?" schnappte sie und legte ihre Hand an den Dolch, der im Gürtel ihres Bademantels steckte. Die Geste war halbherzig, aber nicht minder hitzig. Asara musste schmunzeln. Ihre Begleiterin hatte recht.

„Ich werde dich nicht retten kommen, wenn Tharion dich in den Kerker wirft", entgegnete die *Kisaki* schließlich kopfschüttelnd. „Nun gut, du hast gewonnen. Kruul kann warten."

Neyve wischte mit dem Ärmel über ihren Mund.

„Ich würde deine Hilfe auch gar nicht wollen, Kettentänzerin. So ein Kerker macht viel zu viel Spaß. Und jetzt bewege deinen Hintern nach oben."

Den Kopf voller Gedanken an gefesselte Jungfrauen in Nöten stieg Asara Sprosse für Sprosse an die Oberfläche.

Asara hatte viel erwartet, aber nicht den überdimensionierten Kopf einer haarigen Kreatur, die sie ungerührt anstarrte. Ein zerrupftes Bündel Heu ragte aus dem kauenden Maul des Wesens. Es dauerte einen Augenblick, bis Asara das Pferd als solches erkannte. Sie hatte die rottende Kanalisation verlassen, nur um in einem Stall voller nicht minder übelriechender Riesen aufzutauchen.

„Was siehst du?" flüsterte Neyve von unterhalb auf der Leiter.

„Pferde. Dutzende Pferde."

In einem letzten Kraftakt schob Asara den Kanaldeckel beiseite und zog sich in den dunstigen Raum. Das Ross unmittelbar neben dem Ausstieg schnaubte missbilligend und tänzelte widerwillig zur Seite.

Das beruht auf Gegenseitigkeit.

Asara verkniff sich ein herzhaftes Niesen. Ihre Erfahrungen mit den Reittieren des Nordens beschränkten sich auf wenige Zusammenkünfte. Während ihrer Kindheit hatte sie schnell bemerkt, dass weder ihre Nase noch ihre persönliche Einstellung mit derartigen Huftieren störrischer Natur zurechtkam. Darüber hinaus waren heimische Kamele den eingeführten Pferden um Welten überlegen – zumindest in den heißen, sandigen Provinzen des Imperiums. So umging Asara die sichtlich gelangweilte Kreatur in einem weiten Bogen und musterte ihre Umgebung.

Die Stallungen waren in einem alten, aber robusten Steinbau untergebracht. Mehrere Dachfenster ließen mattes Licht in den Raum, der von weiteren, ungeschliffenen Kristallen ausgeleuchtet wurde. Staub tanzte träge in den Strahlen der falschen Sonne. Die einzelnen Koben waren durch niedrige Holzbarrieren voneinander getrennt. Die an den Zäunen befestigten Krippen waren gut mit getrocknetem Gras gefüllt. Am Ende der zentralen Stallgasse befand sich ein hölzernes Doppeltor. Von jenseits waren Gespräche und der gelegentliche Ruf zu vernehmen.

Neyve steckte den Kopf aus der Öffnung, die sich in einer der rückwärtigen Stände befand. Das Pferd schnupperte interessiert an ihrem zerzausten Haar.

„Uh." Die Sklavin zog sich in die Höhe und gesellte sich zu Asara.

„Gehört der Stall zu den Barracken?" fragte die *Kisaki*. Neyve sah sich suchend um. Schließlich deutete sie auf ein Bündel Pferdedecken, die von einem Haken an einer der Säulen hingen.

„Das ist Vaters Emblem", strahlte sie. „Wir sind zu Hause. Komm!"

Neyve kletterte über die Abzäunung und eilte an das Tor. Mit einem kräftigen Ruck öffnete sie es und trat nach draußen. Asara folgte ihr zögerlich. Die beiden Ashen traten auf einen weitläufigen Hof, der an allen Seiten von Wohn- und Wirtschaftsgebäuden umgeben war. Zahlreiche Bedienstete eilten über die gepflasterte Fläche, die in regelmäßigen Abständen von dekorativen Nachtschattengewächsen unterbrochen war. Knorrige Tentakel antiker Kletterpflanzen wanden sich um abgelegenere Säulen und Erker. Auf einer sandigen Stelle nahe einem Brunnen wartete eine Kompanie Soldaten in strammer Formation. Asara zählte an die 30 Mann. Der Kommandant der Truppe hielt inne, als er die hervortretende Neyve bemerkte. Seine Hand zuckte an seinen Schwertgurt. Auch mehrere Diener verlangsamten ihre Schritte. In ihrem Augenwinkel sah Asara mehrere Gestalten, die auf einem der flachen Dächer in Aufstellung gingen. Armbrüste wurden ausgerichtet.

Die Reaktion von Vandars Männern war schnell, besonnen und professionell. Wenige Sekunden nach ihrem Erscheinen waren die beiden Sklavinnen bereits umstellt.

Neyve hob beschwichtigend ihre Hände.

„Ich bin Ney'velia, ergebene Dienerin des Hauses. Ich bringe dringende Kunde für meinen Vater."

Die Soldaten traten mehrere Schritte zurück und öffneten einen Korridor in ihren Rängen. Der Kommandant des Trupps trat hervor und nahm seinen Vollhelm ab. Weißgelbes Haar auf strengem, von Furchen durchzogenem Haupt kam darunter zum Vorschein. Dunkle Augen musterten die Neuankömmlinge mit ungerührter Intensität. Neyve sog hörbar Luft ein und sank augenblicklich auf die Knie. Sie verschränkte ihre Finger hinter ihrem Rücken und richtete ihren Blick gen Boden.

„Vater."

Prinzipal Vandar, Feldherr der größten Streitmacht des Ashen Dominions, verschränkte die gepanzerten Arme. Sein schweres Kettenhemd klimperte leise, als sich die Riemen seines Waffengurts um seine Brust spannten.

„Tochter." Seine Stimme war tief, rau und emotionslos. „Du kommst spät."

„Verzeiht, Vater", murmelte Neyve. Ihre sonst so selbstbewusste Art war von einem Moment zum nächsten der vollständigen Unterwerfung gewichen. „Wir wurden angegriffen und-"

Vandar unterbrach sie.

„Erspare mir deine Entschuldigungen", dröhnte er. „Es fehlt mir die Muße für kindliche Geschichten." Damit wandte er sich an Asara. Seine kniende Tochter war innerhalb eines Wimpernschlages vergessen. Die *Kisaki* spürte ein kaltes Kribbeln in ihrer Brust. Die Gleichgültigkeit des Mannes gegenüber seines eigenen Fleisch und Bluts glich der eines Raubtieres für ein niederes Insekt.

Vandars Blick traf den ihren.

„Schattentänzerin", intonierte er. „Ihr habt mein Angebot angenommen." Eine Feststellung, keine Frage.

Dies ist keine Zeit für Idealismus. Nicht in der Höhle des Löwen.

Asara verlagerte ihr Gewicht in einer Geste der entspannten Lässigkeit auf den rechten Fuß und hakte ihre Daumen in ihren Schwertgurt.

„Ich habe Neyve zugesagt, eurer Angebot in Erwägung zu ziehen." Vandars Augen verengten sich. Asara zwang sich zu einem Lächeln und fuhr rasch fort.

„Ihr versteht, werter Prinzipal, dass ich meine Dienste nur einem erfolgversprechenden Unterfangen zur Verfügung stellen werde. Halbgare Pläne werden gegen unseren Opponenten nicht ausreichen." Asara stützte ihren rechten Unterarm gegen den Schwertknauf. „Ich habe nicht vor, zu verlieren, Vandar. Nicht wegen der blinden Ambition eines abgeschlagenen Thronrivalen."

Für einen Moment fürchtete Asara, zu weit gegangen zu sein. Sie, die entflohene Sklavin, hatte einen der mächtigsten Männer des Reiches herausgefordert und unverhohlen der Inkompetenz beschuldigt. Hier, inmitten seiner Barracken, reichte ein Befehl des Feldherrn aus und die Soldaten würden ihrem Leben ein Ende setzen. Es war sicherlich nicht das erste Mal, dass jemandem die eigene Respektlosigkeit gegenüber Vandar zum Verhängnis geworden war. Dafür sprachen die finsteren Blicke der Soldaten und das Zittern Neyves, die sichtlich nicht mehr zu atmen wagte.

Der Heerführer jedoch begann zu schmunzeln.

„Es freut mich, dass ich mich in euch nicht geirrt habe. Kommt, Schattentänzerin. Es gibt viel zu besprechen. Heute Abend seid ihr Gast an meiner Tafel."

Damit wandte sich Vandar um und schritt in Richtung des Aufmarschplatzes davon. In Ermangelung einer Alternative entschloss sich Asara, ihm zu folgen. Neyve und die Soldaten schwenkten hinter ihr ein. So erreichte die *Kisaki* den zentralen Hof und bog hinter Vandar auf eine breite Straße ein. Entgegen ihrer Erwartungen führte der Weg nicht in Richtung des Zentrums der Unterstadt, sondern schnurstracks auf die Wand zu, die die massive Kaverne definierte. Beim Näherkommen erkannte Asara, was sie von Beginn an gestört hatte: Die Wand war kein Teil der Kaverne, sondern ein turmhohes Bauwerk, das sich wie eine Mauer nahtlos in das karge Bild einfügte. Die Straße führte an eine verhältnismäßig kleine Öffnung im schwarzen Stein, die von einem schweren Eisentor versperrt war. Schießscharten und Ölrinnen durchbrachen Meter für Meter den Festungswall. Wandte man sich um, eröffnete sich der Blick auf die Gesamtheit von Alt-Ravanar – mitsamt dem Fluss in der Entfernung und des Tempels hoch über den Köpfen der

Stadtbewohner. Die Barracken lagen wie ein kleines, geordnetes Dorf vor den Mauern des wehrhaften Anwesens.

Vandar verlangsamte seine Schritte erst, als er vor den Toren seines Heims zu stehen kam. Rufe wurden laut und das stählerne Portal setzte sich in Bewegung. Wie ein Fallgitter hob es sich träge nach oben und verschwand in der massiven Mauer. Es eröffnete sich der Blick auf einen weiteren Innenhof. Die ihn umgebenden Gebäude waren simpel, funktional und ebenso von schweren Türen und Fensterläden gesichert. Wachen patrouillierten auf mannshohen Mauern, die den Hof wie ein Labyrinth in einzelne Abschnitte unterteilten. Am rückwärtigen Ende der Kaverne thronte ein dreistöckiges Bauwerk, das im Stil dem Unterbauch der Arena ähnelte, in der Asara zum Erwerb angeboten worden war. Die von runden, gerillten Säulen umfassten Mauern waren antik, aber in gutem Zustand.

Der Soldatentrupp blieb am Tor zurück, als Vandar seinen Weg in das Innere fortsetzte. Neyve folgte Asara in knappem Abstand. Die *Kisaki* ließ sich etwas zurückfallen und warf ihrer verstummten Begleiterin einen vielsagenden Seitenblick zu.

„Der Dank für deinen Erfolg hielt sich in Grenzen", stellte sie leichtfertig fest. Die Sklavin senkte ihren Kopf.

„Ich bin Dienerin dieses Hauses", murmelte sie. „Meine Leistungen sind ein Ding der Selbstverständlichkeit."

Asara hob eine Augenbraue. „Das klingt nicht nach dem Luder, das ich in Seifars Hallen kennengelernt habe."

Der Schatten eines Lächelns huschte über Neyves Gesicht.

„Wir sind, wer wir sein müssen", sagte sie. Der Satz klang einstudiert. „Das Haus kommt stets vor dem persönlichen Wohlergehen."

Und der Zweck heiligt die Mittel.

Asara richtete ihren Blick wieder nach vorne. Sie hatte es geschafft, den Wolfsbau als freie Frau zu betreten. Vandar, das, neben Harun, größte Hindernis des Friedens zwischen den Reichen, war zum Greifen nahe.

Neyve hatte Recht. Auch Asara verkörperte an diesem Tag exakt jene Person, die sie sein musste. Das Wohlergehen eines ganzen Volkes hing davon ab, wie gut sie das doppelte Spiel beherrschen würde, das hinter den Mauern des Herrschersitzes auf sie wartete.

Mit einem mulmigen Gefühl der Vorfreude erklomm die *Kisaki* die Treppe zum Eingang des geschichtsträchtigen Bauwerks.

~◊~

Asara bekam keine Gelegenheit, sich mit dem Aufbau des Anwesens vertraut zu machen. Sie wurde noch an der Pforte von einem Paar

Dienerinnen in Empfang genommen, ehe sie zu Vandar aufschließen konnte. Die Bediensteten führten sie wortlos durch schmale, unscheinbare Gänge und scheuchten sie schließlich in einen kleinen Waschraum, wo bereits Zuber und Bürste auf Asara warteten. Auf einem der niedrigen Schemel lag eine fein säuberlich zusammengelegte Tunika und frisches Untergewand.

„Wascht euch und kleidet euch ein", sagte die jüngere der Dienerinnen in neutralem Ton. „Abendmahl wird zur nächsten vollen Stunde gereicht."

Damit ließen sie die beiden Ashen im Badezimmer allein. Mit einem matten Schmunzeln ob der direkten Art von Vandars dienendem Personal entledigte sich Asara ihrer Rüstung und sank bis zum Kinn in das lauwarme Wasser. Eine Wolke des Schmutzes breitete sich um sie aus, als sie mit Bürste uns Seife ans Werk ging.

Es blieb kaum Zeit, die willkommene Pause zu genießen. Nach gefühlten Augenblicken kehrte eine neue Dienerin mit Kamm und Parfum bewaffnet zurück und empfing die *Kisaki* mit einem rauen Leinentuch. Kaum war Asara trocken und in Tunika und Hose gehüllt, schob sie die Frau schon wieder aus dem Raum. Wenige Weggabelungen später erreichte die Schattentänzerin ein größeres Portal am Ende eines breiten, marmornen Korridors.

Trotz Vandars Fokus auf Zweckmäßigkeit war das bereitete Abendmahl keine einfache Affäre. Asara realisierte dies jedoch erst in dem Moment, als sie die große Halle der Zusammenkunft betrat. Der an einem weiteren, unterirdischen Innenhof eines Seitentraktes gelegene Speiseraum war in etwa so groß wie der gesamte Unterschlupf der Höhlenschratte. Eine massive Tafel aus dunklem, poliertem Holz dominierte dessen Zentrum. Gepolsterte Stühle mit hoher Rückenlehne boten Platz für mehr als 50 Personen. Regale mit feinem Service flankierten die hohen, von Mosaiken geschmückten Wände. Dekorative Säulen boten Platz für goldumrahmte Banner. Ein Lüster aus reinem *Valah*-Kristall schwebte förmlich über der Tafel und spendete nahezu natürlich wirkendes Licht. Durch die offene Front bot sich ein malerischer Blick auf einen Hof, der zu einem miniaturisierten Dschungelgarten umgewandelt worden war. Ein plätschernder Bach versorgte einen winzigen, von Seerosen und Lianen begrünten See. Nachtaffine Orchideen und Lilien streckten ihre Köpfe in Richtung der ungesehenen Sonne. Aus einem alten, mit Wachsen präparierten Baumstupf wuchs eine Palme, deren breite Wedel den kleinen Garten wie schützende Schwingen überspannten.

Obwohl sich Foyer und Baderaum nicht unweit der Halle befanden, hatte Asara bisher kaum Bedienstete oder Familienmitglieder zu Gesicht bekommen. Dies änderte sich schlagartig, als sie die Halle betrat. Prinzipal Vandar hatte seinen Platz am Kopf der Tafel bereits eingenommen. An seiner linken Seite saß ein Mann in den Dreißigern, der dem Hausherrn wie aus dem Gesicht geschnitten ähnelte. Sein Kopf trug dasselbe, weißgelbe Haar. Derselbe strenge Blick verdunkelte seine Züge. *Vandars Erstgeborener.*

An den Flanken des Tisches hatten die Zweitgeborenen und ferneren Verwandten Platz genommen. Einige Gäste trugen gar die Embleme fremder Häuser. Vandar hatte sich wohl nicht nehmen lassen, seine neue Allianz mit der Schattentänzerin wirksam zu verwerten.

Asara passierte umhereilende Diener und geschäftige Sklaven, die den hohen Herrschaften Tränke und kleine Happen servierten. Verstohlene bis neugierige Blicke folgten ihr, als sie sich ihren Weg bis an Vandars Seite bahnte. Ihre elegante Tunika folgte ihren Bewegungen wie ein lebendiger Schatten. Der feine Stoff schlang sich eng um ihren Torso, wurde nach unten hin aber deutlich weiter. Ein passender Gürtel umfasste ihre Taille und übte willkommenen Druck auf ihren Verband aus. Bis auf einen schmalen Dolch in ihrem Stiefel war die *Kisaki* unbewaffnet. Sie kam neben dem Prinzipal zu stehen und platzierte einen Arm lässig über den freien Stuhl zu seiner Rechten. Nach einem kurzen Blick in die Runde der anderen Gäste nahm sie Platz. Einige Augenpaare weiteten sich ob ihrer Dreistigkeit, doch Vandar selbst nahm ihre Platzwahl gleichgültig zur Kenntnis. Wer auch immer sonst an seiner Seite speiste, würde sich heute wohl einen anderen Stuhl suchen müssen.

Diener eilten sogleich herbei und schenkten Wein und Wasser ein. Eine Platte mit hauchdünn geschnittenem Fleisch, Obst und Gemüse wurde vor Asara abgestellt. Ein Korb gefüllt mit nach Oliven duftendem Brot fand seinen Weg an die hohe Tafel. Vandar ignorierte die Speisen und erhob sich. Die Gäste taten es ihm gleich. Asara wartete einige Momente, ehe sie sich ebenfalls erhob. Die tiefe Stimme des Prinzipals füllte die Halle aus.

„Familie. Freunde. Ihr kennt mich als Feind langer Reden. Daher fasse ich mich kurz. Ich möchte heute einen besonderen Gast in unseren Reihen begrüßen." Seine dunklen Augen richteten sich auf Asara. „Ihr kennt sie als Nai'lanys, Schattentänzerin der Tausend Gesichter. Sie ist heute hier, um Haus Vandar ihre Loyalität zu versprechen. Ihr Dolch wird es sein, der eine schwache Regentschaft beenden und eine neue Zukunft für das Dominion einläuten wird. Zugleich-" Er pausierte und warf einen flüchtigen Blick auf eine kleine Gruppe naher Sklaven, ehe er fortfuhr. „Zugleich werden wir heute aus ihrem Munde eine Wahrheit erfahren, die König Tharion schon zu lange vor uns verheimlicht hat. An diesem

Abend – darauf habt ihr mein Wort – werden die letzten Zweifler verstummen." Er hob sein Glas. „*Mai'teea ran'Ashiar!*"

Ein dumpfes Echo wanderte durch den Raum, als die Gäste den Ruf widerschallten. Asara schluckte. Vandars Worte waren ein unerwarteter Vorgriff auf eine vorsichtig konstruierte Geschichte, die den Kern ihres doppelten Spiels darstellte. Der Prinzipal konnte unmöglich wissen, was sie zu sagen hatte. Und dennoch...

Die Männer und Frauen, die Vandar um sich geschart hatte, nahmen wieder Platz. Erwartungsvolle Blicke lagen auf der Assassine, die in ihrer schwarzen Tunika nahezu wie eine Botin des Todes inmitten des bunten Treibens wirkte. Asara fand den Vergleich nur zu passend.

Der Moment der Wahrheit.

Asara stellte ihren Kelch ab.

„Haus Vandar", öffnete sie. „ihr alle kennt die Geschichten um mein ‚Versagen' in Al'Tawil. Was ihr nicht wisst, ist was sich dort wirklich zugetragen hat." Sie fuhr mit einem Finger über den Rand ihres Tellers. „Vor Jahren schon wurde ich am Hof der Yanfari-Kaiserin eingeschleust, um Raya und ihre junge Tochter zu bespitzeln. Meine Mission war es, Asara Nalki'ir zu kontrollieren, zu lenken...und bei Bedarf zu töten."

Niemand sprach. Speisen lagen unberührt auf den Tellern und selbst der Wein war wie vergessen. Das Ashvolk lauschte. Niemand bemerkte den Schweiß auf Asaras Stirn oder das Zittern ihrer Hände, die sie mit kleinen Gesten zu beschäftigen wusste.

„Nun", sagte Asara, „dieser Moment kam, als ein unerwarteter Bote vor den Toren Al'Tawils auftauchte. Ihr alle kennt ihn als Bruder der Hohepriesterin Syndriss H'Reyn. Die junge *Kisaki* lernte ihn bloß als Raif kennen." Ein Raunen ging durch die Menge. Asara fuhr mit festerer Stimme fort. „Raif hatte ein Angebot für die Yanfari-Regentin: Eine Friedensofferte, welche vorsah, dass alle Festungen an den Grenzen aufgelassen werden sollten. Aller Anspruch auf Rayas Zorn – Raktafarn – seitens unseres Volks sollte für alle Ewigkeit erlöschen." Finstere Blicke und geballte Fäuste. Unbeirrt sprach Asara weiter. Im Geiste war es eine Liste, die sie durchging; eine Liste von Lügen und Halbwahrheiten, die während einer langen Nacht in der Kammer des Veziers von Masarta das Licht der Welt erblickt hatte.

„Als Abgeltung für dieses Zugeständnis sollte Ra'tharion D'Axor einen Vertrauten seines Hauses stellen, der von nun an im Hohen Rat der Yanfari sitzen würde." Asara legte falsche Abscheu in ihre Stimme. „Er alleine war im Begriff, sich einen Platz in den Hallen des Feindes zu erkaufen – und niemand in Ravanar sollte es erfahren."

Hass blitzte in den Augen der Ashen. Einzig Vandar hatte zu schmunzeln begonnen. Er bedeutete ihr, fortzufahren.

„Diese Botschaft war der Auslöser, auf den ich gewartet hatte", sagte Asara mit rauer Stimme. „Doch ich wurde verraten." Grimmig platzierte sie ihre Hände auf der Tischplatte. „Raif wusste um meine Rolle Bescheid und weihte die Kaiserin ein. Als ich in der folgenden Nacht zuschlagen wollte, warteten bereits die Yanfari und Raifs Ashen-Krieger auf mich. Es gelang mir, die *Kisaki* zu verwunden, doch der Kampf war verloren. Raif hat mich gefangengenommen und aus der Stadt geschafft. Obwohl im bald klar wurde, wie falsch er gehandelt hatte, hielt er mich fest. Erst viele Monate später konnte ich ihn davon überzeugen, mich zumindest als gescheiterte Attentäterin nach Ravanar zurückkehren zu lassen." Asara senkte ihren Kopf. „Wisst dies: Asara Nalki'ir ist noch am Leben. Ihr Streit mit Minister Harun ist nur eine geschickte Finte. Sie hat Ra'tharions Angebot angenommen und wird persönlich den Friedensvertrag unterzeichnen, der unserem Volk die Zähne ziehen soll. Rayas Zorn wird keine glorreiche Schlacht – es wird ein Fiasko."

Vandar erhob sich.

„Dies, meine Freunde, ist der wahre Grund, warum der König seine Schoßhündin Syndriss mit dem ‚Erstschlag' gegen Raktafarn beauftragt hat. Es ist eine Falle für uns – seine größten Rivalen!" Die Stimme des Prinzipals dröhnte. „Wird dieses Abkommen unterzeichnet, steht Haus Vandar mit einem Male gegen Asara, Harun und Tharions eigene Streitkräfte, geführt von Syndriss' Orden der Letzten Schwelle. *Das* ist sein wahrer Plan. Es genügt ihm nicht, in das Ohr der naiven Kaiserin zu flüstern, nein. Er will seine Gegner fern von Ravanar ein für alle Mal ausschalten, in dem er sich geeint mit Feind gegen unsere unterlegene Armee stellt!"

Der Zorn explodierte. Herren wie Damen sprangen auf und begannen lautstark zu argumentieren. Fäuste fanden den Tisch und nicht wenige Hände wanderten instinktiv an Dolche und Schwerter. Vandar hatte die Gemüter der Adeligen erfolgreich zum Glosen gebracht – doch noch war er ihnen eine Lösung schuldig geblieben. Der Feldherr warf einen schmunzelnden Seitenblick in Asaras Richtung.

„Eure Ehre, Schattentänzerin", sagte er. Sein gerechter Zorn war verflogen. Zurück blieben Kalkül und Kontrolle. Asara richtete sich auf. Sie würde es sich nicht zweimal sagen lassen, die letzte Brise jenes Gifts zu versprühen, das ihren Plan zu einem tödlichen Gewitter wandeln würde.

„Haus Vandar!" rief die *Kisaki*. „Rayas Zorn mag eine Falle sein. Doch wir haben noch nicht verloren. Bevor ich gefangengenommen wurde, konnte ich einen Einblick in die Pläne des Königs erhaschen. Auch hat Raif, meinen Gehorsam als Stumpfsinn wertend, vieles verraten." Klopfenden Herzens verstummte sie, bis die Anspannung in der Halle fast greifbar wurde. „Ich weiß, wo und wann die Unterzeichnung des Vertrags stattfinden wird. Ich kenne den Ort, an dem Asara, ihr Minister und der Hochkönig höchstpersönlich zusammenkommen werden. Wir werden der Falle zuvorkommen – und sie gegen ihre Erschaffer richten." Ein kaltes Lächeln spross auf ihrem Gesicht.

„Ich habe hier und heute ein Versprechen für euch", intonierte sie. „Am Ende dieses Monats werden die Verräter beider Reiche an ihrem eigenen Blut erstickt sein. Und mein Dolch wird es sein, der ihren erbärmlichen Existenzen ein Ende bereitet."

Asaras und Vandars Blicke begegneten sich. Ein letzter Würfelwurf trennte die *Kisaki* vom Siegeszug ihres gewagten Spiels. Und der letzte Gegner hieß Stolz.

Der Prinzipal zog seine Klinge.

„Nai'lanys' Dolch…und mein Schwert."

Zorn und Entsetzen erwuchsen zu Jubel und Beifall. Die Adeligen des Hauses und seiner Verbündeten stießen ihre Krüge lautstark gegen das Holz der Tafel. Der Rhythmus ihrer Zustimmung wurde zum Herzschlag des gesamten Raumes. Minuten später, als schließlich erschöpfte Ruhe einkehrte, ergriff Vandar erneut das Wort.

„Ihr habt sicherlich viele Fragen. Vielleicht gar Zweifel. Deshalb möchte ich euch alle einladen, die Beweise meiner und Nai'lanys' Worte zu inspizieren und eure eigene Meinung zu bilden." Er bedachte einige Ashen mit bohrenden Blicken. „Meine Spione in den Reihen des Königs haben mir schon vor einer Weile von diesen Plänen berichtet, aber erst die Schattentänzerin bringt das notwendige Wissen, um Tharions Machenschaften ein für alle Mal ein Ende zu bereiten."

Spione? Beweise?

Asara musste schmunzeln. Der Hochkönig entpuppte sich mehr und mehr zu einem Meister seines Spiels. Was auch immer er in Vandars Ohr geflüstert hatte, harmonierte perfekt mit Lanys' und Asaras Plänen. Die *Kisaki* lehnte sich in ihrem Stuhl zurück und nahm einen Schluck Wein. Die Saat war gepflanzt. Alles, was noch fehlte, war die Ernte einzubringen.

Nach dem Essen erhob sich Vandar und führte einige seiner Vertrauten in ein Hinterzimmer. Nachdem er nicht auf Asaras Gegenwart bestand, blieb die *Kisaki* sitzen und genoss ihr Abendmahl. Die Pause war wohlverdient, aber nur von kurzer Dauer.

Mit einem leisen Seufzen nahm Neyve unvermittelt neben Asara Platz und überschlug die Beine.

„Ich wusste gar nicht, dass du eine so große Rednerin bist, Schattentänzerin", schmunzelte sie. „Du hast den Raum in Atem gehalten, wie ein erfahrener Barde."

Asara rieb abwesend ihren Nacken und fand Metall. Wie auch Neyve trug sie immer noch ihr Sklavenhalsband. Manchmal vergaß sie gänzlich, dass das Zeichen ihres Standes stets für alle sichtbar war.

„Ich war noch nie in meinem Leben so nervös", gab sie zu. „Jedes Attentat ist eine Entspannung im Vergleich zu so einem...Auftritt."

Neyve schnaubte belustigt. „Das sagt das Mädchen, das seine Reize mit keckem Hüftschwung einer ganzen Stadt präsentiert hat. Du vergisst: Die meisten hier haben dich schon einmal nackt gesehen."

Asara stöhnte auf. „Gut, dass du mich jetzt erst daran erinnerst."

Neyve kicherte. „Ich habe dich vor dem Essen leider nicht mehr aufgefunden. Aber keine Sorge: Das nächste Mal melde ich mich rechtzeitig."

Die *Kisaki* verdrehte die Augen nahm einen Schluck auf ihrem Becher. Immer größere Gruppen der geladenen Hausgäste zogen sich während der nächsten Minuten zurück. Kaum jemand wagte es, mehr als einen Seitenblick in Asaras Richtung zu werfen. Außer mit Vandar und seinem zurückhaltenden Sohn hatte sie mit niemanden auch nur fünf Worte gewechselt.

„Neyve", begann Asara nachdenklich, „kennst du eigentlich diese Beweise, die dein Vater erwähnt hat?"

Die Hofsklavin lächelte enigmatisch.

„Du willst wissen, ob ich es war, die diese Unterlagen befreit hat?" Sie nahm ein Messer auf und stach es lustlos in ein Stück Braten. „Ich muss dich enttäuschen, Lanys. Ich bin lediglich Vaters Auge und Ohr im Schlafgemach des Königs. Es war Tharions neuestes Spielzeug, das die Briefe und Pläne für uns gestohlen hat."

Asara runzelte die Stirn. Neyve sah sich für einen Moment um und nickte dann in Richtung einer zierlichen Jin, die am Rande des Raumes kniete. Eine kurze Kette verband ihr Halsband mit einem Ring in der Wand. Ihr Körper wurde von einer unscheinbaren Robe bedeckt, die sie fast zu einem Teil der grauen Mauer werden ließ. Schellen hielten ihre Hände vor ihrem Körper gefangen.

„Wer ist das?" fragte Asara verwundert. Neyve führte das Messer an ihren Mund und nahm einen Bissen des halbrohen Fleisches.

„Das ist Kanna. Sie ist – war – eine Prinzessin aus Cipan."

„Cipan?" fragte Asara. „Dem Protektorat der Jin?"

Ihr Gegenüber zuckte mit den Schultern. „Irgendeine Insel am anderen Ende der Welt." Sie fuhr fort. „Kanna war so etwas wie ein Geschenk des dortigen Herrschers an Tharion. Vermutlich hat sich der

575

Vater des Mädchens gar erhofft, dass der König sie heiraten würde. Nun, er hat sich geirrt."

Schadenfreude und Bedauern lieferten sich ein kurzes Duell in Neyves Antlitz.

„Tharion hat sie zu einem Teil seines Sklavenharems gemacht und mir die Verantwortung übertragen. Kurz gesagt: Ich hatte meinen Spaß mit der verwöhnten Göre."

Asara schnaubte leise. „Du hast das Luder herausgelassen."

„Es war überaus unterhaltsam", grinste Neyve. „Ein paar Wochen und viele fesselnde Lektionen später, war sie nur zu bereit, sich gegen ihren neuen Meister zu verschwören. Seitdem nutzt sie ihren Zugang zu Tharions Schreibstube, um für meinen Vater Unterlagen zu kopieren. Und nachdem Tharion zurzeit niemanden an sich heranlässt, behalten wir sie bis zu seiner Genesung hier."

Neyve nahm einen tiefen Zug aus dem Kelch ihres Vaters.

„Ihre Hilfe war unersetzlich", meinte sie gelassen. „Ich weiß nicht, ob dein Wort alleine gereicht hätte, um Haus Vandar zum Handeln zu bewegen. Leider gibt es auch in unseren Reihen viele Feiglinge." Die Hofsklavin bedachte den Rücken eines der verbleibenden Adeligen mit einem verachtenden Blick.

Asara musterte einmal mehr die junge Jin. Kanna hatte ihren Kopf gesenkt und starrte zu Boden, wo ein einfacher Napf mit Brei und Gemüse auf sie wartete. Trotz ihrer wertvollen Unterstützung behandelte sie Vandar wie ein niederes Haustier. Was mussten Tharion und Neyve getan haben, um sie dennoch zum Überlaufen zu bewegen? Die fremde Prinzessin war zu einem weiteren Opfer in einem viel zu großen Spiel geworden. Asara fragte sich, auf welches Schicksal sie selbst gerade zusteuerte.

„Willst du noch bleiben?" fragte Neyve in die entstandene Stille. „Ich glaube Vaters Programm ist für heute offiziell beendet."

Asara stellte ihren Kelch ab und erhob sich.

„Du hast Recht. Lassen wir die Adeligen Adelige sein." Sie musterte die reglosen Soldaten an den Ausgängen. „Wie lange denkst du wird es dauern, bis Vandars Truppen aufbruchsbereit sind?"

Neyve grinste. „Wir reden von meinem Vater. Wir könnten uns morgen schon auf der Straße nach Rayas Zorn befinden."

„Oh."

Trotz aller Vorbereitungen und der langen Wochen, die Asara in der Hauptstadt der Ashen verbracht hatte, war der Gedanke an einen derart baldigen Aufbruch beinahe beunruhigend. Was, wenn sie etwas Wichtiges vergessen hatte? Verschwand Ravanar einmal in der

Entfernung, war der zukünftige Kurs unwiderruflich gesetzt. Das Ende würde kommen – mit welchem Ausgang auch immer.

„Das Treffen der Herrscher ist am Tag der Wintersonnenwende", murmelte Asara. Ihre schlendernden Schritte trugen sie aus der Halle und tiefer in den ihr zuvor flüchtig vorgestellten Gästeflügel des Anwesens. Neyve folgte ihr.

„Dann sollten wir noch in den nächsten Tagen aufbrechen", meinte die Sklavin. „Es wäre peinlich, zu unserem eigenen Staatsstreich zu spät zu kommen."

Asara nickte.

Ich komme, Raif. Ob Verräter oder Narr – halte durch.

Die *Kisaki* legte die verbleibende Distanz zu ihrem neuen Quartier schweigend zurück. Die Aufregung ließ ihren Geist Szenarien durchspielen, bis sich alles zu drehen begann. Asara realisierte es anfangs nicht einmal, dass Neyve ihr bis in das geräumige Zimmer gefolgt war. Erst als Asara ihre Schuhe abstreifte und sich an den Verschluss ihrer Tunika zu schaffen machte, bemerkte sie ihren stummen Gast.

„Uhm, Neyve?" fragte sie vorsichtig. „Was tust du hier?"

Die Sklavin tastet nach ihrem eigenen Gürtel.

„Ich bin hier, um dich offiziell in Haus Vandar willkommen zu heißen", schnurrte sie. Der Gürtel sank zu Boden und ihre Robe öffnete sich. Knappe Unterwäsche bedeckte ihre Scham und drallen Brüste. Neyves zarte Füße steckten in hochhackigen Sandaletten. Einzelne stählerne Schellen umschlossen ihre Gelenke. Sie war das perfekte Bild einer verführerischen Sklavin, die ihren Körper bedingungslos ihrem Meister zu überlassen wünschte.

Doch trotz ihres Lächelns, ihrer harten Nippel und den eisernen Schmuckstücken ihrer Unterwerfung, war sie nicht willentlich hier.

„Neyve", sagte Asara. „Ist das deines Vaters Idee?"

Enttäuschung verdunkelte für einen Moment die Züge ihres Gegenübers.

„Warum glaubst du das?" murmelte sie. Das kecke Lächeln kehrte zurück. „Ich bin lediglich hier, um dir einen wahrlich unvergesslichen Abend zu bereiten, Schattentänzerin." Sie ließ die Schellen an ihren Handgelenken spielerisch zusammenstoßen. „Falls es dir lieber ist, kann ich dich an meiner Stelle in einen wehrlosen Spielball verwandeln..." Sie ließ ihre Robe von den Schultern gleiten und trat einen Schritt näher. „Ich weiß doch, dass du es möchtest, Schattentänzerin. Stöhnend vor mir zu liegen, Hände und Füße von Seilen umschlungen und meine Zunge deine Liebesperle umtanzend..."

Asara spürte die erwachende Hitze zwischen ihren Beinen. Neyve hatte Recht: Der Gedanke, sich endlich wieder wahren Liebkosungen zu ergeben, war verlockender als alles andere. Sie *wollte* sich der versprochenen Wehrlosigkeit hingeben – doch der Gedanke an Vandars Gesicht ließ den innigen Wunsch wieder verblassen.

„Es tut mir leid, Neyve", sagte sie leise. „Ich kann nicht. Ich weiß, dass du mich nicht als Geliebte siehst, oder gar als echte Freundin. Du tust nur, was dein Vater dir aufgetragen hat."

Neyves Brauen zogen sich zusammen. Die Sklavin ballte ihre Fäuste.

„Du begehrst mich, Lanys!" fauchte sie. „Das weiß ich doch! Glaubst du, ich habe nicht gesehen, wie du mich während der Versteigerung angesehen hast? Oder wie dein Blick auf mir geheftet hat, als ich mich für das Fest der Schatten in die lederne Haut gezwungen habe? Oder heute, im Badehaus? Lüg mich nicht an!" Sie senkte ihren Blick. „Bitte…"

Asara seufzte und trat an die junge Ashin heran. Ihre Hand fand die ihre.

„Du bist attraktiv, Neyve. Und trotz aller Konflikte schätze ich deine offene Art, die mich so an meine…meine Schwester erinnert. Du hast mir das Leben gerettet und dich als Freundin erwiesen. Genau deshalb kann ich dein Angebot nicht annehmen. Du begehrst mich nicht – und ich sehe dich nicht als bloße Gespielin, die ich benutzen und wieder wegwerfen will."

Neyve holte tief Luft und schloss die Augen. Asara legte eine Hand um ihre Schultern und drückte sie.

„Bleibe du selbst und werde nicht zu deines Vaters Werkzeug."

Asara war sich bewusst, wie scheinheilig ihre Worte klingen mussten. Doch Neyve nickte und presste die Lippen zusammen.

„Vandar erwartet es", murmelte sie. „Er sieht darin meinen größten Nutzen. Für ihn bin ich nur ein Mittel, um Tharion und dich und all die anderen bei Laune zu halten." Für einen Moment gewann der Hass über den Respekt. „Trotz aller Erfolge, die ich ihm beschert habe, sieht er mich nach wie vor nur als eine feuchte Spalte."

Die Hofsklavin löste sich von Asara und ließ sich auf das Bett fallen. „Ich bin ein Fehlschlag. Ich hätte eine Kriegerin werden können, so wie du. Stattdessen wärme ich die Betten von Vaters Opfern und Alliierten." Ihr Lachen war bitter. „Verzeih mir, Schattentänzerin. Ich werde dich in Ruhe lassen." Damit erhob sie sich wieder und begann, ihre verstreute Kleidung einsammeln.

„Bleib." Asara Worte überraschten sie selbst. „Zieh dich an, nimm dir etwas zu trinken und bleibe. Vandar muss nicht wissen, dass seine liebliche Bestechung nicht angenommen wurde."

Neyve hielt verwundert inne.

„Meinst du das ernst?" fragte sie. „Warum solltest du das tun?"

Asara grinste. „Weil ich kann. Und weil ich kein Interesse daran habe zu sehen, wie alte Männer ihre Töchter zu austauschbaren Waren degradieren. Derartige Erniedrigungen haben außerhalb von gewissen Spielen nichts verloren."

Neyve zog sich ihre Robe über, ließ das seidene Kleidungstück aber offen.

„Du bist komisch, habe ich dir das schon einmal gesagt?"

„Ich glaube du benutztest das Wort ‚verrückt'."

Die Sklavin schmunzelte. „Ja, das klingt richtig." Sie ging an einen der Schränke und entnahm eine Flasche Wein. Mit dem Getränk und zwei Gläsern bewaffnet kehrte sie an die Bettstatt zurück.

„Eine Flasche kostet 20 Ril", grinste sie. „Was meinst du?"

Asara lachte auf. „Oh, ich bestehe darauf!"

Sie ließ sich von Neyve einschenken und hob den Kelch zum Trinkspruch.

„Auf den Sieg der wahren Ashen über die Verräter."

Neyve winkte ab. „Unsinn. Auf die Verrückte und das Luder. Mögen sie nicht an ihren Loyalitäten zugrunde gehen."

Der Klang der Gläser hallte durch das Zimmer. Der volle Wein wärmte Asaras Kehle. Ein sanfter Duft von Blüten umspielte ihre Nüstern.

„Weißt du was", sagte Neyve nachdenklich, „wenn das alles vorbei ist, werde ich meinen Vater um meine Freiheit bitten. Mit Tharions Tod gibt es keinen Grund mehr für mich, diese Charade aufrechtzuerhalten. Ich habe mir meinen Platz an Haus Vandars hoher Tafel redlich verdient."

„Das und mehr", pflichtete Asara bei.

Umso mehr schmerzt es mich, dich belügen zu müssen.

Wie so viele andere hatte auch Neyve etwas Besseres verdient. Doch für den Moment blieb Asara keine Wahl.

„Auf die Zukunft", prostete sie. „Mögen sich die Luder und Verrückten dieser Welt behaupten."

~◊~

Es war tiefste Nacht, als Asara die Augen aufschlug. Irgendetwas stimmte nicht. Sie warf einen Seitenblick auf Neyve, die mit ausgestreckten Gliedern und offenem Mund neben ihr schlief. Doch es war nicht die Sklavin gewesen, die sie geweckt hatte. Irgendwo in der Entfernung waren Stimmen zu hören. Sie waren laut, doch die Distanz dämpfte sie zu ineinander verschwimmenden Lauten. Asara schlug die Decke zurück und stieg leise aus dem Bett.

„Lanys?" murmelte Neyve. „Was ist los?"

„Psst." Asara huschte an die Tür und presste ihr Ohr gegen das polierte Holz. „Irgendetwas geht da draußen vor."

Die Sklavin blinzelte sich den Schlaf aus dem Gesicht und setzte ihre Füße auf den Boden. Sie trug nach wie vor ihre dünne Robe, während Asara in ein simples Bettkleid gehüllt war. Für einen Moment spielte die *Kisaki* mit dem Gedanken, ihre Lederrüstung anzulegen. Doch der Aufwand und die dafür benötigte Zeit ließen sie das Vorhaben überdenken.

„Ich gehe nachsehen, was der Aufruhr soll", flüsterte Asara. „Bleib hier."

„Sicher nicht." Neyve hüpfte auf die Beine und zog den Dolch aus Asaras Stiefel. „Ich bin keine wehrlose Maid."

Asara schmunzelte. „Nimm das Schwert mit. Sicher ist sicher."

Bewaffnet und auf leisen Sohlen stahlen sich die beiden aus dem Zimmer. Irgendwo am Ende des Korridors befand sich die große Halle. Die Geräusche schienen ihren Ursprung jedoch weiter jenseits zu haben.

„Die Stimmen kommen vom inneren Tor", wisperte Neyve. „Ich kenne eine Abkürzung."

Es dauerte nur wenige Minuten, bis die beiden ihren Weg an den Haupteingang des Anwesens gefunden hatten. Asara erkannte sofort das majestätische Foyer, das sie nach ihrer Überquerung des labyrinthartigen Hofes betreten hatte. Die bellenden Stimmen kamen unmittelbar von der großen Treppe vor dem Haupttor. Die *Kisaki* erkannte Vandars kratzenden Bass.

„Auf gar keinen Fall", fuhr er eine ungesehene Person an. „Die Schattentänzerin wird nie hiervon erfahren. Wir können uns keine Ablenkungen leisten – nicht hier und nicht jetzt." Ein Kettenhemd klirrte. „Beseitigt diese Sauerei. Und findet die Wachen, die auf dermaßen ganzer Linie versagt haben."

Schwere Schritte begannen sich zu entfernen. Neyve zog Asara hinter eine der breiten Säulen, die die Eingangshalle flankierten. Im nächsten Moment trat Vandar ins Innere und stapfte mit grimmigem Blick auf die zentrale Treppe zu. Er trug seine Rüstung, doch nicht alle der Riemen waren ordnungsgemäß verschlossen. An seinem stählernen Handschuh klebte Blut. Erst als er den Durchgang in Richtung des Hofgartens passiert hatte, wagte es Asara, wieder zu atmen.

Ohne ein Wort zu verlieren huschte sie mit erhobener Waffe an die nun offenstehende Tür von Vandars Villa. Vorsichtig spähte sie um die Ecke.

Mehrere Wachleute umringten zwei leblose Gestalten. Dunkles Blut färbte die steinerne Treppe, an deren Fuße sich bereits eine Lache gebildet hatte.

„Und dann auch noch die Augen", sagte einer der Soldaten kopfschüttelnd. „Eine Schande."

Der Uniformierte bückte sich hinab und hob den zarteren der beiden Körper auf. Als er sich zur Seite drehte, fiel Asaras Blick erstmals auf seine leblose Fracht. Ihr Herz machte einen Sprung und blieb stehen. Sie stolperte einen Schritt zurück. Neyve fing sie auf.

„Fala", hauchte Asara. *Nein...!*

Die junge Ashin, die sie seit ihrer Initiation an Tharions Hof begleitet hatte, war tot. Ein tiefer Schnitt zeichnete ihren Hals, wo ein Dolch ihre Kehle durchschnitten hatte. Ihre schmalen Arme hingen wie Pendel zu Boden und schwangen im Rhythmus der sich langsam entfernenden Schritte. *Tot.*

Asara spürte, wie sich ihre Kehle zuzuschnüren begann. Ihr verschwimmender Blick wanderte zu der noch am Boden liegenden Form. Sie wusste, welches Bild sie erwarten würde, doch sie benötigte Gewissheit.

Asaras letzter Hoffnungsschimmer erstarb, als ihre Augen Danias leblosen Körper fanden. Die Sängerin war durch mehrere Stiche in die Brust getötet worden. Ihre Arme und Beine waren aufgeschunden und von Blessuren übersäht. Sie hatte gekämpft – und verloren. Ihr Blut tränkte die Stufen wie ein roter Umhang, der unter ihrem Körper aufgebreitet worden war. *Tot.*

„Lanys." Neyves Hand fand ihre Schulter, doch die *Kisaki* streifte sie wortlos ab. Sie schälte sich aus den Schatten und hielt direkt auf die Wachen zu. Als der erste Soldat sie bemerkte, zuckte er sichtlich zusammen. Asara hielt immer noch ihr Schwert umklammert.

„Wer hat das getan?", wisperte sie. Dann fiel ihr Blick erneut auf Danias erstarrtes Gesicht. Ein tiefer Schnitt zog sich von ihrer Wange bis an ihre Stirn. Ihr linkes Auge war blutgefüllt, wo die Klinge das sensible Gewebe zerstört hatte. Es genügte ein kurzer Blick um zu sehen, dass auch Fala gewaltsam geblendet worden war.

Die Brutalität und die Wahl der Opfer sprachen eine nur zu deutliche Sprache. Die Wunde selbst war das Spiegelbild jener Verletzung, die Asara vor wenigen Stunden einem von brennendem Hass getriebenen Mann zugefügt hatte.

„Kruul."

Asara senkte ihre Klinge und trat an den nächsten Wachmann heran, bis sie dessen nervösen Atem auf ihrer Haut spüren konnte. *„Wo ist er?"*

Die Soldaten wechselten zögerliche Blicke.

„Er ist geflohen, nachdem er vier unserer Kameraden am Tor schwer verwundet hat", erwiderte der älteste. „Aber nicht bevor er diese... Botschaft hinterlassen hat. Für euch."

„*Wohin?*" zischte Asara. „Wohin ist er gegangen?"
Einer der jüngeren Männer schluckte. „Er brüllte etwas von Salma."
Das Badehaus.
Asara drehte am Absatz um und beschleunigte die Stufen hinab. Sie passierte die gezeichneten Körper ihrer ermordeten Kameradinnen, ohne sie eines weiteren Blickes zu würdigen. Es war keine Abscheu oder Kälte, die Asaras Herz verschloss. Es war die Angst davor, erneut so brutal und unausweichlich mit den finalen Konsequenzen ihres Handels konfrontiert zu werden. Sie war machtlos – und wenn sie jetzt stehenblieb und *hinsah*, würde sie zerbersten.

Asara folgte den niedrigen Mauern bis an das stählerne Tor. Erst hier, im Licht der großen Kaverne der sich vor ihr ausbreitenden Unterstadt, hielt sie inne. Neyve kam keuchend neben ihr zu stehen.

„Wenn du es mir ausreden willst, verschwendest du deinen Atem", zischte Asara. „Kruul stirbt. Heute Nacht."

Die Sklavin nickte nur. „Und ich werde dir helfen. Aber nicht im Nachthemd."

Asara blickte an ihrer seidenen Gewandung hinab. Mit einem Schlag wurde ihr bewusst, was die Wachen an den Toren gesehen haben mussten, als sie plötzlich vor ihnen gestanden hatte.

Eine halbnackte Verrückte mit Mord in den Augen.

„Die Barracken haben eine eigene Rüstkammer", sagte Neyve. „Komm. Diese Schlacht schlagen wir nach unseren Regeln."

Asara holte tief Luft.

Atme, Asara. Atme und denke.

„Was ist mit deinem Vater?" fragte sie mit rauer Stimme. Vandars Tochter zuckte mit den Schultern.

„Er wird es nie erfahren", sagte sie schlicht. „Wir lassen ihn im Dunklen, so wie auch er uns die Wahrheit verschwiegen hätte."

„Die Wachen-"

„Die Wachen haben mehr Angst vor dir, Schattentänzerin, als vor ihrem berüchtigten Anführer." Neyve setzte sich in Bewegung. „Und das zu Recht."

Asara nickte. Ihr Geist hatte Vandar bereits wieder verdrängt. Zu ruhig und unerwartet rational war dieser Feind, den sie sich so viel furchteinflößender vorgestellt hatte. Es zählte fortan nur noch die Mission. Ihre Schritte trugen sie hinter Neyve den Abhang hinab.

Der Knoten in ihrem Hals war zu einem festen Kloß erstarrt. Doch ihr Blick war wieder klar. Sie war eine Assassine, keine Berserkerin im unkontrollierten Blutrausch. Sie würde planen – und dann würde Kruul für seine unaussprechlichen Taten sterben.

„Warum hilfst du mir?" fragte sie in das Zwielicht. Wind war aufgekommen und spielte mit Neyves Haar und Robe. Die Sklavin brummte.

„Immer diese Fragen." Sie passierte einen Trupp Wachmänner, dessen Offizier den beiden Frauen mit großen Augen nachstarrte. Weder sie noch Asara schenkten den Soldaten Beachtung.

„Fala und Dania waren auch meine Freundinnen", erwiderte Neyve nach einem Moment. Ihre Unterlippe bebte. „Ich kenne… kannte sie schon weit länger als du. Außerdem-" Sie schwenkte in eine Gasse zwischen zwei Schlafhäusern ein. „Außerdem ist Ishan vielleicht noch am Leben." Ihr Blick wurde hart. Doch Asara erkannte den matten Funken der Hoffnung in ihren erstarrten Zügen. Diese Hoffnung war es, die der Sklavin ihre Entschlossenheit schenkte und sie Risiken eingehen ließ, die jeglicher Vernunft entbehrten.

Sie liebt ihn.

Trotz des Schmerzes in ihrer Brust musste Asara lächeln. Ja, sie hatten noch eine letzte Chance, den Vierten in ihrem Bunde aus Kruuls Fängen zu retten. Die *Kisaki* musste daran glauben. Ihrer Freundin zuliebe.

Neyve blieb an den Toren eines steinernen Klotzes stehen. Die grobschlächtigen Wachen, die das stählerne Portal des flachen Hauses flankierten, traten ihr entgegen. Vandars Tochter ergriff das Wort, ehe die Männer ihren Mund öffnen könnten.

„Ich bin Ney'velia von Haus Vandar", sagte sie. „Das ist Nai'lanys. Wir werden diese Kammer betreten." Sie baute sich vor den um einen vollen Kopf größeren Wachen auf, ohne zu blinzeln. „Wir werden uns für den Kampf gegen einen Feind rüsten, der unsere – wie auch eure – Kameraden ermordet und den Prinzipal vor ganz Ravanar bloßgestellt hat. Ihr werdet uns einlassen. Sofort."

Die beiden Soldaten wechselten einen langen Blick. Dann nahmen sie Haltung an.

„Mai'teea ran'Vandar!"

Als sich die schweren Türen der Waffenkammer quietschend öffneten, hatte sich in Asaras Herzen bereits eine tödliche Ruhe eingenistet. Sie war bereit. Morgen würde sie Ravanar verlassen und sich den Intriganten und Kriegstreibern entgegenstellen.

Heute jedoch würde sie in ihren eigenen Krieg ziehen.

~◊~

Es war ruhig, zu ruhig.

Asara trat auf den leeren Marktplatz, an dem die drei größten Verkehrswege der Unterstadt zusammentrafen. In ihrer ältesten

Erinnerung war das wirtschaftliche Zentrum von Alt-Ravanar noch geschäftig belebt gewesen. In der letzten Nacht war es die frühe Stunde gewesen, die den großen Platz gänzlich von Menschen befreit hatte. An diesem Morgen, der nur durch die etwas heller glimmenden Kristalle als solcher zu erkennen war, hatte die Leere einen anderen Grund.

Am gegenüberliegenden Ende des Platzes stand Kommandant Kruul. Seine Schultern waren nach vorne gezogen, wie die eines alten Mannes. In seiner Hand hielt er ein Schwert, dessen scharfe Spitze auf einem hervorstehenden Pflasterstein ruhte. Die blanke Klinge wirkte weniger wie ein Zeichen der Herausforderung, als eine Krücke in den Händen einer gescheiterten Existenz. Als Kruul langsam aufsah, konnte Asara bis in den Kern seiner verkümmerten Seele blicken.

Ein schmutziger Verband spannte um seinen Schädel und verdeckte sein linkes Auge. Blut und Eiter zeichneten sich gegen die lieblose Bandage ab. Kruuls Wangen waren eingefallen und sein verbleibendes Auge blutunterlaufen. Er sah aus, als hätte er nächtelang nicht geschlafen. Die offensichtliche Erschöpfung wurde nur von seinen verzerrten Zügen getrumpft, in denen sich der Hass und sein alleserstickender Wunsch nach Vergeltung wie ein hässliches Gemälde abzeichneten. Asara wusste gut, wie sich das anfühlte.

Sie trat auf den Marktplatz und lockerte ihre Schultern. Die beschlagene Rüstung aus gehärtetem Wildleder, die Asara in der Rüstkammer angelegt hatte, war an mehreren Stellen zu eng. Doch der schwarze Einteiler bot weit mehr Bewegungsfreiheit als die Kettenhemden und Plattenrüstungen, die ebenso zur Auswahl gestanden hatten. Damit war Asaras Entscheidung eine einfache gewesen. Mobilität kam vor Widerstandskraft und Widerstandskraft übertrumpfte Komfort. In ihrer Hand hielt die *Kisaki* eine schmale Klinge, die nicht ganz an die Länge eines Bastardschwerts heranreichte. Das dünne, elastische Metall machte die Waffe zu einem schnellen und präzisen Instrument. Die sanfte Krümmung der Schneide verlieh ihr etwas ungebändigt Aggressives. Verzierungen oder Gravuren suchte man vergeblich. Das Schwert war ein Mordwerkzeug – und versuchte es nicht zu verstecken. Diese Eigenschaft teilte sich die Waffe mit ihrer aktuellen Trägerin.

„Kruul!" dröhnte Asara. Der Kommandant blickte auf. Ein totes Lächeln spaltete seine Fratze.

„Ah, Schattentänzerin", krächzte er. „Du bist gekommen."

Er wandte sich um und brüllte einen Befehl in Richtung des Eingangs von Salmas Badehaus. Einen Moment später öffnete sich die Türe und ein unsicher dreinblickender Wachmann trat nach draußen. Vor sich her schob er die sichtlich mitgenommene Gestalt eines jungen Ashen. Asara erkannte ihn sofort als Ishan. Der Sklave war bis auf einen Lendenschurz unbekleidet. Mehrere frische Blessuren zeichneten hässliche schwarze Flecken auf seine sonst makellose Haut. Er hatte sichtlich Mühe, sein rechtes Bein zu belasten.

Nicht vom Plan abweichen, Neyve. Bleib stark.

Ihre Begleiterin war nicht zu sehen. Für den Erfolg ihres Planes war es unverzichtbar, dass sich die Hofsklavin genau an ihre Anweisungen hielt. Sollte sie beschließen, Vorsicht über Bord zu werfen und an Ishans Seite zu eilen, war Asara so gut wie tot. Glücklicherweise bewies Neyve einmal mehr ihre beachtliche Willensstärke. Nichts bewegte sich in den Schatten, als sich die *Kisaki* ihrem Kontrahenten weiter näherte.

„Deine Geisel wird dir nichts helfen, Kruul", sagte Asara kalt. „Du wirst diesen Ort nicht lebend verlassen."

Ihre Worte waren mehr als eine zahnlose Drohung – sie waren ein unumstößlicher Schwur. Asara Versprechen richtete sich an Fala und an Dania und an Neyve, die irgendwo zwischen den dunklen Häusern auf ihr Zeichen wartete.

Der vernarbte Krieger lachte tonlos.

„Du! Du wagst es, mir zu drohen?" spie er. „Du allein hast deine Freunde zum gerechten Tode verurteilt! Sie waren *beschmutzt* – in den Augen der Boten und des Volkes!" Irres Feuer leuchtete in seinem intakten Auge. „Du hast deinen Herren, den König selbst, auf das Hinterhältigste betrogen! Du hast in das Antlitz der Boten gespuckt, als du ihr heiliges Fest entweiht hast! Und dann *wagst* du es noch, dich in die Hallen von Haus D'Axors größtem Rivalen zu flüchten, um offen gegen den Herrscher zu intrigieren?"

Asara ließ ihr Schwert durch die Luft schnalzen.

„Du hast vergessen zu erwähnen, dass ich dir das Augenlicht genommen habe", sagte sie in lieblichem Tonfall. „Und wie ich dich vor einer vollen Halle der Mächtigen bloßgestellt habe, als ich unbehelligt entkommen bin! Du bist eine Schande für deinen Meister, Kruul." Asara spuckte abfällig auf den Boden. „Ich werde beenden, was ich im Tempel begonnen habe. Tharion wird bluten. Gleich nachdem ich mit dir fertig bin."

Schenke mir eines deiner Lieder, Dania. Lass mich in euer aller Namen tanzen.

Asara beschleunigte ihre Schritte. Kruul, die Fratze hassverzerrt, stieß einen dumpfen Schrei aus. Im nächsten Moment warf er sich erhobenen Schwertes seiner Opponentin entgegen. Asara begann zu laufen. Der Wind packte ihr wildes Haar und verwandelte es zu einem weißen Kometenschweif. Die Distanz zwischen den beiden Kämpfern schrumpfte und schrumpfte.

Im selben Augenblick trat Neyve aus den Schatten der Gasse, die direkt am Eingang des Badehauses endete. Der Wachmann, der den verwundeten Ishan an der Schulter hielt, starrte wie gebannt auf seinen davonstürmenden Kommandanten. Er hatte nie eine Chance, seinen nahenden Tod kommen zu sehen.

Asara fokussierte ihren Geist und *sprang*.

Ihre Perspektive verzerrte sich und nahm augenblicklich wieder Form an. Ein einziger Wimpernschlag war verstrichen und alles hatte sich geändert. Asara war nicht länger im vollen Lauf in der Mitte des Marktplatzes. Stattdessen starrte sie auf den ungeschützten Rücken des Soldaten, der so bereitwillig Kruuls Befehlen gefolgt war. In ihrer Hand spürte Asara das versichernde Gewicht eines zur Perfektion geschliffenen Dolches. Sie trat den letzten Schritt an ihr Opfer heran und hob ihre Hand. Ihre nächste Bewegung war so vertraut wie die Berührung eines langjährigen Liebhabers. Es war fast zu einfach.

Asara schnitt dem Mann mit einem kräftigen Ruck die Kehle durch. Bevor der Soldat auch nur nach Luft schnappen konnte, die nie wieder kommen würde, *sprang* Asara erneut. Sie fand sich zurück auf dem Marktplatz, zurück im vollen Lauf. Das blitzende Schwert ersetzte den blutigen Dolch. Ihr Geist rang für einen langen Augenblick gegen die Diskrepanz der Perspektive – und obsiegte.

Asaras neuerlicher Tausch kam keine Sekunde zu früh. Kruuls Schwert näherte sich mit tödlicher Präzision ihrem Hals. Die *Kisaki* nutzte ihren Schwung und warf sich im letzten Moment zur Seite. Die abrupte Bewegung sandte einen schmerzhaften Stich durch ihre bandagierte Hüfte. Asaras Körper hatte kaum Zeit gehabt, sich von seinen Verletzungen zu erholen. Selbst jetzt, Nächte später, fühlten sich Asaras Glieder immer noch bleiern und schwer an. Doch auch ihr Gegner war nicht ungeschoren davongekommen.

Die *Kisaki* rollte sich ab und sprang wieder auf die Beine. Tänzelnd umrundete sie ihren Gegner.

„Was ist los, Kruul", höhnte sie zähnefletschend, „Probleme mit der Tiefenschärfe?"

Der Kommandant brüllte erneut und ließ sein Schwert herabsausen. Seine Wut machte ihn unpräzise, aber nicht minder gefährlich. Asaras Arm bebte, als sie seinen Hieb an ihrer Klinge abgleiten ließ. Metall fauchte über Metall. Die *Kisaki* sprang zurück und wagte einen schnellen Blick über Kruuls Schulter. Neyve hatte Ishan zu Boden geholfen und sich wieder aufgerichtet. In ihrer Rechten hielt sie immer noch den blutigen Dolch. Ihre Linke lag am Griff einer nachtschwarzen Peitsche. Die Sklavin sah sich hektisch um und sammelte sichtlich ihren Mut.

Beeil dich, Neyve!

Asara wirbelte herum und ließ mehrere schnelle Schläge gegen Kruuls Abwehr regnen. Der Krieger wehrte sie fast beiläufig ab.

„Du wirst noch lauter kreischen, als die kleine Sängerin", keuchte er zähnefletschend. „Dein vergebliches Flehen wird zum schönsten aller Lieder werden!"

Er wischte beiläufig über sein Gesicht. Dunkles Blut aus seiner Augenhöhle hinterließ eine längliche Spur an seiner vernarbten Wange.

„Aber zuvor wirst du meinem Herrn alles beichten. Jeden Verrat und jede Blasphemie!"

Sein blitzschneller Tritt traf Asara schmerzhaft in der Magengrube. Sie taumelte einen Schritt zurück und rang nach Luft. Ihr halbherziger Konter gegen sein Bein traf ins Leere. Heißes Blut begann ihre Seite zu wärmen, wo die Wucht des Treffers die frischen Nähte aufgerissen hatte. Bevor sich Asara fangen konnte, kollidierte Kruuls nächster Streich ungebremst mit ihrer erhobenen Klinge. Die schiere Kraft des Schlages riss Asara das Schwert aus der Hand und schleuderte es in hohem Bogen davon. Die Waffe kam schlitternd neben einer Standlaterne zu liegen.

„Arm oder Bein?" kreischte Kruul verzückt. „Was soll ich dir zuerst nehmen, Verräterin? Ein Ohr? Einen Fuß?" Er senkte sein Schwert. „Oder vielleicht doch erst ein Auge?"

Asara spürte die Präsenz, bevor sie die Bewegung in Kruuls Rücken sah. Neyve hatte den Platz überquert und hob ihre Peitsche zum Hieb.

„Das ist für meine Freunde", hauchte die *Kisaki*. Ihr *Sprung* riss sie aus ihrem Körper und katapultierte sie innerhalb eines einzelnen, rasenden Herzschlags in den Körper der unverletzten Neyve. Die Peitsche in ihrer Hand wurde zur vertrauten Verlängerung ihres Körpers. In einer fließenden Bewegung ließ sie ihren – Neyves – Arm nach vorne schnellen. Geflochtenes Leder durchschnitt Luft. Die Peitsche schlang sich unbarmherzig um Kruuls Hals. Asara zog an.

Der Krieger verfehlte ihren eigenen, am Boden liegenden Körper um Haaresbreite – und stolperte direkt in Asaras wartenden Dolch. Der blanke Stahl fand Halt zwischen den schweren Ringen und bohrte sich in verwundbares Fleisch. Kruul brüllte tonlos und zerrte panisch an dem Riemen, der seine Kehle zuschnürte. Asara riss den Dolch wieder heraus und tänzelte auf die Seite, um den ungezielten Gegenangriffen zu entgegen. Der Soldat fuhr taumelnd herum. Hass und Unverständnis brannten in seinen Augen. Sein geweiteter Blick fand Asaras geborgtes Gesicht.

„Du...!" krächzte er. „Du kleine, verfluchte-"

Asara rammte ihren Dolch in Kruuls gesundes Auge. Mit einem hellen Aufschrei trat sie gegen seine Brust und riss zugleich mit aller Kraft am Griff der Peitsche. Irgendetwas brach. Die Farbe entwich aus Kruuls verzerrter Visage.

„Du verlierst."

Nach einem langen, befriedigenden Moment des Triumphes *sprang* Asara zurück in ihren eigenen Körper.

Blinzelnd richtete sie sich auf. Kruul war zu Boden gegangen. Neyve stand mit Dolch und Peitsche bewaffnet über seinem noch zuckenden Körper. Der Schock stand ihr ins Gesicht geschrieben. Für einen langen Atemzug verharrte die Sklavin reglos über dem erschlagenen Feind. Einen Moment später ließ sie beide Waffen fallen und eilte an Ishans Seite. Die *Kisaki* lächelte matt. Die Fragen würden kommen. Doch im Moment spielte das ‚wie' keine Rolle für ihre neue Kameradin. Neyve und Asara hatten ein Leben gerettet und zwei Tode gerächt. Dies mochte kein bedeutender Erfolg oder gar Grund zur Freude sein, aber es war ein kleiner, wohlverdienter Triumpf.

Asara überließ die beiden Ashen ihrem Wiedersehen. Aus der Entfernung beobachtete sie, wie Neyve ihr Gesicht in Ishans Nacken vergrub. Leises Schluchzen beutelte ihren schmalen Körper. Das Gesicht des gezeichneten Sklaven war zwischen Schmerz und erleichterter Freude gefangen. Sitzend hielt er Neyve in einer engen Umarmung.

Ja, Kruuls Niedergang war ein kleiner, wohlverdienter Sieg.

Die *Kisaki* bückte sich hinab und hob ihr fallengelassenes Schwert auf. Mit einer finalen Bewegung schob sie es zurück in seine Scheide. Danach entglitt sie wortlos in die Dunkelheit.

34

Schwarze Asche

Asara schlief durch den Großteil des darauffolgenden Tages. Als Neyve in den Abendstunden an die Tür ihres Quartiers klopfte, öffnete die *Kisaki* mit zerzauster Mähne und verschlafenem Gesicht. Die Hofsklavin hob eine Augenbraue und schob sich an Asara vorbei in das geräumige Zimmer. Im Gegensatz zur Schattentänzerin sah sie erfrischt und ausgeruht aus. Jede Faser ihres Körpers strahlte behagliche Zufriedenheit aus.

„Da hatte jemand eine erfreuliche Nacht", mutmaßte Asara und gähnte verhalten.

„Nacht, Morgen und Tag", grinste Neyve und beäugte für einen Moment die Flasche Wein, die sie und Asara am Vortrag geleert hatten. Nach kurzer Suche fand sie sich mit einem Krug Rosenwasser ab, den ein Diener während den letzten Stunden am Fenstersims abgestellt hatte. Mit einem gefüllten Kelch bewaffnet ließ sie sich auf einen der gepolsterten Stühle fallen und überschlug die Beine.

„Hier sind wir also." Neyve streckte jedes der Worte genüsslich in die Länge. Zugleich klopfte sie auf die Sitzfläche des benachbarten Sofas. „Du bist mir noch eine Erklärung schuldig."

Asara machte sich nicht die Mühe, ihr verknittertes Nachtgewand zu richten. Leise stöhnend nahm sie neben Neyve Platz und massierte die beleidigten Muskeln ihres Nackens.

„Muss das jetzt sein?" fragte sie resignierend. Die Sklavin warf ihr einen langen Blick zu. Das bohrende Aufblitzen ihrer roten Augen bot wenig Raum für Interpretation.

„Ja. Jetzt." Sie beugte sich vor. „Was bei den Boten ist gestern geschehen, Lanys? Wie hast du – nein – wie haben *wir* Kruul derartig vernichtend schlagen können? Warum atmen wir überhaupt noch?"

Asara stahl einen Schluck aus Neyves Kelch und seufzte.

„Glück und Täuschung", erwiderte sie knapp. Bevor ihr Gegenüber protestieren konnte, hob Asara beschwichtigend die Hände. Es hatte wenig Sinn, die ohnehin schon offengelegte Wahrheit weiter für sich zu behalten. Neyve war Zeugin und Opfer von Asaras absonderlicher

Fähigkeit geworden. Nichts würde ihr diese Erinnerung nehmen." Seufzend fuhr die *Kisaki* fort.

„Wir haben für wenige Momente…getauscht. Ich habe deinem Körper innegewohnt und du dem meinen. Kruul hatte nie einen Blick für seine Umgebung, also hatten wir verhältnismäßig leichtes Spiel." Asara musterte nachdenklich ihre Hände. Das Blut, das Stunden zuvor noch an ihnen geklebt hatte, war dank Seife und heißem Wasser spurlos verschwunden. „Du warst mein Anker, Neyve. Dank dir konnte ich an zwei Stellen zugleich sein und ungesehen zuschlagen. Kruul ist nur deshalb besiegt, weil ich ihm nicht alleine gegenübergestanden habe."

Neyve verschränkte ihre Finger und schob sie unter ihr Kinn. Faszination und Unsicherheit duellierten sich in ihren Zügen. Der Kampf war ein kurzer. Die Faszination gewann.

„Ich war *du*", murmelte sie. „Ich habe Kruuls Schwert auf meinen Kopf zurasen sehen, nur um dann plötzlich wieder hinter Ishan zu stehen. Ich habe mir selbst dabei zugesehen, wie ich Kruuls Leben ein Ende bereitet habe. Und als alles vorbei war, hatte ich sein Blut auf meinen Händen, ohne jemals wirklich eine Waffe gehoben zu haben." Neyve schüttelte den Kopf. „Das alles macht keinen Sinn."

Asara musste lächeln. „Ich kann mir vorstellen, wie befremdlich das gewesen sein muss. Wenn es dich tröstet: Es geht mir kaum anders. Vielleicht werde ich diese Fähigkeit nie vollends verstehen. Bis zu dem Moment, als ich dich… deinen Körper übernommen habe, war ich nicht einmal sicher, ob es funktionieren würde. Bisher habe ich immer nur bei schwachen Geistern Erfolg gehabt."

Neyve war sichtlich zu aufgeregt, um auf das Zugeständnis einzugehen. Sie beugte sich vor.

„Das ist es also", sagte sie vergnügt. Verwunderung wurde zu Genugtuung. „Das Geheimnis der Tausend Gesichter – die ungesehene Waffe, die Ravanar seit Jahrhunderten in Angst und Schrecken hält!"

„Das klingt ein wenig melodramatisch."

Die Hofsklavin ignorierte den Einwand und fuhr ungebremst fort.

„Die vielen Fassaden sind keine Formwandelei oder Schattenspiel. Ihr seid schlicht Diebe fremder Körper!" Neyve gluckste vergnügt. „Habe ich die Schattentänzerin und ihre finstere Magie durchschaut?"

Asara dachte zurück an die Erzählung von Jufrus dem Höhlenschratt – und an ihre eigenen Gespräche mit Raif und Lanys. Ihre Schwester hatte lediglich eine Art Maske der Illusion gewoben, welche Gesichtszüge und Körpermerkmale übertragen konnte. So hatte sie ihren eigenen Tod vorgetäuscht und versucht, in Asaras kaiserliche Rolle zu schlüpfen. Doch Asaras eigene Fähigkeit war keine Illusion. Raif hatte das absonderliche

Talent als einzigartig bezeichnet. Bis zur Geschichte über die mysteriöse Frau in Riftwacht hatte die *Kisaki* dies auch geglaubt.

„Die Schattentänzerin hat dir ganz freiwillig einen kleinen Einblick gewährt", meinte Asara ausweichend. „Sei so gut und behalte es für dich."

„Keine Sorge", entgegnete die Sklavin. Ihr Gesichtsausdruck wurde ernst. „Ich weiß, welches Risiko du gestern eingegangen bist. Meine Lippen sind versiegelt. Jetzt und für immer."

„Danke, Neyve. Meine Kehle weiß es zu schätzen. Die Nachtigall wäre nicht sonderlich glücklich darüber, wenn sich derartige Geschichten herumsprechen würden. Und dein Vater…"

„…wird auch nichts erfahren." Neyves Blick entglitt in die Abwesenheit. Drei Herzschläge vergingen, ehe sie weitersprach. „Vater hat mich heute zu sich gerufen. Die Kunde von Kruuls Tod hat sich schnell herumgesprochen. Er wollte wissen, ob du etwas damit zu tun hattest."

„Und?" fragte Asara neugierig. Sie hatte keine Angst vor Vandars Schelte oder etwaigen Gerüchten über ihre Beteiligung. Aber sie konnte sich dennoch gut vorstellen, dass der Feldherr über diesen direkten Angriff auf Haus D'Axor kaum erfreut sein würde. Das Risiko weitreichender Konsequenzen war einfach zu groß.

Neyve schnaubte. „Du hörst mir nicht zu, Schattentänzerin: Meine Lippen sind versiegelt. Das wohlverdiente Ende dieses Bastards bleibt unser kleines Geheimnis. Inklusiver aller schattigen Details."

Die Hofsklavin nahm einen tiefen Schluck Wasser und lehnte sich zurück. Asara ließ mehrere Minuten angenehmer Stille verstreichen, ehe sie das Gespräch wiederaufnahm.

„Wie geht es Ishan?" fragte sie. Neyve begann breit zu grinsen.

„Er ist verwirrt und etwas angeschlagen. Aber es gibt nichts, das ihn lange unten halten kann."

Asara lachte auf. „Das kann ich mir vorstellen. Ich bin wirklich froh, dass wir nicht zu spät gekommen sind. Fala und Dania…" Sie nahm einen tiefen Atemzug. Der Kloß in ihrem Hals kehrte zurück. „Ich werde sie vermissen."

„Ich auch", sagte Neyve leise. „Ishan hat versprochen, dass er für die beiden eine Andacht organisieren wird. Er selbst will eines von Danias ersten Liedern vortragen. Ich…" Ihre Stimme versagte und sie ballte ihre Fäuste. Eine unerwartete Träne lief ihre Wange hinab. Neyve verbannte sie zornig in ihren Kleidsärmel und holte zitternden Atems Luft.

„Ich war ein Ekel, Lanys. Ich habe beide nur belächelt und war eifersüchtig auf ihre Talente. Ich habe sie wie Eindringlinge behandelt, anstatt sie willkommen zu heißen. Genauso wie dich. Genauso wie jedes Mädchen vor ihnen."

Asara legte eine Hand auf Neyves Arm. Zum ersten Mal konnte sie wahrlich hinter die Maske des königlichen Luders blicken. Was sie dort sah, war fern der sadistischen Ungerührtheit, die sie zu kennen und sogar schätzen gelernt hatte.

„Das war eine Rolle, Neyve. Es wurde von dir erwartet." Ihre nächsten Worte waren ein Wagnis. Asara sprach sie dennoch. „Aber das muss nicht so bleiben."

Die Sklavin blickte auf. Halb betroffen und halb verärgert blinzelte sie die Tränen aus ihren Augen.

„Was meinst du damit?" fragte sie mit heiserer Stimme. Asara holte Luft und sammelte ihren Mut.

„Du musst nicht zurück an Tharions Hof, Neyve. Du musst niemandes Sklavin mehr sein." Vandars Tochter runzelte die Stirn.

„Der König ist nicht tot", sagte sie. „Wenn er erfährt, dass mein Vater nach Rayas Zorn aufgebrochen ist, wird er es ihm gleichtun. Dabei muss ich an seiner Seite stehen, damit er nicht misstrauisch wird. Die Kunde von Kruuls Tod muss ein herber Schlag für ihn sein..." Sie erschauderte. „Tharion mag wohlwollend wirken, aber sein Zorn ist legendär."

„Neyve, hör mir zu." Asara nahm die kühlen Finger der Sklavin in die ihren. „Ich habe Vorkehrungen getroffen. Tharion wird viel zu beschäftigt sein, um deine Abwesenheit zu bemerken. Dieser Vertrag mit der Yanfari-Kaiserin ist alles, was ihn im Moment interessiert." Sie drückte Neyves Hände. „Bleib bei mir. Lass Ravanar hinter dir."

Ravanar und all die bösen Überraschungen, die Tharions wahrer Plan noch beinhalten könnte.

Asara wusste, dass ihre Worte töricht und riskant waren. Aber sie vertraute dem König bei weitem nicht genug, um ihn von aller Absicht des umgreifenden Rivalenmords freizusprechen. Neyve war eine Spionin, die ihren Zweck erfüllt hatte. Sie jetzt noch in der Nähe zu behalten, war für den Herrscher des Ashvolks weit riskanter als für Asara. Zusätzlich würde die *Kisaki* um einiges ruhiger schlafen, wenn sie die listige Sklavin in ihrer Nähe wusste. Ein abgelenkter Häher konnte keine verräterischen Lieder trällern.

Der Konflikt in Neyves Gedanken setzte sich offen auf ihrem Gesicht fort. Zweifel, Erregung, Angst, Schuld, Hoffnung. Neyves Mission war in Gefahr und die Ehre ihres Hauses lastete sichtlich schwer auf ihren Schultern. Doch der Funken der Rebellion war entzündet. Asara wusste, wie schwer dieser wieder zu ersticken war.

„Mein Vater wird niemals zustimmen", murmelte Neyve. „Und ich kann Ishan nicht einfach zurücklassen..."

Asara erhob sich.

„Oh, das wird er – und das musst du nicht. Ich werde seine Einwilligung zu einer Bedingung für meine Hilfe machen. Komm, Neyve. Es wird Zeit, dem alten Feldherrn die Stirn zu bieten und unseren Aufbruch zu planen."

Die Sklavin stöhnte und schmunzelte zugleich.

„Du bist verrückt."

„Nur ein kleines bisschen."

~◊~

Wie Asara erwartet hatte, war Prinzipal Vandar von der Idee nicht sonderlich begeistert.

„Ney'velia ist eine wichtige Ressource dieses Hauses", sagte er nach einem langen Moment des gegenseitigen Anschweigens. „Ihre Rolle an Tharions Hof macht sie zu einer nützlichen Spionin. Ich sehe nicht, warum sich das ändern sollte."

Sein abschätziger Blick wanderte zu seiner Tochter, die mit gesenktem Kopf neben Asara kniete. Die mechanische Uhr, die die Wandvertäfelung seines Arbeitszimmers schmückte, tickte dumpf. Vandar selbst saß an einem schweren Schreibtisch, der mit Büchern, Briefen, Karten und Versorgungsberichten übersät war. Der fensterlose Raum bot keine Sitzmöglichkeiten für Gäste. Die vertäfelten Wände schienen das Licht der flackernden Öllampe förmlich zu verschlucken, die an einer simplen Kette von der Decke hing. Nicht ein einziges Gemälde oder schmuckes Kleinod dekorierte das Arbeitszimmer. Bis auf den Tisch und einen alten Teppich war die Kammer leer.

Vandar legte betont langsam seine Schreibfeder ab und räusperte sich. Der hohle Schaft hinterließ einen dunklen Fleck auf einem seiner Briefe.

„Ich warte, Schattentänzerin."

Asara sammelte ihren Mut.

„Neyve kann nicht an die Seite des Königs zurückkehren. Es wäre viel zu riskant."

Kruul war in der Unterstadt nicht alleine gewesen. Zu hoffen, dass das Geheimnis um Asaras und Neyves Verrat mit ihm gestorben war, war naiv und gefährlich.

„Meine Tochter kennt das Risiko", erwiderte Vandar mit zunehmender Ungeduld. „Sie ist bereit, dieses auf sich zu nehmen. Für ihr Haus." Er richtete seinen strengen Blick auf seine kniende Tochter. „Nicht war, Ney'velia?"

Die Angesprochene senkte ihren Blick und erwiderte nichts.

„Sie zurückzuschicken wäre närrisch", grollte Asara. Zugleich legte sie beide Hände flach auf Vandars Schreibtisch. Der Feldherr runzelte die Stirn, als seine Schreibfeder durch den Stoß davonzurollen begann. Mit einem hellen Klirren stürzte das Instrument zu Boden.

„Tharion ist nicht dumm", fuhr die *Kisaki* unbeirrt fort. „Wenn er heute noch nicht weiß, was in den letzten Tagen vorgefallen ist, wird er es morgen erfahren. Neyves Leben wäre verwirkt. Eure ‚Ressource' hätte ihren Nutzen verspielt." Es kostete Asara einiges an Überwindung, Vandars gefühlskalte Worte zu wiederholen. Dieser Mann kannte keine Zuneigung oder gar väterliche Liebe. Die *Kisaki* richtete sich wieder auf.

„Eure Tochter kann an meiner Seite weit mehr vollbringen, als in Ketten oder vor dem Henker."

Sie hielt den starren Blick des Generals, bis Vandar sich mit betonter Gleichgültigkeit von ihr abwandte.

„In Ordnung", brummte er ungehalten. „Neyve ist ab sofort deine Verantwortung." Der plötzliche Wegfall der ehrenden Anrede war für Asara eine nur zu deutliche Botschaft. Vandar war nicht amüsiert. „Du wirst dich selbst um ihre Verpflegung und um ihre Ausrüstung kümmern. Wenn sie einen Fehler macht, wirst du dafür geradestehen. Falls Tharion sie zurückfordert, wirst du dich des Problems annehmen." Eine kurze Pause. „So wie du auch für deine gestrige Tat Verantwortung übernehmen wirst, wenn die Zeit dafür gekommen ist."

Er weiß es.

Ein kalter Schauer lief Asaras Rücken hinab. Vandar klappte das schwere Buch zu, das er zuvor studiert hatte. Langsam erhob er sich.

„Ney'velia ist nun dein. Mit allen Pflichten und Privilegien."

Asara spürte, wie sich Neyves Muskeln anspannten. Vandars Worte hatten etwas seltsam Finales.

„Was meint ihr damit?" fragte die *Kisaki* vorsichtig. Der Feldherr griff in eine der Laden seines Schreibtisches und zog einen kleinen Schlüssel hervor.

„Dies ist eine Kopie des Schlüssels, der Neyves Halsband sperrt." Er legte ihn vor Asara auf den Tisch. „Meine Tochter ist eine Sklavin, Schattentänzerin. Das ist ihr Geburtsrecht – und ihre lebenslange Bürde. Daran ändert auch unser Übereinkommen nichts. Sie hat heute lediglich Meister getauscht."

Asara öffnete protestierend den Mund, doch Vandar fuhr unbeeindruckt fort.

„Was diesen Ishan angeht, den du angesprochen hast, so werde ich ihn an meinem Hof aufnehmen und ihm Zuflucht bieten. Das ist allerdings keine selbstlose Güte: Er wird arbeiten, um seinen Unterhalt zu verdienen." Vandar verschränkte die Arme. „Sobald der König seines

Amtes enthoben ist, werde ich ihn offiziell zu einem Sklaven meines Hauses machen." Die Züge des Feldherrn blieben eisern.

„Das ist mein Angebot. Nimm es an oder gehe mir aus den Augen." Asara warf ihrer Kameradin einen flüchtigen Seitenblick zu. Die kniende Ashin nahm sofort Haltung an. Flehende Erwartung und verhaltene Aufregung dominerten ihre Züge. Ihre hinter dem Rücken zusammengezogenen Hände zitterten leicht. Das geschlitzte Kleid an Neyves geschmeidigem Körper enthüllte ihre folgsam geöffneten Schenkel.

Ich bin keine Herrin, dachte Asara. *Aber ich werde mein Versprechen halten.*

„Einverstanden", sagte sie laut. „Neyve wird meine Sklavin sein."

Vandar nickte knapp und nahm Platz. Mit strengem Blick widmete er sich wieder seinen Unterlagen. Die Angelegenheit war für ihn sichtlich erledigt. Asara, die ihr Glück nicht weiter strapazieren wollte, zog sich schweigend zurück. Neyve folgte ihr nach draußen. Als sich die schwere Türe geschlossen hatte, fuhr sich Tharions einstige Hofsklavin zitternd durch das Haar. Ihre Miene war entgeistert – und doch grinste sie breit.

„Ich fasse es nicht", murmelte sie. „Er hat zugestimmt! Einfach so!"

Asara beäugte ihre Kameradin vorsichtig.

„Und du hast nichts dagegen einzuwenden?" fragte sie. „Er hat dich gerade zu meiner Sklavin gemacht, Neyve. Das ist nicht gerade ein Karriereschritt nach vorne."

Die junge Ashin lachte.

„,Erste Sklavin von Haus Nai'lanys' klingt gar nicht so schlecht", meinte sie leichthin. Ihre Züge nahmen etwas Raubtierhaftes an. „Außerdem wissen wir beide sehr genau, wer hier die wahre Untergebene ist." Sie lächelte lieblich. „Nicht wahr, Kettentänzerin?"

Asara errötete und räusperte sich leise. Nach ihren gemeinsamen Erfahrungen als Dienerinnen der Mächtigen konnte sie ihrem Gegenüber nichts mehr vormachen. Sie hatte auch keinerlei Interesse an einer solchen Charade.

„Die Entspannung ihrer Herrin ist eine der wichtigsten Pflichten einer Sklavin", pflichtete die *Kisaki* bei. „Egal ob mit Finger, Mund oder Seil." Neyve hob eine Augenbraue.

„Was ist mit der disziplinierten Lanys passiert, die ein bereits ausgepacktes Geschenk meines Vaters zurückgewiesen hat? Hm?"

Asara grinste. „Adrenalin ist passiert. Und Nervosität." Sie seufzte theatralisch. „Aber du hast Recht. Wir haben leider keine Zeit, unseren kleinen Sieg gebührlich zu feiern."

„Zu schade", erwiderte Neyve und strich ihr Kleid zurecht. „Ich hätte gerne ,danke' gesagt."

An Neyves Seite machte sich die *Kisaki* zurück auf den Weg zu ihrem Quartier. Im Vorbeigehen musterte sie die zahlreichen Diener und Sklaven, die in geschäftiger Hektik an den Vorbereitungen für Vandars Abreise arbeiteten. Der Aufbruch der Armee stand unmittelbar bevor. Hatte Asara die oben aufliegenden Berichte auf Vandars Schreibtisch richtig gedeutet, so hatte der Hausherr seine Verbände bereits aus allen Winkeln des Reiches zusammengezogen. Lediglich das kleine Kontingent aus Ravanar und der Feldherr selbst waren noch nicht in Stellung.

Asara blieb an einer Weggabelung stehen. Ein Soldat in einfacher Tunika balancierte ein Bündel Kurzschwerter in Richtung Ausgang. Mehrere Diener mit schweren Jutesäcken folgten wenige Momente später. Asara knuffte Neyve in die Seite.

„Nutze die Zeit und verabschiede dich von Ishan", lächelte sie. „Wir werden sicherlich für mehrere Wochen unterwegs sein." Asara tat einige Schritte in Richtung ihres Zimmers.

„Bereite dich auf alle Eventualitäten vor, Neyve." Ihre Stimme wurde schwer. „Nach Rayas Zorn wird nichts mehr so sein, wie es einmal war."

Mit diesen Worten ließ sie ihre neue Sklavin im Gang zurück und trat entschlossenen Schrittes einem baldigen Aufbruch entgegen.

~◊~

Als Asara am nächsten Morgen die Augen öffnete, befand sich das Anwesen in hörbarer Aufruhr. Der Tag der Abreise war gekommen. Gebrüllte Befehle von Offizieren mischten sich immer wieder zu den hektischen Rufen der Diener. Die Stimmung war aufgeregt, die Schritte schnell. Nach langen Monaten des Planens war Haus Vandar endlich bereit, den Komfort der Hauptstadt hinter sich zu lassen und die beschwerliche Reise an die Front anzutreten.

Asara hatte ihre Lederrüstung bereits angelegt, als Neyve sich unangekündigt in ihr Zimmer schob. Die in ähnliche Gewandung gehüllte Sklavin trug zwei große Rucksäcke auf ihren Schultern, die sie nun keuchend vor Asara abstellte.

„Guten Morgen, oh werte Herrin", witzelte sie. „Ich bringe Geschenke."

Asara zurrte den letzten Riemen des ledernen Mieders fest und prüfte den Sitz ihres Schwertgurts.

„Hallo, Hofstaat. Ich dachte Vandar hat uns unserer eigenen Ausrüstungsbeschaffung überlassen." Sie musterte den größeren der Beutel. An den zahlreichen Schnallen und Gurten waren eine Schlafrolle, Feldgeschirr und eine dunkelbraune Ölhaut befestigt. Dem Volumen nach zu schließen, befanden sich weitere Kleidungsstücke und möglicherweise sogar Proviant in dem zweckmäßigen Rucksack.

Neyve begann zu grinsen.

„Das hat er auch. Er hat nur nie etwas davon gesagt, dass ich die Ausrüstung außerhalb dieser Mauern beschaffen muss."

„Du hast sie gestohlen", mutmaßte Asara mit hochgezogener Braue.

Die Sklavin winkte ab.

„Ach was. Ich kenne einen Senneschall, der einen Offizier kennt, der einen Schlüssel zur Ausrüstungskammer hat. Irgendjemandes Tante war auch noch involviert."

Die *Kisaki* lachte. „Ich werde nicht weiter nachfragen."

Es dauerte nur wenige Minuten, bis Asara und Neyve aufbruchsbereit waren. Als die beiden auf den Gang hinaustraten, war Asaras Gästequartier so leer wie am Tag ihrer Ankunft.

Die Ashinnen bahnten sich ihren Weg zwischen Arbeitern und Soldaten hindurch bis an das Haupttor. Beide mieden den Blick auf die Treppe, auf der die leblosen Körper ihrer Kameradinnen gefunden worden waren. Kaum zwei Tage waren verstrichen, seitdem der tödliche Kampf gegen Tharions Wachkommandanten an dieser Stelle seinen Ausgang genommen hatte. Die Wunden waren noch frisch – ungesehene wie körperliche. Der dumpfe Schmerz in Asaras Hüfte war eine konstante Erinnerung daran.

Einer der Männer, der Asara in jener Nacht begegnet war, belud gerade einen Pferdekarren.

„Schattentänzerin", grüßte er respektvoll. „Prinzipal Vandar wartet am Westtor von Neu-Ravanar auf euch. Die Versorgungskolonne und seine persönliche Garde werden vor der Stadt zu euch stoßen."

Asara nickte.

„Danke."

Sie wandte sich um, nur um kurz darauf innezuhalten. Eine Frage brannte auf ihrer Zunge. Die Barracken vor den eisernen Toren des geschützten Anwesens boten kaum ausreichend Platz für mehr als drei mittelgroße Trupps. Auch Vandars Pläne hatten die Details zu seiner etwaigen Verstärkung verschwiegen.

„Wann werden wir eigentlich mit dem Hauptteil der Armee zusammentreffen?" fragte sie den Soldaten. Der Mann zögerte für einen Moment, gab dann aber doch Auskunft.

„In etwa zwei Wochen", meinte er. „Der Treffpunkt ist in Ashfall. Es warten dort Boote auf uns, die die Armee bis nahe an Raktafarns Mauern bringen sollen."

Ashfall.

Asara bekundete nickend ihren Dank und folgte Neyve durch den Vorhof bis an das eiserne Tor. Ihr Blick fiel auf die Barracken und die dort angetretenen Soldaten. Die *Kisaki* zählte an die 200 Männer und Frauen und eine kleine Handvoll Offiziere.

„Beeindruckend, nicht wahr?" murmelte Neyve. „Du solltest warten, bis du Vaters eigentliche Armee zu Gesicht bekommst. Er kommandiert tausende."

Ein weiterer Grund, es nicht zu einem offenen Kampf kommen zu lassen.

Asara richtete die Gurte ihres Rucksacks. Das Gewicht war ungewohnt, aber nicht unwillkommen. Zusammen mit ihrer passgenauen Lederrüstung hielten die Riemen ihre Verbände an Ort und Stelle und sorgten für zusätzlichen Halt. Es war nicht angenehm, aber notwendig.

Asara und Neyve folgten der Straße hinunter in die Stadt. Nach wenigen Minuten erreichten sie den Hauptplatz von Alt-Ravanar. Die Türen von Salmas Badehaus waren einmal mehr für Besucher geöffnet und luden in eine Welt der duftenden Entspannung. Auch die bunten Marktstände waren zurückgekehrt. Einfaches Volk und niederer Adel bevölkerte die Straßen. Die Unterhaltungen der Menschen vermengten sich zu einem Chor der Stimmen, der nie recht verstummte. Doch trotz der Geschäftigkeit lag zurückhaltende Vorsicht über allem – Menschen warfen immer wieder vorsichtige Seitenblicke auf das bewaffnete Paar. Selbst das Spiel der Kinder war weniger ausgelassen als sonst.

Ravanar wusste, was sich in den letzten Tagen zugetragen hatte. Das Blut auf den Pflastersteinen war noch frisch und die Erinnerung an Kruuls verbissene Suche noch zu lebendig. Zugleich ahnte das einfache Volk wohl, was hinter den Mauern der hohen Häuser passierte. Bewaffnete Kriegerinnen und Soldaten waren lediglich der finale Indikator, dass die Tage des Friedens ein für alle Mal gezählt waren. So war es nicht verwunderlich, dass ein kollektiver Seufzer der Erleichterung durch die Menge zu gehen schien, als Asara und ihre Begleiterin den Platz hinter sich ließen.

Die *Kisaki* folgte den schmalen Gassen und überquerte schließlich die Brücke über den unterirdischen Fluss. Sie schenkte der alten, einsamen Bastion einen letzten Blick des Abschieds. Vielleicht würde sie die Bewohner ihrer Höhlen eines Tages wiedersehen und über einem Krug Bier alte Erlebnisse zum Besten geben. Wahrscheinlicher war allerdings, dass sie nie wieder hierher zurückkehren würde. Asaras kommende Reise war ein Lebewohl und zugleich der Aufbruch in eine ungewisse Zukunft. Alles konnte geschehen – und nichts würde bleiben, wie es war.

Jenseits des Brückenbogens warteten die schier endlosen Korridore der schwarzen Feste. Asara beschleunigte ihre Schritte, als nach langen Minuten der Dunkelheit endlich die ersten Strahlen der Sonne in den

Tunnel blinzelten. Kurz darauf eröffnete sich der Blick auf Neu-Ravanar und einen neuen, wolkenlosen Tag. Das warme Licht der Himmelsscheibe glitzerte in den Wassern der Bucht und vertrieb die letzten Nebelschwaden. Ein frischer Wind strich um die Häuser und erfasste Asaras ungebundenes Haar. Die *Kisaki* schloss die Augen und genoss den Moment. Zu lange hatte sie in der Finsternis des Berges dahingesiecht. Die Sonne auf ihrer Haut belebte Asaras Geist und Körper. Zugleich erinnerte sie sie kribbelnd daran, dass die Schattentänzerin immer noch einem zutiefst lichtscheuen Volk angehörte, das sich im Zwielicht am Wohlsten fühlte.

„Na toll", brummte Neyve neben ihr. „Wolkenloser Himmel. Das ist kein gutes Omen."

Asara lachte leise und trat auf die schmale Treppe, die sich bis nach unten in die Stadt schlängelte. Der Ausgang, den das Duo gewählt hatte, gehörte zu einer der vielen Nebenhöhlen, die aus der Steilwand der Festung lugten. Die Wache am schmiedeeisernen Fallgitter schenkte den beiden einen gelangweilten Blick und ließ sie unbehelligt ziehen.

„Lass uns deinen Vater finden", sagte Asara gutgelaunt. „Vielleicht begegnen wir unterwegs auch einem netten Frühstück."

So kam es, dass Asara und Neyve mit einer Handvoll Kasha-Nüsse bewaffnet vor den Herren des Hauses Vandar traten, der am westlichen Stadttor wartete. Der Prinzipal war von einem Kader seiner Kommanden umgeben, die mit ihren Pferden und Dienern fast den gesamten Platz für sich beanspruchten. Einfaches Volk beobachtete das Treiben aus den Fenstern ihrer Fachwerkbauten oder hatte sich bereits unter die Leibeigenen gemischt. Waren tauschten noch schnell die Besitzer, während Taschendiebe zögerlich auf passende Gelegenheiten warteten. Asara schenkte einem besonders dreisten von ihnen einen langen, unterkühlten Blick. Der junge Bursche schluckte und entfloh hakenschlagend in die Menge.

„Schattentänzerin." Vandar winkte Asara zu sich. Seine Tochter würdigte der Feldherr nicht eines Blickes. „Ihr seid hier. Gut." Er deutete auf eine schlanke, schwarze Stute, die neben dem Eingang einer gut besuchten Taverne angebunden war. Die Kreatur warf Asara einen wissenden Blick zu.

Oh je.

„Ihr werdet mit mir an der Spitze des Zuges reiten. Eure Sklavin und euer Gepäck bleiben bei den Mitläufern." Sein Gesichtsausdruck ließ keinen Spielraum für Diskussion. Asara wechselte einen kurzen Blick mit Neyve und nickte schließlich.

„Es ist mir eine Freude", erwiderte sie knapp. Der Feldherr wandte sich wieder an seine Untergebenen.

„Der Versorgungstrupp wird heute Abend zu uns stoßen", verkündete er. „Ihr alle habt eure Befehle."

Damit trat er an sein Pferd und kontrollierte mit routinierten Handgriffen den Sitz seines Sattels. Vandars Reittier war ein enormes Schlachtross mit grau geflecktem Fell, das scheinbar mühelos mehrere Schichten schwerer Rüstung trug. Der überlappende Stahl des Panzers schützte die Flanken und den Hals des muskulösen Tieres. Unter Klirren seines Kettenhemds schwang sich Vandar schließlich in den Sattel. Asara löste den Strick ihres eigenen Rosses und setzte einen Fuß auf den Steigbügel. Die Stute beutelte schnaubend ihren Kopf.

Nur ein flachgepresstes Kamel.

Unbeholfen kletterte Asara in den Sattel. Ihr Geschick und ihre Trittsicherheit retteten sie dabei vor einem wahrlich peinlichen Auftritt. Zu ihrer Genugtuung wagte es keiner der Offiziere, allzu mitleidig in ihre Richtung zu blicken.

So weit, so gut.

Mit einigen zufälligen Zügelbewegungen lotste sie das Pferd an Vandars Seite. Glücklicherweise schien das Tier ihre Anweisungen kaum zu benötigen – es folgte dem riesigen Ross praktisch von selbst.

„Ich bevorzuge meine eigenen zwei Beine", murmelte Asara. Ihr plötzliches Niesen verlieh der halbherzigen Begründung lautstark Nachdruck. Der Prinzipal hob lediglich eine Augenbraue, ehe er in Richtung des offenen Tors beschleunigte. Das einfache Ashvolk wich respektvoll zurück.

Asaras Stute folgte ihm durch den steinernen Bogen und hinaus auf die matschige Straße. Der Weg schlängelte sich durch Dörfer und vorbei an saftigen Wiesen und moosigen Wäldern. Als der Trupp schließlich auf der Kuppe eines Hügels zu stehen kam, warf die *Kisaki* einen letzten Blick zurück. Ravanar war zu einem kleinen Flecken geschrumpft, der von einer enormen Felsnadel überragt wurde. Zum ersten Mal konnte sich Asara ein Bild davon machen, wie gigantisch die schwarze Feste tatsächlich war. Mit ihrem natürlichen, dem furchigen Berghang entspringenden Fundament, war die Festung das höchste Bauwerk, das Asara je gesehen hatte. Selbst Maliks Palast hätte dutzende Male in den dunklen Mauern Platz gefunden. Die Spitze des Turms berührte die Wolken wie ein gen Himmel gestreckter Finger. Asara fragte sich, ob Tharion gerade an seinem Fenster in den höchsten Zimmern der Burg stand und schmunzelnd auf die kleine Gruppe herabblickte.

Vorsorglich schenkte auch sie ihm ein reserviertes Lächeln.

Wir sehen uns in Rayas Zorn, Hoheit, dachte sie. *Sei pünktlich.*

Mit der wärmenden Morgensonne im Rücken ließ sich die *Kisaki* in die Weiten des Dominions tragen – ihrem Ziel stetig entgegen.

~◊~

Asara roch und spürte den Vulkan, lange bevor sie ihn sah. Mit dem drehenden Wind trug die warme Herbstluft unvermittelt den Geruch von Schwefel und faulen Eiern an die Reisenden heran. Dicke Wolkenschwaden zogen über den nachmittäglichen Himmel und verdunkelten die ohnehin matte Sonnenscheibe. Immer wieder war lautes Zischen neben der schmalen, ungepflasterten Straße zu vernehmen, die sich entlang des trägen Flusses durch die karge Landschaft schlängelte. Regelmäßig entlud sich der Druck unter der dunkelgrauen Erdkruste in Fontänen aus Dampf oder heißem Wasser. Der schmale Zubringer, der erst nach vielen Meilen der Reise durch das unwirtliche Land seinen Weg in den Esah-Fluss finden würde, brodelte und fauchte, wo er mit vulkanischen Gasen in Berührung kam. Die grollenden Wassermassen bahnten sich unermüdlich ihren Weg durch tiefe Schluchten und ausgespülte Becken, nur um stellenweise gänzlich unter der Erdoberfläche zu verschwinden. Immer wieder durchbrachen breite Risse die Landschaft. Einige wenige zähe Gräser und Büsche wuchsen in windgeschützten Nischen zwischen den zerklüfteten Felsen. Die zahlreichen Tümpel am Wegesrand wurden von hellgrünen Algen und rötlichen Pilzflechten bewuchert. Das Land lebte – aber nur die härtesten Organismen waren ihm gewachsen. Dazu kam es, dass der Boden selbst in regelmäßigen Abständen zu erzittern begann. Manchmal währten die Erschütterungen Minuten, andermal war der Spuk nach wenigen Augenblicken wieder vorbei. Jedes Mal ging ein respektvolles Raunen durch den in Gänsemarsch reisenden Trupp. Nicht selten warf ein Pferd seinen überraschten Reiter ab und suchte panisch das Weite.

Nach fast elf Tagen im Sattel hatten Asara und ihre Begleiter die Provinz Ashfall erreicht. Was als Reise durch fruchtbare Ebenen und dichte Wälder begonnen hatte, hatte sich schnell zu einem anstrengenden Marsch durch weitläufige Sumpflandschaften und karge Täler gewandelt. Bis auf kleine Siedlungen, die von Torfstecher-Kommunen betrieben wurden, hatte sich das Land als weitgehend menschenleer erwiesen. Zwischenzeitlich war die Straße sogar zu einem ausgewaschenen Hohlweg verkommen, der sich während der täglichen Regenfälle schnell mit Wasser zu füllen begann. Nicht selten wurden die Zelte abends in schlammigen Pfützen oder sumpfigen Wiesen errichtet. Asara hatte anfangs gar nicht bemerkt, dass der Weg nach etwa einer Woche einem stets anwachsenden Fluss zu folgen begann, der sich durch Täler und Schluchten hindurch den Weg in den Westen bahnte. Mit dem Ausbleiben des Regens veränderte sich schließlich auch die Vegetation. So kam es, dass der Vulkan, der Ashfall seinen Namen gab, am Ende des elften Tages wie ein schwarzer Kegel aus dem Dunst stieg und die Reisenden in seinen unheilvollen Schatten hüllte.

„Ashfall." Vandars ausgestreckte Hand deutete den steinigen Weg entlang. Asara kniff die Augen zusammen. Erste Lichtquellen tauchten aus dem übelriechenden Nebel auf und zeichneten die Silhouetten von niedrigen Häusern in das künstliche Zwielicht. Zugleich erspähte sie *Kisaki* auch die ersten Zelte an den Hängen, die bis hinunter an den Fluss führten. Es waren hunderte. Banner wehten an hohen Stangen und an vereinzelten Großzelten. Pferdeverschläge unterbrachen immer wieder die regelmäßigen Reihen. Kleine Feuerstellen zwischen den provisorischen Behausungen erhellten das Lager. Soldaten patrouillierten oder pflegten Waffen, während sich Handwerker und Mitläufer um Pferde, Rüstungen und Verpflegung kümmerten. Hunderte, wenn nicht tausende Ashen in Vandars Farben tummelten sich auf den felsigen Hängen. Im Vergleich zu dem riesigen Heerlager wirkte die angrenzende Stadt beinahe wie eine leblose Ansammlung rußiger Hütten.

Ein kleiner berittener Trupp begrüßte die Neuankömmlinge direkt an der Straße. Der befehlshabende Offizier war ein kleinwüchsiger Mitt-Fünfziger mit pechschwarzer Haut, der seinen Helm zum Gruße unter seinen Arm klemmte. Er verneigte sich tief im Sattel, als die Spitze des Zuges über den letzten Hügelkamm trabte.

„Prinzipal Vandar", rief er. Das Schlachtross des Feldherrn überbrückte die verbleibende Distanz im tänzelnden Schritt. Asara, nach langen Tagen etwas sicherer im Sattel, folgte ihm. Sie tat dabei ihr Bestes, ihr schmerzendes Hinterteil und ihre verstopfte Nase zu ignorieren.

„Willkommen in Ashfall, mein Herr", grüßte der Offizier. Er schenkte Asara nur einen kurzen Seitenblick, ehe er Vandar ein säuberlich gerolltes und versiegeltes Dokument überreichte. „Euer Ruf wurde gehört und befolgt, Prinzipal. Im Namen der Vasallenhäuser freut es mich, zweitausend und vierhundert tapfere Männer und Frauen eurem Kommando zu übergeben." Er legte seine Faust an seine Brust. „Wir sind jederzeit aufbruchsbereit, mein Herr. Die Flöße warten."

Vandar nahm die Schriftrolle nickend entgegen.

„Ihr habt gute Arbeit geleistet, General. Informiert die Krieger, dass wir zum Morgengrauen ausschiffen werden."

Der Ashe salutierte erneut.

„Wir haben für euch Quartiere in der Stadt vorbereitet. Wenn ihr mir folgen wollt?"

Vandar ergriff die Zügel seines Hengstes.

„Ein Zelt im Lager ist vollkommen ausreichend, General." Damit spornte er das Ross zu einem lockeren Trab. Asara ließ sich etwas zurückfallen und wartete, bis der Versorgungszug aufgeschlossen hatte. Neyve saß mit verschränkten Armen auf einem der Wägen. Ihre einzige Gesellschaft bestand aus mehreren schweren Kisten und einem hageren Kutscher, dessen Schlapphut förmlich mit seinem Kopf verschmolzen zu sein schien. Die Sklavin versprühte Langeweile und Irritation. Ihr Gesichtsausdruck erhellte sich schlagartig, als sie Asara erspähte.

„Endlich", stöhnte sie und sprang von der Sitzfläche. „Eine weitere Minute auf diesem Wagen und ich hätte begonnen, mich mit den Kisten zu unterhalten. Sind wir da?"

Asara nickte und bot ihr eine Hand an. Neyve ergriff sie und schwang sich hinter der *Kisaki* auf das Pferd. Die Stute schnaubte verstört.

„Ashfall liegt hinter der nächsten Biegung", erwiderte Asara. „Vandar ist bereits in das Lager geritten. Es sieht so aus, als hätten wir den Abend für uns." Die *Kisaki* blickte an sich herab. „Ich brauche dringend ein Bad."

Neyve schnüffelte lautstark. „Das kann ich bestätigen."

Asara presste ihre Schenkel zusammen und zwang das Pferd zum Trott. Zu ihrem Erstaunen reagierte es sofort.

Langsam bekomme ich das Biest in den Griff.

Der Weg führte sie vorbei an den ersten Zelten und weiter an den hölzernen Torbogen, der die Stadtgrenze von Ashfall markierte. Der Großteil der Kolonne war in Richtung des Flusses abgebogen, was Asara zur Speerspitze einer kleinen Gruppe Adeliger und Zivilisten machte, die sich Vandar nicht angeschlossen hatten. Der Wunsch nach einem Bad schien sichtlich kein vereinzelter zu sein.

„Wird Vater dich nicht brauchen?" fragte Neyve, als Asara ihr Pferd an ein als Taverne gekennzeichnetes Gebäude steuerte. Die *Kisaki* rutschte aus dem Sattel und streckte ihr schmerzendes Rückgrat.

„Ich habe ihm ausführlich klargemacht, dass ich ihm den Treffpunkt der Herrscher erst nennen werde, wenn wir in Rayas Zorn angekommen sind", erwiderte Asara schulterzuckend. „Bei der Logistik seiner Truppen kann ich ihm nicht helfen."

Sie schlang die Zügel um eine der hölzernen Säulen der Gaststätte. Neyve stieg ebenfalls ab und sah sich verhalten um. Sie hinterfragte nicht, warum Asara ihrem Vater mit Misstrauen begegnete und derart wichtige Informationen für sich behielt. Auch sonst hatte sie während der Reise kaum freundliche Worte für ihr Familienoberhaupt gefunden. Obwohl Neyve nun faktisch frei war, hatte sie Vandar – auf seine Weise zumindest – ausgestoßen. Asara wusste, dass sie dieser Verlust mehr schmerzte, als sie zuzugeben bereit war.

„Komm", sagte sie zu ihrem winzigen Hofstaat. „Gönnen wir uns einen Abend im Trockenen."

Asara trat an die Tür des kleinen Gasthauses. Das Gebäude selbst bestand aus vernagelten Brettern auf einem steinernen Fundament. Moos bedeckte das einfache Ziegeldach. Wie auch die anderen Häuser an der einzigen Straße Ashfalls waren Holz wie Stein von einer dicken Schicht Ruß bedeckt. Das schwarze Material klebte an jeder Oberfläche und heftete sich an Schuhe und Hufe gleichermaßen. Asara hinterließ eine Spur aus Matsch und Asche, als sie ins Innere des windschiefen Bauwerks trat.

Mehrere hohlwangige Einheimische blickten von ihren Tellern und Krügen auf. Ein mit Laute und Schellen bewaffneter Musikant nahe der einzigen Feuerstelle unterbrach sein melancholisches Lied. Der kräftige Schenk hinter dem Tresen ließ sein Tuch sinken. Selbst die rauen Rufe aus der hinter dem Gastraum liegenden Küche verstummten für einen Moment. Ein einzelner Würfel rollte über eine Tischplatte und stürzte klappernd zu Boden. Für einen langen Augenblick war es totenstill. Dann begann der Würfelspieler laut zu fluchen und der Barde setzte sein Musikstück zögerlich fort. Unterhaltungen wurden wiederaufgenommen. Der breitschultrige Schenk winkte die Neuankömmlinge zu sich und stellte jedem, Schattentänzerin wie stirnrunzelndem Adeligen, einen vollen Krug Bier vor die Nase.

„Zimmer kosten 15 Ril", brummte er. „Fischeintopf gibt's kostenlos dazu."

Asara schmunzelte ob des horrenden Preises und legte kommentarlos die verlangten Münzen auf den Tresen. Sie vermochte sich nicht auszumalen, wie sich ein riesiges Heerlager vor den Toren auf die Situation der Stadtbevölkerung auswirkte. So oder so konnte sie es dem Mann nicht verübeln, Vandars Gäste gehörig ausnehmen zu wollen. Der Wirt streifte das Geld wortlos ein und ließ es unter seiner Schürze verschwinden. Asara klopfte mit dem Finger auf den Tresen und beugte sich zu ihm.

„Dieses Gold erkauft uns ein Zimmer, ein heißes Bad und so viel von eurem abgestandenen Bier, wie meine Begleiterin und ich trinken können", sagte sie mit nüchterner Stimme. „Wir verstehen uns?"

Der Schenk musterte sein Gegenüber kritisch. Nach einem Moment nickte er schließlich.

Als Asara und Neyve an einem der freien Tische Platz nahmen, widmete er sich bereits den nächsten Gästen. Die *Kisaki* vermutete, dass diese nicht so günstig davonkommen würden.

„Was für ein Loch", murmelte Neyve und schnüffelte misstrauisch an ihrem Bier. Asara nahm ihren Schwertgurt ab und schlang ihn über die Sessellehne.

„Nach über einer Woche in schlammigen Zelten und umringt von schwitzenden Männern kann ich mich nicht beschweren", meinte sie fröhlich. Sie deutete mit dem Daumen auf den Musikanten, der sein vorhergehendes Stück ihn höherer Geschwindigkeit zu wiederholen schien. „Es gibt sogar Musik!" Wie auf Befehl vergriff sich der Lautenspieler im Ton und sandte ein helles Quietschen durch den Raum. Neyve rümpfte die Nase und begann zu lachen. Nach einem Moment stimmte Asara ein.

„Du hast Recht", prustete die Sklavin. „wir sind wahrlich gesegnet."

Nach einem einfachen, aber ergiebigen Mahl ließen sich die beiden nahe des knisternden Kaminfeuers nieder. Ihre Vereinbarung mit dem Wirt versorgte sie stetig mit neuen Krügen. Es dauerte nicht lange, bis auch der erste Würfelspieler auf das Duo aufmerksam wurde. Neyve entpuppte sich als geschickte Spielerin, die es durchaus auch verstand, den einen oder anderen Wurf zu ihren Gunsten zu beeinflussen. Asara konnte nur schmunzelnd zusehen, wie ihre schnellen Finger und ihr scharfer Geist den Geldbeutel ihres Gegenübers mehr und mehr leerten. Asara selbst hatte weniger Glück und verlor mehr als 10 Ril an die Schwester des jungen Mannes. Stöhnend stellte sie den Würfelbecher auf den Boden und ließ sich auf das zerrupfte Fell fallen, das vor dem Kamin aufgebreitet worden war.

„Ich glaube ich bleibe bei *Radscha*" seufzte sie. „Würfel sind mir nicht wohlgesonnen. Ich brauche ein Spielbrett, ein Kader an Figuren und ein konkretes Ziel."

Neyve grinste und streifte die Gewinne ihrer letzten Partie ein.

„Du spielst wie du kämpfst, liebe Lanys. Verbissen, hektisch und ohne Rücksicht auf Verluste. Würfel brauchen Fingerspitzengefühl."

Die beiden jungen Einheimischen warfen sich einen Blick zu.

„Dein Name ist Lanys?" fragte der Mann vorsichtig. „Ich... uh... ich glaube ich habe eine Botschaft für dich."

Asara setzte sich in einer schnellen Bewegung auf. Ihre Entspannung war verflogen – ebenso wie ihr Durst. Ihre Hand wanderte langsam an ihr Schwert, nur um dessen Abwesenheit zu bemerken. Ihr Waffengurt hing immer noch an ihrem Stuhl.

„Welche Botschaft?" fragte sie langsam. Der Würfelspieler beugte sich zu ihr und wisperte in ihr Ohr. Seine Worte waren schnell und die Sätze merklich bis zur Auswendigkeit wiederholt worden. Die Nachricht selbst ließ Asara erstarren.

„Bin ich der erste, der euch diese Kunde überbringt?" schloss der Mann. Das Würfelspiel lag vergessen auf dem Boden. „Die Frau meinte, dass auch andere denselben…Auftrag erhalten hätten."

Asara rappelte sich auf und eilte an den zuvor verlassenen Tisch. Mit wenigen Handgriffen schlang sie den Schwertgurt um ihre Hüfte. Neyve war ebenfalls aufgesprungen.

„Schattentänzerin?" fragte sie unsicher. „Was ist los?"

„Der Plan hat sich geändert", murmelte Asara. Sie zog eine Münze aus ihrem Beutel und warf sie dem Boten zu. Der Mann fing das Goldstück aus der Luft. Asara erwiderte den fragenden Blick ihrer Sklavin mit einem entschlossenen. „Tharion war nicht mehr in Ravanar, als wir aufgebrochen sind. Er hat die Hauptstadt noch am Abend des Festes verlassen." Die *Kisaki* knurrte. „Er war offenbar weit weniger verletzt, als gedacht."

Asara eilte zur Tür. Neyve holte sie ein und legte ihr eine Hand auf die Schulter.

„Lanys, warte! Was heißt das alles?"

„Das heißt", grollte Asara, „dass unser Bad leider warten muss. Und dass wir weit weniger Zeit haben, als bisher angenommen. Der König könnte den Vertrag schon morgen unterzeichnen. Oder schlimmer."

Was hast du vor, Tharion? Warum hältst du dich nicht an den Plan?

Mit grimmigem Gesicht nahm Asara ihr Pferd an den Zügeln und schwang sich in den Sattel. Neyve blieb sichtlich ratlos zurück, doch die Schattentänzerin schenkte ihr keine Beachtung.

Der Aufbruch nach Rayas Zorn konnte nicht mehr bis morgen warten. Vandar musste seine Truppen so schnell wie möglich mobilisieren, ehe Tharion alles zunichtemachen konnte.

Der abendliche Wind ließ Asaras Haar wie eine Flagge wehen, als sie mit vollem Tempo in Richtung des Heerlagers galoppierte. Soldaten sprangen aus ihrem Weg und Diener ließen fluchend ihre Ladungen fallen. Verärgerte Rufe folgten ihr bis an das große Kommandozelt in der Mitte des Lagers. Vandar blickte auf, als sich die Schattentänzerin aus dem Sattel warf und sich ihren Weg durch seine Generäle bahnte.

„Ah, Nai'lanys", sagte er gelassen. „Gut, dass ihr hier seid. Ich habe unerfreuliche Kunde erhalten."

Asara holte Luft und setzte an, etwas zu entgegnen. Der Feldherr hob jedoch seine Hand und verstummte sie.

„Dies ist Krys", sagte er und deutete auf eine Frau, die mit dem Rücken zu Asara stand. „Sie ist Späherin im Dienste von Kommandant Andraif H'Reyn und Botin des Königs."

Asara tat einen Halbschritt zurück.

Krys?

Eine ihr nur zu gut bekannte, blondhaarige Ashin in leichter Rüstung drehte sich um und musterte Asara kritisch. Nichts in ihren Zügen deutete darauf hin, dass sie ihr Gegenüber wiedererkannte. Die Kisaki zwang ihr eigenes Gesicht zur Neutralität. Die Tänzerin und Bogenschützin aus Masarta war so ziemlich die letzte Person, die Asara in Ashfall erwartet hatte. Doch hier stand sie – gehüllt in den Waffenrock des Hochkönigs.

„Nai'lanys", sagte Krys schroff. „Ich bin hier, um euren Kommandanten darüber zu informieren, dass ihr des Hochverrats und des Mordes an Wachkapitän Kruul angeklagt wurdet. Ergebt euch, oder der König wird Schritte gegen euren...Gastgeber ergreifen."

Vandar verschränkte die Arme. Mehrere seiner Offiziere hatten die Hände an ihre Schwerter gelegt.

„Was sagt ihr dazu, Schattentänzerin?" sagte der Feldherr mit ruhiger Stimme. „Sind diese Anschuldigungen wahr?"

Stille.

Asara wusste zu genau, was Vandar tatsächlich fragte. Ein Befehl von ihm reichte aus und die Späherin würde das Lager nicht mehr lebendig verlassen. Er war dazu bereit, seinen Plan bis aufs letzte Blut zu verteidigen. Selbst wenn dies bedeutete, den Vorteil der Überraschung gegen Tharion einzubüßen und jetzt schon Flagge zu bekennen.

Asara erwiderte seinen forschenden Blick und schüttelte leicht den Kopf.

„Es tut mir leid, Prinzipal", sagte die Kisaki mit gespielter Niedergeschlagenheit. „Die Anschuldigungen sind wahr. Ich habe Tharions Wachkommandanten und Vertrauten im Duell erschlagen." Sie zeigte ihre Zähne. „Der Bastard hat es mehr als nur verdient."

„Auf ein Wort", zischte Vandar und nahm Asara an der Hand. Unsanft zog er sie in das leere Kommandozelt. Dort ließ er von ihr ab und ballte die Fäuste.

„Krys ist nur eine Späherin", grollte Vandar. „Ihre Autorität besteht aus einem vertrockneten Siegel auf einem zerknüllten Brief. Sie kann uns nicht gefährlich werden."

„Vandar", sagte Asara beschwichtigend, „die Botin ist sicherlich nicht allein. Wenn sie nicht zurückkehrt, werden ihre Kameraden Raif oder den König informieren und unser Überraschungsmoment ist verloren."

Ihr Gehirn arbeitete auf Hochtouren. Sie vertraute Krys, aber die geflüsterten Worte des Würfelspielers lasteten schwer auf ihr.

„Das ist vielleicht sogar eine gute Sache", fuhr sie nachdenklich fort. „Ich könnte Raif davon überzeugen, sich auf unsere Seite zu stellen. Wissentlich oder nicht."

Das Angebot lag unangenehm nahe an der Wahrheit. Was war Raifs wahre Rolle in alledem? Asara presste die Lippen zusammen. Vandar runzelte lediglich die Stirn.

„Wie willst du das anstellen? Andraif ist ein Verräter, das hast du selbst berichtet. Er hat dich in Al'Tawil gefangengenommen. Der Mann steckt mit Asara unter einer Decke!"

Die *Kisaki* lächelte kalt.

„Ich war monatelang mit ihm unterwegs", erwiderte sie. „Wir sind uns…nähergekommen. Das glaubt er zumindest. Vertraut mir, Vandar. Ich kann zu ihm durchdringen. Es würde uns schon enorm helfen, wenn er die Wachen nahe des Treffpunkts abzieht und zum entscheidenden Moment seinen Blick abwendet."

Der Feldherr nahm einen tiefen Atemzug. Er schien Asaras Vorschlag zu überdenken.

„Bist du dir wirklich sicher, Schattentänzerin?" fragte er. „Wenn dein Plan fehlschlägt, verbringst du den restlichen Krieg als Gefangene."

Asara schmunzelte.

„Verliese können mich nicht halten. Habt keine Sorge, Vandar. Ich werde meine Rolle überzeugend spielen. Beschwichtigt die Truppen des Königs mit meiner Auslieferung und macht euch so schnell wie möglich auf den Weg nach Raktafarn. Rechnet damit, dass Tharion uns getäuscht hat und bereits dort angekommen ist. Das sprechen zumindest meine Informanten."

Vandars Augen weiteten sich, aber er blieb stumm. Asara fuhr fort.

„Wenn alles gutgeht, treffe ich euch am ersten Morgengrauen nach eurer Ankunft an der großen Furt. Seid bereit für den finalen Schlag – ich werde es auch sein."

Damit wandte sich Asara zum Gehen. Vandar ließ sich auf seinen Feldstuhl fallen.

„In Ordnung." Er hob seine Hand. Die Geste ähnelte mehr einem Verweis als einem Abschiedsgruß. „Zeige mir, dass ich mich nicht in dir geirrt habe, Schattentänzerin."

Oh, keine Sorge.

Asara schob die Zeltplane beiseite und trat ins Freie. Krys stand immer noch inmitten der Soldaten, die sie mit finsteren Blicken musterten. Auch Neyve war mittlerweile angekommen und hielt die Zügel von Asaras Pferd.

„Ich bin bereit, mich zu ergeben", sagte die *Kisaki*. Krys nickte knapp und zog ein Bündel Seile aus ihrem Schulterbeutel.

„Hände auf den Rücken", befahl sie schroff. Widerstandslos ließ sich Asara entwaffnen und fesseln. Sie protestierte auch dann nicht, als Krys ein weiteres Seil an ihrem Halsband befestigte und der provisorischen Leine einen unsanften Ruck gab. Ein Raunen ging durch die Offiziere.

„Hey!" Neyve schob sich durch die Menge und baute sich vor Krys auf. „Was soll das? Welches Recht habt ihr, Lanys-"

Die vermeintliche Späherin fuhr schroff dazwischen.

„Sie wird des Mordes an Kommandant Kruul bezichtigt", herrschte sie die Sklavin an. „Tretet zurück."

Neyve starrte Krys entgeistert an. Dann ballte sie ihre Fäuste.

„Kruul?" schnaubte sie. *„Ich* habe Kruul getötet, nicht die Schattentänzerin. Mein Dolch war es, der seinen Kopf durchbohrt und seiner miserablen Existenz ein Ende gesetzt hat!" Sie lächelte siegessicher. „Wenn ihr dafür jemanden gefangen nehmen wollt, dann mich!"

Oh, Neyve…

Krys blickte einen Moment irritiert von Asara zu ihrer Sklavin und wieder zurück. Dann zuckte sie mit den Schultern, packte Neyve am Oberarm und wirbelte sie unsanft herum. Mit wenigen Handgriffen band die Botin auch Neyves Handgelenke fest hinter ihrem Rücken zusammen. Ein zweiter Strick fand seinen Weg an den Ring ihres Sklavenhalsbands. Krys nahm beide Halsleinen auf.

„Der König wird über eure Schuld oder Unschuld entscheiden", sagte sie schlicht. Sie wandte sich an die Soldaten. „Lasst mich passieren."

Die Männer wechselten lange Blicke, traten aber schließlich beiseite. Krys führte ihre Gefangenen an den Rand des Lagers, wo zwei zottelige Pferde warteten.

„Raif wartet bereits auch dich, Lanys", betonte Krys mit spöttischem Blick. „Du bist ihm so manche Erklärung schuldig."

Und er mir.

Die Späherin knüpfte die Leinen an das Zaumzeug des zweiten Pferdes und schwang sich in den Sattel des ersten. „Ihr solltet besser laufen, sonst wird der Weg bis zum Boot ein schmerzhafter."

Krys ließ die Zügel schnalzen. Ein unsanfter Ruck ging durch Asaras Halsband. Sie hatte keine Wahl, als dem reiterlosen Pferd zu folgen. Im unfreiwilligen Laufschritt stolperten die beiden Gefangenen in die Dunkelheit der Nacht.

35

Erwartung

Asara rang laut keuchend nach Luft, als Krys die Pferde endlich zum Stillstand brachte. Sie war schweißgebadet. Die ohnehin enganliegende Lederrüstung klebte wie eine Bandage an ihrem Körper. Ihre Beine zitterten ob des Balanceakts, den der Lauf mit hinter dem Rücken gefesselten Händen von ihr gefordert hatte. Asara Haar verklebte ihre Sicht und ihre anhaltende allergische Reaktion auf den Dunst der Pferde machte jeden Atemzug zur brennenden Tortur.

Neyve erging es sichtlich kaum besser. Die Sklavin sank kraftlos zu Boden, als der Zug an ihrer Leine etwas nachzulassen begann. Ihr Kopf kam hart auf dem felsigen Boden zu liegen. Sie starrte mit aufgerissenen Augen in den dunklen Nachthimmel und schnappte nach Luft wie ein gestrandeter Fisch.

Asara konnte unmöglich sagen, wie lange die Reise gedauert hatte. Sie schätzte, dass zumindest eine halbe Stunde vergangen sein musste, da das letzte Licht der untergegangenen Sonne ein für alle Mal hinter dem verhangenen Horizont verschwunden war. Es war mittlerweile stockfinster. Wären ihre nachtaffinen Ashen-Sinne nicht gewesen, hätte sie nicht einmal die Steine unter ihren Füßen gesehen. Der schmale Weg hatte die kleine Gruppe entlang des Flusses schnurstracks nach Westen geführt. Bis auf vereinzelte Gestrüppe war die karge Felslandschaft frei von Bewuchs. Auch jetzt, am Ende des kräfteraubenden Laufes, dominierten Steinblöcke und Geröll das nächtliche Bild. In der Entfernung rauschten die trägen Fluten des Flusses.

Asara folgte Krys mit den Augen, als die Späherin aus dem Sattel stieg und wortlos ihren Schulterbeutel umschnallte. Die *Kisaki* widerstand der Versuchung, sich wie Neyve auf den Boden zu legen und die Augen zu schließen. Stattdessen starrte sie ihre einstige Kameradin durch einen Schleier ihres schweißverklebten Haares an. Krys spielte ihre Rolle perfekt. Nicht ein einziger mitleidiger Blick oder unauffällige Geste des Wiedererkennens war ihr zu entlocken. Auch als sich die Späherin wenig später breitbeinig vor ihren Gefangenen aufbaute, war ihre Mimik emotionslos.

„Ihr werdet eine nach der anderen eure Rüstung ablegen", befahl Krys. „Ich werde dazu eure Fesseln trennen. Aber kommt nicht auf dumme Gedanken – einer meiner Mitstreiter hat seine Armbrust direkt auf euch gerichtet."

Wie auf Befehl trat eine dunkel gekleidete Gestalt aus dem Schatten eines mannshohen Felsens. In seinen Händen hielt der Ashe eine klobige Waffe. Krys trat an Asara heran und zog einen Dolch aus ihrem Gürtel.

„Nai'lanys zuerst."

Mit einer schnellen Bewegung durchtrennte sie die Stricke an Asaras Handgelenken. Die *Kisaki* stöhnte leise, als sich die Durchblutung ihrer Arme wieder normalisierte. Im Gegensatz zu Raif hatte sich Krys wenig Mühe gegeben, die Fesselung auch angenehm zu gestalten. Mit säuerlichem Blick begann Asara, ihre Rüstung abzulegen. Jedes Mal, wenn dabei ein Dolch oder Wurfmesser zum Vorschein kam, schlossen sich die Hände des anderen Spähers enger um seine Armbrust.

„Ist das alles?" fragte Krys, als Asara schließlich im Untergewand vor ihr stand. Der dünne Stoff war schweißdurchnässt und klebte an ihrem Körper wie ein vergessenes Blatt nach einem Bad im Teich. Folgsam hob Asara ihre Hände.

„Das ist alles. Du kannst gerne nachsehen."

Krys ignorierte den provokanten Tonfall, trat aber dennoch an die Gefangene heran. Mit kühlen Händen tastete sie Asaras Körper ab. Die *Kisaki* schnappte lautlos nach Luft, als die behänden Finger der blonden Späherin dabei zielsicher unter ihr Höschen glitten. Krys' andere Hand hatte sich von hinten eng um Asara Torso geschlungen. Es gab kein Zurückweichen für die Gefangene.

„Geduld", wisperte Krys. „Wehre dich nicht." Damit ließ sie wieder von Asara ab.

„Keine Waffen", sagte sie laut. „Zumindest nichts Scharfkantiges."

Der Armbrustschütze brummte. „Dann bring sie zum Boot. Ich kümmere mich derweil um die andere *Zis'u*."

Asara ließ sich von Krys in Richtung des rauschenden Wassers schieben. Dabei warf sie einen eiskalten Blick zurück.

„Wenn du sie anrührst", sagte Asara mit ruhiger Stimme in Richtung des zurückbleibenden Soldaten, „dann haben wir beide ein Problem. Verstanden?" Die Drohung hing für einen langen Moment in der Luft. Dann lachte der Späher auf und wandte sich ab.

„Schaff sie fort, Krys." Seine Worte klangen bei weitem nicht so selbstsicher, wie noch zuvor. In nüchternem Tonfall befahl er Neyve, sich aufzurichten. Asara setzte ihren Weg schweigend fort, als sie Krys' Dolch kalt in ihrem Rücken spürte. Das Geröll des Steinfeldes bohrte sich bei jedem Schritt in ihre ungeschützten Fußsohlen. Asara halb tastete, halb stolperte ihren Weg durch die Dunkelheit. Die Geräusche der Pferde und Befehle des Soldaten verhallten in der Entfernung.

„Schön dich zu sehen, Asara", flüsterte Krys in amüsiertem Tonfall. „Du machst dich immer noch hervorragend als Maid in Nöten." Die *Kisaki* holte tief Luft. Eine Sorge, die sie seit dem unerwarteten Auftauchen der einstigen Tänzerin unwissentlich geplagt hatte, fiel unvermittelt von ihr ab. Krys war Krys – und nach wie vor auf ihrer Seite.

„Danke", murmelte Asara. „Du spielst die Rolle des Häschers auch sehr überzeugend."

Die Späherin stieß einen Finger spielerisch in Asaras Seite.

„Ich musste glaubwürdig sein", erwiderte sie entschuldigend. „Meine werten Kameraden sind nicht eingeweiht. Ich schätze dasselbe gilt auch für deine unerwartet aufopfernde Begleiterin?"

Asara verzog leicht das Gesicht. „Ja, leider. Neyve ist Prinzipal Vandars jüngste Tochter. Ihre Loyalität zu ihm ist erschüttert, aber nicht gebrochen."

Krys schnaubte leise. „Adelige..."

Asara schob sich vorsichtig über einen tellerförmigen Felsen. Sie gab zugleich Acht, dass sich ihre Körperhaltung und Mimik nicht zu sehr veränderten. Ein eventueller Beobachter sollte weiterhin eine Gefangene und ihre Wärterin sehen, nicht zwei befreundete Ashen. Asaras Neugierde siegte aber dennoch rasch über die Vorsicht.

„Krys", drängte sie leise. „Was ist passiert? Ich nehme an, die Botschaft des Würfelspielers war von dir. Warum die Planänderung?"

Die Späherin warf einen schnellen Blick über ihre Schulter.

„Es geht mir gut, danke", schmunzelte sie. „Meine Verletzungen sind gut genesen, den Heilern in Masarta sei Dank."

Asara senkte ihren Kopf. „Oh, Krys. Es tut mir leid. Ich wollte nicht-"

Die einstige Tänzerin gab ihrer Gefangenen einen leichten Schubs.

„Ich mache nur Spaß, Asara. Es war für uns alle nicht einfach, das Chaos von Maliks Palast und den Kampf gegen deinen finsteren Zwilling zu verdauen. Ich habe zwei lange Wochen im Bett verbracht, ehe ich wieder schmerzfrei stehen konnte. Zu dem Zeitpunkt warst du schon lange fort."

Krys tastete sich an zwei riesigen Felsen entlang und duckte sich unter einen natürlichen Bogen hindurch. Asara folgte und ihre Kameradin fuhr leise fort.

„Lanys hat mir alles erzählt. Zumindest nachdem ich aufgehört hatte, sie mit einer Bettpfanne zu attackieren. Sie war sichtlich ernüchtert und nicht minder zerschunden. Sie hat mich gebeten, Cyn und Karrik bei ihrem Teil des Plans zu unterstützen und am Landweg in den Norden aufzubrechen. Ich habe zugestimmt – und hier bin ich nun." Sie hob ihre

Hände. „Botin und Späherin des werten Kriegerpriesters Andraif von Haus H'Reyn."

Asaras Herz machte einen ungewollten Satz.

„Raif... Was hat er vor? Ist er der Sache gegenüber loyal?"

Sie musste sich dazu zwingen, nicht die Luft anzuhalten. Die Antwort auf diese Frage würde heilen oder zerstören – im Krieg wie in Asaras eigenem Herzen. Ein Teil von ihr war versucht, sich den kommenden Worten zu entziehen.

Krys schnaubte nur. „Der Mann mag ein Narr sein, aber sein Herz ist am rechten Fleck. Er wahrt den Frieden – soweit es ihm möglich ist." Die Ashin seufzte. „Und wenn er nicht von dieser seiner Mission plappert, dann starrt er melancholisch in die Ferne wie ein geprügelter Hund. Was auch immer in Ravanar vorgefallen ist, lässt ihm keine Ruhe." Sie warf Asara einen vielsagenden Blick zu.

Asara presste die Lippen zusammen und entgegnete nichts.

‚*Vergiss mich, Asara. Die Mission geht vor.*'

Raifs harsche Worte waren so frisch in ihrem Geist, wie noch am ersten Tag. Er hatte sie in Ravanars Schwarzer Feste zurückgelassen. Asara hatte nie verstanden, wie er so herzlos hatte sein können. Zum ersten Mal begann ihr zu dämmern, was der Krieger wirklich bezweckt haben könnte. Was – und warum.

Ich habe mich auf Vandar konzentriert und kaum einen Gedanken an ihn verschwendet. Ich wurde zum Werkzeug der Notwendigkeit.

So wie der Krieger auch.

Asara hatte Raif zwar nicht vergessen, ihn aber sehr wohl aus ihren Gedanken und Wachträumen verbannt. Die Mission... sie hatte ein für alle Mal obsiegt.

Ich hasse dich, Andraif.

Der Gedanke war zahnlos und ihr Zorn ein bloßer Schatten seiner selbst. Ein mattes Lächeln erhellte Asaras Miene. Raif war nicht der Feind. Er war lediglich ein großer, großer Narr.

Krys bugsierte die schweigsame Asara eine Geröllhalde nach unten. In der Entfernung glitzerte das Wasser des Flusses im matten Mondlicht. Der Vulkan hatte wohl kurzzeitig aufgehört, seine beißenden Dämpfe in die Lüfte zu stoßen. Die frische Luft war wie ein Segen für Asaras raue Kehle. Krys sah sich einmal mehr um.

„Die Lage in Rayas Zorn ist angespannt", sagte sie leise. „Am Südufer des Esah steht Haruns imperiale Garde gegen Lanys' Truppen aus Masarta. Der Stadthalter von Raktafarn hat klargemacht, dass er sich erst für eine Seite bekennen wird, wenn die Ashen-Bedrohung beseitigt wurde." Krys' Worte waren schnell, angespannt und folgten hörbar einer langen Liste an Geschehnissen, von denen Asara nur ahnen konnte. Cyn und all die anderen waren fleißig gewesen.

„Du hast in deiner Nachricht Tharion erwähnt", erwiderte Asara. „Weißt du Genaueres?"

Die Späherin zuckte mit den Schultern.

„Tharion ist nicht einmal das wirkliche Problem. Ich habe ihn lediglich erwähnt, damit deine neuen Freunde aus Haus Vandar nicht misstrauisch werden. Aber ja: Der König ist wenige Stunden vor meiner Abreise unvermittelt in Tharions Heerlager aufgetaucht. Minimale Wachmannschaft, gekleidet in einfache Leinen und sichtlich mit einem Plan in seinem hübschen Köpfchen." Krys sprang geschickt von Stein zu Stein. „Niemand weiß, was er wirklich will."

Asara folgte ihrer schnelleren Kameradin. Der steinige Untergrund und ihr Mangel an Ausrüstung kosteten ihr deutlich an Geschick.

„Wenn Tharion nicht das größte Problem ist, was ist es dann?" fragte sie. „Warum holt ihr mich so plötzlich zurück? An Vandars Seite hätte ich wesentlich mehr ausrichten können."

Krys blieb stehen. Für einen langen Moment beäugte sie die Dunkelheit des nun bereits nahen Flusses.

„Es sind die Jin", sagte sie mit zusammengepressten Lippen. Asara schüttelte den Kopf.

„Wie bitte?" fragte sie irritiert. „Was haben die Jin mit alledem zu tun?"

„Wenn ich das wüsste", murmelte die ehemalige Tänzerin. „Vier ihrer gigantischen Kriegsschiffe sind vor etwa einer Woche an der Mündung des Esah aufgetaucht und haben mit der Blockade begonnen. Bisher verläuft sie unblutig, aber Admiral Yarmouk ist sich nicht sicher, wie lange das noch so bleiben wird. Er und Kapitänin Vylda liefern sich mit den Jin ein Duell der strengen Blicke und blanken Nerven. Keines unserer Schiffe hat es bisher gewagt, in das Flussdelta zu segeln. Die Flachnasen haben eindrucksvoll klargemacht, dass sie niemanden passieren lassen."

Asara rieb ihre Schläfen.

„Jin?" murmelte sie kopfschüttelnd. „Das macht keinen Sinn. Was haben ausgerechnet die *Jin* davon, unsere Verstärkungen zu blockieren?"

„Niemand weiß es", brummte Krys. „Aber eines ist sicher: Wir können sie nicht ignorieren. Yarmouk hat zähneknirschend zugegeben, dass ihre Bewaffnung der unseren weit überlegen ist. Damit ist dieser Teil des Plans gestorben."

Asara setzte ihren Weg langsam fort. Die schmerzhaften Steine und der kühle Wind waren vergessen.

„Wir können Lanys' Truppen also nicht auf dem Seeweg verstärken", murmelte sie. „Das bedeutet keine Katapulte und keine Demonstration der Stärke für den unschlüssigen Stadthalter. Und wir müssen davon ausgehen, dass Tharion sich nicht an den Plan hält."

„Du verstehst", erwiderte Krys trocken, „warum wir dich brauchen? Rayas Zorn ist nicht mehr bloß eine Falle für Vandar und Harun – es ist ein Pulverfass mit einer verdammt kurzen Lunte."

Die beiden Ashen setzten ihren Weg schweigend fort. Asara stolperte wieder vor ihrer vermeintlichen Häscherin her. Krys' Worte hatten viele alte Sorgen erneuert und eindrucksvoll bewiesen, dass die besten Pläne fürwahr nur selten den Kontakt mit dem Feind überlebten.

Wer auch immer der Feind nun tatsächlich ist.

Nach wenigen Minuten erreichte das Duo den Fluss. Als sich die *Kisaki* zu fragen begann, was nun das konkrete Ziel des Marsches war, erwachte ein kleines, flackerndes Licht nicht unweit des Ufers zum Leben. Die Fackel befand sich in den Händen eines vermummten Ashen. Ihr Schein erleuchtete das flache Deck eines Floßes, das unauffällig zwischen zwei Felsen vertäut lag. Zwei weitere Männer in leichter Rüstung hoben ihre Hand zum Gruß. Krys winkte zurück.

„Nicht vergessen, Asara", flüsterte sie. „Bis an Raifs Zelt bist du eine Gefangene. Wir können nicht riskieren, dass Vandars Spione auf falsche Gedanken kommen. Außerdem hat Tharion recht unverhohlen nach deiner Festnahme verlangt."

Asara nickte. Für den Moment würde sie an dem Spiel teilhaben. Wenn sich Tharion trotz allem als hinterlistiger Verräter entpuppte, dann würde die Schattentänzerin wieder erwachen. Bis dahin würde sie die bereitwillige Gefangene mimen. Der Gedanke an ein Wiedersehen mit ihrem kriegerischen Narren war Entschädigung genug für die unbequemen Fesseln, die sie zweifellos erwarteten.

Angetrieben von Krys und ihrem erhobenen Dolch watete Asara durch das seichte Gewässer bis an das Floß. Das kühle Nass erfrischte ihre staubige und verklebte Haut und verschaffte ihr zumindest ein kurzes, säuberndes Bad. Nass und erschöpft ließ sie sich an Deck des grob gezimmerten Wasserfahrzeugs helfen. Anstatt eines Tuchs oder neuer Kleidung erwarteten sie jedoch nur schwarze Stricke.

Einer der Späher, ein grobschlächtiger Jüngling mit einer prominenten Narbe auf der teils entblößten Brust drückte Asara unsanft gegen den Mast und zog ihre Hände hinter ihren Rücken. Wortlos fesselte er ihre Unterarme parallel zum Boden aneinander und schlang weitere Seile entlang ihrer Brüste um ihren Oberkörper. Wenige Knoten später wurden Asaras Arme unnachgiebig an ihren nassen Körper gepresst. Der Ashe drehte Asaras enganliegendes Sklavenhalsband, bis der eingelassene

615

Ring nach hinten ragte. Mit einem weiteren Seil verband er Asaras Handgelenke mit der stählernen Öse, was ihre überkreuzten Hände unangenehm nach oben zog. Zugleich erhöhte sich der Druck um ihren Torso, bis die Stricke leise knarrend gegen ihre Haut spannten. Doch der Mann war noch nicht fertig. Mit sichtlich amüsiertem Gesichtsausdruck knotete er ein weiteres Seil an Asaras gefesselte Hände und führte es nach unten.

„Ein wenig Ablenkung für die Schattentänzerin", gluckste er. „Beine auseinander."

Die *Kisaki* erwiderte seinen lüsternen Blick, ohne zu blinzeln. Der Späher zeigte sich unbeeindruckt. Schließlich war es Asara, die ihren Kopf senkte und sich breitbeinig vor ihrem Wärter präsentierte. Kribbelnde Hitze wärmte ihren Unterkörper, als der Ashe langsam das Seil zwischen ihren Beinen hindurch zog. Der unnachgiebige Strick rieb mit wachsender Intensität gegen ihre kaum geschützte Perle. Asara öffnete ihre Lippen zu lautlosem Protest. Heraus kam aber nur das Flüstern eines erwartungsvollen Stöhnens.

Der Späher schien ihre Reaktion nicht zu bemerken. Ungerührt zog er das Seil enger und führte es an den geknüpften Harnisch, der Asaras Brüste umspannte. Der finale Ruck teilte ihre pochende Spalte und trieb Höschen wie Seil zwischen ihre gespreizten Beine. Zitternd stolperte die *Kisaki* zurück, was den Zug nur noch weiter verstärkte. Mit flatternden Lidern sank Asara auf die Knie. Zu lange war es gewesen, seitdem sie dieses unbeschreibliche Gefühl verspürt hatte. Die Seile, die mit jeder Bewegung so exquisit um ihren Körper spannten, raubten ihr jeglichen Willen. Ihre Finger öffneten und schlossen sich, ohne einen einzigen Knoten ertasten zu können. Asara wand sich und spannte ihre Muskeln gegen die Fesselung, bis lieblicher, dumpfer Schmerz ihre Glieder erfüllte. Sie ergab sich. Heiße Wogen durchströmten ihre Scham, wo das Seil ihre feuchten Lippen teilte. Jede zwecklose Bewegung ihrer mit dem Rücken verschmolzenen Arme brachte den geknüpften Liebhaber in ihrem Schritt dazu, ihre Perle liebkosen. Asaras Nippel zeichneten sich hart gegen den dünnen Stoff ihres Untergewandes ab. Einer der Träger rutschte von ihrer Schulter und verfing sich am Seil, das ihren Bizeps umarmend an ihren glänzenden Körper presste.

„Kette sie an den Mast und mach uns startklar." Krys Stimme klang weit entfernt. Widerstandslos ließ sich die Gefangene auf den Knien näher an den Holzpfahl ziehen, der aus der Mitte des Floßes ragte. Unter leisem Klirren wurde eine kurze Kette an Asaras Halsband befestigt, die ihren Kopf nach hinten an den Mast zwang. Keuchend ließ sie sich gegen den rauen Stamm sinken und zog die Beine an.

Ich bin dein, *Raif.*

Doch es war nicht Raif, der sich zu ihr herabbeugte.

„Genieße es nicht zu sehr, Schattentänzerin", schmunzelte Krys. „Sonst muss ich kreativ werden."

Mit einem frechen, verzückten Lächeln öffnete Asara ihre Beine. Die einstige Tänzerin von Maliks Hof drückte sie sanft aber bestimmt wieder zusammen. Mit wenigen Handgriffen knotete sie ein Seil um Asaras Fußgelenke und ein weiteres um ihre Knie.

„Rayas Zorn ist nicht fern", wisperte sie. „Sei geduldig. Du bist in deiner Sehnsucht nicht allein."

Asaras Augen schlossen sich. Sie flog hoch über den Wolken, getragen von einem ungesehenen Wind der widersprüchlichen Freiheit. Mit jedem Beben ihres Körpers plätscherte eine sanfte Welle gegen den Rumpf des Floßes und ein neuerlicher Schub erfasste ihre Schwingen. Ihre Lippen waren leicht geöffnet. Der frische Wind belebte ihre Sinne, die sich so weit jenseits der ernsten Realität entfalteten. Nicht einmal die harschen Worte der Späher oder das lautstarke Auslegen der Ruder konnten sie aus ihrer Welt reißen. Selbst als Neyve und der verbleibende Späher an Bord kletterten, blieben Asaras Augen geschlossen.

Vandars Tochter wurden neben ihr an den Mast gekettet. Die *Kisaki* spürte, wie sich Neyves unterkühlter Körper an den ihren schmiegte. Die junge Sklavin zitterte.

Das Floß legte fast lautlos ab und wurde kurz darauf von der Strömung des Flusses erfasst. Weniger Ruderschläge später befand sich Asara auf dem schnellsten Weg nach Rayas Zorn – und zu Raif.

~◊~

Asara schreckte prustend aus dem Schlaf. Ein plötzlicher Schwall kalten Wassers verbannte die unruhigen Träume, die sie über die letzten Stunden hinweg in ihrem Bann gehalten hatten. Als sich ihr Blick klärte, blickte sie in das schadenfroh grinsende Gesicht des grobschlächtigen Spähers, der sie am Vorabend so ungewollt anregend gefesselt hatte.

„Aufwachen", bellte er amüsiert. „Zeit für Frühstück."

Neben Asara blinzelte auch Neyve in das Licht des neuen Tages und sah sich desorientiert um. Wie die *Kisaki* trug die Sklavin einen Harnisch aus Seil, der ihre Arme fest an ihren Rücken schweißte. Die Stricke um ihren Torso ließen ihre Brüste deutlich hervorquellen und zwangen zugleich ihre Oberarme eng an ihren Körper. Zu Asaras Überraschung trug Neyve keinen Büstenhalter. Lediglich ein knappes Höschen aus schwarzer Seide bedeckte ihre Scham, die wie jene Asaras von einem sündhaften Seil geteilt wurde. Obwohl Neyves Beine nicht gefesselt waren, hatte sie sie angewinkelt unter ihren Körper gezogen. Mit zusammengepressten Lippen gab die Sklavin der kurzen Kette einen Ruck, die ihr Halsband mit dem Mast verband.

Asaras eigenes Erwachen war nicht minder ernüchternd. Ihre Fesseln saßen nach wie vor fest um ihren Körper und nahmen ihr jegliche Bewegungsfreiheit. Die süße Erregung des Vortages war dabei einem dumpfen Gliederschmerz gewichen, der nach Stunden des aufrechten Schlafes alles zu überschatten drohte. Asara versuchte sich zu recken, scheiterte aber an Stricken wie Kette.

Der Soldat schenkte den beiden Gefangenen einen spöttischen Blick, während er kommentarlos einen Napf vor ihnen abstellte. Der breiige Inhalt roch nach kaltem Eintopf mit getrocknetem Fleisch. Danach widmete er sich wieder dem Steuerruder des dahingleitenden Floßes. Asara ignorierte die metallene Schüssel und ließ ihren Blick wandern.

Das längliche Wasserfahrzeug befand sich in der Mitte des etwa 50 Schritt durchmessenden Flusses. Auf beiden Seiten bewuchsen dunkelgrüne Büsche den felsigen Untergrund, der immer wieder von sandigen Flecken unterbrochen wurde. Niedrige Mangroven streckten ihre Wurzeln in das schlammige Wasser. Andernorts tanzten braune Schilfe im sanften Wind, der zunehmend dichte Wolken aus dem Westen vor sich herschob. Im Norden wurde der Bewuchs schnell spärlicher. Jenseits des Flussbettes erhoben sich vulkanische Hänge aus dem Flachland und wuchsen am Horizont zu einem kargen Gebirgszug heran. Furchen im Gestein zeigten deutlich, wo in früheren Zeiten die Ströme flüssigen Feuers ihren Weg ins Tal gefunden hatten. Die dem Esah zugewandte Seite des Zubringers war deutlich fruchtbarer. Dichte Wälder breit ausfächernder Silberweiden erstreckten sich bis in die Entfernung. Vereinzelte Pappeln ragten wie Säulen aus dem Dickicht und immer wieder durchbrachen massige Felsblöcke das matte Grün. Der verhangene Himmel dämpfte die Leuchtkraft der robusten Pflanzenwelt, konnte dem Land aber nicht seine Lebendigkeit nehmen. Es schmerzte Asara daran zu denken, dass sich diese Unberührtheit mit der Annäherung an Rayas Zorn schnell verlieren würde.

Die *Kisaki* seufzte und beäugte erneut den gefüllten Napf. Neyve rümpfte die Nase und rollte ihre seilumschlungenen Schultern.

„Das weckt Erinnerungen", brummte sie leise. „Du und ich auf den Knien, mit einzig unserer Zunge als Werkzeug." Sie schenkte dem Späher einen flüchtigen Seitenblick. „Nicht zu vergessen die schadenfrohen Zeugen."

Asara versuchte vergebens, ihre gefesselten Füße unter ihr Gesäß zu schieben. Die Stricke an Gelenken und Knien spannten zu eng um ihre Beine, um ein volles Anwinkeln zu ermöglichen. Krys, die aktuell in einer

Hängematte am Bug des Floßes döste, hatte frustrierend gute Arbeit geleistet.

„Der Wein im Tempel und der gelegentliche Gertenhieb versprachen zumindest Unterhaltung", murmelte Asara leise und blies eine abtrünnige Haarsträhne aus ihrem Gesicht. „Ohne zusätzlicher Motivation ist Gefangenschaft bloß Gefangenschaft."

Neyve setzte ihre Füße rechts und links neben den Teller und zog das Gefäß vorsichtig an sich heran.

„Das sah gestern Nacht noch anders aus", grinste sie. „Du warst so tief in deiner eigenen Welt versunken, dass du mich nicht einmal registriert hast."

Asara lächelte schuldbewusst. „Verzeih. Ich wollte dich nicht in Stich lassen. Aber manchmal überkommt mich einfach der Wunsch nach...Wehrlosigkeit."

Neyve schnaubte amüsiert. „Du warst rallig wie ein Jüngling während seines ersten Bordellbesuchs", erwiderte sie trocken. „Geil wie ein alter Mann. Feucht wie eine läufige-"

„Danke", fuhr Asara errötend dazwischen. „Ich und der Rest der Besatzung haben es verstanden."

Neyve lachte leise.

„Wittere ich ein ansatzweise intaktes Schamgefühl? Du überraschst mich immer wieder aufs Neue, Schattentänzerin. Deine Zeit als Sklavin sollte dich eigentlich davon kuriert haben."

Die *Kisaki* verdrehte die Augen und stieß mit dem Knie provokant gegen Neyves zusammengepresste Schenkel.

„So, wie sie dich davon kuriert hat?" stichelte sie. Neyve streckte siegessicher ihren Oberkörper durch und zog ihre Beine in den Schneidersitz. Lediglich ein leichtes Zucken ging durch ihre Züge, als das Seil tiefer in ihre Scham gepresst wurde. Die Sklavin zeigte ihre entblößten Brüste mit geübtem Stolz.

„Wie meintest du?" fragte sie süßlich. Unter leisem Knarren der Stricke lehnte sie sich näher. „Nur, weil ich die lechzenden Soldaten nicht offen einlade, heißt es noch lange nicht, dass ich mich für meinen Stand geniere." Neyve grinste. „Dein selbstgerichteter Masochismus ist entzückend, liebe Lanys, aber in deinem Innersten bist du immer noch ein schüchternes Mädchen."

Ohne auf eine Antwort zu warten, mühte sich Neyve auf die Knie, schob ihre Beine auseinander und senkte ihren Kopf in die flache Schüssel. Ihr schulterlanges Haar fiel wie ein Schleier vor ihr Gesicht, als sie den Brei mit fast zärtlichen Bewegungen aufzulecken begann. Zugleich trieb das Seil zwischen ihren Beinen ihr Höschen vollends in ihre präsentierte Lustspalte. Asara stöhnte leise auf und wandte sich ab. Ja,

Neyve war ihr in Unverschämtheit deutlich voraus. Die *Kisaki* biss auf ihre Unterlippe. Sie widerstand dem wärmenden Drang, ihren eigenen Intimbereich mit dem straff gespannten Seil zu stimulieren. Lediglich etwas Widerstand gegen die Fesseln ihrer Arme und das Durchstrecken ihres Beckens hätten gereicht, um den Strick liebkosend gegen ihre Perle zu treiben. Sie musste nur ihre umschlungenen Beine recken und mit dem ganzen Körper den sanften Auf- und Ab Bewegungen des Floßes folgen...

Der Schatten des Spähers fiel unvermittelt auf Asara, als sich der stämmige Mann zwischen ihr und Neyve aufbaute. Sein von Verlangen getrübter Blick lag ungebrochen auf Neyves jungem, wehrlosem Körper. Seine Augen folgten jeder Bewegung ihrer gefesselten Form, die sich so unverschämt verlockend in den Seilen räkelte. Sie war das Bild der perfekten Unterwerfung. Ihre zierliche Zunge versprach eine Welt der Belohnung, während sie langsam leckend der Form des Napfes folgte. Die schüchterne Spreizung ihrer Schenkel, die zurückgezogene Haltung ihrer schmalen Schultern und ihr neckisch gesenkter Blick – all dies war makellos.

Der Soldat kam sichtlich zu demselben Schluss. Er legte eine grobe Pratze auf Neyves Rücken und platzierte einen gestiefelten Fuß zwischen ihren Beinen. Die zweite Hand schloss er um ihre stählerne Halsleine.

„Wir beide werden etwas Spaß miteinander haben", murmelte er mit tiefer Stimme. „Mach keinen Mucks, *Zis'u*, sonst bringe ich dich mit deinem eigenen Höschen zum Schweigen."

Neyve hielt mit geweiteten Augen inne. Sie hatte sichtlich damit gerechnet, nur Asara mit ihrer provokanten Einlage zu unterhalten. Ein Schatten der Angst verfinsterte ihre Züge. Die *Kisaki* richtete sich auf, soweit es ihre Fesseln zuließen.

„Lass sie in Ruhe", grollte sie. „Sonst kommst du auf meine Liste."

Die Drohung klang selbst in ihren eigenen Ohren zahm. Der Soldat sah es offenbar ähnlich und lachte leise auf.

„Zu dir komme ich auch noch, Schattentänzerin", versprach er mit finsterem Amüsement. „Keine Sorge. Du wirst Raktafarn genauso beglückt erreichen, wie deine hübsche Freundin hier." Er beugte sich zu Asara hinab und gab Neyves Kette einen beiläufigen Ruck. „Wenn ich mit euch fertig bin, werdet ihr nur noch auf allen Vieren kriechen können."

„Du bist eine Schande für alle guten Männer dieser Welt", schnaubte Asara verächtlich. „Ist dein Schwanz so klein, dass du dich nicht einmal um Erlaubnis zu fragen traust?" Sie warf ihren Kopf in ihren Nacken. „Oder hast du Angst davor, den *wahren* Preis einzufordern?"

Der Späher grollte und ließ von seinem auserkorenen Opfer ab. Stattdessen packte er Asaras Halsband und drückte sie grob gegen den Mast. Der liebliche Schmerz in ihren gefesselten Gliedern zauberte ein kaltes Lächeln auf Asaras Züge. Sie rieb erwartungsvoll ihre Beine aneinander und zeigte ihre Zähne.

„Schon besser", schnurrte sie. „Löse meine Fußfesseln und ich werde dich wissen lassen, ob deine verkümmerte Männlichkeit der Herausforderung gewachsen ist."

Äderchen pulsierten am Hals des grobschlächtigen Soldaten.

„Ich werde dich zu meiner persönlichen Samenschluckerin machen", zischte er. „Wenn du dich benimmst, klemme ich dir anschließend vielleicht sogar meine Faust zwischen die Beine und nehme dich wie eine läufige Hündin von hinten."

Asara hob eine Augenbraue.

„Sehr kreativ. Aber ich habe eine bessere Idee."

Bevor der Mann auch nur verwundert aufschreien konnte, rammte ihm die *Kisaki* beide Knie mit aller Kraft in die Magengrube. Gleichzeitig ließ sie ihren Kopf ruckartig gegen seinen Nasenrücken schnellen. Der filigrane Knochen quittierte den Stoß mit einem zufriedenstellenden Knacken. Der Soldat stolperte zurück, nur um in derselben Bewegung mit Krys zusammenzustoßen, die sich hinter ihm aufgebaut hatte. Fluchend fuhr er herum.

„Was habe ich dir bezüglich der Gefangenen gesagt?" fragte die einstige Tänzerin mit süßlicher Stimme. Sie trat in einer fließenden Bewegung gegen des Mannes Beine und brachte ihn schmerzhaft zu Fall. Bevor er sich fangen konnte, hatte sie bereits ein Bündel Seile hervorgezogen und spannte es kalt lächelnd zwischen ihren Händen.

„Die beiden *Zis'u* sind Sklavinnen!", protestierte der Soldat. Er versuchte vergeblich, sich aufzurichten. Krys hatte ihren Fuß zwischen seinen Schulterblättern platziert und übte deutlich Druck aus.

„Das mag sein", meinte die Späherin achselzuckend. „Aber sie sind nicht *deine* Sklavinnen."

Mit geübter Leichtigkeit begann sie, die Hände des Mannes hinter seinem Rücken zusammenzuschnüren. Sie verwendete dabei die gleiche Technik, die der Soldat am Vorabend an Asara und Neyve zum Einsatz gebracht hatte. Nach einer kurzen Minute lagen seine Unterarme parallel zueinander an seinem Rücken und mehrere Stricke umschlossen seinen kräftigen Oberkörper. Er grollte und fauchte, doch weder Krys noch die anderen Späher schenkten den Protesten Beachtung. Kaum waren seine Hände fertig gefesselt, zog Krys ihn unsanft auf die Beine und begann am Gürtel seiner Lederhose zu hantieren.

„Du hast unsere Gäste mit einem zusätzlichen Strick beglückt, also ist es nur gerecht, diese Behandlung auch dir zukommen zu lassen. Findest du nicht?"

Ein Schwall Schimpfworte in tiefstem Provinz-Ashar prasselte auf Asara ein. Sie hatte Mühe, auch nur die Hälfte davon zu übersetzen. Krys zeigte sich schlicht unbeeindruckt. Kaum war der Gürtel gelöst, zog sie die Hose des Mannes von seinen Füßen. Auch sein Untergewand fiel ihr zum Opfer. Mit gefesseltem Oberkörper und entblößter Männlichkeit stand der Soldat vor Krys und den beiden amüsiert zusehenden Sklavinnen. Die blonde Ashin nahm zwei Seile zur Hand und schlang sie erneut um seine breite Brust. Danach führte sie sie nach unten und flankierte seine Genitalen. Finster lächelnd schlang sie einen der dünnen Stricke um den Ansatz seines Gliedes und den anderen um seine Hoden. Der Soldat zuckte zusammen und stöhnte auf – weit heller, als Asara es ihm zugetraut hätte.

„Keine Sorge", sagte Krys, „ich werde dir nur ein wenig die Blutzufuhr abschneiden. Wir wollen ja nicht, dass du unsere Gefangenen mit deiner bemitleidenswerten...Schwellung verunsicherst."

Sie verknotete die Seile und führte sie weiter zwischen seinen Beinen hindurch bis an seine gefesselten Hände. Der zunehmende Zug hob seinen Phallus und schloss die Stricke wie eine zudrückende Faust um seinen Intimbereich. Er jaulte auf und sank auf die Knie. Krys zerrte ihn an die Rückseite des Mastes und band seinen Oberkörper an das raue Holz. Als die Ashin fertig war, ließen ihm die Seile weit weniger Spielraum, als die kurzen Ketten von Asara und Neyve.

„Ich will jetzt keine Silbe mehr hören", sagte Krys laut. Ihr Blick fiel auf die *Kisaki* und ihre Freundin. „Auch habe ich genug von euren Provokationen. Wir haben ein Ziel zu erreichen und ich habe nicht vor, die Hälfte meiner Besatzung an ein paar phallusgeile Sklavinnen zu verlieren. Ihr schweigt und haltet still, sonst kneble ich euch mit einem Tau, hänge euch kopfüber an den Mast und lasse die Peitsche sprechen."

Sie tippte mit dem Finger gegen Asara schmerzende Stirn.

„Habt ihr mich verstanden?"

Die *Kisaki* senkte den Kopf und winkelte züchtig ihre Beine an. Das straffe Seil in ihrem Schritt wärmte ihre Scham.

„Ja, Herrin", murmelte sie. Sie sprach die Worte mit ebenso viel Respekt wie Hohn. Krys schenkte ihr einen letzten harten Blick und wandte sich ab. Asara holte Luft und grinste aufmunternd in Neyves Richtung. Die Sklavin wirkte sichtlich erleichtert.

„Woher wusstest du, dass Krys nicht einfach zusehen würde?" fragte sie leise. Asara blickte der blondhaarigen Späherin nach.

„Die meisten Soldaten sind diszipliniert", erwiderte sie. „Sie wissen, was richtig und falsch ist und wann man seine Triebe unter Kontrolle zu halten hat. Die Wärter in Tharions Verließ waren eine Ausnahme – und selbst sie hatten die Erlaubnis ihres Meisters."

„Huh." Neyve schob den vergessenen Napf mit dem Fuß davon. Ihre nächsten Worte ließen auf sich warten. Als sie wieder sprach, hatten sich ihre Züge sorgenvoll verfinstert.

„Was jetzt, Lanys? Wie geht es weiter?"

„Jetzt", sagte Asara, „warten wir auf den nächsten Morgen. Rayas Zorn wird Antworten liefern – auch auf die Frage nach unserem Schicksal." Sie schmunzelte aufmunternd. „Keine Sorge, Neyve, wir werden nicht lange Gefangene bleiben. Die Boten haben noch eine wichtige Rolle für uns in diesem Konflikt."

Die einstige Hofsklavin schnaubte.

„Deine Zuversicht möchte ich haben."

„Das hat mit Zuversicht nichts zu tun", erwiderte Asara. Sie fokussierte auf das grüne Dickicht am Ufer des Flusses und studierte die grauen Wolken, die sich hoch über den Wipfeln zusammenbrauten. Alle Zeichen standen auf Sturm.

„Nenne es viel mehr eine Vorahnung."

~◊~

Wenige Stunden später verschmolz der Zubringer mit dem mächtigen Esah und wurde Teil dessen beindruckender Fluten. Während des restlichen Tages veränderte sich zunehmend auch die Landschaft. Die dichten Wälder wichen niedrigerer Vegetation, während zugleich die Spuren menschlichen Raubbaus immer deutlicher wurden. Kahle Flächen dominierten ganze Landstriche. Weiter im Westen erzählten hunderte Baumstümpfe eine Geschichte der kompromisslosen Rodung, wo Holz für Belagerungswaffen, Palisaden und Boote geschlagen worden war. Am Ende des verhangenen Tages waren die letzten Anzeichen von einstiger Bewaldung gänzlich einer hügeligen Steppenlandschaft gewichen. Gedämpfte Gold- und Brauntöne begannen das Bild zu dominieren. Einzig an den Ufern des breiter und breiter werdenden Flusses hielt sich das matte Grün der Schilfe und kleinen Mangroven. Im Norden begleiteten felsige Dünen den Esah, die sich im Laufe der Stunden immer mehr zu kargen Zwillingen der grasigen Hügel des Südens wandelten.

Asara hatte die umstrittene Grenze zwischen Yanfari Imperium und Ashen Dominion erreicht. Hier zog das breite Band des Flusses die Linie zwischen den Reichen und hier war es gewesen, wo Asaras Mutter der Ashen-Herrschaft über die Furt von Raktafarn ein jähes Ende bereitet hatte. Die beiden Ufer mit einem Blick erfassen zu können hinterließ ein flaues Gefühl in Asaras Magen. Die Trennlinie zwischen den beiden verfehdeten Nationen war so offensichtlich und bedeutungsschwer, wie sie irrelevant und willkürlich wirkte. Ein träger Fluss von vielleicht zweihundert Schritt Breite war alles, was den offenen Krieg bisher abgewendet hatte. Doch der Esah war nicht unpassierbar. Es gab eine Stelle, an der er sich zu mehreren flachen Strömen teilte und wo es gelungen war, seine Wassermassen mit steinernen Brücken zu überspannen. So machte die Willkür der Natur eine kleine Stadt zum Schlüssel jedes militärischen Vorstoßes und jeder versuchten Invasion seitens der ungleichen Nachbarn. Und jetzt, lange Jahre nach dem letzten blutigen Zusammenstoß, war Rayas Zorn einmal mehr zum Zentrum des Geschehens geworden. Wo sich einst Vater und Mutter bekriegt hatten, würden sich bald Tochter und Sohn gegenüberstehen. Die Ironie ging an Asara nicht verloren.

Doch diesmal wird alles anders kommen.

Die *Kisaki* warf einen flüchtigen Seitenblick auf Neyve, die friedlich neben ihr döste. Auch der gefesselte Späher war schlussendlich verstummt und hatte die Augen geschlossen. Wie die beiden Sklavinnen schien er sich mit der Unausweichlichkeit seiner Situation abgefunden zu haben. Krys stand reglos am Bug des Floßes und starrte in die Entfernung. Ihr Körper war gespannt wie ihr Bogen, den sie griffbereit gegen ein Fass gelehnt hatte. Wie Asara wartete sie darauf, einen Blick auf jenen Ort zu erhaschen, der das Schicksal so vieler für immer verändert hatte.

Mit jeder Welle und jedem korrigierenden Ruderschlag der restlichen Besatzung schob sich die gelegentlich hervorbrechende Sonnenscheibe näher an den Horizont. Rötliches Licht spiegelte sich in den dunklen Fluten, wo die finsteren Wolken es zuließen. Mit dem ersten abendlichen Regentropfen erlosch der ferne Feuerball schließlich zur schimmernden Glut. Mit dem zweiten Regentropfen tauchten die ersten vereinzelten Lichtpunkte aus dem Zwielicht auf. Zuerst waren es nur wenige, doch mit jedem Moment wurden es mehr.

Asara blinzelte ihre Erschöpfung aus ihren Augen und beugte sich vor, soweit es ihre Kette zuließ. Auf beiden Seiten des Flusses erschienen die kleinen, flackernden Sterne von Öllampen, *Valah*-Kristallen und zahllosen Lagerfeuern. Die Lichter umgaben ein noch ungesehenes Zentrum wie ein wartender Schwarm Glühwürmchen.

Asara erkannte die Brücken, lange bevor sie die Stadt selbst ausmachen konnte. Die antiken Steinbauten überspannten den sich teilenden Esah wie dutzende kleine Bögen, die winzige Insel um winzige Insel miteinander verbanden. Es war am südlichen Ende der Furt, wo sich schlussendlich die Mauern von Rayas Zorn aus der Dunkelheit erhoben. Wie ein Wegelagerer wachte die befestigte Siedlung über die Passage und wie ein alter Bandit erschien sie trist und heruntergekommen. Kaum ein Fenster der grauen Wachtürme war beleuchtet und auch die Obergeschoße der einfachen Stein- und Lehmbauten ragten wie finstere

Gerippe in die Nacht. Strohdächer waren eingefallen oder fehlten gänzlich. Nicht selten endeten ganze Dachstühle in verkohlten Stümpfen. Doch der Schaden war kein neuer. Viele der Häuser waren nach dem vernichtenden Zusammenstoß der elterlichen Armeen nie wiederaufgebaut worden. Holz war rar und trotz Raktafarns Stellung als Wächter von Al'Tawils Kornkammer flossen kaum Gelder in die desolate Siedlung. Die meisten Bauern lebten weit außerhalb in den Hügelländern und besuchten Rayas Zorn nur zur Marktwoche. Handwerk in der Stadt beschränkte sich auf das allernotwendigste. Der spärliche Handel wurde von der Hauptstadt reguliert und durch einen korrupten Statthalter vorangetrieben, der den Bauern wenig Wahl ließ, als zu vorgebenden Konditionen zu verkaufen. Das einfache Volk spürte die Unterdrückung nur zu deutlich und gab sie ungerührt an die noch weniger Privilegierten weiter. Raktafarns Sklavenpopulation überstieg die der Bürgerlichen um ein fünffaches.

Asara spürte den alten Schmerz in ihrer Brust, als die Stadt vor ihr langsam zur trostlosen Silhouette eines gescheiterten Ortes heranwuchs. Menschliche Sackgassen wie Rayas Zorn waren es gewesen, die sie einst die Stimme gegen die Sklaverei hatte erheben lassen. Hier, wo ein ganzes Reich auf den Rücken seiner Bürger gedieh, sprossen Leid und Elend wie Unkraut aus dem Gebälk – und die Welt sah tatenlos zu.

Asara löste ihren Blick erst von der belagerten Stadt, als Tharions Späher das Floß in einen der rechten Seitenarme, fort von den Mauern Raktafarns, steuerten. Bald zeichneten hunderte kleine Lichter das Bild eines enormen Heerlagers an das Ufer des Esah. Am Kies des flachen Strandes patrouillieren kleine Gruppen bewaffneter Ashen. Dahinter, am sandigen Boden des Schwemmlandes, begannen die Zelte und improvisierten Hütten. Das Lager brauchte sich vor jenem Vandars nicht zu verstecken – Asara schätzte die Zahl der Soldaten auf an die zweitausend.

Holz kratzte lautstark über Stein als Krys' Kameraden das Floß an Land setzten. Nach dem Austausch eines knappen Grußes wurde das Wasserfahrzeug von mehreren Soldaten auf die Kiesbank gezogen und an Pflöcken vertäut. Ein mit einer Fackel bewaffneter Wachmann kletterte an Bord und baute sich vor den Gefangenen auf. Nickend musterte er die erschöpften und zusehends nassen Gesichter. Er deutete auf Asara.

„Bring diese hier in das Zelt des Kommandanten", befahl er. „Die andere Sklavin…"

Krys trat vor. „Ich kümmere mich um sie", bot sie in gleichgültigem Tonfall an. „Sie könnte für Andraif oder den König noch von Interesse sein."

625

Der Offizier nickte. Die Angelegenheit war für ihn sichtlich erledigt. Einer der einfachen Soldaten trat an die *Kisaki* heran und löste ihre Leine vom Mast. Nach kurzem Zögern durchtrennte er auch das Seil, das Asara Fußgelenke zusammenhielt. Die Stricke an Knien und Oberkörper beließ er an Ort und Stelle. Auch dem Eindringling zwischen ihren Schenkeln schenkte er keinerlei Beachtung.

„Na los", befahl er. „Auf mit dir."

Asara benötigte drei Versuche, ehe sie es schaffte, sich schwankend aufzurappeln. Die lange Zeit in der gezwungen sitzenden Position hatten Muskeln wie Gleichgewicht merklich in Mitleidenschaft gezogen. Zähneknirschend folgte sie dem Mann von Bord, der das Ende ihrer Leine in ungeduldigen Händen hielt. Ihre zusammengebunden Knie machten dabei jeden Meter zu einer trippelnden Herausforderung. Asaras Schritte waren gezwungenermaßen winzig und glichen denen eines tänzelnden Pferdes. Dank ihrer gefesselten Hände musste sie ihren gesamten Oberkörper ausgleichend einsetzen, was jeder ihrer Bewegungen etwas erniedrigend Possierliches verlieh. Die zahlreichen amüsierten Blicke der Soldaten ließen sie nur zu deutlich spüren, was sie von dem erzwungenen Schauspiel hielten.

Asara senkte ihren Kopf und ließ sich tiefer in das Lager paradieren. Der nasse Sand unter ihren Füßen wandelte sich zusehends zu Schlamm. Regentropfen prasselten lautstark gegen Zelte und Planen. Der zunehmende Wind ließ Flaggen aggressiv schnappen und schnalzen. Nach wenigen Minuten war Asara bis auf die Knochen durchnässt. Fröstelnd spannte sie ihre Muskeln gegen die Seile, um sich zumindest etwas zu wärmen. Die Dunkelheit hatte das Lager nahezu vollständig verschlungen, als ihr Wärter schließlich vor einem größeren Zelt zu stehen kam. Ein einzelner Soldat wachte stramm neben dem Eingang und klammerte sich an einen Speer.

„Der Gast des Kommandanten", scherzte Asaras Begleiter. Der schwer gerüstete Wachsoldat nickte knapp.

„Er wartet schon. Du kannst wegtreten."

Ungerührt packte der Mann Asara an der Schulter und schob sie durch die schmale Öffnung in der Zeltwand. Er selbst verblieb an seinem Posten und zog die Plane hinter der Gefangenen wieder zu.

Blinzelnd stolperte Asara in die dämmerig beleuchtete Jurte. Willkommen warme Luft begrüßte sie und vertrieb die Kälte aus ihren Gliedern. Ihre schlammigen Füße fanden das weiche Haar eines riesigen braunen Fells. Ein kleines Kohlebecken knisterte nahe der zentralen Zeltstange, wo auch ein einfacher hölzerner Tisch aufgestellt worden war. Ein Stein beschwerte zahlreiche, in schmuckloser Handschrift annotierte Schriftrollen und Skizzen. An der Rückwand des kreisrunden Zeltes lagen mehrere Kissen und eine breite Decke aus dünner Wolle. Zwei Schritte neben der Bettstatt hielt ein Mannequin eine schwere Kettenrüstung und mehrere Gurte mit Klingenwaffen in verschiedensten Größen. Dort war es auch, wo der Besitzer der Jurte auf seine nächtliche Besucherin wartete.

Raifs Augen blitzen auf, als sein Blick auf die eintretende Asara fiel. Er ließ Ölfläschchen und Ledergamasche zu Boden sinken und trat um die Zeltstange herum. Emotionen flackerten in seinen Zügen wie das goldene Licht des Kohlebeckens.

„Asara."

Ein mattes Lächeln teilte Asaras bebende Lippen.

„Raif."

Sie machte einen zögerlichen Schritt auf ihn zu. Raif umrundete das Kohlebecken und den Tisch. Asara traf den Krieger in der Mitte des so wundersam heimeligen Zelts. Ihr Herz hatte schneller zu schlagen begonnen. Zugleich erhitzte alte Wut ihr Gemüt. Monatelang hatte sie sich diese Zusammenkunft, dieses Wiedersehen, in allen Details ausgemalt. Sie hatte sich vor ihn treten sehen, nur um ihm seine allesübertrumpfende Mission in der Form einer gezielten Faust ins so perfekt gemeißelte Gesicht zu schlagen. Zugleich hatten sich ihre wenigen, stets verdrängten Träume der Sehnsucht zu wilden Fantasien zusammengesponnen. Sie hatte sich gefreut und zugleich gefürchtet. Sie hatte Zorn und rohe Enttäuschung gespürt. Doch jetzt, als der Moment endlich gekommen war, fehlten ihr die Worte. So viel war passiert – und so viel war noch unausgesprochen.

Raif hob seine Hand und strich zärtlich eine nasse Strähne aus ihrem Gesicht.

„Du siehst gut aus."

Asara hob eine Augenbraue und blickte demonstrativ an ihrem Körper hinab.

„Ich bin verdreckt, patschnass und seit zwei Tagen gefesselt."

Ein Schmunzeln huschte über sein Gesicht.

„Wie ich sagte: Du siehst gut aus."

Asara lachte auf. Ein weiterer zögerlicher Schritt brachte sie bis auf Tuchfühlung an ihren Meister heran. Sie spürte seinen Atem und die Hitze seines Körpers auf ihrer nackten Haut. Lediglich ein knappes, halb aufgeknöpftes Hemd und eine Hose aus schwarzem Leinen bedeckten seine muskulöse Figur. Asara sog seinen Duft durch ihre Nüstern ein und schloss für einen langen Moment ihre Augen. Alleine seine Nähe war mächtiger als jede Umarmung eines seidenweichen Kleidungsstücks und berauschender als süßestes Opium. Alle Kälte war schlagartig aus Asaras Gliedern gewichen. Selbst das Unbehagen der strengen Fesselung war vergessen.

„Ich habe dich vermisst", flüsterte sie. Im nächsten Moment trat sie mit Schwung gegen sein exponiertes Schienbein. Raif sog scharf die Luft ein und stolperte einen Schritt zurück. „Ich habe dich vermisst", wiederholte Asara grollend, „selbst nachdem du mich ahnungslos und frierend im Kerker zurückgelassen hast! Auch dann noch, als ich dich für einen Narren und Verräter gehalten habe, der blind seiner Schwester nacheifert! Ich-"

Raif beugte sich herab und presste ohne Vorwarnung seine Lippen auf die ihren. Seine Hand fand Asaras Taille. Mit einer kräftigen Bewegung zog er ihren Körper an sich heran. Asara stöhnte leise auf und hieß seine Zunge stürmisch willkommen. Wild schmiegte sie sich an ihren Krieger und suchte die Berührung seiner warmen, weichen Haut.

Die *Kisaki* keuchte und zitterte, als sich ihre Lippen schließlich wieder lösten. Wortlos stieß sie Raif mit der Schulter gegen die Zeltstange und sank vor ihm auf die Knie. Ihre Zähne fanden den Gürtel seiner Hose und hakten sich in dessen lederne Schlaufe. Ungeduld packte die *Kisaki* wie die Strömung eines donnernden Flusses. Sie zog und zerrte bis der Riemen schließlich von seiner Taille rutschte. Asara regnete heiße Küsse auf seine Brust und seinen Bauch, bis ihre Lippen den Bund seiner Hose fanden. Mit einem Ruck befreite sie seine Beine von dem leinenen Kleidungsstück. Raifs Männlichkeit sprang ihr in voller Entfaltung entgegen. Gierig tanzte Asaras Zunge um die Spitze des geschwollenen Phallus. Mit einem tiefen Grollen legte der Krieger seine Hand auf ihren Kopf und packte eine Strähne ihres nassen Haares. Raifs Glied stieß gegen Asaras Rachen. Die *Kisaki* keuchte auf, doch ließ nicht ab – im Gegenteil. Ihre Zunge massierte den mächtigen Schaft mit wachsender Intensität. Der liebliche Biss des Seils zwischen Asaras Schamlippen sandte dabei wohlige Hitze durch ihren Unterkörper. Feuchtigkeit küsste das zarte, pinke Fleisch ihrer Scham. Asara schmiegte ihren Torso in räkelnden Bewegungen an die Beine ihres Meisters. Der dünne Stoff ihres Büstenhalters glitt von ihren drallen, im Rhythmus ihrer Zunge tanzenden Brüste. Genießend räkelte sich Asara in den Fesseln, die ihre Arme in einem so strengen Griff gefangen hielten. Ihre Nippel rieben erwartungsvoll gegen Raifs warme Haut.

Asara war bereit – und mehr als das. Doch sie wollte es nicht enden sehen, wollte den Moment in alle Ewigkeit hinauszögern. Sie spürte die zunehmende Schwellung von Raifs Phallus in ihrem Mund. Ihre Zunge umspielte seine Eichel, bis der erste Geschmack von unbändiger Erwartung ihre Lippen benetzte. Dann, schwer atmend und widerwillig, ließ sie von ihm ab. Als Asara dabei zu ihm aufsah, begrüßte sie ein Blick der kaum unterdrückten Gier. Raif schob seine Arme mit einem leisen Knurren unter Asaras bebende Form und hob sie auf. Wenige Schritt später senkte er ihren Körper auf das weiche Fell. Mit einer zielsicheren Bewegung durchtrennte er ihre Beinfesseln mit einem Dolch und begann, sich an Asaras Armen zu schaffen zu machen.

„Nicht", hauchte Asara. „Lass sie. Ich bin deine Sklavin. Deine Gefangene. Lass mich deine Fesseln tragen."

Sie öffnete schüchtern ihre Beine. Der Strick in ihrer Scham war feucht und klebrig. Mit einem finsteren Lächeln legte Raif seinen Daumen auf das Seil und begann, ihn massierend zu bewegen. Näher und näher glitt er dabei an ihre Perle, bis Finger und Fessel ihr Empfindlichstes erreichten. Die Stimulation sandte Wellen der Lust durch Asaras Körper. Sie presste ihre Hüfte erwartungsvoll nach vorne und folgte leise stöhnend der kreisenden Provokation.

Raif kam zwischen ihren Beinen kniend zum unvermittelten Stillstand. Seine rechte Hand stoppte am feuchten Mund ihrer Lustspalte, während seine linke zwischen Asaras von Seilen betonten Brüsten zu liegen kam. Schweiß glitzerte auf ihrer Haut. Asaras schneller, stoßhafter Atem hob und senkte ihren Brustkorb. Sie lechzte danach, Raifs Männlichkeit zwischen ihren Lippen – egal welchen – zu spüren und zu liebkosen. Sie wollte ausgefüllt werden, bis ihre Selbstbeherrschung in einem Konzert des Stöhnens zu einer vagen Erinnerung verglühte. Und erst dann, viel später, wünschte sie gefesselt in seinen Armen einzuschlafen.

„Ich denke es ist Zeit, dir ein wenig Zurückhaltung beizubringen", schmunzelte Raif. Asara starrte ihn entgeistert an. Es war nun an ihr, leise zu grollen.

„Du überschätzt dich selbst", hauchte sie. Im nächsten Augenblick schlang sie ihre Beine um Raifs Hüfte und stieß sich mit den Schultern vom Boden ab. Ihre Glieder stemmten sich herrlich schmerzhaft gegen die strammen Seile, als sie an Moment gewann. Asara schwang mit aller Kraft ihre Schenkel und ihr Gesäß. Zugleich fand ihr Fuß Raifs Schienbein, hakte sich hinter dessen ein und *zog*. Mit einem Ausdruck der Überraschung auf dem Gesicht kippte der Krieger zur Seite. Asara lachte siegessicher und katapultierte sich auf ihn. Schwer atmend kam sie auf seinem Bauch zu sitzen. Sein erigiertes Glied rieb verlockend gegen ihren Po. Die *Kisaki* schloss ihre Schenkel um Raifs Körper und heftete ihn mit all ihrem Gewicht zu Boden.

„Ich mag deine Sklavin sein, Meister", flüsterte sie in sein Ohr. „Aber ich bin nicht wehrlos."

Raifs Mundwinkel zuckten, als er seine Hand an die kurze Kette legte, die von Asaras Halsband herabbaumelte. Mit einem kräftigen Ruck zog er ihre Lippen an die seinen. Der Kuss war heiß und aggressiv. Asara erwiderte ihn auf dieselbe Weise. Ihre Zähne fanden seine Zunge, seine

Lippen. Sie schmeckte süßes Blut, wo ihre Fänge seine empfindliche Haut durchritzten. Sie sog und biss und spielte. Ihre Zunge tanzte unaufhaltsam mit der seinen. Asara stöhnte auf, als Raif ihren Angriff vergeltend erwiderte. Er packte die Seile ihres Harnischs und schloss seine Faust. Die Stricke zogen sich enger um Asaras Körper, bis ihre Brüste diese zu sprengen drohten. Das Seil zwischen ihren Schamlippen drang vollends und unwiederbringlich in sie sein. Es gab kein Entkommen aus Raifs stählernem Griff.

Als die *Kisaki* zu fürchten begann, der lustvolle Schmerz an ihren Gliedern würde sie übermannen, ließ Raif plötzlich nach. Zugleich spürte sie die Berührung kalten Stahls auf ihrer Haut. Asara zuckte zusammen, als der Strick zwischen ihren Beinen von einem schnellen Schnitt durchtrennt wurde. Sie lachte in Raifs stürmischen Kuss, als er seinen Dolch knurrend fortwarf und seine Hand unsanft an ihren Schritt legte. Ein kurzer Ruck folgte und auch ihr Höschen war nicht mehr. Doch anstatt es in einen fernen Winkel des Zeltes zu schleudern, schloss sich Raifs Hand um das feuchte Kleinod. Seine Lippen lösten sich widerwillig von den ihren. Langsam ließ er das Halsband aus seinen Fingern gleiten. Asara richtete sich keuchend auf.

„Nimm mich", stöhnte sie. „Oder ich reite dein Gesicht, bis mich deine Zunge zum Bersten bringt!"

Asara kniete breitbeinig auf zitternden Schenkeln. In gierigen, kreisenden Bewegungen suchte sie Raifs Glied zwischen ihren Beinen zu fangen, doch der Phallus entglitt ihr.

„Die Männer müssen schlafen", knurrte Raif mit tiefer Stimme. „Und du bist wahrlich viel zu laut."

Damit zwang er Asaras Lippen auseinander und schob das entrissene Höschen tief in ihren Mund. Die *Kisaki* schnappte verdutzt nach Luft, als der Seidenstoff sie unvermittelt verstummte. Der Geschmack ihrer eigenen Lust attackierte ihre Sinne. Sie roch und schmeckte ihre Erregung, als ob ihre leckende Zunge den Weg an ihre Lustspalte gefunden hätte.

Raif tastete nach dem Seil, das zuvor noch Asaras Knie zusammengebunden hatte. Er führte es an ihre geöffneten Lippen und schlang es zweimal um ihr Haupt. Einen unerreichbaren Knoten später war der feuchte Knebel in Asaras Mund gefangen. Ehe die *Kisaki* protestieren konnte, zog sie der Krieger mit einem Ruck der Kette näher an seinen angespannten Körper. Im selben Moment drang sein Glied in Asaras erwartungsvoll geteilte Spalte ein. Zitternd und mit geweiteten Augen senkte die Sklavin ihr Gesäß, bis Raifs Männlichkeit sie zuckend und vollständig ausfüllte.

„Du wolltest reiten", flüsterte Raif. „Also reite!"

Mit einer Hand an ihrem Brustharnisch zog er Asara an sich, nur um ihre gefesselte Form im nächsten Moment wieder von sich zu stoßen. Die andere Hand hatte Raif auf ihren Rücken gelegt. Unerwartet zärtlich folgte sie der Kurve ihrer Wirbelsäule bis an ihren Po. Sein Zeigefinger suchte und fand die letzte Öffnung, die noch nicht von Belohnung oder Strafe erobert worden war – und versenkte ihn.

Die zeitgleiche Stimulation überkam Asaras Sinne wie eine Flutwelle. Sie riss ihren Mund auf schrie in ihren Knebel, bis selbst Höschen und Seil sie nicht mehr vollständig verstummen konnten. Geführt von Raifs Hand und ihren unkontrolliert bebenden Muskeln glitt ihr Unterkörper schneller und schneller auf und ab. Das Glied in ihrem innersten Sanktum wuchs zu einem Koloss der Lust, bis der heiße Schaft ihre feuchten Lippen liebkosend und drückend zugleich auseinanderteilte. Der Eindringling in Asaras Anus kannte ebenso wenig Erbarmen. Er trieb sie zu einem immer schnelleren Rhythmus und raubte ihr dabei mit jedem Stoß zusehends die Kontrolle. Speichel tränkte unkontrolliert ihren Knebel. Liebessäfte vermengten sich, wo ihre gespreizte Scham Raifs Männlichkeit Stoß für Stoß willkommen hieß.

Asara ritt. Ihre war die Oberseite, aber nicht die Oberhand. Mit jeder Bewegung zeigten ihr die Seile an Oberkörper und Armen die Grenzen auf. Selbst der Tanz ihrer Brüste wurde von den Stricken gestoppt, die ein strenges ‚V' auf ihren Torso zeichneten. Die Kette ihres Halsbandes stieß kalt gegen ihre heiße Haut, wann immer sich Asara mit ihrem zu einem Bogen gespannten Körper gegen Raifs Herrschaft auflehnte. Sie war oben, doch sie war nach wie vor die Sklavin.

Asaras nackte Form tanzte mit der ihres Meisters. Ihr zurückgeworfenes Haar schwang in der Bewegung wie ein Schleier. Ihre geteilten Lippen waren ein stetiger Quell lustvollen Stöhnens und unkontrollierter Rufe nach *mehr*. Raifs muskulöse Form trug sie, erfüllte sie, nahm sie. Sein eigenes, tiefes Raunen des Verlangens wiederhallte mit jeder Faser ihres bebenden Körpers.

Asara kam ungebremst und unkontrolliert. Raifs Hände hielten sie aufrecht, trieben sie an. Die Wogen durchfluteten ihren Körper wie flüssiges Feuer. Asara wand sich in den Fesseln, nur um zugleich in der übermannenden Lust zu erstarren. Raifs Saat explodierte heiß in ihrem Innersten, das sich zuckend um seinen Phallus schloss. Asaras Knie rutschten kraftlos zur Seite. Ihr Körper sank gegen Raifs kräftige Form. Ihre Schenkel verkeilten sich mit den seinen zu einem Knoten des *Gehörens*. Ihre Hüfte kreiste schmiegend gegen seine Scham. Der Druck seiner Männlichkeit hatte nicht nachgelassen. Die Hitze wallte erneut auf, doch alle Kraft hatte die *Kisaki* verlassen. Jeder Millimeter ihres Körpers war empfindlich wie nie zuvor. Ihre Nippel glühten ob der Berührung von Raifs nackter Brust. Jede dominierend drückende Stelle an ihren gefesselten Armen pulsierte im Rhythmus ihres Herzens. Sie fühlte die Flüssigkeit zwischen ihren Beinen und wie sie tropfend ihren Weg nach draußen fand. Und ihre Zunge und Nase nahmen gierig auf, was Höschen und Atemluft selbst in sich trugen.

Langsam, ganz langsam glätteten sich die Wellen. Asara schmiegte sich mit geschlossenen Augen an ihren Meister, dessen Hand sich sanft um ihre Taille legte. Sie war vollkommen, erfüllt, komplett. Sie wollte das sie ausfüllende Gefühl nie wieder missen, so wie sie auch Raifs strenge Herrschaft nie wieder leugnen wollte. Jede Berührung, jeder Schweißtropfen und jedes Seil machten sie *sein*.

Der Krieger legte die andere Hand auf ihre hinter ihrem Rücken gefesselten Unterarme. Asara lächelte in ihren Knebel und rieb ihre Beine träge an seinen Schenkeln.

Ich bin dein.

Mit einem letzten wohligen Erschaudern entglitt Asara in den wohlverdienten Schlaf der Erschöpfung. Die Bilder des fleischlichen Tanzes folgten ihr bis in ihre Träume.

36

Zorn

Asara räkelte sich träge und öffnete widerwillig die Augen. Für einen Moment war sie sich nicht sicher, wo sie sich befand. Regentropfen prasselten monoton gegen die Plane eines Zeltes, die sich schützend über ihr ausstreckte. Ferne Stimmen unterhielten sich oder tauschten brüllend Befehle aus. Geschirr klapperte und Waffen schlugen lautstark gegen Rüstungen. Immer wieder mischte sich das Wiehern von Pferden in die morgendliche Kakophonie. Doch trotz des Lärms wirkte das hektische Lagerleben weit entfernt.

Das Gefühl des weichen Fells auf Asaras Haut und die sanft um sie geschlungenen Arme des Ashen-Kriegers beseitigte die letzten schlaftrunkenen Zweifel. Sie war in Sicherheit. Nach langen Monaten war sie endlich an die Seite ihres Meisters, Entführers, Peinigers und Liebhabers zurückgekehrt. Seine Gegenwart verdrängte die Kälte des verregneten Morgens und ließ Asara beinahe vergessen, was außerhalb der Jurte auf sie wartete. Beinahe.

Die *Kisaki* hob vorsichtig Raifs Arm und schlüpfte aus seiner Umarmung. Schmunzelnd betrachtete sie die Hinterlassenschaften der vergangenen Nacht. Kleidung und Gurte lagen im ganzen Zelt verstreut. Ein Wirrwarr aus durchtrennten Seile umgab den Flecken des dicken Fells, auf dem Raif und Asara erschöpft eingeschlafen waren. Der kleine Klapptisch war während des geladenen Wiedersehens offenbar umgekippt und hatte seine Last aus Plänen und Dokumenten auf dem Boden verteilt. Ein Dolch glitzerte zwischen losem Pergament und zerknüllten Leinen. Die Szenerie wurde von einem beinahe heruntergebrannten Kohlebecken beleuchtet, das sich wie eine letzte Säule der Ordnung aus dem Chaos erhob.

Asara streckte sich und rieb ihre Handgelenke. Obwohl Raif sie während der zweiten Runde fleischlicher Ergötzung vollends von den Fesseln befreit hatte, waren die Spuren der letzten beiden Tage noch deutlich zu erkennen. Asara musste grinsen. Der Gedanke, mit deutlich sichtbaren Malen der verbotenen Lust in den Krieg zu ziehen, nahm dem kommenden Tag des Schicksals beinahe die Bedrohlichkeit. Beinahe.

Die *Kisaki* sammelte ihre Unterwäsche zusammen und streifte sie über. Als sie sich rumorend nach etwas Seriöserem zum Anziehen umsah, begann Raif sich schließlich zu regen. Mit einem ungehaltenen Brummen tastete er nach seiner Wolldecke. Als seine Hände stattdessen eines der Seile fanden, schlug abrupt er die Augen auf.

„Guten Morgen, Schlafmütze", begrüßte ihn Asara. „Ich glaube du hast den Morgenappell verschlafen." Sie warf einen vielsagenden Blick auf den Zelteingang. „Was werden bloß deine Männer denken?"

Raif schmunzelte und erhob sich.

„Ich habe sie vorgewarnt, dass das Verhör der Schattentänzerin eine Weile dauern würde." Der Krieger überbrückte schlendernd die Distanz zu Asara und legte von hinten einen Arm um ihre Taille. „Niemand rechnet mit einem Ergebnis vor der Mittagsglocke."

„Ein Verhör war das also", lachte Asara. „Ich habe mich schon gefragt, wie du die einschlägige Geräuschkulisse erklären willst." Sie schmiegte sich leise seufzend an seinen nackten Körper. „Ich will nicht, dass du meinetwegen in Schwierigkeiten gerätst."

Raif beugte sich zu ihr hinab und sprach direkt in ihr Ohr.

„Wir sind niemandem eine Erklärung schuldig, Asara. Nicht meinen Männern, nicht dem Orden meiner Schwester und schon gar nicht irgendwelchen Königen."

Tharion.

Asara löste sich sanft aus Raifs Umarmung und wandte sich zu ihm um. Sein entschlossener Blick gab ihr Hoffnung und Kraft.

„Bald", flüsterte sie. „Bald ist die Zeit der Lügen und Täuschungen und gespielten Rollen ein für alle Mal vorbei. Dann können wir endlich sein, was und wer wir wirklich sein wollen. Aber zuerst…"

„Aber zuerst müssen wir zu Ende bringen, wofür wir so lange gekämpft haben."

Asara nickte.

„Es kann nicht mehr lange dauern, bis Vandar hier eintrifft. Bis dahin muss unsere Falle vorbereitet und alle Spieler in Position sein." Sie verschränkte nachdenklich die Arme. „Wenn wir nur wüssten, was Tharion und die Jin-"

Die *Kisaki* unterbrach sich, als unmittelbar vor dem Zelt eine lautstarke Diskussion ausbrach. Sie erkannte eine der Stimmen als die von Krys. Trotz der Dringlichkeit in ihren undeutlichen Worten schien sich die Wache zu weigern, sie einzulassen. Asara und Raif wechselten einen Blick.

„Lass sie ein", donnerte der Krieger. Die Diskussion verstummte. Kurz darauf wurde die Zeltplane zurückgeschlagen und eine sichtlich nasse, mit einem übergroßen Beutel bewaffnete Krys trat in den provisorischen Raum.

„Wir haben ein Problem", eröffnete sie ohne Umschweife. „Der König ist vor einer halben Stunde unvermittelt in meinem Zelt aufgetaucht und hat Neyve mitgenommen. Dann ist er in Begleitung zweier Späher kommentarlos in Richtung der Stadt verschwunden."

Asara sah ihre Kameradin entgeistert an. „Er hat *was* getan?"

Krys ließ den prallen Beutel vor den Füßen der *Kisaki* fallen. Asara erkannte ihre Lederrüstung und ihre beschlagnahmten Waffen.

„Er hat Vandars Tochter geschnappt und ist als Soldat verkleidet in das Kriegsgebiet aufgebrochen", wiederholte die einstige Tänzerin trocken. „Und das ist noch nicht alles."

„Spuck es aus", grollte Raif. Der Krieger hatte damit begonnen, einen schweren Wamst anzulegen. Auch Asara griff zum Brustteil ihres mittlerweile vertrauten Rüstzeugs und machte sich an den Riemen zu schaffen. Krys holte tief Luft und fuhr fort.

„Vandar ist eingetroffen", sagte sie. „Kurz nach Tharions übereiltem Aufbruch. Er hat mit einem Floß an einer der flachen Inseln der Furt angelegt. Ich nehme an, dass er den König oder seine Tochter aus der Ferne erkannt hat. Zumindest hat er sich sofort an ihre Fersen geheftet."

Raif zog sein Kettenhemd klimpernd über seinen Kopf.

„Wo sind sie hin?" drängte er. „Zum Treffpunkt? An die Stadttore selbst?"

Krys hob ratlos die Arme. „Ich habe keine Ahnung." Als Raif zur vorwurfsvollen Retorte ansetzte, fuhr sie ungehalten dazwischen.

„Was hätte ich denn tun sollen, oh Kommandant?" fragte sie hitzig. „Ich konnte schlecht eine Wache mit der Kunde zu dir senden, dass Hochkönig und Prinzipal auf eigene Faust den Fluss überquert haben! Die Soldaten wären durchgedreht!" Krys ballte ihre Fäuste. „Also blieb mir nur die Wahl, die beiden Gruppen entweder weiter zu verfolgen, oder zurückzukehren und euch zwei Turteltäubchen aus dem Bett zu scheuchen! Ich habe mich für letzteres entschieden."

Zähneknirschend schnallte Raif eine stählerne Schiene an seinen Unterarm.

„Du hättest-"

„Ich hätte *was*?" fauchte Krys. „Ich bin keine echte Späherin, du Sumpfbär! Ich bin eine verdammte Tänzerin, die halbwegs mit Pfeil und Bogen umgehen kann!"

Asara hob beschwichtigend die Hände und warf Raif einen vielsagenden Blick zu.

„Du hast richtig entschieden", beruhigte sie ihre Kameradin. „Wir werden Tharion und Vandar schon finden. Weit können sie nicht gekommen sein. Es bleibt alles beim Alten – einzig unser Plan hat sich etwas beschleunigt."

Raif nickte knapp. Eine zweite Schiene fand ihren Platz auf seinem anderen Arm.

„Wir treffen dich in wenigen Minuten an der nördlichen Brücke", sagte er. „Bewaffne dich. Und erzähle niemandem, was du gesehen hast."

Krys drehte am Absatz um und eilte aus dem Zelt. Asara schlüpfte in ihre Stiefel und schloss deren breite Riemen.

Was hast du vor, Tharion? Und Lanys...

Ihre unberechenbare Komplizin war nicht fern. War es möglich, dass die Ashin etwas mit der Planänderung zu tun hatte? Asara glaubte zwar nicht an einen neuerlichen Verrat ihrer einstigen Dienerin, konnte sich aber durchaus ausmalen, dass sie irgendwie ihre Finger im Spiel hatte.

„Gibt es eine Möglichkeit, Lanys zu kontaktieren?" murmelte sie. Die Worte waren mehr an sie selbst, als an ihren Meister gerichtet. Asara kontrollierte den Sitz ihres ledernen Mieders und adjustierte einige der Riemen. Raif sprach, ohne die eigenen Vorbereitungen zu unterbrechen.

„Nicht so kurzfristig. Einen Boten ungesehen auf die andere Seite des Flusses zu schleusen, ist nicht einfach. Ein schneller Austausch steht außer Frage. Wir sind auf uns gestellt." Er runzelte die Stirn. „Es sei denn..."

Asara Züge erhellten sich.

„Es sei denn, ich kann Lanys auf andere Weise erreichen."

Die *Kisaki* zwang sich zur Ruhe und schloss für einen Moment die Augen. Als ihre Bemühungen, ihren rasenden Puls unter Kontrolle zu bekommen scheiterten, sandte sie ihre Fühler blind in den ätherischen Sturm.

‚*Lanys? Kannst du mich hören?'*

Anstelle des reißenden Stromes, den sie in Ravanar vorgefunden hatte, begrüßte sie ein Ozean der widersprüchlichen Emotionen. Tausende, zugleich sprechende Stimmen stürmten ihren Geist und rangen um Aufmerksamkeit. Asara stolperte einen überwältigten Schritt zurück. Raifs Hände fassten stützend ihre Schultern.

„Kein Glück?" fragte er ruhig. Die *Kisaki* schüttelte den Kopf und verbannte ihre Gabe mit einiger Mühe wieder in ihr Unterbewusstsein.

„Zu viele..." keuchte sie. „Zu viele Menschen an einem Ort. Es ist unmöglich, Lanys in diesem...Chaos zu finden."

Nicht ohne Unterweisung und viel, viel Übung.

Und nicht ohne wahrhaftigen Einblick in die Möglichkeiten, die ihr ihre seltsame Fähigkeit eröffneten.

„Ich muss näher an die Stadt – oder zumindest an einen ruhigeren Ort." Asara ließ die Schultern sinken. Ein Lächeln huschte über Raifs Züge.

„Es gibt selten Abkürzungen im Krieg", erwiderte er trocken. „Wir werden Antworten erhalten – auf die altmodische Art." Mit einer geübten Bewegung schnallte er einen schartigen Rundschild auf seinen Rücken. Der graue Stahl schimmerte matt im Licht des Kohlebeckens.

„Es ist Zeit", sagte er. „Krys wartet."

Asara nickte. All die Gedanken und Spekulationen über Tharions Pläne, die Rolle der Jin und den Fortschritt ihrer Freunde in den Lagern der Yanfari rückten in den Hintergrund. Die Zeit der Vorbereitungen war vorbei. Der König, der eigentlich noch gar nicht in der Grenzregion sein sollte, hatte unwiederbringlich dafür gesorgt.

Asara durchquerte den Raum auf der Suche nach ihren Waffen. Raif gesellte sich zu ihr.

„Asara", sagte er. Etwas in seinem Tonfall ließ die *Kisaki* innehalten. „Ich habe mich noch nicht bei dir entschuldigt."

Die Schattentänzerin hob eine Augenbraue.

„Dann brauchst du jetzt auch nicht damit anfangen", erwiderte sie mit kühler Stimme. „Du hast getan, was du für notwendig gehalten hast. So wie ich auch." Ein ungewollter Gedanke zauberte das Antlitz des Hochkönigs vor Asaras inneres Auge.

„Du wirst dich entschuldigen", fuhr sie in sanfterem Tonfall fort. „Wenn all dies hier vorbei ist. Bis dahin…" Sie lächelte. „Bis dahin zählt nur die finale Mission einer kleinen, illustren Gruppe von Narren, die den Lauf einer blutigen Geschichte zu ändern versuchen."

Raif sah sie für einen langen Augenblick an. Dann nahm er seinen Schwertgurt vom Mannequin und schnallte ihn um seine Hüfte. Asara tat es ihm gleich. Mit ruhigen Fingern befestigte sie auch ihre Peitsche an der dafür vorgesehenen Schlaufe.

Sie wechselte einen letzten Blick mit dem Krieger. Niemand sprach. Es gab nichts mehr zu diskutieren, nichts mehr zu hinterfragen. Das Ziel war klar. Asara nahm einen schwarzen Umhang aus Krys' Beutel und warf ihn über ihre Schultern. Wie auch Raif zog sie die Kapuze tief in ihr Gesicht.

Seite an Seite verließen Asara und ihr Begleiter das warme Zelt und traten hinaus in den Regen.

~◊~

Die Brücke, die das Lager am Nordufer mit der ersten Insel der Furt verband, war nicht weit entfernt. Niemand schenkte Asara und Raif Beachtung, als sie weiten Schrittes durch die Gassen zwischen den Zelten eilten. Spähtrupps mit heiklen Befehlen waren keine Seltenheit und fielen unter den hunderten kampfbereiten Soldaten kaum auf. Überall probten

Raifs Männer und Frauen für den bevorstehenden Konflikt. Asara konnte nur zu deutlich sehen, dass sich mancher Krieger gar danach sehnte. Nicht selten standen sich zwei Soldaten grimmig lächelnd im Übungskampf gegenüber. Die Anspannung war so greifbar wie die geölten Schwerter und polierten Rüstungen.

Unbehelligt verließen Asara und ihr Begleiter das Lager und näherten sich dem Wachtposten, der nur wenige hundert Schritt jenseits des Perimeters die Brücke absicherte. Das Gelände wurde Richtung Fluss zusehends unwegsamer. Von den Fluten abgelagerte Steine und Äste bildeten natürliche Barrieren am Wegesrand. Die Straße selbst war desolat, deren Pflastersteine oftmals gesprungen oder gänzlich vom Erdreich verschluckt worden.

Krys wartete auf halber Strecke zwischen Lager und Brücke. Sie trat aus dem Windschatten eines blattlosen Gestrüpps und schwenkte neben Asara ein.

„Lasst mich das Reden übernehmen", murmelte sie. „Ihr zwei seid nicht gerade eine unauffällige Erscheinung."

Die ehemalige Tänzerin übernahm die Führung und trat kurz darauf an den Kontrollposten, der lediglich aus zwei zwischen Baumstumpf und Brückenmund gespannten Planen bestand. In der Mitte der Straße war eine Barrikade aus Fässern, alten Rudern und aufgehäuften Steinen errichtet worden. Das künstliche Hindernis machte jegliche Passage von oder zur Stadt zur mühseligen Kletterpartie. Kam ein Angriff seitens der Yanfari, so würde der Wall wohl genügend Zeit erkaufen, um das Lager zu alarmieren und die Krieger in Stellung zu bringen.

Etwas mehr als ein Dutzend Soldaten hatte entlang der provisorischen Mauer Aufstellung genommen. Die Krieger behielten ein wachsames Auge auf den Fluss wie auch auf die vom Lager kommende Straße. So blieb Asaras Erscheinen nicht lange unbemerkt. Der Ruf nach Identifikation hallte über den steinigen Weg. Zwei grimmig dreinblickende Männer traten hinter der Barriere hervor und hoben ihre Speere.

„Kennung und Ziel!"

„Spähtrupp unter Andraifs Befehl", gab sich Krys gegenüber der Mannschaft zu erkennen. Sie salutierte knapp. „Wir haben neue Befehle für die Männer, die vor einer halben Stunde das Lager in Richtung Raktafarn verlassen haben."

Eine ältere Soldatin, die im Schutze der Planen über einen kleinen Tisch gebeugt stand, winkte das Trio nickend herbei. Die beiden Krieger, die sich vor Asara und ihren Freuden aufgebaut hatten, gaben den Weg salutierend frei. Krys trat als erste vor die Kommandantin. Vor der in Plattenpanzer und Umhang gehüllten Veteranin lagen ein einfaches Buch und mehrere Kohlestifte. Dutzende von einem Stein beschwerte Dokumente flatterten verärgert im Wind. Die Wachkommandantin sah auf und musterte Krys mit kritischem Blick. Asara und Raif ignorierte sie vollends.

„Ich dachte mir schon, dass da etwas nicht stimmt", brummte sie. „Aber der Anführer des Trupps besaß König Ra'tharions persönliches Siegel. Und Befehl bleibt Befehl." Sie kritzelte einen kurzen Vermerk in das Buch und richtete sich wieder auf. Krys zuckte mit den Schultern und grinste wissend.

„Das sollen sich die hohen Herrschaften untereinander ausmachen. Ich habe ebenso meine Order."

Sie präsentierte der Soldatin ein durchnässtes Stück Papier. Asara erkannte die Insignie des Tempels der Letzten Schwelle. Die Wachkommandantin warf einen kurzen Blick auf das Dokument und seufzte. Einen Moment später bedeutete sie ihren Männern, den Weg freizugeben.

„Viel Glück", sagte sie. „Ihr werdet es brauchen. Bei den Yanfari braut sich schon seit Tagen etwas zusammen."

Nicht nur dort.

Asara folgte Krys durch einen schmalen, zuvor noch verborgenen Durchgang in der Barrikade und hinaus auf die dahinterliegende Brücke. Kaum war auch Raif durch die Öffnung getreten, wurde sie von den Soldaten der Wachmannschaft wieder verschlossen. Der Weg nach Rayas Zorn war frei – und der Pfad zurück endgültig versperrt.

Asara zog ihre Kapuze tiefer in ihr Gesicht und übernahm die Führung. Der Regen peitschte gegen ihren Umhang und drang zusehends in die Ritzen ihrer Rüstung. Bald war die letzte Erinnerung an die Wärme von Raifs Zelt einem konstanten Gefühl der beißenden Kälte gewichen. Wind und Wetter verwandelten einen potentiell lauschigen Herbsttag zum ersten Vorboten des Winters.

Mit jedem schnellen Schritt entschwand das Lager der Ashen zusehends im Dunst. Zugleich zeichneten sich Brücke um Brücke in das verregnete Grau, bis Asara endgültig beide Ufer des Esah aus den Augen verloren hatte. Jede Brücke endete scheinbar an einer undurchdringlichen Nebelwand, die nur widerwillig zurückwich. Es schien fast, als ob die Boten verbissen ihre Geheimnisse zu wahren versuchten, die auf der anderen Seite des Stromes verborgen lagen.

Asaras Schritte hallten dumpf über den Stein. Wo sich das Regenwasser in Mulden und Rissen zu teils knöcheltiefen Pfützen gesammelt hatte, sandten ihre Stiefel kleine Fontänen in die Lüfte. Nach jeder Brücke folgten kurze Abschnitte kiesigen Weges, die die schmalen Inseln zwischen den Armen des Esah in gerader Linie durchschnitten.

Immer wieder wachten steinerne Sturmlaternen am Straßenrand, die Reisenden wohl zu Friedenszeiten den Weg beleuchteten. Am heutigen Tag jedoch regierte alleine das Zwielicht.

Nach langen, schweigsamen Minuten wuchsen schließlich die Mauern von Rayas Zorn wie ein diffuses schwarzes Band aus der tristen Landschaft. Nichts bewegte sich an dessen Pforten oder auf den erhöhten Wehrgängen. Von Tharion und Vandar fehlte jede Spur. Auch begegneten Asara und ihren Begleitern keine weiteren Späher oder Soldaten – die nassen Steinbögen der antiken Brücken waren bis auf das Trio gänzlich menschenleer.

Am Beginn der fünften und letzten Brücke verlangsamte Asara schließlich ihre Schritte. Vor ihr wartete die große Furt und damit der breiteste Arm des sichtlich angeschwollenen Stroms. Die Wassermassen donnerten unter dem enormen Steinbogen hindurch und entwichen schäumend in Richtung des fernen Ozeans. Asara kauerte sich neben die rissige Brüstung der gepflasterten Brücke und ließ ihren Blick in die Ferne schweifen.

„Dort", sagte sie leise und streckte ihren Arm gen Mauer. „Etwa fünfzig Schritt abseits des Tores."

Die Stelle, auf die sie zeigte, unterschied sich kaum vom Rest des desolaten Bauwerks. Fehlende Steinblöcke gaben regelmäßig den Blick auf lockeres Erdreich frei, das Welle für Welle vom tobenden Fluss zurückerobert wurde. Risse im Mauerwerk wurden stellenweise von abenteuerlichen Holzkonstruktionen überspannt, die den Wehrgang jenseits des Tores fortsetzen. Rostige Kanalgitter versperrten vereinzelte Abflüsse, die unaufhaltsam verdreckte Wassermassen in den Fluss spülten. Teilweise bahnten sich die Bäche von Unrat einen Weg durch die löchrige Mauer selbst. Eine dieser Stellen war es, die Asara durch den Schleier des Regens erspäht hatte.

„Wenn mich meine Erinnerung nicht täuscht, wurde dieser Teil der Mauer nie repariert", sagte sie. „Die Steine sehen aus der Entfernung nur aus, als würden sie sich überlappen. In Wirklichkeit verbirgt sich hinter ihnen eine gar nicht so schmale Passage. Das Wasser weist den Weg."

Die Kapuze verfinsterte Raifs Züge, als der Krieger in nachdenklichem Ton antwortete.

„Es wird nicht leicht, ungesehen dorthin zu gelangen."

„Oder un-fortgespült", fügte Krys trocken hinzu. „Der Weg zwischen Mauer und Fluss ist kaum breiter als mein Hinterteil."

Asara richtete sich auf.

„Ich sehe keine Wachen auf den Mauern. Vermutlich haben sie Angst, von einem Windstoß in die Fluten gerissen zu werden. Die Balustrade des Wehrgangs ist kaum höher als ein Kind." Die *Kisaki* blies warme Luft in ihre kalten Hände. „Beeilen wir uns. Tharion und Vandar sind wahrscheinlich schon in der Stadt."

Damit beschleunigte Asara in einen trottenden Lauf. Raif und Krys folgten ihr. Die Mauer rückte näher und näher. Bald konnte die *Kisaki* die Details am morschen Stadttor ausmachen, das fast nur noch von Nieten und Beschlägen zusammengehalten wurde. Nicht ein Licht brannte zwischen den Zinnen oder in den Fenstern der verfallenen Festungsanlage.

Nicht einmal die Illusion von Wehrhaftigkeit.

Der Stadthalter hatte Rayas Zorn sichtlich aufgegeben, bevor es überhaupt zum ersten Scharmützel gekommen war. Entweder das, oder er vertraute blind darauf, dass sich Harun, Lanys und Tharion im Falle des Falles gegenseitig in Zaum hielten. Sein Plan, Raktafarns Neutralität zu wahren, ging auf – zumindest für den Moment. Asara hoffte, dass es nicht die Bevölkerung sein würde, die schlussendlich unter dieser Entscheidung zu leiden hatte.

Kurz vor dem baufälligen, aber dennoch fest verschlossenem Portal schwenkte Asara zur Seite ab und trat an den Rand der Brücke. Drei Meter unter ihr umspülten die Fluten eine schmale Sandbank, die sich entlang der Mauer fortsetzte. Ein Sprung nach unten musste präzise sein. Gab der lockere Kies zu viel nach, würde die Infiltration der Stadt ein jähes und wohl fatales Ende nehmen.

„Ich sehe euch auf der anderen Seite." Bevor Asara es sich anders überlegen konnte, schwang sie ihre Beine über die Brüstung, holte tief Luft und ließ sich fallen.

Wind und Schwerkraft packten ihren Körper. Nach einem langen Moment im freien Fall gruben sich ihre Füße knirschend in den Sand. Der Untergrund war weich und bot kaum Halt. Panisch merkte Asara, wie ihre Füße langsam wegzurutschen begannen. Die Welt kippte zur Seite.

„Verflucht."

Asara ruderte mit den Armen und warf ihr gesamtes Gewicht nach vorne. Im letzten Moment fanden ihre Finger eine alte Wurzel, die sich in den Ritzen des Mauerwerks festgefressen hatte. Klopfenden Herzens zog sie sich an die Wand und presste ihren Körper gegen das steinerne Bauwerk. Einen halben Schritt hinter ihr donnerte der Esah in all seiner unaufhaltsamen Kraft. Immer wieder umspülten schnappende Wellen ihre Füße oder zerrten an ihren Stiefeln.

Nach einem flüchtigen Blick zurück schob sich Asara langsam in Richtung des erhofften Durchgangs. Jeder Meter entlang der Mauer wurde zum schweißtreibenden Balanceakt. Immer wieder brachen Steine unter ihren Füßen aus und wurden von den Fluten verschlungen. Stellenweise musste sie gar mehrere Meter nach oben klettern, nur um im

Anschluss wieder den Sprung in die Tiefe wagen zu müssen. Mehr als einmal versanken ihre Füße bis zum Knie im eisigen Wasser.

Eine gefühlte Ewigkeit später erreichte Asara die erspähte Mauernische. Für einen langen, bangen Moment fürchtete sie, den Weg umsonst zurückgelegt zu haben. Dann fiel ihr Blick auf den zwischen Gestrüpp und Geröll verborgenen Durchgang. Kaum einen halben Meter maß die Spalte im Stein, die um mehrere Ecken und Kanten tatsächlich bis auf die andere Seite zu führen schien. Ein konstanter Schwall Wasser begrüßte Asara, als sie den Fuß in die moosbewachsene Kluft setzte. Die *Kisaki* duckte sich unter einem prekär überhängenden Felsblock hindurch und kroch in die Dunkelheit.

Die Passage entpuppte sich als weit größer, als erwartet. Nach wenigen Metern konnte Asara wieder aufrecht stehen. Trotz des Unrats, der immer wieder Nischen und Spalten verstopfte, erreichte sie unbehelligt den Ausgang. Sie wischte ihr nasses Haar beiseite und kauerte sich hinter einen größeren Stein.

Das Loch in der Mauer führte direkt in den Innenhof eines baufälligen und sichtlich verlassenen Wohnhauses. Das Gemäuer bestand aus kaum mehr als einem Fundament und wenigen Brettern, die sich knarrend im Wind bogen. Wo sich einst das Dach befunden hatte, erinnerten nur noch wenige Balken an trockenere Zeiten. Auf der rechten Seite endete der kleine Hof an einem Schütthaufen, der beinahe einem verwahrlosten Grabhügel ähnelte. Linkerhand schmiegten sich die schiefen Wände eines weiteren Hauses an die desolate Stadtmauer. In keinem der ungeschützten Fenster brannte Licht.

Asara hörte das Schaben einer Rüstung, lange bevor sie die Bewegung sah. Raif zog sich aus der Öffnung und ging neben der *Kisaki* in die Hocke. Krys folgte wenige Momente später.

„Diese Stadt ist eine Ruine", murmelte die Tänzerin. „Wer, bei vollem Verstand, würde Raktafarn freiwillig seine Heimat nennen?"

„Freiwillig?" fragte Asara betrübt. „Niemand. Die meisten haben keine Wahl oder wohnen verstreut im Umland. An Rayas Zorn kommt man nicht vorbei. Dafür hat meine Mutter mit ihren Dekreten gesorgt."

„Wir müssen weiter", drängte Raif leise.

Krys nickte und richtete sich auf. Sie zog ihren Bogen aus ihrem Rückenholster und stemmte ihn gegen ihre Hüfte. Mit einer geübten Bewegung spannte sie die gewachste Sehne über die schlanken Wurfarme und testete den Zug.

„Gebt mir eine Minute", sagte sie und deutete auf das Obergeschoß des verfallenen Hauses. „Ich verschaffe uns einen Überblick."

Mit diesen Worten huschte sie davon und verschwand im inneren des alten Gebäudes. Asara folgte ihrem Fortschritt mit wachsamen Augen.

„Wir müssen annehmen, dass Tharion zum Treffpunkt unterwegs ist", murmelte sie nachdenklich. Vielleicht findet die Zusammenkunft früher statt, als erwartet."

Raif legte seine behandschuhte Hand auf den Felsen, der ihm und Asara als Deckung diente.

„Wenn dem so ist, warum hat er uns nichts gesagt?" fragte er. „Alleine hat er gegen Harun und Vandar keine Chance."

Die *Kisaki* schüttelte den Kopf.

„Vielleicht hat er nur eine unerwartete Gelegenheit ergriffen", mutmaßte sie. „Warum sonst sollte er Neyve aus dem Lager entführen und ihren Vater vorzeitig in die Stadt locken?"

Der Krieger schüttelte den Kopf.

„Es gäbe weit einfachere Wege, den von seinem Heer getrennten Prinzipal verschwinden zu lassen", schnaubte er. „Tharion hat etwas vor. Und es hat nichts mehr mit unserem Plan zu tun."

Falls es jemals unser *Plan war.*

Asara atmete durch. Krys war im Dachstuhl angekommen und winkte nach unten. Kurz drauf verschwand sie aus der Sicht.

„Die Nachricht von Tharions plötzlicher Ankunft hat Vandar dazu getrieben, seine Truppen in Ashfall zurückzulassen", fuhr Asara leise fort. „Das ist kein Zufall. Kriegsschiffe der Jin an der Mündung des Esah? Auch das ist kein Zufall. Der plötzliche Aufbruch und die unerwartete Beschleunigung unserer Pläne? Alles vollste Absicht." Sie knirschte mit den Zähnen. „Tharion nimmt uns die Gelegenheit, unser Vorgehen ein letztes Mal mit Cyn und Lanys zu koordinieren."

Raif lachte humorlos auf.

„So wie du es beschreibst, laufen wir direkt in eine Falle."

Der Regen prasselte monoton gegen die verfallenen Mauern. Asara legte eine Hand an den Knauf ihres Schwertes.

„Ich weiß."

Für einen langen Moment war es still. Dann rappelte sich Asara auf und deutete auf das Haus.

„Komm", sagte sie. „Falle oder keine Falle – wir können hier nicht verweilen. Ich will verdammt sein, wenn ich unserem werten König den ganzen Spaß überlasse."

Ohne auf eine Antwort zu warten, huschte Asara in den Schatten des Gebäudes. Es dauerte einige Momente, bis sie den Aufgang in das Obergeschoß gefunden hatte. Die Treppe, oder was davon übrig war, folgte einem ausgebrannten Kamin bis in zugige Höhen. Asara tastete sich entlang des Steins und über teils durchgebrochene Bretter nach oben. Am Rande des einstigen Dachbodens kauerte Krys und studierte durch eine Fensteröffnung hindurch die unbeleuchteten Straßen. Asara gesellte sich schweigend zu ihr. Das Dach des alten Hauses bot einen überraschend guten Ausblick. Neben den grauen Steinbauten und trostlosen Fachwerkshäusern erspähte sie in der Entfernung auch den Glockenturm, dessen Gerippe das Zentrum der Stadt markierte. In seinen Mauern befand sich auch der eigentliche Treffpunkt, den sie Vandar stets verschwiegen hatte. Das alte Wahrzeichen befand sich nahe genug am Zentrum der Macht und war doch neutrales Gelände zwischen den verfeindeten Parteien. Die langen Schatten zwischen dem bröckelnden Stein und den verkohlten Balken waren ein zusätzlicher Bonus. Hier war es, wo Asaras und Lanys' Falle hätte zuschnappen sollen. Alles war in Stellung, um Harun und Vandar an den Treffpunkt zu locken. Und doch hatte sich Tharion im letzten Moment gegen ein gemeinsames Vorgehen entschieden.

Was hast du vor, Puppenspieler?

Asara rieb sich das Wasser aus den Augen und ließ ihren Blick weiter schweifen. Neben dem Glockenturm war das Rathaus des Stadthalters von Rayas Zorn eines der wenigen wahrlich intakten Gebäude. Das zweistöckige Haus verfügte über ein frisch gedecktes Ziegeldach, dessen schwarze Schindeln selbst einem derart düsteren Tag die Farbe zu nehmen schienen. Gläserne Scheiben verkleideten die zahlreichen Fenster. Das Rathaus war auch eine der wenigen Bauten, die beleuchtet und beheizt waren – ein dicker Schwall schwarzen Rauches quoll aus dessen schmalem Schornstein, der wie ein Mahnmal in den Himmel ragte.

Mehrere kleine Lichtpunkte tanzen in der Nähe des Hauptplatzes. Trotz Raktafarns mangelnder Wehrhaftigkeit waren zumindest vereinzelte Wachen im Regen unterwegs und wahrten den Schein von Sicherheit. Bis auf die glimmenden Lebenszeichen ihrer Fackeln waren die Straßen allerdings verlassen.

Krys kniff die Augen zusammen und schloss ihre Hand um das Griffstück ihres Bogens.

„Was ist?" fragte Asara leise.

„Hörst du das?" Die Späherin legte ihren Kopf schief. „Klingt fast wie ein…Zischen."

Asara hielt die Luft an. Einen Moment später vernahm sie, was Krys angesprochen hatte. Ein leises, aber stets anschwellendes Rauschen wurde vom Wind an ihre Ohren getragen. Es schien von überall und nirgends zu kommen.

Einen Herzschlag später teilte ein mannsgroßer Schatten die Wolken über dem Hauptplatz. Einen weiteren Herzschlag später schmetterte der Schatten mit ungebremster Wucht gegen die Mauern des Glockenturms. Ein dumpfer Donnerhall zerriss die Stille. In einer Szene fast surrealer Zerstörung begann sich der Turm langsam zur Seite zu neigen. Der erste

Stein löste sich aus dem Mauerwerk und stürzte krachend zu Boden. Weitere folgten. Asara starrte mit offenem Mund auf das höchste Gebäude der umkämpften Stadt, als es Block um Block in sich zusammenstürzte. Der Boden grollte und vibrierte, als die Mauern mit einem finalen Krächzen hinter den Silhouetten der Wohnhäuser verschwanden. Zurück blieb eine Wolke aus Staub, die explosionsartig höher und höher in den Himmel schoss.

„Was…?" stammelte Asara. Raif legte eine Hand auf ihre Schulter. Sein Blick war grimmig.

„Katapult", sagte er knapp. „Und kein kleines. Dem Winkel nach zu urteilen, kam das Geschoß aus Haruns Lager."

Asara sprang auf.

„Unmöglich!" zischte sie. „Warum sollte Harun…?"

Ein weiterer Knall ertönte, gefolgt von einem weiteren. Diesmal erklang das Grollen jedoch aus weiter Ferne. Als sich die Staubwolke über Rayas Zorn langsam zu setzen begann, färbte sich der Himmel jenseits der Stadt zusehends orange. Ein dritter Donnerhall peitschte durch die Straßen.

Sag, dass das nicht wahr ist. Bitte…

Krys schüttelte ungläubig den Kopf. Ihre Stimme klang kleinlaut.

„Die Yanfari…sie haben das Feuer eröffnet. Aufeinander."

Mit einem Aufschrei der ohnmächtigen Wut sprang Asara auf und sprintete die Stufen hinab. Sie ignorierte die unter ihr brechenden Planken und das schwankende Mauerwerk. Ohne zu bremsen katapultierte sie sich durch die morsche Vordertür des verlassenen Wohnhauses und hinaus auf die menschenleere Straße. Der Wind trieb ihr Tränen ins Gesicht, als sie in den vollen Lauf beschleunigte. Die anonymen Fassaden des tristen Stadtbilds zogen unbeachtet an ihr vorbei. Asara versuchte gar nicht, sich von Deckung zu Deckung zu bewegen. Unbeobachtet den Hauptplatz zu erreichen spielte keine Rolle mehr. Der bröckelige Frieden hatte in einer Explosion aus Stein und Staub ein jähes Ende gefunden.

Und wer auch immer dafür verantwortlich war, würde dem Schwert der Kaiserin Rede und Antwort stehen.

~◊~

Die Luft roch nach Rauch und Staub, als Asara schlitternd und keuchend zum Stillstand kam. Nach langen Minuten des Sprints hatte sie das Zentrum von Rayas Zorn erreicht.

Obwohl sie aus der Entfernung Zeuge der unvergleichlichen Zerstörung geworden war, hätte sie sich nichts auf den sich ihr nun bietenden Anblick vorbereiten können. Überall lagen Trümmer. Die Spitze des

Glockenturms hatte eine angrenzende Taverne getroffen und deren Dach auf der gesamten Länge aufgerissen. Offenes Feuer hatte das eingestürzte Strohdach ergriffen und gloste zwischen Dachsparren und zermalmter Einrichtung. Irgendwo von unterhalb der Trümmer erklang ein schwaches Husten. An anderer Stelle erhob sich ein zitternder Yanfari aus den Resten seiner Existenz. Sein Blick spiegelte die allesverschlingende Leere wieder, die auch Asaras Herz zu ergreifen drohte.

Der törichte Plan, den sie und Lanys in Masarta ausgeheckt hatten, war zusammen mit dem geheimen Treffpunkt in sich zusammengebrochen. All die Vorbereitungen, die sich nur im perfekten Zusammenspiel von Cyn, Lanys und Tharion zu einem unentrinnbaren Hinterhalt für Vandar und Harun zusammengefügt hätten, waren umsonst gewesen. Erst zwei Tage nach der Ankunft von Vandars Heer hätten sich die Rädchen in Bewegung setzen sollen. Stattdessen hatte Tharion auf eigene Faust gehandelt und Vandar vorzeitig in eine Falle gelockt, die noch nicht existierte – oder noch nicht existieren *sollte*. Asara sah und roch und spürte, dass die geplante Schlacht der Entscheidung fernab ihrer Kontrolle bereits begonnen hatte. Der ohnmächtige Gedanke erneuerte ihren brennenden Zorn, der im Moment des verheerenden Katapultangriffs entflammt war.

Zwei Tage zu früh...und doch zu spät.

Asara ballte ihre behandschuhten Fäuste und richtete den Blick gen Himmel. Hoch über der Ruine des Glockenturms tanzten glimmende Flocken über den dunkelgrauen Himmel und wurden vom anhaltenden Regen als Asche wieder zu Boden gespült. Brandherde erhellten den Horizont wie ein zweiter Sonnenuntergang. Ob am Hauptplatz der sterbenden Stadt oder in den Heerlagern der Yanfari – überall litten und starben Menschen für den Stolz und die Torheit einiger weniger verblendeter Narren. Sie hatte alles getan, um diesen Moment zu verhindern – vergeblich.

Die *Kisaki* wandte sich ab. Es gab nichts, was sie hier und jetzt für die eigentlichen Opfer des tödlichen Machtspiels tun konnte. Keine Bandage oder beschwichtigendes Wort würden den Krieg beenden, der innerhalb und jenseits der Stadtmauern begonnen hatte. Doch vielleicht vermochte es Asaras Klinge, trotz aller Fehlschläge noch einen Unterschied zu machen. Tharion und Vandar waren hier, in Rayas Zorn. Und wo das Licht des Königs brannte, dort konnten die Motten nicht fern sein.

Ich bin noch nicht aus dem Spiel.

Als Asara den ersten Fuß auf den Platz setzte, erspähte sie in der Entfernung eine Bewegung. Sie huschte in Deckung einer der großen, heruntergestürzten Mauersteine und kniff die Augen zusammen. Dort, nahe des Eingangs von Raktafarns Rathaus, eilte eine kleine Gruppe verhüllter Gestalten durch den Dunst. Bevor die *Kisaki* Details erkennen konnte, verschwand das Quartett im Inneren des weitgehend unbeschädigten Gebäudes. Asara wollte bereits folgen, als sich unvermittelt eine weitere Person aus den Schatten nahe dem Rathaus schälte. Die junge Frau trug keinen Umhang und auch keine Stiefel. Schwarzes Haar umrahmte ein schmales, bronzenes Gesicht. Ihr simples, aus dunkelrotem Leinen genähtes Kleid tanzte im kalten Wind. Als sich die Yanfari für einen Moment suchend umsah, fiel ihr Blick direkt auf Asaras Versteck.

Lanys.

Ihre ungleiche Schwester, Freundin, Feindin, Alliierte und einstige Liebhaberin wandte sich langsam wieder ab. Nichts deutete darauf hin, dass sie die *Kisaki* bemerkt hatte. Zielsicher glitt sie auf das Rathaus zu und betrat es durch die Vordertür.

‚*Lanys?'* Stille antwortete.

Klopfenden Herzens zählte Asara bis zehn. Dann erhob sie sich aus der Deckung und beschleunigte ihre Schritte über den Vorplatz. Immer wieder suchte sie Schutz hinter Mauerresten oder vergessenen Karren und Kisten. Als sie sich bis auf zwei Hauslängen an das Rathaus angenähert hatte, fiel ihr Blick zum ersten Mal auf eine dreiköpfige Gruppe Bewaffneter, die wie Wegelagerer im Schatten des steinernen Bauwerks warteten. Die Männer hatten sie noch nicht bemerkt. Asara hielt inne.

Die drei Krieger trugen die Farben von Rayas Zorn. Die erloschenen Fackeln zu ihren Füßen machten sie mit großer Wahrscheinlichkeit zu jenen Wachen, die Asara zuvor über den Platz hatte patrouillieren sehen. Nun standen sie zusammengekauert an der Fassade des Ratsgebäudes und mieden das wenige Licht des zu Ende gehenden Tages. Ihr Blick lag ehrfürchtig auf der Zerstörung, die das Geschoß des Katapults hinterlassen hatte. Jegliche Kampfeslust war aus ihren Augen gewichen und durch blanken Schrecken ersetzt worden.

Asara richtete sich auf und setzte ihren Weg erhobenen Hauptes fort. Sie gab sich keine Mühe, die letzten Meter ungesehen zurückzulegen. Die Schatten hatten sie bis an ihr Ziel geführt – doch ab nun war Verstecken keine Option mehr. Die Tür lag in direkter Sichtlinie des verschreckten Trios. Als der erste Soldat sie erblickte, stieß er hektisch seinen Nachbarn an. Zögerlich trat dieser in den Regen und baute sich vor der Schattentänzerin auf.

Asara deutete wortlos auf den beleuchteten Eingang des Ratsgebäudes. Niemand sprach. Das Rauschen des kleinen Wasserfalls, der unweit entfernt vom Ziegeldach zu Boden stürzte, stahl den Hall ihrer Stiefel und das stoßende Geräusch seines hektischen Atems. Kleine

Wölkchen bildeten sich in hoher Frequenz vor den Lippen des heruntergekommenen Soldaten, der wie ein unentschlossener Bittsteller vor der Kaiserin lümmelte. Asaras unverwandter Blick bohrte sich in seine Stirn.

Ein langer Moment verstrich. Dann senkte der Wachmann seine Hand und seinen Kopf. Die verwahrlosten Soldaten des Stadthalters hatte ihre Wahl getroffen. Geschlossen traten sie beiseite und ließen Asara passieren.

Die *Kisaki* trat in das Haus. Kalte Wut und Entschlossenheit hatten sich in ihrer Brust breitgemacht. Die Intensität ihres wiedererweckten Hasses auf Harun und Tharion wärmte ihren nassen Körper wie ein Mantel. Sie verspürte gar so etwas wie Enttäuschung darüber, dass die Wachmänner sie nicht doch herausgefordert hatten. Ihrer Klinge dürstete es nach Blut – und mit jedem verstreichenden Moment der Ungewissheit spielte das Ziel dieses Verlangens weniger und weniger Rolle.

Asara verschwendete kaum einen Blick an die billige, aber pompös erscheinende Einrichtung des Empfangsraumes, der mehr einem Trophäenzimmer als einer Amtshalle glich. Überall hingen Knochen, Felle und Geweihe von den vertäfelten Wänden. Bunt bemalte Schilde im Stil der Eru zierten die wenigen verbleibenden Nischen. Eine lange Tafel am Fuße eines Podests bot Platz für nahezu fünfzig Gäste. Der erhöhte Bereich selbst hatte fast etwas mit einer Bühne gemein. Ein gepolsterter Stuhl an einem kleineren, dunkel gebeizten Holztisch überblickte das Zimmer wie ein Thron. Das Wappen Raktafarns zierte die rückwärtige Wand. Von Haus Nalki'irs Heraldik war nichts zu sehen. Der Stadthalter machte keinen Hehl daraus, wem alleine er sich wahrlich untertan fühlte.

Asara folgte den nassen, rußigen Fußspuren auf dem alten Parkett bis zu einem Treppenaufgang am Rande der Halle. Leise setzte sie ihren ersten Fuß auf die Stufen und verharrte. Von oberhalb erklangen die Worte hitziger Diskussion. Die *Kisaki* erkannte die Stimme des Stadthalters, dessen Namen ihr auch nach langem Grübeln nicht einfallen wollte. Dazu mischte sich nach einem Moment ein zweiter, ihr nur zu bekannter Tenor. Minister Haruns Worte, so verzerrt und undeutlich sie auch klangen, sandten ein eiskaltes Prickeln über Asaras Rücken. Der Verräter war hier, in diesem Haus. Asara zog lautlos ihr Schwert.

Der Moment der Vergeltung war endlich gekommen. Nur noch wenige Schritte trennten sie vor dem gerechten Schwertstreich, der Haruns verabscheuenswürdiger Existenz ein verdientes und überfälliges Ende setzen würde. Sobald der Minister aus der Gleichung entfernt worden war, würden sie und Lanys den Bruderkampf zwischen den Yanfari beenden und Ra'tharion D'Axor geschlossen gegenübertreten.

Asaras Glieder bebten in freudiger Erwartung. Leiser Sohle huschte sie die Treppen nach oben und folgte den Geräuschen der Unterhaltung bis an eine verschlossene Tür. Das Fenster im direkt angrenzenden Gang eröffnete einen Blick auf den großen Platz vor dem Ratsgebäude. Der anhaltende Regen zeichnete träge Schlieren gegen das leicht gewölbte Glas. Wie auch im Inneren des Amtshauses herrschte auf dem Vorplatz das Zwielicht. Asara wollte sich bereits wieder abwenden, als sie plötzlich eine weitere Gruppe Männer erspähte, die in diesem Moment aus einer schmäleren Gasse trat. Das Trio wurde von Prinzipal Vandar angeführt, dessen sonst blankpolierte Kettenrüstung die Farbe von Ruß und Schlamm angenommen hatte. Der Feldherr hob die Hand und deutete direkt auf das Rathaus. Seine Begleiter beschleunigten in den vollen Lauf und rissen ihre Schwerter aus den Scheiden. Die Wachmänner, die Asara zuvor unbehelligt eingelassen hatten, stellten sich dem Ansturm der weit besser gerüsteten Krieger nur zögerlich entgegen. Stahl traf klirrend auf Stahl. Die *Kisaki* machte sich keine Illusionen über den Ausgang dieses Kampfes. Wo Vandars Männer trafen, floss Yanfari-Blut. Der erste Todesschrei ertönte nur wenige Sekunden später.

Die Unterhaltung im angrenzenden Raum verstummte.

„Verflucht", ertönte Haruns Stimme. Schwere Schritte entfernten sich etwas von der Tür. „Der Bastard hat gelogen! Die Ashen...!"

Waffen wurden gezogen. Asara wandte sich vom Fenster ab und holte mit ihrem ganzen Körper Schwung. Mit grimmigem Blick und blankem Schwert trat sie gegen die Tür, die laut ächzend unter ihrem Ansturm nachgab. Erhobenen Hauptes trat die *Kisaki* in den Raum.

Es begrüßten sie das Licht einer Öllampe und die Silhouetten eines halben Dutzends Personen, die sich verdutzt umwandten. Asara lächelte, als sie Cyn und Karrik erkannte, die sich hinter einem gehetzt aussehenden Harun aufgebaut hatten. Der Eru legte gerade eine schwere Pranke auf des Ministers Schulter. Der Stadthalter von Rayas Zorn saß hinter einem oft reparierten Schreibtisch aus sandfarbenem Pappelholz und war gerade dabei, sich zu erheben. Zwei Männer in funktionaler Lederrüstung hatten sich neben dem einzigen Fenster des Raumes aufgebaut und den Blick sorgenvoll nach draußen gerichtet. Erst mit Asaras Eintreten fuhren sie herum.

„Du...!" Haruns Augen weiteten sich. „Das ist unmöglich!" Der füllige Minister versuchte zurückzuweichen, doch Karriks Hand stoppte ihn. Vergeblich versuchte er, die Pratze abzuschütteln. Cyn-Liaos Blick war verwundert und erleichtert zugleich. Asara konnte zahllose Fragen in ihren Zügen lesen, ehe sich die Diebin wieder fasste. In einer blitzschnellen Bewegung zog Cyn ein Wurfmesser aus dem weiten Ärmel ihres traditionellen Jin-Kostüms und schleuderte es zielsicher auf eine der

Wachen. Der Mann ging röchelnd zu Boden, lange bevor sich Asara auf den zweiten Leibwächter stürzen konnte.

Der Kampf war kurz und blutig. Asaras erster Hieb riss eine klaffende Wunde in den Hals des Kriegers und raubte ihm die Luft. Panisch versuchte er, die Angreiferin mit Schwert und Dolch auf Distanz zu halten, doch seine Bewegungen waren plump und langsam. Asara bereitete seinem Leben mit einem schnellen Stich in den Oberschenkel ein Ende. Mit einem Tritt gegen die Brust sandte sie seinen zuckenden Körper zu Boden. Als sich Asara wieder dem Minister zuwandte, breitete sich bereits eine tiefrote Lache unter der Leiche aus.

„Botschafterin?" keuchte Harun in Cyns Richtung. „Was hat das zu bedeuten...?"

Die Diebin grinste und stellte sich an Asaras Seite.

„Es tut mir leid, euch enttäuschen zu müssen", erwiderte sie mit sichtlicher Genugtuung. „Aber ich bin keine Botschafterin der Jin. Und Karrik ist nicht mein zurückgebliebener Leibwächter."

Der Eru drückte Harun in einen Stuhl und legte ihm beide Hände auf die Schultern.

„Kleiner Mann bleibt sitzen", grollte er. Der totenbleiche Minister machte keine Anstände, sich zu bewegen.

Cyn beugte sich zu Asara.

„So viel zu unserem Plan", seufzte sie leise. „Ich bin jedenfalls froh, dass du noch atmest. Den Angriff mit dem Katapult hat uns der kleine Schleimbeutel verschwiegen. Ich habe Harun unterschätzt. Es tut mir leid."

So sehr sich Asara auch über das Wiedersehen mit dem diebischen Duo freute – sie hatte kaum ein Ohr für die Worte ihrer fremdländischen Freundin. Harun, der Mörder und Verräter, saß wehrlos vor ihr. Diesmal gab es kein Entkommen für den Intriganten, der sie vor so langen Monaten vom Thron gestürzt hatte. Asaras Jagd war trotz des so bitter nach Scheitern schmeckenden Plans zu einem Ende gekommen. Harun war gestellt. Vandar war in diesem Augenblick dabei, sich den Zutritt zum Ratsgebäude zu erkämpfen. In wenigen Minuten würde auch er vor Asaras Klinge erzittern.

Zwei Tage zu früh...und doch noch rechtzeitig?

Asara drängte die letzten Stimmen des Zweifels in den Hintergrund und gönnte ihrem verhassten Gegenüber ein kaltes, tiefst zufriedenes Lächeln.

„Harun."

„Hoheit!" stotterte Harun. „Welch eine Freude-"

„Schweig."

Der Minister verstummte. Asara warf einen Seitenblick zum Stadthalter, der sich sichtlich in die Unsichtbarkeit wünschte. *Fadil.* Das war sein Name. Fadil Asghar. Der großherzige Asghar. *Das ich nicht lache.*

Die Glatze des Mannes schimmerte ob des Schweißes, der seine blasse Haut benetzte. Der hagere Amtsträger hielt seinen Mund klugerweise geschlossen. Asara ließ ihn wortlos wissen, dass dies auch so bleiben sollte. Dann widmete sie sich wieder ihrem alten Opponenten.

„Harun." Sie legte die Spitze ihres blutigen Schwertes an sein Kinn. „Ich habe mir diesen Moment lange herbeigesehnt. Sehr lange."

Das fleischige Kinn des Mannes wippte, als er hörbar schluckte.

„Bitte, Hoheit. Habt Gnade! Ich wurde benutzt! Meine Berater haben mich verraten und die Ashen haben mir mit ihren Lügen den Kopf verdreht!" Er versuchte sich aufzurichten, doch Karriks eiserner Griff stoppte die Bewegung mit sichtlicher Leichtigkeit. „Ich wollte stets nur das Beste für das Reich!"

Cyn schüttelte verächtlich den Kopf und verschränkte die Arme.

„Die meisten Allianzen und Betrügereien waren seine Idee", sagte sie. „Als ich ihm die Schiffe der Jin versprochen habe, hat er sofort deren Einsatz gegen dein Lager zu planen begonnen. Und das Katapult…" Die Diebin presste die Lippen zusammen. „Er muss einen Spion in deinen Reihen haben. Der Angriff galt zweifellos dem geheimen Treffpunkt – und deinem Leben. Der Zeitpunkt war einfach zu gut gewählt, um ein Zufall zu sein." Die Diebin verzog den Mund. „Ich beginne wirklich an Tharions neuem Plan zu zweifeln." Ihr Grinsen kehrte zurück. „Du musst mir bei Gelegenheit erzählen, wie du dem Katapult-Irrsinn entgangen bist."

Irgendetwas an Cyns Worten hinterließ ein eigenartiges Gefühl in Asaras Brust. Für einen Moment fühlte sie sich wie ein Gast in einem fremden Schauspiel, dessen Bühnenbuch sie nicht kannte. Sie hatte so viele Fragen, doch keine einzige wollte sich einem vollständigen Satz formen. Adrenalin, Angst und Zorn vernebelten ihren Geist und machten es schwer, kohärente Gedanken zu fassen. Das Blut des erschlagenen Leibwächters erreichte die Sohle ihres linken Stiefels.

Harun begann der Jin vehement zu widersprechen.

„Das ist eine Lüge!", flehte er in Asaras Richtung. „Ich habe den König der Ashen im Turm vermutet! Diese falsche Botschafterin hat mir versprochen, dass Tharion höchstpersönlich am Treffunkt sein würde! Ich wollte ihn aus dem Weg schaffen, um den werten Stadthalter von der Überlegenheit des kaiserlichen – *eures* – Heers zu überzeugen. Bitte, Hoheit, ihr müsst mir glauben!"

Asara erwiderte nichts. Cyn schnaubte leise. Ihre erklärenden Worte waren diesmal nur für Asaras Ohren bestimmt.

„Er ist nur gekommen, weil ich ihm von einem ‚Treffen' zwischen dir und dem Hochkönig berichtet habe", murmelte sie. „Ich habe ihm Tharions Dokumente gezeigt, so wie wir es geplant hatten." Die Jin bedachte Harun mit einem mitleidigen Blick. „Anfangs wollte er in voller Stärke einmarschieren. Erst die Beteuerung, dass du alleine und ungeschützt in die Stadt geschlichen bist, hat ihm etwas Mut verliehen. Schließlich ist er uns mit minimaler Eskorte gefolgt, um dich und Tharion persönlich zur Strecke bringen. Eure Köpfe sollten sein Geschenk an dieses Wiesel von Stadthalter sein." Cyn runzelte die Stirn. „Doch der Angriff mit dem Katapult...der war nicht Teil des Plans."

Sie verließ Asaras Seite und trat an den Minister heran.

„Woher wusstest du von dem Glockenturm?" frage sie eindringlich. In ihrer Hand schimmerte ein weiteres Wurfmesser. „Ich habe dir nie von dem genauen Treffpunkt erzählt."

Asara blinzelte. Ihr Kopf hatte merklich zu schmerzen begonnen. Haruns und Cyn-Liaos Gebaren nahm ihrem Zorn den Schwung. Sie brauchte Zeit zu denken, doch die Worte wollten nicht aufhören. Dazu kam der anhaltende Kampfeslärm von außerhalb des Rathauses, der sich zu einem konstant rasselnden Schlagabtausch entwickelte hatte.

Asara lief die Zeit davon. Und irgendetwas Fundamentales stimmte nicht.

Es war Karriks vertrautes Brummen, dass den Schleier unvermittelt von Asaras Antlitz lüftete.

„Mondschein."

Cyn verstummte. Sie blickte verwirrt von ihrem Begleiter zu Asara und wieder zurück.

„Was hast du gesagt, Großer?"

Der Eru ignorierte sie. Sein breites Grinsen galt alleine der *Kisaki*.

„Geister dich sehen!" dröhnte er enthusiastisch. „Geister sehen Freund."

Er ließ von Harun ab und durchquerte mit großen Schritten den Raum. Asara wich instinktiv einen Schritt zurück. Dann einen weiteren. Ihr Rücken stieß gegen die hintere Wand des Arbeitszimmers. Neben einem Portrait des Stadthalters wurde der von Wandteppichen behangene Stein auch von einem kleinen Spiegel geschmückt, der aus dem Badezimmer einer hohen Dame hätte stammen können. Asara tastete mit tauben Fingern nach dem zierlichen Utensil.

Karrik war vor ihr zu stehen gekommen. Sein Blick war freundlich, beruhigend. Doch es lag auch eine tiefe Trauer in seinen Zügen, die mit einem bisher unbeachteten Gefühl des *Verlustes* einherging, das Asaras

Brust wie ein stählernes Gewicht beschwerte. All die Zweifel und Verwunderung, die sie seit Betreten des Raumes so vehement ignoriert hatte, kehrten schlagartig zurück. Es waren nicht Cyn und Haruns Worte gewesen, die so *falsch* geklungen hatten. Asara selbst war die Anomalie. Mit zitternden Händen hob sie den Spiegel.

Das sonnengeküsste Gesicht einer jungen, in Lederrüstung gehüllten Yanfari starrte ihr entgegen. Ihr Haar war, wie noch am Morgen, zu einem strengen Pferdeschwanz zusammengebunden. Doch dessen nasse Strähnen, die matt im Licht der Öllampe glänzten, waren schwarz wie die Nacht. Harte, blaugrüne Augen erwiderten ihren verängstigten Blick.

Lanys' Illusion war erloschen.

„Mondschein?" hauchte Cyn. „Bist du es wirklich? Wie ist das möglich? Wie hast du es geschafft, rechtzeitig-?" Die Jin verstummte. Karrik hatte sanft eine Hand auf ihre Schulter gelegt. Der Eru schüttelte unmerklich den Kopf.

„Sie ist tot", wisperte Asara in den verstummten Raum. Der Spiegel entglitt ihren tauben Fingern. Klirrend zerschellte das Schmuckstück am Boden.

„Lanys ist tot", widerholte sie tonlos. „Das Katapult..."

Asara hob ihr Schwert auf. Sie hatte gar nicht realisiert, dass sie die Waffe zuvor fallengelassen hatte. Der kühle Griff lastete in ihren schmutzigen Fingern wie ein letzter, weltlicher Anker. Langsam, ganz langsam, wich der Schock einem Gefühl der zwanghaften Ruhe. Nein, Lanys konnte nicht tot sein. Asara hatte sie zuvor das Gebäude betreten sehen. Ihre Schwester war hier – hier in diesem Haus.

Asara fuhr herum und eilte zur Tür. Harun und der Stadthalter waren vergessen.

„Lanys!"

‚Lanys!'

Sie stieß die Tür auf und lief auf den Gang. Dort, am Ende des getäfelten Korridors, bewegte sich eine Gestalt. Ein dunkelrotes Kleid schimmerte im Zwielicht, ehe es wieder von den Schatten verschluckt wurde.

„Lanys!" rief Asara. „Warte!"

Die *Kisaki* erreichte die Biegung und sah sich hektisch um. Einen Moment später registrierte sie eine Bewegung im Augenwinkel. Eine Gestalt huschte lautlos die Stiegen hinab und entschwand erneut aus ihrer Sicht. Keuchend eilte Asara hinterher. Ihre Schritte trugen sie quer durch den Versammlungsraum und hinaus in den tobenden Sturm.

Doch anstatt ihrer Schwester begrüßte Asara der Anblick eines erbitterten Zweikampfs. Inmitten lebloser Körper von Soldaten und Wachmännern tanzten Raif und Vandar einen tödlichen Tanz. Der

Prinzipal führte seinen Anderthalbhänder mit erschreckender Präzision gegen Raifs schnellere, aber weniger durchschlagskräftige Klinge. Beide Kämpfer bluteten aus zahllosen Wunden. Am Ende des Platzes, verborgen in den Schatten zweier Gebäude, kniete Krys. Die Späherin hatte ihren Bogen aufgezogen und zielte mit verbissenem Gesicht auf das vor ihr umherwirbelnde Chaos aus Gliedmaßen und Stahl. Hinter der einstigen Tänzerin kauerte eine sichtlich mitgenommene Neyve. Asara konnte denselben ernüchternden Schluss in ihren Augen lesen, zu dem sie auch selbst gekommen war: Dieses Duell würde keinen Sieger kennen.

Ich muss Raif helfen. Ich muss meinen Freunden helfen.

Der simple Gedanke an diese unumstößliche Notwendigkeit beseitigte all ihre simmernden Zweifel und Ängste. Lanys musste warten. Die bittere Wahrheit, die sie in ihrem Innersten so vehement verneinte, musste warten. Asara warf einen letzten Blick in die Richtung des eingestürzten Glockenturms.

Inmitten der Trümmer stand eine einsame Gestalt. Sie trug ein dunkelrotes Kleid, das keinem Gesetz des Windes zu folgen schien. Vollends erblichen war ihre einst dunkle Haarpracht und ihre Haut schimmerte einmal mehr in aschfarbenem grau. Ihre wachsamen roten Augen leuchteten wie zwei glühende Kohlen aus der Dunkelheit der hereinbrechenden Nacht.

Lanys' Lippen bewegten sich, doch Asara konnte die Worte nicht verstehen. Die ätherische Verbindung, die sie zuvor mit ihrer Schwester geteilt hatte, existierte nicht mehr. Doch sie war nicht einfach erloschen. Sie war etwas Neuem, Unbekanntem gewichen. Die Worte in Asaras Geist mochten verstummt sein, doch die gemeinsame Kraft war es nicht. Asara spürte nach wie vor die pulsierende Präsenz ihres Zwillings in jeder einzelnen Faser ihres Körpers.

Und sie verstand.

Mit einem traurigen Lächeln wandte sich die *Kisaki*, die Schattentänzerin, von der Szene der Zerstörung ab. Ihre Augen fanden Raif und Vandar. Die beiden Kämpfer hatten sich verbissen ineinander verkeilt. Vandars Dolch bewegte sich langsam aber unaufhörlich auf Raifs ungeschützten Hals zu, während Asaras Meister vergebens versuchte, seine eigene Klinge in Stellung zu bringen.

Asara *sprang*.

Für einen langen Moment war sie der Feldherr der größten Armee des Ashen Dominions. Und für diesen einen Moment ergab sie sich der rohen Kraft Raifs, die verbissen gegen ihren geborgten, stählernen Körper presste. Als Vandar unter ihrem Drängen unvermittelt nach hinten stolperte, katapultierte sich Asara wieder zurück in ihre eigene Form. Noch bevor das Schwindelgefühl ob des wiederholten Sprunges nachlassen konnte, hob Asara ihr Schwert und beschleunigte ihre Schritte in Richtung der beiden Kombattanten.

So kurz ihr Eingriff auch gewesen war, das unerwartete Manöver hatte das Blatt gewendet. Raif ließ einen Hagel der Schläge gegen Vandars bröckelnde Verteidigung prasseln und hinterließ Kerbe um Kerbe in dessen geschwächter Rüstung. Obwohl sich der Feldherr sichtlich schnell von seinem Schock erholt hatte, drängte ihn sein Gegner unter gutturalem Grollen näher und näher an die Wand des Rathauses.

Gib mir dein Geschick, schattige Schwester.

Irgendetwas veränderte sich, *wandelte* sich. Die Welt wurde schärfer und klarer. Selbst die Dunkelheit schien schlagartig zurückzuweichen. Asara tänzelte lächelnd in Vandars Rücken und führte einen zielsicheren Hieb gegen seine ungeschützte Flanke. Ihre Klinge bohrte sich tief und schmerzhaft in des Adeligen Fleisch. Vandar brüllte auf und warf sich zur Seite. Doch dort wartete bereits Raifs Schwert. Der Krieger hieb gegen den Helm des Feldherrn und durchtrennte den Riemen, der den stählernen Schutz auf Vandars Haupt hielt. Scheppernd stürzte der Helm zu Boden.

Knurrend führte der ältere Ashe einen Rundumschlag gegen seine Opponenten. Asara sprang leichtfüßig zurück.

„Du verrätst mich?" zischte Vandar in ihre Richtung. „Du verrätst mich für einen *Liebhaber*?"

Die *Kisaki* legte eine zweite Hand an das Heft ihres Schwerts.

„Nicht für einen Liebhaber, Vandar. Für den Frieden."

Sie stieß zu. Der beidhändig geführte Schlag prallte mit der Geschwindigkeit einer vorschnellenden Sandviper gegen Vandars Plattenpanzer. Die schmale Waffe fand den Zwischenraum zweier Schienen und sprengte sie auseinander. Asaras Schwert senkte sich in das ungeschützte Fleisch darunter. Dunkles Blut quoll aus der Öffnung, als sie die Klinge in einer drehenden Bewegung herausriss.

„Nein!"

Neyves Stimme. Asara presste die Lippen zusammen und tänzelte wieder auf Distanz.

„Lanys! Bitte...!"

Die *Kisaki* musste sich nicht umdrehen, um den Schmerz und die Ohnmacht in den Zügen ihrer Freundin zu lesen. Asara war dabei, Neyves Vater vor ihren Augen zu töten. Und ein Teil von ihr *genoss* es.

Es tut mir leid, Neyve. Aber Vandar muss sterben. So wie Harun. So wie Tharion.

Asara setzte zu einem neuerlichen Angriff an, doch Raif war schneller. Er hieb kraftvoll gegen Vandars Beine und hinterließ eine tiefe Scharte in dessen rechter Gamasche. Der Feldherr stolperte fluchend zurück. Er versuchte sowohl den anderen Krieger als auch die

Schattentänzerin zugleich auf Distanz zu halten, doch die Wand des Rathauses beendete jäh seine Bemühungen. Es gab kein Zurück mehr. Raif baute sich vor dem älteren Mann auf. Trotz der vielen Wunden, die seinen Körper übersäten, hielt er sich tapfer aufrecht.

„Ergebt euch", grollte er. „Eure Tochter muss euch hier und jetzt nicht sterben sehen."

Vandar spie Blut und Speichel vor Raifs Füße.

„Du bist ein Verräter an deinem Volk, Andraif", keuchte er. „Du und deine verlogene *Zis'u* mit den tausend Gesichtern!"

Asara warf einen Blick über die Schulter. Neyve war aufgestanden und starrte mit aufgerissenen Augen auf ihren Vater. Tränen kullerten unkontrolliert ihre Wangen hinab. Die Sklavin hatte jeden Grund ihren Hausherrn zu hassen, der sie vor all den Jahren zu einem Dasein als Lustspielzeug verdammt hatte. Und doch konnte sie es nicht. Der Schmerz in ihren Augen war stärker als alles, was Asara sich selbst zu fühlen zutraute.

Ich kann das nicht.

Die Schattentänzerin ließ ihr blutgetränktes Schwert sinken.

„Ich bin eine katastrophale Assassine", murmelte sie. Kopfschüttelnd wandte sie sich an Raif, der Vandar mit seinem Schwert in Schach hielt. „Entwaffne ihn."

Der jüngere Krieger nickte knapp und trat einen erschöpften Schritt zur Seite.

Im nächsten Moment spross ein Pfeil aus Vandars Brust. Das Projektil erzitterte sanft, als es das Herz des Feldherrn durchbohrte. Asara fluchte und fuhr herum. Krys senkte langsam ihren Bogen. Die Sehne der elegant gekrümmten Waffe flüsterte noch leise unter der rohen Kraft seiner Wurfarme. Die einstige Tänzerin erwiderte ungerührt Asaras entgeisterten Blick. Dann drehte sie sich um und entschwand in die Dunkelheit der schmalen Gasse.

Neyve sank tonlos auf die Knie. Ihr Gesicht war zu einem Schrei verzerrt, der ihre Kehle nie verlassen würde. Ihre Finger gruben sich in den schwarzen Schlamm zwischen den Pflastersteinen.

Asara wandte sich ab. Sie wünschte sich nichts sehnlicher, als an die Seite ihrer Freundin zu eilen und sie schützend in die Arme zu schließen. Zugleich wollte sie Raifs mitgenommenen Körper mit Küssen übersäen und danach für immer in die Geborgenheit seiner Umarmung entfliehen. Doch Asara konnte sich diese Ablenkungen, diese allesertränkenden Emotionen nicht leisten. Nicht jetzt und nicht hier. Der Krieg war noch nicht vorbei.

Die Schattentänzerin verließ Raifs Seite und trat an den Eingang des Rathauses, just als Cyn und Karrik aus der matt erleuchteten

Versammlungshalle traten. In ihrer Mitte trieben sie Harun und den verstört wirkenden Stadthalter von Rayas Zorn.

„Wo ist die werte *Kisaki*?" krächzte Fadil. „Ich muss in ihrer erlauchten Gegenwart beteuern, dass-"

Asara brachte ihn mit einem Blick zum Schweigen. Betont langsam führte sie ihr Schwert zurück in die Scheide und begann, ihre Handschuhe von ihren Fingern zu ziehen. Unter dem weichen Leder begrüßte sie die samtgraue Haut einer Ashvolk-Kämpferin.

„Ihr seid eures Amtes enthoben, Fadil Asghar", sagte Asara ruhig. In einer fließenden Bewegung zog sie ihren Dolch aus dem Gürtel und versenkte ihn in der Brust des hageren Mannes. Er starb, ehe die Verwunderung ihren Weg in sein Gesicht gefunden hatte. Sein Körper fiel wie ein Sack in sich zusammen.

Harun kreischte auf und sank mit erhobenen Händen auf die Knie.

„Bitte!" flehte er. „Bitte…!"

Cyns Augen waren traurig, als Asara den Minister am Kragen seiner prunkvollen Robe packte und auf die Beine zog. Doch weder die Jin noch ihr Hüne sprachen ein Wort, als die Schattentänzerin ihr Opfer in Richtung des eingestürzten Turmes zu schleifen begann.

Wo zuvor Lanys' reglose Gestalt gestanden hatte, türmten sich die Trümmer des zerstörten Gebäudes zu einem riesigen Berg aus gebrochenem Stein und zersplittertem Holz. Asara stieß Harun zu Boden und beugte sich zu ihm herab. Heißer, nach süßen Datteln riechender Atem schlug ihr entgegen.

„Grabe."

„W-Wie bitte?"

„Du sollst graben."

Asara schloss ihre Finger um ihren blutigen Dolch und deutete mit dessen Spitze auf den Boden. Harun schluckte. Mit zitternden Fingern begann er, Geröll beiseite zu schaufeln. Lange Minuten verstrichen. Mit jeder trägen Bewegung des fettleibigen Ministers erlosch auch ein Teil von Asaras brennender Wut. Als Harun schließlich keuchend innehielt, war ihr Zorn einer tiefen Müdigkeit gewichen, die Asara bis in ihr Mark spürte.

Bald.

„Da liegt jemand", flüsterte der Yanfari. Ein weiterer Stein rollte zur Seite. Im nächsten Augenblick schrie Harun auf und setzte sich hart auf sein Hinterteil. Ein staubiges Gesicht war unter den Trümmern zum Vorschein gekommen. Trotz einer geronnenen Wunde an ihrer Schläfe waren die Züge der jungen Ashin nahezu friedlich. Lanys starrte mit offenen Augen in den wolkenverhangenen Himmel, der im letzten Licht des Tages erglomm.

Asara schloss die Augen. Eine einsame Träne lief ihre Wange hinab und gesellte sich zu den hunderten Regentropfen, die in stiller Zustimmung vom Himmel niedergingen. Ihre ungleiche Schwester war tot. Es würde kein Lebewohl, keine letzten Worte geben. Alles was Asara blieb, war ein Funken von Lanys' Essenz, der von ihrer eigenen, unverstandenen Fähigkeit am Leben erhalten wurde.

„Du wirst sie begraben, Harun", sprach die *Kisaki* tonlos. „Und dann wirst du mir helfen, diesen Krieg zu beenden."

37

Letztes Licht

Asara stand an der Tafel des Versammlungsraums des Rathauses und prüfte zum gefühlt zehnten Mal den Sitz ihrer durchnässten Montur. Zufrieden, dass weder Kampf noch Wetter allzu deutliche Spuren am beschlagenen Leder hinterlassen hatten, richtete sich die *Kisaki* schließlich wieder auf. Ihre Schwertscheide schlug dabei sanft gegen ihren linken Schenkel und ließ den Trageriemen knarzen.

Asara war in der niedrigen Halle nicht allein. Raif hatte sich schweigend neben ihr aufgebaut und starrte finster an die trophäenbehangene Wand von Fadil Asghars einstigem Domizil. Cyn-Liao, die zierliche Diebin aus dem fernen Jin, saß etwas abseits auf einem der Stühle und hatte ihre Hand um Neyves Schulter gelegt. Die einstige Sklavin des Hochkönigs blickte stumm ins Nichts und spielte abwesend mit dem Ring ihres Halsbandes. Ihre Tränen waren versiegt, aber ihre Kraft war sichtlich aus ihren Gliedern gewichen. Selbst Krys' Rückkehr eine knappe Stunde nach ihrem wortlosen Verschwinden hatte Neyve keinerlei Reaktion entlockt. Die blonde Späherin hatte sich wortlos an der Eingangstür des Ratsgebäudes aufgebaut und ignorierte seither konsequent jeden Versuch der Konversation. Jetzt, wenige gedämpfte Minuten später, hielt Krys ihren Bogen lässig in ihrer Linken und warf in regelmäßigen Abständen einen Blick nach draußen, wo Harun mit bloßen Händen durch den Schutt wühlte. Zusammen mit Karrik und mehreren freiwilligen Helfern aus der Bevölkerung suchte er nach Überlebenden unter den Trümmern. Asara war freudig überrascht worden, als sich nach dem Ende des Kampfes tatsächlich mehrere schreckhafte Einheimische eingefunden hatten, die sich mit einfachen Schaufeln oder improvisierten Hebeln an die Arbeit machten. Solidarität und Hilfsbereitschaft waren intakt – selbst in einer Stadt voller Menschen, die jedes Recht dazu hatten, dem Konzept der Hoffnung zu entsagen.

Die *Kisaki* massierte mit einer Hand ihren Nacken und ließ ihren Blick einmal mehr durch die Runde schweifen. In den Gesichtern ihrer Kameraden las sie dieselben Emotionen, die auch ihre eigenen Gedanken beherrschten. Sie alle waren erschöpft, ratlos und zugleich entschlossen, das Begonnene zu einem Ende zu bringen. In der Stunde seit Vandars Tod waren viele hektische Worte gewechselt und zahlreiche Pläne geschmiedet und wieder verworfen worden. Jeder wusste um die Dringlichkeit, den entflammten Kampf zwischen den beiden Yanfari-Heeren schnellstmöglich zu beenden, bevor er sich auf die Stadt oder gar den ganzen Landstrich ausweiten konnte. Doch die konkreten Ideen waren ausgeblieben. Niemand wusste, was den initialen Angriff provoziert hatte oder wer den geheimen Treffpunkt nun tatsächlich verraten hatte. Selbst der totenbleiche Harun berichtete lediglich von anonymen Ashvolk-Boten, die ihn über Wochen hinweg mit scheinbar vertrauenswürdigen Information versorgt hatten.

Es war während des kurzen Verhörs schnell klargeworden, dass Asaras Plan einen schattigen Zwilling bekommen hatte. Zeitpunkte waren verändert und geheime Informationen getauscht worden. Harun hatte durch seine nächtlichen Besucher von Dingen erfahren, die außerhalb von Lanys' Fraktion eigentlich niemand wissen sollte. Es hatte sich jemand alle Mühe gegeben, die Saat des Konflikts in beiden Heerlagern zu streuen, ohne dabei ertappt zu werden. Das Ergebnis war von Subtilität weit entfernt: Auch jetzt, am Ende dieses finsteren Tages, brannten die Feuer jenseits der Mauern bis hoch in den Himmel.

Asara verbannte eine weiße Strähne aus ihrem Gesicht und setzte ihren Fuß auf den leeren Thron des Stadthalters. Das alte Parkett des Podests knarrte unter ihren festen Stiefeln. Asara trug nach wie vor die Züge ihrer dunklen Schwester. In den Nachwehen des Kampfes hatte es kaum Mühe gekostet, die Identität der Schattentänzerin zu wahren. Erst jetzt, als das Adrenalin langsam abebbte, spürte Asara den sanften Drang, der Ashvolk-Attentäterin wieder zu entsagen. Die *Kisaki* ignorierte das dumpfe Gefühl. Solange sie nicht wusste, welche Auswirkungen dieser *Sprung* haben würde, war sie im illusorischen Körper der geschickteren Assassine weit besser aufgehoben. Zusätzlich wollte sie Neyve nicht auch noch damit konfrontieren, dass ihre Freundin in Wahrheit die Kaiserin des verhassten Sonnenvolkes war. Die Situation war jetzt schon kompliziert genug.

Ein Plan. Wir brauchen einen Plan.

Es scheiterte nicht an Ideen. Doch keine von ihnen hatte es verdient, laut ausgesprochen zu werden. Egal, welches Szenario sich Asara zurechtlegte – die Überlegungen endeten immer im Desaster. Es gab keine allheilende Lösung.

Es gibt selten Abkürzungen im Krieg. Raifs Worte des vergangenen Morgens kehrten ungebeten zu ihr zurück. Der Krieger hatte die Wahrheit gesprochen. Offener Konflikt kannte nur Taktik, Entschlossenheit und Gewalt. Vielleicht musste sie aufhören, wie die naive Exilkaiserin zu denken und mehr wie eine Generalin. Eine schlechte Idee war immer noch besser als verzweifelte Ratlosigkeit.

Asara seufzte tonlos und warf einen eindringlichen Blick in die Runde.

„Es gibt eine Möglichkeit, einen Waffenstillstand zu erzwingen", eröffnete sie. Ihre Stimme war ruhig und passte so gar nicht zu ihren rohen Emotionen, die sie in einer Flut der Ängste und Zweifel zu ertränken versuchten. Asara wollte endlich trauern, wie es sich gehörte. Sie wollte einfach nur die Augen schließen und all dieses Chaos weit hinter sich lassen. Doch die Blicke ihrer Freunde, die mit grimmiger Entschlossenheit an ihren Lippen hingen, verliehen ihr ungeahnte Kraft. Die *Kisaki* musste durchhalten und in Kontrolle bleiben, auch wenn sich diese kaum von einer Illusion unterschied.

Ihren Kameraden zuliebe.

„Raifs Streitkräfte", fuhr sie lauter fort, „stehen am Nordufer des Esah bereit. Ich sage: Lassen wir sie eingreifen."

Der Krieger runzelte die Stirn und öffnete den Mund, doch Asara fuhr ungebremst fort.

„Ich sage nicht, dass wir den Kampf noch ausweiten sollen. Im Gegenteil. Nutzen wir Raktafarns einzigartige Position, um den Yanfari klar zu machen, dass sie diesen Krieg nicht gewinnen können."

„Was hast du vor?" fragte Raif. Asara lächelte finster. Der Plan begann in ihrem Kopf langsam Form anzunehmen.

„Wir erobern die Stadt." Sie hob ihre Hände in einer umfangenden Geste. „Rayas Zorn ist so gut wie wehrlos. Wir alle haben es mit eigenen Augen gesehen, als wir hereingeschlichen sind. Die wenigen Soldaten, die der Stadthalter noch sein Eigen nennen könnte, sind entweder desertiert oder stehen mit großen Augen an den südlichen Mauern. Wenn Raifs Armee *jetzt* aufbricht, könnte sie die Stadt innerhalb dieser Nacht vollständig besetzen."

Cyn meldete sich nachdenklich zu Wort. Ihre Stimme war kaum lauter als das Rauschen des anhaltenden Regens, das durch die offene Tür in den Raum drang.

„Würde das nicht alles noch viel schlimmer machen?" fragte sie. „Was ist mit den Zivilisten? Wir würden die Stadt in ein Kriegsgebiet verwandeln."

Asara verzog resignierend das Gesicht.

„Garantieren kann ich den unblutigen Erfolg nicht. Aber sehen wir es so: Das Volk Raktafarns und die beiden Yanfari-Heere haben aktuell Besseres zu tun, als sich geschlossen gegen die Ashen zu stellen." Sie warf einen flüchtigen Blick auf das Hoheitszeichen des verblichenen Stadthalters.

„Die Bürger werden sich nicht zur Wehr setzen", fuhr sie mit ehrlicher Überzeugung fort. „Nach alledem, was sie bisher ertragen mussten, spielt das Banner auf dem Rathaus wohl kaum noch eine Rolle für sie. Ihre Herren haben sie zu oft enttäuscht, um jetzt noch auf Loyalität hoffen zu dürfen."

Asara war sich nur zu schmerzlich bewusst, dass sie sich mit ihren eigenen Worten einschloss. Doch sie entsprachen der bitteren Wahrheit. Rayas Zorn kannte nur das nackte Überleben. Jede Hoffnung auf echte Unterstützung aus Al'Tawil war mit dem blutigen Krieg ihrer Mutter gestorben. Als Asara an die Macht gekommen war, hatte sie den Status Quo unbestritten akzeptiert. Raktafarn war eine annektierte Ressource, die es auszubeuten galt. Der Fluss des Wohlstands kannte seit jeher nur eine Richtung.

Die *Kisaki* holte Luft und sprach weiter.

„Die wenigsten der Wachleute und Söldner werden sich einer Übernahme widersetzen. Die Moral der Soldaten ist gebrochen." Sie warf einen flehenden Blick auf den Krieger an ihrer Seite. „Raif muss seine Männer trotzdem klar anweisen, jedes Blutvergießen zu vermeiden."

Der Angesprochene nickte knapp. Asara fuhr fort. „Sobald wir Rayas Zorn kontrollieren, können wir die Yanfari zum Aufgeben zwingen. Selbst der sturste General sollte einsehen, dass man keinen Bürgerkrieg gewinnen kann, wenn die Festung im eigenen Rücken dem Feind gehört. Wenn alles gutgeht, sollte das dem Kampf ein Ende bereiten und alle Parteien an den Verhandlungstisch bringen."

„Und dich zurück auf deinen Thron." Cyn schmunzelte. Neyve, die dem Gespräch bisher keine offensichtliche Beachtung geschenkt hatte, hob stirnrunzelnd den Kopf. Ihre Augen suchten und fanden Asara.

So viel zur ohnehin schon komplizierten Situation.

Die Schattentänzerin nickte dennoch.

„Sobald ich die Gelegenheit bekomme, die jeweiligen Anführer zu konfrontieren, kann ich sie zur Einsicht bringen. Harun ist mein Gefangener. Der korrupte Stadthalter ist nicht mehr. Und ich kann beweisen, dass ich wirklich bin, wer ich behaupte zu sein."

Kurze Stille.

„Und wer ist das?" fragte Neyve leise. „Wer bist du *wirklich*?"

Betretenes Schweigen breitete sich aus. Asara senkte ihren Blick. Sie war sich bewusst, dass sie die Beantwortung dieser Frage nicht ewig herauszögern konnte.

Es tut mir leid, Neyve.

Asara schloss die Augen und konzentrierte sich. Begleitet von einem tiefen Atemzug *sprang* sie zurück in ihren eigenen – nein, *anderen* – Körper. Asaras Haar färbte sich schlagartig dunkel. Ihre aschgraue Haut gewann an Farbe und schimmerte von einem Moment zu nächsten in hellem Gold. Zugleich verlor der matt beleuchtete Raum an Farbe und Tiefe. Als sonnenaffine Yanfari erschien die Dunkelheit weniger wie ein Freund, und mehr wie ein notwendiges Übel.

Verdutzte Blicke folgten ihrer Verwandlung. Die meisten ihrer Freunde wussten um ihre wahre Identität Bescheid, doch die wenigsten hatten zuvor gesehen, was Asaras Fähigkeit seit dem Tod ihrer Schwester zu vollbringen vermochte. Neyve öffnete den Mund. Jeder Muskel ihres Körpers spannte sich sichtlich an.

„Ich bin Asara Nalki'ir", sagte Asara leise. „Kaiserin des Yanfar Imperiums." Mit einem traurigen Lächeln auf dem Gesicht stieg sie von der Bühne. „Ich bin Rayas Tochter, ja. Doch ich bin auch Nai'lanys, Schattentänzerin der Tausend Gesichter. Ich trage seit Monaten einen Teil meiner einstigen Dienerin in mir, Neyve. Wir waren verbunden – auf so viele Weisen." Der Klumpen in Asaras Hals drohte ihr die Stimme zu rauben. „Lanys, die Freundin, die Rivalin, die Schwester...ist tot. Ich bin, was von ihr in dieser Welt zurückgeblieben ist." Sie legte eine Hand an ihr Herz. „Asara *und* Lanys."

Diese Worte laut auszusprechen war elektrisierend und beklemmend zugleich. Er jetzt, als der so undenkbare Gedanke echte Gestalt annahm, begann Asara, ihn wirklich zu begreifen. Die letzte Barriere zwischen ihrem schattigen Zwilling und der idealistischen *Kisaki* war gefallen. Lanys war nicht wirklich tot – die kecke Ashin war wahrhaftig zu einem Teil von Asara geworden.

„Neyve", fuhr die Schattentänzerin in warmem Tonfall fort, „ich bin dieselbe Person, die du vor all diesen Monaten kennengelernt hast. Nichts hat sich geändert. Es tut mir leid, dass ich dich im Dunklen gelassen habe. Und es tut mir leid, dass die Bestrebungen nach Frieden so viele Opfer gefordert haben." Asara senkte ihren Blick.

Neyve schnaubte. Es lag keine Kraft in ihrer Stimme.

„Du hast meinen Vater getötet", sagte sie nüchtern. „Vor meinen Augen."

„Das war ich", mischte sich Krys vom Eingang aus ein. Ihre Augen glommen rötlich in der Dunkelheit. „Mein Pfeil war es, der dem Kriegstreiber sein verdientes Ende bereitet hat."

Neyve sprang aus ihrem Sessel und fauchte in Richtung der einstigen Tänzerin.

„Glaubst du, ich weiß nicht, dass du Lanys nur die Drecksarbeit abgenommen hast? Du hast Vandar getötet, damit sie es nicht tun musste!"

„Neyve", fuhr Asara beschwichtigend dazwischen. „Vandar war ein Advokat des Krieges. Er hat das Haus meiner Schwester auf dem Gewissen-"

„Und meines", warf Krys emotionslos ein.

„-und Boten-wissen-sonst-wie-viele Existenzen zerstört. An seinen Händen klebte das Blut von Tausenden. Mit ihm an der Macht hätte der Frieden keine Chance gehabt."

Neyve wandte sich ab. Ihre schmalen Schultern bebten.

„Warum glaubst du, dass ich mir den Frieden herbeisehne?" murmelte sie. „Die Yanfari haben uns stets nur Leid gebracht. Sie haben es verdient, von uns unterjocht zu werden!"

Asara lächelte matt.

„Ich kenne dich, Neyve. Du bist vielleicht deines Vaters Tochter, aber du bist kein hasserfüllter Mensch. Wo unsere Eltern versagt haben, haben wir noch eine Chance, das *Richtige* zu tun. Gemeinsam."

Neyve entgegnete nichts. Ihre Augen waren starr geradeaus gerichtet, als sie sich stumm in eine Ecke des Raumes zurückzog. Als die Stille unangenehm zu werden begann, ergriff Raif schließlich das Wort. Er verschränkte seine kräftigen Arme vor seiner Brust und blickte auffordernd in die Runde.

„Es ist Zeit", sagte er in Asaras Richtung. „Wenn du tatsächlich wünschst, Rayas Zorn einzunehmen, werde ich die Truppen in Bewegung setzen." Er nickte nachdenklich. „Doch sei dir bewusst, dass nicht alle Kompanien meinem Oberbefehl unterstehen. Tharion ist immer noch der König."

„Tharion ist nicht im Heerlager", schmunzelte Asara. „Die Männer werden auf dich hören."

Tharion. Wo bei den Boten versteckst du dich?

Raif trat an die Tür und wandte sich ein letztes Mal um.

„In Ordnung. Die Stadt soll dein sein. Hoheit." Mit dem Schatten eines Lächelns auf den Lippen trat er in den Regen. Einen Herzschlag später war er in der Dunkelheit verschwunden.

„Und jetzt?" fragte Cyn.

Asara zog ihre Kapuze über ihren Kopf. Zugleich entließ sie ihr lichtes Selbst und *sprang* zurück in den Körper der tödlichen Tänzerin.

„Jetzt", erwiderte die Schattentänzerin, „gehen wir an die Front."

~◊~

Wind und Regen peitschten gegen Asaras Körper, als sie sich die letzten Meter der Mauer nach oben zog. Hinter ihr erstreckten sich die finsteren Gassen Raktafarns bis zurück an den Hauptplatz, den sie kurz zuvor im Laufschritt hinter sich gelassen hatte. Oberhalb warteten die bröckeligen Zinnen des Wehrgangs. Die Stadtmauer war das letzte Hindernis zwischen ihr und der Schlacht, die mit jedem dumpfen Knall aufs Neue die Nacht erhellte.

Der südliche Stadtwall war in einem kaum besseren Zustand als der nördliche. Es fehlte lediglich an schlecht verborgenen Durchgängen, die eine einfache Passage ermöglichten. So blieb dem kleinen Trupp der *Kisaki* nichts Anderes übrig, als die alte Mauer selbst zu erklimmen.

Asaras Finger fanden einen weiteren Spalt zwischen den riesigen Steinblöcken. Lehm und Kies gaben unter ihrem Griff nach, als sie vorsichtig ihr Gewicht verlagerte und zum Sprung ansetzte. Für einen Moment suchte ihr Fuß vergebens neuen Halt, ehe er an den abgestorbenen Resten einer Ranke ein passendes Trittbrett fand. Mit einem letzten Aufgebot ihrer strapazierten Kräfte katapultierte sich die Schattentänzerin an den oberen Rand der Mauer und zog sich unter lautem Keuchen vollends auf den Wehrgang. Ein kräftiger Windstoß begrüßte sie und trieb ihr eine Wolke feinen Regens ins Gesicht. Asaras Kapuze wurde zurückgerissen. Vom anwachsenden Sturm erfasst, schnalzte ihr Umhang wie eine zerschlissene Fahne hinter ihrem Körper. Zugleich wurden Asaras Nüstern vom beißenden Geruch nassen Rauchs attackiert.

Die *Kisaki* ignorierte die vagen Silhouetten der Wachen, die etwas abseits auf der Mauer standen und starr gen Süden blickten. Mit vorgehaltener Hand überquerte sie den Wehrgang und presste sich gegen die äußeren Zinnen. Was ihre Augen jenseits der Stadt erfassten, raubte ihr den Atem.

Die Goldene Steppe brannte. Pfeile und geteerte Geschoße hatten beide Heerlager am Fuße der grasigen Hügel in ein Inferno verwandelt, dem auch der Regen nicht Herr werden konnte. Die Hälfte aller Zelte brannte lichterloh. Mit jedem Windstoß sprangen die Flammen auf angrenzende Unterschlupfe über. Die Bemühungen der Lagerhelfer, das sich rasant ausbreitende Feuer zu löschen, blieben sichtlich erfolglos. Asara erspähte gar eine Frau, die mit Eimer und Lasso bewaffnet einem Pferd hinterherlief, dessen Mähne zu brennen begonnen hatte. Die Todesschreie des Tieres waren bis an die Stadtmauer zu hören.

Dort, wo ein Streifen noch unversehrten Landes die beiden Lager trennte, blitzte Stahl. Von Wut und Feuer gegeneinander getrieben, kämpfen Yanfari gegen Yanfari um jeden Meter schlammigen Grundes. Es war unmöglich zu sagen, welche der zahllosen, winzigen Figuren zu welcher Fraktion gehörte. Der vollständige Kollaps der eigentlichen Front machte das Chaos komplett. Wann immer ein Banner aus der Menge wuchs, wurde es sogleich wieder zu Boden gerissen. Menschen starben, wo Hiebe des Gegners – oder der eigenen Seite – ein Ziel fanden. Vereinzelte Pfeile regneten wahllos in die Menge. Die intakt verbleibenden Katapulte beharkten das jeweils andere Lager mit glühenden Geschoßen. Wo geteerter Stein auf Zelte oder provisorische Bauten traf, wurden tiefe Schneisen in das Land gerissen. Jeder Funke fachte das Inferno weiter an. Von hier oben auf der Mauer sah es aus, als ob ein Riese ziellos durch die einst geordneten Lager gestapft war und alles in seiner Bahn umgerissen hätte. Überall lagen die reglosen Schatten der Gefallenen zwischen zerschlissenen Planen und brennenden Zelten.

Asara hatte aufgehört zu überschlagen, wie viele Yanfari in dieser langen Stunde des sinnlosen Gemetzels bereits ihr Leben verloren hatten. Der Gedanke an die hunderten Männer und Frauen, die niemals wieder zu ihren Familien zurückkehren würden, erfüllte sie mit Übelkeit und ohnmächtigem Hass.

Die *Kisaki* registrierte im Augenwinkel, wie sich ihre Begleiter zu ihr an die Zinnen gesellten. Cyns Gesichtsausdruck war unlesbar, als sie ihren Blick in die Ferne richtete. Karrik brummte resignierend.

„Geister weinen an diesem Tag", sagte er leise. „Nur Geier finden Sieg."

Krys, die wortlos einen schlanken Pfeil aus ihrem Köcher gezogen hatte, schüttelte nur den Kopf. Ihre Aufmerksamkeit galt den Wachleuten, die nur unweit entfernt in Deckung einer Mauerbiegung kauerten. Einer der Männer hatte sichtlich bemerkt, dass sein Trupp nicht mehr alleine an den Zinnen stand und hob seine Hand zum Gruß.

„Kennwort?" rief er gegen das Heulen des Windes. In einer fast schon beiläufigen Bewegung legte Krys den Pfeil ein und spannte ihren Bogen. Bevor der Wachsoldat reagieren konnte, erwuchs ein zitternder Schaft aus seiner Brust. Tonlos kippte der Mann nach hinten um.

Die verbleibenden zwei Wachen fuhren panisch herum und fummelten nach ihren Schwertern. Krys erlegte den zweiten mit einem gezielten Schuss in den Hals. Asara erreichte den Dritten mit wenigen schnellen Schritten und duckte sich instinktiv unter seinem ersten Hieb hindurch. Es fühlte sich falsch an, so falsch, gegen diese namenlosen Soldaten in den Ring zu treten. Sie hatten den Tod ebenso wenig verdient, wie die Yanfari vor den Mauern. Doch so sehr Asara die blonde Späherin auch für ihre effiziente Kaltblütigkeit verfluchte, so verstand sie nur zu gut das Risiko des Versuchs einer friedlicheren Lösung. Zwei bis an die Zähne bewaffnete Ashen, eine Jin und ein riesiger Eru strahlten nur eines aus: Gefahr. Die Wachen des Stadthalters würden entweder fliehen und Verstärkung holen, oder sich ihnen entschlossen entgegenstellen. Beides würde Asaras Trupp in einen langen Kampf verstricken, den sie nicht unbeschadet überstehen würden. Nein, Krys hatte Recht. Sie mussten schnell und tödlich sein. Nur so hatten sie den Hauch einer Chance, die Front noch rechtzeitig zu erreichen.

Der Wachmann starrte Asara ungläubig an, als sich ihr Dolch nach einem blitzschnellen Konter in seinen Bauch bohrte. Sein zweiter, viel zu langsamer Schwerthieb endete, bevor er begonnen hatte. Die rostige Klinge fiel scheppernd zu Boden und der Mann sank in Asaras tödliche Umarmung. Die Schattentänzerin riss ihre Waffe aus seinem Fleisch und setzte seinem Leben mit einem Schnitt durch die entblößte Kehle ein Ende.

Die heulende Stille der stürmischen Nacht kehrte schlagartig zurück. Asara wischte mit dem Unterarm über ihre Augen, um ihre Sicht zu klären. Als sie sich suchend nach weiteren Bedrohungen umsah, erspähte sie eine plötzliche Bewegung unweit des nahen Wehrturms. Dort, in den Schatten des runden Erkers, kauerte eine einzelne Gestalt.

Verdammt. Er hat uns gesehen!

„Krys!" bellte Asara und deutete auf den Turm. Die Späherin verstand. Ihr suchender Blick fixierte den Beobachter. Mit kalter Miene zog sie die Sehne ihres Bogens knarrend an ihre Lippen und ließ schnalzend los. Der Pfeil raste trotz Wind und Wetter mit tödlicher Präzision durch die Dunkelheit und fand...Mauer. Das Projektil prallte splitternd vom Stein des Turms ab und verschwand in der Tiefe. Die Gestalt, die zuvor noch reglos in ihrer Deckung verharrt hatte, war reflexartig aufgesprungen. Stahl blitzte in ihren Händen.

Krys knurrte und riss einen weiteren Pfeil aus dem Köcher.

„Das ist keine Wache", zischte sie. „Das ist einer von Tharions Begleitern."

Asaras Herz setzte einen Schlag aus. *Tharion.* Tharion war hier. Nach vergeblicher Suche in den Gassen Raktafarns hatte sie endlich jemanden gefunden, der die allesentscheidenden Fragen beantworten konnte. Ein eiskaltes Lächeln breitete sich auf ihrem Gesicht aus.

„Ich will ihn lebend", sagte Asara und löste ihre Peitsche vom Gürtel. Im nächsten Moment beschleunigte sie in den vollen Lauf. Der Mann in den Schatten erkannte die heranstürmende Gefahr. Bevor Krys einen weiteren Pfeil abfeuern konnte, war er bereits hinter dem Wehrturm verschwunden. Asara biss die Zähne zusammen und zwang sich trotz des rutschigen Untergrunds zu noch höherer Geschwindigkeit. Mit dem böigen Wind im Gesicht passierte sie die Türöffnung des Turms und folgte der Biegung der Mauer nach Südosten. Der Fliehende kam wieder in Sicht. Dreißig Schritte vor Asara huschte seine Silhouette zwischen den Zinnen davon. Der Mann war schnell, aber nicht schnell genug. Mit jedem Atemzug gewann die *Kisaki* wertvolle Meter. Sie hatte den Abstand fast halbiert, als der nächste Mauererker aus der Dunkelheit auftauchte. Von dem grauen Bauwerk blieb kaum mehr als Schutt. Gigantische Steinbrocken und überwucherter Kies blockierten den Wehrgang, wo der Turm vor langen Jahren kollabiert war.

Sackgasse, mein Freund.

Der Unbekannte verlangsamte seine Schritte. Mehrere Wurfmesser ragten wie Klauen zwischen seinen Fingern hervor, als er sich schließlich umwandte. Asara blieb eine Häuserlänge vor ihm stehen. Die beschwerte Spitze ihrer Peitsche glitt hinter ihr über den Boden. Wenige Schritt weiter und ihr Gegner befand sich in Reichweite ihrer donnernden Waffe. Der Fremde schien dies ebenso zu wissen, denn er tänzelte einen weiteren Meter zurück.

„Wo ist Tharion?", rief Asara über den Sturm. „Antworte mir, und du wirst die Nacht überleben!"

Weiße Zähne blitzten in der Dunkelheit.

„Der König ist beschäftigt", antwortete die raue Stimme des Mannes. „Du wirst mit mir Vorlieb nehmen müssen, Schattentänzerin."

Asara trat vor und hob Dolch wie Peitsche.

„Du weißt, wer ich bin und stellst dich mir dennoch in den Weg?" Sie lächelte kalt. „Schätzt du dein Leben so wenig?"

Der Mann schüttelte schmunzelnd den Kopf. Als er einen Moment später antwortete, war es nicht mehr sein fremder Bariton, die sich mühevoll gegen den Wind zu behaupten bemühte. Es waren die hellen Worte eines Mädchens, die direkt in Asaras Geist erklangen.

‚Du bist arrogant geworden, kleine Tänzerin', sagte die Nachtigall amüsiert. *‚Und du überschätzt deine eigenen Fähigkeiten.'*

Asaras Augen weiteten sich. Ein Gefühl der eisigen Kälte trieb ihr Gänsehaut über den Rücken.

„Du...!"

Der Mann zuckte leichtfertig mit den Schultern.

‚Ich-', erwiderte die Nachtigall, „-und doch nicht ich", vollendete der Krieger den Satz. „Das spielt in unserem Fall aber keine große Rolle, nicht wahr?"

Jeder Instinkt Asaras schrie nach Flucht. Es kostete enorme Überwindung, nicht panisch zurückzuweichen und das Weite zu suchen. Die Präsenz der Nachtigall schwebte wie eine weitere, noch schwärzere Gewitterwolke über der Schattentänzerin. Sie war es, von der Jufrus Garr in ehrfürchtigen Tönen berichtet hatte. Sie war es, die Asaras unverstandene Fähigkeit in langen Jahren der Übung perfektioniert hatte. Und sie war es, die Tharion in seinem tödlichen Streich begleitete – oder gar leitete.

Und plötzlich begannen sich die Puzzlesteine zu einem neuen Bild zusammenzufügen. Die Nachtigall hatte nach Mihas Tod nicht aufgehört, die Geschicke des Reiches zu lenken – im Gegenteil.

„Die mysteriösen Boten an Harun", hauchte Asara, „die Provokation der beiden Heere...all der *Tod*." Die Hand der *Kisaki* schloss sich um die Griffe ihrer Waffen, bis ihre Knöchel weiß hervorstanden. „Das warst du."

Die Mundwinkel des Fremden zuckten nach oben.

‚*Allen Verdienst kann ich nicht für mich beanspruchen*', entgegnete die Nachtigall. ‚*Tharion hat fleißig geholfen.*' Sie seufzte. ‚*Was tut man nicht alles für den Frieden?*'

Seine – ihre – Augen funkelten. „Nicht wahr, Schattentänzerin? Kein Preis ist zu hoch. Gerade du solltest verstehen, wovon ich spreche."

Die Gesichter der vielen Opfer von Asaras Kreuzzug formten sich wie Geister aus dem Dunst ihrer Erinnerungen. Ri'isa, Dania und Fala. Vezier Malik und seine kranke Gemahlin. Zahllose Wachen und Sklaven, die den Aufstand in Masarta mit ihrem Leben bezahlt hatten. Vyldas Piraten. Lanys.

Asara schrie auf und ließ ihre Peitsche mit ungebremster Wucht nach vorne schnellen. Die Eisenspitze kam unter ohrenbetäubenden Knall bloße Zentimeter vor dem Gesicht ihres Gegenübers zu stehen und schnalzte zurück.

„Du hast Lanys getötet!" keuchte Asara. „Du hast all unsere Bemühungen für eine unblutige Lösung sabotiert! Warum...?" Ihre Stimme brach. „*Warum?*"

Die Nachtigall schüttelte abschätzig den Kopf. Ihre Stimme klang wie die einer Tutorin, die sich gegenüber einer besonders trotzigen Schülerin rechtfertigen musste.

‚*Dein Plan war naiv, Asara.*' Der Mann, der den Geist der Gildenherrin in sich trug, sah für einen Moment prüfend an seinem Gegenüber vorbei, ehe er fortfuhr. „Haruns und Vandars Tode alleine hätten nur ein Machtvakuum erzeugt, dass schnell aufgefüllt worden wäre. Kriege werden nicht von Einzelnen geführt, Kind. Um echten Frieden zu erzwingen, muss eine Seite ausreichend dezimiert werden. Erst dann zeigt es Wirkung, auch die gegnerischen Anführer aus dem Weg zu räumen. *Alle* Anführer." Die Nachtigall warf einen ungerührten Blick in Richtung des Stadtzentrums. „Das Beste an der Sache: Die Yanfari können ihren traditionellen Feind – uns – nicht für dieses Chaos verantwortlich machen. So wird sich all der aufgestaute Hass deines Volkes im internen Konflikt erschöpfen. Wenn sich der Staub schließlich gelegt hat, werden wir Ashen nicht mehr der Feind sein – im Gegenteil. Wir werden zum Retter in der Not werden; zum strahlenden Ritter in Zeiten des finsteren Bürgerkriegs."

Die Nachtigall studierte ihre Wurfmesser wie Fingernägel. ‚Die Yanfari werden nach dem heutigen Tag keine andere Wahl haben, als den Waffenstillstand mit Tharions Heer zu akzeptieren.' Ihr Wirt schmunzelte. „Und mein werter König wird die Bedingungen diktieren."

Asara lachte ungläubig auf.

„Das ist kein Frieden!" warf sie zurück. Ihr ganzer Körper zitterte vor wütender Ohnmacht. „Das ist erzwungene Kapitulation! Du führst einen Krieg, ohne selbst die Waffe zu erheben!"

Der Mann grinste.

„Perfekt, nicht wahr?"

Irgendetwas riss. Ein Schleier legte sich über Asaras Wahrnehmung und verengte ihre Welt zu einem Tunnel. Es gab nur noch sie und die Nachtigall. Ihre Feindin. Die Macht im Hintergrund, die all diese Monate aus den Schatten heraus manipuliert und intrigiert hatte. Jene Frau, die ihre Schwester auf dem Gewissen hatte. Die Herrin einer gesichtslosen Gilde, die Asara und Miha in die Falle manövriert hatte, um Tharions verbleibende Konkurrenz auszuschalten – ledig aller eigenen Schuld.

Wortlos riss die Schattentänzerin ihren Arm zurück. Dolch und Peitsche fühlten sich in ihren Händen vertraut und willkommen an. Begleitet von einem tonlosen Schrei, warf sich Asara ihrem schmunzelnden Gegenüber entgegen. Sie nahm nur am Rande wahr, dass im selben Augenblick ein Pfeil an ihr vorbeizischte und sich in des Mannes Unterarm bohrte. Asara registrierte nur den Blick milder Irritation, der sich daraufhin auf seinem – ihrem – Gesicht ausbreitete.

‚Weißt du, warum du hier und heute fallen wirst?' schleuderte Asara der Nachtigall in Gedanken entgegen. Die Antwort war milde herablassend.

‚Erleuchte mich.'

Ein Trio rasierklingenscharfer Wurfmesser verließ blitzend die Faust ihres Gegenübers. Asaras Instinkte erkannten die Gefahr, bevor ihr Geist sie überhaupt erfassen konnte. Die Welt verlangsamte sich. Asaras Körper bog sich im vollen Lauf aus der Flugbahn der tödlichen Geschosse. Die Messer verschwanden harmlos in der Dunkelheit.

Die Distanz zwischen den Kombattanten schrumpfte. Regentropfen explodierten gegen Leder und Stahl, wo sie mit Asaras gespanntem Körper kollidierten. Die *Kisaki* führte ihren Dolch wie die Verlängerung ihres Unterarmes, der direkt auf das Herz der Nachtigall zeigte.

‚Ich bin nicht alleine.'

Asara ließ sich fallen. Ungesehen in ihrem Rücken hob Krys ihren Bogen. Ihre Schussbahn war mit einem Mal frei von Hindernissen. Eine Sehne schnalzte. Der Pfeil verfehlte Asaras Kopf um Haaresbreite und fand sein Ziel im Hals des besessenen Kriegers. Im selben Augenblick stieß sich die *Kisaki* wieder vom Boden ab und sprang Klinge voraus gegen den wankenden Körper. Stahl schabte über Rüstung und Knochen, als Asara ihren Dolch bis ans Heft in seine Brust trieb. Ärger und Verwirrung und Schmerz verzerrten die Züge des Mannes, als er durch die Wucht zu Boden gerissen wurde. Asara landete auf ihm und rammte seinen Kopf ungebremst gegen den kalten Stein.

„Du verlierst."

Das raue Lachen des Sterbenden wurde von einem Hustenanfall unterbrochen.

„Du…vergisst…" keuchte die Nachtigall. *Ich bin nicht wirklich hier.*'

Das Licht in den Augen des Soldaten erlosch. Im nächsten Augenblick bohrte sich ein Pfeil in Asaras Arm und riss sie schmerzhaft herum. Sie stolperte gegen die innere Balustrade des Wehrgangs. Panisch suchte sie nach dem Schützen. Doch die Dächer der angrenzenden Häuser waren leer.

„Es…tut…mir leid…" presste Krys hervor. Asara rappelte sich keuchend wieder auf. Ihr Blick fand die leeren Augen ihrer Gefährtin. Die einstige Tänzerin zog einen weiteren Pfeil aus ihrem Köcher und legte ihn ein. Als sie ihren Bogen hob und in einer flüssigen Bewegung aufzog, zeigte die Spitze des Projektils direkt auf Asaras Brust.

Leb wohl, Schattentänzerin. Du hast gut gespielt.'

Krys ließ los.

Asara sprang. Es war kein Sprung der Geister und kein Tausch der Körper. Die *Kisaki* warf sich unter Zuhilfenahme all ihrer geerbten Reflexe zur Seite. Schmerz explodierte in ihrem Bauch, doch sie verdrängte ihn in den hintersten Winkel ihres Bewusstseins. Ihr Körper passierte die Zinnen. Sie flog. Der Sprung führte sie hinab ins Leere, in Richtung des einzigen Auswegs, der ihr noch geblieben war. Sie glitt über die gähnende Schlucht, die die Stadtmauer vom nächsten Wohnhaus trennte. Erst dann packte sie die Schwerkraft vollends in ihren unnachgiebigen Klauen und riss sie zusammen mit den Regentropfen in die finstere Tiefe. Dachschindeln brachen und Holz splitterte.

Asara *sprang.* Sie befand sich nicht mehr in ihrem gebeutelten Körper. Stattdessen erfüllte sie mit einem Male die rohe Kraft eines geübten Kriegers, der mit geballten Fäusten auf der Stadtmauer stand. Unmittelbar vor ihr senkte Krys gerade ihren Bogen. Cyn-Liao stand mit offenem Mund neben ihr. Asaras eigener Körper war aus ihrer Sicht verschwunden. Ohrenbetäubendes Krachen ertönte von einem der nahen Häuser. Dann wurde es still.

Asara hob ihre tätowierten Fäuste.

„Cyn", dröhnten ihre Worte aus Karriks Kehle. „Lauf. Soweit du kannst."

Im selben Atemzug packte Asara die sichtlich verdatterte Krys an der Schulter und trieb ihre geborgte Faust schmerzhaft in deren Magengrube. Der Bogen fiel aus den kraftlosen Händen der Späherin und sie klappte luftringend in sich zusammen.

„Deine Freude", ertönte die Stimme der Jin-Diebin von hinter Asara, „sind nicht deine Stärke. Sie sind dein Schwachpunkt."

Die *Kisaki* in Karriks Körper richtete sich auf und fuhr herum. Bevor sie die Bewegung vollenden konnte, durchzuckte sie ein brennender Schmerz. Mehrere Wurfmesser bohrten sich mit einem feuchten Schmatzen in ihren Rücken und Gesäß. Bevor ihr Gehirn reagieren konnte, wurde die beißende Pein von einem seltsamen Kribbeln ersetzt, das alles Gefühl in ihren Gliedern zu ersticken drohte. Im ersten Augenblick vermutete sie Gift. Der zweite Moment belehrte sie eines Besseren: Asara fühlte sich belebt, bärenstark, und sehr, sehr zornig.

„Großer Fehler", knurrte sie. Der Tunnel war zurück. Sie stapfte mit großen Schritten auf Cyn zu, die in ihren weiten Ärmeln vergeblich nach weiteren Wurfgeschossen suchte. Entnervt wich ihr Gegenüber zurück. Asara versuchte sie zu packen, doch die behände Diebin mit den Reflexen der Nachtigall tauchte gekonnt zur Seite. Mit drei schnellen Schlägen landete Cyn Treffer um Treffer in Asaras Seite, doch der Effekt war minimal. Karriks gestählter Körper ignorierte den Schmerz und sein rasendes *Ur-Sein* trieb die *Kisaki* mehr und mehr zur Weißglut. Asara vermochte Karriks Geister vielleicht nicht zu sehen, doch sie spürte ihre erzürnte Präsenz in jeder Faser von des Kriegers massiver Form.

Cyns nächster Tritt endete abrupt an Asaras Unterarm. In derselben Bewegung packte sie die Diebin am Bein und schleuderte sie in einer Drehung zu Boden. Was anderen die letzte Luft geraubt hätte, kostete der Jin nur ein keuchendes Lachen.

„Deine Freunde sind wahrlich nicht zu unterschätzen", spie die Nachtigall. „Das gilt aber auch für diese zierliche Erscheinung."

Cyn sprang wieder auf die Beine, rollte sich unter Asaras viel zu langsamen Tritt hindurch und zog sich im selben Atemzug an ihrem Rücken entlang nach oben. Einen Herzschlag später ritt sie auf Karriks Schultern und schlang ihren Arm eng um seinen – Asaras – Hals.

„Gute Nacht, mein Großer", flüsterte die Nachtigall in Asaras Ohr. Dann drückte sie zu. Die *Kisaki* schlug panisch um sich, doch sie konnte Cyn nicht abschütteln. Ihre Sicht begann sich zu trüben. Die Luft wurde zusehends knapper. Asara versuchte zu *springen*, doch ihre Sinne fanden nur leblose Dunkelheit.

‚Sind dir die Freunde ausgegangen?' spöttelte die Nachtigall. ‚Zu schade.'

Wie schon in den Tiefen von Ravanar packte Asara eine tiefe, fundamentale Todesangst. Ihr eigener Körper war verwundet oder lag gar im Sterben. Die Straßen um sie herum waren menschenleer. Sie würde niemanden finden, in dessen Körper sie diesen ausweglosen Kampf fortführen konnte.

Solange sie nicht an ihre Grenzen ging.

Asara warf sich in die ätherischen Winde. Die Welt wurde einmal mehr zu einem Sturm des Lebens, der sie gnadenlos und verlockend mit sich riss. Karrik war vergessen. Ihr eigener Körper war vergessen. In deren statt eröffnete sich eine ganze Welt der Möglichkeiten. Und doch hatte Asara nur Zeit für einen einzigen Versuch, einen einzigen, allesentscheidenden *Sprung*.

Sie fand die gesuchte Präsenz in den Mauern eines alten Hauses inmitten eines Kaders von Generälen, Boten und Dienern. Gegen ein schier unüberwindbares Schild der mentalen Stärke *riss* Asara die Kontrolle an sich – für einen einzigen, langen Moment. Ihre geborgte Hand packte eine Feder und ein Stück Pergament und begann ungebremst zu schreiben. Als der verzweifelte Satz seinen Weg auf das Papier gefunden hatte, ließ Asara nahezu erleichtert los. Erschöpft ließ sie sich von den Winden zurück in ihren eigenen Körper zerren – und in eine unbekannte Dunkelheit.

~◊~

Der Schmerz begrüßte Asara wie ein alter Freund. Sie öffnete stöhnend die Augen und versuchte zu fokussieren. Ein von tiefer Schwärze umgebener, rötlich-grauer Fleck schwebte wie die Manifestation eines finsteren Gedankens hoch über ihr. Wasser stürzte in langen Fäden aus der Anomalie und landete ungebremst in Asaras Gesicht. Sie blinzelte einmal, zweimal bevor sie aus dem Gesehenen Sinn machen konnte.

Die *Kisaki* lag auf dem Rücken. Mehrere Meter über ihrem Kopf befand sich ein von ihrem eigenen Körper gerissenes Loch im Dach des alten Hauses, dessen Stroh und Schindeln ihren Fall gebremst hatten. Morsche Dachsparren wie auch der Bretterboden des Stockwerks darunter hatten unter ihrem Gewicht nachgegeben und sie krachend in das Innere des Baus gespien. Erst der kalte Erdboden und die Reste eines bürgerlichen Schlafgemachs hatte dem Sturz ein jähes Ende gesetzt.

Asara setzte sich hustend auf. Staub tanzte in der Luft wie ein aufgeschreckter Schwarm Insekten. Der Schmerz, der die simple Bewegung begleitete, drohte der *Kisaki* aufs Neue die Luft zu rauben. Sie tastete mit zitternden Fingern nach der Wunde in ihrem Unterkörper. Zu ihrem Schock wurde sie an Bauch und Rücken fündig. Blut tränkte beide Seiten ihrer mitgenommenen Rüstung. Der Fall hatte den Pfeil zerborsten und mit Wucht durch ihren Körper gestoßen. Die messerscharfe Spitze ragte aus ihrem Rücken wie ein geköpfter Pfahl. Wo einst Feder und Schaft hervorgestanden hatten, glitzerte rotes Fleisch.

Asara unterdrückte eine Welle der Übelkeit. Bebend setzte sie an, das Projektil vollends durch ihren Bauch zu stoßen, ließ aber nach einem Moment wieder von ihrem Vorhaben ab. Sie war bei Bewusstsein und der Schmerz war stark, aber beherrschbar. Wenn sie der Schock nun unwiederbringlich ins Reich der Träume sandte, war sie der Nachtigall vollends und hilflos ausgeliefert.

So biss die *Kisaki* die Zähne zusammen und zog sich an den sie umgebenden Trümmern auf die Beine. Ein leichter Stich in ihrem Arm erinnerte sie daran, dass Krys auch noch einen zweiten Pfeil auf sie abgefeuert hatte. Glücklicherweise entpuppte sich die dazugehörige Wunde als oberflächlich. Asara riss keuchend ein Stück Stoff ihres Untergewandes ab und knotete es fest um die blutende Verletzung. Jede Drehung ihres Torsos sandte dabei eine Lanze des Feuers bis in ihre Bauchhöhle.

Wenn ich nicht schnell einen Medikus finde, muss die Nachtigall nicht einmal mehr zustechen, dachte Asara bitter. Tastend suchte sie nach ihren Waffen und wurde schließlich unter einem tönernen Scherbenhaufen fündig. Peitsche wie Dolch waren blutig und staubig, aber intakt. Mit einem matten Lächeln ob dieses kleinen Sieges schlurfte Asara aus dem zerstörten Zimmer und tiefer in die Dunkelheit des verlassenen Hauses.

Das Gebäude war bis auf wenige sperrige Einrichtungsgegenstände leer. Feuchtigkeit durchzog die bröckelnden Wände, wo der Regen seinen Weg ins Innere gefunden hatte. Nur die Reste von Verglasung an den Fenstern zeugten davon, dass hier einst eine wohlhabende Familie gehaust haben musste. Der große Wohnraum, den Asara wenig später betrat, bot einen vormals malerischen Ausblick auf eine schmale Promenade und einen kleinen, überwucherten Park. Eine schwere Tafel schmückte eine Ecke des Zimmers, dessen Kaminfeuer wohl schon seit Jahren erloschen war. Anstelle von Teppichen zierte wuchernder Efeu die Wände um die zersplitterten Fenster.

Asara ließ ihren Blick suchend über den Unrat schweifen. Es war wohl nur eine Frage der Zeit, bis die Nachtigall sie hier finden würde. Jeder noch so kleine Vorteil im Kampf gegen die Gildenherrin der Assassinen würde ihre Chance erhöhen, diese Nacht zu überstehen. Das Wohnhaus war vielleicht keine perfekte Festung, aber es bot sicherlich einiges an-

Es war eine kleine Bewegung zwischen den Bäumen des nahen Parks, die Asara instinktiv reagieren ließ. Dieser Reflex rettete ihr wohl das Leben. Zwei Wurfmesser zischten durch eines der Fenster und bohrten sich in die Wand, an der Asara Sekundenbruchteile zuvor noch gestanden hatte. Die *Kisaki* warf sich fluchend gegen den Tisch. Eines der Beine gab ächzend unter ihrem Gewicht nach und die Tafel kippte lautstark zur Seite. Asara kauerte sich hinter die neu geschaffene Deckung.

‚*Schattentänzerin*‘, flüsterte die Nachtigall. Ihre kindliche Stimme klang wie die eines körperlosen Gespensts. ‚*Du lebst noch. Wie schön.*‘

Asara lugte für einen kurzen Moment hinter dem Tisch hervor. Bevor sie ihre Gegnerin ausmachen konnte, rasten zwei weitere Messer aus der Dunkelheit und fuhren scheppernd in das massive Holz.

‚*Deine Freundin trägt mehr dieser Klingen mit sich, als man ahnen würde*‘, fuhr die Nachtigall in entspanntem Konversationston fort. ‚*Nicht zu vergessen diese kleinen Fläschchen mit überaus faszinierenden…Arzneien. Sie würde sich wirklich hervorragend als eine der Tausend Gesichter eignen.*‘

Asara ließ sie reden. Trotz der immer stärker schmerzenden Wunde in ihrem Abdomen war die Zeit auf ihrer Seite – zumindest sofern ihre Botschaft angekommen war. Falls nicht… Nun, in diesem Fall hatte sie alle Zeit der Welt.

‚*Ich hatte auf deine Einsicht gehofft*‘, sprach die Stimme in ihrem Kopf weiter. ‚*Aber es steckt einfach zu wenig Ashvolk in dir. Nai'lanys hätte verstanden, dass dem Frieden Opfer gebracht werden müssen.*‘

Asara ballte die Fäuste.

‚*Hast du sie deshalb umgebracht?*‘ zischte sie zurück. ‚*Weil sie deine Art von Bemühungen unterstützt hätte?*‘ Asara lachte gedanklich. ‚*Mach dich nicht lächerlich,* Aasgeier. *Dein Weg ist der des geringsten Widerstands. Du hast schlicht die Lösung gewählt, die dich und deine Komplizen an die Macht katapultieren soll – gleichgültig der Konsequenzen!*‘

Asara spürte den kontrollierten Zorn ihrer Gegnerin, so wie sie zuvor deren Worte gehört hatte. Trotz aller widersprechenden Eindrücke schlug in der Nachtigall immer noch das Herz einer stolzen Patriotin. Sie war davon überzeugt, das Richtige getan zu haben. Asara Kritik traf sie weit härter, als sie es je zugeben würde. Doch zugeben musste sie es gar nicht – die Verbindung zwischen Herrin und Schülerin gewährte einen so viel intimeren Einblick in das wahre Wesen der Attentäterin.

‚*Oh Asara*‘, seufzte die Nachtigall. ‚*Ich darf dich doch Asara nennen? Diese Naivität ist es, die dich deinen Thron gekostet hat. Du hast die Überzeugung, aber keinen ausreichend starken Willen, deine Ideale auch durchzusetzen. In diesem Punkt bist du ganz die Sklavin, die sich in den Fesseln eines Meisters räkelt. Du sehnst dich nach Führung, nach Befehlen.*‘ Ein unsichtbares Schmunzeln. ‚*Mach es dir doch nicht so schwer. Ergib dich und akzeptiere dein Schicksal. Ich garantiere dir, dass du dein Dasein als Gespielin am neuen Hof des Ashen-Imperators genießen wirst.'*

Asara verlagerte ihr Gewicht auf ihr anderes Bein. *Schicksal.* Es gab nur eine Person, die je von einem solchen gesprochen hatte – die sich überhaupt herausnehmen durfte, diesen Begriff in den Mund zu nehmen. Tharion D'Axor hatte seine damaligen Worte mit Bedacht gewählt. Sie trugen Bedeutung in sich und waren, trotz ihrer vagen Natur, frei von jeglicher Täuschung gewesen.

Asara hörte etwas gänzlich anderes aus den Worten ihrer verborgenen Feindin. Die dunkle, unwissentlich bloßgelegte Gedankenwelt der Nachtigall straften ihrem Geflüster Lügen.

Erwischt.

„Es gibt da nur ein Problem", sagte Asara laut. „Dein zukünftiger ‚Imperator' weiß nichts von alledem, nicht wahr? Er mag das Ziel vielleicht billigen, aber sicherlich nicht die Mittel. Und ich werde ihm mit großer Freude davon berichten, wie das kleine Vögelchen ihn zwitschernd in den verhassten Krieg getrieben hat."

Glas knirschte. Ein emotionsloses Lächeln breitete sich auf Asaras Antlitz aus. Sie war auf Gold gestoßen.

‚*Du hast Recht'*, flüsterte die Nachtigall. ‚*Ich habe gemogelt. Es ist viel zu gefährlich, dich am Leben zu lassen.*'

Asara sprang in einer Hechtrolle aus der Deckung und ließ ihre Peitsche nach vorne schnellen. Die Nachtigall im Körper von Cyn-Liao kauerte am Fenster. Asaras Worte und ihre eigene Ungeduld hatten sie aus der Deckung des Parks gelockt. Sie wollte beenden, was sie auf der Stadtmauer begonnen hatte. Während der Blutdurst ihren Geist umnebelt hatte, hatte die Schattentänzerin geduldig *zugehört*. Und jetzt, in diesem einen Moment, konnte sie ihr Gegenüber *spüren*, wo ihre Augen sie vielleicht noch betrogen hätten.

Zum ersten Mal in diesem ungleichen Kampf war Asara schneller.

Ihre Peitsche wickelte sich laut schnalzend um Cyns Taille. In derselben Drehung schlag die *Kisaki* den Griff der Waffe um eines der intakten Tischbeine und zog an. Der unerwartete Ruck ließ die Nachtigall gegen die umgestürzte Tafel stolpern. Asara setzte sofort nach und holte mit der flachen Hand zum Schlag aus.

Doch weder die Jin-Diebin noch die Attentäterin waren leicht auszumanövrieren. Cyn rollte sich entlang der Tischplatte zur Seite und durchtrennte das geflochtene Leder mit einem schnellen Schnitt eines ihrer Messer. Ein zweites schleuderte sie im selben Atemzug in Richtung von Asaras Hals. Schierer Instinkt ließ die Schattentänzerin rechtzeitig ihren Dolch nach oben reißen. Das Messer wurde klirrend abgelenkt und bohrte sich bis ans Heft in den Verputz. Obwohl die *Kisaki* das Gift auf der

Klinge nicht sehen konnte, war ihr dessen Präsenz nur zu deutlich bewusst. Ein einziger Ritzer in ihrer Haut und sie würde dieses Duell verlieren. Dieser Teil der Drohung war leider keine Lüge.

Asara riss die gekürzte Peitsche an sich und zielte in der Bewegung auf einen der entblößten Deckenbalken. Zielsicher schlang sie den Riemen um das morsche Holz und katapultierte sich in die Lüfte. Der Schwung trieb sie wie in freiem Flug auf die andere Seite des Raumes. Asara ließ ihr improvisiertes Seil los und stieß sich von der Wand ab. Ungebremst kollidierte sie mit Cyn und riss die zierliche Diebin zu Boden. Doch ihre Gegnerin war schlüpfrig. Sie glitt aus ihrer weiten Robe wie eine Schlange aus ihrer Haut. Geschickt wand sie sich aus Asaras Griff und zog ein weiteres Messer aus den nun entblößten Halftern an ihren Armen und Beinen.

Die Nachtigall hatte Recht gehabt. Cyn trug weit mehr Klingen an sich, als Asara je vermutet hätte. Siegessicher stieß die Jin zu. Leder riss, wo ihr Messer Asaras Rüstung aufschlitzte. Nur ihr Untergewand bewahrte die *Kisaki* vor einer blutenden Wunde. Keuchend und mit zunehmender Panik sprang sie auf die Beine und hob erneut ihren Dolch.

„Ich kann deine Angst spüren", lächelte die Nachtigall. Die schadenfrohen Worte verliehen Cyns Stimme etwas ungekannt Kaltblütiges. „Du kannst mich nicht töten, ohne deine Freundin zu opfern. Wie ich schon sagte: Deine Freunde sind-"

„Ach halt doch die Klappe", fuhr Asara dazwischen. Ihre Hand fand den herabhängenden Peitschenriemen. Sie zog mit aller Kraft an.

Was sie zuvor als morsches Knarren vernommen hatte, wurde durch den neuerlichen Ruck zu grollendem Donner. Wie schon unter dem Gewicht ihres von der Mauer stürzenden Körpers gab der Deckenbalken laut krachend nach. Stein und Schutt ergoss sich über die Duellanten. Ein Ziegel traf Asaras Schulter und raubte ihr schmerzhaft den Atem. Die *Kisaki* tänzelte blitzschnell zurück, um dem nächsten Stein zu entgehen. Cyn hingegen wurde von der vollen Wucht des geborstenen Sparrens getroffen und zu Boden geschleudert. Mehrere ihrer Wurfmesser ergossen sich klirrend über den Boden. Die Wände des alten Hauses ächzten und stöhnten. Doch sie hielten.

Als die Erschütterung verebbte und sich der Staub wieder zu legen begann, rappelte sich Asara langsam auf. Hustend trat sie an Cyns reglose Gestalt heran. Das linke Bein der Jin war unter dem Schutt eingeklemmt worden. Blut strömte aus einer Platzwunde an ihrer Stirn. Doch Cyn war noch bei Bewusstsein. Ihr Lächeln war schmerzverzerrt.

„Du hättest...sie geopfert", keuchte die Nachtigall. *Vielleicht steckt doch mehr Ashvolk in dir, als ich dir zugesprochen habe.'*

Mit zitternden Händen packte Cyn unvermittelt eines der verlorenen Wurfmesser und führte es in einer blitzschnellen Bewegung an ihre eigene Kehle. ‚Aber bist du bereit, bis ans Ende zu gehen?'

Asara, die bereits zum Sprung angesetzt hatte, hielt mit geweiteten Augen inne. Die vergiftete Spitze schwebte kaum ein Fingerbreit über Cyns entblößter Kehle. Die Nachtigall verzerrte das Gesicht von Asaras Freundin zu einer hässlichen Fratze.

‚Das Schöne an unserem Talent ist, dass wir nicht mit unseren eigenen Körpern spielen', hauchte sie. ‚Der Tod des Wirts ist nicht mehr als ein Ärgernis.'

Asara ballte die Fäuste.

„Ich werde dich finden", flüsterte sie. „Deinen echten Körper. Und dann wirst du das Schicksal der Yanfari dort draußen teilen."

Die Nachtigall setzte das Messer an. Jeder Muskel in Asaras Körper war zum Zerreißen gespannt.

In ihrer Konzentration spürte sie die neue Präsenz im Raum erst in dem Moment, als von draußen die ersten Schritte ertönten. Mehrere Paare schwerer Stiefel kamen vor dem Fenster zu stehen. Das Licht einer Fackel erhellte unvermittelt das Zimmer. Zugleich trat auf der anderen Seite des Raumes ein Mann um den Berg aus Geröll und zerstörter Einrichtung.

Es war Tharion. Der König trug eine simple Lederrüstung und war scheinbar unbewaffnet. Die Männer, deren Fackeln ihm eine Aura des wabernden Lichts verliehen, hingegen nicht. Mehrere Armbrüste richteten sich auf die Nachtigall. Als Raif aus der Reihe der Soldaten an das Fenster trat, vollführte Asaras Herz einen freudigen Satz. Zugleich zauberte ihr das Bild ein erleichtertes Lächeln ins Gesicht: Die Arme des Kriegers umklammerten eine reglose Gestalt. Die in unscheinbare Leinen gekleidete Ashin war an Händen und Füßen gefesselt. Ihr schulterlanges Haar verdeckte nur teilweise ihre kindlichen Züge. Raifs zierliche Gefangene war niemand anderes als die Nachtigall – die *echte* Nachtigall.

Der König trat einen weiteren Schritt an Asara heran. Er studierte die Schattentänzerin mit offen sorgenvollem Blick.

„Alles in Ordnung bei dir?" fragte er leise. Die *Kisaki* nickte nur. Sie legte ihre Hand verdeckend auf die Wunde in ihrer Mitte. Der Schmutz und die Dunkelheit verbargen das Blut, das unaufhörlich ihre Rüstung tränkte.

Es ist noch nicht vorbei.

Der König nickte erleichtert und wandte sich an die liegende Cyn. Sein Blick wurde eisig.

„Lass das Messer fallen", befahl er mit ruhiger Stimme. „Sofort."

Um seinen Worten Nachdruck zu verleihen, hob Raif seinen Dolch an die Kehle seiner Gefangenen.

„Eine falsche Bewegung..." knurrte er. Die besessene Jin ließ ihren Kopf zu Boden sinken.

„Du weißt es", flüsterte sie in Tharions Richtung. Der Ashen-König nickte.

„Raif und mir wurde eine...Botschaft übermittelt." Er schmunzelte und schenkte Asara einen vielsagenden Blick. „Und ich bin nicht erfreut. Du hast mich manipuliert. Und du hast meine friedliche Lösung zu einer Farce gemacht." Seine Worte wurden mit jeder Silbe härter. „Das ist eine große Enttäuschung für mich, Nachtigall. Eine *sehr* große."

Die Farbe wich aus Cyns Gesicht. Asara wechselte einen Blick mit Raif, der ihr aufmunternd zunickte. Die Nachtigall hatte Angst. Die *Kisaki* verspürte Genugtuung wie Neid ob des Respekts, den Tharion D'Axor gegenüber der Attentäterin zu gebieten schien.

„Tharion", hustete die Nachtigall. „Die Jin-Truppen alleine hätten niemals ausgereicht! Eine Drohung ist nicht gleichbedeutend mit einer Tat! Die Yanfari hätten sich nicht so einfach an den Verhandlungstisch zwingen lassen. Wir mussten sie wirklich und wahrlich im Herzen treffen!"

Der König beugte sich zu ihr herab. Seine Augen blitzten rot.

„Das ist und war nicht deine Entscheidung", sagte er in einem Tonfall der bedrohlichen Ruhe. „Wechsle zurück in deinen Körper."

Asara schritt leiser Sohle näher an das Fenster. Sie hatte nicht vor, dieser scheinbaren Resignation der Nachtigall zu vertrauen. Nichts hielt die Gildenherrin davon ab, in einen beliebigen anderen Körper zu springen und ihr Spiel von vorne zu beginnen. Umso mehr überraschte es die *Kisaki*, als die gefesselte Nachtigall plötzlich die Augen aufschlug und ihren Blick beschämt und trotzig abwandte. Im selben Moment begann auch Cyn zu blinzeln.

„Mondschein?"

Asara eilte an die Seite ihrer Freundin und sank neben ihr auf die Knie.

„Cyn?" hauchte sie. „Es tut mir leid. Ich wollte dich nicht...und Karrik...und..." Ihre Worte erstickten in ihrer anschwellenden Kehle. Die Jin lächelte matt.

„Wir leben noch", flüsterte sie. „Du hast sie...vertrieben. Das ist alles, was zählt." Ein Schaudern ging durch ihren Körper. „Ich musste zusehen, Asara. Während all des Kampfes musste ich tatenlos zusehen, wie sie versucht hat, dich zu töten. Ich war so...machtlos."

Asara strich über Cyns verklebtes Haar und begann, den Schutt beiseite zu räumen. Zu ihrer Verwunderung ging Tharion neben ihr in die Knie und packte helfend mit an.

„Ich kann Nachtigalls Fähigkeit unterdrücken", sagte er leise. „Zumindest für den Moment. Sie wird von niemandem mehr Besitz ergreifen, ohne dass ich es weiß."

Asara warf ihm einen Seitenblick zu. „Ist das eine weitere Nuance deiner ‚harmlosen' Fähigkeit, Träume zu bereisen?" fragte sie schroff. „So wie deine übermenschliche Reaktion und dein Trieb zum ungebremsten Intrigantentum?"

Der König schmunzelte.

„Nennen wir es einen Sinn für die Mordgelüste anderer und ein Auge für Details aus der Anderwelt."

Asara rollte den letzten Stein von Cyns Unterleib und half ihrer mitgenommenen Freundin auf die Beine.

„Ich habe viele Fragen", schleuderte sie in Tharions Richtung. Der Ashen-Herrscher nickte.

„Und du sollst deine Antworten haben. Aber zuvor möchte ich dir etwas zeigen."

Einer der Soldaten hob Cyn auf eine aus zwei Stangen und einem Tuch improvisierte Trage und begann, ihre Wunden zu inspizieren. Tharion deutete in Richtung des Vorraums. Eine misstrauische Asara folgte ihm.

Der gemeinsame Weg führte sie aus dem Haus und hinaus auf die regennasse Straße. Nach wenigen Metern bog die Gasse nach Westen ab und folgte der Stadtmauer bis an den intakten Wehrturm, den Asara zuvor in luftiger Höhe passiert hatte. Als sie hinter Tharion die Stufen des Bauwerks erklomm, raubte ihr die beinahe vergessene Bauchverletzung kurzzeitig den Atem. Doch die *Kisaki* biss die Zähne zusammen und kletterte weiter. Ihre Wunden konnten warten. Der Tag war noch nicht gewonnen. Darüber hinaus hatte sie nicht vor, den Ashen gegenüber Schwäche zu zeigen. In der heutigen Nacht war sie die kompromisslose Schattentänzerin, keine unterwürfige Sklavin auf der Suche nach einem starken Helden.

Oben angekommen erwartete Asara die erste freudige Überraschung. Karrik saß mitgenommen aber lebendig an den Zinnen der Mauer. Er wurde von einer nicht minder angeschlagen aussehenden Krys versorgt. Trotz des Hasses, den die Späherin wortlos in Tharions Richtung kommunizierte, wirkte sie erleichtert.

„Sieh", sagte der König. Seine Hand deutete in die Entfernung. Asara folgte seinem Blick bis auf die großen Felder jenseits der Mauer.

Der Kampf war verstummt. Doch es war nicht die vollständige Vernichtung einer Seite, die dem Gemetzel ein Ende gesetzt hatte. Inmitten der beiden Parteien hatte eine dritte Fraktion ihre Banner aufgeschlagen und sich wie einen Keil zwischen die Yanfari gedrängt.

Winzige Figuren entwaffneten im Schein des zögerlich hervorbrechenden Mondes die Krieger beider Seiten. Überall sanken Flaggen zu Boden und Zivilisten in weiten, weißen Roben eilten mit Arzneibeuteln gerüstet durch die Menge. Langsam begannen auch die Brandherde in den beiden Lagern zu erlöschen. Von den Katapulten und Ballisten zeugten allerdings nur noch rauchende Trümmer.

„Die Jin", sagte Asara leise. „Du hast dich mit den Jin verbündet."

Tharion legte seine Hände auf die breite Balustrade.

„Prinzessin Kanna hat mich tatkräftig unterstützt", nickte er. „Es war allerdings nicht leicht, Cipans Schirmherren in der fernen Kaiserstadt davon zu überzeugen, aktiv in diesen Konflikt einzugreifen."

„Kanna?" murmelte die *Kisaki*. Ihre vage Erinnerung zeichnete das Bild einer jungen Frau, die angekettet und sichtlich gebrochen auf dem Boden von Vandars Speisesaal kauerte. „Die Prinzessin, die du zur Sklavin gemacht hast?"

„Nein", lächelte Tharion. „Die Prinzessin, die, wie auch eine gewisse Kaiserin, ihre wahre Stärke erst in ihrem finstersten Moment gefunden hat." Er wandte sich zu Asara um. „Wir haben gewonnen, Asara Nalki'ir. Die Vernunft hat gesiegt."

Die Schattentänzerin presste ihre Hand an ihre pochende Wunde. Dunkles Blut sickerte zwischen ihren Fingern hindurch. Die Welt begann sich zu drehen. Im selben Moment entglitt ihr Lanys' wehrhafte Form und ihre Haut färbte sich schlagartig golden.

„Du hast dir den Thron beider Reiche erspielt", keuchte sie. „Das war doch das Ziel, nicht wahr? Dein eigenes Imperium…"

Ihre Beine gaben nach und Asara stolperte gegen die Zinnen. Sie hörte noch, wie Krys etwas rief und aufsprang. Tharions Hand fand ihren Hinterkopf, ehe dieser gegen die Wand schlagen konnte. Als Asara das nächste Mal blinzelte, füllte sein besorgtes Gesicht ihr ganzes, verschwommenes Blickfeld. Geschickte Hände tasteten zugleich über das so tief in ihrem Fleisch steckende Projektil. Krys murmelte unverständliche, beruhigende Worte.

„Ich bin kein Despot", flüsterte Tharion mit warmer Stimme. „Gib mir eine Chance, es dir zu beweisen, Schattentänzerin. Asara."

Seine Lippen fanden unvermittelt die ihren. Im selben Moment entglitt Asara in eine wohlige, vollkommene Schwärze.

38

Versprechen

Ein sanfter Luftzug brachte Aufruhr in die Welt der perfekten Ruhe. Anfangs war es nur eine leichte Brise, kaum stark genug, ein einzelnes Blatt vom Boden zu heben. Mit den ersten fernen Stimmen wurde der Wind jedoch stärker, bis er schließlich zu einem ständigen Begleiter der Unrast heranwuchs. Wie eine Gewitterwolke umschloss der noch junge Sturm Asaras körperloses Selbst. Sie war das Zentrum, das Auge, das sich nicht vollends zu öffnen wagte. Der Sturm lockte sie mit geflüsterten Versprechungen zu großen Taten und fernen Mysterien, die in den Weiten des ewigen Nichts auf sie warteten. Er zerrte und zupfte an ihrem Körper, der keiner war.

Komm.

Asara stand an der Schwelle. Alles, was es brauchte, war ein kleiner Schritt. Ein letzter Akt des Willens, um das noch blinde Auge ein für alle Mal einer Welt zu eröffnen, die so viel *mehr* war. Nein, nicht *mehr*. Anders.

Asara lag im Sterben. Auch hier, weit entfernt von ihrer stofflichen Hülle und dem verstandraubenden Schmerz ihrer Verletzungen, bestand daran kein Zweifel. Asaras nüchternes, analysierendes Ich sah das stürmische Zwielicht für was es war: Ein Raum des Übergangs zwischen zwei entgegengesetzten Welten. Umso faszinierender erschien es, dass sich Asaras bisherige Reisen durch den Äther rückblickend kaum von diesem *Dazwischen* zu unterscheiden schienen. Der allesverbindende Sturm des Lebens teilte sich ein Gesicht mit dem Pfad des nahenden Todes. Hätte Asara einen Mund besessen, so hätte ihr diese Erkenntnis wohl ein Schmunzeln auf die Lippen gezaubert.

„Wie geht es ihr?"

Die Worte klangen weit entfernt. Doch entgegen der Stimmen, die bisher ihre perfekte Ruhe gestört hatten, waren sie glasklar und unverhofft deutlich. Neugierig öffnete Asara ihre Sinne der willkommenen Anomalie.

„Unverändert."

Es war eine andere Stimme, die der ersten antwortete. Es mangelte ihr an Emotion, wenngleich dieser Eindruck nur ein oberflächlicher war.

Asara konnte darunter die verborgene Frustration und Sorge förmlich schmecken.

„Sie ist stark", entgegnete die erste Stimme. „Sie wird erwachen. Du wirst sehen."

Hitze kroch in die Worte des zweiten Sprechers.

„Du hättest sie niemals auf die Mauer mitnehmen dürfen! Nicht in ihrem Zustand!" Asara wusste, dass der Vorwurf mehr gegen den Sprecher selbst gerichtet war, als gegen seinen Gesprächspartner. Dennoch war der Schmerz auf beiden Seiten so präsent wie das bittere Gefühl der Schuld.

„Ich weiß. Ich habe zu spät erkannt, wie tief ihre Wunde wirklich war." Selbstzweifel. Verärgerung. „Ich hätte es besser wissen müssen." Resignation mit einem Hauch nüchterner Belustigung.

„Sie wollte uns gegenüber keine Schwäche zeigen. Nicht vor ihren verwundeten Freunden und nicht vor der Nachtigall. Ihr Kampf war noch nicht zu Ende." Eine Pause. „Du hättest sie sehen sollen, Tharion. Nach dem Duell gegen Vandar. Wir alle waren nur noch einen Schritt vom Aufgeben entfernt. Selbst ich. Sie alleine hat uns davon überzeugt, dass der Kampf noch nicht verloren war. In diesem Moment... In diesem Moment war sie wahrlich die Kaiserin."

Tharion. Der erste Bariton gehörte Tharion. Eine Mixtur der rohen Gefühle drohte Asaras Konzentration zu brechen. Die Stimmen verloren an Substanz und Kraft.

Tharion war dem Ruf ihrer Botschaft gefolgt. Und nicht nur das: Er und Raif hatten sie tatsächlich gefunden, bevor es zu spät gewesen war. Ob hinterhältiger Verschwörer oder aufrichtiger Alliierter – der König der Ashen hatte zu allerletzt die richtige Wahl getroffen. Sein Eingreifen hatte dem Krieg ein Ende gesetzt, den die Nachtigall in seinem Namen begonnen hatte.

‚Gib mir eine Chance', hatte Tharion gesagt, ehe Asara in die Schwärze entglitten war. Ehe er sie geküsst hatte. Der Gedanke sandte die wohlige Wärme einer unerwarteten Emotion durch ihren immateriellen Körper. Hätte Asara ein Gesicht besessen, wäre es wohl rot angelaufen. Auch jetzt, aus ihrer Perspektive der ungesehenen Beobachterin, spürte sie die rohe Kraft seiner Zuneigung. Sie lag verborgen unter zahllosen Schichten der Willensstärke und eisigen Kontrolle, aber sie war so stark und wahrhaftig wie das lodernde Feuer, dass auch Raifs Herz zum Höherschlagen brachte. Trotz all ihrer Fehler und dunklen Geheimnisse verband die zwei Männer ihr Respekt und ihre Liebe für eine viel zu stolze Närrin, die beides nicht verdient hatte.

Ein leises Schluchzen der Rührung ließ Asaras Körper erschaudern. Eine einzelne Träne lief ihre Wange herab. Sie konnte Raif und Tharion nicht zeigen, was und wie sie fühlte, aber sie konnte es ihnen *sagen*.

Asara schlug die Augen auf.

„Danke", flüsterte sie. „Für alles."

Zwei müde Gesichter starrten sie ungläubig aus dem Halbdunkel eines kleinen Raumes heraus an. Es war der König, der zuerst seine Fassung wiederfand. Ein breites Lächeln teilte seine Züge.

„Asara", sagte er. Seine Augen funkelten. „Willkommen zurück."

Raif sank auf die Matratze ihrer Bettstatt und legte schweigend seine Arme um ihre schmalen Schultern. Schmerz durchzuckte Asaras Unterbauch.

„Nicht so stürmisch", keuchte sie lächelnd. „Die Närrin ist zerbrechlich."

Der Krieger ließ widerwillig von ihr ab. Er suchte sichtlich nach Worten, vermochte sie aber nicht zu finden. Asara legte einen Finger auf seine Lippen.

„Ich weiß", flüsterte sie. Ihr Blick richtete sich auf Tharion. „Wie lange?" fragte sie heiser. „Wie lange war ich bewusstlos?"

Der König trat an das Fenster und zog die Vorhänge zurück. Der rote Streifen eines nahenden Morgens färbte den Horizont. Asara erkannte die charakteristische Silhouette der grasbewachsenen Hügel, die das Umland von Rayas Zorn prägten. Von den Häusern der Stadt fehlte allerdings jede Spur. Goldenes Gras wiegte sich sanft im Wind. Die wenigen Bäume vor dem Fenster trugen das rotbraune Laub des Herbstes. Ein einsamer Esel graste nicht unweit des Fensters entfernt in einer abgezäunten Koppel.

Der Raum selbst war rustikal eingerichtet. Dicke Holzbalken formten die Wände des Zimmers, das Asara in vielerlei Hinsicht an den Schlafraum eines Bauernhauses erinnerte. Eine alte Öllampe warf ihren Schein auf ein Gemälde, gezeichnet in der tollpatschigen Hand eines Kindes. In einem kleinen Kamin knisterte ein gut genährtes Feuer.

„Fast zwei Wochen", erwiderte Tharion vorsichtig. „Die *Medizi* waren sich nicht sicher, ob du... Wie lange es dauern würde, bis du das Bewusstsein wiedererlangst."

Raif knurrte.

„Sie haben dich für tot erklärt", sagte er heiser. „Selbst die ‚Weisen Frauen' der Jin."

Misstrauen und Vorwurf begleiteten das letzte Wort. Asara tastete unter der Decke nach dem Verband um ihren Torso. Der Stoff war feucht und roch deutlich nach Infektion.

„Die Jin..." murmelte sie und spannte testend ihre Muskeln. Die Bewegung kostete ihr beinahe das Bewusstsein. Keuchend schloss Asara die Augen. „Was ist meinen Freunden?" fragte sie leise. „Was ist mit den Yanfari? Mit Harun und der Nachtigall?"

Eine Hand legte sich auf ihre Schulter.

„Ruh dich aus und komm zu Kräften", erwiderte Tharion beschwichtigend. „Wenn du stark genug bist, komm nach Asaras Tugend. Ich werde dir alles erzählen."

Die *Kisaki* blinzelte ihn fragend an. Die Welt hatte sich genug geklärt, um Tharions amüsiertes Grinsen deutlich zu erkennen. Raif nickte.

„Das Volk hat entschieden", sagte er. Der Stolz in seiner Stimme war nicht zu überhören. „Raktafarn hat lange genug unter Rayas Zorn gelitten. Die Yanfari waren nur zu bereit für eine Veränderung."

„Der Vorschlag kam von Cyn-Liao", schmunzelte Tharion. „Der neue Stadtrat hat ihn einstimmig angenommen. ‚Asaras Tugend' hat einen schönen Klang, findest du nicht?"

Die Eindrücke, Gefühle und Worte ihrer Besucher senkten sich wie eine dicke, warme Decke über Asaras geschwächten Körper. Langsam, ganz langsam, begann sie zu verstehen. Sie hatte tatsächlich gewonnen. Entgegen aller Erwartungen und trotz der vielen Fehler, die sie über die Monate begangen hatte, war der Frieden zur Realität geworden.

Asara schloss lächelnd ihre Augen. Ihre Finger fanden Raifs Arm. Bevor sie seine kräftige Hand vollends umschließen konnte, war die Schattentänzerin bereits tief und fest eingeschlafen.

~◊~

Die Luft war kühl und roch nach frischem Erdreich. Das leuchtend gelbe Gras, das sich in alle Richtungen erstreckte, reichte Asara bis zum Oberschenkel. Die *Kisaki* stand auf einer Anhöhe nahe dem kleinen Bauernhof, der nach dem Kampf um Rayas Zorn zu ihrem Zuhause geworden war. Eine weitere Woche war seither ins Land gezogen und die Goldene Steppe zeigte die ersten Zeichen des kommenden Winters. Es waren nicht nur die niedrigen Temperaturen, die die Halme Morgen für Morgen mit einer filigranen Schicht Eises überzogen. Auch die Tiere schienen sich mit dickerem Fell und größerem Appetit auf die kalten Monate hier im Norden des Yanfar-Reiches vorzubereiten.

Asara rieb ihre Hände zusammen und klappte den Kragen ihres Mantels hoch. Zu ihren Füßen stand ein kleiner Beutel gefüllt mit ihren wenigen Habseligkeiten. Eine zweite Tasche trug einen kleinen Vorrat Proviant, den sie vor ihrem Aufbruch klammheimlich aus der Küche stibitzt hatte. Asara hatte es nicht übers Herz gebracht, ihren Gastgebern persönlich zu beichten, dass sie von diesem morgendlichen Spaziergang nicht mehr zurückkommen würde. Das alte, kinderlose Pärchen hatte sie wie eine verlorene Tochter aufgenommen und sich fürsorglich und ohne Erklärungen einzufordern um sie gekümmert. Auch Raifs und Tharions Besuch hatte ihrer Gastfreundschaft keinen Abbruch getan. In den Augen der beiden Yanfari war Asara nichts weiter als eine junge Frau, die, wie viele andere, zu einem Opfer des Krieges geworden war. Asara hatte in den Tagen ihrer Genesung oftmals versucht, den beiden helfend unter die Arme zu greifen, doch das Paar wollte davon nichts wissen. So hatte die *Kisaki* ihrem Körper die bitter notwendige Ruhe gegönnt und begonnen, sich, zum ersten Mal seit Monaten, wahrlich zu entspannen. Doch dieser durch ihre Verletzungen erkaufte Frieden konnte nicht ewig währen. Schweren Herzens hatte Asara im Morgengrauen ihre Sachen gepackt und ihren Gastgebern einen Brief hinterlassen. In dem Schreiben befand sich neben den Worten des tiefen Dankes auch ein Versprechen: Sie würde alles in ihrer Macht Stehende tun, um den Bürgern der Provinz das unbeschwerte Leben zu ermöglichen, das sie verdienten. Asaras Tugend würde Rayas Zorn hinter sich lassen.

Die *Kisaki* nahm einen tiefen Atemzug der klaren Luft und wandte sich ab. Schweren Herzens ließ sie das Bauernhaus im Dunst des Morgens hinter sich. Ihr Weg führte sie entlang eines Karrenpfads durch weitläufige Wiesen und bare Felder. Spättragende Obstbäume säumten die Straße, wo immer sich die knorrigen Gewächse gegen Wind und Wetter durchgesetzt hatten. Immer wieder erspähte Asara Bauernhäuser und größere Gehöfte in der Entfernung. Die Bauten waren alt und oftmals von Kletterpflanzen überwuchert, aber sie wurden nach wie vor bewirtschaftet. Die Yanfari der Goldenen Steppe hielten an ihrer Lebensart fest – egal wie viele Hürden ihnen in den Weg gestellt wurden.

Asara folgte der schlammigen Straße für den besseren Teil des Vormittags, ehe sie zum ersten Mal die Mauern der fernen Stadt erspähte. Im matten Licht der Sonne sah Raktafarn um einiges einladender aus, als noch im dicken Nebel wenige Wochen zuvor. Den desolaten Zustand des Walls und der Häuser konnte die freundliche Helligkeit allerdings nicht verschleiern. Asaras Tugend war verwundet – aber intakt. Das Zentrum der Provinz und seine hunderten Bürger hatten den Krieg überstanden. Leider war dieser Sieg nicht ohne Opfer gewesen.

Asaras Blick richtete sich auf die schwarzen Narben, die die Landschaft vor den Stadtmauern zeichneten. Von den beiden Heerlagern blieben nur noch wenige Dutzend Zelte und mehrere heruntergebrannte Scheiterhaufen. Die vereinte Streitmacht der Ashen und der Jin hatte sich nach ihrer Schlichtung wieder auf die andere Seite des Esah zurückgezogen. Die wenigen Soldaten, die sich an den Südmauern niedergelassen hatten, waren sichtlich im Aufbruch inbegriffen. Nach langen Monaten im Dienst von Harun oder Lanys wünschten sich diese Männer und Frauen wohl nur eines: nach Hause zurückzukehren.

Asara folgte der unter zahllosen Hufen und Rädern hartgepressten Straße hinab in das Flusstal, in dessen Mitte sich die Mauern der Stadt erhoben. Unterwegs passierte sie immer wieder kleine Karawanen von Händlern oder Soldaten. Bauernvolk transportierte Nahrung und Kleidung in alten Karren in Richtung des offenen Tors. Niemand schenkte der einsamen Wanderin mehr als nur ein freundliches Nicken. In ihren simplen Gewändern aus Leder und Leinen glich Asara den erfrischend zahlreichen Reisenden, die mit Rucksack oder Packesel ihrer Wege gingen.

Die *Kisaki* trug ihr angestammtes Gesicht. Sie hatte ihr schwarzes Haar zu einem simplen Pferdeschwanz zusammengebunden und schmückte sich nicht mit Haarnetz oder Ringen. Selbst ihre engsten Berater aus Al'Tawil hätten die junge, unscheinbare Yanfari nicht erkannt, die als Teil einer wachsenden Menschenmenge auf das Stadttor zusteuerte.

Die Kontrollen am Tor waren oberflächlich und dienten mehr der Inventur, als der Sicherheit. Waren wurden von Beamten oder Wachmännern in eine Liste eingetragen und deren Besitzer mit freundlichem Handschlag eingelassen. Zu Asaras Überraschung waren einige der Soldaten Ashen und Jin. Besonders die kleinwüchsigen, hellhäutigen Krieger in ihren bunten Roben und holzverstärkten Rüstungen stachen aus dem Alltagsbraun heraus. Wie ihre Ashvolk-Alliierten vollführten sie ihre Aufgabe gewissenhaft und höflich.

Dennoch zog Asara ihre Kapuze tiefer ins Gesicht, als sie nach langen Minuten des Wartens schließlich an die Reihe kam. Sie hatte ihre Peitsche und ihr Schwert vorsorglich in ihrem Beutel verstaut. Lediglich der hervorstehende Knauf und ihr Gürteldolch zeugten von gewisser Wehrhaftigkeit.

Die Vorsichtsmaßnahmen stellten sich schnell als überflüssig heraus. Ein Yanfari-Wächter winkte sie kommentarlos durch das Tor. Jenseits der Mauern wurde sie sogleich vom Strom der Menschen erfasst und unaufhörlich in Richtung des Hauptplatzes gezogen. Die Stadt war sichtlich in Aufruhr. Es dauerte nicht lange, bis Asara aus den aufgeregten Gesprächen den Grund heraushören konnte. Die Verhandlungen zwischen der Yanfari-Delegation und dem Ashen-König befanden sich kurz vor dem Abschluss. Die letzte Besiegelung des Friedensabkommens würde in Kürze auf dem Platz des Rathauses stattfinden – und das Volk war eingeladen, dem historischen Ereignis beizuwohnen.

Asaras Lächeln schmeckte bitter. Wie erwartet, hatte Tharion keine Zeit vergeudet, um die Zügel an sich zu reißen. Zugleich war aber auch ihr eigener Name in aller Munde: Trotz ihres ungewissen Schicksals – viele der angeregten Gespräche drehten sich um ihre fragliche Genesung nach den heftigen Kämpfen – reservierte Tharion Tag für Tag einen Stuhl zu seiner Rechten für die heldenhafte *Kisaki*, die mit ihm gemeinsam gegen die Kriegstreiber vorgegangen war. Asara war ehrlich beeindruckt. Der König schaffte es sogar, weder die Fraktion um Harun, noch den bedauerlich verstorbenen Stadthalter direkt für den blutigen Konflikt verantwortlich zu machen. Es hatte keine offenen Schuldzuweisungen oder gar Hinrichtungen gegeben – Tharion D'Axor lenkte die Aufmerksamkeit des ganzen Volkes alleine auf das Versprechen einer besseren Zukunft.

Doch nicht alle der Bürger, denen Asara auf ihrem Weg in das Zentrum lauschte, sprachen in hohen Tönen von ihrem ‚Retter'. Die Feindschaft zum Ashvolk war zu tief in der Yanfari-Kultur verwurzelt. Kein noch so selbstloser Eingriff des dunklen Volkes konnte vollständig das Misstrauen beseitigen, dass so manche Unterhaltung dominierte. So lieferte auch das Verschwinden Asaras ausreichend Stoff für Spekulation. Eine kleine Gruppe Männer vor dem Eingang einer Taverne argumentierte lautstark, dass Asaras sogenannte Genesung nichts weiter als der Versuch war, ihren Tod in den Kämpfen zu vertuschen.

„Die *Kisaki* ist tot – schlicht und einfach!" brummte ein kräftiger Yanfari mit wettergegerbter Haut. „Genauso wie Harun und all seine Mitverschwörer. Diese Delegation aus Al'Tawil besteht doch nur aus Stuhlwärmern und opportunistischen Kaufleuten!"

Einer seiner Kameraden zuckte mit den Schultern und nahm einen tiefen Schluck aus einem tönernen Krug.

„Ich weiß nicht, Osto. Dieser Admiral Yarmouk scheint mir ein vernünftiger Kerl zu sein. Er wird die schwarzen Dämonen schon in Schach halten."

„Ihr beide vergesst etwas", warf ein Dritter ein. „Zweimal Totgeglaubte leben länger. Die *Kisaki* wird noch auftauchen und den Ashen gehörig die Brühe versalzen."

Unter leisem Gelächter und allgemeinem Abwinken widmete sich die kleine Gruppe wieder ihren Getränken.

Schmunzelnd passierte Asara die Taverne und bog in eine breite Promenade ab, die sich nach wenigen Minuten schließlich in den Rathausplatz öffnete. Yarmouks Präsenz war eine willkommene Neuigkeit. Asara vertraute dem erfahrenen Admiral weit mehr als den meisten Adeligen und Beratern aus der kaiserlichen Hauptstadt. Zugleich wusste sie, dass er sich von Tharions Charme nicht einlullen lassen würde. Ja, Yarmouk war so gut ein Sprachrohr, wie Asara sich nur wünschen konnte. Vermutlich war er sogar weit besser für die Rolle als führender Vermittler geeignet, als die *Kisaki* selbst.

Asara trat auf den geschäftigen Stadtplatz und schob sich zwischen Trauben von Menschen hindurch näher an das Rathaus. Die Stimmung war festlich. Die Yanfari trugen ihr bestes Gewand und sogar die Ashen-Soldaten hatten ihre Rüstungen abgelegt. Banner von Haus Nalki'ir und Haus D'Axor wehten Seite an Seite von Erkern und Dächern. Entgegen ihrer Erwartung waren die Trümmer des Glockenturmes nicht entfernt, sondern zu einem Mahnmal des Schutts aufgetürmt worden, an dessen Fuß eine lange Tafel stand. Kleine Fähnchen markierten die Sitzplätze der Delegierten, die in Kürze den Vertrag des Friedens unterzeichnen sollten. Einige der hohen Herrschaften waren bereits anwesend. Neben einigen Gildenmeistern aus Al'Tawil waren bereits der zweite General der imperialen Garde und Admiral Yarmouk selbst in Stellung. Letzterer unterhielt sich leise mit einer elegant gekleideten Eru, die Asara erst auf den zweiten Blick als Kapitänin Vylda erkannte. Auf der Seite der Ashen lümmelte Chel Seifar mit überschlagenen Beinen auf einem der Stühle. Wie eine dunkle Wolke der Wachsamkeit schwebte Andraif H'Reyn am Rande des Trubels. Der hochgewachsene Krieger thronte mit verschränkten Armen hinter Seifars Sitzplatz und bedachte jeden der Delegierten mit gleichgültig-finsteren Blicken. Doch Raif und der Sklavenhändler waren nicht allein. Auch die niedrigen Fürsten, die Vandar und sein Heer nach Ashfall begleitet hatten, waren vertreten. Von Tharion jedoch fehlte jede Spur.

Asara wandte sich ab und steuerte weiter auf das Rathaus zu. Die Zeit war noch nicht gekommen, sich den Mächtigen der beiden Reiche zu erkennen zu geben. Ein Teil von ihr fand gar Gefallen an der Anonymität, die ihr die schnatternde Menschenmenge und ihre eigene, simple Gewandung offerierte. Zum zweiten Mal in ihrem kurzen Leben war Asara ein Geist. Dieses Mal genoss sie den Zustand weit mehr, als noch vor Monaten.

Sie brauchen mich nicht mehr.

Der Gedanke war kein verbitterter oder gar eifersüchtiger. Vielleicht hatte Asara für diesen Frieden bereits getan, was sie konnte. Möglicherweise war es an der Zeit, die Kaiserin tatsächlich in den Schatten verschwinden zu lassen.

Mit einem melancholischen Lächeln auf den Lippen schummelte sich Asara an den beiden überforderten Wachmännern an der Tür des Ratsgebäudes vorbei und betrat das Innere. Überall waren Diener und Soldaten in legerer Gewandung unterwegs, die alles für die Zeremonie vorbereiteten. Niemand schenkte der einfachen Yanfari mehr als nur einen halben Blick. So kam es, dass sich Asara ungesehen bis in den zweiten Stock vorarbeiten konnte, ohne auch nur angesprochen zu werden. Zielsicher steuerte sie auf den Durchgang zu, der in ihrer Erinnerung zu den Gemächern des Stadthalters führte. Für einen Augenblick lauschte sie an der geschlossenen Türe. Dann zog sie ihren Dolch aus ihrem Gürtel und führte ihn in den Spalt zwischen Türstock und Flügel. Mit einem leisen Knacken gab das Schloss nach. Asara warf einen schnellen Blick über ihre Schulter und schob sich in den Raum dahinter.

Das Zimmer des Stadthalters war verblüffend spartanisch eingerichtet. Im Gegensatz zu seinem Arbeitszimmer, zierten keinerlei Trophäen oder Teppiche die hölzernen Wände. Auch das Mobiliar war höchstens zweckdienlich. Einfache Schränke, Regale und ein Beistelltisch verbrauchten einen Großteil der Fläche. Im hinteren Bereich, abgetrennt durch einen Vorhang, stand ein grob gezimmertes Bett. Taschen und Rucksäcke, die sichtlich nicht zum Inventar gehörten, lehnten an den Wänden. Einige der Beutel trugen die Stickerei eines stilisierten Lindwurms. Asara hatte richtig vermutet: Der König hatte diese Gemächer zu seinem zeitweiligen Zuhause gemacht. Wenn Asara irgendwo eine ungeschönte Kopie des Friedensvertrages finden würde, dann hier unter Tharions Besitztümern.

Methodisch begann die *Kisaki* die Taschen zu durchsuchen. Gerade der Umstand, dass sie all ihre Fragen wohl auch auf weniger fragwürdige Weise hätte beantworten lassen können, machte den kleinen Einbruch umso interessanter. Dem Herrscher der Ashen zu zeigen, wie einfach sie an seine Geheimnisse kommen konnte, war ein willkommener Bonus.

Asara öffnete die zweite der Taschen, nur um verwundert innezuhalten. Das leicht angesengte Lederbehältnis enthielt die Sachen einer Frau. Kleider, Schuhe, Kosmetik und Schmuck teilten sich den Platz mit schmalen Dolchen, Wurfmessern und einem langen Stück dünnen Drahts, an dem sich Asara prompt die Haut aufritzte. Die Mordinstrumente waren in gutem Zustand und zeugten von langjähriger Nutzung. Ganz unten, versteckt unter Lagen prunkvoller Gewandung, fanden Asaras Finger schließlich ein silbernes Kettchen. Ein kleiner Schlüssel baumelte an dessen feinen Gliedern.

Asara trat einen Schritt zurück. Sie wusste, was dieser Schlüssel sperrte und wem all diese Dinge gehörten. Gehört hatten.

Asaras Hand umschloss den unter ihrer Tunika verborgenen Sklavenreif. Der anschwärzte Beutel beinhaltete die Besitztümer ihrer verstorbenen Schwester. Für eine lange Minute verharrte die *Kisaki* reglos neben dem Beutel. Ihre Kehle fühlte sich rau an, doch ihre Tränen waren nach all den Wochen versiegt. Alles, was sie Lanys in diesem Moment der friedlichen Stille schenken konnte, war ein aufrichtiges Lächeln.

Du bist stets bei mir, kleine Schwester.
Asara schob das Kettchen in ihre Gürteltasche und widmete sich mit neuer Entschlossenheit dem nächsten Beutel.

Zwei Versuche später wurde sie tatsächlich fündig. Aus einem massiven Reisekoffer extrahierte sie einen schmalen, ledernen Zylinder, der sich schnell als Dokumentenschatulle entpuppte. Geschützt in dessen versiegeltem Inneren fand Asara ein säuberlich beschriebenes Stück Pergament. Sie zog es vorsichtig hervor und begann zu lesen.

In ihrer Suche nach zweideutigen Passagen, Schlupflöchern und anderweitig fragwürdigem Inhalt bemerkte sie erst zu spät, dass sich jemand an der Tür zu schaffen machte. Als sie die Angeln leise knarzen hörte, war es bereits zu spät. Mit instinktiv gezücktem Dolch in der Hand wirbelte Asara herum und stellte sich dem Eindringling.

Tharion D'Axor hob eine Augenbraue.

„Du hättest mich auch einfach fragen können", schmunzelte der König, nachdem sein Blick der offenen Überraschung wieder hinter seiner Maske der Kontrolle verschwunden war. „Der Vertrag enthält keine Geheimnisse."

Asara legte das Dokument auf das Bett und setzte sich daneben. Tharion richtete seinen modisch geschnittenen Mantel und ließ sich neben ihr nieder.

„Es freut mich, dass es dir besser geht", sagte er leise. „Ich bin wegen der Verhandlungen leider nicht dazu gekommen, dich nochmals zu besuchen." Er grinste. „Yarmouk ist kein einfacher Opponent."

Tharions Worte kamen schnell und fast schon zu enthusiastisch. War der Hochkönig tatsächlich *nervös*? Asara überschlug die Beine und hob das dicht beschriebene Pergament, das sie immer noch in Händen hielt.

„Gewählter ziviler Rat? Permanenter Ashvolk-Botschafter mit Mitspracherecht?" Ihre Stimme war schroff, aber nicht unfreundlich. „Du warst fleißig."

Ein Schatten der Sorge huschte über Tharions Gesicht. Für einen Moment schien er sich nur deutlich bewusst zu sein, dass Asara ihren Dolch noch nicht weggesteckt hatte. Dann kehrte sein offener Blick zurück.

„Yarmouk und ich waren uns einig, dass die Beziehungen zwischen unseren Ländern vertieft werden müssen", sagte er. „Gemeinsam können wir-"

Asara brachte ihn mit einem vielsagenden Blick zum Schweigen.

„Bitte keine einstudierten Reden", seufzte sie. „Ich bin nicht blind, Tharion. Trotz aller Bekundungen der Freundschaft kommst du mit einem deutlichen Vorteil an den Verhandlungstisch. Du hast den Krieg faktisch gewonnen. Du hast gesiegt, ohne jemals die Waffen zu erheben. In diesem

Punkt hatte die Nachtigall Recht." Asara kniff ihre Augen zusammen. „Die Hälfte der Forderungen in diesem Vertrag waren Teil des fingierten Pakts, den ich Vandar gegenüber präsentiert habe. Lediglich der Nutznießer hat sich geändert. Also bitte: Sei ehrlich mit mir."

Tharion nickte. „Das war ich stets, Asara. Und ich möchte es auch heute sein." Er legte seine Hände flach auf die Matratze. „Ja, es stimmt. Dieser Vertrag ist zum gleichen Teil Kapitulationsforderung wie Friedenszeugnis. Das Dokument ist die einzige Möglichkeit, die letzten Stimmen des Dissenses zum Schweigen zu bringen. Auch nach Vandars Tod gibt es noch viele in Ravanar, die unsere Armeen in diesem Augenblick nach Al'Tawil marschieren lassen würden, anstatt zum Rückzug zu blasen. Ohne ein deutliches Zeichen des Sieges kann es keinen Frieden geben." Er deutete auf das Pergament. „Dieses Schreiben garantiert dem Ashvolk eine Stimme der Mitbestimmung in der zukünftigen Politik des Imperiums. Zugleich garantiert es, dass deine eigenen Feinde nicht offen gegen uns mobilisieren können."

Asara verschränkte die Arme.

„Das Abkommen entmachtet Haus Nalki'ir. Es entmachtet *mich*." Bevor Tharion etwas entgegnen konnte, fuhr Asara fort.

„Ich habe damit kein Problem, Tharion." Der König hob verwundert eine Augenbraue.

„Aber?"

„Aber es gibt etwas, das ich ebenfalls in diesem Vertrag sehen möchte. Ein Addendum, wenn du so möchtest." Sie legte Vertrag wie Dolch neben sich ab. „Wenn du diesem zustimmst, werde ich hier und heute sogar noch einen Schritt weitergehen, als mich nur von einem zivilen Rat überstimmen zu lassen."

Asara zog ein leeres Stück Pergament aus einem der Beutel und begann zu schreiben. Als sie fertig war, präsentierte sie die Zeilen dem Hochkönig. Mit gerunzelter Stirn las Tharion den Zusatz. Dann schnaubte er leise. In seinen Zügen war Verwunderung, Nachdenklichkeit und nicht wenig Respekt zu lesen.

„Das ist ein mutiger Schritt", murmelte er. Asara nickte.

„Für uns beide."

Für einen langen, eindringlichen Moment studierte Tharion sein Gegenüber.

„Bist du dir wirklich sicher?" fragte er vorsichtig. Die *Kisaki* erhob sich.

„Stimmst du zu?"

Stille.

„In Ordnung."

Asara lächelte und griff nach Lanys' Beutel.

„Dann sehen wir uns bei der Unterzeichnung, Hoheit." Mit freundlicher Bestimmtheit schob sie Tharion mitsamt seinem Vertrag vor die Tür. „Und jetzt entschuldige mich. Ich muss mich dem Anlass gemessen einkleiden."

~◊~

Asara stand hinter der Tür des Rathauses und lugte zögerlich nach draußen. Ihre schweißnassen Hände umklammerten den Saum ihres Kleides. Nach so langer Zeit in Rüstung war es ungewohnt, wieder derart feine Gewandung zu tragen. Das köchellange Kleid aus schwarzer Seide schwebte wie vom Wind gestreichelt um ihre Schenkel. Eine Korsage umschloss Asaras Oberkörper und verbarg die letzten Verbände, die ihre beinahe verheilten Wunden zusammenhielten. Auf ihrem Haupt trug sie ein schmales, von Diamanten und Lapislazuli besetztes Diadem.

Bis auf Lanys' viel zu hohe Schuhe, die sie auf dünnen Absätzen balancieren ließen, war die *Kisaki* unbewaffnet. Lediglich ein kleines Messer verbarg sich unter den weiten Ärmeln ihres rückenfreien Oberteils. Zu wissen, dass sie die winzige Klinge nicht brauchen würde, half kaum gegen Asaras wachsende Nervosität.

Vor dem Ratsgebäude kamen die Reden und Beteuerungen der Freundschaft langsam zu einem Ende. Yarmouk erteilte mit einem knappen Nicken das Wort an Tharion. Der Hochkönig erhob sich. Sein schwarzer Mantel, das blutrote Hemd und die mit silbernen Schnallen verzierten Lederstiefel verliehen ihm das Aussehen eines Mannes, der sich auf dem Schlachtfeld genauso wohl fühlte, wie in der tödlichen Arena des hohen Adels.

„Werte Damen und Herren", adressierte er die Menge. Seine Stimme erreichte mühelos den letzten Winkel des Stadtplatzes. „Viele von euch haben sich gefragt, was nun wirklich in diesen Zeilen steht, die den Frieden zwischen unseren Völkern garantieren sollen. Wir haben ausführlich von Handel, freiem Geleit an den Grenzen und dem Rückzug unserer Armeen gesprochen. Ihr habt Kaufleuten, Generälen und Adeligen dabei zugehört, wie sie vorsichtig um das Wort ‚Kapitulation' herumgetanzt sind."

Es war totenstill. Hunderte Menschen hingen mit großen Augen an Tharions Lippen.

„Ich weiß, dass viele von euch von einer Niederlage oder feigen Eingeständnissen seitens der Yanfari munkeln. Ich möchte euch hier und heute zeigen, dass die Wahrheit nicht weiter davon entfernt sein könnte. Dieser Vertrag-" Tharion legte seine Hand auf das Dokument. „-wird unseren Völkern den Frieden bringen, den sie sich seit Jahrzehnten verdienen. Doch ich will nicht, dass mein Wort alleine als Garant für diesen beispiellosen Erfolg herhält. Ihr sollt es aus dem Munde jener Person hören, die sich persönlich und unter Einsatz ihres Lebens für diesen Frieden eingesetzt hat – auf dem Schlachtfeld und in Sälen der Mächtigen." Er hob seine Hand und deutete auslandend auf den Eingang des Rathauses.

„Asara Nalki'ir, *Kisaki* des Yanfar Imperiums."

Ein Raunen ging durch die Menge. Blicke der Verwunderung und der Aufregung wurden gewechselt. Asara holte ein letztes Mal tief Luft und trat vor das Haus. Sie fixierte Tharion und die gutgekleideten Männer und Frauen, die sich um ihn herum erhoben hatten. Langsamen Schrittes machte sie sich auf den Weg über den Platz. Die Menschenmenge teilte sich gänzlich ohne Zutun der Wachen, die nervös herbeigeeilt waren. Bürger, Bauern, Gelehrte, Händler und Handwerker aller Völker sanken auf die Knie, als Asara sie passierte. Niemand sprach. Auf vielen Gesichtern sah die *Kisaki* Tränen der Freude. Asara, deren Idealismus oft mehr Schaden angerichtet als Gutes getan hatte, wurde mit Wärme und Stolz willkommen geheißen.

Asara presste lächelnd ihre Lippen zusammen, um ihrer Kehle das Schluchzen zu verwehren. Was sie in dieser kleinen Gruppe von Menschen spürte, ging über jede Parade und jedes Fest hinaus, das je in ihren Ehren abgehalten worden war. Zum ersten Mal fühlte sich Asara wahrlich wie die Kaiserin eines Volkes, das so viel *mehr* war, als nur eine anonyme Schar.

Ich werde euch vermissen.

Asara kam vor Tharion zu stehen. Der König nahm ihre Hand und hauchte einen Kuss auf ihre schlampig manikürten Finger.

„Hoheit", sagte er. „Die Bühne ist euer."

Die *Kisaki* schenkte dem sichtlich verdutzten Yarmouk ein Lächeln und wandte sich ihrem Volk zu. Dutzende, erwartungsvoll blickende Augenpaare folgten jeder ihrer Bewegungen.

„Yanfari. Ashvolk. Jin. Eru. Wir alle sind hier und heute zusammengekommen, um einen Schritt zu wagen, der uns erhobenen Hauptes in eine bessere Zukunft führen wird. Das sind die Worte, die euch heute begrüßt haben – Worte, die euch zeigen sollen, dass wir Adelige es endlich geschafft haben, das Wohl der Menschen vor unsere eigenen, egoistischen Interessen zu stellen." Asara lächelte. „Es sind gute Worte. Aber es sind immer noch nur *Worte*."

Zustimmendes Raunen.

„Auch ich habe euch nach all diesen Monaten und Jahren der Strapazen nicht viel mehr zu bieten, als ein Versprechen. Doch ihr werdet sehen, wie ernst es mir ist. Eure Opfer waren nicht umsonst. Ihr habt gelitten und gekämpft, um den Willen von Regentinnen, Stadthaltern und Generälen zu erfüllen, die kaum etwas für euch getan haben. Viele von euch haben gedient, ohne jemals einen Dinar des Lohnes zu sehen. Andere waren gar nur ein Spielzeug für die Reichen und Mächtigen. Damit ist heute Schluss."

Asara nahm den Vertrag vom Tisch auf.

„Mit diesem Tag ist nicht nur der Krieg beendet, sondern auch die erzwungene Versklavung von neuen Schuldnern und Kriegsgefangenen. Im Laufe der nächsten fünf Jahre wird jede einzelne Sklavin und jeder einzelne Sklave von seinen Besitzern ausbezahlt und freigelassen werden. Besteht seitens dieser einstigen Leibeigenen der Wunsch, weiterhin an Höfen oder Gildenhallen zu arbeiten, so werden sie in Zukunft ehrlichen Lohn und angemessene Unterkunft erhalten."

Asara ignorierte das ungläubige Husten aus den Reihen der adeligen Yanfari.

„Dieses Gesetz gilt mit sofortiger Wirkung für *beide* Reiche." Sie warf einen langen Blick auf Chel Seifar, der nervös an seinen Sehgläsern zu fummeln begonnen hatte. Schließlich senkte der Kaufmann den Kopf und Asara fuhr unbeirrt fort.

„Für die Einhaltung dieses Gesetzes und des anhaltenden Friedens wird ein vom Volk gewählter Rat sorgen, der von nun an die politischen Geschicke in Al'Tawil lenken wird." Asara richtete ihre volle Aufmerksamkeit auf die dicht gedrängte Menschenmenge. „Jeder einzelne von euch wird die Gelegenheit bekommen, für einen Vertreter zu stimmen, der in eurem Namen und Interesse sprechen wird." Überwältigte Blicke. „Ich weiß, dass dieser...Übergang nicht reibungslos vonstattengehen wird. Doch er wird geschehen. In hundert Jahren werden unsere Enkelkinder auf den heutigen Tag zurückblicken und mit Stolz sagen, dass das Ende des auf den Rücken von Sklaven errichteten Yanfar-Imperiums nicht wirklich ein Ende war – sondern ein neuer Anfang. Für uns alle."

Asara zog ihr Diadem aus ihrem Haar und legte es vorsichtig auf die Tafel.

„Es kann keine neue Nation der Yanfari geben, wenn es weiterhin eine über allen Bürgern stehende Kaiserin gibt", fuhr sie leiser fort. „Meine Mutter hat das Imperium mit eiserner Faust regiert und uns nahe an den Abgrund geführt. Ihr Zorn hat Länder versklavt und ganze Provinzen über Jahre hinweg ausgebeutet. Dem setze ich mit meinem letzten Akt als *Kisaki* ein Ende. Raktafarn – Asaras Tugend – wird als erste Stadt einen neuen Vertreter wählen. In den Monaten danach werden Al'Tawil und das restliche Land folgen.

„Admiral Yarmouk wird als provisorischer Führer dienen, bis der zivile Rat die Macht übernehmen kann. Zugleich werden *beide* Reiche einen Botschafter in die jeweils andere Hauptstadt entsenden, um ein genaues Auge auf die Einhaltung des Abkommens zu behalten." Asara schmunzelte in Tharions Richtung. „Ich selbst werde sehr genau kontrollieren, dass jeder einzelne Punkt eingehalten wird."

Für das Volk mochten ihre abschließenden Worte ein Bekenntnis der Zuversicht sein, doch gegenüber dem König waren sie nichts weiter als eine nüchterne Drohung. Asara mochte nicht mehr die Kaiserin eines Reiches sein, aber sie war nach wie vor die Schattentänzerin. Wer auch immer sich der Umsetzung ihres finalen Dekrets wiedersetzte, würde spontan und ungewollt nächtlichen Besuch bekommen.

Asara nahm die Schreibfeder auf und tauchte die versilberte Spitze in das bereitstehende Tintenfass. Mit geschwungener Hand setzte sie ihre Unterschrift auf das Pergament. Dann schob sie den Friedensvertrag zu Tharion und überreichte ihm den Kiel. Mit einem matten Lächeln auf den Lippen unterzeichnete auch er. Danach folgte nur noch Formalität. Jeder der Verhandler bestätigte nach der Reihe seine Zustimmung mit Tinte und Siegel. Nicht einmal Chel Seifar nahm sich heraus, provokant zu zögern. Als das Dokument seine Runde gemacht hatte, wandte sich Asara ein letztes Mal an die versammelten Menschen.

„Der Krieg ist zu Ende", sagte sie mit schwerer Stimme. „Die Yanfari sind von nun an die Herren ihres eigenen Schicksals. Geht euren Weg mit nach vorne gerichtetem Blick. Seid stolz auf das, was ihr erreicht habt. Eure einstige *Kisaki* ist es bereits."

Asara sah, wie die Bedeutung ihrer so folgenschweren Worte nach und nach in die Geister zu sinken begann. Die Kaiserin hatte abgedankt. Der alleinigen Herrschaft des Adels und der Sklaverei war der Todesstoß versetzt worden. Der Frieden war real. Und die Yanfari gewannen ebenso viel, wie sie ihren dunklen Cousins zugestehen mussten.

Nun ja, beinahe zumindest. Für Asara jedenfalls markierte der heutige Tag einen Sieg, den sie stets und für immer in ihrem Herzen tragen würde.

Mit ihrem ersten Schritt in Richtung Promenade brach die Hypnose der Menschen. Ein Yanfari nach dem anderen führte seine Hand an sein Herz. Viele der Ashen in der Menge taten es ihnen gleich.

„Danke, Hoheit", flüsterte eine Stimme. Sie gehörte einer unscheinbaren Frau in den Gewändern einer Dienerin. An ihrem Hals glänzte ein Sklavenband.

„Mögen die Boten euch behüten", murmelte ein älterer Ashe in der Sprache seines Volkes. „*Mai'teea ran'Asara.*"

Leise Worte und laute Rufe folgten ihr bis an das Ende des Platzes und noch weit darüber hinaus. Asara wusste nur zu gut, dass nicht jede der Bekundungen ein Zeichen der Ehrerbietung war oder offene Freude ausdrückte. Aber die Mehrheit hieß ihr letztes Geschenk willkommen. Ihr Volk verstand. Entgegen der leeren Blicke der Menschen, die Asara am Anfang des so bedeutungsvollen Jahres in die unfreiwillige Sklaverei begleitet hatten, las sie in den Gesichtern eine damals noch ungekannte Emotion.

Hoffnung.

Lächelnd folgte Asara der Straße bis hinaus an das Licht des wiedergeborenen Tages.

~◊~

„Trennen wir uns als Freunde oder Feinde?"

Tharion saß auf dem Stuhl des einstigen Stadthalters im Rathaus von Asaras Tugend. Er hatte seinen Mantel über dessen Armlehne gehängt und massierte mit der linken Hand seinen Nacken. Zahlreiche Lampen verdrängten die Dunkelheit, die sich draußen über die Stadt gelegt hatte. Immer wieder durchbrachen laute Rufe und betrunkenes Gelächter die nächtliche Stille. Asara schob ihren Beutel mit dem Fuß unter eine der einfachen Bänke und ließ sich nieder. Wie schon zu Beginn des Tages trug sie die Gewandung einer einfachen, aber wehrhaften Reisenden.

„Ein bisschen von beidem", erwiderte Asara auf Tharions Frage. Sie schenkte ihrem Gegenüber einen langen, eindringlichen Blick. „Verstehe mich nicht falsch, Ra'tharion. Du hast heute viel Gutes getan. Aber du bist bei weitem nicht der selbstlose Diener des Volkes, den so gerne mimst. Du bist ein Ränkeschmied und Manipulator. Du hast mir nur geholfen, um selbst zum Imperator aufzusteigen. Die Nachtigall mag vielleicht nicht in deinem Auftrag gehandelt haben, aber sie war zweifelsohne eine mächtige Alliierte deiner Sache."

Asara beugte sich vor. „Vielleicht hast du mich nicht belogen – aber die volle Wahrheit hast du auch nie mit mir geteilt. Das *weiß* ich, Tharion. Es gibt zu viele kleine Ungereimtheiten, um dich von aller Schuld an dem Blutbad freizusprechen. Zu viele offene Fragen. Und das, lieber König, werde ich nie vergessen."

Asara berührte das schmale Halsband von Haus Nalki'ir, das wie ein Abzeichen vergangener Strapazen ihre Kehle schmückte. „Ich gestehe dir diesen Sieg zu und gebe dir die Chance, ein besserer Herrscher der Yanfari zu werden, als ich es je war."

Tharion schmunzelte.

„Ich bin nicht Kaiser und werde es nie sein", sagte er. „Die Yanfari sind mir nicht untertan."

„Vielleicht sind sie das nicht", erwiderte Asara. „Aber ihr Schicksal ist mit dem deinen verwoben – ob sie es wollen oder nicht."

Die einstige *Kisaki* erhob sich. „Entgegen aller Vernunft habe ich gelernt, dir trotzdem zu vertrauen. Du bist nicht die Nachtigall. Du bist nicht der Tyrann, vor dem mich meine Berater stets gewarnt haben. Du hast ein Herz, das manchmal gar im Rhythmus des meinen schlägt."

Und ich weiß, was du für mich fühlst, fügte Asara in Gedanken hinzu. *Ich spüre nur zu schmerzlich, dass auch ich diesen verbotenen Funken in mir trage.*

Doch manche Dinge konnten und durften einfach nicht sein. Der Friede ihres eigenen Geistes – und wohl auch einer ganzen Welt – hingen davon ab. Nichts Gutes würde davon kommen, wenn sich Asara diesem Mann öffnete. Wie sein scharfer Verstand, war auch Tharions Liebe eine mächtige Waffe, der sich Asara nicht vollständig gewachsen fühlte. Schlussendlich entsprang ihre Entscheidung aber der unumstößlichen Wahrheit, dass ihr Herz bereits einem anderen gehörte.

Tharion griff nach seinem Mantel und tastete abwesend über dessen bestickte Taschen. Sein Blick war weit entfernt.

„Ich habe zugestimmt, Prinzessin Kanna von Cipan zur Gemahlin zu nehmen", sagte der König nach einer kurzen Pause. „Das war die Bedingung des Jin-Kaisers für die Entsendung seiner Hilfe."

Ein unerwartet flaues Gefühl breitete sich in Asaras Magengegend aus.

„Warum erzählst du mir das?" fragte sie knapp. Tharion schmunzelte enigmatisch.

„Ich dachte mir nur, dass du es wissen solltest."

Die Schattentänzerin zuckte mit den Schultern. „Möge sie dich gut unterhalten", meinte sie schroff. „Tue mir nur den Gefallen und behandle sie besser, als Vandar es getan hat. Sie sah mir nicht aus wie eine Blume, die in Gefangenschaft gedeihen kann."

Ein Schatten der Enttäuschung huschte über Tharions Antlitz.

„Ich bin kein Monster."

Asaras Lächeln war kühl. „Du bist gerne in Kontrolle. Nicht jede Partnerin kann damit umgehen."

Sein leises Lachen wirkte wie die Reaktion auf einen privaten Scherz. „Das ist wohl wahr."

Eine seltsam entspannte Ruhe breitete sich aus. Nach einer langen Minute hob Tharion seine linke Hand und studierte beiläufig seinen Siegelring. Der stilisierte Lindwurm glitzerte silbern im flackernden Licht.

„Du hast mich nie gefragt, was mit Harun und der Nachtigall geschehen ist."

Asara bückte sich hinab und hob ihren Beutel auf.

„Ich weiß von Yarmouk, dass Harun in Ketten in die Hauptstadt unterwegs ist. Dort erwartet ihn ein fairer Prozess. Das genügt mir." Sie berührte den Dolch an ihrem Gürtel. „Die Nachtigall überlasse ich dir."

„Sie ist tot", erwiderte Tharion nüchtern. „Sie hat sich in ihrer Zelle selbst das Leben genommen. Mit einem Strick um den Hals."

Asara hob eine Augenbraue.

„Die Herrin der Tausend Gesichter trägt ihren Namen nicht zu Unrecht. Sie nannte den Tod einst ein ‚vorübergehendes Ärgernis'."

Tharion warf seinem Gegenüber einen vielsagenden Blick zu.

„Das weißt du wohl besser als ich." Mit ernsterer Stimme setzte er fort. „Falls du Recht hast, haben wir sie vielleicht nicht zum letzten Mal gesehen."

„Vielleicht." Asara schlang ihren Beutel über die Schultern und wandte sich zum Gehen. „Wenn dem so ist, werde ich mich beizeiten darum kümmern." Ihr Lächeln wurde finster. „Halte deine Versprechen und *unsere* Wege werden sich nicht mehr kreuzen." Asaras Augen funkelten. „Doch wenn du mich belogen hast, Tharion D'Axor, werde ich wiederkommen. Ich werde ungebeten auf deiner Schwelle erscheinen und du wirst dich mir gegenüber verantworten müssen. Gegenüber der Schattentänzerin, Assassine der Tausend Gesichter und entschlossenen Beschützerin des Yanfar-Reiches."

Ihr Blick bohrte sich in Tharions Kopf. Sie las in seinen Augen, dass er *verstanden* hatte. Trotz aller Täuschung und Heimtücke hatte ihr der König der Ashen ein Versprechen gegeben – und hatte vor, es einzuhalten. Sein mattes Lächeln war frei von Subtext.

„Leb wohl, Asara", sagte er. „Ich werde dich vermissen."

„Kümmere dich um unser Volk", erwiderte die *Kisaki*. „Es hat schon genug gelitten."

Damit wandte sie sich um und ließ sich von ihren Füßen in Richtung des Ausgangs tragen. Mit einem bloßen Gedanken entließ sie die Maske der Kaiserin. Ihre Haut nahm die aschgraue Tönung des dunklen Volkes an. Ihr Haar, Momente zuvor noch schwarz wie die Nacht, schien einmal mehr in der Farbe des Mondlichts.

Raif und Cyn-Liao warteten an der Tür. Beide schwenkten neben Asara ein.

„Es ist vollbracht?" fragte der Krieger. Cyns Neugier war fast greifbar. Die Schattentänzerin lächelte.

„Ich bin offiziell keine Regentin mehr", entgegnete sie. Die bedeutungsschweren Worte waren unerwartet befreiend. Cyn pfiff durch die Zähne.

„Und was jetzt?" fragte sie augenzwinkernd. „Wohin soll die Reise gehen, Mondschein? Was hast du vor?"

Asara streckte ihre Arme aus und ließ ihren Blick gen den Himmel gleiten.

„Ich will die Welt sehen, Cyn", sagte sie verträumt. „Ich will an den weißen Stränden Toucans entlangspazieren und die goldenen Städte der Jin besuchen. Ich will die schneebedeckten Gipfel Cipans besteigen und durch die endlosen Steppen von Erudan reiten, bis die Sonne mich einholt!" Asara lachte auf. „Ich möchte das Land der Kasha-Nüsse erkunden und jeder verbotenen Verlockung nachgeben, die die Menschheit je erschaffen hat. Und dann, wenn mich meine Füße nicht mehr tragen können, will ich unter dem Sternendach einschlafen und mich an all jene Orte träumen, von denen nur in Sagen und Legenden geflüstert wird."

Raif hob eine Augenbraue. Cyn schüttelte grinsend den Kopf.

„Nun", sagte sie mit ernster Stimme, „dann sollten wir besser bald aufbrechen. Das alles klingt nach einem strengen Zeitplan."

Asara hielt inne. Ein dümmliches Grinsen drohte ihre Züge zu überkommen.

„Heißt das...?"

„Ja, ganz genau", schnurrte die Diebin. „Du wirst uns nicht so schnell wieder los." Sie legte ihre Hände hinter ihren Kopf und drehte sich ausgelassen um die eigene Achse. „Die Welt ist groß und voller Abenteuer, Mondschein! Karrik und ich haben nicht vor, nur in Liedern von den deinen zu hören! Und bevor du fragst: Krys hat zugesagt, uns zumindest bis zur nächsten Hafenstadt zu begleiten. Sie murmelte irgendetwas von einer offenen Rechnung." Cyn grinste. „Unser bogenschwingender Blondschopf hat wohl auch noch Pläne."

Asara presste ihre bebenden Lippen zusammen. Ihre Kehle fühlte sich wie zugeschnürt an. Ihre Kameraden – ihre Freunde – wollten ein Teil ihrer Welt bleiben. Nach alledem was geschehen war, suchte keiner vor ihnen das Weite. Eine Träne der Freude kullerte die Wange der ehemaligen *Kisaki* herab.

„Na, na", schalt Cyn. „So erschreckend ist unsere Gesellschaft ja doch nicht."

Asara trat an die Jin heran und schloss sie in die Arme.

„Danke", schniefte sie. „Danke."

Cyn drückte ihr einen leichten Kuss auf die Stirn.

„Ich glaube da wartet noch ein Gespräch auf dich", flüsterte sie und nickte in Richtung des einstigen Glockenturms. Dort, in den Schatten der aufgehäuften Steine, wartete eine einsame Gestalt. Die junge Ashin war ebenso mit einem Beutel von Habseligkeiten bewaffnet und trug simples Alltagsgewand. Asara konnte ihr stürmisches Gemüt bis an das Rathaus spüren. Die einstige *Kisaki* drückte kurz Raifs Hand und machte sich auf den Weg über den schwach beleuchteten Platz.

Neyve hatte die Arme verschränkt und starrte abwesend in eine Welt, die nur sie sehen konnte. Als Asara neben ihr zu stehen kam, riss sie sich sichtlich aus ihren Gedanken.

„Hier sind wir nun", begrüßte sie die einstige Hofsklavin nüchtern. „Die Schattentänzerin hat ihren Auftritt beendet und die Massen sind begeistert."

Asara schmunzelte.

„Ich fürchte die Massen werden noch eine lange Zeit brauchen, bis sie diese neue Welt zu schätzen gelernt haben. Tharion wird sich erst beweisen müssen."

Die ehemalige Sklavin schnaubte verächtlich.

„Du hast jahrelange Vorbereitungen zunichtegemacht. Alles, wofür mein Haus gekämpft und geblutet hat. Und doch weiß ich nicht, ob ich Hass oder Dankbarkeit verspüren soll."

Asara legte eine Hand auf Neyves Unterarm.

„Ich würde mich schon mit Freundschaft zufriedengeben."

„Du verlangst viel", brummte ihr Gegenüber. Dann, einige Momente später, spaltete ein zaghaftes Lächeln Neyves ernste Züge. „Es ist wirklich schwer, dich anhaltend zu verfluchen", seufzte sie. „Du hast mir gezeigt, dass ich kein Werkzeug meines Vaters sein muss. Dafür werde ich dir immer dankbar sein."

„Ich wittere ein ‚aber'."

„Aber", setzte Neyve fort, „du bist und bleibst eine sture, selbstgefällige Göre, die nicht über den Tellerrand ihres eigenen Idealismus blicken kann."

„Vorsicht", grinste Asara, „das klang verdächtig nach einem Kompliment."

Die einstige Hofsklavin schüttelte den Kopf und seufzte erneut.

„Die Eisengilde hat mir die Freiheit geschenkt." Sie schob den Kragen ihrer leichten Tunika beiseite. Ihr darunter zum Vorschein kommender Hals war frei von dem stählernen Band, das sie so viele Jahre lang begleitet hatte. „Es sieht so aus, als ob ich nicht länger deine Sklavin sein kann, oh werte Herrin."

Asara schmunzelte. „Das warst du nie, Neyve."

Die einstige Gespielin des Königs verkniff sich sichtlich einen stichelnden Kommentar. Sie wirkte zusehends nachdenklich. Ihre Finger lagen nach wie vor an ihrer Kehle.

„Ich werde zusammen mit Ishan nach Masarta reisen", sagte sie nach einem Moment der kameradschaftlichen Stille. „Angeblich gibt es dort eine wachsende Gemeinde an befreiten Sklaven, die ein wenig Perspektive brauchen könnten. Vielleicht lasse ich mich dazu hinreißen, ihnen den Kopf zurechtzurücken."

Asara drückte Neyves Hand.

„Sie würden sich glücklich schätzen, deine Hilfe zu erhalten", meinte sie aufrichtig. „Die neue Ordnung wird viele der alten Strukturen herausfordern. Nicht jeder wird der Veränderung mit Wohlwollen begegnen."

Neyves Blick wanderte in die Entfernung. Sie hob eine Augenbraue. Asara folgte dem Blick ihrer Freundin. Raif war aus dem Halbschatten des Rathauses getreten und schlenderte in Richtung des Turmes. Die einstige *Kisaki* spürte, wie ihr Herz schneller zu schlagen begann.

„Was ist mit dir?" fragte Neyve schnippisch. „Hast du dein Herz wirklich diesem stoischen Rohling geschenkt, oder ist das nur eine Phase?"

Asara musste sich zusammennehmen, um nicht zu kichern zu beginnen.

„Ich habe meine Entscheidung getroffen", murmelte sie. Neyve verdrehte die Augen.

„Es ist und bleibt mir ein Rätsel, wie du deine Spielchen der Unterwürfigkeit mit deinem Wesen als weltenverbessernde Meuchelmörderin vereinen kannst." Sie hob abwehrend ihre Hände. „Aber es ist glücklicherweise nicht meine Aufgabe, ein Urteil über verkorkste Vorlieben zu fällen. Jeder Schattentänzerin ihre abschließbaren Schmuckstücke."

Spöttisch führte Neyve ihre Handgelenke vor ihrem Körper zusammen. „Mögest du ihm eine bessere Sklavin sein, als deinen vorhergehenden Besitzern."

Asara bedachte ihre Kameradin mit einem schmunzelnd-drohenden Blick.

„Pass auf deine Zunge auf, sonst überlege ich mir das mit deiner Freilassung noch anders. Ich hätte nichts gegen die eine oder andere persönliche Leibdienerin einzuwenden."

Die ehemalige Sklavin zeigte sich wenig beeindruckt.

„Wie auch immer", meinte sie stirnrunzelnd in Raifs Richtung. „Ich hoffe sein Phallus ist aufgeweckter als sein Gemüt. Genieße deine Gratwanderungen, Lanys. Asara. Und wenn du einmal Abwechslung brauchst, komm mich besuchen. Irgendwo findet sich sicher ein Lederkostüm mit Harnisch, das dir steht." Neyve machte eine neckisch leckende Bewegung mit ihrer Zunge. Asara grinste vielsagend.

„Ich werde vielleicht darauf zurückkommen." Sie bot Tharions einstiger Zofe ihre Hand an. Neyve ergriff sie. Zu Asaras Überraschung glänzten ihre Augen.

„Gib auf dich acht, Schattentänzerin", sagte Neyve mit leiser Stimme.

„Es war mir ein zweifelhaftes Vergnügen."

Asara lächelte und gab Neyve einen leichten Kuss auf die Wange.

„Mögen die Boten über dich wachen", flüsterte sie. „Meine Freundschaft wird dich stets begleiten."

Nach einer letzten, langen Umarmung hob Neyve ihren Beutel auf und trat dem herankommenden Raif entgegen. Sie richtete einige Worte an den Krieger, die Asara nicht recht verstehen konnte. Der Angesprochene hob eine Augenbraue. Neyve zwinkerte grinsend in Asaras Richtung. Dann verschwand sie lockeren Schrittes in der Dunkelheit einer noch jungen Nacht.

Zurück blieb ein Gefühl der Melancholie ob der schweren Last des Abschieds. Die ehemalige *Kisaki* musste mehrfach tief durchatmen, um ihre Tränen in die Schranken zu weisen. Mit einem matten Lächeln auf den Lippen überquerte sie schließlich den Platz, um sich dem schwierigsten der noch offenen Gespräche zu stellen.

Raif erwartete sie mit ungewohnt entspannter Miene.

„Asara."

„Hallo, Raif. Bist du bereit, Rayas Zorn hinter dir zu lassen?" Ihre Worte waren unbeholfen. Wie ein junges Mädchen musste sie sich dazu zwingen, nicht in peinlicher Verlegenheit auf ihre Füße zu starren. Wenn sie es nicht besser gewusst hätte, hätte sie Raifs Schweigen ebenso als Unsicherheit gedeutet. Der Krieger strich wiederholt sein Wams zurecht. Asara sammelte all ihren Mut zusammen.

„Ich habe ein Versprechen an dich, Raif", flüsterte sie. „Einen Schwur und ein Geständnis gleichermaßen."

Der Krieger blickte auf und musterte sie mit seinen tiefen, tiefen Augen. Sie stellten eine Frage – *die* Frage – und Asara war nun endlich bereit, sie ein für alle Mal zu beantworten.

„Ich will *dein* sein, Andraif H'Reyn", hauchte sie. „Von jetzt bis ans Ende unserer Reise." Asara hob den stählernen O-Ring ihres Halsbandes an und machte einen letzten Schritt auf Raif zu. „Ich will deine Sklavin sein, deine Partnerin und auch dein williges Spielzeug. Ich will untertags an deiner Seite kämpfen und die Nächte in deinen Armen verbringen. Ich will..." Ihre zitternde Stimme brach. „Ich will von deinen Seilen beherrscht und von deinen Riemen unterworfen werden. Deine wehrlose

Gefangene sein. Feurige Strafe und süße Belohnung – ich will beides dankend empfangen."

Asara öffnete ihre Hand. In ihr lag der kleine Schlüssel, den sie unter Lanys' Besitztümern gefunden hatte. Er sperrte das silberne Halsband, das ihren unumstößlichen Stand als Sklavin ihres Herrn und Meisters untermauerte.

Das finale Versprechen.

Raif legte seine Hand in die ihre. Die andere schob er sanft um Asaras Hals, ehe er sie mit einem kräftigen Ruck an sich heranzog. Ihre bebenden Körper berührten sich. Asara schmiegte sich an seine Brust und schloss ihre Augen. Sie widerstand dem Drang, ihre Finger unter seine Tunika zu schieben oder fummelnd seinen Gürtel zu öffnen. Stattdessen legte sie ihre Hände in einer Geste der vollkommenen Unterwerfung auf ihren Rücken.

„Fessle mich", flüsterte sie in seinen Nacken. „Nimm mir die Freiheit, damit ich wahrlich *frei* sein kann."

Raif, die einzige Person in ihrem Leben, die diesen innigen und zugleich so widersprüchlichen Wunsch wahrlich verstehen konnte, nickte. Seine Nüstern sogen hörbar den Duft ihres Haares ein und seine Muskeln spannten gegen Asaras glühenden Körper.

„Ich bin dein, Schattentänzerin", sprach er andächtig. „Jetzt und für immer. Ich verspreche dir, nie wieder die Wahrheit vor dir zu verbergen – für keine Mission dieser Welt." Seine ruhige, tiefe Stimme ließ seinen Brustkorb vibrieren. Erst nach einer langen Minute löste er Asara mit sanfter Bestimmtheit von sich und blickte ihr in die Augen.

„Ich habe nie gelernt, richtig zu lieben, Asara. Du hast mir in diesen Monaten weit mehr Lektionen erteilt, als ich dir. Was ich für dich verspüre…" Die Worte fielen ihm sichtlich schwer. „Was ich verspüre, ist mehr als bloßes Begehren. Lehre mich, es zu verstehen. Und ich werde dich lehren, was es heißt, eine – nein, *meine* – Sklavin zu sein. In Körper und Seele." Er strich eine abtrünnige Strähne aus Asaras Gesicht. „Ich bin dein – und du bist mein."

Ihre Lippen verschmolzen. Die einstige Kaiserin der Yanfari schloss ihre Augen und verlor sich in der Ewigkeit des innigen Kusses. Sie war frei. Zum ersten Mal in ihrem Leben spürte sie die volle Kraft eines Windes der unbegrenzten Möglichkeiten unter ihren Schwingen. Der Moment erfasste sie wie eine lebende Sturmbö, die keinerlei Grenzen kannte.

So es das Schicksal wollte, würde sie Raif und ihren Freunden bis ans Ende der Welt folgen.

Bis ans Ende der Welt – und noch viel, viel weiter.

Epilog

Erloschene Glut

Tharion D'Axor duckte sich unter dem ausladenden Ast einer Zeder hindurch und richtete sich wieder auf. Die an den Blättern des alten Gewächses gefangene Feuchtigkeit hinterließ einen kühlen Abdruck auf seiner sonst makellosen Tunika. Der König verschränkte seine Hände hinter dem Rücken und trat an den kleinen Teich, der das Zentrum von Vandars schmuckem Dschungelgarten darstellte. Wasser sprudelte friedlich aus einem ausgehölten Fels, wo ein ausgeklügeltes System unterirdisch verlegter Rohre stets frisches Nass ans Licht förderte. Das sanfte Glucksen hätte beinahe darüber hinwegtäuschen können, was sich in den letzten Stunden im einstigen Sitz der Macht von Prinzipal Vandar zugetragen hatte.

Zwei Wochen waren verstrichen, seitdem Tharion an der Spitze seiner Armee in die Hauptstadt zurückgekehrt war. Zusammen mit Syndriss und einem kleinen Kader langjähriger Verbündeter war es schließlich gelungen, die meisten von Vandars Vasallen zur friedlichen Rückkehr zu bewegen. Nur vereinzelte Truppenteile hatten sich dem Befehl widersetzt und wanderten nun zerstreut und kaum organisiert durch das Umland von Raktafarn.

Nein, nicht Raktafarn – *Asaras Tugend*.

Tharion musste schmunzeln. Zu allerletzt hatte es die junge Yanfari-Kaiserin tatsächlich geschafft, auch ihn zu überraschen. Obwohl sich seine Pläne weitestgehend umsetzen hatten lassen, musste er Asara neidlos einen fast ebenso großen Sieg zusprechen. In den kommenden Jahren würde Tharion einiges zu arbeiten haben, um die Auswirkungen ihrer Dekrete mit der etwas düstereren Realität zu vereinbaren. Es war keine einfache Aufgabe – aber eine durchaus motivierende.

Bevor sich der Hochkönig jedoch der schrittweisen Abschaffung der Sklaverei und dem Verankern der diplomatischen Beziehungen zwischen den Reichen widmen konnte, galt es noch, in der eigenen Heimat die letzten Nester des Widerstandes zu beseitigen. Nicht alle Sprösslinge des einflussreichen Hauses hatten auf Vandars Tod mit Schock oder lethargischer Akzeptanz reagiert. Manche, allen voran sein ältester Sohn, hatten die Anklage des Hochverrats mit Waffengewalt beantwortet. Doch ohne Vandar an der Spitze war die Rebellion in der Unterstadt schnell wieder verstummt. Die einstigen Verschwörer hatten sich dankbar und ohne Gewissensbisse über Vandars beschlagnahmtes Vermögen gestürzt. Der Hohe Rat hatte einstimmig für die Ächtung von Haus Vandars Führungsriege gestimmt. Sklaven waren genommen und wieder veräußert worden. Auch die Gilde der Tausend Gesichter hatte eine geschäftige Woche hinter sich. Wären die kleinen Unruhen in den Außenbezirken und die verstärkte Wachpräsenz nicht gewesen, so hätte sich diese Woche kaum von den üblichen politischen Wirren Ravanars unterschieden.

Tharion ließ sich seufzend auf einer kleinen steinernen Bank nieder, die am Ufer des Teiches aufgestellt worden war. Ein wütender Schrei hallte durch die Gänge des Anwesens, nur um abrupt wieder zu verstummen. Ja, es würde noch eine Zeit dauern, bis wieder Normalität einkehrte. In den kommenden Monaten würden auch Vandars letzte Verbündete einsehen, dass das Arrangement mit Al'Tawil und den Jin der Cipan-Inseln ein allseits vorteilhaftes war.

Wer nicht zur Einsicht kommen wollte, würde mit den Konsequenzen leben müssen.

„Eure Hoheit", ertönte ein gutgelaunter Gruß von jenseits eines kleinen Dickichts. „Hier finde ich euch."

Syndriss H'Reyn trat hinter den Büschen hervor und schlenderte an das schilfbewachsene Ufer. Ihre Schritte knirschten über den Kies. Ohne auf eine Einladung zu warten, ließ sie sich neben dem König nieder.

„Ein Sklave hat uns das Versteck von Vandars oberstem Spion zugeflüstert", verkündete sie Priesterin in selbstzufriedenem Ton. „Euer Versprechen, die Leibeigenen in den bezahlten Dienst zu übernehmen, hat Wunder gewirkt. Ihre Loyalität ihren einstigen Meistern gegenüber ist kaum noch einen Kupferling wert." Sie schnaubte verächtlich durch die Nase. „Es ist fast zu einfach. Vandars innerer Zirkel offenbart sich nahezu von selbst."

Tharion nickte und überschlug die Beine. Seine Sohlen bohrten sich schmatzend in das weiche Erdreich.

„Hervorragend."

Es war schon fast eine Fügung des Schicksals, dass der Prinzipal sein Eigentum immer wie austauschbare Gebrauchsgegenstände behandelt hatte. Die Leibeigenen von Haus Vandar hassten ihren einstigen Meister. Das Wissen dieser von Asaras Proklamation inspirierten Sklaven förderte täglich neue Details zu Vandars geplantem Coup zutage. Diener, Zofen, Lustsklaven: Sie alle spürten den frischen Wind der Hoffnung, der aus dem Süden an die schwarzen Mauern der Feste herangetragen wurde. Die

Verschwörung, die Tharion beinahe den Thron gekostet hatte, zerbrach an den Ärmsten der Armen.

Syndriss schien anderen Gedankengängen zu folgen. Sie adjustierte ihren Schwertgurt und putzte abwesend einen dunklen Fleck von den Ringen ihrer Kettenrüstung.

„Das Anwesen ist unser", sagte sie. „Ein paar niedere Offiziere sind in die Unterstadt entkommen, aber der Rest ist ohne Blutvergießen gefangengenommen worden." Ein raubtierhaftes Lächeln teilte ihre Lippen. „Nun ja, fast ohne Blutvergießen."

Tharion strich mit der offenen Hand über die Blätter eines blühenden Farns.

„Gibt es Neuigkeiten von Neyve?" fragte er leichthin. Die Hohepriesterin schüttelte den Kopf. Sie wusste nur zu gut, dass Tharions unbekümmerte Frage mehr Gewicht hatte, als er andeutete.

„Nein. Ney'velia hat ihre Pläne offenbar wahrgemacht und das Dominion verlassen." Ein leises Schnauben. „Sie hat ihrem Haus tatsächlich entsagt."

Tharion lächelte. „Ich kann es ihr nicht verübeln. Ja, sie hätte uns als neues Oberhaupt von Klan Vandar einiges an Kopfschmerzen erspart. Zugleich hätte sie sich aber zur Erbin eines gefallenen Hauses ernannt. Das ist keine sehr prestigeträchtige Rolle."

Der König massierte seine rechte Schulter, bis sich seine hartnäckige Verspannung langsam zu lösen begann. „Ich gönne Neyve ihre Freiheit." *Ich habe sie jahrelang ausgenutzt. Für ihren Vater war sie nicht mehr als ein Stück zu handelndes Fleisch. Selbst Asara hat sie anfangs belogen.*

Ja, Neyve hatte ihre Freiheit verdient. Fern von allen Intrigen. Und doch war es nicht zu leugnen, dass Tharion ihre Hilfe hätte gut gebrauchen können.

Syndriss zuckte nur mit den Schultern.

„Ich schätze keine Ausreißer. Vor Verantwortung flieht man nicht."

Tharion schmunzelte. „So wie es dein Bruder getan hat?"

Die Priesterin kniff die Augen zusammen. Raif war auch Wochen nach Rayas Zorn noch ein wunder Punkt für Syndriss. Als der Krieger in Begleitung von Asara, Krys und dem ungleichen Diebespaar von dannen gezogen war, hatte seine Schwester geschäumt. Ihr aktuelles Brodeln glich immer noch dem stillen Fluch einer verschmähten Gespielin.

„Andraif ist ein Narr", knurrte sie. „Er hätte es im Orden weit gebracht. Stattdessen läuft er dieser...dieser-"

Syndriss verstummte. Sie musterte Tharion mit ungewohnt vorsichtiger Zurückhaltung. Der König schenkte ihr lediglich einen vielsagenden Seitenblick. Die Priesterin fuhr sich durch das strähnige Haar und seufzte.

„Die werte *Kisaki* und ich werden wohl keine Freundinnen mehr", murmelte sie. Tharion lachte auf.

„Ich weiß schon, warum ich dir die Rolle der Schurkin zugeschanzt habe, meine gute Syndriss." Er richtete sich langsam auf und streckte seine müden Glieder. „Eine Rolle", fuhr er fort, „die du übrigens hervorragend gespielt hast."

Die Kriegerin wirkte wenig amüsiert.

„Lasst mich das nächste Mal bitte aus dem Spiel. Ich hätte die undisziplinierte Göre beinahe an die versammelte Besucherschaft des Tempels übergeben. Sie hat das Fest der Schatten zum Gespött des Volkes gemacht."

Syndriss erhob sich, als Tharion hinter die Sitzbank trat.

„Das kleine Schauspiel war ein integraler Part", schmunzelte er. „Vandar musste wirklich *glauben*, dass die Schattentänzerin auf seiner Seite war." Er verneigte sich augenzwinkernd. „Verzeih, dass dein Tempel zum Austragungsort wurde."

Syndriss trat gegen einen flachen Kiesel, der lautstark in den Teich katapultiert wurde. Störrische Wellen breiteten sich auf der Wasseroberfläche aus.

„Gar nichts tut euch leid", knurrte sie. „Ihr habt es doch genossen. Ihr habt mit dem Feuer gespielt und gewonnen. Asaras Dolch hätte genauso gut Vandar oder mich treffen können. Sie hätte ebenso gut tatenlos zusehen können, wie das Ritual seinen Lauf nimmt. In dem Fall hätten euch die Boten mit ihrem wunderlichen Geschenk auch nicht helfen können."

„Wittere ich da einen Mangel an Glauben, werte Syndriss?" grinste Tharion. „Ich habe unsere idealistische Kaiserin lange studiert, ehe ich den Plan geboren habe. Das Risiko war minimal."

Die kleine Lüge glitt mühelos von Tharions Zunge. Seine langjährige Komplizin musste ja nicht wissen, wie sehr er diesen Teil seines gewagten Spiels improvisiert hatte. Schlussendlich zählte das Ergebnis. Asaras Impulsivität und Sinn für Gerechtigkeit hatten gesiegt – und die Falle für Vandar war eindrucksvoll zugeschnappt.

Syndriss schüttelte unmerklich den Kopf.

„Glauben ist eine Sache. Das Spiel mit dunklen Mächten eine andere."

Tharion mahnte seinen Blick zur Unschuld.

„Du sprichst nicht mehr von dem Zwischenfall im Tempel des Ordens, nehme ich an?"

„Nein", schnaubte die Priesterin. „Ich meine die Nachtigall."

„Ihr Verrat", nickte Tharion, „war eine tragische Wendung."

„Uh-huh." Syndriss hob einen von lang vergessenem Wind und Wetter gezeichneten Stein auf und schleuderte ihn unverblümt in den Teich. Der König hob eine Augenbraue. Die Kriegerin lachte humorlos auf. „Von wegen tragische Wendung."

„Ich bin kein Freund deiner Implikation", sagte Tharion in mildem Ton. „Die Nachtigall mag versucht haben, meine Wünsche zu antizipieren – aber in meinem Namen hat sie nicht gehandelt. Ihre Taten haben Leben gekostet." Sein Blick verfinsterte sich. „Zu viele Leben."

Die Priesterin war sichtlich nicht überzeugt.

„Ich halte es lediglich für einen etwas *zu* glücklichen Zufall, dass Harun so genau wusste, wann und wohin er seine Katapulte richten musste. Und der resultierende Bruderkampf der Yanfari? Genau das, was wir und unsere neuen Jin-Freunde gebraucht haben, um einen schmerzlosen Sieg davonzutragen."

Tharions Blick suchte das Halbdunkel des kleinen Waldes.

„Willst du mir unterstellen, Lanys getötet und die Schlacht absichtlich herbeigeführt zu haben?" fragte er leise.

Syndriss zuckte hörbar mit den Schultern. Als sie antwortete, hatte ihre Stimme einiges an Selbstsicherheit verloren. „Nein. Ich habe nur eine Beobachtung geäußert, Hoheit."

„Sei vorsichtig mit deinen Theorien, werte Freundin", sagte Tharion. „Sie könnten auf fruchtbaren Boden fallen."

Die Priesterin erwiderte nichts. Sie wusste nur zu gut, wann sie zu schweigen und wann sie zu widersprechen hatte. Der König schätzte diese Eigenschaft beinahe mehr als Syndriss' tödliche Klinge.

Lanys. Du hast den höchsten aller Preise bezahlt. Das werde ich nie vergessen.

Tharion versenkte seine Hände in den Taschen seiner schwarzen Tunika. Seine langsamen Schritte führten ihn tiefer in den unterirdischen Garten. Syndriss folgte ihm schweigend. Minuten verstrichen, ehe die Priesterin ihn schlendernd passierte und sich kurz darauf lässig an einen Gummibaum lehnte. Ihre drahtige Gestalt blockierte effektiv den Weg.

„Und, liebt ihr sie?"

Die unvermittelte Frage trieb Tharions Augenbrauen nach oben.

„Liebe ich...wen?"

Die Priesterin verdrehte die Augen. „Ihr wisst sehr genau, wen ich meine."

„Eine ungewöhnliche Frage aus deinem Munde, Syndriss", schmunzelte der König. „Warum das plötzliche Interesse?"

Die Priesterin zuckte mit den Schultern und hakte ihren Fuß in eine bodennahe Astgabelung.

„Liebe ist eine Waffe", entgegnete sie schroff. „Manche behaupten, dass sie Angst und Hass um nichts nachsteht." Syndriss umschloss den Knauf ihres Schwertes mit fast zärtlichen Fingern. „Ich schätze den Wert einer guten Waffe."

Tharion verschränkte die Arme.

„Ich glaube du irrst dich", meinte er im Plauderton. „Liebe ist keine Waffe. Sie ist eine Rüstung."

„Ach?"

Tharion nickte. „Sie schützt uns vor Angst wie auch vor Hass. Und vor unseren eigenen dunklen Seiten, die niemals das Licht der Welt erblicken sollten." Er schenkte seinem Gegenüber einen vielsagenden Blick. Syndriss schnaubte leise.

„Ihr habt meine Frage nicht beantwortet, Hoheit." Der Respekt in ihren Worten wurde vom ironischen Ton Lügen gestraft. Der König musste lachen.

„Nein, das habe ich nicht", pflichtete er bei.

In wachsender Stille umschiffte er seine missmutige Alliierte und bahnte sich weiter seinen Weg durch das Dickicht des kleinen Gartens. Hier, im friedlichen Zentrum von Vandars Anwesen, konnte man beinahe vergessen, wie der einstige Hausherr seine Politik gelebt hatte. Der gurgelnde Bach und die fragilen Brücken zwischen gepflegten Hecken passten so gar nicht zu kalkulierenden Dekreten und heimlichen Tötungsbefehlen. Vielleicht hatte der Prinzipal seine grüne Insel im schwarzen Fels gerade deshalb so geschätzt.

Tharion blieb unter den Ausläufern einer Nachtweide stehen und legte seine Hand auf den zerfurchten Stamm. Syndriss gesellte sich schweigend zu ihm.

„Asara", murmelte der König. Er ließ seine Hand sinken. „Asara hat etwas Lebensglück verdient. Sie könnte in Ravanar nicht gedeihen."

Wie Neyve. Wie Dania. Und wie so viele unterdrückte Seelen vor ihnen.

Syndriss zog ihre blutrote Haarsträhne in ihr Blickfeld, nur um sie gleich darauf wieder hinter ihr Ohr zu verbannen.

„Und bei meinem Bruder kann sie es?" fragte sie. Ihr Ton war neugierig, aber nicht frei von Zweifel. „Andraif ist in Fragen des Herzens so ungeschult wie der miserable Rest von Haus H'Reyn."

Tharion wandte sich zu seiner Vertrauten um.

„Dann wird Asara so gut für deinen Bruder sein, wie er für sie. Die beiden haben sich diese Chance verdient, findest du nicht?"

Die Priesterin hob ihre Schultern.

„Wenn ihr das glaubt. Ich hätte die blauäugige Kaiserin jedoch lieber als Teil eures Hofes gesehen. Alleine, um ein Auge auf sie behalten zu können. Ketten und Halsband optional."

Tharion schmunzelte. „Was nicht ist, kann noch kommen."

Syndriss hielt inne. Der König setzte mit geschmeidiger Stimme fort. „Ich gönne Raif seine Gelegenheit, Asara eine Welt jenseits von höfischen Intrigen und drohendem Krieg zu zeigen. Ich wünsche mir ehrlich, dass die beiden ihren gewählten Weg mit Freude beschreiten."

Sein Lächeln wurde finsterer, sehnlicher. „Doch sollte der Moment kommen, in dem es ihr nach *mehr* dürstet...werde ich mich diesem Drang nicht verschließen."

Syndriss leckte über ihre Lippen.

„Also beantwortet ihr meine Frage doch noch."

Tharion verdrängte den Schatten aus seinen Zügen.

„Meine offene Sympathie und mein Kerker werden stets auf Asara Nalki'ir warten", sagte er schlicht. „Sollte sie den jugendlichen Abenteuern überdrüssig werden."

Die Hohepriesterin des Ordens der Letzten Schwelle verneigte sich leicht. Das anschmiegsame Lederwamst unter ihrer martialischen Rüstung knarrte leise.

„Ra'tharion D'Axor, wie wir ihn kennen und ehren."

Der König duckte sich unter einem kleineren Ast hindurch und hielt auf das flackernde Fackellicht am Rande des Gartens zu.

„Ich bin nur ein Mann mit viel Geduld, der nicht gerne verliert."

Geduld und Respekt für eine würdige Mitspielerin.

Tharion sog ein letztes Mal die erfrischend feuchte Luft des kleinen Dschungels in seine Lungen und richtete den Kragen seines Überwurfs. Seine entschlossenen Schritte führten ihn hinaus aus dem Anwesen und zurück in die lebendigen Straßen Ravanars, die ihren Herren und Meister in ihren vertrauten Schatten willkommen hießen.

~◊~

Leiser Singsang begrüßte Tharion, als er die Türe zu seinen Gemächern öffnete. Mit einem leichten Lächeln auf den Lippen streifte er seinen Mantel ab und warf ihn über die Lehne eines Stuhls. Dann folgte er der melodischen Stimme bis in seine Wohnstube.

Prinzessin Kanna kniete mit geschlossenen Augen vor einem winzigen Schrein, der in einer unscheinbaren Mauernische zwischen Bücherregalen und einer kleinen Theke aufgestellt worden war. Das Heiligtum glich mehr einer steinernen, mit rotem Reispapier verzierten Laterne, als einer Stätte des Glaubens. Eine flackernde Kerze in einer verborgenen Schale spendete dumpfes Licht. Köchelnde Öle sandten den Duft von Primeln und Ylangwurz in die vier Winkel des geräumigen Zimmers. Kannas leiser Singsang endete, als Tharion vollends den Raum betrat. Die letzten in ihrer Muttersprache intonierten Silben verklagen zusammen mit der Aura der Ausgeglichenheit, die sich über Kannas schmale Schultern gelegt hatte. An ihre Stelle trat ruhige Erwartung.

„Mein Herr."

Die Stimme der Jin war leise, aber fest. Der König musste schmunzeln. Die junge Prinzessin war weit gekommen. Vom verschreckten Reh, das alleine und betrogen in einen Raum voller schadenfroher Fremder geführt worden war, war nichts geblieben. Solch war die Macht Ravanars. Für den starken Geist verwandelte sie Furcht zu Entschlossenheit und Unwissenheit zu Kalkül. Cipans unerwartetes Geschenk an Haus D'Axor hatte sich in den vergangenen Monaten mehr als nur bewiesen – fern der Augen von Tharions Freunden und Feinden.

„Meine Dame."

Tharion schenkte sich ein Glas rubinroten Weins aus einem Dekanter ein, der auf der schmalen Theke wartete. Ein weiteres, weitgehend leeres Glas zeugte von vergangenem Genuss. Die Prinzessin strich ihre Robe zurecht und erhob sich. Die traditionellen Gewänder ihres Volkes schmeichelten ihr, auch wenn sie die meisten ihrer Reize hinter farbenfrohem Stoff und einer breiten Schärpe verbargen. Metall glitzerte an Kannas Hals, als sich die Prinzessin zu ihrem Wärter und Komplizen umwandte. Das schmale Band war eine stetige Erinnerung an ihren Status und ihren Rang als Anverlobte des Hochkönigs. Sklaverei und Vermählung teilten viele Symbole in der Kultur des Ashvolks – ein Faktum, dass Tharion unvermittelt zum Schmunzeln brachte. Kanna deutete seine gute Laune als Zeichen des Erfolgs.

„Die…Entflechtung von Haus Vandar verläuft nach Plan?" fragte sie mit wohlverborgener Neugierde. Der König nickte.

„Es gab kaum Komplikationen. Die Stimmen des Widerstands werden rarer und verhaltener."

Kanna neigte ihren Kopf.

„Des Prinzipals Erbe…"

„…ist getilgt."

Mit dem endgültigen Verschwinden Neyves hatte es für Tharion auch in den Tagen nach dem Sturm auf das unterirdische Anwesen keinen Grund gegeben, Haus Vandars Status zu schützen. Das finale Urteil des Rates war hart und prompt gewesen. Enteignung, Exil oder Tod für jene, die sich uneinsichtig zeigten. Vandars jüngere Söhne hatten sich nach längerem Untertauchen schließlich freiwillig in die Leibeigenschaft begeben, um ihren Neffen und Onkeln ein derartiges Schicksal zu ersparen. Das alte Gold Vandars war in den Truhen einstiger Freunde verschwunden. Die letzten Glutherde der bewaffneten Rebellion waren nahezu erloschen.

Kanna verschränkte die Arme. Ihre braunen Augen funkelten.

„Gut. Er hat es verdient."

Die Spuren ihrer Zeit an Vandars Hof waren noch merklich frisch in Kannas Erinnerung. Als Tharions heimliche Augen und Ohren im Hause des Prinzipals hatte sie mehr als nur gelitten – sie hatte die volle Kraft der andauernden Erniedrigung am eigenen Leib zu spüren bekommen. Doch jede Minute, die sich die Prinzessin der Machtlosigkeit ergeben hatte, hatte schlussendlich Früchte getragen. Der Sieg war zu gleichen Teilen ihrer wie Tharions.

Kanna berührte das schmucke Halsband und hob ihre Augenbrauen in stummer Frage. Ihr Kaftan raschelte leise, als sie einen weiteren Schritt auf den König zutrat. Ihre linke Hand fand das halbvolle Weinglas.

„Ich habe meine Pflicht getan, Hoheit", sagte sie leise. Die kaum versteckte Aufforderung schwang kräftig in ihrer so unpassend demütigen Stimme. Tharion lächelte.

„Und ich werde die meine erfüllen. Unsere Zeremonie ist für den Schwarzen Mond angesetzt. Zwei Wochen vom heutigen Tag. Dies war mein Versprechen an Cipan, den Jin-Kaiser..." Er legte eine Hand auf Kannas Schulter. „...und an euch."

Sie senkte ihren Kopf und blickte den König durch lange Wimpern hindurch an. Die Maske, die die Prinzessin so lange und routiniert getragen hatte, machte für einen Moment einem ehrlichen Schmunzeln Platz.

„Wir haben es tatsächlich geschafft, nicht wahr?" fragte sie. „Wir haben gewonnen."

Tharion nahm einen Schluck Wein und ließ sich auf dem nahen Diwan nieder. „Oh ja, Prinzessin. Auf ganzer Linie. Ihr wart die perfekte Spionin. Die perfekte Sklavin. Und die perfekte Komplizin."

Ihr Gesicht war einmal mehr unleserlich.

„Ich habe lediglich meine Mission erfüllt." Sie setzte sich zu Tharion auf das von weichen Fellen bezogene Kanapee. „So wie ihr auch."

Eine kameradschaftliche Stille breitete sich aus. Ja, Kanna hatte recht. All die Lügen, Intrigen und Opfer hatten einem gerechten Ziel gedient. Der Krieg war abgewandt. Cipan war im Ansehen des Jin-Kaisers gestiegen, der im Ashen-Reich einen neuen, treuen Verbündeten auf dem westlichen Kontinent gefunden hatte. Tharions Feinde waren zerstreut und niemand zweifelte mehr an seiner rechtmäßigen Stellung.

Und Asara... Asara hatte trotz aller Strapazen ihren Weg gefunden in einer unbarmherzigen Welt, die ihr jahrelang Stolpersteine vor die Füße geworfen hatte.

Kannas Hand fand Tharion Unterarm.

„Wir sind ein gutes Gespann."

Der König warf ihr einen überraschten Blick zu. Es war das erste Mal, dass sich die junge Jin derart offen zu ihrem Arrangement äußerte. Nach einem Moment erwiderte er ihr höfliches Lächeln.

„Das sind wir."

„Und wer weiß", setzte Kanna vorsichtig fort, „vielleicht entspringt dieser Allianz des Zwecks im Laufe der Zeit gar etwas…Wahrhaftiges."

Tharion hob sein Glas. Ein reiner Klang erfüllte den Raum, als die beiden Kristallkelche aneinanderstießen.

„Auf das Ungewisse", schmunzelte Tharion. „Möge es uns angenehm überraschen."

Knisterndes Feuer fand den Weg in Kannas jugendliche Züge.

„Auf unser neues Imperium."

Zum ersten Mal seit langer Zeit füllte ausgelassenes Gelächter die Gemächer des Hochkönigs. Es war keine Schadenfreude oder Machtgier, die dem geteilten Frohsinn seine Kraft verlieh.

Es war Hoffnung; Hoffnung und die freudige Erwartung zweier ungleicher Seelen auf den ersten Schritten in eine noch ungeschriebene Geschichte.

ENDE

Printed in Poland
by Amazon Fulfillment
Poland Sp. z o.o., Wrocław